SACRAMENTADORA

BRANDON SANDERSON

TRAMA

TRADUÇÃO
PEDRO RIBEIRO

SACRAMENTADORA

LIVRO TRÊS DE OS RELATOS DA GUERRA DAS TEMPESTADES

Título original: *Oathbringer*
Copyright © 2017 by Dragonsteel, LLC
Os direitos morais do autor foram assegurados.

Direitos de edição da obra em língua portuguesa no Brasil adquiridos pela Trama, selo da Editora Nova Fronteira Participações S.A. Todos os direitos reservados. Nenhuma parte desta obra pode ser apropriada e estocada em sistema de banco de dados ou processo similar, em qualquer forma ou meio, seja eletrônico, de fotocópia, gravação etc., sem a permissão do detentor do copirraite.

Editora Nova Fronteira Participações S.A.
Av. Rio Branco, 115 — Salas 1201 a 1205 — Centro — 20040-004
Rio de Janeiro — RJ — Brasil
Tel.: (21) 3882-8200

Dados Internacionais de Catalogação na Publicação (CIP)

S216 s   Sanderson, Brandon
       Sacramentadora/ Brandon Sanderson; traduzido por Pedro Ribeiro. - Rio de Janeiro: Trama, 2024.
       1536 p. ; 15,5 x 23 cm; (Os Relatos da Guerra das Tempestades, v. 3)

       Título original: *Oathbringer*

       ISBN: 978-65-89132-96-7

       1. Literatura americana. I. Ribeiro, Pedro. II. Título.

CDD: 8 10
CDU: 821.111(73)

André Felipe de Moraes Queiroz – Bibliotecário – CRB-4/2242

Visite nossa loja virtual em:

www.editoratrama.com.br
/ editoratrama

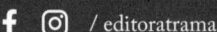

PARA ALAN LAYTON,
Que estava torcendo por Dalinar
(E por mim)
Antes mesmo que A Guerra das Tempestades *existisse.*

SUMÁRIO

Prefácio e agradecimentos, **9**

Livro três: Sacramentadora, **13**

Mapa de Roshar, **14**

Prólogo: Chorar, **17**

Parte um: Unidos, **27**

Interlúdios, **401**

Parte dois: Novos Começos Cantam, **419**

Interlúdios, **683**

Parte três: Desafiando a Verdade, Ame a Verdade, **713**

Interlúdios, **1021**

Parte quatro: Desafie! Cante Inícios!, **1043**

Interlúdios, **1305**

Parte cinco: Nova Unidade, **1327**

Epílogo: Ótima arte, **1517**

Nota final, **1523**

Ars Arcanum, **1525**

PREFÁCIO E AGRADECIMENTOS

BEM-VINDOS AO *SACRAMENTADORA*! A criação deste livro foi uma longa estrada. Agradeço pela sua paciência. Os livros da Guerra das Tempestades são um enorme empreendimento — como se pode deduzir da grande lista de pessoas abaixo.

Se ainda não tiveram a chance de ler *Edgedancer* — uma novela separada do universo de Guerra das Tempestades que se passa entre os livros II e III —, recomendo que façam isso agora. Ela é vendida separadamente e também na coletânea *Arcanum Unbounded*, que possui novelas e contos de toda a cosmere. (O universo onde esta série, *Mistborn*, *Elantris*, *Warbreaker* e outras se passam.)

Dito isso, como sempre, cada série é escrita de modo que possa ser lida e apreciada de modo independente, sem ser preciso conhecer essas outras séries ou livros. Caso estejam curiosos, podem encontrar uma explicação mais longa que escrevi em brandonsanderson.com/cosmere (em inglês).

Agora, vamos para a lista de nomes! Como costumo dizer, embora meu nome apareça na capa, há um bando de pessoas que trabalha para trazer esses livros para vocês. Elas merecem meus agradecimentos mais calorosos, assim como os seus, pelo trabalho incansável durante os três anos que foram necessários para escrever este livro.

Meu agente principal para esses livros (e para tudo mais) é o maravilhoso Joshua Bilmes, da JABberwocky. Outros na agência que trabalharam com meus livros incluem Brady McReynolds, Krystyna Lopez e Rebecca Eskildsen. Um agradecimento especial também para John Berlyne, meu agente do Reino Unido, da Zeno — e para todos os subagentes que trabalham conosco ao redor do mundo.

Meu editor na Tor para este projeto foi o sempre brilhante Moshe Feder. Agradecimentos especiais para Tom Doherty, que acreditou no projeto da Guerra das Tempestades durante anos, e para Devi Pillai, que forneceu auxílio essencial na parte editorial e de publicação durante o processo de criação do livro.

Outras pessoas da Tor que ajudaram foram Robert Davis, Melissa Singer, Rachel Bass e Patty Garcia. Karl Gold foi nosso gerente de produção, e Nathan Weaver, o editor-chefe, com Meryl Gross e Rafal Gibek na produção comercial. Irene Gallo foi nossa diretora de arte, Peter Lutjen, o designer de capa, Greg Collins, o designer gráfico, e Carly Sommerstein, nossa revisora.

Na Gollancz/Orion (minha editora inglesa), os agradecimentos vão para Gillian Redfearn, Stevie Finegan e Charlotte Clay.

Nosso preparador de texto neste livro foi Terry McGarry, que realizou excelente trabalho em muitos dos meus romances. O e-book foi preparado pela Westchester Publishing Services, junto com Victoria Wallis e Christopher Gonzalez na Macmillan.

Muitas pessoas na minha própria empresa trabalharam longas horas para produzir este livro. Um romance da Guerra das Tempestades é um "período decisivo" para nós aqui na Dragonsteel, então batam palmas (ou, no caso de Peter, mandem um pedaço de queijo) na próxima vez que encontrarem com eles. Nossa gerente e chefe de operações é minha adorável esposa, Emily Sanderson. O vice-presidente e diretor editorial é o insistente Peter Ahlstrom. O diretor de arte é Isaac Stewart.

Nossa gerente comercial (e aquela que envia para vocês todos os livros autografados e camisetas da loja do brandonsanderson.com) é Kara Stewart. A editora de continuidade — e guardiã sagrada da nossa wiki de continuidade interna — é Karen Ahlstrom. Adam Horne é meu assistente executivo e diretor de publicidade/marketing. A assistente de Emily é Kathleen Dorsey Sanderson e nossa *minion* executiva é Emily "Mem" Grange.

O audiobook foi lido pelos meus narradores favoritos, Michael Kramer e Kate Reading. Obrigado novamente, pessoal, por tirarem um tempo para isso!

Sacramentadora continua a tradição de preencher a série Os Relatos da Guerra das Tempestades com artes maravilhosas. Novamente temos uma fantástica ilustração de capa de Michael Whelan, cuja atenção aos detalhes nos fornece uma interpretação incrivelmente precisa de Jasnah Kholin. Adorei que ela tenha ganhado um lugar para brilhar na capa deste livro, e continuo a me sentir honrado e agradecido que Michael abra um espaço em seu tempo de seu trabalho na galeria para pintar o mundo de Roshar.

É necessária uma variedade de artistas para recriar os estilos encontrados nos itens de memorabília de outro mundo, então desta vez trabalhamos com ainda mais artistas do que antes. Dan dos Santos e Howard Lyon criaram as pinturas dos Arautos nas guardas do livro. Eu queria que elas tivessem um estilo que evocasse pinturas clássicas da Renascença e o Romantismo posterior, e tanto Dan quanto Howard excederam as expectativas. Essas peças não só são excelente arte para um livro, são excelente arte, ponto-final, merecendo um lugar em qualquer galeria.

Tenho que apontar que Dan e Howard também contribuíram com seus talentos para a arte do miolo, e por isso também estou grato. As peças de moda de Dan poderiam estampar a capa, e o traçado de Howard para alguns dos novos elementos de abertura de capítulo é algo que espero ver em volumes futuros.

Ben McSweeney mais uma vez juntou-se a nós, fornecendo nove obras de arte do caderno de Shallan. Entre uma mudança intercontinental, um trabalho fixo exigente e as necessidades de uma família em crescimento, Ben conseguiu elaborar ilustrações incríveis. Ele é um grande artista e um ser humano de primeira.

Também emprestaram seus talentos para este volume, com ilustrações de página inteira, Miranda Meeks e Kelley Harris. Ambas realizaram trabalhos fantásticos para nós no passado, e acho que você vai adorar as contribuições delas nesta obra.

Além disso, várias pessoas maravilhosas ajudaram nos bastidores como consultores ou facilitaram outros aspectos da arte neste livro: A Coleção de Mapas de David Rumsey, Brent da Woodsounds Flutes, Angie e Michelle da Two Tone Press, Emily Dunlay, David e Doris Stewart, Shari Lyon, Payden McRoberts, e Greg Davidson.

Meu grupo de escrita para *Sacramentadora* (e eles frequentemente leem lotes semanais de cinco a oito vezes maiores que o tamanho normal) incluiu Karen Ahlstrom, Peter Ahlstrom, Emily Sanderson, Eric James Stone, Darci Stone, Ben Olsen, Kaylynn ZoBell, Kathleen Dorsey Sanderson, Alan "Leyten da Ponte Quatro" Layton, Ethan "Skar da Ponte Quatro" Skarstedt e Ben "Não me coloque na Ponte Quatro" Olsen.

Agradecimentos especiais para Chris "Jon" King pelo *feedback* sobre algumas cenas particularmente complicadas envolvendo Teft, para Will Hoyum por alguns conselhos sobre pessoas paraplégicas, e para Mi'chelle

Walker por alguns conselhos especiais sobre passagens envolvendo problemas específicos de saúde mental.

Os leitores beta incluíram (respire fundo) Aaron Biggs, Aaron Ford, Adam Hussey, Austin Hussey, Alice Arneson, Alyx Hoge, Aubree Pham, Bao Pham, Becca Horn Reppert, Bob Kluttz, Brandon Cole, Darci Cole, Brian T. Hill, Chris "Jon" King, Chris Kluwe, Cory Aitchison, David Behrens, Deana Covel Whitney, Eric Lake, Gary Singer, Ian McNatt, Jessica Ashcraft, Joel Phillips, Jory Phillips, Josh Walker, Mi'chelle Walker, Kalyani Poluri, Rahul Pantula, Kellyn Neumann, Kristina Kugler, Lyndsey "Lyn" Luther, Mark Lindberg, Marnie Peterson, Matt Wiens, Megan Kanne, Nathan "Natam" Goodrich, Nikki Ramsay, Paige Vest, Paul Christopher, Randy MacKay, Ravi Persaud, Richard Fife, Ross Newberry, Ryan "Drehy" Dreher Scott, Sarah "Saphy" Hansen, Sarah Fletcher, Shivam Bhatt, Steve Godecke, Ted Herman, Trae Cooper e William Juan.

Nossas coordenadoras de comentários dos leitores beta foram Kristina Kugler e Kellyn Neumann.

Nossos leitores gama incluíram muitos dos leitores beta novamente, mas também: Benjamin R. Black, Chris "Gunner" McGrath, Christi Jacobsen, Corbett Rubert, Richard Rubert, dr. Daniel Stange, David Han-Ting Chow, Donald Mustard III, Eric Warrington, Jared Gerlach, Jareth Greeff, Jesse Y. Horne, Joshua Combs, Justin Koford, Kendra Wilson, Kerry Morgan, Lindsey Andrus, Lingting Xu, Loggins Merrill, Marci Stringham, Matt Hatch, Scott Escujuri, Stephen Stinnett e Tyson Thorpe.

Como pode ver, uma obra como esta é um *enorme* empreendimento. Sem os esforços de todas essas pessoas, você estaria segurando um livro muito, muito inferior.

Como sempre, alguns agradecimentos finais para minha família: Emily Sanderson, Joel Sanderson, Dallin Sanderson e Oliver Sanderson. Eles toleram um marido/pai que frequentemente está em outro mundo, pensando sobre grantormentas e Cavaleiros Radiantes.

Por fim, gostaria de agradecer a todos vocês, pelo seu apoio a esses livros! Eles nem sempre ficam prontos tão rápido quanto eu gostaria, mas isso se deve em parte ao meu desejo de que sejam tão perfeitos quanto possível. Você tem nas mãos um volume que preparei e planejei por quase duas décadas. Espero que aprecie seu tempo em Roshar.

Jornada antes do destino.

LIVRO TRÊS

SACRAMENTADORA

Roshar

Oceano sem Fim

Rall Elorim

Ilhas

Quil... Abri... Kad...

Kasitor

Iri

Ri-ra

Kurth

Mar

Eilá

Babatharnam

Marabeth...

Panatham

Lagopuro

Shinovar

Montanhas Encurvadas

Desh

Ulay

Fu Nam

Mar Aimiano

Azir

Alm

Uezier

Azimir

O Vale

Aimia

Liafor

Tashikk

Emul

Hexi...

Steen

Sesemalex Dar

Tukar

Mara...

Aquagelo

N
S
Sotavento
Direção das Tempestades

Profundezas do S...

Oceano dos Vapores
Reshi
Arak
Sumi
iano
Akak
Forteboreal
Herdaz
Tumba da Lamentação
Varikev
Ru Parat
Elanar
Jah Keved
Tu Bayla
Valath
Pico dos Papaguampas
Kholinar
Alethkar
Shulin
Colinas Devolutas
Bavlândia
Rathalas
Silnasen
Sombra do Alvorecer
Triax
Vedenar
Dumadari
Mar de Tarat
Karanak
Planícies Quebradas
Kharbranth
Terras Geladas
Nova Natanan
Estreitos de Longafronte
Criptas rasas
Thaylenah
Oceano das Origens
Para Sua Majestade Rei Gavilar Kholin
Pelo seu Cartógrafo Real
Isasik Shulin
1167

PRÓLOGO

CHORAR

SEIS ANOS ATRÁS

Eshonai sempre dissera à irmã que tinha certeza de que algo maravilhoso estava além da próxima colina. Então, certo dia, ela subiu uma colina e encontrou *humanos*.

Sempre havia imaginado humanos como monstros tenebrosos e disformes, assim como eram descritos nas canções. Em vez disso, eram criaturas maravilhosas e bizarras. Eles falavam sem ritmo discernível; vestiam roupas mais vibrantes do que carapaças, mas não conseguiam fazer crescer as próprias armaduras; tinham tanto medo de tempestades que, mesmo quando viajavam, se escondiam dentro de veículos.

Mais notável de tudo, eles só tinham *uma forma*.

De início, ela supôs que os humanos deviam ter esquecido suas formas, assim como aconteceu com os Ouvintes. Isso criou uma afinidade instantânea entre eles.

Agora, mais de um ano depois, Eshonai cantarolava no Ritmo de Admiração enquanto ajudava a descarregar tambores da carroça. Eles haviam viajado uma grande distância para ver a terra natal dos humanos, e cada passo a deixara mais perplexa. Aquela experiência culminara ali, naquela incrível cidade de Kholinar e em seu magnífico palácio.

Aquela cavernosa doca de descarga no lado ocidental do palácio era tão grande que duzentos Ouvintes haviam se abrigado ali quando chegaram, e ainda assim não haviam preenchido totalmente o lugar. Era verdade que a maioria dos Ouvintes não poderia participar do banquete no andar de cima — onde o tratado entre os dois povos estava sendo celebrado —, mas os alethianos haviam enviado quitutes para eles de qualquer modo, fornecendo montanhas de comida e bebida para o grupo ali embaixo.

Ela desceu da carroça, olhando ao redor da doca de carregamento, cantarolando em Empolgação. Quando contara a Venli que estava determinada a mapear o mundo, havia imaginado um lugar de descobertas naturais. Cânions e colinas, florestas e laites transbordando com vida. Porém, por todo aquele tempo, *aquilo ali* estava no mundo. Esperando pouco além do alcance deles.

Junto com mais Ouvintes.

Quando Eshonai encontrara os humanos pela primeira vez, vira os pequenos Ouvintes que estavam com eles. Uma tribo desafortunada que estava presa na forma opaca. Eshonai imaginara que os humanos estavam cuidando das pobres almas sem canções.

Ah, quão inocentes haviam sido aqueles primeiros encontros.

Os Ouvintes cativos não eram apenas uma pequena tribo, mas sim representantes de uma enorme população. E os humanos não estavam cuidando deles.

Os humanos eram seus donos.

Um grupo daqueles tais parshemanos, como eram chamados, estava aglomerado ao redor do círculo de trabalhadores de Eshonai.

— Eles ficam tentando ajudar — disse Gitgeth em Curiosidade. Ele balançou a cabeça, a barba cintilando com gemas de rubi que combinavam com as cores vermelhas se destacando em sua pele. — Os pequenos sem ritmo querem ficar perto de nós. Eles sentem que há algo de errado em suas mentes, estou dizendo.

Eshonai entregou a ele um tambor tirado do fundo da carroça, então cantarolou em Curiosidade também. Fora da carroça, ela se aproximou do grupo de parshemanos.

— Vocês não são necessários — declarou ela em Paz, estendendo as mãos. — Nós preferimos cuidar dos nossos próprios tambores.

Os indivíduos sem canções a encararam com olhos opacos.

— Vão — disse ela em Imploração, indicando as festividades ali perto, onde Ouvintes e servos humanos riam juntos, apesar da barreira de linguagem. Humanos batiam palmas junto com os Ouvintes que cantavam as antigas canções. — Divirtam-se.

Uns poucos olharam para a cantoria e inclinaram a cabeça, mas não se moveram.

— Não vai funcionar — comentou Brianlia em Ceticismo, pousando os braços sobre um tambor ali perto. — Eles simplesmente não conseguem *imaginar* como é viver. Eles são propriedades, para compra e venda.

Como interpretar aquela ideia? Escravos? Klade, um dos Cinco, havia visitado os vendedores de escravos em Kholinar e comprara uma pessoa para saber se aquilo era realmente possível. Ele nem mesmo havia comprado um parshemano; havia um *alethiano* à venda. Aparentemente, os parshemanos eram mais caros, considerados escravos de alta qualidade. Os Ouvintes foram informados desse fato como se devesse deixá-los orgulhosos.

Ela cantarolou em Curiosidade e moveu a cabeça para o lado, olhando na direção dos outros. Gitgeth sorriu e cantarolou em Paz, acenando para que ela fosse adiante. Todos estavam acostumados com Eshonai saindo para vaguear no meio dos trabalhos. Não era que ela não fosse confiável... Bem, talvez não fosse, mas pelo menos era consistente.

De todo modo, ela seria esperada em breve na celebração do rei; dentre os Ouvintes, Eshonai era uma dos que entendiam melhor a tediosa linguagem humana, que havia aprendido sem esforço. Aquela era uma vantagem que havia lhe conquistado um lugar naquela expedição, mas também era um problema. Falar o idioma humano tornava-a importante, e as pessoas que se tornavam importantes demais não tinham permissão de sair em busca do horizonte.

Ela deixou a doca de descarga e subiu os degraus do palácio propriamente dito, tentando absorver a ornamentação, a arte, o puro e avassalador *assombro* do edifício. Belo e terrível. Pessoas que eram compradas e vendidas faziam a manutenção daquele local, mas era isso que deixava os humanos livres para criar grandes obras como os entalhes nos pilares por onde passava, ou os padrões incrustados no mármore no piso?

Ela passou por soldados usando sua carapaça artificial. Eshonai não estava com a própria armadura no momento; ela usava a forma laboral em vez da bélica, já que gostava da sua flexibilidade.

Humanos não tinham essa escolha. Eles não haviam perdido suas formas, como ela pensara de início; eles *só tinham uma*. Para sempre na forma copulatória, na forma laboral e na forma bélica ao mesmo tempo. E eles demonstravam suas emoções muito mais do que os Ouvintes. Ah, o povo de Eshonai podia sorrir, gargalhar, chorar. Mas não como os alethianos.

O primeiro andar do palácio era marcado por amplos corredores e galerias, iluminados por gemas cuidadosamente lapidadas para fazer a luz cintilar. Candelabros pendiam acima dela, sóis quebrados jorrando luz para toda parte. Talvez a aparência simples dos corpos humanos — a pele sem graça era de vários tons de bege — fosse outro motivo porque buscavam ornamentar tudo, desde suas roupas até aqueles pilares.

Poderíamos fazer isso?, pensou, cantarolando em Apreciação. *Se soubéssemos qual é a forma correta para criar arte?*

Os andares superiores do palácio eram mais parecidos com túneis. Estreitos corredores de pedra, cômodos feito casamatas escavadas em uma encosta. Ela seguiu rumo ao salão de banquete para verificar se precisavam dela, mas parou aqui e ali para dar uma olhada nas salas. Haviam lhe dito que podia perambular por onde quisesse, que o palácio estava aberto para ela, exceto pelas áreas com guardas nas portas.

Eshonai passou por uma sala com pinturas em todas as paredes, depois por outra com uma cama e mobília. Outra porta revelou uma privada interna com água corrente, uma maravilha que ela ainda não compreendia.

Espiou uma dúzia de recintos. Contanto que chegasse à celebração do rei a tempo para a música, Klade e os outros dos Cinco não reclamariam. Eles estavam tão familiarizados com seu jeito quanto os outros. Ela estava sempre perambulando por aí, cutucando coisas, espiando por portas...

E encontrando o rei?

Eshonai congelou quando a porta se abriu, permitindo que visse uma sala luxuosa com um espesso tapete vermelho e estantes contra as paredes. Tantas informações largadas ali, casualmente ignoradas. Ainda mais surpreendente era que o próprio rei Gavilar estava ali, apontando para algo em uma mesa, cercado por cinco outros humanos: dois oficiais, duas mulheres em longos vestidos, e um homem velho em uma túnica.

Por que Gavilar não estava no banquete? Por que não havia guardas na porta? Eshonai se afinou com Ansiedade e recuou, mas não antes que uma das mulheres cutucasse Gavilar e apontasse para ela. Com Ansiedade martelando na cabeça, ela fechou a porta.

Um momento depois, um homem alto de uniforme saiu da sala.

— O rei gostaria de vê-la, parshendiana.

Ela fingiu estar confusa.

— Senhor? Palavras?

— Não seja tímida — respondeu o soldado. — Você é uma das intérpretes. Venha. Não está em apuros.

Nervosa, ela deixou que o homem a conduzisse até o covil.

— Obrigado, Meridas — disse Gavilar. — Deixem-nos a sós por um momento, todos vocês.

Eles saíram, deixando Eshonai na porta, se afinando com Consolo e cantarolando em voz alta — ainda que os humanos não pudessem compreender o significado.

— Eshonai — chamou o rei. — Tenho algo a lhe mostrar.

Ele sabia o nome dela? Eshonai avançou pela sala pequena e cálida, envolvendo o próprio corpo com os braços, bem apertado. Não compreendia aquele homem. Era mais do que sua maneira alienígena e morta de falar; mais do que o fato de não poder antecipar quais emoções estavam se agitando ali, enquanto a forma bélica e a forma copulatória combatiam dentro dele.

Mais do que qualquer outro humano, aquele homem a deixava perplexa. Por que ele *havia* oferecido um tratado tão favorável? De início, parecera um comprometimento entre as tribos. Mas isso foi antes dela ir até ali e ver aquela cidade e os exércitos alethianos. Outrora, seu povo possuíra as próprias cidades e exércitos invejáveis. Eles sabiam disso pelas canções.

Isso fora há muito tempo. Eles eram um fragmento de um povo perdido. Traidores que haviam abandonado seus deuses para serem livres. Aquele homem poderia ter esmagado os Ouvintes. Outrora, eles pensaram que suas Fractais — armas que até então haviam mantido escondidas dos humanos — bastariam para protegê-los. Mas agora ela havia visto mais de uma dúzia de Espadas Fractais e Armaduras Fractais entre os alethianos.

Por que ele estava sorrindo para ela daquele jeito? O que estava escondendo ao não cantar os ritmos para acalmá-la?

— Sente-se, Eshonai — pediu o rei. — Ah, não tenha medo, pequena batedora. Eu estava querendo falar com você. Seu domínio da linguagem é único!

Ela se instalou em uma cadeira e Gavilar estendeu a mão para pegar algo em uma pequena bolsa. O objeto brilhava com Luz das Tempestades vermelha, uma estrutura de gemas e metal, construída em uma forma harmoniosa.

— Você sabe o que é isso? — perguntou ele, empurrando o objeto gentilmente na direção dela.

— Não, Vossa Majestade.

— É o que chamamos de fabrial, um dispositivo energizado pela Luz das Tempestades. Este aqui gera calor. Só um pouquinho, infelizmente, mas minha esposa está confiante de que suas eruditas conseguirão criar um que possa aquecer uma sala inteira. Isso não seria maravilhoso? Não precisar mais de lareiras soltando fumaça.

Parecia algo sem vida para Eshonai, mas ela não disse isso. Cantarolou em Elogio para que ele se sentisse feliz de lhe contar aquilo, e entregou o objeto de volta.

— Olhe de perto — disse o rei Gavilar. — Olhe bem no fundo. Vê o que está se movendo no interior? É um espreno. É assim que esse dispositivo funciona.

Cativo como o de uma gema-coração, ela pensou, se afinando com Admiração. *Eles construíram dispositivos para imitar a maneira como aplicamos as formas?* Os humanos faziam tanto com suas limitações!

— Os demônios-do-abismo não são seus deuses, são? — perguntou ele.

— O quê? — indagou ela, se afinando com Ceticismo. — Por que perguntar isso? — Que rumo estranho para a conversa.

— Ah, é só algo em que andei pensando. — Ele pegou o fabrial de volta. — Meus oficiais sentem-se muito superiores, porque acham que entendem vocês. Eles pensam que vocês são selvagens, mas estão muito enganados. Vocês não são selvagens; são um enclave de memórias. Uma janela para o passado.

Ele se inclinou para frente, a luz do rubi vazando entre seus dedos.

— Preciso que você entregue uma mensagem para seus líderes. Os Cinco? Você é próxima deles, e eu estou sendo vigiado. Preciso da sua ajuda para conseguir uma coisa.

Ela cantarolou em Ansiedade.

— Calma, calma — disse ele. — Vou ajudar vocês, Eshonai. Você sabia que descobri como trazer seus deuses de volta?

Não. Ela cantarolou no Ritmo dos Terrores. *Não...*

— Meus ancestrais primeiro aprenderam a conter um espreno dentro de uma gema — continuou ele, segurando o fabrial. — E, com uma gema muito especial, você pode conter até um deus.

— Vossa Majestade — disse ela, ousando segurar a mão dele. O rei não conseguia sentir os ritmos. Ele não sabia. — Por favor. Não veneramos mais aqueles deuses. Nós os deixamos, nós os *abandonamos*.

— Ah, mas isso é para seu próprio bem, e para o nosso. — Ele se levantou. — Nós vivemos sem honra, pois eram os seus deuses que, antigamente, faziam os nossos aparecerem. Sem eles, não temos *poder*. Este mundo está aprisionado, Eshonai! Atolado em um estado de transição embotado e sem vida. — Ele olhou para o teto. — Eu devo uni-los. Preciso de uma ameaça. Só o perigo vai uni-los.

— O que... — disse ela em Ansiedade. — O que o senhor está dizendo?

— Nossos parshemanos escravizados já foram como você. Então, de algum modo, roubamos a capacidade deles de passar pela transformação. Fizemos isso capturando um espreno. Um espreno antigo e *crucial*. — Ele olhou para ela, seus olhos verdes brilhando. — Eu vi como isso pode ser revertido. Uma nova tempestade que fará com que os Arautos saiam do seu esconderijo. Uma nova guerra.

— Insanidade. — Ela se levantou. — Nossos deuses tentaram destruir vocês.

— As antigas Palavras devem voltar a ser ditas.

— O senhor não pode... — Ela perdeu o fio da meada, notando pela primeira vez que um mapa cobria toda a mesa próxima.

Extenso, ele mostrava uma terra cercada por oceanos, e a qualidade artística do desenho fazia as tentativas da própria parecerem toscas.

Ela andou até a mesa, boquiaberta, o Ritmo de Admiração tocando em sua mente. *Que lindo*. Até mesmo os grandiosos candelabros e as paredes entalhadas não eram nada em comparação. Aquilo ali era conhecimento *e* beleza, fundidos em uma coisa só.

— Pensei que você ficaria feliz ao ouvir que somos aliados na busca pelo retorno dos seus deuses — disse Gavilar. Ela podia quase ouvir o Ritmo de Repreensão nas suas palavras mortas. — Você alega temê-los, mas por que temer o que lhes dava vida? Meu povo precisa se unir, e eu preciso de um império que não vá simplesmente voltar a disputas internas quando eu me for.

— Então o senhor busca a *guerra*?

— Eu busco o fim de algo que nunca terminamos. Outrora, meu povo era composto de Radiantes, e o seu povo, os parshemanos, era vibrante. De que adianta este mundo pálido onde meu povo luta entre si em escaramuças sem fim, sem luz para guiá-los, e o seu povo está praticamente morto?

Ela olhou de volta para o mapa.

— Onde... Onde estão as Planícies Quebradas? É essa parte aqui?

— Você está indicando toda Natanatan, Eshonai! Aqui estão as Planícies Quebradas. — Ele indicou um ponto pouco maior do que a unha do seu polegar, enquanto o mapa inteiro era tão grande quanto a mesa.

Isso deu a ela uma súbita e atordoante perspectiva. Aquilo era o mundo? Ela havia pensado que, ao viajar para Kholinar, tinham cruzado toda terra existente. Por que não haviam lhe mostrado isso antes?!

Suas pernas fraquejaram e ela se afinou com a Lamentação. Caiu de volta na sua cadeira, incapaz de ficar de pé.

Tão vasto.

Gavilar pegou algo do bolso. Uma esfera? Era escura, mas, de algum modo, ainda brilhava. Como se possuísse... uma aura de negrume, uma luz fantasma que não era luz. De um roxo tênue. Parecia sugar a luz ao redor.

Ele colocou a esfera na mesa diante dela.

— Leve isso para os Cinco e explique o que eu lhe disse. Diga a eles para se lembrarem do que seu povo era antes. *Acorde*, Eshonai.

Ele deu um tapinha no ombro dela, então deixou a sala. Eshonai olhou para aquela luz terrível e — pelas canções — soube o que era. As formas de poder haviam sido associadas a uma luz sombria, uma luz do rei dos deuses.

Ela pegou a esfera da mesa e foi embora correndo.

QUANDO OS TAMBORES FORAM montados, Eshonai insistiu em juntar-se aos percussionistas. Um extravasamento para sua ansiedade. Ela batucava de acordo com o ritmo em sua cabeça, batendo com o máximo de força possível, tentando a cada batida banir as coisas que o rei havia dito.

E as coisas que acabara de fazer.

Os Cinco estavam sentados à grã-mesa, o prato final quase intocado diante deles.

Ele quer trazer de volta nossos deuses, contara aos Cinco.

Feche os olhos. Concentre-se nos ritmos.

Ele pode fazer isso. Ele sabe tantas coisas.

Batidas furiosas pulsando pela sua alma.

Precisamos fazer alguma coisa.

O escravo de Klade era um assassino. Klade alegava que uma *voz* — falando nos ritmos — o guiara até o homem, que havia confessado suas habilidades quando pressionado. Venli aparentemente estivera com Klade na hora, embora Eshonai não houvesse visto a irmã desde mais cedo naquele dia.

Depois de um debate frenético, os Cinco haviam concordado de que aquilo era um sinal do que precisavam fazer. Muito tempo atrás, os Ouvintes haviam invocado a coragem de assumir a forma opaca para escapar dos seus deuses. Buscavam a liberdade a qualquer custo.

Naquele dia, o custo de manter aquela liberdade seria alto.

Ela tocava os tambores. Sentia os ritmos. Chorava baixinho, e não olhou quando o estranho assassino — vestindo roupas brancas e leves fornecidas por Klade — deixou o recinto. Ela havia votado com os outros para aquele curso de ação.

Sinta a paz da música. Como sua mãe sempre havia dito. *Busque os ritmos. Busque as canções.*

Ela resistiu enquanto os outros a puxavam para longe. Chorou ao deixar a música para trás. Chorou pelo seu povo, que poderia ser destruído pela ação daquela noite. Chorou pelo mundo, que poderia nunca saber o que os Ouvintes haviam feito por ele.

Chorou pelo rei, a quem havia condenado à morte.

Os tambores pararam subitamente ao redor dela e a música esmorecente ecoou pelos corredores.

PARTE UM

Unidos

DALINAR • SHALLAN •
KALADIN • ADOLIN

Localização dos Dez Sacroportais.

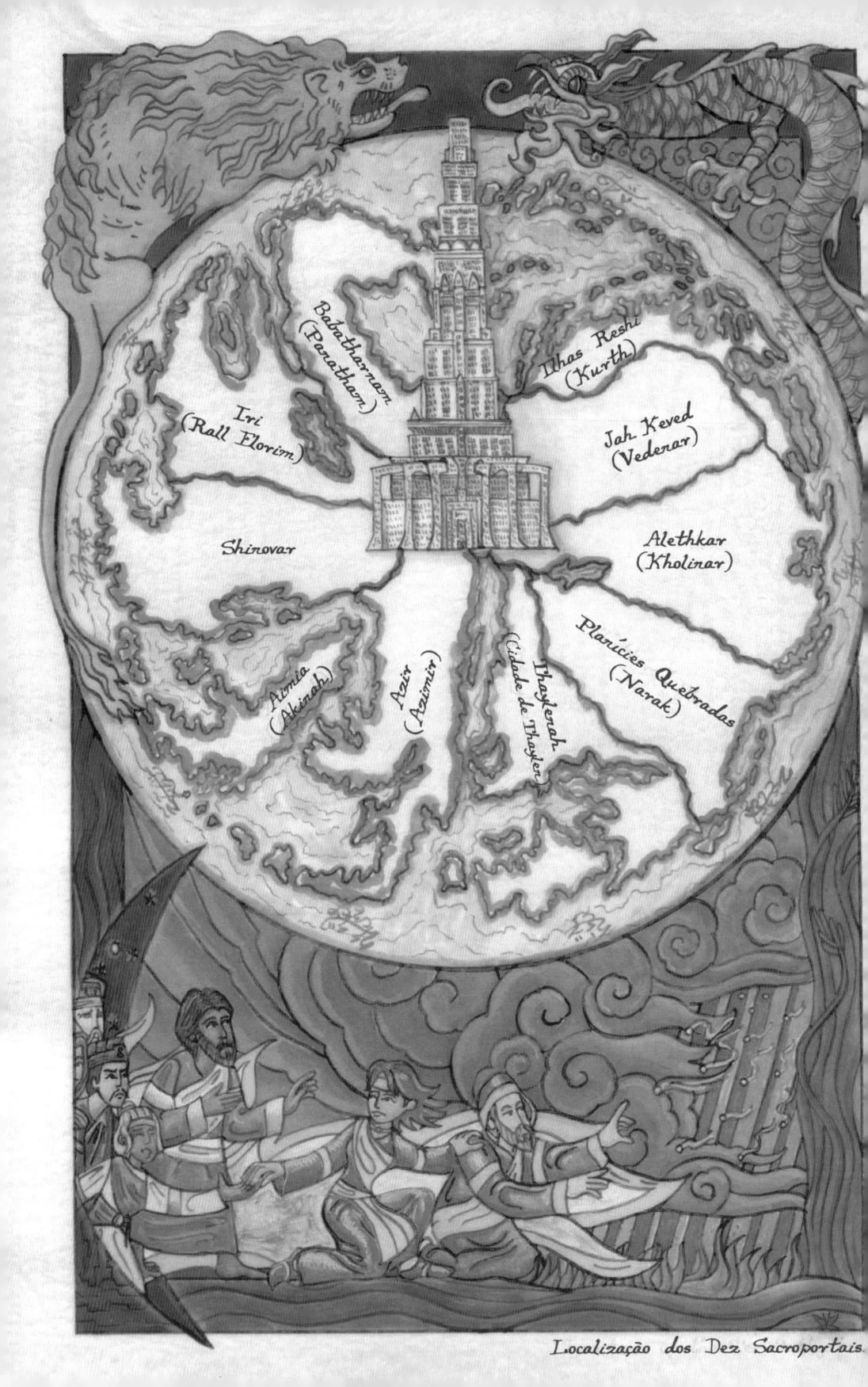

I

ARRASADOS E DIVIDIDOS

Tenho certeza de que alguns vão se sentir ameaçados por este registro. Uns poucos poderão se sentir libertados. A maioria simplesmente vai achar que ele não deveria existir.

—De *Sacramentadora*, prefácio

Dalinar Kholin apareceu na visão ao lado da memória de um deus morto.

Fazia seis dias desde que suas forças haviam chegado a Urithiru, a lendária cidade-torre sagrada dos Cavaleiros Radiantes. Eles haviam escapado da chegada de uma nova e devastadora tempestade, buscando refúgio através de um antigo portal; agora estavam se instalando no seu novo lar oculto nas montanhas.

E, mesmo assim, Dalinar sentia que não sabia de nada. Não compreendia a força que combatia, e muito menos sabia como derrotá-la. Ele mal compreendia a tempestade e seu papel em trazer de volta os Esvaziadores, inimigos ancestrais dos homens.

Então foi para ali, para suas visões. Tentando extrair segredos de um deus — chamado de Honra, ou de Todo-Poderoso — que os deixara. Aquela visão específica foi a primeira que Dalinar havia vivenciado. Começava com ele parado junto de uma imagem do deus na forma humana, ambos em um penhasco com vista para Kholinar: o lar de Dalinar, sede do governo. Na visão, a cidade havia sido destruída por alguma força desconhecida.

O Todo-Poderoso começou a falar, mas Dalinar o ignorou. Havia se tornado um Cavaleiro Radiante ao estabelecer um laço com o próprio Pai das Tempestades — a alma da grantormenta, o espreno mais poderoso de Roshar — e descobrira que agora podia reprisar aquelas visões quando quisesse. Ele já ouvira aquele monólogo três vezes e repetira palavra por palavra para que Navani o transcrevesse.

Daquela vez, Dalinar preferiu caminhar até a beirada do precipício e fitar as ruínas de Kholinar. O ar ali tinha um cheiro seco, poeirento e quente. Ele estreitou os olhos, tentando extrair algum detalhe significativo do caos dos edifícios quebrados. Até as Lâminas de Vento — outrora magníficas e esguias formações rochosas expondo incontáveis camadas e variações — haviam sido despedaçadas.

O Todo-Poderoso continuava seu discurso. Aquelas visões eram como um diário, um conjunto de mensagens imersivas que o deus havia deixado para trás. Dalinar apreciava a ajuda, mas naquele momento queria mais detalhes.

Ele observou o céu e descobriu uma ondulação no ar, como calor se erguendo de uma pedra distante. Um bruxuleio do tamanho de um edifício.

— Pai das Tempestades — chamou. — Pode me levar até lá embaixo, nos destroços?

Você não deveria ir até lá. Não faz parte da visão.

— Ignore o que eu deveria fazer, por enquanto — insistiu Dalinar. — Você pode me levar? Pode me transportar até aquelas ruínas?

O Pai das Tempestades emitiu um som parecido com um trovão. Ele era um ser estranho, de algum modo conectado ao deus morto, mas não exatamente igual ao Todo-Poderoso. Pelo menos naquele dia não estava usando uma voz que fazia tremer os ossos de Dalinar.

Em um piscar de olhos, Dalinar foi transportado. Não estava mais no topo do penhasco, mas nas planícies abaixo, diante das ruínas da cidade.

— Obrigado — disse Dalinar, cruzando rapidamente a curta distância restante até as ruínas.

Só seis dias haviam se passado desde a descoberta de Urithiru. Seis dias desde o despertar dos parshendianos, que haviam adquirido estranhos poderes e olhos vermelhos brilhantes. Seis dias desde a chegada da nova tempestade — a Tempestade Eterna, uma tormenta de trovões sombrios e relâmpagos vermelhos.

Alguns integrantes dos seus exércitos pensavam que a tempestade havia terminado, que a tormenta tinha sido um único evento catastrófico. Dalinar sabia que não era verdade. A Tempestade Eterna retornaria, e logo atingiria Shinovar no extremo oriente. Depois disso, atravessaria o continente.

Ninguém acreditou nos seus avisos. Monarcas em lugares como Azir e Thaylenah admitiram que uma estranha tempestade surgira ao leste, mas não achavam que ela retornaria.

Eles não podiam imaginar quão devastador seria o retorno dessa tempestade. Quando ela brotou, chocou-se com a grantormenta, criando um cataclismo único. Com sorte, ela não seria tão ruim por conta própria — mas ainda seria uma tempestade soprando na direção errada. E despertaria os servos parshemanos do mundo inteiro, transformando-os em Esvaziadores.

O que você espera descobrir?, indagou o Pai das Tempestades enquanto Dalinar alcançava os destroços da cidade. *Esta visão foi construída para atrair você até o penhasco para falar com Honra. O resto é pano de fundo, uma pintura.*

— Honra colocou esses destroços aqui — replicou Dalinar, indicando as paredes quebradas e desmoronadas diante dele. — Pano de fundo ou não, o conhecimento que ele tinha do mundo e do nosso inimigo com certeza afetou a maneira como ele criou essa visão.

Dalinar subiu pelos destroços das muralhas. Kholinar havia sido... raios, Kholinar *era*... uma cidade grandiosa, como poucas no mundo. Em vez de se esconder à sombra de um penhasco ou dentro de um abismo protegido, Kholinar confiava nas suas enormes muralhas para protegê-la dos ventos das grantormentas. Ela *desafiava* os ventos, e não se curvava às tempestades.

Naquela visão, algo a destruíra de todo modo. Dalinar chegou ao topo dos detritos e vasculhou a área, tentando imaginar como teria sido se assentar ali tantos milênios atrás. Quando não havia muralhas. O povo que cultivara aquele lugar havia sido duro e teimoso.

Ele viu arranhões e fissuras nas pedras das muralhas caídas, como talhos feitos por um predador na carne da sua presa. As Lâminas de Vento haviam sido esmagadas, e de perto ele pôde ver marcas de garras nelas também.

— Eu já vi criaturas capazes de fazer isso — comentou ele, se ajoelhando ao lado de uma das pedras, tateando o corte áspero na superfície de granito. — Nas minhas visões, testemunhei um monstro de pedra que brotou do solo rochoso. Não têm mortos aqui, mas isso provavelmente é porque o Todo-Poderoso não colocou gente na cidade, nesta visão. Ele só queria um símbolo da destruição vindoura. Não pensou que Kholinar cairia diante da Tempestade Eterna, mas dos Esvaziadores.

Sim, respondeu o Pai das Tempestades. *A tempestade será uma catástrofe, mas nem de longe na escala do que se seguirá. Você pode encontrar refúgio das tempestades, Filho da Honra. Mas não dos seus inimigos.*

Agora que os monarcas de Roshar haviam se recusado a escutar o aviso de Dalinar de que a Tempestade Eterna logo os atingiria, o que mais ele podia fazer? O verdadeiro reino de Kholinar estava, segundo relatos, sendo consumido por tumultos — e a rainha estava em silêncio. Os exércitos de Dalinar escaparam por pouco do seu primeiro confronto com os Esvaziadores, e até mesmo muitos dos seus próprios grão-príncipes não haviam se juntado a ele naquela batalha.

Uma guerra estava chegando. Ao despertar a Desolação, o inimigo havia reavivado um conflito milenar de criaturas ancestrais com motivações inescrutáveis e poderes desconhecidos. Os Arautos supostamente deviam aparecer e liderar o ataque contra os Esvaziadores. Os Cavaleiros Radiantes já deviam estar a postos, preparados e treinados, prontos para encarar o inimigo. Eles deviam ser capazes de confiar na orientação do Todo-Poderoso.

Em vez disso, Dalinar só tinha um punhado de novos Radiantes, e não havia sinal de ajuda dos Arautos. Além disso, o Todo-Poderoso — o próprio Deus — estava morto.

De algum modo, Dalinar devia salvar o mundo mesmo assim.

O chão começou a tremer; a visão estava terminando com a terra desmoronando. Lá em cima do penhasco, o Todo-Poderoso havia acabado de concluir seu discurso.

A onda final de destruição rolou pela terra como uma grantormenta. Uma metáfora projetada pelo Todo-Poderoso para representar a escuridão e devastação que recairia sobre a humanidade.

Suas lendas contam que vocês venceram, dissera ele. *Mas a verdade é que perdemos. E estamos perdendo...*

O Pai das Tempestades trovejou. *Está na hora de ir.*

— Não — disse Dalinar, parado sobre os escombros. — Deixe-me aqui.

Mas...

— Deixe-me sentir!

A onda de destruição o atingiu e Dalinar gritou em desafio. Ele não havia se curvado diante da grantormenta; não se curvaria diante daquilo ali! Encarou tudo de frente e, na explosão de poder que despedaçou o chão, ele viu uma coisa.

Uma luz dourada, brilhante, mas terrível. Diante dela, uma figura escura trajando uma Armadura Fractal negra. A figura tinha nove sombras, cada uma se estendendo em uma direção, e seus olhos possuíam um brilho rubro.

Dalinar fitou no fundo daqueles olhos e sentiu um arrepio percorrer seu corpo. Embora a destruição rugisse ao seu redor, vaporizando rochas, aqueles *olhos* o assustavam mais. Ele viu algo terrivelmente familiar neles.

Aquele era um perigo muito além até mesmo das tempestades.

Era o campeão do inimigo. E ele estava chegando.

Você deve uni-los. Rápido.

Dalinar arquejou conforme a visão se despedaçava. Viu-se sentado ao lado de Navani em uma sala de pedra tranquila na cidade-torre de Urithiru. Ele não precisava mais ser contido durante as visões; tinha controle o suficiente sobre elas para se manter quieto enquanto as vivenciava.

Respirou fundo, o suor escorrendo pelo rosto, o coração acelerado. Navani disse alguma coisa, mas ele ainda não conseguia ouvi-la. Ela parecia distante em comparação com o rugido em seus ouvidos.

— O que era aquela luz que eu vi? — sussurrou ele.

Não vi luz alguma, respondeu o Pai das Tempestades.

— Era brilhante e dourada, mas terrível — murmurou Dalinar. — Ela banhou tudo no seu calor.

Odium, estrondou a voz do Pai das Tempestades. *O inimigo.*

O deus que havia matado o Todo-Poderoso. A força por trás das Desolações.

— Nove sombras — sussurrou Dalinar, tremendo.

Nove sombras? Os Desfeitos. Seus asseclas, esprenos antigos.

Raios. Dalinar só os conhecia através de lendas. Terríveis esprenos que deturpavam a mente dos homens.

Ainda assim, aqueles olhos o assombravam. Por mais assustador que houvesse sido contemplar os Desfeitos, ele temia aquela figura de olhos vermelhos mais do que todos. O campeão de Odium.

Dalinar piscou, olhando para Navani, a mulher que amava, que segurava seu braço e exibia um rosto dolorosamente preocupado. Naquele lugar estranho e naquele tempo mais estranho ainda, ela era algo verdadeiro. Algo a que se agarrar. Uma beleza madura — de algumas maneiras, a imagem da perfeita mulher vorin: lábios exuberantes, olhos violeta-claro, cabelos negros meio grisalhos em tranças perfeitas, curvas acentuadas pelo justo havah de seda. Homem algum poderia acusar Navani de ser magricela.

— Dalinar? — chamou ela. — Dalinar, o que aconteceu? Você está bem?

— Eu estou... — Ele respirou fundo. — Estou bem, Navani. E sei o que devemos fazer.

As rugas na testa dela se aprofundaram.

— O quê?

— Preciso unir o mundo contra o inimigo mais rápido do que o inimigo consiga destruir o mundo.

Ele precisava encontrar uma maneira de fazer com que os outros monarcas do mundo o escutassem. Tinha que prepará-los para a nova tempestade e para os Esvaziadores. E, se não fosse possível, precisava ajudá-los a sobreviver aos efeitos.

Porém, caso fosse bem-sucedido, não teria que enfrentar a Desolação sozinho. Não era uma questão de uma nação contra os Esvaziadores. Ele precisava que os reinos do mundo se unissem a ele, e precisava encontrar os Cavaleiros Radiantes sendo criados entre todos os povos.

Uni-los.

— Dalinar, acho que é uma meta digna... mas, raios, e quanto a nós? Essa encosta é um deserto... O que vamos fazer para alimentar nossos exércitos?

— Os Transmutadores...

— Uma hora ficarão sem gemas — replicou Navani. — E só podem suprir as necessidades básicas. Dalinar, estamos quase congelados aqui, arrasados e divididos. Nossa estrutura de comando está desordenada e seu...

— Paz, Navani. — Dalinar se levantou. Ele a puxou para que ficasse de pé também. — Eu sei. Teremos que lutar mesmo assim.

Ela o abraçou. Dalinar a manteve junto de si, sentindo seu calor, respirando o perfume dela. Navani preferia um aroma menos floral do que o das outras mulheres — uma fragrância com um toque de almíscar, como madeira recém-cortada.

— Nós vamos conseguir — garantiu ele. — Minha tenacidade. Seu brilhantismo. Juntos, nós *vamos* convencer os outros reinos a se unirem a nós. Eles vão ver, quando a tempestade voltar, que nossos avisos estavam certos, e vão se unir contra o inimigo. Nós podemos usar os Sacroportais para movimentar tropas e apoiar uns aos outros.

Os Sacroportais. Dez portais, antigos fabriais, que eram passagens para Urithiru. Quando um Cavaleiro Radiante ativava um dos dispositivos, as pessoas sobre a plataforma ao redor eram levadas para Urithiru, aparecendo em um dispositivo similar ali na torre.

Eles só tinham um par de Sacroportais ativos no momento — aqueles que transportavam pessoas entre Urithiru e as Planícies Quebradas. Outros nove poderiam, em teoria, ser postos em funcionamento — mas, infelizmente, suas pesquisas haviam determinado que um mecanismo dentro de cada portal precisava ser destrancado dos *dois* lados para que eles pudessem funcionar.

Se quisesse viajar para Vedenar, para a Cidade de Thaylen, para Azimir, ou para qualquer um dos outros locais, primeiro teria que fazer com que um dos seus Radiantes chegasse na cidade e destrancasse o dispositivo.

— Tudo bem — disse ela. — Vamos conseguir. De algum modo, faremos com que nos escutem... mesmo que estejam tentando tanto tapar os ouvidos. Não sei nem como isso é possível, já que também parece que estão com a cabeça afundada na merda.

Ele sorriu e, de repente, pensou em como fora tolo em idealizá-la como fizera há pouco. Navani Kholin não era um ideal tímido e perfeito — era uma tempestade azeda em forma de mulher, inflexível, teimosa como um rochedo rolando montanha abaixo e cada vez mais impaciente com coisas que considerava estúpidas.

Era o que mais amava nela: que fosse aberta e genuína em uma sociedade que se orgulhava dos seus segredos. Ela quebrava tabus e partia corações desde a juventude. Às vezes, a ideia de que ela o amava parecia tão surreal quanto uma de suas visões.

Alguém bateu à porta do quarto e Navani mandou a pessoa entrar. Uma das batedoras de Dalinar enfiou a cabeça pela porta. Ele se virou, franzindo o cenho, notando a postura nervosa e a respiração acelerada da mulher.

— O que foi? — perguntou imperiosamente.

— Senhor — disse a mulher, fazendo uma saudação, o rosto pálido. — Houve... um incidente. Um cadáver foi descoberto nos corredores.

Dalinar sentiu algo, uma pressão, uma energia no ar, como a sensação de um relâmpago prestes a cair.

— Quem?

— O Grão-príncipe Torol Sadeas, senhor. Ele foi assassinado.

2
UM PROBLEMA RESOLVIDO

Eu precisava escrevê-lo de qualquer modo.

—De *Sacramentadora*, prefácio

— PAREM! O QUE PENSAM que estão fazendo? — perguntou Adolin Kholin, andando a passos largos até um grupo de trabalhadores com uniformes manchados de crem, que estava descarregando caixas de uma carroça.

O chule deles se virou, tentando procurar petrobulbos para mastigar. Inutilmente. Eles estavam bem no fundo da torre, ainda que aquela caverna fosse tão grande quanto uma pequena vila.

Os trabalhadores tiveram a decência de parecer envergonhados, muito embora provavelmente não soubessem o motivo. Um bando de escribas que seguia Adolin conferiu o conteúdo da carroça. As lâmpadas de óleo no chão pouco faziam para afastar a escuridão do enorme recinto, que possuía um pé-direito de quatro andares.

— Luminobre? — indagou um dos trabalhadores, coçando o cabelo debaixo do chapéu. — Eu só tava descarregando. Foi isso que achei que tava fazendo.

— O manifesto diz cerveja — informou Rushu, uma jovem fervorosa, a Adolin.

— Seção dois — disse Adolin, batendo os nós dos dedos da mão esquerda contra a carroça. — Tavernas estão sendo montadas ao longo do corredor central, que tem os elevadores, seis cruzamentos mais para dentro. Minha tia informou *expressamente* seus grão-senhores sobre isso.

Os homens o encararam sem entender.

— Posso mandar uma escriba para mostrar a vocês. Peguem essas caixas de volta.

Os homens suspiraram, mas começaram a recarregar a carroça. Eles sabiam que não adiantava argumentar com o filho de um grão-príncipe.

Adolin voltou-se para observar a caverna profunda, que havia se tornado um local de descarga para suprimentos e pessoas. Grupos de crianças passavam correndo; trabalhadores montavam tendas; mulheres tiravam água do poço no centro. Soldados carregavam tochas ou lanternas. Até cães-machado corriam de um lado para outro. A população de quatro acampamentos de guerra inteiros havia cruzado as Planícies Quebradas até Urithiru, e Navani havia se esforçado para encontrar o lugar certo para todos.

Mesmo com todo o caos, Adolin estava contente de ter aquelas pessoas ali. Elas estavam descansadas; não haviam sofrido a batalha com os parshendianos, o ataque do Assassino de Branco, nem o terrível choque entre as duas tempestades.

Os soldados Kholin estavam em péssimas condições. A própria mão de esgrima de Adolin estava envolta em uma atadura e ainda latejando, já que seu pulso havia sido quebrado durante o combate. Seu rosto mostrava uma feia contusão, e ele era um dos mais sortudos.

— Luminobre — chamou Rushu, apontando para outra carroça. — Aquilo ali parece vinho.

— Que beleza — disse Adolin.

Ninguém estava prestando atenção nas diretrizes da tia Navani?

Ele lidou com a carroça, então teve que interromper um bate-boca entre homens que estavam zangados porque haviam sido destacados para carregar água. Eles alegavam que isso era trabalho de parshemanos, indigno do nan deles. Infelizmente, já não havia mais parshemanos.

Para tranquilizá-los, Adolin sugeriu que começassem uma guilda de carregadores de água, se tivessem que continuar no serviço. Seu pai certamente aprovaria, embora Adolin estivesse preocupado. Teriam os fundos para pagar todas aquelas pessoas? Os salários eram baseados na posição social de cada um, e não era possível só escravizar alguém sem motivo.

Adolin estava feliz de ter aquela tarefa para distraí-lo. Embora não precisasse olhar cada carroça pessoalmente — estava ali para supervisionar —, dedicou-se ao trabalho. Não conseguia treinar combate direito, não com o pulso daquele jeito, mas, se passasse tempo demais sozinho, começava a pensar no que acontecera no dia anterior.

Ele realmente havia feito aquilo?

Ele realmente havia *assassinado* Torol Sadeas?

Foi quase um alívio quando finalmente um mensageiro veio até ele, sussurrando que algo havia sido descoberto nos corredores do terceiro andar.

Adolin tinha certeza de que sabia o que era.

DALINAR OUVIU GRITOS MUITO antes de chegar. Eles ecoavam pelos túneis. Ele conhecia aquele tom; um conflito era iminente.

Deixou Navani para trás e começou a correr, suando enquanto atravessava uma ampla interseção entre túneis. Homens de azul, iluminados pela luz forte das lanternas, encaravam outros trajando verde-floresta. Esprenos de raiva brotavam do chão como poças de sangue.

Um cadáver com o rosto coberto por um casaco verde jazia no chão.

— Parem! — urrou Dalinar, avançando para o espaço entre os dois grupos de soldados. Ele puxou para trás um carregador de pontes que havia avançado até estar cara a cara com um dos soldados de Sadeas. — Para trás, ou mandarei prender todos vocês!

Sua voz atingiu os homens como ventos de tempestade, atraindo olhares dos dois lados. Ele empurrou o carregador de pontes na direção dos seus companheiros, então empurrou para trás um dos soldados de Sadeas, rezando para que o homem tivesse a presença de espírito de resistir à tentação de atacar um grão-príncipe.

Navani e a batedora pararam nos limites do conflito. Os homens da Ponte Quatro por fim recuaram para um corredor e os soldados de Sadeas se retiraram para o corredor oposto. Uma distância que ainda permitia que se encarassem furiosamente.

— É melhor que esteja preparado para os trovões da Danação — gritou o oficial de Sadeas para Dalinar. — Seus homens *assassinaram* um grão-príncipe!

— Ele já estava assim quando o encontramos! — gritou Teft da Ponte Quatro em resposta. — Provavelmente tropeçou na própria faca. Bem feito para esse tormentoso canalha.

— Teft, *calado*! — gritou Dalinar.

O carregador de pontes pareceu envergonhado, então fez uma saudação com um gesto rígido. Dalinar se ajoelhou, puxando o casaco que cobria o rosto de Sadeas.

— O sangue está seco. Ele já está aqui há algum tempo.

— Estávamos procurando por ele — disse o oficial de verde.

— Procurando por ele? Vocês *perderam* seu grão-príncipe?

— Os túneis são confusos! — respondeu o homem. — Eles não seguem direções naturais. Nós demos uma volta e...

— Pensamos que ele podia ter voltado para outra parte da torre — disse outro homem. — Gastamos a noite passada procurando por ele lá. Algumas pessoas disseram que pensavam tê-lo visto, mas estavam enganadas e...

E um grão-príncipe ficou caído aqui em meio ao próprio sangue por metade de um dia, pensou Dalinar. *Pelo sangue dos meus ancestrais.*

— Não conseguimos encontrá-lo — continuou o oficial — porque seus homens o assassinaram e moveram o corpo...

— O sangue está empoçando aqui há horas. Ninguém moveu o corpo — apontou Dalinar. — Coloquem o grão-príncipe naquela sala lateral ali e chamem Ialai, caso ainda não tenham chamado. Quero dar uma olhada melhor.

D ALINAR KHOLIN ERA UM perito em morte. Desde a juventude, homens mortos lhe eram uma visão familiar. Quando se passava tempo suficiente no campo de batalha, ficava-se íntimo da sua mestra.

Então o rosto ensanguentado e arruinado de Sadeas não o chocou. O olho perfurado, esmagado dentro da órbita por uma lâmina que havia sido empurrada até o cérebro. O fluido e o sangue que haviam escorrido, depois secado.

Uma faca no olho era o tipo de ferida que matava um homem de armadura com um elmo completo. Era uma manobra que se praticava para usar no campo de batalha. Mas Sadeas não estava usando armadura, nem estivera em um campo de batalha.

Dalinar se inclinou, inspecionando o corpo que jazia na mesa, iluminado por lanternas de óleo bruxuleantes.

— Um assassino — disse Navani, estalando a língua e sacudindo a cabeça. — Isso não é bom.

Atrás dele, Adolin e Renarin estavam junto de Shallan e de alguns carregadores de pontes. Em frente a Dalinar estava Kalami; uma mulher magra e de olhos alaranjados que era uma das suas escribas mais graduadas. Ela havia perdido o marido, Teleb, na batalha contra os Esvaziadores. Ele detestava chamá-la para trabalhar durante seu período de luto, mas a mulher insistira em permanecer no seu posto.

Raios, ele tinha pouquíssimos oficiais de alta patente sobreviventes. Cael tombara no choque entre a Tempestade Eterna e a grantormenta, quando estava quase conseguindo se salvar. Ele havia perdido Ilamar e Perethom durante a traição de Sadeas na Torre. O único grão-senhor restante era Khal, que ainda estava se recuperando de uma ferida que sofrera durante o combate com os Esvaziadores — ferida essa que ocultara até todos estarem seguros.

Até mesmo Elhokar, o rei, havia sido ferido pelos assassinos no seu palácio enquanto os exércitos estavam lutando em Narak. Ele ainda estava se recuperando. Dalinar não sabia ao certo se ele veria o corpo de Sadeas ou não.

De qualquer modo, a falta de oficiais de Dalinar explicava os outros ocupantes da sala: o Grão-príncipe Sebarial e sua concubina, Palona. Simpático ou não, Sebarial era um dos dois grão-príncipes vivos que haviam respondido ao chamado de Dalinar para marchar até Narak. Dalinar precisava contar com alguém, e não confiava nem um pouco na maioria dos outros grão-príncipes.

Sebarial, junto com Aladar — que havia sido chamado, mas que não chegara ainda —, teria que formar a fundação de uma nova Alethkar. Que o Todo-Poderoso os ajudasse a todos.

— Bem! — disse Palona, as mãos nos quadris, observando o cadáver de Sadeas. — Acho que esse problema está resolvido!

Todos no recinto se voltaram para ela.

— O que foi? Não me digam que não estavam pensando o mesmo.

— Isso vai parecer suspeito, Luminobre — disse Kalami. — Todos vão agir como esses soldados lá fora e presumir que o senhor mandou matá-lo.

— Algum sinal da Espada Fractal dele? — quis saber Dalinar.

— Não, senhor — respondeu um dos carregadores de pontes. — Quem quer que tenha matado ele provavelmente levou a espada.

Navani esfregou o ombro de Dalinar.

— Eu não usaria as mesmas palavras que Palona, mas ele *tentou* matar você. Talvez seja melhor assim.

— Não — contestou Dalinar, a voz rouca. — Nós precisávamos dele.

— Sei que você está desesperado, Dalinar — disse Sebarial. — Minha presença aqui é prova suficiente *disso*. Mas certamente a situação não é tão ruim a ponto de a presença de Sadeas ser considerada algo bom. Eu concordo com Palona. Já vai tarde.

Dalinar levantou o rosto, inspecionando as pessoas no recinto. Sebarial e Palona. Teft e Sigzil, os tenentes da Ponte Quatro. Um punhado de outros soldados, incluindo a jovem batedora que o chamara. Seus filhos, o confiável Adolin e o impenetrável Renarin. Navani, com a mão no ombro dele. Até mesmo Kalami, já uma senhora, tinha as mãos unidas, e assentiu ao encontrar seu olhar.

— Vocês todos concordam, não é? — indagou Dalinar.

Ninguém protestou. Sim, aquele assassinato era inconveniente para a reputação de Dalinar, e eles certamente não teriam ido tão longe a ponto de matar Sadeas. Mas agora que ele se fora... Bem, por que desperdiçar lágrimas com isso?

Memórias fervilhavam na cabeça de Dalinar. Dias passados com Sadeas, escutando os planos grandiosos de Gavilar. À noite antes do casamento de Dalinar, quando beberam vinho juntos em um animado banquete que Sadeas organizara para ele.

Era difícil reconciliar aquele homem mais jovem, aquele *amigo*, com o rosto mais velho e rechonchudo na mesa diante dele. O Sadeas adulto fora um assassino cuja traição havia causado a morte de bons homens. Por esses homens, abandonados durante a batalha na Torre, Dalinar só podia sentir satisfação ao ver Sadeas finalmente morto.

Isso o perturbava. Ele sabia *exatamente* como os outros estavam se sentindo.

— Venham comigo.

Ele deixou o corpo e saiu da sala. Passou pelos guardas de Sadeas, que se apressaram a entrar de volta. Eles cuidariam do cadáver; com sorte, desarmara a situação o suficiente para impedir um conflito de brotar entre suas forças e as dele. Por enquanto, a melhor coisa a fazer seria levar a Ponte Quatro para longe dali.

O séquito de Dalinar o seguiu pelos corredores da torre cavernosa, carregando lâmpadas de óleo. As paredes eram cheias de linhas — estratos naturais de cores terrosas se alternando, como crem que secava em camadas. Ele não culpava os soldados por terem perdido o rastro de Sadeas; era muito fácil se perder naquele lugar, com suas passagens intermináveis, todas conduzindo para a escuridão.

Felizmente, tinha uma ideia de onde estavam, e conduziu seu grupo até a um cômodo mais externo da torre. Ali, adentrou uma câmara vazia e saiu para a sacada, uma entre muitas similares que pareciam grandes pátios.

Acima dele erguia-se a colossal cidade-torre de Urithiru, uma estrutura incrivelmente alta construída diante das montanhas. Criada a partir de uma sequência de dez níveis semelhantes a anéis — cada um contendo dezoito andares —, a cidade-torre era adornada com aquedutos, janelas e sacadas como aquela ali.

O piso térreo também possuía amplas áreas acopladas: grandes superfícies de rocha que formavam platôs com parapeitos de pedra, cuja beirada dava para os abismos entre os picos da montanha. De início, aqueles platôs deixaram-nos perplexos, mas os sulcos na pedra e as caixas para plantio haviam revelado seu propósito. De algum modo, eram *campos*. Como as grandes áreas de jardins no topo de cada nível da torre, aquele terreno havia servido para plantação, apesar do frio. Um desses campos se estendia dois andares abaixo daquela sacada onde estavam.

Dalinar foi até a beira da sacada e pousou as mãos no parapeito de pedra lisa. Os outros se reuniram atrás dele. Ao longo do caminho, juntaram-se a eles o Grão-príncipe Aladar, um alethiano calvo e distinto de pele escura, e May, sua filha, uma jovem baixa e bonita na casa dos vinte anos, com olhos castanho-claros e um rosto redondo, seu cabelo alethiano negro como azeviche cortado curto e lhe emoldurando o rosto. Navani sussurrou para eles os detalhes da morte de Sadeas.

Dalinar estendeu a mão, gesticulando no ar frio, apontando para além da sacada.

— O que vocês estão vendo?

Os carregadores de pontes se juntaram para olhar adiante. Entre eles estava o herdaziano, que agora tinha dois braços, depois de fazer um deles crescer de novo com Luz das Tempestades. Os homens de Kaladin haviam começado a manifestar poderes como Corredores dos Ventos — embora eles aparentemente fossem apenas "escudeiros". Navani dizia que era um tipo de Radiante aprendiz que outrora fora muito comum: homens e mulheres cujas habilidades estavam ligadas ao seu mestre, um Radiante pleno.

Os homens da Ponte Quatro não haviam se ligado ainda aos próprios esprenos e, muito embora houvessem começado a manifestar poderes, haviam perdido suas habilidades quando Kaladin voou até Alethkar para avisar sua família sobre a Tempestade Eterna.

— O que vejo? — disse o herdaziano. — Vejo nuvens.

— *Muitas* nuvens — acrescentou outro carregador de pontes.

— Algumas montanhas também — disse outro. — Elas parecem dentes.

— Que nada, parecem chifres — discordou o herdaziano.

— Nós — interrompeu Dalinar — estamos acima das tempestades. Será fácil esquecer a tormenta que o resto do mundo está encarando. A Tempestade Eterna vai voltar, trazendo os Esvaziadores. Nós precisamos ter em mente que esta cidade... nossos exércitos... logo serão o único bastião de ordem restante no mundo. É nosso chamado, nosso *dever*, assumir a liderança.

— Ordem? — replicou Aladar. — Dalinar, você *viu* nossos exércitos? Eles lutaram em uma batalha impossível apenas seis dias atrás e, muito embora tenham sido resgatados, tecnicamente nós *perdemos*. O filho de Roion está terrivelmente despreparado para lidar com o que restou do seu principado. Algumas das forças mais poderosas, as de Thanadal e Vamah, *ficaram para trás* nos acampamentos de guerra!

— Aqueles que vieram já estão brigando — acrescentou Palona. — A morte do velho Torol só deu a eles mais um motivo de discórdia.

Dalinar se virou, agarrando o parapeito de pedra com as mãos, os dedos frios. Um vento gelado soprava contra ele e alguns esprenos de vento passaram como pessoinhas translúcidas cavalgando a brisa.

— Luminosa Kalami — disse Dalinar —, o que você sabe sobre as Desolações?

— Como assim, Luminobre? — perguntou ela, hesitante.

— As Desolações. A senhora pesquisou a teoria vorin, certo? Pode nos contar sobre as Desolações?

Kalami pigarreou.

— Elas eram a manifestação da destruição, Luminobre. Cada uma delas foi tão profundamente devastadora que a humanidade foi deixada aos pedaços. Populações arrasadas, a sociedade mutilada, eruditos mortos. A humanidade foi forçada a passar por gerações de reconstrução depois de cada uma delas. Canções nos contam como as perdas se acumularam, fazendo com que regredíssemos cada vez mais, até o ponto em que os Arautos deixaram um povo com espadas e fabriais e voltaram para encontrá-los com bastões e machados de pedra.

— E os Esvaziadores? — indagou Dalinar.

— Eles vinham para aniquilar — disse Kalami. — A meta era varrer a humanidade de Roshar. Eram espectros, sem forma... Alguns dizem que são espíritos dos mortos, outros que são esprenos da Danação.

— Teremos que encontrar uma maneira de impedir que isso volte a acontecer — disse Dalinar em voz baixa, voltando-se para o grupo. — Este mundo precisa poder se voltar para nós. Precisamos fornecer estabilidade, um ponto de mobilização. É por isso que não consigo me alegrar com a morte de Sadeas. Ele era uma pedra no meu sapato, mas era um general hábil e uma mente brilhante. Nós precisávamos dele. Antes que tudo isso acabe, vamos precisar de todos que possam lutar.

— Dalinar — disse Aladar. — Eu costumava discutir. Era como os outros grão-príncipes. Mas o que vi naquele campo de batalha... aqueles olhos vermelhos... Eu estou com o senhor. Eu o seguirei até o fim das próprias tempestades. O que quer que eu faça?

— Nosso tempo é curto. Aladar, eu o nomeio o novo Grão-príncipe da Informação, no comando do julgamento e da legislação desta cidade. Estabeleça a ordem em Urithiru e certifique-se de que os grão-príncipes tenham áreas de controle claramente delimitadas. Forme uma força policial e patrulhe esses corredores. Mantenha a paz e impeça conflitos entre soldados, como o que evitamos mais cedo. Sebarial, eu o nomeio Grão-príncipe do Comércio. Contabilize nossos suprimentos e estabeleça mercados em Urithiru. Quero que esta torre se torne uma cidade funcional, não apenas uma parada temporária. Adolin, cuide para que os exércitos sejam colocados em um regime de treinamento. Conte as tropas que temos, de todos os grão-príncipes, e informe a eles que suas lanças serão necessárias para a defesa de Roshar. Enquanto estiverem aqui, estarão sujeitos à minha autoridade como Grão-príncipe da Guerra. Nós vamos acabar com suas rixas por meio do treinamento. Nós controlamos os Transmutadores e controlamos a comida. Se eles quiserem rações, terão que me escutar.

— E nós? — indagou o desgrenhado tenente da Ponte Quatro.

— Continuem explorando Urithiru com meus batedores e escribas — disse Dalinar. — E me informem assim que seu capitão voltar. Com sorte, ele trará boas novas de Alethkar.

Dalinar respirou fundo. Uma voz ecoava no fundo da sua mente, como se ao longe. *Você deve uni-los.*

Prepare-se para a chegada do campeão do inimigo.

— Nossa meta maior é a preservação de toda Roshar — continuou Dalinar em voz baixa. — Vimos o custo de ter fileiras divididas. Por causa disso, fracassamos em deter a Tempestade Eterna. Mas esse foi só o primeiro teste, o treino antes do verdadeiro combate. Para encarar a Desolação, darei um jeito de fazer o que meu ancestral, o Criador de Sóis, não conseguiu fazer por meio da conquista. Eu *vou* unificar Roshar.

Kalami arquejou baixinho. Nenhum homem jamais unira todo o continente — nem durante as invasões shinas, nem durante o ápice da Hierocracia, nem durante as conquistas do Criador de Sóis. Essa era a tarefa dele, da qual tinha cada vez mais certeza. O inimigo lançaria seus piores terrores: os Desfeitos e os Esvaziadores. Aquele campeão espectral na armadura escura.

Dalinar os encararia com uma Roshar unificada. Era uma pena que não houvesse encontrado uma maneira de convencer Sadeas a juntar-se à sua causa.

Ah, Torol, pensou. *O que poderíamos ter feito juntos, se não houvéssemos nos distanciado tanto...*

— Pai? — Uma voz baixa chamou sua atenção. Renarin, que estava ao lado de Shallan e Adolin. — O senhor não nos mencionou. Eu e a Luminosa Shallan. Qual é a nossa tarefa?

— Praticar — respondeu Dalinar. — Outros Radiantes se juntarão a nós e vocês dois terão que liderá-los. Os cavaleiros foram outrora nossa maior arma contra os Esvaziadores, e precisarão ser novamente.

— Pai, eu... — Renarin tropeçou nas palavras. — É só que... Eu? Não posso. Não sei como... Muito menos...

— Filho — disse Dalinar, se aproximando e pegando Renarin pelo ombro. — Eu confio em você. O Todo-Poderoso e o espreno concederam-lhe poderes para defender e proteger essa gente. Use-os. *Domine-os*, então venha me relatar suas habilidades. Acho que estamos todos curiosos para descobrir.

Renarin suspirou baixinho, então assentiu.

3
IMPULSO

TRINTA E QUATRO ANOS ATRÁS

PETROBULBOS ERAM ESMAGADOS FEITO crânios sob as botas de Dalinar enquanto ele avançava pelo campo incendiado. Seus soldados de elite marchavam atrás dele, uma força escolhida a dedo, tanto de olhos-claros quanto escuros. Não se tratava de uma guarda de honra. Dalinar não precisava de uma *guarda*. Aqueles ali eram apenas os homens que considerava competentes o bastante para não envergonhá-lo.

Ao seu redor, petrobulbos ardiam. O musgo — seco devido ao calor do verão e aos longos dias entre tempestades durante aquele período do ano — estava em chamas, incendiando os petrobulbos. Esprenos de chama dançavam entre eles. E, como se também fosse um espreno, Dalinar avançava pela fumaça, contando com sua armadura acolchoada e botas espessas para protegê-lo.

O inimigo — pressionado rumo ao norte pelos seus exércitos — havia recuado para a cidade logo à frente. Com certa dificuldade, Dalinar havia esperado, para que pudesse trazer seus soldados de elite como uma força de flanqueamento.

Não esperara que o inimigo incendiasse aquela planície, queimando desesperadamente as próprias colheitas para bloquear uma abordagem pelo sul. Bem, os fogos podiam ir para a Danação. Embora alguns dos seus homens estivessem atordoados pela fumaça ou pelo calor, a maioria permaneceu com ele. Confrontariam o inimigo, empurrando-o contra o exército principal.

Martelo e bigorna. Seu tipo favorito de tática: o tipo que não permitia que seus inimigos escapassem.

Enquanto Dalinar irrompia do ar fumegante, encontrou algumas fileiras de lanceiros entrando às pressas em formação na fronteira sudeste da cidade. Esprenos de expectativa — parecendo flâmulas vermelhas brotando do chão e tremulando ao vento — se aglomeraram ao redor deles. A baixa muralha da cidade havia sido derrubada em uma disputa, alguns anos atrás, de modo que os soldados só possuíam os destroços para usar como fortificação — muito embora uma grande cadeia de montanhas ao leste formasse um quebra-vento natural contra as tempestades, o que havia permitido que aquela cidade se expandisse quase como uma cidade real.

Dalinar gritou para os soldados inimigos, batendo sua espada — que era apenas uma espada montante comum — contra o escudo. Ele usava uma robusta couraça, um elmo de frente aberta e botas reforçadas com ferro. Os lanceiros à frente dele hesitaram ao ver seus soldados de elite rugindo em meio à fumaça e às chamas, em uma sanguinária cacofonia.

Alguns dos lanceiros deixaram cair suas armas e fugiram. Dalinar sorriu. Ele não precisava de Fractais para intimidar.

Atingiu os lanceiros como um rochedo rolando por um bosque de brotos, sua espada fazendo sangue esguichar. Uma boa luta tinha a ver com *impulso*. Não parar. Não pensar. Avançar e convencer seus inimigos de que eles já estavam praticamente mortos. Desse modo, eles resistiam menos enquanto você os mandava para suas piras funerárias.

Os lanceiros atacaram freneticamente com suas armas; a prioridade não era matar e sim tentar afastar aquele louco. As fileiras entraram em colapso à medida que soldados demais voltaram a atenção para ele.

Dalinar gargalhou, aparando bruscamente um par de lanças com seu escudo, depois estripando um homem com uma lâmina no fundo da barriga. O homem deixou a lança cair, em agonia, e seus vizinhos recuaram da horrível visão. Dalinar chegou com um rugido, matando-os com uma espada manchada do sangue do amigo deles.

Os soldados de elite atacaram a fileira rompida e a verdadeira chacina começou. Ele abriu caminho à força, mantendo o impulso, podando as fileiras até chegar à retaguarda, então respirou fundo e limpou suor e cinzas do rosto. Um lanceiro chorava no chão ali perto, gritando pela mãe enquanto se arrastava sobre a pedra, deixando uma trilha de sangue. Esprenos de medo se misturavam com os fibrosos esprenos de dor alaranjados. Dalinar balançou a cabeça e enfiou a espada nas costas do garoto ao passar.

Homens frequentemente gritavam pelos pais enquanto morriam. Não importava a idade; já vira homens de barba grisalha fazendo isso, assim como garotos como aquele ali. *Ele não é muito mais jovem do que eu*, pensou Dalinar. Talvez dezessete anos. Mas Dalinar nunca havia se sentido jovem, independentemente da idade.

Seus soldados de elite cortaram a linha inimiga ao meio. Dalinar dançou, sacudindo a espada coberta de sangue, sentindo-se alerta, empolgado, mas não ainda *vivo*. Onde estava?

Vamos lá...

Um grupo maior de soldados inimigos trotou pela rua na sua direção, conduzido por vários oficiais de branco e vermelho. Pela maneira como pararam de repente, Dalinar adivinhou que ficaram alarmados ao ver seus lanceiros tombando tão rápido.

Dalinar atacou. Seus soldados de elite sabiam que deviam ficar de olho, então cinquenta homens rapidamente se juntaram a ele — o resto precisava acabar com os desafortunados lanceiros. Cinquenta bastariam. O confinamento da cidade apinhada garantia que Dalinar não precisaria de mais homens que isso.

Ele concentrou sua atenção no único homem a cavalo. O sujeito usava uma armadura metálica, obviamente feita para parecer uma Armadura Fractal, muito embora fosse apenas de aço comum. Ela não tinha a beleza nem o poder de uma verdadeira Armadura. Ele ainda parecia ser a pessoa mais importante por ali. Com sorte, isso significaria que era o melhor guerreiro.

A guarda de honra do homem veio para o ataque e Dalinar sentiu algo brotar dentro dele. Como uma sede, uma necessidade física.

Desafio. Ele precisava de um *desafio*!

Encarou o primeiro membro da guarda, atacando com veloz brutalidade. Lutar em um campo de batalha não era como duelar em uma arena; Dalinar não dançou ao redor do sujeito, testando suas habilidades. Ali, aquele tipo de coisa acabava com uma outra pessoa te apunhalando nas costas. Em vez disso, Dalinar desceu sua espada com toda força contra o inimigo, que levantou seu escudo para bloqueá-la. Dalinar desferiu uma série de golpes rápidos e poderosos, como um percussionista tocando um ritmo furioso. *Bam, bam, bam, bam!*

O soldado inimigo segurava o escudo sobre a cabeça, deixando Dalinar totalmente no controle. Dalinar levantou o próprio escudo e empurrou-o contra o homem, forçando-o para trás até que ele tropeçou, dando a Dalinar uma abertura.

Aquele homem não teve a chance de gritar pela mãe.

O corpo caiu diante dele. Dalinar permitiu que seus soldados de elite cuidassem dos outros; o caminho estava aberto para o luminobre. Quem era ele? O grão-príncipe lutava ao norte. Seria algum outro olhos-claros importante? Ou... Dalinar não se lembrava de ter ouvido rumores sobre um filho, durante as intermináveis reuniões de planejamento de Gavilar?

Bem, aquele homem certamente tinha um ar grandioso naquela égua branca, contemplando a batalha por trás do visor do elmo, a capa tremulando ao redor. O inimigo ergueu a espada à altura do elmo, apontando para Dalinar, sinalizando que aceitava o desafio.

Idiota.

Dalinar levantou o braço do escudo e apontou, contando que pelo menos um dos seus soldados estaria junto dele. De fato, Jenin se aproximou, pegou o arco curto das costas, e — enquanto o luminobre gritava, surpreso — acertou o cavalo no peito.

— Detesto atirar em cavalos — resmungou Jenin enquanto o animal ferido empinava, cheio de dor. — É como jogar mil brons no tormentoso oceano, Luminobre.

— Comprarei dois para você quando terminarmos isso aqui — prometeu Dalinar enquanto o luminobre caía do cavalo.

Dalinar se desviou dos cascos velozes e dos guinchos de dor, procurando o homem caído. Ficou feliz ao ver o inimigo se levantando. Eles começaram a lutar, com golpes amplos e frenéticos. A vida era uma questão de *impulso*. Escolher uma direção e não deixar que nada — homem ou tempestade — o desviasse. Dalinar atacou o luminobre, fazendo com que recuasse, furioso e persistente.

Sentia que estava vencendo a contenda, no controle, até o momento em que acertou seu escudo no inimigo e, no momento do impacto, sentiu algo *arrebentar*. Uma das correias que fixavam o escudo em seu braço havia se rompido.

O inimigo reagiu imediatamente, empurrando o escudo, torcendo-o ao redor do braço de Dalinar, arrebentando a outra correia. O escudo se soltou e caiu.

Dalinar cambaleou, movendo a espada, tentando aparar um golpe que não veio. Em vez disso, o luminobre se aproximou e atacou Dalinar com o próprio escudo.

Dalinar se desviou do golpe que se seguiu, mas o ataque consecutivo o atingiu com tudo na cabeça, jogando-o ao chão. Seu elmo se deformou, o metal amassado cortando seu escalpo, tirando sangue. Sua visão ficou duplicada, oscilando.

Ele está vindo para o golpe final.

Dalinar rugiu, erguendo a espada em uma defesa selvagem que atingiu a arma do luminobre e a fez escapar das mãos dele.

Então, em resposta, o homem socou Dalinar no rosto com a manopla. Seu nariz estalou.

Ele caiu de joelhos, a espada escorregando dos seus dedos. O inimigo estava ofegante, praguejando entre inspirações, cansado pela contenda curta e frenética. Ele levou a mão a uma faca no cinto.

Uma emoção surgiu em Dalinar.

Era um fogo que preencheu o vazio dentro dele, inundou-o e o despertou, trazendo clareza. Os sons de seus soldados de elite lutando contra a guarda de honra do luminobre se dissiparam, o impacto do metal no metal se transformando em estalidos, grunhidos se tornando um murmúrio distante.

Dalinar sorriu, então o sorriso aumentou ainda mais. Sua visão retornou, e o luminobre, com a faca na mão, ergueu os olhos e se assustou, cambaleando para trás. Ele parecia horrorizado.

Dalinar rugiu, cuspindo sangue e se lançando sobre o inimigo. O golpe que veio em sua direção pareceu patético e Dalinar se desviou, jogando o ombro contra o abdômen do adversário. Alguma coisa vibrava dentro de Dalinar, o pulso da batalha, o ritmo de matar e morrer.

A Euforia.

Ele desequilibrou seu oponente, então saiu em busca da sua espada. Dym, contudo, gritou o nome de Dalinar e jogou-lhe uma alabarda que tinha um gancho de um lado e uma lâmina de machado larga e fina no outro. Ele agarrou-a no ar e girou, prendendo o tornozelo do inimigo com a cabeça da alabarda e puxando.

O luminobre caiu com um retinido metálico. Antes que Dalinar pudesse aproveitar a situação, dois homens da guarda de honra conseguiram se desembaraçar dos seus soldados e avançaram para defender seu luminobre.

Dalinar enterrou a ponta da alabarda no flanco de um deles, soltou-a com um arranco e girou de novo — batendo com a arma no elmo do luminobre, que estava a caminho de se levantar, e deixando-o de joelhos — antes de se virar bem a tempo de aparar a espada do guarda restante com o corpo da alabarda.

Em seguida, fez força para cima, segurando a alabarda com as mãos, fazendo a espada do guarda sair voando por cima da cabeça. Então avançou até que estivesse cara a cara com o sujeito, sentindo o hálito do homem.

Ele cuspiu o sangue que lhe escorria do nariz, então o chutou no estômago. Depois se virou para o luminobre, que estava tentando fugir. Dalinar rosnou, cheio de Euforia. Ele brandiu a alabarda com uma mão, enganchando a ponta no flanco do luminobre, e puxou bruscamente, derrubando-o mais uma vez.

O luminobre rolou e foi saudado pela visão de Dalinar descendo a alabarda em um golpe de duas mãos que fez a ponta atravessar a couraça até penetrar seu tórax. O som de fratura foi satisfatório, e Dalinar puxou de volta a arma ensanguentada.

Como se aquele golpe fosse um sinal, a guarda de honra por fim foi desbaratada pelos seus soldados de elite. Dalinar sorriu ao ver os inimigos fugirem, esprenos de glória surgindo ao redor dele como brilhantes esferas douradas. Seus homens sacaram os arcos curtos e abateram uma boa dúzia dos inimigos em fuga com tiros nas costas. Danação, era ótimo vencer uma força maior do que a dele.

Ali perto, o luminobre caído gemeu baixinho.

— Por que... — disse o homem de dentro do elmo. — Por que nós?

— Não sei — respondeu Dalinar, jogando a alabarda de volta para Dym.

— Você... *não sabe*? — perguntou o moribundo.

— Meu irmão escolhe — explicou Dalinar. — Eu só vou na direção que ele me aponta.

Ele gesticulou na direção do homem moribundo e Dym enfiou uma espada na axila do nobre de armadura, terminando o serviço. O sujeito havia lutado razoavelmente bem; não havia motivo para prolongar seu sofrimento.

Outro soldado se aproximou, entregando a Dalinar sua espada. Ela tinha uma lasca do tamanho de um polegar bem na lâmina. Também parecia torta.

— A espada é para enfiar nas partes macias, Luminobre — comentou Dym. — Não para acertar as partes duras.

— Vou me lembrar disso — replicou Dalinar, jogando a espada fora enquanto um dos seus homens selecionava uma substituta entre os caídos.

— O senhor... está bem, Luminobre? — indagou Dym.

— Nunca estive melhor — disse ele, a voz ligeiramente distorcida pelo nariz entupido.

Doía como a Danação e ele atraía um pequeno grupo de esprenos de dor — parecidos com mãozinhas alongadas — do chão.

Seus homens entraram em formação ao redor dele e Dalinar conduziu o caminho, avançando pela rua. Em pouco tempo, avistou o grosso da força inimiga ainda lutando mais à frente, atormentada pelo seu exército. Ele deteve seus homens, considerando as opções.

Thakka, capitão dos soldados de elite, virou-se para ele.

— Ordens, senhor?

— Tomem aquelas construções — disse Dalinar, apontando para uma linha de casas. — Vamos ver se eles lutam direito enquanto nos veem capturar suas famílias.

— Os homens vão querer saquear — disse Thakka.

— O que há para saquear em palhoças como essas? Couro de porco molhado e tigelas velhas de petrobulbo? — Ele removeu o elmo para limpar o sangue do rosto. — Eles podem saquear depois. Agora eu preciso de reféns. Há civis em alguma parte dessa cidade tormentosa. Encontre-os.

Thakka assentiu, gritando as ordens. Dalinar foi pegar um pouco de água. Ele precisaria se reunir com Sadeas e...

Algo o atingiu no ombro. Ele só viu de relance o que era; uma mancha escura que o acertou com a força de um coice e o jogou no chão, a dor queimando seu flanco.

Dalinar hesitou ao se ver caído no chão. Uma tormentosa *flecha* brotava do seu ombro direito, com uma haste longa e grossa. Ela havia atravessado a cota de malha, bem no lado onde sua couraça encontrava o braço.

— Luminobre! — exclamou Thakka, se ajoelhando, protegendo Dalinar com o corpo. — Por Kelek! Luminobre, o senhor está...

— Danação, quem foi que atirou isso? — interpelou Dalinar.

— Lá em cima — respondeu um dos seus homens, apontando para a cadeia de montanhas acima da cidade.

— São *quase trezentos metros* — disse Dalinar, empurrando Thakka para o lado. — Isso não é...

Ele estava olhando, então desviou da flecha seguinte, que caiu a uns trinta centímetros dele, quebrando-se contra o chão de pedra.

Dalinar fitou-a por um instante, então começou a gritar:

— Cavalos! Onde estão os tormentosos cavalos?!

Um pequeno grupo de soldados avançou a trote rápido, trazendo todos os 11 cavalos que haviam guiado cuidadosamente pelo campo de batalha. Dalinar teve que se desviar de *outra* flecha enquanto tomava as rédeas de Madrugada, seu capão negro, e se jogava na sela. A flecha no seu braço era uma dor cortante, mas ele sentia algo mais urgente atraindo-o adiante. Ajudando-o a se concentrar.

Galopou de volta pelo caminho por onde haviam chegado, saindo do campo de visão do arqueiro, seguido por dez dos seus melhores homens. Devia haver uma maneira de subir aquela encosta... Ali! Um caminho rochoso e tortuoso, raso o bastante para que não se incomodasse em correr por ali com Madrugada.

Dalinar temia que, quando chegasse ao topo, sua presa já houvesse escapado. Porém, quando enfim alcançou o pico do morro, uma flecha o acertou no lado *esquerdo* do peito, atravessando direto a couraça perto do ombro, quase o derrubando da sela.

Danação! Ele deu um jeito de se manter na sela, agarrando as rédeas com uma das mãos, e se inclinou, espiando adiante. O arqueiro — ainda uma figura distante —, parado sobre uma saliência rochosa, lançava outra flecha. E mais outra. Raios, o sujeito era rápido!

Ele guiou Madrugada para um lado, depois para o outro, sentindo o ritmo pulsante da Euforia brotando. Isso afastou a dor, permitindo que se concentrasse.

À frente, o arqueiro finalmente pareceu ficar alarmado e desceu de seu poleiro para fugir.

Dalinar passou com Madrugada por aquela saliência um momento depois. O arqueiro era um homem de vinte e poucos anos, trajando roupas rústicas, com braços e ombros que pareciam capazes de levantar um chule. Dalinar poderia atropelá-lo, mas, em vez disso, passou galopando e chutou o homem nas costas, derrubando-o.

Ao parar o cavalo, Dalinar sentiu o movimento causar uma pontada de dor pelo braço. Forçou-se a ignorá-la, os olhos lacrimejando, e virou-se para o arqueiro, que jazia estatelado entre flechas negras espalhadas no chão.

Dalinar pulou da sela, uma flecha plantada em cada ombro, enquanto seus homens o alcançavam. Ele agarrou o arqueiro e levantou o sujeito até que ficasse de pé, notando a tatuagem azul em seu rosto. O arqueiro arquejou e olhou fixamente para Dalinar. Ele imaginava que devia ser uma visão e tanto, coberto de fuligem dos fogos, seu rosto uma máscara de sangue do nariz e do couro cabeludo cortado, varado por não uma, mas *duas* flechas.

— Você esperou até que eu tirasse o elmo — declarou Dalinar. — Você é um assassino. Foi enviado para cá *especificamente* para me matar.

O homem fez uma careta, então assentiu.

— Fantástico! — exclamou Dalinar, soltando o sujeito. — Mostre-me esse disparo outra vez. Que distância é essa, Thakka? Estou certo, não estou? Quase trezentos metros?

— Perto de quatrocentos — respondeu Thakka, parando seu cavalo. — Mas com uma vantagem de altura.

— Ainda assim — disse Dalinar, andando até a beira do pico. Ele olhou para o arqueiro perplexo. — Ora, pegue seu arco!

— Meu... arco?

— Não me ouviu, homem? — replicou Dalinar bruscamente. — Vá pegá-lo!

O arqueiro fitou os dez soldados de elite a cavalo, de rostos severos e perigosos, então sabiamente decidiu obedecer. Pegou uma flecha, então o arco — que era feito de uma esguia madeira negra que Dalinar não reconheceu.

— Atravessou direto minha tormentosa armadura — murmurou Dalinar, tocando na flecha que o atingira no lado esquerdo.

Aquela não parecia tão ruim — ela havia perfurado o aço, mas perdera a maior parte do seu impulso com isso. A do lado direito, contudo, havia cortado pela cota de malha e estava fazendo sangue descer pelo seu braço.

Dalinar balançou a cabeça, protegendo os olhos com a mão direita, inspecionando o campo de batalha. À direita, os exércitos se enfrentavam e o corpo principal dos seus soldados de elite havia chegado para pressionar o flanco. A retaguarda havia encontrado alguns civis e os estava empurrando para a rua.

— Escolha um cadáver — disse Dalinar, apontando para uma praça vazia onde ocorrera uma escaramuça. — Enfie uma flecha em um deles, se puder.

O arqueiro umedeceu os lábios, ainda parecendo confuso. Por fim, ele tirou uma luneta do cinto e estudou a área.

— Aquele de azul, perto da carroça virada.

Dalinar estreitou os olhos, então concordou. Ali perto, Thakka havia apeado do cavalo e desembainhado a espada, apoiando-a no ombro. Um aviso não muito sutil. O arqueiro puxou o arco e lançou uma única flecha de penas negras. Ela voou para o alvo, atingindo o cadáver escolhido.

Um único espreno de admiração surgiu ao redor de Dalinar, como um anel de fumaça azul.

— Pai das Tempestades! Thakka, antes de hoje, eu teria apostado com você metade do principado que tal tiro não era possível. — Ele se voltou ao arqueiro. — Qual é seu nome, assassino?

O homem levantou o queixo, mas não respondeu.

— Bem, de qualquer modo, bem-vindo aos meus soldados de elite — disse Dalinar. — Alguém arrume um cavalo para esse camarada.

— O quê? — disse o arqueiro. — Eu tentei *matar* você!

— Sim, de uma distância segura. O que demonstra um excelente bom senso. Alguém com suas habilidades pode me ser útil.

— Nós somos inimigos!

Dalinar indicou a cidade abaixo, onde o sitiado exército inimigo estava finalmente se rendendo.

— Não mais. Parece que agora somos todos aliados!

O arqueiro cuspiu para o lado.

— Escravos subjugados ao seu irmão, o tirano.

Dalinar deixou um dos seus homens ajudá-lo a montar no seu cavalo.

— Se você prefere ser morto, eu respeito. Ou você pode se unir a mim e dizer qual é seu preço.

— A vida do meu Luminobre Yezriar — disse o arqueiro. — O herdeiro.

— É esse o sujeito...? — quis saber Dalinar, olhando para Thakka.

— ...Que o senhor matou lá embaixo? Sim, senhor.

— Ele tem um buraco no peito — disse Dalinar, olhando de volta para o assassino. — Uma pena.

— Seu... seu monstro! Não podia ter capturado ele?

— Não. Os outros principados estão sendo teimosos, se recusando a reconhecer a coroa do meu irmão. Jogos de pega-pega com os olhos-claros só encorajam as pessoas a resistir. Se eles souberem que estamos dispostos a derramar sangue, vão pensar duas vezes. — Dalinar deu de ombros. — Que tal isso? Una-se a mim e não saquearemos a cidade. O que sobrou dela, pelo menos.

O homem olhou para baixo, rumo ao exército que se rendia.

— Aceita ou não? — indagou Dalinar. — Prometo não obrigá-lo a flechar ninguém de quem você goste.

— Eu...

— Ótimo! — disse Dalinar, virando o cavalo e se afastando a trote.

Pouco tempo depois, quando os soldados de elite de Dalinar o alcançaram, o arqueiro taciturno estava em um cavalo com um dos outros homens. A dor aumentou em seu braço direito enquanto a Euforia sumia, mas era tolerável. Ele ia precisar que cirurgiões dessem uma olhada na ferida de flecha.

Quando alcançaram novamente a cidade, ele enviou ordens para que cessassem os saques. Seus homens detestariam isso, mas aquela cidade ali não valia lá muita coisa, de qualquer modo. As riquezas viriam quando adentrassem os centros dos principados.

Ele deixou seu cavalo carregá-lo devagar pela cidade, passando por soldados que haviam se acomodado para beber água e descansar do conflito prolongado. Seu nariz ainda doía e ele tinha que conscientemente evitar respirar sangue. Se estivesse quebrado mesmo, isso não seria nada bom.

Dalinar continuou avançando, lutando contra o entorpecido senso de... vazio que frequentemente se seguia a uma batalha. Aquele era o pior período; ainda se lembrava de estar vivo, mas agora precisava encarar a volta para o ordinário.

Ele havia perdido as execuções. Sadeas já tinha a cabeça do grão--príncipe local e as dos seus oficiais espetadas em lanças. Sadeas adorava um espetáculo. Dalinar passou pela horrível fileira, sacudindo a cabeça, e ouviu um xingamento murmurado pelo seu novo arqueiro. Teria que falar com o homem, reforçando a ideia de que, ao atacar Dalinar mais cedo, ele havia atirado uma flecha em um inimigo. Isso era respeitável. Se ele tentasse algo contra Dalinar ou Sadeas agora, seria diferente. Thakka já estava procurando a família do sujeito.

— Dalinar? — chamou uma voz.

Ele deteve seu cavalo, voltando-se na direção do som. Torol Sadeas — resplandecente na Armadura Fractal amarelo-dourada que já havia sido lavada — abria caminho através de um grupo de oficiais. O jovem de rosto corado parecia muito mais velho que há um ano. Quando eles haviam começado tudo aquilo, ele ainda era um rapaz desengonçado. Não mais.

— Dalinar, isso são *flechas*? Pai das Tempestades, homem, você parece um espinheiro! O que aconteceu com seu rosto?

— Um punho — disse Dalinar, então indicou com o queixo as cabeças nas lanças. — Bom trabalho.

— Nós perdemos o príncipe-herdeiro — continuou Sadeas. — Ele vai montar uma resistência.

— Isso seria impressionante, considerando o que fiz com ele.

Sadeas relaxou visivelmente.

— Ah, Dalinar. O que faríamos sem você?

— Perderiam. Alguém me traga algo para beber e uns cirurgiões. Nessa ordem. Além disso, Sadeas, eu prometi que não saquearíamos a cidade. Sem pilhagem, sem escravos.

— Você *o quê*? A quem você prometeu?

Dalinar indicou o arqueiro com o polegar por cima do ombro.

— Mais um? — resmungou Sadeas.

— Ele tem uma mira incrível. E também é leal.

Ele olhou para o lado, onde os soldados de Sadeas haviam reunido algumas mulheres chorosas para que Sadeas pudesse escolher.

— Eu queria muito aproveitar esta noite — observou Sadeas.

— E eu queria muito respirar pelo meu nariz. Nós vamos sobreviver. O que é mais do que se pode dizer sobre os garotos que enfrentamos hoje.

— Está bem, está bem. — Sadeas suspirou. — Suponho que podemos poupar uma cidade. Um símbolo de que não somos totalmente impiedosos. — Ele olhou novamente para Dalinar. — Vamos ter que arrumar Fractais para você, meu amigo.

— Para me proteger?

— Proteger você? Raios, Dalinar, a essa altura já não sei nem se uma *avalanche* poderia matá-lo. Não, é só que todos esses seus feitos, com você praticamente desarmado, faz com que o resto de nós passe vergonha!

Dalinar deu de ombros. Não esperou pelo vinho ou pelos cirurgiões; em vez disso, conduziu seu cavalo até seus soldados de elite e reforçou as ordens de proteger a cidade de saques. Depois guiou o cavalo pelo terreno fumegante até seu acampamento.

Já tinha vivido tudo que podia naquele dia. Levaria semanas, talvez meses, antes que tivesse outra oportunidade.

4

JURAMENTOS

Eu sei que muitas mulheres que lerem isto pensarão que é apenas mais uma prova de que sou o ímpio herege que todos alegam que sou.

— De *Sacramentadora*, prefácio

Dois dias depois de Sadeas ser encontrado morto, a Tempestade Eterna chegou novamente.

Dalinar caminhava por seus aposentos em Urithiru, atraído pela tempestade sobrenatural. Pés descalços sobre pedra gelada. Ele passou por Navani — que estava sentada à escrivaninha, trabalhando novamente em suas memórias — e foi até a sacada, que dava diretamente para os penhascos abaixo de Urithiru.

Ele sentia alguma coisa, um estalo nos ouvidos, o frio — ainda maior do que o normal — soprando do oeste. E algo mais. Um arrepio interno.

— É você, Pai das Tempestades? — sussurrou Dalinar. — Essa sensação de temor?

Essa coisa não é natural, disse o Pai das Tempestades. *É desconhecida.*

— Ela não aconteceu antes, durante as Desolações anteriores?
Não. É nova.

Como sempre, a voz do Pai das Tempestades soava longínqua, como um trovão muito distante. O Pai das Tempestades nem sempre respondia Dalinar, e não permanecia perto dele. Isso era de se esperar; ele era a voz da tempestade; não podia — não devia — ser contido.

Ainda assim, havia uma petulância quase infantil na maneira como ele ocasionalmente ignorava as perguntas de Dalinar. Às vezes, parecia que o fazia apenas porque não queria que Dalinar pensasse que ele viria sempre que chamado.

A Tempestade Eterna surgiu ao longe, suas nuvens negras iluminadas por dentro pelo crepitante relâmpago vermelho. Estava baixa o suficiente no céu para que, felizmente, seu topo não alcançasse Urithiru. Ela avançava como uma cavalaria, esmagando as nuvens calmas e comuns abaixo.

Dalinar forçou-se a assistir a onda de escuridão fluindo pelo platô de Urithiru. Logo pareceu que a torre solitária deles era um farol sobre um mar negro e letal.

O silêncio era perturbador. Aqueles raios vermelhos não ecoavam com trovões da maneira apropriada. Ele ouvia uns *estalos* ocasionais, secos e súbitos, como mil galhos se partindo ao mesmo tempo. Mas os sons não pareciam combinar com os lampejos de luz rubra que se elevavam daquelas profundezas.

De fato, a tempestade era tão silenciosa que ele pôde ouvir o característico farfalhar de tecido quando Navani se aproximou dele. Ela o envolveu nos braços, se pressionando contra suas costas, pousando a cabeça em seu ombro. Dalinar baixou os olhos e notou que ela havia removido a luva da mão segura, que mal estava visível no escuro: dedos belos e esguios, delicados, com as unhas pintadas de vermelho-vivo. Ele a viu sob o luar da primeira lua acima e os lampejos intermitentes da tempestade abaixo.

— Alguma outra notícia do oeste? — sussurrou Dalinar.

A Tempestade Eterna era mais lenta do que uma grantormenta e havia atingido Shinovar muitas horas antes. Ela não recarregava esferas, mesmo que deixadas do lado de fora durante toda a passagem da tormenta.

— As telepenas estão agitadas. Os monarcas estão demorando a responder, mas suspeito que logo descobrirão que *precisam* nos escutar.

— Acho que você subestima a teimosia que uma coroa pode incutir na mente de um homem ou de uma mulher, Navani.

Dalinar passara várias grantormentas ao ar livre, principalmente na juventude. Ele havia contemplado o caos do paredão levantando rochas e detritos, os relâmpagos que partiam o céu, as trovoadas. Grantormentas eram a expressão suprema do poder da natureza: selvagens, indômitas, enviadas para lembrar o homem da sua insignificância.

Contudo, grantormentas nunca pareceram odiosas. Aquela tempestade era diferente. Ela parecia *vingativa*.

Fitando aquela escuridão abaixo, Dalinar pensou enxergar o que ela havia feito. Uma série de vislumbres, lançados com fúria contra ele. As experiências da tempestade enquanto cruzava lentamente Roshar.

Casas arrancadas do chão, os gritos dos ocupantes perdidos na tormenta.

Pessoas apanhadas nos campos, fugindo em pânico diante da tempestade imprevista.

Cidades fulminadas pelos raios. Vilas lançadas nas sombras. Plantações destruídas pelo vento.

E vastos oceanos de olhos vermelhos brilhantes, despertando como esferas subitamente renovadas com Luz das Tempestades.

Dalinar soltou um suspiro longo, lento e sibilante, enquanto os vislumbres se desvaneciam.

— Isso foi real? — sussurrou ele.

Sim, respondeu o Pai das Tempestades. *O inimigo cavalga essa tempestade. Ele está ciente de você, Dalinar.*

Não era uma visão do passado nem uma possibilidade do futuro. Seu reino, seu povo, todo o seu *mundo* estava sendo atacado. Ele respirou fundo. Pelo menos, aquela não era a tempestade singular que eles haviam vivenciado quando a Tempestade Eterna se chocou com a grantormenta, na primeira vez. Aquela ali parecia menos poderosa. Não era capaz de derrubar cidades, mas causaria a destruição delas — os ventos atacavam em rajadas, hostis, de modo que parecia *deliberado*.

O inimigo parecia mais interessado em atacar as cidades pequenas. Os campos. As pessoas pegas de surpresa.

Muito embora não fosse tão destrutiva quanto ele temera, a tempestade ainda causaria milhares de mortes. Deixaria as cidades arrasadas, particularmente aquelas sem abrigo a oeste. Mais importante, roubaria os trabalhadores parshemanos e os transformaria em Esvaziadores, soltos contra a população.

No fim, aquela tempestade cobraria um preço em sangue de Roshar que não se via desde... bem, desde as Desolações.

Ele levantou a mão para segurar a de Navani, enquanto ela, por sua vez, o abraçava.

— Você fez o que podia, Dalinar — sussurrou ela depois de um tempo assistindo à tormenta. — Não insista em carregar esse fracasso como um fardo.

— Não vou.

Ela o soltou e virou-o para si, de costas para a tempestade. Usava um roupão que não era apropriado para sair em público, mas também não era exatamente imodesto.

A não ser por aquela mão, com a qual acariciou o queixo dele.

— Eu não acredito em você, Dalinar Kholin — sussurrou ela. — Posso ler a verdade na tensão dos seus músculos, no seu maxilar travado. Sei que você, mesmo debaixo de pedregulho, insistiria que está tudo sob controle e pediria para ver os relatórios de campo dos seus homens.

O perfume dela era inebriante. E aqueles olhos violeta, brilhantes e arrebatadores.

— Você precisa relaxar, Dalinar.

— Navani...

Ela o encarou, aguardando uma resposta, tão linda. Muito mais bela do que quando ambos eram jovens, ele poderia jurar. Pois como alguém poderia ser tão bela quanto ela era agora?

Ele a pegou pela nuca e a puxou para um beijo. A paixão despertou. Ela se apertou a ele, os seios pressionando seu corpo através do tecido fino. Dalinar bebeu dos lábios dela, da sua boca, do seu perfume. Esprenos de paixão flutuavam ao redor deles como flocos de neve cristalinos.

Dalinar se deteve e deu um passo atrás.

— Dalinar — disse ela quando ele se afastou. — Sua recusa teimosa em se deixar seduzir faz com que eu duvide do meu charme.

— É importante para mim ter controle, Navani — respondeu ele, a voz rouca. Agarrou o parapeito de pedra, os dedos pálidos. — Você sabe como eu era, o que me tornei, quando era um homem sem controle. Não vou me entregar agora.

Ela suspirou e se pôs ao seu lado, soltando seu braço da rocha, então se colocando sob ele.

— Não vou pressioná-lo, mas preciso saber. As coisas vão continuar assim? Com provocações, dançando no limite?

— Não — disse ele, olhando para as trevas da tempestade. — Isso seria um exercício inútil. Um general sabe que não deve partir para batalhas que não pode vencer.

— Então, como vai ser?

— Vou descobrir uma maneira de fazer isso direito. Com juramentos. Os juramentos eram vitais. A promessa, o ato de estabelecer um laço.

— Como? — questionou ela, então o cutucou no peito. — Sou tão religiosa quanto qualquer mulher... mais do que a maioria, na verdade. Mas Kadash se negou, assim como Ladent, e até mesmo Rushu. Ela soltou um gritinho quando mencionei o assunto e *literalmente* fugiu.

— Foi Chanada — disse Dalinar, mencionando a fervorosa mais graduada dos acampamentos de guerra. — Ela falou com Kadash e fez com que ele procurasse cada um dos outros fervorosos. Provavelmente fez isso assim que soube que estávamos nos cortejando.

— Então nenhum fervoroso vai aceitar nos casar — disse Navani. — Eles nos consideram irmãos. Você está se esforçando para encontrar um meio-termo impossível; continue assim e vai deixar uma dama se perguntando se você de fato a deseja.

— Alguma vez você duvidou? Sinceramente...

— Bem... não.

— Você é a mulher que eu amo — disse Dalinar, puxando-a para perto. — A mulher que sempre amei.

— Então, quem se importa? Deixe que os fervorosos vão para a Danação, com laços de fita nos tornozelos.

— Blasfêmia.

— Não sou eu que estou dizendo para todo mundo que Deus está morto.

— Não disse isso para *todo mundo*.

Ele suspirou, soltando-a com relutância, e caminhou de volta para seus aposentos, onde um braseiro de carvão irradiava um calor bem-vindo, fornecendo também a única luz do ambiente. Haviam recuperado seu dispositivo de aquecimento fabrial dos acampamentos de guerra, mas ainda não tinham a Luz das Tempestades para colocá-lo em funcionamento. As eruditas haviam descoberto longas correntes e gaiolas, aparentemente usadas para baixar esferas até as tempestades, para que pudessem renová-las — se as grantormentas retornassem algum dia. Em outras partes do mundo, o Pranto havia recomeçado, depois cessado de modo intermitente. Podia recomeçar. Ou as tempestades normais podiam ter início. Ninguém sabia, e o Pai das Tempestades se recusara a responder.

Navani entrou e fechou as cortinas espessas sobre o umbral, amarrando-as com firmeza. Aquela sala estava abarrotada de mobília, cadeiras junto das paredes e tapetes enrolados empilhados sobre elas. Havia até mesmo um espelho de pé. As imagens de esprenos de vento contorcidos na moldura tinha a aparência arredondada distinta de algo que havia sido originalmente esculpido em besoucera, então Transmutado para madeira.

Haviam colocado tudo aquilo ali para ele, como se estivessem preocupados que seu grão-príncipe vivesse em simples aposentos de pedra.

— Vamos pedir que alguém esvazie este cômodo para mim amanhã — disse Dalinar. — Há espaço o bastante na câmara ao lado, que podemos transformar em uma sala de estar ou um salão comunal.

Navani assentiu e se sentou em um dos sofás — ele a viu refletida no espelho —, a mão ainda casualmente descoberta, o roupão caindo para o lado, expondo pescoço, colo e parte do que ficava abaixo. Ela não estava tentando ser sedutora naquele momento; só ficava à vontade perto dele. Intimamente familiar, além do ponto em que se sentiria envergonhada de que ele a visse descoberta.

Ainda bem que um deles estivesse disposto a tomar a iniciativa no relacionamento. Por mais impaciente que ele fosse no campo de batalha, aquela ali era uma área onde sempre precisara de encorajamento. Assim como fora tantos anos atrás...

— Na última vez que me casei, errei em muitas coisas — disse Dalinar em voz baixa. — *Comecei* errado.

— Eu não diria isso. Você se casou com *Shshshsh* pela Armadura Fractal que ela possuía, mas muitos casamentos são motivados por política. Isso não significa que você estivesse errado. Se bem me recordo, todos nós o encorajamos a se casar.

Como sempre, quando ele ouvia o nome da esposa morta, a palavra era substituída em seus ouvidos por um som de brisa — o nome não conseguia se firmar na sua mente, assim como um homem não conseguia segurar uma lufada de vento.

— Não estou tentando substituí-la, Dalinar — disse Navani, parecendo subitamente preocupada. — Eu sei que você ainda tem afeição por *Shshshsh*. Está tudo bem. Eu posso compartilhar você com a memória dela.

Ah, ninguém realmente entendia. Ele se virou para Navani, travou o queixo diante da angústia e falou:

— Eu não me lembro dela, Navani.

Ela fitou-o com a testa franzida, como se achasse que não o ouvira corretamente.

— Eu não me lembro de nada da minha esposa. Não sei como é seu rosto. Retratos dela são uma mancha desfocada para meus olhos. Seu nome me é tomado sempre que alguém o pronuncia, como se alguém o levasse embora. Não me lembro do que ela e eu dissemos quando nos conhecemos; nem mesmo me recordo de vê-la no banquete daquela noite, quando ela chegou na cidade. É tudo um borrão. Eu me recordo de alguns eventos envolvendo minha esposa, mas nada dos detalhes. Tudo... se foi.

Navani levou os dedos da mão segura à boca e, pela maneira como sua testa se franziu de preocupação, ele deduziu que devia soar angustiado.

Dalinar deixou-se cair em uma cadeira diante dela.

— O álcool? — indagou ela suavemente.

— Algo mais.

Ela suspirou.

— A Antiga Magia. Você disse que sabia qual era sua dádiva e sua maldição.

Ele assentiu.

— Ah, Dalinar.

— As pessoas me olham quando o nome dela é mencionado e fazem cara de pena. Eles veem minha expressão rígida e pensam que estou sendo estoico. Deduzem que escondo a minha dor quando, na verdade, estou só tentando acompanhar a conversa, o que é difícil quando metade dela fica sumindo do meu cérebro. Navani, talvez eu tenha chegado a amá-la. Não lembro. Nem de um único momento de intimidade, de nenhuma briga, nem de uma *única palavra* que ela tenha me dito. Ela se foi, deixando destroços que prejudicam minha memória. Não consigo me lembrar de como ela morreu. Isso me perturba, porque há partes daquele dia que eu *sei* que deveria lembrar. Algo sobre uma cidade que se rebelou contra meu irmão e minha esposa sendo feita de refém?

Isso... e uma longa marcha sozinho, acompanhado apenas pelo ódio e pela Euforia. Ele se recordava vividamente dessas emoções. Vingara-se daqueles que haviam tirado dele sua esposa.

Navani se acomodou no assento ao lado de Dalinar, pousando a cabeça no seu ombro.

— Quisera eu poder criar um fabrial para acabar com esse tipo de dor — sussurrou ela.

— Eu acho... Acho que perdê-la deve ter doído muito, considerando o que me levou a fazer — murmurou Dalinar. — Só me restam as cicatrizes. Ainda assim, Navani, quero fazer tudo *direito* conosco. Sem erros. Tudo da maneira apropriada, com juramentos, declarados a você perante alguém.

— Meras palavras.

— Palavras são as coisas mais importantes na minha vida neste momento.

Ela entreabriu os lábios, pensativa.

— Elhokar?

— Não gostaria de colocá-lo nessa posição.

— Um sacerdote estrangeiro? Dos azishianos, talvez? Eles são *quase* vorin.

— Isso seria o mesmo que me declarar um herege; seria demais. Não vou desafiar a Igreja Vorin. — Ele fez uma pausa. — Mas talvez eu possa contorná-la...

— O quê?

Ele olhou para cima, na direção do teto.

— Talvez possamos recorrer a alguém com autoridade maior do que a deles.

— Você quer que um *espreno* nos case? — indagou ela, parecendo achar graça. — Usar um sacerdote estrangeiro seria herético, mas usar um espreno não?

— O Pai das Tempestades é o maior resquício de Honra — disse Dalinar. — Ele é um fragmento do próprio Todo-Poderoso e é a coisa mais próxima de um deus que nos restou.

— Ah, não estou levantando uma objeção — replicou Navani. — Eu deixaria um lavador de pratos confuso nos casar. Só acho que é um pouco incomum.

— É o melhor que vamos conseguir, partindo do princípio de que ele esteja disposto.

Ele olhou para Navani, então levantou as sobrancelhas e deu de ombros.

— Isso é um pedido de casamento?

— ... Sim?

— Dalinar Kholin, com certeza dá para ser melhor que isso.

Ele acariciou a nuca de Navani, tocando seu cabelo negro, que ela havia deixado solto.

— Melhor do que você, Navani? Não, não acho que dê. Não acho que qualquer homem tenha tido uma chance melhor do que essa.

Ela sorriu, e sua única resposta foi um beijo.

DALINAR ESTAVA SURPREENDENTEMENTE NERVOSO quando, várias horas depois, subiu por meio de um dos estranhos elevadores fabriais de Urithiru até o topo da torre. O elevador parecia uma sacada, uma das muitas que se enfileiravam em um vasto poço aberto no meio de Urithiru — um espaço colunar tão amplo quanto um salão de baile, que se estendia do primeiro andar até o último.

Os níveis da cidade, embora parecessem circulares de frente, eram na verdade mais próximos de semicírculos, com as partes retas voltadas para o leste. A beirada dos andares mais baixos se misturava às montanhas para cada um dos lados, mas o centro em si era aberto ao leste. As salas daquele lado reto tinham janelas que davam vista para a Origem.

E ali, naquele poço central, essas janelas compunham uma parede. Um painel de vidro único, puro e intacto, de dezenas de metros de altura.

Durante o dia, aquela parede inundava o poço com brilhante luz solar. Agora, estava escuro com as trevas noturnas.

A sacada se arrastava em um ritmo constante pelo fosso vertical na parede; Adolin e Renarin estavam subindo com ele, junto com alguns guardas e Shallan Davar. Navani já estava lá em cima. O grupo estava do outro lado da sacada, dando-lhe espaço para pensar. E para ficar nervoso.

Que motivo tinha para nervosismo? Mal podia impedir as mãos de tremerem. Raios. Parecia uma virgem coberta de seda, não um general já na meia-idade.

Ele sentiu um som grave ressoando dentro de si. O Pai das Tempestades estava sendo receptivo no momento, o que deixava Dalinar grato.

— Estou surpreso que você tenha concordado em fazer isso tão facilmente — sussurrou Dalinar para o espreno. — Agradecido, mas ainda assim surpreso.

Eu respeito todos os juramentos, respondeu o Pai das Tempestades.

— E os juramentos tolos? Feitos às pressas, ou de modo ignorante?

Não existem juramentos tolos. Todos marcam os homens e os esprenos de verdade como superiores às feras e aos subesprenos. A marca da inteligência, livre-arbítrio e escolha.

Dalinar matutou sobre aquilo e descobriu que não estava surpreso com aquela opinião extremista. Esprenos *deveriam* ser extremos; eles eram forças da natureza. Mas será que o próprio Honra, o Todo-Poderoso, pensara assim também?

A sacada seguiu inexoravelmente até o topo da torre. Só alguns das dúzias de elevadores estavam funcionando; quando Urithiru era próspera, todos eles deviam se movimentar ao mesmo tempo. Passaram um andar depois do outro de espaço inexplorado, o que incomodava Dalinar. Tomar para si aquela fortaleza era como acampar em uma terra desconhecida.

O elevador finalmente chegou ao último andar e seus guardas se apressaram em abrir os portões. No momento, eram guardas da Ponte Treze — ele havia designado a Ponte Quatro para outras responsabilidades, considerando-os importantes demais para o simples serviço de guarda, agora que estavam perto de se tornarem Radiantes.

Cada vez mais ansioso, Dalinar liderou o caminho em meio a vários pilares decorados com representações das ordens dos Radiantes. Uma escadaria levou-o através de um alçapão até o terraço da torre.

Muito embora cada nível fosse menor que o outro abaixo, aquele terraço ainda tinha cerca de cem metros de largura. Estava frio ali, mas alguém colocara braseiros para aquecer e tochas para fornecer luz.

O céu noturno estava limpo e, lá no alto, esprenos de estrelas giravam e formavam padrões distantes.

Dalinar não sabia o que pensar sobre o fato de que ninguém — nem mesmo seus filhos — questionara quando ele anunciara sua intenção de se casar no meio da noite, no terraço da torre. Ele procurou por Navani e ficou chocado ao descobrir que ela havia encontrado uma tradicional coroa de noiva. A intrincada tiara de jade e turquesa complementava seu vestido de casamento. Vermelho, para dar sorte, a peça exibia bordados de ouro e tinha um estilo muito mais solto do que o havah, com mangas largas e um drapeado gracioso.

Será que Dalinar deveria ter arrumado um traje mais tradicional para usar? De repente, sentiu-se como uma moldura vazia e empoeirada pendurada ao lado da linda pintura que era Navani em seu traje de casamento.

Elhokar estava ao lado dela, em uma postura rígida, trajando um casaco dourado formal e um saiote *takama* frouxo. Estava mais pálido do que o usual, depois da tentativa de assassinato fracassada durante o Pranto, onde ele quase sangrara até a morte. Andava descansando um bocado ultimamente.

Muito embora houvessem decidido evitar a extravagância de um casamento alethiano tradicional, eles haviam convidado algumas pessoas. O Luminobre Aladar e sua filha, Sebarial e sua amante. Kalami e Teshav para serviram de testemunhas. Dalinar ficou aliviado ao vê-las — temera que Navani não conseguisse encontrar mulheres dispostas a autenticar o casamento.

Um punhado de oficiais e escribas de Dalinar preenchiam a pequena procissão. Bem no fim da multidão reunida entre os braseiros, ele identificou um rosto que o surpreendeu. Kadash, o fervoroso, viera, como solicitado. Seu rosto barbado e marcado de cicatrizes não parecia feliz, mas ele *viera*. Um bom sinal. Com tudo mais que estava acontecendo no mundo, talvez um grão-príncipe se casando com a cunhada viúva não fosse causar tanto alvoroço.

Dalinar foi até Navani e tomou suas mãos, uma oculta em uma manga, a outra cálida ao toque.

— Você está maravilhosa — disse ele. — Como achou tudo isso?

— Uma dama deve sempre estar preparada.

Dalinar olhou para Elhokar, que curvou a cabeça em resposta. *Isso vai confundir ainda mais nosso relacionamento*, pensou Dalinar, lendo o mesmo sentimento no rosto do sobrinho.

Gavilar não teria apreciado o modo como Dalinar lidara com seu filho. Apesar das suas melhores intenções, Dalinar havia atropelado o rapaz e tomado o poder. O período de convalescência de Elhokar piorara a situação, já que Dalinar se acostumara a tomar decisões por conta própria.

Contudo, Dalinar estaria mentindo para si mesmo se dissesse que aquele processo havia começado naquela situação. Agira pelo bem de Alethkar, pelo bem da própria Roshar, mas não podia negar o fato de que — passo a passo — havia usurpado o trono, apesar de alegar o tempo todo que não tinha intenção de fazer isso.

Dalinar soltou uma das mãos de Navani e pousou-a no ombro do sobrinho.

— Sinto muito, filho — disse ele.

— Você sempre sente, tio — observou Elhokar. — Isso não o impede de fazer nada, mas também não acho que deveria. Você vive assim: decide o que quer, então vai lá e toma. Todos deveríamos aprender contigo, se conseguirmos descobrir como acompanhá-lo.

Dalinar se retraiu.

— Tenho coisas a discutir com você. Planos que talvez aprecie. Mas esta noite peço apenas sua bênção, se quiser me concedê-la.

— Isso vai deixar minha mãe feliz — disse Elhokar. — Então, tudo bem.

Elhokar beijou a mãe na testa, então deixou-os, atravessando o terraço a passos largos. De início, Dalinar se preocupou que o rei fosse embora, mas ele parou ao lado de um dos braseiros mais distantes, aquecendo as mãos.

— Bem — disse Navani. — Só está faltando seu espreno, Dalinar. Se ele vai...

Uma brisa forte atingiu o topo da torre, levando o aroma da chuva recente, de pedra molhada e galhos quebrados. Navani arquejou, se apoiando em Dalinar.

Uma presença emergiu no céu. O Pai das Tempestades abarcava tudo, um rosto que se estendia até os dois horizontes, fitando os homens de modo imperioso. O ar ficou estranhamente parado e tudo menos o topo da torre pareceu sumir. Era como se houvessem caído em um lugar fora do próprio tempo.

Tanto os olhos-claros quanto os guardas murmuraram ou gritaram. Até mesmo Dalinar, que já estava esperando, percebeu que havia dado um passo para trás — e teve que lutar contra o impulso de se encolher de medo diante do espreno.

JURAMENTOS, trovejou o Pai das Tempestades, SÃO A ESSÊNCIA DA HONRADEZ. SE PRETENDE SOBREVIVER À TEMPESTADE VINDOURA, JURAMENTOS DEVEM GUIÁ-LO.

— Fico à vontade com juramentos, Pai das Tempestades — replicou Dalinar. — Como você sabe.

SIM. O PRIMEIRO EM MILÊNIOS A SE VINCULAR A MIM. De algum modo, Dalinar sentiu a atenção do espreno se voltar para Navani. E VOCÊ? JURAMENTOS SIGNIFICAM ALGUMA COISA PARA VOCÊ?

— Apenas os juramentos certos — respondeu Navani.

E SEU JURAMENTO PARA ESTE HOMEM?

— Juro para ele, e para você, e para qualquer um que queira ouvir. Dalinar Kholin é meu, e eu sou dele.

VOCÊ JÁ QUEBROU JURAMENTOS ANTES.

— Todo mundo já quebrou — disse Navani, sem se intimidar. — Somos frágeis e tolos. No entanto, este eu não quebrarei. Eu garanto.

O Pai das Tempestades pareceu satisfeito com a resposta, embora fosse muito diferente dos votos de casamento alethianos tradicionais.

E VOCÊ, VINCULADOR?, perguntou ele.

— Também juro — disse Dalinar, segurando-a. — Navani Kholin é minha, e eu sou dela. Eu a amo.

QUE ASSIM SEJA.

Dalinar havia antecipado trovão, relâmpago, alguma trombeta celestial de vitória. Em vez disso, a atmosfera atemporal terminou. A brisa passou. O Pai das Tempestades desapareceu. Acima de todos os convidados reunidos, ondas de difusos esprenos de admiração azuis surgiram. Mas não sobre Navani. Em vez disso, ela estava cercada por esprenos de glória, as luzes douradas girando acima da sua cabeça. Ali perto, Sebarial esfregou a têmpora — como se tentasse compreender o que havia visto. Os novos guardas de Dalinar relaxaram, parecendo subitamente exaustos.

Adolin, sendo Adolin, soltou um berro de alegria. Ele se aproximou correndo, deixando uma trilha de esprenos de alegria, que tinham a forma de folhas azuis, se apressando para acompanhá-lo. Ele deu um grande abraço em Dalinar, depois em Navani. Renarin o seguiu, mais reservado, mas — a julgar pelo largo sorriso em seu rosto — igualmente satisfeito.

A parte seguinte foi como um borrão, apertando mãos, dizendo palavras de agradecimento. Insistindo que nenhum presente era necessário, já que eles haviam pulado aquela parte da cerimônia tradicional.

Aparentemente, o pronunciamento do Pai das Tempestades havia sido dramático o bastante para que todos o aceitassem. Até mesmo Elhokar, apesar do despeito anterior, abraçou a mãe e apertou o ombro de Dalinar antes de descer.

Agora só sobrara Kadash. O fervoroso esperou até o fim, as mãos unidas diante de si, enquanto o terraço se esvaziava.

Para Dalinar, Kadash sempre parecera estranho naquelas túnicas. Muito embora ele possuísse a tradicional barba quadrada, Dalinar não via nele um fervoroso, e sim um soldado, de porte esguio, postura perigosa e atentos olhos lilases. Ele tinha uma cicatriz tortuosa subindo e contornando a cabeça raspada. A vida de Kadash podia agora ser de paz e serviço, mas ele passara a juventude na guerra.

Dalinar sussurrou algumas promessas para Navani e ela o deixou e desceu para o nível abaixo, onde havia ordenado que servissem alimentos e vinho. Dalinar foi até Kadash, confiante. O prazer de ter finalmente feito o que havia adiado por tanto tempo o dominava. Estava *casado* com Navani. Essa era uma felicidade que pensara perdida desde a juventude, um resultado que nem mesmo se permitira *sonhar*.

Ele não pediria desculpas por isso, nem por ela.

— Luminobre — disse Kadash em voz baixa.

— Formalidade, velho amigo?

— Gostaria de poder estar aqui apenas como um velho amigo — replicou Kadash. — Preciso relatar isso, Dalinar. O fervor não vai ficar feliz.

— Certamente eles não podem negar meu casamento, se o próprio Pai das Tempestades abençoou a união.

— Um espreno? Espera que aceitemos a autoridade de um *espreno*?

— Um resquício do Todo-Poderoso.

— Dalinar, isso é *blasfêmia* — declarou Kadash, a voz angustiada.

— Kadash. Você sabe que eu não sou um herege. Você lutou ao meu lado.

— Isso devia me tranquilizar? Memórias do que fizemos juntos, Dalinar? Aprecio o homem que se tornou; você não deveria me lembrar do homem que já foi.

Dalinar hesitou e uma memória surgiu das profundezas dentro dele — uma em que não pensava há anos; uma recordação que o surpreendeu. De onde viera?

Ele se lembrou de Kadash, ensanguentado, ajoelhado no chão, depois de vomitar até esvaziar o estômago. Um soldado casca-grossa que havia encontrado algo tão vil que até mesmo ele ficou abalado.

Ele partiu para se tornar um fervoroso no dia seguinte.

— A Fenda — sussurrou Dalinar. — Rathalas.

— Tempos sombrios não precisam ser desenterrados. Isso não tem a ver com... aquele dia, Dalinar. Tem a ver com hoje e com o que você andou espalhando através das escribas. Histórias sobre essas coisas nas suas visões.

— Mensagens sagradas — disse Dalinar, sentindo frio. — Enviadas pelo Todo-Poderoso.

— Mensagens sagradas alegando que o Todo-Poderoso está *morto*? E que chegaram na véspera do retorno dos Esvaziadores? Dalinar, não percebe como isso soa? Eu sou seu fervoroso, tecnicamente seu *escravo*. E sim, talvez ainda seja seu amigo. Tentei explicar aos conselhos em Kharbranth e Jah Keved que você tem boas intenções. Eu digo aos fervorosos do Enclave Sagrado que você tem em mente a época quando os Cavaleiros Radiantes eram puros, e não a corrupção que os tomou. Digo a eles que você não tem controle sobre essas visões. Mas, Dalinar, isso foi antes de você começar a dizer que o Todo-Poderoso está morto. Eles já estão bem zangados com isso, e agora você foi e desafiou as convenções, cuspindo na cara dos fervorosos! Eu pessoalmente não acho que você se casar com Navani faça diferença. Essa proibição certamente está desatualizada. Mas o que você fez esta noite...

Dalinar chegou a tocar o ombro de Kadash, mas o homem se afastou.

— Meu amigo — disse Dalinar em voz baixa —, Honra pode ter morrido, mas eu tenho sentido... outra coisa. Algo além. Um calor e uma luz. Não é que Deus tenha morrido, é que o Todo-Poderoso *nunca* foi Deus. Ele fez o melhor que pôde para nos guiar, mas era um impostor. Ou talvez apenas um agente. Um ser que não era diferente de um espreno... Ele tinha o poder de um deus, mas não o pedigree.

Kadash fitou-o com olhos arregalados.

— Por favor, Dalinar. Nunca repita o que acabou de dizer. Acho que posso arrumar uma explicação para o que aconteceu esta noite. Talvez. Mas você não parece perceber que está a bordo de um navio prestes a afundar, no meio de uma tempestade, enquanto insiste em dançar na proa!

— Não vou esconder a verdade se eu a encontrar, Kadash — replicou Dalinar. — Você acabou de ver que estou *literalmente* ligado a um espreno de juramentos. Eu não ouso mentir.

— Não acho que você mente, Dalinar, mas acho que pode se enganar. Não se esqueça de que eu estava lá. Você *não é infalível*.

Lá?, pensou Dalinar. Kadash recuou, fez uma mesura, então se virou e partiu. *Do que ele lembra que eu não consigo lembrar?*

Dalinar o viu partir. Por fim, sacudiu a cabeça e foi se juntar ao banquete da meia-noite, decidido a sair dele o mais cedo que o decoro permitisse. Precisava passar algum tempo com Navani.

Sua esposa.

Mapa de Alethkar
Orientado de acordo com o maior comprimento diamétrico do Mar do Norte para o Mar do Sul
Alethkar
Herdaz
Jah Keved
Colinas Devolutas
Terras Geladas
Akak
Baía de Elibath
Mar da Corrente Noturna
Baía de Hoel
Dalilak
Varikev
Relanas
Tumba da Lamentação
Larpetra
Sadeas
Aladar
Roion
rio Corredor dos Ventos
Tomat
Vamah
Revolar
Danidan
Shulin
Costalonge
Kholinar
Ruthar
Kholin
Kelathar
Montanhas do Criador de Sóis
Savalashi
Rathalas
Thanadal
Davinar
Mar das Lanças
para o Pico dos Papaguampas
Shamel
Hatham
Sebarial
Terras da Coroa Orientais
Planícies Quebradas
Colina Sombria
Rashir
rio Curva da Morte
Bethab
Dumadari
Karanak
Baía de Mevan
Anotado para sua conveniência.

5
LARPETRA

Posso dizer o momento exato em que decidi que este relato seria escrito. Eu pairava entre reinos, vislumbrando Shadesmar — o reino dos esprenos — e além.

— De *Sacramentadora*, prefácio

KALADIN ATRAVESSAVA UM CAMPO de petrobulbos silenciosos, ciente de que era tarde demais para impedir um desastre. Seu fracasso pesava com uma sensação quase física, como o peso de uma ponte que era forçado a carregar sozinho.

Depois de tanto tempo na parte oriental das terras tempestuosas, havia quase esquecido a vista de uma paisagem fértil. Os petrobulbos ali cresciam quase até o tamanho de barris, com vinhas tão espessas quanto seus pulsos se estendendo e lambendo água das poças na pedra. Campos de vibrante grama verde recuavam para as tocas diante dele, chegando quase a um metro de altura quando expostas. O campo estava salpicado de brilhantes esprenos de vida, como partículas de poeira verde.

A grama perto das Planícies Quebradas mal alcançava sua canela e crescia em tufos amarelados no lado sotavento das colinas. Ele ficou surpreso ao se pegar desconfiado daquela grama mais alta e mais cheia. Um inimigo podia se esconder ali, agachado e esperando que a grama voltasse a subir. Como Kaladin nunca havia notado? Correra por campos como aquele brincando de pega-pega com seu irmão, tentando ver quem era rápido o bastante para agarrar punhados de grama antes que ela se escondesse.

Sentia-se desgastado. Esgotado. Quatro dias atrás, havia viajado pelo Sacroportal até as Planícies Quebradas, então voara para nordeste a toda velocidade. Totalmente preenchido de Luz das Tempestades, e carregando uma pequena fortuna em gemas, ele estivera determinado a alcançar sua cidade natal, Larpetra, antes do retorno da Tempestade Eterna.

Depois de apenas metade de um dia, ele havia esgotado sua Luz das Tempestades em algum ponto do principado de Aladar. Estava caminhando desde então. Talvez tivesse conseguido voar por todo o caminho até Larpetra se tivesse mais experiência com seus poderes. Porém, do jeito que estava, ele havia viajado por 1.600 quilômetros em metade de um dia, mas aquele último trecho a pé — quase 150 quilômetros — havia levado excruciantes *três dias*.

Ele não havia sido mais rápido do que a Tempestade Eterna. Ela havia chegado mais cedo naquele dia, por volta de meio-dia.

Kaladin notou alguns destroços em meio à grama e andou até eles. A folhagem recuou diante dele, revelando uma batedeira de madeira quebrada, do tipo usado para transformar leite de porca em manteiga. Kaladin se agachou e pousou os dedos na madeira rachada, então fitou outro pedaço de madeira despontando da grama.

Syl desceu zunindo como uma fita de luz, passando pela sua cabeça e girando ao redor da madeira.

— É a beirada de um telhado — disse Kaladin. — A aba que pende do lado sotavento de um edifício.

Talvez de um galpão de armazenamento, julgando pelos outros destroços.

Alethkar não ficava na região onde caíam as tormentas mais duras, mas tampouco era uma suave terra ocidental. Os edifícios dali foram construídos para serem baixos e atarracados, com lados resistentes virados para o leste, rumo à Origem, como o ombro de um homem preparado para aguentar a foça de um impacto. Só havia janelas a sotavento — o lado oeste. Como a grama e as árvores, a humanidade havia aprendido a suportar as tempestades.

Isso dependia de as tempestades sempre soprarem da mesma direção. Kaladin fizera o possível para preparar as vilas e cidades por onde passara contra a Tempestade Eterna, que viria da direção errada e transformaria os parshemanos nos destrutivos Esvaziadores. Ninguém naquelas cidades possuía telepenas funcionais, então ele fora incapaz de entrar em contato com seu lar.

E não havia sido rápido o bastante. Mais cedo naquele dia, passara a Tempestade Eterna dentro de um buraco que escavara na rocha usando sua Espada Fractal — que era a própria Syl, que podia se manifestar como qualquer arma que ele desejasse. Na verdade, a tempestade não havia sido tão ruim quanto aquela onde lutara com o Assassino de Branco, mas os destroços que encontrara provavam que ela havia sido ruim o bastante.

A simples memória daquela tempestade vermelha do lado de fora do seu buraco o deixou em pânico. A Tempestade Eterna era tão *errada*, tão anormal... como um recém-nascido sem rosto. Algumas coisas simplesmente não deveriam existir.

Ele se levantou e seguiu em frente. Havia trocado de uniforme antes de partir — o antigo estava rasgado e manchado de sangue. Agora usava um uniforme Kholin genérico sobressalente. Parecia errado não usar o símbolo da Ponte Quatro.

Ele chegou ao topo de uma colina e viu um rio à direita. Árvores brotavam ao longo das margens, famintas pela água extra. Aquele devia ser o riacho de Hobble. Então, se ele olhasse diretamente para oeste...

Com a mão sobre os olhos, ele pôde ver colinas que haviam perdido toda grama e petrobulbos. Elas logo seriam besuntadas com fertilizante de crem, então pólipos de lávis começariam a brotar. Ainda não haviam começado; *deveriam* estar no Pranto. A chuva deveria estar caindo agora de modo constante e suave.

Syl zuniu de novo diante dele, uma fita de luz.

— Seus olhos estão castanhos de novo — observou ela.

Foram necessárias algumas horas sem invocar sua Espada Fractal. Quando ele fazia isso, seus olhos desbotavam até um azul-claro vítreo, quase brilhante. Syl achava a variação fascinante; Kaladin ainda não havia decidido como se sentia em relação a isso.

— Estamos perto — disse ele, apontando. — Esses campos pertencem a Hobbleken. Estamos talvez a duas horas de Larpetra.

— Aí você vai chegar em casa! — disse Syl, sua fita de luz fazendo uma espiral, e então tomou a forma de uma moça trajando um havah bem leve, estreito e abotoado acima da cintura, com a mão segura coberta.

Kaladin grunhiu, descendo a encosta, ansiando por Luz das Tempestades. Ficar sem ela agora, depois de ter contido tanto, era um vazio ecoante. Será que seria assim toda vez que a Luz se esgotasse?

A Tempestade Eterna não havia recarregado suas esferas, naturalmente. Nem com Luz das Tempestades nem com qualquer outra energia, como ele temera que pudesse acontecer.

— Você gostou do meu novo vestido? — indagou Syl, balançando a mão segura coberta, parada no ar.

— Ficou estranho em você.

— Pois fique sabendo que pensei *muito* no estilo dele. Passei umas boas horas pensando em como exatamente... Ah! O que é aquilo?

Ela se transformou em uma pequena nuvem de tempestade que disparou até um lurgue em uma pedra. Syl inspecionou o anfíbio do tamanho de um punho de um lado, depois do outro, antes de dar um gritinho de alegria e se transformar em uma imitação perfeita da criatura — só que de um azul-branco pálido. Isso espantou a criaturinha, e Syl riu como uma garotinha, zunindo de volta para perto de Kaladin como uma fita de luz.

— O que estávamos falando? — perguntou ela, tomando a forma de uma jovem e pousando no ombro dele.

— Nada de importante.

— Tenho *certeza* de que eu estava ralhando com você. Ah, sim, você chegou em casa! Oba! Não está *empolgado*?

Ela não enxergava... não compreendia. Às vezes, por mais que fosse curiosa, ela podia ser muito distraída.

— Mas... se é o seu lar... — disse Syl, se retraindo. — Qual é o problema?

— A Tempestade Eterna, Syl — respondeu Kaladin. — Nós devíamos ter chegado aqui antes.

Ele *precisava* ter chegado antes ali. Com certeza alguém teria sobrevivido, certo? À fúria da tempestade, então à fúria pior depois? O ataque assassino de servos transformados em monstros?

Ah, Pai das Tempestades. Por que ele não havia sido *mais rápido*?

Ele se forçou a voltar a andar rápido, a trouxa pendurada sobre o ombro. O peso ainda era terrível, mas ele percebeu que precisava saber. Precisava ver.

Alguém tinha que testemunhar o que havia acontecido com seu lar.

A CHUVA VOLTOU A CERCA de uma hora de distância de Larpetra, então pelo menos os padrões climáticos não haviam sido *completamente* arruinados. Infelizmente, isso significou caminhar molhado pelo resto do caminho. Ele pisou em poças de onde brotavam esprenos de chuva, velas azuis com olhos na ponta.

— Vai ficar tudo bem, Kaladin — prometeu Syl do seu ombro. Ela havia criado um guarda-chuva para si e ainda usava o tradicional vestido vorin em vez da sua costumeira saia. — Você vai ver.

O céu tinha escurecido quando ele finalmente chegou ao cume da última colina de lávis e olhou para baixo, rumo a Larpetra. Preparou-se para ver a destruição, mas ela o chocou assim mesmo. Alguns dos edifícios de que se recordava tinham simplesmente... sumido. Outros, perdido o telhado. Ele não podia ver a cidade inteira dali, não no escuro do Pranto, mas muitas das estruturas que conseguiu identificar estavam ocas e arruinadas.

Ele ficou ali por um longo tempo enquanto a noite caía. Não identificou uma luzinha sequer na cidade. Ela estava vazia.

Morta.

Parte dele se retraiu, se encolheu em um canto de seu interior, cansada de apanhar com tanta frequência. Ele havia abraçado seu poder; havia seguido o caminho de um Radiante. Por que não fora o suficiente?

Seus olhos imediatamente buscaram o próprio lar, na periferia da cidade. Mas não. Mesmo que pudesse vê-la na escuridão chuvosa, não queria ir até lá. Não ainda. Ele não conseguiria encarar a morte que talvez encontrasse.

Em vez disso, contornou Larpetra pelo noroeste, onde uma colina conduzia até a mansão do senhor da cidade. As cidades rurais maiores como aquela serviam como um tipo de centro para as pequenas comunidades agrícolas ao redor. Por causa disso, Larpetra estava amaldiçoada com a presença de um governante olhos-claros de certa importância. O Luminobre Roshone, um homem cuja cobiça havia arruinado mais de uma vida.

Moash..., pensou Kaladin enquanto subia a colina rumo à mansão, tremendo na friagem e na escuridão. Ele teria que encarar a traição do amigo — e o quase assassinato de Elhokar — em algum momento. Por enquanto, tinha feridas mais urgentes que precisavam de cuidados.

A mansão era onde ficavam os parshemanos da cidade; eles teriam começado seu ataque ali. Kaladin sabia bem que, se topasse com o cadáver mutilado de Roshone, não ficaria muito arrasado.

— Uau — disse Syl. — *Espreno de melancolia.*

Kaladin olhou para cima e notou um espreno incomum pairando ali. Longo, cinzento, como uma flâmula esfarrapada ao vento. Ele o contornava, flutuando; só vira um daqueles uma ou duas vezes antes.

— Por que eles são tão raros? — quis saber Kaladin. — As pessoas se sentem melancólicas o tempo todo.

— Quem sabe? Alguns esprenos são comuns, outros são incomuns. — Ela deu um tapinha no ombro dele. — Acho que uma das minhas tias gostava de caçar essas coisas.

— *Caçar?* Você quer dizer que ela gostava de observá-los?

— Não. Como vocês caçam grã-carapaças. Não consigo lembrar o nome dela... — Syl inclinou a cabeça, sem perceber que a chuva estava caindo através da sua figura. — Ela não era minha tia de fato. Só uma esprena de honra que eu chamava assim. Que lembrança estranha.

— Parece que você está se lembrando de mais coisas.

— Quanto mais tempo eu fico com você, mais isso acontece. Partindo do princípio de que você não vai tentar me matar de novo.

Ela o olhou de soslaio. Embora estivesse escuro, Syl brilhava o bastante para que ele pudesse ver sua expressão.

— Quantas vezes você vai me fazer pedir desculpas por aquilo?

— Quantas vezes eu já fiz até agora?

— Pelo menos cinquenta.

— Mentiroso — acusou Syl. — Não deve ter sido mais do que vinte vezes.

— Me desculpe.

Espere. O que era aquela luz à frente?

Kaladin parou no caminho. *Era* luz, vindo da mansão. Ela tremulava, instável. Fogo? Será que a mansão estava queimando? Não, parecia haver velas ou lanternas no interior. Aparentemente, alguém havia sobrevivido. Humanos ou Esvaziadores?

Ele precisava ser cuidadoso, mas, à medida que se aproximava, percebeu que não queria ser; queria ser imprudente, furioso, destrutivo. Se descobrisse que as criaturas haviam tomado seu lar...

— Esteja pronta — murmurou ele para Syl.

Ele saiu da trilha, que era mantida livre de petrobulbos e outras plantas, e se esgueirou cuidadosamente na direção da mansão. A luz brilhava por entre as tábuas que haviam sido pregadas nas janelas do edifício, substituindo o vidro que a Tempestade Eterna sem dúvidas havia quebrado. Estava surpreso de a mansão ter sobrevivido tão bem; a varanda havia sido arrancada, mas o telhado permanecera.

A chuva abafava outros sons e tornava difícil ver muito além, mas alguém, ou alguma coisa, *estava* lá dentro. Sombras se moviam diante das luzes.

Com o coração batendo forte, Kaladin deu a volta seguindo para o norte do edifício. A entrada dos servos era por ali, junto dos aposentos dos parshemanos. Uma quantidade incomum de barulho vinha de dentro da casa da mansão. Batidas. Movimento. Como um ninho cheio de ratos.

Ele teve que tatear para abrir caminho pelos jardins. Os parshemanos ficavam instalados em uma pequena estrutura construída na sombra da mansão, com uma única câmara aberta e bancos para dormir. Kaladin identificou o local pelo tato e sentiu um grande buraco aberto na lateral.

Um som áspero veio de trás dele.

Kaladin girou quando a porta dos fundos da mansão se abriu, a moldura torta raspando contra a pedra. Ele se abaixou para se esconder atrás de um monte de casca-pétrea, mas foi banhado pela luz que atravessou a chuva. Uma lanterna.

Kaladin estendeu a mão para o lado, preparado para invocar Syl, mas a pessoa que saiu da mansão não era um Esvaziador e sim um guarda humano usando um velho elmo manchado pela ferrugem.

O homem levantou a lanterna.

— Alto lá — gritou ele para Kaladin, mexendo na maça pendurada no cinto. — Alto lá! Você aí! — O homem conseguiu soltar a arma e segurou-a em uma mão trêmula. — O que é você? Um desertor? Venha para a luz e deixe-me vê-lo.

Kaladin se levantou, hesitante. Não reconheceu o soldado, mas ou era alguém que havia sobrevivido ao ataque dos Esvaziadores ou fazia parte de uma expedição investigando o que acontecera depois. De qualquer modo, era o primeiro sinal de esperança que Kaladin vira desde sua chegada.

Ele levantou as mãos — estava desarmado, a não ser por Syl — e deixou o guarda empurrá-lo para dentro da mansão.

6

QUATRO VIDAS INTEIRAS

Pensei que decerto estava morto. Certamente, alguns que viram mais do que eu acharam que eu havia partido.

— De *Sacramentadora*, prefácio

KALADIN ADENTROU A MANSÃO de Roshone e suas visões apocalípticas de morte e perda começaram a se desfazer enquanto reconhecia as pessoas. Ele passou por Toravi, um dos muitos fazendeiros da cidade, no corredor. Lembrava-se do homem como alguém enorme, com ombros largos. Na verdade, era meio palmo mais baixo que ele, e a maioria da Ponte Quatro era mais musculosa.

Toravi não pareceu reconhecê-lo. O homem entrou em um cômodo lateral, que estava apinhado de olhos-escuros sentados no chão.

O soldado conduziu Kaladin pelo corredor iluminado por velas. Eles passaram pelas cozinhas e Kaladin notou dezenas de rostos familiares. As pessoas da cidade ocupavam a mansão, preenchendo todos os recintos. A maioria estava sentada no chão junto com suas famílias e, muito embora parecessem exaustos e desgrenhados, estavam vivos. Haviam rechaçado o ataque dos Esvaziadores, então?

Meus pais, pensou Kaladin, abrindo caminho entre um pequeno grupo de pessoas da cidade e se movendo mais rapidamente. Onde estavam seus pais?

— Calma lá! — disse o soldado atrás dele, agarrando Kaladin pelo ombro. Ele pressionou a maça na base da coluna de Kaladin. — Não me faça derrubá-lo, filho.

Kaladin virou-se para o guarda, um sujeito de rosto liso com olhos castanhos que pareciam um pouco juntos demais. Aquele capacete enferrujado era horroroso.

— Agora nós vamos encontrar o Luminobre Roshone e você vai explicar por que estava espreitando a casa. Comporte-se e talvez ele não o mande para a forca. Entendido?

Os cidadãos nas cozinhas finalmente notaram Kaladin e se afastaram. Muitos sussurraram entre si, olhos arregalados e temerosos. Ele ouviu as palavras "desertor", "marca de escravo", "perigoso".

Ninguém disse o seu nome.

— Eles não o reconhecem? — indagou Syl enquanto caminhava sobre um dos balcões da cozinha.

Por que reconheceriam o homem que ele havia se tornado? Kaladin viu-se refletido em uma frigideira pendurada ao lado de um forno de tijolos. Cabelos compridos, ligeiramente ondulados, na altura dos ombros. Um uniforme maltratado que estava um pouco apertado, o rosto com uma barba irregular de várias semanas sem se barbear. Ensopado e exausto, ele parecia um vagabundo.

Aquela não era a recepção que havia imaginado durante seus primeiros meses na guerra. Uma gloriosa reunião em que ele voltava como um herói, com os nós de um sargento, seu irmão entregue em segurança para a família. Nos seus devaneios, as pessoas o elogiavam, davam-lhe tapinhas nas costas e o acolhiam.

Uma idiotice. Aquelas pessoas nunca trataram a ele ou a sua família com um mínimo de generosidade.

— Vamos — chamou o soldado, empurrando-o pelo ombro.

Kaladin não se moveu. Quando o homem o empurrou com mais força, ele deixou o corpo se mover com o empurrão e o deslocamento de peso fez o guarda tropeçar adiante. O homem se virou, zangado. Kaladin o encarou. O guarda hesitou, então deu um passo atrás e agarrou sua maça com mais firmeza.

— Uau — disse Syl, zunindo até o ombro de Kaladin. — Que olhar *bravo* que você fez.

— Velho truque de sargento — sussurrou Kaladin, virando-se e deixando as cozinhas. O guarda foi atrás, berrando uma ordem que Kaladin ignorou.

Cada passo por aquela mansão era como caminhar por uma memória. Ali estava o cantinho das refeições onde havia confrontado Rillir e Laral na noite em que descobrira que seu pai era um ladrão. Naquele corredor mais além pendiam os retratos de pessoas que ele não conhecia, que já estavam ali quando brincava na casa durante a infância. Roshone não havia trocado os retratos.

Ele teria que falar com seus pais sobre Tien. Fora por isso que não havia tentado entrar em contato depois que fora libertado da escravidão. Conseguiria encará-los? Raios, esperava que estivessem vivos. Mas conseguiria *encará-los?*

Ele ouviu um gemido. Bem baixo, sob os sons de pessoas falando, mas ainda assim ele escutou.

— Há feridos? — perguntou ele, voltando-se para o guarda.

— Sim — respondeu o homem. — Mas...

Kaladin o ignorou e desceu o corredor, Syl voando junto à sua cabeça. Abriu caminho entre as pessoas aos empurrões, seguindo os sons dos feridos, e por fim chegou à entrada do salão, que havia sido transformado na sala de triagem de um cirurgião, com catres dispostos no chão, portando feridos.

Uma figura estava ajoelhada junto de um dos catres, colocando cuidadosamente uma tala em um braço quebrado. Kaladin soube, assim que ouviu aqueles gemidos de dor, onde encontraria seu pai.

Lirin o olhou de relance. Raios. Seu pai parecia cansado, com olheiras sob os olhos castanhos. O cabelo estava mais grisalho do que Kaladin se lembrava; o rosto, mais magro. Mas ele continuava igual. Meio calvo, pequeno, magricela, de óculos... e incrível.

— O que é isso? — indagou Lirin, voltando ao trabalho. — A casa do grão-príncipe já mandou soldados? Foi mais rápido do que esperava. Quantos você trouxe? Com certeza precisamos de... — Lirin hesitou, então olhou de novo para Kaladin.

Então ele arregalou os olhos.

— Olá, pai — disse Kaladin.

O guarda por fim o alcançou, abrindo caminho entre os moradores curiosos e acenando a maça na direção de Kaladin como um cassetete. Kaladin se desviou no automático, então empurrou o homem, fazendo com que ele cambaleasse de volta para o corredor.

— É você mesmo — disse Lirin. Então correu desajeitadamente e agarrou Kaladin em um abraço. — Ah, Kal. Meu garoto. Meu garotinho. Hesina! *HESINA!*

A mãe de Kaladin apareceu na entrada um momento depois, carregando uma bandeja de curativos recém-fervidos. Provavelmente pensou que

Lirin precisava de sua ajuda com um paciente. Alguns dedos mais alta que o marido, ela usava o cabelo preso com um lenço, como Kaladin lembrava.

Ela levou a mão segura enluvada aos lábios, boquiaberta, e a bandeja se inclinou na outra mão, derrubando bandagens no chão. Esprenos de surpresa, pálidos triângulos amarelos que se partiam e se rejuntavam, apareceram atrás dela. A mulher deixou cair a bandeja e estendeu a mão para o rosto de Kaladin em um toque suave. Syl zunia ao redor, como uma fita de luz, rindo.

Kaladin não conseguiu rir. Não até que tivesse falado. Ele respirou fundo, engasgou na primeira tentativa, depois se forçou a falar:

— Sinto muito, pai, mãe — sussurrou ele. — Eu entrei para o exército para proteger ele, mas mal consegui proteger a mim mesmo. — Ele percebeu que estava tremendo e se encostou na parede, deixando-se cair até estar sentado. — Eu deixei Tien morrer. Me perdoem. Foi culpa minha...

— Ah, Kaladin — disse Hesina, se ajoelhando ao lado dele e puxando-o para um abraço. — Nós recebemos sua carta, mas há mais de um ano nos disseram que você também havia morrido.

— Eu devia tê-lo salvado — murmurou Kaladin.

— Você nem deveria ter ido, em primeiro lugar — replicou Lirin. — Mas agora... Todo-Poderoso, agora você está de volta. — Lirin se levantou, lágrimas escorrendo pelo rosto. — Meu filho! Meu filho está *vivo*!

POUCO DEPOIS, KALADIN ESTAVA sentado entre os feridos, segurando uma cumbuca de sopa quente. Ele não comia uma refeição quente desde... quando?

— Aquilo é *obviamente* uma marca de escravo, Lirin — disse um soldado para o pai de Kaladin, junto da porta do salão. — É o glifo *Sas*, então aconteceu aqui no reino. Provavelmente disseram que ele tinha morrido para poupá-los da vergonha da verdade. E ainda a marca *shash*... só se ganha uma dessas só por insubordinação.

Kaladin tomou um pouco de sopa. Sua mãe estava ajoelhada ao lado dele, uma mão no seu ombro. A sopa tinha gosto de casa. Caldo de verduras cozidas com lávis, temperada como sua mãe sempre fazia.

Ele não havia falado muito na meia hora desde que chegara. Por enquanto, só queria ficar ali com eles.

Estranhamente, suas memórias se tornaram afetivas. Ele se lembrou de Tien rindo, iluminando o mais sombrio dos dias. Ele se recordou das horas estudando medicina com o pai, ou fazendo faxina com a mãe.

Syl flutuava acima da sua mãe, ainda usando seu pequeno havah, invisível para todos, menos para Kaladin. A esprena tinha uma expressão perplexa.

— A grantormenta da direção errada derrubou muitos dos edifícios da cidade — explicou Hesina, a voz baixa. — Mas nossa casa ainda está de pé. Tivemos que usar sua parte da casa para outra coisa, Kal, mas ainda podemos arrumar espaço para você.

Kaladin deu uma olhada no soldado. Capitão da guarda de Roshone; Kaladin pensava se lembrar do homem. Ele era quase bonito demais para ser um soldado, mas, afinal de contas, *era* um olhos-claros.

— Não se preocupe com isso — disse Hesina. — Vamos resolver, seja qual for o... problema. Com todos esses feridos chegando das vilas ao redor, Roshone vai precisar da habilidade do seu pai. Roshone não vai fazer escândalo e arriscar desagradar Lirin... e você *não será* tomado de nós outra vez.

Ela falava como se fosse uma criança.

Que sensação surreal, estar de volta, sendo tratado como se ainda fosse o garoto que havia partido para a guerra cinco anos atrás. Três homens que carregavam o nome do filho deles haviam vivido e morrido naquele período. O soldado que havia sido forjado no exército de Amaram. O escravo, tão amargo e furioso. Seus pais nunca conheceram o Capitão Kaladin, guarda-costas do homem mais poderoso de Roshar.

E então... havia o homem seguinte, o homem que ele estava se tornando. Um homem que dominava os céus e pronunciava antigos juramentos. Cinco anos haviam se passado. E quatro vidas inteiras.

— Ele é um escravo fugitivo — sibilou o capitão da guarda. — Nós não podemos apenas *ignorar* isso, cirurgião. Ele deve ter roubado o uniforme. E mesmo que por algum motivo ele tivesse permissão de segurar uma lança, apesar das marcas, é um desertor. Olhe naqueles olhos sombrios e me diga se não vê um homem que fez coisas terríveis.

— Ele é meu *filho* — disse Lirin. — Eu comprarei seus documentos de escravidão. Você *não* vai levá-lo. Diga a Roshone que ele pode deixar esse assunto passar, ou pode se virar sem um cirurgião. A menos que ele ache que Mara pode assumir, depois de apenas alguns anos como aprendiz.

Será que eles achavam que estavam falando baixo o bastante para que Kaladin não ouvisse?

Olhe as pessoas feridas nesta sala, Kaladin. Você está deixando algo passar.

Os feridos... exibiam fraturas. Concussões. Muito poucas lacerações. Aquilo não era consequência de uma batalha, mas de um desastre natural. Então o que havia acontecido com os Esvaziadores? Quem os espantara?

— As coisas melhoraram depois que você partiu — prometeu Hesina, apertando seu ombro. — Roshone não é mais tão ruim quanto costumava ser. Acho que ele sente culpa. Podemos reconstruir, voltar a ser uma família. E tem mais uma coisa que você precisa saber. Nós...

— Hesina — chamou Lirin, jogando as mãos para o alto.

— Sim?

— Escreva uma carta para as administradoras do grão-príncipe — pediu Lirin. — Explique a situação; veja se podemos conseguir uma indulgência, ou pelo menos uma explicação. — Ele olhou para o soldado. — *Isso* vai satisfazer seu senhor? Podemos aguardar uma autoridade maior e, nesse meio-tempo, tenho meu filho de volta.

— Veremos — disse o soldado, cruzando os braços. — Não sei se gosto da ideia de um homem marcado com *shash* andando pela minha cidade.

Hesina se levantou para se juntar a Lirin. Os dois conversaram baixinho. O guarda se recostava no umbral da porta, de olho em Kaladin. Será que ele sabia quão pouco parecia um soldado? Ele não caminhava como um homem familiarizado com a batalha; pisava duro demais, e ficava parado com os joelhos retos demais. Não havia marcas em sua couraça e a bainha da sua espada batia nas coisas quando ele se virava.

Kaladin tomou a sopa. Era de se admirar que seus pais ainda pensassem nele como uma criança? Havia chegado parecendo maltrapilho e abandonado, então começara a soluçar pela morte de Tien. Estar em casa pelo jeito fizera a criança dentro dele despertar.

Talvez fosse hora, pelo menos uma vez, de parar de permitir que a chuva ditasse seu humor. Ele não podia banir a semente da escuridão dentro de si, mas, pelo Pai das Tempestades, também não precisava deixar que ela o dominasse.

Syl caminhou até ele pelo ar.

— Eles são exatamente como me lembro.

— Como você lembra? — sussurrou Kaladin. — Syl, você não me conhecia quando eu morava aqui.

— É verdade.

— Então, como se lembra deles? — questionou Kaladin, franzindo o cenho.

— Lembrando — replicou Syl, zunindo ao redor dele. — Todo mundo está conectado, Kaladin. *Tudo* está conectado. Eu não conhecia você nessa época, mas os ventos conheciam, e eu sou dos ventos.

— Você é um espreno de honra.

— Os ventos são de Honra — disse ela, rindo como se ele houvesse dito algo ridículo. — Somos do mesmo sangue.

— Você não tem sangue.

— E dá para ver que você não tem imaginação. — Ela pousou no ar diante dele e se transformou em uma jovem. — Além disso, havia... outra voz. Pura, com uma canção cristalina, distante, mas exigente... — Ela sorriu e zuniu para longe.

Bem, o mundo podia ter sido virado pelo avesso, mas Syl continuava tão insondável como sempre. Kaladin deixou de lado a sopa e se levantou. Ele se alongou para um lado, depois para o outro, sentindo *estalos* satisfatórios nas juntas, então caminhou na direção dos pais. Raios, mas todo mundo naquela cidade parecia menor do que ele recordava. Não era *tão* mais baixo quando deixara Larpetra, era?

Uma figura estava parada bem no meio da sala, falando com o guarda de elmo enferrujado. Roshone usava um casaco de olhos-claros muito fora de moda — Adolin teria balançado a cabeça ao vê-lo. O senhor da cidade tinha um pé de madeira encaixado na perna direita, e havia perdido peso desde que Kaladin o vira pela última vez. Sua pele pendia do rosto como cera derretida, se acumulando no pescoço.

Dito isso, Roshone possuía o mesmo porte imperioso, a mesma expressão zangada; seus olhos amarelo-claros pareciam culpar tudo e todos naquela cidade insignificante pelo seu banimento. Ele antes morava em Kholinar, mas havia se envolvido na morte de alguns cidadãos — os avós de Moash — e fora mandado para Larpetra como uma punição.

Ele se voltou para Kaladin, iluminado pelas velas nas paredes.

— Então, você *está* vivo. Estou vendo que não lhe ensinaram como permanecer no exército. Deixe-me dar uma olhada nessa sua marca. — Ele estendeu a mão e levantou o cabelo da testa de Kaladin. — Raios, garoto. O que você fez? Bateu em um olhos-claros?

— Sim — disse Kaladin.

Então deu um soco em Roshone.

Ele acertou bem na cara. Um golpe forte, exatamente como Hav lhe ensinara. Polegar fora do punho, acertando os nós dos dedos no osso malar de Roshone, então cruzando até a frente do rosto. Raramente conseguira um soco tão perfeito. Ele mal machucou o punho.

Roshone caiu como uma árvore cortada.

— Isso — disse Kaladin — foi pelo meu amigo Moash.

7
UM GUARDIÃO NO LIMIAR

*Eu não morri.
   Passei por algo pior.*

—De *Sacramentadora*, prefácio

— KALADIN! — EXCLAMOU LIRIN, agarrando-o pelo ombro. — O que está *fazendo*, filho?

Roshone estava no chão, cuspindo, sangrando pelo nariz.

— Guardas, prendam-no! Agora!

Syl pousou no ombro de Kaladin, as mãos nos quadris. Ela bateu com o pezinho.

— Ele provavelmente mereceu esse soco.

O guarda olhos-escuros correu para ajudar Roshone a se levantar, enquanto o capitão apontava a espada para Kaladin. Um terceiro se juntou a eles, chegando correndo de outro cômodo.

Kaladin deu um passo atrás, entrando em posição de guarda.

— Ora! — disse Roshone, levando o lenço ao nariz. — Acabem com ele!

Esprenos de raiva fervilhavam do chão em poças.

— Por favor, não — gritou a mãe de Kaladin, se agarrando a Lirin. — Ele só está nervoso. Ele...

Kaladin ergueu a mão para ela, a palma para frente, em um movimento para tranquilizá-la.

— Está tudo bem, mãe. Esse foi só o pagamento por um pequeno débito pendente entre Roshone e eu.

Ele encarou os guardas, um de cada vez, e eles se remexeram, hesitantes. Roshone vociferava. Inesperadamente, Kaladin sentiu-se no controle da situação. E... bem, um tanto envergonhado.

De repente, a perspectiva da coisa o atingiu. Desde que deixara Larpetra, Kaladin conhecera o verdadeiro mal, e Roshone nem podia se comparar. Ele não havia jurado proteger até mesmo aqueles de que não gostava? Todo o *objetivo* das coisas que aprendera não era exatamente impedir que fizesse coisas assim?

Ele olhou para Syl, que assentiu.

Melhore.

Por um momento, foi agradável ser apenas Kal outra vez. Felizmente, ele não era mais aquele rapaz. Era uma nova pessoa — e, pela primeira vez em muito, *muito* tempo, estava feliz com aquela pessoa.

— Baixem as armas, homens — disse Kaladin aos soldados. — Prometo que não vou bater no seu luminobre novamente. Peço desculpas por isso; acabei me deixando levar por algo do passado. Algo que ele e eu precisamos esquecer. Digam: o que aconteceu com os parshemanos? Eles não atacaram a cidade?

Os soldados se remexeram, olhando para Roshone.

— Eu disse *baixem as armas* — bradou Kaladin. — Pela tormenta, homem. Você está segurando essa espada como se fosse aparar um cepo-largo. E você? *Ferrugem* no elmo? Sei que Amaram recrutou a maioria dos homens capacitados da região, mas já vi mensageiros com mais postura de batalha do que vocês.

Os soldados se entreolharam. Então, ruborizado, o olhos-claros guardou a espada de volta na bainha.

— O que estão fazendo? — indagou Roshone. — Ataquem-no!

— Luminobre, senhor — disse o homem, os olhos baixos. — Posso não ser o melhor soldado da região, mas... bem, senhor, confie em mim. É melhor fingirmos que aquele soco nunca aconteceu.

Os dois outros soldados concordaram. Roshone avaliou Kaladin de cima a baixo, secando o nariz, que não estava sangrando muito.

— Então *deram um jeito* em você no exército, não foi?

— Você não faz ideia. Precisamos conversar. Há uma sala aqui que não esteja cheia de gente?

— Kal — disse Lirin. — Você está falando bobagens. Não dê ordens ao Luminobre Roshone!

Kaladin abriu caminho entre os soldados e Roshone, avançando pelo corredor.

— E então? — rosnou ele. — Sala vazia?

— Subindo as escadas, senhor — disse um dos soldados. — A biblioteca está vazia.

— Excelente. — Kaladin sorriu, notando o "senhor". — Juntem-se a mim lá em cima, homens.

Kaladin foi na direção das escadas. Infelizmente, um porte autoritário só funcionava até certo ponto. Ninguém o seguiu, nem mesmo seus pais.

— Dei uma ordem a vocês. Não gosto de me repetir.

— E o que faz você pensar que pode mandar em alguém aqui, garoto? — indagou Roshone.

Kaladin virou-se e estendeu o braço diante do corpo, invocando Syl. Uma Espada Fractal brilhante e coberta de orvalho se formou da névoa em sua mão. Ele girou a Espada e enfiou-a no chão de pedra com um movimento fluido, ainda segurando o punho, sentindo seus olhos se tornarem azuis.

Todos ficaram imóveis. As pessoas da cidade congelaram, boquiabertas. Os olhos de Roshone pareciam que iam saltar das órbitas. Curiosamente, o pai de Kaladin só baixou a cabeça e fechou os olhos.

— Alguma outra pergunta? — indagou Kaladin.

—E LES TINHAM PARTIDO QUANDO voltamos para ver como estavam, hã, Luminobre — disse Aric, o guarda baixo com o elmo enferrujado. — Nós tínhamos trancado a porta, mas havia um buraco aberto na lateral.

— Eles não atacaram ninguém? — perguntou Kaladin.

— Não, Luminobre.

Kaladin andava de um lado para o outro na biblioteca. A sala era pequena, mas bem organizada, com fileiras de prateleiras e um belo suporte para leitura. Cada livro estava perfeitamente alinhado com os outros; ou as criadas eram extremamente meticulosas ou os livros não eram tocados com muita frequência. Syl se empoleirou em uma prateleira, encostada em um livro, balançando as pernas sobre a borda como uma garotinha.

Roshone estava sentado em um lado da sala, vira e mexe passando as mãos pelas bochechas coradas até a nuca, em um estranho tique nervoso. Seu nariz havia parado de sangrar, embora fosse ficar com um belo hematoma. Era apenas uma fração do castigo que o homem merecia, mas

Kaladin descobriu que não tinha vontade de maltratar Roshone. Ele precisava ser melhor.

— Como era a aparência dos parshemanos? — perguntou Kaladin aos guardas. — Eles mudaram, depois da tempestade incomum?

— Com certeza — disse Aric. — Dei uma espiada quando ouvi que estavam escapando, depois que a tempestade passou. Eles pareciam Esvaziadores, estou dizendo, com uns pedaços grandes e ossudos saindo da pele.

— Eles estavam mais altos — acrescentou o capitão da guarda. — Mais altos do que eu, facilmente da mesma altura que o senhor, Luminobre. Com pernas grossas feito cepolargos e mãos que poderiam estrangular um espinha-branca, estou dizendo.

— Então por que eles não atacaram? — indagou Kaladin.

Poderiam ter tomado a mansão com facilidade; em vez disso, fugiram noite adentro. Aquilo indicava um objetivo mais perturbador. Talvez Larpetra fosse pequena demais para que eles se importassem.

— Imagino que não tenham rastreado a direção que eles foram... — comentou Kaladin, olhando para os guardas, depois para Roshone.

— Hã, não, Luminobre — respondeu o capitão. — Para ser sincero, só estávamos preocupados em sobreviver.

— O senhor vai contar para o rei? — indagou Aric. — Aquela tempestade arrasou *quatro* dos nossos silos. Logo passaremos fome, com todos esses refugiados e nenhuma comida. Quando as grantormentas começarem a voltar, não teremos metade das casas de que precisamos.

— Contarei a Elhokar.

Mas, pelo Pai das Tempestades, o resto do reino devia estar na mesma situação.

Ele precisava se concentrar nos Esvaziadores. Não poderia informar Dalinar até que possuísse Luz das Tempestades para voar de volta, então, por enquanto, parecia mais útil descobrir onde o inimigo estava se reunindo, se pudesse. O que os Esvaziadores estavam planejando? Kaladin não vira pessoalmente seus estranhos poderes, embora tivesse ouvido relatos da Batalha de Narak. Parshendianos com olhos brilhantes e comandando relâmpagos, impiedosos e terríveis.

— Vou precisar de mapas — disse ele. — Mapas de Alethkar, os mais detalhados que vocês tiverem, e alguma maneira de carregá-los pela chuva sem arruiná-los. — Ele fez uma careta. — E um cavalo. Vários, os melhores que possuírem.

— Então agora você vai me roubar? — perguntou Roshone baixinho, olhando para o chão.

— Roubar? — disse Kaladin. — Vamos chamar de aluguel. — Ele tirou um punhado de esferas do bolso e deixou-as cair na mesa, então olhou para os soldados. — E então? Os mapas? Roshone deve ter mapas topográficos das redondezas.

Roshone não era importante o bastante para administrar qualquer terra do grão-príncipe — algo de que Kaladin nunca se dera conta enquanto vivia em Larpetra. As terras deviam ser cuidadas por olhos-claros muito mais importantes; Roshone era apenas um primeiro ponto de contato com as vilas dos arredores.

— Temos que esperar a permissão da senhora — disse o capitão da guarda. — Senhor.

Kaladin levantou uma sobrancelha. Haviam desobedecido Roshone por ele, mas não a senhora da mansão?

— Vão até os fervorosos da casa e digam-lhe para preparar as coisas que pedi. A permissão virá em breve. E encontrem uma telepena conectada com Tashikk, se algum dos fervorosos possuir uma. Quando eu tiver a Luz das Tempestades para usá-la, quero enviar uma mensagem para Dalinar.

Os guardas fizeram uma saudação e partiram. Kaladin cruzou os braços.

— Roshone, vou precisar perseguir esses parshemanos e ver se consigo descobrir o que estão tramando. Algum dos seus guardas tem experiência como rastreador? Seguir as criaturas já seria difícil sem a chuva enlameando tudo.

— Por que eles são tão importantes? — perguntou Roshone, ainda olhando para o chão.

— Você já deve ter adivinhado — replicou Kaladin, acenando com a cabeça para Syl, uma fita de luz que voejava sobre seu ombro. — Desastres climáticos e servos comuns se transformando em monstros? A tempestade com relâmpagos vermelhos, soprando na direção errada? A Desolação chegou, Roshone. Os Esvaziadores voltaram.

Roshone grunhiu, se inclinando para frente, os braços ao redor do corpo, como se fosse vomitar.

— Syl? — sussurrou Kaladin. — Talvez eu precise de você de novo.

— Você parece arrependido — replicou ela, inclinando a cabeça.

— E estou. Não gosto da ideia de brandir você, acertar coisas com você.

Ela fungou.

— Em primeiro lugar, eu *não* arrebento coisas. Sou uma arma *elegante e graciosa*, seu idiota. Em segundo lugar, por que isso o incomoda?

— Não parece certo — respondeu Kaladin, ainda sussurrando. — Você é uma mulher, não uma arma.

— Espere aí... Então é por eu ser uma garota?

— Não — disse Kaladin de imediato, então hesitou. — Talvez. Só parece estranho.

Ela bufou.

— Você não pergunta às suas outras armas como elas se sentem quando são brandidas.

— Minhas outras armas não são pessoas. — Ele hesitou. — Ou são?

Ela o encarou, a cabeça inclinada e as sobrancelhas levantadas, como se ele houvesse dito algo muito estúpido.

Tudo tem um espreno. Sua mãe ensinara-lhe isso desde cedo.

— Então... algumas das minhas lanças foram mulheres? — indagou ele.

— Fêmeas, pelo menos — disse Syl. — Mais ou menos metade, como essas coisas costumam ser. — Ela pairou no ar diante dele. — É culpa de vocês por nos personificarem, então nada de reclamações. Claro, alguns dos antigos espenos têm quatro gêneros em vez de dois.

— O quê? Por quê?

Ela cutucou o nariz dele.

— Porque não foram os humanos que imaginaram esses, seu bobo.

Syl se afastou zunindo, transformando-se em uma nuvem de névoa. Quando ele levantou a mão, a Espada Fractal apareceu.

Kaladin foi até onde Roshone estava sentado, então se inclinou e segurou a Espada Fractal diante do homem, a ponta voltada para o chão.

Roshone levantou os olhos, fascinado pela lâmina da arma, como Kaladin havia antecipado. Era impossível ficar perto de uma arma daquelas e *não* ser atraído por ela. Elas tinham um magnetismo.

— Como você a conseguiu? — perguntou Roshone.

— Faz diferença?

Ele não respondeu, mas ambos sabiam a verdade. Possuir uma Espada Fractal era o bastante — quando se podia reivindicá-la, e ela não lhe era tomada, era sua. Ao possuir uma, as marcas na testa dele deixavam de ter importância. Homem algum, nem mesmo Roshone, poderia dar a entender o contrário.

— Você é um trapaceiro, um rato e um assassino — disse Kaladin. — Porém, por mais que eu odeie isso, não tenho tempo para derrubar a classe dominante de Alethkar e substituí-la por algo melhor. Estamos sob ataque de um inimigo que não compreendemos e que não poderíamos ter previsto. Então você vai ter que se levantar e liderar essas pessoas.

Roshone fitava a lâmina, vendo o próprio reflexo.

— Não estamos impotentes — disse Kaladin. — Podemos e vamos revidar... mas primeiro precisamos sobreviver. A Tempestade Eterna vai voltar. Com alguma frequência, embora eu não saiba ainda qual é o intervalo. Preciso que você se prepare.

— Como? — sussurrou Roshone.

— Construindo casas com declives nas duas direções. Se não houver tempo para isso, descubra um local protegido e se esconda. Eu não posso ficar. Essa crise é maior que uma única cidade, um único povo, mesmo que seja *minha* cidade e *meu* povo. Preciso contar com você. Que o Todo-Poderoso nos ajude, mas você é tudo que temos.

Roshone afundou ainda mais na cadeira. Que ótimo. Kaladin se levantou e dispensou Syl.

— Vamos fazer isso — disse uma voz atrás dele.

Kaladin gelou. A voz de Laral fez surgir um arrepio na sua coluna. Ele se virou lentamente e encontrou uma mulher que não correspondia nem um pouco à imagem em sua cabeça. Quando a vira pela última vez, ela estava usando um perfeito vestido de olhos-claros, bela e jovem, mas seus olhos verde-pálidos pareciam vazios. Ela havia perdido o noivo, o filho de Roshone, e em vez disso se casara com o pai dele — um homem com mais do dobro da sua idade.

A mulher diante dele não era mais uma jovem. Seu rosto era firme, magro, e o cabelo estava preso em um rabo de cavalo severo, negro salpicado de fios loiros. Ela usava botas e um havah utilitário, úmido devido à chuva.

Ela o olhou de cima a baixo, depois fungou.

— Parece que você cresceu, Kal. Sinto muito pelo seu irmão. Agora venha. Você precisa de uma telepena? Eu tenho uma conectada à rainha regente, em Kholinar, mas essa não tem respondido nos últimos tempos. Felizmente, temos uma para Tashikk, como você pediu. Se acha que o rei vai responder a você, podemos usar um intermediário.

Ela saiu de volta pela porta.

— Laral... — disse ele, seguindo-a.

— Ouvi falar que você apunhalou meu piso. Fique sabendo que é feito de boa madeira. Sinceramente. Homens e suas armas.

— Eu sonhava em voltar para cá — disse Kaladin, parando no corredor diante da biblioteca. — Imaginava voltar como um herói de guerra e desafiar Roshone. Eu queria salvar você, Laral.

— Ah, é? — Ela se voltou para ele. — E o que faz você pensar que preciso ser salva?

— Não me diga — começou Kaladin, a voz baixa, acenando na direção da biblioteca — que está feliz com *aquilo*.

— Parece que se tornar um olhos-claros não deixa um homem mais educado — disse Laral. — Pare de insultar meu marido, Kaladin. Fractário ou não, mais uma palavra como essa e farei com que seja posto para fora da minha casa.

— Laral...

— Eu *estou* bastante feliz aqui. Ou estava, até os ventos começarem a soprar na direção errada. — Ela balançou a cabeça. — Você puxou ao seu pai. Sempre achando que precisa salvar todo mundo, mesmo quem prefere que você cuide da própria vida.

— Roshone brutalizou minha família. Ele mandou meu irmão para a morte e fez tudo que pôde para destruir meu pai!

— E seu pai falou contra meu marido, afrontando-o diante dos outros moradores. Como você se sentiria se fosse um novo luminobre exilado para longe de casa e descobrisse que o cidadão mais importante da cidade o critica abertamente?

A perspectiva dela estava enviesada, é óbvio. Lirin havia tentado ser amigo de Roshone no início, não havia? Ainda assim, Kaladin descobriu que não tinha ânimo para continuar com a discussão. Por que se daria ao trabalho? Pretendia fazer com que seus pais se mudassem da cidade, de qualquer modo.

— Vou preparar a telepena — disse ela. — Pode levar algum tempo para conseguir uma resposta. Enquanto isso, os fervorosos estão separando os seus mapas.

— Ótimo — respondeu Kaladin, passando por ela no corredor. — Vou falar com meus pais.

Syl passou voando pelo seu ombro enquanto ele começava a descer as escadas.

— Então, essa é a garota com quem você ia se casar.

— Não — sussurrou Kaladin. — Essa é uma garota com quem eu nunca me casaria, independentemente do que acontecesse.

— Eu gosto dela.

— Claro que gosta.

Ele chegou ao fim dos degraus e olhou de volta para cima. Roshone havia se juntado a Laral no topo das escadas, carregando as gemas que Kaladin deixara sobre a mesa. Quanto mesmo havia sido?

Cinco ou seis brons de rubi, achava, e talvez uma safira ou duas. Ele fez os cálculos de cabeça. Raios... Era uma soma ridícula — mais dinheiro do que o cálice cheio de esferas que Roshone e o pai de Kaladin haviam passado anos disputando. Agora aquilo era apenas trocado para Kaladin.

Ele sempre havia pensado que todos os olhos-claros eram ricos, mas um luminobre menor em uma cidade insignificante... Bem, Roshone era na verdade pobre, só que um tipo diferente de pobre.

Kaladin vasculhou a casa, passando por pessoas que outrora conhecera — pessoas que agora sussurravam "Fractário" e saíam do caminho com presteza. Que assim fosse. Ele havia aceitado seu lugar no momento em que agarrara Syl do ar e falara as Palavras.

Lirin estava de volta ao salão, cuidando dos feridos. Kaladin parou na entrada, então suspirou e se ajoelhou ao lado dele. Assim que o homem estendeu a mão para sua bandeja de ferramentas, Kaladin pegou-a e segurou-a de prontidão. Sua antiga posição como assistente cirúrgico do pai. O novo aprendiz estava ajudando os feridos em outra sala.

Lirin fitou Kaladin, então voltou-se de novo para o paciente, um menino com uma atadura ensanguentada ao redor do braço.

— Tesoura — pediu Lirin.

Kaladin entregou-a e o pai pegou a ferramenta sem olhar, depois cortou cuidadosamente o curativo. Um pedaço de madeira havia perfurado o braço do menino. Ele gemeu enquanto Lirin apalpava a carne ao redor, coberta de sangue coagulado. Não estava com uma cara boa.

— Corte a haste e a carne necrosada — disse Kaladin. — Cauterize.

— Um pouco extremo, não acha? — indagou Lirin.

— Talvez seja melhor amputar no cotovelo, de qualquer modo. Isso com certeza vai infeccionar... veja só como a madeira está suja. Ela vai deixar farpas.

O menino gemeu de novo. Lirin deu-lhe um tapinha no ombro.

— Você vai ficar bem. Não vejo nenhum espreno de putrefação, portanto, não vamos precisar amputar o braço. Deixe-me conversar com seus pais. Por enquanto, mastigue isso. — Ele deu ao menino um pedaço de casca como analgésico.

Juntos, Lirin e Kaladin prosseguiram; o menino não estava em perigo imediato, e Lirin ia querer operar depois que o anestésico fizesse efeito.

— Você endureceu — disse Lirin para o filho enquanto inspecionava o pé do paciente seguinte. — Eu ficava preocupado, achando que nunca criaria calos.

Kaladin não respondeu. Na verdade, seus calos não eram tão grossos quanto o pai gostaria.

— Mas você também se tornou um deles — continuou Lirin.

— A cor dos meus olhos não muda nada.

— Eu não estava falando da cor dos seus olhos, filho. Não dou duas claretas para o fato de um homem ser um olhos-claros ou não. — Ele acenou e Kaladin passou-lhe um trapo para limpar o polegar, então começou a preparar uma pequena tala.

— Você se tornou um matador — continuou Lirin. — Resolve problemas com os punhos e a espada. Eu tinha esperança de que você encontrasse uma vaga entre os cirurgiões do exército.

— Eu não tive muita escolha — replicou Kaladin, passando a tala, depois preparando algumas ataduras para envolver o polegar. — É uma longa história. Contarei ao senhor algum dia.

As partes menos cruéis, pelo menos.

— Imagino que não vá ficar.

— Não. Preciso seguir aqueles parshemanos.

— Mais matança, então.

— E o senhor acha mesmo que não deveríamos combater os *Esvaziadores*, pai?

Lirin hesitou.

— Não — sussurrou ele. — Sei que a guerra é inevitável. Só não queria que *você* precisasse fazer parte dela. Já vi o que a guerra faz com os homens. Ela fustiga a alma, e essas feridas eu não posso curar. — Ele fixou a tala, então se voltou para Kaladin. — Nós somos cirurgiões. Deixe que outros rasguem e quebrem; *nós* não devemos ferir ninguém.

— Não. O senhor é um cirurgião, pai, mas eu sou outra coisa. Um guardião no limiar. — Palavras que Dalinar Kholin ouvira em uma visão. Kaladin se levantou. — Vou proteger aqueles que precisam. Hoje, isso significa caçar alguns Esvaziadores.

Lirin desviou o olhar.

— Muito bem. Eu estou... feliz que tenha voltado, filho. Estou feliz que esteja bem.

Kaladin pousou a mão no ombro do pai.

— Vida antes da morte, Pai.

— Vá ver sua mãe antes de partir. Ela tem algo para lhe mostrar.

Kaladin franziu o cenho, mas saiu do salão de enfermaria e foi até as cozinhas. O lugar inteiro estava iluminado apenas por velas, e não muitas. Aonde quer que fosse, ele via sombras e luz bruxuleante.

Encheu seu cantil com água fresca e encontrou um pequeno guarda-chuva. Precisaria disso para ler os mapas naquela chuva. De lá, foi ver

Laral na biblioteca. Roshone havia se retirado para seus aposentos, mas ela estava sentada em uma escrivaninha com uma telepena diante de si.

Espere. A telepena estava *funcionando*. Seu rubi brilhava.

— Luz das Tempestades! — exclamou Kaladin, apontando.

— Bem, é claro — disse ela, franzindo o cenho. — Fabriais precisam dela.

— Como você tem esferas *infundidas*?

— A grantormenta — disse Laral. — Há alguns dias.

Durante a batalha com os Esvaziadores, o Pai das Tempestades havia invocado uma grantormenta inusitada para se chocar com a Tempestade Eterna. Kaladin havia voado na frente do seu paredão, lutando com o Assassino de Branco.

— Aquela tempestade foi inesperada — retrucou Kaladin. — Como soube que era para deixar as esferas do lado de fora?

— Kal, não é tão difícil pendurar algumas esferas quando uma tempestade começa a soprar!

— Quantas você tem?

— Algumas — respondeu Laral. — Os fervorosos também têm umas poucas... não fui a única a pensar nisso. Olhe só, arrumei alguém em Tashikk disposta a retransmitir a mensagem para Navani Kholin, a mãe do rei. Não foi isso que você deu a entender que queria? Você realmente acha que ela vai responder?

A resposta, abençoadamente, chegou quando a telepena começou a escrever.

— "Capitão?" — leu Laral. — "Aqui fala Navani Kholin. É realmente você?"

Laral hesitou, então olhou para ele.

— Sou eu — disse Kaladin. — A última coisa que fiz antes de partir foi falar com Dalinar no topo da torre.

Com sorte, isso seria o suficiente para confirmar sua identidade. Laral deu um pulo, então escreveu.

— "Kaladin, aqui fala Dalinar" — leu Laral quando a mensagem retornou. — "Qual é sua situação, soldado?"

— Melhor do que esperado, senhor — respondeu Kaladin. Ele explicou em poucas palavras o que havia descoberto e terminou dizendo: — Estou preocupado que eles tenham ido embora porque Larpetra não era importante o bastante para destruir. Pedi cavalos e alguns mapas. Pensei em explorar a área e ver o que consigo descobrir sobre o inimigo.

— "Cuidado" — respondeu Dalinar. — "Você não tem mais nenhuma Luz das Tempestades?"

— Talvez consiga um pouco. Duvido que seja o suficiente para me levar para casa, mas vai ajudar.

Levou alguns minutos para Dalinar responder e Laral aproveitou a oportunidade para trocar o papel na placa da telepena.

— "Você tem bons instintos, Capitão." — Dalinar finalmente enviou. — "Sinto-me cego nesta torre. Aproxime-se o suficiente para descobrir o que o inimigo está fazendo, mas não corra riscos desnecessários. Leve a telepena. Envie-nos um glifo toda noite para que saibamos que está seguro."

— Compreendido, senhor. Vida antes da morte.

— "Vida antes da morte."

Laral olhou para ele, que sinalizou que a conversa havia terminado. Ela embrulhou a telepena sem dizer uma palavra, e Kaladin pegou-a com gratidão, depois apressou-se a sair da sala e descer os degraus.

Suas atividades haviam atraído uma multidão e tanto, que estava reunida no pequeno salão de entrada, diante dos degraus. Ele planejava perguntar se alguém tinha esferas infundidas, mas foi interrompido pela visão de sua mãe. Ela estava conversando com várias jovens e segurava um bebê nos braços. O que ela estava fazendo com...

Kaladin parou no fim dos degraus. O garotinho tinha talvez um ano de idade, e chupava a própria mão, balbuciando ao redor dos dedos.

— Kaladin, conheça seu irmão — disse Hesina, voltando-se para ele. — As garotas estavam cuidando dele enquanto eu ajudava com a triagem.

— Um irmão — sussurrou Kaladin.

Aquilo nunca lhe passara pela cabeça. Sua mãe faria 41 anos naquele ano e...

Um irmão.

Kaladin estendeu as mãos. Sua mãe deixou-o pegar o menininho, segurá-lo com mãos que pareciam ásperas demais para tocar uma pele tão macia. Ele tremeu, então apertou a criança ao peito. As memórias daquele lugar não o derrubaram, e ver seus pais não o arrasara, mas aquilo...

Ele não conseguiu deter as lágrimas. Sentiu-se um tolo. Não era como se aquilo mudasse alguma coisa — a Ponte Quatro eram seus irmãos agora, tão próximos dele do que qualquer parente de sangue.

E, ainda assim, ele chorou.

— Qual é o nome dele?

— Oroden.

— Filho da paz — sussurrou Kaladin. — Um bom nome. Um ótimo nome.

Atrás dele, uma fervorosa se aproximou com um estojo de pergaminhos. Raios, aquela era Zeheb? Pelo jeito ainda estava viva, embora sempre houvesse parecido mais velha do que as próprias pedras. Kaladin devolveu o pequeno Oroden à mãe, então enxugou os olhos e pegou o estojo de pergaminhos.

As pessoas se apinhavam nos limites do recinto. Ele era um espetáculo: o filho do cirurgião, que virara escravo e depois, Fractário. Larpetra não veria nada tão empolgante por mais um século.

Pelo menos, não se Kaladin pudesse evitar. Ele acenou com a cabeça para seu pai — que havia saído do salão —, então se voltou para a multidão.

— Alguém tem esferas infundidas? Eu troco com vocês, duas peças por uma. Tragam-nas para mim.

Syl zumbiu ao seu redor enquanto a coleta era feita, e a mãe de Kaladin fez as trocas para ele. No fim, só tinha uma bolsa de esferas, mas ela parecia uma grande riqueza. No mínimo, não ia precisar mais dos cavalos.

Ele deu um nó para fechar a bolsa, então olhou sobre o ombro enquanto o pai se aproximava. Lirin pegou uma pequena peça brilhante de diamante do bolso, então entregou-a para Kaladin.

Ele a aceitou, então olhou para sua mãe e o bebezinho nos braços dela. Seu *irmão*.

— Quero levar vocês para um lugar seguro — disse ele a Lirin. — Preciso partir agora, mas voltarei em breve. Para levá-los para...

— Não — disse Lirin.

— Pai, é a *Desolação* — protestou Kaladin.

Ali perto, pessoas arquejaram baixinho, olhos assombrados. Raios; Kaladin deveria ter tido aquela conversa em particular. Ele se inclinou na direção de Lirin.

— Eu conheço um lugar que é seguro. Para o senhor, para a mãe. Para o pequeno Oroden. Por favor, não seja teimoso, pelo menos uma vez na sua vida.

— Você pode levá-los, se eles quiserem ir, mas eu vou ficar aqui. Ainda mais se... o que você disse é verdade. Essas pessoas precisam de mim.

— Vamos ver. Eu voltarei assim que puder. — Kaladin firmou o queixo, então caminhou até a porta da frente da mansão e a abriu, deixando entrar os sons da chuva, os aromas de uma terra afogada.

Ali ele parou, olhando de volta para a sala cheia de cidadãos sujos, sem moradia e assustados. Eles haviam escutado a conversa, mas já sabiam desde antes. Kaladin ouvira os sussurros. Esvaziadores. A Desolação.

Não podia deixá-los assim.

— Vocês ouviram bem — disse Kaladin em voz alta para as cento e poucas pessoas reunidas no grande salão de entrada da mansão, incluindo Roshone e Laral, que estavam nos degraus que subiam para o segundo andar. — Os Esvaziadores voltaram.

Murmúrios. Medo.

Kaladin sugou um pouco de Luz das Tempestades da sua bolsa. Fumaça pura e luminosa começou a se elevar de sua pele, distintamente visível na sala escura. Ele se Projetou para cima, subindo no ar, depois acrescentou uma Projeção para baixo, o que o deixou flutuando cerca de sessenta centímetros acima do chão, brilhando. Syl formou-se da névoa como uma Lança Fractal na sua mão.

— O Grão-príncipe Dalinar Kholin — declarou Kaladin, Luz das Tempestades fumegando entre seus lábios — refundou os Cavaleiros Radiantes. E, desta vez, *não vamos* falhar com vocês.

As expressões na sala variavam entre a adoração e o pavor. Kaladin encontrou o rosto do pai. Lirin estava de queixo caído. Hesina agarrava seu bebê nos braços, e sua expressão era de puro deleite, um espreno de admiração surgindo ao redor da sua cabeça como um círculo azul.

Protegerei você, pequeno, pensou Kaladin para a criança. *Protegerei todos eles.*

Ele assentiu para os pais, então se virou e se Projetou para fora, saindo voando pela noite chuvosa. Pararia em Stringken, a cerca de meio dia de caminhada — ou um voo curto —, ao sul, e veria se conseguiria trocar esferas lá.

Então caçaria alguns Esvaziadores.

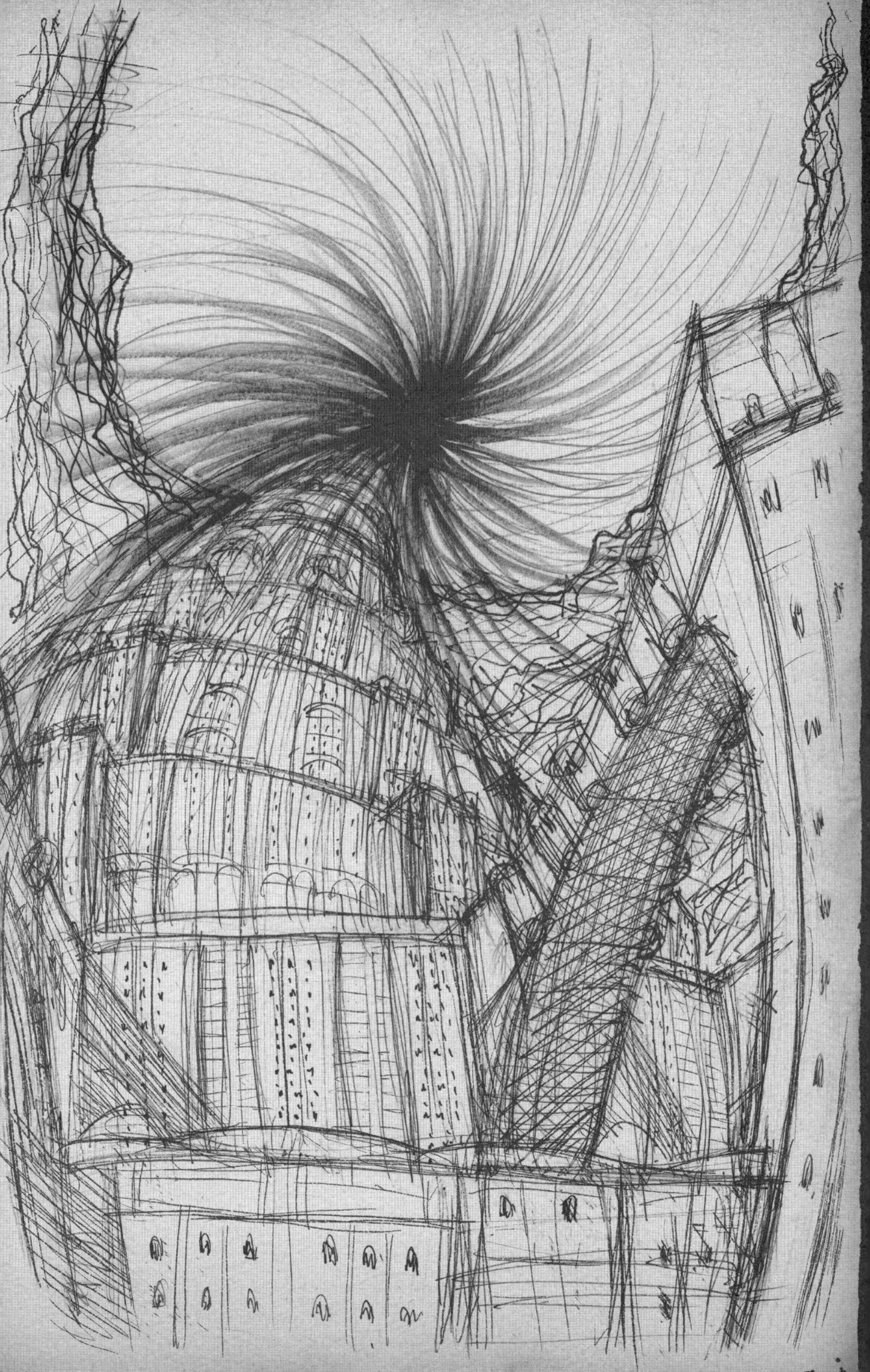

8
UMA MENTIRA PODEROSA

Independentemente daquele momento, posso dizer com sinceridade que este livro já estava se formando dentro de mim desde a minha juventude.

—De *Sacramentadora*, prefácio

SHALLAN DESENHAVA.

Rabiscava o bloco de desenhos com manchas agitadas e escuras. Torcia o bastão de carvão nos dedos a cada poucas linhas, procurando os pontos mais afiados para fazer traços que fossem de um negro bem profundo.

— Hmm... — murmurou Padrão, junto das suas panturrilhas, onde ele adornava a saia dela como um bordado. — Shallan?

Ela continuou desenhando, preenchendo a página com traços negros.

— Shallan? — insistiu Padrão. — Eu entendo por que você me odeia, Shallan. Eu não pretendia ajudar a matar sua mãe, mas foi isso que fiz. Foi isso que eu fiz...

Ela travou o maxilar e continuou desenhando. Estava sentada ao ar livre, em Urithiru, com as costas contra um pedregulho frio, seus dedos dos pés gelados, esprenos de frio crescendo como espinhos ao redor dela. Seu cabelo desgrenhado bateu no rosto com uma rajada de ar, e ela teve que prender o papel na prancheta com os polegares, um deles envolto pela manga esquerda.

— Shallan... — disse Padrão.

— Está tudo bem — respondeu ela em uma voz abafada enquanto o vento diminuía e cessava. — Só... Só me deixe desenhar.

— Hmm... Uma mentira poderosa...

Uma paisagem simples; ela deveria ser capaz de desenhar uma paisagem simples e tranquila. Estava sentada na borda de uma das dez plataformas dos Sacroportais, que se elevavam três metros acima do platô principal. Mais cedo naquele dia, ela havia ativado aquele Sacroportal, trazendo mais algumas centenas dos milhares que estavam esperando em Narak. Seria só isso por enquanto: cada uso do dispositivo consumia uma incrível quantidade de Luz das Tempestades. Até mesmo com as gemas que os recém-chegados tinham trazido, não havia o suficiente.

Além disso, não havia o suficiente *dela*. Só um Cavaleiro Radiante pleno e ativo podia controlar os edifícios no centro de cada plataforma, realizando a troca. Por enquanto, Shallan era a única.

Isso significava que ela precisava invocar sua Espada todas as vezes. A Espada que ela havia usado para matar sua mãe. Uma verdade que havia declarado como um Ideal da sua ordem de Radiantes.

Uma verdade que ela não podia mais, portanto, enfiar de volta no fundo da mente e esquecer.

Só desenhe.

A cidade dominava sua visão, estendendo-se a uma altura impossível, e ela lutava para conter a torre imensa na página. Jasnah havia procurado por aquele lugar na esperança de encontrar livros e registros de grande antiguidade. Até agora, não haviam encontrado nada do gênero. Em vez disso, Shallan lutava para *compreender* a torre.

Se ela a fixasse em um desenho, poderia finalmente captar seu tamanho espantoso? Ela não conseguia obter um ângulo de onde pudesse ver a torre inteira, então acabava se concentrando nos detalhes. As sacadas, a forma dos campos, as aberturas cavernosas — bocarras para engolfar, consumir, sobrepujar.

Ela acabou com um esboço não da torre em si, mas de um cruzamento de linhas em um campo de carvão mais suave. Fitou o esboço enquanto um espreno de vento passava e agitava as páginas. Ela suspirou, deixando cair o carvão na bolsa e pegando um trapo úmido para limpar os dedos da mão livre.

Mais abaixo no platô, soldados se exercitavam. Pensar em todos eles vivendo naquele lugar perturbava Shallan. O que era estúpido. Era só um *edifício*.

Mas era um edifício que ela não conseguia desenhar.

— Shallan... — chamou Padrão.

— Nós vamos dar um jeito — disse ela, os olhos voltados para frente.

— Não é *sua* culpa que meus pais estejam mortos. Você não causou isso.

— Você pode me odiar. Eu compreendo.

Shallan fechou os olhos. Não *queria* que ele compreendesse. Queria que ele a convencesse de que estava errada. Ela precisava estar *errada*.

— Eu não odeio você, Padrão. Eu odeio a espada.

— Mas...

— A espada não é você. A espada sou eu, meu pai, a vida que vivíamos, e a maneira como ela foi deturpada.

— Eu... — Padrão zumbiu baixinho. — Eu não compreendo.

Ficaria chocada se compreendesse, pensou Shallan. *Porque eu certamente não compreendo.* Felizmente, havia uma distração se aproximando, na forma de uma batedora que subia a rampa até a plataforma onde Shallan estava empoleirada. A olhos-escuros vestia branco e azul, com calças por baixo de uma saia de corredora, e possuía longos cabelos escuros alethianos.

— Hum, Luminosa Radiante? — chamou a batedora depois de fazer uma mesura. — O grão-príncipe solicitou sua presença.

— Droga — disse Shallan, aliviada por ter algo para fazer.

Ela pediu para a batedora segurar seu caderno enquanto guardava as coisas na bolsa.

Esferas foscas, notou.

Muito embora três dos grão-príncipes houvessem se unido a Dalinar na expedição ao centro das Planícies Quebradas, a maioria havia ficado para trás. Quando a grantormenta inesperada chegara, Hatham recebera avisos via telepena de batedores nas planícies.

Seu acampamento de guerra teve a chance de colocar para fora a maioria das suas esferas para recarregá-las antes da chegada da tempestade, fornecendo a ele uma grande quantidade de Luz das Tempestades, em comparação ao resto do pessoal. O homem já estava ficando rico, uma vez que Dalinar negociava esferas infundidas para fazer funcionar o Sacroportal e trazer suprimentos.

Em comparação a isso, fornecer esferas para que ela pudesse praticar sua Teceluminação não era um gasto terrível — mas Shallan ainda se sentiu culpada ao ver que havia esgotado duas delas ao consumir Luz das Tempestades para se aquecer no frio. Teria que ter mais cuidado.

Ela embalou tudo de que precisava, então foi pegar o caderno e descobriu a batedora folheando as páginas com olhos arregalados.

— Luminosa... Esses desenhos são incríveis.

Vários eram esboços como ângulo de alguém na base da torre olhando para cima, capturando um vago senso da imponência de Urithiru, mais fornecendo uma sensação de vertigem. Shallan percebeu, descontente, que havia reforçado a natureza surreal dos esboços com pontos de fuga e perspectiva impossíveis.

— Andei tentando desenhar a torre — explicou Shallan —, mas não consigo pegá-la do ângulo certo.

Talvez quando o Luminobre Olhos-Tristes voltasse, ele pudesse voar com ela até outro pico na cordilheira.

— Nunca vi nada parecido com esses desenhos — disse a batedora, folheando o caderno. — Como a senhora chama?

— Surrealismo — respondeu Shallan, pegando o grande caderno de volta e enfiando-o debaixo do braço. — Era um antigo movimento artístico. Acho que acabei me voltando para ele quando não consegui fazer com que a imagem ficasse como eu queria. Praticamente ninguém mais liga para ele, a não ser estudantes.

— Fez com que meus olhos fizessem meu cérebro pensar que havia se esquecido de acordar.

Shallan gesticulou e a batedora a conduziu de volta através do platô. Ali, Shallan notou que vários soldados no campo tinham interrompido seus exercícios e a encaravam. Droga. Ela nunca mais voltaria a ser apenas Shallan, a garota insignificante de uma cidade do interior. Ela era agora "Luminosa Radiante", ostensivamente da Ordem dos Alternautas. Ela havia persuadido Dalinar a fingir — em público, pelo menos — que Shallan era de uma ordem que não conseguia fazer ilusões. Ela precisava impedir que aquele segredo se espalhasse, ou sua eficácia seria prejudicada.

Os soldados a observavam como se esperassem que uma Armadura Fractal brotasse de seu corpo, que labaredas disparassem dos olhos e ela saísse voando para arrancar o topo de uma montanha ou duas. *Eu provavelmente deveria tentar agir com um ar mais sereno*, pensou Shallan. *Mais... como uma cavaleira?*

Ela olhou de relance para um soldado usando o dourado e vermelho do exército de Hatham. Ele imediatamente baixou os olhos e esfregou o glifo-amuleto de oração amarrado em seu braço direito. Dalinar estava determinado a recuperar a reputação dos Radiantes, mas, raios, não era possível mudar a perspectiva de toda uma nação em uns poucos meses. Os antigos Cavaleiros Radiantes haviam traído a humanidade; ainda que muitos alethianos estivessem dispostos a conceder à ordem um novo começo, outros não eram tão caridosos.

Ainda assim, ela tentou manter a cabeça erguida, as costas retas e caminhar da maneira como suas tutoras sempre a instruíram. O poder era uma ilusão de percepção, como Jasnah lhe dissera. O primeiro passo para estar no controle era ver a si mesma como uma pessoa capaz de estar no controle.

A batedora a conduziu até a torre e através de uma escadaria, subindo até a seção segura de Dalinar.

— Luminosa? — chamou a mulher enquanto caminhavam. — Posso fazer uma pergunta?

— Já que isso foi uma pergunta, aparentemente você pode.

— Ah, hum. Hã...

— Está tudo bem. O que você quer saber?

— A senhora é... uma Radiante.

— Isso na verdade foi uma afirmação, o que faz com que eu duvide da minha declaração anterior.

— Sinto muito. Eu só... estou curiosa, Luminosa. Como funciona? Ser uma Radiante? A senhora tem uma Espada Fractal?

Então esse era o rumo dessa conversa.

— Eu garanto que é bastante possível manter a feminilidade adequada enquanto realizo meus deveres como cavaleira.

— Ah — disse a batedora. Estranhamente, ela pareceu *desapontada* com a resposta. — É claro, Luminosa.

Urithiru parecia ter sido criada diretamente da rocha de uma montanha, como uma escultura. De fato, não havia junções nos cantos das salas, tampouco tijolos ou blocos distintos nas paredes. A maior parte da pedra exibia finos estratos geológicos. Belas linhas de matizes variados, como camadas de tecidos empilhados em uma loja.

Os corredores quase sempre se contorciam em estranhas curvas, raramente correndo reto até uma interseção. Dalinar sugeriu que talvez isso servisse para enganar invasores, como uma fortificação de castelo. As curvas amplas e a falta de emendas faziam com que os corredores parecessem túneis.

Shallan não precisava de uma guia — os estratos geológicos nas paredes apresentavam padrões distintos. Outras pessoas pareciam ter dificuldades em distingui-los e falavam de pintar os pisos com diretrizes. Não conseguiam distinguir o padrão ali, de largas camadas avermelhadas alternado com camadas menores amarelas? Bastava seguir para onde as linhas se inclinavam ligeiramente para cima e chegaria aos aposentos de Dalinar.

Elas logo chegaram, e a batedora ficou de plantão na porta, caso seus serviços fossem necessários de novo. Shallan adentrou uma sala que apenas um dia atrás estava vazia, mas que agora estava mobiliada, criando um espaçoso local de reunião bem ao lado dos aposentos particulares de Dalinar e Navani.

Adolin, Renarin e Navani estavam sentados diante de Dalinar, que estava de pé com as mãos nos quadris, contemplando um mapa de Roshar na parede. Embora o local estivesse cheio de tapetes e mobília confortável, o refinamento combinava com aquela câmara austera; era como um havah feminino em um porco.

— Eu não sei como abordar os azishianos, pai — disse Renarin enquanto ela entrava. — O novo imperador os torna um povo imprevisível.

— Eles são *azishianos* — comentou Adolin, acenando para Shallan com a mão saudável. — Como podem *não* ser previsíveis? O governo deles não regulamenta até como descascar as frutas?

— Isso é um estereótipo — replicou Renarin, que estava usando seu uniforme da Ponte Quatro, mas tinha um cobertor sobre os ombros e segurava uma caneca de chá fumegante, muito embora a sala não estivesse particularmente fria. — Sim, eles têm uma grande burocracia. Uma mudança de governo ainda vai causar distúrbios. De fato, talvez seja *mais fácil* para esse novo imperador azishiano mudar a política de governo, já que a política é bem definida o bastante para mudar.

— Eu não me preocuparia com os azishianos — disse Navani, batendo no seu caderno com uma pena, depois escrevendo alguma coisa. — Eles vão escutar a razão; sempre escutam. E Tukar e Emul? Eu não me surpreenderia se a guerra entre eles fosse o bastante para distraí-los até mesmo do retorno das Desolações.

Dalinar resmungou, esfregando o queixo.

— Há um comandante militar em Tukar. Qual é o nome dele?

— Tezim — respondeu Navani. — Alega ser um enviado do Todo-Poderoso.

Shallan bufou, pousando na cadeira ao lado de Adolin, deixando a bolsa e a prancheta de desenho no chão.

— Enviado do Todo-Poderoso? Pelo menos ele é humilde.

Dalinar voltou-se para ela, então juntou as mãos às costas. Raios. Ele parecia sempre tão... *grande*. Maior do que qualquer cômodo onde estivesse, a testa sempre enrugada pelos mais profundos pensamentos. Dalinar Kholin podia fazer com que a escolha do desjejum parecesse a decisão mais importante em toda Roshar.

— Luminosa Shallan — disse ele. — Diga-me, como lidaria com os reinos makabakianos? Agora que a tempestade veio, como nós avisamos, temos uma oportunidade de abordá-los de uma posição vantajosa. Azir é o mais importante, mas acabou de enfrentar uma crise sucessória. Emul e Tukar estão, naturalmente, em guerra, como Navani observou. Com certeza poderíamos usar as redes de informação de Tashikk, mas eles são muito isolacionistas. Isso nos deixa Yezier e Liafor. Talvez o peso do seu envolvimento possa persuadir seus vizinhos?

Ele se voltou para ela, esperando.

— Sim, sim... — disse Shallan, pensativa. — Eu *ouvi* falar de vários desses lugares.

Dalinar comprimiu os lábios em uma linha fina e Padrão zumbiu, preocupado, na sua saia. Dalinar não parecia o tipo de homem para brincadeiras.

— Perdão, Luminobre — continuou Shallan, se recostando na cadeira —, mas não sei ao certo por que deseja *minha* opinião. Já ouvi falar desses reinos, mas meu conhecimento é acadêmico. Provavelmente poderia dizer qual é o principal produto de exportação deles, mas quanto à política estrangeira... Bem, eu nunca havia nem conversado com alguém de *Alethkar* antes de deixar minha terra natal. E somos vizinhos!

— Entendo — disse Dalinar baixinho. — O seu espreno tem algum conselho a oferecer? Poderia trazê-lo para falar conosco?

— Padrão? Ele não é um grande conhecedor da nossa espécie, o que é mais ou menos o motivo porque está aqui, em primeiro lugar. — Ela se remexeu cadeira. — E, para ser sincera, Luminobre, acho que ele tem medo do senhor.

— Bem, ele obviamente não é um tolo — observou Adolin.

Dalinar lançou ao filho um olhar rápido.

— Deixe disso, pai — disse Adolin. — Se alguém é capaz de intimidar forças da natureza, é o senhor.

Dalinar suspirou, se virando para colocar a mão sobre o mapa. Curiosamente, foi Renarin quem se levantou, deixando de lado seu cobertor e caneca, e caminhou até lá para colocar a mão sobre o ombro do pai. O jovem parecia ainda mais magro quando estava ao lado de Dalinar e, muito embora seu cabelo não fosse tão loiro quanto o de Adolin, ainda tinha mechas amareladas. Ele fazia um estranho contraste com Dalinar, como uma peça cortada de um tecido quase totalmente diferente.

— É que é tão grande, filho — disse Dalinar, olhando para o mapa. — Como posso unir toda Roshar quando nem mesmo *visitei* vários desses reinos? A jovem Shallan falou algo sábio, embora possa não ter percebido. Nós não conhecemos essas pessoas. Agora esperam que eu seja responsável por elas? Gostaria de poder *ver* tudo...

Shallan se remexeu na cadeira, sentindo-se esquecida. Talvez ele a houvesse chamado porque queria a ajuda dos seus Radiantes, mas a dinâmica Kholin sempre fora familiar. Naquele sentido, ela era uma intrusa.

Dalinar virou-se e foi pegar uma taça de vinho de um jarro aquecido junto da porta. Ao passar por Shallan, ela sentiu algo incomum. Um salto dentro dela, como se parte de si estivesse sendo *puxada* por ele.

Dalinar passou por ela de novo, segurando uma taça, e Shallan se levantou e o seguiu até o mapa na parede. Ela inspirou enquanto caminhava, extraindo Luz das Tempestades da sua bolsa em um fluxo cintilante. A Luz infundiu seu corpo, brilhando através da sua pele.

Ela pousou a mão livre no mapa e Luz das Tempestades fluiu dela, iluminando o mapa em uma agitada tempestade de Luz. Shallan não compreendia exatamente o que estava fazendo, mas também quase nunca compreendia. A arte não tinha a ver com compreender, mas com *saber*.

A Luz das Tempestades fluiu para fora do mapa, passando às pressas entre ela e Dalinar, fazendo com que Navani se erguesse desajeitadamente da cadeira e recuasse. A Luz rodou pela câmara e tornou-se outro mapa, maior, flutuando na altura da mesa, no centro da sala. Montanhas cresciam como dobras em um pedaço de tecido amassado. Vastas planícies brilhavam, verdes com vinhas e gramados. As colinas estéreis na direção da tempestade traziam esplêndidas sombras de vida no lado sotavento. Pai das Tempestades... diante de seus olhos, a topografia da paisagem se tornou *real*.

Shallan prendeu a respiração. *Ela* fizera aquilo? Como? Suas ilusões geralmente precisavam de um desenho prévio para imitar.

O mapa se esticou pela sala, cintilando nas bordas. Adolin se levantou da cadeira, atravessando a ilusão em algum lugar perto de Kharbranth. Fios de Luz das Tempestades se quebraram ao redor dele, mas, quando ele se moveu, a imagem oscilou e depois se reformou perfeitamente.

— Como... — Dalinar se inclinou para a seção mais próxima deles, que detalhava as ilhas Reshi. — Os detalhes são impressionantes. Quase posso ver as cidades. O que você fez?

— Eu não sei se fiz *alguma coisa* — disse Shallan, entrando na ilusão, sentindo a Luz das Tempestades se mover ao redor dela.

Apesar dos detalhes, a perspectiva ainda era de uma grande distância, e as montanhas não chegavam à altura de uma unha.

— Eu não poderia ter criado isso, Luminobre. Não tenho o conhecimento.

— Bem, não fui *eu* — disse Renarin. — A Luz das Tempestades com certeza veio de você, Luminosa.

— Sim, bem, seu pai estava me puxando.

— Puxando? — indagou Adolin.

— O Pai das Tempestades — explicou Dalinar. — Isso é influência dele... isso é o que ele vê toda vez que uma tempestade percorre Roshar. Não fui eu nem você, mas *nós*. De algum modo.

— Bem, o senhor *estava* reclamando de não poder ver tudo — disse Shallan.

— Quanta Luz das Tempestades foi usada nisso? — indagou Navani, dando a volta no mapa novo e vibrante.

Shallan verificou sua bolsa.

— Hum... tudo que eu tinha.

— Vamos conseguir mais para você. — Navani suspirou.

— Sinto muito por...

— Não — disse Dalinar. — Botar meus Radiantes para praticar seus poderes está entre os recursos mais poderosos que eu poderia comprar no momento. Mesmo que Hatham nos faça pagar os olhos da cara pelas esferas.

Dalinar andou através da imagem, causando uma perturbação em forma de ondulações ao redor dele. Ele parou perto do centro, junto da localização de Urithiru. Ele olhou de um lado da sala para o outro em uma longa e lenta avaliação.

— Dez cidades — sussurrou ele. — Dez reinos. Dez Sacroportais que as conectavam em um passado distante. É assim que vamos lutar. É assim que vamos começar. Não começamos salvando o mundo... começamos com esse passo simples. Nós protegemos as cidades com Sacroportais. Os Esvaziadores estão em toda parte, mas podemos ter mais mobilidade. Podemos apoiar capitais, fornecer comida ou Transmutadores rapidamente entre reinos. Podemos fazer dessas dez cidades bastiões de luz e força. Mas precisamos ser rápidos. Ele está chegando. O homem com nove sombras...

— O que é isso? — quis saber Shallan, atenta.

— O campeão do inimigo — disse Dalinar, os olhos se estreitando. — Nas visões, Honra me disse que nossa melhor chance de sobrevivência seria forçar Odium a aceitar uma competição de campeões. Eu vi o campeão do inimigo... uma criatura em armadura negra, com olhos vermelhos. Um parshemano, talvez. Ele tinha nove sombras.

Ali perto, Renarin havia se voltado para o pai, os olhos arregalados e o queixo caído. Ninguém pareceu notar.

— Azimir, capital de Azir — disse Dalinar, indo de Urithiru para o centro de Azir, a oeste —, é o lar de um Sacroportal. Precisamos abri-lo e ganhar a confiança dos azishianos. Eles serão importantes para a nossa causa.

Ele foi mais para o oeste.

— Há um Sacroportal escondido em Shinovar. Outro na capital de Babatharnam, e um quarto na distante Rall Elorim, a Cidade das Sombras.

— Outro em Rira — disse Navani, juntando-se a ele. — Jasnah achava que estava em Kurth. Um sexto foi perdido em Aimia, a ilha que foi destruída.

Dalinar grunhiu, então voltou-se para a seção oriental do mapa.

— Com Vedenar, são sete — disse ele, se aproximando da terra natal de Shallan. — Cidade de Thaylen tem o oitavo. Depois o das Planícies Quebradas, que está sob nosso controle.

— E o último está em Kholinar — disse Adolin em voz baixa. — Nosso lar.

Shallan se aproximou dele e tocou-o no braço. A comunicação via telepena para a cidade havia deixado de funcionar. Ninguém sabia da situação em Kholinar; a melhor pista viera pela mensagem de telepena de Kaladin.

— Vamos começar aos poucos — disse Dalinar —, com alguns dos mais importantes para controlar e manter o mundo. Azir. Jah Keved. Thaylenah. Vamos entrar em contato com outras nações, mas nosso foco será nessas três potências. Azir pela sua organização e influência política. Thaylenah pelo comércio e habilidade naval. Jah Keved pelo número de soldados. Luminosa Davar, qualquer informação que possa oferecer sobre sua terra natal e sua situação depois da guerra civil será apreciada.

— E Kholinar? — perguntou Adolin.

Uma batida na porta interrompeu a resposta de Dalinar. Ele permitiu a entrada, e a batedora de mais cedo botou a cabeça para dentro.

— Luminobre — disse ela, com um ar preocupado. — Há uma coisa que o senhor precisa ver.

— O que foi, Lyn?

— Luminobre, senhor. Houve... Houve outro assassinato.

9
AS ROSCAS DE UM PARAFUSO

A soma das minhas experiências apontou para este momento. Para esta decisão.

—De *Sacramentadora*, prefácio

UM BENEFÍCIO DE TER se tornado "Luminosa Radiante" era que agora *esperava-se* que Shallan fizesse parte de eventos importantes. Ninguém questionou sua presença conforme cruzava apressada os corredores, iluminados por lanternas a óleo carregadas pelos guardas. Ninguém estranhou; ninguém sequer considerou a propriedade de levar uma jovem à cena de um crime brutal. Que mudança bem-vinda.

Pelo que ouvira por alto do que a batedora dissera a Dalinar, o cadáver era de um oficial olhos-claros chamado Vedekar Perel. Ele era do exército de Sebarial, mas Shallan não o conhecia. O corpo havia sido descoberto por um grupo de batedores em uma parte remota do segundo nível da torre.

Conforme se aproximavam, Dalinar e seus guardas correram pelo resto da distância, ultrapassando Shallan. As tormentosas pernas compridas dos alethianos. Ela tentara sugar um pouco de Luz das Tempestades, mas ela havia usado tudo naquele mapa desgraçado, que se desintegrara em uma lufada de Luz quando eles partiram.

Isso a deixou exaurida e irritada. À sua frente, Adolin parou e olhou para trás, hesitando por um momento, como se estivesse impaciente, então foi na direção dela em vez de correr adiante.

— Obrigada — disse Shallan enquanto ele acompanhava o seu passo.

— Não é como se ele fosse ficar mais morto, não é? — respondeu ele, então riu, sem jeito. Alguma coisa naquela situação deixara-o seriamente perturbado.

Ele procurou a mão dela com sua mão ferida, ainda em uma tala, então fez uma careta de dor. Shallan, em vez disso, segurou o braço dele, e Adolin ergueu a lanterna de óleo, ambos seguindo às pressas. As camadas ali formavam uma espiral, se torcendo ao redor do piso, teto e paredes como as roscas de um parafuso. Era interessante o suficiente para que Shallan capturasse uma Lembrança para desenhar depois.

Shallan e Adolin finalmente alcançaram os outros, passando por um grupo de guardas que mantinham um perímetro. Muito embora a Ponte Quatro houvesse descoberto o corpo, eles haviam enviado reforços Kholin para fazer a segurança da área.

Eles protegiam uma câmera de tamanho médio, agora iluminada por diversas lamparinas a óleo. Shallan parou na entrada, diante de um degrau que cercava uma ampla depressão quadrada, de talvez 1,20 metro de profundidade, cortada no chão de pedra da sala. As camadas na parede continuavam suas misturas curvas e retorcidas de laranjas, vermelhos e marrons, se inflando pelas laterais da câmara em faixas largas antes de unirem-se em tiras finas para seguir o corredor que conduzia ao outro lado.

O homem morto estava no fundo da cavidade. Shallan se preparou, mas ainda assim considerou a visão nauseante. Ele estava deitado de costas e havia sido apunhalado através do olho. Seu rosto estava coberto de sangue, as roupas desarrumadas devido ao que parecia ter sido uma luta prolongada.

Dalinar e Navani estavam na beirada da concavidade. O rosto dele estava rígido, uma rocha. Ela cobria a boca com a mão segura.

— Nós o encontramos assim, Luminobre — disse Peet, o carregador de pontes. — Chamamos o senhor no mesmo instante. Raios me levem se não parece exatamente igual ao que aconteceu com o Grão-príncipe Sadeas.

— Ele está até deitado na mesma posição — disse Navani, agarrando as saias e descendo alguns degraus até a área inferior, que compunha a maior parte do recinto.

Na verdade... Shallan olhou para a parte superior da câmara, onde várias esculturas de pedra, como cabeças de cavalo, se estendiam das paredes com as bocas abertas. *Fontes de água*, ela pensou. *Essa é uma câmara de banho.*

Navani se ajoelhou ao lado do corpo, longe do sangue correndo rumo a um dreno no outro extremo do piso da banheira.

— Notável... O posicionamento, a perfuração do olho... É *exatamente* como o que aconteceu com Sadeas. Deve ser obra do mesmo assassino.

Ninguém tentou proteger Navani da visão — como se fosse completamente apropriado para a mãe do rei cutucar um cadáver. Quem saberia dizer? Talvez em Alethkar se esperasse que as damas fizessem coisas assim. Ainda era estranho para Shallan como os alethianos eram temerários em relação a levar suas mulheres para a batalha para servir como escribas, mensageiras e batedoras.

Ela voltou-se para Adolin para saber qual era sua leitura da situação e encontrou-o de olhar fixo, horrorizado, a boca aberta e os olhos arregalados.

— Adolin? Você o conhece? — perguntou Shallan.

Ele não pareceu escutá-la.

— Isso é impossível — murmurou ele. — *Impossível.*

— Adolin?

— Eu... Não, eu não o conhecia, Shallan. Mas imaginei... Quero dizer, deduzi que a morte de Sadeas era um crime isolado. Você sabe como ele era. Provavelmente se meteu em encrenca. Muitas pessoas o queriam morto, certo?

— Parece que foi mais do que isso — observou Shallan, cruzando os braços.

Dalinar desceu os degraus para se juntar a Navani, seguido por Peet, Lopen, e, incrivelmente, Rlain da Ponte Quatro, que chamou a atenção dos outros soldados, vários dos quais se posicionaram para proteger Dalinar do parshendiano. Eles os consideravam um perigo, independentemente do uniforme que usasse.

— Colot? — chamou Dalinar, voltando-se para o capitão olhos-claros que conduziu os soldados até ali. — Você é um arqueiro, não é? Quinto Batalhão?

— Sim, senhor!

— Anda patrulhando a torre com a Ponte Quatro? — indagou Dalinar.

— Os Corredores dos Ventos precisam da ajuda, senhor, e de acesso a mais batedores e escribas para fazer mapas. Meus arqueiros são ligeiros. Imaginei que seria melhor do que ficar me exercitando no frio, então voluntariei minha companhia.

Dalinar grunhiu.

— Quinto Batalhão... Com qual força vocês estavam?

— Com a Oitava Companhia — disse Colot. — Capitão Tallan. Um bom amigo meu. Ele... não sobreviveu, senhor.

— Sinto muito, capitão — disse Dalinar. — Poderia recuar com seus homens por um momento, para que eu possa conversar com meu filho? Mantenha o perímetro até segunda ordem, mas informe o rei Elhokar sobre isso e mande um mensageiro para Sebarial. Vou visitá-lo e contar o que aconteceu pessoalmente, mas é melhor que ele seja avisado.

— Sim, senhor — respondeu o arqueiro magricela, dando as ordens.

Os soldados partiram, incluindo os carregadores de pontes. Enquanto eles se moviam, Shallan sentiu um formigamento na nuca, estremeceu e não pôde evitar olhar sobre o ombro, odiando os sentimentos que aquele edifício insondável despertava nela.

Renarin estava bem atrás dela, que pulou de susto, deixando escapar um guincho patético. Então ela corou furiosamente; havia esquecido que ele estava no grupo. Uns poucos esprenos de vergonha apareceram ao redor dela, pétalas de flores brancas e vermelhas flutuando. Shallan raramente os atraía, o que era surpreendente. Teria imaginado que eles montariam acampamento perto dela.

— Desculpe — balbuciou Renarin. — Não queria te assustar.

Adolin caminhou até o fundo da banheira, ainda parecendo distraído. Ele estava *tão* perturbado assim por descobrir um assassino entre eles? Pessoas tentavam matá-lo praticamente todo dia. Shallan agarrou a saia de seu havah e seguiu-o até lá embaixo, mantendo distância do sangue.

— Isso é preocupante — disse Dalinar. — Estamos encarando uma terrível ameaça que pode varrer nossa espécie de Roshar como folhas diante da tempestade. Eu não tenho tempo de me preocupar com um assassino espreitando nesses túneis. — Ele olhou para Adolin. — A maioria dos homens que eu designaria para uma investigação como essa estão mortos. Niter, Malan... a Guarda do Rei não está em melhores condições, e os carregadores de pontes, mesmo com todas as suas excelentes qualidades, não têm experiência com esse tipo de coisa. Vou ter que deixar isso com você, filho.

— *Comigo?* — perguntou Adolin.

— Você foi muito bem na investigação do incidente com a sela do rei, mesmo que aquilo tenha se revelado uma tentativa de caçar ventos. Aladar é Grão-príncipe da Informação. Vá até ele, explique o que aconteceu e encarregue uma das suas equipes de patrulha para investigar. Então trabalhe com eles como meu intermediário.

— Você quer que eu investigue quem matou Sadeas.

Dalinar assentiu, se agachando junto do cadáver, muito embora Shallan não fizesse ideia do que ele esperava ver. O sujeito estava bem morto.

— Talvez colocar meu filho nessa tarefa convença as pessoas de que desejo seriamente encontrar o assassino. Talvez não... podem só pensar que escolhi alguém capaz de manter o segredo. Raios, sinto falta de Jasnah. Ela saberia como lidar com a situação para impedir que a opinião pública se voltasse contra a corte. De qualquer modo, filho, cuide disso. Certifique-se de que os grão-príncipes restantes pelo menos saibam que consideramos esses assassinatos uma prioridade e que estamos comprometidos a descobrir quem os cometeu.

Adolin engoliu em seco.

— Entendido.

Shallan estreitou os olhos. O que dera nele? Ela olhou para Renarin, que ainda estava lá em cima, na faixa ao redor do reservatório vazio. Ele vigiava Adolin com olhos cor de safira, sem piscar. Ele era *sempre* um pouco estranho, mas parecia saber algo que ela não sabia.

Na sua saia, Padrão zumbiu baixinho.

Dalinar e Navani por fim foram falar com Sebarial. Depois que eles partiram, Shallan pegou Adolin pelo braço.

— O que há de errado? — sibilou ela. — Você conhecia o homem morto, não conhecia? Você sabe quem o matou?

Ele a encarou.

— Não tenho ideia de quem fez isso, Shallan. Mas eu *vou* descobrir.

Ela continuou fitando seus olhos azuis, avaliando sua expressão. Raios, o que estava pensando? Adolin era um homem maravilhoso, mas tanta capacidade de enganação quanto um recém-nascido.

Ele saiu pisando duro e Shallan se apressou em segui-lo. Renarin permaneceu na sala, observando-os descerem o corredor, até que Shallan se afastou o suficiente para que, ao olhar sobre o ombro, não pudesse mais vê-lo.

10

DISTRAÇÕES

Talvez minha heresia venha desde aqueles dias na infância, quando essas ideias começaram.

—De *Sacramentadora*, prefácio

Kaladin saltou do topo de uma colina, preservando Luz das Tempestades ao se Projetar para cima só o bastante para subir um pouco.

Ele voou inclinado através da chuva até o topo de outra colina. Abaixo, o vale estava apinhado com árvores vivim, que enroscavam seus galhos finos entre si para criar uma parede quase impenetrável de arborização.

Kaladin pousou com leveza, deslizando pela pedra molhada e passando por esprenos de chuva em formato de velas azuis. Dispensou a Projeção e, quando a força do chão foi retomada, passou a andar em uma marcha rápida. Ele aprendera a marchar antes de aprender a usar lança ou o escudo. Kaladin sorriu. Quase podia ouvir a voz de Hav rosnando comandos da parte de trás da fila, onde ajudava os retardatários. Hav sempre dissera que quando os homens sabiam marchar juntos, aprender a lutar era fácil.

— Está sorrindo? — perguntou Syl.

Ela havia tomado a forma de uma grande gota d'água cortando o ar ao lado dele, caindo na direção errada. Era uma forma natural, mas também completamente errada. Uma impossibilidade plausível.

— Tem razão — disse Kaladin, a chuva correndo por seu rosto. — Eu devia estar mais solene. Estamos caçando Esvaziadores.

Raios, como era esquisito dizer isso.

— Não era para ser uma reprimenda.

— Às vezes é difícil entender você.

— Ora, como assim?

— Dois dias atrás, descobri que minha mãe ainda está viva, então o posto não está de fato disponível. Pode parar de tentar ocupá-lo.

Ele se Projetou um pouco para cima e então se deixou escorregar pela pedra molhada da colina íngreme, o corpo de lado. Passou por petrobulbos abertos e vinhas agitadas, gordas e saciadas devido à chuva constante. Depois do Pranto, eles muitas vezes encontravam tantas plantas mortas ao redor da cidade quanto depois de uma grantormenta forte.

— Bem, não estou tentando bancar sua mãe — replicou Syl, ainda na forma de uma gota de chuva. Falar com ela às vezes era uma experiência surreal. — Embora talvez eu lhe dê broncas quando está sendo ranzinza.

Ele resmungou.

— Ou quando está sendo antissocial — continuou ela, assumindo a forma de uma jovem vestindo um havah, sentada no ar e segurando um guarda-chuva enquanto se movia ao lado dele. — É meu solene e importante dever trazer *felicidade*, *luz* e *alegria* para seu mundo quando você está sendo um idiota amargurado. O que acontece a maior parte do tempo. Então pronto.

Kaladin deu uma risadinha, segurando um pouco de Luz das Tempestades conforme subia a colina seguinte, então deslizou novamente até o próximo vale. Aquela era uma região agrícola de primeira; havia um motivo para a região de Akanny ser valorizada por Sadeas. Podia ser um fim de mundo em termos culturais, mas aqueles campos verdes provavelmente alimentavam metade do reino com suas plantações de lávis e taleu. Outras vilas se concentravam em criar grandes quantidades de porcos pelo couro e pela carne. Gunfrenos, um tipo de animal semelhante a um chule, eram criaturas de pasto menos comuns, criados pelas suas gemas-coração, que, embora pequenas, permitiam a Transmutação de carne.

Syl se transformou em uma fita de luz e zuniu na frente dele, fazendo piruetas. Era difícil não se sentir animado, mesmo com o tempo nublado. Passara toda a viagem até Alethkar preocupado, e depois convencido de que chegaria tarde demais para salvar Larpetra. Encontrar seus pais vivos... Bem, aquilo fora uma bênção inesperada. Do tipo que era muito rara em sua vida.

Então ele cedeu ao impulso da Luz das Tempestades. Correr. *Saltar*. Embora houvesse passado dois dias caçando os Esvaziadores, a exaustão de Kaladin havia sumido. Não havia muitas camas disponíveis nas vilas arrasadas por onde passara, mas ele encontrara um teto para manter-se seco e algo quente para comer.

Ele havia começado em Larpetra e avançado em uma espiral — visitando vilas, perguntando sobre os parshemanos locais, depois avisando as pessoas de que a tempestade terrível voltaria. Até então, não encontrara uma única cidade ou vila que houvesse sido atacada.

Kaladin alcançou o próximo topo de colina e parou. Um poste de pedra erodida marcava uma encruzilhada. Durante a juventude, ele nunca se afastara tanto de Larpetra, embora não estivesse a mais que alguns dias de caminhada de distância.

Syl zuniu adiante, e Kaladin protegeu os olhos da chuva. Os glifos e um mapa simples no poste indicavam a distância até a próxima cidade, mas ele não precisava disso. Conseguia identificá-la como uma mancha sob o céu nublado. Uma cidade de bom tamanho, pelos padrões locais.

— Vamos — chamou ele, começando a descer a colina.

— Eu acho que seria uma mãe *maravilhosa* — disse Syl, pousando no seu ombro e se transformando em uma jovem.

— De onde saiu esse assunto?

— Foi você quem começou.

Ao comparar Syl com sua mãe por lhe dar broncas?

— E você pode ter filhos? Bebês esprenos?

— Não faço ideia — proclamou Syl.

— Você chama o Pai das Tempestades de... bem, de pai. Certo? Então ele a gerou?

— Talvez? Eu acho? Ajudou a me dar forma, foi mais isso. Nos ajudou a encontrar nossas vozes. — Ela inclinou a cabeça. — Sim. Ele fez alguns de nós. Me fez.

— Então talvez você possa fazer isso — disse Kaladin. — Encontrar pequenos, hã, pedaços de vento? Ou de Honra? Dar forma a eles?

Ele usou uma Projeção para saltar sobre um emaranhado de petrobulbos e vinhas e espantou um bando de crenguejos, fazendo com que fugissem de um esqueleto de vison quase limpo ali perto. Provavelmente as sobras de um predador maior.

— Hmmm — respondeu Syl. — Eu *seria* uma excelente mãe. Eu ensinaria os pequenos esprenos a voar, a deslizar pelos ventos, a perturbar você...

Kaladin sorriu.

— Você se distrairia com um besouro interessante e sairia voando, deixando-os em uma gaveta qualquer.

— Bobagem! Por que eu deixaria meus bebês numa gaveta? Tedioso demais. Já no sapato de um grão-príncipe...

Ele voou a distância restante até a vila e a visão de edifícios quebrados na fronteira ocidental diminuiu sua animação. Muito embora a destruição continuasse menor do que havia temido, cada cidade ou vila perdera pessoas para os ventos ou os terríveis relâmpagos.

Essa vila — Aspavale, segundo o mapa — estava no que antes teria sido considerada uma localização ideal. O terreno ficava em uma depressão, e uma colina ao leste cortava a parte mais pesada das grantormentas. Ela abrigava cerca de vinte estruturas, incluindo dois grandes santuários de tempestades onde viajantes podiam se abrigar, mas havia também muitos edifícios externos. Aquela era a terra do grão-príncipe e olhos-escuros industriosos de nan alto o suficiente podiam obter uma autorização para cultivar uma colina desocupada por conta própria, então ficar com parte da colheita.

Umas poucas lanternas de esferas forneciam luz na praça, onde pessoas haviam se juntado para uma reunião da cidade. Isso era conveniente. Kaladin desceu na direção das luzes e estendeu a mão para o lado. Syl formou-se ali, seguindo seu comando tácito, assumindo a forma de uma Espada Fractal: uma espada bela e esguia com o símbolo dos Corredores dos Ventos proeminente no centro, com linhas partindo dele rumo à guarda — sulcos no metal que pareciam mechas ondulantes. Embora Kaladin preferisse uma lança, a Espada era um símbolo.

Kaladin pousou no centro da vila, junto de uma grande cisterna central, usada para colher água de chuva e filtrar o crem. Ele descansou a Espada Syl sobre o ombro e estendeu a outra mão, preparando seu discurso. *Povo de Aspavale. Sou Kaladin, dos Cavaleiros Radiantes. Eu vim...*

— Senhor Radiante!

Um parrudo olhos-claros saiu desajeitadamente da multidão, vestindo uma longa capa de chuva e um chapéu de abas largas. Estava ridículo, mas era o Pranto; chuva constante não encorajava o ápice da moda.

O homem bateu palmas em um movimento enérgico e um par de fervorosos também se juntou a ele, desajeitados, trazendo cálices cheios de esferas brilhantes. Ao redor do perímetro da praça, pessoas sibilavam e sussurravam, esprenos de expectativa tremulando em um vento invisível. Vários homens levavam crianças nos ombros para que pudessem ver melhor.

— Que ótimo — disse Kaladin baixinho. — Agora sou mais um animal de circo.

Em sua mente, ouviu a risadinha de Syl.

Bem, era melhor fornecer um belo espetáculo. Ele levantou a Espada Syl bem alto, fazendo com que a multidão aplaudisse. Podia apostar que a maioria das pessoas naquela praça costumava amaldiçoar o nome dos Radiantes, mas não se via nada disso no entusiasmo delas. Era difícil acreditar que séculos de desconfiança e aviltamento haviam sido esquecidos tão rápido. Mas, com o céu se despedaçando e a terra em tumulto, as pessoas procuravam um símbolo.

Kaladin baixou a Espada. Ele sabia bem demais o perigo dos símbolos; Amaram fora um para ele, muito tempo atrás.

— Vocês sabiam que eu estava vindo — disse ele para o senhor da cidade e os fervorosos. — Falaram com seus vizinhos. Eles contaram o que ando dizendo?

— Sim, Luminobre — respondeu o olhos-claros, gesticulando ansiosamente para que ele pegasse as esferas.

Quando Kaladin as pegou, substituindo-as pelas gemas foscas que havia trocado anteriormente, a expressão do homem desanimou de modo nítido.

Esperava que eu pagasse duas por uma, como fiz nas primeiras cidades, não é?, pensou Kaladin, achando graça. Bem, ele acrescentou mais algumas esferas escuras. Preferia ser conhecido como generoso, ainda mais se isso ajudasse a espalhar as notícias, mas não podia perder metade das esferas toda vez que as trocasse.

— Que bom — disse Kaladin, pegando umas poucas gemas pequenas. — Eu não posso visitar todas as propriedades da área. Preciso que envie mensagens a cada vila próxima, levando palavras de conforto e de comando do rei. Pagarei pelo tempo dos seus mensageiros.

Ele olhou para o mar de rostos ansiosos e não pôde evitar recordar um dia parecido em Larpetra, quando ele e o resto dos habitantes haviam esperado, ansiosos, para dar uma olhada no novo senhor da cidade.

— Mas é claro, Luminobre — disse o olhos-claros. — Gostaria de descansar agora e fazer uma refeição? Ou prefere visitar o local do ataque imediatamente?

— *Ataque?* — indagou Kaladin, com uma pontada de alarme.

— Sim, Luminobre — confirmou o olhos-claros corpulento. — Não é por isso que está aqui? Para ver onde os parshemanos renegados nos atacaram?

Finalmente!

— Leve-me até lá. *Agora.*

ELES HAVIAM ATACADO UM armazém de grãos fora dos limites da cidade. Espremido entre duas colinas e com formato de domo, ele havia suportado a Tempestade Eterna sem soltar uma única pedra, o que tornava ainda mais infeliz o fato de que os Esvaziadores haviam arrancado a porta e saqueado o conteúdo.

Kaladin se ajoelhou dentro do armazém, virando uma dobradiça quebrada. O lugar cheirava a poeira e taleu, mas estava molhado demais. Os cidadãos podiam suportar algumas goteiras no próprio quarto, mas faziam de tudo para manter os grãos secos.

Era estranho não ter a chuva caindo em sua cabeça, embora pudesse ainda ouvi-la do lado de fora.

— Posso continuar, Luminobre? — perguntou a fervorosa.

Ela era jovem, bonita e nervosa. Obviamente, não sabia onde ele se encaixava no esquema da sua religião. Os Cavaleiros Radiantes haviam sido fundados pelos Arautos, mas também eram traidores. Então... ou ele era uma divindade mitológica ou um canalha, pouco melhor do que um Esvaziador.

— Sim, por favor — disse Kaladin.

— Das cinco testemunhas oculares, quatro, hum, estimaram o número dos atacantes em... cinquenta ou mais, talvez. De qualquer modo, é seguro dizer que eram muitos, considerando a quantidade de sacos de grãos que carregaram em um tempo tão curto. Eles, hum, não pareciam exatamente parshemanos. Eram altos demais e usavam armadura. O esboço que fiz... hum...

Ela tentou mostrar a ele seu desenho novamente. Não era muito melhor do que o desenho de uma criança: um bando de rabiscos em formas vagamente humanoides.

— Enfim — continuou a jovem fervorosa, sem saber que Syl havia pousado no seu ombro e estava inspecionando seu rosto. — Eles atacaram logo depois do primeiro pôr da lua. Levaram os grãos por volta do meio da segunda lua, hum, e não ouvimos nada até a troca da guarda. Sot deu o alarme e nós espantamos as criaturas. Eles só deixaram quatro sacos, que mudamos de lugar.

Kaladin pegou um porrete tosco de madeira na mesa junto da fervorosa, que o encarou e depois, num gesto rápido, voltou a fitar seu papel, corando. O cômodo, iluminado por lamparinas a óleo, estava depressivamente vazio. Os grãos deveriam alimentar a vila até a próxima colheita.

Para um homem de uma vila agrícola, nada era mais perturbador do que um silo vazio na época do plantio.

— E os homens que foram atacados? — quis saber Kaladin, inspecionando o porrete que os Esvaziadores haviam deixado cair durante a fuga.

— Os dois se recuperaram, Luminobre — respondeu a fervorosa. — Embora Khem esteja com um zunido no ouvido que ele diz que não quer passar.

Cinquenta parshemanos em forma bélica — pois era assim que interpretava as descrições — poderiam facilmente ter dominado a cidade e seu punhado de guardas de milícia. Eles poderiam ter massacrado todo mundo e levado o que desejassem; em vez disso, realizaram um ataque cirúrgico.

— As luzes vermelhas — disse Kaladin. — Descreva-as novamente.

A fervorosa se espantou; ela se distraíra, olhando para ele.

— Hum, todas as cinco testemunhas mencionaram as luzes, Luminobre. Havia várias pequenas luzes vermelhas brilhando na escuridão.

— Os olhos deles.

— Talvez? Se eram olhos, eram só uns poucos. Eu perguntei, e nenhuma das testemunhas viu olhos brilhando... E Khem deu uma boa olhada na cara dos parshemanos quando eles o acertaram.

Kaladin soltou o porrete e limpou as mãos, então pegou o desenho das mãos da jovem fervorosa e fingiu inspecioná-lo, depois assentiu para ela.

— Você fez bem. Obrigado pelo relatório.

Ela suspirou, sorrindo com um ar idiota.

— Ah! — exclamou Syl, ainda no ombro da fervorosa. — Ela acha você bonito!

Kaladin fechou a cara e se despediu da mulher com um aceno, deixando-a e seguindo sob a chuva até o centro da cidade. Syl pousou no seu ombro.

— Uau. Morar por essas bandas deve ter deixado ela *desesperada*. Quero dizer, olhe só para você. Não penteia o cabelo desde que atravessou o continente voando, o uniforme está manchado com crem, e essa *barba*...

— Obrigado por aumentar minha autoestima.

— Imagino que quando só se tem fazendeiros por perto, as pessoas acabam baixando a expectativa.

— Ela é uma fervorosa — disse Kaladin. — Só poderia se casar com outro fervoroso.

— Eu não estava pensando em casamento, Kaladin... — disse Syl, virando-se e olhando para trás sobre o ombro. — Eu sei que você andou ocupado ultimamente, lutando com sujeitos de roupa branca e tal, mas *eu* andei pesquisando. As pessoas trancam as portas, mas há bastante espaço para passar por baixo. Já que você não parece interessado em aprender nada por conta própria, eu pensei que devia estudar. Então, caso tenha perguntas...

— Estou bem ciente do que acontece.

— Tem certeza? — indagou Syl. — Talvez a gente possa pedir que aquela fervorosa faça um desenho para você. Ela parece bem disposta.

— Syl...

— Eu só quero que você seja feliz, Kaladin — disse ela, se erguendo do seu ombro e voando em anéis ao redor dele em forma de fita de luz. — Pessoas em relacionamentos são mais felizes.

— É óbvio que isso é falso. Algumas podem até ser, mas conheço muitas que não são.

— Vamos lá. E aquela Teceluz? Você parece gostar dela.

As palavras soaram desconfortavelmente verdadeiras.

— Shallan está noiva do filho de Dalinar.

— E daí? Você é melhor do que ele. Não confio nele nem um pouco.

— Você não confia em ninguém que carregue uma Espada Fractal, Syl. — Kaladin suspirou. — Já conversamos sobre isso. Não é um sinal de mau caratismo estar conectado a uma das armas.

— Sim, bem, quando alguém sair por aí segurando o cadáver das *suas* irmãs pelos pés e brandindo, vamos saber se você não vai considerar isso um "sinal de mau caratismo". E você está mudando de assunto. Aquela Teceluz poderia ser seu par...

— Shallan é uma olhos-claros — retrucou Kaladin. — Assunto encerrado.

— Mas...

— Encerrado — disse ele, entrando na casa do olhos-claros da vila. Então acrescentou, entredentes: — E pare de espionar a intimidade das pessoas. É esquisito.

Pela maneira como ela falava, esperava estar *lá* quando Kaladin... Bem, ele nunca havia pensado nisso antes, embora Syl fosse com ele em todos os outros lugares. Poderia convencê-la a esperar do lado de fora? Ainda assim ela ficaria ouvindo, isso se não se esgueirasse para assistir. Pai das Tempestades. Sua vida só ficava mais estranha. Ele tentou, sem sucesso, banir a imagem de si mesmo na cama com uma mulher, Syl sentada na cabeceira gritando palavras de encorajamento e conselhos...

— Senhor Radiante? — chamou o senhor da cidade da porta da frente da pequena casa. — O senhor está bem?

— Uma memória dolorosa. Seus batedores têm certeza da direção para onde foram os parshemanos?

O senhor da cidade olhou sobre o ombro para um homem desgrenhado vestido de couro, arco nas costas, parado diante da janela coberta de tábuas. Um caçador, com permissão do grão-senhor local para caçar vison nas suas terras.

— Eu os segui por metade de um dia, Luminobre. Eles nunca se desviaram do caminho. Direto para Kholinar, eu juro pelo próprio Kelek.

— Então é para lá que vou também — decidiu Kaladin.

— O senhor quer que o leve até lá, Luminobre Radiante? — indagou o caçador.

Kaladin inspirou Luz das Tempestades.

— Temo que você só me atrasaria.

Ele acenou com a cabeça para os homens, depois deu um passo e Projetou a si mesmo para cima. As pessoas se apinharam na estrada e o saudaram dos telhados enquanto ele deixava a cidade para trás.

OS ODORES DOS CAVALOS lembravam Adolin da sua juventude. Suor, esterco e feno. Bons aromas. Aromas *reais*.

Ele havia passado muitos daqueles dias, antes de se tornar um homem-feito, em campanha com seu pai durante escaramuças de fronteira com Jah Keved. Adolin tinha medo de cavalos naquela época, embora nunca houvesse admitido; eles eram tão mais rápidos e mais inteligentes do que chules.

Tão alienígenas. Criaturas cobertas de pelo, o que lhe causava arrepios quando as tocava, com grandes olhos vítreos. E aqueles nem eram cavalos *de verdade*. Mesmo com todo o pedigree, os cavalos naquela campanha eram apenas puros-sangues shinos comuns. Caros, sim. Mas, consequentemente, por definição não eram *inestimáveis*.

Não como a criatura diante dele agora.

Eles estavam abrigando os animais dos Kholin na seção mais a noroeste da torre, no térreo, perto de onde os ventos sopravam ao longo da montanha. Algumas construções inventivas nos corredores, feitas pelos engenheiros reais, afastavam os aromas ao ventilar os odores dos corredores internos, muito embora isso deixasse a área bem gelada.

Gunfrenos e porcos estavam apinhados em algumas salas, e os estábulos de cavalos convencionais ficavam em outras. Várias até continham os cães-machado de Bashin, animais que não tinham mais oportunidades de sair em caçadas.

Tais acomodações não eram boas o bastante para o cavalo do Espinho Negro. Não, o colossal garanhão richádio preto recebera o próprio campo.

Grande o bastante para servir de pasto, ele ficava a céu aberto e estava em um ponto invejável, descontando os odores dos outros animais.

Quando Adolin emergiu da torre, aquele monstro negro em forma de cavalo se aproximou a galope. Os richádios com frequência eram chamados de a "terceira Fractal". Espada, Armadura e Montaria.

Isso simplesmente não lhes fazia justiça. Não se podia ganhar um richádio apenas derrotando alguém em combate; eles escolhiam seus ginetes.

Mas imagino que era assim com Espadas também, pensou Adolin enquanto Galante esfregava o focinho na sua mão. *Elas eram esprenos que escolhiam seus portadores.*

— Oi — cumprimentou Adolin, coçando o focinho do richádio com a mão esquerda. — É um pouco solitário aqui, não é? Sinto muito por isso. Queria que você não estivesse sozinho, sem... — Ele parou, a voz embargada.

Galante se aproximou, assomando sobre ele, mas ainda assim gentil, de algum modo. O cavalo acariciou o pescoço de Adolin com o focinho, então bufou forte.

— Eca — disse Adolin, virando a cabeça do cavalo. — *Esse* é um cheiro que prefiro não sentir.

Ele deu um tapinha no pescoço de Galante, então levou a mão direita até sua bolsa, antes que uma dor aguda no pulso o lembrasse novamente da ferida. Ele usou a outra mão e pegou alguns torrões de açúcar, que Galante consumiu, afoito.

— Você é igualzinho à tia Navani — comentou Adolin. — Foi por isso que veio correndo, não foi? Sentiu o cheiro de petisco.

O cavalo virou a cabeça, fitando Adolin com um olho azul como água, a pupila retangular no centro. Ele quase parecia... ofendido.

Adolin sempre pensara poder ler as emoções do próprio richádio. Havia um... laço entre ele e Puro-Sangue. Mais delicado e indefinível do que o laço entre homem e espada, porém presente.

Bom, Adolin *também* conversava com sua espada, às vezes, então estava habituado àquele tipo de coisa.

— Sinto muito — disse Adolin. — Sei que vocês gostavam de correr juntos. E... eu não sei se meu pai poderá vir aqui muitas vezes para ver você. Ele já estava se retirando do combate antes mesmo de ter todas essas responsabilidades. Pensei em passar aqui de vez em quando.

O cavalo bufou bem alto.

— Não para *montar* você — disse Adolin, lendo indignação nos movimentos do richádio. — Só pensei que seria bom para nós dois.

O cavalo enfiou o focinho na bolsa de Adolin até achar outro cubo de açúcar. Para Adolin, pareceu um entendimento, então ele alimentou o animal, depois se recostou na parede e ficou olhando ele galopar pelo pasto.

Exibido, pensou, achando graça, enquanto Galante empinava perto dele. Talvez Galante o deixasse escovar seu pelo. Isso seria agradável, como as noites que passara com Puro-Sangue na calma escura dos estábulos. Pelo menos, era o que ele fazia antes de tudo ficar tão agitado, com Shallan e os duelos e tudo mais.

Ele havia ignorado o cavalo até precisar de Puro-Sangue em combate. E então, em um lampejo, ele se fora.

Adolin respirou fundo. Tudo parecia insano ultimamente. Não só Puro-Sangue, mas o que havia feito com Sadeas, e agora a investigação...

Ver Galante parecia ajudar um pouco. Adolin ainda estava ali, encostado contra a parede, quando Renarin chegou. O Kholin mais jovem enfiou a cabeça pela porta, olhando ao redor. Ele não se afastou quando Galante passou por ele a galope, mas fitou o garanhão com cautela.

— Oi — disse Adolin do outro lado.

— Oi. Bashin disse que você estava aqui embaixo.

— Só dando uma olhada em Galante, porque nosso pai anda muito ocupado ultimamente.

Renarin se aproximou.

— Você pode pedir a Shallan que desenhe Puro-Sangue. Aposto, hum, que ela seria capaz de fazer um bom trabalho. Como recordação.

Não era uma sugestão ruim, na verdade.

— Estava procurando por mim, então?

— Eu... — Renarin assistiu enquanto Galante empinava novamente. — Ele está animado.

— Ele gosta de uma audiência.

— Eles não se encaixam, sabe?

— Não se encaixam?

— Richádios têm cascos de pedra — disse Renarin. — Mais fortes do que os de cavalos comuns. Nunca precisam de ferraduras.

— E isso faz com que não se encaixem? Eu diria que eles se encaixam melhor... — Adolin olhou Renarin de soslaio. — Está falando dos cavalos comuns, não é?

Renarin enrubesceu, então assentiu. As pessoas tinham dificuldade em acompanhá-lo, às vezes, mas isso era só porque ele tendia a ser muito introspectivo. Ele pensava sobre algo profundo, algo brilhante, e então só mencionava uma parte. Isso fazia com que parecesse estranho, mas, quando se conhecia ele melhor, percebia-se que Renarin não estava tentando ser esotérico. Às vezes, seus lábios só não conseguiam acompanhar seu cérebro.

— Adolin — disse ele baixinho. — Eu... hum... Eu preciso devolver a Espada Fractal que você ganhou para mim.

— Por quê?

— Dói segurá-la — explicou Renarin. — Sempre doeu, para ser honesto. Pensei que eu só estivesse sendo esquisito. Mas é assim para todos nós.

— Radiantes, você quer dizer.

Ele assentiu.

— Não podemos usar as Espadas mortas. Não é certo.

— Bem, acho que posso encontrar outro dono para usá-la — disse Adolin, pensando em opções. — Embora ache que você é quem deveria escolher. Por direito de doação, a Espada é sua, e você deveria escolher o sucessor.

— Eu prefiro que você faça isso. Já a entreguei para os fervorosos guardarem.

— O que significa que vai ficar desarmado.

Renarin desviou o olhar.

— Ou não — comentou Adolin, então cutucou Renarin no ombro. — Você já tem uma substituta, não tem?

Renarin corou novamente.

— Seu malandro! Conseguiu criar uma Espada Radiante? Por que não nos contou?

— Acabou de acontecer. Glys não sabia ao certo se conseguia fazer isso... mas precisamos de mais gente para operar o Sacroportal... então...

Ele respirou fundo, e em seguida estendeu a mão para o lado e invocou uma longa e brilhante Espada Fractal. Fina, quase sem guarda-mão, ela possuía ondulações no metal, como se houvesse sido forjada.

— É linda — disse Adolin. — Renarin, isso é fantástico!

— Obrigado.

— Por que está tão envergonhado?

— Eu... não estou...

Adolin lançou a ele um olhar direto.

Renarin dispensou a Espada.

— Eu só... Adolin, eu estava começando a *me encaixar*. Com a Ponte Quatro, como um Fractário. Agora, estou novamente perdido. Nosso pai espera que eu seja um Radiante, para que possa ajudá-lo a unir o mundo. Mas como vou aprender?

Adolin coçou o queixo com a mão boa.

— Hã. Pensei que o conhecimento fosse surgir naturalmente. Não surgiu?

— Uma parte, sim. Mas isso... me assusta, Adolin. — Ele estendeu a mão, que começou a brilhar, fios de Luz das Tempestades emanando dela como fumaça de uma fogueira. — E se eu machucar alguém, ou estragar tudo?

— Você não vai fazer isso. Renarin, esse poder vem do próprio Todo-Poderoso.

Renarin só olhou para a mão brilhante e não pareceu convencido. Então Adolin estendeu sua mão boa e segurou a dele.

— Isso é uma coisa boa — disse Adolin. — Você não vai machucar ninguém. Está aqui para nos salvar.

Renarin olhou para ele, depois sorriu. Um pulso de Radiância passou por Adolin e, por um instante, ele viu a si mesmo *aperfeiçoado*. Uma versão de si que era, de algum modo, completa e inteira, o homem que ele podia ser.

Ela se foi em um momento e Renarin soltou a mão e murmurou um pedido de desculpas. Ele mencionou novamente que a Espada Fractal precisava ser doada, então fugiu de volta para a torre.

Adolin observou-o partir. Galante se aproximou trotando e pediu mais açúcar. Distraído, ele pôs a mão na bolsa e alimentou o cavalo.

Foi só depois que Galante se afastou que Adolin reparou que havia usado a mão direita. Ele a levantou, surpreso, movendo os dedos.

Seu pulso estava completamente curado.

11
A FENDA

TRINTA E TRÊS ANOS ATRÁS

Dalinar não parava de se remexer na neblina matinal, sentindo um novo poder, uma *energia* a cada passo.

Armadura Fractal. Sua *própria* Armadura Fractal.

O mundo nunca mais seria o mesmo. Todos haviam esperado que algum dia ele possuísse a própria Armadura ou Espada, mas ele nunca fora capaz de aquietar a incerteza em sua mente. E se nunca acontecesse?

Mas havia acontecido. Pai das Tempestades, *havia*. Ele mesmo a conquistara, em combate. Sim, o combate envolvera chutar um homem para fora de um penhasco, mas ainda assim ele havia derrotado um Fractário.

Não podia deixar de regozijar-se com a sensação.

— Calma, Dalinar — disse Sadeas ao lado dele no nevoeiro. O homem usava a própria Armadura dourada. — Paciência.

— Não vai adiantar, Sadeas — disse Gavilar, trajando uma Armadura azul-vivo, do outro lado de Dalinar. Os três estavam com os visores levantados no momento. — Os rapazes Kholin são cães-machado encoleirados e sentimos o cheiro de sangue. Não podemos ir para a batalha tranquilos, centrados e serenos, como os fervorosos ensinam.

Dalinar se mexeu, sentindo a névoa da manhã fria no rosto. Queria dançar com os esprenos de expectativa tremulando no ar ao redor dele. Atrás, o exército esperava em fileiras disciplinadas, seus passos, estalos, tosses e conversas murmuradas ecoavam pela neblina.

Ele quase sentia que não precisava daquele exército. Trazia um enorme martelo nas costas, tão pesado que um homem sozinho, mesmo o mais forte deles, não conseguiria levantá-lo. Dalinar mal notava o peso. Raios, aquele *poder*. A sensação era muito parecida com a Euforia.

— Você já pensou na minha sugestão, Dalinar? — indagou Sadeas.

— Não.

Sadeas suspirou.

— Se Gavilar ordenar, me casarei.

— Não me meta nisso — protestou Gavilar, invocando e dispensando sua Espada Fractal repetidamente enquanto conversavam.

— Bem, até que você diga algo, vou continuar solteiro.

A única mulher que ele já desejara pertencia a Gavilar. Eles estavam casados. Raios, tinham até uma criança agora. Uma garotinha.

Seu irmão jamais poderia descobrir os sentimentos de Dalinar.

— Mas pense no *benefício*, Dalinar — insistiu Sadeas. — Seu casamento poderia nos trazer alianças, Fractais. Talvez você possa nos conquistar um principado... Raios, um que não precisaríamos levar à beira do colapso antes de conquistar!

Depois de dois anos de luta, só quatro dos dez principados haviam aceitado o domínio de Gavilar — e dois desses, Kholin e Sadeas, haviam sido fáceis. O resultado fora um Alethkar unido: *contra* a Casa Kholin.

Gavilar estava convencido de que conseguiria jogá-los uns contra os outros, que seu egoísmo natural os levaria a se apunhalarem pelas costas. Sadeas, por sua vez, pressionava Gavilar para uma maior brutalidade, alegando que, quanto mais feroz fosse a reputação deles, mais cidades se entregariam voluntariamente em vez de se arriscar à pilhagem.

— Bem? — indagou Sadeas. — Pode pelo menos considerar uma união por necessidade política?

— Raios, ainda não encerrou esse assunto? — disse Dalinar. — Deixe-me lutar. Você e meu irmão podem se preocupar com a política.

— Você não pode escapar disso para sempre, Dalinar. Entende isso, certo? Vamos ter que nos preocupar em alimentar os olhos-escuros, com a infraestrutura da cidade, com vínculos com outros reinos. *Política*.

— Você e Gavilar — insistiu Dalinar.

— Todos nós — respondeu Sadeas. — Nós três.

— Você não estava tentando me fazer relaxar? — bradou Dalinar. Raios.

O sol nascente finalmente começou a dispersar a névoa, o que permitiu que ele visse seu alvo: uma muralha de cerca de mais de três metros e meio. Além disso, nada. Uma vastidão lisa e rochosa, ou assim parecia. A cidade do abismo era difícil de identificar daquela direção. Chamada de Rathalas, era também conhecida como a Fenda: uma cidade inteira que havia sido construída dentro de uma fenda no chão.

— O Luminobre Tanalan é um Fractário, certo? — perguntou Dalinar.

Sadeas suspirou, baixando seu visor.

— Já tivemos essa conversa *quatro* vezes, Dalinar.

— Eu estava bêbado. Tanalan. Fractário?

— Só a Espada, irmão — disse Gavilar.

— Ele é meu — sussurrou Dalinar.

Gavilar deu uma gargalhada.

— Só se você o encontrar primeiro! Estou cogitando dar aquela Espada para Sadeas. Pelo menos *ele* presta atenção nas nossas reuniões.

— Tudo bem — disse Sadeas. — Vamos fazer isso com cuidado. Lembrem-se do plano. Gavilar, você...

Gavilar abriu um largo sorriso para Dalinar, fechou bruscamente seu visor e disparou, deixando Sadeas no meio da frase. Dalinar soltou um viva e se juntou a ele, pés cobertos pela Armadura raspando contra a rocha.

Sadeas praguejou alto, então os seguiu. O exército ficou para trás por enquanto.

Rochas começaram a chover; catapultas por trás da muralha lançavam pedregulhos solitários ou saraivadas de rochas menores. Pedras despencavam ao redor de Dalinar, fazendo o chão tremer, levando vinhas de petrobulbos a se enrolarem. Um rochedo caiu logo à frente, então quicou, jorrando fragmentos de pedra. Dalinar passou por ele derrapando, a Armadura dando impulso ao seu movimento. Ele levantou o braço diante da fenda do visor enquanto uma saraivada de flechas escurecia o céu.

— Cuidado com as balistas! — gritou Gavilar.

No topo da muralha, soldados miravam enormes dispositivos semelhantes a balestras montados na pedra. Um dardo fino, do tamanho de uma lança, foi atirado diretamente contra Dalinar, mostrando-se muito mais preciso do que as catapultas. Ele se jogou para o lado, a Armadura raspando na pedra enquanto deslizava para fora do caminho. O dardo atingiu o chão com força tamanha que a madeira se despedaçou.

Outros dardos traziam redes e cordas, na tentativa de fazer um Fractário tropeçar e deixá-lo caído para um segundo tiro. Dalinar sorriu, sentindo a Euforia despertar dentro dele, e se pôs de pé novamente. Ele saltou sobre um dardo atado a uma rede.

Os homens de Tanalan atiraram uma tempestade de madeira e pedra, mas não foi nem de longe o bastante. Dalinar levou uma pedrada no ombro e tropeçou, mas rapidamente recuperou o ritmo. Flechas eram inúteis contra ele, as pedras eram aleatórias demais, e as balistas demoravam muito a recarregar.

Era assim que devia ser. Dalinar, Gavilar, Sadeas. Juntos. Outras responsabilidades não importavam. A vida era a *luta*. Uma boa batalha durante o dia — então, à noite, uma lareira quente, músculos cansados e uma boa safra de vinho.

Dalinar alcançou a muralha baixa e *pulou*, ganhando altura com um poderoso salto. Subiu apenas o bastante para agarrar uma das ameias no topo da muralha. Os homens ergueram martelos para acertar seus dedos, mas ele se içou ao topo e alcançou a passarela da muralha, caindo no meio dos defensores em pânico. Dalinar puxou a corda que soltava seu martelo — deixando-o cair sobre um inimigo atrás dele —, depois balançou o punho, deixando homens feridos e aos berros.

Era quase fácil demais! Ele agarrou o martelo, então o ergueu e brandiu em um amplo arco, jogando homens para fora da muralha como folhas diante de uma rajada de vento. Um pouco mais distante, Sadeas chutou uma balista, destruindo o dispositivo com um golpe casual. Gavilar atacava com sua Espada, fazendo cair cadáveres aos montes, seus olhos queimando. Ali em cima, a fortificação se voltava contra os defensores, deixando-os comprimidos e amontoados — perfeitos para serem destruídos por Fractários.

Dalinar avançou por eles e, em poucos momentos, provavelmente matou mais homens do que havia matado em toda a vida. Ao fazer isso, sentiu uma surpreendente, mas profunda, insatisfação. Sua habilidade, seu impulso, ou até mesmo sua reputação não estavam em jogo ali. Ele poderia ter sido substituído por um velhote desdentado e produzido praticamente o mesmo resultado.

Trincou os dentes contra aquela emoção súbita e inútil. Buscou fundo dentro de si e encontrou a Euforia à espera. A emoção o preencheu, afastando a insatisfação. Em segundos, estava rugindo de prazer. Aqueles homens não podiam atingi-lo. Ele era um destruidor, um conquistador, um glorioso turbilhão de morte. Um *deus*.

Sadeas estava dizendo alguma coisa. O tolo gesticulava sob a Armadura Fractal dourada. Dalinar pausou, olhando sobre a muralha. Dali, via a Fenda propriamente dita, um abismo profundo no chão que ocultava toda uma cidade, construída nas encostas dos dois penhascos.

— Catapultas, Dalinar! — gritou Sadeas. — Derrube aquelas catapultas!

Certo. Os exércitos de Gavilar haviam começado a atacar as muralhas. As catapultas — próximas ao caminho que levava à Fenda — ainda estavam lançando pedras, e matariam centenas de homens.

Dalinar saltou até a beira da muralha e agarrou uma escada de corda para descer. As cordas, claro, imediatamente se partiram, lançando-o ao chão. Ele caiu com um estrondo da Armadura na pedra. Não se machucou, mas seu orgulho sofreu um rude golpe. De cima, Sadeas olhou para ele. Dalinar quase podia ouvir sua voz.

Sempre agindo sem pensar. Pare para raciocinar de vez em quando, que tal?

Aquele havia sido um erro de verdinho. Dalinar grunhiu e se levantou, procurando seu martelo. Raios! Ele havia entortado o cabo na queda. Como conseguira fazer *aquilo*? Não era feito do mesmo metal estranho que as Espadas e Armaduras, mas ainda era aço do bom.

Soldados guardando as catapultas correram até ele enquanto sombras dos rochedos passavam acima. Dalinar firmou o queixo, a Euforia saturando seu corpo, e estendeu a mão para a sólida porta de madeira instalada na muralha próxima. Ele a arrancou do caixilho, estourando as dobradiças, e cambaleou. Ela saíra com muito mais facilidade do que esperara.

Aquela armadura era muito mais poderosa do que imaginava. Talvez ele não fosse melhor com a Armadura do que qualquer velhote, mas mudaria isso. Naquele momento, decidiu que nunca mais seria surpreendido. Usaria a Armadura dia e noite — *dormiria* naquele troço tormentoso — até estar mais confortável com ela do que sem.

Ele levantou a porta de madeira e a brandiu como um cassetete, jogando longe os soldados e abrindo caminho até as catapultas. Então avançou correndo e agarrou o lado de uma delas, arrancou sua roda, despedaçando madeira e fazendo a máquina cambalear. Ele pisou na catapulta, agarrando a alavanca e separando-a do resto.

Só faltavam mais dez. Ele estava sobre a máquina quebrada quando ouviu uma voz distante chamando seu nome:

— Dalinar!

Ele olhou para a muralha, de onde Sadeas tomou impulso e lançou seu martelo de Fractário. A arma girou no ar antes de acertar a catapulta mais próxima de Dalinar, afundando na madeira quebrada.

Sadeas levantou uma mão em saudação e Dalinar acenou de volta, agradecido, então agarrou o martelo. A destruição foi muito mais rápida depois disso. Ele golpeou as máquinas, deixando para trás madeira despedaçada. Engenheiros — muitos deles mulheres — saíram correndo, gritando "o Espinho Negro, o Espinho Negro!".

Quando finalmente se aproximou da última catapulta, Gavilar havia tomado controle dos portões e os abrira para seus soldados. Um mar de homens entrou, juntando-se aos que haviam escalado as muralhas. Os últimos inimigos perto de Dalinar fugiram para a cidade, deixando-o sozinho. Ele grunhiu e chutou a última catapulta quebrada, fazendo com que rolasse para trás pela rocha, na direção da borda da Fenda.

Ela virou, então caiu. Dalinar deu um passo à frente, caminhando até um tipo de posto de observação, uma seção da rocha com um parapeito para impedir que as pessoas caíssem. Daquele ponto de vista, deu sua primeira boa olhada na cidade.

"A Fenda" era um nome adequado. À direita, o abismo se estreitava, mas ali no meio ele teria dificuldade de jogar uma pedra até o outro lado, mesmo com a Armadura Fractal. E, lá dentro, havia vida. Jardins vibrando com esprenos de vida. Edifícios construídos praticamente um em cima do outro, descendo as encostas em forma de V. O lugar pululava com uma rede de palafitas, pontes e passarelas de madeira.

Dalinar se virou e olhou para trás, para a muralha que corria em um amplo círculo ao redor da abertura da Fenda em todos os lados, exceto a oeste, onde o cânion continuava até se abrir nas margens do lago.

Para sobreviver em Alethkar, era preciso se abrigar das tempestades. Uma fenda larga como aquela era perfeita para uma cidade. Mas como protegê-la? Qualquer inimigo que a atacasse teria a posição mais elevada. Muitas cidades ficavam em um limite arriscado entre a segurança contra as tempestades e segurança contra os homens.

Dalinar colocou o martelo de Sadeas sobre o ombro. Grupos de soldados de Tanalan desciam das muralhas, entrando em formação para flanquear o exército de Gavilar à direita e à esquerda. Eles tentariam pressionar as tropas Kholin dos dois lados, mas, com três Fractários para enfrentar, estavam em apuros. Onde estava o próprio Grão-senhor Tanalan?

Atrás dele, Thakka se aproximou com um pequeno esquadrão de soldados de elite, juntando-se a Dalinar na plataforma de pedra. Thakka colocou as mãos no parapeito, assoviando baixinho.

— Tem alguma coisa acontecendo nessa cidade — comentou Dalinar.
— O quê?
— Não sei...

Dalinar podia não prestar atenção nos planos grandiosos de Gavilar e Sadeas, mas era um soldado. Conhecia campos de batalha como uma mulher conhecia as receitas da mãe: podia não ser capaz de fornecer medidas precisas, mas notava quando algo estava errado.

A luta continuava atrás dele, soldados Kholin se chocando com os defensores de Tanalan. Os exércitos de Tanalan não estavam indo bem; desmoralizados pelo avanço do exército Kholin, as fileiras inimigas rapidamente se desfizeram e recuaram, engarrafando as rampas até a cidade. Gavilar e Sadeas não as perseguiam; agora estavam no terreno mais elevado. Não era necessário arriscar se atirar em uma emboscada.

Gavilar marchou sobre a pedra, com Sadeas ao seu lado. Eles iam querer ver a cidade e fazer chover flechas sobre as pessoas abaixo — talvez até mesmo usar as catapultas roubadas, se Dalinar houvesse deixado alguma funcionando. Fariam cerco àquele lugar até arruiná-lo.

Três Fractários, pensou Dalinar. *Tanalan deve ter algum plano para lidar conosco...*

Aquele posto de observação era o melhor local para olhar a cidade. E eles haviam situado as catapultas bem ao lado dela — máquinas que os Fractários certamente atacariam e incapacitariam. Dalinar olhou de relance para os lados e viu rachaduras no chão de pedra da plataforma.

— Não! — gritou Dalinar para Gavilar. — Para trás! É uma...

O inimigo devia estar vigiando, pois, no momento em que ele gritou, o chão ruiu debaixo dele. Dalinar viu de relance Gavilar — sendo segurado por Sadeas — olhando horrorizado quando ele, Thakka e um punhado de outros soldados de elite foram lançados na Fenda.

Raios. Todo o trecho de pedra onde eles estavam — a borda pendendo sobre a Fenda — havia se quebrado! Aquela grande seção de pedra desabava sobre os primeiros edifícios, e Dalinar foi jogado no ar acima da cidade. Tudo girou ao seu redor.

Um momento depois, ele se chocou com um edifício, fazendo um barulho horrível. Algo atingiu seu braço, um impacto tão poderoso que ele ouviu a armadura se despedaçar naquele ponto.

O edifício não conseguiu detê-lo. Ele atravessou a madeira e continuou, o elmo raspando contra a rocha enquanto ele de alguma forma atingia a encosta da Fenda.

Ele alcançou outra superfície com um barulho e, por um milagre, enfim parou. Dalinar grunhiu, sentindo uma dor aguda na mão direita. Ele sacudiu a cabeça e se viu olhando para uns 15 metros acima através de uma seção despedaçada da cidade de madeira quase vertical. A grande área de pedra que caíra havia cortado um pedaço da cidade ao longo do íngreme declive, esmagando casas e ruas. Dalinar havia sido jogado para norte e por fim fora pousar no teto de madeira de um edifício.

Ele não viu sinal algum dos seus homens. Thakka, os outros soldados de elite. Mas sem uma Armadura Fractal... Ele rosnou, esprenos de raiva fervilhando ao seu redor como poças de sangue. Remexeu-se no telhado, mas a dor na mão lhe causou uma careta. Sua armadura estava quebrada ao longo do braço esquerdo e, ao cair, ele aparentemente quebrara alguns dedos.

Sua Armadura Fractal vazava fumaça branca e brilhante de uma centena de fraturas, mas as únicas peças que havia perdido completamente eram a do seu braço e da mão esquerda.

Ele se moveu com cuidado, mas, ao fazer isso, rompeu o telhado e caiu dentro da casa. Dalinar grunhiu ao atingir o chão, uma família gritando, encostada contra a parede. Parece que Tanalan não avisara as pessoas sobre seu plano de esmagar parte da própria cidade em uma tentativa desesperada de lidar com os Fractários inimigos.

Dalinar se pôs de pé, ignorando as pessoas apavoradas, abriu a porta com um empurrão — quebrando-a com sua força — e saiu para a passarela de madeira que passava diante das casas naquele nível da cidade.

Uma saraivada de flechas imediatamente caiu sobre ele. Dalinar virou o ombro direito na direção do ataque, rosnando, protegendo a fenda do visor o melhor que podia e inspecionando a fonte do ataque. Cinquenta arqueiros estavam instalados em uma plataforma de plantação no outro tormentoso lado da Fenda. Que maravilha.

Ele reconheceu o líder dos arqueiros. Alto, de porte imperioso e plumas muito brancas no elmo. Quem colocava penas de galinha no elmo? Parecia ridículo. Bem, Tanalan era um bom sujeito. Dalinar o vencera certa vez em um jogo de peões, e Tanalan pagara a aposta com cem peças brilhantes de rubi, cada uma dentro de uma garrafa arrolhada de vinho. Dalinar sempre achara aquilo divertido.

Dominado pela Euforia, que se agitou e afastou a dor, Dalinar avançou pela passarela, ignorando as flechas. Acima, Sadeas liderava uma força que descia uma das rampas que não fora atingida pelo desabamento, mas seria uma tarefa lenta. Quando eles chegassem, Dalinar esperava já ter uma nova Espada Fractal.

Ele avançou até uma das pontes que cruzavam a Fenda. Infelizmente, sabia muito bem o que *ele* teria feito se estivesse preparando aquela cidade contra um assalto. E, de fato, um par de soldados moveu-se depressa do outro lado da Fenda, depois usou machados para atacar as estacas de suporte da ponte de Dalinar. Ela era sustentada por cordas metálicas Transmutadas, mas se eles conseguissem derrubar aquelas estacas — fazendo cair as cordas — o peso dele com certeza faria a coisa inteira desabar.

O fundo da Fenda estava a mais de trinta metros abaixo. Rosnando, Dalinar fez a única escolha possível. Jogou-se da passarela, caindo uma curta distância até outra abaixo, que parecia resistente o bastante. Mesmo assim, um pé atravessou as tábuas de madeira, quase seguido pelo seu corpo inteiro.

Ele se ergueu e continuou a avançar. Mais dois soldados alcançaram as estacas que sustentavam aquela ponte e começaram a cortar freneticamente.

A passarela tremeu sob os pés de Dalinar. Pai das Tempestades. Ele não tinha muito tempo, mas já não havia passarelas para onde pudesse saltar. Dalinar forçou-se a correr, rugindo, suas pisadas rachando as tábuas.

Uma única flecha negra veio do alto em um movimento amplo como o de uma enguia celeste. Ela derrubou um dos soldados. Outra flecha seguiu-a, atingindo o segundo soldado enquanto este olhava espantado para seu aliado caído. A passarela parou de tremer e Dalinar sorriu, parando. Ele se virou, identificando um homem parado junto da seção desabada de pedra acima. Ele levantou um arco negro para Dalinar.

— Teleb, seu tormentoso milagre — disse Dalinar.

Ele alcançou o outro lado e pegou um machado das mãos de um homem morto. Então avançou rampa acima até onde vira o Grão-senhor Tanalan.

Encontrou o lugar facilmente, uma larga plataforma de madeira construída sobre escoras conectadas a partes da muralha abaixo, e envolta por vinhas e petrobulbos florescentes. Esprenos de vida se dispersaram quando Dalinar a alcançou.

No centro do jardim, Tanalan esperava com uma força de cerca de cinquenta soldados. Bufando dentro do elmo, Dalinar avançou para enfrentá-los. Tanalan usava uma armadura de aço simples, sem Armadura Fractal, embora uma Espada Fractal de aparência brutal — larga, com uma ponta em forma de gancho — houvesse se materializado na sua mão.

Tanalan rosnou para que seus soldados recuassem e baixassem os arcos. Então ele avançou contra Dalinar, segurando a Espada Fractal com as mãos.

Todo mundo era obcecado por Espadas Fractais. Armas específicas possuíam a própria história, e as pessoas registravam quais reis ou luminobres haviam carregado quais espadas. Bem, Dalinar havia usado tanto Espada quanto Armadura e, se pudesse escolher, ficaria sempre com a Armadura. Tudo que ele precisava fazer era acertar um golpe bem dado em Tanalan e a luta chegaria ao fim. O grão-senhor, contudo, teria que combater um inimigo que podia resistir aos seus golpes.

A Euforia vibrava dentro de Dalinar. Parado entre duas árvores atarracadas, ele tomou posição, mantendo o braço esquerdo exposto longe do grão-senhor e agarrando o machado na manopla direita. Embora fosse um machado de guerra, parecia um brinquedo de criança.

— Você não devia ter vindo aqui, Dalinar — disse Tanalan. Sua voz soava com o sotaque distintamente anasalado da região. Os habitantes da Fenda sempre se consideraram um povo à parte. — Não temos nada contra você ou os seus.

— Vocês se recusaram a se submeter ao rei — respondeu Dalinar, as placas da armadura tinindo enquanto ele contornava o grão-senhor, de olho nos soldados.

Não descartava a ideia de que o atacassem quando estivesse distraído pelo duelo. Teria feito o mesmo.

— O rei? — interpelou Tanalan, esprenos de raiva fervilhando ao seu redor. — Não há trono em Alethkar há gerações. Mesmo que *fôssemos* voltar a ter um rei, quem disse que os Kholins merecem esse manto?

— Ao meu entender, o povo de Alethkar merece um rei que seja o mais forte e mais capaz de liderá-los na batalha. Se ao menos houvesse uma maneira de provar isso. — Ele sorriu dentro do elmo.

Tanalan atacou, brandindo a Espada Fractal em golpes amplos e tentando aproveitar seu alcance superior. Dalinar dançou para trás, esperando pelo momento certo. A Euforia era inebriante, um desejo intenso de provar a si mesmo.

Mas precisava ser cauteloso. O ideal seria que Dalinar prolongasse o duelo, contando com a força e a resistência superiores fornecidas pela Armadura. Infelizmente, aquela Armadura ainda estava vazando, e ele precisava lidar com todos aqueles guardas. Ainda assim, tentou agir como Tanalan esperava, se desviando dos ataques, agindo como se fosse estender a luta.

Tanalan rosnou e investiu mais uma vez. Dalinar bloqueou o golpe com o braço, então fez um ataque burocrático com o machado, que Tanalan evitou facilmente. Pai das Tempestades, aquela Espada era longa. Tinha quase o tamanho de Dalinar.

Ele manobrou, roçando a folhagem do jardim. Nem mesmo sentia mais a dor dos dedos quebrados; a Euforia o chamava.

Espere. Aja como se estivesse prolongando a situação o máximo possível...

Tanalan avançou de novo e Dalinar recuou, mais rápido por causa da Armadura. E então, quando Tanalan tentou o próximo ataque, Dalinar se inclinou *na direção dele.*

Desviou a Espada Fractal com o braço novamente, mas esse golpe atingiu-o em cheio, despedaçando o avambraço da armadura. Ainda assim, o ataque surpresa de Dalinar permitiu-o baixar o ombro e se lançar contra Tanalan. A armadura do grão-senhor *retiniu*, amassada pela força da Armadura Fractal, e o grão-senhor tropeçou.

Infelizmente, Dalinar se desequilibrou pela investida a ponto de cair junto com ele. A plataforma tremeu quando os dois atingiram o chão, a madeira rachando e estalando. Danação! Dalinar *não* queria tombar enquanto estava cercado por inimigos. Ainda assim, precisava permanecer dentro do alcance daquela Espada.

Dalinar deixou cair a manopla direita — sem a peça que a conectava ao resto da armadura, era peso morto — enquanto os dois se contorciam no chão. Infelizmente, havia perdido seu machado. O grão-senhor golpeou Dalinar com o punho da espada, sem causar dano. Mas, com uma mão quebrada e a outra sem o poder da Armadura, Dalinar não conseguia imobilizar o inimigo.

Ele rolou, finalmente se pondo em cima de Tanalan, onde o peso da Armadura Fractal manteria preso seu inimigo. Naquele momento, contudo, os outros soldados atacaram. Exatamente como ele havia esperado. Duelos honrados como aquele — em um campo de batalha, pelo menos — sempre duravam apenas até a hora em que seu olhos-claros estava perdendo.

Dalinar rolou para se libertar. Era evidente que os soldados não estavam preparados para a rapidez da sua reação. Ele se pôs de pé e pegou o machado, então atacou. Seu braço direito ainda tinha o guarda-braço e a proteção até o cotovelo, então, quando ele golpeava, tinha *poder* — uma estranha mistura de força ampliada pela Fractal e fragilidade devido aos braços expostos. Precisava tomar cuidado para não quebrar o próprio pulso.

Ele abateu três homens com uma enxurrada de golpes de machado. Os outros recuaram, bloqueando-o com maças enquanto os companheiros ajudavam Tanalan a se levantar.

— Você fala do povo — disse Tanalan com voz rouca, apalpando o peito com a mão revestida pela manopla para sentir onde a couraça havia sido significativamente deformada pelo golpe de Dalinar. Ele parecia estar com dificuldades para respirar. — Como se isso fosse sobre *eles*. Como se fosse pelo bem deles que você saqueia, ataca, *mata*. Você é um bruto incivilizado.

— Não há como civilizar a guerra — replicou Dalinar. — Não há como pintá-la e torná-la bonita.

— Você não precisa arrastar sofrimento atrás de si como se fosse um trenó sobre as rochas, ferindo e esmagando as pessoas no caminho. Você é um *monstro*.

— Eu sou um soldado — disse Dalinar, de olho nos homens de Tanalan, muitos dos quais estavam preparando seus arcos.

Tanalan tossiu.

— Minha cidade está perdida. Meu plano falhou. Mas posso realizar um último favor a Alethkar. Posso acabar com você, seu canalha.

Os arqueiros começaram a disparar.

Dalinar rugiu e se jogou no chão, atingindo a plataforma com o peso da Armadura Fractal. A madeira rachou ao seu redor, enfraquecida pela luta anterior, e ele a atravessou, despedaçando os suportes abaixo.

A plataforma inteira desabou ao redor dele e todos caíram na direção do nível abaixo. Dalinar ouviu gritos e atingiu a passarela seguinte com força suficiente para atordoá-lo, mesmo com a Armadura Fractal.

Sacudiu a cabeça, grunhindo, e descobriu que seu elmo rachara bem na frente, a visão incomum fornecida pela armadura estragada. Ele soltou o elmo com uma mão e respirou fundo, ofegante. Raios, seu braço bom também estava doendo; viu farpas despontando da pele, incluindo um pedaço tão longo quanto uma adaga.

Ele fez uma careta de dor. Abaixo, os poucos soldados restantes que estavam em posição para cortar as pontes avançaram na sua direção.

Firme, Dalinar. Esteja pronto!

Ele se levantou, tonto, exausto, mas os dois soldados não partiram para cima dele. Eles se agacharam ao redor do corpo de Tanalan, caído da plataforma acima. Os soldados o agarraram, depois fugiram.

Dalinar rugiu e os perseguiu de forma desajeitada. Sua Armadura movia-se lentamente e ele cambaleou através dos destroços da plataforma caída, tentando acompanhar os soldados.

A dor nos braços o deixava louco de raiva. Mas a Euforia, a *Euforia* o fazia avançar. Não seria derrotado. Não podia parar! A Espada Fractal de Tanalan não havia aparecido ao lado do seu corpo. Isso significava que o inimigo ainda estava vivo. Dalinar ainda *não havia vencido*.

Por sorte, a maioria dos soldados havia sido posicionada para lutar do outro lado da cidade. Aquele lado ali estava praticamente vazio, exceto pelos cidadãos assustados — teve vislumbres deles escondidos em seus lares.

Dalinar subiu as rampas mancando pela encosta da Fenda, seguindo os homens que arrastavam seu luminobre. Perto do topo, os dois soldados pousaram o fardo ao lado de uma área exposta da parede rochosa do abismo e então fizeram algo que levou uma seção da parede a se abrir para dentro, revelando uma porta oculta. Eles arrastaram o luminobre caído para dentro, e dois outros soldados — respondendo aos seus chamados desesperados — se apressaram para encarar Dalinar, que chegou momentos depois.

Sem elmo, Dalinar via tudo vermelho ao enfrentá-los. Os soldados estavam armados; ele, não. Eles estavam descansados, mas Dalinar tinha ferimentos que quase incapacitavam seus braços.

Ainda assim, a luta terminou com os dois soldados no chão, seus corpos quebrados e ensanguentados. Dalinar abriu com um chute a porta oculta, as pernas da Armadura ainda funcionando o bastante para derrubá-la.

Ele entrou aos tropeços em um pequeno túnel com esferas de diamante brilhando nas paredes. Aquela porta estava coberta de crem endurecido por fora, fazendo com que parecesse parte da encosta. Se ele não houvesse visto os homens entrando, teria levado dias, talvez semanas para localizar aquele lugar.

No final de uma curta caminhada, ele encontrou os dois soldados que havia seguido. A julgar pela trilha de sangue, haviam depositado seu luminobre na sala fechada atrás deles.

Eles atacaram Dalinar com a determinação fatalista de homens que sabiam que provavelmente já estavam mortos. A dor nos braços e na cabeça de Dalinar não parecia nada diante da Euforia. Ele quase nunca a sentira tão intensamente quanto naquele momento, uma bela clareza, uma emoção *maravilhosa*.

Avançou com uma rapidez sobrenatural e usou o ombro para esmagar um soldado contra a parede. O outro caiu com um chute bem direcionado, e então Dalinar despedaçou a porta atrás deles.

Tanalan estava deitado no chão ali, o sangue se empoçando ao seu redor. Uma linda mulher o abraçava, chorando. Só havia uma outra pessoa na pequena câmara: um garotinho. Seis, talvez sete anos. Lágrimas corriam pelo rosto da criança, e ele se esforçava para levantar a Espada Fractal do pai.

Dalinar assomou na entrada.

— Você não vai pegar o meu papai — disse o garoto, as palavras emboladas pelo seu sofrimento. Esprenos de dor se arrastavam pelo chão.

— Você *não vai*. Você... você... — A voz dele virou um sussurro. — Papai disse que... nós enfrentamos monstros. E, com fé, vamos vencer...

ALGUMAS HORAS DEPOIS, DALINAR estava sentado na beira da Fenda, as pernas balançando sobre a cidade arruinada lá embaixo. Sua nova Espada Fractal descansava no seu colo, sua Armadura — deformada e quebrada —, em um monte ao lado dele. Seus braços estavam cobertos com ataduras, mas ele havia afugentado os cirurgiões.

Fitou o que parecia uma planície vazia, depois desviou os olhos para os sinais de vida humana abaixo. Cadáveres amontoados. Edifícios arruinados. Fragmentos de civilização.

Gavilar por fim foi até ele, seguido por dois guarda-costas dos soldados de elite de Dalinar, Kadash e Febin. Gavilar acenou para que ficassem para trás, então grunhiu ao se acomodar ao lado do irmão, removendo seu elmo. Esprenos de exaustão giravam acima da sua cabeça, muito embora, apesar da fadiga, Gavilar parecesse pensativo. Com aqueles aguçados olhos verde-claros, ele sempre parecera muito sábio. Quando crianças, Dalinar simplesmente chegara à conclusão de que o irmão estava sempre certo, fosse lá o que dissesse ou fizesse. A idade não havia mudado muito sua opinião.

— Parabéns — disse Gavilar, indicando a Espada. — Sadeas está furioso por não ter conseguido.

— Ele vai encontrar a dele uma hora — disse Dalinar. — É ambicioso demais para que isso não aconteça.

Gavilar grunhiu.

— Esse ataque quase nos custou um preço alto demais. Sadeas está dizendo que precisamos ter mais cuidado, não arriscar a nós mesmos e as nossas Fractais em ataques solitários.

— Sadeas é inteligente.

Ele levantou cuidadosamente a mão direita, a menos machucada, e levou uma caneca de vinho aos lábios. Era a única droga que lhe interessava para combater a dor — e talvez para aliviar a vergonha também. Os dois sentimentos eram intensos, agora que a Euforia havia recuado e o deixado vazio.

— O que faremos com eles, Dalinar? — indagou Gavilar, acenando na direção das multidões de civis que os soldados estavam cercando. — Dezenas de milhares de pessoas. Eles não serão facilmente intimidados;

não vão gostar que tenhamos matado seu grão-senhor *e* o herdeiro. Essas pessoas vão resistir a nós durante anos. Posso sentir.

Dalinar tomou um gole da bebida.

— Transforme-os em soldados. Diga que pouparemos suas famílias se eles lutarem por nós. Você quer deixar de usar um ataque Fractário na vanguarda das batalhas? Então vamos precisar de tropas descartáveis.

Gavilar assentiu, pensativo.

— Sadeas está certo sobre outras coisas também, sabe? Sobre nós. E sobre o que vamos precisar nos tornar.

— Não me venha com esse assunto.

— Dalinar...

— Perdi metade dos meus soldados de elite hoje, incluindo meu capitão. Já tenho problemas o suficiente.

— Por que estamos aqui, lutando? É pela honra? É por Alethkar?

Dalinar deu de ombros.

— Não podemos continuar agindo como um bando de criminosos — continuou Gavilar. — Nós não podemos saquear toda cidade por onde passamos, dar banquetes todas as noites. Precisamos de disciplina; precisamos manter as terras que conquistamos. Precisamos de burocracia, ordem, leis, *política*.

Dalinar fechou os olhos, distraído pela vergonha que sentia. E se Gavilar descobrisse?

— Temos que amadurecer — disse Gavilar em voz baixa.

— E ficar molengas? Como esses grão-senhores que matamos? Foi por *isso* que começamos, não foi? Porque eles eram todos preguiçosos, gordos, corruptos?

— Já não sei mais. Eu sou pai agora, Dalinar. Isso faz com que eu me pergunte sobre o que faremos quando conquistarmos tudo. Como transformaremos este lugar em um reino?

Raios. Um reino. Pela primeira vez na vida, Dalinar achou a ideia aterradora.

Gavilar enfim se levantou, respondendo a alguns mensageiros que chamavam por ele.

— Será que poderia pelo menos tentar ser *um pouco* menos temerário nas batalhas futuras? — pediu ele.

— Olha só quem fala.

— E falo sério — disse Gavilar. — E falo... exausto. Aproveite Sacramentadora. Você a mereceu.

— Sacramentadora?

— Sua espada. Raios, você não prestou atenção em *nada* na noite passada? É a antiga espada do Criador de Sóis.

Sadees, o Criador de Sóis. Ele havia sido o último homem a unir Alethkar, séculos atrás. Dalinar moveu a Espada no colo, deixando que a luz dançasse no metal imaculado.

— Ela é sua agora — disse Gavilar. — Quando acabarmos, ninguém mais vai se lembrar do Criador de Sóis. Só na Casa Kholin e em Alethkar.

Ele se afastou. Dalinar enfiou a Espada Fractal na pedra e se recostou, fechando os olhos novamente e se lembrando do som do choro de um menino valente.

12
NEGOCIAÇÕES

Não peço que me perdoem. Nem mesmo que me compreendam.

— De *Sacramentadora*, prefácio

DALINAR ESTAVA DIANTE DAS janelas de vidro de uma sala em um andar superior de Urithiru, as mãos atrás das costas. Vislumbrava seu reflexo na janela e, além dele, uma vastidão. O céu livre de nuvens, a chama branca do sol.

As janelas tinham a sua altura — nunca vira nada assim. Quem ousaria construir algo de vidro, tão quebradiço, voltado *para* as tempestades? Mas, naturalmente, aquela cidade estava acima das Tormentas. As janelas pareciam um desafio, um símbolo do que os Radiantes significavam. Eles haviam estado acima da mesquinhez da política mundial. E, por estarem acima, podiam ver tão longe...

Você os idealiza, trovejou uma voz distante em sua cabeça. *Eles eram homens como você. Nem melhores nem piores.*

— Acho isso encorajador — sussurrou Dalinar de volta. — Se eles eram como nós, então significa que podemos ser como eles.

Eles nos traíram, no fim. Não se esqueça disso.

— Por quê? O que aconteceu? Por que eles mudaram?

O Pai das Tempestades ficou em silêncio.

— Por favor — pediu Dalinar. — Me conte.

Algumas coisas é melhor esquecer, replicou a voz. *Você, dentre todos os homens, devia compreender isso, considerando o buraco em sua mente e a pessoa que antes o ocupava.*

Dalinar respirou fundo, abalado pelas palavras.

— Luminobre — chamou a Luminosa Kalami atrás dele. — O imperador está pronto para recebê-lo.

Dalinar se virou. Os níveis superiores de Urithiru continham várias salas individuais, incluindo aquele anfiteatro. Com a forma de meia-lua, a sala tinha janelas no topo — o lado reto — e, abaixo, fileiras de assentos descendo até um tablado para oradores. Curiosamente, cada cadeira tinha um pequeno pedestal ao lado. Para os esprenos dos Radiantes, segundo a explicação do Pai das Tempestades.

Dalinar desceu os degraus rumo à sua equipe: Aladar e a filha, May. Navani, usando um havah verde-vivo, estava sentada na fileira da frente com os pés estendidos, descalça e com os tornozelos cruzados. A idosa Kalami para escrever, e Teshav Khal — uma das melhores mentes políticas de Alethkar — para aconselhar. Suas duas principais pupilas estavam sentadas ao lado dela, prontas para fornecer material de pesquisa ou tradução, se necessário.

Um grupo pequeno, preparado para mudar o mundo.

— Mande minhas saudações ao imperador — instruiu Dalinar.

Kalami assentiu, escrevendo. Então pigarreou, lendo a resposta que a telepena — escrevendo como que por conta própria — transmitiu:

— Vocês estão sendo saudados por Sua Majestade Imperial Ch.V.D. Yanagawn Primeiro, Imperador de Makabak, rei de Azir, Senhor do Palácio de Bronze, Primeiro Aqasix, grão-ministro e emissário de Yaezir.

— Um título imponente para um garoto de quinze anos — observou Navani.

— Ele supostamente ressuscitou uma criança dos mortos — disse Teshav. — Um milagre que fez com que ganhasse o apoio dos vizires. Segundo informações locais, eles tiveram dificuldades em encontrar um novo Primeiro depois que os dois últimos foram assassinados pelo nosso velho amigo, o Assassino de Branco. Então os vizinhos escolheram um menino de linhagem questionável e inventaram uma história sobre ele salvar a vida de alguém para demonstrar um mandato divino.

Dalinar grunhiu.

— Inventar histórias não é do feitio azishiano.

— Eles não têm problemas com isso, contanto que se possa encontrar testemunhas dispostas a preencher declarações juramentadas — explicou Navani. — Kalami, agradeça Sua Majestade Imperial por se reunir conosco e aos seus tradutores pelo seu serviço.

Kalami escreveu e então olhou para Dalinar, que começara a andar de um lado para outro no centro da sala. Navani juntou-se a ele, deixando de lado os sapatos e caminhando de meias.

— Vossa Majestade Imperial — disse Dalinar —, eu falo do alto de Urithiru, a cidade legendária. A vista é de tirar o fôlego. Eu o convido a me visitar e conhecer a cidade. Vossa Majestade é bem-vindo para trazer seus guardas ou o séquito que considerar necessário.

Ele olhou para Navani, que assentiu. Eles haviam discutido muito tempo sobre como abordar os monarcas e decidiram fazer um convite suave. Azir era o primeiro, o país mais poderoso do ocidente e lar do que poderia ser o mais central e importante dos Sacroportais a proteger.

A resposta demorou. O governo azishiano era uma espécie de bela confusão, embora Gavilar o admirasse com certa frequência. Camadas de funcionários preenchiam todos os níveis — onde tanto homens quanto mulheres escreviam. Os pósteros eram mais ou menos como os fervorosos, embora não fossem escravos, algo que Dalinar considerava estranho. Em Azir, ser um ministro-sacerdote no governo era a maior honra a que alguém podia aspirar.

Tradicionalmente, o Primeiro azishiano declarava ser o imperador de toda Makabak — uma região que incluía meia dúzia de reinos e principados. Na verdade, ele era rei só de Azir, mas Azir assomava sobre muitas regiões.

Enquanto esperavam, Dalinar se aproximou de Navani, pousando os dedos em seu ombro e então deslizando-os pelas costas dela, pela nuca, até chegarem ao outro ombro.

Quem teria pensado que um homem da sua idade poderia sentir-se tão inebriado?

Por fim, veio a resposta, lida por Kalami:

— "Vossa Alteza. Nós agradecemos pelo seu aviso sobre a tempestade que veio da direção errada. Suas palavras oportunas foram anotadas e registradas nas crônicas oficiais do império, reconhecendo-o como um amigo de Azir."

Kalami esperou por mais, mas a telepena parou de se mover. Então o rubi piscou, indicando que eles haviam acabado.

— Não foi lá uma grande resposta — comentou Aladar. — Por que ele não respondeu ao seu convite, Dalinar?

— Ser anotado nos registros oficiais é uma grande honra para os azishianos — explicou Teshav. — Então eles o elogiaram.

— Sim — disse Navani —, mas estão tentando evitar a oferta que fizemos. Pressione-os, Dalinar.

— Kalami, por favor, escreva o seguinte: estou honrado, embora desejasse que minha inclusão nos seus anais se devesse a circunstâncias mais felizes. Vamos discutir o futuro de Roshar juntos, aqui. Estou ansioso para conhecê-lo pessoalmente.

Eles esperaram do modo mais paciente possível por uma resposta. Ela finalmente veio, em alethiano.

— "Nós, da coroa azishiana, estamos desolados por prantear os mortos com vocês. Assim como seu nobre irmão foi morto pelo destruidor shino, o mesmo aconteceu com os amados membros de nossa corte. Isso cria um laço entre nós."

Isso foi tudo. Navani soltou um muxoxo.

— Não vamos conseguir tirar uma resposta deles.

— Eles poderiam pelo menos se explicar! — irritou-se Dalinar. — Parece que estamos tendo duas conversas diferentes!

— Os azishianos não gostam de causar ofensa — disse Teshav. — São quase tão complicados quanto os emulianos nessa questão, ainda mais em relação a estrangeiros.

Na opinião de Dalinar, isso não era só um atributo azishiano. Era como os políticos se comportavam no mundo todo. Aquela conversa já estava se assemelhando a seus esforços para trazer os grão-príncipes para o seu lado, ainda nos acampamentos de guerra. Uma meio-resposta depois da outra, promessas moderadas sem maior compromisso, olhares risonhos que zombavam dele mesmo enquanto fingiam ser sinceros.

Raios. Lá estava ele de novo. Tentando unir pessoas que não queriam ouvi-lo. E não tinha mais condições de ser ruim nisso.

Houve um tempo em que eu unia pessoas de maneira diferente. Ele sentiu cheiro de fumaça, ouviu homens gritando de dor. Recordou como levara sangue e cinzas para aqueles que haviam desafiado seu irmão.

Essas memórias haviam se tornado particularmente vívidas nos últimos tempos.

— Outra tática, talvez? — sugeriu Navani. — Em vez de um convite, tente uma oferta de auxílio.

— Vossa Majestade Imperial — disse Dalinar. — A guerra está chegando; certamente o senhor viu a mudança nos parshemanos. Os Esvaziadores retornaram. Eu gostaria que soubesse que os alethianos são seus aliados nesse conflito. Gostaríamos de compartilhar informações sobre nossos sucessos e fracassos na resistência contra esse inimigo, com a esperança de que relate o mesmo para nós. A humanidade deve se unir diante da ameaça crescente.

A resposta demorou, mas chegou:

— "Concordamos que o auxílio mútuo nessa nova era será da maior importância. Estamos felizes em trocar informações. O que sabem sobre esses parshemanos transformados?"

— Nós os enfrentamos nas Planícies Quebradas — disse Dalinar, aliviado de ter feito algum avanço. — Criaturas com olhos vermelhos e, de muitas maneiras, parecidos com os parshemanos que encontramos nas Planícies Quebradas... só que mais perigosos. Farei com que minhas escribas preparem relatórios para o senhor, detalhando tudo que aprendemos combatendo os parshendianos nos últimos anos.

— "Excelente." — Foi a resposta que enfim veio. — "Essas informações serão muito bem-vindas no nosso conflito atual."

— Qual é a situação das suas cidades? — indagou Dalinar. — O que os parshemanos estão fazendo aí? Eles parecem ter uma meta além da destruição gratuita?

Tensos, eles esperaram pela réplica. Até então haviam descoberto muito pouco sobre os parshemanos pelo mundo. O Capitão Kaladin enviava relatos usando escribas das cidades que visitava, mas não sabia quase nada. As cidades estavam no caos e as informações confiáveis eram raras.

— "Felizmente, nossa cidade resiste, e o inimigo não está mais atacando ativamente. Estamos negociando com os antagonistas."

— Negociando? — questionou Dalinar, chocado.

Ele voltou-se para Teshav, que balançou a cabeça, perplexa.

— Por favor, explique melhor, Vossa Majestade — pediu Navani. — Os Esvaziadores estão dispostos a *negociar* com o senhor?

— "Sim." — Veio a resposta. — "Estamos trocando contratos. Eles têm exigências muito detalhadas, com estipulações ultrajantes. Esperamos poder evitar o conflito armado para podermos nos arregimentar e fortificar a cidade."

— Eles sabem escrever? — pressionou Navani. — Os próprios Esvaziadores estão enviando *contratos*?

— "O parshemano comum não sabe escrever, até onde podemos dizer, mas alguns deles são diferentes... Mais fortes, com estranhos poderes. Eles não falam como os outros."

— Vossa Majestade — disse Dalinar, indo até a escrivaninha com a telepena, falando com mais urgência, como se o imperador e seus ministros pudessem ouvir sua intensidade através da palavra escrita. — Preciso falar diretamente com o senhor. Eu mesmo posso ir até aí, através do portal sobre o qual falamos antes. Precisamos fazer com que ele volte a funcionar.

Silêncio, que se estendeu tanto que Dalinar percebeu que estava rangendo os dentes, se coçando para invocar uma Espada Fractal e dispensá-la, repetidamente, como fora seu hábito na juventude. Havia adquirido esse hábito com seu irmão.

Uma resposta por fim chegou:

— "Sentimos informar que o dispositivo que mencionou não está funcional na nossa cidade" — leu Kalami. — "Nós o investigamos e descobrimos que foi destruído há muito tempo. Não podemos ir até vocês, nem vocês podem vir até nós. Mil desculpas."

— E ele nos diz isso agora? — questionou Dalinar. — Raios! Essa é uma informação que poderíamos ter usado antes!

— É mentira — afirmou Navani. — O Sacroportal nas Planícies Quebradas funcionou depois de séculos de tempestades e acúmulo de crem. O que está em Azimir é um monumento no Grande Mercado, um grande domo no centro da cidade.

Ou pelo menos era isso que ela havia determinado a partir dos mapas. O portal em Kholinar havia sido incorporado à estrutura do palácio, mas o da Cidade de Thaylen era algum tipo de monumento religioso. Uma bela relíquia como aquela não seria simplesmente destruída.

— Concordo com a avaliação da Luminosa Navani — disse Teshav. — Eles estão preocupados com a ideia de o senhor ou dos seus exércitos visitá-los. Isso é uma desculpa.

Ela franziu o cenho, como se o imperador e seus ministros fossem pouco mais do que crianças mimadas desobedecendo a seus tutores.

A telepena voltou a escrever.

— O que está dizendo? — quis saber Dalinar, ansioso.

— É uma declaração juramentada — disse Navani, achando graça. — Atesta que o Sacroportal não está funcional, assinada pelos arquitetos e guarda-tempos. — Ela leu mais. — Ah, que graça. Só os azishianos imaginariam que você quer um *certificado* de que algo está quebrado.

— É digno de nota que ela só certifica que o dispositivo "não funciona como um portal" — acrescentou Kalami. — Mas é claro que não funcionaria, a menos que um Radiante fosse visitá-lo e operá-lo. Essa declaração basicamente diz que o dispositivo não funciona quando está desligado.

— Escreva o seguinte, Kalami — pediu Dalinar. — Vossa Majestade. O senhor já me ignorou uma vez. A destruição causada pela Tempestade Eterna foi o resultado. Por favor, desta vez escute. O senhor não pode negociar com os Esvaziadores. Nós *precisamos* nos unir, compartilhar informações e proteger Roshar. Juntos.

Ela escreveu e Dalinar esperou, mãos pressionadas contra a mesa.

— "Nós usamos o termo errado quando mencionamos negociações" — leu Kalami. — "Foi um erro de tradução. Nós concordamos em compartilhar informações, mas o tempo é curto agora. Entraremos em contato com o senhor para novas discussões. Adeus, Grão-príncipe Kholin."

— Bah! — exclamou Dalinar, se afastando bruscamente da mesa. — Tolos, idiotas! Tormentosos olhos-claros e sua política da *Danação*!

Ele atravessou a sala pisando duro, desejando ter algo que pudesse chutar, mas em seguida controlou seu temperamento.

— Esse foi um bloqueio maior do que eu esperava — disse Navani, cruzando os braços. — Luminosa Khal?

— Nas minhas experiências com os azishianos — disse Teshav —, eles são extremamente hábeis em dizer muito pouco com o máximo possível de palavras. Esse não é um exemplo incomum de comunicação com seus ministros mais graduados. Não se desanime; vai levar tempo para conseguir qualquer coisa com eles.

— Durante esse tempo, Roshar está queimando — retrucou Dalinar. — Por que eles voltaram atrás quanto à alegação de que estavam negociando com os Esvaziadores? Será que estão pensando em se aliar com o inimigo?

— Hesito em especular — respondeu Teshav. — Mas diria que eles apenas decidiram que haviam deixado escapar mais informações do que pretendiam.

— Nós *precisamos* de Azir. Ninguém em Makabak vai nos escutar a menos que tenhamos a bênção de Azir, sem falar naquele Sacroportal... — Ele perdeu o fio da meada quando uma telepena diferente na mesa começou a piscar.

— São os thaylenos — disse Kalami. — Eles estão adiantados.

— Você quer remarcar? — perguntou Navani.

Dalinar balançou a cabeça.

— Não, não podemos nos dar ao luxo de esperar mais alguns dias até que a rainha tenha tempo para nos ver de novo.

Ele respirou fundo. Raios, conversar com políticos era mais exaustivo do que uma marcha de cem milhas com armadura completa.

— Prossiga, Kalami. Conterei minha frustração.

Navani se acomodou em uma das cadeiras, embora Dalinar continuasse de pé. A luz vertia pelas janelas, pura e brilhante, e fluía para baixo, banhando seu corpo. Dalinar respirou fundo, quase sentindo o gosto da luz solar. Havia passado dias demais nos corredores de pedra retorcida de Urithiru, iluminados pela luz frágil de velas e lâmpadas.

— "Sua Alteza Real" — leu Kalami — "A Luminosa Fen Rnamdi, rainha de Thaylenah, é quem está escrevendo." — Kalami fez uma pausa. — Luminobre... desculpe a interrupção, mas isso indica que a própria rainha está usando a telepena, em vez de uma escriba.

Outra mulher poderia ter ficado intimidada. Para Kalami, aquilo era apenas mais uma das várias notas de rodapé — que ela acrescentou copiosamente no fim da folha antes de preparar a pena para transmitir as palavras de Dalinar.

— Vossa Majestade — disse Dalinar, juntando as mãos às costas e andando de um lado para outro no tablado central. *Melhore. Você deve uni-los.* — Envio saudações de Urithiru, cidade sagrada dos Cavaleiros Radiantes, e estendo meu humilde convite. Esta torre é verdadeiramente uma visão única, comparável apenas à gloria de um monarca no trono. Seria uma honra apresentá-la à senhora.

A telepena rapidamente escreveu uma resposta. A Rainha Fen estava escrevendo em alethiano.

— "Kholin, seu velho bruto" — leu Kalami. — "Não me venha com esse esterco de chule. O que você realmente quer?"

— Eu *sempre* gostei dela — comentou Navani.

— Estou sendo sincero, Vossa Majestade — disse Dalinar. — Meu único desejo é encontrá-la pessoalmente, falar com a senhora e mostrar o que descobrimos. O mundo está mudando ao nosso redor.

— "Ah, o mundo está mudando, é mesmo? O que o levou a essa incrível conclusão? Foi o fato de que nossos escravos subitamente se tornaram Esvaziadores, ou talvez a tempestade que soprou na *direção errada*." Ela escreveu isso com o dobro do tamanho das outras linhas, Luminobre... "despedaçando nossas cidades?"

Aladar pigarreou.

— Sua Majestade parece estar tendo um dia ruim.

— Ela está nos insultando — replicou Navani. — Para Fen, isso na verdade indica um dia bom.

— Ela sempre foi muito educada nas poucas vezes em que a encontrei. — Dalinar franziu o cenho.

— Ela estava bancando a rainha nessas ocasiões — disse Navani. — Agora ela está falando diretamente com você. Confie em mim, isso é um bom sinal.

— Vossa Majestade — disse Dalinar —, por favor, conte-me sobre seus parshemanos. A transformação os afetou?

— "Sim, os tormentosos monstros roubaram nossos melhores navios, quase tudo no porto, desde chalupas de um só mastro até os barcos maiores, e escaparam da cidade."

— Eles... navegaram? — perguntou Dalinar, chocado. — Confirme. Eles não atacaram?

— "Houve alguns conflitos, mas, no geral, todo mundo estava ocupado lidando com os efeitos da tempestade. Quando conseguimos resolver um pouco as coisas, eles haviam partido em uma grandiosa frota de navios de guerra reais e navios mercantes privados."

Dalinar respirou fundo. *Não sabemos de metade do que achávamos que sabíamos sobre os Esvaziadores.*

— Vossa Majestade, lembre-se de que nós a *avisamos* sobre a chegada iminente daquela tempestade.

— "Eu acreditei em você" — disse Fen. — "Mesmo que somente porque recebemos notícias de Nova Natanan confirmando. Tentamos nos preparar, mas uma nação não consegue subverter quatro milênios de tradição em um estalar de dedos. A Cidade de Thaylen está em ruínas, Kholin. A tempestade quebrou nossos sistemas de aquedutos e esgotos e despedaçou nossos portos... arrasou todo o mercado externo! Precisamos consertar nossas cisternas, reforçar nossos edifícios para suportar tempestades e reconstruir nossa sociedade... tudo isso sem quaisquer trabalhadores parshemanos e no meio do tormentoso Pranto. Eu não tenho *tempo* para passear."

— Não seria um passeio, Vossa Majestade. Estou ciente dos seus problemas e, por piores que eles sejam, não podemos ignorar os Esvaziadores. Pretendo convocar uma grande conferência de reis para combater essa ameaça.

— "Liderada por você" — replicou Fen por escrito. — "É evidente."

— Urithiru é o local natural para uma reunião — disse Dalinar. — Vossa Majestade, os Cavaleiros Radiantes retornaram... voltamos a falar os antigos votos e manipulamos os Fluxos da natureza. Se pudermos restaurar a funcionalidade do seu Sacroportal, você poderá chegar aqui em uma tarde, depois voltar na mesma noite para dirigir as necessidades da sua cidade.

Navani concordou com essa tática, muito embora Aladar tenha cruzado os braços, parecendo pensativo.

— O que foi? — perguntou Dalinar a ele enquanto Kalami escrevia.

— Nós precisamos que um Radiante viaje até a cidade e ative o Sacroportal deles, certo? — indagou Aladar.

— Sim — disse Navani. — Um Radiante precisa destrancar o portal deste lado, o que podemos fazer a qualquer momento, então é preciso que outro viaje até a cidade de destino e destranque o de lá também. Feito isso, um Radiante pode iniciar uma transferência de qualquer um dos dois locais.

— Então o único que temos que pode, teoricamente, chegar a Cidade de Thaylen é o Corredor dos Ventos — concluiu Aladar. — Mas e se ele levar meses para chegar lá? Ou for capturado pelo inimigo? Podemos cumprir nossas promessas, Dalinar?

Um problema preocupante, mas para o qual Dalinar pensava ter uma resposta. Havia uma arma que ele decidira manter oculta por enquanto. Ela podia funcionar tão bem quanto a Espada Fractal de um Radiante na abertura dos Sacroportais — e permitir que alguém fosse voando até a Cidade de Thaylen.

Mas aquela era uma questão irrelevante por enquanto. Primeiro ele precisava de um ouvido disposto do outro lado da telepena.

A resposta de Fen chegou:

— "Admito que meus comerciantes estão intrigados com esses Sacroportais. Temos lendas sobre eles aqui, de que a mais Passional dentre nós poderia fazer com que o portal dos mundos se abrisse novamente. Acho que toda garota em Thaylenah sonha em ser capaz de invocá-lo."

— As Paixões — disse Navani, os cantos dos lábios voltados para baixo.

Os thaylenos possuíam uma pseudorreligião pagã, que sempre foi um aspecto curioso ao lidar com eles. Em um momento, louvavam os Arautos, e no seguinte falavam das Paixões.

Bem, não seria Dalinar a encontrar defeitos nas crenças pouco convencionais dos outros.

— "Se deseja me enviar o que sabe sobre esses Sacroportais, bem, acho ótimo"— continuou Fen. — "Mas não estou interessada em uma grande conferência de reis. Diga-me depois o que vocês, rapazes, decidiram, porque estarei aqui, freneticamente tentando reconstruir minha cidade."

— Bem, pelo menos enfim tivemos uma resposta honesta — disse Aladar.

— Não estou convencido de que seja honesta — respondeu Dalinar.

Ele esfregou o queixo, pensativo. Só havia encontrado aquela mulher algumas vezes, mas parecia haver algo *errado* nas suas respostas.

— Concordo, Luminobre — disse Teshav. — Acho que qualquer thaylena adoraria a chance de tecer tramas em um encontro de monarcas, mesmo que fosse apenas para encontrar uma maneira de conseguir acordos comerciais. Ela decididamente está escondendo alguma coisa.

— Ofereça tropas para ajudar na reconstrução — sugeriu Navani.

— Vossa Majestade, lamento muito saber das suas perdas — disse Dalinar. — Tenho muitos soldados ociosos. Eu enviaria de bom grado um batalhão para ajudar a reparar sua cidade.

A réplica demorou a chegar.

— "Não sei o que pensar sobre ter tropas alethianas sobre minhas pedras, bem-intencionadas ou não."

Aladar grunhiu.

— Ela está preocupada com uma invasão? Todo mundo sabe que alethianos não se dão bem com navios.

— Ela não está preocupada que cheguemos em navios — observou Dalinar. — Está preocupada com um exército se materializando subitamente no centro da sua cidade.

Um receio bastante racional. Se Dalinar quisesse mesmo, poderia enviar um Corredor dos Ventos para abrir escondido o Sacroportal de uma cidade e invadi-la em um assalto sem precedentes que apareceria direto por trás das linhas inimigas.

Ele precisava de aliados e não súditos, então não podia fazer isso — pelo menos não com uma cidade potencialmente amigável. Kholinar, contudo, era outra história. Eles ainda não tinham informações confiáveis sobre o que estava acontecendo na capital alethiana, mas, se os motins ainda estivessem em curso, ele estava considerando uma maneira de levar exércitos até lá e restaurar a ordem.

Por enquanto, precisava se concentrar na Rainha Fen.

— Vossa Majestade — disse ele, sinalizando para que Kalami escrevesse —, pense na minha oferta de tropas, por favor. E, enquanto isso, posso sugerir que comece a procurar entre seu povo os Cavaleiros Radiantes que estão surgindo? Eles são a chave para trabalhar com os Sacroportais. Tivemos vários Radiantes se manifestando perto das Planícies Quebradas. Eles se formam através de uma interação com certos esprenos, que parecem estar buscando candidatos dignos. Só posso concluir que isso está acontecendo no mundo todo. É muito provável que entre as pessoas da sua cidade, alguém já tenha feito os juramentos.

— Você está cedendo uma vantagem e tanto, Dalinar — observou Aladar.

— Estou plantando uma semente, Aladar. E vou plantá-la em qualquer colina que puder encontrar, independentemente de quem seja o proprietário. Precisamos lutar como um povo unificado.

— Não discuto isso — replicou Aladar, levantando-se e se espreguiçando. — Mas seu conhecimento dos Radiantes é um ponto de negociação, que talvez possa atrair as pessoas até você... forçando-as a trabalhar *com* você. Entregue demais e vai acabar com um "quartel-general" dos Cavaleiros Radiantes em cada grande cidade de Roshar. Em vez de trabalharem juntos, você terá que competir para recrutar.

Infelizmente, ele estava certo. Dalinar detestava transformar o conhecimento em moeda de troca, mas e se fosse por isso que ele sempre falhara em suas negociações com os grão-príncipes? Queria ser honesto, direto e deixar as peças caírem onde caíssem. Mas parecia que alguém melhor no jogo — e mais disposto a quebrar as regras — sempre agarrava as peças no ar quando ele as lançava, e as dispunha como queria.

— E... — disse ele rapidamente, para que Kalami acrescentasse ao texto — nós ficaríamos felizes em enviar nossos Radiantes para treinar aqueles que a senhora descobrir, e então introduzi-los no sistema e na fraternidade de Urithiru, aos quais cada um deles tem direito devido à natureza dos seus votos.

Kalami fez o acréscimo, então torceu a telepena para indicar que haviam acabado e que esperavam por uma resposta.

— "Levaremos isso em consideração" — leu Kalami enquanto a telepena escrevia pela página. — "A coroa de Thaylenah agradece pelo seu interesse no nosso povo e avaliaremos negociações sobre sua oferta de tropas. Já enviamos algumas das nossas poucas chalupas restantes para rastrear os parshemanos fugitivos e informaremos o que descobrirmos. Até a próxima, grão-príncipe."

— Raios — praguejou Navani. — Ela reverteu ao discurso de rainha. Nós a perdemos em alguma parte da conversa.

Dalinar sentou-se na cadeira junto da dela e soltou um longo suspiro.

— Dalinar...

— Estou bem, Navani. Não posso esperar compromissos entusiasmados de cooperação na primeira tentativa. Teremos que continuar tentando.

As palavras eram mais otimistas do que seus sentimentos. Ele desejava poder falar com aquelas pessoas ao vivo, em vez de através da telepena.

Em seguida, falaram com a princesa de Yezier, depois com o príncipe de Tashikk. Eles não possuíam Sacroportais e eram menos essenciais ao seu plano, mas queria pelo menos manter linhas de comunicação abertas com eles.

Nenhum dos dois deu a eles mais do que respostas vagas. Sem a bênção do imperador azishiano, Dalinar não conseguiria fazer com que qualquer um dos reinos makabakianos menores se comprometesse. Talvez os emulianos ou os tukarenos o escutassem, mas ele só conseguiria um dos dois, levando em conta sua longa rixa.

No final da última conferência, Aladar e sua filha pediram licença e saíram; Dalinar se esticou, sentindo-se exausto. E ainda não tinha acabado. Ele teria discussões com os monarcas de Iri — estranhamente, havia três deles. O Sacroportal em Rall Elorim estava em suas terras, tornando-os importantes, e eles dominavam a região próxima de Rira, que possuía outro Sacroportal.

Além disso, é claro, teria que lidar com os shinos. Eles detestavam usar telepenas, então Navani procurou entrar em contato com eles por meio de um mercador thayleno que estava disposto a transmitir informações.

O ombro de Dalinar protestou enquanto ele se alongava. Havia descoberto que a meia-idade era como um assassino — silenciosa, se esgueirando atrás dele. Na maior parte do tempo, seguia a vida como sempre, até que uma dor inesperada servia de alerta. Ele não era mais o jovem de antes.

E abençoado seja o Todo-Poderoso por isso, pensou distraidamente, se despedindo de Navani, que queria analisar os relatórios informativos de várias estações de telepenas ao redor do mundo. A filha de Aladar e as escribas lhe trouxeram vários.

Dalinar coletou diversos dos seus guardas, deixando outros com Navani, caso precisasse de mãos extras, e subiu pelas fileiras de assentos até a saída da sala, no topo. Aguardando logo fora da porta — como um cão-machado banido do calor da lareira — estava Elhokar.

— Vossa Majestade? Estou feliz que tenha vindo à reunião. Está se sentindo melhor?

— Porque eles o recusam, tio? — indagou Elhokar, ignorando a pergunta. — Acham talvez que o senhor vá tentar usurpar seus tronos?

Dalinar inspirou bruscamente e seus guardas pareceram envergonhados de estar por perto. Eles recuaram para dar privacidade a ele e ao rei.

— Elhokar...

— O senhor deve achar que estou dizendo isso por despeito — comentou o rei, enfiando a cabeça pela porta da sala, notando sua mãe e olhando de volta para Dalinar. — Não estou. Você *é* melhor do que eu. Um soldado melhor, uma pessoa melhor, e com certeza um rei melhor.

— Não está sendo justo consigo mesmo, Elhokar. Você precisa...

— Ah, poupe-me dos seus chavões, Dalinar. Por uma vez na vida, seja apenas *honesto* comigo.

— Acha que não tenho sido?

Elhokar levantou a mão ao próprio peito em um toque leve.

— Talvez tenha sido, às vezes. Talvez o mentiroso aqui seja eu... Mentindo para mim mesmo que eu consigo, que consigo ser uma fração do homem que meu pai foi. Não, não me interrompa, Dalinar. Deixe-me falar. Esvaziadores? Cidades antigas cheias de maravilhas? As *Desolações*? — Elhokar balançou a cabeça. — Talvez... talvez eu seja um bom rei. Não extraordinário, mas não um fracasso terrível. Mas diante desses eventos, o mundo precisa de algo melhor do que bom.

Parecia haver um fatalismo nas suas palavras, e isso fez um arrepio de preocupação percorrer Dalinar.

— Elhokar, o que está dizendo?

Elhokar adentrou a câmera a passos largos e chamou as pessoas lá no fundo das fileiras de assentos.

— Mãe, Luminosa Teshav, poderiam testemunhar algo para mim?

Raios, não, pensou Dalinar, se apressando a segui-lo.

— Não faça isso, filho.

— Todos nós devemos aceitar as consequências das nossas ações, tio. Demorei muito para aprender isso, já que às vezes sou cabeça-dura, feito pedra.

— Mas...

— Tio, eu sou o seu rei? — interpelou Elhokar.

— Sim.

— Bem, não deveria ser. — Ele se ajoelhou, chocando Navani e fazendo com que ela parasse a três quartos dos degraus. — Dalinar Kholin — declarou Elhokar bem alto —, presto agora um juramento ao senhor. Existem príncipes e grão-príncipes. Por que não reis e grão-reis? Faço um juramento, imutável e testemunhado, de que o aceito como meu monarca. Como Alethkar é minha, eu sou do senhor.

Dalinar suspirou, olhando para o rosto horrorizado de Navani, então de volta para o sobrinho, ajoelhado como um vassalo.

— O senhor *pediu* por isso, tio — disse Elhokar. — Não em palavras, mas era o único caminho possível. O senhor tem aos poucos tomado o comando desde que decidiu confiar naquelas visões.

— Eu tentei incluí-lo — disse Dalinar. Palavras tolas e impotentes. Ele podia fazer melhor. — Você tem razão, Elhokar. Sinto muito.

— Sente mesmo? Tem certeza?

— Sinto muito pela sua dor — continuou Dalinar. — Sinto muito por não ter lidado melhor com a situação. Sinto muito que isso... que isso tenha de ser. Antes de fazer esse juramento, diga-me: o que espera que aconteça?

— Eu já fiz o juramento — falou Elhokar, enrubescendo. — Diante de testemunhas. Está feito. Eu...

— Ah, levante-se — interrompeu Dalinar, agarrando-o pelo braço e puxando-o até que ficasse de pé. — Não seja dramático. Se realmente deseja fazer esse juramento, eu permitirei. Mas não vamos fingir que você pode adentrar uma sala, gritar algumas palavras e esperar que seja um contrato legal.

Elhokar soltou o braço com um puxão e o esfregou.

— Não me deixa nem abdicar com dignidade.

— Você *não* vai abdicar — disse Navani, juntando-se a eles.

Ela lançou um olhar feroz para os guardas, que assistiam a tudo de queixo caído, e eles empalideceram. Ela apontou-lhes um dedo como se dissesse "*nem uma palavra sobre isso para qualquer outra pessoa*".

— Elhokar, você pretende enfiar seu tio em uma posição acima da sua. Ele está certo em perguntar. Qual será o significado disso para Alethkar?

— Eu... — Elhokar engoliu em seco. — Ele terá que entregar suas terras para o seu herdeiro. Dalinar é rei de outro lugar, afinal de contas. Dalinar, Grão-rei de Urithiru, talvez das Planícies Quebradas. — Ele aprumou o corpo, falando com mais firmeza. — Dalinar deve se retirar da administração direta das minhas terras. Ele pode me dar ordens, mas *eu* decido como cumpri-las.

— Parece razoável — disse Navani, olhando para Dalinar.

Razoável, mas angustiante. O reino pelo qual ele lutara — o reino que havia forjado com sofrimento, exaustão e sangue — agora o rejeitava.

Esta é minha terra agora. Esta torre coberta de esprenos de frio.

— Posso aceitar esses termos, muito embora eu às vezes possa precisar dar comandos aos seus grão-príncipes.

— Enquanto eles estiverem no seu domínio — replicou Elhokar, com um toque de teimosia na voz —, eu os considero sob sua autoridade. Enquanto eles estiverem de visita a Urithiru ou às Planícies Quebradas, comande-os como quiser. Quando eles voltarem ao meu reino, você precisa passar por mim. — Ele fitou Dalinar, depois baixou os olhos, como se estivesse envergonhado de fazer exigências.

— Muito bem — disse Dalinar. — Embora precisemos acertar isso com escribas antes de tornarmos a mudança oficial. E antes que a gente vá longe demais, devemos ter certeza de que ainda existe uma Alethkar para você governar.

— Tenho pensado a mesma coisa. Tio, quero liderar nossas forças até Alethkar e recapturar nossa terra natal. Há algo de errado em Kholinar. Mais do que esses motins ou o suposto comportamento da minha esposa, mais do que as telepenas em silêncio. O inimigo está tramando algo na cidade. Vou levar um exército para detê-lo e salvar o reino.

Elhokar? Liderando tropas? Dalinar havia imaginado a si mesmo comandando uma força, atravessando as fileiras de Esvaziadores, varrendo-os de Alethkar e marchando para Kholinar para restaurar a ordem.

A verdade, contudo, era que não fazia muito sentido para nenhum deles liderar tal ataque.

— Elhokar — disse Dalinar, se inclinando para perto dele. — Tenho pensado em uma coisa. O Sacroportal está conectado ao *próprio palácio*. Não temos que marchar com um exército até Alethkar. Tudo que precisamos fazer é restaurar aquele dispositivo! Quando ele estiver funcionando, poderemos transportar nossas forças para a cidade para proteger o palácio, restaurar a ordem e rechaçar os Esvaziadores.

— Entrar na cidade — disse Elhokar. — Tio, para fazer isso podemos *precisar* de um exército!

— Não. Uma pequena equipe poderia alcançar Kholinar muito mais rápido do que um exército. Contanto que haja um Radiante com eles, podem entrar escondidos, restaurar o Sacroportal e abrir o caminho para o resto de nós.

Elhokar se animou.

— Sim! Farei isso, tio. Vou levar uma equipe e reconquistar nosso lar. Aesudan está lá; se o motim ainda estiver acontecendo, ela estará lutando contra ele.

Isso não era o que os relatórios — antes que fossem interrompidos — haviam sugerido a Dalinar. Pelo que davam a entender, a rainha era a *causa* das revoltas. E ele com certeza não pretendia que Elhokar fosse pessoalmente naquela missão.

Consequências. O rapaz falava sério, como sempre. Além disso, Elhokar parecia ter aprendido algo com sua quase morte nas mãos de assassinos. Ele com certeza estava mais humilde agora do que no passado.

— É apropriado que o rei deles vá salvá-los — disse Dalinar. — Cuidarei para que tenha os recursos necessários, Elhokar.

Orbes brilhantes de esprenos de glória surgiram ao redor de Elhokar. Ele sorriu ao vê-los.

— Só vejo esses esprenos quando estou perto do senhor, tio. Engraçado. Por mais que devesse ter raiva do senhor, não tenho. É difícil guardar ressentimento de alguém que está fazendo seu melhor. Farei isso. Vou salvar Alethkar. Precisarei de um dos seus Radiantes. O herói, de preferência.

— O herói?

— O carregador de pontes — disse Elhokar. — O soldado. Ele precisa ir comigo, de modo que, caso eu faça besteira e falhe, alguém estará lá para salvar a cidade de qualquer modo.

Dalinar hesitou.

— Isso é muito... hum...

— Andei refletindo muito nos últimos tempos, tio — declarou Elhokar. — O Todo-Poderoso me preservou, apesar da minha estupidez. Vou levar o carregador de pontes comigo e vou observá-lo. Descobrir por que ele é tão especial. Ver se pode me ensinar a ser como ele. E se eu falhar... — Ele deu de ombros. — Bem, Alethkar estará em mãos seguras de qualquer modo, certo?

Dalinar assentiu, perplexo.

— Preciso me planejar — prosseguiu Elhokar. — Acabei de me recuperar das minhas feridas, mas não posso partir até que o herói volte, de qualquer modo. Será que ele poderia me levar voando, junto com minha equipe escolhida, até a cidade? Imagino que esse seria o modo mais rápido. Quero todos os relatórios que recebemos de Kholinar, e preciso estudar o dispositivo do Sacroportal pessoalmente. Sim, e também de desenhos comparando-o com o que está na cidade. E... — Ele deu um largo sorriso. — Obrigado, tio. Obrigado por acreditar em mim, mesmo que nessa pequena questão.

Dalinar acenou com a cabeça e Elhokar retirou-se, o passo animado. Dalinar suspirou, sentindo-se esgotado pela conversa. Navani ficou por perto enquanto se acomodava em um dos bancos para os Radiantes, ao lado de um pedestal para um pequeno espreno.

De um lado, ele tinha um rei oferecendo um juramento que não queria. Do outro, tinha um grupo de monarcas que não escutavam suas sugestões mais racionais. Raios.

— Dalinar? — chamou Kalami. — Dalinar!

Ele se levantou de um salto e Navani girou o corpo. Kalami estava assistindo uma das telepenas, que havia começado a escrever. O que era agora? Que notícias terríveis o esperavam?

— "Vossa Majestade" — leu Kalami da página. — "Considero sua oferta generosa e seu conselho, sábio. Nós localizamos o dispositivo que chama de Sacroportal. Uma pessoa do meu povo se apresentou e, para a nossa surpresa, alega ser uma Radiante. Seu espreno a levou a falar comigo; nós planejamos usar sua Espada Fractal para testar o dispositivo. Se isso funcionar, irei até o senhor com toda pressa. É muito bom que alguém esteja tentando organizar uma resistência aos males que nos cercam. As nações de Roshar devem deixar de lado suas rixas e o ressurgimento da cidade sagrada de Urithiru é prova de que o Todo-Poderoso guia sua mão. Estou ansioso para me aconselhar com o senhor e acrescentar minhas forças às suas em uma operação conjunta para proteger essas terras." — Ela olhou para ele, surpresa. — Isso foi enviado por Taravangian, rei de Jah Keved e Kharbranth.

Taravangian? Dalinar não havia esperado que ele respondesse tão rápido. Diziam que era um homem gentil, ainda que um tanto simples. Perfeito para reinar em uma pequena cidade-estado com o auxílio de um conselho governante. Sua elevação a rei de Jah Keved era amplamente considerada um ato de despeito do rei anterior, que não quisera entregar o trono para alguma das casas dos seus rivais.

As palavras ainda assim aqueceram Dalinar. Alguém havia prestado atenção. Alguém estava disposto a se unir a ele. Abençoado fosse aquele homem, *abençoado fosse.*

Ainda que Dalinar falhasse em todas as outras partes, pelo menos teria o rei Taravangian do seu lado.

13

ACOMPANHANTE

Só peço que leiam ou escutem essas palavras.

— De *Sacramentadora*, prefácio

Shallan expirou Luz das Tempestades e passou através dela, sentindo que a Luz a envolvia, a transformava.

Ela havia se mudado, por vontade própria, para a ala de Sebarial em Urithiru, em parte porque ele havia prometido a ela um quarto com uma sacada. Ar fresco e uma vista para os picos das montanhas. Se não podia se livrar por completo das profundezas sombrias daquele edifício, então pelo menos teria um lar nas fronteiras.

Ela puxou seu cabelo, contente ao ver que havia se tornado negro. Transformara-se em Véu, um disfarce no qual estava trabalhando há algum tempo.

Shallan levantou as mãos calejadas de trabalhadora — até mesmo a mão segura. Não que Véu não fosse feminina; ela lixava as unhas, gostava de se vestir bem e mantinha o cabelo escovado. Ela simplesmente não tinha tempo para frivolidades. Um casaco e calças resistentes e de boa qualidade combinavam mais com Véu do que um havah leve. E ela *não* tinha tempo para uma manga estendida cobrindo a mão segura. Ela usava uma luva e pronto.

Naquele momento, estava vestindo uma camisola; ela trocaria de roupa depois, quando estivesse pronta para se esgueirar pelos corredores de Urithiru. Precisava praticar primeiro. Embora se sentisse mal por usar

Luz das Tempestades quando todo mundo estava economizando, Dalinar *havia* ordenado que treinasse seus poderes.

Ela caminhou pelo quarto, adotando o passo de Véu — confiante e firme, nunca empertigado. Não se podia equilibrar um livro sobre a cabeça de Véu enquanto ela caminhava, mas ela ficaria feliz de equilibrar um na sua cara depois de nocauteá-lo.

Shallan circulou várias vezes pelo quarto, cruzando o trecho iluminado pelo sol do fim da tarde que entrava da janela. Seu quarto era ornamentado por vivos padrões de estratos geológicos circulares. A pedra era lisa ao toque e uma faca não conseguia arranhá-la.

Não havia muita mobília, muito embora Shallan tivesse esperança de que as mais recentes expedições de coleta aos acampamentos de guerra voltassem com algo que ela pudesse pegar de Sebarial. Por enquanto, tinha que se virar com alguns cobertores, um único banco e — ainda bem — um espelho de mão. Ela o pendurara na parede, amarrado a um calombo de pedra que imaginava que servisse para pendurar quadros.

Shallan conferiu seu rosto no espelho. Queria chegar ao ponto em que pudesse se tornar Véu em um instante, sem precisar rever esboços. Ela cutucou seus traços, mas, naturalmente, já que o nariz mais angular e a testa pronunciada eram resultado de Teceluminação, não pôde senti-los.

Quando franziu o cenho, o rosto de Véu imitou perfeitamente seu movimento.

— Algo para beber, por favor — disse ela. Não, mais rude. — Bebida. Agora.

Grosseiro demais?

— Hmm — murmurou Padrão. — A voz tornou-se uma boa mentira.

— Obrigada. Tenho trabalhado nos sons.

A voz de Véu era mais profunda do que a de Shallan, mais áspera. Ela começou a se perguntar até que ponto conseguiria mudar o som das coisas.

Por enquanto, não sabia ao certo se acertara os lábios na ilusão. Foi até seu material artístico e folheou o caderno de desenho, procurando as representações de Véu que havia desenhado em vez de ir jantar com Sebarial e Palona.

A primeira página do caderno era de um corredor com os estratos serpenteantes por onde passara no outro dia: linhas de loucura se curvando rumo às trevas. Ela passou para o seguinte, uma imagem dos mercados florescentes na torre. Milhares de comerciantes, lavadeiras, prostitutas, estalajadeiros e artesãos de todas as variedades estavam se instalando em

Urithiru. Shallan sabia bem quantos haviam chegado — fora ela que os trouxera a todos pelo Sacroportal.

No seu desenho, o teto obscuro da grande caverna do mercado assomava sobre as figuras minúsculas andando entre as tendas, segurando luzes frágeis. O seguinte era outro túnel sombrio. E o seguinte também. Então, uma sala onde as camadas geológicas se entrelaçavam de maneira hipnótica. Ela não havia percebido que rascunhara tantos. Virou vinte páginas antes de encontrar os esboços de Véu.

Sim, os lábios estavam certos; mas o porte estava errado. Véu possuía uma força esguia e isso não estava transparecendo pela camisola. Parecia demais com o corpo de Shallan por baixo.

Alguém bateu na placa de madeira pendurada do lado de fora dos seus aposentos. Ela só tinha uma cortina de pano na entrada naquele momento. Muitas das portas da torre haviam entortado com o passar dos anos; a dela havia sido arrancada, e Shallan ainda estava esperando por uma reposição.

Devia ser Palona, que mais uma vez notara que Shallan não aparecera para jantar. Shallan inspirou, destruindo a imagem de Véu e recuperando parte da Luz das Tempestades da sua Teceluminação.

— Pode entrar — disse ela.

Honestamente, Palona não parecia se importar que Shallan fosse uma tormentosa *Cavaleira Radiante* agora, ela ainda queria bancar sua mãe todo o...

Adolin entrou, carregando uma grande bandeja de comida em uma mão e alguns livros debaixo do outro braço. Ele a viu e tropeçou, quase deixando tudo cair.

Shallan ficou paralisada, então soltou um gritinho e escondeu a mão segura nua atrás do corpo. Adolin nem mesmo teve a decência de corar ao encontrá-la praticamente nua. Ele equilibrou a comida na mão, recuperando-se do tropeço, depois sorriu.

— Fora! — exclamou Shallan, acenando com a mão livre. — Fora, fora, fora!

Sem jeito, ele recuou através do pano drapeado sobre a porta. Pai das Tempestades! Shallan deveria estar tão vermelha que poderiam usá-la como um sinal para enviar o exército para a guerra. Calçou uma luva, então a envolveu com uma bolsa-segura, depois pôs o vestido azul que havia deixado no descanso da sua cadeira e fechou a manga. Ela não teve a presença de espírito de colocar o colete de espartilho primeiro; não que de fato precisasse de um, de qualquer modo. Ela chutou-o para baixo de um cobertor em vez disso.

— Em minha defesa — disse Adolin do lado de fora —, você *me convidou* a entrar.

— Pensei que fosse Palona! — disse Shallan, abotoando os botões na lateral do vestido, o que estava sendo difícil, com três camadas cobrindo sua mão segura.

— Bom, você pode *conferir* quem está diante da sua porta.

— Não jogue a culpa em mim — disse Shallan. — Você que sai entrando nos aposentos de moças praticamente sem se anunciar.

— Eu bati!

— A batida foi feminina.

— Ela foi... Shallan!

— Você bateu com uma mão ou duas?

— Estou carregando uma tormentosa bandeja de comida. Para *você*, aliás. É claro que a batida foi com uma mão só. E, falando sério, quem bate com *duas*?

— Foi bastante feminina, então. Nunca pensei que você fosse do tipo que imita uma mulher para espiar uma donzela em trajes íntimos, Adolin Kholin.

— Ah, pela Danação, Shallan. Posso entrar *agora*? E, só para deixar claro, sou um *homem* e seu noivo, meu nome é Adolin Kholin, nasci sob o signo dos nove, tenho uma marca de nascimento na parte de trás da coxa esquerda e comi curry de caranguejo no desjejum. Mais alguma coisa que você precisa saber?

Ela pôs a cabeça para fora, ajustando a gola do vestido.

— Parte de trás da coxa esquerda, é? O que uma garota precisa fazer para ter um vislumbre *disso*?

— Bater à porta feito um homem, imagino.

Shallan sorriu.

— Só um segundo. Esse vestido está complicando a minha vida.

Ela recuou de volta para o quarto.

— Sim, sim. Leve o tempo que precisar. Não estou aqui parado segurando um prato pesado de comida e sentindo o cheiro dele depois de ter perdido o jantar para poder jantar com você.

— É bom para você — replicou Shallan. — Aumenta a força, ou algo assim. Não é esse o tipo de coisa que você faz? Estrangula pedras, fica de ponta-cabeça, joga rochedos bem longe.

— Sim, tenho várias rochas assassinadas debaixo da minha cama.

Shallan prendeu a gola do vestido com os dentes para esticá-lo e facilitar com os botões. Talvez.

— Qual é a questão das mulheres com roupas de baixo, de qualquer modo? — questionou Adolin, a bandeja tilintando enquanto alguns dos pratos se encostavam. — Quer dizer, a camisola cobre as mesmas partes que um vestido formal.

— É uma questão de decência — disse Shallan com um pedaço de tecido na boca. — Além disso, certas coisas tendem a aparecer através de uma camisola.

— Ainda me parece arbitrário.

— Ah, e os homens não são arbitrários em relação às roupas? Um uniforme é basicamente o mesmo que qualquer outro casaco, certo? Além disso, não é você que passa as tardes olhando fólios de moda?

Ele deu uma risadinha e fez menção de responder, mas Shallan, finalmente vestida, puxou o lençol da entrada. Adolin, recostado na parede, se aprumou e olhou para ela — cabelo desgrenhado, um vestido que deixara de abotoar em dois lugares, o rosto corado. Então abriu um sorriso bobo.

Pelos olhos de Ash... ele a achava mesmo bonita. Aquele homem maravilhoso, aquele príncipe, realmente *gostava* de estar com ela.

Shallan havia viajado até a antiga cidade dos Cavaleiros Radiantes, mas, comparadas à afeição de Adolin, todas as vistas de Urithiru eram como esferas foscas.

Ele gostava dela. *E* trouxera comida.

Não arrume uma maneira de estragar isso, pensou Shallan ao tirar os livros de debaixo do braço dele. Ela deu um passo para o lado, deixando-o entrar e colocar a bandeja no chão.

— Palona falou que você não havia jantado, depois descobriu que eu havia perdido o jantar. Então, hã...

— Então ela mandou você para cá com um monte de comida — disse Shallan, inspecionando a bandeja empilhada com vários pratos, pães achatados e carne de animais com carapaça.

— Sim — disse Adolin, coçando a cabeça. — Acho que é o jeito herdaziano.

Shallan não havia percebido o quanto estava faminta. Pretendera comer alguma coisa em uma das tavernas mais tarde naquela noite, quando estivesse espreitando por aí usando o rosto de Véu. As tavernas haviam se instalado no mercado principal, apesar das tentativas de Navani de trocá-las de lugar, e os comerciantes de Sebarial tinham um grande estoque para vender.

Agora que tudo aquilo estava diante dela... Bem, Shallan não se preocupou muito com o decoro ao se sentar no chão e começar a se servir de um curry ralo e aguado com verduras.

Adolin permaneceu de pé. Ele *ficava* elegante naquele uniforme azul, muito embora ela não o houvesse visto trajando qualquer outra coisa. *Marca de nascimento na coxa, é?*

— Você vai ter que se sentar no chão. Ainda não tenho cadeiras.

— Acabei de perceber que esse é seu quarto — comentou ele.

— E minha sala de estar, minha sala de jantar e minha sala onde "Adolin diz coisas óbvias". É bem versátil esse meu... único... cômodo. Por quê?

— Estava pensando se é decoroso... — disse ele, então chegou a de fato corar, o que foi adorável. — Que estejamos aqui sozinhos.

— *Agora* você está preocupado com decoro?

— Bem, recebi um sermão sobre o assunto recentemente.

— Não foi um sermão — disse Shallan, começando a comer.

Os sabores suculentos tomaram sua boca, trazendo aquela dor deliciosamente aguda e aquela mistura de sabores que só se tirava da primeira mordida em algo doce. Ela fechou os olhos e sorriu, saboreando.

— Então... não foi um sermão? — perguntou Adolin. — A frase tem continuação?

— Desculpe — disse ela, abrindo os olhos. — Não foi um sermão, foi um uso criativo da minha língua para mantê-lo distraído.

Olhando para os lábios dele, ela podia pensar em outros usos criativos para sua língua...

Certo. Ela respirou fundo.

— *Seria* indecoroso se estivéssemos sozinhos. Felizmente, não estamos.

— Seu ego não conta como um indivíduo separado, Shallan.

— Rá! Espere aí. Você acha que eu tenho um ego?

— Só achei que ia soar... Eu não quis... Não que... Por que você está sorrindo?

— Desculpe — disse Shallan, fechando as mãos em punhos e estremecendo de alegria.

Havia passado *tanto* tempo sentindo-se tímida, que era muito satisfatório ouvir uma referência à sua confiança. Estava funcionando! O ensinamento de Jasnah sobre praticar e agir como se estivesse no controle estava *funcionando*.

Bem, exceto por toda aquela parte de ter que admitir para si mesma que matara a própria mãe. Assim que pensou nisso, instintivamente tentou enterrar a memória, que não quis ceder. Ela contara aquilo para Padrão como uma verdade — que eram os estranhos Ideais dos Teceluzes.

A memória estava emperrada em sua mente e sempre que ela pensava no assunto, a ferida reaberta doía. Shallan havia matado a mãe. Seu pai acobertara o fato, fingindo que ele havia assassinado a esposa, e o evento arruinara sua vida — levando-o à raiva e à destruição.

Até que, por fim, Shallan o matara também.

— Shallan? — chamou Adolin. — Você está bem?

Não.

— Claro. Ótima. Enfim, nós *não estamos* sozinhos. Padrão, venha aqui, por favor. — Ela estendeu a mão, a palma para cima.

Ele desceu relutante pela parede de onde estivera assistindo. Como sempre, causou ondulações por onde passava, fosse pano ou pedra — como se houvesse algo sob a superfície. Seu padrão complexo e instável de linhas estava sempre mudando, se misturando, vagamente circular, mas com tangentes surpreendentes.

Ele subiu pelo vestido dela até sua mão, depois se apartou da pele dela e elevou-se no ar, expandindo-se em três dimensões. Ficou flutuando ali, uma rede negra e fascinante de linhas cambiantes — alguns padrões encolhendo e outros expandindo, ondulando sobre sua superfície como um campo de grama em movimento.

Ela *não* o odiaria. Podia odiar a espada que havia usado para matar sua mãe, mas não ele. Conseguiu deixar a dor de lado por enquanto — sem esquecê-la, mas, com sorte, sem deixar que estragasse seu tempo com Adolin.

— Príncipe Adolin, acredito que já tenha ouvido a voz do meu espreno. Deixe-me apresentá-los formalmente. Este é Padrão.

Adolin se ajoelhou, reverente, e fitou as geometrias hipnóticas. Shallan não o culpou; ela havia se perdido mais de uma vez naquela rede de linhas e formas que quase pareciam se repetir, mas nunca chegavam a isso.

— Seu espreno — disse Adolin. — Um espreno de Shallan.

Padrão bufou irritado ao ouvir aquilo.

— O nome desse tipo é Críptico — disse ela. — Cada ordem dos Radiantes se liga a uma variedade de espreno, e é esse laço que me permite fazer o que faço.

— Criar ilusões — disse Adolin em voz baixa. — Como aquela com o mapa, no outro dia.

Shallan sorriu e — percebendo que tinha só uma pitada de Luz das Tempestades restante da ilusão anterior — não resistiu à tentação de se exibir. Ela levantou a mão segura enluvada e expirou, criando uma trilha de Luz das Tempestades acima do tecido azul. A Luz formou uma pequena imagem de Adolin, baseada nos esboços que fizera dele na Armadura Fractal. A imagem permaneceu imóvel, a Espada Fractal no ombro, a viseira levantada, como um bonequinho.

— Esse é um talento incrível, Shallan — disse Adolin, cutucando a versão de si mesmo, que se embaçou, sem oferecer resistência. Ele fez uma pausa, então cutucou Padrão, que recuou com timidez. — Por que você insiste em esconder isso, fingindo que é de uma ordem diferente?

— Bem... — disse ela, pensando rápido e fechando a mão para dispensar a imagem de Adolin. — Eu só acho que isso vai nos fornecer uma vantagem. Às vezes segredos são importantes.

Adolin assentiu lentamente.

— É. É, são mesmo.

— De qualquer modo... Padrão, você vai ser nosso acompanhante esta noite.

— O que é um acompanhante? — questionou Padrão com um zumbido.

— É alguém que vigia o encontro de dois jovens para garantir que eles não façam nada inapropriado.

— Inapropriado? — indagou Padrão. — Como... dividir por zero?

— O quê? — estranhou Shallan, olhando para Adolin, que deu de ombros. — Olhe só, basta ficar de olho na gente. Vai dar tudo certo.

Padrão zumbiu, derretendo-se de volta para sua forma bidimensional e se instalando na lateral de uma tigela. Pareceu satisfeito ali, como um crenguejo aconchegado em sua fenda.

Incapaz de esperar mais, Shallan avançou na refeição. Adolin se acomodou diante dela e atacou a própria comida. Por um instante, Shallan ignorou sua dor e saboreou o momento — boa comida, boa companhia, o sol poente lançando luz cor de rubi e topázio sobre as montanhas e o quarto. Sentiu vontade de desenhar aquela cena, mas sabia que aquele tipo de momento não podia ser capturado em uma página. Não era uma questão de conteúdo ou composição, mas do prazer de viver.

O truque para ser feliz não era congelar cada prazer momentâneo e se agarrar a eles, mas sim garantir que a vida produzisse muitos momentos futuros pelos quais esperar.

Adolin, depois de acabar com um prato inteiro de háspiros cozidos a vapor nas próprias conchas, separou alguns pedaços de porco de um cremoso *curry* vermelho e os colocou em um prato, depois o estendeu para ela.

— Quer experimentar?

Shallan fez um som de engasgo.

— Vamos lá — disse ele, balançando o prato. — É delicioso.

— Queimaria minha boca, Adolin Kholin — protestou Shallan. — Acha que não percebi que você estava escolhendo a mistura mais *condimentada* que Palona enviou? Comida de homem é horrível. Como consegue sentir o gosto de qualquer coisa sob toda a pimenta?

— Impede que fique sem gosto — respondeu Adolin, apunhalando um dos pedaços e enfiando-o na boca. — Não há ninguém aqui além de nós. Você pode experimentar.

Ela deu uma olhada, lembrando-se das ocasiões na infância quando havia provado escondido a comida masculina — embora nunca aquele prato específico.

Padrão zumbiu.

— Essa é a coisa inapropriada que eu deveria impedir você de fazer?

— Não — disse Shallan, e Padrão se aquietou novamente.

Talvez um acompanhante que acredita em basicamente tudo que digo não vá ser lá muito eficaz.

Ainda assim, com um suspiro, ela pegou um pedaço do porco com o pão. *Havia* deixado Jah Keved à procura de novas experiências, afinal de contas.

Ela experimentou uma mordida e imediatamente se arrependeu da decisão.

Com os olhos marejados, ela procurou desajeitadamente o copo de água que Adolin, aquele homem insuportável, tinha pegado para entregar a ela. Shallan bebeu tudo de um gole, embora não parecesse adiantar. Acabou limpando a língua com um guardanapo — da maneira mais feminina possível, como era esperado.

— Eu odeio você — disse ela, bebendo a água *dele* em seguida.

Adolin deu uma risadinha.

— Ah! — exclamou Padrão de repente, emergindo da tigela e flutuando no ar. — Você estava falando sobre *acasalamento*! Devo garantir que vocês não se acasalem sem querer, já que o acasalamento é proibido pela sociedade humana até que tenham primeiro executado os rituais apropriados! Sim, sim. Hmmm. Os costumes exigem que se sigam certos padrões antes que vocês copulem. Tenho estudado isso!

— Ah, Pai das Tempestades — disse Shallan, cobrindo os olhos com a mão livre.

Alguns esprenos de vergonha até surgiram para uma espiadela antes de desaparecerem. A segunda vez em uma semana.

— Muito bem, vocês dois — advertiu Padrão. — Sem acasalamento. SEM ACASALAMENTO. — Ele zumbiu consigo mesmo, como se estivesse satisfeito, depois afundou até um prato.

— Bem, isso foi humilhante — declarou Shallan. — Que tal falarmos desses livros que você trouxe? Ou de teologia vorin antiga, ou de estratégias para contar grãos de areia? Qualquer outra coisa que não seja o que acabou de acontecer. Por favor?

Adolin deu uma risada, depois pegou um caderno fino no topo da pilha.

— May Aladar enviou equipes para interrogar a família e os amigos de Vedekar Perel. Descobriram onde ele estava antes de morrer, quem o viu por último, e escreveram tudo que pareceu suspeito. Pensei que poderíamos ler o relatório.

— E o resto dos livros?

— Você pareceu perdida quando meu pai perguntou sobre a política makabakiana — disse Adolin, servindo-se de um pouco de vinho, um mero amarelo suave. — Então perguntei por aí e parece que alguns dos fervorosos arrastaram suas bibliotecas inteiras para cá. Consegui que um servo encontrasse para você alguns livros de que gostei sobre os makabakianos.

— Livros? Você?

— Eu não passo *todo* o tempo golpeando pessoas com espadas, Shallan — disse Adolin. — Jasnah e tia Navani fizeram muita questão de que minha juventude fosse preenchida por intermináveis períodos escutando palestras de fervorosos sobre política e comércio. Parte delas permaneceu no meu cérebro, apesar das minhas inclinações naturais. Esses três livros são os melhores dentre os que me lembro de terem lido para mim, embora o último seja uma versão atualizada. Achei que poderia ajudar.

— Que gentil. De verdade, Adolin. Obrigada.

— Eu pensei, sabe, se vamos seguir adiante com o noivado...

— Por que não seguiríamos? — perguntou Shallan, subitamente em pânico.

— Não sei. Você é uma *Radiante*, Shallan. Um tipo de criatura mitológica semidivina. E esse tempo todo eu estava pensando que seria um bom partido para *você*. — Ele se levantou e começou a andar de um lado para outro. — Danação. Não queria falar desse jeito. Desculpe. Eu só... tenho medo de estragar tudo de algum modo.

— Está preocupado que *você* estrague tudo? — quis saber Shallan, sentindo um calor por dentro que não era devido apenas ao vinho.

— Não sou bom em relacionamentos, Shallan.

— E existe alguém que seja? Quero dizer, existe *de fato* alguém por aí que olhe para relacionamentos e pense "sabe de uma coisa, isso é fácil"? Eu, particularmente, acho que somos todos idiotas nesse assunto.

— Eu sou pior.

— Adolin, querido, o último homem por quem *eu* tive um interesse romântico não só era um fervoroso, proibido de me cortejar, em primeiro lugar, mas também acabou se revelando um assassino que só estava tentando me conquistar para se aproximar de Jasnah. Acho que você está superestimando a capacidade de todas as outras pessoas nessa questão.

Ele parou de andar.

— Um assassino.

— Sério. Ele quase me matou com um pedaço de pão envenenado.

— Uau. Preciso ouvir essa história.

— Felizmente, acabei de contá-la. O nome dele era Kabsal, e era tão gentil comigo que quase posso perdoá-lo por tentar me matar.

Adolin sorriu.

— Bem, é ótimo ouvir que a competição não está muito elevada... Tudo que preciso fazer é *não* envenenar você. Mas você não devia me contar sobre seus ex-amantes. Vai me deixar com ciúmes.

— Por favor — disse Shallan, molhando o pão no resto de um curry doce. A língua dela *ainda* não havia se recuperado. — Você cortejou metade dos acampamentos de guerra.

— Não foi tudo isso.

— Não mesmo? Pelo que ouvi, eu teria que viajar até Herdaz para conhecer uma mulher solteira que você não tenha cortejado.

Shallan estendeu a mão para que ele a ajudasse a se levantar.

— Você está zombando dos meus fracassos?

— Não, estou *louvando-os* — respondeu ela, se levantando para ficar ao lado dele. — Sabe, Adolin querido, se você não houvesse estragado todos esses outros relacionamentos, não estaria aqui. Comigo. — Ela se aproximou. — Portanto, na realidade, você é o *melhor* de todos em relacionamentos; só estragou os relacionamentos errados, entende?

Ele se inclinou; seu hálito cheirava a tempero e seu uniforme, à goma fresca e limpa exigida por Dalinar. Os lábios dele tocaram os de Shallan e o coração dela palpitou. Tão quente.

— Sem acasalamento!

Ela levou um susto, se afastando do beijo para descobrir Padrão flutuando ao lado deles, pulsando rapidamente em uma sequência de formas.

Adolin caiu na risada e Shallan não pôde deixar de se juntar a ele devido ao ridículo da situação. Ela se afastou um passo, mas continuou segurando sua mão.

— Nenhum de nós vai estragar nada — disse ela, apertando a mão dele. — Mesmo que às vezes pareça que estamos tentando fazer isso.

— Promete? — perguntou ele.

— Prometo. Vamos dar uma olhada nesse seu caderno e ver o que ele diz sobre nosso assassino.

14
ESCUDEIROS NÃO PODEM CAPTURAR

Neste registro, não escondo nada. Tentarei não fugir de tópicos difíceis, nem pintar a mim mesmo sob uma luz desonestamente heroica.

—De *Sacramentadora*, prefácio

KALADIN SE ESGUEIROU PELA chuva, avançando pelas rochas no seu uniforme molhado até que conseguiu vislumbrar Esvaziadores através das árvores. Terrores monstruosos de antigas mitologias, inimigos de tudo que era bom e direito. Destruidores que haviam devastado a civilização incontáveis vezes.

Eles estavam jogando cartas.

Pelas profundezas da Danação, o que é isso?, pensou Kaladin. Os Esvaziadores haviam posicionado um único guarda, mas a criatura estava apenas sentada em um toco de árvore, fácil de evitar. Uma distração, imaginara Kaladin, deduzindo que encontraria o verdadeiro guarda vigiando do alto das árvores.

Porém, se havia guardas escondidos, Kaladin não os achara — e eles também não o viram. A penumbra foi bastante útil, já que ele pôde se acomodar entre alguns arbustos bem nos limites do acampamento dos Esvaziadores. Entre as árvores, eles haviam estendido lonas cheias de goteiras. Em outro ponto, haviam montado uma tenda de verdade, envolta por paredes — e ele não podia ver o que havia lá dentro.

Não havia abrigo o suficiente, então muitos estavam sentados na chuva. Kaladin passou alguns momentos torturantes esperando ser avistado.

Tudo que precisavam fazer era notar que aqueles arbustos haviam recolhido as folhas devido ao toque dele.

Por sorte, ninguém olhou. As folhas voltaram timidamente, escondendo-o. Syl pousou no seu braço, mãos nos quadris enquanto estudava os Esvaziadores. Um deles possuía um baralho de cartas de madeira herdazianas e estava sentado na beira do acampamento — bem diante de Kaladin — usando uma superfície plana de pedra como mesa. Havia uma fêmea sentada em frente a ele.

Os dois não eram como Kaladin havia esperado. Por exemplo, suas peles eram de um tom diferente — muitos parshemanos ali em Alethkar tinham peles marmorizadas em branco e vermelho, em vez do vermelho-escuro sobre negro de Rlain da Ponte Quatro. Eles não usavam a forma bélica, mas tampouco usavam alguma forma terrível e poderosa. Muito embora fossem atarracados e corpulentos, sua única carapaça corria pelas laterais dos antebraços e se projetava das têmporas, deixando-os com fartas cabeleiras.

Eles ainda usavam suas simples batas de escravo, amarradas na cintura com barbantes. Nada de olhos vermelhos. Será que os olhos mudavam, talvez, como os do próprio Kaladin?

O macho, que podia ser distinguido por uma barba vermelho-escura, espessa de maneira incomum, enfim colocou uma carta na rocha, ao lado de várias outras.

— Você *pode f*azer isso? — perguntou a fêmea.

— Acho que sim.

— Você disse que escudeiros não podem capturar.

— A menos que outra carta minha esteja tocando a sua — disse o macho, coçando a barba. — Eu acho?

Kaladin sentia frio, como se a chuva estivesse permeando sua pele, penetrando seu sangue e correndo através de suas veias. Eles falavam como alethianos; nem sinal de um sotaque. De olhos fechados, ele não teria sido capaz de diferenciar suas vozes das de aldeões olhos-escuros comuns de Larpetra, exceto pelo fato de que a fêmea tinha uma voz mais grave do que a maioria das mulheres humanas.

— Então... — disse ela. — Você está dizendo que não sabe como jogar, afinal de contas.

O macho começou a juntar as cartas.

— Eu *deveria* saber, Khen. Quantas vezes os vi jogando? Parado lá com a bandeja de bebidas. Eu deveria ser um especialista nesse jogo, não deveria?

— Pelo visto, não.

A fêmea se levantou e caminhou até outro grupo, que estava tentando fazer uma fogueira debaixo de uma lona, sem muito sucesso. Era necessário um tipo especial de sorte para conseguir acender fogo ao ar livre durante o Pranto. Kaladin, como a maior parte dos militares, havia aprendido a viver com a constante umidade.

Eles haviam roubado sacos de grãos — Kaladin os via empilhados debaixo de uma das lonas. Os grãos haviam inchado, arrebentando vários dos sacos. Muitos deles estavam comendo punhados úmidos, já que não havia tigelas.

Kaladin gostaria de não ter sentido o gosto daquela gororoba horrível na própria boca. Havia comido taleu cozido e sem tempero em muitas ocasiões. Quase sempre considerara a refeição uma bênção.

O macho que estivera falando continuou sentado na pedra, segurando uma carta de madeira. Era de um conjunto envernizado, durável. Kaladin vira alguns baralhos assim no exército. Homens economizavam durante meses para comprar um daqueles, que não se deformavam na chuva.

O parshemano parecia tão desamparado, olhando para a carta com os ombros caídos.

— Isso está errado — sussurrou Kaladin para Syl. — Nós estávamos tão *errados...*

Onde estavam os destruidores? O que havia acontecido com as feras de olhos vermelhos que haviam tentado esmagar o exército de Dalinar? As terríveis e sinistras figuras que a Ponte Quatro lhe descrevera?

Pensamos ter entendido o que ia acontecer. Eu tinha tanta certeza...

— Alarme! — gritou uma súbita voz esganiçada. — Alarme! Seus tolos!

Algo zuniu pelo ar, uma fita amarelo-brilhante, um feixe de luz na sombra da tarde.

— Ele está ali — disse a voz estridente. — Vocês estão sendo vigiados! Debaixo daqueles arbustos!

Kaladin surgiu do matagal, pronto para sugar Luz das Tempestades e partir. Muito embora menos cidades tivessem Luz agora, já que ela estava se esgotando, ele anda tinha um pouco.

Os parshemanos pegaram cassetetes feitos de galhos ou cabos de vassouras e se reuniram, segurando seus bastões como aldeões assustados, sem postura nem controle.

Kaladin hesitou. *Eu poderia vencer todos eles em uma luta mesmo sem Luz das Tempestades.* Já vira homens segurarem armas daquele jeito muitas vezes. Mais recentemente, dentro dos abismos, ao treinar os carregadores de pontes.

Não eram guerreiros.

Syl zuniu até ele, preparada para se tornar uma Espada.

— Não — sussurrou Kaladin para ela. Então levantou as mãos, falando mais alto. — Eu me rendo.

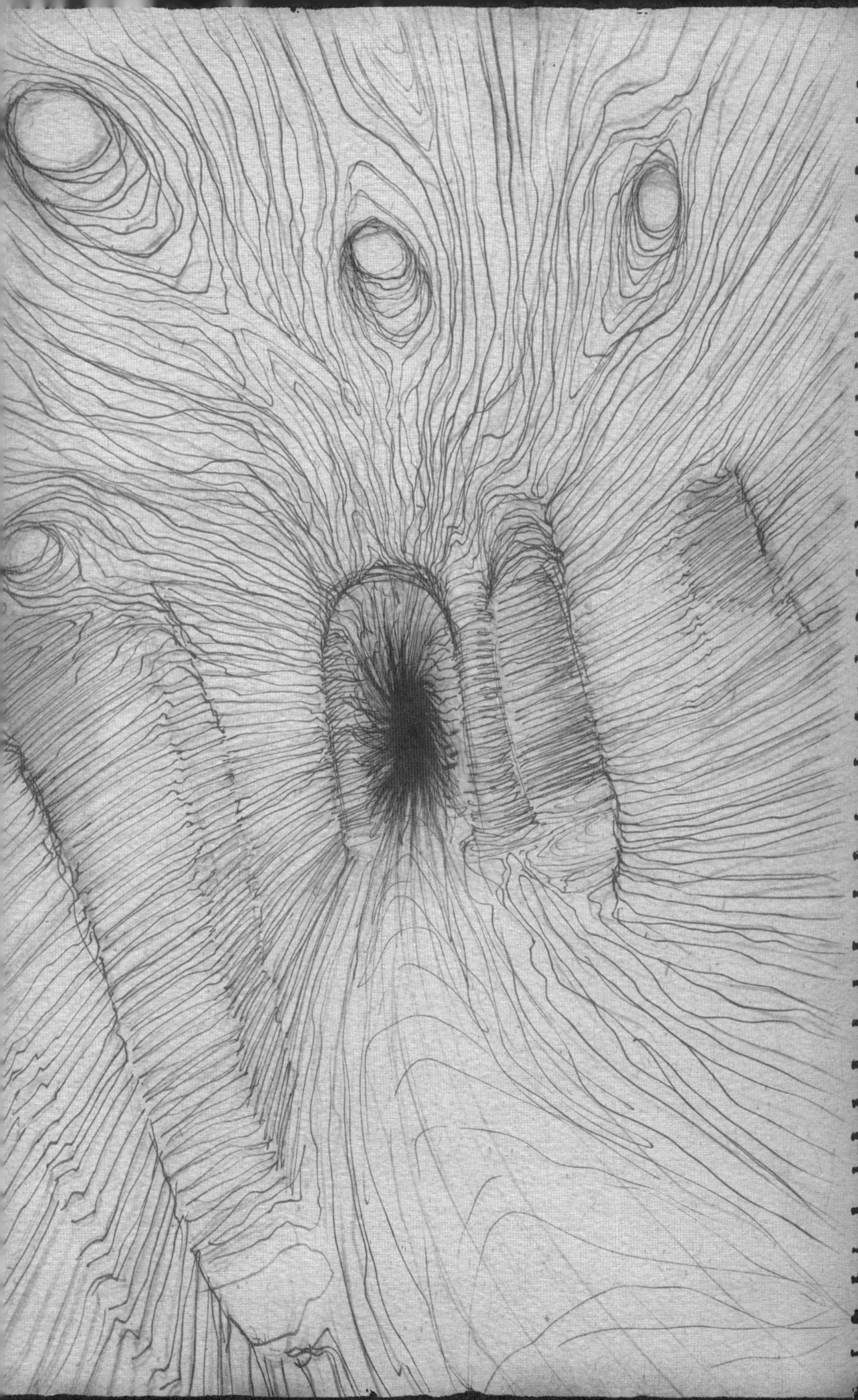

15

LUMINOSA RADIANTE

Expressarei apenas a verdade direta, até mesmo brutal. Vocês precisam saber o que eu fiz e o que essas ações me custaram.

— De *Sacramentadora*, prefácio

— O CORPO DO LUMINOBRE PEREL foi encontrado na mesma área que o de Sadeas — disse Shallan, andando de um lado para outro do quarto enquanto folheava as páginas do relatório. — Isso *não pode* ser uma coincidência. Esta torre é grande demais. Então sabemos por onde o assassino está vagueando.

— É, acho que sim — disse Adolin. Ele estava recostado contra a parede, o casaco desabotoado, jogando uma pequena bola de grãos secos forrada com couro no ar e a pegando de volta. — Só acho que os assassinatos podem muito bem ter sido cometidos por duas pessoas diferentes.

— É *exatamente* o mesmo método de assassinato — observou Shallan. — Os corpos foram posicionados da mesma maneira.

— Não há mais nada conectando os dois — replicou Adolin. — Sadeas era horrível, odiado por muitos e quase sempre estava acompanhado por guardas. Perel era tranquilo, benquisto, e conhecido por sua habilidade administrativa. Ele era menos um soldado e mais um gerente.

O sol já havia se posto, e eles tinham disposto esferas no chão para iluminação. Os restos da refeição haviam sido levados embora por um servo e Padrão zumbia alegremente na parede junto da cabeça de Adolin, que às vezes o olhava de soslaio, parecendo incomodado, algo que ela entendia muito bem. Acostumara-se com Padrão, mas suas linhas *eram* estranhas.

Espere até Adolin ver um Críptico na sua forma de Shadesmar, ela pensou. *Com um corpo normal, mas formas retorcidas como cabeça.*

Adolin jogou a pequena bola no ar e pegou-a com a mão direita — a que Renarin, incrivelmente, havia curado. Ela não era a única praticando os poderes. Estava especialmente feliz que mais alguém tivesse uma Espada Fractal agora. Quando as grantormentas retornassem e eles começassem a operar o Sacroportal em alta capacidade, ela teria ajuda.

— Esses relatórios são igualmente informativos e inúteis — disse Shallan, batendo o caderno contra a mão. — Nada conecta Perel e Sadeas, exceto ambos serem olhos-claros... isso, e a parte da torre onde estavam. Talvez a mera *oportunidade* tenha influenciado a escolha das vítimas.

— Você está dizendo que alguém por acaso matou um grão-príncipe por acidente? Como... um assassinato em um beco perto de um bar?

— Talvez. A Luminosa Aladar sugere aqui que seu pai estabeleça algumas regras para a travessia de partes vazias da torre.

— Ainda acho que podem ser dois assassinos — insistiu Adolin. — Sabe... alguém pode ter visto Sadeas morto e pensado que poderia se safar ao matar mais alguém e pôr a culpa no primeiro sujeito.

Ah, Adolin, pensou Shallan. Ele havia chegado a uma teoria de que gostava e agora não conseguia largá-la. Era um erro comum mencionado nos livros científicos.

Adolin estava certo em uma coisa: o assassinato de um grão-príncipe dificilmente seria mero acaso. Não havia sinal da Espada Fractal de Sadeas, Sacramentadora, sendo usada por ninguém, nem mesmo um rumor.

Talvez a segunda morte seja algum tipo de distração?, pensou Shallan, folheando o relatório mais uma vez. *Uma tentativa de fazer com que pareçam ataques aleatórios?* Não, isso era complicado demais... e ela não tinha mais evidência dessa teoria do que Adolin tinha da dele.

Isso a fez pensar. Talvez todos estivessem prestando atenção naquelas duas mortes porque elas haviam acontecido com importantes olhos-claros. Será que havia outras mortes que não foram notadas porque as vítimas eram indivíduos menos proeminentes? Se um pedinte houvesse sido encontrado em um tal beco atrás de um bar, teria alguém reparado? Mesmo que ele houvesse sido apunhalado no olho?

Preciso sair e me misturar, ver o que consigo descobrir. Ela abriu a boca para dizer que estava na hora de se deitar, mas Adolin já estava de pé, se espreguiçando.

— Acho que já fizemos tudo que podíamos com isso — disse ele, indicando o relatório. — Pelo menos por esta noite.

— Sim — concordou Shallan, fingindo um bocejo. — Provavelmente.

— Então... — disse Adolin, então respirou fundo. — Tem... outra coisa.

Shallan franziu o cenho. Outra coisa? Por que ele de repente parecia estar se preparando para fazer algo difícil?

Ele vai romper nosso noivado!, pensou parte de sua mente, embora ela tenha logo capturado a ideia e a jogado de volta para trás das cortinas, onde era seu lugar.

— Certo, isso não é fácil — continuou Adolin. — Não quero ofendê-la, Shallan. Mas... lembra como a fiz provar a comida masculina?

— Hum, sim. Se minha língua ficar ardendo pelos próximos dias, culparei você.

— Shallan, há algo similar sobre o que precisamos conversar. Algo que não podemos apenas ignorar.

— Eu...

Eu matei meus pais. Eu apunhalei minha mãe no peito e estrangulei meu pai enquanto cantava para ele.

— Você tem uma Espada Fractal — disse Adolin.

Eu não queria matá-la. Tive que fazer isso. Eu tive *que fazer.*

Adolin agarrou-a pelos ombros e Shallan se assustou, concentrando-se nele. Ele estava... sorrindo?

— Você tem uma *Espada Fractal,* Shallan! Uma espada *nova.* Isso é incrível. Sonhei durante anos em conquistar minha Espada! Muitos homens passam a vida toda com esse sonho e nunca o realizaram. E aí está você com uma!

— E isso é uma coisa boa, certo? — perguntou ela, presa pelas mãos dele, os braços junto ao corpo.

— É claro que é! — exclamou Adolin, soltando-a. — Mas, bom, você é uma mulher.

— Foi a maquiagem que me denunciou ou o vestido? Ah, foram os seios, certo? Eles vivem nos entregando.

— Shallan, estou falando sério.

— Eu sei — disse ela, se acalmando. — Sim, Padrão pode se tornar uma Espada Fractal, Adolin. Não sei por que isso importa. Eu não posso entregá-la... Pai das Tempestades. Você quer me ensinar a usá-la, não quer?

Ele sorriu.

— Você disse que Jasnah era uma Radiante também. Mulheres adquirindo Espadas Fractais. É esquisito, mas não podemos *ignorar* isso. E uma Armadura? Você tem uma escondida em algum lugar também?

— Não que eu saiba — disse ela. Seu coração estava batendo rápido, a pele ficando gelada, os músculos, tensos. Ela lutou contra a sensação. — Não sei de onde vem a Armadura.

— Eu sei que não é feminino, mas quem liga para isso? Você tem uma espada; deveria saber usá-la, e para a Danação com os costumes. Pronto, falei. — Ele respirou fundo. — Quero dizer, o carregadorzinho pode ter uma, e ele é um *olhos-escuros*. Bem, era. Enfim, não é tão diferente.

Obrigada por classificar todas as mulheres como algo equivalente a camponeses, pensou Shallan, mas segurou a língua. Era obviamente um momento importante para Adolin, e ele *estava* tentando ter a mente aberta.

Mas... pensar no que fizera era doloroso. Segurar a arma seria pior. Muito pior.

Ela queria se esconder. Mas não podia. Essa verdade se recusava a sair da sua mente. Será que poderia explicar?

— Então, você tem razão, mas...

— Ótimo! — disse Adolin. — Ótimo. Eu trouxe proteções para Espadas, para que a gente não se machuque. Deixei no posto da guarda. Vou pegá-las.

Ele saiu pela porta um momento depois. Shallan ficou ali parada, a mão estendida para ele, objeções morrendo na boca. Ela curvou os dedos e levou a mão ao peito, seu coração trovejando.

— Hmmm — murmurou Padrão. — Isso é bom. Precisa ser feito.

Shallan correu pelo cômodo até o pequeno espelho que havia pendurado na parede. Ela se observou, os olhos arregalados, os cabelos totalmente despenteados. Começou a respirar em arquejos rápidos e bruscos.

— Não consigo. Não consigo ser essa pessoa, Padrão. Não consigo simplesmente segurar a espada, como alguma cavaleira brilhante em uma torre, fingindo que as pessoas devem segui-la.

Padrão zumbiu suavemente um tom que ela agora reconhecia como confusão. A perplexidade de uma espécie tentando compreender a mente de outra.

Suor escorreu pelo rosto de Shallan, passando ao lado do seu olho, enquanto ela se encarava. O que esperava ver? A ideia de ter um colapso diante de Adolin aumentou sua tensão. Todos os seus músculos estavam retesados e os cantos da sua visão começaram a escurecer. Via apenas o que estava diante dela, e queria fugir, ir para outro lugar. *Sumir*.

Não. Não, só seja outra pessoa.

Com mãos trêmulas, ela procurou o caderno de desenho. Arrancou páginas, tirando-as do caminho para alcançar uma folha vazia, depois agarrou o lápis de carvão.

Padrão se aproximou, uma bola flutuante de linhas cambiantes, zumbindo preocupado.

— Shallan? Por favor. O que há de errado?

Eu posso *me esconder*, pensou Shallan, desenhando em ritmo frenético. *Shallan pode fugir e deixar alguém no seu lugar.*

— É porque você me odeia — disse Padrão baixinho. — Eu posso morrer, Shallan. Eu posso partir. Eles vão mandar outro para se ligar a você.

Um ganido agudo começou a soar pelo quarto, algo que Shallan não percebeu de imediato que estava vindo da própria garganta. As palavras de Padrão eram como facas em suas costelas. *Não, por favor. Só desenhe.*

Véu. Véu seria capaz de segurar uma espada. Ela não tinha a alma arrasada, como Shallan, e não havia matado seus pais. Ela seria capaz de fazer aquilo.

Não. Não, o que Adolin faria se voltasse e encontrasse uma mulher completamente diferente no quarto? Ele não podia ficar sabendo de Véu. As linhas que ela desenhou, rústicas e sem refinamento, devido ao lápis trêmulo, depressa tomaram a forma do seu próprio rosto. Mas com o cabelo em um coque. Uma mulher serena, não tão estouvada quanto Shallan, não tão involuntariamente boba.

Uma mulher que não levara uma vida tão privilegiada. Uma mulher corajosa o bastante, forte o bastante, para brandir a espada. Uma mulher como... como Jasnah.

Sim, o sorriso sutil de Jasnah, sua compostura e autoconfiança. Shallan esboçou seu próprio rosto com esses ideais, criando uma versão mais dura dele. Poderia... poderia ela ser essa mulher?

Tenho que ser, pensou, sugando Luz das Tempestades de sua bolsa, depois expirando-a em uma nuvem ao seu redor. Ela se empertigou conforme a mudança ocorria. Seu batimento cardíaco desacelerou e ela limpou o suor da testa, então calmamente desabotoou a manga da mão segura, jogando de lado a tola bolsa extra amarrada ao redor dela, depois arregaçou a manga para expor a mão ainda enluvada.

Bastaria. Adolin não podia esperar que ela vestisse roupas de treinamento. Shallan prendeu o cabelo em um coque e fixou-o com espetos que pegou na bolsa.

Quando Adolin voltou ao quarto, um momento depois, encontrou uma mulher calma e equilibrada que não era *exatamente* Shallan Davar. *Luminosa Radiante é seu nome*, ela pensou. *Ela atende apenas pelo título.*

Adolin carregava dois pedaços de metal longos e finos que, de algum modo, se fundiam ao fio das Espadas Fractais e tornavam-nas menos perigosas de se usar no treinamento. Radiante inspecionou-os com um olhar crítico, então estendeu a mão para o lado, invocando Padrão. A Espada se formou — uma arma longa e fina, quase da sua altura.

— Padrão pode modular sua forma e vai cegar o próprio fio até um nível seguro — disse ela. — Não preciso de uma ferramenta tão desajeitada.

De fato, o fio de Padrão ondulou até ficar cego.

— Raios, isso é bem prático. Mas eu ainda vou precisar da proteção.

Adolin invocou a própria Espada, um processo que levou dez batimentos cardíacos — durante os quais ele virou a cabeça, a encarando.

Shallan baixou os olhos, percebendo que havia aumentado o próprio busto naquele disfarce. Não para ele, óbvio. Só tentara se deixar mais parecida com Jasnah.

A espada de Adolin finalmente apareceu, com uma lâmina mais grossa do que a dela, com um fio sinuoso e delicadas ondulações cristalinas na parte de trás. Ele colocou um dos protetores no fio da espada.

Radiante colocou um pé para frente, a Espada erguida bem alto, com as duas mãos, ao lado da cabeça.

— Olha só — disse Adolin. — Nada mau.

— Shallan *passou* bastante tempo desenhando vocês, guerreiros.

Adolin assentiu, pensativo. Ele se aproximou e estendeu na direção dela um polegar e dois dedos. Ela pensou que ele fosse ajustar sua pegada, mas, em vez disso, ele segurou sua clavícula e empurrou levemente.

Radiante cambaleou para trás, quase tropeçando.

— Uma postura é mais do que uma bela pose no campo de batalha. Tem a ver com os pés, com o centro de equilíbrio e com o controle da luta.

— Entendi. Então, como posso melhorar?

— Estou pensando. Todos com quem já treinei usavam espadas desde a juventude. Me pergunto como Zahel teria adaptado meu treinamento se eu nunca tivesse *segurado* uma arma.

— Pelo que ouvi falar, precisaria ter algum telhado disponível de onde eu pudesse saltar — comentou Radiante.

— Era assim que ele treinava o uso da Armadura — replicou Adolin. — Essa é a Espada. Devo ensiná-la a duelar? Ou devo ensiná-la a lutar em um exército?

— Vou me contentar em aprender como evitar cortar qualquer um dos meus membros, Luminobre Kholin.

— Luminobre Kholin?

Formal demais. Certo. Claro que esse seria o jeito de Radiante... mas ela podia se permitir alguma familiaridade. Jasnah se permitia.

— Eu só estava tentando expressar o respeito devido a um mestre, como sua humilde aprendiz.

Adolin deu uma risada.

— Por favor. Não precisamos disso. Mas aqui, vamos ver o que podemos fazer quanto a essa postura...

Ao longo da hora seguinte, Adolin ajeitou a posição das mãos, dos pés e dos braços dela uma dúzia de vezes. Ele escolheu uma postura básica, que poderia ser adaptada para várias das posturas formais — como a Postura do Vento, que Adolin disse que não se baseava tanto em força ou em alcance e mais em mobilidade e técnica.

Ela não sabia ao certo por que ele se dera ao trabalho de pegar as proteções de treinamento, já que os dois não trocaram golpes. Além de corrigir a postura dela dez mil vezes, ele falou sobre a arte do duelo. Como tratar sua Espada Fractal, como considerar um oponente, como mostrar respeito pelas instituições e tradições do duelo.

Alguns dos ensinamentos foram muito práticos. Espadas Fractais eram armas perigosas, o que explicava as demonstrações sobre como segurar a dela, como caminhar com ela, como tomar cuidado para não fatiar pessoas ou objetos ao se virar.

Outras partes do seu monólogo foram mais... místicas.

— A Espada faz parte de você — disse Adolin. — A Espada é mais do que sua ferramenta; é sua vida. Respeite-a. Ela não vai falhar com você... Se você for derrotada, será porque falhou com a espada.

Radiante estava em uma pose que lhe parecia muito rígida, a Espada erguida diante dela com as duas mãos. Só havia raspado Padrão no teto duas ou três vezes; felizmente, a maioria dos cômodos em Urithiru tinha tetos altos.

Adolin gesticulou para que ela realizasse um ataque simples, como haviam praticado. Radiante levantou os braços, inclinando a espada, então deu um passo à frente enquanto a abaixava. Todo o ângulo do movimento não passou de noventa graus — mal podia ser considerado um ataque.

Adolin sorriu.

— Você está pegando o jeito. Mais algumas milhares de vezes e vai começar a parecer natural. Mas vamos ter que trabalhar a sua respiração.

— Minha respiração?

Ele assentiu distraidamente.

— Adolin, eu garanto que respiro... e sem parar... desde sempre.

— Sim. É por isso que você vai ter que desaprender.

— Como fico de pé, como penso, como respiro. Já não sei distinguir o que é de fato relevante e o que é parte da subcultura e da superstição dos espadachins.

— Tudo é relevante — garantiu Adolin.

— Como comer galinha antes de um duelo?

Adolin sorriu.

— Bem, talvez algumas coisas sejam peculiaridades pessoais. Mas as espadas *são* parte de nós.

— Eu sei que a minha faz parte de mim — disse Radiante, pousando a Espada ao seu lado e colocando a mão enluvada sobre ela. — Estamos conectadas. Suspeito que essa seja a origem da tradição entre os Fractários.

— Tão acadêmica — disse Adolin, balançando a cabeça. — Você precisa *sentir* a conexão, Shallan. *Vivê-la.*

Isso não teria sido uma tarefa difícil para Shallan. Radiante, contudo, preferia não sentir coisas que não houvesse antes considerado profundamente.

— Você já pensou que sua Espada Fractal em outros tempos foi um espreno vivo, empunhado por um Cavaleiro Radiante? Isso não muda a maneira como você olha para ela?

Adolin deu uma olhadela na sua Espada, que deixara em forma sólida, presa com o protetor e apoiada sobre os lençóis dela.

— Eu sempre *meio que* soube. Não que ela estava viva; isso é bobagem. Espadas não estão vivas. Quero dizer... Sempre soube que havia algo especial nelas. Faz parte de ser um duelista, eu acho. Todos nós sabemos.

Ela deixou o assunto de lado. Espadachins, pelo que vira, eram supersticiosos. Assim como marinheiros. Assim como... bem, basicamente todo mundo, exceto eruditas como Radiante e Jasnah. *Era* curioso como muito da retórica de Adolin sobre Espadas lhe lembrava religião.

Era estranho como aqueles alethianos frequentemente tratavam sua religião de modo tão superficial. Em Jah Keved, Shallan havia passado horas pintando longas passagens dos *Argumentos*. Repetia-se as palavras bem alto, várias vezes, guardando-as na memória ao se ajoelhar ou baixar a cabeça, antes de finalmente queimar o papel. Em vez disso, os alethianos preferiam deixar os fervorosos lidarem com o Todo-Poderoso, como se ele fosse um convidado irritante que podia ser seguramente distraído por servos oferecendo um chá particularmente saboroso.

Adolin deixou que ela fizesse mais alguns ataques, talvez sentindo que já estava ficando cansada de ter sua postura ajustada constantemente. Enquanto ela estava golpeando, ele agarrou a própria Espada e se posicionou ao lado dela, imitando a mesma postura e os ataques.

Depois de um curto período desse exercício, ela dispensou sua Espada, e em seguida pegou seu caderno de desenho. Passou pelo desenho de Radiante e começou a esboçar Adolin na sua postura. Foi forçada a deixar que um pouco de Radiante se esvaísse.

— Não, fique ali — disse Shallan, apontando para Adolin com seu carvão. — Sim, desse jeito.

Ela desenhou a postura, então assentiu.

— Agora ataque e pare na última posição.

Ele obedeceu. Àquela altura, havia tirado o casaco, ficando só de camisa e calças. Ela gostava de como a camisa ficava justa nele. Até Radiante admirava a visão. Ela não estava *morta*, só era pragmática.

Shallan deu uma olhada nos dois desenhos, depois invocou novamente Padrão e assumiu a posição.

— Olha, *muito bom* — disse Adolin enquanto Radiante realizava alguns golpes. — Isso, você pegou o jeito da coisa.

Ele se pôs mais uma vez ao lado dela. O ataque simples que lhe ensinara era obviamente um teste ínfimo das suas habilidades, mas ele o executou com precisão mesmo assim, então sorriu e começou a falar sobre as primeiras lições que tivera com Zahel, muito tempo atrás.

Seus olhos azuis estavam animados e Shallan adorava ver aquele brilho nele. Quase como Luz das Tempestades. Conhecia aquela emoção — já se sentira cheia de interesse, consumida tão plenamente por algo que se perdia naquela maravilha. Para ela, era a arte, mas, ao olhar para ele, percebeu que os dois não eram tão diferentes.

Compartilhar esses momentos com ele e beber da sua empolgação parecia-lhe especial. Íntimo. Ainda mais do que sua proximidade física havia sido, mais cedo. Ela se permitiu ser Shallan em alguns momentos, mas sempre que a dor de segurar a espada começava a aumentar — sempre que de fato *pensava* sobre o que estava fazendo —, era capaz de se transformar em Radiante e evitá-la.

Ficou relutante de ver o tempo acabar, de modo que deixou que se estendesse noite adentro, muito depois de quando deveria ter dado o treino por encerrado. Por fim, cansada e suada, Shallan se despediu de Adolin e viu-o trotar pelo corredor marcado por estratos geológicos, suas passadas animadas, uma lamparina nas mãos, os protetores de Espada apoiados no ombro.

Shallan teria que esperar mais uma noite para visitar tavernas e caçar respostas. Ela retornou ao quarto — estranhamente contente para alguém em meio ao fim do mundo. Naquela noite, para variar, ela dormiu em paz.

16

ENROLADO TRÊS VEZES

Pois nisso está a lição.

—De *Sacramentadora*, prefácio

Uma lenda jazia na superfície de pedra diante de Dalinar. Uma arma extraída das antigas névoas do tempo, supostamente forjada durante a era sombria pela mão do próprio Deus. A Espada do Assassino de Branco, reivindicada por Kaladin Filho da Tempestade durante sua batalha acima da tormenta.

Sob uma inspeção superficial, era indistinguível de uma Espada Fractal comum. Elegante, relativamente pequena — mal tinha um metro e meio de comprimento —, era fina e curva como uma presa. Apresentava padrões apenas na base da lâmina, junto do punho.

Ele a iluminara com quatro brons de diamante, posicionados nos cantos da placa de pedra semelhante a um altar. Aquela pequena sala não tinha padrões geológicos ou pinturas nas paredes, então a Luz das Tempestades iluminava apenas a ele e àquela Espada alienígena. Ela tinha uma peculiaridade.

Não havia gema.

Eram as gemas que permitiam que homens se ligassem às Espadas Fractais. Muitas vezes eram fixadas no pomo, embora às vezes ficassem no ponto onde a guarda encontrava a lâmina, e relampejavam quando alguém as tocava pela primeira vez, iniciando o processo. Quando alguém mantinha uma Espada durante uma semana, passava a possuir a arma — e a ser capaz de dispensá-la e de invocá-la em sintonia com seu batimento cardíaco.

Aquela Espada não tinha uma gema. Hesitante, Dalinar estendeu a mão e pousou os dedos na sua lâmina prateada. Era quente ao toque, como algo vivo.

— Ela não grita quando a toco — observou ele.

Os cavaleiros romperam seus votos, disse o Pai das Tempestades em sua cabeça. *Abandonaram todos os juramentos e, ao fazer isso, mataram seus esprenos. Outras Espadas são os cadáveres desses esprenos e por isso gritam com seu toque. Já essa arma foi feita diretamente da alma de Honra, e então entregue aos Arautos. Também é a marca de um juramento, mas de um tipo diferente — e não tem mente para gritar por conta própria.*

— E as Armaduras Fractais? — indagou Dalinar.

Parecido, mas diferente, trovejou o Pai das Tempestades. *Você ainda não falou os juramentos necessários para saber mais.*

— Você não pode quebrar juramentos — disse Dalinar, os dedos ainda pousados sobre a Espada de Honra. — Certo?

Não posso.

— E a coisa que combatemos? Odium, a origem dos Esvaziadores e de seus esprenos. Ele pode quebrar juramentos?

Não, disse o Pai das Tempestades. *Ele é muito superior a mim, mas o poder do antigo Adonalsium o permeia e o controla. Odium é uma força como a pressão, a gravitação ou o movimento do tempo. Essas coisas não podem quebrar as próprias regras. Nem ele.*

Dalinar deu um tapinha na Espada de Honra. Um fragmento da alma de Honra, cristalizado em forma metálica. De certo modo, a morte do deus lhe dava esperança — pois se Honra havia tombado, certamente Odium também podia tombar.

Nas suas visões, Honra deixara Dalinar com uma tarefa. *Atormente Odium, convença-o de que ele pode perder, e nomeie um campeão. Ele vai aproveitar essa chance em vez de arriscar ser derrotado de novo, como já foi tantas vezes. É o melhor conselho que posso lhe dar.*

— Eu vi que o inimigo está preparando um campeão — disse Dalinar. — Uma criatura tenebrosa, com olhos vermelhos e nove sombras. A sugestão de Honra vai funcionar? Posso fazer com que Odium concorde com um torneio decisivo entre mim e aquele campeão?

É claro que a sugestão de Honra funcionaria, respondeu o Pai das Tempestades. *Ele falou.*

— Quero dizer, *por que* funcionaria? Por que esse Odium concordaria com um combate de campeões? Parece uma questão grave demais para arriscar em algo tão pequeno e inferior quanto a habilidade e a vontade dos homens.

Seu inimigo não é um homem como você, respondeu o Pai das Tempestades, a voz ressoando, parecendo pensativo, até mesmo... assustado. *Ele não envelhece. Ele sente. Ele é raivoso. Mas isso não muda, e sua raiva não esfria. Eras podem passar e ele continuará o mesmo. Uma luta direta pode atrair forças capazes de feri-lo, como já aconteceu antes. Essas cicatrizes não se curam. Escolher um campeão e perder só vai lhe custar tempo, algo que ele tem de sobra. Ele não vai concordar facilmente, mas é possível que* concorde, sim. *Se a opção lhe for apresentada no momento certo, da maneira certa. E então ele estará comprometido.*

— E nós ganharemos...

Tempo, disse o Pai das Tempestades. *Que, embora não seja nada para ele, é a coisa mais valiosa que um homem pode ter.*

Dalinar pegou a Espada de Honra. Ao canto da sala havia uma fenda recortada no chão. Com sessenta centímetros de largura, era um dos muitos estranhos orifícios, corredores e cantos ocultos que haviam encontrado na cidade-torre. Aquele ali provavelmente fazia parte de um sistema de esgoto; julgando pela ferrugem nas bordas do orifício, outrora havia ali um cano de metal conectando o buraco de pedra no chão a outro no teto.

Uma das principais preocupações de Navani era descobrir como tudo aquilo funcionava. Por enquanto, eles estavam se virando ao usar divisórias de madeira para transformar certas salas comunais amplas com banheiras antigas em banheiros. Quando houvesse mais Luz das Tempestades, os Transmutadores poderiam lidar com os dejetos, como haviam feito nos acampamentos de guerra.

Navani considerava o sistema pouco elegante. Banheiros comunitários que às vezes formavam longas filas levavam a uma cidade ineficiente, e ela alegava que aqueles tubos indicavam encanamentos e um sistema de saneamento generalizado. Era exatamente o tipo de projeto cívico de grande escala que a entusiasmava — ele nunca vira ninguém tão empolgado com esgotos quanto Navani Kholin.

Por enquanto, aquele tubo estava vazio. Dalinar se ajoelhou e baixou a espada no buraco, enfiando-a em uma bainha de pedra que havia cortado na lateral. A aba superior do buraco escondia a guarda protuberante; era preciso enfiar a mão no buraco e apalpar para encontrar a Espada de Honra.

Ele se levantou, então catou suas esferas e saiu. Detestava deixá-la ali, mas não podia pensar em nenhum lugar mais protegido. Seus aposentos não pareciam ainda seguros o bastante — ele não tinha cofre, e uma multidão de guardas só atrairia atenção. Além de Kaladin, de Navani e do próprio Pai das Tempestades, ninguém sabia que Dalinar estava de posse da arma. Se ocultasse seus movimentos, então praticamente não haveria chance de a Espada ser descoberta naquela parte vazia da torre.

O que você vai fazer com ela?, indagou o Pai das Tempestades enquanto Dalinar passava pelos corredores vazios. *É uma arma incomparável, o presente de um deus. Com ela, você poderia ser um Corredor dos Ventos sem juramento. E ir além. Além das coisas que os homens não entendem, e nem podem. Quase um Arauto.*

— Ainda mais motivo para pensar com muito cuidado antes de usá-la. Mas eu não me incomodaria se você ficasse de olho nela por mim.

O Pai das Tempestades efetivamente deu uma gargalhada. *Você acha que vejo todas as coisas?*

— Eu pensei... O mapa que fizemos...

Posso ver o que fica exposto às Tempestades, e mesmo assim de modo obscuro. Não sou um deus, Dalinar Kholin. Não mais do que sua sombra na parede é você.

Dalinar chegou à escada, então desceu em espiral, segurando um brom para iluminar o caminho. Se o Capitão Kaladin não voltasse logo, a Espada de Honra forneceria outro meio de Correr com os Ventos — uma maneira de chegar a Cidade de Thaylen ou a Azir rapidamente. Ou de levar a equipe de Elhokar até Kholinar. O Pai das Tempestades já confirmara que ela ativaria os Sacroportais, o que seria bastante útil.

Dalinar chegou às seções mais habitadas da torre, que fervilhavam com movimento. Os assistentes de um chefe de cozinha carregavam suprimentos da área de descarga, junto aos portões da torre, um par de homens pintavam linhas de guia no chão, grupos de soldados passavam tempo em um corredor particularmente largo, sentados em caixas junto da parede e contemplando crianças rolando esferas de madeira por uma ladeira até um cômodo que provavelmente havia sido outra sala de banho.

Vida. Aquele era um local estranho onde fazer um lar, mas eles haviam transformado até mesmo as estéreis Planícies Quebradas em um. Aquela torre não seria tão diferente, partindo do princípio de que conseguiriam manter as operações agrícolas em atividade nas Planícies Quebradas. E contanto que tivessem Luz das Tempestades suficiente para manter os Sacroportais funcionando.

Ele era o único ali segurando uma esfera. Guardas patrulhavam com lanternas. Os cozinheiros trabalhavam com lamparinas a óleo, mas o estoque estava começando a se tornar escasso. As mulheres cuidando das crianças e costurando meias usavam só a luz advinda de algumas janelas.

SACRAMENTADORA

Dalinar passou perto dos seus aposentos. Os guardas do dia, lanceiros da Ponte Treze, esperavam do lado de fora. Ele acenou para que o seguissem.

— Está tudo bem, Luminobre? — perguntou um deles, alcançando-o rápido.

O homem falava de modo arrastado — um sotaque koroniano, da região próxima às Montanhas do Criador de Sóis no centro de Alethkar.

— Tudo bem — respondeu Dalinar laconicamente, tentando determinar a hora. Passara quanto tempo conversando com o Pai das Tempestades?

— Bom, bom — disse o guarda, apoiando a lança levemente no ombro. — Não queremos que nada aconteça com o senhor. Enquanto sai por aí. Sozinho. Pelos corredores. Depois de dizer que ninguém deveria andar sozinho.

Dalinar olhou para o homem. De rosto glabro, ele era um pouco pálido para um alethiano, e tinha cabelo castanho-escuro. Pensou vagamente que o homem havia estado entre seus guardas várias vezes durante a última semana. Ele gostava de rolar uma esfera pelos nós dos dedos de uma maneira que Dalinar achava um pouco distrativa.

— Seu nome? — perguntou Dalinar enquanto caminhavam.

— Rial — disse o homem. — Ponte Treze.

O soldado levantou uma mão e fez uma saudação precisa, tão cuidadosa que teria sido digna dos melhores oficiais de Dalinar, não fosse pelo fato de que ele manteve a mesma expressão preguiçosa.

— Bem, sargento Rial, eu *não* estava sozinho — disse Dalinar. — Onde adquiriu esse hábito de questionar oficiais?

— Não é um hábito se só se fez isso uma vez, Luminobre.

— E você só fez isso uma vez?

— Com o senhor?

— Com qualquer um.

— Bem, essas vezes não contam, Luminobre — disse Rial. — Sou um novo homem. Renasci nas equipes de ponte.

Que ótimo.

— Bem, Rial, você sabe que horas são? Tenho dificuldade de saber nesses corredores tormentosos.

— O senhor podia usar o dispositivo de relógio que a Luminosa Navani enviou para o senhor — disse Rial. — Acho que é para isso que eles servem, sabe?

Dalinar lançou a ele outro olhar fulminante.

— Não o estava questionando, senhor. Não era uma pergunta, sabe...

Dalinar finalmente se virou e voltou pisando duro pelo corredor até seus aposentos. Onde estava o pacote que Navani lhe dera? Encontrou-o sobre uma mesa de cabeceira e pegou dentro dele uma braçadeira de couro parecida com algo que um arqueiro usaria. Ela continha duas faces de relógio montadas no topo. Uma delas mostrava as horas com três ponteiros — até mesmo segundos, como se isso importasse. A outra era um relógio de tempestade, que podia ser ajustado para fazer a contagem até a próxima grantormenta prevista.

Como conseguiram fazer com que sejam tão pequenos?, ele se perguntou, sacudindo o dispositivo. Montado no couro havia também um dorial — um fabrial que utilizava uma gema e servia para remover a dor, caso se pressionasse a mão sobre ele. Navani estava trabalhando em vários tipos de fabriais relacionados à dor para uso de cirurgiões, e havia mencionado que queria que Dalinar fosse sua cobaia.

Ele prendeu o dispositivo no antebraço, bem acima do pulso. Parecia chamativo ali, envolvendo a manga do uniforme, mas *havia* sido um presente. De todo modo, ele tinha apenas uma hora antes da próxima reunião programada. Estava na hora de gastar um pouco daquela energia inquieta. Ele pegou seus dois guardas, então desceu um nível até uma das câmaras maiores junto dos alojamentos dos soldados.

As paredes da sala tinham estratos preto e cinza, e o local estava cheio de homens treinando. Todos usavam o azul Kholin, mesmo que fosse apenas em uma braçadeira. Por enquanto, tanto olhos-claros quanto olhos-escuros praticavam na mesma câmara, treinando em arenas com tatames de pano acolchoado.

Como sempre, os sons e cheiros do treinamento de combate apaziguaram Dalinar. O aroma do couro untado era-lhe mais doce que o aroma de pão assado; mais acolhedor do que o som das flautas era o de espadas retinindo. Não importava onde estivesse ou a posição que obtivesse, um lugar como aquele sempre seria seu lar.

Encontrou os mestres espadachins reunidos junto da parede dos fundos, sentados em almofadas e supervisionando os estudantes. Exceto por uma exceção notável, todos eles tinham barbas quadradas, cabeças raspadas e robes simples e abertos na frente, amarrados na cintura. Dalinar possuía fervorosos que dominavam várias especialidades e, pela tradição, qualquer homem ou mulher podia procurá-los e se tornar aprendiz em uma nova habilidade ou profissão. Os mestres espadachins, contudo, eram seu orgulho.

Cinco dos seis homens se levantaram e lhe fizeram uma mesura. Dalinar voltou-se para observar a sala outra vez. O cheiro de suor, o retinir das armas. Eram sinais de preparação. O mundo podia estar caótico, mas Alethkar se preparava.

Alethkar, não, pensou. *Urithiru. Meu reino*. Raios, seria difícil se acostumar a isso. Ele sempre seria alethiano, mas, quando a proclamação de Elhokar viesse à tona, Alethkar não seria mais dele. Ainda não havia pensado em como apresentar esse fato aos exércitos. Queria dar a Navani e suas escribas tempo para definir os detalhes legais.

— Fizeram um bom trabalho com esse espaço — disse Dalinar a Kelerand, um dos mestres espadachins. — Pergunte a Ivis se ela pode expandir os aposentos de treinamento para as câmaras adjacentes. Quero que vocês mantenham as tropas ocupadas. Estou preocupado de que eles fiquem agitados e comecem mais brigas.

— Pode deixar, Luminobre — disse Kelerand, com uma mesura.

— Eu mesmo gostaria de treinar um pouco — continuou Dalinar.

— Encontrarei alguém adequado, Luminobre.

— Que tal você, Kelerand? — disse Dalinar.

O mestre espadachim costumava vencê-lo duas a cada três vezes e, embora Dalinar houvesse deixado de lado as ilusões de algum dia se tornar o melhor espadachim — ele era um soldado, não um duelista —, gostava do desafio.

— Naturalmente, farei o que meu grão-príncipe comandar — disse Kelerand, tenso. — Embora, se tivesse escolha, recusaria. Com todo o respeito, não acho que seria um oponente adequado para o senhor hoje.

Dalinar olhou para os outros mestres espadachins ali, que baixaram os olhos. Mestres espadachins fervorosos geralmente não eram como seus colegas mais religiosos. Podiam ser formais, às vezes, mas era possível rir com eles. Geralmente.

Contudo, ainda eram fervorosos.

— Muito bem — disse Dalinar. — Encontre alguém para lutar comigo.

Embora ele pretendesse dispensar apenas Kelerand, os outros quatro se juntaram a ele, deixando Dalinar sozinho. Ele suspirou, se recostando à parede, e olhou para o lado. Um homem ainda estava refestelado na almofada. Ele tinha uma barba desgrenhada e roupas desleixadas — não estavam sujas, mas sim esfarrapadas, com uma corda servindo de cinto.

— Não está ofendido com a minha presença, Zahel? — indagou Dalinar.

— Estou ofendido com a presença de todos. Você não é mais revoltante do que o resto, Senhor Grão-príncipe.

Dalinar se acomodou em um banco para esperar.

— Não esperava por isso? — questionou Zahel, parecendo achar graça.

— Não. Pensei... bem, eles são fervorosos *de combate*. Espadachins. Soldados, no fundo.

— Você está perigosamente perto de ameaçá-los a tomar uma decisão, Luminobre: escolher entre Deus e seu grão-príncipe. O fato de gostarem de você não torna a decisão mais fácil, mas sim mais difícil.

— O incômodo deles vai passar — disse Dalinar. — Meu casamento, embora pareça dramático agora, no fim será uma mera nota trivial na história.

— Talvez.

— Você discorda?

— Todo momento nas nossas vidas parece trivial — disse Zahel. — A maioria é esquecida, enquanto outros, igualmente humildes, se tornam pontos centrais da história. Como branco no preto.

— Branco... no preto? — indagou Dalinar.

— Figura de linguagem. Eu não me importo de verdade com o que fez, Grão-príncipe. Tenha sido autoindulgência de um olhos-claros ou um sacrilégio grave, de qualquer modo isso não me afeta. Mas *há* pessoas questionando até que ponto você vai se desviar do caminho.

Dalinar grunhiu. Esperara mesmo que *Zahel*, logo ele, fosse ajudá-lo? Levantou-se e começou a andar de um lado para outro, irritado com a própria agitação. Antes que os fervorosos voltassem com alguém com quem pudesse duelar, ele retornou ao meio do salão, procurando por soldados conhecidos. Homens que não ficariam inibidos de treinar com um grão-príncipe.

Por fim, localizou um dos filhos do General Khal. Não o Fractário, o Capitão Halam Khal, mas o segundo filho mais velho — um homem corpulento com uma cabeça que sempre lhe parecera pequena demais para o corpo. Ele estava se alongando depois de algumas partidas de luta livre.

— Aratin — chamou Dalinar. — Você já lutou com um grão-príncipe?

O homem mais jovem se virou e imediatamente assumiu a posição de sentido.

— Senhor?

— Deixemos de lado a formalidade. Só estou procurando uma partida.

— Não estou equipado para um duelo apropriado, Luminobre. Dê-me um momento.

— Não precisa — disse Dalinar. — Luta livre está bem. Já faz muito tempo.

Alguns soldados preferiam não treinar com um homem tão importante quanto Dalinar, com medo de machucá-lo. Khal treinara os filhos bem o bastante para que não fossem desse tipo. O jovem sorriu, exibindo uma brecha proeminente entre os dentes.

— Por mim tudo bem, Luminobre. Mas fique sabendo que não perco uma partida há meses.

— Ótimo. Preciso de um desafio.

Os mestres espadachins finalmente voltaram. Dalinar, despido até a cintura, vestia um par de perneiras de treinamento sobre a roupa de baixo. As perneiras apertadas só chegavam aos joelhos. Ele acenou com a cabeça para os mestres espadachins — ignorando o olhos-claros de ar distinto que haviam procurado para lutar com ele — e entrou na arena de luta livre com Aratin Khal.

Seus guardas encolheram os ombros de modo apologético para os mestres espadachins, e então Rial iniciou a contagem do início da luta. Dalinar logo avançou e se chocou com Khal, agarrando-o por baixo dos braços, lutando para manter o apoio dos pés e forçar o oponente a perder o equilíbrio. A luta em algum momento iria para o chão, mas era preciso ser o lutador que controlava o momento e a maneira como isso acontecia.

Era proibido agarrar as perneiras em uma partida de vehah tradicional, e, obviamente, os cabelos, então Dalinar virou o corpo, tentando prender seu oponente em uma chave vigorosa enquanto o impedia de empurrá-lo para longe. Dalinar moveu-se com pressa, os músculos retesados, os dedos escorregando na pele do oponente.

Durante aqueles momentos frenéticos, ele só conseguiu se concentrar na partida. Sua força contra a do oponente. Mover os pés, usar o peso do corpo, se esforçar para encontrar uma pegada. Havia uma pureza na disputa, uma simplicidade que ele sentia que não experimentava há séculos.

Aratin puxou Dalinar para perto, então conseguiu virar o corpo, fazendo com que o grão-príncipe rolasse sobre seu quadril. Eles foram para o tatame e Dalinar grunhiu, levantando o braço até o pescoço e virando a cabeça para impedir uma chave de braço. O antigo treinamento fez com que se contorcesse antes que o oponente pudesse pegá-lo de jeito.

Lento demais. Fazia anos que não praticava luta regularmente. O outro homem se moveu junto com Dalinar, desistindo da tentativa da chave de braço e, em vez disso, pegando-o por trás, por debaixo dos braços, e o pressionando com o rosto contra o tatame, seu peso sobre Dalinar.

Dalinar rosnou e, por instinto, buscou aquela reserva extra que sempre possuíra. O pulso do combate, a vantagem.

A Euforia. Os soldados falavam sobre isso na calada da noite, ao redor das fogueiras. Aquela fúria de batalha que era única dos alethianos.

Alguns o chamavam de poder dos seus ancestrais, outros do verdadeiro estado de espírito do soldado. Ele havia impulsionado o Criador de Sóis à glória. Era o segredo aberto do sucesso alethiano.

Não. Dalinar se impediu de usá-lo, mas não precisava ter se preocupado. Ele não podia se lembrar de sentir a Euforia há meses — e quanto mais tempo ele passava longe dele, mais havia começado a reconhecer que havia algo profundamente *errado* com a Euforia.

Então ele trincou os dentes e digladiou-se — de modo limpo e justo — com seu oponente.

E foi imobilizado.

Aratin era mais jovem, com mais experiência naquele estilo de luta. Dalinar não facilitou para ele, mas estava por baixo, carecia de apoio e já não era mais tão jovem. Aratin conseguiu virá-lo e não demorou para que Dalinar estivesse apertado contra o tatame, os ombros para baixo, completamente imobilizado.

Ele sabia que estava derrotado, mas não conseguia se forçar a desistir. Em vez disso, lutou contra a imobilização, os dentes trincados e o suor escorrendo pelo rosto. Tomou consciência de uma coisa. Não da Euforia... mas da Luz das Tempestades no bolso das calças do seu uniforme, no chão ao lado da arena.

Aratin grunhiu, seus braços parecendo de ferro. Dalinar sentiu o cheiro do próprio suor, o pano áspero do tatame. Seus músculos protestavam o aperto.

Ele sabia que podia tomar o poder da Luz das Tempestades, mas seu senso de justiça protestou a ideia. Em vez disso, arqueou as costas, prendendo a respiração e se impulsionando com tudo que tinha, então se contorceu, tentando ficar de frente de novo para ter um ponto de apoio para escapar.

Seu oponente se deslocou. Então grunhiu, e Dalinar sentiu a pegada do homem escorregando... lentamente...

— Ah, pelo amor da tempestade — disse uma voz feminina. — Dalinar?

O oponente de Dalinar soltou-o depressa, recuando. Dalinar se virou, ofegante devido ao esforço, e viu Navani parada fora da arena, os braços cruzados. Ele sorriu para ela, então se levantou e aceitou uma camiseta *takama* leve e uma toalha de um assistente. Enquanto Aratin Khal recuava, Dalinar levantou o punho para ele e curvou a cabeça — um sinal de que considerava Aratin o vencedor.

— Boa luta, filho.

— Uma honra, senhor!

Dalinar vestiu o *takama*, voltando-se para Navani e enxugando a testa com a toalha.

— Veio me ver lutar?

— Sim, é isso que toda esposa adora — respondeu Navani. — Ver que, no seu tempo de lazer, seu marido gosta de rolar no chão com homens suados e seminus. — Ela deu uma olhadela para Aratin. — Você não devia estar treinando com homens mais próximos da sua idade?

— No campo de batalha, não tenho o luxo de escolher a idade do meu oponente. É melhor lutar em desvantagem aqui, para me preparar. — Ele hesitou, então disse mais baixo: — Acho que quase o venci, de qualquer modo.

— Sua definição de "quase" é particularmente ambiciosa, gema-coração.

Dalinar aceitou um odre d'água de um assistente. Embora Navani e suas assistentes não fossem as únicas mulheres no recinto, as outras eram fervorosas. Navani, no seu vestido amarelo-vivo, ainda se destacava como uma flor em um campo rochoso estéril.

Ao observar a câmara, Dalinar descobriu que muitos dos fervorosos — não só os mestres espadachins — evitavam encontrar seu olhar. E lá estava Kadash, seu antigo colega de exército, falando com os mestres espadachins.

Ali perto, Aratin estava sendo parabenizado pelos amigos. Imobilizar o Espinho Negro era considerado um feito e tanto. O jovem aceitava os elogios com um sorriso, mas segurava o ombro e fazia uma careta de dor quando alguém batia nas suas costas.

Eu devia ter concedido a derrota, pensou Dalinar. Forçar o combate havia colocado os dois em risco. Ficou irritado consigo mesmo. Havia especificamente escolhido alguém mais jovem e forte, então agido como um mau perdedor? Precisava aceitar que estava envelhecendo, e estava se enganando se achava que isso o ajudaria no campo de batalha. Desfizera-se da sua armadura e não carregava mais uma Espada Fractal. Quando exatamente esperava lutar de novo?

O homem com nove sombras.

A água em sua boca subitamente assumiu um gosto ruim. Vinha esperando lutar contra o campeão do inimigo, partindo do princípio de que conseguiria que o tal duelo acontecesse, para a vantagem deles. Mas não faria muito mais sentido designar esse dever para alguém como Kaladin?

— Bem, talvez seja melhor você vestir um uniforme — disse Navani. — A rainha irialiana está pronta.

— A reunião é só daqui a algumas horas.

— Ela quer se reunir agora. Pelo jeito, o leitor de marés da sua corte viu algo nas ondas que significa que uma reunião mais cedo será melhor. Ela deve entrar em contato conosco a qualquer minuto.

Tormentosos irialianos. Ainda assim, eles possuíam um Sacroportal — dois, se contasse o que estava no reino Rira, que era dominado por Iri. Entre os três monarcas de Iri, atualmente dois reis e uma rainha, essa última cuidava da política exterior, então era com ela que deviam falar.

— Para mim, tudo bem adiantar a hora — disse Dalinar.

— Espero você na câmara de escrita.

— Por quê? — questionou Dalinar, acenando com a mão. — Ela não vai me ver mesmo. Prepare tudo aqui.

— Aqui — repetiu Navani, inexpressiva.

— Aqui — insistiu Dalinar, teimoso. — Estou farto de câmaras frias e silenciosas, a não ser pelo som das penas.

Navani levantou a sobrancelha, mas ordenou que suas assistentes fossem buscar o material de escrita. Um fervoroso preocupado foi até ela, talvez tentando dissuadi-la — mas, depois de algumas ordens firmes de Navani, ele saiu correndo para arrumar um banco e uma mesa.

Dalinar sorriu e foi selecionar duas espadas de treinamento de uma estante perto dos mestres espadachins. Espadas longas comuns, de aço não afiado. Ele jogou uma para Kadash, que a pegou com facilidade, mas então colocou-a diante de si com a ponta para baixo, pousando as mãos no pomo.

— Luminobre, preferiria que designasse essa tarefa a outro, já que não me sinto...

— Que pena — disse Dalinar. — Preciso praticar um pouco, Kadash. Como seu mestre, exijo que me atenda.

Kadash fitou Dalinar por um longo momento, então bufou, irritado, e o seguiu até a arena.

— Eu não serei um oponente à sua altura, Luminobre. Tenho dedicado meus anos à escritura, não à espada. Só estou aqui para...

— ... ver o que ando fazendo. Eu sei. Bem, talvez eu também esteja enferrujado. Não luto com uma espada longa comum há décadas. Sempre tive algo melhor.

— Sim. Eu me lembro de quando recebeu sua Espada. O mundo tremeu naquele dia, Dalinar Kholin.

— Não seja melodramático. Eu fui apenas mais um de uma longa linha de idiotas que receberam a habilidade de matar pessoas fácil demais.

Rial, hesitante, contou o início da partida, e Dalinar partiu para o ataque. Kadash rechaçou-o de modo competente, então recuou para a lateral da arena.

— Perdão, Luminobre, mas o senhor *era* diferente dos outros. Era muito, muito melhor na parte da matança.

Sempre fui, pensou Dalinar, rodeando Kadash. Era estranho lembrar-se do fervoroso como um dos seus soldados de elite. Naquela época, não eram próximos; isso só aconteceu durante os anos de Kadash como fervoroso.

Navani limpou a garganta.

— Desculpe interromper essa lutinha, mas a rainha está pronta para falar com você, Dalinar.

— Ótimo — respondeu ele, sem tirar os olhos de Kadash. — Leia para mim o que ela disse.

— Enquanto você luta?

— Claro.

Ele praticamente sentiu Navani revirando os olhos. Sorriu, avançando contra Kadash outra vez. Ela pensava que ele estava sendo tolo. Talvez estivesse mesmo.

Ele também estava falhando. Um a um, os monarcas do mundo lhe fechavam as portas. Só Taravangian de Kharbranth — conhecido pelo raciocínio lento — havia concordado em ouvi-lo. Dalinar estava fazendo algo errado. Em uma longa campanha de guerra, ele teria se forçado a considerar os problemas sob uma nova perspectiva. Traria novos oficiais para opinar. Tentaria abordar batalhas de um terreno diferente.

Dalinar bateu espadas com Kadash, metal contra metal.

— "Grão-príncipe" — leu Navani enquanto ele lutava —, "é com reverência maravilhada diante da grandeza do Um que entro em contato com o senhor. Chegou a hora de o mundo passar por uma gloriosa nova experiência."

— Gloriosa, Vossa Majestade? — disse Dalinar, atacando a perna de Kadash. O homem se desviou. — Certamente não está dando as *boas-vindas* a esses eventos...

— "Todas as experiências são bem-vindas." — Foi a resposta. — "Nós somos o Um experimentando a si mesmo, e essa nova tempestade é gloriosa, ainda que cause sofrimento."

Dalinar grunhiu, bloqueando um golpe de Kadash. As espadas retiniram.

— Eu não havia me dado conta de que ela era tão religiosa — observou Navani.

— Superstição pagã — disse Kadash, recuando pelo tatame para longe de Dalinar. — Pelo menos os azishianos têm a decência de venerar os Arautos, embora cometam a blasfêmia de colocá-los acima do Todo-Poderoso. Os irialianos não são melhores dos que os xamãs shinos.

— Eu me lembro, Kadash, de quando você não era tão severo no seu julgamento — respondeu Dalinar.

— Fui informado de que minha negligência pode ter encorajado você.

— Sempre considerei sua perspectiva revigorante. — Ele olhava direto para Kadash, mas falou para Navani: — Diga a ela: Vossa Majestade, por mais que um desafio seja bem-vindo, temo o sofrimento que essas novas... experiências trarão. Devemos nos unir diante dos perigos vindouros.

— União — disse Kadash em voz baixa. — Se essa era sua meta, Dalinar, então por que está tentando dividir seu próprio povo?

Navani começou a escrever. Dalinar se aproximou, passando a espada de uma mão para a outra.

— Como você sabe, Kadash? Como você *sabe* que os irialianos são os pagãos?

Kadash franziu o cenho. Embora usasse a barba quadrada de um fervoroso, aquela cicatriz na cabeça não era a única coisa que o diferenciava dos companheiros. Eles tratavam a esgrima como qualquer outra arte. Kadash tinha os olhos assombrados de um soldado. Quando ele duelava, observava os arredores, para o caso de alguém tentar se aproximar pelos flancos. Uma impossibilidade em um duelo solo, mas muito provável em um campo de batalha.

— Como pode perguntar isso, Dalinar?

— Porque deve ser perguntado. Você afirma que o Todo-Poderoso é Deus. Por quê?

— Porque ele simplesmente *é*.

— Isso não basta para mim — disse Dalinar, percebendo pela primeira vez a verdade. — Não mais.

O fervoroso rosnou, então avançou em um salto, atacando com verdadeira determinação dessa vez. Dalinar recuou com habilidade, rechaçando seu ataque, enquanto Navani lia em voz alta:

— "Grão-príncipe, serei franca. O Triunvirato Irialiano está de acordo. Alethkar não teve relevância na história do mundo desde a queda do Criador de Sóis. O poder daqueles que controlam a nova tempestade, contudo, é inegável. Eles oferecem termos graciosos."

Dalinar parou de repente, pasmo.

— Vocês se aliariam aos *Esvaziadores*? — perguntou ele, voltando-se para Navani, mas então foi forçado a se defender de Kadash, que não havia interrompido seus ataques.

— O quê? — questionou Kadash, fazendo tinir sua espada contra a de Dalinar. — Está surpreso que alguém esteja disposto a se aliar ao mal, Dalinar? Que alguém escolha a escuridão, a superstição e a heresia em vez da luz do Todo-Poderoso?

— Eu *não* sou um herege.

Dalinar afastou a lâmina de Kadash com um golpe, mas não antes que o fervoroso marcasse um ponto ao tocar seu braço. O golpe foi duro e, ainda que as espadas estivessem sem corte, aquilo certamente deixaria um hematoma.

— Você acabou de me *dizer* que duvidava do Todo-Poderoso — disse Kadash. — O que vem depois disso?

— Eu não sei — respondeu Dalinar, se aproximando. — Eu não sei e isso me *apavora*, Kadash. Mas Honra falou comigo, confessou que foi derrotado.

— Dizem que os príncipes dos Esvaziadores têm a capacidade de cegar os homens. De lhes enviar mentiras, Dalinar.

Ele avançou, brandindo a espada, mas Dalinar dançou para trás, recuando junto da borda da arena de duelo.

— "Meu povo não deseja a guerra" — disse Navani, lendo a resposta da rainha de Iri. — "Talvez a maneira de impedir outra Desolação seja deixar os Esvaziadores pegarem o que quiserem. Pelas nossas histórias, por mais esparsas que sejam, parece que essa foi a única opção que os homens nunca tentaram. Uma experiência do Um que rejeitamos."

Navani levantou os olhos, obviamente tão surpresa de ler aquelas palavras quanto estava Dalinar de ouvi-las. A pena continuou escrevendo:

— "Além disso, temos motivos para desconfiar da palavra de um ladrão, Grão-príncipe Kholin."

Dalinar grunhiu, irritado. Então era *esse* o problema — a Armadura Fractal de Adolin. Dalinar olhou para Navani.

— Descobrir mais, tentar apaziguá-los?

Ela assentiu e começou a escrever. Dalinar trincou os dentes e avançou contra Kadash de novo. O fervoroso aparou sua espada, então agarrou seu *takama* com a mão livre, puxando-o para perto, cara a cara.

— O Todo-Poderoso *não está morto* — sibilou Kadash.

— Antes, você teria me aconselhado. Agora me olha de cara feia. O que aconteceu com o fervoroso que eu conhecia? Um homem que viveu uma vida real, em vez de só ter visto o mundo de torres altas e dos mosteiros?

— Ele está com medo — disse Kadash em voz baixa — de ter falhado no seu dever mais solene para com um homem que ele admira profundamente.

Seus olhos se encontraram, suas espadas ainda travadas, mas nenhum deles estava de fato tentando empurrar o outro. Por um momento, Dalinar viu em Kadash o homem que ele sempre havia sido. O modelo gentil e compreensivo de tudo de bom que havia na igreja vorin.

— Dê-me algo para levar aos párocos da igreja — implorou Kadash. — Volte atrás na insistência de que o Todo-Poderoso está morto. Se fizer isso, posso convencê-los a aceitar o casamento. Reis já fizeram coisa pior e mantiveram o apoio vorin.

Dalinar firmou o queixo, então sacudiu a cabeça.

— Dalinar...

— Mentiras não são úteis a ninguém, Kadash — disse Dalinar, recuando. — Se o Todo-Poderoso está morto, então fingir o contrário é pura estupidez. Precisamos de esperança verdadeira, não de fé em mentiras.

Ao redor da sala, um número considerável de homens havia interrompido suas lutas para assistir ou prestar atenção. Os mestres espadachins haviam se aproximado de Navani, que ainda estava trocando considerações políticas com a rainha irialiana.

— Não jogue fora tudo em que acreditamos por causa de alguns sonhos, Dalinar — disse Kadash. — E a nossa sociedade, e a *tradição*?

— Tradição? Kadash, já lhe contei sobre meu primeiro instrutor de esgrima?

— Não. — Kadash enrugou a testa, olhando para os outros fervorosos. — Foi Rembrinor?

Dalinar balançou a cabeça.

— Quando eu era jovem, nosso ramo da família Kholin não possuía grandes monastérios nem belas áreas de treinamento. Meu pai me arrumou um professor a duas cidades de distância. Seu nome era Harth. Um sujeito jovem, que não era um verdadeiro mestre espadachim... mas era bom o bastante. Ele era obcecado com seguir os procedimentos, e não me deixou treinar até eu aprender a vestir um *takama* do jeito certo. — Dalinar gesticulou para a camisa de *takama* que estava usando. — Ele não aceitaria que eu lutasse desse jeito. Era preciso vestir o saiote, depois a sobrecamisa, então enrolar a faixa na cintura três vezes e depois amarrá-la.

"Sempre achei aquilo irritante. A faixa era apertada demais, enrolada três vezes... era preciso puxar com força para conseguir tecido suficiente para amarrar o nó. A primeira vez que fui duelar em uma cidade vizinha, me senti um idiota. Em todos os outros, a faixa ficava sobrando, pendurada na frente dos *takamas*.

"Perguntei a Harth por que fazíamos diferente. Ele disse que era a maneira certa, a maneira *verdadeira*. Então, quando minhas viagens me levaram à cidade natal de Harth, eu procurei o mestre dele, um homem que havia treinado com os fervorosos em Kholinar. Ele insistiu que aquela era a maneira certa de amarrar um *takama*, já que havia aprendido assim do seu mestre."

Àquela altura, eles haviam atraído uma multidão ainda maior. Kadash franziu o cenho.

— E aonde quer chegar?

— Encontrei o mestre do mestre do meu mestre em Kholinar, depois que a capturamos — continuou Dalinar. — O fervoroso ancião e enrugado estava comendo curry com pão, totalmente desinteressado em quem governava a cidade. Perguntei a ele. Por que enrolar a faixa três vezes, quando todo mundo mais acha que se deve enrolar duas? O velho riu e se levantou. Fiquei chocado ao perceber que ele era terrivelmente baixo. Ele me disse: "Se eu der apenas duas voltas, as pontas ficam tão baixas que acabo tropeçando!"

A câmara ficou em silêncio. Ali perto, um soldado deu uma risadinha, mas rapidamente parou — nenhum dos fervorosos parecia ter achado graça.

— Eu amo tradição — disse Dalinar para Kadash. — Eu *lutei* pela tradição. Fiz meus homens seguirem os códigos. Apoio as virtudes vorins. Mas o simples fato de ser uma tradição não torna algo digno, Kadash. Não podemos simplesmente acreditar que só porque algo é *antigo*, está *certo*.

Ele se virou para Navani.

— Ela não está nos dando ouvidos — disse Navani. — Ela insiste que você é um ladrão que não merece confiança.

— Vossa Majestade — disse Dalinar. — Sou levado a acreditar que a senhora deixaria que nações ruíssem e homens fossem abatidos devido a uma queixa insignificante do passado. Se minhas relações com o reino de Rira a levam a pensar em apoiar os inimigos de toda a humanidade, então talvez possamos discutir primeiro uma reconciliação pessoal.

Navani assentiu ao ouvir isso, mas olhou de soslaio para as pessoas assistindo e levantou uma sobrancelha. Ela achava que tudo aquilo deveria ter sido feito em particular. Bem, talvez estivesse certa. Ao mesmo tempo, Dalinar achava que precisava disso. Não podia explicar por quê.

Ele levantou a espada para Kadash em sinal de respeito.

— Já acabamos aqui?

Como resposta, Kadash disparou na sua direção, a espada levantada. Dalinar suspirou, então permitiu ser tocado no flanco esquerdo, mas terminou o embate com a arma apontada para o pescoço de Kadash.

— Esse não foi um ataque válido de duelo — disse o fervoroso.

— Não sou um duelista muito bom hoje em dia.

O fervoroso grunhiu, então empurrou a arma de Dalinar para o lado e avançou contra ele. Dalinar, contudo, pegou o braço de Kadash e fez o homem girar com o próprio impulso. Ele jogou Kadash no chão e o prendeu ali.

— O mundo está acabando, Kadash. Não posso apenas contar com a tradição. Eu preciso saber *por quê*. Me convença; ofereça provas do que diz.

— Você não deveria *precisar* de provas sobre o Todo-Poderoso. Está parecendo sua sobrinha!

— Considerarei isso um elogio.

— Mas... mas e os Arautos? — perguntou Kadash. — Você vai *negá-los*, Dalinar? Eles são servos do Todo-Poderoso, e a existência deles provou a de Deus. Eles tinham *poder*.

— Poder? — repetiu Dalinar. — Desse tipo?

Ele sugou Luz das Tempestades. Murmúrios surgiram entre os espectadores quando Dalinar começou a brilhar, então fez... alguma coisa. Comandou a Luz. Ao se elevar, deixou Kadash preso ao chão em uma poça de Radiância que o agarrava e o prendia à pedra. O fervoroso se contorceu, impotente.

— Os Cavaleiros Radiantes retornaram — disse Dalinar. — E sim, eu aceito a autoridade dos Arautos. Aceito que existiu um ser, outrora, chamado Honra, o Todo-Poderoso. Ele nos ajudou e eu aceitaria de bom grado sua ajuda novamente. Se você puder me provar que o vorinismo atual é o que os Arautos ensinaram, conversaremos de novo.

Ele jogou a espada de lado e foi até Navani.

— Belo espetáculo — disse ela em voz baixa. — Isso foi para todo o salão, não só para Kadash, imagino?

— Os soldados precisam saber qual é a minha posição em relação à igreja. O que diz nossa rainha?

— Nada de bom. Ela diz para você entrar em contato com ela com preparações para o retorno dos bens roubados, e então ela pensará no assunto.

— Mulher tormentosa — resmungou Dalinar. — Ela quer a Armadura Fractal de Adolin. Quão válida é sua reivindicação?

— Não muito — respondeu Navani. — Você a recebeu por matrimônio, e com uma olhos-claros de Rira, não de Iri. Sim, os irialianos alegam que a nação vizinha é sua vassala, mas, mesmo que essa afirmação não fosse disputada, a rainha não tem parentesco real com Evi ou com o irmão dela.

Dalinar grunhiu.

— Rira nunca teve poder o bastante para tentar reivindicar a Armadura de volta. Mas, se isso trouxer Iri para o nosso lado, então vou considerar. Talvez eu possa concordar com... — Ele perdeu o fio da meada. — Espere. O que foi que você disse?

— Hum? Sobre... ah, claro. Você não consegue ouvir o nome dela.

— Diga de novo — sussurrou Dalinar.

— O quê? Evi?

Memórias surgiram na cabeça de Dalinar. Ele cambaleou, então se encostou contra a escrivaninha, sentindo-se atingido por um martelo na cabeça. Navani mandou chamar médicos, dando a entender que o duelo o esgotara.

Não era esse o motivo; em vez disso, era o fogo na sua mente, o choque súbito de uma palavra pronunciada.

Evi. Ele podia *ouvir o nome da esposa.*

E subitamente se lembrou do rosto dela.

17

PRESOS NAS SOMBRAS

> *Não alego ser capaz de ensinar essa lição. A própria experiência é a maior professora, e você precisa procurá-la diretamente.*
>
> — De *Sacramentadora*, prefácio

—AINDA ACHO QUE DEVEMOS matá-lo — disse Khen, a parshemana que estivera jogando cartas.

Kaladin estava sentado, amarrado a uma árvore. Passara a noite ali. Eles o deixaram se levantar várias vezes para usar a latrina naquele dia, mas, a não ser por isso, o mantiveram preso. Muito embora seus nós fossem firmes, eles sempre postavam guardas, apesar de Kaladin ter se rendido, para começo de conversa.

Seus músculos estavam rígidos e a posição era desconfortável, mas ele havia suportado coisa pior como escravo. A tarde quase inteira já havia passado — e eles ainda estavam discutindo a seu respeito.

Kaladin não voltara a ver aquele espreno branco e amarelo de novo, o que surgira como uma fita de luz. Quase pensava tê-lo imaginado. Pelo menos a chuva finalmente cessara. Com sorte, isso significava que as grantormentas — e a Luz das Tempestades — voltariam em breve.

— Matá-lo? — perguntou outro parshemano. — Por quê? Que perigo ele apresenta para nós?

— Ele vai dizer para os outros onde estamos.

— Ele nos encontrou facilmente por conta própria. Duvido que os outros tenham dificuldade, Khen.

Os parshemanos não pareciam ter um líder específico. Kaladin podia ouvi-los conversando amontoados sob uma lona. O ar cheirava a umidade e o aglomerado de árvores tremia quando uma rajada de vento soprava. Uma pancada de gotas d'água caiu sobre ele, de algum modo mais frias que a chuva do Pranto.

Logo, abençoadamente, tudo aquilo secaria e ele poderia enfim ver o sol de novo.

— Então vamos soltá-lo? — perguntou Khen, sua voz áspera e zangada.

— Não sei. Você realmente faria isso, Khen? Arrebentaria a cabeça dele?

A tenda ficou em silêncio.

— Se isso significasse que eles não vão nos capturar de novo? Sim, eu o mataria. Eu não vou voltar, Ton.

Eles tinham nomes simples de olhos-escuros alethianos, que combinavam com o sotaque tão familiar que causava desconforto. Kaladin não se preocupava com sua segurança; embora houvessem tomado sua faca, telepena e esferas, ele podia invocar Syl em um instante. Ela flutuava ali perto em rajadas de vento, se esquivando entre os galhos das árvores.

Os parshemanos por fim encerraram sua conferência, e Kaladin cochilou. Mais tarde, foi acordado pelo ruído deles recolhendo seus parcos pertences: um ou dois machados, alguns odres d'água, os sacos quase arruinados de grãos. Enquanto o sol se punha, longas sombras se estenderam sobre Kaladin, lançando o acampamento nas trevas novamente. Parecia que o grupo se movia durante a noite.

O macho alto que estava jogando cartas na noite anterior se aproximou de Kaladin, que reconheceu o padrão de sua pele. Ele desamarrou as cordas que o prendiam à árvore, aquelas ao redor de suas canelas, mas deixou os nós nas mãos.

— Você *podia* capturar aquela carta — comentou Kaladin.

O parshemano se enrijeceu.

— O jogo — continuou Kaladin. — O escudeiro pode capturar, se for apoiado por uma carta aliada. Então você estava certo.

O parshemano grunhiu, puxando a corda para colocar Kaladin de pé. Ele se esticou, alongando músculos rígidos e câimbras dolorosas, e os outros parshemanos desfizeram a última tenda de lona improvisada: aquela que estava totalmente fechada. Mais cedo naquele dia, contudo, Kaladin havia dado uma olhada no que estava lá dentro.

Crianças.

Havia uma dúzia delas, de várias idades, desde bebês a jovens adolescentes, todas usando batas. As fêmeas deixavam o cabelo solto e os machos o usavam preso ou trançado. Elas não tinham permissão de deixar a tenda, exceto durante uns poucos momentos cuidadosamente supervisionados, mas ele ouvira suas gargalhadas. De início, temeu que eles tivessem capturado crianças humanas.

Enquanto o acampamento era desfeito, elas se espalharam, animadas por enfim estarem livres. Uma menina mais jovem saltitou entre as pedras úmidas e segurou a mão livre do homem que conduzia Kaladin. As crianças possuíam uma aparência distinta da dos mais velhos — a aparência não-exatamente-parshendiana, com pedaços de armadura nas laterais da cabeça e nos antebraços. Nas crianças, a cor da carapaça era um suave rosa-alaranjado.

Kaladin não sabia definir por que a visão lhe era tão estranha. Parshemanos procriavam, embora as pessoas dissessem que eles *davam cria*, como animais. E, bem, isso não era longe da verdade, era? Todos sabiam disso.

O que será que Shen — Rlain — pensaria se Kaladin houvesse dito essas palavras em voz alta?

A procissão saiu do meio das árvores, Kaladin conduzido pelas suas cordas. Eles não conversavam muito e, enquanto cruzavam um campo nas trevas, Kaladin teve uma distinta impressão de familiaridade. Já estivera ali antes, já fizera aquilo antes?

— E o rei? — perguntou seu captor, falando baixo, mas voltando a cabeça para direcionar a pergunta a Kaladin.

Elhokar? *O que... Ah, certo. As cartas.*

— O rei é uma das cartas mais poderosas — disse Kaladin, se esforçando para lembrar todas as regras. — Ele pode capturar qualquer outra carta, exceto outro rei, e não pode ser capturado a menos que seja tocado por três cartas inimigas de cavaleiro ou superior. Hum... E ele é imune ao Transmutador.

Eu acho.

— Quando eu vi aos homens jogando, eles raramente usavam essa carta. Se ela é tão poderosa, por que adiar?

— Se o seu rei for capturado, você perde — disse Kaladin. — Então você só usa o rei se estiver desesperado ou se tiver certeza de que pode defendê-lo. Metade das vezes que joguei, eu o deixei na caserna o jogo inteiro.

O parshemano grunhiu, então olhou para a garota ao seu lado, que puxou seu braço e apontou. Ele respondeu com um sussurro e ela correu na ponta dos pés até uma área com petrobulbos florescentes, visíveis sob a luz da primeira lua.

As vinhas se encolheram, as flores se fechando. A menina, contudo, sabia que podia só se agachar ao lado e esperar, com as mãos prontas — então agarrou uma em cada mão, seu risinho ecoando pela planície. Esprenos de alegria, parecidos com folhas azuis, a seguiram enquanto ela retornava, passando longe de Kaladin.

Khen, caminhando com um cassetete nas mãos, encorajou o captor de Kaladin a se manter em movimento. Ela vigiava a área com o nervosismo de um batedor em uma missão perigosa.

É isso, pensou Kaladin, lembrando-se de por que a situação lhe parecia familiar. *Foi quando fugi de Tasinar.*

Acontecera depois que ele fora condenado por Amaram, mas antes de ser enviado para as Planícies Quebradas. Ele evitava pensar sobre aqueles meses. Seus repetidos fracassos, o abate sistemático dos seus últimos traços de idealismo... Bem, ele havia aprendido que se demorar nesses assuntos o levava a lugares sombrios. Falhara com tantas pessoas durante aqueles meses. Nalma fora uma delas. Ele se lembrava do toque da mão dela na sua: uma mão áspera e calejada.

Aquela havia sido sua tentativa de fuga mais bem-sucedida. Durara cinco dias.

— Vocês não são monstros — sussurrou Kaladin. — Não são soldados. Nem mesmo são as sementes do vazio. Vocês são só... escravos fugidos.

Seu captor se virou, puxando a corda de Kaladin. O parshemano o agarrou pela frente do uniforme e sua filha se escondeu atrás da perna dele, deixando cair uma das flores e choramingando.

— Você *quer* que eu o mate? — indagou o parshemano, puxando o rosto de Kaladin para perto. — Por que insiste em me lembrar de como sua espécie vê a minha?

Kaladin grunhiu.

— Olhe para minha testa, parshemano.

— O que tem?

— Marcas de escravo.

— O quê?

Raios... parshemanos não eram marcados e não se misturavam com outros escravos. Parshemanos eram valiosos demais para isso.

— Quando eles escravizam um humano, eles o marcam — explicou Kaladin. — Já estive nessa situação.

— E acha que por isso você entende?

— É claro que sim. Sou um...

— *Eu* passei a *vida* inteira vivendo em uma neblina — gritou o parshemano. — Todo dia sabendo que eu deveria dizer alguma coisa, fazer *alguma coisa* para impedir aquilo! Toda noite agarrando minha filha, me perguntando por que o mundo parecia se mover iluminado ao nosso redor enquanto nós estávamos presos nas sombras. Eles venderam a mãe dela. *Venderam*. Porque ela havia parido uma criança saudável, o que fazia dela uma boa reprodutora. Você compreende *isso*, humano? Você entende como é ver sua família ser separada e saber que deveria protestar, saber no fundo da sua alma que alguma coisa está *muitíssimo* errada? Conhece a sensação de ser incapaz de dizer uma *única tormentosa palavra* para impedir?

O parshemano puxou-o para ainda mais perto.

— Eles podem ter tomado sua liberdade, mas eles tomaram nossas *mentes*.

Ele soltou Kaladin e girou, pegando a filha e a abraçando, se apressando para alcançar os outros, que haviam se voltado na direção da altercação. Kaladin seguiu, puxado pela corda, pisando na flor da garotinha em sua pressa forçada. Syl passou zunindo e, quando Kaladin tentou chamar sua atenção, ela só deu uma risada e voou mais alto em uma rajada de vento.

Seu captor sofreu várias censuras sussurradas ao alcançar o grupo; aquela coluna não podia dar-se ao luxo de chamar atenção. Kaladin caminhou com eles e lembrou. Ele compreendia um pouco, sim.

Nunca se estava livre de verdade durante uma fuga; o céu aberto e os campos infinitos pareciam um tormento. Dava para sentir os caçadores no encalço e toda manhã se acordava esperando estar cercado.

Até que um dia isso acontecia mesmo.

Mas os parshemanos? Ele havia aceitado Shen na Ponte Quatro, sim. Mas aceitar que um único parshemano pudesse ser um carregador de pontes era muito diferente de aceitar todo um povo como... bem, humano.

Enquanto o grupo parava para distribuir odres d'água para as crianças, Kaladin apalpou sua testa, traçando a forma cicatrizada dos glifos ali.

Eles tomaram nossas mentes...

Tinham tentado tomar a mente dele também. Kaladin foi surrado, roubaram tudo que ele amava e assassinaram seu irmão. Deixaram-no incapaz de pensar direito. A vida se tornara um borrão até que se encontrara diante de um penhasco, assistindo gotas de chuva morrerem e tentando invocar a motivação para acabar coma própria vida.

Syl se aproximou na forma de uma fita cintilante.

— Syl — sibilou Kaladin —, preciso falar com você. Não é hora de...

— Calado — disse ela, então riu e zuniu ao redor dele antes de voejar e fazer o mesmo junto ao captor.

Kaladin franziu o cenho. Ela estava agindo de modo tão despreocupado. Despreocupado demais? Como fazia antes de forjarem seu laço? Não. Não podia ser.

— Syl? — chamou ele, o tom implorativo, quando ela voltou. — Tem algo errado com o laço? Por favor, eu não...

— Não é isso — disse ela, falando em um sussurro furioso. — Acho que os parshemanos podem me ver. Pelo menos, alguns deles. E aquele outro espreno está aqui também. Um espreno superior, como eu.

— Onde? — indagou Kaladin, fitando o corpo.

— Ela está invisível para você — disse Syl, tornando-se um grupo de folhas e voejando ao redor dele. — Acho que a enganei para que pensasse que sou apenas um espreno de vento.

Ela zuniu para longe, deixando uma dúzia de perguntas sem resposta nos lábios de Kaladin. *Raios... é esse espreno que faz com que eles saibam para onde ir?*

A coluna voltou a avançar e Kaladin caminhou por uma boa hora em silêncio antes que Syl decidisse voltar até ele. Ela pousou em seu ombro, tornando-se a imagem de uma jovem na sua saia extravagante.

— Ela está mais à frente. E os parshemanos não estão olhando.

— O espreno está guiando eles — disse Kaladin entredentes. — Syl, esse espreno deve ser...

— *Dele* — sussurrou ela, se abraçando e se encolhendo; diminuindo até dois terços do tamanho normal. — Espreno de vazio.

— E não é só isso — acrescentou Kaladin. — Esses parshemanos... Como eles sabem como falar, como agir? Sim, eles passaram a vida às margens da nossa sociedade... mas estarem assim, bom, tão normais, depois de tanto tempo meio adormecidos?

— A Tempestade Eterna — disse Syl. — O poder que preencheu os buracos em suas almas, fechando os espaços vazios. Eles não só despertaram, Kaladin. Eles foram curados, a Conexão foi refundada, a Identidade foi restaurada. A situação é mais complexa do que imaginávamos. De algum modo, quando vocês os conquistaram, roubaram a capacidade deles de assumir outras formas. Vocês literalmente arrancaram um pedaço de suas almas e o trancaram em algum lugar. — Ela se virou de repente. — Ela está voltando. Vou ficar por perto, caso você precise de uma Espada.

Ela partiu, zunindo pelo ar como uma fita de luz. Kaladin continuou a arrastar os pés atrás do grupo, ruminando as palavras dela, antes de acelerar e alcançar seu captor.

— Vocês estão sendo espertos em algumas coisas — disse Kaladin. — É bom viajar de noite. Mas estão seguindo o leito do rio. Sei que isso fornece mais árvores e um acampamento mais seguro, mas é o primeiro lugar onde vão procurar vocês.

Vários dos outros parshemanos ali perto olharam-no de relance. Seu captor nada disse.

— O grupo grande também é um problema — acrescentou Kaladin. — Deveriam se dividir em grupos menores e se reunirem a cada manhã. Assim, caso sejam avistados, vão parecer menos ameaçadores. Podem dizer que algum olhos-claros os mandou a algum lugar, e viajantes podem permitir que passem. Se eles toparem com setenta parshemanos juntos, não haverá chance disso. Tudo isso partindo do princípio, claro, que vocês não querem lutar... e não querem. Se lutarem, eles vão chamar os grão-senhores para enfrentar vocês. Por enquanto, eles têm problemas maiores.

Seu captor grunhiu.

— Posso ajudar vocês — disse Kaladin. — Posso não entender pelo que você passou, mas eu *sei* como é ser um fugitivo.

— Acha que eu confiaria em você? — disse o parshemano finalmente. — Você vai *querer* que sejamos pegos.

— Não sei se quero — disse Kaladin com sinceridade.

Seu captor não disse mais nada e Kaladin suspirou, deixando-se ficar de novo na retaguarda. Por que a Tempestade Eterna não havia concedido àqueles parshemanos poderes como os daqueles nas Planícies Quebradas? E as histórias da escritura e das lendas? As Desolações?

Em dado momento, pararam para outra pausa, e Kaladin encontrou uma rocha lisa onde se sentar. Seu captor amarrou a corda a uma solitária árvore próxima, então foi conversar com os outros. Kaladin se recostou, perdido em pensamentos, até que ouviu um som. Ficou surpreso ao encontrar a filha do seu captor se aproximando. Ela carregava um odre d'água nas duas mãos e parou um pouco além do alcance dele.

Ela não usava sapatos e a caminhada até então não havia sido gentil com seus pés, que, embora calejados, ainda estavam marcados por arranhões e machucados. Ela timidamente pousou o odre d'água, então recuou. Ela não fugiu, como Kaladin teria esperado, quando ele estendeu a mão para pegar a água.

— Obrigado — disse ele, então tomou um bom gole.

Estava pura e límpida; aparentemente, os parshemanos sabiam como assentar e coletar água. Ele ignorou o ronco no estômago.

— Eles vão mesmo nos perseguir? — perguntou a menina.

Sob a luz verde-pálida de Mishim, ele concluiu que a garota não era tão tímida quanto havia pensado. Ela estava nervosa, mas o olhava nos olhos.

— Por que só não nos deixam ir embora? Você pode voltar e falar com eles? Não queremos problemas. Só queremos ir embora.

— Eles virão — disse Kaladin. — Sinto muito. Eles têm muito trabalho de reconstrução a fazer e vão querer mais mão de obra. Vocês são... um recurso que eles não podem simplesmente ignorar.

Os humanos que ele havia visitado não estavam esperando uma terrível força de Esvaziadores; muitos pensavam que seus parshemanos haviam apenas fugido no caos.

— Mas por quê? — perguntou ela, fungando. — O que nós fizemos a eles?

— Vocês tentaram destruí-los.

— Não. Nós fomos bonzinhos. Sempre fomos bonzinhos. Eu nunca bati em ninguém, nem quando estava com raiva.

— Não quero dizer vocês especificamente — replicou Kaladin. — Seus ancestrais... pessoas como você, de muito tempo atrás. Houve uma guerra e...

Raios. Como explicar a escravidão para uma criança de sete anos? Ele jogou o odre para ela e a menina correu de volta ao pai, que havia acabado de notar sua ausência. Ele se levantou, uma silhueta nítida na noite, estudando Kaladin.

— Eles estão falando em montar acampamento — sussurrou Syl ali de perto. Ela havia se enfiado em uma rachadura na pedra. — O espreno de vazio quer que eles marchem durante o dia também, mas não acho que vão fazer isso. Estão preocupados que os grãos estraguem.

— Aquele espreno está me vigiando agora? — perguntou Kaladin.

— Não.

— Então vamos cortar essa corda.

Ele se virou e escondeu o que estava fazendo, então rapidamente invocou Syl em forma de faca para poder se libertar. Isso mudaria a cor dos seus olhos, mas, no escuro, esperava que os parshemanos não notassem.

Syl transformou-se de novo em espreno.

— Espada agora? — indagou ela. — As esferas que eles tomaram de você estão todas esgotadas, mas eles vão se dispersar quando virem uma Espada.

— Não.

Em vez disso, Kaladin pegou uma pedra grande. Os parshemanos se calaram, notando sua fuga. Kaladin carregou a pedra por alguns passos, então deixou-a cair, esmagando um petrobulbo. Alguns momentos depois, foi cercado por parshemanos zangados segurando cassetetes.

Kaladin ignorou-os, examinando os pedaços do petrobulbo. Ele ergueu um pedaço grande da concha.

— O interior disso aqui — disse ele, virando-se para os parshemanos — continua seco, apesar da chuva. O petrobulbo precisa de uma barreira entre ele e a água do lado de fora, por algum motivo, embora sempre pareça ansioso para beber depois de uma tempestade. Quem está com a minha faca?

Ninguém se moveu para devolvê-la.

— Se você raspar essa camada de dentro — continuou Kaladin, cutucando a concha do petrobulbo —, vai chegar à parte seca. Agora que a chuva parou, devo conseguir acender uma fogueira, contanto que ninguém tenha perdido minha bolsa de estopim. Precisamos ferver aqueles grãos, depois secá-los em bolos. Não vai ficar gostoso, mas vai ficar conservado. Se não fizerem algo logo, seus suprimentos *vão* apodrecer.

Ele ficou de pé e apontou.

— Como já estamos aqui, o rio deve estar perto o bastante para ir buscar mais água. Ela não vai fluir por muito mais tempo, com o fim das chuvas. Conchas de petrobulbo não queimam lá muito bem, então é bom coletar um pouco de madeira de verdade e secá-la na fogueira durante o dia. Podemos manter esse fogo pequeno, depois cozinhar amanhã à noite. No escuro, há menos chance de a fumaça nos entregar, e podemos ocultar a luz sob as árvores. Só tenho que descobrir como vamos cozinhar sem nenhuma panela para ferver a água.

Os parshemanos o encaravam. Então Khen enfim o empurrou para longe do petrobulbo e pegou o pedaço de concha que ele estava segurando. Kaladin viu seu captor original parado junto da pedra onde estivera sentado. O parshemano segurava a corda que Kaladin cortara, esfregando a ponta seccionada com o polegar.

Depois de uma curta conferência, os parshemanos o arrastaram até as árvores que ele havia indicado, devolveram sua faca — ficando a postos com todos os cassetetes que possuíam — e exigiram que ele provasse que podia fazer uma fogueira com madeira molhada.

E foi exatamente o que ele fez.

18

VENDO DOBRADO

Não é possível descrever um tempero, você precisa prová-lo.

—De *Sacramentadora*, prefácio

SHALLAN TORNOU-SE VÉU.

A Luz das Tempestades deixou seu rosto menos jovem, mais anguloso. Nariz pontudo, com uma pequena cicatriz no queixo. Seu cabelo ondulou de ruivo a preto alethiano. Criar uma ilusão como aquela exigia uma gema maior de Luz das Tempestades, mas, uma vez iniciada, podia se manter durante horas com uma quantidade mínima.

Véu jogou o havah para o lado, em vez disso vestindo calças e uma camisa justa, depois botas e um longo casaco branco. Terminou com apenas uma luva simples na mão esquerda. Era evidente que Véu não sentia nem um pouco de vergonha quanto a isso.

Havia um alívio simples para a dor de Shallan; existia uma maneira fácil de escondê-la. Véu não havia sofrido como Shallan — e era casca-grossa o bastante para lidar com aquele tipo de coisa, de qualquer modo. Tornar-se Véu era como deixar de lado um fardo terrível.

Véu envolveu uma echarpe ao redor do pescoço, depois jogou uma bolsa robusta — adquirida especificamente para ela — sobre o ombro. Com sorte, o visível cabo de faca despontando no topo pareceria natural, até mesmo intimidador.

O fundo da sua mente, que ainda era Shallan, se preocupou com isso. Será que pareceria falsa? Era quase certo que ela deixasse passar algumas pistas sutis codificadas no seu comportamento, vestimenta ou fala, que indicariam para as pessoas certas que Véu não possuía a experiência calejada que fingia ter.

Bem, ela teria que fazer o melhor que podia e torcer para se recuperar dos erros inevitáveis. Ela prendeu outra faca no cinto, comprida, mas que não chegava a ser uma espada, já que Véu não era olhos-claros. Felizmente, já que nenhuma mulher olhos-claros poderia saracotear por aí mostrando que está armada. Algumas regras morais ficavam mais relaxadas nas últimas camadas da estrutura social.

— Bem? — disse Véu, voltando-se para a parede, onde Padrão estava pendurado.

— Hmm... Boa mentira.

— Obrigada.

— Não como a outra.

— Radiante?

— Você entra e sai dela, como o sol por trás das nuvens — disse Padrão.

— Eu só preciso de mais prática — garantiu Véu.

Sim, aquela voz parecia excelente. Shallan *estava* ficando muito melhor com sons.

Ela pegou Padrão, o que fazia ao pressionar sua mão contra a parede, deixando-o passar para sua pele e depois para o casaco. Com ele zumbindo alegremente, ela cruzou o quarto e saiu para a sacada. A primeira lua havia surgido, a roxa e orgulhosa Salas. Ela era a menos brilhante das luas, o que significava que lá fora estava bem escuro.

A maioria dos cômodos com vista para fora possuía aquelas pequenas sacadas, mas a dela, no segundo nível, era particularmente vantajosa, pois tinha degraus até o campo abaixo. Coberto com sulcos para água e arados para plantar petrobulbos, o campo também possuía canteiros para tubérculos ou plantas ornamentais. Cada andar da cidade tinha um campo similar, com dezoito níveis internos separando-os.

Ela desceu até o campo na escuridão. Como alguma coisa já crescia ali? Sua respiração se condensava diante dela e esprenos de frio brotaram ao redor dos seus pés.

O campo possuía uma pequena porta de acesso de volta a Urithiru. Talvez o subterfúgio de não sair através do próprio quarto fosse desnecessário, mas Véu preferia ser cuidadosa. Ela não queria guardas ou servos reparando em como a Luminosa Shallan saía durante horas estranhas da noite.

Além disso, quem sabia onde haveria agentes de Mraize e seus Sanguespectros? Eles não haviam entrado em contato desde o primeiro dia em Urithiru, mas ela sabia que estariam vigiando. Ainda não decidira o que fazer em relação a eles. Haviam admitido que mandaram assassinar Jasnah, o que já seria o bastante para odiá-los. Mas eles também pareciam saber coisas, coisas importantes, sobre o mundo.

Véu seguiu pelo corredor, levando uma pequena lamparina para iluminar o caminho, já que uma esfera faria com que chamasse atenção. Ela passou pelas multidões noturnas que tornavam os corredores do quarteirão de Sebarial tão movimentados quanto seu acampamento de guerra havia sido. As coisas nunca pareciam desacelerar ali como acontecia no quarteirão de Dalinar.

As camadas geológicas estranhamente hipnóticas dos corredores a guiaram até a saída do quarteirão de Sebarial. O número de pessoas nos corredores diminuiu. Só Véu e aqueles túneis solitários e intermináveis. Parecia-lhe que podia sentir o peso dos outros níveis da torre, vazios e inexplorados, fazendo pressão sobre ela. Uma montanha de pedra desconhecida.

Ela se apressou, com Padrão zumbindo para si mesmo em seu casaco.

— Eu gosto dele — declarou Padrão.

— De quem? — quis saber Véu.

— Do espadachim. Hmm. Aquele com quem você não pode copular ainda.

— Você pode, por favor, parar de falar dele desse jeito?

— Muito bem — respondeu Padrão. — Mas eu gosto dele.

— Você odeia a espada dele.

— Eu já compreendi — disse Padrão, ficando animado. — Humanos... humanos *não se importam com os mortos*. Vocês constroem cadeiras e portas com cadáveres! Vocês *comem* cadáveres! Vocês fabricam roupas com a pele de cadáveres. Cadáveres são *coisas* para vocês.

— Bem, acho que isso é verdade.

Ele estava empolgado com aquela revelação de um jeito fora do comum.

— É grotesco — continuou ele —, mas todos vocês precisam *matar* e *destruir* para viver. É o modo do Reino Físico. Então eu não deveria odiar Adolin Kholin por brandir um cadáver!

— Você só gosta dele porque ele diz Radiante para respeitar a espada.

— Hmm. Sim, homem muito, muito gentil. Maravilhosamente esperto também.

— Então por que você não se casa com ele?

Padrão zumbiu.

— Isso é...

— Não, não é uma opção.

— Ah.

Ele se acomodou, zumbindo satisfeito, em seu casaco, onde parecia um tipo estranho de bordado. Depois de algum tempo caminhando, Shallan percebeu que precisava dizer mais uma coisa.

— Padrão. Você lembra o que disse para mim na outra noite, quando... nos tornamos Radiante?

— Sobre morrer? — perguntou Padrão. — Pode ser a única maneira, Shallan. Hmm... Você tem que falar verdades para progredir, mas vai me odiar por causa disso. Então eu posso morrer e, depois disso, você pode...

— Não. Não, *por favor*, não me deixe.

— Mas você me odeia.

— Eu também me odeio — sussurrou ela. — Só... *por favor*. Não vá. Não morra.

Padrão pareceu contente com isso, já que seu zumbido aumentou — muito embora seus sons de prazer e de inquietação pudessem soar similares. Por enquanto, Véu deixou-se distrair pela missão da noite. Adolin continuava tentando encontrar o assassino, mas não avançara muito. Aladar era o Grão-príncipe da Informação, e sua força policial e suas escribas eram um recurso — mas Adolin queria muito cumprir a missão dada pelo pai.

Véu achava que talvez ambos estivessem procurando nos lugares errados. Ela finalmente viu luzes à frente e apertou o passo, enfim chegando a uma passarela que contornava um grande salão cavernoso que se estendia por vários andares. Ela havia alcançado a Separação: uma vasta coleção de tendas iluminadas pelo brilho bruxuleante de muitas velas, tochas ou lanternas.

O mercado havia brotado com uma rapidez chocante, desfiando os planos preparados com cuidado por Navani, que pretendera criar uma grandiosa via principal com lojas nas laterais. Sem becos, sem barracas ou tendas. Fácil de patrulhar e muito bem regulamentada.

Os comerciantes haviam se rebelado, reclamando da falta de espaço de armazenamento, ou alertando para a necessidade de ficar mais perto de um poço para obter água fresca. Na verdade, eles queriam um mercado maior que fosse muito mais difícil de regular. Sebarial, como Grão-príncipe do Comércio, havia concordado. E, apesar da confusão dos seus livros de contas, ele era astuto em questões de comércio.

O caos e a variedade do local empolgavam Véu. Centenas de pessoas, apesar da hora, atraíam esprenos de uma dúzia de variedades. Dezenas e dezenas de tendas de cores e modelos variados. De fato, algumas não eram tendas, mais pareciam bancas — áreas limitadas por cordas e guardadas por alguns homens corpulentos com cassetetes. Outras eram edifícios de verdade. Pequenos barracões de pedra que haviam sido construídos dentro daquela caverna desde os dias dos Radiantes.

Comerciantes de todos os dez acampamentos de guerra originais se misturavam na Separação. Ela passou por três sapateiros diferentes em sequência. Véu nunca havia compreendido por que comerciantes vendendo as mesmas coisas se congregavam. Não seria melhor se instalar onde não houvesse competição literalmente ao lado?

Ela guardou sua lamparina, já que havia bastante luz ali vinda das tendas e lojas dos comerciantes, e seguiu adiante. Véu sentia-se mais confortável ali do que naqueles corredores vazios e sinuosos; ali, a vida ganhara um ponto de apoio. O mercado crescia como um emaranhado de vida silvestre e plantas a sotavento de um morro.

Seguiu caminho até o poço central da caverna: um enigma grande e redondo que ondulava com água livre de crem. Jamais vira um poço de verdade antes — todo mundo usava cisternas, que eram reabastecidas nas grantormentas. Os muitos poços de Urithiru, contudo, nunca se esgotavam. O nível da água nem mesmo caía, apesar de as pessoas os usarem constantemente.

Escribas consideravam a possibilidade de um aquífero oculto nas montanhas, mas de onde vinha a água? A neve nos picos não parecia derreter, e a chuva caía muito raramente.

Véu sentou-se ao lado do poço, uma perna encolhida, observando as pessoas que iam e vinham. Escutou as mulheres conversando sobre os Esvaziadores, sobre a família ainda em Alethkar e sobre a estranha nova tempestade. Ouviu os homens preocupados sobre serem forçados a se alistar no exército, ou sobre terem seu nan de olhos-escuros rebaixado, agora que já não havia parshemanos para realizar o trabalho comum. Alguns trabalhadores olhos-claros reclamavam de suprimentos presos em Narak, esperando por Luz das Tempestades para poderem ser transferidos para ali.

Véu por fim dirigiu-se a passo lento para uma fileira específica de tavernas. *Não posso interrogar muito intensamente para obter respostas*, pensou. *Se fizer o tipo errado de pergunta, todos vão pensar que sou uma espiã da força policial de Aladar.*

Véu. Véu não sofria. Estava confortável, confiante. Ela olhava as pessoas nos olhos; levantava o queixo em desafio a qualquer pessoa que a estivesse avaliando. O poder era uma ilusão de percepção.

Véu tinha o próprio tipo de poder, o de uma vida passada nas ruas sabendo que podia cuidar de si mesma. Tinha a teimosia de um chule e, embora fosse arrogante, aquela confiança possuía certo poder. Ela conseguia o que queria e não tinha vergonha do sucesso.

O primeiro bar que escolheu ficava dentro de uma grande tenda de batalha e cheirava a cerveja de lávis derramada e corpos suados. Homens e mulheres riam, usando caixotes virados como mesas e cadeiras. A maioria usava roupas simples de olhos-escuros: camisas com cadarços, pois não tinham tempo ou dinheiro para botões, e calças ou saias. Alguns homens se vestiam segundo uma moda mais antiga, com um cachecol e um colete fino e solto que deixava o peito exposto.

Aquela era uma taverna de baixo nível e provavelmente não serviria às suas necessidades. Ela precisava de algum lugar que fosse rasteiro, mas de certo modo mais rico. De reputação pior, mas com acesso aos poderosos membros do submundo dos acampamentos de guerra.

Ainda assim, parecia um bom lugar para praticar. O bar era composto de caixas empilhadas e tinha algumas cadeiras de verdade ao lado. Véu se apoiou na "bancada" no que esperava ser um movimento fluido, e quase derrubou as caixas. Ela cambaleou, agarrando-as, então deu um sorriso sem graça para a taverneira — uma velha olhos-escuros com cabelo grisalho.

— O que você quer? — perguntou a mulher.

— Vinho. Safira.

O segundo mais inebriante. Era bom que vissem que Véu aguentava bebidas fortes.

— Temos Vari, kimik, e um belo barril de Vedeno. Mas esse é mais caro.

— Hã... — Adolin teria sabido a diferença. — Me dê o Vedeno.

Parecia apropriado.

A mulher fez com que ela pagasse primeiro, com esferas foscas, mas o custo não pareceu escandaloso. Sebarial queria a bebida fluindo — era a maneira dele de garantir que as tensões não crescessem demais na torre — e havia subsidiado os preços com impostos baixos, por enquanto.

Enquanto a mulher trabalhava atrás do seu bar improvisado, Véu suportou o olhar de um dos seguranças, que não ficavam perto da entrada, mas ali, ao lado da bebida e do dinheiro. Apesar dos esforços da força policial de Aladar, aquele lugar não era completamente seguro. Se assassinatos inexplicáveis *tivessem* mesmo acontecido e sido ignorados ou esquecidos, teria sido ali na Separação, onde a bagunça, a preocupação e a pressão de dezenas de milhares de seguidores de acampamento se equilibravam na beira da legalidade.

A taverneira colocou bruscamente um copo na frente de Véu — um copo *minúsculo*, com um líquido transparente dentro dele.

Véu fechou a cara, levantando o copo.

— Você trouxe o pedido errado, taverneira; eu pedi safira. O que é isso, água?

O segurança mais próximo de Véu deu uma risadinha zombeteira e a taverneira parou, então a olhou de cima a baixo. Pelo jeito, Shallan já havia cometido um daqueles erros com que se preocupara.

— Garota — disse a taverneira, de algum modo se apoiando nas caixas perto dela sem derrubar nenhuma. — É a mesma bebida, só que sem as infusões chiques que os olhos-claros colocam nas deles.

Infusões?

— Você é uma serva doméstica? — perguntou a mulher baixinho. — Está saindo sozinha pela primeira vez?

— É claro que não — retrucou Véu. — Já fiz isso centenas de vezes.

— Claro, claro — replicou a mulher, enfiando atrás da orelha uma mecha de cabelo, que se soltou de novo imediatamente. — Tem certeza de que quer isso aí? Tenho alguns vinhos aqui atrás feitos com cores, para os olhos-claros, se você quiser. Olha, sei que tenho um belo laranja.

Ela estendeu a mão para pegar o copo. Véu o agarrou e engoliu a bebida toda de uma só vez, o que se provou um dos piores erros da sua vida. O líquido *queimava*, como se estivesse em chamas! Ela sentiu os olhos se arregalando e começou a tossir e quase vomitou ali mesmo no bar.

Aquilo era vinho? Mais parecia soda cáustica. O que havia de errado com aquelas pessoas? Não havia doçura alguma no líquido, nem mesmo um indício de sabor. Só aquela sensação ardente, como se alguém estivesse esfregando sua garganta com lã de aço! Seu rosto logo ficou quente. O efeito bateu tão rápido!

O segurança estava cobrindo o rosto, tentando — sem conseguir — não gargalhar alto. A taverneira deu tapinhas nas costas de Shallan enquanto ela tossia.

— Pronto — disse a mulher. — Vou pegar alguma coisa para aliviar...

— Não — grasnou Shallan. — Só estou feliz de poder beber isso... de novo, depois de tanto tempo. Outro. Por favor.

A taverneira pareceu cética, embora o segurança estivesse adorando — ele se acomodou no banco para assistir Shallan, sorrindo. Ela colocou a esfera no bar com um ar desafiador e a taverneira, com certa relutância, encheu seu copo novamente.

Àquela altura, três ou quatro outras pessoas de bancos próximos haviam se virado para assistir. Que maravilha. Shallan se preparou, então bebeu o vinho em um gole prolongado.

Não foi melhor da segunda vez. Ela se conteve por um momento, os olhos úmidos, então deixou escapar uma explosão de tosse. Acabou encolhida, trêmula, com os olhos bem fechados. Tinha quase certeza de que também deixara escapar um longo ganido.

Várias pessoas na tenda bateram palmas. Shallan olhou de volta para a sorridente taverneira, seus olhos lacrimejando.

— Isso foi horrível — disse ela, então tossiu. — Vocês *realmente* bebem esse líquido horroroso?

— Ah, querida, esse não é *nem de longe* o pior.

Shallan resmungou.

— Bem, me dê outro.

— Tem certeza...

— Tenho — disse Shallan, e suspirou.

Ela provavelmente não ia estabelecer uma reputação naquela noite — pelo menos, não do tipo que queria. Mas podia tentar se acostumar a beber aquele líquido adstringente.

Raios. Já estava se sentindo mais leve. Seu estômago *não* gostou do tratamento que estava recebendo, e ela conteve um ataque de náusea.

Ainda rindo, o segurança se moveu para um banco para mais perto dela. Ele era um homem jovem, com cabelo tão curto que ficava arrepiado. Era bem alethiano, com uma pele muito bronzeada e uma barba rala no queixo.

— Você devia experimentar beber aos golinhos — explicou ele. — Desce mais fácil assim.

— Ótimo. Desse modo posso saborear o gosto horrível. Tão amargo! Vinho devia ser doce.

— Depende de como é feito — disse ele enquanto a taverneira dava a Shallan outro copo. — Safira às vezes pode ser taleu destilado, sem frutas naturais... só uma coloração para dar um toque. Mas eles não servem as bebidas pesadas nas festas dos olhos-claros, exceto para pessoas que sabem como pedir.

— Você entende de álcool — disse Véu.

A sala tremeu por um momento antes de se estabilizar. Então ela tentou outro gole — um pequeno, dessa vez.

— Faz parte da profissão — disse ele, com um sorriso largo. — Trabalho em vários eventos chiques dos olhos-claros, então sei me virar em um lugar com toalhas de mesa em vez de caixas.

Véu grunhiu.

— Eles precisam de seguranças em eventos chiques?

— Com certeza — disse ele, estalando as articulações. — Você só precisa saber como "acompanhar" alguém para fora do salão de banquete, em vez de jogar a pessoa para fora. Na verdade, é mais fácil. — Ele inclinou a cabeça. — Mas, estranhamente, mais perigoso ao mesmo tempo. — Ele deu uma gargalhada.

Por Kelek, ele está flertando comigo, percebeu Véu enquanto ele chegava mais perto.

Ela não deveria ter ficado tão surpresa. Entrara sozinha e, embora Shallan não fosse descrever Véu como "bonita", ela não era feia. Era meio que normal, embora com um ar de durona, mas se vestia bem e dava para ver que tinha dinheiro. Suas mãos e rosto estavam limpos, suas roupas, embora não fossem de seda fina, estavam bem acima de um traje de trabalhador.

De início, ela se ofendeu com a atenção dele. Ali estava ela, se esforçando tanto para parecer capaz e dura como pedra, e a primeira coisa que fazia era atrair um sujeito? Alguém que estalava as juntas dos dedos e tentava explicar como devia beber?

Só para irritá-lo, virou o resto do copo de uma só vez.

Então imediatamente sentiu-se culpada pela sua irritação com o homem. Não deveria estar lisonjeada? Era verdade que Adolin seria capaz de destruir aquele rapaz de todas as maneiras concebíveis. Adolin até mesmo estalava os dedos mais alto.

— Então... — disse o segurança. — De qual acampamento de guerra você veio?

— Sebarial — respondeu Véu.

O segurança assentiu, como se fosse o esperado. O acampamento de Sebarial era o mais eclético. Eles conversaram mais algum tempo, na maior parte com Shallan fazendo um ou outro comentário enquanto o segurança — cujo nome era Jor — narrava várias histórias com muitas voltas. Sempre sorrindo, sempre contando vantagem.

Na verdade, ele não era mau, embora não parecesse se importar de fato com o que ela dizia, contanto que o estimulasse a continuar falando. Ela bebeu mais um pouco do líquido horrível, mas percebeu que sua mente estava viajando.

Aquelas pessoas... cada uma delas tinha vidas, famílias, amores, sonhos. Algumas estavam largadas em suas caixas, solitárias, e outras riam com amigos. Algumas mantinham suas roupas, por mais pobres que fossem, razoavelmente limpas; outras estavam manchadas de crem e cerveja de lávis. Várias faziam com que Shallan se lembrasse de Tyn, pela maneira como falavam de modo confiante, a maneira como suas interações eram um jogo sutil de contar vantagem sobre os outros.

Jor fez uma pausa, como se esperasse alguma coisa dela. O que... O que ele estava dizendo? Acompanhá-lo estava mais difícil com sua mente distraída.

— Continue — disse ela.

Ele sorriu e começou outra história.

Não vou conseguir imitar isso até ter vivido, ela pensou, se inclinando contra sua caixa. *Assim como não poderia desenhar suas vidas sem andar entre eles.*

A taverneira voltou com a garrafa e Shallan assentiu com a cabeça. Aquele último copo não havia queimado tanto quanto os outros.

— Você... tem certeza de que quer mais? — perguntou o segurança.

Raios... Ela estava começando a sentir-se mal *de verdade*. Tomara quatro copos, verdade, mas eram copos pequenos. Ela hesitou e se virou.

A sala girou até virar um borrão e ela grunhiu, pousando a cabeça na mesa. Ao lado dela, o segurança suspirou.

— Eu ia avisar que estava desperdiçando seu tempo, Jor — disse a taverneira. — Essa aí vai apagar antes já, já. O que será que ela está tentando esquecer...?

— Ela só está curtindo um pouco seu tempo livre — disse Jor.

— Sei, sei. Com esses olhos? Tenho certeza de que é isso mesmo.

A taverneira se afastou.

— Ei — chamou Jor, cutucando Shallan. — Onde você está ficando? Vou chamar um palanquim para levá-la para casa. Está acordada? Melhor você ir antes que fique muito tarde. Conheço alguns carregadores de confiança.

— Nem... nem está tarde ainda... — balbuciou Shallan.

— Está tarde o bastante — replicou Jor. — Este lugar pode ficar perigoso.

— Ahhh é? — indagou Shallan, um vislumbre de memória despertando dentro dela. — Pessoas são apunhaladas?

— Infelizmente — disse Jor.

— Você sabe de alguma...?

— Nunca aconteceu nesta área, pelo menos não ainda.

— Onde? Para que eu... para que eu possa passar longe... — disse Shallan.

— No Beco de Todos — disse ele. — Fique longe de lá. Alguém foi apunhalado nos fundos de uma das tavernas, noite passada. Encontraram ele morto.

— Estranho... estranho mesmo, hein? — disse Shallan.

— Sim. Você ouviu falar? — Jor estremeceu.

Shallan se levantou para partir, mas a sala girou e ela acabou escorregando até o chão ao lado do banco. Jor tentou pegá-la, mas ela caiu com um baque, batendo o cotovelo contra o chão de pedra, então imediatamente sugou um pouco de Luz das Tempestades para ajudar com a dor.

A névoa tomando sua cabeça se desfez e sua visão parou de girar. Em um momento incrível, sua embriaguez simplesmente desapareceu.

Ela hesitou. *Uau*. Levantou-se sem a ajuda de Jor, sacudindo a poeira do casaco e afastando o cabelo do rosto.

— Obrigada, mas era exatamente essa a informação de que eu precisava. Taverneira, estamos quites?

A mulher se virou, então ficou paralisada olhando para Shallan, derramando líquido em um copo até ele transbordar.

Shallan pegou seu copo, então o virou e sacudiu a última gota na boca.

— Esse é do bom — observou ela. — Obrigada pela conversa, Jor.

Ela deixou uma esfera de gorjeta no bar, colocou o chapéu, depois deu um tapinha carinhoso no rosto de Jor antes de sair da tenda.

— Pai das Tempestades! — exclamou Jor. — Ela acabou de me fazer de tolo?

Ainda estava movimentado do lado de fora, lembrando-a de Kharbranth, com seus mercados à meia-noite. Fazia sentido. Nem sol nem lua podiam penetrar aquelas paredes; era fácil perder a noção do tempo. Além disso, enquanto a maioria das pessoas havia sido colocada para trabalhar imediatamente, muitos dos soldados tinham tempo livre, já que não havia mais investidas nos platôs.

Shallan perguntou pela área e conseguiu que lhe apontassem a direção do Beco de Todos.

— A Luz das Tempestades me deixou sóbria — disse ela a Padrão, que havia se arrastado até seu casaco e agora enrugava seu colarinho, dobrado sobre a gola.

— Curou você do veneno.

— Isso pode ser útil.

— Hmmm. Pensei que você fosse se zangar. Você bebeu o veneno de propósito, não foi?

— Sim, mas a questão não era ficar bêbada.

Ele zumbiu, confuso.

— Então por que beber?

— É complicado — disse Shallan, e suspirou. — Eu não fiz um trabalho muito bom.

— Em ficar bêbada? Hmm. Você se esforçou bastante.

— Assim que fiquei bêbada, assim que perdi o controle, Véu me escapou.

— Véu é só um rosto.

Não. Véu era uma mulher que não ria quando estava bêbada, nem choramingava, abanando a boca quando a bebida era forte demais. Ela nunca agia como uma adolescente bobinha. Véu não crescera privilegiada, praticamente trancada, até enlouquecer e assassinar a própria família.

Shallan parou, subitamente em pânico.

— Meus irmãos. Padrão, eu não os matei, certo?

— O quê?

— Eu falei com Balat via telepena — continuou Shallan, a mão na testa. — Mas... eu já tinha Teceluminação nessa época... mesmo que não soubesse plenamente. Eu poderia ter inventado tudo. Cada mensagem dele. Minhas próprias memórias...

— Shallan — disse Padrão, parecendo preocupado. — Não. Eles estão vivos. Seus irmãos estão vivos. Mraize disse que os resgatou. Eles estão vindo para cá. Isso não é a mentira. — A voz dele diminuiu. — Você não vê a diferença?

Ela adotou Véu novamente, sua dor sumindo.

— Sim. É claro que vejo.

Ela recomeçou a avançar.

— Shallan — disse Padrão. — Isso é... hmm... há algo de errado nessas mentiras que você coloca sobre si mesma. Eu não entendo.

— Preciso ir mais fundo — sussurrou ela. — Não posso ser Véu apenas na superfície.

Padrão zumbiu com uma vibração baixa e ansiosa — aguda e de ritmo rápido. Véu o silenciou ao chegarem ao Beco de Todos. Um nome estranho para uma taverna, mas ela já vira outros mais estranhos. Não era um beco, mas um grande conjunto de cinco tendas costuradas juntas, cada uma de uma cor. Um brilho fraco saía do interior.

Um segurança estava junto da entrada, baixo e atarracado, com uma cicatriz correndo pela bochecha, passando pela testa até chegar ao escalpo. Ele lançou a Véu um olhar crítico, mas não a deteve quando ela marchou — cheia de confiança — tenda adentro. Ali cheirava pior do que o outro bar, com todas aquelas pessoas bêbadas aglomeradas. As tendas haviam sido costuradas juntas para criar áreas divididas, cantos escuros — e algumas tinham mesas e cadeiras em vez de caixas. As pessoas sentadas nelas não usavam as roupas simples de trabalhadores, mas, em vez disso, couro, pano ou casacos militares desabotoados.

É mais rica do que a outra taverna e, ao mesmo tempo, mais baixo nível, pensou Véu.

Ela vagueou pelo salão, que, apesar das lamparinas de óleo em algumas mesas, estava bastante escuro. O "bar" era uma tábua disposta sobre algumas caixas, mas eles haviam estendido um pano sobre ela. Algumas pessoas esperavam por bebidas; Véu as ignorou.

— Qual é a coisa mais forte que você tem? — perguntou ao taverneiro, um homem gordo vestindo um *takama*. Achou que ele talvez fosse um olhos-claros. Estava escuro demais para ter certeza.

O homem a olhou de cima a baixo.

— Safi Vedeno, barril individual.

— Sei — respondeu Véu, seca. — Se eu quisesse água, teria ido ao poço. Certamente você tem algo mais forte.

O taverneiro grunhiu, então pegou atrás de si uma jarra de algo transparente, sem rótulo.

— Cachaça de papaguampas — disse ele, batendo a jarra na mesa. — Não tenho ideia do que eles fermentam para fazer essa coisa, mas ela remove até tinta direitinho.

— Perfeito — disse Véu, pousando umas poucas esferas na bancada improvisada.

Os outros esperando para serem atendidos a encaravam, irritados por ela ter furado a fila, mas ao ouvir isso passaram a achar graça na situação.

O taverneiro serviu a Véu um copo minúsculo da bebida e pousou-o diante dela, que o tomou de um gole. Shallan tremeu por dentro com a queimação que se seguiu — o imediato calor no rosto e a sensação quase instantânea de náusea, acompanhada por um tremor nos músculos enquanto tentava resistir à ânsia de vômito.

Véu estava esperando por isso. Ela segurou a respiração para abafar a náusea e *saboreou* as sensações. *Não é pior do que as dores que já tenho*, ela pensou, o calor irradiando por seu corpo.

— Ótimo — disse ela. — Deixe a jarra.

Os idiotas junto ao bar continuaram a olhar, surpresos, ela encher outro copo de cachaça de papaguampas e beber, sentindo seu calor. Ela se voltou para inspecionar os ocupantes da tenda. A quem devia abordar primeiro? As escribas de Aladar haviam verificado os registros da guarda em busca de qualquer pessoa morta do mesmo modo que Sadeas, e não acharam nada — mas um assassinato em um beco talvez não fosse relatado. Ainda assim, ela tinha esperança de que as pessoas ali soubessem de alguma coisa.

Serviu-se de mais um pouco daquela bebida papaguampas. Embora o gosto fosse ainda mais horrível do que o do safi vedeno, ela o achou estranhamente atraente. Bebeu o terceiro copo, mas extraiu um bocadinho de Luz das Tempestades de uma esfera na sua bolsa — só uma pitada, que foi consumida no mesmo instante e não a fez brilhar — para curar a si mesma.

— O que estão olhando? — indagou ela, encarando as pessoas na fila do bar.

Eles desviaram o olhar enquanto o taverneiro fez menção de tampar a jarra. Véu colocou a mão sobre ela.

— Ainda não acabei.

— Acabou, sim — disse o taverneiro, afastando a mão dela. — Se continuar assim, de duas, uma: você vai vomitar meu bar inteiro, ou vai cair morta. Você não é uma papaguampas; isso aqui *é capaz* de te matar.

— Isso é problema meu.

— Mas a bagunça é *minha* — replicou o taverneiro, puxando a jarra de volta. — Já vi seu tipo, com essa cara perturbada. Você vai se embebedar, depois arrumar uma briga. Não ligo para o que você está tentando esquecer; arrume outro lugar para fazer isso.

Véu levantou uma sobrancelha. Ser expulsa do bar mais suspeito do mercado? Bem, pelo menos sua reputação ali não seria ruim.

Ela segurou o braço do taverneiro que recolhia a jarra.

— Não estou aqui para arrumar confusão no seu bar, amigo — sussurrou ela. — Estou aqui por conta de um assassinato. Alguém foi morto neste lugar alguns dias atrás.

O taverneiro gelou.

— Quem é você? Está com a guarda?

— Danação, não! — exclamou Véu. *História. Preciso de uma história de disfarce.* — Estou caçando o homem que matou minha irmãzinha.

— E o que isso tem a ver com meu bar?

— Ouvi rumores de um corpo encontrado aqui perto.

— Foi uma mulher adulta — disse o taverneiro. — Então não é sua irmã.

— Minha irmã não morreu aqui — respondeu Véu. — Ela morreu nos acampamentos de guerra; estou só caçando o sujeito que fez isso.

Ela continuou segurando o taverneiro enquanto ele tentava se afastar de novo.

— Escute. Não quero criar problemas. Só preciso de informações. Ouvi dizer que houve... circunstâncias incomuns nessa morte. Nessa *suposta* morte. O homem que matou minha irmã... algo é estranho. Ele mata sempre do mesmo jeito. Por favor.

O taverneiro encontrou seu olhar. *Deixe que ele veja*, pensou Véu. *Deixe que ele veja uma mulher durona, mas ferida por dentro.* Uma história refletida nos seus olhos — uma narrativa em que ela precisava que aquele homem acreditasse.

— Nós já demos um jeito... — disse o taverneiro em voz baixa — no homem que fez isso.

— Preciso saber se o assassino é o mesmo que estou caçando. Preciso de detalhes do assassinato, por mais horríveis que possam ser.

— Não posso dizer nada — sussurrou o taverneiro, mas indicou com a cabeça uma das alcovas feitas de tendas costuradas, onde sombras indicavam pessoas bebendo. — Talvez eles possam.

— Quem são eles?

— Só bandidos comuns — disse o taverneiro. — Mas são eles que eu pago para evitar problemas no meu bar. Se alguém *tivesse* perturbado esse estabelecimento de maneira que arriscasse que as autoridades fechassem o lugar, como Aladar gosta tanto de fazer, seriam essas pessoas que teriam cuidado do problema. E não digo mais nada.

Véu assentiu em agradecimento, mas não soltou o braço dele. Ela indicou o copo e inclinou a cabeça com um ar esperançoso. O taverneiro suspirou e deu-lhe mais uma dose da cachaça, pela qual ela pagou, depois bebericou no caminho até os homens.

A alcova que ele havia indicado continha uma única mesa ocupada por uma variedade de maus elementos. Os homens vestiam roupas da elite alethiana: casacos, calças rígidas no estilo de uniformes, cintos e camisas com botões. Ali, seus casacos estavam abertos, as camisas, soltas. Duas mulheres até vestiam o havah, embora outra estivesse de calças e casaco, não muito diferente do traje de Véu. O grupo inteiro lembrava Tyn, devido à maneira como estavam recostados de forma quase *deliberada*. Era preciso se esforçar para parecer tão indiferente.

Havia uma cadeira desocupada, então Véu andou até ela e sentou-se. A mulher olhos-claros na frente dela silenciou um homem que tagarelava, tocando os lábios dele. Ela usava o havah, mas sem uma manga na mão segura — em vez disso, usava uma luva com os dedos ousadamente cortados nas articulações.

— Esse é o lugar de Ur — disse a mulher para Véu. — Quando ele voltar da latrina, é melhor que você já tenha ido embora.

— Então serei rápida — respondeu Véu, consumindo o resto da bebida, saboreando o calor. — Uma mulher foi encontrada morta aqui. Acho que o assassino também pode ter matado uma pessoa querida para mim. Me disseram que "já deram um jeito" no assassino, mas preciso garantir.

— Ei — chamou um homem afetado em uma jaqueta azul com fendas cortadas para exibir o forro amarelo por baixo. — Era você que estava bebendo a cachaça de papaguampas. O velho Sullik só mantém aquela jarra como piada.

A mulher vestindo o havah entrelaçou os dedos diante de si, inspecionando Véu.

— Escute, só me diga quanto vai custar a informação — disse Véu.

— Não se pode comprar o que não está à venda.

— Tudo está à venda, se você pedir da maneira certa.

— O que você não está fazendo.

— Veja bem — disse Véu, tentando chamar a atenção da mulher. — Me escute. Minha irmã mais nova...

Uma mão pousou no ombro de Shallan e ela ergueu os olhos para encontrar um enorme papaguampas ao seu lado. Raios, ele devia ter mais de dois metros de altura.

— Aqui — disse ele, estendendo o som do *i* até parecer um *e* — é o meu lugar.

Ele puxou Véu da cadeira, jogando-a no chão e derrubando seu copo e sua bolsa, que rolou e se embolou nos seus braços. Ela ficou caída, atordoada enquanto o grandalhão tomava seu lugar; pôde ouvir a alma da cadeira gemendo em protesto.

Véu rosnou, então se levantou. Ela desenroscou a bolsa com um puxão e deixou-a cair, então pegou um lenço e a faca do seu interior. A faca era estreita e afiada, longa, mas mais fina do que a que estava no seu cinto.

Ela pegou seu chapéu e limpou a poeira dele antes de colocá-lo de volta e retornar tranquilamente à mesa. Shallan detestava confrontos, mas Véu adorava.

— Ora, ora — disse ela, pousando a mão segura sobre a enorme mão esquerda do papaguampas, que estava estendida sobre a mesa. Ela se inclinou para ele. — Você diz que o lugar é seu, mas não vejo seu nome nele.

O papaguampas a encarou, confuso com o gesto estranhamente íntimo de colocar a mão segura sobre a dele.

— Deixa eu te mostrar — disse ela, pegando a faca e colocando a ponta sobre o dorso da própria mão, que estava pressionada contra a dele.

— O que é isso? — perguntou ele, parecendo achar graça. — Você está querendo mostrar que é durona? Já vi homens fingindo...

Véu enfiou a faca através da própria mão, através da dele, até cravá-la na mesa. O papaguampas gritou, movendo a mão para cima, fazendo com que Véu puxasse a faca para fora das duas mãos. O homem desabou da cadeira enquanto se afastava desajeitadamente dela.

Véu sentou-se de novo, pegou o pano do bolso e enrolou-o ao redor da mão que sangrava. Isso obscureceria o corte quando ela o curasse.

O que não fez de imediato. Precisava ser vista sangrando. Em vez disso, um tanto surpresa com a própria calma, ela pegou de volta a faca, que havia caído ao lado da mesa.

— Você é maluca! — exclamou o papaguampas, se levantando e segurando a mão, que sangrava. — Você é *ana'kai maluca*.

— Ah, espere — disse Véu, tocando a mesa com a faca. — Olhe só, estou vendo sua marca aqui, em sangue. Lugar do Ur. Erro meu. — Ela franziu o cenho. — Mas tem a minha marca também. Acho que você pode se sentar no meu colo, se preferir.

— Vou esganar você! — disse Ur, olhando feio para as pessoas na tenda principal, que haviam se aglomerado perto da entrada daquela sala menor, cochichando. — Eu vou...

— Quieto, Ur — disse a mulher de havah.

Ele gaguejou:

— M-mas, Betha!

— Você acha que atacar meus amigos torna *mais* provável que eu fale? — perguntou a mulher a Véu.

— Sinceramente, só queria a cadeira de volta. — Véu deu de ombros, arranhando o topo da mesa com a faca. — Mas, se quiser que eu comece a machucar pessoas, acho que posso fazer isso.

— Você é maluca mesmo — disse Betha.

— Não. Só não considero seu grupinho uma ameaça. — Ela continuou arranhando. — Tentei ser educada, e minha paciência está acabando. É hora de me dizer o que quero saber antes que a coisa fique feia.

Betha franziu o cenho, então olhou para o que Véu havia entalhado na mesa. Três diamantes entrelaçados.

O símbolo dos Sanguespectros.

Véu arriscou que a mulher saberia o que aquilo significava. Eles pareciam ser desse tipo — bandidinhos, sim, mas com uma presença em um mercado importante. Véu não sabia quão discretos Mraize e seu grupo eram com o símbolo, mas o fato de o tatuarem em seus corpos indicava que não devia ser um enorme segredo. Era mais como um aviso, como crenguejos com pinças vermelhas para indicar que eram venenosos.

De fato, no momento em que Betha viu o símbolo, ela arquejou baixinho.

— Nós... não queremos saber de gente da sua laia — disse ela.

Um dos homens na mesa se levantou, tremendo, e olhou de um lado para outro, como se esperasse que assassinos o agarrassem ali mesmo.

Uau, pensou Véu. Até cortar a mão de um dos membros do grupo não havia provocado uma reação tão intensa.

Curiosamente, porém, uma das outras mulheres na mesa — uma mais baixa e mais jovem, vestindo um havah — se inclinou para frente, interessada.

— O assassino — disse Véu. — O que aconteceu com ele?

— Mandamos Ur jogá-lo do platô lá fora — disse Betha. — Mas... por que *vocês* estariam interessados nesse sujeito? Era só o Ned.

— Ned?

— Um bêbado do acampamento de Sadeas — disse um dos homens. — Bêbado raivoso; sempre criava problemas.

— Matou a esposa — disse Betha. — Uma pena, depois que ela o seguiu até aqui. Acho que nenhum de nós teve muita escolha, com aquela tempestade maluca. Mas ainda assim...

— E esse Ned assassinou a esposa com uma facada no olho? — perguntou Véu.

— O quê? Não, ele a estrangulou. Pobre diabo.

Estrangulou?

— Só isso? Nenhum ferimento de faca?

Betha balançou a cabeça, parecendo confusa.

Pai das Tempestades, pensou Véu. Então era um beco sem saída?

— Mas ouvi falar que o assassinato foi estranho.

— Não — disse o homem de pé, então se acomodou de volta ao lado de Betha, com a faca empunhada. Ele pousou-a na mesa diante deles. — Nós sabíamos que Ned uma hora iria longe demais. Todo mundo sabia. Não acho que ninguém ficou surpreso quando, depois que ela tentou tirar ele da taverna naquela noite, ele finalmente passou dos limites.

Literalmente, pensou Shallan. *Pelo menos depois que Ur pôs as mãos nele.*

— Parece que desperdicei seu tempo — disse Véu, se levantando. — Vou deixar esferas com o taverneiro; suas bebidas são por minha conta esta noite.

Ela lançou um olhar para Ur, que estava encolhido ali perto e a fitava com uma expressão mal-humorada. Ela acenou com os dedos cobertos de sangue, então abriu caminho de volta rumo à tenda principal da taverna.

Hesitou na entrada, contemplando seu próximo passo. Sua mão latejava, mas ela a ignorou. Beco sem saída. Talvez houvesse sido tola em pensar que poderia resolver em algumas horas o que Adolin passara semanas tentando decifrar.

— Ah, não fique com essa cara, Ur — disse Betha lá de trás, a voz ecoando da alcova da tenda. — Pelo menos foi só sua mão. Levando em conta quem ela era, podia ter sido *muito* pior.

— Mas por que ela estava tão interessada em Ned? — perguntou Ur. — Ela vai voltar porque eu o matei?

— Ela não estava atrás dele — disse outra das mulheres bruscamente. — Você não prestou atenção? Ninguém liga que o Ned tenha matado a pobre Rem. — Ela fez uma pausa. — Claro, ela podia estar falando da outra mulher que ele matou.

Véu sentiu um choque correr seu corpo. Ela girou, retornando rápido para a alcova. Ur gemeu, se encolhendo e segurando a mão ferida.

— Houve *outro* assassinato? — interpelou Véu.

— Eu... — Betha umedeceu os lábios. — Eu ia contar, mas você saiu tão rápido que...

— Fale logo.

— Nós teríamos deixado a guarda tomar conta de Ned, mas ele não ficou só no assassinato da pobre Rem.

— Ele matou outra pessoa?

Betha assentiu.

— Uma das garçonetes daqui. *Isso* nós não podíamos deixar passar. Nós protegemos este lugar, sabe. Então Ur teve que fazer uma longa caminhada com Ned.

O homem com a faca esfregou o queixo.

— Foi muito esquisito ele voltar e matar uma garçonete na noite seguinte. Deixou o corpo dela bem pertinho da esquina onde matou a pobre Rem.

— Ele gritou o tempo todo no caminho até a beira do platô, falando que ele não tinha matado a segunda — murmurou Ur.

— Matou, sim — disse Betha. — Aquela garçonete foi estrangulada exatamente do mesmo modo que Rem, o corpo largado na mesma posição. Até tinha as marcas que o seu anel arranhou o queixo dela, como no de Rem. — Os olhos castanho-claros dela ganharam um brilho assombrado, como se ela estivesse fitando novamente o corpo, como havia sido encontrado. — Exatamente as mesmas marcas. Bizarro.

Outro assassinato duplo, pensou Véu. *Raios. O que isso significa?*

Véu sentia-se tonta, embora não soubesse se era devido à bebida ou à imagem indesejada de mulheres estranguladas. Deu ao taverneiro algumas esferas — provavelmente uma quantia exagerada — e, com a jarra de cachaça de papaguampas enganchada no polegar, saiu pela noite.

19
A SUTIL ARTE DA DIPLOMACIA

TRINTA E UM ANOS ATRÁS

Uma vela tremulava na mesa e Dalinar acendeu a ponta do seu guardanapo nela, fazendo subir uma pequena fita de fumaça acre no ar. Estúpidas velas decorativas. Para que serviam? Para serem bonitas? Não usavam esferas justamente porque sua iluminação era melhor do que a de velas?

Depois do olhar irritado de Gavilar, Dalinar parou de queimar seu guardanapo e se inclinou para trás, bebericando uma caneca de vinho roxo-escuro. O tipo cujo aroma dava para sentir do outro lado da sala, potente e saboroso. Um salão de banquete se estendia diante dele, dezenas de mesas sobre o piso da grande sala de pedra. O lugar era muito quente e o suor cobria seus braços e testa. Velas demais, talvez.

Do lado de fora do salão de banquete, uma tempestade rugia como um louco que havia sido aprisionado, impotente e ignorado.

— Mas como o senhor lida com grantormentas, Luminobre? — perguntou Toh a Gavilar. O alto e loiro homem do ocidente estava sentado com eles à grã-mesa.

— Um bom planejamento impede que um exército esteja a céu aberto durante uma tempestade, exceto em situações raras — explicou Gavilar. — Casamatas são comuns em Alethkar. Se uma campanha leva mais tempo do que antecipado, nós dividimos o exército e recuamos de volta para uma dessas cidades para nos abrigarmos.

— E se o senhor estiver no meio de um cerco? — indagou Toh.

— Cercos são raros por aqui, Luminobre Toh — disse Gavilar com uma risada.

— Certamente há cidades com fortificações. Sua famosa Kholinar tem muralhas majestosas, não tem?

O homem possuía um sotaque carregado e falava com vogais curtas, de modo irritante. Soava idiota.

— Você está se esquecendo dos Transmutadores — replicou Gavilar. — Sim, cercos às vezes acontecem, mas é muito difícil matar de fome os soldados de uma cidade quando há Transmutadores e esmeraldas para fazer comida. Em vez disso, geralmente derrubamos as muralhas com rapidez, ou, o que é mais comum, tomamos o terreno mais alto e usamos essa vantagem para atacar a cidade por algum tempo.

Toh assentiu, aparentemente fascinado.

— Transmutadores. Não temos coisas assim em Rira ou Iri. Fascinante, fascinante... E há tantas Fractais aqui. Talvez metade do tesouro de Espadas e Armaduras do mundo todo, contida em reinos vorins. Os próprios Arautos favorecem vocês.

Dalinar sorveu um longo gole do seu vinho. Do lado de fora, o trovão sacudiu a casamata. A grantormenta estava em plena força agora.

Ali dentro, servos traziam fatias de porco e garras de lança para os homens, cozidos em um caldo saboroso. As mulheres jantavam em outro local, incluindo, segundo ouvira, a irmã de Toh. Dalinar ainda não fora apresentado a ela. Os dois olhos-claros ocidentais haviam chegado pouco mais de uma hora antes da tempestade.

O salão ecoava com os sons de pessoas tagarelando. Dalinar devorou suas garras de lança, quebrando-as com o fundo da caneca e removendo a carne com os dentes. O banquete parecia polido demais. Onde estava a música, a risada? As mulheres? Jantando em salas separadas?

A vida havia mudado naqueles últimos anos de conquista. Os quatro grão-príncipes finais resistiam firmemente na sua fronte unificada. A luta, antes frenética, havia amainado. Gavilar precisava passar cada vez mais tempo na administração do reino — que possuía metade do tamanho desejado, mas ainda assim era exigente.

Política. Gavilar e Sadeas não obrigavam Dalinar a participar com muita frequência, mas ele ainda precisava aparecer em banquetes como aquele, em vez de jantar com seus homens. Sugou uma garra ao assistir Gavilar conversar com o estrangeiro. Raios. Gavilar até parecia mesmo majestoso, com sua barba penteada daquele jeito, gemas brilhando nos dedos. Ele usava um uniforme no estilo mais recente. Formal, rígido. Já Dalinar usava seu *takama*, com um saiote e uma sobrecamisa aberta que descia até a metade das coxas, com o peito nu.

Sadeas era o centro das atenções de um grupo de olhos-claros inferiores em uma mesa do outro lado do salão. Todos naquele grupo haviam sido cuidadosamente escolhidos: homens de lealdade incerta. Ele ia conversar, persuadir, convencer. E, se julgasse que havia causa para preocupação, encontraria uma maneira de eliminá-los. Não com assassinos, naturalmente. Eles todos achavam aquele tipo de coisa desagradável; não era a maneira alethiana de agir. Em vez disso, manipulariam o sujeito para que duelasse com Dalinar, ou o posicionavam na linha de frente de um ataque. Ialai, a esposa de Sadeas, passava uma quantidade impressionante de tempo tramando novos ardis para se livrar de aliados problemáticos.

Dalinar terminou as garras, então voltou-se para o porco, um suculento pedaço de carne flutuando em molho. A comida *era* melhor no banquete. Só queria não se sentir tão inútil ali. Gavilar fazia alianças; Sadeas lidava com problemas. Os dois sabiam tratar um salão de banquete como um campo de batalha.

Dalinar estendeu a mão para a cintura, a fim de pegar sua faca e cortar a carne de porco. Só que a faca não estava ali.

Danação. Ele a emprestara para Teleb, não foi? Encarou o filé de porco, sentindo o odor do seu molho apimentado, a boca salivando. Já ia comer com os dedos, então se lembrou de olhar para os lados. Todos os outros estavam comendo educadamente, com utensílios. Mas os servidores tinham se esquecido de trazer uma faca para ele.

Danação de novo. Ele se recostou, balançando a caneca para pedir mais vinho. Ali perto, Gavilar e o estrangeiro continuavam conversando.

— A sua campanha aqui *tem* sido impressionante, Luminobre Kholin — disse Toh. — É possível vislumbrar seu ancestral no senhor, o grande Criador de Sóis.

— Com sorte, minhas realizações não serão tão efêmeras quanto as dele.

— Efêmeras! Ele reforjou Alethkar, Luminobre! O senhor não devia falar assim de alguém como ele. O senhor é seu descendente, correto?

— Todos nós somos — respondeu Gavilar. — A Casa Kholin, a Casa Sadeas... Todos os dez principados. Os fundadores foram os filhos dele, você sabe. Então sim, existem sinais da sua mão aqui... mas seu império não durou nem mesmo uma única geração depois da morte dele. Isso me faz pensar o que havia de errado com sua visão, seu planejamento, para que seu grande império tenha se despedaçado tão rápido.

A tempestade rugia. Dalinar tentou chamar a atenção de um servo para solicitar uma faca de jantar, mas eles estavam ocupados demais correndo de um lado para outro, atendendo às necessidades de outros comensais exigentes.

Ele suspirou, então se levantou, se alongando, e caminhou até a porta, segurando a caneca vazia. Perdido em pensamentos, jogou o peso do corpo na porta, então abriu a pesada construção de madeira e saiu.

Uma rajada de chuva gélida subitamente encharcou sua pele e o vento o atingiu com tanta força que o fez cambalear. A grantormenta estava no seu ápice furioso, relâmpagos despencando como ataques vingativos dos Arautos.

Dalinar saiu pela tempestade, a sobrecamisa tremulando ao seu redor. Gavilar falava cada vez mais sobre coisas como legado, o reino, responsabilidade. O que havia acontecido com a diversão da luta, com cavalgar para a batalha às gargalhadas?

O trovão desabava e mal dava para enxergar sob os relâmpagos periódicos. Ainda assim, Dalinar conhecia bem o caminho. Estavam em um ponto de parada para grantormentas, um lugar construído para abrigar exércitos em patrulha durante tempestades. Ele e Gavilar estavam hospedados ali há uns quatro meses, recebendo tributos das fazendas próximas e ameaçando a Casa Evavakh de dentro das suas fronteiras.

Dalinar encontrou a casamata específica que estava procurando e bateu à porta. Sem resposta. Então ele invocou sua Espada Fractal, deslizando a ponta entre as portas duplas, e cortou a trava por dentro. Empurrou a porta para abri-la e encontrou um grupo de homens armados e de olhos arregalados, se apressando a entrar em formação defensiva, cercados por esprenos de medo, armas erguidas em mãos nervosas.

— Teleb — chamou Dalinar, de pé na entrada. — Eu emprestei para você minha faca de cinto? A minha favorita, com o espinha-branca de marfim no cabo?

O soldado alto, na segunda fileira de homens apavorados, fitou-o, boquiaberto.

— Hã... sua *faca*, Luminobre?

— Eu a perdi em algum lugar — explicou Dalinar. — Eu a emprestei para você, não foi?

— Eu a devolvi, senhor — disse Teleb. — O senhor usou-a para soltar aquela farpa da sua sela, lembra?

— Danação. Tem razão. O que *foi* que eu fiz com a maldita faca?

Dalinar saiu da porta e caminhou de volta para a tempestade. Talvez suas preocupações tivessem mais a ver consigo mesmo do que com Gavilar. As batalhas dos Kholin eram tão calculadas atualmente... e nos últimos meses tinham mais a ver com o que acontecia fora do campo de batalha do que dentro. Tudo isso parecia deixar Dalinar para trás, como a couraça rejeitada de um crenguejo depois da muda.

Uma rajada explosiva de vento o jogou contra a parede e ele cambaleou, então deu um passo para trás, impulsionado por instintos que ele não sabia definir. Uma grande pedra acertou a parede, depois quicou para longe. Dalinar deu uma olhada e viu algo luminoso ao longe: uma figura colossal que se movia sobre pernas finas brilhantes.

Ele voltou ao salão de banquete, fazendo um gesto grosseiro para fosse-lá-o-que-fosse a figura, então abriu a porta com um empurrão — jogando para os lados dois servos que a mantinham fechada — e entrou a passos largos. Com água escorrendo pelo corpo, ele caminhou até a grã-mesa, onde se deixou cair na cadeira e pousou a caneca. Que ótimo. Agora estava molhado e *ainda* não tinha como comer a carne de porco.

Todos caíram em silêncio. Um mar de olhos o fitava.

— Irmão? — chamou Gavilar, o único som no recinto. — Está tudo... tudo bem?

— Perdi minha tormentosa faca — disse Dalinar. — Pensei que a havia deixado na outra casamata.

Ele levantou a caneca e tomou um gole barulhento e preguiçoso de água de chuva.

— Com licença, Lorde Gavilar — balbuciou Toh. — Eu... vou atrás de algo para beber.

O ocidental loiro se levantou, fez uma mesura e recuou pelo salão até onde um criado-mestre estava servindo bebidas. Seu rosto parecia ainda mais pálido que aquela gente costumava ser.

— Qual é o problema dele? — quis saber Dalinar, arrastando a cadeira para perto do irmão.

— Imagino que as pessoas que ele conhece não saiam casualmente para passeios durante grantormentas — disse Gavilar, achando graça.

— Bah. Estamos em uma parada fortificada, com muralhas e casamatas. Não precisamos ter medo de um ventinho.

— Toh pensa diferente, eu garanto.

— Você está sorrindo.

— Você acabou de provar em um momento, Dalinar, um argumento que passei meia hora tentando explicar para ele politicamente. Toh duvida se somos fortes o bastante para protegê-lo.

— Era esse o assunto da conversa?

— Indiretamente, sim.

— Hum. Estou feliz de poder ajudar. — Dalinar pegou uma garra do prato de Gavilar. — O que é preciso fazer para que um desses servos chiques me arrume uma tormentosa faca?

— Eles são criados-mestres, Dalinar — disse seu irmão, fazendo um sinal com a mão de uma maneira específica. — O gesto da necessidade, lembra?

— Não.

— Você precisa prestar mais atenção. Não estamos mais vivendo em cabanas.

Eles nunca haviam vivido em cabanas. Eram Kholins, herdeiros de uma das maiores cidades do mundo — mesmo que Dalinar nunca houvesse visto o local até os doze anos de idade. Ele não gostava que Gavilar estivesse comprando a história que o resto do reino contava, que alegava que o ramo de sua casa havia, até recentemente, sido composto por malfeitores dos cafundós do seu próprio principado.

Um grupo de servos vestidos de preto e branco foram até Gavilar, que solicitou uma nova faca de jantar para o irmão. Enquanto eles se dividiam para executar a tarefa, as portas do salão de banquete das mulheres se abriram, e uma figura adentrou o recinto.

Dalinar perdeu o fôlego. O cabelo de Navani brilhava com os rubis minúsculos que ela havia trançado neles, uma cor que combinava com seu pingente e bracelete. Seu rosto possuía um bronzeado sensual, seu cabelo negro alethiano como piche, o sorriso de lábios rubros tão sábio e arguto. E um corpo... um corpo para fazer um homem chorar de desejo.

A esposa do seu irmão.

Dalinar se controlou e levantou o braço em um gesto como o que Gavilar havia feito. Um atendente apareceu com um passo animado.

— Luminobre, é claro que vou atender seus desejos, embora o senhor talvez devesse saber que o sinal está errado. Se me permitir, posso demonstrar...

Dalinar fez um gesto grosseiro.

— Assim está melhor?

— Hã...

— Vinho — disse Dalinar, balançando a caneca. — Roxo. O bastante para encher isso aqui pelo menos três vezes.

— E qual safra o senhor prefere, Luminobre?

Ele olhou Navani de lado.

— A que estiver mais próxima.

Navani passou entre as mesas, seguida pela silhueta mais atarracada de Ialai Sadeas. Nenhuma das duas parecia se importar de serem as únicas mulheres olhos-claros no salão.

— O que aconteceu com o emissário? — perguntou Navani ao se aproximar.

Ela se enfiou entre Dalinar e Gavilar quando um servo lhe trouxe uma cadeira.

— Dalinar o espantou — disse Gavilar.

O aroma do perfume dela era inebriante. Dalinar puxou sua cadeira para o lado e manteve uma expressão fixa. Tinha que ser firme, não deixá-la saber como o aquecia, como o avivava como nada mais além da batalha conseguia.

Ialai puxou uma cadeira para si e um servo trouxe vinho para Dalinar. Ele bebeu um gole longo para se acalmar, direto da jarra.

— Estávamos avaliando a irmã — disse Ialai, se inclinando do outro lado de Gavilar. — Ela é um pouquinho sem graça...

— Um *pouquinho*? — perguntou Navani.

— ... mas estou razoavelmente segura de que está sendo honesta.

— O irmão também parece ser assim — disse Gavilar, esfregando o queixo e inspecionando Toh, que estava provando uma bebida perto do bar. — Inocente, ingênuo. Mas acho que é sincero.

— Ele é um bajulador — grunhiu Dalinar.

— Ele é um homem sem lar, Dalinar — disse Ialai. — Sem lealdade, à mercê daqueles que o acolherem. E só tem uma peça que pode usar para garantir seu futuro.

Uma Armadura Fractal.

Tirada da sua terra natal, Rira, e levada para leste, para o mais longe possível que Toh conseguiu chegar dos seus parentes — que supostamente se ultrajaram ao descobrir que uma herança tão valiosa havia sido roubada.

— Ele não está com a armadura — disse Gavilar. — Pelo menos é inteligente o bastante para não carregá-la. Ele vai querer garantias antes de entregá-la a nós. Garantias fortes.

— Vejam como ele olha para Dalinar — observou Navani. — Você o impressionou. — Ela inclinou a cabeça. — Você está molhado?

Dalinar correu os dedos pelo cabelo. Raios. Ele não ficara envergonhado de encarar a multidão no salão, mas diante dela percebeu que estava enrubescendo.

Gavilar deu uma gargalhada.

— Ele saiu para dar uma volta.

— Está brincando — disse Ialai, chegando para o lado quando Sadeas se juntou a eles na grã-mesa.

O homem de rosto bulboso se ajeitou na cadeira junto com ela, cada um em uma metade. Ele deixou cair um prato na mesa, cheio de garras em um molho vermelho brilhante. Ialai atacou-as imediatamente. Ela era uma das poucas mulheres que Dalinar conhecia que preferia comida masculina.

— O que estamos discutindo? — perguntou Sadeas, mandando embora um criado-mestre que trouxe uma cadeira, depois passando o braço pelos ombros da esposa.

— Estamos falando sobre arrumar um casamento para Dalinar — disse Ialai.

— O quê? — interpelou Dalinar, engasgando-se com o vinho.

— Era *esse* o ponto, certo? — continuou Ialai. — Eles querem alguém que possa protegê-los, alguém que a família deles tenha medo demais para atacar. Mas Toh e a irmã querem mais do que apenas asilo. Eles querem fazer parte das coisas. Injetar seu sangue na linhagem real, por assim dizer.

Dalinar tomou outro longo gole.

— Você *podia* tomar água de vez em quando, sabe, Dalinar? — sugeriu Sadeas.

— Bebi um pouco de água da chuva mais cedo. Todo mundo me olhou de um jeito esquisito.

Navani sorriu para ele. Não havia vinho o suficiente no mundo para prepará-lo para o olhar por trás daquele sorriso, tão penetrante, tão atento.

— Pode ser disso mesmo que precisamos — comentou Gavilar. — Não só teremos a Fractal, mas também vamos passar a ideia de que falamos por Alethkar. Se as pessoas de fora do reino começarem a me procurar em busca de refúgio e tratados, talvez a gente consiga convencer os grão-príncipes restantes. Poderíamos conseguir unir esse país sem novas guerras, só pelo puro peso da *legitimidade*.

Uma serva finalmente apareceu com uma faca para Dalinar. Ele pegou-a ansiosamente, então franziu o cenho quando a mulher se afastou.

— O que foi? — indagou Navani.

— Essa coisinha? — reclamou Dalinar, segurando a faca delicada entre dois dedos e balançando-a. — Como posso comer um filé de porco com *isso*?

— Ataque-o — disse Ialai, fazendo um movimento de apunhalar. — Finja que é algum homem grosseirão que insultou o seu bíceps.

— Se alguém insultasse meu bíceps, eu não o atacaria — retrucou Dalinar. — Eu lhe indicaria um médico, porque *obviamente* há algo de errado com seus olhos.

Navani riu, um som musical.

— Ah, Dalinar — disse Sadeas. — Não acho que exista outra pessoa em Roshar que poderia dizer isso de cara limpa.

Dalinar grunhiu, então tentou manobrar a faquinha para cortar o filé. A carne estava esfriando, mas ainda tinha um aroma delicioso. Um único espreno de fome começou a voejar ao redor da sua cabeça, como uma minúscula mosca marrom, do tipo que se encontrava a oeste, perto de Lagopuro.

— O que derrotou o Criador de Sóis? — perguntou Gavilar de repente.

— Hmm? — fez Ialai.

— O Criador de Sóis — repetiu Gavilar, olhando de Navani para Sadeas e depois para Dalinar. — Ele uniu Alethkar. Por que fracassou em criar um império duradouro?

— Seus filhos eram ambiciosos demais — respondeu Dalinar, serrando o filé. — Ou fracos demais, talvez. Nenhum deles conseguiu o apoio do outros.

— Não, não é isso — disse Navani. — Eles poderiam ter se unido, se o próprio Criador de Sóis houvesse se dado ao trabalho de *escolher* um herdeiro. Foi culpa dele.

— Ele partiu rumo ao oeste — disse Gavilar. — Liderando seu exército para "maiores glórias". Alethkar e Herdaz não bastavam; queria o mundo inteiro.

— Então foi a ambição dele — disse Sadeas.

— Não, sua cobiça — replicou Gavilar em voz baixa. — De que adianta conquistar, se você nunca para e aproveita? Shubreth-filho-Mashalan, o Criador de Sóis, até mesmo a Hierocracia... todos expandiram cada vez mais, até entrarem em colapso. Na história da humanidade, algum conquistador alguma vez decidiu que já tinha o bastante? Algum homem simplesmente disse "Está bom, era isso que eu queria" e foi para casa?

— Nesse momento, o que quero é comer meu tormentoso filé — disse Dalinar, exibindo a faquinha, que havia entortado no meio.

Navani ficou incrédula.

— Como, pelo décimo nome do Todo-Poderoso, você conseguiu fazer isso?

— Num sei.

Gavilar estava com aquele ar distante e longínquo nos olhos verdes. Uma expressão que se tornava cada vez mais comum.

— Por que estamos em guerra, irmão?

— Isso de novo? — reclamou Dalinar. — Olhe só, não é tão complicado. Não se lembra de como era quando começamos?

— Me relembre.

— Bem — disse Dalinar, sacudindo sua faca torta —, nós olhávamos para algum lugar, algum reino, e percebíamos: "Ei, essas pessoas têm *coisas*." E aí pensávamos... Ei, talvez *nós* devêssemos ter essas coisas. Então a gente pegava.

— Ah, Dalinar — disse Sadeas, rindo. — Você é uma figura.

— Mas você nunca pensa sobre o que isso significa? — indagou Gavilar. — Um reino? Algo maior do que você mesmo?

— Isso é bobagem, Gavilar. As pessoas lutam para conseguir coisas. Só isso.

— Talvez — disse Gavilar. — Talvez. Há algo que quero que você escute. Os Códigos de Guerra, dos tempos antigos. Da época em que Alethkar significava alguma coisa.

Dalinar concordou, distraído, e a equipe de servos entrou com chás e frutas para encerrar a refeição. Uma delas tentou levar seu filé e ele rosnou em resposta. Enquanto a serva recuava, Dalinar vislumbrou algo. Uma mulher espiando pela fresta da porta para o outro salão de banquete. Ela usava um delicado e fino vestido amarelo-claro, que combinava com seu cabelo loiro.

Ele se inclinou para frente, curioso. A irmã de Toh, Evi, tinha dezoito anos, talvez dezenove. Era alta, quase tão alta quanto um alethiano, e de peito pequeno. Na verdade, ela passava certa sensação incorpórea, como se fosse menos real que um alethiano. O mesmo valia para seu irmão, com seu porte esguio.

Mas aquele *cabelo*. Fazia com que ela se destacasse, como o brilho de uma vela em uma sala escura.

Ela disparou pelo salão de banquete até o irmão, que lhe serviu uma bebida. Ela tentou tomá-la com a mão esquerda, que estava envolta em uma pequena bolsa de pano amarelo. Estranhamente, o vestido não tinha mangas.

— Ela não parava de tentar comer com a mão segura — disse Navani, a sobrancelha levantada.

Ialai se inclinou sobre a mesa na direção de Dalinar, falando em um tom conspiratório.

— Você sabe, no extremo ocidente elas saem por aí seminuas. Riranianas, irialianas, as reshianas. Elas não são tão reprimidas como essas mulheres alethianas certinhas. Aposto que ela é bastante exótica na cama...

Dalinar grunhiu. Então finalmente avistou uma faca.

Na mão escondida atrás das costas de um servo que retirava os pratos de Gavilar.

Dalinar chutou a cadeira do irmão, quebrando uma de suas pernas e fazendo com que Gavilar desabasse no chão. O assassino atacou no mesmo momento, raspando a orelha de Gavilar, mas, no geral, errando o alvo. O golpe a esmo atingiu a mesa, cravando a faca na madeira.

Dalinar ergueu-se de um salto, se esticando sobre Gavilar e agarrando o assassino pelo pescoço. Ele girou o pretenso matador e derrubou-o no chão, ouvindo um satisfatório som de fratura. Ainda em movimento, Dalinar agarrou a faca da mesa e golpeou-a no peito do assassino.

Ofegante, Dalinar deu um passo para trás e limpou a água de chuva dos olhos. Gavilar se levantou de um salto, a Espada Fractal surgindo em sua mão. Ele olhou para o assassino, depois para o irmão.

Dalinar chutou o assassino para certificar-se de que estava morto. Então assentiu consigo mesmo, endireitou sua cadeira, sentou-se, depois se abaixou e arrancou a faca do peito do homem. Uma bela lâmina.

Ele a lavou no próprio vinho, então cortou um pedaço do seu filé e enfiou-o na boca. *Finalmente.*

— O porco está ótimo — observou Dalinar, de boca cheia.

Do outro lado do salão, Toh e sua irmã encaravam Dalinar com expressões que misturavam espanto e terror. Ele vislumbrou alguns esprenos de surpresa ao redor deles, como triângulos de luz amarela, se fragmentando e se reformando. Esprenos raros, aqueles.

— Obrigado — disse Gavilar, tocando a orelha e o sangue que pingava dela.

Dalinar deu de ombros.

— Desculpe por tê-lo matado. Você provavelmente ia querer interrogá-lo, né?

— Não é difícil adivinhar quem o mandou — replicou Gavilar, sentando-se, afastando com um aceno de mão os guardas que, tarde demais, correram para ajudar.

Navani agarrou o braço dele, obviamente abalada pelo ataque. Sadeas praguejou entredentes.

— Nossos inimigos estão ficando desesperados. Covardes. Um assassino durante uma tormenta? Um alethiano deveria se envergonhar de uma coisa dessas.

Novamente, todos no banquete estavam olhando espantados para a grã-mesa. Dalinar cortou seu bife outra vez, enfiando outro naco na boca. Qual o problema? Ele não ia *beber* o vinho onde lavara o sangue. Não era um bárbaro.

— Eu sei que disse que queria que você mesmo escolhesse uma esposa — disse Gavilar. — Mas...

— Eu aceito — respondeu Dalinar, olhando para frente.

Jamais teria Navani; raios, só precisava aceitar isso de uma vez.

— Eles são tímidos e cuidadosos — observou Navani, tocando levemente a orelha de Gavilar com seu guardanapo. — Pode levar mais tempo para persuadi-los.

— Ah, não precisa se preocupar com isso — disse Gavilar, olhando de volta para o cadáver. — Dalinar é muito *persuasivo*.

20

CORDAS PARA PRENDER

Contudo, com um tempero perigoso, talvez seja melhor avisá--lo para provar com cuidado. Gostaria que sua lição não fosse tão dolorosa quanto a minha.

— De *Sacramentadora*, prefácio

—AGORA, ISSO AQUI NÃO é uma ferida tão séria — disse Kaladin. — Sei que parece profunda, mas muitas vezes é melhor um corte profundo por uma faca afiada do que um rasgo de uma lâmina sem fio.

Ele pressionou para juntar a pele do braço de Khen e aplicou o curativo no corte.

— Sempre use um pano limpo fervido. Esprenos de putrefação adoram pano sujo. Infecções são o verdadeiro perigo aqui; dá para identificá-las pela vermelhidão nas bordas da ferida, que cresce e formas faixas. Também haverá pus. Sempre lave um corte antes de fazer o curativo.

Ele deu um tapinha no braço de Khen e pegou de volta sua faca, que havia causado a laceração enquanto Khen a usava para cortar galhos de uma árvore caída para servirem de lenha. Ao redor dela, os outros parshemanos recolhiam os bolos que haviam deixado para secar ao sol.

Eles até que tinham bastante recursos, levando tudo em consideração. Vários parshemanos tiveram a presença de espírito de pegar baldes de metal durante o ataque — que haviam servido como panelas para ferver água —, e os odres seriam muito úteis. Ele se juntou a Sah, o parshemano que originalmente havia sido seu captor, entre as árvores do acampamento improvisado. O parshemano estava amarrando uma cabeça de machado de pedra a um galho.

Kaladin pegou a ferramenta da mão dele e testou-a contra um tronco, julgando quão bem ela rachava a madeira.

— Você precisa apertar mais os laços. Molhe as tiras de couro e puxe com força quando estiver amarrando. Se não tomar cuidado, ela vai desmontar no meio do movimento.

Sah grunhiu, pegando a machadinha de volta e resmungando baixinho enquanto desfazia os nós. Ele olhou Kaladin de soslaio.

— Pode ir tomar conta de outro, humano.

— Deveríamos marchar esta noite — disse Kaladin. — Já ficamos no mesmo ponto tempo demais. E nos separarmos em grupos menores, como eu disse.

— Vamos ver.

— Olha, se há algo de errado com meus conselhos...

— Não há nada de errado.

— Mas...

Sah suspirou, erguendo os olhos para os de Kaladin.

— Quando foi que um escravo aprendeu a dar ordens e a andar por aí como um olhos-claros?

— Não passei a vida inteira como escravo.

— Eu detesto me sentir como uma criança — disse Sah, e recomeçou a amarrar a cabeça do machado, mais apertado dessa vez. — Detesto ter que aprender coisas que eu já devia saber. Mais que tudo, detesto precisar da sua ajuda. Nós fugimos. Nós escapamos. E agora? Você aparece e começa a nos dizer o que fazer? Voltamos a seguir ordens de alethianos.

Kaladin permaneceu em silêncio.

— Aquele espreno amarelo é a mesma coisa — murmurou Sah. — Andem logo. Não parem. Ela diz que estamos livres, então em seguida nos censura por não obedecermos rápido o bastante.

Eles ficaram surpresos por Kaladin não poder ver o espreno. Também mencionaram os sons que ouviam, ritmos distantes, quase música.

— "Liberdade" é uma palavra estranha, Sah — sussurrou Kaladin, se acomodando. — Nesses últimos meses, provavelmente fui mais "livre" do que em qualquer período desde a infância. Quer saber o que fiz com isso? Fiquei no mesmo lugar, servindo outro grão-senhor. Me pergunto se homens que usam cordas para prender são tolos, já que tradição, sociedade e costume já nos prendem de todo modo.

— Eu não tenho tradições — disse Sah. — Ou sociedade. Mas ainda assim minha "liberdade" é como a de uma folha. Caído da árvore, eu só flutuo ao vento e finjo que estou no comando do meu destino.

— Isso foi quase poesia, Sah.

— Não faço ideia do que seja poesia.

Ele apertou bem o último nó e levantou o novo machado. Kaladin pegou-o e o enterrou no tronco perto dele.

— Melhor.

— Você não está preocupado, humano? Nos ensinar a fazer bolos é uma coisa; nos dar armas é outra bem diferente.

— Uma machadinha é uma ferramenta, não uma arma.

— Talvez. Mas com esse mesmo método de amarração e de afiação que me ensinou, uma hora farei uma lança.

— Você age como se a luta fosse inevitável.

Sah riu.

— Você não acha que é?

— Vocês têm uma escolha.

— Diz o homem com a marca na testa. Se eles fazem isso com um dos *seus*, que brutalidade aguarda um bando de parshemanos ladrões?

— Sah, *não precisa* haver guerra. Vocês *não* precisam lutar com os humanos.

— Talvez. Mas me deixe perguntar uma coisa. — Ele pousou o machado no colo. — Considerando o que eles fizeram comigo, por que eu *não lutaria*?

Kaladin não conseguiu se obrigar a refutá-lo. Lembrou-se do próprio tempo como escravo: a frustração, a impotência, a raiva. Eles o marcaram com o *shash* porque ele era perigoso. Porque havia revidado.

Ousaria pedir que aquele homem fizesse diferente?

— Eles vão querer nos escravizar novamente — continuou Sah, pegando o machado e golpeando o tronco perto dele, tentando remover a casca áspera como Kaladin havia instruído, para que pudessem coletar madeira para fogueiras. — Nós somos dinheiro perdido, e um precedente perigoso. Sua raça vai gastar uma fortuna tentando descobrir o que mudou e nos fez recuperar a mente, e vão encontrar uma maneira de reverter isso. Vão roubar minha sanidade e me colocar para carregar água outra vez.

— Talvez... talvez possamos convencê-los a não fazer isso. Eu conheço bons homens entre os olhos-claros alethianos, Sah. Se falarmos com eles, mostrarmos como vocês falam e pensam... que vocês são como pessoas comuns... eles vão escutar. Vão concordar em dar a vocês sua liberdade. Foi assim que eles trataram seus primos das Planícies Quebradas, quando os conheceram.

Sah golpeou a madeira com a machadinha, lançando um pedaço no ar.

— E é por isso que devemos ser livres agora? Por que estamos agindo como você? Nós merecíamos a escravidão antes, quando éramos diferentes? Não tinha problema nos dominarem quando não podíamos revidar, mas agora não, porque podemos *falar*?

— Bem, quero dizer...

— É por isso que estou com raiva! Obrigado por tudo que está nos mostrando, mas não espere que eu fique feliz por precisar de você para isso. Só reforça a crença dentro de você, talvez até mesmo dentro de mim, que o seu povo é que *tem o direito* de decidir sobre a nossa liberdade.

Sah se afastou pisando duro e, depois que ele se foi, Syl apareceu do matagal e pousou no ombro de Kaladin, alerta — tomando cuidado com o espreno de vazio —, mas não imediatamente alarmada.

— Acho que sinto uma grantormenta chegando — sussurrou ela.

— O quê? É mesmo?

Ela confirmou.

— Ainda está distante. Um dia ou três. — Syl inclinou a cabeça. — Acho que eu poderia ter feito isso antes, mas não precisava. Ou não sabia se queria. Você sempre tinha as listas.

Kaladin respirou fundo. Como proteger aquelas pessoas da tormenta? Teria que encontrar abrigo. Teria que...

Estou fazendo de novo.

— Não posso fazer isso, Syl — sussurrou Kaladin. — Não posso passar tempo com esses parshemanos, vendo o lado deles.

— Por quê?

— Porque Sah tem razão. Isso *vai* virar uma guerra. O espreno de vazio vai conduzir os parshemanos até um exército, e com razão, depois do que foi feito a eles. Nossa espécie vai ter que revidar ou será destruída.

— Então encontre o meio-termo.

— O meio-termo na guerra só aparece depois que muitas pessoas morrem. E só quando as pessoas importantes estão preocupadas que vão perder. Raios, eu não devia estar aqui. Estou começando a querer defender essas pessoas! Ensiná-las a lutar. Eu não ouso... a única maneira de combater os Esvaziadores é fingir que há uma diferença entre os homens que tenho que proteger e os que tenho que matar.

Ele se arrastou pelo matagal e ajudou a desfazer uma das tendas de lona improvisadas para a marcha daquela noite.

21

PREPARADO PARA FALHAR

Eu não sou um contador de histórias, para entretê-los com contos fantasiosos.

—De *Sacramentadora*, prefácio

UMA BATIDA CLAMOROSA E insistente acordou Shallan. Ela ainda não tinha uma cama, então dormia em uma embolação de cabelos ruivos e cobertores retorcidos.

Ela puxou um deles sobre a cabeça, mas a batida persistiu, seguida pela voz irritantemente encantadora de Adolin.

— Shallan? Olhe, dessa vez vou esperar para entrar só quando você *realmente* tiver certeza de que eu posso.

Ela espiou a luz solar que entrava pela janela da sacada feito tinta derramada. Manhã? O sol estava no lugar errado.

Espere... Pai das Tempestades. Ela passara a noite fora como Véu, então dormira até a tarde. Shallan resmungou, jogando longe os cobertores suados, e ficou deitada ali só de camisola, a cabeça latejando. Havia uma caneca vazia de cachaça de papaguampas no canto.

— Shallan? — chamou Adolin. — Está pronta?

— Depende do contexto — disse ela, com a voz crocitante. — Estou pronta para dormir.

Ela pôs as mãos sobre os olhos, a mão segura ainda envolvida em um curativo improvisado. O que foi que deu nela? Exibindo por aí o símbolo dos Sanguespectros? Bebendo até cair? *Apunhalando um homem* na frente de uma gangue de bandidos armados?

Suas ações pareciam um sonho.

— Shallan — disse Adolin, soando preocupado. — Vou dar uma espiada. Palona disse que você passou o dia todo aí dentro.

Ela soltou um gritinho, se levantando e agarrando a roupa de cama. Quando ele olhou, viu-a enrolada ali, cabelo desgrenhado escapando dos cobertores — que havia puxado até o queixo. Claro que Adolin estava perfeito. Ele estaria perfeito depois de uma tempestade, seis horas de luta e um banho em água de crem. Homem irritante. *Como* ele deixava o cabelo tão adorável? Despenteado na medida certa.

— Palona falou que você não estava se sentindo bem — disse Adolin, puxando o pano da porta e se escorando no batente.

— Blarg.

— Está com, hum, problemas de moça?

— Problemas de moça — repetiu ela em tom inexpressivo.

— Você sabe. Quando vocês... hã...

— Estou ciente da biologia, Adolin, muito obrigada. Por que é que toda vez que uma mulher está se sentindo um pouco estranha os homens logo culpam o ciclo dela? Como se ela fosse subitamente incapaz de se controlar porque está sentindo algumas dores. Ninguém pensa isso dos homens. "Ah, fique longe de Venar hoje. Ele treinou tanto ontem que seus músculos estão doloridos e ele pode *arrancar sua cabeça*."

— Então a culpa é nossa.

— Sim. Como todo o resto. Guerra. Fome. Cabelos rebeldes.

— Espere aí. Cabelos rebeldes?

Shallan soprou uma mecha de cabelo para longe dos olhos.

— Espalhafatosos. Teimosos. Indiferentes às nossas tentativas de endireitá-los. O Todo-Poderoso nos deu cabelos rebeldes para nos preparar para o convívio com os homens.

Adolin levou até ela uma pequena bacia de água morna para lavar o rosto e as mãos. Abençoado fosse ele. E Palona, que provavelmente lhe mandara levar a bacia.

Danação, sua mão doía. E sua cabeça também. Ela se lembrava de eliminar o álcool de seu corpo algumas vezes, na noite anterior, mas não tivera Luz das Tempestades o suficiente para curar totalmente a mão. E nem de longe o bastante para deixá-la completamente sóbria.

Adolin pousou a água, animado como o nascer do sol, sorrindo.

— Então, *qual* é o problema?

Ela puxou o cobertor sobre a cabeça e se enrolou nele, como o capuz de um manto.

— Problemas de moça — mentiu.

— Olha, acho que os homens não culpariam seu ciclo com tanta frequência se vocês não fizessem o mesmo. Cortejei um número razoável de mulheres e certa vez eu contei; Deeli uma vez teve problemas femininos quatro vezes no mesmo mês.

— Somos criaturas muito misteriosas.

— Eu que o diga. — Ele levantou a caneca e a cheirou. — Isso aqui é *cachaça de papaguampas*? — Ele olhou para ela, parecendo chocado, mas talvez um pouco impressionado também.

— Exagerei um pouco — resmungou Shallan. — Investigando o seu assassino.

— Em um lugar onde servem aguardente de papaguampas?

— Um beco na Separação. Lugar horrível. Mas a bebida é boa.

— Shallan! Você foi sozinha? Isso não é seguro.

— Adolin, querido — respondeu ela, finalmente baixando o cobertor de volta aos ombros —, eu poderia *literalmente* sobreviver a ter o peito transpassado por uma espada. Acho que não preciso me preocupar com alguns malfeitores no mercado.

— Ah. Verdade. É meio fácil de esquecer. — Ele franziu o cenho. — Então... espere. Você pode sobreviver a todo tipo de assassinato horrível, mas ainda assim...

— Tenho cólicas menstruais? — disse Shallan. — Sim. A Mãe Cultura pode ser detestável. Eu sou todapoderosa, pseudoimortal, portadora de uma Espada Fractal, mas a natureza ainda me manda uma recordação amigável volta e meia para me dizer que eu devia ter filhos logo.

— Sem acasalamento — zumbiu Padrão baixinho na parede.

— Mas eu não deveria culpar meu ciclo pelo que fiz ontem — acrescentou Shallan para Adolin. — Ainda vai demorar algumas semanas para eu ficar naqueles dias. O que fiz ontem foi mais psicológico do que biológico.

Adolin pousou a jarra.

— É, bom, é melhor tomar cuidado com bebidas de papaguampas.

— Não é tão ruim. — Shallan suspirou. — Consigo curar a intoxicação com um pouco de Luz das Tempestades. Falando nisso, você não tem nenhuma esfera aí, tem? Parece que eu... hum... comi todas as minhas.

Ele deu uma risada.

— Eu tenho *uma*. Uma única esfera. Meu pai me emprestou para que eu pudesse parar de carregar uma lanterna para todo canto.

Ela tentou bater os cílios para ele. Não sabia direito como fazer isso, mas pareceu funcionar. Pelo menos, ele revirou os olhos e entregou-lhe um marco de rubi.

Shallan sugou a Luz de modo faminto e prendeu a respiração para que a Luz não escapasse como fumaça enquanto respirava, e... suprimiu a Luz. Descobriu que podia fazer isso para se impedir de brilhar ou chamar atenção. Era o que fazia quando criança, não era?

Sua mão se curou lentamente e ela deixou escapar um suspiro aliviado quando a dor de cabeça também sumiu.

Adolin ficou com uma esfera fosca.

— Sabe, quando meu pai explicou que bons relacionamentos precisam de investimento, acho que não era disso que ele estava falando.

— Hum — murmurou Shallan, fechando os olhos e sorrindo.

— Além disso, nós temos as conversas *mais estranhas*.

— Mas parece natural conversar assim com você.

— Eu acho essa a parte mais estranha. Bem, é melhor você tomar mais cuidado com sua Luz das Tempestades. Meu pai mencionou que estava tentando conseguir mais esferas infundidas para praticar, só que simplesmente não há nenhuma.

— E o pessoal de Hatham? — indagou ela. — Eles deixaram um monte de esferas a céu aberto na última grantormenta.

O que fora há apenas... ela fez o cálculo e ficou espantada. Fazia *semanas* desde a grantormenta inesperada, quando ela operara pela primeira vez o Sacroportal. Shallan olhou para a esfera entre os dedos de Adolin.

Todas já deviam estar foscas a essa altura, pensou. *Mesmo as renovadas mais recentemente.* Como ainda tinham *qualquer* Luz das Tempestades?

De repente, suas ações da noite anterior pareceram ainda mais irresponsáveis. Quando Dalinar ordenara-lhe a praticar seus poderes, provavelmente não queria dizer praticar como não ficar bêbada demais.

Ela suspirou e, ainda enrolada no cobertor, estendeu a mão para a bacia de água. Shallan tinha uma dama de companhia chamada Marri, mas estava sempre a dispensando. Não queria que a mulher descobrisse que ela estava saindo escondida ou mudando de rosto. Se continuasse assim, Palona provavelmente mandaria a mulher para algum outro trabalho.

A água não parecia ter nenhum perfume ou sabão, então Shallan levantou a pequena bacia e tomou um longo e barulhento gole.

— Eu lavei meus pés nisso aí — comentou Adolin.

— Não lavou nada. — Shallan estalou os lábios. — De qualquer forma, obrigada por me arrastar para fora da cama.

— Bem, tenho motivos egoístas. Estou meio que atrás de um apoio moral.

— Não vá muito direto ao ponto. Se quiser que alguém acredite no que está dizendo, vá explicando aos poucos, de modo que acompanhem seu raciocínio.

Ele inclinou a cabeça.

— Ah, não é *esse* tipo de moral — disse Shallan.

— Falar com você às vezes é bem esquisito.

— Desculpe, desculpe. Vou me comportar.

Ela se sentou do modo mais recatado e atencioso que pôde, enrolada em um cobertor com o cabelo despontando como um emaranhado de espinheiro. Adolin respirou fundo.

— Meu pai finalmente persuadiu Ialai Sadeas a falar comigo. Ele espera que ela tenha alguma pista sobre a morte do marido.

— Você parece menos otimista.

— Eu não gosto dela, Shallan. Ela é estranha.

Shallan abriu a boca, mas ele a interrompeu.

— Não estranha como você. Estranha... do jeito ruim. Está sempre avaliando tudo e todos que encontra. Nunca me tratou como algo além de uma criança. Você iria comigo?

— Claro. Quanto tempo eu tenho?

— De quanto tempo você precisa?

Shallan olhou para si mesma, enrolada nos cobertores, o cabelo frisado pinicando seu queixo.

— *Muito.*

— Então vamos nos atrasar — disse Adolin, se levantando. — A opinião que ela tem de mim não vai piorar por causa disso. Encontre-me na sala de estar de Sebarial. Meu pai quer que eu pegue com ele alguns relatórios de comércio.

— Diga a ele que a bebida no mercado é boa.

— Claro. — Adolin olhou de novo para a jarra vazia de cachaça de papaguampas, então sacudiu a cabeça e foi embora.

UMA HORA DEPOIS, SHALLAN apresentou-se, de banho tomado, maquiada, com o cabelo quase sob controle, à sala de estar de Sebarial. A câmara era maior do que seu quarto, porém mais notável era a enorme saída para a sacada, que ocupava metade da parede.

Todo mundo estava na ampla sacada, que dava vista para o campo abaixo. Adolin estava junto do parapeito, perdido em contemplação. Atrás dele, Sebarial e Palona estavam sobre colchões, as costas expostas ao sol, recebendo *massagens*.

Um grupo de servos papaguampas massageavam, cuidavam de braseiros, ou aguardavam com vinho quente e outras coisas. O ar, particularmente sob o sol, não estava tão gelado quanto na maioria dos outros dias. Estava quase agradável.

Shallan se pegou dividida entre embaraço — aquele homem gordo e barbudo vestindo apenas uma *toalha* era o grão-príncipe — e ultraje. Havia acabado de tomar um banho *frio*, jogando água com uma concha sobre a própria cabeça, tremendo. E havia considerado aquilo um luxo, já que não precisara ela mesma pegar a água.

— Como é que eu estou dormindo no chão, enquanto você tem colchões *bem aqui*? — questionou Shallan.

— Você é um grão-príncipe? — resmungou Sebarial, sem nem abrir os olhos.

— Não. Sou uma Cavaleira Radiante, algo que imagino que deveria ser superior.

— Entendo — disse ele, então grunhiu de prazer com o toque da massagista. — Então você pode pagar para que lhe tragam uma cama dos acampamentos de guerra? Ou ainda conta com o estipêndio que *eu* lhe dou? Um estipêndio, devo acrescentar, que você deveria pagar me auxiliando como escriba para minha contabilidade, algo que não vejo há semanas.

— Mas ela salvou o mundo, Turi — observou Palona, do outro lado de Shallan.

A herdaziana de meia-idade ainda não havia aberto os olhos e, embora estivesse deitada de bruços, sua mão segura estava enfiada apenas pela metade sob uma toalha.

— Veja só, não acho que ela salvou o mundo, só adiou sua destruição. Está uma *bagunça* lá fora, minha querida.

Ali perto, a massagista principal — uma grande mulher papaguampas com cabelo ruivo brilhante e pele pálida — mandou buscar uma rodada de pedras aquecidas para Sebarial. A maioria dos servos provavelmente era da família dela. Papaguampas gostavam de trabalhar juntos.

— E ainda digo que essa sua Desolação vai minar anos do meu planejamento comercial — acrescentou Sebarial.

— Não é possível que me culpe por isso — disse Shallan, cruzando os braços.

— Você me botou para fora dos acampamentos de guerra — disse Sebarial —, muito embora eles tenham sobrevivido bem. As ruínas daqueles domos os protegeram do oeste. O grande problema eram os parshemanos, mas todos eles já foram embora, marchando rumo a Alethkar. Então planejo voltar e recuperar meu terreno lá antes que outros o tomem. — Ele abriu os olhos e encarou Shallan. — Seu jovem príncipe não gostou de ouvir isso... ele se preocupa que eu divida demais nossas forças. Mas os acampamentos de guerra serão vitais para o comércio; não podemos abandoná-los completamente para Thanadal e Vamah.

Que ótimo. Outro problema para se pensar. Não surpreendia que Adolin parecesse tão distraído. Ele havia observado que se atrasariam para visitar Ialai, mas não parecia muito ansioso para partir.

— Seja uma boa Radiante — disse Sebarial a ela — e ponha esses outros Sacroportais para funcionar. Já preparei um esquema para cobrar tributos pela passagem.

— Impiedoso.

— Necessário. A única maneira de sobreviver nestas montanhas será tributar os Sacroportais e Dalinar sabe disso. Ele me colocou no comando do comércio. A vida não para com a guerra, criança. Todo mundo ainda vai precisar de novos sapatos, cestas, roupas, vinho.

— E nós precisamos de massagens — acrescentou Palona. — Muitas, se teremos que viver neste deserto congelado.

— Vocês dois não têm jeito — ralhou Shallan, caminhando pela bancada ensolarada até Adolin. — Oi. Pronto?

— Claro.

Ela e Adolin partiram pelos corredores. Cada um dos exércitos dos oito grão-principados residindo na torre havia recebido um quarteirão do segundo ou do terceiro nível, com algumas casernas no primeiro nível, deixando a maior parte do térreo reservada para mercados e armazenamento.

Nem mesmo o primeiro nível havia sido completamente explorado. Havia tantos corredores e tangentes bizarras... conjuntos de salas escondidos em cantos atrás de todo o resto. Talvez com o tempo cada grão-príncipe pudesse reger efetivamente seu quarteirão. Por enquanto, ocupavam pequenos bolsões de civilização dentro da fronteira sombria que era Urithiru.

A exploração dos níveis superiores havia sido interrompida, já que não havia mais Luz das Tempestades sobrando para fazer os elevadores funcionarem.

Eles deixaram o quarteirão de Sebarial, passando por soldados e uma interseção com setas pintadas no chão conduzindo a vários lugares, tais como o banheiro mais próximo. O posto da guarda não parecia uma barricada, mas Adolin havia apontado as caixas de rações e os sacos de grãos dispostos de uma maneira específica diante dos soldados. Qualquer um avançando por aquele corredor vindo de fora tropeçaria em tudo aquilo, e ainda daria de cara com piqueiros.

Os soldados cumprimentaram Adolin com um movimento de cabeça, mas não bateram continência, embora um deles tenha gritado uma ordem para dois homens jogando cartas em uma sala próxima. Os sujeitos se levantaram e Shallan ficou surpresa ao reconhecê-los. Gaz e Vathah.

— Pensei em levar os seus guardas hoje — disse Adolin.

Meus guardas. Certo. Shallan possuía um grupo de soldados composto por desertores e assassinos desprezíveis. Ela não ligava para essa parte, já que também era uma assassina desprezível. Mas não tinha ideia do que fazer com eles.

Eles a saudaram preguiçosamente. Vathah, alto e com barba por fazer. Gaz, baixo e com um único olho castanho, a outra órbita coberta por um tapa-olho. Era evidente que Adolin já os instruíra. Vathah se adiantou para guardá-los na dianteira e Gaz ficou na retaguarda.

Esperando que os dois não a escutassem, Shallan tomou Adolin pelo braço.

— Nós *precisamos* de guardas? — sussurrou.

— É claro que precisamos.

— Por quê? Você é um Fractário. Eu sou uma Radiante. Acho que ficaremos bem.

— Shallan, ter guardas nem sempre tem a ver com segurança; tem a ver com prestígio.

— Eu tenho bastante. Tenho prestígio praticamente escorrendo do meu nariz, Adolin.

— Não é isso que quero dizer. — Adolin se inclinou para ela, sussurrando: — Isso é para eles. Você pode não precisar de guardas, mas precisa de uma guarda de honra. Homens que fiquem *honrados* por seu posto. Faz parte das regras do jogo... você é alguém importante e eles partilham disso.

— Por serem inúteis.

— Por serem parte do que você está fazendo — disse Adolin. — Raios, eu esqueço como você é nova nisso tudo. O que tem feito com esses homens?

— De modo geral, eu os deixo em paz.

— E quando você precisar deles?

— Não sei se vou precisar.

— Você vai — disse Adolin. — Shallan, você é a comandante deles. Talvez não seja uma comandante militar, já que eles são uma guarda civil, mas dá no mesmo. Se deixá-los ociosos, fazendo com que se sintam desimportantes, vai acabar com eles. Em vez disso, dê-lhes algo importante para fazer, um trabalho de que possam se orgulhar, e eles a servirão com honra. Um soldado que fracassou muitas vezes é um soldado com quem *seu comandante* fracassou.

Ela sorriu.

— O que foi?

— Você fala como seu pai.

Ele fez uma pausa, então desviou o olhar.

— Não há nada de errado nisso.

— Eu não disse que havia. Eu gosto. — Ela segurou o braço dele. — Encontrarei algo para fazer com meus guardas, Adolin. Algo útil. Eu prometo.

Gaz e Vathah não pareciam considerar aquela tarefa muito importante, pela maneira como bocejavam e caminhavam encurvados, segurando lamparinas a óleo, as lanças nos ombros. Eles passaram por um grande grupo de mulheres carregando água e alguns homens levando tábuas para montar um novo banheiro. A maioria abria caminho para Vathah; ver uma guarda pessoal era um sinal para chegar para o lado.

Claro, se Shallan quisesse mesmo exibir importância, teria ido de palanquim. Ela não se importava de utilizar os veículos; usara-os bastante em Kharbranth. Talvez fosse a parte de Véu dentro dela, contudo, que a fazia resistir sempre que Adolin fazia essa sugestão. Havia uma independência em usar os próprios pés.

Eles alcançaram a escadaria e, no topo, Adolin pegou um mapa no bolso. Ainda não tinham terminado de pintar setas naquela área. Shallan puxou o braço dele e apontou o caminho por um túnel.

— Como você se guia tão fácil? — perguntou ele.

— Não está vendo como esses estratos geológicos são largos? — disse ela, apontando para a parede do corredor. — O caminho é esse.

Ele guardou seu mapa e gesticulou para que Vathah fosse na frente.

— Você acha mesmo que pareço meu pai? — perguntou Adolin em voz baixa enquanto caminhavam. Havia preocupação em sua voz.

— Você parece — disse ela, apertando o braço dele. — Você é como ele, Adolin. Direito, justo e capaz.

Ele franziu o cenho.

— O que foi?

— Nada.

— Você é um péssimo mentiroso. Está preocupado de não corresponder às expectativas dele, não é?

— Talvez.

— Você já corresponde, Adolin. Você ultrapassa todas as expectativas. Tenho certeza de que Dalinar Kholin não poderia querer um filho melhor e... Raios. Essa ideia *incomoda* você.

— O quê? Não!

Shallan cutucou Adolin no ombro com a mão livre.

— Você está me escondendo alguma coisa.

— Talvez.

— Bem, graças ao Todo-Poderoso.

— Não... vai perguntar o que é?

— Pelos olhos de Ash, não. Prefiro descobrir. Um relacionamento precisa de *algum* mistério.

Adolin ficou em silêncio, o que foi bom, porque estavam se aproximando da seção Sadeas de Urithiru. Embora Ialai houvesse ameaçado voltar aos acampamentos de guerra, não o fizera. Provavelmente porque não havia como negar que aquela cidade era agora a sede da política e do poder alethianos.

Eles alcançaram o primeiro posto de guarda e os dois guardas de Shallan se aproximaram dela e de Adolin. Eles trocaram olhares hostis com os soldados vestidos em verde-floresta e branco enquanto recebiam permissão de passar. Não sabia o que Ialai Sadeas pensava, mas dava para ver que seus homens já haviam se decidido.

Era estranho como alguns passos podiam fazer tanta diferença. Ali, passaram por muito menos trabalhadores ou comerciantes e muito mais soldados. Homens com expressões sombrias, casacos desabotoados e rostos com barba por fazer. Até as escribas eram diferentes — mais maquiagem, porém roupas mais descuidadas.

Parecia que eles haviam saído da lei para a desordem. Vozes altas ecoavam pelos corredores, com gargalhadas roucas. As linhas pintadas para servir de guia ali tinham sido feitas nas paredes em vez de no piso, e a tinta havia escorrido, manchando as camadas naturais. Em alguns pontos, foram borradas por homens de passagem que roçaram os casacos na tinta ainda úmida.

Todos os soldados pelos quais passaram olharam para Adolin com desprezo.

— Eles parecem gangues — disse Shallan em voz baixa, olhando sobre o ombro para um grupo.

— Não se engane — replicou Adolin. — Eles marcham no ritmo, suas botas são resistentes e suas armas são bem cuidadas. Sadeas treinava bons soldados. É só que, enquanto meu pai usava disciplina, Sadeas usava competição. Além disso, aqui, parecer limpo demais provoca zombarias. Não querem ser confundidos com um Kholin.

Ela tivera esperanças de que talvez, agora que a verdade sobre a Desolação fora revelada, Dalinar tivesse mais facilidade para unir os grão-príncipes. Bem, isso obviamente não ia acontecer enquanto aqueles homens o culpassem pela morte de Sadeas.

Por fim, chegaram aos cômodos corretos e foram conduzidos para confrontar a esposa de Sadeas. Ialai era uma mulher baixa, com lábios grossos e olhos verdes. Ela estava sentada em um trono no centro da sala.

Ao lado dela estava Mraize, um dos líderes dos Sanguespectros.

22

A ESCURIDÃO AQUI DENTRO

Eu não sou um filósofo, para intrigá-los com perguntas penetrantes.

—De *Sacramentadora*, prefácio

MRAIZE. ELE TINHA O rosto marcado por cicatrizes, uma das quais deformava seu lábio superior. Em vez das roupas elegantes de sempre, vestia um uniforme do exército de Sadeas, com uma couraça e um elmo simples. Tinha a exata aparência dos outros soldados por quem haviam passado, exceto por aquele rosto.

E pela galinha no seu ombro.

Uma *galinha*. Era uma das variedades mais estranhas, puramente verde e esguia, com um bico cruel. Parecia mais um predador do que as coisas desajeitadas que ela vira à venda em gaiolas no mercado.

Mas falando sério: quem andava por aí com uma galinha de estimação? Elas serviam para comer, certo?

Adolin notou a galinha e levantou uma sobrancelha, mas Mraize não deu nenhum sinal de que conhecia Shallan. Ele estava relaxado, como os outros soldados, segundo uma alabarda e olhando feio para Adolin.

Ialai não havia providenciado cadeiras para eles; ela estava sentada com as mãos no colo, a mão segura enluvada sob a mão livre, iluminada por lâmpadas em pedestais de cada lado da sala. Tinha uma aparência particularmente vingativa sob aquela sinistra luz oscilante.

— Você sabia que depois que os espinhas-brancas matam a presa, eles a devoram, então se escondem perto da carcaça? — perguntou Ialai.

— É um dos perigos de caçá-los, Luminosa — respondeu Adolin. — As pessoas acham que estão seguindo a trilha da fera, mas ela pode estar espreitando ali perto.

— Eu achava esse comportamento estranho, até que entendi que o cadáver atrai carniceiros, e que o espinha-branca não é exigente. Os bichos que vierem se banquetear de seus restos se tornarão uma nova refeição.

A implicação da conversa parecia clara para Shallan. *Por que vocês retornaram à cena do crime, Kholin?*

— Nós queremos que saiba, Luminosa, que levamos o assassinato de um grão-príncipe *muito* a sério — disse Adolin. — Estamos fazendo todo o possível para evitar que algo assim volte a acontecer.

Ah, Adolin...

— É claro que estão — disse Ialai. — Os outros grão-príncipes agora têm medo demais para enfrentá-los.

Sim, ele caíra direitinho naquela. Mas Shallan não assumiu o controle; aquela tarefa era de Adolin e ele a convidara pelo apoio, não para falar por ele. Honestamente, ela não faria um trabalho muito melhor; só cometeria erros diferentes.

— Pode mencionar alguém que possa ter tido a oportunidade e motivo para matar seu marido? — indagou Adolin. — *Além* do meu pai, Luminosa.

— Então até você admite que...

— É estranho — cortou Adolin bruscamente. — Minha mãe sempre disse que considerava a senhora inteligente. Ela a admirava e desejava ter sua argúcia. Mas *eu* não vejo prova disso. A senhora *realmente* acha que meu pai suportaria os insultos de Sadeas durante anos, aguentaria sua traição nas Planícies, toleraria aquele fiasco no duelo, só para *assassiná-lo* agora? Depois que ficou comprovado que Sadeas estava errado sobre os Esvaziadores e que a posição do meu pai estava segura? Nós dois sabemos que meu pai não está por trás da morte do seu marido. Alegar o contrário é simplesmente idiotice.

Shallan se assustou. Não esperara que Adolin dissesse *aquilo*. De modo impressionante, pareceu a ela que era a coisa *exata* que ele precisava dizer, deixando de lado a linguagem cortês e expressando a verdade de modo direto e honesto.

Ialai se inclinou para frente, inspecionando Adolin e ruminando suas palavras. Se havia algo que Adolin conseguia expressar era autenticidade.

— Pegue uma cadeira para ele — disse Ialai a Mraize.

— Sim, Luminosa — respondeu o homem, sua voz tão carregada de um sotaque rural que soava quase herdaziano.

Ialai então olhou para Shallan.

— E você. Faça algo útil. Tem chá esquentando na sala ao lado.

Shallan bufou diante daquele tratamento. Ela não era mais uma pupila desimportante para receber ordens a torto e a direito. Contudo, Mraize seguiu na mesma direção para onde ela fora ordenada a ir, então Shallan suportou a indignidade e saiu pisando duro atrás dele.

A sala ao lado era muito menor, entalhada na mesma pedra que as outras, mas com um padrão de camadas discreto, com tons de laranja e vermelho que se misturavam de modo tão homogêneo que quase era possível fingir que a parede toda era de um só tom. O pessoal de Ialai a usava como depósito, como mostravam as cadeiras guardadas a um canto. Shallan ignorou as jarras de chá sendo aquecidas pelos fabriais na bancada e se aproximou de Mraize.

— O que você está fazendo aqui? — sibilou ela.

A galinha dele piou baixinho, como se estivesse nervosa.

— Estou de olho naquela lá — disse ele, indicando a outra sala. Ali, sua voz se tornou mais refinada, perdendo o sotaque caipira. — Estamos interessados nela.

— Então ela não é uma de vocês? — indagou Shallan. — Ela não é uma... Sanguespectro?

— Não — disse ele, estreitando os olhos. — Ela e o marido eram uma variável imprevisível demais para que nós os convidássemos. Suas motivações eram egoístas; não acho que se alinhariam com as de mais ninguém, fosse um humano ou um Ouvinte.

— O fato de eles serem um monte de crem não influenciou a decisão, imagino.

— A moralidade é um eixo que não nos interessa — respondeu Mraize, calmo. — Só a lealdade e o poder são relevantes, pois a moralidade é tão efêmera quando a mudança do clima. Ela depende do ângulo de análise. Você verá, ao trabalhar conosco, que tenho razão.

— Eu *não* sou uma de vocês — sibilou Shallan.

— Para alguém tão insistente, você certamente tomou liberdades como uso do nosso símbolo, na noite passada — observou Mraize, pegando uma cadeira.

Shallan gelou, então enrubesceu furiosamente. Então ele sabia?

— Eu...

— Sua caçada é digna — disse Mraize. — E você tem permissão de contar com nossa autoridade para alcançar seus objetivos. Esse é um benefício de ser membro, contanto que não abuse dele.

— E meus irmãos? Onde eles estão? Você prometeu trazê-los até mim.

— Paciência, pequena lâmina. Só faz algumas semanas desde que os resgatamos. Você verá que cumprirei minha palavra nessa questão. Independentemente disso, tenho uma tarefa para você.

— Uma tarefa? — bradou Shallan, fazendo com que a galinha piasse para ela novamente. — Mraize, não vou realizar tarefa alguma para sua gente. Vocês *mataram* Jasnah.

— Uma combatente inimiga — disse Mraize. — Ah, não me olhe assim. Você sabe muito bem do que aquela mulher era capaz e onde ela se meteu ao nos atacar. Você culpa seu maravilhosamente correto Espinho Negro pelo que ele fez na guerra? As pessoas incontáveis que *ele* massacrou?

— Não desvie a atenção do mal que cometeu ao apontar os defeitos dos outros — retrucou Shallan. — Não vou auxiliar sua causa. Não importa o quanto você exija que eu Transmute para você, não vou fazer isso.

— Você me renega tão rápido, mas ainda reconhece seu débito. Um Transmutador perdido, destruído. Mas nós perdoamos essas coisas pelas missões realizadas. E, antes que levante outra objeção, saiba que a tarefa que pedimos é uma que você *já está* realizando. Certamente você sentiu a escuridão neste lugar. Que... há algo errado.

Shallan olhou ao redor da pequena sala, tremulando com sombras de umas poucas velas na bancada.

— Sua tarefa é proteger este local — disse Mraize. — Urithiru deve permanecer forte para que possamos tirar o proveito adequado do advento dos Esvaziadores.

— *Tirar proveito?*

— Sim — confirmou Mraize. — Nós vamos controlar essa força, mas não podemos ainda deixar que nenhum dos dois lados ganhe dominância. Proteja Urithiru. Cace a fonte da escuridão que está sentindo e elimine-a. Essa é sua tarefa. Pagarei por isso com informação. — Ele se inclinou para perto dela e disse uma única palavra. — Helaran.

Mraize levantou a cadeira e se afastou, adotando um andar mais desajeitado, tropeçando e quase deixando a cadeira cair. Shallan permaneceu imóvel, atordoada. Helaran. Seu irmão mais velho que morrera em Alethkar — para onde fora por motivos misteriosos.

Raios, o que Mraize sabia? Ela olhou com raiva para as costas dele, indignada. Como ousava provocá-la com aquele nome?!

Não se concentre em Helaran agora. Eram pensamentos perigosos e ela não podia se transformar em Véu no momento. Shallan serviu duas xícaras de chá para si mesma e para Adolin, então agarrou uma cadeira debaixo do braço e desajeitadamente voltou. Sentou-se ao lado de Adolin, então lhe entregou uma xícara. Ela tomou um gole e sorriu para Ialai, que a fulminou com o olhar, depois indicou a Mraize que lhe trouxesse chá.

— Eu acho que se você deseja mesmo solucionar esse crime, não deve procurar entre os antigos inimigos do meu marido — disse Ialai a Adolin. — Ninguém teve a oportunidade ou os motivos que se pode encontrar no seu acampamento de guerra.

Adolin suspirou.

— Já estabelecemos que...

— Não estou dizendo que foi Dalinar — retrucou Ialai.

Ela parecia calma, mas agarrava as laterais da cadeira com dedos brancos pelo esforço. E seus olhos... a maquiagem não conseguia esconder a vermelhidão. Ela andara chorando. Estava realmente perturbada.

A menos que estivesse atuando. *Eu poderia fingir que estou chorando*, pensou Shallan. *Se soubesse que alguém estava vindo me procurar e acreditasse que o ato fortaleceria o meu lado.*

— Então o que a senhora *está* dizendo? — quis saber Adolin.

— A história está cheia de exemplos de soldados que achavam que estavam cumprindo ordens que nunca foram dadas — disse Ialai. — Concordo que Dalinar nunca apunhalaria um velho amigo em um canto escuro. Seus soldados já podem não ter essa inibição. Quer saber quem fez isso, Adolin Kholin? Procure entre suas próprias fileiras. Eu apostaria o principado que em algum lugar no exército Kholin há um homem que pensou que estava prestando um serviço ao seu grão-príncipe.

— E os outros assassinatos? — perguntou Shallan.

— Não conheço a mente do assassino — replicou Ialai. — Talvez tenha gostado da coisa? De qualquer modo, acho que podemos concordar que essa reunião não tem mais utilidade. — Ela se levantou. — Bom dia, Adolin Kholin. Espero que compartilhe o que descobrir comigo, de modo que meu próprio investigador fique mais bem informado.

— Suponho que sim — disse Adolin, se levantando. — Quem está liderando sua investigação? Eu enviarei para ele os relatórios.

— Seu nome é Meridas Amaram. Acredito que você o conheça.

Shallan ficou boquiaberta.

— Amaram? *Alto-marechal Amaram?*

— Exato — disse Ialai. — Ele está entre os generais mais aclamados do meu marido.

Amaram. Que matara o irmão dela. Shallan olhou de soslaio para Mraize, que manteve a expressão neutra. Raios, o que ele sabia? Ela ainda não entendia como Helaran havia obtido sua Espada Fractal. O que o levara a lutar com Amaram, em primeiro lugar?

— Amaram está *aqui*? — indagou Adolin. — Desde quando?

— Ele chegou com a última caravana e equipe de coleta que vocês trouxeram pelo Sacroportal. Ele não se anunciou para a torre, só para mim. Estamos cuidando das necessidades dele, já que foi pego por uma tormenta com seu séquito. Ele me garantiu que logo retomará o serviço e que encontrar o assassino do meu marido será uma prioridade.

— Entendo — disse Adolin.

Ele olhou para Shallan, que assentiu, ainda atordoada. Juntos, se reuniram aos soldados dela à porta e saíram para o corredor.

— Amaram — sibilou Adolin. — O carregadorzinho não vai gostar disso. Eles têm uma vendeta, aqueles dois.

Não só Kaladin.

— Meu pai de início deu a Amaram a tarefa de refundar os Cavaleiros Radiantes — continuou Adolin. — Se Ialai o acolheu depois de ele ter sido tão desacreditado... O mero ato proclama meu pai como mentiroso, não é? Shallan?

Ela estremeceu e respirou fundo. Helaran estava morto há muito tempo. Preocuparia-se em conseguir respostas de Mraize depois.

— Depende do viés que ela der à situação — respondeu em voz baixa, andando ao lado de Adolin. — Mas sim, ela dá a entender que Dalinar é no mínimo rígido demais no seu tratamento de Amaram. Está reforçando o próprio lado como uma alternativa ao governo do seu pai.

Adolin suspirou.

— Pensei que, sem Sadeas, as coisas seriam mais fáceis.

— Há política envolvida, Adolin. Então não pode ser fácil.

Ela engatou o braço no dele enquanto passavam por outro grupo de guardas hostis.

— Sou péssimo nisso — disse Adolin baixinho. — Fiquei tão irritado que quase soquei a cara dela. Pode acreditar, Shallan. Vou estragar tudo.

— Vai mesmo? Porque acho que você tem razão sobre haver vários assassinos.

— O quê? É mesmo?

Ela assentiu.

— Ouvi algumas coisas quando saí na noite passada.

— Quando não estava caindo de bêbada, você quer dizer.

— Fique sabendo que sou uma bêbada muito graciosa, Adolin Kholin. Vamos...

Shallan perdeu o fio da meada quando um par de escribas passou por eles correndo, indo na direção dos aposentos de Ialai a uma velocidade surpreendente. Guardas marchavam atrás delas.

Adolin pegou um pelo braço, quase provocando uma luta quando o homem praguejou ao ver o uniforme azul. O sujeito, felizmente, reconheceu o rosto de Adolin e se conteve, a mão se afastando do machado que trazia em uma correia.

— Luminobre — disse o homem, relutante.

— O que é isso? — indagou Adolin, indicando o corredor. — Qual é o assunto do qual estão todos tagarelando naquele posto da guarda mais à frente?

— Notícias da costa — disse o guarda, por fim. — Um paredão foi avistado em Nova Natanan. As grantormentas. Elas voltaram.

23

TORMENTOSAMENTE ESTRANHO

Não sou um poeta, para deleitá-los com alusões inteligentes.

—De *Sacramentadora*, prefácio

—Eu não tenho carne alguma para vender — disse o velho olhos-claros para Kaladin na casamata de tempestades. — Mas seu luminobre e os homens dele podem passar a tempestade aqui, e baratinho.

Ele acenou a bengala na direção do grande edifício, que lembrava Kaladin das casernas nas Planícies Quebradas — longo e estreito, com uma extremidade pequena apontada para o leste.

— Nós vamos precisar dela inteira — disse Kaladin. — Meu luminobre valoriza sua privacidade.

O idoso olhou para Kaladin, fitando o uniforme azul. Agora que o Pranto havia passado, a roupa tinha uma aparência melhor. Não passaria pela inspeção de um oficial, mas ele passara um bom tempo esfregando as manchas e polindo os botões.

Um uniforme Kholin nas terras de Vamah. Isso poderia levar a uma série de especulações. Com sorte, nenhuma delas seria "esse oficial Kholin juntou-se a um bando de parshemanos fugitivos".

— Posso te dar a casamata inteira — disse o comerciante. — Eu ia alugar ela para umas caravanas vindas de Revolar, mas elas não apareceram.

— O que aconteceu?

— Eu não sei, mas é tormentosamente estranho, eu diria. Três caravanas, com diferentes mestres e produtos, todas sumidas. Nem mesmo um mensageiro para me dar notícias. Ainda bem que recebi 10% adiantado.

Revolar. Era a sede de Vamah, a maior cidade entre aquele ponto e Kholinar.

— Vamos ficar com a casamata — disse Kaladin, entregando algumas esferas foscas. — E qualquer comida que você tiver.

— Não tenho muita, pela escala de um exército. Talvez um saco ou dois de raiz-comprida. Um pouco de lávis. Estava esperando que uma dessas caravanas me reabastecesse. — Ele balançou a cabeça com uma expressão distante. — Tempos estranhos, cabo. Aquela tempestade na direção errada. Você acha que ela vai continuar voltando?

Kaladin assentiu. A Tempestade Eterna havia caído novamente no dia anterior, sua segunda ocorrência — sem contar a inicial, que havia alcançado apenas o extremo oriente. Kaladin e os parshemanos haviam se protegido dela, com o aviso do espreno invisível, em uma mina abandonada.

— Tempos estranhos — repetiu o velho. — Bem, se precisarem de carne, há um ninho de porcos selvagens fuçando pela ravina ao sul daqui. Mas é a terra do Grão-senhor Cadilar, então, hum... Bem, você entende.

Se o "luminobre" ficcional de Kaladin estivesse viajando sob ordens do rei, eles podiam caçar naquelas terras. Se não, matar os porcos de outro grão-senhor seria considerado caça ilegal.

O velho falava como um fazendeiro do interior, independentemente dos olhos amarelo-claros, mas ele com certeza subira na vida ao administrar um ponto de parada para tempestades. Uma vida solitária, mas devia fazer um bom dinheiro.

— Vejamos a comida que consigo para você — disse o velho. — Me acompanhe. Agora, tem *certeza* de que uma tempestade está chegando?

— Tenho cálculos dizendo que sim.

— Bem, abençoados sejam o Todo-Poderoso e os Arautos, então. Vai pegar algumas pessoas de surpresa, mas ainda vai ser bom poder voltar a usar minha telepena.

Kaladin seguiu o homem até um galpão de raízes na borda sotavento de sua casa e pechinchou brevemente por três sacos de vegetais.

— Mais uma coisa — acrescentou Kaladin. — Você não pode ver o exército chegar.

— O quê? Cabo, é meu dever cuidar para que as pessoas se instalem na...

— Meu luminobre é *muito* cuidadoso com sua privacidade. É importante que ninguém saiba da nossa passagem. *Muito importante* — disse ele, e pousou a mão na faca do cinto.

O olhos-claros só fungou.

— Pode confiar que não vou falar nada, *soldado*. E não me ameace. Sou do sexto dan. — Ele empinou o queixo, mas, quando coxeou de volta para casa, fechou bem a porta e as placas protetoras das janelas.

Kaladin transferiu os três sacos para a casamata, então caminhou até onde deixara os parshemanos. Ficou procurando Syl com o olhar, mas não viu nada, claro. Estava sendo seguido pelo espreno de vazio, provavelmente para garantir que não fizesse nada traiçoeiro.

E LES CHEGARAM IMEDIATAMENTE ANTES da tempestade. Khen, Sah e os outros quiseram esperar até que estivesse escuro — desconfiados de que o velho olhos-claros os espionaria. Mas o vento havia começado a soprar forte e eles enfim acreditaram no aviso de Kaladin de que uma tempestade era iminente.

Kaladin ficou junto da entrada da casamata, ansioso, e os parshemanos foram entrando. Eles haviam se unido a outros grupos na última semana, conduzidos por invisíveis esprenos de vazio que, segundo lhe disseram, se afastavam zunindo assim que sua tarefa era cumprida. Seus números agora estavam perto de cem, incluindo crianças e idosos. Ninguém dizia a Kaladin qual era o objetivo final, só que o espreno tinha um destino em mente.

Khen foi a última a passar pela porta; a grande e musculosa parshemana demorou-se, como se quisesse assistir à tempestade. Por fim, ela pegou suas esferas — a maioria das quais haviam roubado dele — e trancou o saco na lamparina com barras de ferro na parede, do lado de fora. Ela acenou para que Kaladin entrasse, depois o seguiu, trancando a porta.

— Você fez bem, humano — disse ela a Kaladin. — Falarei a seu favor quando chegarmos ao ponto de encontro.

— Obrigado — falou Kaladin.

Do lado de fora, o paredão atingiu a casamata, sacudindo as pedras e fazendo o próprio chão tremer. Os parshemanos se acomodaram para esperar. Hesh abriu os sacos e inspecionou as verduras com um olhar crítico. Ela trabalhara nas cozinhas de uma mansão.

Kaladin se recostou na parede, sentindo a fúria da tempestade lá fora. Era estranho como ele podia detestar tanto o sereno Pranto, mas sentir-se animado ao ouvir trovões além daquelas pedras. Aquela tempestade tentara matá-lo em várias ocasiões. Ele se sentia íntimo ela, mas também a temia. Era como um sargento demasiadamente brutal no treinamento dos recrutas.

A tempestade renovaria as gemas lá fora, que incluíam não só esferas, como também as gemas maiores que ele andara carregando. Quando renovadas, ele — bem, os parshemanos — teriam uma rica quantidade de Luz das Tempestades.

Precisava tomar uma decisão. Quanto tempo poderia adiar voar de volta para as Planícies Quebradas? Mesmo que pudesse parar em uma cidade maior para trocar suas esferas foscas por outras infundidas, provavelmente chegaria em um dia.

Não podia hesitar para sempre. O que eles estariam fazendo em Urithiru? Quais seriam as notícias do resto do mundo? Essas perguntas o atormentavam. Houve um tempo em que ficara feliz em se preocupar apenas com o próprio esquadrão. Depois disso, estivera disposto a cuidar de um batalhão. Desde quando o estado do mundo inteiro havia se tornado problema dele?

No mínimo, preciso roubar de volta minha telepena para mandar uma mensagem à Luminosa Navani.

Alguma coisa cintilou na sua visão periférica. Syl havia voltado? Ele olhou para ela, uma pergunta nos lábios, e mal conteve as palavras ao notar seu erro.

O espreno ao lado dele possuía um brilho amarelo, e não branco-azulado. A mulher minúscula estava parada sobre um pilar translúcido de pedra dourada que se elevara do chão para deixá-la na altura dos olhos de Kaladin. O pilar, como o próprio espreno, era da cor branco-amarelada do centro de uma chama.

Ela usava um vestido leve que cobria inteiramente suas pernas. Com as mãos às costas, ela o inspecionou. Seu rosto tinha um formato estranho — estreito, mas com enormes olhos semelhantes aos de uma criança. Como os de alguém de Shinovar.

Kaladin deu um pulo, o que causou um sorriso na pequena esprena.

Finja que não sabe nada sobre esprenos como ela, pensou Kaladin.

— Hum. Hã... Eu estou te vendo.

— Porque eu quero que você me veja — disse ela. — Você *é* estranho.

— Por que... Por que você quer que eu te veja?

— Para que possamos conversar. — Ela começou a andar ao redor dele e, a cada passo, uma base de pedra amarela surgia do chão e encontrava seu pé descalço. — Por que ainda está aqui, humano?

— Seus parshemanos me capturaram.

— Sua mãe o ensinou a mentir assim? — questionou ela, parecendo achar graça. — Eles têm menos de um mês de idade. Parabéns por enganá-los. — Ela parou e sorriu para ele. — Sou um pouco mais velha que isso.

— O mundo está mudando — respondeu Kaladin. — O país está de pernas para o ar. Acho que quero ver até onde isso vai.

Ela o contemplou. Por sorte, ele tinha uma boa desculpa para a gota de suor escorrendo pelo seu rosto. Encarar um espreno amarelo-brilhante, estranhamente inteligente, deixaria qualquer um nervoso, não só um homem com coisas demais a esconder.

— Você lutaria por nós, desertor?

— Eu teria permissão para isso?

— Minha espécie não é *nem de longe* tão inclinada à discriminação quanto a sua. Se puder carregar uma lança e obedecer a ordens, então *eu* certamente não o rejeitaria. — Ela cruzou os braços, sorrindo de uma maneira estranha, como se soubesse de alguma coisa. — A decisão final não será minha. Sou apenas uma mensageira.

— Quando poderei ter certeza?

— Quando chegarmos ao nosso destino.

— Que é...

— Já está bem perto — disse a esprena. — Por quê? Tem compromissos em outro lugar? Talvez uma hora no barbeiro ou um almoço com sua avó?

Kaladin esfregou o rosto. Quase esquecera os pelos que coçavam ao redor da boca.

— Diga, como você sabia que haveria uma grantormenta esta noite?

— Eu senti nos meus ossos — disse Kaladin.

— Humanos *não* sentem tormentas, em nenhuma parte do corpo.

Ele deu de ombros.

— Parecia o momento para uma tempestade, com o fim do Pranto e tudo mais.

Ela não assentiu nem demonstrou qualquer sinal do que pensava sobre aquele comentário. Só manteve seu sorriso sabido, então desapareceu de vista.

24
HOMENS DE SANGUE E TRISTEZA

Não tenho dúvida de que vocês são mais inteligentes do que eu. Só posso relatar o que aconteceu, o que eu fiz, e deixar que tirem suas conclusões.

— De *Sacramentadora*, prefácio

DALINAR LEMBRAVA.

Ela se chamara Evi. Fora alta e elegante, com cabelo amarelo-claro — não dourado, como os cabelos irialianos, mas atraente à sua própria maneira.

Ela fora uma pessoa quieta. Tímida, tanto ela quanto o irmão, por mais que estivessem dispostos a fugir da sua terra natal em um ato de coragem. Eles haviam trazido uma Armadura Fractal e...

Isso era tudo que havia emergido nos últimos dias. O resto ainda era um borrão. Ele se lembrava de conhecer Evi, de cortejá-la — sem jeito, já que ambos sabiam que era um acordo de necessidade política — e de por fim celebrar um noivado causal.

Ele não se lembrava de amor, mas de atração.

As memórias traziam perguntas, como crenguejos emergindo das fendas depois da chuva. Ele as ignorou, empertigado com uma fileira de guardas no campo diante de Urithiru, suportando um vento impiedoso do oeste. Aquele largo platô possuía algumas pilhas de madeira, já que parte do espaço provavelmente acabaria se tornando uma serraria.

Atrás dele, a ponta de uma corda balançava ao vento, chicoteando sem parar uma pilha de madeira. Um par de esprens de vento passou dançando, na forma de pequenas pessoas.

Por que estou me lembrando de Evi agora?, questionou-se Dalinar. *E por que recuperei apenas as primeiras memórias de nosso tempo juntos?*

Ele sempre se lembrara dos anos difíceis depois da morte de Evi, que culminaram nele bêbado e inútil na noite em que Szeth, o Assassino de Branco, havia matado seu irmão. Imaginara que havia procurado a Guardiã da Noite para se livrar da dor de perdê-la e o espreno havia tomado suas outras memórias como pagamento. Ele não tinha certeza, mas parecia o certo.

Barganhas com a Guardiã da Noite em teoria eram permanentes. Até mesmo uma condenação. Então o que estava acontecendo com ele?

Dalinar olhou para os relógios na sua braçadeira, amarrada em seu antebraço. Cinco minutos atrasado. Raios. Ele estava usando a geringonça havia poucos dias e já estava contando minutos, como uma escriba.

A segunda das duas faces de relógio — que contava até a próxima grantormenta — ainda não havia sido ativada. Uma única grantormenta viera, abençoadamente, carregando Luz das Tempestades para renovar as esferas. Parecia fazer muito tempo desde a última vez em que tiveram um suprimento suficiente.

Contudo, seria necessário esperar a próxima grantormenta para que as escribas pudessem especular sobre o padrão atual. E mesmo assim não seria ao certo, já que o Pranto havia durado muito mais do que deveria. Séculos — milênios — de registros cuidadosos podiam estar agora obsoletos.

Outrora, só isso já teria sido uma catástrofe; ameaçava arruinar as estações de plantio e causar fome, suspender viagens e carregamentos, interrompendo o comércio. Infelizmente, diante da Tempestade Eterna e dos Esvaziadores, mal estava no terceiro lugar da lista de cataclismos.

O vento frio soprou novamente sobre ele. Adiante, o grandioso platô de Urithiru estava cercado por dez grandes plataformas em círculo, cada uma elevada cerca de três metros, com degraus ao lado de uma rampa para carroças. No centro de cada uma delas havia um pequeno edifício contendo o dispositivo que...

Com um forte lampejo, uma onda de Luz das Tempestades se espalhou do centro da segunda plataforma à esquerda. Quando a Luz sumiu, Dalinar conduziu sua tropa de guardas de honra pelos amplos degraus até o topo. Cruzaram até o edifício no centro, de onde um pequeno grupo de pessoas havia saído e agora olhava, impressionado, para Urithiru, cercado por esprenos de admiração.

Dalinar sorriu. A visão de uma torre tão larga quanto uma cidade e tão alta quanto uma pequena montanha... bem, não havia nada igual no mundo.

À frente dos recém-chegados estava um homem vestindo uma túnica cor de terracota. Idoso, com um rosto glabro e gentil, ele estava com a cabeça inclinada para trás e o queixo caído, olhando para a cidade. Ao seu lado estava uma mulher de cabelos prateados presos em um coque. Adrotagia, a escriba-chefe kharbranthiana.

Alguns achavam que ela era o verdadeiro poder por trás do trono; outros especulavam que era outra escriba, a que eles haviam deixado administrando Kharbranth na ausência do rei. Fosse lá quem fosse, mantinha Taravangian como testa de ferro — e Dalinar não se importava de trabalhar através dele para alcançar Jah Keved e Kharbranth. O homem havia sido amigo de Gavilar; para Dalinar, isso bastava. E ele estava mais do que feliz em ter pelo menos um outro monarca em Urithiru.

Taravangian sorriu para Dalinar, depois umedeceu os lábios. Ele parecia ter esquecido o que queria dizer, e teve que dar uma olhada para a mulher ao seu lado em busca de apoio. Ela sussurrou algo, e ele falou em voz alta depois do lembrete.

— Espinho Negro — disse Taravangian. — É uma honra encontrá-lo novamente. Já fazia tempo demais.

— Vossa Majestade — respondeu Dalinar. — Muitíssimo obrigado por responder ao meu chamado.

Dalinar havia encontrado Taravangian várias vezes, anos atrás. Ele se lembrava de um homem de inteligência discreta e aguçada. Isso acabara. Taravangian sempre fora humilde e introspectivo, então a maioria das pessoas ignorava que ele fora inteligente outrora — antes da estranha doença, cinco anos atrás, que Navani considerava quase certo que encobertara uma apoplexia que danificara permanentemente suas faculdades mentais.

Adrotagia tocou o braço de Taravangian e acenou com a cabeça para alguém junto dos guardas kharbranthianos: uma olhos-claros de meia-idade vestindo uma saia e blusa, no estilo sulista, com os botões superiores abertos. Seu cabelo era curto, em um estilo masculino, e ela usava luvas nas duas mãos.

A mulher estranha estendeu a mão direita sobre a cabeça e uma Espada Fractal apareceu ali. Ela pousou-a com o lado plano contra o ombro.

— Ah, sim — disse Taravangian. — Apresentações! Espinho Negro, essa é a mais recente Cavaleira Radiante. Malata de Jah Keved.

O REI TARAVANGIAN OLHAVA, PASMO como uma criança, conforme subiam pelo elevador até o topo da torre. Ele se inclinou tanto sobre o parapeito que seu corpulento guarda-costas thayleno pousou uma mão precavida sobre o ombro do rei, só por via das dúvidas.

— Tantos andares — disse Taravangian. — E essa plataforma. Diga-me, Luminobre. O que faz com que ela se mova?

A sinceridade dele era tão inesperada. Dalinar passara tanto tempo ao redor de políticos alethianos que achava a honestidade algo obscuro, como uma linguagem que ele não falava mais.

— Minhas engenheiras ainda estão estudando os elevadores — explicou Dalinar. — Tem a ver com fabriais emparelhados, elas acreditam, com engrenagens para modular a velocidade.

Taravangian hesitou.

— Ah. Eu quis dizer... isso é Luz das Tempestades? Ou tem alguém puxando, em algum lugar? Nós usávamos parshemanos para os nossos, em Kharbranth.

— Luz das Tempestades — disse Dalinar. — Tivemos que substituir as gemas por outras infundidas para que eles funcionassem.

— Ah. — Ele balançou a cabeça, sorrindo.

Em Alethkar, aquele homem jamais teria sido capaz de manter um trono depois de sofrer a apoplexia. Uma família inescrupulosa o teria removido por meio de assassinato. Em outras famílias, alguém o teria desafiado pelo trono; ele teria sido forçado a lutar ou abdicar.

Ou... bem, alguém poderia ter tomado seu poder à força e agido como rei em tudo, menos no nome. Dalinar suspirou baixinho, mas manteve um controle firme sobre sua culpa.

Taravangian não era alethiano. Em Kharbranth — que não entrava em guerra —, fazia mais sentido ter um brando e amigável testa de ferro. A cidade *devia* ser despretensiosa, não ameaçadora. Por uma reviravolta do destino, Taravangian também havia sido coroado rei de Jah Keved, um dos reinos mais poderosos de Roshar, depois da sua guerra civil.

Ele teria tido problemas em manter aquele trono, mas talvez Dalinar pudesse fornecer-lhe algum apoio — ou, pelo menos, autoridade — por associação. Certamente pretendia fazer tudo que pudesse.

— Vossa Majestade — disse Dalinar, se aproximando de Taravangian. — Quão bem guardada está Vedenar? Tenho um bom número de tropas com muito tempo ocioso. Eu poderia facilmente emprestar um batalhão ou dois para ajudar a proteger a cidade. Não podemos nos dar ao luxo de perder o Sacroportal para o inimigo.

Taravangian olhou para Adrotagia, que respondeu por ele.

— A cidade está segura, Luminobre. Não precisa se preocupar. Os parshemanos fizeram uma investida na direção da cidade, mas ainda há muitas tropas vedenas disponíveis. Nós rechaçamos o inimigo, e eles recuaram para o leste.

Rumo a Alethkar, pensou Dalinar.

Taravangian olhou outra vez para a ampla coluna central, iluminada pela janela de puro vidro no lado leste.

— Ah, como gostaria que esse dia não houvesse chegado.

— Parece que o senhor estava esperando por ele, Vossa Majestade — comentou Dalinar.

Taravangian riu baixinho.

— Você não? Espera por sofrimento, quero dizer? Tristeza... perda...

— Tento não criar expectativas em nenhuma direção — replicou Dalinar. — É como faz um soldado. Lida com os problemas de hoje, então dorme e lida amanhã com os problemas de amanhã.

Taravangian assentiu.

— Eu me lembro de ter ouvido na infância um fervoroso rezar por mim para o Todo-Poderoso enquanto glifos-amuletos queimavam ali perto. Lembro-me de pensar... certamente as tristezas não podem ter passado. Certamente os males ainda não acabaram. Se fosse o caso, não estaríamos de volta aos Salões Tranquilinos mesmo agora? — Ele olhou para Dalinar e, para sua surpresa, havia lágrimas nos seus claros olhos cinzentos. — Não acho que você e eu estejamos destinados a um local tão glorioso. Homens de sangue e tristeza não recebem um final como esse, Dalinar Kholin.

Dalinar não soube como responder. Adrotagia segurou o braço de Taravangian em um gesto de consolo e o velho rei se virou, escondendo sua demonstração emocional. O que acontecera em Vedenar devia tê-lo perturbado profundamente — a morte do rei anterior, o campo de extermínio.

Subiram o resto do caminho em silêncio e Dalinar aproveitou a oportunidade para estudar a Manipuladora de Fluxos de Taravangian. Fora ela que destravara — depois ativara — o Sacroportal vedeno, do outro lado, algo que conseguira depois de algumas instruções cuidadosas de Navani. Agora a mulher, Malata, estava ociosamente recostada contra a lateral da plataforma. Ela não havia dito muito durante a passagem pelos três primeiros níveis e, quando ela olhava para Dalinar, sempre parecia ter o vestígio de um sorriso nos lábios.

Ela carregava uma rica coleção de esferas na saia; a luz brilhava através do tecido. Talvez fosse por isso que sorria. Ele mesmo estava aliviado por ter Luz ao alcance dos dedos novamente — e não só porque isso significava que os Transmutadores alethianos podiam voltar a trabalhar, usando suas esmeraldas para transformar rochas em grãos a fim de alimentar as pessoas famintas da torre.

Navani recebeu-os no nível superior, imaculada em um ornamentado havah preto e prata, seu cabelo em um coque atravessado por vários espetos em formato de Espadas Fractais. Ela saudou Taravangian calorosamente, então tomou as mãos de Adrotagia. Depois do cumprimento, Navani deu um passo atrás e permitiu que Teshav guiasse o rei e seu pequeno séquito até o que estavam chamando de Sala de Iniciação.

Já Navani puxou Dalinar de lado.

— E então? — sussurrou ela.

— Ele está sendo tão sincero quanto sempre — disse Dalinar em voz baixa. — Mas...

— Obtuso?

— Querida, *eu* sou obtuso. Esse homem virou um idiota.

— Você não é obtuso, Dalinar. Você é duro. Prático.

— Sei que tenho a cabeça bem dura, gema-coração. Isso já serviu a meu favor em mais de uma ocasião. Melhor uma cabeça dura do que quebrada. Mas eu não sei se Taravangian, no seu estado atual, será muito útil.

— Bah — disse Navani. — Temos gente esperta o bastante ao nosso redor, Dalinar. Taravangian sempre foi amigo de Alethkar durante o reino do seu irmão, e uma pequena doença não deve mudar a maneira como o tratamos.

— Você tem razão, é claro... — Ele perdeu o fio da meada. — Ele está muito sério, Navani. E melancólico de um jeito que não me recordo. Ele sempre foi assim?

— Na verdade, sim.

Ela verificou seu próprio relógio de braço, parecido com o dele, embora tivesse mais algumas gemas incrustadas. Um novo tipo fabrial que estava desenvolvendo.

— Alguma notícia do Capitão Kaladin?

Ela balançou a cabeça. Já fazia dias desde o último contato, mas ele deve ter ficado sem rubis infundidos. Agora que as grantormentas haviam retornado, estavam na expectativa de alguma notícia.

Na sala, Teshav gesticulava para os vários pilares, cada um representando uma ordem dos Cavaleiros Radiantes. Dalinar e Navani esperavam na entrada, afastados.

— E a Manipuladora de Fluxos? — sussurrou Navani.

— Uma Liberadora. Pulverizadora, embora eles não gostem do termo. Ela alega que seu espreno lhe contou isso. — Ele esfregou seu queixo. — Não gosto da maneira como ela sorri.

— Se ela é mesmo uma Radiante, poderia ser algo além de confiável? O espreno escolheria alguém que agiria contra os melhores interesses das ordens?

Outra pergunta para a qual ele não tinha resposta. Precisaria ver se conseguia determinar se a Espada dela era mesmo só uma Fractal, ou se podia ser outra Espada de Honra disfarçada.

O grupo desceu uma escadaria até a câmara de reunião, que ocupava a maior parte do penúltimo andar e descia em declive até o nível de baixo. Dalinar e Navani os seguiram.

Navani, ele pensou. *De braço dado comigo.* Isso ainda lhe causava uma sensação surreal e inebriante; onírica, como se estivesse em uma das suas visões. Lembrava-se vividamente de desejá-la. De pensar nela, cativado pela maneira como falava, pelas coisas que sabia, pela aparência de suas mãos enquanto desenhava — ou, raios, quando fazia algo tão simples quanto levar uma colher aos lábios. Ele se lembrava de encará-la fixamente.

Recordou um dia específico em um campo de batalha, quando quase havia deixado seu ciúme do irmão levá-lo longe demais — e ficou surpreso ao sentir Evi adentrando aquela memória. Sua presença coloriu a memória velha e desbotada daqueles dias de guerra com o irmão.

— Minhas memórias continuam voltando — comentou em voz baixa enquanto paravam na entrada da sala de conferências. — Só posso deduzir que com o tempo tudo retornará.

— Isso não deveria estar acontecendo.

— Pensei o mesmo. Mas, de verdade, quem pode saber? Dizem que a Antiga Magia é inescrutável.

— Não — insistiu Navani, cruzando os braços, assumindo uma expressão severa, como se estivesse zangada com uma criança teimosa. — Em todo caso que pesquisei, tanto a dádiva quanto a maldição duraram até a morte.

— Em todo caso? — questionou Dalinar. — Quantos você encontrou?

— Cerca de trezentos, até agora — disse Navani. — Tem sido difícil conseguir tempo dos pesquisadores no Palaneu; gente do mundo todo está exigindo pesquisas sobre os Esvaziadores. Felizmente, a visita iminente de Sua Majestade fez com que eu merecesse consideração especial, e eu tinha algum crédito. Dizem que é melhor prestigiar o local em pessoa... Pelo menos foi o que Jasnah sempre disse...

Ela respirou fundo, acalmando-se antes de continuar.

— De qualquer modo, Dalinar, a pesquisa é definitiva. Não conseguimos encontrar um único caso em que os efeitos da Antiga Magia sumissem... E as pessoas tentaram, ao longo dos séculos. Existem tantas histórias de pessoas lidando com suas maldições e procurando qualquer cura para elas que é praticamente um *gênero*. Como minha pesquisadora disse: "Maldições da Antiga Magia não são como uma ressaca, Luminosa."

Ela olhou para Dalinar, e devia ter visto a emoção no rosto dele, pois inclinou a cabeça.

— O que foi?

— Nunca tive alguém com quem compartilhar esse fardo — disse ele baixinho. — Obrigado.

— Eu não descobri nada.

— Isso não importa.

— Você poderia ao menos confirmar outra vez com o Pai das Tempestades que seu laço com ele com certeza absoluta *não* é o que está causando o retorno das memórias?

— Vou ver.

A voz do Pai das Tempestades trovejou em sua mente. *Por que ela quer que eu diga mais? Já falei, e esprenos não mudam como os homens. Isso não é feito meu. Não veio do laço.*

— Ele diz que não foi ele — respondeu Dalinar. — Ele está... irritado com você por ter perguntado de novo.

Ela continuou de braços cruzados. Era algo que tinha em comum com a filha, uma frustração característica com problemas que não podia resolver. Como se estivesse desapontada com os fatos por não se combinarem de maneira mais solícita.

— Talvez houvesse algo diferente no acordo que você fez — disse ela. — Se pudesse me relatar sua visita alguma hora... com o máximo de detalhes de que puder se lembrar... irei compará-la aos outros relatos.

Ele balançou a cabeça.

— Não foi nada de mais. O Vale tinha muitas plantas. E... eu me lembro... de pedir para parar de sofrer, e ela tomou minhas memórias também. Eu acho. — Ele deu de ombros, então notou Navani franzindo os lábios, seu olhar se aguçando. — Sinto muito. Eu...

— Não é você — disse Navani. — É a Guardiã da Noite. Conceder um acordo quando você provavelmente estava perturbado demais para pensar direito, depois apagar sua memória dos detalhes.

— Ela é um espren. Não acho que podemos esperar que ela siga, ou mesmo que compreenda, nossas regras.

Ele gostaria de poder dar mais informações, porém, mesmo que conseguisse desenterrar alguma coisa, aquela não era a hora. Eles deviam estar prestando atenção nos convidados.

Teshav havia terminado de apontar os estranhos painéis de vidro nas paredes internas, que pareciam janelas, só que nubladas. Ela seguiu para os pares de discos no chão e no teto, que pareciam o topo e a base de um pilar que fora removido — uma característica de uma série de salas que haviam explorado.

Depois disso, Taravangian e Adrotagia voltaram ao alto da sala, junto das janelas. A nova Radiante, Malata, estava em uma cadeira junto do selo dos Pulverizadores montado na parede, relaxada, olhando para ele.

Dalinar e Navani subiram os degraus para se juntar a Taravangian.

— De tirar o fôlego, não é? — perguntou Dalinar. — Uma vista ainda melhor que a do elevador.

— Extraordinário — disse Taravangian. — Tanto espaço. Nós pensamos... pensamos que somos as coisas mais importantes em Roshar. Mas uma parte tão grande de Roshar está vazia de nós.

Dalinar inclinou a cabeça. Sim... talvez ainda houvesse parte do velho Taravangian ali dentro.

— Era isso que você queria nos mostrar? — indagou Adrotagia, indicando a sala. — Quando houver reunido todos os monarcas, esta será sua câmara de conselho?

— Não — disse Dalinar. — Parece demais com uma sala de palestras. Não quero que os monarcas achem que estão ouvindo sermões.

— E... quando eles virão? — perguntou Taravangian, esperançoso. — Estou ansioso para me encontrar com os outros. O rei de Azir... você não me disse que há um novo rei, Adrotagia? Eu conheço a Rainha Fen... muito agradável. Vamos convidar os shinos? Tão misteriosos. Eles têm um rei, afinal? Não vivem em tribos ou algo assim? Como os bárbaros maratianos?

Adrotagia deu um tapinha carinhoso no braço dele, mas olhou para Dalinar, obviamente curiosa em relação aos outros monarcas.

Dalinar pigarreou, mas Navani falou.

— Até agora, Vossa Majestade, o senhor foi o único a ouvir nossos chamados.

Em seguida veio o silêncio.

— Thaylenah? — indagou Adrotagia, esperançosa.

— Conversamos em cinco ocasiões distintas — respondeu Navani. — Em todas, ela evitou nossas solicitações. Azir tem sido ainda mais teimoso.

— Iri nos dispensou quase imediatamente — disse Dalinar, suspirando. — Nem Marabethia nem Rira responderam à solicitação inicial. Não há governo real nas ilhas Reshi nem em qualquer dos estados intermediários. O Ancião-Mor de Babatharnam tem sido evasivo, e a maioria dos estados de Makabaki deu a entender que estão esperando que Azir tome uma decisão. Os shinos só nos enviaram uma resposta rápida para nos congratular, seja lá o que isso signifique.

— Pessoas odiosas — disse Taravangian. — Assassinaram tantos monarcas dignos!

— Hum, sim — disse Dalinar, constrangido com a súbita mudança de atitude do rei. — Nosso foco primário tem sido lugares com Sacroportais, por motivos estratégicos. Azir, Cidade de Thaylen e Iri parecem ser os mais essenciais. Contudo, fizemos contato com qualquer um disposto a escutar, com Sacroportal ou não. Nova Natanan está sendo evasiva até agora, e os herdazianos acham que estou tentando enganá-los. Os escribas tukarenos continuam alegando que vão levar minhas palavras ao seu rei-deus.

Navani limpou a garganta.

— Na verdade, recebemos uma resposta dele, agora há pouco. A pupila de Teshav estava monitorando as telepenas. Não foi exatamente encorajadora.

— Gostaria de ouvi-la mesmo assim.

Ela assentiu, e foi coletá-la com Teshav. Adrotagia olhou-o de modo questionador, mas Dalinar não se afastou dos dois. Queria que se sentissem parte de uma aliança, e talvez pudessem ter pontos de vista úteis.

Navani voltou com uma única folha de papel. Dalinar não conseguia ler o que estava escrito, mas as linhas pareciam amplas e grandiosas — imperiosas.

— "Um aviso" — leu Navani — "de Tezim, o Grande, primeiro e último homem, Arauto dos Arautos e portador do Sacropacto. Sejam louvados sua grandeza, imortalidade e poder. Ergam a cabeça e escutem, homens do oriente, a proclamação do seu Deus. Ninguém é Radiante, a não ser ele. A fúria dele é acesa pelas suas infelizes alegações, e sua captura ilegal da cidade sagrada dele é um ato de rebelião, depravação e perversidade. Abram seus portais, homens do oriente, para os virtuosos soldados dele e entreguem-lhe seus butins. Renunciem às suas tolas ambições e jurem lealdade a ele. O julgamento da tormenta final chegou para destruir todos os homens, e só o caminho dele levará à libertação. Ele digna-se a enviar esta única ordem e não falará novamente. Mesmo isto está muito acima do que suas naturezas carnais merecem."

Ela baixou o papel.

— Uau — comentou Adrotagia. — Bem, pelo menos foi bem direto.

Taravangian coçou a cabeça, o cenho franzido, como se não concordasse de jeito nenhum com aquela frase.

— Imagino que podemos riscar os tukarenos da lista de possíveis aliados — concluiu Dalinar.

— Eu prefiro os emulianos, de qualquer modo — comentou Navani. — Seus soldados podem ser menos capazes, mas também são... bem, *não são malucos*.

— Então... estamos sozinhos? — questionou Taravangian, olhando de Dalinar para Adrotagia com um ar incerto.

— Estamos sozinhos, Vossa Majestade — confirmou Dalinar. — O fim do mundo chegou, e ainda assim ninguém quer nos dar ouvidos.

Taravangian assentiu consigo mesmo.

— Onde atacamos primeiro? Herdaz? Meus assistentes dizem que esse é o primeiro passo tradicional para uma investida alethiana, mas também apontam que se você puder, de algum modo, tomar Thaylenah, teria controle completo dos Estreitos e até mesmo das Profundezas.

Dalinar desanimou-se ao ouvir aquelas palavras. Era o pressuposto óbvio; tão claro que até mesmo o simplório Taravangian pôde ver. De que outra maneira interpretar uma união proposta por Alethkar? Alethkar, os grandes conquistadores. Liderados pelo Espinho Negro, o homem que unificara o próprio reino pela espada.

Essa era a suspeita que maculara cada conversa com os outros monarcas. *Raios, Taravangian não veio a mim porque acreditou na minha grandiosa aliança. Ele deduziu que, se não viesse, eu não enviaria meus exércitos a Herdaz ou Thaylenah — eu os mandaria para Jah Keved. Para as terras dele.*

— Não vamos atacar ninguém — declarou Dalinar. — Nosso foco é nos Esvaziadores, os verdadeiros inimigos. Vamos conquistar os outros reinos com diplomacia.

Taravangian franziu o cenho.

— Mas...

Adrotagia, contudo, tocou-o no ombro e o aquietou.

— Naturalmente, Luminobre — disse ela a Dalinar. — Nós compreendemos.

Ela achava que ele estava mentindo.

E você está?

O que faria se ninguém escutasse? Como salvaria Roshar sem os Sacroportais? Sem recursos?

Se nosso plano de recuperar Kholinar der certo, não faria sentido tomar os outros portais da mesma maneira? Ninguém seria capaz de lutar ao mesmo tempo conosco e com os Esvaziadores. Poderíamos conquistar as capitais e forçá-los — para seu próprio bem — a se juntarem ao nosso esforço de guerra unificado.

Ele estivera disposto a conquistar Alethkar, para o bem da cidade. Novamente estivera disposto a assumir o governo, para todos os efeitos, pelo bem do seu povo.

Até onde iria pelo bem de toda Roshar? Até onde iria para prepará-los para a chegada daquele inimigo? Um campeão com nove sombras.

Vou unir em vez de dividir.

Ele se pegou parado junto à janela, ao lado de Taravangian, fitando as montanhas, suas memórias de Evi trazendo com elas uma nova e perigosa perspectiva.

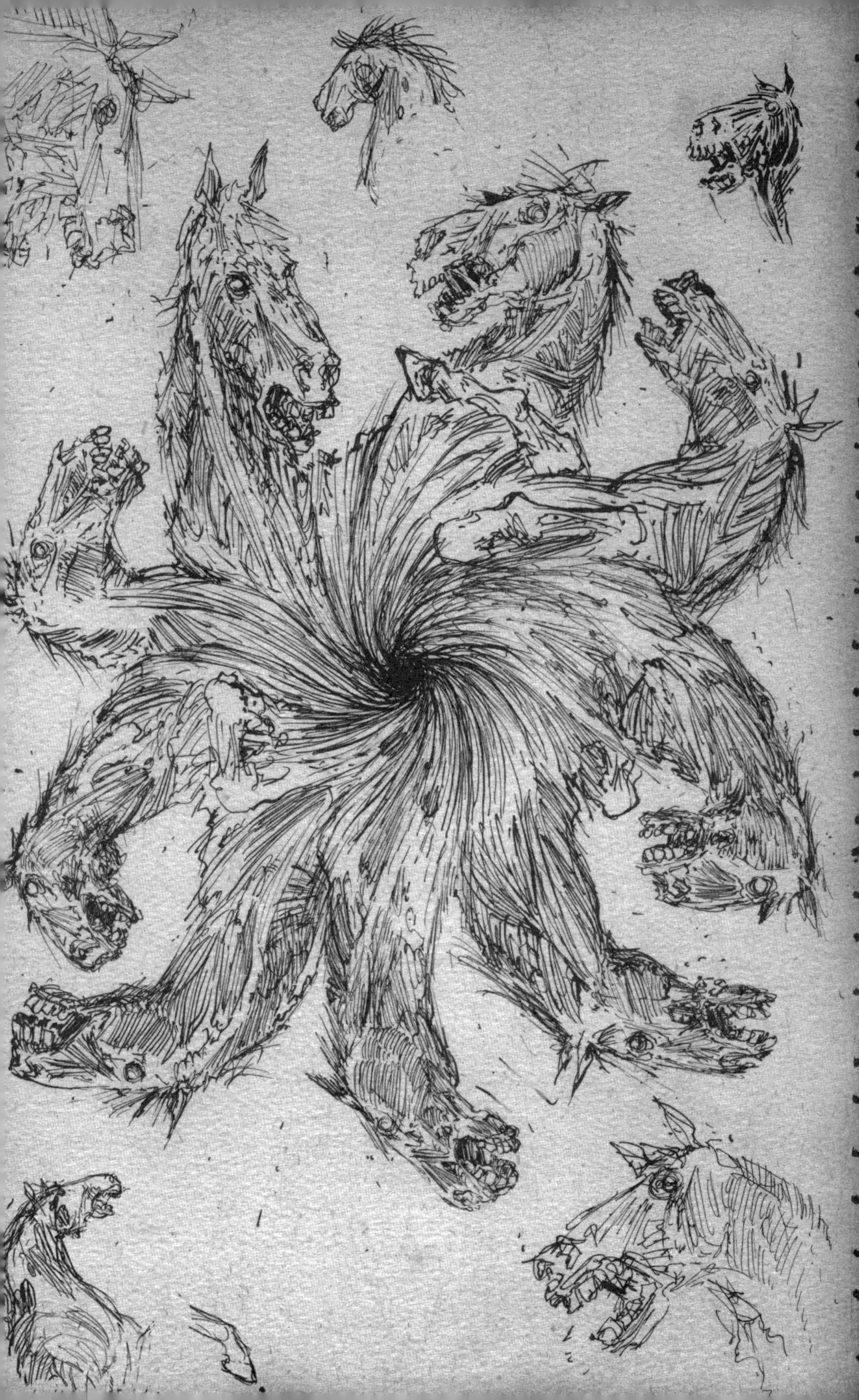

25

A GAROTA QUE OLHAVA PARA CIMA

Confessarei meus assassinatos diante de vocês. De modo dolorosíssimo, matei alguém que me amava com ternura.

— De *Sacramentadora*, prefácio

A torre de Urithiru era um esqueleto, e os estratos geológicos sob os dedos de Shallan eram veias que envolviam os ossos, dividindo-se e espalhando-se por todo o corpo. Mas o que aquelas veias carregavam? Não era sangue.

Ela deslizou pelos corredores do terceiro nível, pelas entranhas, longe da civilização, passando pelas entradas sem portas e salas sem ocupantes.

Homens haviam se trancado com sua luz, dizendo a si mesmos que haviam conquistado aquele antigo colosso, mas só ergueram postos avançados nas trevas. Trevas eternas, expectantes. Aqueles corredores *nunca* haviam visto o sol. Tempestades que trovejavam por Roshar nunca tocaram aquele local. Era um lugar de quietude eterna, e os homens não podiam conquistá-lo mais do que crenguejos podiam alegar que haviam conquistado o pedregulho onde se escondiam.

Ela havia desafiado as ordens de Dalinar para que todos andassem em pares. Ela não se preocupava com isso. Sua bolsa e bolsa-segura estavam cheias de novas esferas recarregadas na grantormenta. Sentia-se gananciosa com tantas, inspirando Luz sempre que desejava. Estava tão segura quanto possível, contanto que tivesse aquela Luz.

Usava as roupas de Véu, mas não ainda seu rosto. Não estava de fato explorando, embora estivesse fazendo um mapa mental. Só queria estar ali, sentir o lugar. Ele não podia ser compreendido, mas talvez pudesse ser *sentido*.

Jasnah havia passado anos caçando aquela cidade mítica e as informações que imaginara que ela conteria. Navani comentara ter certeza de que o lugar continha alguma antiga tecnologia. Até então, ela se desapontara. Ficara encantada ao ver os Sacroportais, se impressionara com o sistema de elevadores. E era tudo. Nada de antigos fabriais majestosos, nada de diagramas explicando a tecnologia perdida. Nada de livros ou escritos; só poeira.

E escuridão, pensou Shallan, fazendo uma pausa em uma câmara circular com corredores que se dividiam em sete direções. Ela *havia* sentido que tinha algo errado, como Mraize mencionara. Sentira isso no momento em que tentara desenhar o lugar. Urithiru era como as geometrias impossíveis da forma de Padrão. Invisível, mas perturbadora, como um som discordante.

Ela escolheu uma direção qualquer e seguiu, chegando a um corredor estreito o bastante para que pudesse tocar as duas paredes com os dedos. As camadas geológicas tinham um tom esmeralda ali, uma cor alienígena para uma pedra. Uma centena de tons de algo errado.

Shallan passou por várias saletas antes de chegar a uma câmara muito maior. Adentrou-a, segurando alto um brom de diamante para iluminação, revelando que estava em um trecho elevado na entrada de uma grande sala com paredes curvas e fileiras de pedra... bancos?

É um teatro, ela pensou. *E eu invadi o palco*. Sim, podia ver uma galeria acima. Salas como aquela a comoviam pela sua humanidade. Tudo mais naquele lugar era tão vazio e árido. Salas, corredores e cavernas sem fim. Andares que exibiam apenas amostras ocasionais de ruínas da civilização, como dobradiças enferrujadas ou a fivela de uma bota velha. Esprenos de decomposição agrupados feito cracas em portas antigas.

Um teatro era mais *real*. Mais vivo, apesar do passar das eras. Ela foi até o centro e rodopiou ali, deixando o casaco de Véu ondular.

— Sempre imaginei como seria estar em um palco. Quando era criança, ser atriz parecia o melhor dos trabalhos. Sair de casa, viajar para lugares novos. *Não ser eu mesma por pelo menos um curto período de tempo todos os dias.*

Padrão zumbiu, saindo do casaco dela para flutuar acima do palco em três dimensões.

— O que é isso?

— É um palco para concertos ou peças.

— Peças?

— Ah, você gostaria de ver. Um grupo de pessoas fingindo ser alguém diferente, contando uma história juntos. — Ela desceu os degraus na lateral, caminhando entre os bancos. — A audiência assiste daqui.

Padrão flutuava no centro do palco, como um solista.

— Ah... — disse ele. — Uma mentira em grupo?

— Uma mentira muito maravilhosa — disse Shallan, se acomodando em um banco, a bolsa de Véu ao lado. — Um momento em que todos fantasiam juntos.

— Queria poder ver — disse Padrão. — Eu poderia entender as pessoas... hmmm... pelas mentiras que elas querem ouvir.

Shallan fechou os olhos, sorrindo, lembrando-se da última vez que vira uma peça, na casa do pai. Uma trupe itinerante de crianças fora entretê-la. Ela havia capturado Lembranças para sua coleção — mas, naturalmente, agora elas estavam perdidas no fundo do oceano.

— *A garota que olhava para cima* — sussurrou ela.

— O quê? — perguntou Padrão.

Shallan abriu os olhos e expirou Luz das Tempestades. Não havia desenhado aquela cena específica, então usou o que tinha à mão: um desenho que havia feito de uma criancinha no mercado. Alegre e feliz, jovem demais para cobrir a mão segura. A garota brotou da Luz das Tempestades e saltitou pelos degraus, então fez uma mesura para Padrão.

— Havia uma garota — disse Shallan. — Isso foi antes das tempestades, antes das memórias, e antes das lendas... mas havia ainda uma garota. Ela usava um longo cachecol que sacudia com o vento.

Um vibrante cachecol vermelho surgiu ao redor do pescoço da garota, caudas gêmeas se estendendo atrás dela e tremulando com um vento fantasma. Os atores haviam feito o cachecol balançar atrás da garota usando cordas. Parecera tão real.

— A garota de cachecol brincava e dançava, como as meninas fazem hoje em dia — continuou Shallan, fazendo a criança saltitar ao redor de Padrão. — Na verdade, a maioria das coisas era exatamente como agora. Exceto por uma grande diferença. A muralha.

Shallan drenou um número indulgente de esferas da bolsa, então salpicou o chão do palco com grama e vinhas como as da sua terra natal. Nos fundos do palco, uma muralha cresceu, seguindo a imaginação de Shallan, alta e terrível, se estendendo para as luas. Bloqueando o céu, jogando uma sombra sobre tudo ao redor da garota.

A garota deu um passo na direção da muralha, olhando para cima, se esforçando para ver o topo.

— Sabe, naquela época, uma muralha impedia a passagem das tempestades — contou Shallan. — Ela existia havia tanto tempo que ninguém sabia quando fora construída. Isso não os incomodava. Por que se perguntar quando as montanhas nasceram, ou por que o céu ficava no alto? Era assim e pronto, assim como a muralha.

A garota dançou na sombra e outras pessoas brotaram da Luz de Shallan. Todas eram pessoas de seus desenhos. Vathah, Gaz, Palona, Sebarial. Faziam papel de fazendeiros ou lavadeiras, realizando seus deveres de cabeça baixa. Só a garota olhava para a muralha, as pontas do cachecol tremulando atrás dela.

A menina se aproximou de um homem ao lado de um pequeno carrinho de frutas, com o rosto de Kaladin, Filho da Tempestade.

— Por que há uma muralha? — perguntou ela ao vendedor de frutas, falando com uma voz própria.

— Para manter as coisas ruins do lado de fora — explicou ele.

— Que coisas ruins?

— Coisas muito ruins. Há uma muralha. Não vá além dela, ou você vai morrer.

O vendedor de frutas pegou seu carrinho e foi embora. E, ainda assim, a garota olhava para cima, para a muralha. Padrão flutuava ao lado dela, zumbindo alegremente consigo mesmo.

— Por que há uma muralha? — perguntou a menina à mulher que amamentava seu bebê, e tinha o rosto de Palona.

— Para nos proteger — disse a mulher.

— Nos proteger de quê?

— De coisas muito ruins. Há uma muralha. Não vá além dela, ou você vai morrer.

A mulher pegou o bebê e partiu.

A garota subiu em uma árvore, até o topo, seu cachecol tremulando atrás dela.

— Por que há uma muralha? — perguntou ela ao garoto que dormia preguiçosamente na curva de um galho.

— Que muralha? — indagou o menino.

A garota apontou o dedo para a muralha.

— Aquilo não é uma muralha — disse o garoto, sonolento. Shallan dera-lhe o rosto de um dos carregadores de pontes, um herdaziano. — É só como o céu é daquele lado.

— É uma *muralha* — insistiu a garota. — Uma muralha gigante.

— Deve estar lá por algum motivo. Sim, é uma muralha. Não vá além dela, ou provavelmente vai morrer.

— Bem — continuou Shallan, falando da plateia —, essas respostas não satisfaziam a garota que olhava para cima. Ela pensou consigo mesma que, se a muralha mantinha as coisas ruins do lado de fora, consequentemente o espaço do lado dela deveria ser seguro. Então, certa noite, enquanto os outros moradores da vila dormiam, ela saiu de casa escondida com uma trouxa de suprimentos. Ela caminhou até a muralha e, de fato, a terra *era* segura. Mas também era escura, sempre à sombra daquela muralha. Nenhuma luz solar chegava diretamente às pessoas.

Shallan fez a ilusão se desenrolar, como o cenário móvel da companhia de teatro. Só que de um modo muito, muito mais realista. Ela havia pintado o teto com luz e, ao olhar para cima, podia-se ver um céu infinito — dominado por aquela muralha.

Isso é... isso é muito mais extensivo do que qualquer coisa que já fiz, ela pensou, surpresa. Esprenos de criação começaram a aparecer ao redor dela nos bancos, na forma de antigos ferrolhos ou maçanetas, rolando ou dando cambalhotas.

Bem, Dalinar *havia* mandado que praticasse...

— A garota viajou muito — disse Shallan, olhando de volta para o palco. — Nenhum predador a caçou e nenhuma tormenta a assaltou. Havia apenas o vento agradável que brincava com seu cachecol, e as únicas criaturas que ela viu foram crenguejos que clicavam as pinças quando ela passava. Por fim, a garota do cachecol se viu diante da muralha. Ela era verdadeiramente vasta, correndo até perder de vista nas duas direções. E sua altura! Quase alcançava os Salões Tranquilinos!

Shallan ficou de pé e subiu no palco, passando por uma terra diferente — uma imagem de fertilidade, vinhas, árvores e grama, dominada por aquela terrível muralha, de onde brotavam espinhos em tufos.

Eu não desenhei essa cena. Pelo menos... não recentemente.

Ela a desenhara na infância, em detalhes, colocando as fantasias que imaginara no papel.

— O que aconteceu? — perguntou Padrão. — Shallan? Preciso saber o que aconteceu. Ela voltou?

— É claro que ela não voltou. Ela *escalou*. Havia protuberâncias na muralha, como esses espinhos ou estátuas encurvadas e feias. Ela passara a infância toda subindo nas árvores mais altas. Conseguia escalar aquilo ali.

A garota começou a escalar. Seu cabelo já era branco quando a história começara? Shallan franziu o cenho e fez a base da muralha afundar no palco, de modo que, muito embora a garota estivesse subindo, permanecia à vista de Shallan e Padrão.

— A escalada levou dias — disse Shallan, com a mão na cabeça. — À noite, a garota que olhava para cima fazia uma rede com seu cachecol e dormia nela. Ela avistou sua vila em determinado momento, observando como ela parecia pequena lá do alto. Ao se aproximar do topo, a menina enfim começou a temer o que encontraria do outro lado. Infelizmente, esse medo não a deteve. Ela era jovem e perguntas a incomodavam mais do que o medo. Então ela finalmente alcançou o topo e ficou de pé para ver o outro lado. O lado oculto...

Shallan sentiu a voz embargar. Lembrou-se de ficar inquieta escutando aquela história. Quando criança, na época em que momentos como assistir a um teatro eram os únicos pontos luminosos na sua vida.

Memórias demais do seu pai, da sua mãe, daqueles que adoravam lhe contar histórias. Ela tentou banir essas memórias, mas elas *se recusavam a sumir*.

Shallan se virou. Sua Luz das Tempestades... Já havia usado quase tudo que extraíra da bolsa. Nos assentos, uma multidão de figuras sombrias assistia. Sem olhos, apenas sombras, pessoas das suas memórias. A silhueta do seu pai, da sua mãe, de seus irmãos e uma dúzia de outros. Ela não podia criá-los porque não os desenhara direito. Não desde que havia perdido sua coleção...

Junto de Shallan, a garota permanecia triunfante no topo da muralha, seu cachecol e seu cabelo branco tremulando em um vento súbito. Padrão zumbia ao lado de Shallan.

— ... e do outro lado da muralha — sussurrou Shallan — a garota viu degraus. A parte de trás da muralha possuía enormes escadarias levando ao chão lá embaixo.

— O que... o que isso significa? — perguntou Padrão.

— A garota fitou aqueles degraus — murmurou Shallan, recordando — e subitamente as estátuas pavorosas do lado dela da muralha fizeram sentido. As lanças. A maneira como ela lançava uma sombra sobre tudo. A muralha de fato escondia algo maligno, algo assustador. Eram pessoas, como a garota e sua vila.

A ilusão começou a se desfazer ao redor dela. Era ambiciosa demais para que pudesse sustentar, e deixou-a esgotada, exausta, com a cabeça começando a latejar. Ela deixou a muralha sumir, recuperando sua Luz das Tempestades. A paisagem desapareceu, então finalmente a garota também. Atrás dela, as figuras sombrias nos assentos começaram a se evaporar. A Luz das Tempestades fluiu de volta para Shallan, atiçando a tempestade dentro dela.

— É assim que termina? — quis saber Padrão.

— Não — disse Shallan, Luz das Tempestades fumegando dos seus lábios. — Ela desce e vê uma sociedade perfeita, iluminada por Luz das Tempestades. Ela rouba um pouco e leva para casa. As tempestades vêm como punição e derrubam a muralha.

— Ah... — disse Padrão, flutuando ao lado dela no palco agora apagado. — Então foi assim que as tormentas começaram?

— É claro que não — respondeu Shallan, cansada. — É uma mentira, Padrão. Uma história. Não significa nada.

— Então por que você está chorando?

Shallan secou os olhos e deu as costas para o palco vazio. Ela precisava voltar aos mercados.

Nos assentos, os últimos membros da audiência sombria se esvaíram. Exceto por um, que se levantou e saiu pelas portas de trás do teatro. Surpresa, Shallan sentiu um súbito choque lhe percorrer o corpo.

Aquela figura não havia sido uma das suas ilusões.

Ela pulou do palco. Aterrissando com força e fazendo tremular o casaco de Véu, correu atrás da figura. Manteve o resto da Luz, uma tormenta pulsante e violenta, e derrapou pelo corredor, grata pelas botas resistentes e calças simples.

Alguma coisa sombria movia-se pelo corredor. Shallan a perseguiu, os lábios retraídos de escárnio, deixando a Luz das Tempestades emanar da sua pele e iluminar os arredores. Enquanto corria, puxou uma cordinha do seu bolso e amarrou o cabelo, transformando-se em Radiante. Radiante saberia o que fazer caso pegasse a pessoa.

É possível que uma pessoa pareça tanto uma sombra?

— Padrão — gritou ela, estendendo a mão direita.

Uma névoa luminescente se formou ali, coagulando-se na sua Espada Fractal. Luz escapava dos seus lábios, transformando-a de modo mais pleno em Radiante. Fios luminosos a seguiam, e ela os sentia em seu rastro. Avançou até uma pequena câmara redonda e parou derrapando.

Uma dúzia de versões dela, dos desenhos que havia feito recentemente, se dividiram ao seu redor e correram pelo recinto. Shallan de vestido, Véu de casaco. Shallan criança, Shallan mocinha. Shallan como um soldado, uma esposa feliz, uma mãe. Mais magra ali, mais rechonchuda acolá. Com cicatrizes. Toda empolgada. Ensanguentada e sofrendo. As figuras desapareceram depois de passar por ela, evaporando-se uma após a outra em Luz das Tempestades, que redemoinhava antes de desaparecer.

Radiante levantou a Espada Fractal na postura que Adolin lhe ensinara, o suor pingando pelos lados do rosto. A sala estaria escura, não fosse pela Luz fumegando da sua pele e atravessando as suas roupas para elevar-se ao seu redor.

Vazia. Ou havia perdido sua presa nos corredores ou ela era um espreno e não uma pessoa.

Ou não havia ninguém desde o início, preocupou-se uma parte dela. *Sua mente não anda confiável ultimamente.*

— O que foi aquilo? — questionou Radiante. — Você viu?

Não, pensou Padrão para ela. *Eu estava pensando sobre a mentira.*

Shallan caminhou pelos limites da sala circular. A parede estava marcada por uma série de fendas profundas que iam do chão ao teto. Podia sentir o ar se movendo através delas. Qual era o propósito de uma sala como aquela? Será que as pessoas que haviam projetado aquele lugar eram loucas?

Radiante notou uma luz tênue saindo de várias das fendas, além de sons de pessoas, uma algazarra que ecoava baixinho. O mercado da Separação? Sim, ela estava naquela região e, embora estivesse no terceiro nível, a caverna do mercado tinha quatro andares de altura.

Ela foi até a fenda seguinte e espiou através dela, tentando decidir onde aquilo ia dar. Seria um...

Algo se moveu na fenda.

Uma massa escura se remexeu bem no fundo, se espremendo entre paredes. Como uma gosma, mas com pedaços despontando. Cotovelos, costelas, dedos esticados ao longo de uma parede, cada articulação se dobrando para o lado errado.

Um espreno, ela pensou, tremendo. *É mesmo algum tipo estranho de espreno.*

A coisa se retorceu, a cabeça se deformando no espaço mínimo, e olhou na sua direção. Shallan viu olhos refletindo sua luz, esferas gêmeas incrustadas em uma cabeça amassada, uma face humana distorcida.

Radiante recuou com um súbito arquejo, invocando novamente sua Espada Fractal e brandindo-a para se defender. Mas o que ia fazer? Abrir caminho golpeando a pedra para alcançar a coisa? Isso levaria uma eternidade.

E queria mesmo alcançá-la?

Não. Mas precisava fazer isso de todo modo.

O mercado, ela pensou, dispensando sua Espada e partindo de volta pelo caminho por onde viera. *Está indo para o mercado.*

Impelida pela Luz das Tempestades, Radiante disparou pelos corredores, mal se dando conta quando expirou o bastante para transformar seu rosto no de Véu. Ela guinou por uma rede de passagens sinuosas. Aquele labirinto, aqueles túneis enigmáticos, não era o que esperava do lar dos Cavaleiros Radiantes. Não deveria ser uma fortaleza, simples, mas grandiosa, um farol de luz e força em tempos sombrios?

Em vez disso, era um enigma. Véu saiu aos tropeços dos corredores secundários para os mais povoados, então passou correndo por um grupo de crianças risonhas que usavam claretas para iluminação e criavam sombras nas paredes.

Mais algumas voltas a levaram até a sacada que contornava o cavernoso mercado da Separação, com suas luzes oscilantes e caminhos movimentados. Véu virou-se para a esquerda e viu fendas na parede. Seriam para ventilação?

A coisa descera através de uma delas, mas para onde fora depois disso? Um grito, agudo e frio, ecoou do andar inferior do mercado. Praguejando baixo, Véu desceu os degraus em um ritmo imprudente. Típico de Véu, correr a toda para o perigo.

Inspirou e a Luz das Tempestades que emanava dela foi sugada, fazendo com que parasse de brilhar. Depois de uma curta corrida, encontrou pessoas reunidas entre duas fileiras compactas de tendas. As bancas ali vendiam vários produtos, muitos dos quais pareciam ter sido recuperados dos acampamentos de guerra mais abandonados. Alguns comerciantes empreendedores — com a aprovação tácita dos seus grão-príncipes — haviam mandado expedições de volta para recolher o que podiam. Com a Luz das Tempestades fluindo e com Renarin para ajudar com o Sacroportal, as mercadorias finalmente puderam entrar em Urithiru.

Os grão-príncipes tiveram prioridade na escolha. O resto dos achados foi amontoado naquelas tendas ali, vigiado por guardas com cassetetes longos e pavios curtos.

Véu abriu caminho a empurrões até a frente da multidão, descobrindo um enorme papaguampas praguejando e segurando a mão. *Rocha*, ela pensou, reconhecendo o carregador de pontes ainda que ele não estivesse de uniforme.

Sua mão estava sangrando. *Como se tivesse sido trespassada por um punhal*, pensou Véu.

— O que aconteceu aqui? — indagou ela, ainda contendo sua Luz para impedi-la de sair em uma baforada e entregá-la.

Rocha olhou-a de soslaio enquanto seu companheiro — um carregador de pontes que ela pensava já ter visto antes — enrolava sua mão.

— Quem é você para me perguntar isso aí?

Raios. Ela era Véu naquele momento, mas não ousava expor seu disfarce, ainda mais em público.

— Sou da força policial de Aladar — disse ela, vasculhando o bolso. — Tenho meu documento aqui...

— Tudo bem — disse Rocha, suspirando, sua suspeita parecendo evaporar-se. — Não fiz nada. Alguma pessoa puxou faca. Eu não o vi direito... casaco longo e um chapéu. Uma mulher na multidão gritou, chamando minha atenção. Então, esse homem me atacou.

— Raios. Quem morreu?

— Morreu? — O papaguampas olhou para o colega. — Ninguém morreu. O atacante apunhalou minha mão, depois correu. Foi uma tentativa de assassinato, talvez? A pessoa ficou zangada com a regra da torre, então me atacou por estar na guarda Kholin?

Véu sentiu um arrepio. *Papaguampas. Alto, corpulento.*

O atacante escolhera um homem muito parecido com o que ela havia apunhalado no outro dia. E não estavam longe do Beco de Todos. Só a algumas "ruas" de distância no mercado.

Os dois carregadores se viraram para partir, e Véu deixou-os ir. O que mais poderia descobrir? O papaguampas fora atacado não por algo que ele fizera, mas devido à sua aparência. E o atacante estivera usando um casaco e chapéu. Como Véu costumava usar...

— Achei mesmo que a encontraria aqui.

Véu levou um susto, então girou, a mão indo para a faca do cinto. Quem estava falando era uma mulher em um havah marrom. Ela tinha cabelo alethiano liso, olhos castanho-escuros, lábios pintados de vermelho-vivo, e nítidas sobrancelhas negras que muito provavelmente haviam sido destacadas com maquiagem. Véu a reconheceu, embora fosse mais baixa do que parecia quando estava sentada. Era um dos ladrões que ela abordara no Beco de Todos, aquela cujos olhos haviam se iluminado quando Shallan desenhara o símbolo dos Sanguespectros.

— O que ele fez com você? — perguntou a mulher, indicando Rocha. — Ou você só gosta de apunhalar papaguampas?

— Não fui eu — disse Véu.

— Claro. — A mulher se aproximou. — Estava esperando você aparecer de novo.

— É melhor ficar longe de mim, se tem amor à vida. — Véu começou a andar pelo mercado.

A mulher baixa se apressou em segui-la.

— Meu nome é Ishnah. Sou uma excelente escritora. Posso tomar notas. Tenho experiência no mercado clandestino.

— Você quer ser minha pupila?

— Pupila? — A jovem deu uma gargalhada. — O que nós somos, olhos-claros? Quero me juntar a vocês.

Os Sanguespectros, claro.

— Não estamos recrutando.

— Por favor. — Ela tomou Véu pelo braço. — Por favor. O mundo está errado agora. Nada faz sentido. Mas você... seu grupo... vocês sabem das coisas. Não quero continuar cega.

Shallan hesitou. Compreendia o desejo de fazer alguma coisa, em vez de simplesmente ficar sentindo o mundo tremer e sacudir. Mas os Sanguespectros eram desprezíveis. Aquela mulher não encontraria o que desejava entre eles. E, se encontrasse, então não seria o tipo de pessoa que Shallan gostaria de acrescentar à aljava de Mraize.

— Não. Seja esperta e se esqueça de mim e da minha organização.

Ela livrou o braço da pegada da mulher e partiu apressada pelo mercado movimentado.

26

ESPINHO NEGRO À SOLTA

VINTE E NOVE ANOS ATRÁS

Incenso ardia em um braseiro grande feito um rochedo. Dalinar fungou, e Evi jogou um punhado de papéis minúsculos — cada um deles dobrado e inscrito com um pequeno glifo — no braseiro. A fumaça fragrante o cobriu, então foi soprada na outra direção quando os ventos atravessavam o acampamento de guerra, carregando esprenos que pareciam fitas de luz.

Evi curvou a cabeça diante do braseiro. Ela tinha crenças estranhas, a noiva dele. Entre o povo dela, meros glifos-amuletos não eram o bastante para orações; era preciso queimar algo mais acre. Embora falasse de Jezerezeh e Kelek, pronunciava seus nomes de modo estranho: Yaysi e Kellai. E não mencionava o Todo-Poderoso — em vez disso, falava de algo chamado de o Um, uma tradição herética que os fervorosos haviam dito a Dalinar que viera de Iri.

Dalinar inclinou a cabeça para uma oração. *Permita que eu seja mais forte do que aqueles que querem me matar.* Simples e direta, do tipo que ele achava que o Todo-Poderoso preferia. Não quis ditá-la para que Evi a escrevesse.

— Que o Um cuide de você, quase marido — murmurou Evi. — E suavize seu temperamento.

O sotaque dela, com o qual estava agora acostumado, era mais carregado do que o do irmão.

— Suavizá-lo? Evi, não é para isso que serve a batalha.

— Você não precisa matar com raiva, Dalinar. Se tem que lutar, lute sabendo que cada morte fere o Um. Pois somos todos pessoas aos olhos de Yaysi.

— Certo, tudo bem — concordou Dalinar.

Os fervorosos não pareciam se importar que ele estivesse se casando com uma semipagã.

— É sábio trazê-la para a verdade vorin — dissera Jevena, a fervorosa principal de Gavilar. Quase o mesmo que dissera sobre a conquista. — Sua espada trará força e glória para o Todo-Poderoso.

Distraidamente, ele se perguntou o que seria necessário para desagradar de verdade os fervorosos.

— Seja um homem e não uma fera, Dalinar — disse Evi, então puxou-o para perto, pousando a cabeça no ombro dele e encorajando-o a envolvê-la nos braços.

Ele a abraçou sem força. Raios, podia ouvir as risadinhas dos soldados passando ali perto. O Espinho Negro sendo consolado antes da batalha? Trocando abraços e demonstrando afeto em público?

Evi virou a cabeça à espera de um beijo, que Dalinar lhe deu de forma casta, seus lábios mal se tocando. Ela aceitou, sorridente. E ela tinha um lindo sorriso. A vida teria sido muito mais fácil se Evi apenas estivesse disposta a seguir adiante com o casamento. Mas suas tradições exigiam um longo noivado, e o irmão dela não parava de tentar colocar novas cláusulas no contrato.

Dalinar se afastou pisando duro. No bolso, levava outro glifo-amuleto: havia sido fornecido por Navani, que obviamente se preocupava com a precisão da escrita estrangeira de Evi. Ele tateou o papel liso e não queimou a oração.

O solo rochoso sob seus pés estava marcado por minúsculos orifícios — os buraquinhos de grama escondida. Ao passar pelas tendas, pôde vê-la direito, cobrindo a planície lá fora e ondulando com o vento. Grama alta, chegando quase na sua cintura. Ele nunca vira grama daquele tipo nas terras Kholin.

Do outro lado da planície, uma força impressionante havia se reunido: um exército maior do que qualquer outro que houvessem encarado. Seu coração saltou de expectativa. Depois de dois anos de manobras políticas, lá estavam eles. Uma batalha real com um exército real.

Ganhando ou perdendo, *aquilo* era lutar pelo reino. O sol estava subindo e os exércitos haviam se disposto a norte e a sul, para que nenhum dos lados se ofuscasse.

Dalinar foi apressado até a tenda dos seus armeiros e emergiu pouco tempo depois em sua Armadura. Ele subiu cuidadosamente na sela quando um dos cavalariços trouxe seu cavalo. Aquela grande besta negra não era rápida, mas *conseguia* carregar um homem de Armadura Fractal. Dalinar guiou o cavalo pelas fileiras de soldados — lanceiros, arqueiros, infantaria pesada de olhos-claros, e até mesmo um belo grupo de cinquenta cavaleiros sob Ilamar, com ganchos e cordas para atacar Fractários. Esprenos de expectativa tremulavam como estandartes entre todos eles.

Dalinar ainda sentia o cheiro de incenso quando encontrou o irmão, equipado e montado, patrulhando as linhas de frente. Trotou até ficar ao lado de Gavilar.

— Seu jovem amigo não apareceu para a batalha — observou Gavilar.

— Sebarial? Ele *não* é meu amigo.

— Há um buraco na linha inimiga, ainda aguardando por ele — disse Gavilar, apontando. — Relatos dizem que ele teve um problema nas linhas de suprimentos.

— Mentira. Ele é um covarde. Se houvesse chegado, teria que escolher um lado.

Eles passaram a cavalo por Tearim, o capitão da guarda de Gavilar, que usava a Armadura extra de Dalinar para aquela batalha. Tecnicamente, ela ainda pertencia a Evi. Não a Toh, mas à própria Evi, o que era estranho. O que uma mulher faria com uma Armadura Fractal?

Entregaria para um marido, pelo jeito. Tearim lhes fez uma saudação. Ele sabia usar Fractais, tendo treinado, como muitos olhos-claros aspirantes, com conjuntos emprestados.

— Você fez bem, Dalinar — disse Gavilar enquanto cavalgavam. — Aquela Armadura nos será útil hoje.

Dalinar não respondeu. Muito embora Evi e seu irmão houvessem demorado um tempo dolorosamente longo para concordar com o *noivado*, Dalinar cumprira seu dever. Só queria ter sentimentos mais fortes pela mulher. Alguma paixão, alguma verdadeira *emoção*. Ele não podia rir sem que ela parecesse confusa com a conversa. Não podia se gabar sem que ela se desapontasse com sua sede de sangue. Ela sempre queria que ele a abraçasse, como se deixá-la sozinha por um *tormentoso* minuto fosse fazer com que murchasse e fosse levada pelo vento. E...

— Alto! — gritou uma batedora de uma torre móvel de madeira. Ela apontou, a voz distante. — Alto, ali!

Dalinar se virou, esperando um ataque avançado do inimigo. Mas não, o exército de Kalanor ainda estava se mobilizando. Não eram homens que haviam atraído a atenção da batedora, mas *cavalos*. Um pequeno rebanho, onze ou doze, galopando através do campo de batalha. Orgulhosos, majestosos.

— Richádios — sussurrou Gavilar. — É raro vê-los tão ao leste.

Dalinar engoliu uma ordem de cercar os animais. Richádios? Sim... Via os esprenos seguindo-os no ar. Esprenos de música, por algum motivo. Raios, não fazia sentido. Bem, não adiantava tentar capturá-los. Era impossível manter um deles a menos que o animal escolhesse um cavaleiro.

— Quero que você faça algo por mim hoje, irmão — disse Gavilar. — O Grão-príncipe Kalanor precisa ser abatido. Enquanto ele viver, haverá resistência. Se ele morrer, sua linhagem vai com ele. Seu primo, Loradar Vamah, poderá tomar o poder.

— Loradar vai jurar fidelidade a você?

— Tenho certeza de que sim — garantiu Gavilar.

— Então encontrarei Kalanor e darei um fim nisso — prometeu Dalinar.

— Ele não vai se juntar à batalha se puder evitar, pelo que sei dele. Mas é um Fractário. Sendo assim...

— Sendo assim, precisamos forçá-lo a combater.

Gavilar sorriu.

— O que foi? — quis saber Dalinar.

— Estou feliz de vê-lo falar sobre tática.

— Não sou um idiota — rosnou Dalinar.

Ele sempre prestava atenção na tática de uma batalha; apenas não gostava de falatório e reuniões intermináveis. Muito embora... até mesmo isso parecia mais tolerável. Talvez estivesse se acostumando. Ou talvez fosse a conversa de Gavilar sobre forjar uma dinastia. Era uma verdade cada vez mais óbvia que aquela campanha, que já se estendia por muitos anos, não era um simples ataque e saque.

— Traga-me Kalanor, irmão — disse Gavilar. — Precisamos do Espinho Negro hoje.

— Tudo que você precisa fazer é soltá-lo.

— Rá! Como se existisse alguém que pudesse prendê-lo, para começar.

Não foi isso que você andou tentando fazer?, pensou Dalinar imediatamente. *Me arrumando um casamento, falando de como precisamos ser "civilizados" agora? Realçando tudo que faço de errado como as coisas que devemos eliminar?*

Ele segurou a língua e os dois terminaram a cavalgada pelas fileiras. Separaram-se com um aceno de cabeça e Dalinar foi se juntar aos seus soldados de elite.

— Ordens, senhor? — indagou Rien.

— Fiquem fora do meu caminho — respondeu Dalinar, baixando o visor.

O elmo da Armadura Fractal se fechou e um silêncio tomou os soldados de elite. Dalinar invocou Sacramentadora, a espada de um rei caído, e esperou. O inimigo viera para deter a contínua pilhagem que Gavilar fazia da área rural; eles teriam que dar o primeiro passo.

Os últimos meses passados atacando cidades isoladas e desprotegidas tinham rendido batalhas insatisfatórias — mas também haviam colocado Kalanor em uma péssima situação. Se ele ficasse quieto em suas fortalezas, permitiria que mais dos seus vassalos fossem destruídos. Eles já haviam começado a se perguntar por que pagavam impostos a Kalanor. Alguns tinham até se antecipado e mandado mensageiros a Gavilar, dizendo que não resistiriam.

A região estava prestes a virar casaca para os Kholins. E assim, o Grão-príncipe Kalanor havia sido forçado a deixar suas fortificações para combatê-los ali. Dalinar se remexeu na sela, esperando, planejando. O momento não demorou a chegar; as forças de Kalanor começaram a se mover pela planície em uma onda cautelosa, escudos levantados para o céu.

Os arqueiros de Gavilar soltaram saraivadas de flechas. Os homens de Kalanor eram bem treinados; eles mantiveram a formação sob a nuvem mortal. Por fim, alcançaram a infantaria pesada dos Kholin: um bloco de homens tão encouraçados que pareciam feitos de pedra sólida. Ao mesmo tempo, unidades móveis de arqueiros surgiram pelos flancos. Com armaduras leves, eles eram *rápidos*. Se os Kholins vencessem a batalha — e Dalinar estava confiante de que seriam vitoriosos — seria devido às novas táticas que estavam explorando.

O exército inimigo acabou flanqueado — flechas atingindo as laterais dos seus blocos de assalto. Suas fileiras se esticaram, a infantaria tentando alcançar os arqueiros, mas isso enfraqueceu o bloco central, que levou uma surra da infantaria pesada. Grupos comuns de lanceiros atacaram unidades inimigas tanto para atraí-las para certas posições quanto para causar-lhes dano.

Tudo isso aconteceu na escala de um campo de batalha. Dalinar teve que descer do seu cavalo e chamar um cavalariço para levar o animal enquanto ele esperava. Por dentro, Dalinar resistia a Euforia, que o incitava a cavalgar imediatamente.

Por fim, ele escolheu uma seção das tropas Kholin que estava se saindo mal contra o bloqueio do inimigo. Serviria. Ele voltou a montar o cavalo e esporeou-o para galopar. Aquele era o momento certo. Podia *sentir*. Ele precisava atacar agora, enquanto a batalha estava oscilando entre vitória e perda, para atrair o inimigo.

A grama se contorceu e recuou em uma onda diante dele, como súditos se curvando. Aquele poderia ser o fim, sua batalha final na conquista de Alethkar. O que aconteceria depois disso? Banquetes intermináveis com políticos? Um irmão que se recusaria a procurar batalhas em outros lugares?

Dalinar se abriu para a Euforia e afastou tais preocupações. Ele atacou a linha de tropas inimigas como uma grantormenta atingindo uma pilha de papéis. Soldados se dispersaram diante dele, gritando. Dalinar brandiu sua Espada Fractal a torto e a direito, matando dezenas de um lado, depois do outro.

Olhos queimavam, braços ficavam flácidos. Dalinar respirava a alegria da conquista, a beleza narcótica da destruição. Nada podia resistir ao seu avanço; eram todos como lenha, e ele era a chama. O bloco de soldados deveria ter sido capaz de se reunir e atacá-lo em conjunto, mas estavam apavorados demais.

E por que não estariam? As pessoas contavam histórias sobre homens comuns derrubando um Fractário, mas certamente era uma invenção. Uma ideia criada para fazer com que os homens lutassem, para poupar aos Fractários o trabalho de caçá-los.

Ele sorriu quando seu cavalo tropeçou tentando cruzar os corpos empilhados ao seu redor. Dalinar esporeou o animal para que avançasse, e ele saltou — mas, ao pousar, algo cedeu. A criatura gritou e desabou, deixando-o cair.

Ele suspirou, empurrando o cavalo para o lado e ficando de pé. Havia quebrado a coluna do animal; a Armadura Fractal não fora feita para tais criaturas comuns.

Um grupo de soldados tentou um contra-ataque. Corajoso, mas estúpido. Dalinar abateu-os com golpes amplos da Espada Fractal. Em seguida, um oficial olhos-claros organizou seus homens para pressionar e tentar prender Dalinar, se não com sua habilidade, então com o peso dos seus corpos. Dalinar girou entre os soldados, a Armadura fornecendo-lhe energia, a Espada concedendo-lhe precisão, e a Euforia... a Euforia oferecendo *propósito*.

Em momentos assim, ele entendia por que havia sido criado. Era um desperdício ficar ouvindo homens tagarelando; era um desperdício que ele dissesse qualquer coisa que não *isso:* fornecer o teste supremo das habilidades dos homens, provando-os, exigindo suas vidas no fio de uma espada. Ele os enviava aos Salões Tranquilinos, preparados e prontos para lutar.

Ele não era um homem. Ele era o *julgamento.*

Naquele transe, abateu um inimigo depois do outro, sentindo um estranho ritmo no combate, como se os golpes da sua espada precisassem ser feitos de acordo com os ditames de alguma batida invisível. Uma cor rubra cresceu nas bordas da sua visão, enfim cobrindo a paisagem como um véu. Parecia se deslocar e se mover como as curvas de uma enguia, tremendo ao ritmo da sua espada.

Ficou furioso quando o chamado de uma voz o distraiu da luta.

— Dalinar!

Ele a ignorou.

— Luminobre Dalinar! Espinho Negro!

Aquela voz era como a de um crenguejo guinchando, cantando dentro do elmo dele. Dalinar trucidou um par de espadachins. Eles eram olhos-claros, mas tiveram os olhos queimados, de modo que já não era possível perceber isso.

— Espinho Negro!

Bah! Dalinar girou na direção do som.

Havia um homem ali perto, trajando o azul Kholin. Dalinar levantou sua Espada Fractal. O homem recuou, erguendo as mãos desarmadas, ainda gritando por Dalinar.

Eu o conheço. É... Kadash? Um dos capitães dos seus soldados de elite. Dalinar baixou a espada e sacudiu a cabeça, tentando eliminar o zumbido nos ouvidos. Só então ele viu — realmente viu — o que o cercava.

Os mortos. Centenas e mais centenas, com carvões murchos no lugar de olhos, suas armaduras e armas esfaceladas, mas, de modo insólito, os corpos intocados. Todo-Poderoso nos céus... quantos ele havia matado? Levou a mão ao elmo, virando-se e olhando ao seu redor. Folhas tímidas de grama se esgueiravam entre os corpos, abrindo caminho entre braços, dedos, ao lado de cabeças. Ele acarpetara a planície com cadáveres, a tal ponto que a grama estava tendo dificuldade em encontrar espaços para se levantar.

Dalinar sorriu de satisfação, então gelou. Alguns daqueles corpos com olhos queimados — três homens que conseguiu identificar — vestiam azul. Seus próprios homens, com a braçadeira dos soldados de elite.

— Luminobre — chamou Kadash. — Espinho Negro, sua tarefa está cumprida!

Ele apontou para uma tropa de cavaleiros avançando pela planície, que portava a bandeira prateada e vermelha com um par de glifos representando duas montanhas. Sem escolha, o Grão-príncipe Kalanor havia entrado no combate. Dalinar destruíra várias companhias sozinho; só outro Fractário poderia detê-lo.

— Excelente — disse Dalinar.

Ele removeu o elmo e pegou um pano com Kadash, usando-o para enxugar o rosto. Um odre d'água veio em seguida. Dalinar bebeu tudo, depois jogou longe o odre vazio, seu coração acelerado, a Euforia latejando no seu interior.

— Recue os soldados de elite. Não ataquem, a não ser que eu seja abatido.

Dalinar recolocou o elmo e sentiu a estreiteza reconfortante enquanto os fechos se encaixavam.

— Sim, Luminobre.

— Recolha aqueles de nós que... tombaram — continuou Dalinar, indicando os mortos Kholin. — Certifique-se de que eles, e suas famílias, sejam bem cuidados.

— Claro, senhor.

Dalinar disparou rumo à força que se aproximava, sua Armadura Fractal esmagando as pedras. Estava triste por ter que enfrentar um Fractário, em vez de continuar a luta contra os homens comuns. Acabara a hora da chacina; agora ele só tinha um homem para matar.

Lembrava-se vagamente de uma época quando encarar desafios menores não o saciava tanto quanto uma boa luta contra alguém capaz. O que mudara?

Sua corrida levou-o a uma das formações rochosas no lado oriental do campo — um grupo de enormes pináculos, desgastados e irregulares, como uma fileira de espinhos de pedra. Ao alcançar as sombras, ouviu combate do outro lado. Partes dos exércitos haviam se separado e tentado flanquear umas às outras, dando a volta nas formações naturais.

Na base do exército, a guarda de honra de Kalanor se dividiu, revelando o próprio grão-príncipe a cavalo. Sua Armadura era revestida de um material prateado, talvez aço ou folha de prata. Dalinar havia ordenado que sua Armadura fosse polida de volta ao seu cinza-ardósia normal; nunca compreendera por que as pessoas queriam "aumentar" a majestade natural da Armadura Fractal.

O cavalo de Kalanor era um animal alto e majestoso, branco-brilhante e com uma longa crina. Ele carregava o Fractário com facilidade. Um richádio. Ainda assim, Kalanor desmontou e deu um tapinha carinhoso no pescoço do animal, então deu um passo à frente para encontrar Dalinar, a Espada Fractal surgindo na sua mão.

— Espinho Negro. Ouvi que estava destruindo sozinho meu exército.

— Agora eles lutam pelos Salões Tranquilinos.

— Quisera que você houvesse se juntado a eles para liderá-los.

— Algum dia — replicou Dalinar. — Quando eu for velho e fraco demais para lutar aqui, ficarei feliz de ser enviado para lá.

— É curioso quão rápido os tiranos se tornam religiosos. Deve ser conveniente dizer a si mesmo que seus assassinatos pertencem ao Todo-Poderoso.

— É melhor que não pertençam a ele! — disse Dalinar. — Trabalhei duro por aquelas mortes, Kalanor. O Todo-Poderoso não pode reclamá-las; só pode me dar o crédito quando estiver pesando minha alma!

— Então que o peso delas o carregue até o fundo da Danação.

Kalanor acenou para que sua guarda de honra recuasse; eles pareciam ansiosos para se jogarem sobre Dalinar. Infelizmente, o grão-príncipe parecia determinado a lutar sozinho. Ele brandiu sua lâmina, uma comprida e fina Espada Fractal com uma guarda larga e glifos ao longo do seu comprimento.

— Se eu o matar, Espinho Negro, o que acontece?

— Então Sadeas vai ter uma chance de encará-lo.

— Vejo que não há honra neste campo de batalha.

— Ah, não finja que é melhor do que nós — retrucou Dalinar. — Eu sei bem o que você fez para chegar ao trono. Não banque o pacificador agora.

— Considerando o que vocês fizeram com os pacificadores, me considero sortudo.

Dalinar saltou, caindo na Postura do Sangue — uma postura para alguém que não se importava em ser atingido. Ele era mais jovem, mais ágil do que seu oponente. Contava com sua capacidade de atacar mais rápido e com mais força.

Estranhamente, Kalanor também escolheu a Postura do Sangue. Os dois se chocaram, batendo espadas em um padrão que fez com que rodopiassem em uma rápida alternância de posições dos pés, cada um tentando atingir a mesma seção da Armadura repetidamente, para abrir um buraco até a carne.

Dalinar grunhiu, aparando os golpes da Espada Fractal do oponente. Kalanor era velho, mas hábil. Ele tinha uma habilidade assustadora de recuar antes dos ataques de Dalinar, desviando parte da força do impacto, impedindo que o metal se quebrasse.

Depois de trocarem golpes furiosos por vários minutos, os dois homens recuaram, uma teia de rachaduras nos flancos esquerdos de suas Armaduras vazando Luz das Tempestades.

— Vai acontecer com você também, Espinho Negro — rosnou Kalanor. — Se você me matar, alguém surgirá para tomar seu reino. Isso nunca vai acabar.

Dalinar avançou para um golpe poderoso. Um passo adiante, então um giro completo. Kalanor atacou-o no flanco direito — um golpe firme, mas insignificante, já que havia sido no lado errado. Dalinar, por sua vez, chegou com um ataque amplo que fez o ar zunir. Kalanor tentou mover-se com o golpe, mas não deu tempo.

A Espada Fractal acertou, destruindo a seção da Armadura em uma explosão de faíscas derretidas. Kalanor grunhiu e cambaleou para o lado, quase tropeçando. Ele baixou a mão para cobrir o buraco na armadura, que não parava de vazar Luz das Tempestades nas bordas. Metade da couraça havia se despedaçado.

— Você luta como lidera, Kholin. Sem pensar.

Dalinar ignorou a provocação e atacou.

Kalanor fugiu correndo, abrindo caminho entre sua guarda de honra, empurrando alguns para o lado e jogando-os longe, quebrando ossos.

Dalinar quase o alcançou, mas Kalanor chegou à borda de uma grande formação rochosa. Ele deixou cair sua Espada, que se desfez em névoa, e saltou, agarrando uma saliência. Então começou a escalar.

Ele alcançou a base daquele rochedo momentos depois. Pedregulhos pontilhavam o chão próximo; as Tormentas agiam de modos estranhos, e aquilo ali provavelmente havia sido uma encosta até pouco tempo. A grantormenta havia arrancado a maior parte dela, deixando aquela estranha formação despontando no ar, que logo seria soprada também.

Dalinar deixou cair sua Espada e saltou, agarrando uma saliência, seus dedos se cravando na pedra. Ele ficou pendurado até conseguir apoio para os pés, então começou a escalar a íngreme face rochosa atrás de Kalanor. O outro Fractário tentou chutar rochas para baixo, mas elas quicavam na armadura de Dalinar sem causar dano.

Quando Dalinar o alcançou, eles haviam escalado cerca de 15 metros. Lá embaixo, soldados se aglomeravam e observavam, apontando para eles.

SACRAMENTADORA

Dalinar tentou agarrar a perna do seu oponente, mas Kalanor se desviou da pegada e então, ainda pendurado nas pedras, invocou sua Espada e começou a balançá-la para baixo. Depois de ser atingido no elmo algumas vezes, Dalinar rosnou e deixou-se escorregar para fora do caminho.

Kalanor escavou alguns nacos da encosta para jogá-los contra Dalinar, então dispensou sua Espada e continuou a subir.

Dalinar seguiu com mais cuidado, escalando por uma rota paralela mais ao lado. Finalmente, alcançou o topo e espiou sobre a borda. O cume da formação rochosa não passava de um topo plano com alguns picos quebrados, que não pareciam lá muito firmes. Kalanor estava sentado sobre um deles, a Espada sobre uma perna, o outro pé balançando.

Dalinar escalou até uma distância segura do inimigo, então invocou Sacramentadora. Raios. Mal havia espaço suficiente ali para ficar de pé. O vento o golpeava, um espreno de vento zunindo ali perto.

— Bela vista — comentou Kalanor. Embora as forças houvessem começado com números iguais, no pasto abaixo deles havia muito mais homens caídos de prata e vermelho do que homens de azul. — Me pergunto quantos reis têm uma visão tão privilegiada para assistir à própria queda.

— Você nunca foi um rei — disse Dalinar.

Kalanor se levantou e ergueu sua Espada, estendendo-a com a ponta voltada para o peito de Dalinar.

— Isso, Kholin, é definido por porte e postura. Vamos?

Foi esperto me trazer até aqui. Dalinar tinha a vantagem óbvia em um duelo justo, então Kalanor acrescentou um elemento de imprevisibilidade à luta. Ventos, chão instável, uma queda que mataria até um Fractário.

No mínimo, seria um novo desafio. Dalinar avançou cuidadosamente. Kalanor mudou para a Postura do Vento, um estilo de luta mais fluido e de movimentos amplos. Dalinar escolheu a Postura da Rocha pela posição firme dos pés e pela força direta.

Eles trocaram golpes, se movendo para a frente e para trás ao longo da fileira de pequenos picos. Cada passo despedaçava um pouco das pedras, que cascateavam para baixo. Kalanor obviamente queria prolongar a luta, para maximizar a possibilidade de Dalinar escorregar.

Dalinar foi fazendo experimentos, deixando que Kalanor caísse em um ritmo, depois o quebrando ao atacar com tudo que tinha, acertando golpes de cima para baixo. Cada ataque alimentava o fogo dentro de Dalinar, uma sede que sua chacina anterior não havia saciado. A Euforia queria mais.

Dalinar acertou uma série de golpes no elmo de Kalanor, fazendo com que este recuasse até a borda, a um passo de uma queda. O último golpe destruiu o elmo, expondo um rosto envelhecido, glabro, quase totalmente calvo.

Kalanor rosnou, os dentes trincados, e atacou Dalinar de volta com uma ferocidade inesperada. Dalinar enfrentou-a Espada contra Espada, então deu um passo para a frente para tornar a luta uma disputa de empurrões — com as armas travadas, nenhum dos dois com espaço para manobrar.

Dalinar encontrou o olhar do inimigo. Naqueles olhos cinza-claros, *viu* alguma coisa. Empolgação, energia. Uma sede de sangue familiar.

Kalanor também sentia a Euforia.

Dalinar já ouvira outros falando daquilo, daquela euforia da contenda. A vantagem secreta dos alethianos. Mas vê-la ali, nos olhos de um homem tentando matá-lo, deixou Dalinar furioso. Ele não devia ter que compartilhar um sentimento tão íntimo com esse homem.

Ele grunhiu e, em uma explosão de força, jogou Kalanor para trás. O homem cambaleou, então escorregou. Ele imediatamente deixou cair a Espada Fractal e, em um movimento desesperado, agarrou a borda da rocha enquanto caía.

Kalanor ficou ali pendurado, sem elmo. O senso de Euforia nos seus olhos desapareceu, dando lugar ao pânico.

— Misericórdia — sussurrou ele.

— Isso *é* misericórdia — respondeu Dalinar, então atravessou o rosto dele com sua Espada Fractal.

Os olhos de Kalanor queimaram, de cinza para negro, e ele caía do pico, deixando uma trilha dupla de fumaça negra. O cadáver bateu nas pedras antes de atingir o chão distante, do outro lado da formação rochosa, longe do exército principal.

Dalinar expirou, depois se deixou cair de joelhos, esgotado. Sombras se estendiam sobre a terra enquanto o sol se encontrava com o horizonte. Havia sido uma bela luta. Ele havia realizado o que queria; conquistara todos que o desafiaram.

E, ainda assim, sentia-se vazio. Uma voz dentro dele não parava de repetir: "É só isso? Não nos prometeram mais?"

Lá embaixo, um grupo nas cores de Kalanor foi na direção do corpo caído. A guarda de honra vira onde seu luminobre havia tombado? Dalinar sentiu uma profunda indignação. *Ele* tinha matado, era *dele* a vitória. Conquistara aqueles Fractais!

Desceu correndo em uma semiescalada descuidada. A descida foi um borrão; estava vendo vermelho quando chegou ao chão. Um soldado tinha a Espada; outros discutiam sobre a Armadura, que estava quebrada e deformada.

Dalinar atacou, matando seis em instantes, incluindo o que estava com a Espada. Dois outros conseguiram correr, mas eram mais lentos do que ele. Dalinar pegou um pelo ombro, levantando-o e esmagando-o no chão rochoso. Matou o último com um golpe de Sacramentadora.

Mais. Onde havia mais? Dalinar não via mais nenhum homem de vermelho. Só alguns de azul — um grupo de soldados cansados, sem bandeira. No meio deles, contudo, caminhava um homem de Armadura Fractal. Gavilar descansava ali da batalha, em um lugar atrás das linhas, para avaliar a situação.

A fome dentro de Dalinar cresceu. A Euforia o tomou em uma onda avassaladora. O mais forte não deveria reinar? Por que com tanta frequência ele precisava ficar sentado, ouvindo homens *conversando* em vez de *guerreando*?

Ali. Ali estava o homem que tinha o que ele queria. Um trono... um trono, e mais. A mulher que Dalinar *deveria* ter podido tomar para si. Um amor que ele havia sido forçado a esquecer, e por que motivo?

Não, ainda *não* havia acabado de lutar. *Não* tinha acabado!

Ele foi em direção ao grupo, a mente atordoada, com uma dor profunda nas entranhas. Esprenos de paixão, parecidos com minúsculos flocos cristalinos, caíam ao redor dele.

Ele não deveria ter paixão?

Ele não deveria ser recompensado por tudo que havia realizado?

Gavilar era fraco. Ele pretendia abrir mão do avanço e se valer do que *Dalinar* havia conquistado para ele. Bem, só havia uma maneira de garantir que a guerra continuasse. Uma maneira de manter a Euforia viva.

Uma maneira de Dalinar obter tudo que merecia.

Ele estava correndo. Alguns dos homens no grupo de Gavilar levantaram as mãos, dando-lhe boas-vindas. Fracotes. Nenhuma arma foi erguida contra ele! Podia massacrar a todos antes que soubessem o que estava acontecendo. Eles *mereciam*! Dalinar merecia...

Gavilar se virou para ele, removendo o elmo e oferecendo um sorriso aberto e honesto.

Dalinar parou, detendo-se com um movimento brusco. Ele fitou Gavilar, seu *irmão*.

Ah, Pai das Tempestades, pensou. *O que estou fazendo?*

Ele deixou a Espada cair dos seus dedos e desaparecer. Gavilar foi até ele, incapaz de ler a expressão horrorizada de Dalinar por trás do elmo.

Por uma bênção, nenhum espreno de vergonha apareceu, embora ele devesse ter atraído uma legião deles naquele momento.

— Irmão! — exclamou Gavilar. — Você viu? A vitória é nossa! O Grão-príncipe Ruthar abateu Gallam, conquistando Fractais para o filho. Talanor tomou uma Espada, e ouvi falar que você finalmente fez Kalanor sair do esconderijo. Por favor, me diga que ele não lhe escapou.

— Ele... — Dalinar umedeceu os lábios, inspirando e expirando. — Ele está morto.

Apontou para a forma caída, visível apenas como um pedaço de metal prateado entre as sombras dos pedregulhos.

— Dalinar, seu homem maravilhoso e *terrível*! — Gavilar virou-se para seus soldados. — Saúdem o Espinho Negro, homens. Saúdem-no!

Esprenos de glória surgiram ao redor de Gavilar, orbes douradas que giravam junto da sua cabeça como uma coroa.

Dalinar hesitou em meio à comemoração deles e subitamente sentiu uma vergonha tão profunda que quis desabar. Daquela vez, um único espreno, parecido com uma pétala caindo de uma flor, se moveu ao redor dele.

Precisava fazer alguma coisa.

— Espada e Armadura — disse Dalinar para Gavilar com urgência. — Eu conquistei as duas, mas dou-as a você. Um presente. Para seus filhos.

— Rá! Para Jasnah? O que ela faria com Fractais? Não, não. Você...

— Fique com elas — implorou Dalinar, agarrando o irmão pelo braço. — Por favor.

— Muito bem, se você insiste. É verdade que você já tem uma Armadura para passar ao seu herdeiro.

— Se eu tiver um.

— Você terá! — exclamou Gavilar, mandando alguns homens recuperarem a Espada e Armadura de Kalanor. — Rá! Toh terá que concordar, por fim, que podemos proteger sua linhagem. Suspeito que o casamento ocorrerá ainda este mês!

Assim como, provavelmente, a recoroação oficial, onde pela primeira vez em séculos todos os dez grão-príncipes de Alethkar se curvariam diante de um único rei.

Dalinar sentou-se em uma pedra, se libertando do elmo e aceitando água de uma jovem mensageira. *Nunca mais*, ele jurou a si mesmo. *Cederei a Gavilar em tudo. Deixe que ele tenha o trono, deixe que ele tenha amor.*

Eu nunca posso ser rei.

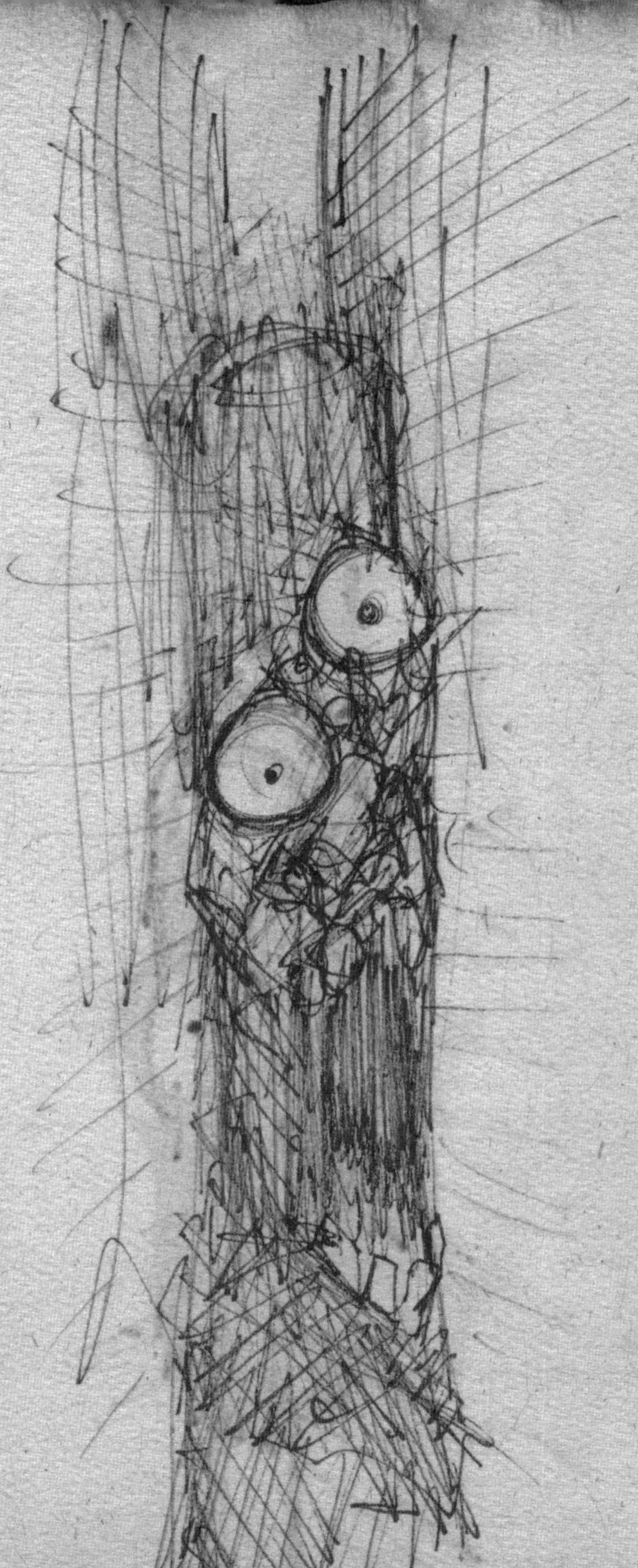

27

BRINCANDO DE FAZ DE CONTA

Confessarei minha heresia. Não vou retirar as coisas que disse, independentemente das exigências dos fervorosos.

—De *Sacramentadora*, prefácio

OS SONS DE POLÍTICOS discutindo chegava aos ouvidos de Shallan enquanto ela desenhava. Estava sentada em um banco de pedra nos fundos da grande sala de reuniões perto do topo da torre. Levara uma almofada para se sentar, e Padrão zumbia alegremente no seu pequeno pedestal.

Ela tinha os pés para cima, as coxas sustentando o caderno de desenho, os dedos dobrados sob as meias na beirada do banco diante dela. Não era uma das posições mais dignas; Radiante teria morrido de vergonha. Na frente do auditório, Dalinar estava diante do mapa brilhante que Shallan e ele — combinando de algum modo seus poderes — conseguiam criar. Ele havia convidado Taravangian, os grão-príncipes, suas esposas e suas escribas principais. Elhokar viera com Kalami, que estava lhe servindo de escriba ultimamente.

Renarin estava ao lado do pai, no seu uniforme da Ponte Quatro, com um ar desconfortável — igual a sempre, basicamente. Adolin estava ali perto, relaxado, os braços cruzados, vez ou outra sussurrando uma piada para um dos homens da Ponte Quatro.

Radiante deveria estar lá embaixo, envolvida na importante discussão sobre o futuro do mundo. Em vez disso, Shallan desenhava. A luz era tão *boa* ali em cima, com as amplas janelas de vidro. Estava cansada de sentir-se presa nos corredores escuros dos níveis inferiores, sempre com a sensação de estar sendo vigiada.

Ela terminou seu desenho, então o inclinou na direção de Padrão, segurando o caderno com a mão segura coberta pela manga. Ele ondulou de seu posto para inspecionar o esboço dela: a fenda obstruída por uma figura amassada com olhos protuberantes e inumanos.

— Hmmm — murmurou Padrão. — Sim, está correto.

— Tem que ser algum tipo de espreno, certo?

— Sinto que eu deveria saber. Isso... isso é uma coisa de muito tempo atrás. Muito, *muito* tempo...

Shallan se arrepiou.

— Por que está aqui?

— Não sei dizer — replicou Padrão. — Não é uma coisa nossa. É *dele*.

— Um antigo espreno de Odium. Que ótimo.

Shallan virou a página do seu caderno e começou outro desenho.

Os demais continuavam falando sobre a coalizão, com Thaylenah e Azir sendo citados novamente como os países mais importantes a convencer, agora que Iri havia deixado completamente claro que se unira ao inimigo.

— Luminosa Kalami — disse Dalinar. — O último relatório listava uma grande reunião do inimigo em Marat, não era?

— Sim, Luminobre — respondeu a escriba, junto da escrivaninha. — Marat do Sul. O senhor teceu a hipótese de que a baixa população da região induziu os Esvaziadores a se reunirem lá.

— Os irialianos aproveitaram a chance de atacar a leste, como sempre quiseram fazer — disse Dalinar. — Eles tomarão Rira e Babatharnam. Enquanto isso, áreas como Triax... por volta da metade sul do centro de Roshar... continuam incomunicáveis.

A Luminosa Kalami assentiu e Shallan levou o lápis de desenho aos lábios. A pergunta trazia uma implicação. Como era possível que cidades ficassem totalmente incomunicáveis? As grandes cidades — em especial portos — tinham centenas de telepenas em operação. Todo olhos-claros ou comerciante querendo vigiar os preços ou manter-se em contato com territórios distantes possuía uma.

As telepenas de Kholinar haviam começado a funcionar assim que as grantormentas voltaram — e então haviam sido cortadas, uma a uma. Os últimos relatos alegavam que exércitos estavam se reunindo perto da cidade. Então... nada. O inimigo parecia ser capaz de localizar telepenas, de algum modo.

Pelo menos eles haviam enfim recebido notícias de Kaladin. Um único glifo simbolizando tempo, dando a entender que deviam ser pacientes. Ele não conseguia chegar a uma cidade para encontrar uma mulher que servisse de escriba, e só queria que soubessem que estava em segurança. Partindo do princípio de que outra pessoa não havia pegado a telepena e falsificado o glifo para despistá-los.

— O inimigo está investindo contra os Sacroportais — decidiu Dalinar. — Todos os seus movimentos, exceto pela reunião em Marat, indicam isso. Meus instintos dizem que esse exército planeja contra-atacar em Azir, ou até mesmo fazer a travessia e tentar assaltar Jah Keved.

— Eu confio na avaliação de Dalinar — acrescentou o Grão-príncipe Aladar. — Se ele acredita que esse caminho é provável, então devemos escutá-lo.

— Bah — resmungou o Grão-príncipe Ruthar. O homem seboso estava recostado contra a parede oposta aos outros, mal prestando atenção. — Quem se importa com o que você diz, Aladar? É incrível que consiga enxergar, considerando o lugar onde anda com a cabeça enfiada.

Aladar girou e estendeu a mão para o lado em uma postura de invocação. Dalinar o deteve, como Ruthar certamente sabia que ele faria. Shallan sacudiu a cabeça, deixando-se envolver cada vez mais no seu desenho. Alguns esprenos de criação apareceram no topo do seu caderno, um deles na forma de um sapatinho, o outro, do lápis que ela estava usando.

Era um esboço do Grão-príncipe Sadeas, desenhado sem uma Lembrança específica. Nunca desejara acrescentar *ele* à sua coleção. Ela terminou o esboço rápido, depois folheou até achar um esboço do Luminobre Perel, o outro homem encontrado morto nos corredores de Urithiru. Tentara recriar seu rosto sem ferimentos.

Ela alternou entre os dois desenhos. *São parecidos*, concluiu Shallan. *Mesmos traços bulbosos. Compleição similar.* As duas páginas seguintes eram imagens dos dois papaguampas. Eles também se pareciam em certa medida. E as duas mulheres assassinadas? Por que o homem que havia estrangulado a esposa havia confessado aquele assassinato, mas depois *jurara* que não matara a segunda mulher? Uma já era o bastante para que fosse executado.

O tal espreno está imitando a violência, ela pensou. *Matando ou ferindo conforme os ataques dos dias anteriores. Um tipo de... personificação?*

Padrão zumbiu baixinho, chamando sua atenção. Shallan levantou os olhos e viu alguém indo calmamente na sua direção: uma mulher de meia-idade com cabelo negro e curto, cortado quase rente à cabeça. Ela usava uma saia longa e uma camisa de botões com um colete. Trajes de comerciante thayleno.

— O que está desenhando, Luminosa? — perguntou a mulher em vedeno.

Ouvir seu próprio idioma de modo tão súbito foi estranho para Shallan, e sua mente levou um momento para entender as palavras.

— Pessoas — respondeu Shallan, fechando o caderno. — Gosto de desenhar figuras. Foi você que veio com Taravangian. A Manipuladora de Fluxos dele.

— Malata — disse ela. — Embora eu não seja dele. Eu vim com ele por uma questão de conveniência, já que Faísca sugeriu que a gente olhasse Urithiru, agora que ela foi redescoberta. — Ela contemplou o grande auditório. Shallan não via nenhum sinal do espreno dela. — Você acha que nós realmente enchíamos essa câmara inteira?

— Dez ordens — disse Shallan. — A maioria com centenas de pessoas. Sim, acho que podíamos preenchê-la... na verdade, duvido que todo mundo de todas as ordens coubesse aqui.

— E agora somos quatro — disse ela, distraída, espiando Renarin, que estava ao lado do pai, rígido e suando sob os olhares ocasionais das pessoas.

— Cinco. Há um carregador de pontes voando pelo mundo... e esses são apenas aqueles de nós reunidos aqui. Certamente há outros como você, que ainda estão procurando uma maneira de chegar até nós.

— Se eles quiserem — replicou Malata. — As coisas não precisam ser como eram antes. Por que deveriam? As coisas não saíram muito bem para os Radiantes da última vez, não foi?

— Talvez — disse Shallan. — Mas talvez esse também não seja o momento de fazer experimentos. A Desolação recomeçou. Não é má ideia se basear no passado para sobreviver a ela.

— Curioso que a gente só tenha a palavra de alguns alethianos almofadinhas sobre toda essa história de "Desolação", hein, irmã?

Shallan se espantou com a maneira casual como aquilo foi dito, junto com uma piscadela. Malata sorriu e retornou despreocupadamente para a frente da sala.

— Bem, *ela é* irritante.

— Hmm... — murmurou Padrão. — Vai ser pior quando ela começar a destruir coisas.

— Destruir?

— Pulverizadora. O espreno dela... hmm... gosta de quebrar as coisas ao redor. Eles querem saber como elas são por dentro.

— Que agradável — disse Shallan enquanto folheava seus desenhos. A coisa na rachadura. Os homens mortos. Devia ser o bastante para mostrar a Dalinar e Adolin, o que ela planejava fazer naquele dia, agora que todos os seus esboços estavam prontos.

E depois?

Eu preciso pegá-la. Vou vigiar o mercado. Em algum momento mais alguém será ferido. E, alguns dias depois, essa coisa vai tentar copiar o ataque.

Talvez ela pudesse patrulhar as partes inexploradas da torre? Procurando pela coisa, em vez de esperar pelo seu ataque?

Os corredores escuros. Cada túnel parecia a linha impossível de um desenho...

A sala ficara em silêncio. Shallan saiu do seu devaneio e levantou os olhos para ver o que estava acontecendo: Ialai Sadeas havia chegado à reunião, trazida em um palanquim. Estava acompanhada por uma figura familiar: Meridas Amaram era um homem alto, de olhos cor de caramelo, com um rosto quadrado e postura firme. Ele também era um assassino, um ladrão e um traidor. Fora pego tentando roubar uma Espada Fractal — prova de que o que o Capitão Kaladin dissera sobre ele era verdade.

Shallan trincou os dentes, mas descobriu que sua raiva... esfriara. Não havia sumido. Não, ela não perdoaria aquele homem por matar Helaran. Mas a verdade incômoda era que não sabia por que, ou como, seu irmão havia sido morto por Amaram. Quase podia ouvir Jasnah sussurrando: *Não julgue sem maiores detalhes.*

Abaixo, Adolin havia se levantado e andado na direção de Amaram, bem no centro do mapa ilusório, rompendo sua superfície, fazendo-a ondular com Luz das Tempestades. Ele fitou Amaram com sangue nos olhos, embora Dalinar houvesse pousado a mão no ombro do filho, contendo-o.

— Luminosa Sadeas — disse Dalinar. — Estou feliz que tenha concordado em se juntar à reunião. Seria bom contar com sua sabedoria no nosso planejamento.

— Não estou aqui pelos seus planos, Dalinar — respondeu Ialai. — Estou aqui porque era um lugar conveniente para encontrar todos vocês juntos. Andei conversando com meus conselheiros nas nossas terras, e o consenso é de que o herdeiro, meu sobrinho, é jovem demais. Não é uma boa hora para que a Casa Sadeas fique sem liderança, então tomei uma decisão.

— Ialai — disse Dalinar, adentrando a ilusão até ficar ao lado do filho. — Vamos conversar. Por favor. Eu tenho uma ideia que, embora não seja tradicional, poderia...

— A tradição é nossa aliada, Dalinar — replicou Ialai. — Acho que você nunca compreendeu isso tanto quanto deveria. O Alto-marechal Amaram é o general mais condecorado e admirado da nossa casa. Ele é amado pelos nossos soldados e conhecido no mundo inteiro. Eu o nomeio regente e herdeiro do título da casa. Ele é, para todos os efeitos, o Grão-príncipe Sadeas agora. Solicito ao rei que ratifique essa decisão.

Shallan perdeu o fôlego. O Rei Elhokar levantou os olhos do seu assento, onde aparentemente estivera perdido em pensamentos.

— Isso está dentro da lei?

— Sim — respondeu Navani, com os braços cruzados.

— Dalinar — disse Amaram, descendo vários degraus para se juntar ao grupo no fundo do auditório.

A voz fez Shallan se arrepiar. Aquela dicção refinada, aquele rosto perfeito, aquele uniforme bem cuidado... o homem era o que todo soldado aspirava ser.

Eu não sou a única boa em brincar de faz de conta, ela pensou.

— Espero que nosso recente... desentendimento não nos impeça de trabalhar juntos pelas necessidades de Alethkar. Falei com a Luminosa Ialai e acho que a persuadi de que nossas diferenças são secundárias em relação ao bem maior de Roshar.

— O bem maior — repetiu Dalinar. — Você se acha digno de falar sobre o bem?

— Tudo que fiz foi para o bem maior, Dalinar — respondeu Amaram, a voz tensa. — *Tudo*. Por favor. Sei que pretende me processar juridicamente. Irei ao tribunal, mas vamos adiar isso até *depois* de Roshar estar a salvo.

Dalinar fitou Amaram por um momento tenso e prolongado. Então finalmente olhou para o sobrinho e assentiu com um gesto seco.

— O trono reconhece seu ato de regência, Luminosa — declarou Elhokar para Ialai. — Minha mãe vai querer uma escritura formal, selada e testemunhada.

— Já está feito — disse Ialai.

Dalinar encarou Amaram através do mapa flutuante.

— Grão-príncipe — cumprimentou Dalinar, por fim.

— Grão-príncipe — respondeu Amaram, inclinando a cabeça.

— Canalha — disse Adolin.

Dalinar se retraiu nitidamente, então apontou para a saída.

— Talvez, filho, você precise de um momento a sós.

— Sim. Claro. — Adolin se livrou da pegada do pai e saiu pisando duro.

Shallan pensou apenas por um momento, então agarrou seus sapatos e caderno de desenho e se apressou em segui-lo. Alcançou Adolin no corredor, perto do local onde os palanquins estavam estacionados, e tomou seu braço.

— Oi — cumprimentou ela em voz baixa.

Ele olhou para ela e sua expressão suavizou-se.

— Quer conversar? — indagou Shallan. — Você parece mais zangado com ele do que antes.

— Não — murmurou Adolin —, só estou irritado. Finalmente nos livramos de Sadeas e agora *aquele homem* toma seu lugar? — Ele sacudiu a cabeça. — Quando eu era mais novo, o admirava. Comecei a ter suspeitas quando fiquei mais velho, mas acho que parte de mim ainda queria que ele fosse como todos diziam. Um homem acima de toda mesquinhez e da política. Um verdadeiro soldado.

Shallan não tinha certeza do que pensava sobre a ideia de um "verdadeiro soldado" ser o tipo que não se importava com política. O *motivo* de um homem fazer o que fazia não deveria ser importante para ele?

Soldados não falavam daquele jeito. Havia algum ideal que ela não compreendia exatamente, um tipo de culto da obediência... de só se importar com o campo de batalha e com o desafio que ele apresentava.

Eles caminharam até o elevador e Adolin pegou uma gema livre — um pequeno diamante que não estava encapsulado por uma esfera — e a colocou em um encaixe ao longo do parapeito. A Luz das Tempestades começou a ser drenada da pedra e a plataforma tremeu, depois lentamente começou a descer. Remover a gema fazia com que o elevador parasse no andar seguinte. Uma simples alavanca, empurrada em uma direção ou na outra, determinava se o elevador subia ou descia.

Eles desceram até passarem do andar superior, e Adolin postou-se junto do parapeito, olhando para o poço central que tinha um lado todo tomado por uma janela. Eles estavam começando a chamar aquilo de átrio — embora fosse um átrio com a altura de mais de vinte andares.

— Kaladin não vai gostar disso — comentou Adolin. — Amaram como um grão-príncipe? Nós passamos semanas na cadeia pelas coisas que aquele homem fez.

— Acho que Amaram matou meu irmão.

Adolin girou o corpo para encará-la.

— O quê?

— Amaram tem uma Espada Fractal — disse Shallan. — Uma Armadura que já vi nas mãos do meu irmão, Helaran. Ele era mais velho do que eu e deixou Jah Keved anos atrás. Pelo que deduzi, ele e Amaram lutaram em algum momento, e Amaram o matou... e tomou a Espada.

— Shallan... aquela Espada. Você sabe como Amaram a conseguiu, certo?

— No campo de batalha?

— De *Kaladin*. — Adolin levou a mão à cabeça. — O carregadorzinho insistiu que salvou a vida de Amaram matando um Fractário. Amaram então matou o esquadrão de Kaladin e tomou as Fractais para si. Esse é basicamente todo o *motivo* por que os dois se odeiam.

A garganta de Shallan se apertou.

— Ah.

Esqueça isso. Não pense nisso.

— Shallan — disse Adolin, indo até ela. — Por que seu irmão tentaria matar Amaram? Talvez ele soubesse que o grão-senhor era corrupto? Raios! Kaladin não sabia de nada disso. Pobre carregadorzinho. Todo mundo estaria melhor se ele tivesse deixado Amaram morrer.

Não encare a informação. Nem pense nela.

— É. Hum.

— Mas como seu irmão sabia? — perguntou Adolin, andando de um lado para o outro na plataforma. — Ele disse alguma coisa?

— Nós não conversávamos muito — disse Shallan, entorpecida. — Ele partiu quando eu era bem nova. Eu não o conhecia bem.

Qualquer coisa para deixar aquele assunto de lado. Pois ainda podia guardá-lo no fundo do cérebro. E *não* queria pensar sobre Kaladin e Helaran...

Foi uma longa e silenciosa descida até os andares inferiores da torre. Adolin queria visitar novamente o cavalo do pai, mas ela não estava interessada em ficar lá sentindo cheiro de esterco. Foi para o segundo nível, rumo aos seus aposentos.

Segredos. *Há coisas mais importantes neste mundo*, dissera Helaran ao seu pai. *Mais importantes do que você e seus crimes.*

Mraize sabia de alguma coisa a respeito. Ele estava usando informações como se usavam doces para conseguir a obediência de uma criança. Mas tudo que ele queria dela era que investigasse as coisas estranhas de Urithiru. Isso era bom, não era? Ela teria feito isso de qualquer maneira.

Shallan perambulou pelos corredores, seguindo um caminho onde os funcionários de Sebarial haviam fixado algumas lâmpadas de esfera em ganchos nas paredes. Trancadas e preenchidas com apenas as mais baratas esferas de diamante, elas não deveriam valer o esforço necessário para roubá-las, mas a luz que forneciam era também bastante baça.

Ela devia ter ficado lá em cima; sua ausência certamente destruíra a ilusão do mapa. Sentiu-se mal em relação a isso. Será que havia uma maneira de deixar suas ilusões intactas ao se afastar? Elas precisariam de Luz das Tempestades para continuar existindo...

De todo modo, Shallan precisara deixar a reunião. Os segredos ocultados por aquela cidade eram envolventes demais para serem ignorados. Ela parou no corredor e pegou seu caderno, folheando as páginas, olhando o rosto dos homens mortos.

Ao virar uma página distraidamente, ela chegou a um esboço que não se lembrava de ter feito. Uma série de linhas retorcidas e enlouquecedoras, rabiscadas e desconectadas.

Sentiu um calafrio.

— Quando foi que eu desenhei isso?

Padrão subiu pelo vestido dela, parando sob seu pescoço. Ele zumbiu, um som incomodado.

— Eu não lembro.

Ela foi para a página seguinte. Ali havia desenhado um monte de linhas se espalhando de um ponto central, confusas e caóticas, se transformando em cabeças de cavalo com a carne rasgada, olhos arregalados, bocas equinas gritando. Era grotesco, nauseante.

Ah, Pai das Tempestades...

Seus dedos tremiam enquanto ela virava até a página seguinte, que rabiscara inteiramente de preto, usando um movimento circular, fazendo uma espiral até o ponto central. Um vazio profundo, um corredor infinito, alguma coisa terrível e incognoscível no final.

Ela fechou o caderno com força.

— O que está acontecendo comigo?

Padrão zumbiu, confuso.

— Devemos... fugir?

— Para onde?

— Para longe. Fora desse lugar. Hmmmm.

— Não.

Shallan tremeu; parte dela estava apavorada, mas não podia abandonar aqueles segredos. Precisava tê-los, possuí-los, torná-los seus. Ela virou bruscamente no corredor, tomando um caminho para longe do seu quarto. Algum tempo depois, chegou às casernas onde Sebarial abrigava seus soldados. Havia muitos espaços como aquele na torre:

vastas redes de salas com leitos de pedra embutidos nas paredes. Urithiru *fora* uma base militar; isso era evidente pela sua capacidade de abrigar de modo eficiente dezenas de milhares de soldados apenas nos níveis inferiores.

Na área comum das casernas, homens relaxavam sem seus casacos, jogando cartas ou facas. A passagem dela causou rebuliço, espantando os soldados, que se levantavam de um salto, debatendo entre abotoar os casacos e fazer uma saudação. Sussurros de "Radiante" a seguiram enquanto ela caminhava até um corredor com vários cômodos, onde estavam instalados os pelotões individuais. Ela contou as entradas marcadas pelos arcaicos números alethianos gravados na pedra, então atravessou uma específica.

Ela pegou de surpresa Vathah e sua equipe, que estavam sentados jogando cartas sob a luz de umas poucas esferas. O pobre Gaz estava sentado no penico em um banheiro no canto, e soltou um ganido, puxando a cortina da entrada.

Acho que eu devia ter pensado nisso, pensou Shallan, cobrindo seu rubor ao sugar um pouco de Luz das Tempestades. Ela cruzou os braços e olhou para os outros enquanto eles se punham de pé preguiçosamente e a saudavam. Só havia doze homens agora. Alguns haviam encontrado outros trabalhos; outros, morrido durante a Batalha de Narak.

Em parte, ela havia esperado que todos acabassem indo embora — mesmo que só para que não precisasse pensar no que fazer com eles. Agora percebia que Adolin estava certo. Aquela era uma *péssima* atitude. Aqueles homens eram um recurso e, levando em conta tudo que acontecera, haviam sido admiravelmente leais.

— Eu tenho sido uma péssima empregadora — disse Shallan a eles.

— Não sei não, Luminosa — retrucou Rubro. Ela ainda não sabia como o homem alto e barbudo havia tomado conhecimento do seu apelido. — O pagamento chega na data certa e a senhora impediu que *muitos* de nós morressem.

— Ieu morri — disse Shob da sua cama, de onde fez uma saudação, ainda deitado.

— Cale a boca, Shob — ralhou Vathah. — Você não está morto.

— Ieu tô morrendo dessa vez, sargento. Ieu tenho certeza.

— Então pelo menos vai calar a boca — disse Vathah. — Luminosa, concordo com Rubro. A senhora tem agido direito conosco.

— Sim, bem, o passeio acabou — replicou Shallan. — Tenho trabalho para vocês.

Vathah deu de ombros, mas alguns dos outros pareceram desapontados. Talvez Adolin tivesse razão; talvez, no fundo, homens como aqueles precisassem de algo para fazer. Contudo, eles não admitiriam.

— Receio que pode ser perigoso — continuou Shallan, então sorriu. — E provavelmente envolverá que vocês fiquem um pouco bêbados.

28

OUTRA OPÇÃO

Por fim, confessarei minha humanidade. Fui chamado de monstro, e não vou negar essas alegações. Sou o monstro que temo que todos podemos nos tornar.

—De *Sacramentadora*, prefácio

"Foi tomada a decisão de selar esse Sacroportal até que possamos destruí-lo" — leu Teshav. — "Entendemos que não é esse o caminho que desejava que tomássemos, Dalinar Kholin. Saiba que o Primeiro de Azir tem afeto pelo senhor, e espera o benefício mútuo de acordos comerciais e novos tratados entre nossas nações. Um portal mágico para o centro da nossa cidade, contudo, apresenta um risco grave demais. Não vamos entreter novos apelos para abri-lo, e sugerimos que o senhor aceite nossa vontade soberana. Bom dia, Dalinar Kholin. Que Yaezir o abençoe e o guie."

Dalinar bateu o punho fechado na palma da outra mão, parado na pequena câmara de pedra. Teshav e sua pupila ocupavam o pódio de escrita e a cadeira ao lado, enquanto Navani andava de um lado a outro diante de Dalinar. O Rei Taravangian estava sentado em uma cadeira junto à parede, inclinado para a frente com as mãos juntas, escutando com uma expressão preocupada.

Então, era isso. Azir estava fora.

Navani tocou o braço dele.

— Sinto muito.

— Ainda há Thaylenah — lembrou Dalinar. — Teshav, veja se a Rainha Fen aceita falar comigo hoje.

— Sim, Luminobre.

Ele já tinha Jah Keved e Kharbranth, de Taravangian, e Nova Natanan estava respondendo positivamente. Com Thaylenah, Dalinar poderia pelo menos forjar uma coalizão vorin unificada de todos os Estados ocidentais. Aquele modelo poderia mais tarde persuadir as nações do oeste a se juntar a eles.

Se ainda restasse alguém àquela altura.

Dalinar recomeçou a andar de um lado para outro enquanto Teshav entrava em contato com Thaylenah. Preferia salas pequenas como aquela; as câmaras maiores o lembravam de como o lugar era enorme. Em uma sala pequena, ele podia fingir que estava em uma confortável casamata em algum lugar.

Até mesmo uma câmara pequena possuía lembretes de que Urithiru não era normal. As camadas na parede, como as dobras de um leque. Ou os buracos que costumavam aparecer no alto das salas, bem onde as paredes encontravam o teto. O daquela sala ali não podia deixar de lembrá-lo do relatório de Shallan. Havia alguma coisa ali, vigiando-os? Poderia um *espreno* realmente estar assassinando pessoas na torre?

Era quase o bastante para fazer com que partisse. Mas para onde iriam? Abandonariam os Sacroportais? Por enquanto, ele havia quadruplicado as patrulhas e ordenado que as pesquisadoras de Navani procurassem uma possível explicação. Pelo menos até ele encontrar uma solução.

Enquanto Teshav escrevia para a Rainha Fen, Dalinar foi até a parede, subitamente incomodado por aquele buraco. Ele estava junto do teto, e alto demais para que o alcançasse, mesmo que subisse em uma cadeira. Em vez disso, ele inspirou Luz das Tempestades. Os carregadores de pontes haviam falado sobre usar pedras para escalar paredes, então Dalinar pegou uma cadeira de madeira e pintou as costas dela com luz brilhante, usando a palma da mão esquerda.

Quando pressionou as costas da cadeira à parede, ela grudou. Dalinar grunhiu, subindo com hesitação no assento, que agora pendia no ar na altura da mesa.

— Dalinar? — chamou Navani.

— Estou tentando aproveitar meu tempo — disse ele, equilibrando-se cuidadosamente na cadeira. Então pulou, agarrando a borda do buraco junto ao teto e se içando para cima para olhar dentro dele.

Tinha cerca de um metro de largura, e mais ou menos trinta centímetros de altura. Parecia infinito, e ele sentia uma leve brisa saindo. Aquilo ali... eram arranhões o que estava ouvindo? Um momento depois, um vison se esgueirou para o túnel principal, vindo de uma encruzilhada obscura, carregando um rato morto na boca. O animalzinho tubular torceu seu focinho para ele, depois levou seu prêmio embora.

— O ar circula *mesmo* por eles — disse Navani enquanto Dalinar pulava da cadeira. — O método nos confunde. Talvez algum fabrial que ainda vamos descobrir?

Dalinar olhou de volta para o buraco. Quilômetros e quilômetros de túneis ainda menores percorriam o interior das paredes e tetos de um sistema já intimidador. E escondida neles, de algum modo, a coisa que Shallan havia desenhado...

— Ela respondeu, Luminobre! — exclamou Teshav.

— Excelente. Vossa Majestade, nosso tempo é curto. Gostaria de...

— Ela ainda está escrevendo — interrompeu Teshav. — Perdão, Luminobre. Ela diz... hum...

— Só leia, Teshav — disse Dalinar. — Estou acostumado com Fen a essa altura.

— "Danação, homem. Será que algum dia vai me deixar em paz? Eu não durmo direito há semanas. A Tempestade Eterna nos atingiu pela segunda vez agora; mal conseguimos impedir esta cidade de cair aos pedaços."

— Eu compreendo, Vossa Majestade — disse Dalinar. — Estou ansioso para enviar-lhe o auxílio que prometi. Por favor, façamos um pacto. A senhora já evitou minhas solicitações tempo o bastante.

Ali perto, a cadeira havia finalmente caído da parede com estardalhaço. Ele se preparou para outra rodada de combate verbal, meias promessas e recados velados. Fen ficara cada vez mais formal durante suas comunicações.

A telepena escreveu, então parou quase no mesmo instante. Teshav olhou para ele, com um ar grave.

— "Não" — leu ela.

— *Vossa Majestade* — disse Dalinar. — Não é hora de seguir sozinha! Por favor, eu imploro. Escute-me!

— "A essa altura você já sabe que essa coalizão nunca vai acontecer. Kholin... honestamente, estou perplexa. Sua fala doce e suas palavras gentis fazem parecer que de fato acredita que isso vai funcionar. Certamente você entende. Uma rainha teria que ser estúpida ou desesperada para deixar entrar um exército alethiano no centro da sua cidade. Eu posso ter sido estúpida vez ou outra, e posso estar me aproximando do desespero, mas... Raios, Kholin. Não. Não serei eu a permitir que Thaylenah enfim se submeta ao seu povo. E se por acaso você estiver sendo sincero, então peço desculpas."

As palavras tinham um tom decisivo. Dalinar caminhou até Teshav, olhando para os rabiscos inescrutáveis que de algum modo compunham a escrita das mulheres.

— Você tem alguma ideia? — perguntou ele a Navani, que suspirou e se acomodou em uma cadeira junto de Teshav.

— Não. Fen é teimosa, Dalinar.

Dalinar olhou para Taravangian. Mesmo ele havia deduzido que o propósito de Dalinar era a conquista. E quem não pensaria isso, considerando sua história?

Talvez fosse diferente se eu pudesse falar com eles pessoalmente, pensou. Mas, sem os Sacroportais, isso era virtualmente impossível.

— Agradeça a ela pelo seu tempo — disse Dalinar. — E diga-lhe que minha oferta permanece na mesa.

Teshav começou a escrever e Navani olhou para ele, notando o que a escriba não percebera — a tensão na sua voz.

— Estou bem — mentiu ele. — Só preciso de tempo para pensar.

Ele deixou a sala antes que ela pudesse protestar, e seus guardas do lado de fora imediatamente o acompanharam. Queria um pouco de ar fresco; um céu aberto sempre parecia tão convidativo. Contudo, seus pés não o levaram naquela direção. Em vez disso, percebeu que estava andando pelos corredores.

E agora?

Como sempre, as pessoas o ignoravam a menos que tivesse uma espada na mão. Raios, era como se *quisessem* que ele chegasse atacando.

Ele perambulou pelos corredores por uma boa hora, sem chegar a lugar algum. Por fim, Lyn, a mensageira, o encontrou. Ofegante, ela disse que a Ponte Quatro precisava dele, mas não havia explicado por quê.

Dalinar a seguiu, o desenho de Shallan pesando na sua mente. Teriam encontrado outra vítima de assassinato? De fato, Lyn o levou até a área onde Sadeas havia sido morto.

Seu pressentimento intensificou-se. Lyn conduziu-o até uma sacada, onde os carregadores de pontes Leyten e Peet o encontraram.

— Quem morreu? — indagou Dalinar ao se aproximar deles.

— Quem... — Leyten franziu o cenho. — Ah! Não é isso, senhor. É outra coisa. Por aqui.

Leyten conduziu-o para que descesse alguns degraus até o amplo campo no exterior do primeiro nível da torre, onde mais três carregadores de pontes esperavam junto de algumas fileiras de canteiros de pedra, que provavelmente serviam para plantar tubérculos.

— Nós percebemos por acidente — disse Leyten enquanto eles caminhavam entre os canteiros.

O corpulento carregador de pontes tinha um ar jovial e falava com Dalinar — um grão-príncipe — de modo tão casual como se estivesse conversando com amigos em uma taverna.

— Estávamos patrulhando segundo suas ordens, prestando atenção em qualquer coisa estranha. E... bem, Peet notou algo estranho. — Ele apontou para cima, em direção à parede. — Está vendo aquela linha?

Dalinar estreitou os olhos, captando um corte que riscara a parede rochosa. O que podia marcar pedra daquele jeito? Parecia quase...

Ele olhou para os canteiros mais próximos. E ali, escondido entre dois deles, havia um cabo despontando do chão de pedra.

Uma Espada Fractal.

Era fácil passar direto, já que a lâmina havia afundado completamente na rocha. Dalinar se ajoelhou ao lado dela, então pegou um lenço do bolso e usou-o para agarrar o cabo.

Mesmo sem tocar na Espada diretamente, ouviu um ganido muito distante, como um grito no fundo da garganta de alguém. Ele se preparou, depois puxou a espada e deitou-a sobre o canteiro vazio.

A Espada prateada era curvada na ponta, quase como um anzol. A arma era ainda mais larga do que a maioria das Espadas Fractais e, perto do cabo, ela se encrespava em padrões semelhantes a ondas. Conhecia aquela espada, e muito bem. Ele a carregara durante décadas, desde que a conquistara na Fenda, muitos anos atrás.

Sacramentadora.

Ele olhou para cima.

— O assassino deve ter jogado ela daquela janela. Ela cortou a pedra na descida, então caiu aqui.

— Foi o que pensamos, Luminobre — concordou Peet.

Dalinar olhou para a espada. Sua espada.

Não. Não é mais minha.

Ele pegou a espada, preparando-se para os gritos. Gritos de um espreno morto. Não eram os uivos estridentes e dolorosos que ouvira ao tocar outras Espadas, mas algo mais parecido com um gemido. O som de um homem encurralado, completamente vencido e encarando algo terrível, mas cansado demais para continuar gritando.

Dalinar se enrijeceu e carregou a Espada — um peso familiar — com o lado plano apoiado no ombro. Ele caminhou rumo a uma entrada diferente de volta à cidade-torre, seguido por seus guardas, a batedora e os cinco carregadores de pontes.

Você prometeu não carregar uma Espada morta, o Pai das Tempestades trovejou na sua cabeça.

— Fique calmo — sussurrou Dalinar. — Não vou me conectar a ela.

O Pai das Tempestades ribombou, um som grave e ameaçador.

— Essa aqui não grita tão alto quanto as outras. Por quê?

Ela se lembra do seu juramento, transmitiu o Pai das Tempestades. *Ela recorda o dia em que você a conquistou, e melhor ainda o dia em que você a entregou. Ela odeia você — mas menos do que odeia os outros.*

Dalinar passou por um grupo de fazendeiros de Hatham que estava tentando, sem sucesso, fazer com que alguns pólipos de lávis crescessem. Ele atraiu mais do que alguns olhares; mesmo em uma torre povoada por soldados, grão-príncipes e Radiantes, alguém carregando uma Espada Fractal abertamente era algo incomum.

— Ela pode ser resgatada? — sussurrou Dalinar enquanto adentravam a torre e subiam por uma escadaria. — Poderíamos salvar o espreno que fez essa Espada?

Eu não sei como, disse o Pai das Tempestades. *Ele está morto, assim como o homem que quebrou seu juramento para matá-lo.*

De volta aos Radiantes Perdidos e à Traição — aquele dia fatídico quando os cavaleiros haviam quebrado seus votos, abandonado suas Fractais e partido. Dalinar testemunhara aquilo em uma visão, embora ainda não fizesse ideia do que causara o ato.

Por quê? O que os levara a fazer algo tão drástico?

Ele enfim chegou na seção da torre que pertencia a Sadeas, muito embora os guardas em verde-floresta e branco controlassem o acesso, não podiam negar entrada a um grão-príncipe — e ainda mais a Dalinar. Mensageiros correram adiante para levar a notícia. Dalinar seguiu-os, usando o caminho deles para julgar se estava indo na direção certa. Sim; ela aparentemente estava em seus aposentos. Ele parou diante da bela porta de madeira e prestou a Ialai a cortesia de bater antes de entrar.

Um dos mensageiros que Dalinar havia seguido abriu a porta, ainda ofegante. A Luminosa Sadeas estava sentada em um trono montado no centro da sala. Amaram estava de pé ao seu lado.

— Dalinar — disse Ialai, acenando com a cabeça para ele, como uma rainha saudando um súdito.

Dalinar levantou a Espada Fractal do ombro e pousou-a cuidadosamente no chão. Não era tão dramático quanto enfiar a ponta na rocha, mas agora que podia ouvir os gritos da arma, sentia-se inclinado a tratá-la com reverência.

Ele se virou para partir.

— Luminobre? — perguntou Ialai, se levantando. — O que quer em troca disso?

— Não é uma troca — disse Dalinar, virando-se de volta. — Isso é seu por direito. Meus guardas a encontraram hoje; o assassino jogou-a por uma janela.

Ela estreitou os olhos.

— Eu não o matei, Ialai — disse Dalinar com voz cansada.

— Eu sei. Você não tem mais fibra para fazer algo assim.

Ele ignorou a provocação, olhando para Amaram. O homem alto e distinto fitou-o de volta.

— Eu *farei* com que seja julgado algum dia, Amaram — prometeu Dalinar. — Quando isso tudo acabar.

— Como eu disse.

— Gostaria de poder confiar na sua palavra.

— Eu assumo o que fui forçado a fazer, Luminobre — replicou Amaram, dando um passo à frente. — A chegada dos Esvaziadores só prova que eu estava certo. Nós precisamos de Fractários experientes. As histórias de olhos-escuros ganhando Espadas são encantadoras, mas o senhor acha mesmo que temos tempo para fábulas agora, em vez da realidade prática?

— Você assassinou *homens indefesos* — replicou Dalinar entredentes. — Homens que tinham salvado sua vida.

Amaram se inclinou, pegando Sacramentadora.

— E as centenas, até mesmo milhares de homens que suas guerras mataram?

Os dois se encararam.

— Eu o respeito imensamente, Luminobre — disse Amaram. — Sua vida tem sido cheia de realizações grandiosas, e você a passou buscando o bem de Alethkar. Mas o senhor... e tome isso com todo meu respeito... é um *hipócrita*. Só está onde está devido a uma determinação brutal de fazer o que precisava ser feito. Foi por causa dessa trilha de cadáveres que você pode dar-se ao luxo de seguir esse código superior e nebuloso. Bem, isso pode até fazer com que se sinta melhor em relação ao seu passado, mas a moralidade não é algo de que você possa se despir para vestir o elmo de batalha e depois colocar de volta quando acaba a chacina.

Ele inclinou a cabeça em sinal de respeito, como se não houvesse acabado de enfiar uma espada nas entranhas de Dalinar.

Dalinar girou e deixou Amaram segurando Sacramentadora. Avançou tão rápido pelos corredores que seu séquito teve que correr para acompanhá-lo.

Por fim, chegou a seus aposentos.

— Saiam — ordenou ele aos seus guardas e aos carregadores de pontes.

Eles hesitaram, que raios os levassem. Dalinar se virou, pronto para falar duramente, mas se acalmou.

— Não pretendo sair pela torre sozinho. Vou obedecer às minhas próprias leis. Vão.

Com relutância, eles recuaram, deixando a porta desguardada. Dalinar adentrou sua sala de estar, onde havia ordenado que colocassem a maioria da mobília. O fabrial de aquecimento de Navani brilhava em um canto, perto de um pequeno tapete e várias cadeiras. Eles enfim possuíam Luz das Tempestades suficiente para ativá-lo.

Atraído pelo calor, Dalinar caminhou até o fabrial. Ficou surpreso ao ver Taravangian sentado em uma das cadeiras, fitando as profundezas do rubi brilhante que irradiava calor para a sala. Bem, Dalinar *havia* convidado o rei a usar aquela sala comum sempre que desejasse.

Só queria ficar sozinho, e cogitou a ideia de partir. Ele não tinha certeza de que Taravangian o notara. Mas aquele calor era tão convidativo. Havia poucas lareiras na torre e, mesmo com as paredes que bloqueavam o vento, estava sempre frio.

Ele se acomodou na outra cadeira e soltou um longo suspiro. Taravangian não se dirigiu a ele, abençoadamente. Juntos, ficaram sentados perto daquela não lareira, fitando as profundezas da gema.

Raios, como ele havia falhado naquele dia. Não haveria coalizão. Nem ao menos conseguia manter os grão-príncipes alethianos na linha.

— Não é a mesma coisa de sentar-se junto de uma lareira, não é? — questionou Taravangian finalmente em voz baixa.

— Não — concordou Dalinar. — Sinto falta do crepitar da lenha, da dança dos esprenos de chama.

— Tem seu próprio charme, contudo. Sutil. É possível ver a Luz das Tempestades se movendo lá dentro.

— Nossa própria pequena tempestade — disse Dalinar. — Capturada, contida e canalizada.

Taravangian sorriu, os olhos iluminados pela Luz das Tempestades do rubi.

— Dalinar Kholin... se importaria se eu perguntasse uma coisa? Como você sabe o que é certo?

— Uma questão elevada, Vossa Majestade.
— Por favor, me chame só de Taravangian.
Dalinar assentiu.
— Você negou o Todo-Poderoso — disse Taravangian.
— Eu...
— Não, não. Não estou xingando você de herege. Eu não me importo, Dalinar. Eu mesmo já questionei a existência da divindade.
— Sinto que deve haver um Deus — disse Dalinar em voz baixa. — Minha mente e minha alma se rebelam contra a alternativa.
— Não é nosso dever, como reis, fazer perguntas que perturbam as mentes e almas de outros homens?
— Talvez — admitiu Dalinar.
Ele estudou Taravangian. O rei parecia tão contemplativo.
Sim, ainda há algo do velho Taravangian ali. Nós o julgamos mal. Ele pode ser lento, mas isso não significa que não pense.
— Eu senti um calor vindo de um lugar além — disse Dalinar. — Uma luz que quase podia ver. Se existe um Deus, não era o Todo-Poderoso, aquele que chamava a si mesmo de Honra. Ele era uma criatura. Poderoso, mas ainda assim apenas uma criatura.
— Então como você pode saber o que é certo? O que guia você?
Dalinar se inclinou para a frente. Pensava enxergar algo maior dentro da luz do rubi. Algo que se movia como um peixe em um aquário.
O calor continuava a banhá-lo. Luz.
— "No meu sexagésimo dia, passei por uma cidade cujo nome permanecerá oculto" — sussurrou Dalinar. — "Embora ainda estivesse em terras que me chamavam de rei, eu estava longe o bastante do meu lar para poder viajar sem ser reconhecido. Nem mesmo aqueles homens que manuseavam meu rosto diariamente, na forma do meu selo impresso em suas cartas de autoridade, teriam sabido que aquele humilde viajante era seu rei."
Taravangian olhou para ele, confuso.
— É uma citação de um livro — explicou Dalinar. — Um rei fez uma jornada, muito tempo atrás. Seu destino era esta mesma cidade. Urithiru.
— Ah... — disse Taravangian. — *O caminho dos reis*, não é? Adrotagia já mencionou esse livro.
— Sim. "Nessa cidade, encontrei homens perturbados. Ocorrera um assassinato. Um pastor de porcos, incumbido da tarefa de proteger os animais do senhor daquelas terras, havia sido atacado. Ele viveu tempo o bastante apenas para sussurrar que três dos outros pastores haviam se

juntado e cometido o crime. Eu cheguei enquanto as perguntas estavam sendo levantadas, e os homens, interrogados. Veja bem, havia *quatro* outros pastores de porcos empregados pelo senhor das terras. Três deles haviam sido responsáveis pelo ataque e provavelmente teriam escapado das suspeitas se houvessem concluído seu sinistro trabalho. Cada um dos quatro alegou em alto e bom tom que não havia feito parte da conspiração. Não houve interrogatório que conseguisse determinar a verdade."

Dalinar ficou em silêncio.

— O que aconteceu? — indagou Taravangian.

— Ele não diz de imediato — replicou Dalinar. — Por todo o livro, ele levanta a questão repetidas vezes. Três desses homens eram ameaças violentas, culpados de assassinato premeditado. Um era inocente. O que você faria?

— Enforcaria todos os quatro — sussurrou Taravangian.

Dalinar, surpreso ao ouvir palavras tão sanguinárias do outro homem, se virou. Taravangian parecia triste, sem nenhuma sede de sangue.

— O trabalho do senhor das terras é impedir novos assassinatos — explicou Taravangian. — Duvido que o livro registre o que de fato aconteceu. É uma parábola demasiadamente fechada e simples. Nossas vidas são muito mais complicadas. Mas, partindo do princípio de que a história ocorreu dessa maneira, e não havia jeito algum de determinar quem era culpado... você teria que enforcar todos os quatro. Não acha?

— E o homem inocente?

— Um inocente morto, mas três assassinos detidos. Não é esse o melhor resultado possível e a melhor maneira de proteger seu povo? — Taravangian esfregou a testa. — Pai das Tempestades. Eu pareço um louco, não é? Mas não é mesmo uma loucura específica ser o encarregado de tais decisões? É difícil abordar tais questões sem revelar nossa própria hipocrisia.

Hipócrita, acusou Amaram na mente de Dalinar.

Ele e Gavilar não haviam usado belas justificativas quando partiram para a guerra. Haviam feito o que os homens faziam: conquistado. Foi só depois que Gavilar começou a buscar validação para suas ações.

— Por que não deixar todos em liberdade? — questionou Dalinar. — Se não se pode provar quem é culpado... se não se pode ter *certeza*... acho que se deve deixá-los em liberdade.

— Sim... Um inocente em quatro é demais para você. Isso também faz sentido.

— Não, *qualquer* inocente é demais.

— Você diz isso... Muitas pessoas dizem o mesmo, mas nossas leis *condenam* homens inocentes, pois todos os juízes são falíveis, assim como nosso conhecimento. Em algum momento, você *vai* executar alguém que não merece. Esse é o fardo que a sociedade deve carregar em troca da ordem.

— Eu odeio isso — disse Dalinar em voz baixa.

— Sim... Eu também. Mas é uma questão de moralidade, não é? É uma questão de limiares. Quantos culpados podem ser punidos antes que você aceite uma vítima inocente? Mil? Dez mil? Uma centena? Quando você pensa, todos os cálculos perdem o sentido, exceto um. Foi feito mais bem do que mal? Se foi, então a lei cumpriu sua função. E assim... eu preciso enforcar todos os quatro homens. — Ele fez uma pausa. — E eu choraria toda noite por ter feito isso.

Danação. Novamente, Dalinar reavaliou sua impressão de Taravangian. O rei tinha fala mansa, mas não era lento. Era apenas um homem que gostava de meditar por bastante tempo antes de se comprometer.

— Nohadon por fim escreveu que o senhor das terras seguiu uma abordagem modesta — disse Dalinar. — Ele mandou prender todos os quatro. Embora a punição devesse ter sido a morte, ele misturou a culpa e a inocência e determinou que a culpa *média* dos quatros merecia somente a prisão.

— Ele não estava disposto a se comprometer — disse Taravangian. — Não estava buscando justiça, apenas aliviar a própria consciência.

— Ainda assim, o que ele fez foi uma opção diferente.

— Seu rei chega a dizer o que ele teria feito? — indagou Taravangian. — O rei que escreveu o livro?

— Ele disse que o único caminho era deixar que o Todo-Poderoso o guiasse e permitir que cada instância fosse julgada de modo diferente, dependendo das circunstâncias.

— Então ele também não estava disposto a se comprometer — comentou Taravangian. — Esperava mais dele.

— O livro era sobre sua jornada — disse Dalinar. — E suas perguntas. Acho que essa foi uma que ele nunca respondeu totalmente a si mesmo. Gostaria que tivesse respondido.

Eles ficaram sentados junto da não lareira por um tempo, até que Taravangian enfim se levantou e pousou a mão no ombro de Dalinar.

— Eu compreendo — disse ele em voz baixa, então partiu.

Ele era um homem bom, elogiou o Pai das Tempestades.

— Nohadon? — perguntou Dalinar.

Sim.

Sentindo o corpo tenso, Dalinar se levantou do assento e foi até seus aposentos. Ele não parou no quarto, embora a hora já fosse avançada, e em vez disso foi até a sacada para olhar as nuvens.

Taravangian está errado, observou o Pai das Tempestades. *Você não é hipócrita, Filho da Honra.*

— Sou, sim — rebateu Dalinar em voz baixa. — Mas às vezes um hipócrita não é nada além de uma pessoa em processo de mudança.

O Pai das Tempestades trovejou. Ele não gostava da ideia de mudança.

Eu entro em guerra com outros reinos e salvo, talvez, o mundo? Ou fico sentado aqui e finjo que posso fazer tudo por conta própria?

— Você tem mais visões de Nohadon? — indagou Dalinar ao Pai das Tempestades, esperançoso.

Eu mostrei tudo que foi criado para que você visse, disse o Pai das Tempestades. *Não posso mostrar mais.*

— Então gostaria de assistir novamente à visão em que encontrei Nohadon — pediu Dalinar. — Mas deixe-me chamar Navani antes de começar. Quero que ela registre o que eu disser.

Você prefere que eu mostre a visão para ela também?, questionou o Pai das Tempestades. *Assim ela pode registrar por conta própria.*

Dalinar parou.

— Você pode mostrar as visões para *outras pessoas?*

Eu recebi essa permissão: escolher as pessoas que fariam melhor uso das visões. Ele parou, então continuou a contragosto: *Para escolher um Vinculador.*

Não, ele não gostava da ideia de estar vinculado, mas era parte do que fora ordenado a fazer.

Dalinar mal pensou nisso.

O Pai das Tempestades podia mostrar as visões para *outras pessoas.*

— Qualquer um? Você pode mostrá-las para qualquer um?

Durante uma tempestade, posso me aproximar de quem eu quiser, disse o Pai das Tempestades. *Mas você não precisa estar em uma tempestade para participar de uma visão onde tenha colocado outra pessoa, mesmo que esteja distante.*

Raios! Dalinar deu uma gargalhada retumbante.

O que foi que eu fiz?, quis saber o Pai das Tempestades.

— Você acabou de resolver meu problema!

O problema de O caminho dos reis?

— Não, o maior. Eu estava procurando uma maneira de me reunir com os outros monarcas pessoalmente. — Dalinar abriu um sorriso. — Acho que, durante a próxima grantormenta, a Rainha Fen de Thaylenah terá uma experiência notável.

29

SEM RECUAR

Então, acomode-se. Leia, ou escute, as palavras de alguém que atravessou os reinos.

—De *Sacramentadora*, prefácio

VÉU PERAMBULAVA PELO MERCADO da Separação, o chapéu puxado para baixo, as mãos nos bolsos. Ninguém mais parecia capaz de ouvir a criatura que ela ouvia.

Os envios regulares de suprimentos vindos de Jah Keved, feitos pelo Rei Taravangian, haviam feito o mercado crescer. Felizmente, agora com uma terceira Radiante capaz de operar o Sacroportal, Shallan possuía mais tempo livre.

Esferas brilhando novamente, e várias grantormentas como prova de que elas persistiriam, haviam encorajado todo mundo. A animação estava alta, o comércio, movimentado. A bebida fluía livremente de barris com o brasão real de Jah Keved.

À espreita naquilo tudo, em algum lugar, havia um predador que só Véu escutava. Ela ouvia a coisa no silêncio entre as risadas. Era o som de um túnel se estendendo na escuridão. A sensação de uma respiração na nuca em uma sala escura.

Como eles podiam rir enquanto o vazio os vigiava?

Os últimos quatro dias foram frustrantes. Dalinar aumentara o número de patrulhas a níveis quase ridículos, mas os soldados não estavam vigiando da maneira certa. Eles eram facilmente avistados, muito intrusivos. Véu havia disposto seus homens em uma vigilância mais específica no mercado.

Até o momento, eles não tinham encontrado nada. Sua equipe estava cansada, assim como Shallan, que sofria devido às longas noites como Véu. Por sorte, Shallan não estava fazendo nada muito útil naqueles dias. Treinamento de espada diário com Adolin — mais diversão e flerte do que prática de esgrima — e uma ou outra reunião com Dalinar onde ela não tinha nada a acrescentar, exceto um belo mapa.

Já Véu... Véu caçava o caçador. Dalinar agia como um soldado: mais patrulhas, regras estritas. Ele pediu às escribas para pesquisar evidências de esprenos atacando pessoas nos registros históricos.

Ele precisava de mais do que explicações vagas e ideias abstratas, mas essa era a *alma* da arte. Se fosse possível explicar algo perfeitamente, então nem se *precisaria* de arte. Essa era a diferença entre uma mesa e uma xilogravura. Podia-se explicar a mesa: seu propósito, sua forma, sua natureza; a gravura era preciso vivenciar.

Ela entrou em uma taverna de tenda. O local parecia mais movimentado do que nas noites anteriores? Sim. As patrulhas de Dalinar haviam deixado as pessoas nervosas. Elas estavam evitando as tavernas mais obscuras e sinistras em favor daquelas com boas clientelas e luzes brilhantes.

Gaz e Rubro estavam ao lado de uma pilha de caixotes, com bebidas nas mãos e vestindo calças e camisas comuns, não uniformes. Ela esperava que eles ainda não estivessem bêbados. Véu abriu caminho até eles, cruzando os braços sobre as caixas.

— Nada ainda — grunhiu Gaz. — Mesma coisa que nas outras noites.

— Não que a gente esteja reclamando — acrescentou Rubro, sorrindo enquanto tomava um longo gole da bebida. — Esse é o tipo de serviço de soldado que eu gosto.

— Vai acontecer esta noite — replicou Véu. — Posso sentir no ar.

— Você disse isso na noite passada, Véu — observou Gaz.

Três noites atrás, um jogo amigável de cartas acabara em violência, e um jogador atingira outro na cabeça com uma garrafa. Isso não costumava ser letal, mas o golpe acertara o ponto certo e matara o pobre sujeito. O agressor — um dos soldados de Ruthar — fora enforcado no dia seguinte na praça central do mercado.

Por mais desafortunado que houvesse sido aquele evento, era exatamente o que ela estivera esperando. Uma semente. Um ato de violência, um homem atacando outro. Ela mobilizara sua equipe e colocara os homens nas tavernas perto de onde a luta ocorrera. *Prestem atenção*, dissera. *Alguém será atacado com uma garrafa, exatamente da mesma maneira. Escolha alguém que se pareça com o homem que morreu e vigiem.*

Shallan havia feito desenhos do homem assassinado, um sujeito baixo com longos bigodes caídos. Véu os distribuíra; os homens achavam que ela era apenas outra empregada.

Agora... estavam esperando.

— O ataque *virá* — garantiu Véu. — Quem são seus alvos?

Rubro apontou para dois homens de bigode e altura similares à do morto. Véu assentiu e deixou cair algumas esferas de baixo valor na mesa.

— Coloquem algo na barriga que não seja pinga.

— Claro, claro — disse Rubro enquanto Gaz pegava as esferas. — Mas me diga, doçura, não quer ficar aqui conosco mais um pouco?

— A maioria dos homens que já me paquerou acabou com um dedo ou dois a menos, Rubro.

— Ainda sobraria o suficiente para satisfazê-la, eu prometo.

Ela o encarou, então deu uma risadinha.

— Até que essa foi boa.

— Obrigado! — Ele levantou a caneca. — Então...

— Sinto muito, não estou interessada.

Ele suspirou, mas levantou a caneca ainda mais antes de beber um gole.

— De onde você veio, afinal? — questionou Gaz, inspecionando-a com seu único olho.

— Shallan meio que me achou pelo caminho, como um barco que acaba catando detritos enquanto passa.

— Ela faz isso — disse Rubro. — Você acha que está acabado. Vivendo na última luz da sua esfera, sabe? E aí, de repente, está na guarda de honra de uma tormentosa *Cavaleira Radiante* e todo mundo te admira.

Gaz grunhiu.

— É verdade mesmo. Ô se é...

— Continuem vigiando — ordenou Véu. — Vocês sabem o que fazer se algo acontecer.

Eles concordaram. Enviariam um homem até o ponto de encontro, enquanto o outro tentaria seguir o atacante. Eles sabiam que poderia haver algo de estranho no homem que procuravam, mas ela não havia contado tudo.

Véu caminhou de volta ao ponto de encontro, perto de um estrado no centro do mercado, junto do poço. O estrado parecia ter outrora sustentado algum tipo de edifício oficial, mas agora só restavam as fundações de um metro e oitenta com degraus nos quatro lados. Ali, os oficiais de Aladar haviam centralizado as operações de policiamento e as instalações disciplinares.

Ela vigiou as multidões, girando ociosamente a faca nos dedos. Véu gostava de observar pessoas. Era algo que tinha em comum com Shallan. Era bom saber as diferenças entre as duas, mas também as semelhanças.

Véu não era de fato solitária. Ela precisava de pessoas. Sim, ela as enganava às vezes, mas não era uma ladra. Ela gostava de ter experiências. Adorava estar em um mercado apinhado, vigiando, pensando, apreciando.

Agora, Radiante... Radiante não fazia questão de pessoas. Elas eram uma ferramenta, mas também um incômodo. Como era possível que agissem tão frequentemente *contra* os próprios interesses? O mundo seria melhor se todos apenas fizessem o que Radiante ordenasse. Tirando isso, elas podiam *ao menos* deixá-la em paz.

Véu jogou a faca para cima e a pegou. Radiante e Véu compartilhavam a eficiência. Gostavam de fazer um trabalho bem-feito, da maneira certa. Não tinham paciência com tolos, embora Véu achasse graça deles, enquanto Radiante simplesmente os ignorava.

Gritos soaram pelo mercado.

Finalmente, pensou Véu, pegando sua faca e girando. Estava alerta, ansiosa, sugando Luz das Tempestades. Onde?

Vathah apareceu correndo pela multidão, empurrando um consumidor no caminho. Véu correu para alcançá-lo.

— Detalhes! — exclamou Véu bruscamente.

— Não foi como você disse — replicou ele. — Vem comigo.

Os dois se apressaram de volta pelo caminho por onde ele viera.

— Não foi uma garrafada na cabeça — explicou Vathah. — Minha tenda fica perto de um dos edifícios. Aqueles de pedra que ficavam aqui no mercado, sabe?

— E aí?

Vathah apontou quando eles se aproximaram. Não havia como não ver a estrutura alta ao lado da tenda que ele e Glurv estavam vigiando. No topo, um cadáver pendia de uma saliência, pendurado pelo pescoço.

Enforcado. *Raios. A criatura não imitou o ataque com a garrafa... imitou a execução que se seguiu!*

Vathah apontou.

— O assassino jogou a pessoa dali e deixou ela pendurada, se contorcendo. Aí o assassino *pulou*. Dessa altura toda, Véu. Como...

— Onde? — questionou ela.

— Glurv está atrás dele — disse Vathah, apontando.

Os dois avançaram naquela direção, abrindo caminho a empurrões pelas multidões. Por fim, identificaram Glurv à frente, em pé na beirada do poço, acenando. Era um homem atarracado com um rosto que sempre parecia inchado, como se estivesse prestes a escapar da própria pele.

— Homem vestido todo de preto — disse ele. — Correu direto para os túneis do leste!

Glurv apontou para um ponto onde alguns clientes do mercado espiavam, perturbados, dentro de um túnel, como se alguém houvesse acabado de passar às pressas.

Véu correu naquela direção. Vathah permaneceu com ela mais tempo do que Glurv — mas, com a Luz das Tempestades, ela manteve uma velocidade que nenhuma pessoa comum podia igualar. Chegou no corredor indicado e exigiu saber se alguém havia visto um homem passando naquela direção. Duas mulheres apontaram.

Véu seguiu caminho, o coração batendo violentamente, Luz das Tempestades ardendo dentro dela. Se falhasse naquela perseguição, teria que esperar que mais duas pessoas fossem atacadas — isso se acontecesse de novo. A criatura poderia se esconder, agora que sabia que ela estava vigiando.

Ela disparou pelo corredor, deixando para trás as seções mais povoadas da torre. Umas últimas pessoas apontaram para um túnel, respondendo à pergunta que ela gritara.

Estava começando a perder as esperanças quando alcançou o fim do corredor em uma interseção e olhou para um lado, depois para outro. Ela brilhava intensamente para iluminar os corredores a alguma distância, mas não viu nada para nenhum dos lados.

Ela soltou um suspiro, recostando-se contra a parede.

— Hmmm... — murmurou Padrão do seu casaco. — Está aqui.

— Onde? — perguntou Shallan.

— À direita. As sombras são estranhas. Padrão errado.

Ela deu um passo à frente e algo se separou das sombras, uma figura que era negra como piche — ainda que, como um líquido ou uma pedra polida, refletisse a luz de Shallan. A criatura saiu correndo, sua forma *errada*. Não totalmente humana.

Véu correu também, sem pensar no perigo. Aquela coisa podia ser capaz de feri-la, mas o mistério era a maior ameaça. Ela *precisava* conhecer aqueles segredos.

Shallan virou uma esquina derrapando, depois disparou pelo túnel seguinte. Conseguia seguir aquele pedaço quebrado de sombra, mas não chegava a alcançá-lo.

A caçada conduziu-a mais fundo, até os recessos mais distantes do andar térreo da torre, rumo a áreas quase inexploradas, onde os túneis se tornavam cada vez mais confusos. O ar cheirava a coisas velhas, a poeira e pedra abandonadas durante eras. As camadas geológicas dançavam nas paredes, a velocidade da sua corrida fazendo com que parecessem se retorcer ao redor dela como fios em um tear.

A coisa caiu de quatro, a luz que emanava de Shallan refletindo em sua pele de carvão. Ela correu, frenética, até chegar a uma curva no túnel à frente se *espremer* para dentro de um buraco na parede, de sessenta centímetros de largura, perto do chão.

Radiante caiu de joelhos, avistando a coisa enquanto ela se retorcia para sair do outro lado do buraco. *Não é muito espesso*, ela pensou, se levantando.

— Padrão! — chamou, estendendo a mão para o lado.

Ela atacou a parede com sua Espada Fractal, cortando pedaços, que caíram no chão ruidosamente. As camadas geológicas corriam por toda a pedra e os pedaços que ela havia fatiado possuíam uma beleza quebrada e abandonada.

Preenchida de Luz, ela fez força contra a parede cortada, por fim irrompendo em uma pequena sala.

Grande parte do chão estava tomado pela boca de um poço. Cercado por degraus de pedra sem corrimão, o buraco se afundava na rocha até a escuridão. Radiante baixou a Espada Fractal, deixando-a cortar a rocha aos seus pés. Um buraco. Como seu desenho de breu em espiral, um poço que parecia descer até o vazio em si.

Ela soltou a Espada Fractal, caindo de joelhos.

— Shallan? — chamou Padrão, elevando-se do chão perto do ponto onde a Espada havia desaparecido.

— Vamos ter que descer.

— Agora?

Ela assentiu.

— Mas primeiro... Primeiro vá chamar Adolin. Diga a ele para trazer soldados.

Padrão zumbiu.

— Você não vai descer sozinha, vai?

— Não. Eu prometo. Você consegue achar o caminho de volta para cá?

Padrão zumbiu uma afirmação, depois disparou pelo chão, enrugando o piso de pedra. Curiosamente, a parede perto do ponto onde ela atravessara exibia marcas de ferrugem e restos de antigas dobradiças. Então havia uma porta secreta para entrar naquele lugar.

Shallan manteve sua palavra. Era atraída por aquela escuridão, mas não era estúpida. Bem, pelo menos não na maior parte do tempo. Esperou, fascinada pelo poço, até ouvir vozes do corredor atrás de si. *Ele não pode me ver nas roupas de Véu!*, pensou e começou a despertar novamente. Quanto tempo havia passado ajoelhada ali?

Ela tirou o chapéu e o longo casaco branco de Véu, então os escondeu atrás dos destroços. Luz das Tempestades a envolveu, pintando a imagem de um havah sobre suas calças, mão enluvada e camisa justa de botão.

Shallan. Voltara a ser Shallan — a inocente e vivaz Shallan. Sempre cheia de gracejos, mesmo quando ninguém queria ouvi-los. Sincera, mas às vezes ansiosa demais. Podia ser aquela pessoa.

Essa é você, gritou parte dela enquanto adotava aquela persona. *Essa é você de verdade. Não é? Por que precisa pintar esse rosto sobre outro?*

Ela se virou enquanto um homem baixo e esguio, de cabelo grisalho nas têmporas e usando um uniforme azul adentrava a sala. Qual era mesmo o nome dele? Passara algum tempo perto da Ponte Quatro nas últimas semanas, mas ainda não havia aprendido todos.

Adolin veio em seguida, vestindo a Armadura Fractal em azul Kholin, o visor levantado, a Espada pousada no ombro. Julgando pelos sons no corredor — e pelos rostos herdazianos que espiavam dentro da sala —, ele havia trazido não apenas soldados, mas *toda* a Ponte Quatro.

Isso incluía Renarin, que marchava atrás do irmão vestindo sua Armadura Fractal cor de ardósia. Renarin parecia muito menos frágil quando estava de armadura, mas seu rosto não parecia o de um soldado, mesmo depois de deixar de usar óculos.

Padrão se aproximou e tentou deslizar pelo seu vestido ilusório, mas então parou, recuando e zumbindo de prazer diante da mentira.

— Eu o encontrei! — proclamou ele. — Encontrei Adolin!

— Estou vendo — replicou Shallan.

— Ele me procurou nos salões de treinamento, gritando que você tinha encontrado o assassino. Disse que, se eu não viesse, você provavelmente faria... nas palavras dele... "alguma estupidez sem me deixar ver".

Padrão zumbiu.

— Estupidez. Muito interessante.

— Você deveria visitar a corte alethiana qualquer dia — replicou Adolin, indo até o poço. — Então...

— Nós rastreamos a coisa que tem atacado pessoas — disse Shallan. — Ela matou uma pessoa no mercado, então veio para cá.

— A... coisa? — indagou um dos carregadores de pontes. — Não é uma pessoa?

— É um espreno — sussurrou Shallan. — Mas não parece com nenhum outro que eu já tenha visto. É capaz de imitar uma pessoa por um tempo... mas por fim se transforma em outra coisa. Um rosto quebrado, uma forma retorcida...

— Parece aquela garota com quem você anda saindo, Skar — brincou um dos carregadores de pontes.

— Ha-ha — disse Skar, seco. — Que tal nós jogarmos você naquele buraco, Eth, para sabermos qual é a profundidade?

— Então, esse espreno — disse Lopen, se aproximando do buraco. — Ele com certeza matou o Grão-príncipe Sadeas?

Shallan hesitou. Não. O espreno havia matado Perel, copiando o assassinato de Sadeas, mas *outra pessoa* havia assassinado o grão-príncipe. Ela olhou para Adolin, que devia estar pensando a mesma coisa, pela sua expressão solene.

O espreno era a ameaça maior — ele havia executado vários assassinatos. Ainda assim, era incômodo reconhecer que sua investigação não os havia aproximado um único passo sequer de descobrir quem havia assassinado o grão-príncipe.

— Já devemos ter passado por esta área um monte de vezes — disse um soldado mais ao fundo.

Shallan ficou surpresa; era uma voz *feminina*. De fato, ela havia confundido uma das batedoras de Dalinar, a mulher baixa com cabelo comprido, com outro carregador de pontes, embora seu uniforme fosse diferente. Ela estava inspecionando os cortes que Shallan havia feito para chegar àquela sala.

— Você não lembra que fizemos rondas de reconhecimento passando bem por aquele corredor curvo ali fora, Teft?

Teft concordou, coçando o queixo barbado.

— É, você tem razão, Lyn. Mas por que esconder uma sala como essa?

— Tem alguma coisa lá embaixo — sussurrou Renarin, inclinando-se sobre o buraco. — Alguma coisa... antiga. Você sentiu, não foi? — Ele olhou para Shallan, depois para os outros no recinto. — Esse lugar é esquisito; essa torre inteira é esquisita. Vocês também notaram, certo?

— Garoto, você é o especialista em esquisitices — disse Teft. — Vamos confiar na sua palavra.

Shallan olhou para Renarin, preocupada com o insulto. Ele apenas sorriu enquanto outro dos carregadores de pontes lhe dava um tapa nas costas — sem ligar para a Armadura — e Lopen e Rocha começavam a discutir sobre quem era realmente o mais esquisito dentre eles. Em um momento de surpresa, ela percebeu que a Ponte Quatro havia de fato acolhido Renarin. Ele podia ser o filho olhos-claros de um grão-príncipe, resplandecente na Armadura Fractal, mas ali era só mais um carregador.

— Então — começou um dos homens, um sujeito bonito e musculoso com braços que pareciam longos demais para seu corpo —, imagino que vamos descer para essa horrível cripta do terror?

— Vamos — respondeu Shallan. Achava que o nome dele era Drehy.

— Raios, que beleza — disse Drehy. — Ordens de marcha, Teft?

— Isso é com o Luminobre Adolin.

— Trouxe os melhores homens que encontrei — declarou Adolin a Shallan. — Mas sinto que deveria ter trazido um exército inteiro. Tem certeza de que quer fazer isso agora?

— Tenho — disse Shallan. — Temos que fazer, Adolin. E... eu não sei se um exército faria diferença.

— Muito bem. Teft, dê-nos uma retaguarda pesada. Não quero que nada se esgueire atrás de nós. Lyn, quero mapas precisos... Nos diga para parar se avançarmos demais à frente do seu desenho. Quero saber minha linha de retirada *exata*. Vamos devagar, homens. Estejam prontos para executar uma retirada controlada e cuidadosa se eu der a ordem.

Seguiu-se um deslocamento de pessoal, então o grupo finalmente começou a descer a escadaria, em fila única, com Shallan e Adolin perto do centro do bando. Os degraus despontavam da parede, mas eram largos o bastante para que pessoas subindo e descendo pudessem passar ao mesmo tempo, então não havia perigo de cair. Ela tentou não encostar em ninguém, já que isso poderia perturbar a ilusão de que estava usando um vestido.

O som dos seus passos desaparecia no vazio. Logo estariam sozinhos com a atemporal e paciente escuridão. A luz das lanternas de esferas que os carregadores de pontes levavam não parecia se espalhar muito naquele buraco, que lembrava Shallan do mausoléu escavado na colina perto de sua mansão, onde os antigos membros da família Davar haviam sido Transmutados em estátuas.

O corpo do pai dela não havia sido colocado lá. Eles não tiveram fundos para pagar um Transmutador — e, além disso, queriam fingir que ele estava vivo. Ela e os irmãos haviam queimado o corpo, como os olhos--escuros faziam.

Dor...

— Preciso lembrá-la, Luminosa — disse Teft, na frente dela —, de que não pode esperar nada... extraordinário dos meus homens. Por um tempinho, alguns de nós sugaram luz e ficaram se pavoneando por aí como se fossem Filhos da Tempestade. Isso acabou quando Kaladin partiu.

— Ele vai voltar, *gancho*! — exclamou Lopen, atrás dela. — Quando Kaladin retornar, voltaremos a brilhar direito.

— Quieto, Lopen — disse Teft. — Fale baixo. De qualquer forma, Luminosa, os rapazes vão fazer tudo que puderem, mas a senhora precisa saber o que esperar... e o que não esperar.

Shallan não havia esperado poderes de Radiante da parte deles; já sabia sobre sua limitação. Só precisava de soldados. Em dado momento, Lopen jogou uma peça de diamante no buraco, ganhando um olhar de censura de Adolin.

— A coisa já pode estar lá embaixo, nos esperando — sibilou o príncipe. — Não dê aviso.

O carregador de pontes murchou, mas assentiu. A esfera quicou como um pontinho visível abaixo, e Shallan ficou feliz em saber que pelo menos havia um fim para aquela descida. Havia começado a imaginar uma espiral infinita, como a do velho Dilid, um dos dez tolos, que corria morro acima rumo aos Salões Tranquilinos com areia deslizando sob seus pés — correndo por toda a eternidade, sem nunca avançar.

Foi possível ouvir vários carregadores soltando suspiros de alívio quando finalmente alcançaram o fundo do poço. Ali, pilhas de estilhaços pontilhavam os limites da câmara redonda, cobertas por esprenos de decomposição. Outrora houvera um corrimão para os degraus, mas ele sucumbira aos efeitos do tempo.

O fundo do poço só tinha uma saída, um grande arco mais elaborado do que os outros da torre. Acima, quase tudo era feito da mesma pedra uniforme — como se toda a torre houvesse sido esculpida de uma vez só. Ali, o arco era composto por pedras dispostas separadamente, e as paredes do túnel mais além estavam cobertas com pedras de mosaico de cores vivas.

Quando adentraram o corredor, Shallan arfou, erguendo um brom de diamante. Lindas e intricadas imagens dos Arautos — feitas de milhares de ladrilhos — adornavam o teto, cada uma em um painel circular.

A arte nas paredes era mais enigmática. Uma figura solitária flutuando acima do chão diante de um grande disco azul, braços abertos como se fosse abraçá-lo. Representações do Todo-Poderoso na sua forma tradicional, como uma nuvem transbordando energia e luz. Uma mulher na forma de uma árvore, mãos voltadas para o céu e se transformando em galhos. Quem teria imaginado encontrar símbolos pagãos no lar dos Cavaleiros Radiantes?

Outros murais representavam formas que lembravam Padrão, esprenos de vento... dez tipos de esprenos. Um para cada ordem?

Adolin enviou uma vanguarda a uma curta distância à frente, e eles logo voltaram.

— Portas de metal adiante, Luminobre — disse Lyn. — Uma em cada lado do corredor.

Shallan desviou o olhar dos murais com certo esforço, juntando-se ao corpo principal da força ao avançarem. Chegaram às grandes portas de aço e pararam, muito embora o próprio corredor seguisse em frente. A pedido de Shallan, os carregadores tentaram abri-las, mas não conseguiram.

— Trancadas — informou Drehy, enxugando a testa.

Adolin deu um passo à frente, espada na mão.

— Eu tenho uma chave.

— Adolin... — disse Shallan. — Essas portas são artefatos de outra época. Valiosas e preciosas.

— Não vou quebrá-las muito — prometeu ele.

— Mas...

— Não estamos caçando um assassino? Alguém que provavelmente, digamos, se esconderia em uma sala trancada?

Ela suspirou, então assentiu. Ele gesticulou para que todos chegassem para trás. Shallan enfiou a mão segura, que havia encostado nele, de volta sob o braço. Era tão estranho sentir que estava usando uma luva, mas ver a mão dentro da manga. Teria sido realmente tão ruim deixar Adolin saber de Véu?

Parte dela entrou em pânico com a ideia, então esqueceu rapidamente o assunto.

Adolin atravessou a porta com a Espada logo acima de onde a tranca ou a barra deveria estar, então moveu a lâmina para baixo. Teft experimentou a porta e foi capaz de abri-la com um empurrão, as dobradiças rangendo alto.

Os carregadores entraram primeiro, lanças nas mãos. Por mais que Teft houvesse avisado para não esperar nada de excepcional deles, os homens se posicionaram sem precisar de ordens, muito embora houvesse dois Fractários de prontidão.

Adolin entrou apressado depois dos carregadores, para garantir que a sala era segura; já Renarin não estava prestando muita atenção. Ele havia caminhado mais alguns passos pelo corredor principal e agora estava parado, olhando para as profundezas, uma esfera erguida distraidamente em uma das mãos com manopla, a Espada Fractal na outra.

Shallan foi até ele, hesitante. Uma brisa fria soprou por trás deles, como se estivesse sendo sugada para aquela escuridão. O mistério estava naquela direção, nas profundezas fascinantes. Ela sentia de maneira mais distinta agora; não era realmente maligno, mas *errado*. Como a visão de um pulso pendendo de um braço depois que o osso foi quebrado.

— O que é isso? — sussurrou Renarin. — Glys está assustado e não quer falar.

— Padrão não sabe — disse Shallan. — Disse que é algo antigo. Que é do inimigo.

Renarin assentiu.

— Seu pai não parece senti-lo — observou Shallan. — Por que nós sentimos?

— Eu... eu não sei. Talvez...

— Shallan? — chamou Adolin, cabeça para fora da sala, o visor levantado. — Você deveria ver isso aqui.

Os destroços dentro da sala estavam mais decompostos do que a maioria dos outros que encontraram na torre. Parafusos e fechos enferrujados pendiam de pedaços de madeira. Havia fileiras de pilhas apodrecidas, contendo pedaços de capas e lombadas frágeis.

Uma biblioteca. Eles finalmente haviam encontrado os livros que Jasnah havia sonhado descobrir.

E eles estavam arruinados.

Decepcionada, Shallan moveu-se pela sala, cutucando pilhas de poeira e farpas com a ponta dos pés, assustando esprenos de decomposição. Encontrou algumas formas de livros, mas elas se desintegraram ao seu toque. Ela se ajoelhou entre duas fileiras de livros caídos, sentindo-se perdida. Todo aquele conhecimento... morto e perdido.

— Sinto muito — disse Adolin, parado sem jeito perto dela.

— Não deixe que os homens mexam nisso. Talvez... talvez haja algo que as eruditas de Navani possam fazer para recuperá-los.

— Quer que a gente olhe a outra sala? — indagou Adolin.

Ela assentiu e ele se afastou, a armadura tilintando. Um pouco depois, ela ouviu dobradiças rangendo enquanto Adolin forçava a porta.

Shallan sentiu-se subitamente exausta. Se aqueles livros estavam perdidos, então era improvável que encontrassem outros mais bem preservados.

Adiante. Ela se levantou, limpando os joelhos, o que só a lembrou de que seu vestido não era real. *Você não veio aqui por causa desse segredo, de qualquer modo.*

Ela saiu para o corredor principal, que tinha os murais. Adolin e os carregadores estavam explorando a sala do outro lado, mas uma olhada rápida mostrou a Shallan que o cômodo era um espelho daquele que haviam deixado, mobiliado apenas com pilhas de destroços.

— Hum... pessoal? — chamou Lyn, a batedora. — Príncipe Adolin? Luminosa Radiante?

Shallan deu as costas para a sala. Renarin havia avançado mais pelo corredor. A batedora o seguira, mas estava paralisada no caminho. A esfera de Renarin havia iluminado algo ao longe. Uma grande massa que refletia a luz, como piche lustroso.

— Não devíamos ter vindo aqui — disse Renarin. — Não podemos lutar contra essa coisa. Pai das Tempestades. — Ele cambaleou para trás. — Pai das Tempestades...

Os carregadores se apressaram a ficar diante de Shallan no corredor, entre ela e Renarin. Teft rosnou uma ordem e eles entraram em uma formação que ocupou o corredor de um lado a outro: uma fileira de homens carregando baixo suas lanças, com uma segunda fileira segurando as lanças mais alto.

Adolin saiu subitamente da segunda biblioteca, então olhou boquiaberto a forma ondulante ao longe. Uma escuridão viva.

Aquela escuridão deslizou pelo corredor. Não era rápida, mas havia uma inevitabilidade na maneira como revestia tudo, fluindo pelas laterais das paredes até o teto. No chão, formas se separaram da massa principal, tornando-se figuras que avançaram como se estivessem saindo da rebentação. Criaturas que tinham dois pés e logo desenvolveram rostos, com roupas que surgiram em uma ondulação.

— Ela está aqui — sussurrou Renarin. — Um dos Desfeitos. Re--Shephir... a Mãe da Meia-Noite.

— Corra, Shallan! — gritou Adolin. — Homens, comecem a recuar pelo corredor.

Então, naturalmente, ele *avançou* contra a torrente de criaturas.

As figuras... elas se parecem conosco, pensou Shallan, dando um passo para trás, se afastando mais da linha de carregadores. Havia uma criatura de meia-noite que se parecia com Teft, e outra que era uma cópia de Lopen. Duas formas maiores pareciam estar usando Armaduras Fractais, só que eram feitas de piche brilhante, suas feições borradas, imperfeitas.

As bocas se abriram, fazendo surgir dentes pontiagudos.

— Recuem com cuidado, como o príncipe ordenou! — instruiu Teft. — Não fiquem presos, homens! Mantenham a linha! Renarin!

Renarin ainda estava adiante, segurando a Espada Fractal: longa e fina, com um padrão ondulado no metal. Adolin alcançou o irmão, então agarrou seu braço e tentou arrastá-lo para trás.

Ele resistiu. Parecia hipnotizado por aquela fileira de monstros em formação.

— Renarin! Atenção! — gritou Teft. — Para a linha!

O rapaz levantou a cabeça subitamente ao ouvir o comando e se apressou — como se não fosse o primo do rei — para obedecer à ordem do seu sargento. Adolin recuou com ele e os dois entraram em formação com os carregadores de pontes. Juntos, eles recuaram pelo corredor principal.

Shallan retrocedeu, permanecendo uns cinco metros atrás da formação. De repente, o inimigo se moveu com uma velocidade explosiva. Shallan gritou e os carregadores praguejaram, virando as lanças enquanto a massa principal de escuridão subia pelas laterais do corredor, cobrindo os belos murais.

As figuras de meia-noite avançaram correndo, atacando a fileira. Um embate explosivo e frenético ocorreu, com os carregadores mantendo a formação e atacando as criaturas que começavam a se materializar à direita e esquerda, brotando do breu nas paredes. As coisas sangravam vapor quando golpeadas, uma escuridão que sibilava ao sair deles e se dissipava no ar.

Como fumaça, pensou Shallan.

O piche escorria das paredes, cercando os carregadores, que formaram um círculo para impedir um ataque pela retaguarda. Adolin e Renarin lutavam bem na frente, brandindo suas Espadas, deixando figuras sombrias sibilando e jorrando fumaça aos borbotões.

Shallan se pegou afastada dos soldados, com um negrume de nanquim entre eles. Não parecia haver uma duplicata dela.

Os rostos de meia-noite se encrespavam com dentes. Embora atacassem com lanças, o faziam de modo desajeitado. Eles acertavam de vez em quando, ferindo um carregador de pontes, que recuava para o centro da formação para ser apressadamente cuidado por Lyn ou Lopen. Renarin se moveu para o centro e começou a brilhar com Luz das Tempestades, curando os feridos.

Shallan assistia a tudo, sentindo-se tomada por um transe entorpecedor.

— Eu... conheço você — sussurrou ela para o breu, percebendo que era verdade. — Sei o que você está fazendo.

Homens grunhiam e golpeavam. Adolin atacava adiante, a Espada Fractal deixando um rastro de fumaça negra das feridas das criaturas. Ele fatiou dezenas daquelas coisas, mas outras novas continuavam se formando, usando silhuetas familiares. Dalinar. Teshav. Grão-príncipes e batedores, soldados e escribas.

— Você tenta nos imitar — observou Shallan. — Mas você falha. Você é um espreno. Não entende *exatamente como fazer isso*.

Ela foi na direção dos carregadores de pontes cercados.

— Shallan! — gritou Adolin, grunhindo enquanto cortava três figuras diante dele. — Fuja! Corra!

Ela o ignorou, indo até a escuridão. Diante dela — no ponto mais próximo do círculo —, Drehy apunhalou uma figura na cabeça, fazendo com que ela recuasse, cambaleando. Shallan agarrou os ombros da criatura, girando-a para si. Era Navani, com um buraco escancarado no rosto, fumaça negra escapando com um som sibilante. Mesmo ignorando isso, as feições estavam erradas. O nariz era grande demais, um olho um pouco mais alto do que o outro.

A coisa caiu ao chão, contorcendo-se ao se esvaziar como um odre de vinho furado.

Shallan foi direto para a formação. As coisas fugiam dela, recuando para os lados. Ela teve a distinta e apavorante impressão de que aquelas coisas poderiam ter varrido os carregadores de pontes quando quisesse — sobrepujando-os em uma terrível maré negra. Mas a Mãe da Meia-Noite queria aprender; ela queria lutar com lanças.

Se era isso, contudo, ela já estava ficando impaciente. As figuras mais recentes que se formavam estavam cada vez mais distorcidas, mais bestiais, dentes finos escapando das bocas.

— Sua imitação é patética — sussurrou Shallan. — Aqui, vou lhe mostrar como se faz.

Shallan sugou Luz das Tempestades, acendendo como um farol. As criaturas gritaram, se afastando dela. Ao rodear a formação dos preocupados carregadores de pontes, adentrando o breu no flanco esquerdo deles, figuras se desprenderam dela, formas crescendo da luz. As pessoas da sua coleção reconstruída recentemente.

Palona. Soldados dos corredores. Um grupo de Transmutadores por quem passara dois dias atrás. Homens e mulheres dos mercados. Grão-príncipes e escribas. O homem que tentara paquerar Véu na taverna. O papaguampas que havia apunhalado na mão. Soldados. Sapateiros. Batedores. Lavadeiras. Até mesmo alguns reis.

Uma força brilhante, radiante.

As figuras dela se espalharam para cercar os carregadores de pontes sitiados. Essa nova força brilhante afastou os monstros inimigos, e o piche recuou pelas laterais do corredor até que o caminho de retirada estivesse aberto. A Mãe da Meia-Noite dominava a escuridão no final do corredor, a direção que eles ainda não haviam explorado. Ficou esperando ali, e não recuou mais.

Os carregadores de pontes relaxaram, Renarin murmurando enquanto curava os últimos que haviam sido feridos. O grupo de figuras brilhantes de Shallan avançou e formou uma fileira com ela, entre a escuridão e os carregadores.

As criaturas voltaram a se formar a partir da escuridão à frente, tornando-se mais ferozes, como bestas. Borrões indistintos com dentes brotando de bocas que pareciam fendas.

— Como você está fazendo isso? — indagou Adolin, a voz ressoando de dentro do elmo. — Por que eles estão com medo?

— Alguém com uma faca já tentou ameaçá-lo sem saber quem você era?

— Sim. Eu só invoquei minha Espada Fractal.

— É mais ou menos a mesma coisa.

Shallan deu um passo à frente e Adolin juntou-se a ela. Renarin invocou sua Espada e deu alguns passos rápidos para alcançá-los, sua Armadura retinindo.

A escuridão recuou, revelando que o corredor se abria para uma sala adiante. Quando ela se aproximou, sua Luz das Tempestades iluminou uma câmara de formato abaulado. O centro estava tomado por uma fervilhante massa negra que ondulava e pulsava, esticando-se do chão ao teto, cerca de seis metros acima.

As feras de meia-noite fizeram menção de avançar contra sua luz, não parecendo mais intimidadas.

— Temos que escolher — disse Shallan para Adolin e Renarin. — Recuar ou atacar?

— O que você acha?

— Não sei. Essa criatura... andou me vigiando. Ela mudou a maneira como vejo a torre. Eu sinto que a *entendo*, uma conexão que não consigo explicar. Isso não pode ser bom, certo? Podemos sequer confiar no que eu penso?

Adolin levantou o visor e sorriu para ela. Raios, aquele sorriso.

— O Alto-marechal Halad sempre dizia que, para vencer alguém, é preciso primeiro conhecê-lo. Essa passou a ser uma das regras que seguimos em combate.

— E... o que ele dizia sobre retirada?

— "Planeje cada batalha como se uma retirada fosse inevitável, mas lute cada batalha como se não houvesse possibilidade de recuar."

A massa principal na câmara ondulava, rostos aparecendo na superfície negra e gosmenta — despontando como se estivessem tentando escapar. Havia algo por trás do enorme espreno. Sim, ele estava enrolado em um pilar que ia do piso da sala circular até o teto.

Os murais, a arte intricada, as coletâneas perdidas de informação... Aquele lugar era valioso.

Shallan juntou as mãos diante de si e a Espada Padrão formou-se nas suas palmas. Ela a movimentou em uma pegada suada, assumindo a posição de duelo que Adolin havia lhe ensinado.

Segurá-la causou uma angústia imediata. Não o grito de um espreno morto; dor interna. A dor de um Ideal jurado, mas ainda não superado.

— Carregadores — chamou Adolin. — Estão dispostos a tentar de novo?

— Vamos durar mais do que você, *gancho*! Mesmo com sua armadura chique.

Adolin sorriu e fechou o visor com força.

— Às suas ordens, Radiante.

Shallan mandou suas ilusões avançarem, mas a escuridão não recuou diante delas, como antes. Figuras escuras atacaram suas ilusões, testando para descobrir que não eram reais. Dezenas de homens de meia-noite bloqueavam o caminho à frente.

— Abram o caminho para que eu possa alcançar a coisa no centro — disse ela, tentando soar mais segura do que se sentia. — Preciso me aproximar o bastante para tocá-la.

— Renarin, pode proteger minha retaguarda? — perguntou Adolin.

Renarin assentiu.

Adolin respirou fundo, então avançou pela câmara, passando através de uma ilusão do seu pai. Ele atacou o primeiro homem de meia-noite, derrubando-o com uma cutilada, então golpeando ao redor em um frenesi.

A Ponte Quatro gritou, correndo atrás dele. Juntos, formaram um caminho para Shallan, matando as criaturas entre ela e o pilar.

Ela caminhou entre os carregadores, que formavam uma fileira de lanças de cada lado dela. À frente, Adolin avançava em direção ao pilar, Renarin atrás dele para impedir que fosse cercado, enquanto os carregadores, por sua vez, abriam caminho pelos flancos para impedir que Renarin fosse subjugado.

Os monstros não possuíam mais nenhum traço de humanidade. Eles atacavam Adolin, garras e dentes demasiadamente reais arranhando sua armadura. Outros se agarravam a ele, tentando arrastá-lo para o chão ou encontrar fendas na Armadura Fractal.

As coisas sabem como enfrentar homens como ele, pensou Shallan, ainda segurando sua Espada Fractal em uma das mãos. *Então por que têm medo de mim?*

Shallan teceu Luz e uma versão de Radiante apareceu perto de Renarin. As criaturas a atacaram, abandonando Renarin por um momento — infelizmente, a maioria das ilusões dela havia perecido, se desfazendo em Luz das Tempestades ao serem repetidamente perturbadas. Com mais prática, Shallan achava que teria conseguido mantê-las.

Em vez disso, teceu versões de si mesma. Jovem e velha, confiante e assustada. Uma dúzia de Shallans diferentes. Surpresa, ela percebeu que várias eram desenhos que havia perdido, autorretratos que praticara com um espelho, como Dandos, o Ungido, havia insistido que era vital para uma aspirante a artista.

Algumas de suas personalidades se encolheram de medo; outras lutaram. Por um momento, Shallan se perdeu e deixou até Véu aparecer entre elas. Ela era aquelas mulheres, aquelas garotas, cada uma delas. E nenhuma era ela. Eram só coisas que usava, manipulava. Ilusões.

— Shallan! — gritou Adolin, a voz tensa enquanto Renarin grunhia e arrancava homens de meia-noite de cima dele. — Seja lá o que vá fazer, faça agora!

Ela foi até a frente da coluna que os soldados haviam aberto, chegando bem perto de Adolin. Com dificuldade, desviou o olhar de uma Shallan criança dançando entre os homens de meia-noite. Diante dela, a massa principal, revestindo o pilar no centro da sala, borbulhava com rostos que se esticavam contra a superfície, bocas se abrindo para gritar, então submergindo como homens se afogando em piche.

— Shallan! — repetiu Adolin.

Aquela massa pulsante, tão terrível, mas tão *cativante*.

A imagem do buraco. As linhas retorcidas dos corredores. A torre que não podia ser vista por completo. Foi para isso que ela tinha vindo.

Shallan avançou, com o braço estendido, e deixou a manga ilusória cobrindo sua mão desaparecer. Ela tirou a luva, indo direto para a massa de piche e de gritos sem voz.

Então pressionou a mão segura contra ela.

30

MÃE DAS MENTIRAS

Escutem as palavras de um tolo.

—De *Sacramentadora*, prefácio

SHALLAN ESTAVA ABERTA PARA aquela coisa. Desnuda, a pele rompida, a alma escancarada. Ela podia *entrar*.

A criatura também estava aberta para ela.

Podia sentir seu confuso fascínio pela humanidade. A criatura se lembrava dos homens — uma compreensão inata, assim como um vison recém-nascido sabia instintivamente que devia temer a enguia celeste. Aquele espreno não era completamente consciente, não era completamente racional. Era uma criação de instinto e curiosidade alienígena, atraída pela violência e pela dor como carniceiros pelo cheiro de sangue.

Shallan conheceu Re-Shephir ao mesmo tempo em que a coisa veio a conhecê-la. O espreno testou o laço de Shallan com Padrão, querendo arrancá-lo e inserir-se no seu lugar. Padrão se agarrou a Shallan, e ela a ele, segurando-o desesperadamente.

Ela tem medo de nós, zumbiu a voz de Padrão na sua cabeça. *Por que ela tem medo de nós?*

No olho de sua mente, Shallan visualizou a si mesma segurando Padrão bem apertado na sua forma humanoide, ambos encolhidos diante do ataque do espreno. Essa imagem era tudo que enxergava no momento, pois a sala — e tudo que havia nela — se dissolvera nas trevas.

Aquela criatura era antiga. Criada muito tempo atrás como um fragmento da alma de alguma coisa ainda mais terrível, Re-Shephir recebera a ordem de semear o caos, gerando horrores para confundir e destruir os homens. Com o tempo, aos poucos, ela havia se tornado cada vez mais intrigada pelas coisas que assassinava.

Suas criações passaram a imitar o que ela via no mundo, mas careciam de amor ou afeto. Eram como pedras que houvessem adquirido vida, contentes em ser mortas ou matar sem apego e sem prazer. Nenhuma emoção além de uma avassaladora curiosidade e aquela atração efêmera pela violência.

Todo-Poderoso nos céus... ela é como um espreno de criação. Só que muito, muito distorcida.

Padrão balbuciou, encolhido contra Shallan na sua forma de homem com uma túnica rígida e um padrão móvel como cabeça. Ela tentou protegê-lo do ataque.

Lute cada batalha... como se não houvesse possibilidade... de recuar.

Shallan olhou nas profundezas do vazio espiralante, a tenebrosa alma giratória de Re-Shephir, a Mãe da Meia-Noite. Então, rosnando, Shallan atacou.

Ela não atacou como a recatada e empolgada garota que havia sido treinada pela cautelosa sociedade vorin. Ela atacou como a criança frenética que havia assassinado a própria mãe. A mulher encurralada que apunhalara o coração de Tyn. Ela tirou forças da parte de si que odiava como todos presumiam que era tão simpática, tão gentil. A parte de si que odiava ser descrita como *divertida* ou *espirituosa.*

Ela lançou mão da Luz das Tempestades dentro de si e enfiou-se ainda mais dentro da essência de Re-Shephir. Não sabia se aquilo estava realmente acontecendo — se estava pressionando seu corpo físico mais para dentro do piche da criatura — ou se era tudo uma representação de algum outro lugar. Um lugar além daquela sala na torre, além até mesmo de Shadesmar.

A criatura tremeu e Shallan enfim viu o motivo do seu medo. Ela havia sido aprisionada. O evento acontecera recentemente, na avaliação do espreno, embora Shallan tivesse a impressão de que na verdade séculos haviam se passado.

Re-Shephir estava apavorada com a possibilidade de acontecer de novo. O aprisionamento havia sido inesperado, considerado impossível. E havia sido realizado por um Teceluz como Shallan, que havia *compreendido* a criatura.

Ela temia Shallan como um cão-machado temeria alguém com voz similar ao do seu mestre severo.

Shallan persistiu, fazendo pressão contra o inimigo, mas foi banhada por uma compreensão — o entendimento de que aquela coisa ia conhecê-la completamente, descobrir cada um dos seus segredos.

Sua ferocidade e determinação oscilaram; seu comprometimento começou a escoar.

Então ela mentiu. Insistiu que não estava com medo. Que estava *comprometida*. Sempre fora daquela maneira. Continuaria assim para sempre.

O poder podia ser uma ilusão de percepção. Mesmo dentro de si mesma.

Re-Shephir cedeu. Ela guinchou, um som que vibrou através de Shallan. Um guincho que se recordava do próprio aprisionamento e temia coisa pior.

Shallan caiu para trás na sala onde vinham lutando. Adolin a segurou com firmeza, baixando até ajoelhar-se com um som nítido da Armadura chocando-se contra a pedra. Ela ouviu o eco do grito ir esmorecendo, sem morrer. Fugindo, escapando, determinada a se afastar o máximo que pudesse de Shallan.

Quando se forçou a abrir os olhos, viu que a sala estava limpa da escuridão. Os cadáveres das criaturas de meia-noite haviam se dissolvido. Renarin rapidamente se ajoelhou junto de um carregador de pontes ferido, removendo a manopla e infundindo o homem com Luz das Tempestades curativa.

Adolin ajudou Shallan a se sentar e ela enfiou a mão exposta debaixo do outro braço. Raios... de algum modo, havia mantido a ilusão do havah.

Mesmo depois de tudo, não queria que Adolin soubesse de Véu. *Não podia.*

— Onde? — perguntou ela, exausta. — Para onde ela foi?

Adolin apontou para o outro lado da sala, onde um túnel se estendia mais para baixo até as profundezas da montanha.

— Ela fugiu naquela direção, feito fumaça correndo.

— Então... devemos persegui-la? — indagou Eth, movendo-se cuidadosamente rumo ao túnel. Sua lanterna revelou degraus entalhados na pedra. — Essa aqui desce bem fundo.

Shallan podia sentir uma mudança no ar. A torre estava... diferente.

— Não a persigam — disse ela, lembrando-se do terror daquele conflito. Estava mais do que feliz em deixar a criatura fugir. — Podemos postar guardas nessa câmara, mas acho que ela não vai voltar.

— É — comentou Teft, se apoiando na lança e limpando suor do rosto. — Guardas parecem uma boa ideia, uma ótima ideia.

Shallan franziu o cenho ao ouvir o tom dele, então seguiu seu olhar até a coisa que Re-Shephir estivera ocultando. O pilar no centro exato da sala.

Ele estava encrustado com milhares e milhares de gemas lapidadas, a maioria mais larga do que o punho de Shallan. Juntas, formavam um tesouro que valia mais do que a maioria dos reinos.

31

EXIGÊNCIAS À TEMPESTADE

Se elas não puderem torná-los menos tolos, pelo menos deixem que lhes deem esperança.

— De *Sacramentadora*, prefácio

Por toda a juventude, Kaladin sonhara em entrar para o exército e deixar a tranquila e pequena Larpetra. Todo mundo sabia que soldados viajavam muito e viam o mundo.

E assim fora. Ele havia visto dezenas e dezenas de colinas vazias, planícies cobertas de ervas daninhas e acampamentos de guerra idênticos. Belas vistas, contudo... bem, aquilo era outra história.

A cidade de Revolar ficava, como sua jornada com os parshemanos havia provado, a apenas umas poucas semanas de caminhada de Larpetra. Ele nunca a visitara; raios, nunca vivera em uma *cidade* antes, a menos que contasse os acampamentos de guerra.

Suspeitava que a maioria das cidades não estivesse cercada por um exército de parshemanos, como aquela ali.

Revolar havia sido construída em um confortável vale a sotavento de uma série de colinas, o ponto perfeito para uma cidadezinha. Só que não era uma "cidadezinha". A cidade havia se espalhado, preenchendo as áreas entre as colinas, subindo pelas encostas a sotavento — só deixando os picos completamente vazios.

Ele havia esperado que uma cidade fosse mais organizada. Imaginara fileiras distintas de casas, como um eficiente acampamento de guerra. Aquilo ali parecia mais um emaranhado de plantas amontoado em um abismo nas Planícies Quebradas. Ruas correndo para lá e para cá; mercados em locais instáveis.

Kaladin juntou-se ao seu grupo de parshemanos que seguiam por uma longa rodovia mantida nivelada com crem aplanado. Passaram por milhares e *milhares* de parshemanos acampados ali, e parecia que mais deles se reuniam a cada hora.

O seu grupo, contudo, era o único que trazia lanças com pontas de pedra nos ombros, mochilas de biscoitos de grãos secos e sandálias de couro de porco. Suas batas estavam amarradas com cintos, e carregavam facas de pedra, machados e estopins em bolsas enceradas feitas com as velas que ele conseguira por escambo. Ele até havia começado a lhes ensinar a usar uma funda.

Ele provavelmente não devia ter mostrado aos parshemanos nenhuma dessas coisas; isso não o impediu de sentir orgulho ao caminhar com eles, adentrando a cidade.

Multidões se acumulavam nas ruas. De onde vieram todos aqueles parshemanos? Era uma força de pelo menos quarenta ou cinquenta mil. Ele sabia que a maioria das pessoas ignorava os parshemanos... e, bem, ele havia feito o mesmo. Mas sempre tivera na cabeça a ideia de que não havia *tantos* assim por aí. Todos os olhos-claros de alto escalão possuíam alguns, assim como muitos dos donos de caravanas. E, bem, até as famílias menos ricas das cidades ou vilas possuíam um ou outro. E havia os estivadores, os mineiros, os carregadores de água, os operários usados para construir grandes projetos...

— É incrível — disse Sah, que caminhava ao lado de Kaladin, carregando a filha no ombro para oferecer a ela uma visão melhor.

A menina trazia nas mãos algumas das cartas de madeira do pai, segurando-as como outra criança talvez carregasse uma boneca favorita.

— Incrível? — perguntou Kaladin.

— Nossa própria cidade, Kal — sussurrou ele. — Durante meu tempo como escravo, mal era capaz de pensar, e ainda assim eu sonhava. Tentava imaginar como seria ter meu próprio lar, minha própria vida. Aqui está.

Os parshemanos obviamente haviam se mudado para casas nas ruas dali. Estariam também trabalhando nos mercados? Isso levantava uma pergunta difícil e perturbadora. Onde estavam todos os humanos? O grupo de Khen avançou cidade adentro, ainda conduzido pelo espreno invisível. Kaladin identificou sinais de distúrbios. Janelas quebradas. Portas com trancas arrebentadas. Parte disso podia ter sido causada pela Tempestade Eterna, mas ele passou por algumas portas que haviam sido obviamente despedaçadas por machados.

Saques. E à frente havia uma muralha interna. Era uma bela fortificação, envolvendo o centro da cidade. Provavelmente demarcava os limites originais da cidade, decididos por algum arquiteto otimista.

Ali, por fim, Kaladin encontrou sinais da luta que havia esperado quando partiu para Alethkar. Os portões da cidade interna estavam despedaçados. A guarita havia sido queimada e pontas de flechas ainda estavam cravadas em algumas das vigas de madeira pelas quais passaram. Aquela era uma cidade conquistada.

Mas para onde tinham ido os humanos? Será que deveria procurar um campo de prisioneiros ou uma pilha de ossos queimados? Pensar nisso deixou-o nauseado.

— Então é isso? — perguntou Kaladin enquanto desciam por uma estrada na cidade interna. — Era isso que você queria, Sah? Conquistar o reino? Destruir a humanidade?

— Raios, eu não sei. Mas não posso voltar a ser escravo, Kal. Eu *não* vou deixar que capturem Vai. Você os defenderia, depois do que fizeram com você?

— São o meu povo.

— Isso não é desculpa. Se um do "seu povo" mata outro, vocês não o colocam na cadeia? Qual é a punição justa para escravizar minha raça inteira?

Syl voava ali perto, seu rosto espiando de um trecho de névoa cintilante. Ela chamou a atenção dele, então zuniu até o parapeito de uma janela e se acomodou, tomando a forma de uma pequena pedra.

— Eu... — Kaladin hesitou. — Eu não sei, Sah. Mas uma guerra para exterminar um lado ou o outro não pode ser a resposta.

— Você pode lutar conosco, Kal. Não precisa ser humanos contra parshemanos. Pode ser mais nobre do que isso. Oprimidos contra os opressores.

Enquanto passavam por onde Syl estava, Kaladin deslizou a mão ao longo da parede. Syl, como eles haviam praticado, subiu pela manga do seu casaco. Ele podia senti-la, como um golpe de vento, se movendo pela sua manga e saindo pelo colarinho, alcançando seu cabelo. Haviam decidido que seus longos cachos a ocultavam bem o bastante.

— Há um *bocado* daqueles esprenos amarelados por aqui, Kaladin — sussurrou ela. — Zunindo pelo ar, dançando através dos edifícios.

— Algum sinal de humanos? — sussurrou Kaladin.

— A leste. Amontoados em casernas militares e antigos alojamentos de parshemanos. Outros estão em grandes currais, vigiados por guardas. Kaladin... Tem uma outra grantormenta chegando hoje.

— Quando?

— Logo, talvez? Ainda não tenho experiência nessas previsões. Duvido que mais alguém esteja esperando. Tudo foi pelos ares; as tabelas estarão todas erradas até que as pessoas consigam refazê-las.

Kaladin sibilou devagar entredentes.

À frente, seu grupo se aproximava de um aglomerado maior de parshemanos. A julgar pela maneira como estavam organizados em grandes filas, havia algum tipo de estação de processamento para recém-chegados. De fato, o bando de Khen, com seus cem membros, foi conduzido para uma das filas de espera.

Mais adiante, um parshemano com armadura de carapaça completa — como um parshendiano — andava pela fila, segurando uma prancheta de escrita. Syl adentrou mais o cabelo de Kaladin quando o parshendiano se aproximou do grupo de Khen.

— De que cidades, campos de trabalho ou exércitos vocês vieram?

A voz dele tinha uma cadência estranha, similar à dos parshendianos que Kaladin ouvira nas Planícies Quebradas. Alguns dos membros do grupo de Khen apresentavam indícios daquele sotaque, mas não tão forte.

O escriba parshemano escreveu a lista de cidades que Khen mencionou, então notou as lanças.

— Vocês andaram ocupados. Vou recomendá-los para treinamento especial. Mande seu prisioneiro para os currais; vou escrever uma nota aqui e, depois que vocês se instalarem, podem colocá-lo para trabalhar.

— Ele... — começou Khen, olhando para Kaladin. — Ele não é nosso prisioneiro. — Ela parecia relutante. — Ele era um dos escravos dos humanos, como nós. Ele quer se juntar a nós e lutar.

O parshemano olhou para cima, para o nada.

— Yixli está falando em sua defesa — sussurrou Sah para Kaladin. — Ela parece impressionada.

— Bem — disse o escriba —, não é algo inédito, mas você vai ter que obter permissão de um dos Moldados para considerá-lo livre.

— Um dos o quê? — indagou Khen.

O parshemano com a prancheta de escrita apontou para a esquerda. Kaladin teve que sair da fila, junto com vários dos outros, para poder ver uma parshemana alta com cabelos longos. Havia carapaça cobrindo suas bochechas, descendo ao longo dos malares, até o cabelo. A pele dos braços era serrilhada, como se houvesse carapaça *sob* a pele também. Seus olhos tinham um brilho vermelho.

Kaladin ficou sem fôlego. A Ponte Quatro havia descrito aquelas criaturas, os estranhos parshendianos que haviam combatido durante o avanço até o centro das Planícies Quebradas. Aqueles eram os seres que haviam invocado a Tempestade Eterna.

Aquela ali focalizou diretamente Kaladin. Havia algo opressivo em seu olhar rubro.

Kaladin ouviu uma trovoada ao longe. Ao redor dele, muitos dos parshemanos se viraram para o som e começaram a murmurar. Grantormenta.

Naquele momento, Kaladin tomou sua decisão. Permanecera com Sah e os outros o máximo que ousava. Havia aprendido o que podia. A tempestade apresentava uma chance.

É hora de partir.

A criatura alta e perigosa, de olhos vermelhos — chamada de Moldada —, começou a caminhar na direção do grupo de Khen. Kaladin não sabia se ela o reconhecia como um Radiante, mas não tinha intenção de esperar sua chegada. Ele andara planejando; os velhos instintos de escravo já haviam decidido qual era a saída mais fácil.

Essa saída estava no cinto de Khen.

Kaladin sugou Luz das Tempestades direto da bolsa dela e se iluminou com poder, então agarrou a bolsa — ia precisar daquelas gemas — e puxou-a, arrebentando a alça de couro.

— Leve seu pessoal para um abrigo — disse Kaladin para a perplexa Khen. — Uma grantormenta está chegando. Obrigado pela sua generosidade. Não importa o que lhe digam, saiba de uma coisa: não desejo ser inimigo de vocês.

A Moldada começou a gritar com uma voz furiosa. Kaladin viu a expressão traída de Sah, então lançou-se no ar.

Liberdade.

A pele de Kaladin arrepiou-se de prazer. Raios, como havia sentido falta daquilo. O vento, a vastidão acima, até a pontada na barriga ao se libertar da gravidade. Syl girou ao redor dele como uma fita de luz, criando uma espiral de linhas brilhantes. Esprenos de glória surgiram ao redor da cabeça de Kaladin.

Syl tomou a forma de uma pessoa só para poder fazer uma carranca para as bolinhas de luz.

— Meu — disse ela, afastando uma delas com um tapa.

Quase duzentos metros acima, Kaladin mudou para uma meia Projeção, desacelerando e pairando no céu. Abaixo, a parshemana de olhos vermelhos estava gesticulando e gritando, embora Kaladin não pudesse ouvi-la. Raios. Esperava que isso não causasse problemas para Sah e os outros.

Ele tinha uma excelente visão da cidade — as ruas preenchidas com figuras, agora procurando abrigo nos edifícios. Outros grupos corriam para a cidade de todas as direções. Mesmo depois de passar tanto tempo com eles, sua primeira reação foi de desconforto. Tantos parshemanos juntos em um só lugar? Não era natural.

Essa impressão o incomodava agora como nunca incomodara antes.

Ele fitou o paredão, que via se aproximando ao longe. Ainda tinha tempo antes de sua chegada.

Kaladin teria que voar acima da tempestade para não ser pego nos seus ventos. Mas e depois?

— Urithiru está naquela direção, a oeste — disse Kaladin. — Pode nos guiar até lá?

— Como eu faria isso?

— Você já esteve lá.

— Você também.

— Você é uma força da natureza, Syl — insistiu Kaladin. — Consegue sentir as Tempestades. Não tem algum tipo de... sentido de localização?

— É *você* que conhece este reino — respondeu ela, afastando outro espreno de glória que flutuava ao lado dele e cruzando os braços. — Além disso, eu não sou bem uma força da natureza, sou mais um dos poderes puros da criação transformado pela imaginação humana coletiva em uma personificação de um dos seus ideais.

Ela sorriu para ele.

— De onde você tirou *isso*?

— Não sei, não. Talvez eu tenha ouvido em algum lugar. Ou talvez eu só seja *inteligente*.

— Vamos seguir para as Planícies Quebradas, então — disse Kaladin. — Podemos ir na direção de uma das cidades maiores, ao sul de Alethkar, trocar gemas por lá, e com sorte conseguir o bastante para chegar até os acampamentos de guerra.

Com essa decisão, ele prendeu a bolsa de gemas ao cinto, então olhou para baixo e tentou estimar pela última vez o número de tropas e de fortificações dos parshemanos. Era estranho não ter que se preocupar com a tempestade, mas ele só precisaria se posicionar acima dela, quando a tormenta chegasse.

Ali do alto, Kaladin podia ver as grandes valas escavadas nas pedras para desviar as águas da tempestade. Embora a maioria dos parshemanos houvesse fugido em busca de abrigo, alguns permaneceram lá embaixo, inclinando o pescoço e olhando para cima na direção dele. Kaladin leu traição em suas posturas, embora não soubesse nem mesmo dizer se aqueles eram os membros do grupo de Khen ou não.

— O que foi? — perguntou Syl, pousando no seu ombro.

— Não consigo deixar de me identificar com eles, Syl.

— Eles conquistaram a cidade. Eles são *Esvaziadores*.

— Não, eles são pessoas. E estavam *com raiva*, por bom motivo. — Uma rajada de vento soprou contra ele, fazendo com que se deslocasse para o lado. — Eu conheço esse sentimento. Ele queima por dentro, se infiltra em sua cabeça, até que você esquece tudo a não ser a injustiça que sofreu. Era assim que eu me sentia em relação a Elhokar. Às vezes qualquer explicação racional pode ser insignificante diante do desejo avassalador de *conseguir o que você merece*.

— Você mudou de ideia em relação a Elhokar, Kaladin. Viu o que era certo.

— Vi mesmo? Eu descobri o que era *certo* ou só concordei em ver as coisas do jeito que você queria?

— Matar Elhokar *era* errado.

— E os parshemanos nas Planícies Quebradas que eu matei? Assassiná-los não foi errado?

— Você estava protegendo Dalinar.

— Que estava atacando a terra natal deles.

— Porque eles mataram seu irmão.

— Até onde sabemos, eles podem ter feito isso porque viram como o rei Gavilar e seu povo tratavam os parshemanos.

Kaladin voltou-se para Syl, que estava sentada em seu ombro, uma perna enfiada sob o corpo.

— Então, qual é a diferença, Syl? Qual é a diferença entre Dalinar atacar os parshemanos e esses parshemanos conquistarem aquela cidade?

— Eu não sei — disse ela baixinho.

— E por que era pior *deixar* Elhokar ser morto pelas injustiças que cometeu do que eu mesmo matar parshemanos nas Planícies Quebradas?

— Uma dessas coisas é errada. Quero dizer, parece errada. As duas parecem, eu acho.

— Só que uma delas quase quebrou meu vínculo, e a outra, não. A conexão não tem a ver com certo e errado, não é, Syl? Tem a ver com o que *você vê* como certo e errado.

— Com o que *nós* vemos — corrigiu ela. — E com os juramentos. Você jurou proteger Elhokar. Me diz se, durante o tempo que passou planejando trair Elhokar, você não achava, lá no fundo, que estava fazendo algo errado.

— Tudo bem. Mas ainda tem a ver com percepção. — Kaladin deixou os ventos o levarem, sentindo um buraco se abrir na barriga. — Raios, eu esperava... Esperava que você pudesse me dizer, me mostrar o que é absolutamente *certo*. Pelo menos uma vez na vida, eu queria que meu código moral não viesse com uma lista de exceções.

Ela assentiu, pensativa.

— Eu esperava que você argumentasse — comentou Kaladin. — Você é uma... o quê, uma encarnação de percepções humanas de honra? Não devia pelo menos *pensar* que tem todas as respostas?

— Provavelmente. Ou talvez, se existirem respostas, deveria ser eu a querer encontrá-las.

O paredão por fim se tornou visível: a grande muralha de água e detritos empurrada pelos ventos de uma grantormenta. Kaladin havia se deslocado com os ventos para longe da cidade, então se Projetou para leste até flutuar acima das colinas que formavam o quebra-vento da cidade. Ali, ele identificou algo que não havia visto antes: currais cheios de humanos.

Os ventos soprando do leste estavam ficando mais fortes. Contudo, os parshemanos que guardavam os currais permaneceram parados, como se ninguém houvesse dado a eles ordens de se mover. Os primeiros estrondos da grantormenta haviam sido distantes, fáceis de ignorar. Eles notariam em breve, mas aí talvez já fosse tarde demais.

— Ah! — exclamou Syl. — Kaladin, aquelas pessoas!

Kaladin praguejou, então cancelou a Projeção que o mantinha no alto, o que o fez cair rapidamente. Ele atingiu o chão, emitindo uma nuvem brilhante de Luz das Tempestades que se expandiu a partir dele em um anel.

— Grantormenta! — gritou para os guardas parshemanos. — Grantormenta chegando! Levem essas pessoas para um lugar seguro!

Os parshemanos o encararam, perplexos. Não foi uma reação surpreendente. Kaladin invocou sua Espada, abrindo caminho pelos parshemanos a empurrões e saltando para o topo da baixa mureta de pedra do curral de porcos.

Ele levantou a Espada Syl. Os cidadãos avançaram na direção da mureta. Gritos de "Fractário" ecoaram.

— Uma grantormenta está chegando! — gritou ele, mas sua voz logo se perdeu entre o tumulto das exclamações.

Raios. Ele não tinha dúvida de que os Esvaziadores conseguiriam lidar com um grupo de moradores amotinados. Sugou mais Luz das Tempestades, elevando-se no ar. Isso os aquietou, chegando a fazê-los recuar.

— Onde vocês se abrigaram quando as últimas tempestades chegaram? — interpelou ele em voz alta.

Algumas pessoas na dianteira apontaram para as grandes casamatas ali perto. Para abrigar gado, parshemanos e até viajantes durante tormentas. Será que podiam conter a população de uma cidade inteira? Talvez, se eles se apertassem.

— Mexam-se! — gritou Kaladin. — Uma tempestade vai chegar em breve.

Kaladin, chamou Syl em sua mente. *Atrás de você.*

Ele se virou e viu guardas parshemanos se aproximando com lanças. Kaladin desceu enquanto os cidadãos finalmente reagiam, pulando a mureta, que mal alcançava a altura do peito e que havia sido coberta com crem liso e endurecido.

Kaladin deu um passo rumo aos parshemanos, então moveu a Espada, cortando a ponta das lanças de suas hastes. Os parshemanos, que não tinham muito mais treinamento do que aqueles com quem viajara, deram um passo atrás, confusos.

— Vocês querem lutar comigo? — perguntou Kaladin.

Um deles balançou a cabeça.

— Então cuidem para que essas pessoas não se pisoteiem na pressa de chegar a um lugar seguro — disse Kaladin, apontando. — E impeçam o resto dos guardas de atacá-los. Isso não é uma revolta. Não estão ouvindo o trovão e sentindo o vento aumentando?

Ele voltou a subir na mureta, então acenou para que as pessoas avançassem, gritando ordens. Os guardas parshemanos por fim decidiram que, em vez de lutar com um Fractário, arriscariam uma punição por seguir suas instruções. Logo havia uma equipe inteira de parshemanos conduzindo os humanos — frequentemente de modo menos gentil do que ele gostaria — rumo às casamatas de tempestade.

Kaladin desceu ao chão, pousando ao lado de um dos guardas, uma fêmea cuja lança ele havia cortado ao meio.

— Como vocês fizeram na última vez que a tempestade chegou?

— Na maior parte, deixamos os humanos se virarem — admitiu ela. — Estávamos ocupados demais correndo para lugares seguros.

Então os Esvaziadores também não haviam antecipado a chegada da tempestade anterior. Kaladin fez uma careta, tentando não pensar sobre quantas pessoas provavelmente morreram sob o impacto do paredão.

— Façam melhor que isso. Essas pessoas agora são sua responsabilidade. Vocês tomaram a cidade, tomaram o que queriam. Se pretendem possuir algum tipo de superioridade moral, tratem seus prisioneiros melhor do que eles trataram vocês.

— Escute — disse a parshemana. — Quem *é* você? E por que...

Algo grande atingiu Kaladin, fazendo-o bater na mureta com um som de fratura. A coisa tinha braços; uma pessoa que tentava agarrar sua garganta para estrangulá-lo. Kaladin afastou a criatura com um chute; os olhos eram um vislumbre vermelho.

Um brilho entre roxo e negro — como *Luz das Tempestades escura* — emanava do parshemano de olhos vermelhos. Kaladin praguejou e se Projetou no ar.

A criatura o seguiu.

Outra surgiu ali perto, deixando um tênue rastro de brilho violeta, voando tão facilmente quanto ele. Eram diferentes da parshendiana que havia visto antes, mais esguios, com cabelos mais longos. Syl gritou em sua mente, um misto de dor e surpresa. Ele só podia imaginar que alguém havia corrido para chamar aqueles dois depois que ele subira ao céu.

Alguns esprenos de vento passaram zunindo por Kaladin, então começaram a dançar e brincar junto dele. O céu escureceu, o paredão trovejando pela terra. Aqueles parshendianos de olhos rubros o perseguiram céu acima.

Então Kaladin Projetou-se direto para a tempestade.

Havia funcionado contra o Assassino de Branco. A grantormenta era perigosa, mas também era, de certo modo, uma aliada. As duas criaturas o seguiram, embora o tivessem ultrapassado e precisado se Projetar de volta para baixo em um estranho movimento oscilante. Kaladin se lembrou de suas primeiras experiências com seus poderes.

Kaladin se preparou — segurando a Espada Syl, acompanhado de quatro ou cinco esprenos de vento — e atravessou o paredão. Uma escuridão instável o engoliu; uma treva que era frequentemente rompida pelo relâmpago e por brilhos fantasmagóricos. Os ventos se contorciam e se chocavam como exércitos rivais, tão irregulares que Kaladin era jogado de um lado para outro. Foi necessária toda sua habilidade de Projeção apenas para seguir na direção certa.

Ele viu por sobre o ombro quando os dois parshemanos de olhos vermelhos surgiram. O estranho brilho deles era mais tênue do que o próprio e, de algum modo, passava a impressão de um *antibrilho*. Uma escuridão que os envolvia.

Os dois foram imediatamente desviados, girando sem controle no vento. Kaladin sorriu, então quase foi esmagado por um pedregulho rolando no ar. Foi salvo por pura sorte; o rochedo passou a poucos centímetros de arrancar seu braço.

Kaladin Projetou-se para cima, voando através da tempestade até seu topo.

— Pai das Tempestades! — gritou ele. — Espreno de tormentas!

Sem resposta.

— Desvie-se deste caminho! — bradou Kaladin para os ventos em turbilhão. — Há pessoas lá embaixo! Pai das Tempestades. Você *precisa* me escutar!

Tudo parou.

Kaladin estava naquele estranho local onde já vira o Pai das Tempestades antes — um lugar que parecia fora da realidade. O chão estava muito abaixo, obscuro, molhado de chuva, mas estéril e vazio. Kaladin flutuava no ar. Não com uma Projeção; o ar simplesmente parecia sólido debaixo dele.

Quem é você para fazer exigências à tempestade, Filho da Honra?

O Pai das Tempestades tinha um rosto tão amplo quanto o céu, dominando-o como uma aurora.

Kaladin levantou sua espada.

— Eu sei o que você é, Pai das Tempestades. Um espreno, como Syl.

Eu sou a memória de um deus, o fragmento que permanece. A alma de uma tempestade e a mente da eternidade.

— Então, com essa alma, mente e memória, certamente pode ter misericórdia das pessoas lá embaixo.

E as centenas de milhares de pessoas que já morreram nesses ventos? Eu deveria ter sido misericordioso com elas?

— Sim.

E as ondas que afogam, as chamas que consomem? Você quer que elas parem?

— Estou falando só com você, e só hoje. Por favor.

O trovão ecoou. E o Pai das Tempestades de fato pareceu *ponderar* o pedido.

Não é algo que eu possa fazer, filho de tanavast. Se o vento parar de soprar, ele não é vento. Ele não é nada.

— Mas...

Kaladin caiu de volta em meio à tempestade e tempo algum parecia ter se passado. Ele se desviou entre os ventos, rangendo os dentes de frustração. Esprenos de vento o acompanhavam — mais de vinte agora, um grupo giratório e risonho, cada um deles uma fita de luz.

Ele passou por um dos parshemanos de olhos brilhantes. Os Moldados? Esse termo se referia a todos aqueles cujos olhos brilhavam?

— O Pai das Tempestades realmente podia ajudar mais, Syl. Ele não alega ser seu pai?

É complicado, respondeu ela em sua cabeça. *Mas ele é teimoso. Sinto muito.*

— Ele é impiedoso.

Ele é uma tempestade, Kaladin. Segundo as pessoas o imaginam há milênios.

— Ele podia escolher.

Talvez. Talvez não. Acho que isso que você está fazendo é como pedir ao fogo que, por favor, pare de ser tão quente.

Kaladin desceu em direção ao chão, alcançando depressa as colinas ao redor de Revolar. Esperara ver todos em segurança, mas essa fora, naturalmente, uma esperança frágil. As pessoas estavam espalhadas pelos currais e pelo chão perto das casamatas. Uma dessas casamatas ainda tinha as portas abertas e uns poucos homens estavam tentando — abençoados fossem — reunir as últimas pessoas do lado de fora e levá-las para dentro.

Muitos estavam distantes demais. As pessoas se encolhiam contra o chão, agarrando-se a uma parede ou a rochedos. Kaladin mal podia vê-las no clarão dos relâmpagos — silhuetas apavoradas, sozinhas na tormenta.

Ele já sentira aqueles ventos. Estivera impotente diante deles, amarrado a um prédio.

Kaladin..., disse Syl em sua mente enquanto ele caía.

A tempestade pulsava dentro dele. No meio da grantormenta, sua Luz das Tempestades se renovava constantemente. Ela o protegia, havia salvado sua vida muitas vezes. Aquele mesmo poder que havia tentado matá-lo fora sua salvação.

Ele atingiu o chão e largou Syl, então agarrou a silhueta de um jovem pai segurando o filho. Ele os ergueu, firmando-os, tentando levá-los até o edifício. Ali perto, outra pessoa — não conseguia ver direito — foi arrancada do solo por uma rajada de vento e levada pela escuridão.

Kaladin, você não pode salvar todos.

Ele gritou enquanto agarrava outra pessoa, segurando-a com força e caminhando com eles. Cambalearam no vento ao alcançarem uma aglomeração de pessoas encolhidas. Quase trinta, na sombra da mureta que rodeava os currais.

Kaladin puxou os três que estava ajudando — o pai, a criança, a mulher — para junto dos outros.

— Vocês não podem ficar aqui! — gritou para todos. — Juntos. Vocês precisam caminhar juntos, desse jeito!

Com esforço — ventos uivando, chuva caindo como adagas —, ele fez o grupo avançar pelo chão de pedra, de braços dados. Eles fizeram um bom progresso até que um rochedo desabou ali perto, fazendo com que alguns se encolhessem, em pânico. O vento aumentou, levantando algumas pessoas; só as mãos dos outros impediram que fossem levadas.

Kaladin piscou para se livrar das lágrimas que se misturavam com a chuva. Ele urrou. Ali perto, um lampejo iluminou um homem sendo esmagado quando um pedaço da mureta se soltou e arrastou seu corpo para a tempestade.

Kaladin, disse Syl. *Eu sinto muito.*

— Isso não basta! — berrou ele.

Kaladin se agarrou com um braço a uma criança, seu rosto voltado para a tempestade e seus ventos terríveis. Por que ela causava destruição? Aquela tormenta os formara. Tinha que arruiná-los também? Consumido pela dor e por sentimentos de traição, Kaladin brilhou com Luz das Tempestades e estendeu a mão como que para empurrar de volta o próprio vento.

Uma centena de esprenos de vento se aproximaram em forma de linhas de luz, envolvendo seu braço como fitas. Eles ondularam com Luz, então explodiram em uma camada ofuscante, expandindo-se ao redor de Kaladin e abrindo os ventos para ele.

Kaladin manteve a mão estendida para a tempestade e a *desviou*. Como uma pedra em um rio caudaloso desviava as águas, ele abriu um bolsão na tormenta, criando uma calmaria atrás de si.

A tempestade rugia contra ele, mas manteve aquele ponto com uma formação de esprenos de vento que se espalhava a partir dele como asas, desviando a tormenta. Conseguiu virar a cabeça enquanto a tempestade o surrava. Pessoas encolhidas atrás dele, ensopadas, confusas — cercadas pela calmaria.

— Vão! *Vão!*

Eles se reergueram, o jovem pai pegando o filho de volta do braço de Kaladin. Kaladin recuou com eles, mantendo o quebra-vento. Aquele grupo contava com apenas algumas das pessoas pegas pelos ventos, mas ainda assim Kaladin precisava de toda sua força para conter a tempestade.

Os ventos pareciam zangados com ele pelo desafio. E bastaria um rochedo.

Uma figura com olhos vermelhos brilhantes pousou no campo diante dele. Ela avançou, mas as pessoas haviam finalmente alcançado a casamata. Kaladin suspirou e liberou os ventos, então os esprenos atrás dele se dispersaram. Exausto, ele deixou a tormenta capturá-lo e jogá-lo longe. Uma rápida Projeção o elevou, impedindo que fosse atirado contra os edifícios da cidade.

Uau, disse Syl em sua mente. *O que você acabou de fazer? Com a tempestade?*

— Não foi o suficiente — sussurrou Kaladin.

Você nunca vai fazer o suficiente para se satisfazer, Kaladin. Ainda assim, foi maravilhoso.

Deixou Revolar para trás em um instante. Ele girou, tornando-se apenas outro destroço em meio aos ventos. O Moldado o perseguiu, mas ficou para trás, depois desapareceu. Kaladin e Syl saíram do paredão, então seguiram na frente da tempestade. Passaram por cidades, planícies, montanhas — sem nunca ficar sem Luz das Tempestades, pois havia uma fonte renovando-os logo atrás.

Voaram por uma boa hora antes que uma corrente de ventos o conduzisse para o sul.

— Vá naquela direção — disse Syl, uma fita de luz.

— Por quê?

— Só escute essa força da natureza encarnada, está bem? Acho que o Pai quer pedir desculpas, do jeito dele.

Kaladin resmungou, mas deixou que os ventos o conduzissem para uma direção específica. Ele voou naquela direção durante horas, perdido nos sons da tempestade, até que enfim pousou — em parte por vontade própria, em parte pela pressão dos ventos. A tempestade passou, deixando-o no meio de um grande campo aberto de rocha.

O platô diante da cidade-torre de Urithiru.

32

COMPANHIA

Pois eu, logo eu, mudei.

— De *Sacramentadora*, prefácio

SHALLAN SE ACOMODOU NA sala de estar de Sebarial. Era uma câmara de pedra de formato estranho, com um mezanino acima — ele às vezes colocava músicos ali — e uma cavidade rasa no chão, que ele vivia dizendo que ia encher de água e peixes. Ela achava bem provável que ele falasse essas coisas só para irritar Dalinar com sua suposta extravagância.

Por enquanto, o buraco fora coberto com algumas placas, e Sebarial periodicamente avisava as pessoas para não pisar nelas. O resto da sala era suntuosamente decorado. Shallan tinha quase certeza de que vira aquelas tapeçarias em um monastério no acampamento de guerra de Dalinar, e elas combinavam com a mobília luxuosa, as lâmpadas douradas e os objetos de cerâmica.

E com o bando de tábuas cheias de farpas cobrindo um buraco. Shallan balançou a cabeça. Então — encolhida em um sofá com cobertores amontoados sobre ela — aceitou de boa vontade a xícara fumegante de chá cítrico trazida por Palona. Ainda não fora capaz de se livrar do frio prolongado que sentia desde seu encontro com Re-Shephir, algumas horas antes.

— Quer mais alguma coisa? — indagou Palona.

Shallan fez que não, então a herdaziana sentou-se em um sofá próximo, com outra xícara de chá. Shallan provou o chá, feliz pela companhia. Adolin queria que ela dormisse, mas a última coisa que desejava era ficar sozinha. Ele a deixara aos cuidados de Palona, então ficou com Dalinar e Navani para responder às perguntas deles.

— Então... — disse Palona. — Como foi?

Como responder *àquilo*? Havia tocado na tormentosa *Mãe da Meia-Noite*. Um nome das antigas histórias, um dos Desfeitos, os príncipes dos Esvaziadores. As pessoas cantavam sobre Re-Shephir em poesias e épicos, descrevendo-a como uma figura bela e sombria. Pinturas a representavam como uma mulher vestida de negro, com olhos rubros e uma expressão sedutora.

Parecia um exemplo de quão pouco realmente se lembravam daquelas coisas.

— Não foi como nas histórias — sussurrou Shallan. — Re-Shephir é um espreno. Um espreno enorme e terrível que deseja *desesperadamente* nos compreender. Então ela nos mata, imitando nossa violência.

Havia um mistério mais profundo, um fio de algo que ela tinha vislumbrado quando estava entrelaçada com Re-Shephir. Fez Shallan se perguntar se o espreno não estava apenas tentando compreender a humanidade, mas também procurando por algo que *ele mesmo havia perdido*.

Teria aquela criatura — em um passado distante, além de toda memória — sido humana?

Não se sabia. Não se sabia de *nada*. Com o primeiro relatório de Shallan, Navani fez suas eruditas pesquisarem mais informações, mas seu acesso aos livros ali ainda era limitado. Mesmo com acesso ao Palaneu, Shallan não estava otimista. Jasnah caçara durante anos para encontrar Urithiru e mesmo assim a maior parte das informações que encontrara não fora confiável. Eram anos demais, simples assim.

— E pensar que ela estava aqui todo esse tempo — disse Palona. — Escondida.

— Ela foi presa — sussurrou Shallan. — Uma hora escapou, mas isso foi séculos atrás. Estava esperando desde então.

— Bem, temos que descobrir onde os outros estão presos e garantir que *eles* nunca escapem.

— Eu não sei se os outros foram capturados.

Ela havia sentido o isolamento e a solidão de Re-Shephir, uma sensação de ter sido puxada enquanto os outros escapavam.

— Então...

— Eles estão por aí, e sempre estiveram — disse Shallan.

Estava exausta e seus olhos se fechavam, desafiando o quanto teimara com Adolin que não estava com *aquele* tipo de cansaço.

— Certamente nós já teríamos descoberto sobre eles a essa altura.

— Eu não sei — replicou Shallan. — Eles... Eles devem apenas parecer normais para nós. Algo que sempre foi assim.

Ela bocejou, então assentiu distraidamente enquanto Palona continuava falando, seus comentários virando elogios a Shallan por ter tomado as ações que tomara. Adolin fizera o mesmo, o que foi agradável, e Dalinar chegara a ser gentil com ela — em vez da rocha severa em forma de gente que costumava ser.

Ela não havia contado a eles quão perto estivera do colapso e quão apavorada estava de algum dia reencontrar a criatura.

Mas... talvez merecesse alguma aclamação. Era uma criança quando deixara seu lar, procurando salvação para sua família. Pela primeira vez desde aquele dia no navio, vendo Jah Keved desaparecer atrás de si, sentia-se como se realmente pudesse ter controle da situação. Como se tivesse encontrado alguma estabilidade na vida, algum controle sobre si mesma e seus arredores.

Era incrível, mas ela *meio que* se sentia adulta.

Shallan sorriu e se aconchegou nos cobertores, bebendo seu chá e — por enquanto — tirando da cabeça o fato de que basicamente uma tropa inteira de soldados a vira sem luva. Ela *meio que* era adulta. Podia lidar com certo embaraço. Na verdade, estava cada vez mais certa de que, contando com Shallan, Véu e Radiante, podia lidar com qualquer coisa que a vida botasse em seu caminho.

Uma agitação do lado de fora fez com que ela se empertigasse, mas não parecia ser um perigo. Algum vozerio, algumas exclamações ruidosas. Ela não ficou terrivelmente surpresa quando Adolin chegou, fez uma mesura para Palona — ele tinha excelentes modos — e correu até ela, seu uniforme ainda amassado por ter vestido a Armadura Fractal sobre ele.

— Não entre em pânico — disse ele. — É uma boa notícia.

— É mesmo? — disse ela, começando a ficar nervosa.

— Bom, alguém acabou de chegar na torre.

— Ah, isso. Sebarial me passou a notícia; o carregadorzinho voltou.

— Ele? Não, não é disso que estou falando.

Adolin buscou por palavras enquanto vozes se aproximavam e várias outras pessoas adentravam a sala.

À frente delas estava Jasnah Kholin.

FIM DA
PARTE UM

INTERLÚDIOS

PUULI • ELLISTA • VENLI

PUULI

Puuli, o faroleiro, tentou não deixar transparecer o quanto estava empolgado com aquela nova tempestade.

Era muito trágico, trágico mesmo. Dissera isso a Sakin enquanto ela chorava. Ela ficara cheia de si, se sentindo abençoada, ao arrumar seu novo marido; se mudara para a bela cabana de pedra do homem, em um ótimo lugar para cultivar um jardim, atrás dos penhascos ao norte da cidade.

Puuli recolhia pedaços de madeira soprados para leste pela estranha tempestade, e os empilhava no carrinho. Ele o puxava com as duas mãos, deixando Sakin chorando pelo marido. Era o terceiro, todos perdidos no mar. Muito trágico.

Ainda assim, ele estava empolgado com a tempestade.

Puxou seu carrinho, passando por outras casas arruinadas, quando deveriam ter estado protegidas ali a oeste dos penhascos. O avô de Puuli se lembrava da época em que aqueles penhascos não existiam. O próprio Kelek partira a terra no meio de uma tempestade, criando um novo lugar excelente para moradias.

Onde as pessoas ricas construiriam suas casas agora?

E havia pessoas ricas na vila, independentemente do que diziam os viajantes no oceano. Aqueles que paravam naquele pequeno porto, na arruinada ponta oriental de Roshar, e se abrigavam de tempestades na enseada ao longo dos penhascos.

Puuli puxou seu carrinho para além da enseada. Ali, uma capitã estrangeira — com longas sobrancelhas e pele bronzeada, em vez da pele azul normal — estava tentando entender o que acontecera com seu navio arruinado. Ele havia sido atirado na enseada, atingido por raios, depois esmagado contra as rochas. Agora só o mastro estava visível.

Trágico mesmo, comentou Puuli. Mas ele elogiou o mastro para a capitã. Era um belíssimo mastro.

Puuli catou algumas tábuas do navio quebrado que haviam chegado à costa da enseada, então jogou-as no carrinho. Mesmo que ela houvesse destruído muitos navios, Puuli estava secretamente feliz com aquela nova tempestade. Secretamente feliz.

Teria chegado finalmente o momento sobre o qual seu avô alertara? O tempo das mudanças, quando os homens da ilha oculta da Origem enfim viriam reivindicar Natanatan?

Mesmo que não fosse o caso, a nova tormenta trouxera-lhe tanta *lenha*. Pedaços de petrobulbos, galhos de árvores. Ele coletou tudo com entusiasmo, fazendo uma pilha bem alta no carrinho, então passou com ele por grupos de pescadores que discutiam como sobreviveriam em um mundo com tempestades vindo das duas direções. Pescadores não dormiam durante o Pranto como fazendeiros preguiçosos. Eles trabalhavam, pois não havia ventos. Muita água de chuva para tirar dos barcos, mas nenhum vento. Até então.

Uma tragédia, ele disse a Au-lam enquanto o ajudava a limpar os destroços do seu celeiro. Muitas das tábuas acabaram no carrinho de Puuli.

Uma tragédia, concordou com Hema-Dak enquanto tomava conta dos filhos dela para que a mulher pudesse ir fazer um caldo para a irmã, que estava doente com a febre.

Uma tragédia, ele disse aos irmãos Drummer enquanto os ajudava a puxar uma vela em frangalhos da arrebentação e esticá-la sobre as rochas.

Finalmente, Puuli terminou sua ronda e puxou seu carrinho pela longa e tortuosa estrada rumo a Rebeldia. Era esse o nome que dera ao farol. Ninguém mais o chamava assim, porque para eles era só o farol.

No topo, ele deixou uma oferenda de frutas para Kelek, o Arauto que vivia na tempestade. Então puxou sua pequena carroça até a sala no térreo. Rebeldia não era um farol alto. Ele já vira pintura dos faróis esguios e elegantes nos Estreitos de Longafronte. Faróis para pessoas ricas que viajavam em navios que não pegavam peixes. Rebeldia só tinha dois andares e era atarracada como uma casamata. Mas sua cantaria era de boa qualidade e um revestimento de crem no exterior evitava goteiras.

O farol existia havia mais de cem anos, e Kelek decidira não derrubá-lo. O Pai das Tempestades sabia como ele era importante. Puuli carregou uma braçada de lenha de tempestade úmida e de tábuas quebradas até o topo do farol, onde deixou a madeira ao lado do fogo — que queimava baixo durante o dia — para secar. Ele limpou as mãos, então foi até a beira do farol. À noite, os espelhos refletiriam a luz direto através daquele buraco.

Ele olhou sobre os penhascos, para leste. Sua família era bem como o farol. Atarracada, baixa, mas poderosa. E duradoura.

Eles virão com Luz nos bolsos, dissera seu avô. *Eles virão para destruir, mas você deve cuidar deles de qualquer modo. Porque eles virão da Origem. Os marinheiros perdidos em um mar infinito. Mantenha o fogo bem alto à noite, Puuli. Faça-o queimar bem forte até a noite em que eles vierem.*

Eles vão chegar quando a noite for mais escura.

Certamente era agora, com uma nova tempestade. Noites mais escuras. Uma tragédia.

E um sinal.

I-2
ELLISTA

O Monastério Jokasha geralmente era um lugar bem silencioso. Abrigado nas florestas das encostas ocidentais dos Picos dos Papaguampas, o monastério não era atingido por mais do que chuva na passagem de uma grantormenta. Chuva intensa, sim, mas nada da terrível violência conhecida na maior parte do mundo.

Ellista lembrava-se a cada tempestade que passava de quão sortuda era. Alguns fervorosos haviam lutado metade da vida para serem transferidos para Jokasha. Longe da política, das tempestades e de outros incômodos, em Jokasha se podia simplesmente *pensar*.

Normalmente.

— Você está *olhando* para esses números? Seus olhos estão *desconectados* do seu cérebro?

— Ainda não temos como definir. Três instâncias não bastam!

— Dois pontos de dados formam uma coincidência, três formam uma sequência. A Tempestade Eterna viaja a uma velocidade consistente, ao contrário da grantormenta.

— Você não tem como afirmar isso! Um dos seus tão valorizados pontos de dados é da passagem original da tempestade, que aconteceu como um evento incomum.

Ellista fechou o livro com força e enfiou-o na bolsa, então deixou bruscamente seu canto de leitura e olhou feio para os dois fervorosos que discutiam no salão externo, ambos usando os capuzes de um mestre erudito. Eles estavam tão envolvidos na discussão que nem responderam ao seu olhar de raiva, embora tivesse sido bem dado.

Ela saiu pisando duro da biblioteca, adentrando um longo corredor com as laterais abertas à natureza. Árvores pacíficas. Um riacho silencioso.

Ar úmido e vinhas musgosas que despontavam e se esticavam para a noite. Bem, sim, uma grande faixa de árvores ali *havia* sido arrasada pela nova tempestade. Mas isso não era motivo para todos ficarem perturbados! O resto do mundo que se preocupasse. Ali, no lar principal do Devotário da Mente, ela devia ser capaz de apenas ler.

Ela dispôs suas coisas na mesa de leitura perto de uma janela aberta. A umidade não fazia bem aos livros, mas tempestades fracas vinham de mãos dadas com a fecundidade. Era preciso simplesmente aceitar. Com sorte, aqueles novos fabriais para tirar água do ar poderiam...

— ... Estou lhe dizendo, vamos ter que nos mudar! — Uma nova voz ecoou pelo corredor. — Veja só, a tempestade vai destroçar essa floresta. Em pouco tempo, essa encosta vai estar deserta, e a tempestade vai nos atingir com força total.

— A nova tempestade não tem um fator de vento tão forte, Bettam. Ela *não* vai derrubar as árvores. Você já deu uma olhada nas minhas medições?

— Eu discordo de suas medições.

— Mas...

Ellista esfregou as têmporas. Tinha a cabeça raspada, como os outros fervorosos. Seus pais ainda brincavam que ela havia se juntado ao fervor só porque odiava ter trabalho com o cabelo. Tentou usar tapa-ouvidos, mas escutava a discussão mesmo com eles, então recolheu suas coisas novamente.

Talvez o edifício baixo? Pegou a longa escadaria externa, descendo a encosta por um caminho arborizado. Antes de chegar ao monastério pela primeira vez, ela se iludira sobre como seria viver entre eruditos. Sem discussões. Sem política. Descobrira que isso não era verdade — mas, de modo geral, as pessoas deixavam-na em paz. Então tinha sorte de estar ali. Repetiu isso a si mesma ao chegar ao edifício mais baixo.

Era praticamente um zoológico. Dezenas de pessoas recebendo informações de telepenas, conversando, discutindo animadamente sobre este ou aquele grão-príncipe ou rei. Ela parou no umbral da porta, observou a cena por um momento, então deu meia-volta e saiu pisando duro.

E agora? Começou a subir os degraus de volta, mas foi parando. *Provavelmente é a única rota para a paz...*, pensou, olhando para a floresta.

Tentando não pensar sobre a sujeira, os crenguejos e o fato de que alguma coisa podia pingar na sua cabeça, ela saiu rumo à floresta. Não queria ir muito longe, pois quem sabia o que podia haver lá fora? Escolheu um toco sem musgo *demais* e se acomodou entre os saltitantes esprenos de vida, o livro no colo.

Ela ainda podia ouvir fervorosos discutindo, mas eles estavam distantes. Ela abriu o livro, querendo finalmente conseguir completar uma tarefa.

Wema rodopiou para longe dos avanços do Luminobre Sterling, levando a mão segura ao peito e baixando os olhos para não fitar os belos cachos dele. Tal afeição, que excitava a mente indecorosa, não poderia satisfazê-la por um período prolongado, como se as atenções dele, outrora caprichosos deleites para entreter suas horas de ócio, agora parecessem manifestar a suprema impudência e as maiores falhas de caráter dele.

— O quê?! — exclamou Ellista, ainda lendo. — Não, sua tola! Ele finalmente declarou a afeição dele por você. Não ouse recuar agora.

Como ela poderia aceitar essa justificativa indecente do que já fora seu único e maior desejo? Não deveria ela, em vez disso, fazer a escolha mais prudente, como defendida pela vontade firme do seu tio? O Luminobre Vadam possuía uma dotação de terra pela graça do grão-príncipe, e teria meios para prover muito além das satisfações acessíveis a um simples oficial, independentemente de quão benquisto ou de quais ventos houvessem agraciado seu temperamento, feições e toque gentil.

Ellista arquejou.

— Luminobre *Vadam*? Sua desavergonhada! Esqueceu como ele prendeu seu pai?

— *Wema* — entoou o Luminobre Sterling —, *parece que julguei muito mal suas atenções. Desse modo, vejo-me depositado no fundo do lodaçal da insensatez. Partirei para as Planícies Quebradas e você não mais sofrerá o tormento da minha presença.*

Ele curvou-se na mesura de um verdadeiro cavalheiro, possuidor de todo refinamento e deferência apropriados. Era uma suplicação maior do que até mesmo um monarca poderia justamente demandar, e nela Wema comprovou a verdadeira natureza do afeto do Luminobre Sterling. Simples, mas passional. Respeitoso deveras. O gesto emprestava um contexto maior à sua investida anterior, que agora parecia subitamente a única fresta estreita em uma armadura de outra forma inviolável, uma janela de vulnerabilidade, em vez de um modelo de cobiça.

Enquanto ele levantava o trinco da porta para iniciar o êxodo eterno da vida dela, Wema foi tomada de vergonha e anseio inigualáveis, contorcidos de modo semelhante a dois fios em um tear para construir uma grandiosa tapeçaria de desejo.
— *Espere! — gritou Wema. — Querido Sterling, espere por minhas palavras.*

— Raios, é melhor você esperar, Sterling. — Ellista se inclinou mais para o livro, virando a página.

O decoro parecia-lhe agora coisa vã, perdido naquele oceano que era a sua necessidade de sentir o toque de Sterling. Ela correu até ele e tocou-lhe o braço com a mão velada pela manga, que então ergueu para acariciar aquele queixo viril.

Estava tão quente ali na floresta. Praticamente fervendo. Ellista levou a mão aos lábios, lendo com olhos arregalados, trêmula.

Quisera que a janela naquela armadura imponente ainda pudesse ser localizada e que uma chaga similar dentro dela mesma pudesse ser descoberta, para pressionar contra a dele e oferecer passagem ao fundo de sua alma. Se ao menos...

— Ellista? — chamou uma voz.
— Oi! — exclamou ela, se endireitando subitamente e fechando o livro com toda força, então se virando na direção do som. — Hum. Ah! Fervoroso Urv.

O jovem fervoroso silnaseno era alto, desengonçado e irritantemente barulhento, de vez em quando. Exceto, aparentemente, quando se aproximava de mansinho de colegas na floresta.

— O que você estava estudando? — perguntou ele.
— Obras importantes — disse Ellista, então sentou-se sobre o livro. — Nada com que você tenha que se preocupar. O que você quer?
— Hum... — Ele olhou para a bolsa dela. — Você foi a última a pegar emprestadas as transcrições da coleção em Canto do Alvorecer, de Bendthel? As versões antigas? Só queria saber como está indo.

Canto do Alvorecer. Certo. Estavam trabalhando naquilo antes de a tal tempestade chegar e distrair todo mundo. A velha Navani Kholin, em Alethkar, de algum modo havia decifrado o idioma Canto do Alvorecer. Sua história sobre visões era bobagem — a família Kholin era conhecida pela política obscura —, mas a chave era autêntica, e havia permitido que eles lentamente repassassem os textos antigos.

Ellista começou a procurar na bolsa e retirou três códices bolorentos e um maço de papéis, esse último sendo o trabalho que fizera até então.

De maneira irritante, Urv se acomodou no chão ao lado do seu toco, pegando os papéis que ela lhe ofereceu. Ele pousou a bolsa no colo e começou a ler.

— Incrível — disse ele pouco depois. — Você fez mais progresso do que eu.

— Todos estão ocupados demais se preocupando com aquela tempestade.

— Bem, ela *está* ameaçando destruir a civilização.

— Um exagero. Todos sempre exageram com qualquer rajada de vento. Ele folheou as páginas dela.

— O que é essa seção? Por que se demorar tanto no local onde cada texto foi encontrado? Fiksin concluiu que esses livros em Canto do Alvorecer vieram de um local central e que, portanto, não importava o lugar em que acabaram.

— Fiksin era um lambe-botas, não um erudito — replicou Ellista. — Veja bem, há uma prova *nítida* aqui de que o mesmo sistema de escrita já foi usado por toda Roshar. Tenho referências em Makabakam, Sela Tales, Alethela... Não uma diáspora de textos, mas evidência real de que eles escreviam naturalmente em Canto do Alvorecer.

— Você supõe que todos falavam a mesma língua?

— Improvável.

— Mas e *Relíquias e monumentos*, de Jasnah Kholin?

— Não alega que todos falavam a mesma língua, só que escreviam na mesma língua. É tolice imaginar que todo mundo usou a mesma linguagem por centenas de anos e em dezenas de nações. Faz mais sentido que houvesse uma linguagem *escrita* codificada, a linguagem da erudição, assim como se encontram muitos subtextos escritos em alethiano agora.

— Ah... E então veio a Desolação...

Ellista assentiu, mostrando-lhe uma página posterior no seu maço de anotações.

— Essa linguagem estranha e intermediária é de quando as pessoas começaram a usar a escrita do Canto do Alvorecer *foneticamente* para transcrever seu idioma. Não funcionou tão bem. — Ela virou mais duas páginas. — Nesse fragmento, temos uma das aparições mais antigas dos radicais glíficos proto-thaylo-vorin, e aqui temos um deles mostrando uma forma thaylena mais intermediária. Nós sempre nos perguntamos o que aconteceu com o Canto do Alvorecer. Como povos podiam ter se esquecido de como ler a própria linguagem? Bem, parece claro agora. Quando isso aconteceu, a linguagem estava moribunda há milênios. Eles não a falavam, não a falavam há gerações.

— Brilhante — comentou Urv. Ele não era tão ruim assim, para um silnaseno. — Andei traduzindo tudo que podia, mas estou emperrado no Fragmento Covad. Se essa sua interpretação estiver correta, pode ser porque Covad não está verdadeiramente em Canto do Alvorecer, mas em uma transcrição fonética de outra língua antiga...

Ele a olhou de soslaio, então inclinou a cabeça. Estaria ele olhando para o seu...

Ah, não. Estava apenas olhando para o livro sobre o qual ainda estava sentada.

— *O fardo da virtude.* — Ele grunhiu. — Ótimo livro.

— Você o *leu*?

— Eu gosto de épicos alethianos — disse ele distraidamente, folheando as páginas dela. — Mas ela realmente deveria ter escolhido Vadam. Sterling era um bajulador e um vagabundo.

— Sterling é um oficial nobre e correto! — Ela estreitou os olhos. — E *você* está só tentando me provocar, Fervoroso Urv.

— Talvez. — Ele folheou as páginas dela, estudando um diagrama que fizera de várias gramáticas do Canto do Alvorecer. — Eu tenho uma cópia da continuação.

— Tem uma *continuação*?

— Sobre a irmã dela.

— A sem graça?

— Ela é elevada à atenção da corte e precisa escolher entre um robusto oficial naval, um banqueiro thayleno e o Riso do Rei.

— Espere aí. São *três* homens diferentes?

— As continuações sempre têm que ser maiores — disse ele, então estendeu a pilha de páginas de volta a ela. — Vou te emprestar.

— Ah, vai, é mesmo? E qual é o custo desse gesto magnânimo, Luminobre Urv?

— Sua ajuda na tradução de uma seção difícil de Canto do Alvorecer. Uma patrona específica minha me deu um prazo apertado para essa tarefa.

I-3
O RITMO DOS PERDIDOS

VENLI SE AFINOU COM o Ritmo de Anseio enquanto descia pelo abismo. Aquela maravilhosa forma nova, a forma tempestuosa, dava às suas mãos uma pegada poderosa, permitindo que pendesse centenas de metros no ar, sem medo de cair.

A armadura de quitina sob a pele era muito menos volumosa do que a da antiga forma bélica, mas quase tão eficaz quanto. Durante a invocação da Tempestade Eterna, um soldado humano a golpeara bem no rosto. A lança cortara sua face e a base do nariz, mas a armadura de quitina por baixo havia desviado a arma.

Ela continuou a descer pela encosta de pedra, seguida por Demid, seu ex-consorte, e um grupo de amigos leais. Na sua mente, sintonizou-se com o Ritmo de Comando — uma versão similar, porém mais poderosa, do Ritmo de Apreciação. Todos do seu povo ouviam os ritmos — batidas com alguns tons associados —, mas ela não escutava mais os antigos ritmos comuns. Só aqueles ritmos novos e superiores.

Abaixo dela se estendia o abismo, onde a água das grantormentas havia esculpido um bojo. Ela enfim alcançou o fundo e os outros desceram ao seu redor, cada um pousando com um estrondo. Ulim desceu da encosta de pedra; o espreno geralmente tomava a forma de um relâmpago, movendo-se sobre as superfícies.

No fundo, ele mudou a aparência de relâmpago para uma forma humana com olhos estranhos. Ulim se acomodou em um trecho de galhos quebrados, seus braços cruzados, o cabelo longo ondulando sob um vento invisível. Ela não sabia ao certo por que um espreno enviado pelo próprio Odium pareceria humano.

— Por aqui, em algum lugar — disse Ulim, apontando. — Se espalhem e procurem.

Venli travou o queixo, cantarolando no Ritmo de Fúria. Linhas de poder percorreram seus braços.

— Por que eu deveria continuar a obedecer a suas ordens, espreno? Você é que devia *me* obedecer.

O espreno a ignorou, o que atiçou ainda mais sua raiva. Demid, contudo, pôs a mão no ombro dela e apertou, cantarolando no Ritmo de Satisfação.

— Venha, procure comigo por este lado.

Ela conteve seu cântico e voltou-se para o sul, juntando-se a Demid, abrindo caminho entre destroços. O acúmulo de crem havia alisado o piso do abismo, mas a tempestade deixara muitos detritos.

Ela se afinou com o Ritmo de Anseio. Um ritmo rápido e violento.

— Eu deveria estar no comando, Demid. Não aquele espreno.

— Você está no comando.

— Então por que não nos disseram nada? Nossos deuses voltaram, mas mal os vimos. Sacrificamos muito por essas formas e para criar a gloriosa tempestade verdadeira. Nós... Quantos nós perdemos?

Às vezes pensava sobre isso, nos momentos estranhos quando os novos ritmos pareciam recuar. Todo seu trabalho, encontrar-se com Ulim em segredo, guiar o povo para a forma tempestuosa. Aquilo fora para *salvar* seu povo, certo? Mas das dezenas de milhares de Ouvintes que haviam lutado para invocar a tempestade, só uma fração permanecia.

Demid e ela haviam sido eruditos. Mas até mesmo os eruditos tinham ido para a guerra. Ela tocou a ferida no rosto.

— Nosso sacrifício valeu a pena — respondeu Demid no Ritmo de Escárnio. — Sim, perdemos muitos, mas os humanos buscavam nossa extinção. Pelo menos desse modo alguns do nosso povo sobreviveram, e agora temos grande poder!

Ele tinha razão. E, se ela fosse honesta, uma forma de poder era o que sempre desejara. E a conseguira, capturando um espreno na tempestade dentro de si mesma. Não fora um da espécie de Ulim, naturalmente — esprenos inferiores eram usados para mudar de formas. Ela às vezes sentia a pulsação, lá no fundo, daquele com que havia se vinculado.

De todo modo, a transformação dera-lhe um grande poder. O bem do seu povo havia sido sempre secundário para Venli; agora era tarde para ter peso na consciência.

Ela voltou a cantarolar em Anseio. Demid sorriu e apertou seu ombro. No passado, tinham compartilhado algo durante seus dias em forma copulatória. Já não sentia aquela paixão tola e distrativa, e qualquer Ouvinte são nem desejaria sentir. Mas as memórias criavam um laço.

Eles avançaram com cuidado pelos destroços, passando por vários cadáveres humanos frescos, esmagados em uma fenda na rocha. Era bom vê-los; era bom lembrar que seu povo havia matado muitos, apesar das perdas.

— Venli! — disse Demid. — Olhe!

Ele passou por cima de um tronco de uma grande ponte de madeira que estava presa no centro do abismo. Ela o seguiu, feliz com sua força. Provavelmente sempre se lembraria de Demid como o erudito magricela que havia sido antes daquela mudança, mas ela duvidava que qualquer dos dois fosse escolher voltar. Formas de poder eram simplesmente inebriantes demais.

Depois de atravessar o tronco, ela enxergou o que Demid havia identificado: uma figura recostada junto da parede do abismo, a cabeça com elmo baixa. Uma Espada Fractal — com o formato de chamas congeladas — se erguia do chão ao lado dela, enfiada no chão de pedra.

— Eshonai! Finalmente!

Venli saltou do topo do tronco, pousando perto de Demid. Eshonai parecia exausta. Na verdade, nem estava se movendo.

— Eshonai? — chamou Venli, se ajoelhando ao lado da irmã. — Você está bem? Eshonai?

Ela agarrou a silhueta de Armadura pelos ombros e sacudiu-a levemente.

A cabeça sacudiu, frouxa.

Venli sentiu frio. Demid solenemente levantou o visor de Eshonai, revelando olhos mortos em um rosto pálido.

Eshonai... não...

— Ah — disse a voz de Ulim. — Excelente.

O espreno se aproximou pela encosta de pedra, como um relâmpago se movendo pela rocha.

— Demid, sua mão.

Demid obedientemente levantou a mão, com a palma para cima, e Ulim disparou pela parede até a mão, depois tomou sua forma humana, de pé sobre a base.

— Hmmm. A Armadura parece completamente gasta. Quebrou nas costas, pelo que vejo. Bem, dizem que ela se regenera por conta própria, mesmo depois de tanto tempo separada da sua mestra.

— A... Armadura — disse Venli baixinho, entorpecida. — Você queria a Armadura.

— Bem, a Espada também, naturalmente. Por que mais estaríamos caçando um cadáver? Você... Ah, você pensou que ela estava *viva*?

— Quando você disse que precisávamos encontrar minha irmã, eu pensei...

— Sim, parece que ela se afogou nas águas da enchente causada pela tempestade — disse Ulim, fazendo um som parecido com um muxoxo. — Enfiou a espada na pedra e ficou se segurando nela para permanecer parada, mas não conseguiu respirar.

Venli afinou-se com o Ritmo dos Perdidos.

Era um dos ritmos antigos, inferiores. Não conseguia segui-los desde a transformação, e não tinha ideia de como se afinara com aquele. O tom enlutado e solene lhe parecia distante.

— Eshonai...? — sussurrou ela, e cutucou o cadáver novamente.

Demid arquejou. Tocar o corpo dos caídos era tabu. As velhas canções falavam dos tempos em que os humanos fatiavam cadáveres de Ouvintes, à procura de gemas-coração. Deixar os mortos em paz; era assim que agiam.

Venli fitou os olhos mortos de Eshonai. *Você era a voz da razão*, pensou. *Era você quem discutia comigo. Você... você devia me manter com os pés no chão.*

O que vou fazer sem você?

— Bem, vamos remover essa Armadura, crianças — disse Ulim.

— Mostre respeito! — rosnou Venli.

— Respeito pelo quê? Foi melhor que essa aí morresse.

— Foi melhor? — repetiu Venli. — Foi *melhor*?

Ela se levantou, confrontando o pequeno espreno na palma estendida de Demid.

— Ela é minha irmã. E uma das nossas maiores guerreiras. Uma inspiração e uma mártir.

Ulim girou a cabeça de modo exagerado, como se estivesse incomodado — e entediado — com a censura. Que *atrevimento*! Ele era apenas um espreno. Deveria ser seu *servo*.

— Sua irmã não passou pela transformação da maneira apropriada. Ela resistiu, e acabamos a perdendo. Ela nunca foi dedicada à nossa causa.

Venli sintonizou o Ritmo de Fúria, falando em uma sequência alta e acentuada.

— Não fale desse jeito. Você é espreno! Está aqui para servir.

— E eu sirvo.

— Então deve me obedecer!

— A você? — Ulim gargalhou. — Criança, há quanto tempo você está lutando sua guerrinha contra os humanos? Três, quatro anos?

— Seis anos, espreno — disse Demid. — Seis anos longos e sangrentos.

— Bem, quer adivinhar há quanto tempo *nós* estamos lutando essa guerra? — indagou Ulim. — Vá em frente. Adivinhe. Estou esperando.

Venli ferveu de raiva.

— Não importa...

— Ah, mas importa — disse Ulim, sua figura vermelha eletrificada. — Você sabe como liderar exércitos, Venli? Exércitos *de verdade*? Levar suprimentos a tropas em uma frente de batalha com centenas de quilômetros? Você tem memórias e experiências que se estendem por eras?

Ela o encarou com raiva.

— Nossos líderes sabem exatamente o que estão fazendo — disse Ulim. — A eles, eu obedeço. Mas fui *eu* quem escapou, o espreno da redenção. Não preciso dar ouvidos a você.

— Eu serei uma rainha — disse Venli em Despeito.

— Se você sobreviver? Talvez. Mas e sua irmã? Ela e os outros mandaram aquele assassino matar o rei humano *especificamente* para impedir nosso retorno. O seu povo é composto de traidores... embora seus esforços pessoais lhe façam justiça, Venli. Você pode ser ainda mais abençoada, se for inteligente. Independentemente disso, tire essa armadura da sua irmã, derrame suas lágrimas e se apronte para escalar de volta. Esses platôs estão apinhados de homens que fedem a Honra. Precisamos ir embora e ver o que seus ancestrais precisam que façamos.

— Nossos ancestrais? — disse Demid. — O que os mortos têm a ver com isso?

— Tudo, já que são eles que estão no comando — replicou Ulim. — Armadura. *Agora.*

Ele correu para a parede como uma minúscula faixa de relâmpago, então partiu.

Venli se afinou com Escárnio pela maneira como havia sido tratada, então, desafiando os tabus, ajudou Demid a remover a Armadura Fractal. Ulim voltou com outros e ordenou que eles coletassem a armadura.

Escalaram de volta, deixando a Espada para Venli levar. Ela a ergueu da pedra, então permaneceu ali mais um pouco, fitando o cadáver da irmã — que jazia ali só com a roupa de baixo acolchoada.

Venli sentiu algo despertar dentro dela. Novamente, de modo distante, foi capaz de ouvir o Ritmo dos Perdidos. Pesaroso, lento, com batidas separadas.

— Eu... — disse Venli. — Finalmente não terei mais que ouvir você me chamar de tola. Não preciso me preocupar que fique no meu caminho. Posso fazer o que eu quiser.

Isso a apavorava.

Ela se virou para partir, mas fez uma pausa quando viu alguma coisa. O que era aquele pequeno espreno que havia saído de debaixo do cadáver de Eshonai? Parecia uma pequena bola de fogo branco; emitia pequenos anéis de luz e deixava um rastro. Como um cometa.

— O que é você? — interpelou Venli em Despeito. — Xô.

Ela foi embora, deixando o cadáver da irmã ali no fundo do abismo, despido e sozinho. Comida para um demônio-do-abismo ou uma tempestade.

PARTE
DOIS

Novos Começos Cantam

SHALLAN • JASNAH • DALINAR •
PONTE QUATRO

do leste

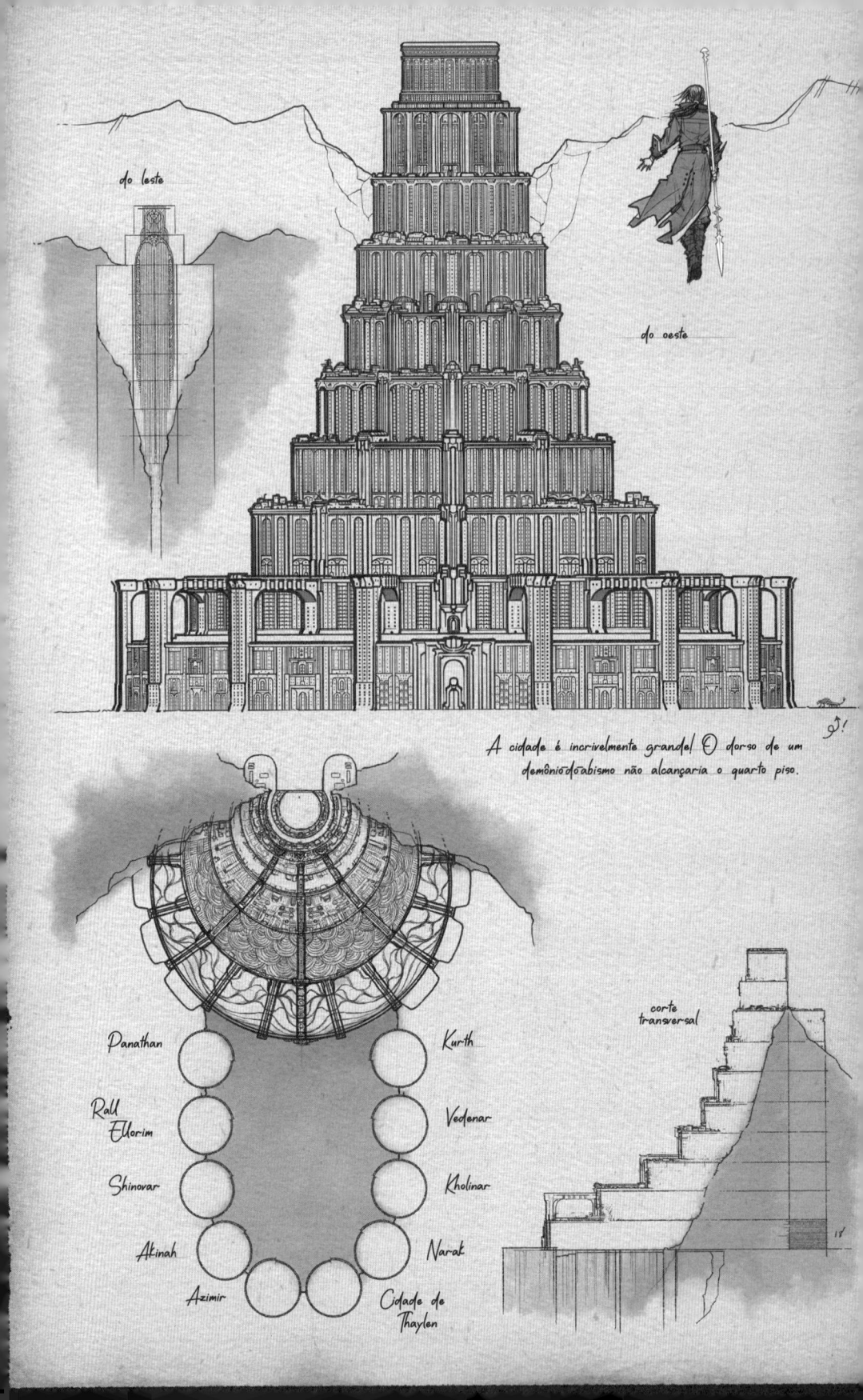

do oeste

A cidade é incrivelmente grande! O dorso de um demônio do abismo não alcançaria o quarto piso.

Panathan

Rall Ellorim

Shinovar

Akinah

Azimir

Kurth

Vedenar

Kholinar

Narak

Cidade de Thaylen

corte transversal

33

UMA PALESTRA

Caríssimo Cephandrius,
  Recebi sua mensagem, naturalmente.

Jasnah estava viva.

Jasnah Kholin estava *viva*.

Shallan, em teoria, estava se recuperando de sua experiência, ainda que tivessem sido os carregadores de pontes a lutar de verdade. Tudo que ela fez foi apalpar um espreno medonho. Ainda assim, ela passou o dia seguinte enfiada em seus aposentos, desenhando e pensando.

O retorno de Jasnah havia despertado algo nela. Shallan já fora mais analítica em seus desenhos, incluindo anotações e explicações nos esboços. Ultimamente, só andava produzindo páginas e mais páginas de imagens distorcidas.

Bem, havia sido treinada como erudita, não havia? Não deveria apenas desenhar; deveria analisar, extrapolar, especular. Então, ela se encarregou de registrar por completo suas experiências com a Desfeita.

Adolin e Palona visitaram-na separadamente, e até mesmo Dalinar foi ver como ela estava enquanto Navani soltava muxoxos e perguntava sobre a saúde dela. Shallan suportou a companhia deles, então retornou ansiosamente aos seus desenhos. Havia tantas perguntas. Por que exatamente fora capaz de expulsar a criatura? Qual era o significado das criações daquela coisa?

Pairando sobre sua pesquisa, contudo, havia um único fato assustador. Jasnah estava viva.

Raios... Jasnah estava viva.

Aquilo mudava *tudo*.

Por fim, Shallan já não conseguiu mais permanecer trancada. Embora Navani houvesse mencionado que Jasnah planejava visitá-la à noite, Shallan lavou-se e se vestiu, então jogou a bolsa sobre o ombro e saiu em busca da mulher. Precisava saber *como* Jasnah havia sobrevivido.

Na verdade, enquanto caminhava pelos corredores de Urithiru, Shallan se pegou cada vez mais perturbada. Jasnah alegava sempre olhar para as coisas segundo uma perspectiva lógica, mas tinha um talento para o drama capaz de rivalizar com qualquer contador de histórias. Shallan bem se lembrava daquela noite em Kharbranth, quando Jasnah havia atraído ladrões, depois lidado com eles de uma maneira surpreendente — e brutal.

Jasnah não queria somente provar seus argumentos; queria enfiá-los direto no crânio das pessoas, com um floreio e um epigrama incisivo. Por que ela não havia escrito via telepena para informar a todos que sobrevivera? Raios, onde ela *estivera* todo aquele tempo?

Shallan pediu informações no caminho e logo estava de volta ao poço com suas escadas em espiral. Guardas com uniformes azuis dos Kholin confirmaram que Jasnah estava lá embaixo, então Shallan começou a descer por aqueles degraus novamente, e ficou surpresa ao descobrir que não temia a descida. De fato... os sentimentos opressivos que a acompanhavam desde que havia chegado à torre pareciam ter se evaporado. Não havia mais medo, nem a sensação vaga de que algo estava errado. A coisa que afugentara havia sido a causa daqueles sentimentos. De algum modo, sua aura permeara a torre inteira.

Na base das escadas, ela encontrou mais soldados. Dalinar obviamente queria manter aquele lugar bem guardado; ela certamente não podia reclamar disso. Deixaram-na passar sem incidentes, exceto por uma mesura e um murmúrio de "Luminosa Radiante".

Ela seguiu pelo corredor decorado com murais, as lanternas de esferas colocadas na base das paredes, tornando-o agradavelmente claro. Depois de ter passado pelas bibliotecas vazias dos dois lados, ouviu vozes ecoando de um ponto à frente. Adentrou a sala onde havia enfrentado a Mãe da Meia-Noite e deu sua primeira boa olhada no lugar agora que *não estava* coberto por trevas pulsantes.

O pilar de cristal no centro era realmente algo incrível. Não era uma única gema, mas milhares delas fundidas: esmeraldas, rubis, topázios, safiras... Todas as dez variedades pareciam ter sido derretidas em um único pilar grosso, com uns seis metros de altura. Raios... Como seria se todas aquelas gemas fossem de algum modo *infundidas*, em vez de ficarem foscas como estavam?

SACRAMENTADORA

Um grupo grande de guardas estava junto de uma barricada perto do outro lado da sala, espiando o túnel para onde a Desfeita havia desaparecido. Jasnah estava dando a volta ao redor do pilar gigante, a mão livre tocando o cristal. A princesa estava vestida de vermelho, com lábios pintados na mesma cor, cabelo preso e atravessado por espetos em formato de espadas com rubis nas guardas.

Raios. Ela era perfeita. Um corpo curvilíneo, pele bronzeada alethiana, olhos violeta-claros, e nem um toque de outra cor nos seus cabelos negros como a noite. Criar Jasnah Kholin tão bela quanto brilhante havia sido uma das coisas mais injustas que o Todo-Poderoso já fizera.

Shallan hesitou na entrada, sentindo quase o mesmo que sentira na primeira vez em que vira Jasnah em Kharbranth. Insegurança, atordoamento e, para ser honesta, uma forte inveja. Fossem quais fossem as dificuldades por que Jasnah havia passado, ela não aparentava estar abalada. Isso era notável, já que a última vez em que Shallan a vira, a mulher estava inconsciente no chão enquanto um homem enfiava uma faca no seu peito.

— Minha mãe acha que isso deve ser algum tipo de fabrial incrivelmente intricado — disse Jasnah, a mão ainda no pilar, sem olhar para Shallan. — Uma dedução lógica; sempre acreditamos que os antigos tinham acesso a grandes e maravilhosas tecnologias. Como explicar de outro modo as Espadas e Armaduras Fractais?

— Luminosa... Mas... Espadas Fractais não são fabriais. São esprenos, transformados pelo laço.

— Assim como os fabriais, de certa maneira — replicou Jasnah. — Você sabe como eles são feitos, não sabe?

— Só vagamente — disse Shallan.

Seria assim o reencontro delas? Uma palestra? *Muito apropriado.*

— Você captura um espreno e o aprisiona dentro de uma gema preparada para esse propósito. Artifabrianas descobriram que estímulos específicos provocam certas respostas no espreno. Por exemplo, esprenos de chama fornecem calor... e ao pressionar metal contra um rubi com um espreno de chama dentro, pode-se aumentar ou diminuir o calor.

— Isso é...

— Incrível?

— *Horrível* — disse Shallan. Já sabia parte daquilo, mas contemplar o fato diretamente deixou-a abalada. — Luminosa, nós estamos *aprisionando* esprenos?

— Não é pior do que prender uma carroça em um chule.

— Claro, se para fazer um chule puxar uma carroça primeiro fosse necessário trancá-lo em uma caixa para sempre.

Padrão zumbiu baixinho na saia dela, concordando.

Jasnah só levantou uma sobrancelha.

— Há esprenos e esprenos, menina. — Ela pousou os dedos no pilar novamente. — Faça um desenho disso para mim. Certifique-se de pegar as proporções e cores certas, por obséquio.

A presunção casual do comando atingiu Shallan como um tapa na cara. Ela por acaso era uma serva para receber ordens?

Sim, respondeu parte dela. *É exatamente isso que você é. Você é a pupila de Jasnah.* A solicitação não era tão incomum sob essa luz, mas, em comparação ao modo como se acostumara a ser tratada, era...

Bem, não valia a pena se ofender, deveria aceitar isso. Raios, quando foi que se tornou tão melindrosa? Ela pegou seu caderno de desenho e começou a trabalhar.

— Fiquei contente em saber que você chegou aqui por conta própria — disse Jasnah. — Eu... peço desculpas pelo que aconteceu no *Prazer do Vento*. Minha imprevidência causou a morte de muitos e, sem dúvidas, lhe criou muitas adversidades, Shallan. Por favor, acredite que sinto muito.

Shallan deu de ombros, desenhando.

— Você se saiu *muito* bem — continuou Jasnah. — Imagine minha surpresa quando alcancei as Planícies Quebradas, só para descobrir que o acampamento de guerra já havia se mudado para esta torre. O que você fez foi brilhante, menina. Contudo, teremos que conversar mais sobre esse grupo que tentou novamente me assassinar. É quase certo que os Sanguespectros comecem a tentar atingi-la, agora que você começou a progredir rumo aos seus últimos Ideais.

— A senhora tem certeza de que foram os Sanguespectros que atacaram o navio?

— É claro que tenho. — Ela olhou de relance para Shallan, os lábios se curvando para baixo. — Tem certeza de que está bem o bastante para andar por aí, menina? Você parece atipicamente quieta.

— Estou bem.

— Está descontente por causa dos segredos que guardei.

— Todos precisamos de segredos, Luminosa. Eu sei disso mais do que qualquer pessoa. Mas teria sido gentil se houvesse nos informado que estava viva.

E eu aqui pensando que poderia lidar com as coisas por conta própria... partindo do princípio de que teria *que lidar com as coisas por conta própria. Mas todo esse tempo você estava a caminho para jogar tudo pelos ares novamente.*

— Só tive a oportunidade de fazer isso ao alcançar os acampamentos de guerra — disse Jasnah. — E então decidi que não podia me arriscar. Estava cansada e desprotegida. Se os Sanguespectros quisessem acabar comigo, poderiam fazer isso sem problemas. Achei que mais alguns dias com todos acreditando que eu estava morta não aumentariam muito sua angústia.

— Mas como a senhorita sobreviveu, em primeiro lugar?

— Menina, eu sou uma Alternauta.

— Mas é claro. Uma Alternauta, Luminosa. Uma coisa que nunca explicou; uma palavra que ninguém, a não ser a mais dedicada erudita do esotérico, reconheceria! Isso explica tudo perfeitamente.

Jasnah, por algum motivo, sorriu.

— Todos os Radiantes têm uma conexão com Shadesmar — explicou ela. — Nossos esprenos têm origem lá e nossos laços nos conectam a eles. Mas minha ordem possui um controle especial sobre a passagem entre reinos. Fui capaz de me deslocar para Shadesmar a fim de escapar dos meus pretensos assassinos.

— E isso ajudou com a questão da faca no seu tormentoso peito?

— Não — replicou Jasnah. — Mas decerto a essa altura você já aprendeu o valor de um pouco de Luz das Tempestades no tratamento de feridas corporais...

Claro que aprendera, e provavelmente poderia ter adivinhado toda aquela explicação. Porém, por algum motivo, não queria aceitar o fato. Queria continuar irritada com Jasnah.

— Minha verdadeira dificuldade não foi escapar, mas *retornar* — continuou Jasnah. — Meus poderes facilitam a transferência a Shadesmar, mas voltar a este reino não é fácil. Tive que encontrar um ponto de transferência... um lugar onde Shadesmar e nosso reino se tocam... o que é muito, muito mais difícil do que se poderia imaginar. É como... descer uma ladeira para ir, mas subir uma ladeira para voltar.

Bem, talvez o retorno dela tirasse um pouco da pressão sobre Shallan. Jasnah poderia ser a "Luminosa Radiante" e Shallan poderia ser... bem, qualquer coisa.

— Teremos que conversar mais — disse Jasnah. — Quero ouvir a história exata, segundo sua perspectiva, da descoberta de Urithiru. E imagino que tenha desenhos dos parshemanos transformados. Isso nos dirá muito. Eu... acredito que no passado desprezei a utilidade da sua habilidade artística. Agora vejo que foi tolice minha.

— Está tudo bem, Luminosa. — Shallan suspirou, ainda desenhando o pilar. — Posso conseguir essas coisas para a senhora, e *há* muito para conversarmos.

Mas quanto disso ela seria capaz de dizer? Como Jasnah reagiria, por exemplo, ao descobrir que Shallan estava colaborando com os Sanguespectros?

Você não faz realmente parte da organização deles, pensou Shallan. *No máximo, está os usando para obter informações.* Jasnah talvez considerasse aquilo admirável.

Ainda assim, Shallan não estava ansiosa para mencionar o assunto.

— Sinto-me perdida... — disse Jasnah.

Shallan levantou os olhos do caderno para ver a mulher contemplando o pilar novamente, falando baixinho, como que para si mesma.

— Durante anos estive na vanguarda de tudo isso — prosseguiu Jasnah. — Um pequeno tropeço e agora mal consigo me manter a par das coisas. Essas visões que meu tio está tendo... a refundação dos Radiantes na minha ausência... O tal Corredor dos Ventos. O que você acha dele, Shallan? Ele me soa muito parecido com o modo como imaginei sua ordem, mas só o vi uma vez. Tudo aconteceu tão rápido. Depois de anos lutando nas sombras, tudo veio à luz... e apesar dos meus anos de estudo... eu compreendo tão pouco.

Shallan continuou seu desenho. Era bom ser lembrada de que, por maiores que fossem suas diferenças, havia algumas coisas que ela e Jasnah compartilhavam.

Só queria que a ignorância não estivesse no topo da lista.

34

RESISTÊNCIA

Notei sua chegada imediatamente, assim como notei suas muitas intrusões na minha terra.

ESTÁ NA HORA, DISSE o Pai das Tempestades.

Tudo escureceu ao redor de Dalinar e ele adentrou um local entre seu mundo e as visões. Um lugar com um céu negro e um piso infinito de pedra branca feito osso. Silhuetas de fumaça emanavam do chão de pedra, então se elevavam ao redor dele, se dissipando. Coisas comuns. Uma cadeira, um vaso, um petrobulbo. Às vezes pessoas.

ESTOU COM ELA. A voz do Pai das Tempestades fez o local tremer, eterna e vasta. A RAINHA THAYLENA. MINHA TEMPESTADE CHEGOU À CIDADE DELA.

— Ótimo — disse Dalinar. — Por favor, dê a ela a visão.

Fen presenciaria a visão em que os Cavaleiros Radiantes caíam do céu, vindos para libertar uma pequena vila de uma força estranha e monstruosa. Dalinar queria que ela visse os Cavaleiros Radiantes em primeira mão, como haviam sido outrora. Justos e protetores.

ONDE DEVO COLOCÁ-LA?, indagou o Pai das Tempestades.

— No mesmo lugar onde me colocou da primeira vez — respondeu Dalinar. — Na casa. Com a família.

E VOCÊ?

— Vou observar, depois falar com ela.

VOCÊ DEVE TOMAR PARTE NOS EVENTOS, replicou o Pai das Tempestades com teimosia. PRECISA ASSUMIR O PAPEL DE ALGUÉM. É ASSIM QUE FUNCIONA.

— Tudo bem. Escolha alguém. Mas, se possível, deixe que Fen me veja como eu mesmo, e deixe-me vê-la. — Ele tocou a espada lateral no cinto. — E pode permitir que eu fique com isso? Preferia não ter que lutar com um atiçador novamente.

O Pai das Tempestades trovejou, irritado, mas não fez objeção. O lugar de pedra branca infinita sumiu.

— O que era aquele lugar? — quis saber Dalinar.

É LUGAR NENHUM.

— Mas tudo mais nessas visões é real — replicou Dalinar. — Então por que é que...

É LUGAR NENHUM, insistiu o Pai das Tempestades com firmeza.

Dalinar ficou em silêncio, permitindo-se ser levado pela visão.

EU O IMAGINEI, disse o Pai das Tempestades em um tom mais suave, como se estivesse admitindo algo embaraçoso. TODAS AS COISAS TÊM ALMA. UM VASO, UMA PAREDE, UMA CADEIRA. E QUANDO UM VASO É QUEBRADO, PODE MORRER NO REINO FÍSICO, MAS DURANTE ALGUM TEMPO SUA ALMA SE LEMBRA DO QUE ERA. ENTÃO TODAS AS COISAS MORREM DUAS VEZES. A MORTE FINAL OCORRE QUANDO OS HOMENS ESQUECEM QUE ELE ERA UM VASO E SÓ PENSAM NOS CACOS. EU IMAGINO O VASO SE AFASTANDO, ENTÃO, SUA FORMA SE DISSOLVENDO NO NADA.

Dalinar nunca ouvira nada tão filosófico do Pai das Tempestades. Não havia imaginado que era possível que um espreno — mesmo um espreno poderoso das grantormentas — pudesse sonhar de tal modo.

Dalinar se pegou caindo pelos ares.

Sacudindo os braços, ele gritou, em pânico. A luz roxa da primeira lua banhava o chão lá embaixo. Seu estômago afundou e suas roupas tremulavam no vento. Ele continuou gritando até perceber que não estava realmente se aproximando do chão.

Ele *não estava* caindo, estava *voando*. O ar soprava contra o topo da sua cabeça, não seu rosto. De fato, agora via que seu corpo estava brilhando, Luz das Tempestades fluindo dele. Não tinha a sensação de contê-la, porém — não havia fúria nas suas veias, nenhuma necessidade de ação.

Ele protegeu o rosto do vento e olhou para a frente. Um Radiante voava adiante, resplandecente em uma armadura azul que brilhava, a luz mais forte nas bordas e nos sulcos. O homem olhava de volta para Dalinar, sem dúvida por causa dos seus gritos.

Dalinar saudou-o para indicar que estava bem. O homem de armadura assentiu, olhando para a frente novamente.

Ele é um Corredor dos Ventos, pensou Dalinar, encaixando os fatos. *Eu tomei o lugar da sua companheira, uma mulher Radiante.* Ele vira os dois na visão antes; estavam voando para salvar a vila. Dalinar não estava se movendo com o seu próprio poder — o Corredor dos Ventos havia Projetado a Radiante para o céu, como Szeth fizera com Dalinar durante a batalha de Narak.

Ainda era difícil aceitar que não estava caindo, e uma sensação de afundamento persistia no seu estômago. Tentou se concentrar em outras coisas. Estava usando um uniforme marrom que desconhecia, embora tenha ficado feliz em notar que tinha sua espada junto ao quadril, como solicitado. Mas por que ele não tinha uma Armadura Fractal? Na visão, a mulher usava uma de brilho cor de âmbar. Seria o resultado da tentativa do Pai das Tempestades de fazer com que ele parecesse consigo mesmo aos olhos de Fen?

Dalinar ainda não sabia por que a Armadura Radiante brilhava, enquanto a moderna Armadura Fractal não. Estaria a antiga Armadura "viva" de algum modo, como as Espadas Radiantes?

Talvez pudesse descobrir com aquele Radiante à frente. Contudo, ele precisava fazer as perguntas cuidadosamente. Todo mundo veria Dalinar como a Radiante que ele havia substituído, e se as perguntas fossem atípicas, isso tendia a confundir as pessoas, e talvez ele não conseguisse obter as respostas delas.

— Ainda falta muito? — indagou Dalinar.

O som se perdeu no vento, então ele gritou mais alto, atraindo a atenção do seu companheiro.

— Já estamos chegando — gritou o homem de volta, sua voz ecoando de dentro do elmo de brilho azul, mais forte nas bordas e através da fenda do visor.

— Acho que tem algo errado com minha armadura! — gritou Dalinar. — Não consigo fazer meu elmo retrair!

Em resposta, o outro Radiante fez o elmo desaparecer. Dalinar vislumbrou uma baforada de Luz ou névoa.

Abaixo do elmo, o homem possuía uma pele escura e cabelo negro encaracolado. Seus olhos azuis brilhavam.

— Retrair o elmo? Você ainda não invocou sua armadura; teve que dispensá-la para que eu pudesse te Projetar.

Ah, pensou Dalinar.

— Estava falando de mais cedo. Ele não sumiu quando eu mandei.

— Então fale com Harkaylain ou com seu espreno. — O Corredor dos Ventos franziu o cenho. — Isso vai ser um problema na nossa missão?

— Eu não sei — gritou Dalinar. — Mas acabou me distraindo. Diga-me novamente: como sabemos mesmo para onde ir e o que sabemos das coisas que vamos combater?

Ele se retraiu diante da fala desajeitada.

— Só esteja preparado para me dar apoio contra a Essência de Meia-Noite e usar Regeneração em qualquer ferido.

— Mas...

Você terá dificuldade em conseguir respostas úteis, Filho da Honra, trovejou o Pai das Tempestades. *Essas figuras não têm alma ou mente. São recriações forjadas pela vontade de Honra e não possuem as memórias de pessoas de verdade.*

— Decerto podemos aprender coisas — disse Dalinar em baixa voz.

Eles foram criados apenas para expressar certas ideias. Pressionar mais só revelará a pouca profundidade da fachada.

Isso desenterrou memórias da cidade falsa que Dalinar visitara em sua primeira visão, a versão destruída de Kholinar, que era mais cenário do que realidade. Mas *tinha* que haver coisas que ele pudesse aprender, coisas que Honra talvez não tivesse planejado, mas que incluíra por acaso.

Preciso trazer Navani e Jasnah para cá, pensou. *Deixar que elas analisem essas recriações.*

Na última vez em que estivera naquela visão, Dalinar havia tomado o lugar de um homem chamado Heb: um pai e marido que havia defendido sua família com apenas um atiçador de lareira como arma. Ele se lembrava da luta desesperada com uma fera de pele oleosa da cor da meia-noite. Ele havia lutado, sangrado, agonizado. Passara o que parecia uma eternidade tentando — e por fim não conseguindo — proteger sua esposa e filha.

Uma memória tão pessoal. Por mais falsa que fosse, ele a *vivera*. De fato, ver a pequena cidade à frente — no laite criado por um grande rochedo — lhe despertou emoções. Era uma ironia dolorosa que ele possuísse memórias tão vívidas daquele lugar, daquelas pessoas, quando suas memórias de Evi ainda eram tão nebulosas e confusas.

O Corredor dos Ventos desacelerou Dalinar agarrando-o pelo braço. Eles pararam no meio do ar, flutuando acima das planícies rochosas na fronteira da vila.

— Ali.

O Corredor dos Ventos apontou para o campo ao redor da cidade, onde estranhas criaturas negras estavam se aglomerando. Do tamanho de um cão-machado, elas tinham uma pele oleosa que refletia o luar. Embora se movessem sobre seis patas, não eram animais naturais. Tinham membros finos como os de um caranguejo, mas um corpo bulboso e uma cabeça sinuosa, inexpressiva, exceto por uma boca sem lábios, cheia de dentes negros.

 Shallan havia encarado a fonte daquelas coisas nas profundezas abaixo de Urithiru. Dalinar dormira um pouco menos em paz a cada noite desde então, sabendo que um dos Desfeitos estivera escondido nas entranhas da torre. Estariam os outros oito também espreitando ali perto?

 — Vou descer primeiro e atrair a atenção deles — disse o Corredor dos Ventos. — Vá até a cidade e ajude as pessoas lá. — O homem pressionou a mão contra Dalinar. — Você vai descer em cerca de trinta segundos.

 O elmo do homem materializou-se, então ele mergulhou rumo aos monstros. Lembrava-se de como fora vê-lo descer — como uma estrela cadente vindo socorrer Dalinar e a família.

 — Como? — sussurrou Dalinar para o Pai das Tempestades. — Como conseguimos a armadura?

Diga as Palavras.

 — Quais palavras?

Ou você sabe ou não sabe.

Que ótimo.

 Dalinar não via sinal de Taffa ou Seeli — a família que havia protegido — abaixo. Na sua versão, eles haviam saído, mas a fuga fora ideia dele. Não sabia ao certo como a visão se desenvolveria daquela vez.

 Raios. Ele não havia planejado a situação muito bem, havia? Na sua mente, imaginara chegar até a Rainha Fen e ajudá-la, certificando-se de que ela não corresse perigo demais. Em vez disso, havia desperdiçado tempo voando até lá.

 Idiotice. Ele precisava aprender a ser mais específico com o Pai das Tempestades.

 Dalinar começou a descer em uma flutuação controlada. Ele tinha alguma noção de como os Fluxos dos Corredores dos Ventos trabalhavam juntos, mas ainda assim ficou impressionado. Quando pousou, a sensação de leveza o abandonou e a Luz das Tempestades que se elevava da sua pele sumiu. Isso fez com que ele fosse um alvo muito menor na escuridão do que o outro Radiante, que brilhava como um grande feixe azul, brandindo uma grandiosa Espada Fractal enquanto combatia a Essência da Meia-Noite.

 Dalinar se esgueirou pela cidade, sua espada comum parecendo frágil em comparação com uma Espada Fractal — mas pelo menos não era um atiçador de ferro. Algumas das criaturas passaram correndo pela via principal, mas Dalinar se escondeu junto de um rochedo até elas se afastarem.

Identificou com facilidade a casa certa, que possuía um pequeno estábulo do lado de fora, aninhado contra a encosta de pedra que abrigava a cidade. Ele seguiu sorrateiramente e descobriu que a parede do estábulo havia sido arrancada. Lembrou-se de ter se escondido ali com Seeli, depois fugir quando um monstro atacou.

O estábulo estava vazio, então ele foi na direção da casa, que era bem mais arrumada. Feita de tijolos de crem, e maior, embora parecesse abrigar apenas uma família. Isso era estranho para uma casa tão grande, não era? O espaço era precioso em Iaites.

Alguns dos seus pressupostos obviamente não valiam para aqueles tempos. Em Alethkar, uma bela mansão de madeira seria um símbolo de riqueza. Ali, contudo, muitas das outras casas eram de madeira.

Dalinar se esgueirou para dentro da casa, sentindo-se cada vez mais preocupado. O verdadeiro corpo de Fen não podia ser ferido pelo que acontecia na visão, mas ela ainda podia sentir dor. Então, mesmo que os ferimentos não fossem reais, sua raiva contra Dalinar certamente seria. Poderia arruinar qualquer chance de obter a colaboração dela.

Ela já havia desistido de colaborar, reafirmou ele. Navani concordava — aquela visão não pioraria as coisas.

Ele apalpou o bolso do uniforme e ficou feliz em encontrar algumas gemas. Um Radiante teria Luz das Tempestades. Ele pegou um pequeno diamante e usou sua luz branca para inspecionar a sala. A mesa havia sido virada, as cadeiras, espalhadas. A porta estava aberta e rangia suavemente com a brisa.

Não havia sinal da Rainha Fen, mas o corpo de Taffa estava caído com o rosto para baixo perto da lareira. Ela usava um vestido marrom, agora aos trapos. Dalinar suspirou, embainhando a espada e se ajoelhando para tocar gentilmente um ponto que não fora marcado pelas garras do monstro.

Isso não é real, ele disse a si mesmo. *Não agora. Essa mulher viveu e morreu milhares de anos atrás.*

Vê-la ainda era doloroso. Ele caminhou até a porta oscilante e saiu para a noite, onde uivos e gritos ecoavam pela cidade.

Seguiu rapidamente pela estrada, com um senso de urgência. Não... não só urgência, impaciência. Ver o corpo de Taffa mudara alguma coisa. Ele não era um homem confuso aprisionado em um pesadelo, como havia temido na primeira vez em que visitara aquele lugar. Por que estava se esgueirando? As visões pertenciam a *ele*. Não devia temer seu conteúdo.

Uma das criaturas surgiu das sombras. Dalinar sugou Luz das Tempestades enquanto ela saltava e mordia sua perna. A dor subiu pelo seu flanco, mas ele a ignorou, e a ferida se fechou. Olhou para baixo enquanto a criatura atacava novamente, outra vez sem resultados. Ela recuou alguns passos, e ele sentiu a *confusão* na sua postura. Não era assim que sua presa devia agir.

— Você não come os cadáveres — disse Dalinar a ela. — Você mata por prazer, não é? Frequentemente penso sobre como esprenos e homens são diferentes, mas isso nós temos em comum. Ambos podem ser assassinos.

A coisa profana avançou novamente contra ele, e Dalinar agarrou-a com as duas mãos. O corpo era macio ao toque, como um odre de vinho cheio ao ponto de estourar. Ele pintou com Luz das Tempestades o monstro que se contorcia e girou, arremessando-o contra um edifício próximo. As costas da criatura atingiram a parede e ela ficou grudada a alguns metros do chão, as pernas se agitando.

Dalinar seguiu seu caminho. Apenas decepou as duas criaturas seguintes que foram atrás dele. Seus corpos desarticulados se retorceram, fumaça negra vazando das carcaças.

O que é aquela luz? O brilho dançava na noite à frente, ficando mais forte. Intensa, alaranjada, preenchendo o fim da rua.

Ele não se lembrava de ter havido um incêndio antes. Havia casas queimando? Dalinar se aproximou e encontrou uma *fogueira* feita de mobília, bruxuleando com esprenos de chama. Estava cercada por dúzias de pessoas segurando vassouras e picaretas toscas: homens e mulheres armados com qualquer coisa que tivessem encontrado. Até mesmo um atiçador de ferro ou dois.

A julgar pelos esprenos de medo reunidos ao redor deles, os habitantes do vilarejo estavam apavorados. Eles conseguiram formar algo parecido com fileiras mesmo assim — com crianças no centro, mais perto das fogueiras — enquanto se defendiam freneticamente dos monstros de meia-noite. Uma figura perto do fogo comandava do alto de uma caixa. A voz de Fen não tinha sotaque; para Dalinar, seus gritos pareciam estar em perfeito alethiano, embora — como acontecia naquelas visões — todos os outros estivessem na verdade falando e pensando em um idioma antigo.

Como ela conseguiu fazer isso tão rápido?, perguntou-se Dalinar, hipnotizado pelos moradores em combate. Alguns deles caíam gritando e sangrando, mas outros prendiam os monstros e apunhalavam suas costas — às vezes com utensílios de cozinha — para esvaziá-los.

Dalinar permaneceu afastado da batalha até que uma figura dramática em azul-brilhante pousou na cena. O Corredor dos Ventos lidou rapidamente com as criaturas restantes.

No final, ele lançou um olhar fulminante para Dalinar.

— O que está fazendo aí? Por que não ajudou?

— Eu...

— Vamos ter uma conversinha quando voltarmos! — gritou ele, apontando para um dos caídos. — Vá, ajude os feridos!

Dalinar seguiu o gesto, mas caminhou na direção de Fen em vez de ir até os feridos. Alguns dos moradores da vila se juntaram, chorando, outros exultavam pela sobrevivência, comemorando e levantando suas armas improvisadas. Ele já vira aquelas reações pós-batalha. O jorro de emoções vinha de diversas maneiras.

O calor da fogueira fez suor brotar na testa de Dalinar. A fumaça tomava o ar, lembrando-o do lugar onde estivera antes de mergulhar na visão. Sempre adorara o calor de uma fogueira de verdade, apinhada de esprenos de chama dançantes, tão ansiosos para se queimar e morrer.

Fen era cerca de trinta centímetros mais baixa do que Dalinar, com um rosto oval, olhos amarelos e sobrancelhas thaylenas brancas que ela mantinha em um cacho caído ao longo das suas bochechas. Ela não prendia o cabelo grisalho em tranças, como as alethianas, mas o deixava cair solto sobre os ombros. A visão dera-lhe uma camisa simples e calças — as roupas do homem que ela havia substituído —, embora ela houvesse encontrado uma luva para sua mão segura.

— Agora o próprio Espinho Negro aparece? — disse ela. — Danação, mas que sonho esquisito.

— Não é exatamente um sonho, Fen — disse Dalinar, olhando de volta para o Radiante, que havia atacado um pequeno grupo de monstros descendo pela rua. — Não sei se tenho tempo de explicar.

— Eu posso desacelerar as coisas — disse um dos cidadãos na voz do Pai das Tempestades.

— Sim, por favor — respondeu Dalinar.

Tudo parou. Ou... tornou-se muito mais lento. As chamas da fogueira se moviam de modo letárgico e as pessoas quase pararam.

Dalinar não foi afetado, tampouco Fen. Ele se sentou em uma caixa ao lado daquela onde Fen estava de pé, e ela hesitantemente se ajeitou ao lado dele.

— Um sonho *muito* estranho.

— Eu também pensei que estivesse sonhando quando tive a primeira visão — contou Dalinar. — Quando elas continuaram acontecendo, fui forçado a reconhecer que nenhum sonho é tão nítido, tão lógico. Em sonho algum poderíamos ter essa conversa.

— Em todo sonho que já tive, os acontecimentos pareceram normais na hora.

— Então você vai saber a diferença quando despertar. Posso mostrar muito mais dessas visões a você, Fen. Elas nos foram deixadas por... um ser com algum interesse em nos ajudar a sobreviver às Desolações. — Melhor não entrar naquela heresia no momento. — Se uma não for persuasiva o bastante, eu compreendo. Fui idiota o bastante para não confiar nelas durante meses.

— Elas todas são assim tão... revigorantes?

Dalinar sorriu.

— Para mim, essa foi a mais poderosa. — Ele a encarou. — Você se saiu melhor do que eu. Eu só me preocupei com Taffa e sua filha, mas acabei sendo cercado pelos monstros de qualquer modo.

— Eu deixei a mulher morrer — sussurrou Fen. — Corri com a criança e deixei a coisa matá-la. Praticamente a usei como isca. — Ela encarou Dalinar com um olhar perturbado. — O que você quer com isso, Kholin? Você deu a entender que tem poder sobre essas visões. Por que me aprisionou nessa?

— Honestamente, eu só queria falar com você.

— Me mande uma tormentosa carta.

— Em pessoa, Fen. — Ele indicou as pessoas reunidas. — Você fez *isso*. Você organizou a cidade, botou-as contra o inimigo. É notável! Espera que eu acredite que vai dar as costas para o mundo em um momento similar de necessidade?

— Não seja tolo. Meu reino está sofrendo. Estou cuidando das necessidades do meu povo; não estou dando as costas para ninguém.

Dalinar olhou para ela e franziu os lábios, mas nada disse.

— Tudo bem — disse ela rispidamente. — Tudo bem, Kholin. Você quer entrar mesmo no assunto? Então me diga: você *realmente* espera que eu acredite que os tormentosos *Cavaleiros Radiantes* estão de volta e que o Todo-Poderoso escolheu *você*, um tirano, um assassino, para liderá-los?

Como resposta, Dalinar se levantou e extraiu Luz das Tempestades. Sua pele começou a brilhar com fumaça luminosa que emanava do seu corpo.

— Se deseja provas, posso convencê-la. Por incrível que pareça, os Radiantes *de fato* voltaram.

— E a segunda parte? Sim, há uma nova tempestade, e talvez novas manifestações de poder. Ótimo. O que eu não aceito é que você, Dalinar Kholin, tenha sido designado pelo Todo-Poderoso a nos liderar.

— Recebi o comando de uni-los.

— Um mandado de Deus... o *mesmíssimo* argumento que a Hierocracia usou para tomar o controle do governo. E Sadees, o Criador de Sóis? Ele também alegava ter recebido um chamado do Todo-Poderoso.

Ela se levantou e caminhou entre as pessoas da vila, que pareciam congeladas, mal se movendo, então se virou e apontou para Dalinar.

— Agora aí está *você*, dizendo as mesmas coisas, da mesma maneira... Não está exatamente fazendo ameaças, mas está insistindo. Vamos juntar forças! Se não, o mundo está condenado.

Dalinar sentiu a paciência se esgotando. Ele firmou a mandíbula, então se forçou a manter a calma e se levantou.

— Vossa Majestade, a senhora está sendo irracional.

— Estou? Ah, raios, deixe-me reconsiderar, então. Tudo que preciso fazer é deixar que o *tormentoso Espinho Negro em pessoa* entre na minha cidade, para que ele possa assumir o controle dos meus exércitos!

— O que você quer que eu *faça*? — gritou Dalinar. — Quer que eu fique olhando enquanto o mundo se despedaça?

Ela inclinou a cabeça diante da sua explosão.

— Talvez você tenha razão e eu seja um tirano! Talvez permitir que meus exércitos entrem na sua cidade seja um grande risco. Mas talvez você não tenha boas opções! Talvez todos os homens bons estejam mortos, então o que sobrou fui eu! Cuspir na tempestade não vai mudar isso, Fen. Você pode arriscar *talvez* ser conquistada pelos alethianos, ou pode *com certeza* cair sozinha diante do ataque dos Esvaziadores!

Curiosamente, Fen cruzou os braços e levou a mão esquerda ao queixo, inspecionando Dalinar. Ela não parecia nem um pouco abalada pelos seus gritos.

Dalinar passou por um homem atarracado que estava lentamente, bem lentamente, se voltando para onde ele estivera sentado.

— Fen. Você não gosta de mim. Tudo bem. Diga *na minha cara* que confiar em mim é pior do que uma Desolação.

Ela o analisou, seus olhos envelhecidos com um ar pensativo. O que havia de errado? O que ele havia dito?

— Fen. Eu...

— Onde estava essa paixão antes? — questionou ela. — Por que não falou comigo desse jeito nas cartas?

— Eu... Fen, eu estava sendo *diplomático*.

Ela bufou.

— Parecia que eu estava falando com um comitê. Geralmente é isso que se espera mesmo de comunicações via telepena.

— E daí?

— Daí que, comparado a isso, é bom ouvir alguns gritos honestos. — Ela olhou para as pessoas ao redor. — E isso aqui é *excepcionalmente* sinistro. Podemos nos afastar?

Dalinar se pegou assentindo, principalmente para ganhar tempo para pensar. Fen parecia considerar sua raiva... uma coisa boa? Ele indicou um caminho através da multidão e Fen se juntou a ele, se afastando da fogueira.

— Fen, você disse que esperava falar com um comitê através da telepena. O que há de errado nisso? Por que prefere que eu *grite* com você?

— Eu não quero que você grite comigo, Kholin. Mas Raios, homem. Você não sabe o que andam falando de você nesses últimos meses?

— Não.

— Você tem sido o assunto mais comentado nas redes de informantes de telepenas! Dalinar Kholin, o Espinho Negro, enlouqueceu! Ele alega ter matado o Todo-Poderoso! Um dia ele se recusa a lutar, no outro, marcha com seus exércitos em uma jornada insana pelas Planícies Quebradas. Ele diz que vai escravizar os Esvaziadores!

— Eu não disse...

— Ninguém espera que todo relato seja verdadeiro, Dalinar, mas ouvi de fontes extremamente confiáveis que você havia perdido o juízo. Refundar os Cavaleiros Radiantes? Esbravejar sobre uma Desolação? Você tomou o trono de Alethkar em todos os aspectos, menos no título, mas se recusou a combater os outros grão-príncipes. Em vez disso, fugiu com seus exércitos Pranto adentro. Então disse a todo mundo que uma nova tempestade estava chegando. Isso foi o suficiente para me convencer de que você realmente *estava* louco.

— Mas então a tempestade veio — disse Dalinar.

— Mas então a tempestade veio.

Os dois caminharam pela rua silenciosa, a luz vinda de trás se espalhando ao redor deles, fazendo com que suas sombras se alongassem. À direita, uma calma luz azul brilhava entre os edifícios — o Radiante, que lutava com monstros em tempo desacelerado.

Jasnah provavelmente poderia aprender alguma coisa com aqueles prédios, com sua antiga arquitetura. Com aquelas pessoas usando roupas estranhas. Imaginava que tudo no passado seria tosco, mas não. As portas, os edifícios, as vestimentas. Elas eram bem-feitas, só... careciam de alguma coisa que ele não sabia definir.

— A Tempestade Eterna provou que eu não estava louco? — indagou Dalinar.

— Ela provou que *alguma coisa* estava acontecendo.

Dalinar parou subitamente.

— Você acha que eu estou trabalhando *com* eles! Acha que isso explica meu comportamento, meu conhecimento antecipado. Você pensa que eu andei agindo de maneira errática porque estava *colaborando* com os Esvaziadores!

— Eu só sabia que a voz do outro lado da telepena *não* era a do Dalinar Kholin que eu esperava. As palavras eram educadas demais, calmas demais, para que eu pudesse confiar nelas.

— E agora? — quis saber Dalinar.

Fen virou-se.

— Agora... vou pensar. Posso ver o resto? Quero saber o que acontece com a garotinha.

Dalinar seguiu o olhar dela e viu — pela primeira vez — a pequena Seeli sentada, encolhida com algumas outras crianças perto do fogo. Ela tinha um ar perturbado. Imaginou o pavor da criança fugindo com Fen, enquanto Taffa, a mãe, gritava ao ser despedaçada.

Seeli subitamente começou a se mover, voltando um olhar vazio para uma mulher que se ajoelhou ao lado dela, oferecendo algo para beber. O Pai das Tempestades havia restaurado a velocidade normal da visão.

Dalinar recuou, deixando Fen se reunir com os cidadãos e vivenciar a cisão até o fim. Enquanto ele cruzava os braços para assistir, notou uma ondulação no ar ao lado.

— Seria bom enviar mais dessas visões a ela — disse Dalinar ao Pai das Tempestades. — Ter mais pessoas sabendo das verdades que o Todo-Poderoso deixou só vai nos beneficiar. Você pode trazer apenas uma pessoa por tempestade, ou podemos acelerar isso de algum modo? E tem como levar duas pessoas para duas visões diferentes ao mesmo tempo?

O Pai das Tempestades trovejou. *Não gosto de receber ordens.*

— Prefere a outra opção? Deixar Odium vencer? Até onde será levado pelo seu orgulho, Pai das Tempestades?

Não é orgulho, insistiu o Pai das Tempestades com um tom teimoso. *Não sou um homem. Não tenho como me curvar ou me acovardar. Eu faço o que é minha natureza, e desafiá-la dói.*

O Radiante acabou com a última das criaturas de meia-noite e foi até as pessoas reunidas, então olhou para Fen.

— A sua origem pode ser humilde, mas seu talento para liderança é impressionante. Poucas vezes vi um homem, rei ou comandante, organizar as pessoas para a defesa tão bem quanto você fez hoje.

Fen inclinou a cabeça.

— Estou vendo que não sabe o que dizer — comentou o cavaleiro. — Muito bem. Mas, se deseja aprender a liderar de verdade, vá para Urithiru.

Dalinar voltou-se para o Pai das Tempestades.

— Isso é quase exatamente a mesma coisa que o cavaleiro disse para mim da última vez.

Certas coisas estão designadas a acontecer sempre nas visões, replicou o Pai das Tempestades. *Não conheço todas as intenções de Honra, mas sei que ele desejava que você interagisse com os Radiantes e soubesse que homens podiam se juntar a eles.*

— Precisamos de todos dispostos a resistir — disse o Radiante a Fen. — Na verdade, qualquer um que queira lutar deveria ser compelido a ir até Alethela. Nós podemos ensinar e ajudar. Se você possui a alma de um guerreiro, essa paixão pode destruí-lo, a menos que você seja orientado. Procure-nos.

O Radiante foi embora a passos largos, então Fen deu um pulo quando Seeli se levantou e começou a falar com ela. A voz da garota era baixa demais para que Dalinar pudesse ouvi-la, mas imaginava o que estava acontecendo. No final de cada visão, o próprio Todo-Poderoso falava através de uma das pessoas, passando sabedorias que, de início, Dalinar havia deduzido que eram interativas.

Fen pareceu perturbada com o que ouviu. Como deveria estar. Dalinar se lembrava das palavras.

Isso é importante, dissera o Todo-Poderoso. *Não deixe a discórdia consumir você. Seja forte. Aja com honra, e a honra o ajudará.*

Só que Honra estava morto.

No final, Fen se voltou para Dalinar com um olhar de avaliação.

Ela ainda não confia em você, disse o Pai das Tempestades.

— Ela está se perguntando se eu criei essa visão com o poder dos Esvaziadores. Não acha mais que sou louco, mas continua especulando se me juntei ao inimigo.

Então você falhou novamente.

— Não. Esta noite ela ouviu. E acho que vai acabar arriscando ir até Urithiru.

O Pai das Tempestades trovejou, parecendo confuso. *Por quê?*

— Porque agora eu sei como falar com ela. Ela não quer palavras educadas ou frases diplomáticas; ela quer que eu seja eu mesmo. E acho que dou conta disso.

35

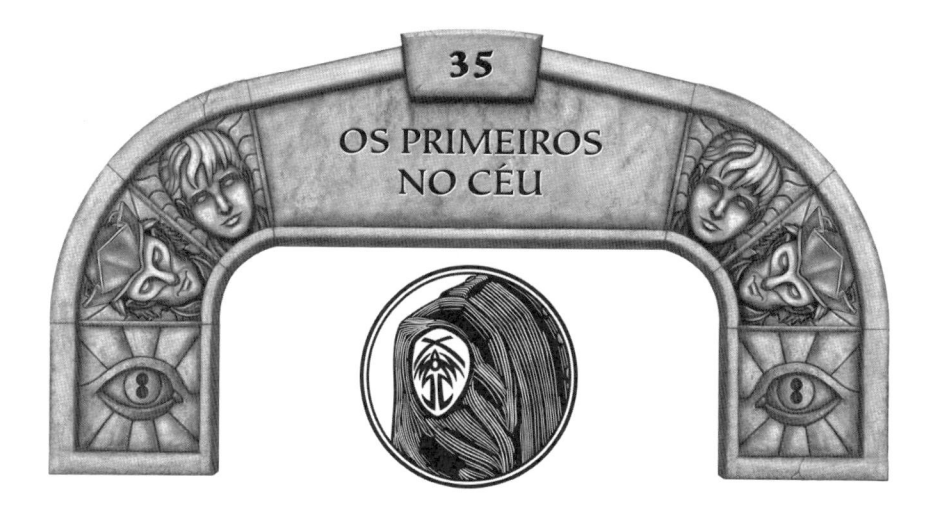

OS PRIMEIROS NO CÉU

Você se acha muito esperto, mas meus olhos não são os de qualquer fidalgote, para serem iludidos por um nariz falso e um pouco de sujeira no rosto.

ALGUÉM ESBARROU NA CAMA de campanha de Sigzil, despertando-o de um sonho. Ele bocejou e o sino de desjejum de Rocha começou a soar no cômodo ao lado.

Estivera sonhando, em azishiano, que estava de volta ao lar, estudando para os testes do serviço público. Passar o teria qualificado para entrar em uma escola de verdade, com uma chance de se tornar secretário de alguém importante. Só que, no sonho, ele entrara em pânico ao perceber que havia desaprendido a ler.

Depois de tantos anos longe, pensar na sua língua materna era estranho. Ele bocejou novamente, se sentando na cama, as costas apoiadas na parede de pedra. Havia três casernas pequenas e uma sala comum no centro.

Lá fora, todo mundo se empurrava, na maior bagunça, para chegar à mesa do desjejum. Rocha teve que gritar com eles — de novo — para que se organizassem. Meses na Ponte Quatro, agora Cavaleiros Radiantes aprendizes, e aquele bando *ainda* não sabia formar fila direito. Eles não durariam um dia em Azir, onde formar uma fila de modo ordeiro não só era esperado, como praticamente uma questão de *orgulho nacional*.

Sigzil pousou a cabeça contra a parede, lembrando. Fora o primeiro da família em gerações com uma chance real de passar nos exames. Um sonho tolo. Todo mundo em Azir *falava* sobre como até o homem mais humilde podia tornar-se o Primeiro, mas o filho de um trabalhador tinha muito pouco tempo para estudar.

Ele balançou a cabeça, então lavou-se em uma bacia de água que havia trazido na noite anterior. Levou um pente ao cabelo e inspecionou a própria aparência em uma placa de aço polido. Seu cabelo estava ficando longo demais; os cachos negros tinham uma tendência a despontar.

Ele pegou uma esfera para usar de iluminação enquanto se barbeava — havia adquirido uma navalha. Contudo, logo depois de começar, se cortou. Ele arfou com a dor e sua esfera se apagou. O que...

A pele de Sigzil começou a brilhar, emitindo uma tênue fumaça luminosa. Ah, certo. Kaladin estava de volta.

Bem, isso ia resolver *muitos* problemas. Ele pegou outra esfera e fez o que pôde para não a consumir enquanto terminava de se barbear. Depois disso, pressionou sua mão contra a testa. Outrora, tivera marcas de escravo ali. A Luz das Tempestades as curara, embora sua tatuagem da Ponte Quatro permanecesse.

Ele se levantou e vestiu o uniforme. Azul Kholin, distinto e bem-cuidado. Ele enfiou seu novo caderno de couro suíno no bolso, então saiu para a sala comum — e parou bruscamente quando o rosto de Lopen *pendeu* bem diante dele. Sigzil quase bateu de cara com o herdaziano, que estava preso pelas solas dos pés no tormentoso *teto*.

— Oi — disse Lopen.

Ele segurava uma tigela de mingau matinal de cabeça para baixo — ou, bem, de cabeça para cima, mas invertida para Lopen — diante de si. O herdaziano tentou tomar uma colherada, mas o mingau escapou da colher e derramou no chão.

— Lopen, o que você está *fazendo*?

— Praticando. Tenho que mostrar como sou bom, *hooch*. É como com as mulheres, só que envolve se grudar no teto e aprender a não derramar comida na cabeça das pessoas de que você gosta.

— Saia da frente, Lopen.

— Ah, você precisa pedir direito. Eu não sou mais maneta! Não dá para ficar passando por cima de mim. Sabe como conseguir que um herdaziano de *dois braços* faça o que você quer?

— Se eu soubesse, não estaríamos tendo essa conversa.

— Bem, você toma dele suas duas lanças, obviamente.

Ele abriu um grande sorriso. Ali perto, Rocha gargalhou alto:

— Rá!

Lopen agitou os dedos na direção de Sigzil, como que para provocá-lo, suas unhas brilhando. Como todos os herdazianos, ele tinha unhas de um tom marrom-escuro e duras como cristal. Lembravam um pouco uma carapaça.

Ele também ainda tinha a tatuagem na cabeça. Embora até o momento só uns poucos da Ponte Quatro houvessem aprendido a sugar Luz das Tempestades, todos haviam mantido suas tatuagens. Só Kaladin era diferente; sua tatuagem havia derretido quando ele absorveu Luz das Tempestades, e suas cicatrizes se recusavam a se curar.

— Lembre-se dessa para mim, *hooch* — disse Lopen. Ele nunca havia explicado o que "hooch" significava, ou por que usava a palavra para se referir apenas a Sigzil. — Vou precisar, claro, de muitas e muitas piadas novas. E também de mangas. O dobro de mangas, exceto nos coletes, que vai ser o mesmo número.

— Como você conseguiu subir até aí para grudar seus pés... Não, nem comece. Na verdade, não quero saber.

Sigzil se abaixou e passou sob Lopen. Os homens ainda estavam pegando comida, rindo e gritando em um completo caos. Sigzil gritou para chamar a atenção deles.

— Não esqueçam! O capitão nos quer prontos para a inspeção até o segundo sino!

Mal deu para ouvi-lo. Onde estava Teft? Os homens prestavam atenção quando ele dava ordens. Sigzil balançou a cabeça, abrindo caminho até a porta. Entre seu povo, ele tinha uma altura mediana — mas havia se mudado para viver entre os *alethianos,* que eram praticamente gigantes. Então, ali, ele era alguns centímetros mais baixo do que a maioria.

Saiu discretamente para o corredor. As equipes de ponte ocupavam uma sequência de grandes casernas no primeiro andar da torre. A Ponte Quatro estava ganhando poderes de Radiantes, mas havia centenas de outros homens no batalhão que ainda eram da infantaria comum. Talvez Teft estivesse inspecionando as outras equipes; ele recebera a responsabilidade de treiná-las. Tomara que não tenha sido outra coisa.

Kaladin dormia nos próprios pequenos aposentos, no final do corredor. Sigzil foi até lá, revendo as anotações no seu caderno. Ele usava glifos alethianos, como era aceitável para um homem ali, e nunca aprendera o verdadeiro sistema de escrita deles. Raios, havia tanto tempo que estava longe que o sonho provavelmente tinha razão. Ele talvez tivesse dificuldades em escrever em azishiano.

Como seria a vida se ele não tivesse provado ser um fracasso, uma decepção? Se houvesse passado nos testes, em vez de se meter em encrencas, precisando ser salvo pelo homem que havia se tornado seu mestre?

Primeiro a lista de problemas, ele decidiu, chegando à porta de Kaladin e batendo.

— Entre! — disse a voz do capitão lá de dentro.

Sigzil encontrou Kaladin fazendo suas flexões matinais no chão de pedra. Seu casaco azul estava dobrado sobre uma cadeira.

— Senhor — disse Sigzil.

— Oi, Sig — respondeu Kaladin, grunhindo enquanto continuava com as flexões. — Os homens estão de pé e reunidos para a inspeção?

— De pé, sim. Quando saí, eles pareciam prestes a começar uma guerra de comida, e só metade estava usando uniforme.

— Eles estarão prontos — disse Kaladin. — Você quer alguma coisa, Sig?

Sigzil sentou-se na cadeira junto do casaco de Kaladin e abriu o caderno.

— Muitas coisas, senhor. Entre elas, o fato de que o senhor deveria ter uma escriba de verdade, e não... isso que eu sou.

— Você é meu secretário.

— Um péssimo secretário. Temos um batalhão inteiro de combatentes com apenas quatro tenentes e nenhuma escriba oficial. Francamente, senhor, as equipes de ponte estão uma bagunça. Nossas finanças estão um caos, os pedidos de requisição estão se acumulando mais rápido do que Leyten consegue dar conta, e há uma horda de problemas que precisam da atenção de um oficial.

Kaladin grunhiu.

— A parte divertida de comandar um exército.

— Exatamente.

— Eu estava sendo sarcástico, Sig. — Kaladin se levantou e limpou a testa com uma toalha. — Tudo bem. Vá em frente.

— Vamos começar com algo fácil. Peet agora está oficialmente noivo da mulher que ele andava cortejando.

— Ka? Isso é maravilhoso. Talvez ela possa ajudar você com os deveres de escriba.

— Talvez. Você não estava querendo requisitar moradias para homens com famílias?

— Sim. Isso foi antes de toda a confusão com o Pranto e a expedição para as Planícies Quebradas, e... E eu deveria tocar no assunto de novo com as escribas de Dalinar, não deveria?

— A menos que espere que os casais dividam um beliche nas casernas comuns, eu diria que sim. — Sigzil olhou a página seguinte do caderno. — Acredito que Bisig também esteja perto de noivar.

— É mesmo? Ele é tão quieto. Nunca sei o que se passa por trás daqueles olhos.

— Sem mencionar Punio, que eu descobri recentemente que *já* está casado. Sua esposa vem deixar comida para ele.

— Pensei que fosse a irmã dele!

— Acho que ele queria se enturmar — comentou Sigzil. — Como fala pouco alethiano, já dificulta. E também há a questão de Drehy...

— Qual questão?

— Bem, ele está cortejando um homem, sabe...

Kaladin vestiu o casaco, dando uma risadinha.

— *Disso* eu sabia. Você só notou agora?

Sigzil assentiu.

— Ele ainda está com Dru? Que trabalha para o mestre quarteleiro do distrito?

— Sim, senhor. — Sigzil baixou os olhos. — Senhor, eu... Bem, é só que...

— Sim?

— Senhor, Drehy não preencheu os formulários apropriados. Se ele deseja cortejar outro homem, precisa se candidatar a remanejamento social, certo?

Kaladin revirou os olhos. Então, não havia formulários para isso em Alethkar.

Sigzil não podia dizer que estava surpreso, já que os alethianos não tinham procedimentos apropriados para nada.

— Então, como vocês se candidatam a remanejamento social?

— Nós não fazemos isso. — Kaladin franziu o cenho. — Isso é realmente um problema tão grande para você, Sig? Talvez...

— Senhor, não é isso especificamente. Nesse momento, há quatro religiões representadas na Ponte Quatro.

— Quatro?

— Hobber segue as Paixões, senhor. Quatro, mesmo sem contar Teft, que não consegui entender direito. E agora há toda essa conversa de que o Luminobre Dalinar alega que o Todo-Poderoso está morto e... Bem, eu me sinto responsável, senhor.

— Por Dalinar? — Kaladin franziu o cenho.

— Não, não.

Ele respirou fundo. Tinha que haver uma maneira de explicar. O que seu mestre faria?

— Ora — disse Sigzil, se agarrando a uma ideia —, todo mundo sabe que Mishim, a terceira lua, é a mais inteligente e astuta das luas.

— Tudo bem... E por que isso é relevante?

— Porque é uma história — disse Sigzil. — Quieto. Há, quero dizer, por favor, escute, senhor. Sabe, existem três luas, e a terceira lua é a mais inteligente. E ela não deseja estar no céu, senhor. Ela quer escapar. Então, certa noite, ela enganou a rainha do povo de Natan... Isso foi há muito tempo, quando esse povo ainda existia. Quero dizer, ele ainda existe, mas era mais numeroso nessa época, senhor. E a lua a enganou, e elas trocaram de lugar até que pararam. E agora o povo de Natan tem pele azul. Isso faz sentido?

Kaladin hesitou.

— Eu não faço ideia do que você acabou de dizer.

— Hum, bem — disse Sigzil. — É obviamente fantasioso. Não é o motivo real por que o povo de Natan tem pele azul. E, hum...

— Isso deveria explicar alguma coisa?

— Era como meu mestre sempre fazia — disse Sigzil, olhando para os próprios pés. — Ele contava uma história sempre que alguém estava confuso, ou quando as pessoas estavam zangadas com ele. E, bem, isso mudava tudo. De alguma maneira.

Ele olhou para Kaladin.

— Acho que... — disse Kaladin lentamente — talvez você se sinta... como uma lua...

— Não, não é isso.

Era sobre responsabilidade, mas ele realmente não havia explicado bem. Raios. Mestre Hoid o considerara um Cantor do Mundo formado, e ali estava ele sem conseguir ao menos contar uma história direito.

Kaladin deu-lhe um tapinha no ombro.

— Está tudo bem, Sig.

— Senhor. Os outros homens não têm nenhuma *orientação*. O senhor deu a eles um propósito, um motivo para serem bons homens. Eles *são* bons homens. Mas, de certa maneira, era fácil quando éramos escravos. O que faremos se nem todos os homens manifestarem a habilidade de sorver Luz das Tempestades? Qual é nosso lugar no exército? O Luminobre Kholin nos liberou do trabalho de guarda, já que disse que nos quer praticando e treinando como Radiantes. Mas o que *é* um Cavaleiro Radiante?

— Teremos que descobrir.

— E se os homens precisarem de orientação? E se eles precisarem de uma moral a seguir? Alguém precisa falar com eles quando estiverem fazendo algo errado, mas os fervorosos nos ignoram, já que nos associam às coisas que o Luminobre Dalinar está dizendo e fazendo.

— E você acha que pode guiá-los? — perguntou Kaladin.

— Alguém deveria, senhor.

Kaladin acenou para que Sigzil o seguisse para o corredor. Juntos, começaram a caminhar rumo às casernas da Ponte Quatro, Sigzil segurando uma esfera para iluminar o caminho.

— Eu não vejo problemas em você ser algo como o fervoroso da nossa unidade — disse Kaladin. — Os homens gostam de você, Sig, e valorizam muito o que você tem a dizer. Mas tente compreender o que eles querem da vida, e respeite isso, em vez de projetar sobre eles o que você pensa que eles *deveriam* querer da vida.

— Mas, senhor, algumas coisas são simplesmente *erradas*. O senhor sabe no que Teft se meteu, e Huio... ele anda visitando as prostitutas.

— Isso não é proibido. Raios, já tive alguns sargentos que disseram que essa é a chave para uma mente saudável na batalha.

— É errado, senhor. Imita um juramento sem o compromisso. Toda grande religião concorda, exceto os reshianos, eu acho. Mas eles são pagãos até mesmo entre *pagãos*.

— Seu mestre o ensinou a ser crítico desse jeito?

Sigzil parou bruscamente.

— Sinto muito, Sig — disse Kaladin.

— Não, ele dizia a mesma coisa. O tempo todo, senhor.

— Eu te dou permissão para conversar com Huio e explicar suas preocupações — disse Kaladin. — Não vou proibi-lo de expressar sua moral, pelo contrário. Só não apresente suas crenças como nosso código; apresente-as como *suas* e ofereça um bom argumento. Talvez os homens escutem.

Sigzil assentiu, apressando-se para acompanhá-lo. Para esconder seu embaraço — mais por ter fracassado completamente em contar a história direito do que por qualquer outra coisa —, ele enfiou a cara no caderno.

— Isso traz outra questão, senhor. A Ponte Quatro está reduzida a vinte e oito membros, depois das nossas perdas durante a primeira Tempestade Eterna. Pode estar na hora de fazer um recrutamento.

— Recrutamento? — disse Kaladin, inclinando a cabeça.

— Bem, se perdermos mais membros...

— Isso *não vai* acontecer — disse Kaladin. Era o que ele sempre pensava.

— ... ou, mesmo que isso não aconteça, é menos do que os trinta e cinco ou quarenta que formam uma boa equipe de ponte. Talvez a gente não precise manter esse número, mas uma boa unidade ativa deve sempre procurar pessoas para recrutar. E se mais alguém no exército estiver demonstrando a atitude correta para ser um Corredor dos Ventos? Ou, mais importante, e se nossos homens começarem a fazer os juramentos e se vincularem com os próprios esprenos? Teríamos que dissolver a Ponte Quatro e deixar que cada homem fosse um Radiante isolado?

A ideia de dissolver a Ponte Quatro parecia causar quase tanta angústia a Kaladin quanto a ideia de perder homens em batalha. Eles caminharam em silêncio por um curto período. Não estavam indo para as casernas da Ponte Quatro, afinal; Kaladin havia seguido um caminho que se aprofundava na torre. Eles passaram por uma carroça de água, puxada por trabalhadores para levar água dos poços até os setores dos oficiais. Normalmente aquilo seria trabalho para parshemanos.

— Deveríamos ao menos fazer uma chamada de recrutamento — disse Kaladin finalmente. — Embora eu honestamente não consiga pensar em como selecionar os candidatos até um número razoável.

— Vou tentar desenvolver algumas estratégias, senhor — disse Sigzil. — Posso perguntar para onde estamos...

Ele perdeu o fio da meada quando viu Lyn andando depressa pelo corredor em sua direção. Ela carregava uma peça de diamante para iluminar o caminho e vestia seu uniforme Kholin, o cabelo escuro alethiano puxado para trás em um rabo de cavalo.

Ela parou quando viu Kaladin, então fez uma saudação.

— Exatamente o homem que eu estava procurando. O mestre quarteleiro Vevidar mandou uma mensagem dizendo que "sua solicitação incomum foi realizada", senhor.

— Excelente — disse Kaladin, marchando pelo corredor e passando por ela.

Sigzil lançou um olhar a Lyn enquanto ela os acompanhava, e a mulher deu de ombros. Ela não sabia qual era a solicitação incomum, só que havia sido realizada.

Kaladin fitou Lyn enquanto caminhavam.

— É você que tem ajudado meus homens, certo? Lyn, não é?

— Sim, senhor!

— Na verdade, parece que você tem arrumado desculpas para entregar mensagens para a Ponte Quatro.

— Hum, sim, senhor.

— Então não tem medo dos "Radiantes Perdidos"?

— Francamente, senhor, depois do que vi no campo de batalha, prefiro estar do seu lado em vez de apostar nos oponentes.

Kaladin assentiu, pensativo, enquanto caminhava.

— Lyn, gostaria de se juntar aos Corredores dos Ventos?

A mulher parou abruptamente, de queixo caído.

— Senhor? — Ela bateu continência. — Senhor, eu *adoraria*! Raios!

— Excelente — disse Kaladin. — Sig, pode mostrar a ela nossos livros-razão e contas?

Lyn baixou a mão da testa.

— Livros-razão? Contas?

— Os homens também vão precisar de alguém que escreva cartas para a família deles — disse Kaladin. — E talvez seja bom escrever uma história da Ponte Quatro. As pessoas ficarão curiosas e um relato escrito vai me livrar de ter que explicar o tempo todo.

— Ah — disse Lyn. — Uma escriba.

— Claro — replicou Kaladin, voltando-se para ela no corredor e franzindo o cenho. — Você é uma mulher, não é?

— Pensei que estava perguntando... Quero dizer, nas visões do grão-príncipe, havia mulheres entre os Cavaleiros Radiantes, e com a Luminosa Shallan... — Ela enrubesceu. — Senhor, não me juntei aos batedores porque gosto de ficar sentada olhando para livros de contabilidade. Se é isso que está oferecendo, terei que recusar.

Os ombros dela caíram e ela não encarou Kaladin nos olhos. Sigzil percebeu, estranhamente, que queria socar seu capitão. Não com força, veja bem. Só um leve soco para "acordá-lo". Não se lembrava de ter sentido essa vontade em relação a Kaladin desde a vez em que o capitão o despertara naquela primeira manhã, ainda no acampamento de guerra de Sadeas.

— Entendo — disse Kaladin. — Bem... vamos fazer testes para admissão na ordem propriamente dita. Creio que posso estender um convite a você. Se quiser.

— Testes? — disse ela. — Para postos de verdade? Não só para fazer contas? Raios, estou dentro.

— Fale com seu superior, então — disse Kaladin. — Eu ainda não desenvolvi o teste exato, e você vai precisar passar antes de entrar. De qualquer modo, vai precisar de permissão para trocar de batalhões.

— Sim, senhor! — disse ela e foi embora.

Kaladin observou enquanto ela se afastava, então grunhiu baixinho. Sigzil, sem ao menos pensar, murmurou:

— Seu mestre o ensinou a ser insensível desse jeito?

Kaladin olhou-o de soslaio.

— Tenho uma sugestão, senhor — continuou Sigzil. — Tente compreender o que as pessoas querem da vida, e respeite, em vez de projetar sobre elas o que você acha que elas *deveriam*...

— Cale a boca, Sig.

— Sim, senhor. Desculpe, senhor.

Eles voltaram a andar e Kaladin pigarreou.

— Você não precisa ser tão formal comigo, sabe?

— Eu sei, senhor. Mas o senhor é um olhos-claros agora, e um Fractário e... bem, parece certo.

Kaladin enrijeceu, mas não o contradisse. Na verdade, Sigzil sempre se sentira... pouco à vontade tratando Kaladin como outro carregador de pontes qualquer. Alguns dos outros faziam isso — Teft, Rocha e Lopen, do seu jeito estranho. Mas Sigzil sentia-se mais confortável quando o relacionamento era claro e estabelecido. Capitão e secretário.

Moash havia sido o mais próximo de Kaladin, mas ele não estava mais na Ponte Quatro. Kaladin não contara o que Moash havia feito, só que ele "se retirou da nossa companhia". Kaladin ficava tenso e silencioso sempre que o nome de Moash era mencionado.

— Algo mais nessa sua lista? — perguntou Kaladin enquanto passavam por uma patrulha no corredor. Ele recebeu saudações caprichadas.

Sigzil deu uma olhada no caderno.

— Contas e a necessidade de escribas... Código moral para os homens... Recrutamento... Ah, ainda precisamos definir nossa posição no exército, agora que não somos mais guarda-costas.

— Ainda somos guarda-costas — disse Kaladin. — Nós só protegemos qualquer um que precise. Temos problemas maiores com aquela tempestade.

Ela havia voltado uma terceira vez, e o evento provara que era ainda mais regular que as grantormentas. A cada nove dias. Na altura em que estavam, a passagem da tempestade era apenas uma curiosidade — mas, por todo o mundo, cada nova chegada piorava a situação de cidades já prejudicadas.

— Eu sei disso, senhor — disse Sigzil. — Mas ainda assim precisamos nos preocupar com os procedimentos. Veja só, deixe-me perguntar o seguinte. Nós, enquanto Cavaleiros Radiantes, ainda somos uma organização militar alethiana?

— Não — respondeu Kaladin. — Essa guerra é maior do que Alethkar. Nós lutamos por toda a humanidade.

— Muito bem, então qual é nossa cadeia de comando? Nós obedecemos ao Rei Elhokar? Ainda somos seus súditos? E em qual dan ou nan estamos na sociedade? O senhor é um Fractário na corte de Dalinar, não é? Quem paga os soldos da Ponte Quatro? E as outras equipes de ponte? Se houver um conflito ligado às terras de Dalinar em Alethkar, ele pode chamar o senhor, e a Ponte Quatro, para lutar por ele, em uma relação normal de suserano-vassalo? Se não, então ainda podemos esperar que ele nos pague?

— Danação — sussurrou Kaladin.

— Sinto muito, senhor. Isso...

— Não, são boas perguntas, Sig. Tenho sorte de você estar aqui para fazê-las. — Ele agarrou o ombro de Sigzil, parando diante dos escritórios do mestre quarteleiro. — Às vezes me pergunto se não é um desperdício você estar na Ponte Quatro. Você deveria ter sido um erudito.

— Bem, esse vento passou por mim anos atrás, senhor. Eu... — Ele respirou fundo. — Eu falhei nos exames para treinamento do governo em Azir. Não fui bom o bastante.

— Então os exames eram idiotas — replicou Kaladin. — E Azir se deu mal, porque perdeu a oportunidade de ter você.

Sigzil sorriu.

— Estou feliz que tenha sido assim.

E... estranhamente, ele sentia que era verdade. Um peso indefinível que estivera carregando pareceu cair de seus ombros.

— Honestamente, eu me sinto como Lyn. Não quero ficar encurvado sobre um livro de contas quando a Ponte Quatro sair voando. Quero ser o primeiro no céu.

— Acho que você vai ter que disputar com Lopen por essa distinção — respondeu Kaladin com uma risada. — Venha.

Ele entrou no escritório do mestre quarteleiro, onde um grupo de guardas abriu caminho de imediato. Na bancada, um soldado corpulento com mangas arregaçadas procurava em meio a caixas e caixotes, resmungando baixo. Uma mulher parruda — presumivelmente sua esposa — inspecionava formulários de requisição. Ela cutucou o homem e apontou para Kaladin.

— Finalmente! — disse o mestre quarteleiro. — Estou cansado de guardar isso aqui, atraindo a atenção de todo mundo e me fazendo suar feito um espião cheio de esprens.

Ele foi até um par de grandes sacos pretos no canto, que, na opinião de Sigzil, não estavam atraindo atenção nenhuma. O mestre quarteleiro levantou-os e olhou para a escriba, que verificou de novo alguns formulários, então assentiu, estendendo-os a Kaladin para que ele os marcasse com seu selo de capitão. Com a papelada completa, o mestre quarteleiro entregou um saco para Kaladin e outro para Sigzil.

Os sacos tilintavam com o movimento e eram surpreendentemente pesados. Sigzil desfez o laço do saco que carregava e deu uma olhada lá dentro.

Uma enxurrada de luz verde, poderosa como a luz do sol, brilhou sobre ele. Esmeraldas. Do tipo grande, não em esferas, provavelmente cortadas a partir de gemas-coração dos demônios-do-abismo caçados nas Planícies Quebradas. Em um instante, Sigzil compreendeu que os guardas que enchiam o cômodo não estavam ali para pegar algo do mestre quarteleiro, e sim para proteger aquela riqueza.

— Essa é a reserva real de esmeraldas — disse o quarteleiro. — Guardada para grãos de emergência, renovada com Luz na tempestade dessa manhã. Não consigo nem imaginar como vocês convenceram o grão-príncipe a deixá-los pegá-la.

— Nós estamos só pegando emprestado — disse Kaladin. — Vamos devolver antes do anoitecer. Mas fique sabendo que algumas vão estar escuras. Vamos precisar usá-las de novo amanhã. E no dia depois de amanhã...

— Eu podia comprar um *principado* com essas esmeraldas — grunhiu o mestre quarteleiro. — Para quê, em nome de Kelek, vocês precisam delas?

Sigzil, contudo, já havia adivinhado. Ele sorriu como um idiota.

— Para praticarmos ser Radiantes.

36

HERÓI

VINTE E QUATRO ANOS ATRÁS

DALINAR PRAGUEJOU ENQUANTO A fumaça subia da lareira. Apoiou todo seu peso contra a alavanca e conseguiu movê-la, reabrindo o cano da chaminé. Ele tossiu, recuando e abanando a fumaça do rosto.

— Vamos ter que trocar isso — disse Evi do sofá onde bordava.

— Vamos — concordou Dalinar, caindo no chão diante da lareira.

— Pelo menos você resolveu rápido. Hoje não precisaremos esfregar as paredes, e a vida será tão branca quanto um sol à noite!

As expressões nativas de Evi nem sempre soavam bem em alethiano.

O calor do fogo era bem-vindo, já que a roupa de Dalinar ainda estava úmida devido às chuvas. Ele tentou ignorar o onipresente som da chuva do Pranto do lado de fora e em vez disso contemplava um par de esprenos de chama dançando ao longo de um dos pedaços de lenha. Eles pareciam vagamente humanos, com silhuetas sempre cambiantes. Acompanhou com o olhar enquanto um saltava na direção do outro.

Ele ouviu Evi se levantar e achou que talvez fosse ao banheiro novamente. Em vez disso, ela se ajeitou ao lado dele, pegou seu braço e depois suspirou, satisfeita.

— Isso não deve ser confortável — disse Dalinar.

— Mas aqui está você.

— Bom, eu não estou... — Ele olhou para a barriga dela, que começara a se arredondar.

Evi sorriu.

— Minha condição não me torna tão frágil a ponto de *quebrar* por me sentar no chão, amado. — Ela apertou mais o braço dele. — Olhe para eles. Brincam com tanta animação!

— É como se estivessem duelando — disse Dalinar. — Quase posso ver as pequenas espadas em suas mãos.

— Tudo para você precisa ser uma luta?

Ele deu de ombros. Evi recostou a cabeça em seu ombro.

— Você não pode simplesmente apreciar, Dalinar?

— Apreciar o quê?

— Sua vida. Passou por tanta coisa para criar esse reino. Não pode ficar satisfeito, agora que venceu?

Ele se levantou, livrando o braço da mão dela e cruzando o cômodo para servir-se de uma bebida.

— Não pense que não notei como você age — disse Evi. — Fica animado sempre que o rei menciona o menor conflito além das nossas fronteiras. Pede que as escribas leiam relatos de grandes batalhas. Está sempre falando sobre o próximo duelo.

— Nada disso vai durar muito mais — resmungou Dalinar, e então bebericou o vinho. — Gavilar diz que é tolice me arriscar, diz que alguém vai acabar tentando usar esses duelos como um plano contra ele. Terei que arrumar um campeão.

Ele ficou encarando seu vinho. Nunca gostara de duelos. Eram falsos demais, limpos demais. Mas pelo menos eram alguma coisa.

— É como se você estivesse morto — disse Evi.

Dalinar olhou para ela.

— É como se você só estivesse vivo quando luta. Quando pode matar. Como uma escuridão das antigas histórias. Você vive apenas para tomar a vida dos outros.

Com aquele cabelo pálido e pele levemente dourada, ela parecia uma gema brilhante. Era uma mulher doce e amorosa, que merecia um tratamento melhor do que o que recebia dele. Dalinar se forçou a voltar e a sentar-se ao lado dela.

— *Eu* ainda acho que os esprenos de chama estão brincando — disse Evi.

— Eu sempre me perguntei... Eles são *feitos do próprio fogo*? Parece que são, mas e os esprenos de emoções? Os esprenos de raiva são *feitos de raiva*, então?

Evi assentiu, distraída.

— E os esprenos de glória? — continuou Dalinar. — São feitos de glória? O que *é* a glória? Será que esprenos de glória poderiam aparecer ao redor de alguém iludido, ou talvez muito bêbado, que só *pensa* que realizou um grande feito, enquanto todo mundo ao redor está zombando dele?

— Um mistério enviado por Shishi — disse ela.

— Mas você não pensa nisso?

— Com que fim? — replicou Evi. — Um dia saberemos, quando voltarmos ao Um. Não adianta nos preocuparmos agora com coisas que não podemos compreender.

Dalinar estreitou os olhos para os esprenos de chama. Aquele ali *tinha mesmo* uma espada. Uma Espada Fractal em miniatura.

— É por isso que você está sempre ensimesmado, marido — comentou Evi. — Não é saudável ter uma pedra talhando no estômago, ainda úmida com musgo.

— Eu... O quê?

— Você não devia ter esses pensamentos estranhos. Quem foi que colocou essas coisas na sua cabeça?

Ele deu de ombros, mas pensou na ocasião, duas noites atrás, quando ficara até tarde bebendo vinho com Gavilar e Navani debaixo de um toldo que os protegia da chuva. Ela havia falado da sua pesquisa sobre esprenos, e Gavilar simplesmente grunhira, enquanto fazia anotações em glifos em um conjunto de mapas. Navani falara com tamanha paixão e entusiasmo, e Gavilar a ignorara.

— Aprecie o momento — recomendou Evi. — Feche os olhos e contemple o que o Um deu a você. Procure a paz do esquecimento e se deleite no prazer da sua própria sensação.

Ele fechou os olhos, como ela sugeriu, e tentou simplesmente apreciar o fato de estar ali com ela.

— Um homem pode mudar de verdade, Evi? Como esses esprenos mudam?

— Somos todos diferentes aspectos do Um.

— Então você pode mudar de um aspecto para outro?

— Mas é claro. A doutrina de vocês não fala sobre transformação? Sobre um homem crasso sendo Transmutado em glorioso?

— Eu não sei se está funcionando.

— Então faça uma petição ao Um — disse ela.

— Em oração? Por meio dos fervorosos?

— Não, bobinho. Você mesmo.

— Em *pessoa*? — indagou Dalinar. — Quer dizer, em um templo?

— Se deseja encontrar o Um pessoalmente, precisa viajar até o Vale. Lá, você pode falar com o Um, ou com seu avatar, que lhe concederá...

— A Antiga Magia — sibilou Dalinar, abrindo os olhos. — A Guardiã da Noite. Evi, não diga essas coisas.

Raios, a herança pagã dela vinha à tona nos momentos mais estranhos. Ela podia estar falando sobre boa doutrina vorin, então vinha com algo *assim*.

Felizmente, ela não falou mais sobre o assunto; fechou os olhos e cantarolou baixinho. Finalmente, ele ouviu uma batida na porta dos seus aposentos.

Hathan, seu criado de quarto, atenderia. E de fato Dalinar ouviu a voz do homem do lado de fora, seguida por uma batida leve na porta do quarto.

— É o seu irmão, Luminobre — disse Hathan através da porta.

Dalinar saltou, abrindo a porta e passando pelo baixo criado-mestre. Evi o seguiu, andando com uma das mãos tocando a parede, um hábito dela. Passaram por janelas abertas que davam para uma Kholinar ensopada, lanternas bruxuleantes marcando os lugares por onde pessoas caminhavam nas ruas.

Gavilar aguardava na sala de estar, vestido em um de seus novos trajes, com o casaco rígido e botões nas laterais do peito. Seu cabelo negro e ondulado chegava aos ombros, combinando com uma bela barba.

Dalinar detestava barbas; elas agarravam no elmo. Contudo, não negava o efeito dela em Gavilar. Olhando para ele em suas roupas elegantes, ninguém via um bandido — um líder guerreiro quase selvagem que havia esmagado e conquistado seu espaço para chegar ao trono. Não, aquele homem era um *rei*.

Gavilar bateu um maço de papéis contra a palma da mão.

— O que foi? — indagou Dalinar.

— Rathalas — respondeu Gavilar, empurrando os papéis para Evi quando ela entrou.

— De novo! — disse Dalinar.

Fazia anos desde que havia visitado a Fenda, aquela vala gigante onde conquistara sua Espada Fractal.

— Eles estão exigindo sua Espada de volta — disse Gavilar. — Alegam que o herdeiro de Tanalan voltou e merece a Fractal, já que você não a conquistou em um duelo de verdade.

Dalinar gelou.

— Ora, eu sei que isso é mentira — disse Gavilar — porque, quando lutamos em Rathalas, anos atrás, você disse que *cuidou* do herdeiro. Você cuidou *mesmo* do herdeiro, não foi, Dalinar?

Ele se recordava daquele dia. Lembrava-se de obscurecer o umbral daquela porta, a Euforia pulsando em seu interior. Lembrava-se de uma criança coberta de lágrimas segurando uma Espada Fractal. Atrás dela estava o pai, morto, o corpo quebrado. Aquela vozinha baixa implorando.

A Euforia desapareceu em um momento.

— Ele era uma criança, Gavilar — justificou-se Dalinar, a voz rouca.

— Danação! — disse Gavilar. — Ele é descendente do antigo regime. Isso foi... Raios, isso foi há uma década. Ele tem idade o bastante para ser uma ameaça! A cidade inteira vai se rebelar, a *região* inteira. Se não agirmos, todas as Terras da Coroa podem se separar.

Dalinar sorriu. A emoção o surpreendeu e ele abafou rapidamente o sorriso. Mas certamente... certamente alguém precisaria ir até lá para desbaratar os rebeldes.

Ele se virou e viu Evi. Ela estava com um sorriso enorme, embora ele houvesse esperado encontrá-la indignada com a ideia de mais guerras. Em vez disso, ela foi até ele e tomou seu braço.

— Você poupou a criança.

— Eu... Ele mal conseguia levantar a Espada. Eu o entreguei à sua mãe e disse a ela para escondê-lo.

— Ah, Dalinar. — Ela o puxou para mais perto.

Ele sentiu uma onda de orgulho. Era ridículo, naturalmente. Havia colocado o reino em perigo — como as pessoas reagiriam se soubessem que o Espinho Negro havia fraquejado diante de uma crise de consciência? Ele seria motivo de risada.

Naquele momento, não se importou. Contanto que pudesse ser um herói para aquela mulher.

— Bem, suponho que uma rebelião era de se esperar — disse Gavilar olhando pela janela. — Faz anos desde a unificação formal; as pessoas vão começar a afirmar sua independência. — Ele levantou a mão na direção de Dalinar, se virando. — Eu sei o que você quer, irmão, mas desista. Não vou enviar um exército.

— Mas...

— Posso cuidar disso com política. Não podemos deixar que uma exibição de força seja nosso *único* método de manter a união, ou Elhokar vai passar a vida inteira apagando incêndios, quando eu me for. Precisamos que as pessoas comecem a pensar em Alethkar como um reino unificado, e não como regiões separadas procurando tirar vantagem umas das outras.

— Parece um bom plano — disse Dalinar.

Não ia funcionar, não sem a espada como lembrete. Daquela vez, contudo, ficou satisfeito em não ser a pessoa a apontar o fato.

37

A ÚLTIMA VEZ QUE MARCHAMOS

Não se preocupe com Rayse. É mesmo uma pena o que aconteceu com Aona e Skai, mas eles foram tolos — violaram nosso pacto desde o início.

NUMUHUKUMAKIAKI'AIALUNAMOR SEMPRE OUVIU QUE a primeira regra do combate era conhecer seu inimigo. Alguém poderia pensar que tais lições não eram mais muito relevantes na sua vida. Felizmente, fazer um bom guisado era muito parecido com ir para a guerra.

Lunamor — chamado de Rocha pelos amigos, já que suas línguas grossas de terrabaixista eram incapazes de falar direito — mexia seu caldeirão com uma enorme colher de pau do tamanho de uma espada longa. Uma fogueira queimava cascas de petrobulbos abaixo, e esprenos de vento brincalhões remexiam a fumaça, fazendo com que ela fosse na direção dele independentemente de onde estivesse.

Ele havia colocado o caldeirão em um platô das Planícies Quebradas, e — pelas belas luzes e pelas estrelas caídas — ficou surpreso ao descobrir que *sentira falta* daquele lugar. Quem teria imaginado que poderia gostar daquela terra lisa, estéril e varrida pelo vento? Sua terra natal era um lugar de extremos: gelo amargo, neve fina, calor fervilhante e abençoada umidade.

Ali embaixo, tudo era tão... moderado, e as Planícies Quebradas eram o pior de tudo. Em Jah Keved, ele havia encontrado vales cobertos de vinhas. Em Alethkar, havia campos de grãos, petrobulbos se espalhando infinitamente, como as bolhas de um caldeirão fervendo. Então as Planícies Quebradas. Infinitos platôs vazios, sem praticamente nada crescendo neles. Estranhamente, ele amava o lugar.

Lunamor cantarolava baixinho enquanto mexia, com as duas mãos, o guisado, impedindo que o fundo queimasse. Quando a fumaça não estava no seu rosto — aquele maldito vento espesso tinha ar demais para se comportar direito —, ele podia sentir o cheiro das Planícies Quebradas. Um... cheiro aberto. O aroma de um céu alto e de pedras queimando, mas temperado pelo indício de vida nos abismos. Como uma pitada de sal. Úmido, vivo com os odores de plantas e podridão misturados.

Naqueles abismos, Lunamor havia se reencontrado depois de um longo período perdido. Vida renovada, propósito renovado.

E guisado.

Lunamor provou seu guisado — usando uma outra colher, naturalmente, já que não era um bárbaro como alguns dos cozinheiros terrabaixistas. As raízes-compridas ainda precisavam cozinhar mais antes que pudesse acrescentar a carne. Carne de verdade, de caranguejos-de-dedo que ele passara a noite toda abrindo. Não podia cozinhá-la tempo demais, ou ficava borrachuda.

O resto da Ponte Quatro estava em fileiras no platô, escutando Kaladin. Lunamor havia arrumado as coisas de modo que ficasse de costas para Narak, a cidade no centro das Planícies Quebradas. Ali perto, um dos platôs brilhou com um clarão enquanto Renarin Kholin operava o Sacroportal. Lunamor tentou não se distrair com isso. Queria olhar para oeste. Para os antigos acampamentos de guerra.

A espera já está quase acabando, ele pensou. *Mas não pense nisso. O guisado precisa de lim triturado.*

— Eu treinei muitos de vocês nos abismos — disse Kaladin.

Haviam se juntado aos homens da Ponte Quatro alguns membros das outras equipes de pontes, e até mesmo um par de soldados que Dalinar havia sugerido para treinamento. O grupo de cinco batedoras era uma surpresa, mas quem era Lunamor para julgar?

— Posso treinar pessoas no uso da lança — continuou Kaladin —, porque eu mesmo fui treinado no uso da lança. O que estamos tentando fazer hoje é diferente. Eu mal entendo como aprendi a usar a Luz das Tempestades. Vamos ter que desvendar esse caminho juntos.

— Está tudo bem, *gancho* — gritou Lopen. — Quão difícil pode ser aprender a voar? Enguias celestes conseguem e elas são feias e idiotas. A maioria dos carregadores de pontes só é uma dessas coisas.

Kaladin parou na fileira perto de Lopen. O capitão parecia bem-humorado naquele dia, e Lunamor deu crédito a si mesmo por isso. Ele havia, afinal de contas, preparado o desjejum de Kaladin.

— O primeiro passo será pronunciar o Ideal — continuou Kaladin. — Suspeito que alguns de vocês já tenham feito isso. Mas, para o resto, se desejam ser escudeiros dos Corredores dos Ventos, precisarão fazer o juramento.

Eles começaram a declamar as palavras, que todos já conheciam. Lunamor sussurrou o Ideal.

Vida antes da morte. Força antes da fraqueza. Jornada antes do destino.

Kaladin entregou a Lopen uma bolsa cheia de gemas.

— O teste real, e prova da sua posição de escudeiro, será aprender a extrair Luz das Tempestades para dentro de si. Alguns de vocês já aprenderam a fazer isso...

Lopen imediatamente começou a brilhar.

— ...e vão ajudar o resto a aprender. Lopen, fique com o Primeiro, Segundo e Terceiro Esquadrões. Sigzil, você fica com o Quarto, Quinto e Sexto. Peet, não pense que não vi você brilhando. Você cuida dos outros carregadores de pontes, e Teft, você fica com as batedoras e... — Kaladin olhou ao redor. — Onde está Teft?

Ele só havia percebido agora? Lunamor amava seu capitão, mas às vezes ele se distraía. Talvez devido à sua maluquice terrabaixista.

— Teft não voltou para a caserna na noite passada, senhor — disse Leyten, desconfortável.

— Certo. Eu ajudo as batedoras. Lopen, Sigzil, Peet, expliquem aos seus esquadrões como sorver Luz das Tempestades. Antes do dia acabar, quero todo mundo nesse platô brilhando como se houvessem engolido uma lanterna.

Eles saíram da formação, obviamente ansiosos. Flâmulas vermelhas translúcidas se elevaram da pedra, sacudindo como se movidas pelo vento, uma extremidade conectada ao chão. Esprenos de expectativa. Lunamor fez a eles o sinal de respeito, mão ao ombro, depois à testa. Aqueles eram deuses menores, mas ainda eram sagrados. Ele podia ver suas verdadeiras formas além das flâmulas, uma sombra tênue de uma criatura maior no fundo.

Lunamor deixou com Dabbid a tarefa de mexer o caldeirão. O jovem carregador de pontes não falava; não dissera uma palavra desde que Lunamor havia ajudado Kaladin a tirá-lo do campo de batalha. Mas ele ainda podia mexer uma colher e carregar odres de água. O rapaz havia se tornado um tipo de mascote não oficial do grupo, já que fora o primeiro carregador de pontes que Kaladin havia salvado. Quando carregadores de pontes passavam por Dabbid, faziam uma saudação sutil.

Huio estava no serviço de cozinha com Lunamor naquele dia, algo que estava se tornando cada vez mais comum. Huio solicitava a tarefa e os outros a evitavam. O herdaziano corpulento e atarracado estava cantarolando baixinho enquanto misturava o shiki, uma bebida marrom dos papaguampas que Lunamor havia gelado durante a noite em latões de metal no platô fora de Urithiru.

Estranhamente, Huio pegou um punhado de lazbo de um pote e salpicou-o no líquido.

— O que está fazendo, seu louco! — urrou Lunamor, indo até ele com passadas duras. — Lazbo? Em bebida? Isso aí é um pó picante, maluco terrabaixista!

Huio disse algo em herdaziano.

— Bah! — fez Lunamor. — Eu não falo essa língua maluca que você usa. Lopen! Venha cá e fale com esse primo maluco que você tem! Ele está estragando nossas bebidas!

Lopen, contudo, estava gesticulando animadamente para o céu e falando sobre como havia se grudado ao teto mais cedo.

Lunamor grunhiu e olhou de volta para Huio, que ofereceu uma colher pingando com o líquido.

— Maluco terrabaixista — disse Lunamor, provando. — Você vai estragar...

Deuses abençoados de mar e pedra. Aquilo era *bom*. O tempero acrescentava o *ardor* certo para a bebida gelada, combinando sabores de uma maneira totalmente inesperada — mas, de algum modo, complementar.

Huio sorriu.

— Ponte Quatro! — disse ele em um sotaque alethiano carregado.

— Você é um homem de sorte — disse Lunamor, apontando para ele. — Não vou matá-lo hoje. — Ele provou de novo, então gesticulou com a colher. — Vá fazer isso aí nos outros potes de shiki.

Agora, onde estava Hobber? O magricela de dentes separados não podia estar *muito* longe. Aquela era a vantagem de ter um cozinheiro assistente que não podia caminhar; ele geralmente ficava onde você o deixava.

— Agora, prestem atenção em mim! — disse Lopen ao seu grupo, Luz das Tempestades escapando da sua boca enquanto falava. — Tudo bem. Aqui vai. Eu, o Lopen, vou voar. Vocês podem aplaudir o quanto acharem apropriado.

Ele pulou, então caiu de volta no platô.

— Lopen! — chamou Kaladin. — Você deveria estar ajudando os outros, não se exibindo!

— Desculpe, *gon*! — disse Lopen.

Ele tremeu no chão, o rosto colado na pedra, e não se levantou.

— Você... você se grudou no *chão?* — indagou Kaladin.

— É só parte do plano, *gon*! — gritou Lopen de volta. — Se quero me tornar uma nuvem delicada no céu, preciso primeiro convencer a terra de que não estou abandonando ela. Como uma amante preocupada, com certeza, ela precisa ser consolada e ter a garantia de que vou voltar depois da minha dramática e régia ascensão ao céu.

— Você não é um rei, Lopen — disse Drehy. — Nós já falamos sobre isso.

— É claro que não sou. Sou um *ex*-rei. Você é obviamente um dos idiotas de que eu estava falando.

Lunamor grunhiu, achando graça, e deu a volta na sua pequena estação culinária rumo a Hobber, que havia se lembrado agora que estava descascando tubérculos na lateral do platô. Lunamor desacelerou o passo. Por que Kaladin estava ajoelhado diante do banco de Hobber, segurando... uma gema?

Ahhh..., pensou Lunamor.

— Eu precisava *respirar* para sorver — explicou Kaladin baixinho. — Fiz isso sem perceber durante semanas, talvez meses, antes de Teft me explicar a verdade.

— Senhor — disse Hobber —, eu não sei se... Quero dizer, senhor, eu não sou um Radiante. Nunca fui muito bom com a lança. Mal sou um cozinheiro passável.

Passável era exagero. Mas ele era dedicado e prestativo, então Lunamor estava feliz em trabalhar com Hobber. Além disso, ele precisava de um trabalho que pudesse realizar sentado. Um mês antes, o Assassino de Branco havia atacado o palácio do rei, nos acampamentos de guerra, tentando matar Elhokar — e o ataque deixara Hobber com as pernas mortas.

Kaladin fechou a mão de Hobber sobre a gema.

— Apenas tente — disse o capitão em voz baixa. — Ser um Radiante não tem tanto a ver com força ou habilidade, mas com o coração. E o seu é o melhor de todos nós.

O capitão parecia intimidador para muitas pessoas de fora. Uma expressão perpetuamente tempestuosa, uma seriedade que fazia os homens se encolherem quando eram o alvo dela. Mas também havia uma surpreendente ternura naquele homem. Kaladin apertou o braço de Hobber, e quase parecia estar chorando.

Certos dias, era como se nem todas as pedras em Roshar pudessem quebrar Kaladin Filho da Tempestade. Então um dos seus homens era ferido e dava para vê-lo desabar.

Kaladin voltou até as batedoras que ele estava ajudando, e Lunamor correu para alcançá-lo. Ele se curvou para o pequeno deus pousado no ombro do capitão de ponte, então perguntou:

— Você acha que Hobber pode fazer isso aí, Kaladin?

— Tenho certeza de que pode. Tenho certeza de que *todos* na Ponte Quatro podem, e talvez alguns desses outros.

— Rá! — disse Lunamor. — Encontrar um sorriso no seu rosto, Kaladin Filho da Tempestade, é como encontrar uma esfera perdida na sopa. Surpreendente, sim, mas também muito bom. Venha, tenho uma bebida que você precisa experimentar.

— Eu preciso voltar a...

— Venha! Precisa experimentar a bebida!

Lunamor o guiou até o grande pote de shiki e serviu-lhe um copo. Kaladin bebeu tudo.

— Ei, isso é muito bom, Rocha!

— Não é minha receita — disse Lunamor. — Huio mudou isso aí. Agora tenho que promovê-lo ou empurrá-lo da beira do platô.

— Promovê-lo a quê? — perguntou Kaladin, servindo-se de outro copo.

— A maluco terrabaixista, segunda classe — disse Lunamor.

— Acho que você gosta demais desse termo, Rocha.

Ali perto, Lopen falava com o chão, contra o qual ainda estava grudado.

— Não se preocupe, querida. O Lopen é grande o bastante para ser possuído por muitas, muitas forças, tanto terrestres quanto celestes! Eu *preciso* voar pelos ares, pois se permanecer apenas no chão, minha crescente magnitude certamente faria com que a terra rachasse e quebrasse.

Lunamor olhou para Kaladin.

— Eu gosto do termo, sim. Mas só porque dá para usar isso aí com muitos, muitos de vocês.

Kaladin sorriu, bebendo seu shiki e observando os homens. Mais longe no platô, Drehy subitamente levantou os braços compridos e gritou:

— Rá!

Ele estava brilhando com Luz das Tempestades. Bisig logo o seguiu. Isso deveria curar sua mão — ele também havia sido ferido pelo Assassino de Branco.

— *Vai* funcionar, Rocha — disse Kaladin. — Já faz meses que os homens estão convivendo com o poder. E, quando conseguirem, serão capazes de se curar. Eu não vou ter que ir para a batalha preocupado com quais de vocês vou perder.

— Kaladin — disse Lunamor baixinho. — Isso aí que começamos ainda é guerra. Homens vão morrer.

— A Ponte Quatro será protegida pelo seu poder.

— E o inimigo, eles também não terão poder? — Rocha se aproximou. — Não quero mesmo desiludir Kaladin Filho da Tempestade quando ele está otimista, mas ninguém está sempre perfeitamente seguro. Essa é uma triste verdade, meu amigo.

— Talvez — admitiu Kaladin. Ele tinha um ar distante no rosto. — O seu povo só deixa os filhos mais novos irem para a guerra, certo?

— Só *tuanalikina*, quarto filho e mais jovem, pode ser desperdiçado na guerra. Primeiro, segundo e terceiro filhos são valiosos demais.

— Quarto filho e mais jovem. Então quase nunca.

— Rá! Você não conhece o tamanho das famílias dos papaguampas.

— Ainda assim, deve significar que menos gente morre em batalhas.

— Os Picos são um lugar diferente — disse Lunamor, sorrindo para Sylphrena quando ela decolou do ombro de Kaladin e começou a dançar nos ventos próximos. — E não só porque temos a quantidade certa de ar para que os cérebros funcionem. Atacar outro pico é custoso e difícil, exige muita preparação e tempo. Nós falamos disso mais do que fazemos.

— Parece agradável.

— Você vai visitar comigo algum dia! Você e toda a Ponte Quatro, já que são família agora.

— Chão — insistiu Lopen —, eu *vou* continuar amando você. Não sou atraído por ninguém do jeito que sou por você. Sempre que eu partir, voltarei logo!

Kaladin olhou para Lunamor.

— Talvez, quando aquele ali não tiver tanto ar intoxicando ele, fique menos...

— Menos Lopen?

— Mas, pensando bem, isso seria triste.

Kaladin deu uma risada, entregando o copo a Lunamor. Então se aproximou.

— O que aconteceu com seu irmão, Rocha?

— Meus dois irmãos estão bem, até onde sei.

— E o terceiro irmão? — disse Kaladin. — Aquele que morreu, passando você de quarto para terceiro, e transformando-o em um cozinheiro em vez de um soldado. Não negue.

— É uma história triste — disse Lunamor. — E hoje não é dia para histórias tristes. Hoje é dia de risada, guisado, voar. Essas coisas.

E, com sorte... com sorte, algo ainda mais grandioso.

Kaladin deu-lhe um tapinha no ombro.

— Se precisar conversar, estou aqui.

— É bom saber isso. Mas hoje, acho que mais alguém quer conversar. — Lunamor indicou com a cabeça alguém cruzando uma ponte que levava ao platô deles. Uma figura em um rígido uniforme azul, com um diadema de prata na cabeça. — O rei andava ansioso para falar com você. Rá! Ele nos perguntou várias vezes se sabíamos quando você retornaria. Como se nós marcássemos compromissos para nosso glorioso líder voador.

— Sim — respondeu Kaladin. — Ele veio me ver no outro dia.

Kaladin visivelmente se preparou, firmando o queixo, então foi até o rei, que havia acabado de marchar até o platô, seguido por um grupo de guardas da Ponte Onze.

Lunamor voltou a trabalhar na sopa, mas de um lugar onde pudesse ouvir, já que estava curioso.

— Corredor dos Ventos — disse Elhokar, cumprimentando Kaladin com um aceno de cabeça. — Parece que você tem razão, seus homens tiveram seus poderes restaurados. Em quanto tempo estarão prontos?

— Eles já estão preparados para o combate, Vossa Majestade. Mas dominar seus poderes... bem, não sei dizer, honestamente.

Lunamor provou a sopa e não se virou para o rei, mas continuou mexendo a colher e escutando.

— Você já pensou sobre meu pedido? — disse Elhokar. — Vai voar comigo até Kholinar, para que possamos recuperar a cidade?

— Eu farei o que meu comandante ordenar.

— Não — insistiu Elhokar. — Estou pedindo a você, pessoalmente. Você vai? Vai me ajudar a recuperar nossa terra natal?

— Sim — respondeu Kaladin em voz baixa. — Dê-me algum tempo, pelo menos algumas semanas, para treinar meus homens. Prefiro levar alguns escudeiros de Corredores dos Ventos conosco. E, se tivermos sorte, talvez eu possa deixar um Radiante pleno para trás, para liderar se algo acontecer comigo. Mas de todo modo... sim, Elhokar. Irei com você para Alethkar.

— Ótimo. Temos algum tempo, já que meu tio quer tentar entrar em contato com pessoas em Kholinar usando suas visões. Talvez vinte dias? Consegue treinar seus escudeiros nesse período?

— Terei que conseguir, Vossa Majestade.

Lunamor deu uma olhadela no rei, que cruzou os braços, contemplando os Corredores dos Ventos, futuros e atuais. Ele parecia ter vindo não só para falar com Kaladin, mas também assistir ao treinamento. Kaladin caminhou de volta até as batedoras — seu deus voando atrás dele —, de modo que Lunamor levou algo para o rei beber. Então hesitou diante da ponte que Elhokar havia cruzado para alcançar o platô.

A velha ponte deles, que usavam nas investidas, havia sido reutilizada para mover pessoas entre os platôs mais próximos de Narak. Pontes permanentes ainda estavam sendo reconstruídas. Lunamor deu uma batidinha na madeira. Tinham pensado que ela estava perdida, mas uma equipe de resgate a descobrira presa em um abismo ali perto. Dalinar concordara em transportá-la, a pedido de Teft.

Considerando tudo pelo que havia passado, a velha ponte estava em boa forma. Era feita de madeira resistente, a Ponte Quatro. Ele olhou além dela e ficou perturbado com a vista do platô seguinte — ou dos destroços dele. Um toco de platô, feito de rocha quebrada que se erguia apenas cerca de seis metros acima do piso do abismo. Rlain dissera que ele havia sido um platô normal antes do encontro da Tempestade Eterna e da grantormenta na Batalha de Narak.

Durante o terrível cataclismo que ocorreu quando as tempestades se encontraram, platôs inteiros haviam sido arrancados e despedaçados. Embora a Tempestade Eterna houvesse retornado várias vezes, as duas tormentas não se encontraram de novo sobre uma área habitada. Lunamor acariciou a velha ponte, então balançou a cabeça, caminhando até sua estação de cozinha.

Podiam ter treinado em Urithiru, talvez, mas nenhum dos carregadores havia reclamado de ir até ali. As Planícies Quebradas eram muito melhores do que a planície solitária diante da torre. Aquele lugar era igualmente estéril, mas também era *deles*.

Os homens também não questionaram quando Lunamor decidiu levar seus caldeirões e suprimentos para fazer o almoço. Era ineficiente, de fato, mas uma refeição quente compensaria — e, além disso, havia uma regra tácita. Muito embora Lunamor, Dabbid e Hobber não participassem das lutas ou do treinamento, ainda eram da Ponte Quatro. Iam para onde os outros iam.

Ele pediu a Huio para acrescentar a carne — com uma admoestação severa sobre *perguntar* antes de alterar qualquer condimento. Dabbid continuava a mexer, plácido. Ele parecia satisfeito, embora fosse difícil dizer. Lunamor lavou as mãos em uma tigela, então foi trabalhar no pão.

Cozinhar *era* como a guerra. Era preciso conhecer seus inimigos — embora seus "inimigos" naquela contenda fossem os seus amigos. Eles vinham para cada refeição esperando grandeza, e Lunamor lutava para provar seu valor repetidamente. Ele guerreava com pães e sopas, saciando apetites e satisfazendo estômagos.

Enquanto trabalhava, com as mãos enfiadas na massa, podia ouvir sua mãe cantarolando. Suas instruções cuidadosas. Kaladin estava errado; Lunamor não havia *se tornado* um cozinheiro. Sempre fora, desde que aprendeu a subir a escadinha para a bancada e enfiar os dedos na massa grudenta. Sim, ele havia treinado com um arco. Mas soldados precisavam comer, e cada guarda de *nuatoma* tinha várias tarefas, até mesmo guardas com a herança e as bênçãos particulares dele.

Lunamor fechou os olhos, amassando e cantarolando a canção da sua mãe em um ritmo que podia quase, por pouco, ouvir *bem baixinho*.

Um pouco depois, escutou passos leves cruzando a ponte atrás dele. O Príncipe Renarin parou ao lado do caldeirão, seu dever de transferir pessoas pelo Sacroportal concluído por enquanto. No platô, mais de um terço da Ponte Quatro havia descoberto como absorver Luz das Tempestades, mas nenhum dos novatos conseguira, apesar do estímulo de Kaladin.

Renarin assistia com o rosto vermelho. Ele obviamente correra para chegar ali depois de ser liberado de outra tarefa, mas agora estava hesitante. Elhokar havia se instalado perto de algumas pedras para assistir, e Renarin foi na direção dele, como se ficar de lado e assistir também fosse seu papel.

— Ei! — chamou Lunamor. — Renarin!

O garoto deu um pulo. Vestia seu uniforme azul da Ponte Quatro, embora o dele parecesse de algum modo... mais fino do que os outros.

— Você podia me ajudar com esse pão — disse Lunamor.

Renarin sorriu imediatamente. Tudo que o rapaz queria era ser tratado como os outros. Bem, aquela atitude fazia bem a um homem. Lunamor faria o próprio grão-príncipe amassar pão, se pudesse. Dalinar parecia precisar de uma boa sessão de panificação.

Renarin lavou as mãos, então se sentou no chão em frente a Lunamor e seguiu sua orientação. Lunamor arrancou um pedaço de massa da largura de sua mão, achatou-o e depois bateu-o contra uma das pedras grandes que deixara aquecendo junto ao fogo. A massa grudou na pedra, onde assaria até se soltar.

Lunamor não pressionou Renarin a falar. Algumas pessoas era bom pressionar, fazer com que se abrissem. Outras, era melhor deixar que se movessem no próprio ritmo. Como a diferença entre um guisado que se deixava ferver e outro que se deixava em fogo baixo.

Mas onde está o deus dele? Lunamor enxergava todos os esprenos. O Príncipe Renarin havia se conectado com um, só que Lunamor nunca conseguira identificá-lo. Ele se curvava quando Renarin não estava olhando, só por via das dúvidas, e fazia um sinal de reverência para o deus oculto.

— A Ponte Quatro está indo bem — disse Renarin finalmente. — Logo ele vai conseguir que todos estejam bebendo Luz das Tempestades.

— Provavelmente — replicou Lunamor. — Rá! Mas eles vão levar muito tempo para alcançar você. Sentinela da Verdade! É bom nome. Mais pessoas deviam vigiar a verdade, em vez da mentira.

Renarin corou.

— Eu... acho que isso significa que não posso mais ficar na Ponte Quatro, não é?

— Por que não?

— Sou de uma ordem diferente de Radiantes — explicou Renarin, olhos baixos enquanto formava um pedaço de massa perfeitamente circular, depois cuidadosamente o colocava sobre uma pedra.

— Você tem o poder de curar.

— Os Fluxos de Progressão e Iluminação. Mas não sei ao certo como o segundo funciona. Shallan me explicou sete vezes, mas não consigo criar nem mesmo a menor ilusão. Tem algo de errado.

— Ainda assim, só cura por enquanto? Isso aí pode ser muito útil para a Ponte Quatro!

— Eu não posso mais *ser* da Ponte Quatro.

— Bobagem. A Ponte Quatro não é os Corredores dos Ventos.

— Então, o que é?

— Somos nós — disse Lunamor. — Sou eu, são eles, é você. — Ele indicou Dabbid. — Aquele ali, ele nunca mais vai segurar lança. Ele não vai voar, mas é Ponte Quatro. Eu estou proibido de lutar, mas sou Ponte Quatro. E você, você pode ter título fino e poderes diferentes. — Ele se inclinou para a frente. — Mas eu conheço Ponte Quatro. E você, Renarin Kholin, é Ponte Quatro.

Renarin sorriu de orelha a orelha.

— Mas Rocha, você nunca se preocupa de não ser a pessoa que todos pensam que você é?

— Todo mundo pensa que eu sou um brutamontes barulhento e insuportável! — disse Lunamor. — Então ser outra coisa não seria ruim.

Renarin deu uma risada.

— Você pensa isso de si mesmo? — indagou Lunamor.

— Talvez — disse Renarin, formando outro pedaço perfeitamente redondo de massa. — Eu não sei *o que* sou, na maioria dos dias, Rocha, mas parece que sou o único. Desde que aprendi a andar, todo mundo sempre diz: "Olha como ele é inteligente, deveria ser um fervoroso."

Lunamor grunhiu. Às vezes, mesmo sendo barulhento e insuportável, ele sabia quando não dizer nada.

— Todo mundo acha que é *tão óbvio*. Eu tenho uma cabeça boa para números, não tenho? Sim, se una aos fervorosos. É claro, ninguém *diz* que sou muito menos homem que meu irmão, e ninguém comenta que *certamente* seria bom para a sucessão se o irmão mais novo, estranho e adoentado, estivesse enfiado em segurança em um monastério.

— Quando você diz essas coisas, *quase* não soa amargurado! — disse Lunamor. — Rá! Deve ter praticado bastante.

— Uma vida inteira.

— Me diga: por que você quer ser homem que luta, Renarin Kholin?

— Porque é isso que meu pai sempre quis — respondeu Renarin imediatamente. — Ele pode não perceber, mas é verdade, Rocha.

Lunamor grunhiu.

— Talvez seja um motivo estúpido, mas é um motivo, e eu respeito. Mas me diga, por que você *não* quer se tornar fervoroso ou guarda-tempo?

— Porque todo mundo acha que é o que vou fazer! — disse Renarin, batendo o pão nas pedras aquecidas. — Se eu fizer mesmo, estarei cedendo ao que todos dizem. — Ele procurou alguma coisa com que ficar mexendo e Lunamor jogou-lhe mais massa.

— Eu acho que seu problema é diferente do que você diz. Você fala que não é quem todo mundo pensa que você é. Talvez você se preocupe, em vez disso, de *ser* essa pessoa.

— Um fracote adoentado.

— Não — disse Lunamor, se inclinando para ele. — Você pode ser você sem que isso seja ruim. Você pode admitir que age e pensa diferente do seu irmão, mas pode aprender a não ver isso como uma falha. É só Renarin Kholin.

Renarin começou a trabalhar a massa furiosamente.

— É bom que você aprenda a lutar. Homens fazem bem em aprender várias habilidades. Mas homens também fazem bem em usar o que os deuses lhes concederam. Nos Picos, um homem pode não ter essa escolha. É privilégio!

— Imagino que sim. Glys disse... Bem, é complicado. Eu poderia conversar com os fervorosos, mas hesito em fazer qualquer coisa que me diferencie dos outros carregadores, Rocha. Eu já sou o esquisito nesse bando.

— É mesmo?

— Não negue, Rocha. Lopen é... bem, Lopen. E você é obviamente... hum... você. Mas *eu* ainda sou o esquisito. Sempre fui o mais estranho.

Lunamor bateu a massa em uma pedra, então apontou para Rlain — o carregador de pontes parshendiano que costumavam chamar de Shen — que estava sentado em uma rocha junto do seu esquadrão, assistindo em silêncio enquanto os outros riam porque Eth prendera acidentalmente uma pedra na mão. Ele usava a forma bélica e, consequentemente, estava mais alto e forte do que antes — mas os humanos pareciam ter esquecido completamente que ele estava ali.

— Ah — disse Renarin. — Eu não sei se ele conta.

— Isso aí é o que todo mundo sempre diz a ele — replicou Lunamor. — O tempo todo.

Renarin olhou por um longo tempo enquanto Lunamor continuava a fazer pão. Finalmente, o garoto se levantou, tirou a poeira do uniforme, caminhou até o platô de pedra e se acomodou ao lado de Rlain. Renarin parecia inquieto e não disse nada, mas Rlain aparentemente apreciou sua companhia mesmo assim.

Lunamor sorriu, então terminou o resto do pão. Ele se levantou e arrumou a bebida shiki com uma pilha de copos de madeira. Tomou outro gole, então balançou a cabeça e olhou para Huio, que estava coletando o pão. O herdaziano estava brilhando de modo tênue — obviamente, havia aprendido a sugar Luz das Tempestades.

Herdaziano maluco. Lunamor levantou a mão e Huio jogou-lhe um pão, que Lunamor mordeu. Ele mastigou o pão quente, pensativo.

— Mais sal no próximo lote?

O herdaziano só continuou coletando o pão.

— Você acha que precisa de mais sal, não acha? — perguntou Lunamor.

Huio deu de ombros.

— Acrescente mais sal àquele lote que comecei a misturar — recomendou Lunamor. — E não faça essa cara de espertinho. Ainda posso te jogar da beira do platô.

Huio sorriu e continuou trabalhando.

Os homens logo começaram a chegar para beber alguma coisa. Eles sorriram, deram tapas nas costas de Lunamor, disseram que ele era um gênio. Mas claro que nenhum deles se lembrou de que Lunamor havia tentado servir-lhes shiki antes. A maioria deixou a bebida no caldeirão, optando por cerveja.

Naquele dia, eles não estavam com calor, suados e frustrados. Conheça seu inimigo. Ali, com a bebida certa, ele mesmo era como um pequeno deus. Rá! Um deus de bebidas geladas e conselhos amigáveis. Qualquer chefe de cozinha digno das suas colheres aprendia a conversar, porque cozinhar era uma arte — e a arte era subjetiva. Um homem podia adorar uma escultura de gelo, enquanto outro a achava sem graça. Era o mesmo com comida e bebida. Isso não tornava a comida ruim, ou a pessoa ruim, desagradável.

Ele conversou com Leyten, que ainda estava abalado devido à sua experiência com o deus sombrio abaixo de Urithiru. Havia sido um deus poderoso, e muito vingativo. Havia lendas sobre coisas assim nos Picos; o tataravô de Lunamor havia encontrado um enquanto viajava pela terceira divisa. Uma história excelente e importante, que Lunamor não compartilhou naquele momento.

Ele acalmou Leyten, mostrando-lhe simpatia. O corpulento armeiro era um bom homem, e às vezes falava tão alto quanto Lunamor. Rá! Dava para ouvi-lo a dois platôs de distância, o que era algo de que Lunamor gostava. De que adiantava ter uma vozinha? As vozes não foram feitas para serem ouvidas?

Leyten voltou ao treinamento, mas outros tinham suas preocupações. Skar era o melhor lanceiro entre eles — ainda mais agora que Moash havia partido —, mas estava constrangido por não ter absorvido Luz das Tempestades. Lunamor pediu que Skar lhe mostrasse o que havia aprendido e, depois das instruções de Skar, chegou a conseguir sorver um pouco para si. Para seu deleite e surpresa.

Skar partiu com um passo animado. Outro homem teria se sentido pior, mas Skar tinha um coração de professor. O homem baixo ainda esperava que Lunamor algum dia escolhesse lutar. Ele era o único dos carregadores que ainda falava ativamente sobre seu pacifismo.

Depois que os homens foram devidamente hidratados, Lunamor percebeu que estava olhando para os platôs em busca de algum sinal de movimento a distância. Bem, era melhor se ocupar com a refeição. O guisado estava perfeito — ele ficou feliz de ter conseguido os caranguejos. Muito do que todos comiam na torre era carne ou grãos Transmutados, e nenhum dos dois era muito apetitoso. O pão achatado estava bem assado, e ele até conseguira fazer um chutney na noite anterior. Agora só precisava...

Lunamor quase tropeçou no próprio caldeirão quando viu o que estava se reunindo no platô à sua esquerda. *Deuses!* Deuses fortes, como Sylphrena. Com um tênue brilho azul, eles se aglomeravam ao redor de uma esprena alta, que possuía longos cabelos ondulando atrás de si. Ela havia tomado a forma de uma pessoa, de tamanho normal, e usava um vestido elegante. Os outros giravam ao redor dela, embora seu foco fosse obviamente os carregadores de pontes, treinando, esperançosos.

— *Uma'ami tukuma mafah'liki...* — começou Lunamor, fazendo às pressas os sinais de reverência.

Então, para garantir, ficou de joelhos e se curvou. Ele nunca vira tantos em um só lugar. Mesmo as poucas vezes que encontrara um *afah'liki* nos Picos não o impactaram tanto.

Qual seria a oferenda apropriada? Ele não podia oferecer apenas mesuras para uma visão como aquela. Mas pão e guisado? *Mafah'liki* não iam querer pão e guisado.

— Você é tão maravilhosamente respeitoso que chega quase a ser bobo — disse uma voz feminina ao lado dele.

Lunamor se virou e viu Sylphrena sentada na beira do seu caldeirão, na sua forma pequenina de mocinha, pernas cruzadas pendendo da borda.

Ele fez o sinal novamente.

— Eles são seus parentes? Essa mulher na frente deles é sua *nuatoma, ali'i'kamura*?

— Talvez meio que um pouco — disse ela, inclinando a cabeça para o lado. — Acho que me lembro de uma voz... a voz dela, Phendorana, me repreendendo. Me meti em *tantas* encrencas procurando Kaladin. Mas aqui estão eles! Eles não falam comigo. Acho que pensam que, se falarem, terão que admitir que estavam errados. — Ela se inclinou para a frente, sorrindo. — E eles absolutamente detestam estar errados.

Lunamor assentiu solenemente.

— Você não é mais tão marrom quanto antes — reparou Sylphrena.

— Sim, meu bronzeado está sumindo — concordou Lunamor. — Tempo demais em lugares fechados, *mafah'liki*.

— Humanos podem mudar de cor?

— Alguns mais do que os outros — disse Lunamor, levantando a mão. — Algumas pessoas dos outros picos são pálidas, como os shinos, embora meu pico sempre tenha tido mais bronze.

— Parece que alguém lavou você *demais* — disse Sylphrena. — Deram uma boa esfregada e arrancaram sua pele! E é por isso que seu cabelo é vermelho, porque ficou muito machucado!

— São palavras sábias — comentou Lunamor.

Ele ainda não sabia por quê. Teria que ponderá-las.

Ele catou as esferas que tinha no bolso, que não eram muitas. Ainda assim, colocou cada uma em uma tigela e então se aproximou do agrupamento de esprenos. Havia pelo menos duas dúzias ou mais! *Kali'kalin'da!*

Os outros carregadores não enxergavam os deuses, naturalmente. Ele não sabia o que Huio ou Hobber pensaram ao vê-lo caminhar reverentemente através do platô, então se curvar e dispor as tigelas com suas esferas como oferendas. Quando levantou os olhos, a *ali'i'kamura* — o deus mais importante ali — o observava. Ela pousou a mão sobre uma das tigelas e extraiu a Luz das Tempestades. Então partiu, tornando-se uma fita de luz e zunindo para longe.

Os outros permaneceram, uma coleção variada de nuvens, fitas, pessoas, montes de folhas e outros objetos naturais. Eles voejavam, espiando os homens e mulheres em treinamento.

Sylphrena cruzou o ar para se pôr ao lado da cabeça de Lunamor.

— Eles estão procurando — sussurrou Lunamor. — Isso aí *está* acontecendo mesmo. Não só carregadores. Não só escudeiros. Radiantes, como Kaladin queria.

— Vamos ver — disse ela, então bufou baixinho antes de também sair zunindo como uma fita de luz.

Lunamor deixou as tigelas, caso algum dos outros quisesse partilhar da sua oferenda. Na estação culinária, ele empilhou o pão achatado, pretendendo passar os pratos para que Hobber os segurasse e distribuísse. Só que Hobber não respondeu ao seu pedido. O homem magricela estava sentado no banquinho, inclinado para a frente, a mão fechada em um punho apertado, que brilhava devido à gema no meio. Os copos que ele estivera lavando jaziam em uma pilha ignorada ao seu lado.

A boca de Hobber se movia — sussurrando — e ele fitava aquele punho brilhante como um homem encarava o estopim da sua fogueira em uma noite muito fria, cercado pela neve. Desespero, determinação, oração.

Vai lá, Hobber, pensou Lunamor, dando um passo à frente. *Beba tudo. Torne-a sua.* Tome-a *para si.*

Lunamor sentiu uma energia no ar. Um momento de foco. Vários esprenos de vento se voltaram para Hobber e, por um instante, Lunamor pensou que tudo mais havia se apagado. Hobber tornou-se um homem sozinho em um lugar escuro, seu punho brilhando. Ele fitava, sem piscar, aquele sinal de poder. Aquele sinal de *redenção*.

A luz no punho de Hobber se apagou.

— Rá! — berrou Lunamor. — RÁ!

Hobber teve um sobressalto. Seu queixo caiu e ele olhou para a gema, agora fosca. Então ele estendeu a mão, aparvalhado diante da fumaça luminosa que emanava dela.

— Pessoal? — chamou ele. — Pessoal, *pessoal*!

Lunamor deu um passo atrás enquanto os carregadores deixavam suas posições e vinham correndo.

— Deem a ele suas gemas! — gritou Kaladin. — Ele vai precisar de um bocado! Façam uma pilha aqui!

Os carregadores se apressaram a dar a Hobber suas esmeraldas, e ele sugou mais e mais Luz das Tempestades. Então a luz subitamente diminuiu.

— Posso senti-las de novo! — gritou Hobber. — Estou sentindo os dedos dos pés!

Hesitante, ele estendeu as mãos em busca de apoio. Com Drehy o segurando por um braço e Peet pelo outro, Hobber saiu do banco e se levantou. Ele sorriu com seus dentes espaçados e quase caiu — suas pernas obviamente não estavam muito fortes. Drehy e Peet o endireitaram, mas ele os afastou para que o deixassem cambalear por conta própria.

Os homens da Ponte Quatro esperaram só um pouco antes de começar a gritar de empolgação. Esprenos de alegria giravam ao redor do grupo, como uma rajada de folhas azuis. Entre eles, Lopen se aproximou e fez a saudação da Ponte Quatro.

Parecia significar algo especial, vindo dele. Dois braços. Uma das primeiras vezes em que Lopen havia sido capaz de fazer a saudação. Hobber saudou-o de volta, sorrindo como um menino que acabara de acertar o centro do alvo com uma flecha pela primeira vez.

Kaladin foi até Lunamor, Sylphrena no seu ombro.

— *Vai* funcionar, Rocha. Isso vai protegê-los.

Lunamor assentiu, então, por hábito, olhou para o oeste, como havia feito o dia todo. Dessa vez, avistou algo.

Parecia uma coluna de fumaça.

K ALADIN VOOU PARA VERIFICAR. Lunamor, junto com os outros, seguiu a pé, carregando a ponte móvel deles.

Lunamor corria no centro frontal da ponte. O cheiro dela despertava memórias. A madeira, o verniz usado para impermeabilizá-la. Os sons de dezenas de homens grunhindo e respirando em espaços fechados. Pés batendo no platô. Uma mistura de exaustão e terror. Um ataque. Flechas voando. Homens morrendo.

Lunamor sabia o que podia acontecer quando escolheu descer dos Picos com Kef'ha. Nenhum *nuatoma* dos Picos jamais conquistara uma Espada Fractal ou Armadura Fractal dos alethianos ou vedenos que haviam desafiado. Ainda assim, Kef'ha havia determinado que o custo valia o risco. Na pior das hipóteses, ele havia pensado que acabaria morto e os membros da sua família se tornariam servos de um rico terrabaixista.

Eles não haviam contado com a crueldade de Torol Sadeas, que assassinara Kef'ha sem um duelo apropriado, matara vários da família de Lunamor que resistiram e tomara sua propriedade.

Lunamor rugiu, avançando, e sua pele começou a brilhar com o poder da Luz das Tempestades da bolsa e das esferas que havia coletado antes de partir. Ele parecia estar carregando a ponte sozinho, arrastando os outros.

Skar começou uma canção de marcha e a Ponte Quatro cantou com potência. O grupo havia se tornado forte o bastante para carregar a ponte por longas distâncias sem dificuldade, mas aquele dia deixou todas as investidas anteriores no chinelo. Eles correram por toda a distância, vibrando com Luz das Tempestades, Lunamor gritando os comandos, como Kaladin ou Teft costumavam fazer. Quando chegavam a um abismo, praticamente jogavam a ponte para atravessar. Quando a pegavam de novo, do outro lado, ela parecia leve como um caniço.

Parecia que eles mal haviam começado quando se aproximaram da fonte de fumaça; uma caravana atacada cruzando as planícies. Lunamor jogou seu peso contra os bastões de suporte no exterior da ponte, fazendo-a atravessar o abismo, então avançou. Outros o seguiram. Dabbid e Lopen pegaram escudos e lanças na lateral da ponte e jogaram-nos para cada um dos carregadores enquanto eles passavam. Eles se dividiram em esquadrões e os homens que normalmente seguiam Teft foram atrás de Lunamor, embora ele houvesse, claro, recusado a lança que Lopen tentou jogar para ele.

Muitas das carroças da caravana estavam transportando lenha das florestas nos arredores dos acampamentos de guerra, embora algumas trouxessem pilhas altas de mobília. Dalinar Kholin havia falado em repovoar seu acampamento de guerra, mas os dois grão-príncipes que haviam ficado para trás se espalharam pelo território — silenciosamente, como enguias. Por enquanto, era melhor recuperar o que pudessem e levar para Urithiru.

A caravana havia usado uma das grandes pontes com rodas de Dalinar para cruzar os abismos. Lunamor passou por uma delas, virada de lado, quebrada. Três das carroças de lenha maiores haviam sido incendiadas, espalhando no ar um cheiro acre de fumaça.

Kaladin flutuava acima, segurando sua brilhante Lança Fractal. Lunamor estreitou os olhos através da fumaça na direção em que Kaladin olhava e vislumbrou figuras se afastando pelos céus.

— Ataque dos Esvaziadores — murmurou Drehy. — Nós devíamos ter imaginado que eles começariam a ir atrás das nossas caravanas.

Lunamor não se importou naquele momento. Ele abriu caminho a empurrões através dos exaustos guardas da caravana e comerciantes assustados escondidos sob as carroças. Havia corpos por toda parte; os Esvaziadores haviam matado dezenas de pessoas. Lunamor procurou no meio da confusão, tremendo. Aquele cabelo vermelho era de um cadáver? Não, era sangue ensopando um lenço de cabeça. E aquele...

Aquele outro corpo não era humano — tinha pele marmorizada. Uma flecha branca brilhante estava cravada nas suas costas, com penas de ganso. Uma flecha unkalakiana.

Lunamor olhou para a direita, onde alguém havia empilhado mobília em um monturo, quase como se fosse uma fortificação. Uma cabeça despontou no topo, uma mulher corpulenta com um rosto redondo e uma trança de cabelos profundamente ruivos. Ela se empertigou e levantou um arco na direção de Lunamor. Outros rostos surgiram por trás da mobília. Dois jovens, um menino e uma menina, ambos com cerca de dezesseis anos. E outros rostos mais novos. Seis no total.

Lunamor correu na direção deles e percebeu que estava balbuciando, lágrimas escorrendo pelas bochechas enquanto escalava aquela fortificação improvisada.

Sua família, finalmente, havia chegado às Planícies Quebradas.

— Esta é Canção — disse Lunamor, puxando a mulher para perto, com um braço ao redor dos ombros dela. — É a melhor mulher dos Picos. Rá! Nós fazíamos fortes de neve quando crianças, e os dela eram sempre melhores. Eu devia ter imaginado que a encontraria em um castelo, ainda que feito de cadeiras velhas!

— Neve? — indagou Lopen. — Como se fazem fortes de neve? Já me falaram sobre esse negócio... é como geada, certo?

— Maluco terrabaixista. — Lunamor balançou a cabeça, indo até os gêmeos e pondo a mão no ombro de cada. — O menino é Dom. A menina é Corda. Rá! Quando eu parti, Dom era baixinho como Skar. Agora está quase do meu tamanho!

Ele tentou não expressar sua dor na voz. Fazia quase um ano. Tanto tempo. Originalmente, sua intenção fora trazê-los assim que pudesse, mas então tudo dera errado. Sadeas, as equipes de pontes...

— O filho seguinte é Rocha, mas não o mesmo tipo de Rocha que eu. Esse é... hum... Rocha menor. O terceiro filho é Astro. A segunda filha é Kuma'tiki... é um tipo de concha, mas não tem dela aqui. A última filha é outra Canção. Linda Canção.

Ele parou ao lado dela, sorrindo. A menina só tinha quatro anos e se encolheu. Ela não se lembrava do pai. Isso partiu seu coração.

Canção — Tuaka'li'na'calmi'nor — tocou suas costas. Ali perto, Kaladin apresentava a Ponte Quatro, mas só Dom e Corda haviam aprendido idiomas terrabaixistas, e Corda só falava vedeno. Dom conseguiu fazer uma saudação passável em alethiano.

A pequena Canção procurou as pernas da mãe. Lunamor piscou para afastar as lágrimas, embora não fossem lágrimas só de tristeza. Sua família estava *ali*. Os primeiros salários que economizara pagaram a mensagem enviada por telepena para a estação dos Picos. Aquela estação ainda ficava a uma semana de viagem do seu lar, e de lá, para descer as encostas e cruzar Alethkar, levava meses.

Ao redor deles, a caravana estava finalmente voltando a avançar. Havia sido a primeira chance que Lunamor encontrou para apresentar sua família, já que a Ponte Quatro havia passado a última meia hora tentando ajudar os feridos. Então, Renarin havia chegado com Adolin e duas companhias de tropas — e mesmo com todas as preocupações de Renarin sobre não ser útil, seu poder de cura salvara várias vidas.

Tuaka esfregou as costas de Lunamor, então ajoelhou-se ao seu lado, puxando a filha para perto com um braço, Lunamor com o outro.

— Foi uma longa jornada — disse ela em unkalakiano. — E mais longa no final, quando aquelas coisas vieram do céu.

— Eu deveria ter ido aos acampamentos de guerra para escoltar vocês.

— Estamos aqui agora. Lunamor, o que aconteceu? Sua mensagem foi tão sucinta. Kef'ha está morto, mas o que aconteceu com você? Por que tanto tempo sem uma palavra?

Ele baixou a cabeça. Como poderia explicar? As investidas de ponte, as rachaduras na sua alma. Como podia explicar que o homem que ela sempre dissera que era tão forte havia desejado morrer? Havia sido um covarde, desistido, perto do fim?

— E Tifi e Sinaku'a? — perguntou ela.

— Mortos — sussurrou ele. — Eles levantaram armas para vingança.

Ela levou a mão aos lábios. Usava uma luva na mão segura, em deferência às tolas tradições vorin.

— Então você...

— Eu sou um chefe de cozinha agora — respondeu Lunamor com firmeza.

— Mas...

— Eu cozinho, Tuaka. — Ele puxou-a para perto novamente. — Venha, vamos levar as crianças para um lugar seguro. Vamos chegar na torre, você vai gostar de lá... é quase como os Picos. Eu vou contar histórias a você. Algumas são dolorosas.

— Muito bem. Lunamor, também tenho histórias. Os Picos, nosso lar... algo está errado. Muito errado.

Ele recuou e fitou-a nos olhos. Eles a chamariam de olhos-escuros ali embaixo, embora ele encontrasse infinita profundidade, beleza e luz naqueles olhos verde-castanhos.

— Vou explicar quando estivermos em segurança — prometeu ela, pegando no colo a pequena Linda Canção. — Você foi sábio em nos fazer avançar. Sábio como de costume.

— Não, meu amor — sussurrou ele. — Eu sou um tolo. Eu culparia o ar, mas fui tolo lá em cima também. Um tolo por deixar Kef'ha partir naquela missão estúpida.

Ela caminhou com as crianças através da ponte. Ele assistiu, feliz de ouvir novamente unkalakiano, uma língua de verdade. Feliz que os outros homens não a entendessem. Porque, se entendessem, poderiam ter identificado as mentiras que ele dissera à sua família.

Kaladin se aproximou, apertando seu ombro.

— Vou colocar sua família nos meus aposentos, Rocha. Estou demorando para conseguir casas para as famílias dos carregadores de pontes. Isso vai me estimular a ser mais rápido. Vou marcar uma reunião, e até lá dormirei com o resto dos homens.

Lunamor abriu a boca para protestar, mas mudou de ideia. Às vezes, a coisa mais honrosa era receber um presente sem reclamar.

— Obrigado. Pelos aposentos. Pelas outras coisas, meu capitão.

— Vá caminhar com sua família, Rocha. Damos conta da ponte sem você hoje. Nós temos Luz das Tempestades.

Lunamor pousou os dedos na madeira lisa.

— Não. Será um privilégio carregá-la uma última vez, pela minha família.

— Uma última vez? — disse Kaladin.

— Nós vamos tomar os céus, Filho da Tempestade — explicou Lunamor. — Não caminharemos mais, no futuro. Esse é o fim.

Ele olhou para trás, para um calado grupo da Ponte Quatro, que parecia sentir que suas palavras eram verdade.

— Rá! Não façam essa cara triste. Deixei um excelente guisado perto da cidade. Hobber provavelmente não vai estragá-lo antes de voltarmos. Venham! Peguem nossa ponte. Nessa última vez, não marchamos para a morte, mas para encher a barriga e ouvir boas canções!

Apesar do seu apelo, foi um grupo solene e respeitoso que levantou a ponte. Eles não eram mais escravos. Raios, carregavam riquezas nos bolsos! Essa riqueza brilhava ferozmente, e logo a pele deles também.

Kaladin tomou seu lugar na frente. Juntos, eles carregaram a ponte em uma última investida — reverentemente, como se fosse o carro fúnebre de um rei sendo conduzido para a tumba onde descansaria por toda a eternidade.

38

POVO ARRUINADO

Suas habilidades são admiráveis, mas você é só um homem. Você teve a chance de ser mais, e recusou.

DALINAR ADENTROU A VISÃO seguinte no meio de um combate.

Havia aprendido a lição; não pretendia lançar outra pessoa em uma batalha inesperada. Daquela vez, pretendia encontrar um ponto seguro, *então* trazer as pessoas.

Isso significava aparecer como aparecera antes, muitos meses atrás: segurando uma lança em mãos suadas, parado em uma plataforma de rocha abandonada e despedaçada, cercado por homens em trajes primitivos. Eles vestiam túnicas rudes de fibras de lávis e sandálias de couro suíno, e carregavam lanças com pontas de bronze. Só o oficial usava armadura: um mero gibão de couro, que nem ao menos fora endurecido adequadamente. O couro fora curado, então cortado de modo tosco no formato de um colete; de nada serviu contra uma machadada no rosto.

Dalinar rugiu, lembrando-se de maneira indistinta de sua primeira vez naquela visão. Havia sido uma das primeiras, quando ele ainda as considerava pesadelos. Naquele dia, pretendia descobrir seus segredos.

Ele avançou contra o inimigo, um grupo de homens em roupas igualmente precárias. Os companheiros de Dalinar haviam sido encurralados contra a beira de um penhasco. Se não lutassem, seriam empurrados para uma encosta íngreme que terminava em uma queda de quinze metros ou mais até o fundo de um vale.

Dalinar chocou-se com o grupo inimigo que tentava empurrar seus homens do penhasco. Ele vestia a mesma roupa que os outros, carregava suas armas, mas havia trazido algo estranho: uma bolsa cheia de gemas pendurada na cintura.

Ele eviscerou um inimigo com a lança, então empurrou o sujeito contra os outros: trinta e tantos homens de barbas desgrenhadas e olhos cruéis. Dois deles tropeçaram no amigo moribundo, o que protegeu o flanco de Dalinar por um momento. Ele pegou o machado do homem caído e então atacou à esquerda.

Os inimigos resistiram, uivando. Aqueles homens não eram bem treinados, mas qualquer tolo com uma arma afiada podia ser perigoso. Dalinar cortou, retalhou, revidou com o machado — que era bem balanceado, uma boa arma. Estava confiante de que podia vencer aquele grupo.

Duas coisas deram errado. Primeiro, os outros lanceiros não o apoiaram. Ninguém o seguiu para protegê-lo de ser cercado.

Segundo, os homens selvagens não recuaram.

Dalinar havia passado a contar com a maneira como soldados se afastavam dele quando o viam lutando. Ele contava com o fracasso de sua disciplina — mesmo antes de ser um Fractário, contara com sua ferocidade, seu puro *impulso*, para vencer lutas.

No final, o impulso de um único homem — não importava quão hábil ou determinado ele fosse — de pouco valia quando topava com uma parede de pedra. Os homens diante dele não se curvaram, não entraram em pânico, nem mesmo tremeram enquanto Dalinar matava quatro deles. Eles o atacaram com ferocidade ainda maior; um deles até riu.

Em um instante, seu braço foi cortado fora por um machado que ele nem mesmo viu, então Dalinar foi empurrado pelo avanço dos atacantes e caiu. Atingiu o chão, atordoado, olhando sem acreditar para o toco do seu antebraço esquerdo. A dor parecia algo desconectado, distante. Um único espreno de dor, como uma mão feita de tendões, apareceu junto aos seus joelhos.

Dalinar experimentou um devastador e humilhante senso da própria mortalidade. Era isso que todo veterano sentia quando finalmente tombava no campo de batalha? Essa sensação bizarra e surreal de descrença e resignação há muito enterrada?

Dalinar firmou o queixo, então usou a mão saudável para soltar a tira de couro que estava usando como cinto. Segurando uma extremidade com os dentes, ele a envolveu ao redor do toco do braço, bem abaixo do cotovelo. O corte ainda não estava sangrando muito. Levava um momento para uma ferida como aquela sangrar; de início, o corpo constringia o fluxo sanguíneo.

Raios. O golpe havia feito um corte limpo. Ele se lembrou de que aquela não era realmente sua carne exposta. Não era seu próprio osso ali, como o anel central de uma fatia de porco.

Por que não se cura, como fez na visão com Fen?, indagou o Pai das Tempestades. *Você tem Luz das Tempestades.*

— Seria trapacear — grunhiu Dalinar.

Trapacear?, disse o Pai das Tempestades. *Danação, por que você estaria trapaceando? Você não fez nenhum juramento.*

Dalinar sorriu ao ouvir um fragmento de Deus praguejando. Ele se perguntou se o Pai das Tempestades estava pegando maus hábitos com ele. Ignorando a dor o melhor que podia, Dalinar pegou seu machado e se pôs de pé, cambaleante. À frente, seu esquadrão de doze lutava desesperadamente — e mal — contra o ataque frenético do inimigo. Eles haviam recuado direto até a borda do penhasco. Com as colossais formações rochosas ao redor, aquele lugar quase parecia um abismo, embora fosse consideravelmente mais aberto.

Dalinar oscilou e quase caiu novamente. Raios.

Cure-se de uma vez, recomendou o Pai das Tempestades.

— Eu costumava ser capaz de ignorar coisas assim. — Dalinar olhou para seu braço perdido. — Bem, nada tão grave desse jeito.

Você está velho, disse o Pai das Tempestades.

— Talvez — replicou Dalinar, se preparando, a visão clareando. — Mas eles cometeram um erro.

Que erro?

— Deram as costas para *mim*.

Dalinar atacou novamente, brandindo o machado com sua única mão. Ele abateu dois dos inimigos, abrindo caminho até seus homens.

— Desçam! — gritou ele. — Não podemos combatê-los aqui em cima. Escorreguem até aquela plataforma lá embaixo! Vamos tentar encontrar uma maneira de descer de lá!

Ele saltou do penhasco e atingiu a inclinação já em movimento. Foi uma manobra imprudente, mas, raios, eles nunca sobreviveriam lá em cima. Escorregou pela pedra, permanecendo de pé enquanto se aproximava da queda direta para o vale. Uma pequena saliência de pedra deu a ele espaço para parar.

Outros homens desciam ao redor dele. Dalinar largou o machado e agarrou um homem, impedindo-o de cair para a morte beirada afora. Perdeu dois outros.

Ao todo, sete homens conseguiram parar ao redor dele. Dalinar bufou, sentindo-se tonto novamente, então olhou para o lado do poleiro onde se encontravam. Pelo menos 15 metros até o fundo do desfiladeiro.

Seus companheiros eram um grupo de homens arrasados e maltrapilhos, cobertos de sangue e assustados. Esprenos de exaustão surgiram ali perto, como jatos de poeira. Acima, os homens selvagens se aglomeraram junto à beirada, olhando para baixo, desejosos, como cães-machado contemplando a comida na mesa do mestre.

— Raios! — O homem que Dalinar salvara deixou-se cair no chão. — Raios! Eles estão mortos. Todo mundo morreu.

Ele passou os braços ao redor de si mesmo. Olhando em volta, Dalinar contou apenas um homem além de si mesmo que havia mantido a arma. O torniquete que fizera estava deixando o sangue vazar.

— Nós vencemos essa guerra — disse Dalinar em voz baixa.

Vários outros olharam para ele.

— Nós vamos *vencer*. Eu vi. Nosso pelotão é um dos últimos ainda lutando. Embora a gente possa tombar, a guerra em si está sendo vencida.

Acima, uma figura juntou-se aos homens selvagens: uma criatura com a cabeça maior do que os outros, com uma temível armadura de carapaça negra e vermelha. Seus olhos brilhavam com um carmesim profundo.

Sim... Dalinar lembrava-se daquela criatura. Na visão anterior, fora abandonado para morrer lá em cima. Aquela figura havia passado por ele: um monstro em um pesadelo, ele deduzira, criado no seu subconsciente, similar aos seres que combatia nas Planícies Quebradas. Agora ele reconhecia a verdade. Aquilo era um Esvaziador.

Mas, no passado, não existira uma Tempestade Eterna; o Pai das Tempestades confirmou isso. Então de onde aquelas coisas tinham vindo, naquela época?

— Em formação — ordenou Dalinar. — Se preparem!

Dois homens obedeceram, correndo até ele. Honestamente, dois de sete era mais do que ele esperava.

A face do penhasco tremeu como se houvesse sido atingida por algo enorme. Então as pedras ali perto *ondularam*. Dalinar hesitou. Será que a perda de sangue estava turvando sua visão? A face de pedra pareceu reluzir e ondular, como a superfície de um lago que foi movimentado.

Alguém agarrou a beira da saliência onde estavam, vindo de baixo. Uma figura resplandecente de Armadura Fractal — cada peça visivelmente emitindo uma cor âmbar nas bordas, apesar da luz do dia — se içou para a saliência. A figura imponente era ainda maior do que outros homens usando Armaduras Fractais.

— Fuja — comandou o Fractário. — Leve seus homens para os curandeiros.

— Como? — perguntou Dalinar. — O penhasco...

Dalinar se sobressaltou. O penhasco agora tinha suportes para mãos.

O Fractário pressionou a mão contra a encosta que levava até o Esvaziador e novamente a pedra pareceu se retorcer. Degraus se formaram na rocha, como se ela fosse feita de cera que podia fluir e ser moldada. O Fractário estendeu a mão para o lado e um enorme martelo brilhante surgiu nela.

Ele avançou para cima, rumo ao Esvaziador.

Dalinar apalpou a pedra, que parecia firme ao toque. Ele balançou a cabeça, então instruiu seus homens a começarem a descer.

O último olhou para o toco do seu braço.

— Como você vai seguir, Malad?

— Eu me viro — disse Dalinar. — Vá.

O homem foi embora. Dalinar estava ficando com a cabeça cada vez mais leve. Finalmente, ele cedeu e sugou um pouco de Luz das Tempestades.

Seu braço se regenerou. Primeiro o corte foi curado, então a carne se expandiu como uma planta florescendo. Em instantes, ele remexeu os dedos, impressionado. Ele havia se curado de um *braço perdido* como de uma topada de dedão. A Luz das Tempestades clareou sua cabeça, e ele respirou fundo, revigorado.

Os sons de luta vinham de cima, mas mesmo forçando o pescoço para trás, não conseguia ver muito — embora um corpo tenha rolado encosta abaixo, depois escorregado pela beirada.

— São humanos — disse Dalinar.

Obviamente.

— Eu nunca pensei nisso antes. Havia humanos que lutavam *pelos* Esvaziadores?

Alguns.

— E aquele Fractário que eu vi? Um Arauto?

Não. Só um Guardião das Pedras. Aquele Fluxo que mudou a pedra é o outro que você pode aprender, embora ele possa lhe servir de modo diferente.

Que enorme contraste. Os soldados comuns pareciam tão primitivos, mas aquele Manipulador de Fluxos... Sacudindo a cabeça, Dalinar desceu, usando as saliências na face da rocha. Viu seus companheiros se unindo a um grupo grande de soldados mais abaixo no desfiladeiro. Gritos e sons de alegria ecoavam contra as paredes daquela direção. Era vagamente como ele se lembrava: a guerra havia sido vencida. Só grupos isolados do inimigo ainda resistiam. A parte maior do exército estava começando a celebrar.

— Tudo bem — disse Dalinar. — Traga Navani e Jasnah.

Planejava em algum momento mostrar aquela visão ao jovem imperador de Azir, mas primeiro queria se preparar.

— Coloque-as em algum lugar perto de mim, por favor. E deixe que mantenham as próprias roupas.

Ali perto, dois homens pararam de se mexer. Uma névoa brilhante de Luz das Tempestades obscureceu suas formas e, quando a névoa sumiu, Navani e Jasnah estavam ali, vestindo havahs.

Dalinar foi até elas.

— Bem-vindas à minha loucura, senhoras.

Navani deu uma volta, esticando o pescoço para olhar para o topo das formações rochosas semelhantes a castelos. Ela olhou para um grupo de soldados que passava mancando, um homem ajudando o companheiro ferido e pedindo por Regeneração.

— Raios! — sussurrou Navani. — Parece tão real.

— Eu avisei — disse Dalinar. — Com sorte, você não está agindo de modo vergonhoso *demais*, lá nos nossos aposentos.

Embora ele já estivesse familiarizado com as visões o bastante para que seu corpo não reproduzisse mais o que ele estava fazendo nelas, o mesmo não valeria para Jasnah, Navani ou qualquer um dos monarcas que ele trouxesse.

— O que aquela mulher está fazendo? — indagou Jasnah, curiosa.

Uma mulher mais jovem foi ao encontro dos homens mancando. Uma Radiante? Ela passava essa impressão, embora não estivesse de armadura. Era mais seu ar de confiança, a maneira como fez com que se acomodassem e tirou algo brilhante da bolsa no cinto.

— Eu me lembro disso — observou Dalinar. — É um daqueles dispositivos que mencionei da outra visão. Aqueles que fornecem o que eles chamam de Regeneração. Cura.

Os olhos de Navani se arregalaram e ela ficou feliz como uma criança que recebera um prato cheio de doces para a Festa Medial. Ela deu um abraço rápido em Dalinar, então foi apressadamente até lá para assistir, se aproximando do flanco do grupo e então acenando impacientemente para que a Radiante prosseguisse.

Jasnah virou-se para olhar ao redor do desfiladeiro.

— Não conheço lugar algum no nosso tempo com essa descrição, tio. Por essas formações, parece as terras tempestuosas.

— Talvez essa área esteja perdida em algum lugar das Colinas Devolutas?

— Pode ser, ou então faz muito tempo que as formações rochosas foram completamente erodidas.

Ela estreitou os olhos na direção de um grupo que atravessava o desfiladeiro carregando água para os soldados. Da última vez, Dalinar havia descido o desfiladeiro aos tropeços em tempo de encontrá-los e ganhar uma bebida.

Precisam de você lá em cima, dissera um deles, apontando para a encosta baixa ao longo da lateral do desfiladeiro oposto ao lugar onde estivera lutando.

— Aquelas roupas — disse Jasnah em voz baixa. — Essas armas...

— Nós voltamos aos tempos antigos.

— Sim, tio, mas o senhor não me disse que essa visão é do final das Desolações?

— Que eu lembre, sim.

— Então a visão com a Essência de Meia-Noite aconteceu antes disso, cronologicamente. Mas o senhor viu aço, ou pelo menos ferro, naquela. Lembra-se do atiçador?

— Acho que nunca vou esquecer. — Ele coçou o queixo. — Ferro e aço naquela época, mas homens brandindo armas primitivas aqui, de cobre e bronze. Como se não soubessem como Transmutar ferro, ou pelo menos não como forjá-lo direito, apesar de ser uma data posterior. Hum. É estranho mesmo.

— Isso confirma o que nos disseram, mas que eu nunca consegui acreditar totalmente. As Desolações foram tão terríveis que destruíram o aprendizado e o progresso e deixaram para trás um povo arruinado.

— As ordens dos Radiantes deviam impedir isso — comentou Dalinar. — Aprendi isso em outra visão.

— Sim, eu li o relato dessa. De todas elas, na verdade.

Jasnah olhou para ele e então sorriu. As pessoas sempre se surpreendiam ao ver Jasnah expressando emoções, mas Dalinar considerava uma injustiça. Ela sorria, sim, embora reservasse a expressão para quando fosse mais genuína.

— Obrigada, tio. O senhor concedeu ao mundo um grande dom. Um homem pode ter a coragem de encarar uma centena de inimigos, mas vivenciar essas visões... e registrá-las em vez de escondê-las... foi bravura em um nível inteiramente diferente.

— Foi mera teimosia. Recusei-me a acreditar que estava louco.

— Então eu abençoo sua teimosia, tio. — Jasnah franziu os lábios, pensativa, então continuou, em um tom mais suave: — Estou preocupada com o senhor, tio. Com o que as pessoas estão dizendo.

— Está falando da minha heresia? — perguntou Dalinar.

— A heresia em si não me preocupa tanto, é mais a maneira como está lidando com a reação.

À frente deles, Navani conseguira de algum modo intimidar a Radiante para que lhe deixasse dar uma olhada no fabrial. O dia estava se estendendo para o fim da tarde, o despenhadeiro estava caindo na sombra. Mas aquela visão era longa, e ele estava contente em esperar por Navani. Sentou-se em uma pedra.

— Eu não nego Deus, Jasnah. Simplesmente acredito que o ser que chamamos de Todo-Poderoso nunca foi realmente Deus.

— O que é uma decisão sábia a tomar, considerando os relatos das suas visões.

Jasnah se acomodou ao lado dele.

— Você deve estar feliz em me ouvir dizer isso.

— Estou feliz de ter alguém com quem conversar, e certamente estou feliz de vê-lo em uma jornada de descoberta. Mas estou feliz de vê-lo sofrendo? Estou feliz em vê-lo forçado a abandonar algo que lhe é precioso? — Ela balançou a cabeça. — Não me importa que as pessoas acreditem no que funciona para elas, tio. Isso é algo que ninguém parece compreender... não quero me envolver nas crenças dos outros. Não preciso de *companhia* para ser *confiante*.

— Como você aguenta, Jasnah? — perguntou Dalinar. — As coisas que dizem sobre você? Eu vejo as mentiras nos olhos das pessoas antes de falarem. Ou então me falam, com total sinceridade, coisas que eu supostamente disse... mesmo que eu as negue. Eles recusam minha própria palavra contra os rumores sobre mim!

Jasnah manteve o olhar ao longe no penhasco. Mais homens estavam se reunindo do outro lado, um grupo fraco e abalado, que só agora estava descobrindo que eram os vencedores naquela contenda. Uma grande coluna de fumaça se ergueu a distância, mas ela não conseguia ver a fonte.

— Gostaria de ter respostas, tio — disse Jasnah em voz baixa. — A luta fortalece, mas também embrutece. Temo ter ficado insensível demais e não forte o bastante. Mas posso lhe dar um aviso.

Ele olhou para ela, arqueando as sobrancelhas.

— As pessoas vão tentar defini-lo por algo que você não é. Não deixe que façam isso. Posso ser uma erudita, uma mulher, uma historiadora, uma Radiante. As pessoas ainda vão tentar me classificar pela característica que me torna uma estranha. Querem, ironicamente, algo que eu *não* faço ou não acredito que seja o principal marco da minha identidade. Nunca permiti isso e nunca vou permitir.

Ela estendeu a mão livre e tocou o braço dele.

— Você não é um herege, Dalinar Kholin. Você é um rei, um Radiante e um pai. Você é um homem com crenças complicadas, que não aceita tudo que lhe dizem. *Você* decide como é definido. Não se renda a eles. As pessoas aproveitarão alegremente a chance de defini-lo, se você permitir.

Dalinar assentiu lentamente.

— Apesar disso — disse Jasnah, se levantando —, essa aqui provavelmente não é a melhor ocasião para tal conversa. Sei que podemos reproduzir essa visão à vontade, mas o número de tempestades em que poderemos fazer isso será limitado. Eu deveria estar explorando.

— Da última vez, eu fui por ali — disse Dalinar, apontando para a encosta. — Gostaria de ver novamente o que vi.

— Excelente. É melhor nos dividirmos para cobrirmos mais terreno. Vou na outra direção, então podemos nos encontrar depois e comparar as anotações.

Ela desceu pela encosta na direção do maior agrupamento de homens. Dalinar se levantou e se esticou, ainda cansado do esforço de mais cedo. Algum tempo depois, Navani voltou, murmurando explicações sobre o que vira. Teshav estava sentada perto dela no mundo desperto, e Kalami estava com Jasnah, registrando o que diziam — a única maneira de fazer anotações em uma daquelas visões.

Navani entrelaçou seu braço no de Dalinar e olhou na direção de Jasnah, um sorriso carinhoso nos lábios. Não, ninguém pensaria que Jasnah não tinha emoções se houvesse visto as lágrimas na reunião entre mãe e filha.

— Como você conseguiu bancar a mãe para aquela ali? — indagou Dalinar.

— Na maior parte do tempo, sem deixar que ela percebesse que eu estava bancando a mãe dela — respondeu Navani e puxou-o para perto. — Aquele fabrial é maravilhoso, Dalinar. É como um Transmutador.

— Em que sentido?

— No sentido de que não faço ideia de como ele funciona! Eu acho... acho que há algo errado na maneira como vemos os antigos fabriais. —

Ele olhou para Navani, que balançou a cabeça. — Ainda não sei como explicar.

— Navani...

— Não — disse ela teimosamente. — Preciso apresentar minhas ideias às eruditas, ver se o que estou pensando faz sentido, e então preparar um relatório. Isso é tudo, Dalinar Kholin. Então seja paciente.

— Eu provavelmente não vou entender metade do que você disser, de qualquer maneira — resmungou ele.

Dalinar não foi imediatamente na direção em que havia ido antes. Na última vez, fora estimulado por alguém na visão. Havia agido de modo diferente dessa vez. Será que o mesmo estímulo ainda viria?

Ele só teve que esperar um pouco até um oficial chegar correndo até eles.

— Você aí — disse o homem. — Malad-filho-Zent, não é esse seu nome? Você foi promovido a sargento. Vá para a base no campo três. — O homem apontou para a encosta. — Suba aquele morro, então desça do outro lado. Depressa!

Ele lançou um olhar de reprovação para Navani — na visão dele, os dois não deveriam estar demonstrando tanta intimidade —, mas então foi embora sem dizer mais nada.

Dalinar sorriu.

— O que foi? — indagou Navani.

— Essas visões são experiências prontas que Honra queria que eu tivesse. Embora haja liberdade nelas, suspeito que a mesma informação será expressa, independentemente do que eu faça.

— Então, você quer desobedecer?

Dalinar balançou a cabeça.

— Tem algumas coisas que preciso ver de novo... agora que entendo que essa visão é precisa, tenho perguntas melhores a fazer.

Eles começaram a subir a encosta de pedra lisa, caminhando de braços dados. Dalinar sentiu emoções inesperadas começarem a se agitar dentro dele, parcialmente devido às palavras de Jasnah. Mas era algo mais profundo: um afloramento de gratidão, alívio, e até mesmo amor.

— Dalinar? — chamou Navani. — Você está bem?

— Só estou... pensando — disse ele, tentando controlar a voz. — Pelo sangue dos meus ancestrais... faz quase meio ano, não faz? Desde que isso tudo começou? Todo esse tempo, eu vim para essas visões sozinho. É muito bom compartilhar o fardo, Navani. Ser capaz de mostrar isso a você e saber de uma vez... com certeza... que o que estou vendo não está apenas na minha cabeça.

Ela puxou-o para mais perto novamente, caminhando com a cabeça no seu ombro. Muito mais afetuosa em público do que aprovava a moralidade alethiana, mas eles não tinham jogado a moralidade pela janela muito tempo atrás? Além disso, não havia ninguém para ver — ninguém real, pelo menos.

Eles chegaram ao cume, então passaram por vários pontos enegrecidos. O que podia queimar pedra daquele jeito? Outras partes pareciam ter sido quebradas por um peso impossível, e outras ainda tinham buracos de formato estranho. Navani parou ao lado de uma formação específica, apenas da altura dos joelhos, onde a rocha tomara a forma de um padrão de ondulações estranhamente simétrico. Parecia líquido que foi congelado no meio do fluxo.

Gritos de dor ecoavam através daqueles desfiladeiros e pela planície aberta de pedra. Olhando do cume, Dalinar encontrou o campo de batalha principal. Cadáveres se estendiam na distância; milhares, alguns empilhados. Outros abatidos aos montes, pressionados contra encostas de pedra.

— Pai das Tempestades? — chamou Dalinar, dirigindo-se ao espreno. — Isso *é* o que eu disse a Jasnah que era, certo? Aharietiam. A Última Desolação.

Assim ela foi chamada.

— Inclua Navani nas suas respostas — solicitou Dalinar.

Novamente, você exige coisas de mim. Você não deveria fazer isso. A voz roncou a céu aberto e Navani deu um pulo.

— Aharietiam — comentou Dalinar. — Não é assim que as canções e pinturas representam a derrota final dos Esvaziadores. Nelas, há sempre algum conflito grandioso, com monstros pavorosos lutando contra corajosas fileiras de soldados.

Os homens mentem na sua poesia. Você certamente sabe disso.

— É que... só parece outro campo de batalha qualquer.

E aquela rocha atrás de você?

Dalinar voltou-se para ela, então arquejou, percebendo que algo que confundira com um rochedo era na verdade um gigantesco rosto esquelético. Um monte de destroços pelos quais haviam passado era na realidade uma daquelas *coisas* que ele vislumbrara em outra visão. Um monstro de pedra que se destacara do chão.

Navani subiu na coisa.

— Onde estão os parshemanos?

— Mais cedo, eu lutei contra humanos — disse Dalinar.

Eles foram recrutados pelo outro lado, replicou o Pai das Tempestades. Eu acho.

— Acha? — insistiu Dalinar.

Nessa época, Honra ainda vivia. Eu ainda não era totalmente eu. Era mais tempestade. Menos interessado nos homens. A morte dele me mudou. Minha memória daquele tempo é difícil de explicar. Mas, se você quer ver parshemanos, basta olhar para aquele campo.

Navani juntou-se a Dalinar no cume, olhando para a planície de cadáveres abaixo.

— Quais são eles? — perguntou Navani.

Não consegue diferenciá-los?

— Não dessa distância.

Mais ou menos metade é o que vocês chamam de parshemanos.

Dalinar estreitou os olhos, mas ainda não conseguia identificar quais eram os humanos e quais não eram. Ele conduziu Navani cume abaixo, então através da planície. Ali, os cadáveres se misturavam. Homens nas suas roupas primitivas. Cadáveres parshemanos cobertos de sangue alaranjado. Era um aviso que Dalinar deveria ter reconhecido, mas não fora capaz de compreender na primeira vez. Pensara que se tratava de um pesadelo sobre as batalhas nas Planícies Quebradas.

Ele sabia qual caminho tomar; aquele que conduziu ele e Navani através do campo de cadáveres, então até um recesso sombrio sob um alto pico rochoso. A luz cintilava nas pedras dali, chamando sua atenção. Antes, havia pensado que perambulara até aquele lugar por acidente, mas na verdade a visão inteira o conduzira até esse momento.

Ali, encontraram nove Espadas Fractais cravadas na pedra. Abandonadas. Navani levou a mão segura enluvada à boca diante da visão — nove belas Espadas, cada uma delas um tesouro, simplesmente largadas ali? Por que e como?

Dalinar andou em meio às sombras, dando a volta nas nove Espadas. Essa foi outra imagem que ele entendeu mal quando viveu aquela visão pela primeira vez. Não eram simplesmente Espadas Fractais.

— Pelos olhos de Ash! — disse Navani, apontando. — Eu reconheço aquela, Dalinar. É a espada...

— A espada que matou Gavilar — disse ele, parando ao lado da mais simples espada, longa e fina. — A arma do Assassino de Branco. É uma Espada de Honra. Todas elas são.

— Esse é o dia em que os Arautos ascenderam de vez aos Salões Tranquilinos! — disse Navani. — Para liderar a batalha de lá.

Dalinar virou-se para o lado, onde vira o ar tremeluzindo. O Pai das Tempestades.

— Só que... — continuou Navani. — Esse não foi realmente o fim de verdade. Porque o inimigo retornou. — Ele andou ao redor do anel de espadas, então fez uma pausa junto ao ponto aberto no círculo. — Onde está a décima Espada?

— As histórias estão erradas, não estão? — disse Dalinar ao Pai das Tempestades. — Nós não derrotamos o inimigo de vez, como os Arautos alegaram. Eles *mentiram*.

Navani ergueu bruscamente a cabeça, os olhos voltados para Dalinar.

Eu os culpei por muito tempo pela sua falta de honra, disse o Pai das Tempestades. É difícil... difícil, para mim, ver além dos votos rompidos. Eu os odiei. Agora, quanto mais conheço os homens, mais vejo honra nessas pobres criaturas que vocês chamam de Arautos.

— Diga-me o que aconteceu — pediu Dalinar. — O que *realmente* aconteceu?

Está pronto para essa história? Há partes que você não vai gostar.

— Se aceitei que Deus está morto, posso aceitar a queda dos seus Arautos.

Navani se acomodou em uma pedra próxima, o rosto pálido.

Começou com as criaturas que vocês chamam de Esvaziadores, disse o Pai das Tempestades, a voz um trovão baixo e distante. Introspectivo? Como eu disse, minha visão desses eventos é distorcida. Lembro-me de que, muito tempo atrás, antes do dia que vocês estão vendo agora, existiam muitas almas de criaturas que haviam sido mortas, furiosas e terríveis. Elas haviam recebido grande poder do inimigo, aquele chamado de Odium. Esse foi o início, o começo das Desolações.

Pois quando essas coisas morreram, se recusaram a seguir adiante.

— É o que está acontecendo agora — disse Dalinar. — Os parshemanos, eles foram transformados por aquelas coisas na Tempestade Eterna. Aquelas coisas são... — Ele engoliu em seco. — As almas dos mortos?

Eles são os esprenos de parshemanos mortos há muito tempo. São seus reis, seus olhos-claros, seus valorosos soldados de muito, muito tempo atrás. O processo não é fácil para eles. Alguns desses esprenos são meras forças agora, bestiais, fragmentos de mentes que receberam o poder de Odium. Outros são mais... despertos. Cada renascimento danifica ainda mais suas mentes.

Eles renascem usando os corpos dos parshemanos para se tornarem os Moldados. E até mesmo antes de os Moldados aprenderem a comandar os fluxos, os homens não conseguiam combatê-los. Os humanos nunca conseguiriam vencer quando as criaturas que matavam renasciam toda vez que eram mortas. Por isso, o Sacropacto.

— Dez pessoas — disse Dalinar. — Cinco homens, cinco mulheres. — Ele olhou para as espadas. — Eles puseram fim à situação?

Eles se entregaram. Assim como Odium está selado pelos poderes de Honra e de Cultura, seus Arautos selaram os esprenos dos mortos no lugar que vocês chamam de Danação. Os Arautos procuraram Honra, que deu a eles esse direito, esse pacto. Eles pensaram que isso daria fim à guerra para sempre, mas estavam errados. Honra estava errado.

— Ele também era como um espreno — comentou Dalinar. — Você já me disse isso. E Odium também.

Honra deixou o poder cegá-lo para a verdade de que, muito embora esprenos e deuses não possam romper seus juramentos, homens podem, e rompem. Os dez Arautos foram selados na Danação, aprisionando os Esvaziadores lá. Contudo, se algum dos dez concordasse em romper esse juramento e deixasse os Esvaziadores passar, isso abriria um dilúvio. Todos eles poderiam retornar.

— E isso dava início a uma Desolação — disse Dalinar.

Isso dava início a uma Desolação, concordou o Pai das Tempestades.

Um juramento que podia ser quebrado, um pacto que podia ser subvertido. Dalinar imaginava o que havia acontecido. Parecia tão óbvio.

— Eles foram torturados, não foram?

Horrivelmente, pelos espíritos que aprisionaram. Eles podiam compartilhar a dor, devido ao seu laço — mas em dado momento alguém sempre cedia.

Quando um deles cedia, todos os dez Arautos voltavam para Roshar. Eles lutavam. Lideravam os homens. Seu Sacropacto impedia os Moldados de retornarem imediatamente, mas toda vez, depois de uma Desolação, os Arautos voltavam à Danação para selar o inimigo de volta. Para se esconderem, lutarem e finalmente resistirem juntos.

O ciclo se repetiu. De início, o intervalo entre Desolações era longo. Centenas de anos. Perto do final, o tempo entre as Desolações era de menos de dez anos. Menos de um ano se passou entre as duas últimas. As almas dos Arautos haviam se esgarçado. Eles cederam quase imediatamente depois de voltarem e serem torturados na Danação.

— O que explica por que a situação parece tão ruim nesta visão — sussurrou Navani do seu assento. — A sociedade havia sofrido Desolação após Desolação, separadas por curtos intervalos. A cultura, a tecnologia... tudo arrasado.

Dalinar se ajoelhou e esfregou o ombro dela.

— Não é tão ruim quanto eu temia — disse ela. — Os Arautos *eram* honrados. Talvez não fossem divinos, mas talvez eu goste até mais deles sabendo que outrora foram apenas homens e mulheres comuns.

Eles são pessoas arrasadas, disse o Pai das Tempestades. Mas posso começar a perdoá-los, e aos seus juramentos rompidos. Faz... sentido para mim agora, como nunca fez antes. Ele soou surpreso.

— Foram os Esvaziadores que fizeram isso — disse Navani. — São eles que estão voltando agora. De novo.

Os Moldados, as almas dos mortos de muito tempo atrás, *abominam* vocês. Eles não são racionais. Ficaram permeados pela essência dele, a essência do puro ódio. Vão destruir este mundo para destruir a humanidade. E sim, eles voltaram.

— Aharietiam não foi realmente o fim — disse Dalinar. — Foi só outra Desolação. Só que alguma coisa mudou para os Arautos. Eles deixaram suas espadas?

Depois de cada Desolação, os Arautos retornavam à Danação, respondeu o Pai das Tempestades. Se eles morressem na luta, eram enviados para lá automaticamente. E aqueles que sobreviviam voltavam voluntariamente no final. Eles haviam sido avisados de que, se algum ficasse por aqui, isso poderia levar a um desastre. Além disso, eles precisavam estar juntos na Danação, para compartilhar o fardo da tortura, caso um deles fosse capturado. Mas dessa vez, aconteceu uma estranheza. Por covardia ou por sorte, eles evitaram a morte. Nenhum deles foi morto em batalha — exceto um.

Dalinar olhou para o ponto aberto no círculo.

Os nove se deram conta de que um deles nunca havia cedido, continuou o Pai das Tempestades. Cada um dos outros, em determinado momento, havia sido aquele a desistir, a iniciar a Desolação para escapar da dor. Eles determinaram que talvez não precisassem todos voltar.

Decidiram permanecer aqui, se arriscando a uma Desolação eterna, mas esperançosos de que o Arauto que deixaram na Danação seria capaz, sozinho, de segurar o pacto. O Arauto que nem deveria ter se juntado a eles, em primeiro lugar, aquele que não era um rei, erudito ou general.

— Talenelat — disse Dalinar.

Aquele que suporta agonias. Aquele que foi abandonado na Danação. Deixado para suportar as torturas sozinho.

— Todo-Poderoso no céu — sussurrou Navani. — Quanto tempo se passou? Mais de mil anos, certo?

Quatro mil e quinhentos anos, disse o Pai das Tempestades. Quatro milênios e meio de tortura.

O silêncio tomou a pequena alcova, que estava adornada com Espadas prateadas e sombras compridas. Dalinar, sentindo-se fraco, sentou-se no chão ao lado da pedra de Navani. Ele fitou aquelas Espadas e sentiu um súbito ódio irracional pelos Arautos.

Era tolice. Como Navani havia dito, eles *eram* heróis. Haviam poupado a humanidade dos ataques por longos períodos, pagando com a própria sanidade. Ainda assim, ele os odiava. Pelo homem que haviam deixado para trás.

O homem...

Dalinar levantou-se de um salto.

— É *ele*! — gritou. — O louco. Ele realmente *é* um Arauto!

Ele finalmente cedeu, disse o Pai das Tempestades. Ele se juntou aos nove, que ainda vivem. Por todos esses milênios, nenhum deles morreu e voltou à Danação, mas isso já não importa mais. O Sacropacto foi enfraquecido quase até a aniquilação, e Odium criou a própria tempestade. Os Moldados não voltam para a Danação quando morrem. Eles renascem na próxima Tempestade Eterna.

Raios. Como poderiam derrotar aquilo? Dalinar olhou novamente para o ponto vazio entre as espadas.

— O louco, o Arauto, ele chegou a Kholinar com uma Espada Fractal. Não deveria ter sido a Espada de Honra dele?

Sim. Mas a que foi entregue a você não é a dele. Eu não sei o que aconteceu.

— Preciso falar com ele. Ele... ele estava no monastério, quando saímos em marcha. Não estava?

Dalinar precisava perguntar aos fervorosos, ver quem havia levado os loucos.

— Foi essa a causa da rebelião dos Radiantes? — indagou Navani. — Foram esses segredos que deram origem à Traição?

Não. Esse é um segredo mais profundo, que não contarei.

— Por quê? — quis saber Dalinar.

Porque, se você soubesse, abandonaria seus votos, como os antigos Radiantes.

— Eu não faria isso.

Não faria?, interpelou o Pai das Tempestades, sua voz se tornando mais alta. Você juraria? Juraria por algo que não sabe? Esses Arautos juraram que conteriam os Esvaziadores, e o que aconteceu com eles?

Não existe homem vivo que não tenha rompido um juramento, Dalinar Kholin. Seus novos Radiantes levam nas mãos as almas e vidas dos meus filhos. Não. Não deixarei que você faça como seus predecessores. Você sabe as partes importantes. O resto é irrelevante.

Dalinar respirou fundo, mas conteve sua raiva. De certo modo, o Pai das Tempestades tinha razão. Não tinha como saber de que forma esse segredo afetaria a ele ou aos seus Radiantes.

Ainda assim, teria preferido saber. Sentia-se caminhando seguido por um carrasco que planejava tomar sua vida a qualquer momento.

Ele suspirou quando Navani se levantou e foi até ele, tomando seu braço.

— Vou tentar desenhar de memória cada uma dessas Espadas de Honra... Ou melhor, mandar Shallan fazer isso. Talvez possamos usar os desenhos para localizar as outras.

Uma sombra se moveu na entrada daquela pequena alcova e, um momento depois, um jovem entrou aos tropeços. Era pálido, com estranhos olhos grandes de shino e cabelo castanho encaracolado. Poderia ser qualquer shino que Dalinar já conhecera na vida — eles ainda eram etnicamente distintos, apesar de milênios terem se passado.

O homem caiu de joelhos diante do milagre das Espadas de Honra abandonadas. Porém, um momento depois, o homem olhou para Dalinar, e então falou com a voz do Todo-Poderoso.

— Você deve uni-los.

— Não havia nada que você pudesse fazer pelos Arautos? — perguntou Dalinar. — Não havia nada que seu Deus pudesse fazer para impedir isso?

O Todo-Poderoso, naturalmente, não podia responder. Ele havia morrido lutando com aquela coisa que estavam enfrentando, a força conhecida como Odium. Ele havia, de certo modo, dado a própria vida pela mesma causa que os Arautos.

A visão se desfez.

Embora as elites da moda em Liafor tenham apresentado desenhos mais ousados em fólios passados, descobriram que não há maneira mais rápida de influenciar estilos alethianos e vedenos do que através de mudanças sutis, ao longo do tempo, no tradicional havah vorin.

39

ANOTAÇÕES

Nada de bom pode vir de Fractais se instalando em um mesmo local. Foi acertado que nós não interferiríamos uns com os outros, e é decepcionante para mim que tão poucos dos Fractais tenham mantido esse acordo original.

— SHALLAN PODE FAZER ANOTAÇÕES para nós — disse Jasnah.

Shallan levantou os olhos do seu caderno. Havia se acomodado contra a parede de azulejos, sentada no chão com seu havah azul, e pretendera passar a reunião desenhando.

Fazia mais de uma semana desde sua recuperação e subsequente encontro com Jasnah no pilar de cristal. Shallan estava se sentindo cada vez melhor e, ao mesmo tempo, cada vez menos ela mesma. Que experiência surreal era seguir Jasnah por aí, como se nada houvesse mudado.

Naquele dia, Dalinar havia convocado uma reunião dos seus Radiantes, e Jasnah sugerira as salas do porão da torre porque eram muito bem protegidas. Ela estava incrivelmente preocupada em ser espionada.

As fileiras de pó haviam sido removidas do chão da biblioteca; o bando de eruditas de Navani havia catalogado cuidadosamente cada fragmento. O vazio só servia para sublinhar a ausência da informação que haviam esperado encontrar.

Agora todos estavam olhando para ela.

— Anotações? — disse Shallan. Mal estivera acompanhando a conversa. — Poderíamos chamar a Luminosa Teshav...

Até então, era um grupo pequeno. O Espinho Negro, Navani e os principais Manipuladores de Fluxos: Jasnah, Renarin, Shallan e Kaladin

Filho da Tempestade, o carregador de pontes voador. Adolin e Elhokar estavam fora, visitando Vedenar para avaliar a capacidade militar do exército de Taravangian. Malata estava operando o Sacroportal para eles.

— Não há necessidade de chamar outra escriba — disse Jasnah. — Cobrimos taquigrafia no seu treinamento, Shallan. Gostaria de ver se manteve a habilidade. Seja caprichosa; precisaremos relatar ao meu irmão o que determinarmos aqui.

O resto do grupo havia se instalado em cadeiras, exceto Kaladin, que estava de pé, encostado na parede. Sombrio como uma nuvem de tempestade. Ele havia matado Helaran, seu irmão. A emoção relacionada com esse fato surgiu, mas Shallan a abafou, guardando-a no fundo da mente. Não podia culpar Kaladin por aquilo; ele estivera apenas defendendo seu luminobre.

Ela se levantou, sentindo-se uma criança repreendida. O peso dos olhares estimulou-a a ir se sentar ao lado de Jasnah com seu caderno aberto e lápis pronto.

— Então — disse Kaladin. — De acordo com o Pai das Tempestades, não só o Todo-Poderoso está morto, como ele também condenou dez pessoas a uma tortura eterna. Nós os chamamos de Arautos, e eles não apenas traíram seus juramentos, como também provavelmente estão loucos. Nós tínhamos um deles em nossa custódia... talvez o mais doido do bando... mas o perdemos na confusão de levar todo mundo para Urithiru. Em suma, todos que poderiam nos ajudar estão loucos, mortos, são traidores ou alguma combinação das três coisas. — Ele cruzou os braços. — Mas é claro.

Jasnah olhou Shallan de soslaio. Ela suspirou, então registrou um sumário do que ele dissera. Ainda que *já fosse* um sumário.

— Então, o que fazemos com esse conhecimento? — disse Renarin, se inclinando para a frente com as mãos unidas.

— *Precisamos* conter o assalto dos Esvaziadores — declarou Jasnah. — Não podemos deixar que eles ganhem terreno demais.

— Os parshemanos não são nossos inimigos — disse Kaladin em voz baixa.

Shallan olhou para ele. *Havia* alguma coisa naqueles cabelos negros ondulados, naquela expressão severa. Sempre tão sério, sempre solene — e tão *tenso*. Como se precisasse ser rígido consigo mesmo para conter suas emoções.

— É claro que eles são nossos inimigos — devolveu Jasnah. — Eles estão no processo de *conquistar o mundo*. Mesmo que seu relatório indique

que não são tão imediatamente destrutivos quanto temíamos, ainda são uma enorme ameaça.

— Eles só querem vidas melhores — disse Kaladin.

— Posso acreditar que os parshemanos comuns tenham uma motivação simples como essa. Mas e seus líderes? Eles *vão* buscar nossa extinção.

— Concordo — disse Navani. — Eles nasceram de uma sede perversa pela destruição da humanidade.

— Os parshemanos são a chave — observou Jasnah, folheando algumas páginas de anotações. — Conferindo o que você descobriu, parece que todos os parshemanos podem se ligar a um espreno comum como parte do seu ciclo de vida natural. O que andamos chamando de "Esvaziadores" são, em vez disso, uma combinação de um parshemano com algum tipo de espreno ou espírito hostil.

— Os Moldados — disse Dalinar.

— Excelente — disse Kaladin. — Ótimo. Vamos lutar com *eles*, então. Por que as pessoas comuns precisam ser destruídas no processo?

— Talvez você devesse visitar a visão do meu tio e ver por conta própria as consequências de um coração mole — respondeu Jasnah. — Testemunhar em primeira mão uma Desolação pode mudar sua perspectiva.

— Já conheço a guerra, Luminosa. Sou um soldado. O problema é que os Ideais expandiram meu foco. Não posso deixar de ver os homens comuns entre o inimigo. Eles *não são* monstros.

Dalinar levantou a mão para conter a resposta de Jasnah.

— Sua preocupação é testemunha do seu caráter, capitão — disse Dalinar. — E seus relatórios foram excepcionalmente oportunos. Você realmente vê uma chance de acordo nessa situação?

— Eu... não sei, senhor. Até mesmo os parshemanos comuns estão furiosos com o que foi feito a eles.

— Não posso me dar ao luxo de não me envolver na guerra — disse Dalinar. — Tudo que você disse está certo, mas também não é novidade. Nunca fui para uma batalha onde alguns pobres tolos dos dois lados... homens que nem queriam estar ali, em primeiro lugar... não tivessem que aguentar parte do sofrimento.

— Talvez isso devesse fazer o senhor reconsiderar essas outras guerras, em vez de usá-las para justificar esta — respondeu Kaladin.

Shallan prendeu a respiração por um instante. Aquilo não parecia o tipo de coisa a se dizer ao Espinho Negro.

— Quisera que fosse simples assim, capitão. — Dalinar suspirou alto, parecendo... desgastado. — Vou dizer o seguinte: se podemos ter certeza de alguma coisa, é da moralidade de defender nossa terra natal. Não peço que você vá para a guerra levianamente, mas *vou* pedir que faça isso para proteger. Alethkar está sitiada. Os homens que fazem isso podem ser inocentes, mas estão sendo controlados por homens malignos.

Kaladin assentiu lentamente.

— O rei pediu minha ajuda para abrir o Sacroportal, e eu concordei.

— Quando nossa terra natal estiver em segurança, prometo fazer algo que nunca havia contemplado, antes de ouvir seus relatórios — disse Dalinar. — Tentarei negociar; vou ver se há alguma saída que não envolva o choque dos nossos exércitos.

— Negociar? — disse Jasnah. — Tio, essas criaturas são astutas, antigas e furiosas. Elas passaram *milênios* torturando os Arautos só para voltar e buscar nossa destruição.

— Veremos. Infelizmente, não consegui entrar em contato com ninguém na cidade por meio das visões. O Pai das Tempestades descobriu que Kholinar é um "ponto escuro" para ele.

Navani assentiu.

— Infelizmente, isso parece coordenado com a falha das telepenas na cidade. O relatório do Capitão Kaladin confirma o que as últimas mensagens da cidade disseram: o inimigo está se mobilizando para um ataque contra a capital. Não saberemos qual é a situação na cidade até que nossa força de ataque chegue. Talvez você tenha que se infiltrar em uma cidade ocupada, capitão.

— Por favor, que isso não seja verdade — sussurrou Renarin, de olhos baixos. — Quantos teriam morrido naquelas muralhas, lutando com pesadelos...

— Precisamos de mais informações — observou Jasnah. — Capitão Kaladin, quantas pessoas pode levar com você para Alethkar?

— Planejo voar na frente de uma tempestade — disse Kaladin. — Como fiz ao voltar para Urithiru. É uma viagem turbulenta, mas talvez eu possa voar acima dos ventos. Preciso testar. De qualquer modo, acho que consigo levar um grupo pequeno.

— Você não vai precisar de uma força grande — replicou Dalinar. — Você, alguns dos seus melhores escudeiros. Mandarei Adolin também, de modo que tenha outro Fractário em uma emergência. Seis, talvez? Você, três dos seus homens, o rei, Adolin. Passe pelo inimigo, entre escondido no palácio e ative o Sacroportal.

— Peço perdão se estiver passando do limite — disse Kaladin —, mas o próprio Elhokar é quem destoa. Por que não mandar apenas eu e Adolin? O rei provavelmente vai nos atrasar.

— O rei precisa ir por motivos pessoais. Isso será um problema?

— Farei o que for certo, independentemente dos meus sentimentos, senhor. E... talvez esses sentimentos já tenham mudado, de qualquer jeito.

— Isso é pequeno demais — resmungou Jasnah.

Shallan se surpreendeu, então olhou para ela.

— Pequeno demais?

— Não é ambicioso o bastante — disse Jasnah com mais firmeza. — De acordo com a explicação do Pai das Tempestades, os Moldados são imortais. Nada pode deter seu renascimento, agora que os Arautos falharam. *Esse* é nosso verdadeiro problema. Nosso inimigo tem um suprimento quase infinito de corpos parshemanos para habitar e, julgando pelo que o bom capitão confirmou por experiência própria, esses Moldados têm acesso a algum tipo de Manipulação de Fluxos. Como lutamos contra isso?

Shallan levantou os olhos do caderno, fitando os outros na sala. Renarin ainda estava inclinado para a frente, as mãos unidas e os olhos no chão. Navani e Dalinar se entreolhavam. Kaladin continuava encostado na parede, de braços cruzados, mas mudou a postura, desconfortável.

— Bem — disse Dalinar finalmente. — Teremos que focar uma meta de cada vez. Primeiro Kholinar.

— Perdão, tio — disse Jasnah. — Embora eu não discorde desse primeiro passo, agora não é hora de pensarmos apenas no futuro imediato. Se pretendemos evitar uma Desolação que destrua a sociedade, então precisamos usar o passado como guia e desenvolver um *plano*.

— Ela tem razão — sussurrou Renarin. — Estamos encarando uma coisa que matou o próprio Todo-Poderoso. Combatemos horrores que destroem a mente dos homens e arruínam suas almas. Não podemos pensar pequeno. — Ele correu os dedos pelo cabelo, que era bem menos loiro do que o do irmão. — Todo-Poderoso! Temos que pensar grande... mas podemos compreender tudo sem enlouquecer?

Dalinar respirou fundo.

— Jasnah, você tem alguma sugestão de por onde começar esse plano?

— Sim. A resposta é óbvia. Precisamos encontrar os Arautos.

Kaladin assentiu.

— Depois precisamos matá-los — acrescentou Jasnah.

— *O quê?* — rebateu Kaladin. — Mulher, você está louca?

— O Pai das Tempestades deixou bem claro — disse Jasnah, imperturbável. — Os Arautos fizeram um pacto. Quando eles morriam, suas almas iam para a Danação e aprisionavam os espíritos dos Esvaziadores, impedindo que eles retornassem.

— É. Então os Arautos eram *torturados* até *cederem*.

— O Pai das Tempestades disse que o pacto está enfraquecido, mas não disse que estava destruído — prosseguiu Jasnah. — Sugiro pelo menos conferir se algum deles está disposto a voltar à Danação. Talvez eles ainda possam impedir que os espíritos do inimigo renasçam. É isso ou então exterminamos completamente os parshemanos, para que o inimigo não tenha hospedeiros. — Ela encarou Kaladin. — Diante de tal atrocidade, eu consideraria o sacrifício de um ou mais Arautos um preço pequeno.

— Raios! — disse Kaladin, se empertigando. — Você não tem empatia alguma?

— Tenho bastante, carregador. Felizmente, ela é amainada pela lógica. Talvez deva pensar em adquirir um pouco disso no futuro.

— Escute aqui, *luminosa* — começou Kaladin. — Eu...

— Chega, capitão — interrompeu Dalinar.

Ele olhou Jasnah de soslaio e os dois se calaram, Jasnah sem dar um pio. Shallan nunca a vira responder a alguém com o respeito que mostrava pelo tio.

— Jasnah — prosseguiu Dalinar. — Mesmo que o pacto dos Arautos ainda se mantenha, não temos como saber se eles permaneceriam na Danação, ou qual é a mecânica para trancar os Esvaziadores lá. Dito isso, localizá-los parece um excelente primeiro passo; eles devem saber muitas coisas que podem nos ajudar. Deixarei por sua conta, Jasnah, planejar como fazer isso.

— E... e os Desfeitos? — disse Renarin. — Haverá outros, como a criatura que descobrimos aqui embaixo.

— Navani tem pesquisado sobre eles — replicou Dalinar.

— Precisamos ir ainda mais longe, tio — disse Jasnah. — Precisamos vigiar os movimentos dos Esvaziadores. Nossa única esperança é derrotar seus exércitos completamente para que, mesmo que seus líderes renasçam constantemente, não tenham os homens para nos vencer.

— Proteger Alethkar — começou Kaladin — não significa exterminar completamente os parshemanos e...

Jasnah o interrompeu rispidamente.

— Se deseja, capitão, posso lhe dar alguns filhotes de vison para abraçar enquanto os adultos fazem planos. Nenhum de nós *quer* falar sobre isso, mas esse fato não torna o assunto menos *inevitável*.

— Eu adoraria — respondeu Kaladin. — Em troca, lhe darei algumas enguias para abraçar. Vai se sentir em casa.

Jasnah, curiosamente, sorriu.

— Deixe-me perguntar uma coisa, capitão. Você acha que ignorar a movimentação das tropas dos Esvaziadores seria uma boa ideia?

— Provavelmente não — admitiu ele.

— E acha, talvez, que poderia treinar seus escudeiros de Corredores dos Ventos para voar bem alto e servir de batedores para nós? Se as telepenas andam pouco confiáveis, precisamos de outro método para vigiar o inimigo. Abraçarei com alegria enguias celestes, como você sugeriu, se sua equipe estiver disposta a passar algum tempo *agindo como elas*.

Kaladin olhou para Dalinar, que balançou a cabeça em aprovação.

— Excelente — disse Jasnah. — Tio, sua coalizão de monarcas é uma ideia excelente. Precisamos isolar o inimigo e impedir que infeste toda Roshar. Se...

Ela perdeu o fio da meada. Shallan fez uma pausa, olhando para o rabisco que estivera fazendo. Na verdade, era um pouco mais complexo do que um rabisco. Era... meio que um desenho completo do rosto de Kaladin, com olhos passionais e uma expressão determinada. Jasnah havia notado um espreno de criação, parecido com uma pequena gema, que havia surgido no topo da sua página, e Shallan corou, afastando-o.

— Talvez possamos continuar depois de um pequeno intervalo, tio — disse Jasnah, olhando para o caderno de Shallan.

— Como preferir — disse ele. — Seria bom beber alguma coisa.

Eles se separaram, Dalinar e Navani conversando baixinho enquanto iam falar com os guardas e servos no corredor principal. Shallan fitou-os com certo anseio, enquanto sentia Jasnah pairar sobre ela.

— Vamos conversar — disse Jasnah, indicando o outro canto da longa sala retangular.

Shallan suspirou, fechou o caderno e seguiu Jasnah até lá, junto de um padrão de azulejos na parede. Ali, tão longe das esferas trazidas para a reunião, a iluminação era fraca.

— Posso? — perguntou Jasnah, estendendo a mão para o caderno de Shallan.

Ela o entregou.

— Um belo retrato do jovem capitão — observou Jasnah. — Estou vendo... três linhas de anotações aqui? Depois de você ter sido claramente instruída a registrar as atas.

— Devíamos ter chamado uma escriba.

— Nós tínhamos uma escriba. Fazer anotações não é uma tarefa inferior, Shallan. É um serviço que você pode oferecer.

— Se não é uma tarefa inferior, então talvez você devesse ter feito — respondeu Shallan.

Jasnah fechou o caderno de desenho e fitou-a com um olhar calmo e ponderado. Do tipo que fazia Shallan se retrair.

— Eu me lembro de uma jovem nervosa e desesperada. Ansiosa para conquistar minhas boas graças.

Shallan não respondeu.

— Compreendo que você tenha gostado da independência. O que você fez aqui é *admirável*, Shallan. Você até conseguiu a confiança do meu tio, o que é um verdadeiro desafio.

— Então talvez possamos encerrar essa tutoria, não? — sugeriu Shallan. — Quero dizer, sou uma Radiante plena agora.

— Radiante, sim — replicou Jasnah. — Plena? Onde está sua armadura?

— Hum... armadura?

Jasnah suspirou baixinho, reabrindo o caderno.

— Shallan — disse ela em tom estranhamente... terno. — Estou impressionada. *Estou* impressionada, de verdade. Mas o que andei ouvindo de você é perturbador. Você agradou minha família e conseguiu firmar o noivado causal com Adolin. Contudo, seus olhos estão passeando por aí, como esse desenho comprova.

— Eu...

— Você deixa de comparecer a reuniões convocadas por Dalinar — continuou Jasnah, de modo suave, mas inabalável. — Quando vai, se senta no fundo e mal presta atenção. Ele me disse que metade das vezes você encontra uma desculpa para sair mais cedo. Você investigou a presença de um Desfeito na torre e o espantou basicamente sozinha. Porém, nunca explicou como o encontrou, quando os soldados de Dalinar não conseguiram. — Ela encarou Shallan. — Você sempre escondeu coisas de mim. Alguns desses segredos foram muito danosos, e não consigo acreditar que não tenha outros.

Shallan mordeu o lábio, mas assentiu.

— Esse foi um convite para falar comigo — observou Jasnah.

Shallan assentiu novamente. *Ela* não estava trabalhando com os Sanguespectros; era Véu. E Jasnah não precisava saber sobre Véu. Jasnah *não podia* saber sobre Véu.

— Muito bem. — Jasnah suspirou. — Sua tutela ainda não acabou, e não acabará enquanto eu não estiver convencida de que você satisfaz os requisitos mínimos da erudição... como fazer anotações taquigráficas durante uma reunião importante. Seu caminho como Radiante é outra questão. Não sei se posso guiá-la; cada ordem tinha sua abordagem. Mas, assim como um rapaz não é dispensado das lições de geografia por ter alcançado a competência na esgrima, não vou liberá-la dos seus deveres para comigo apenas porque você descobriu seus poderes como Radiante.

Jasnah devolveu-lhe o caderno de desenho e foi para o círculo de cadeiras. Ela sentou-se junto a Renarin, atraindo-o gentilmente para uma conversa. Ele levantou os olhos pela primeira vez desde que a reunião havia começado e assentiu, dizendo algo que Shallan não pôde ouvir.

— Hmmm... — disse Padrão. — Ela é sábia.

— Essa talvez seja sua característica mais irritante — replicou Shallan. — Raios. Ela faz com que eu me sinta uma criança.

— Hmm.

— E o pior é que ela provavelmente tem razão. Perto dela, eu *ajo* mais como uma criança. É como se parte de mim quisesse deixá-la cuidar de tudo. E eu me odeio, odeio, *odeio* por isso.

— Há uma solução?

— Eu não sei.

— Talvez... agir como uma adulta?

Shallan cobriu o rosto com as mãos, grunhindo baixinho e esfregando os olhos. Ela bem que fizera por merecer, não fizera?

— Vamos, vamos voltar para o resto da reunião — disse ela. — Por mais que eu queira uma desculpa para sair daqui.

— Hmm... — fez Padrão. — Tem alguma coisa nesta sala...

— O quê?

— Alguma coisa... — disse Padrão em seu tom zumbido. — Ela tem memórias, Shallan.

Memórias. Ele queria dizer em Shadesmar? Ela evitava viajar até lá — esse foi pelo menos um conselho de Jasnah que ela seguira.

Shallan voltou à sua cadeira e, depois de pensar por um momento, passou uma pequena nota para Jasnah. *Padrão diz que esta sala tem memórias. Vale a pena investigar em Shadesmar?*

Jasnah leu a nota, então escreveu de volta.

Aprendi que não devemos ignorar os comentários casuais dos nossos esprenos. Pressione-o; vou investigar este lugar. Obrigada pela sugestão.

A reunião recomeçou, tornando-se uma discussão sobre reinos específicos ao redor de Roshar. Jasnah estava muito interessada em fazer com que os shinos se juntassem a eles. As Planícies Quebradas continham o Sacroportal mais ao oriente, que já estava sob controle alethiano. Se pudessem ganhar acesso ao portal mais a ocidente, poderiam viajar por toda a amplitude de Roshar — do ponto de entrada das grantormentas até o das Tempestades Eternas — em um instante.

Eles não queriam falar de táticas de modo muito específico; essa era uma arte masculina e Dalinar desejaria que seus grão-príncipes e generais discutissem os campos de batalha. Ainda assim, Shallan não deixou de notar os termos táticos que Jasnah usava de vez em quando.

Coisas assim faziam com que ela tivesse dificuldade em entender aquela mulher. De algumas maneiras, Jasnah parecia intensamente masculina. Ela estudava o que bem entendia e falava sobre táticas tão facilmente quanto de poesia. Ela podia ser agressiva, até mesmo fria — Shallan já a vira *executar* ladrões que tentaram assaltá-la. Além disso... bem, provavelmente era melhor não especular sobre coisas desimportantes, mas as pessoas *comentavam*. Jasnah havia recusado todos os pretendentes à sua mão, incluindo alguns homens muito atraentes e influentes. As pessoas ficavam curiosas. Será que ela simplesmente não tinha interesse?

Tudo aquilo deveria resultar em uma pessoa decididamente pouco feminina. Contudo, Jasnah se maquiava de modo elegante e com muito talento, com olhos sombreados e lábios rubros. Ela mantinha a mão segura coberta e preferia estilos de tranças intricadas e atraentes. Seus escritos e sua mente faziam dela um modelo de feminilidade vorin.

Perto de Jasnah, Shallan sentia-se pálida, estúpida e completamente sem curvas. Como seria ser tão confiante? Tão bela, mas tão desembaraçada, tudo ao mesmo tempo? Certamente, Jasnah Kholin tivera muito menos problemas na vida do que Shallan. No mínimo, ela *criava* muito menos problemas para si do que Shallan.

Foi mais ou menos nesse ponto que Shallan percebeu que havia perdido uns bons 15 minutos da reunião e que havia novamente deixado de fazer anotações. Corando furiosamente, ela se encolheu na cadeira e fez o melhor que pôde para permanecer concentrada no resto da conversa. No fim, ela apresentou uma folha de taquigrafia formal para Jasnah.

A mulher deu uma olhada, então levantou uma sobrancelha perfeita ao ver a linha no centro, onde Shallan se distraíra. *Dalinar disse algumas coisas aqui*, estava escrito. *Foi muito importante e útil, então tenho certeza de que você se recorda sem que eu precise lembrá-la.*

Shallan abriu um sorriso apologético e deu de ombros.

— Por favor, passe isso para escrita normal — disse Jasnah, devolvendo a folha. — Envie uma cópia para minha mãe e para a escriba-chefe do meu irmão.

SACRAMENTADORA

Shallan considerou isso uma dispensa e se afastou rapidamente. Sentia-se uma estudante que acabara de ser liberada das lições, o que a deixou furiosa. Ao mesmo tempo, queria correr e imediatamente fazer o que Jasnah havia pedido, para renovar a fé que sua mestra tinha nela, o que a deixou *ainda mais* furiosa.

Subiu correndo os degraus para fora do porão da torre, usando Luz das Tempestades para impedir a fadiga. Partes dela estavam em conflito, mostrando os dentes uma para a outra. Pensou em meses passados sob o cuidado vigilante de Jasnah, treinando para ser uma escriba tímida, como seu pai sempre quisera.

Lembrou-se dos dias em Kharbranth, quando era tão insegura, tão tímida. Ela não podia voltar àquilo. Se *recusava*. Mas o que fazer, então?

Quando finalmente chegou aos seus aposentos, Padrão estava zumbindo para ela. Shallan deixou de lado o caderno e a bolsa, procurando o casaco e o chapéu de Véu. Véu saberia o que fazer.

Contudo, presa com um alfinete no interior do casaco de Véu havia uma folha de papel. Shallan gelou, então olhou ao redor do quarto, subitamente nervosa. Hesitante, soltou a folha do alfinete e desdobrou-a.

No topo, dizia:

Você realizou a tarefa que solicitamos. Investigou o Desfeito e não só aprendeu algo sobre ele, como também o espantou daqui. Como prometido, aqui está sua recompensa.

A carta abaixo explica a verdade sobre seu irmão falecido, Nan Helaran, acólito da ordem Radiante dos Rompe-céus.

40

PERGUNTAS, ESPIADE-LAS E INFERÊNCIAS

Quanto a Uli Da, estava óbvio desde o início que ela seria um problema. Já vai tarde.

HÁ PELO MENOS DUAS outras grandes organizações em Roshar, além de nós, que previram o retorno dos Esvaziadores e das Desolações, dizia a carta.

Você já conhece a primeira, os homens que chamam a si mesmos de Filhos da Honra. O velho rei de Alethkar — o irmão do Espinho Negro, Gavilar Kholin — foi a força que impulsionou sua expansão. Ele trouxe Meridas Amaram para o grupo.

Como você sem dúvida descobriu ao se infiltrar na mansão de Amaram, nos acampamentos de guerra, os Filhos da Honra trabalharam explicitamente pelo retorno das Desolações. Eles acreditavam que só os Esvaziadores poderiam fazer com que os Arautos se apresentassem — e acreditavam que uma Desolação restauraria tanto os Cavaleiros Radiantes quanto a força clássica da igreja vorin. Os esforços do rei Gavilar para reavivar as Desolações provavelmente são o verdadeiro motivo para ele ter sido assassinado. Embora houvesse muitos no palácio naquela noite com motivos para querê-lo morto.

Um segundo grupo que sabia que as Desolações poderiam retornar são os Rompe-céus. Liderados pelo antigo Arauto Nalan'Elin — frequentemente chamado apenas de Nale —, os Rompe-céus são a única ordem de Radiantes que não quebrou seus votos durante a Traição. Eles mantiveram uma linhagem clandestina contínua desde os dias antigos.

Nale acreditava que ter homens falando as Palavras das outras ordens apressaria o retorno dos Esvaziadores. Não sabemos como isso pode ser verdade, mas, como um Arauto, Nale tem acesso a conhecimentos e compreensões que nós não alcançamos.

Você deveria saber que os Arautos não são mais considerados aliados dos homens. Aqueles que não estão completamente loucos foram arrasados. O próprio Nale é brutal, sem piedade ou misericórdia. Ele passou as duas últimas décadas — talvez muito mais — cuidando de qualquer pessoa perto de se conectar com um espreno. Às vezes, ele recrutava essas pessoas, vinculando-as a um grão-espreno e tornando-as Rompe-céus. Outras, ele eliminou. Se a pessoa já houvesse se conectado a um espreno, Nale costumava ir despachá-la pessoalmente; se não, mandava um seguidor.

Um seguidor como seu irmão Helaran.

Sua mãe teve contato íntimo com um acólito dos Rompe-céus, e você sabe no que esse relacionamento resultou. Seu irmão foi recrutado porque Nale ficou impressionado com ele. Nale também pode ter ficado sabendo, através de meios que não compreendemos, que um membro da sua casa estava perto de se conectar com um espreno. Se isso é verdade, eles acreditaram que era Helaran o indivíduo que queriam. Eles o recrutaram com exibições de grande poder e Fractais.

Helaran não havia ainda se provado digno de um laço com um espreno; Nale é muito exigente com seus recrutas. Provavelmente, Helaran foi enviado para matar Amaram como um teste — ou isso ou foi para fazer Helaran provar que era digno de ser cavaleiro.

Também é possível que os Rompe-céus soubessem que alguém no exército de Amaram estava perto de se vincular a um espreno, mas acredito que seja mais provável que o ataque a Amaram tenha sido simplesmente um golpe contra os Filhos da Honra. Por meio de nossa espionagem dos Rompe-céus, obtivemos registros mostrando que o único membro do exército de Amaram a ter se ligado a um espreno foi eliminado desde então.

Até onde sabemos, eles não estavam cientes do carregador de pontes. Se estivessem, ele certamente teria sido morto durante seus meses como escravo.

Terminava ali. Shallan ficou sentada no quarto, iluminada apenas pela mais fraca esfera. Helaran, um Rompe-céu? E o rei Gavilar trabalhando com Amaram para trazer de volta as Desolações?

Padrão zumbiu nas saias dela, preocupado, e subiu até a página, lendo a carta. Ela sussurrou as palavras para si mesma novamente, para memorizá-las, pois sabia que não podia guardar aquela carta. Era perigosa demais.

— Segredos — disse Padrão. — Há mentiras nessa carta.

Tantas perguntas. Quem mais estava presente na noite em que Gavilar morreu, como insinuava a carta? E a referência a outro Manipulador de Fluxos no exército de Amaram?

— Ele está deixando iscas para mim — disse Shallan. — Como um homem nas docas com um kurle treinado para dançar e balançar os braços para ganhar peixes.

— Mas... nós queremos essas iscas, não queremos?

— É por isso que funciona.

Raios. Não podia lidar com aquilo no momento. Ela capturou uma Lembrança da página. Não era um método particularmente eficiente com texto, mas funcionava em uma emergência. Então enfiou a carta em uma bacia d'água e removeu a tinta do papel, antes de despedaçá-la e amassá-la.

Depois, vestiu seu casaco, calças e chapéu e se esgueirou para fora dos aposentos como Véu.

Véu encontrou Vathah e alguns dos seus homens jogando na sala comum das casernas. Embora o aposento fosse para soldados de Sebarial, ela viu homens de uniformes azuis também — Dalinar havia ordenado que seus homens passassem tempo com os soldados dos seus aliados, para estimular um senso de camaradagem.

A entrada de Véu atraiu olhares, mas nada muito demorado. Mulheres tinham permissão de entrar em tais salas comuns, embora poucas as frequentassem. Uma mulher sendo cortejada não se sentia muito atraída pelo convite "Oi, vamos para uma das salas comuns das casernas ficar vendo os homens grunhindo e se coçando".

Ela caminhou até onde Vathah e seus homens haviam disposto uma mesa redonda de madeira. O povo estava finalmente tendo acesso à mobília; Shallan até mesmo tinha uma cama agora. Véu acomodou-se em um assento e se recostou, inclinando a cadeira até ela estalar contra a parede de pedra. Aquela grande sala comum lembrava uma adega. Escura, sem adornos e cheia de odores incomuns.

— Véu — disse Vathah, acenando com a cabeça para ela.

Havia quatro homens jogando naquela mesa: Vathah, o caolho Gaz, o magricela Rubro e Shob, que usava um glifo-amuleto enrolado em um braço e fungava periodicamente.

Véu inclinou a cabeça para trás.

— Eu preciso muito de alguma coisa para beber.

— Tenho uma ou duas canecas sobrando da minha ração — disse Rubro alegremente.

Véu olhou-o de soslaio para conferir se ele a estava paquerando de novo. Ele estava sorrindo, mas não parecia ter segundas intenções.

— Muito gentil da sua parte, Rubro — disse Véu, catando algumas claretas e jogando-as para ele.

Em resposta, Rubro jogou seu recibo de requisição, uma plaquinha de metal com o número dele impresso. Pouco depois, ela estava de volta ao seu lugar, bebericando um pouco de cerveja de lávis.

— Dia difícil? — disse Vathah, alinhando as peças do jogo.

Os pequenos tijolos de pedra eram do tamanho de um polegar e cada homem ficava com dez, dispostos com a face para baixo. As apostas começavam em seguida. Aparentemente, Vathah era o vison daquela rodada.

— É — respondeu ela. — Shallan está sendo mais irritante do que de costume.

Os homens grunhiram.

— Parece que ela não decide quem ela é, sabe? — continuou Véu. — Uma hora ela está fazendo piadas como se estivesse tricotando com um grupo de velhinhas; na outra, fica te encarando com aquela expressão vazia. Aquela que faz você pensar que a alma dela saiu para passear...

— Ela é bem estranha, a nossa chefe — comentou Vathah.

— Ela faz você querer fazer coisas — disse Gaz com um grunhido. — Coisa que você nunca pensou que faria.

— Pois é — concordou Glurv, da mesa ao lado. — Eu ganhei uma medalha. *Eu*. Por ajudar a encontrar aquela porcaria escondida no porão. O próprio velho Kholin mandou me entregar.

O soldado gordo sacudiu a cabeça, perplexo, mas *estava* usando a medalha, presa junto do colarinho.

— Foi divertido — admitiu Gaz. — Sair para beber, mas sentindo que a gente tinha uma tarefa. Foi isso que ela nos prometeu, sabe? Fazer a diferença de novo.

— A diferença que quero fazer é encher meu bolso com suas esferas — replicou Vathah. — Vocês vão apostar ou não?

Todos os quatro jogadores lançaram algumas esferas. Peças era um daqueles jogos que a igreja vorin permitia com certa má vontade, já que não envolvia randomização. Jogar dados, puxar cartas de um baralho, até mesmo embaralhar as peças — apostar em tais coisas era como tentar prever o futuro. E isso era tão profundamente errado que pensar sobre o assunto fazia Véu ter calafrios; e ela nem era muito religiosa, não como Shallan.

As pessoas não jogavam jogos como aquele nas casernas oficiais. Ali, eles jogavam jogos de adivinhação. Vathah havia organizado nove das suas peças em uma forma triangular; a décima ele dispôs ao lado e virou, como a semente. A peça, como as nove escondidas, era marcada com um símbolo de um dos principados alethianos. Naquele caso, a semente era o símbolo de Aladar, na forma de um chule.

A meta era combinar suas dez peças em um padrão idêntico ao dele, mesmo que estivessem de cabeça para baixo. Os jogadores tinham que adivinhar qual era qual através de uma série de perguntas, espiadelas e inferências. Podia-se forçar o vison a revelar certas peças só para você, ou para todos, de acordo com outras regras.

No final, alguém pagava para ver, e todo mundo virava as peças. Aquele com mais semelhanças com o padrão do vison era declarado o vencedor e ficava com o prêmio. O vison ficava com uma percentagem, de acordo com certos fatores, tais como o número de rodadas necessárias até alguém pagar para ver.

— O que vocês acham? — indagou Gaz enquanto jogava algumas claretas na tigela no centro, comprando o direito de espiar um dos tijolinhos de Vathah. — Quanto tempo vai levar para Shallan lembrar que estamos aqui?

— Espero que muito tempo — disse Shob. — Ieu acho que ieu tô meio doente.

— Como sempre, Shob — comentou Rubro.

— É sério dessa vez — insistiu Shob. — Ieu acho que ieu tô virando um *Esvaziador*.

— Um Esvaziador — disse Véu, séria.

— É, olha só essa brotoeja.

Ele puxou para o lado o glifo-amuleto, expondo o braço, que parecia perfeitamente normal.

Vathah bufou.

— Ei! — disse Shob. — É capaz que eu morra, Sargento. Pode acreditar, é capaz que eu morra. — Ele moveu alguns dos seus tijolinhos.

— Se ieu morrer, deem meu prêmio pros órfão.

— Pros órfãos? — indagou Rubro.

— Cê sabe, órfãos. — Shob coçou a cabeça. — Têm órfãos, certo? Em algum lugar? Órfãos que precisam de dinheiro? Deem o meu, depois que ieu morrer.

— Shob, pelo modo como a justiça funciona nesse mundo, posso garantir que você vai viver mais que todos nós — declarou Vathah.

— Ah, que gentileza — disse Shob. — Muita gentileza, sargento.

O jogo progrediu por apenas algumas rodadas antes de Shob começar a virar seus tijolinhos.

— Mas já?! — reclamou Gaz. — Shob, seu crenguejo. Não faça isso ainda! Eu não tenho nem duas fileiras!

— Tarde demais — disse Shob.

Rubro e Gaz relutantemente começaram a virar suas peças também.

— Sadeas — disse Shallan distraidamente. — Bethab, Ruthar, Roion, Thanadal, Kholin, Sebarial, Vamah, Hatham. Com Aladar como a semente.

Vathah fitou-a, boquiaberto, então virou os azulejos, revelando exatamente o que ela dissera.

— E você não deu nenhuma espiadela... Raios, mulher. Me lembre de nunca jogar Peças com você.

— Meus irmãos sempre falavam isso — comentou ela enquanto Vathah dividia o prêmio com Shob, que só errara três.

— Outra rodada? — perguntou Gaz.

Todo mundo olhou para a tigela de esferas dele, que estava quase vazia.

— Eu arrumo um empréstimo — disse ele rapidamente. — Tem uns sujeitos na guarda de Dalinar que disseram...

— Gaz — interrompeu Vathah.

— Mas...

— Falando sério, Gaz.

Gaz suspirou.

— Acho que podemos jogar sem apostar dinheiro, então — disse ele, e Shob pegou com entusiasmo algumas contas de vidro parecidas com esferas, mas sem gemas no centro. Dinheiro falso para jogar sem risco.

Véu estava apreciando sua caneca de cerveja mais do que esperava. Era relaxante ficar sentada ali com aqueles homens e não ter que se preocupar com todos os problemas de Shallan. Será que aquela garota não podia simplesmente *relaxar*? Não se deixar afetar por tudo?

Ali perto, apareceram algumas lavadeiras, avisando que a coleta de lavanderia aconteceria em alguns minutos. Vathah e seus homens não se moveram — muito embora, na opinião de Véu, até as roupas que eles estavam usando precisassem de uma boa esfregada.

Infelizmente, Véu não podia ignorar completamente os problemas de Shallan. A carta de Mraize provou quão útil ele podia ser, mas ela precisava tomar cuidado. Ele obviamente queria um infiltrado entre os Cavaleiros Radiantes. *Preciso inverter a situação. Descobrir o que ele sabe.* Ele contara a ela o que os Rompe-céus e os Filhos da Honra andaram tramando. Mas e Mraize e seus comparsas? Qual era o objetivo *deles*?

Raios, será que ousava tentar passar a perna nele? Teria mesmo a experiência, ou o treinamento, para tentar algo assim?

— Ei, Véu — disse Vathah enquanto eles se preparavam para outro jogo. — O que você acha? A luminosa já nos esqueceu de novo?

Véu forçou-se a deixar de lado seus pensamentos.

— Talvez. Ela parece não saber o que fazer com vocês.

— Ela não é a primeira — comentou Rubro, que era o vison daquela rodada e cuidadosamente organizou seus tijolinhos em uma ordem específica, virados para baixo. — Quero dizer, nós não somos soldados *de verdade*.

— Nossos crimes foram perdoados — disse Gaz com um grunhido, estreitando seu único olho para a peça semente que Rubro havia virado. — Mas perdoar num é esquecer. Nenhum exército nos aceitaria, e não os culpo. Só estou feliz que esses tormentosos carregadores de pontes não tenham me pendurado pelos pés.

— Carregadores de pontes? — questionou Véu.

— Gaz tem uma história com eles — observou Vathah.

— Eu era o tormentoso sargento deles — explicou Gaz. — Fazia tudo que podia para que eles corressem mais rápido com aquelas pontes. Mas ninguém gosta do seu sargento.

— Tenho certeza de que você era o sargento *perfeito*. — Rubro sorriu. — Aposto que cuidava deles de verdade, Gaz.

— Cale esse seu buraco de crem — resmungou Gaz. — Mas eu fico pensando. Se eu tivesse sido menos duro com eles, vocês acham que eu estaria naquele platô agora, praticando como os outros? Aprendendo a voar...

— Você acha que *você* poderia ser um Cavaleiro Radiante, Gaz? — disse Vathah, dando uma risada.

— Não. Não, acho que não. — Ele olhou para Véu. — Véu, diga à luminosa. Nós num somos homens bons. Homens bons acham algo de útil para fazer com seu tempo. A gente, por outro lado, talvez faça o oposto.

— O oposto? — disse Zendid, da mesa ao lado, onde alguns dos outros continuavam a beber. — O oposto de útil? Acho que já estamos fazendo, Gaz. Desde sempre.

— Eu, não — disse Glurv. — Eu tenho uma *medalha*.

— Quero *dizer* que a gente pode acabar se metendo em encrencas. Eu *gostei* de ser útil. Me lembrou de quando me alistei, bem no início. Diga a ela, Véu. Peça para ela nos dar algo para fazer além de jogar e beber. Porque, para ser honesto, num sou muito bom em nenhuma das duas coisas.

Véu assentiu lentamente. Uma lavadeira passava por ali, mexendo em um saco de lavanderia. Véu tocou o dedo na taça. Então se levantou e agarrou a lavadeira pelo vestido e puxou-a para trás. A mulher berrou, deixando cair a pilha de roupas enquanto tropeçava, quase caindo.

Véu meteu a mão no cabelo da mulher, afastando a peruca de cabelos negros e castanhos misturados. Por baixo, o cabelo da mulher era do puro negro alethiano, e ela tinha cinzas no rosto, como se houvesse feito algum trabalho pesado.

— Você! — exclamou Véu.

Era a mulher da taverna no Beco de Todos. Qual era mesmo seu nome? Ishnah?

Vários soldados próximos se levantaram de um salto, com expressões alarmadas diante do grito da mulher. *Todos eles são soldados do exército de Dalinar*, Véu notou, controlando a vontade de revirar os olhos. As tropas Kholin tinham o hábito de achar que ninguém conseguia se cuidar sozinho.

— Sente-se — ordenou Véu, apontando para a mesa.

Rubro apressadamente pegou outra cadeira. Ishnah se acomodou, segurando a peruca junto ao peito. Ela estava muito corada, mas manteve alguma dignidade, encarando Vathah e seus homens nos olhos.

— Você está se tornando uma irritação, mulher — disse Véu, se sentando.

— Por que pensa que estou aqui por sua causa? — disse Ishnah. — Está se precipitando.

— Você demonstrou um fascínio nada saudável pelos meus colegas. Agora eu a pego disfarçada, bisbilhotando minhas conversas?

Ishnah levantou o queixo.

— Talvez eu só estivesse tentando mostrar meu valor para você.

— Com um disfarce que descobri no momento em que olhei para você?

— Você não me pegou da última vez — disse Ishnah.

Da última vez?

— Você falou sobre onde conseguir cerveja de papaguampas — disse Ishnah. — Rubro insistiu que era horrível; Gaz gosta.

— Raios. Há quanto tempo você anda me espionando?

— Não muito — respondeu Ishnah rapidamente, em contradição direta com o que acabara de dizer. — Mas posso garantir, *prometer*, que serei mais valiosa para você do que esses bufões fedidos. Por favor, pelo menos me deixe tentar.

— Bufões? — disse Gaz.

— Fedidos? — disse Shob. — Ué, são apenas mieus furuncos, dona.

— Vamos dar uma volta — disse Véu, se levantando e se afastando da mesa a passos rápidos.

Ishnah se apressou em se levantar e segui-la.

— Eu não estava *realmente* tentando espioná-la. Mas de que outro modo eu...

— Calada — disse Véu.

Ela parou no umbral da porta para as casernas, longe o bastante dos seus homens para que eles não pudessem ouvi-la. Cruzou os braços, se recostando contra a parede junto da porta e olhando de volta para eles.

Shallan tinha dificuldades em manter suas tarefas em dia. Ela tinha boas intenções e planos grandiosos, mas se distraía muito facilmente com novos problemas, novas aventuras. Felizmente, Véu podia tomar conta de alguns desses fios soltos.

Aqueles homens haviam provado lealdade e queriam ser úteis. Dava para trabalhar com aquilo; muitos trabalhavam com bem menos.

— O disfarce foi bem-feito — disse ela a Ishnah. — Da próxima vez, deixe sua mão livre mais áspera. Os dedos a entregaram; não são os dedos de uma trabalhadora.

Ishnah corou, fechando a mão livre.

— Diga-me suas habilidades e por que eu deveria me importar — ordenou Véu. — Você tem dois minutos.

— Eu... — Ishnah respirou fundo. — Eu fui treinada como espiã para a Casa Hamaradin. Na corte de Vamah? Sei como coletar informações, codificar mensagens, sei técnicas de observação e como revistar uma sala sem revelar o que fiz.

— E aí? Se você é tão útil, o que aconteceu?

— O que aconteceu foi o seu pessoal. Os Sanguespectros. Ouvi falar deles, em sussurros da Luminosa Hamaradin. Ela os irritou de algum modo, e então... — Ela deu de ombros. — Ela acabou morta e todo mundo pensou que podia ter sido um de nós que a matou. Eu fugi e acabei no submundo, trabalhando para uma pequena quadrilha de ladrões. Mas eu poderia ser muito mais. Deixe-me provar.

Véu cruzou os braços. Uma espiã. Isso poderia ser útil. A verdade era que a própria Véu não tinha muito treinamento — só o que Tyn havia lhe mostrado e o que aprendera por conta própria. Se ia dançar com os Sanguespectros, precisaria melhorar. Naquele momento, ela nem mesmo sabia o que não sabia.

Será que poderia conseguir um pouco desse conhecimento com Ishnah? De algum modo obter treinamento sem revelar que Véu não era tão hábil quanto fingia ser?

Uma ideia começou a se formar. Ela não confiava na mulher, mas nem precisava. E se a luminosa para quem ela trabalhava antes realmente *tivesse* sido morta pelos Sanguespectros, talvez houvesse um segredo a descobrir ali.

— Tenho algumas infiltrações importantes planejadas — disse Véu. — Missões em que preciso capturar informações de natureza delicada.

— Eu posso ajudar! — disse Ishnah.

— O que realmente preciso é de uma equipe de apoio, de modo que eu não precise entrar sozinha.

— Posso arrumar pessoas para você! Especialistas.

— Eu não confiaria neles — Véu balançou a cabeça. — Preciso de alguém que eu saiba que é leal.

— Quem?

Véu apontou para Vathah e seus homens.

A expressão de Ishnah mostrou desânimo.

— Você quer que eu transforme *aqueles homens* em e*spiões*?

— Isso, e quero que você me mostre suas habilidades ao ensiná-las àqueles homens. — *E, com sorte, eu posso aprender alguma coisa também.* — Não faça essa cara. Eles não precisam ser espiões de verdade. Só precisam saber o bastante sobre meu trabalho para me apoiar e ficar de guarda.

Ishnah levantou as sobrancelhas, cética, observando os homens. Shob estava, ainda por cima, com o dedo enfiado no nariz.

— Você está praticamente me pedindo para ensinar porcos a falar... prometendo que será fácil, porque eles só precisam falar alethiano, não vedeno ou herdaziano.

— É a chance que estou oferecendo, Ishnah. Aceite ou concorde em ficar longe de mim.

Ishnah suspirou.

— Tudo bem. Veremos. Só não me culpe se os porcos acabarem sem saber falar.

41

NO CHÃO, OLHANDO PARA CIMA

De qualquer forma, isso não é da sua conta. Você deu as costas para a divindade. Se Rayse se tornar um problema, cuidaremos dele.

E o mesmo vale para você.

TEFT ACORDOU. INFELIZMENTE.

Sua primeira sensação foi de dor; dor antiga, dor familiar. O latejar atrás dos olhos, as pontadas em carne viva nos dedos queimados, a rigidez de um corpo que vivera para além de sua utilidade. Pelo bafo de Kelek! Teria ele sido útil *algum* dia da sua vida?

Ele se virou, grunhindo. Sem casaco, só com uma camiseta suja do chão onde estava deitado. Estava em um beco entre tendas no mercado da Separação. O teto alto desaparecia na escuridão. Do lado de fora, vinham os sons claros de pessoas conversando e pechinchando.

Teft se levantou, cambaleando, e já estava esvaziando a bexiga contra algumas caixas vazias antes de perceber o que estava fazendo. Não havia grantormentas ali para lavar o local. Além disso, ele não era um bêbado que chafurdava na sujeira e mijava em becos. Ou era?

Aquele pensamento imediatamente o recordou da dor mais profunda. Uma dor além da cabeça latejante ou dos ossos doloridos. A dor que estava sempre com ele, como um zumbido persistente, cortando até o fundo do seu ser. Essa dor o despertara. A dor da *necessidade.*

Não, ele não era simplesmente um bêbado; era algo muito, muito pior.

Saiu do beco aos tropeços, tentando alisar o cabelo e a barba. As mulheres por quem passou levaram mãos seguras às bocas e narizes, desviando o olhar como se sentissem vergonha por ele. Talvez fosse bom que ele houvesse perdido seu casaco — que as tormentas o livrassem de alguém reconhecê-lo. Teria envergonhado a equipe inteira.

Você já é uma vergonha para a equipe, Teft, e sabe disso, pensou. *Você é um desgraçado desperdício de cuspe.*

Por fim, encontrou o caminho de volta ao poço, onde ficou encurvado em uma fila atrás de alguns outros. Quando chegou à água, caiu de joelhos, então usou sua mão trêmula para pegar a bebida com seu copo de lata. Quando provou a água fresca, seu estômago imediatamente teve uma cólica, rejeitando-a, mesmo que ele estivesse sedento. Isso sempre acontecia depois de uma noite com o musgo, então ele sabia como suportar a náusea e as cólicas, esperando poder manter um pouco de água no estômago.

Foi ao chão, segurando a barriga, assustando as pessoas na fila atrás dele. No meio da multidão — sempre havia uma pequena multidão junto do poço —, alguns homens de uniforme abriram caminho. Verde-floresta. Os homens de Sadeas.

Eles ignoraram as filas, então encheram seus baldes. Quando um homem em azul dos Kholin reclamou, os soldados de Sadeas foram direto até ele. O soldado Kholin finalmente recuou. Bom rapaz. Eles não precisavam de *outra* briga entre os homens de Sadeas e outros soldados.

Teft mergulhou seu copo novamente, a dor do gole anterior sumindo. Esse poço parecia fundo. Água agitada em cima, e uma profunda escuridão no fundo.

Ele quase se jogou. Se acordasse na Danação no dia seguinte, será que ainda sentiria aquela comichão dentro de si? Seria um tormento apropriado. Esvaziadores nem mesmo necessitariam esfolar sua alma — tudo que precisariam fazer seria dizer que ele nunca mais se sentiria saciado, e então poderiam ficar vendo Teft se contorcer.

Refletido nas águas do poço, um rosto apareceu sobre seu ombro. Uma mulher de pele branca e pálida, com um brilho tênue e um cabelo que flutuava ao redor da cabeça como nuvens.

— Vê se me deixa em paz — disse ele, batendo a mão na água. — Vá... Vá encontrar alguém que se importe.

Ele ficou de pé com as pernas trêmulas, finalmente saindo do caminho para que outra pessoa pudesse pegar seu lugar. Raios, que horas eram? Aquelas mulheres com baldes já estavam prontas a pegar água para o dia. As multidões bêbadas da noite haviam sido substituídas por pessoas empreendedoras e trabalhadoras.

Ele passara a noite inteira fora de novo. Kelek!

SACRAMENTADORA

Voltar para as casernas seria a coisa inteligente a fazer. Mas como poderia encará-los daquele jeito? Em vez disso, perambulou pelo mercado, de olhos baixos.

Estou piorando, percebeu uma parte dele. No primeiro mês em que estivera a serviço de Dalinar, conseguira resistir bastante. Mas ele tinha dinheiro de novo, depois de tanto tempo como carregador de pontes. Ter dinheiro era perigoso.

Ele se mantivera funcional, só musgando uma noite aqui, outra noite ali. Mas então Kaladin fora embora, e aquela torre, onde tudo parecia tão errado... Aqueles monstros das trevas, incluindo um que parecia muito com Teft.

Ele havia precisado do musgo para lidar com aquilo. Quem não precisaria? Ele suspirou. Quando olhou para cima, descobriu aquele espreno diante dele.

Teft..., sussurrou ela. *Você fez juramentos...*

Juramentos idiotas, estúpidos, ditos quando ele esperava que ser um Radiante removesse a ânsia. Deu as costas ao espreno e abriu caminho até uma tenda instalada entre duas tavernas. Aquelas tendas ficavam fechadas de manhã, mas aquele lugar — ele não tinha nome, nem precisava — estava aberto. Estava sempre aberto, como aqueles no acampamento de guerra de Dalinar, assim como aqueles no acampamento de guerra de Sadeas. Eram mais difíceis de encontrar em alguns lugares do que em outros, mas sempre existiam, sem nome, mas ainda conhecidos.

O herdaziano de ar durão sentado na entrada acenou para que ele entrasse. Estava escuro lá dentro, mas Teft foi até uma mesa e se sentou, encolhido. Uma mulher em roupas apertadas e uma luva sem dedos trouxe-lhe uma pequena tigela de musgo-de-fogo. Eles não pediram pagamento. Todos sabiam que Teft não teria esfera alguma naquela manhã, não depois do seu consumo da noite anterior. Mas eles *garantiriam* que uma hora ele pagasse.

Teft fitou a pequena tigela, se odiando. E, ainda assim, o aroma fez com que seu anseio multiplicasse por dez. Ele deixou escapar um ganido, então agarrou o musgo-de-fogo e moeu-o entre o polegar e indicador. O musgo deixou escapar um pequeno fio de fumaça e, na luz fraca, o centro do musgo brilhou como uma brasa.

Doeu, claro. Ele havia gastado seus calos na noite anterior e agora esfregava o musgo com dedos em carne viva. Mas era uma dor aguda, presente. Um tipo bom de dor. Meramente física, era um sinal de vida.

Levou um minuto para ele sentir os efeitos. Suas dores foram eliminadas, e logo sua resolução foi fortalecida. Ele se recordava de quando o musgo-de-fogo lhe causava muito mais efeito — ele se recordava da euforia, noites passadas em um atordoamento maravilhoso, onde tudo ao seu redor parecia fazer sentido.

Agora, ele precisava do musgo para se sentir normal. Como um homem escalando pedras úmidas, mal conseguia chegar até onde todo mundo estava antes de começar a deslizar de volta para baixo. Não era mais a euforia que ele desejava; era a mera capacidade de seguir em frente.

O musgo levou seus fardos embora. As memórias daquela versão sombria de si mesmo. As memórias de denunciar sua família como hereges, embora eles estivessem certos, no final. Ele era um miserável e um covarde, e não merecia usar o símbolo da Ponte Quatro. Praticamente já havia traído aquele espreno. Seria melhor que ela tivesse fugido.

Por um instante, ele conseguiu dar tudo aquilo para o musgo-de-fogo.

Infelizmente, havia algo quebrado dentro de Teft. Muito tempo atrás, ele havia experimentado o musgo, estimulado por outros homens do seu esquadrão no exército de Sadeas. Eles conseguiam esfregar a erva e tirar algo de bom disso, como homens que mascavam casca de sulcadeira para ficar acordados. Um pouco de musgo-de-fogo, um pouco de relaxamento, e então eles seguiam com suas vidas.

Teft não funcionava daquele jeito. Com os fardos postos de lado, ele *poderia* ter se levantado e voltado para os carregadores de pontes. Poderia ter começado seu dia.

Mas raios, só mais uns minutos parecia tão bom. Ele continuou. Consumiu mais três tigelas antes que uma luz forte o fizesse piscar. Ele ergueu o rosto da mesa, onde, para sua vergonha, havia deixado uma poça de baba. Há quanto tempo ela estava ali, e o que era aquela luz terrível, pavorosa?

— Ali está ele — disse a voz de Kaladin enquanto Teft piscava. Uma figura se ajoelhou ao lado da mesa. — Ah, Teft...

— Ele nos deve três tigelas — disse o dono do covil. — Um brom de granada.

— Fique feliz de não arrancarmos seu coro e pagarmos você com ele — rosnou uma voz com sotaque.

Raios. Rocha estava ali também? Teft grunhiu, se virando.

— Não me veja — balbuciou ele. — Não...

— Nosso estabelecimento é perfeitamente legal, papaguampas — disse o dono do covil. — Se nos atacar, pode ter certeza de que chamaremos a guarda e eles *vão* nos defender.

— Aqui está seu dinheiro sujo, sua enguia — disse Kaladin, empurrando a luz na direção deles. — Rocha, você consegue levá-lo?

Mãos enormes pegaram Teft, surpreendentemente gentis. Ele estava chorando. Kelek...

— Onde está seu casaco, Teft? — perguntou Kaladin da escuridão.

— Eu o vendi — admitiu Teft, fechando os olhos para não ver os esprenos de vergonha que flutuavam ao seu redor, na forma de pétalas de flores. — Vendi meu próprio casaco tormentoso.

Kaladin ficou em silêncio e Teft deixou Rocha carregá-lo pra fora do covil. No meio do caminho, ele finalmente conseguiu juntar um pouco de dignidade para reclamar do bafo de Rocha e fazer com que o deixassem caminhar sozinho — com um pouco de apoio debaixo dos braços.

TEFT INVEJAVA HOMENS MELHORES do que ele. Eles não tinham a comichão, aquela que ia tão fundo que machucava a alma. Era persistente, sempre com ele, e nunca poderia ser aliviada. Apesar de todo seu esforço.

Kaladin e Rocha o levaram até um dos quartos das casernas, discretamente, envolto em lençóis e com uma tigela do guisado de Rocha nas mãos. Teft fez os ruídos apropriados, os sons que eles esperavam. Desculpas, promessas de que contaria a eles se sentisse a ânsia de novo. Promessas de que os deixaria ajudar. Mas não conseguiu comer o guisado, não ainda. Levaria outro dia antes que conseguisse manter algo no estômago.

Raios, mas eles eram bons homens. Amigos melhores do que merecia. Estavam todos crescendo rumo a algo grandioso, enquanto Teft... Teft só havia permanecido no chão, olhando para cima.

Eles o deixaram descansar um pouco. Ele olhou para o guisado, sentindo o aroma familiar, sem ousar comê-lo. Voltaria a trabalhar antes do fim do dia, treinando carregadores de outras equipes. Ele *podia* funcionar. Podia seguir durante dias, fingindo que estava normal. Raios, havia equilibrado tudo no exército de Sadeas durante anos antes de ir longe demais, faltar a seus afazeres vezes demais, e acabar nas equipes de pontes como punição.

Aqueles meses carregando pontes haviam sido o único período da sua vida adulta em que não fora dominado pelo musgo. Mas mesmo então, quando pudera pagar por um pouco de álcool, soubera que uma hora voltaria a usar. A bebida nunca era o bastante.

Mesmo enquanto se preparava para ir trabalhar, um pensamento insistente tomava sua mente. Um pensamento vergonhoso.

Eu não vou conseguir mais musgo por um tempo, não é?

Essa certeza sombria doía mais do que qualquer coisa. Teria que passar por alguns dias excruciantes sentindo-se metade de um homem. Dias em que não sentiria nada além de nojo de si mesmo, dias vivendo com a vergonha, as memórias e os olhares dos outros carregadores.

Dias sem nenhuma tormentosa ajuda.

Isso o apavorava.

42

CONSEQUÊNCIAS

Cephandrius, portador da Primeira Gema,
   Deveria saber que não pode simplesmente nos abordar baseado na presunção de um relacionamento passado.

DENTRO DA VISÃO CADA vez mais familiar, Dalinar armou com cuidado uma flecha, então a disparou, enviando um míssil de penas negras às costas do selvagem. O guincho do homem se perdeu na cacofonia da batalha. À frente, homens lutavam desesperados enquanto eram empurrados para trás rumo à borda de um penhasco.

Dalinar metodicamente armou uma segunda flecha, então a disparou. Essa flecha também acertou o alvo, se cravando no ombro de um homem, que deixou cair seu machado no meio do golpe, errando o jovem de pele escura deitado no chão. O garoto mal havia entrado na adolescência; ainda tinha aquele ar desajeitado e membros que pareciam longos demais, um rosto demasiadamente redondo, muito infantil. Dalinar talvez deixasse o rapaz servir de mensageiro, mas não segurar uma lança.

A idade do rapaz não o impedira de ser nomeado Primeiro Aqasix Yanagawn I, soberano de Azir, imperador do grande Makabak.

Dalinar estava empoleirado sobre algumas pedras, o arco na mão. Embora não pretendesse repetir o erro de quando deixara a Rainha Fen se virar sozinha em uma visão, também não queria que Yanagawn passasse por ela sem desafio ou tensão. Havia um motivo para o Todo-Poderoso ter frequentemente deixado Dalinar em perigo nas visões. Ele precisava de uma compreensão visceral do que estava em jogo.

Abateu outro inimigo que se aproximou do garoto. Os disparos não eram tão difíceis daquele ponto de vantagem perto do combate; ele tinha algum treinamento com o arco — embora nos últimos anos tivesse usado sempre os ditos Arcos Fractais, arcos fabriais feitos com peso de disparo tão grande que só um homem de Armadura Fractal conseguia usá-los.

Era estranho experimentar aquela batalha pela terceira vez. Ainda que cada repetição fosse ligeiramente diferente, havia certos detalhes familiares. Os odores de fumaça e de sangue inumano e embolorado. A maneira como o homem abaixo caía depois de perder um braço, gritando algo que era metade oração e metade praga ao Todo-Poderoso.

Com as flechas certeiras de Dalinar, o bando de defensores sobreviveu contra o inimigo até que aquele Radiante escalou a borda do penhasco, brilhando na Armadura Fractal. O Imperador Yanagawn sentou-se enquanto os outros soldados se reuniam ao redor do Radiante e rechaçavam o inimigo.

Dalinar baixou o arco, lendo o terror na figura trêmula do jovem. Já ouvira homens falando sobre os tremores que os dominavam ao fim de uma luta — quando o horror da situação os alcançava.

O imperador finalmente se levantou, cambaleante, usando a lança como um cajado. Ele não notou Dalinar, nem mesmo questionou por que alguns dos corpos ao redor apresentavam flechas. O garoto não era um soldado, embora Dalinar não houvesse esperado que fosse. Na sua experiência, generais azishianos eram pragmáticos demais para querer o trono. Isso envolvia muita bajulação de burocratas e muitos ensaios ditados.

O jovem começou a seguir um caminho penhasco abaixo e Dalinar o seguiu. Aharietiam. As pessoas que viveram aquele período pensaram que era o fim do mundo. Certamente acreditavam que logo voltariam aos Salões Tranquilinos. Como reagiriam ao saber que — depois de quatro milênios — a humanidade ainda não recebera permissão de voltar ao céu?

O garoto parou no pé do caminho sinuoso que levava ao vale entre as formações rochosas. Ele viu os homens feridos passarem mancando, ajudados pelos amigos. Gritos e gemidos ressoavam. Dalinar pretendia se aproximar e começar a explicar as visões, mas o rapaz se adiantou para caminhar ao lado de alguns feridos, conversando com eles.

Dalinar o seguiu, curioso, captando alguns fragmentos da conversa. *O que aconteceu aqui? Quem é você? Por que estavam lutando?*

Os homens não tinham muitas respostas. Estavam feridos, exaustos, seguidos por esprenos de dor. Mas acabaram encontrando um grupo maior, na direção em que Jasnah havia seguido durante a visita anterior de Dalinar *àquela* visão.

A multidão havia se reunido ao redor de um homem parado sobre um grande rochedo. Alto e confiante, ele tinha cerca de trinta anos e vestia branco e azul. Tinha um ar alethiano, só que... não exatamente. Sua pele era de um tom mais escuro, e havia algo vagamente diferente nos seus traços.

Ainda assim, havia algo... familiar naquele homem.

— Vocês devem divulgar a notícia — proclamou o homem. — Nós vencemos! Finalmente, os Esvaziadores foram derrotados. Essa vitória não é minha nem dos outros Arautos; é *de vocês*. Vocês conseguiram.

Algumas das pessoas soltaram gritos de triunfo. Muitas ficaram em silêncio, olhando com olhos mortos.

— Eu liderarei a investida pelos Salões Tranquilinos — gritou o homem. — Vocês não voltarão a me ver, mas não pensem nisso agora! Vocês conquistaram a paz. Rejubilem-se nela! Reconstruam. Vão agora, ajudem seus companheiros. Levem com vocês as palavras do seu rei Arauto. Vencemos, finalmente, o mal!

Outra rodada de gritos, agora mais enérgicos.

Raios, pensou Dalinar, sentindo um arrepio. Era Jezerezeh'Elin, Arauto dos Reis, em pessoa. O maior de todos.

Espere. O rei tinha olhos *escuros*?

O grupo se dispersou, mas o jovem imperador permaneceu, olhando fixamente para o lugar onde estivera o Arauto. Finalmente, ele sussurrou:

— Ó, Yaezir. Rei dos Arautos.

— Sim — disse Dalinar, parando ao lado dele. — Era ele mesmo, Vossa Excelência. Minha sobrinha visitou esta visão mais cedo e disse que pensava ter visto ele.

Yanagawn agarrou Dalinar pelo braço.

— O que você disse? Você me conhece?

— Você é Yanagawn de Azir — disse Dalinar, e baixou a cabeça em algo parecido com uma mesura. — Sou Dalinar Kholin, e peço desculpas por nosso encontro precisar acontecer sob circunstâncias tão irregulares.

Os olhos do rapaz se arregalaram.

— Primeiro vejo o próprio Yaezir, e agora o meu inimigo.

— Eu *não* sou seu inimigo. — Dalinar suspirou. — E isto aqui não é um mero sonho, Vossa Excelência. Eu...

— Ah, eu sei que não é um sonho — replicou Yanagawn. — Como sou um Primeiro que foi conduzido miraculosamente ao trono, os Arautos podem decidir falar através de mim! — Ele olhou ao redor. — Esse dia que estamos vivendo é o Dia de Glória?

— Aharietiam — disse Dalinar. — Sim.

— Por que eles colocaram você aqui? O que isso significa?

— Eles não me colocaram aqui — explicou Dalinar. — Vossa Excelência, *eu* instiguei esta visão, *eu* o trouxe até aqui.

Cético, o garoto cruzou os braços. Ele usava a saia de couro fornecida pela visão. Deixara a lança com ponta de bronze encostada contra uma pedra ali perto.

— Disseram ao senhor que sou considerado louco? — perguntou Dalinar.

— Há rumores.

— Bem, essa era minha loucura. Eu sofria visões durante as tormentas. Venha. Veja.

Ele conduziu Yanagawn a um ponto com vista melhor do grande campo dos mortos, que se espalhava a partir da boca do desfiladeiro. Yanagawn o seguiu, então seu rosto ficou cinzento diante da visão. Por fim, ele desceu até o campo de batalha maior, movendo-se entre os cadáveres, os gemidos e os xingamentos.

Dalinar caminhou ao lado dele. Tantos olhos mortos, tantos rostos retorcidos pela dor. Olhos-claros e olhos-escuros. Pele pálida como a dos shinos e de alguns papaguampas. Pele escura como a dos makabakianos. Muitos que poderiam ter sido alethianos, vedenos ou herdazianos.

Havia outras coisas, naturalmente. As gigantescas figuras de pedra quebrada. Parshemanos usando a forma bélica, com armadura de quitina e sangue alaranjado. Em um ponto por onde passaram, havia um monturo de estranhos crenguejos, queimados e fumegantes. Quem teria se dado ao trabalho de empilhar mil pequenos crustáceos?

— Nós lutamos juntos — disse Yanagawn.

— De que outra maneira poderíamos ter resistido? — disse Dalinar. — Lutar sozinho contra a Desolação seria loucura.

Yanagawn olhou-o de soslaio.

— Você queria falar comigo sem os vizires. Você me queria sozinho! E você pode... pode só me mostrar qualquer coisa que fortaleça seu argumento!

— Se você aceita que tenho o poder de lhe mostrar essas visões, não acha que só isso seria um sinal de que deveria me escutar? — devolveu Dalinar.

— Os alethianos são perigosos. Você sabe o que aconteceu da última vez que os alethianos estiveram em Azir?

— O reinado do Criador de Sóis foi há muito tempo.

— Os vizires conversaram comigo — insistiu Yanagawn. — Eles me contaram *tudo* que aconteceu. Começou da mesma maneira naquela época, com um senhor da guerra unindo as tribos alethianas.

— Tribos? — disse Dalinar. — Está nos comparando aos nômades que perambulam por Tu Bayla? Alethkar é um dos reinos mais refinados de Roshar!

— Seu código de leis mal tem trinta anos!

— Vossa Excelência — disse Dalinar, respirando fundo —, duvido que essa linha de discussão seja relevante. Olhe ao redor. Olhe e veja o que a Desolação trará.

Ele gesticulou para a vista horrível e o temperamento de Yanagawn amainou. Era impossível sentir algo além de dor diante de tanta morte.

Por fim, Yanagawn se virou e olhou de volta na direção de onde tinham vindo. Dalinar juntou-se a ele, as mãos unidas às costas.

— Eles dizem que, quando o Criador de Sóis cavalgou até Azir, ele teve um problema inesperado — sussurrou Yanagawn. — Havia conquistado meu povo rápido demais e não sabia o que fazer com todos os seus cativos. Ele não podia deixar para trás, nas cidades, uma população capaz de lutar. Havia milhares e milhares de homens que ele precisava assassinar.

"Às vezes, ele apenas delegava o trabalho a seus soldados. Todo homem devia matar trinta prisioneiros... como uma criança com a tarefa de catar uma braçada de madeira antes de ter permissão de brincar. Em outros lugares, o Criador de Sóis fez alguma declaração arbitrária; digamos, que todo homem com cabelo de certo comprimento teria que ser abatido.

"Antes de ser tomado pela doença, por obra dos Arautos, ele assassinou *dez por cento* da população de Azir. Dizem que Zawfix ficou coberta de ossos, soprados pelas grantormentas em pilhas tão altas quanto os edifícios."

— Eu *não* sou meu ancestral — disse Dalinar em voz baixa.

— Você o reverencia. Os alethianos praticamente veneram Sadees. Você carrega a tormentosa Espada Fractal dele.

— Eu me desfiz dela.

Eles pararam nos limites do campo de batalha. O imperador tinha determinação, mas não tinha porte. Caminhava com os ombros caídos e suas mãos ficavam procurando bolsos que suas roupas antiquadas não possuíam. Ele era de baixa estirpe — muito embora, em Azir, não se reverenciasse apropriadamente a cor dos olhos. Navani dissera que era porque não havia gente o bastante em Azir com olhos claros.

O próprio Criador de Sóis usara esse argumento para justificar sua conquista.

— Eu não sou meu ancestral — repetiu Dalinar. — Mas tenho muito em comum com ele. Uma juventude de brutalidade. Uma vida em meio à guerra. Eu tenho uma vantagem que ele não teve.

— Qual seria?

Dalinar encarou o rapaz.

— Eu vivi tempo o bastante para ver as consequências dos meus atos.

Yanagawn assentiu lentamente.

— *É* — falou uma voz bem alto. — Você é *velho*.

Dalinar se virou, franzindo o cenho. Soara como a voz de uma garota bem nova. Por que haveria uma garota em um campo de batalha?

— Eu não esperava que você fosse tão velho — disse a garota. Ela estava sentada de pernas cruzadas sobre um pedregulho ali perto. — E você nem é tão negro. Chamam você de Espinho Negro, mas na verdade é mais... Espinho Bem-Bronzeado. Gawx é mais preto do que você, e mesmo ele é bem marrom.

O jovem imperador, surpreendentemente, abriu um largo sorriso.

— Lift! Você voltou!

Ele começou a escalar o rochedo, sem ligar para o decoro.

— Ainda não voltei — respondeu ela. — Tive que fazer um desvio. Mas agora estou perto.

— O que aconteceu em Yeddaw? — indagou Yanagawn, ansioso. — Você mal me explicou!

— Aquelas pessoas *mentem* sobre a comida delas.

A menina estreitou os olhos para Dalinar enquanto o jovem imperador escorregava pelo pedregulho, então tentava escalar pelo outro lado.

Isso não é possível, disse o Pai das Tempestades na mente de Dalinar. *Como ela chegou aqui?*

— Você não a trouxe para cá? — disse Dalinar em voz baixa.

Não. Isso não é possível! Como...?

Yanagawn finalmente alcançou o topo do rochedo e deu um abraço na garota mais nova. Ela tinha longos cabelos escuros, olhos de íris branco-pálido e uma pele bronzeada, embora provavelmente não fosse alethiana — o rosto era redondo demais. Reshiana, talvez?

— Ele está tentando me convencer a confiar nele — disse Yanagawn, apontando para Dalinar.

— Não confie — disse ela. — Ele tem um traseiro bonito demais.

Dalinar pigarreou.

— O quê?

— Seu traseiro é bonito demais. Velhos não deveriam ter traseiros musculosos. Isso significa que você passa *muuuito* tempo balançando uma espada ou socando os outros. Você deveria ter um traseiro velho e flácido. Aí eu confiaria em você.

— Ela... tem uma coisa com traseiros — explicou Yanagawn.

— Não tenho, não — disse a garota, revirando os olhos. — Se me acham estranha por falar sobre traseiros, geralmente é porque têm inveja que eu seja a única que *não está* sempre tomando no meu. — Ela estreitou os olhos novamente para Dalinar, então tomou o imperador pelo braço. — Vamos embora.

— Mas... — disse Dalinar, levantando a mão.

— Viu, você está aprendendo.

Ela sorriu para ele. Então ela e o imperador desapareceram.

O Pai das Tempestades trovejou de frustração. *Aquela mulher! Essa é uma criação feita especificamente para desafiar minha vontade!*

— Mulher? — perguntou Dalinar, sacudindo a cabeça.

Aquela criança traz a mácula da Guardiã da Noite.

— Tecnicamente, eu também.

É diferente. Não é natural. Ela vai longe demais. O Pai das Tempestades trovejou sua insatisfação, recusando-se a continuar conversando com Dalinar. Parecia realmente perturbado.

De fato, Dalinar foi forçado a sentar-se e esperar a visão terminar. Passou aquele tempo olhando para o campo dos mortos, assombrado igualmente pelo futuro e pelo passado.

43

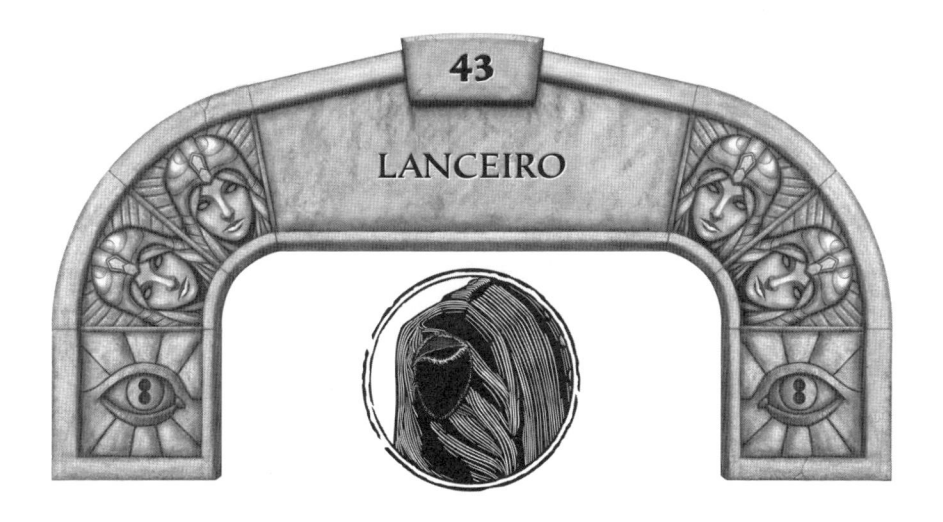

LANCEIRO

Você falou com alguém que não pode responder. Nós, em vez disso, levaremos sua comunicação a nós — embora não saibamos como você nos localizou neste mundo.

MOASH MEXEU NO GRUDE que Febrth chamava de "guisado". Tinha gosto de crem.

Ele fitou os esprenos de chama na grande fogueira de cozinhar, tentando se aquecer enquanto Febrth — um thayleno com um chamativo cabelo ruivo de papaguampas — discutia com Graves. A fumaça da fogueira subia no ar, e a luz seria visível por quilômetros das Terras Geladas. Graves não se importava; acreditava que se a Tempestade Eterna não houvesse varrido os bandidos da área, dois Fractários seriam mais do que suficientes para lidar com qualquer um que houvesse restado.

Espadas Fractais não impedem uma flecha nas costas, pensou Moash, sentindo-se exposto. *E uma Armadura também não, se não estiver sendo usada.* Sua armadura e a de Graves estavam empacotadas na carroça.

— Veja, são os Trigêmeos — disse Graves, acenando na direção de uma formação rochosa. — Está *bem aqui* no mapa. Vamos para oeste agora.

— Já passei por aqui antes — declarou Febrth. — Temos que continuar ao sul, sabe? Depois para leste.

— O mapa...

— Não preciso dos seus mapas — disse Febrth, cruzando os braços. — Sou guiado pelas Paixões.

— As Paixões? — disse Graves, jogando as mãos para o alto. — As *Paixões*? Você devia ter abandonado essas superstições. Você faz parte do Diagrama agora!

— Posso fazer as duas coisas — replicou Febrth solenemente.

Moash enfiou outra colherada de "guisado" na boca. Raios, odiava quando era a vez de Febrth cozinhar. E quando era a vez de Graves; e a de Fia. E... bem, a gororoba que o próprio Moash cozinhava tinha gosto de água de lavagem temperada. Nenhum deles conseguia cozinhar algo que valesse uma clareta opaca. Não como Rocha.

Moash largou sua tigela, deixando o grude cair pela borda. Pegou o casaco em um galho de árvore e saiu pisando duro pela noite. O ar frio parecia estranho em sua pele depois de tanto tempo diante da fogueira. Ele detestava o frio dali. Um inverno perpétuo.

Os quatro haviam suportado as tempestades se escondendo no fundo apertado e reforçado da carroça, que haviam acorrentado ao chão. Eles espantaram com suas Espadas Fractais os parshemanos renegados, que não pareceram nem perto de tão perigosos quanto Moash temera. Mas aquela nova tempestade...

Moash chutou uma pedra, mas ela estava congelada no chão e ele só deu uma topada com o dedão. Praguejou, então olhou sobre o ombro quando a discussão acabou aos gritos. Outrora havia admirado a maneira como Graves parecia refinado. Aquilo fora antes de passarem semanas cruzando juntos uma paisagem estéril. A paciência do homem estava em farrapos, e seu refinamento não importava muito quando estavam todos comendo grude e mijando atrás de colinas.

— Então, estamos muito perdidos? — indagou Moash quando Graves se juntou a ele na escuridão fora do acampamento.

— Não estaríamos nada perdidos se aquele idiota só *olhasse* para o *mapa*. — Graves olhou Moash de soslaio. — Já disse para se livrar desse casaco.

— Vou me livrar dele quando não estivermos nos arrastando pelo rabo congelado do inverno.

— Pelo menos remova o emblema. Ele pode nos entregar, se encontrarmos alguém dos acampamentos de guerra. Arranque-o de uma vez. — Graves deu-lhe as costas e caminhou de volta ao acampamento.

Moash tocou no emblema da Ponte Quatro no seu ombro, que lhe trazia memórias. Juntar-se a Graves e seu bando, que haviam planejado matar o Rei Elhokar. Uma tentativa de assassinato quando Dalinar estivesse longe, marchando rumo ao centro das Planícies Quebradas.

Enfrentar Kaladin, ferido e sangrando.

Você. Não. O. Terá.

A pele de Moash estava úmida devido ao frio. Ele tirou sua faca da bainha — ainda não estava acostumado a poder carregar uma tão grande. Uma faca daquele tamanho podia meter um olhos-escuros em encrenca.

Ele não era mais um olhos-escuros. Era um deles.

Raios, ele *era* um deles.

Cortou os pontos do emblema da Ponte Quatro. Em cima, depois embaixo. Como foi simples. Seria muito mais difícil remover a tatuagem que havia feito com os outros, mas a imagem estava no seu ombro, não na sua testa.

Moash segurou o emblema, tentando capturar a luz do fogo para uma última olhada, e não conseguiu jogá-lo fora. Caminhou de volta e se instalou perto do fogo. Será que os outros estavam em algum lugar sentados ao redor da panela de guisado de Rocha? Gargalhando, fazendo piadas, apostando quantas canecas de cerveja Lopen conseguia beber? Provocando Kaladin, tentando fazer com que ele sorrisse?

Moash podia quase ouvir suas vozes, e ele sorriu, imaginando estar lá. Então, imaginou Kaladin contando a eles o que Moash havia feito.

Ele tentou me matar, diria Kaladin. *Ele traiu tudo. Seu juramento de proteger o rei, seu dever para com Alethkar, mas, o mais importante:* nós.

Moash murchou, o emblema nos dedos. Devia jogar aquela coisa no fogo.

Raios. Ele devia *se* jogar no fogo.

Ele olhou para os céus, tanto para a Danação quanto para os Salões Tranquilinos. Um grupo de esprenos de estrelas tremia lá no alto.

E, além deles, havia alguma coisa se movendo no céu?

Moash gritou, se jogando do assento enquanto quatro Esvaziadores desciam sobre o pequeno acampamento. Eles pousaram com força no chão, brandindo espadas longas e sinuosas. Não eram Espadas Fractais — eram armas de parshendianos.

Uma criatura atacou o ponto onde Moash estivera sentado um momento antes; outra empalou o peito de Graves, então puxou a arma de volta e decapitou-o com outro golpe.

O cadáver de Graves tombou e sua Espada Fractal se materializou, tinindo no chão. Febrth e Fia não tiveram chance. Outros Esvaziadores os abateram, derramando seu sangue sobre a terra gelada e esquecida.

A quarta Esvaziadora foi atrás de Moash, que se afastou rolando. A espada da criatura desceu perto dele e atingiu uma pedra, a lâmina causando faíscas.

Moash se pôs de pé e o treinamento de Kaladin — gravado nele por horas e mais horas passadas no fundo do abismo — assumiu o controle.

Ele deslizou para longe, pondo suas costas contra a carroça enquanto sua Espada Fractal lhe aparecia nos dedos.

A Esvaziadora deu a volta na fogueira, indo na direção dele, a luz reluzindo no seu corpo firme e musculoso. Aqueles ali não eram como os parshendianos que ele havia visto nas Planícies Quebradas. Tinham olhos de um vermelho profundo e uma carapaça da cor roxo-avermelhada, que emoldurava seus rostos. A que Moash estava enfrentando tinha um padrão retorcido na pele, três cores diferentes se misturando. Vermelho, preto, branco.

Luz escura, como o inverso de Luz das Tempestades, envolvia cada um deles. Graves havia falado sobre aquelas criaturas, considerando o retorno delas apenas um dos muitos eventos previstos no inescrutável "Diagrama".

A inimiga de Moash partiu para cima dele, que investiu com sua Espada, afastando-a. Ela parecia *deslizar* enquanto se movia, os pés mal tocando o chão. Os outros três o ignoraram, procurando espólio no acampamento, inspecionando os cadáveres. Um deles pulou para a carroça com um salto gracioso e começou a remexer os itens que estavam ali.

Sua oponente tentou de novo, atacando com cautela com sua espada curva. Moash recuou, a Espada Fractal erguida com as duas mãos, tentando interceptar a arma dela. Seus movimentos pareciam desajeitados em comparação com o poder gracioso da criatura. Ela deslizou para o lado, as roupas sacudindo com o vento, a respiração visível no ar frio. Ela não estava se arriscando contra uma Espada Fractal, e não atacou quando Moash tropeçou.

Raios. Aquela arma era desajeitada demais. Com um metro e oitenta, era difícil posicioná-la corretamente. Sim, ela podia cortar qualquer coisa, mas ele precisava efetivamente *acertar* para que isso tivesse importância. Era muito mais fácil usar a Espada quando estava de Armadura. Sem ela, Moash se sentia uma criança segurando a arma de um adulto.

A Esvaziadora sorriu. Então ela atacou com uma velocidade avassaladora. Moash deu um passo para trás, brandindo a Espada, forçando-a a se desviar para o lado. Ele sofreu um longo corte no braço, mas seu movimento impediu que fosse empalado.

Seu braço ardeu com a dor e ele grunhiu. A Esvaziadora o observou, confiante, sabida. Ele estava morto. Talvez devesse simplesmente deixar que acontecesse.

O Esvaziador trabalhando na carroça disse algo em tom empolgado. Ele havia encontrado a Armadura Fractal. A criatura chutou outros itens para alcançá-la e algo rolou para fora da carroça, batendo contra a pedra. Uma lança.

Moash olhou para sua Espada Fractal, a riqueza de nações, o tesouro mais precioso que um homem podia possuir.

Quem estou enganando?, pensou ele. *Quem eu achei que estava enganando?*

A Esvaziadora iniciou um ataque, mas Moash dispensou sua Espada Fractal e saiu correndo. Sua atacante ficou tão surpresa que hesitou, e Moash teve tempo de mergulhar na direção da lança, levantando-se com um rolamento. Segurando a madeira lisa na mão, com um peso familiar, Moash assumiu facilmente sua postura. O ar subitamente tinha um cheiro úmido e vagamente podre — ele se lembrou dos abismos. Vida e morte juntas, vinhas e decomposição.

Quase podia ouvir a voz de Kaladin. *Você não pode temer uma Espada Fractal. Você não pode temer um olhos-claros a cavalo. Eles matam com o medo primeiro e depois com a espada.*

Fique firme.

A Esvaziadora foi atrás dele, e Moash ficou firme. Jogou-a para o lado ao aparar a arma dela na haste da lança. Então enfiou a base da lança sob o braço dela enquanto a criatura vinha para um contragolpe.

A Esvaziadora arquejou, surpresa, enquanto Moash executava uma derrubada que ele praticara mil vezes nos abismos. Ele varreu a base da lança contra os tornozelos dela, dando-lhe uma rasteira, e fez menção de seguir com a clássica torção e golpe, para perfurar seu peito.

Infelizmente, a Esvaziadora não caiu. Ela recuperou o equilíbrio no ar, flutuando em vez de desabar. Moash notou a tempo e desistiu da manobra para bloquear o próximo ataque dela.

A Esvaziadora recuou, planando, depois desceu ao chão em uma postura baixa de ataque, a espada estendida para o lado. Então ela saltou para a frente e agarrou a lança de Moash enquanto ele tentava usá-la para afastar a inimiga. Raios! Ela se aproximou dele de modo elegante, dentro do seu alcance. Ela cheirava a roupas molhadas e ao odor bolorento e alienígena que ele associava aos parshendianos.

Ela pressionou sua mão contra o peito de Moash e aquela luz sombria se transferiu dela para ele. Moash sentiu que estava ficando mais leve.

Felizmente, Kaladin havia tentado isso nele também.

Moash agarrou a Esvaziadora com uma das mãos, segurando-se na frente da sua camisa folgada, enquanto o corpo dele tentava cair para o ar.

A puxada súbita da parte dele desequilibrou-a, até mesmo levantando-a alguns centímetros. Ele a puxou para si com uma das mãos enquanto enfiava a ponta da lança no chão rochoso. Isso fez com que os dois girassem no ar, flutuando.

Ela gritou em uma língua alienígena. Moash deixou cair a lança e agarrou sua faca. Ela tentou empurrá-lo, Projetando-o novamente, dessa vez com mais força. Ele grunhiu, mas se segurou, então levantou a faca e enfiou-a no peito dela.

Sangue parshendiano laranja jorrou ao redor da mão dele, esguichando na noite fria enquanto eles continuavam a girar no ar. Moash continuou agarrado a ela e cravou a faca mais fundo.

Ela não se curou, como Kaladin teria feito. Seus olhos deixaram de brilhar e a luz escura desapareceu.

O corpo tornou-se flácido. Pouco depois, a força que puxava Moash para cima se esgotou. Ele caiu um metro e meio até o chão, o corpo dela amortecendo a queda.

Sangue laranja o cobria, fumegando no ar gelado. Ele agarrou sua lança novamente, os dedos escorregadios com o sangue, e apontou-a para os três Esvaziadores restantes, que o fitavam com expressões atordoadas.

— Ponte Quatro, seus canalhas — rosnou Moash.

Dois dos Esvaziadores se voltaram para o terceiro, a outra mulher, que fitou Moash de cima a baixo.

— Vocês provavelmente podem me matar — disse Moash, limpando a mão nas roupas para melhorar a pegada. — Mas vou levar um de vocês comigo. Pelo menos um.

Eles não pareciam zangados por Moash ter matado sua amiga. Raios, aquelas coisas nem ao menos *tinham* emoções? Shen frequentemente só ficava sentado, olhando. Ele encarou a mulher no centro. Sua pele era branca e vermelha, sem nem um toque de negro. A palidez daquele branco lembrou-lhe os shinos, que, para Moash, sempre pareciam doentes.

— Você tem paixão — disse ela em um alethiano com sotaque.

Um dos outros entregou a ela a Espada Fractal de Graves. A Esvaziadora a segurou, inspecionando-a junto à luz do fogo. Então se elevou no ar.

— Você pode escolher. Morrer aqui ou aceitar a derrota e entregar suas armas.

Moash se agarrou à lança na sombra daquela figura, cuja roupa ondulava no ar. Será que achavam mesmo que confiaria neles?

Mas também... Ele achava mesmo que podia encarar mais três?

Dando de ombros, ele jogou a lança para o lado. Invocou a Espada. Depois de todos aqueles anos sonhando em ter uma, finalmente conseguia, um presente de Kaladin. E o que viera de bom disso? Ele obviamente não merecia tal arma.

Firmando o queixo, Moash pressionou a mão contra a gema e rompeu o vínculo. A gema na guarda relampejou, e ele sentiu uma calma gelada percorrê-lo. De volta a ser um olhos-escuros.

Ele jogou a Espada no chão. Um dos Esvaziadores a pegou. Outro saiu voando, e Moash ficou confuso com o que estava acontecendo. Pouco depois, o Esvaziador voltou com seis outros. Eles amarraram cordas aos pacotes da Armadura Fractal, então saíram voando, arrastando a armadura pesada no ar atrás deles. Por que não Projetá-la?

Por um momento, Moash pensou que eles realmente iam deixá-lo ali, mas no final dois outros o agarraram — um em cada braço — e o puxaram para o ar.

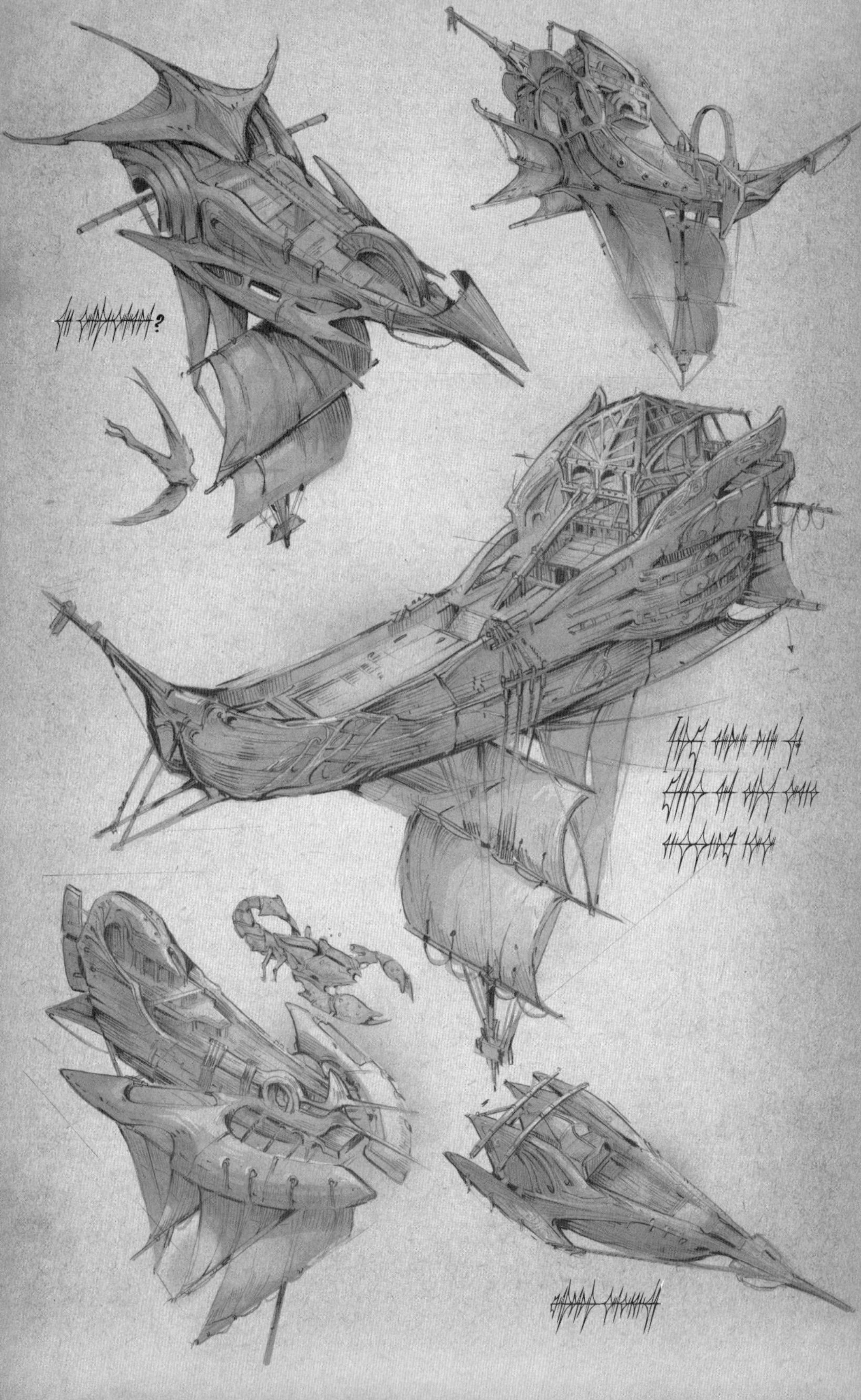

44

O LADO BOM

> *Estamos de fato intrigados, pois pensávamos estar bem escondidos. Insignificantes entre nossos muitos reinos.*

VÉU RELAXAVA EM UMA taverna com seus homens. Suas botas estavam sobre a mesa, a cadeira inclinada para trás, enquanto ela escutava a vida fervilhando ao redor. Pessoas bebendo e conversando, outras passeando no caminho lá fora, gritando e brincando. Ela apreciava o caloroso e envolvente ruído dos companheiros que haviam transformado aquela tumba de pedra em algo vivo novamente.

Ainda se intimidava ao contemplar o tamanho da torre. Como alguém podia ter *construído* um lugar tão grande? Capaz de engolir a maioria das cidades que Véu já vira sem nem precisar afrouxar o cinto.

Bem, melhor não pensar nisso. Era preciso se esgueirar junto ao chão, abaixo de todas as perguntas que distraíam escribas e eruditas. Essa era a única maneira de fazer algo útil.

Em vez disso, ela se concentrou nas pessoas. Suas vozes se misturavam e coletivamente se tornavam uma multidão sem rosto. Mas a melhor parte em relação às pessoas era poder escolher rostos específicos nos quais se concentrar, realmente vê-los, e descobrir um tesouro de histórias. Tantas pessoas com tantas vidas, cada uma delas um pequeno mistério. Infinitos detalhes, como Padrão. Se olhasse de perto suas linhas fractais, dava para perceber que cada pequena ponta tinha uma arquitetura própria. Se olhasse de perto determinada pessoa, dava para ver seu caráter único — que não combinava exatamente com qualquer ampla categoria que se lhe tivesse atribuído de início.

— Então... — disse Rubro, falando com Ishnah.

Véu levara três dos seus homens naquele dia, com a espiã para treiná-los. Assim, Véu podia escutar, aprender e tentar julgar se a mulher era digna de confiança — ou se era algum tipo de infiltrada.

— Isso é ótimo — continuou Rubro —, mas quando vamos aprender o lance com as facas? Não que eu esteja ansioso para matar ninguém. Só que... Você sabe...

— Eu sei o quê? — perguntou Ishnah.

— Facas são dima — disse Rubro.

— Dima? — indagou Véu, abrindo os olhos.

Rubro assentiu.

— Dima. Sabe. Incrível, ou maneiro, mas de uma maneira mais legaaaaal.

— Todo mundo sabe que facas são dima — acrescentou Gaz.

Ishnah revirou os olhos. A mulher baixa usava seu havah com a mão coberta, e seu vestido tinha um leve toque de bordado. Sua postura e vestido indicavam que era uma olhos-escuros de posição social relativamente alta.

Véu atraía mais atenção, e não só devido ao casaco branco e chapéu. Era a atenção dos homens avaliando se queriam se aproximar dela, o que não faziam com Ishnah. A maneira como ela se portava, o havah recatado, os mantinha afastados.

Véu bebeu outro gole, apreciando o vinho.

— Tenho certeza de que já ouviram histórias extravagantes — replicou Ishnah. — Mas espionagem não tem a ver com facas em becos. Eu mal saberia o que fazer se precisasse apunhalar alguém.

Os três homens desanimaram.

— A espionagem tem a ver com a coleta cuidadosa de informações — continuou Ishnah. — Sua tarefa é observar, mas não *ser* observado. Você precisa ser agradável o bastante para que as pessoas falem com você, mas não tão interessante que elas se lembrem de você.

— Bem, Gaz está fora — comentou Rubro.

— Verdade — confirmou Gaz. — É uma maldição ser tão tormentosamente interessante.

— Vocês querem calar a boca? — disse Vathah. O soldado magro havia se inclinado, a taça de vinho barato intocada. — Como? — perguntou ele. — Eu sou alto. Gaz tem um olho só. Vão lembrar de nós.

— Você precisa aprender a canalizar a atenção para traços genéricos que você pode mudar, e desviá-la de características imutáveis. Rubro, se *você* usasse um tapa-olho, esse detalhe ficaria marcado. Vathah, posso ensinar você a andar encurvado de modo que sua altura não seja perceptível... E, se você acrescentar um sotaque incomum, as pessoas o descreverão por meio disso. Gaz, eu poderia colocá-lo em uma taverna e deixá-lo caído em uma mesa fingindo estar em estupor alcoólico. Ninguém notaria o tapa-olho; só pensariam que era mais um bêbado. Mas isso não vem ao caso. Precisamos começar com observação. Se querem ser úteis, precisam ser capazes de fazer avaliações rápidas de um local, memorizar detalhes e conseguir relatar tudo. Agora, fechem os olhos.

Os homens obedeceram, com relutância, e Véu se juntou a eles.

— Agora — disse Ishnah. — Algum de vocês pode descrever os ocupantes da taverna? Sem olhar, veja bem.

— Hã... — Gaz coçou o tapa-olho. — Tem uma bonitinha lá no bar. Talvez seja thaylena.

— Qual é a cor da blusa dela?

— Hum. Bem, é decotada, e ela tem um belo par de petrobulbos... hã...

— Tem um cara muito feio com um tapa-olho — disse Rubro. — Baixinho, um tipinho irritante. Bebe seu vinho quando você não está olhando.

— Vathah? — perguntou Ishnah. — E você?

— Acho que tem alguns caras no bar — disse ele. — Eles estão usando... uniformes de Sebarial? E mais ou menos metade das mesas está ocupada. Não sei dizer por quem.

— Melhor — disse Ishnah. — Não esperava que você fosse capaz de fazer isso. É da natureza humana ignorar essas coisas. Mas vou treiná-los para que...

— Espere — cortou Vathah. — E Véu? O que ela lembra?

— Três homens no bar — disse Véu distraidamente. — Um homem mais velho, ficando grisalho, e dois soldados, provavelmente parentes, a julgar pelos narizes aduncos. O mais jovem está bebendo vinho; o mais velho está tentando paquerar a mulher que Gaz notou. Ela não é thaylena, mas está usando vestido thayleno com uma blusa roxa e uma saia verde-floresta. Não gosto da combinação, mas ela parece gostar. Ela é confiante, acostumada a brincar com a atenção dos homens. Mas acho que veio aqui procurando alguém, porque está ignorando o soldado e não para de olhar por cima do ombro.

"O taverneiro é um homem mais velho, baixinho, então tem que ficar em cima de caixas enquanto pega os pedidos. Aposto que não faz muito tempo que trabalha no bar. Ele hesita quando alguém faz um pedido, e precisa olhar para as garrafas e ler seus glifos antes de achar a certa. Há três atendentes, uma está em seu intervalo, e catorze clientes além de nós."

Ela abriu os olhos.

— Posso descrever eles para você.

— Não precisa — disse Ishnah enquanto Rubro batia palmas baixinho. — Foi muito impressionante, Véu, embora eu deva observar que há *quinze* outros clientes, não catorze.

Véu se sobressaltou, então olhou ao redor do salão sob a tenda, contando — como havia feito em sua cabeça um momento atrás. Três naquela mesa... quatro ali... duas mulheres perto da porta...

E uma mulher que deixara passar, aninhada em uma cadeira junto a uma mesa pequena no fundo da tenda. Estava vestindo roupas simples, uma saia e blusa típicas de camponesa alethiana. Ela havia escolhido intencionalmente roupas que se misturavam com o branco da tenda e o marrom das mesas? E o que estava fazendo ali?

Tomando notas, pensou Véu com uma pontada de alarme. A mulher havia cuidadosamente ocultado um caderninho no colo.

— Quem é ela? — Véu se agachou. — Por que ela está nos vigiando?

— Não está nos vigiando especificamente — disse Ishnah. — Deve haver dezenas como ela no mercado, se movendo feito ratos, reunindo qualquer informação que conseguirem. Ela pode trabalhar por conta própria, vendendo as informações que consegue, mas é mais provável que trabalhe para um dos grão-príncipes. Era isso que eu costumava fazer. Eu diria, pelas pessoas que ela está olhando, que recebeu ordens de produzir um relatório sobre o humor das tropas.

Véu assentiu e prestou muita atenção enquanto Ishnah começava a treinar os homens em truques mnemônicos. Ela sugeriu que eles aprendessem glifos e usassem algum truque — como desenhar nas mãos — para ajudá-los a coletar informações. Véu já havia ouvido alguns daqueles truques, incluindo um que Ishnah descreveu, chamado de museu mental.

Muito interessantes foram as dicas de Ishnah sobre como saber o que era relevante para um relatório, e como descobrir. Ela falou sobre prestar atenção nos nomes dos grão-príncipes e em palavras comuns usadas como substitutas em questões importantes, e sobre como ficar atento a pessoas que tinham bebido só o bastante para deixar escapar coisas que não deveriam. O tom, explicou ela, era a chave. Era possível estar sentado a um metro e meio de alguém compartilhando segredos importantes, mas ignorar a pessoa porque estava concentrado na discussão na mesa ao lado.

O estado que ela descreveu era quase meditativo — sentar-se e deixar seus ouvidos assimilarem tudo, sua mente se apegando apenas a algumas conversas. Véu achou fascinante. Mas, depois de uma hora de treinamento, Gaz reclamou que estava atordoado como se já houvesse bebido quatro garrafas. Rubro estava cabeceando, e a maneira como seus olhos estavam envesgados diziam que ele estava completamente zureta.

Vathah, porém... ele havia fechado os olhos e estava disparando para Ishnah descrições de todos no recinto. Véu sorriu. Durante todo o tempo em que conhecera aquele homem, ele realizara cada um dos seus deveres como se tivesse um pedregulho amarrado às costas. Movia-se devagar, encontrava rápido um lugar para se sentar e descansar. Vê-lo tão entusiasmado era encorajador.

Na verdade, Véu estava tão envolvida, que perdeu completamente a noção da hora. Quando escutou os sinos do mercado, praguejou baixinho.

— Sou uma tola tormentosa.

— Véu? — chamou Vathah.

— Tenho que ir — ela disse. — Shallan tem um compromisso.

Quem teria pensado que carregar um antigo e divino manto de poder e honra envolveria tantas reuniões?

— E ela não pode ir sem você? — disse Vathah.

— Raios, você já *viu* aquela garota? Ela esqueceria os pés se não estivessem grudados no corpo. Continuem praticando! Encontro com vocês depois.

Ela botou o chapéu e saiu correndo pela Separação.

Pouco tempo depois, Shallan Davar — outra vez enfiada em segurança em um havah azul — caminhava pelo corredor sob Urithiru. Estava feliz com o trabalho que Véu estava fazendo com os homens, mas, raios, ela precisava beber tanto? Shallan havia queimado praticamente um *barril* inteiro de álcool para limpar a cabeça.

Ela respirou fundo, então adentrou a antiga sala da biblioteca. Ali encontrou não apenas Navani, Jasnah e Teshav, mas também uma hoste de fervorosos e escribas. May Aladar, Adrotagia de Kharbranth... havia até mesmo três *guarda-tempos*, homens estranhos com barbas longas que gostavam de prever o clima. Shallan ouvira falar que eles às vezes usavam a direção dos ventos para prever o futuro, mas nunca ofereciam tais serviços abertamente.

Estar perto deles fez Shallan desejar um glifo-amuleto. Véu não mantinha nenhum à mão, infelizmente. *Ela* era basicamente uma herege e pensava sobre religião com tanta frequência quanto sobre os preços de seda marinha em Rall Elorim. Pelo menos Jasnah tinha a firmeza de escolher um lado e declará-lo; Véu simplesmente dava de ombros e fazia alguma piada. Isso...

— Hmmm... — sussurrou Padrão da sua saia. — Shallan?

Certo. Ela estava parada bem na entrada, não estava? Entrou, infelizmente passando por Janala, que estava servindo de assistente para Teshav. A jovem bonita mantinha o nariz perpetuamente empinado, e era o tipo de pessoa de quem só ouvir o nome lhe causava arrepios.

Era da arrogância da mulher que Shallan não gostava — não era, naturalmente, do fato de Adolin ter cortejado Janala logo antes de conhecer Shallan. Ela já havia tentado evitar as ex-parceiras românticas de Adolin, mas... bem, era como tentar evitar soldados em um campo de batalha. Elas meio que estavam por toda parte.

Uma dúzia de conversas ecoava na sala: discussões sobre pesos e medidas, o posicionamento correto de pontuação, e as variações atmosféricas na torre. Antes ela teria dado qualquer coisa para estar em uma sala como aquela. Agora estava constantemente atrasada para as reuniões. O que havia mudado?

Eu sei que sou uma fraude, pensou, passando rente à parede por uma bela e jovem fervorosa que discutia política azishiana com um dos guarda-tempos. Shallan mal havia folheado os livros que Adolin levara para ela. Do outro lado, Navani estava conversando sobre fabriais com uma engenheira em um havah vermelho-vivo. A mulher concordava animadamente.

— Sim, mas como estabilizá-lo, Luminosa? Com as velas por baixo, ele vai girar até virar, não vai?

A proximidade de Shallan com Navani havia oferecido ampla oportunidade para estudar a ciência dos fabriais. Por que não o fizera? Enquanto aquilo tudo a envolvia — as ideias, as perguntas, a lógica —, Shallan subitamente sentiu que estava se afogando. Sobrecarregada. Todo mundo naquela sala sabia tanto, e ela se sentia insignificante em comparação com eles.

Preciso de alguém que possa lidar com isso, ela pensou. *Uma erudita. Parte de mim pode se tornar uma erudita. Não Véu nem a Luminosa Radiante. Mas alguém...*

Padrão começou a zumbir no seu vestido novamente. Shallan recuou até a parede. Não, isso... isso era *ela*, não era? Shallan sempre havia desejado ser uma erudita, não havia? Ela não precisava de outra persona para lidar com isso. Certo?

... Certo?

O momento de ansiedade passou e ela soltou o ar, forçando-se a se tranquilizar. Por fim, pegou um caderno e um lápis de carvão na bolsa, então procurou Jasnah e se apresentou.

Jasnah ergueu uma sobrancelha.

— Atrasada de novo?

— Desculpe.

— Pretendia pedir sua ajuda para compreender algumas das traduções que estamos recebendo do Canto do Alvorecer, mas não teremos tempo antes do começo da reunião da minha mãe.

— Talvez eu possa ajudá-la...

— Tenho alguns itens para concluir. Podemos falar depois.

Uma dispensa abrupta, mas nada além do que Shallan se acostumara a esperar. Ela foi até uma cadeira junto da parede e se sentou.

— Com certeza, se Jasnah *soubesse* que acabei de confrontar uma profunda insegurança minha, teria mostrado alguma empatia — disse ela baixinho. — Certo?

— Jasnah? — indagou Padrão. — Não acho que você esteja prestando atenção, Shallan. Ela não tem muita empatia.

Shallan suspirou.

— Mas *você* é empática!

— Estou mais para patética, na verdade. — Ela se recompôs. — Eu tenho um lugar de direito nesta sala, não tenho, Padrão?

— Hmm. Sim, é claro que tem. Você quer desenhá-los, certo?

— Os eruditos clássicos não apenas desenhavam. O Ungido sabia matemática... ele *criou* o estudo de proporções na arte. Galid era uma inventora, e seus desenhos são usados na astronomia até hoje. Marinheiros não conseguiam definir a longitude no mar até a invenção dos relógios dela. Jasnah é uma historiadora... e mais. É isso que eu quero.

— Tem certeza?

— Acho que sim.

O problema era que Véu queria passar os dias bebendo e rindo com os homens, praticando espionagem. Radiante queria praticar com a espada e passar tempo com Adolin. O que Shallan queria? E isso importava?

Finalmente, Navani deu início à reunião, e as pessoas se sentaram. Escribas de um lado de Navani, fervorosos de uma variedade de devotários do outro — e longe de Jasnah. Enquanto os guarda-tempos se instalavam nas cadeiras mais afastadas ao redor do círculo, Shallan notou Renarin parado no umbral da porta. Ele hesitou, olhando para dentro, mas sem entrar.

Quando vários eruditos se voltaram para ele, Renarin deu um passo para trás, como se os olhares o estivessem fisicamente empurrando para fora.

— Eu... — disse Renarin. — Meu pai disse que eu podia vir... só para escutar, talvez.

— Você é mais do que bem-vindo, primo — disse Jasnah.

Ela sinalizou para que Shallan pegasse um banco para ele, e assim ela fez — e nem mesmo protestou por receber ordens. Ela *podia* ser uma erudita. Seria a melhor pupilazinha de todos os tempos.

De cabeça baixa, Renarin contornou o círculo de eruditos, agarrando com toda a força uma corrente que pendia do seu bolso. Assim que ele se sentou, começou a puxar a corrente entre os dedos de uma mão, depois da outra.

Shallan fez o que pôde para tomar notas e *não* se distrair desenhando pessoas. Felizmente, as pautas foram mais interessantes do que de costume. Navani colocara a maioria das suas eruditas para tentar compreender Urithiru. Inadara foi a primeira a apresentar seu relatório — ela era uma escriba encarquilhada que fazia Shallan se lembrar dos fervorosos do pai —, explicando que sua equipe estava tentando descobrir o significado dos formatos estranhos das salas e túneis na torre.

Ela falou bastante, explicando sobre construções defensivas, filtragem de ar e os poços. Ela destacou agrupamentos de salas com estranhos formatos, e de murais bizarros que havia encontrado, representando criaturas fantásticas.

Quando ela enfim terminou, Kalami expôs o relatório da sua equipe, que estava convencida de que certas peças de ouro e cobre que haviam encontrado em paredes eram fabriais, mas não pareciam fazer nada, mesmo com gemas incrustadas. Ela distribuiu alguns desenhos, então se pôs a explicar seus esforços — até então vãos — de infundir o pilar de gemas. Os únicos fabriais operacionais eram os elevadores.

— Eu sugiro — interrompeu Elthebar, chefe dos guarda-tempos — que a proporção das engrenagens usadas no maquinário do elevador pode indicar a natureza daqueles que o construíram. É a ciência da digitologia, sabe? Pode-se descobrir muito sobre um homem pela largura dos seus dedos.

— E como isso tem a ver com engrenagens...? — indagou Teshav.

— De muitas maneiras! — disse Elthebar. — Ora, o fato de que você não sabe disso é uma indicação *clara* de que é uma escriba. Sua letra é bonita, Luminosa, mas precisa dar mais atenção à *ciência*.

Padrão zumbiu baixinho.

— Nunca gostei dele — sussurrou Shallan. — Ele é gentil quando está perto de Dalinar, mas na verdade é desprezível.

— Então... qual atributo dele estamos medindo e quantas pessoas estão na amostragem? — perguntou Padrão.

— Vocês não acham que, talvez, estejamos fazendo as perguntas erradas? — disse Janala.

Shallan estreitou os olhos, mas se controlou, suprimindo seu ciúme. Não havia necessidade de odiar uma pessoa apenas porque ela havia sido próxima de Adolin.

Era só que Janala tinha... algo de *estranho*. Como muitas mulheres da corte, sua risada parecia ensaiada, contida. Como se elas a usassem como tempero, em vez de realmente acharem graça.

— Como assim, menina? — perguntou Adrotagia.

— Bem, Luminosa, nós falamos sobre os elevadores, sobre a estranha coluna de fabriais, sobre os corredores sinuosos. Tentamos compreender essas coisas apenas pelos seus formatos. Talvez devêssemos descobrir quais são as necessidades da torre, e então fazer o caminho inverso para determinar como essas coisas poderiam satisfazê-las.

— Hmmm — disse Navani. — Bem, nós sabemos que é possível cultivar plantações lá fora. Algum desses fabriais na parede fornece calor?

Renarin murmurou alguma coisa.

Todos na sala olharam para ele. Alguns pareceram surpresos em ouvi-lo falar, e ele se encolheu.

— O que foi, Renarin? — indagou Navani.

— Não é assim — disse ele baixinho. — Não são fabriais. São *um* fabrial.

As escribas e eruditas se entreolharam. O príncipe... bem, frequentemente incitava tais reações. Expressões de desconforto.

— Luminobre... — disse Janala. — Por acaso o senhor é um artifabriano em segredo? Vem estudando engenharia à noite, lendo a escrita das mulheres?

Várias das outras pessoas riram. Renarin corou profundamente, baixando ainda mais os olhos.

Vocês nunca ririam assim de qualquer outro homem do posto dele, pensou Shallan, sentindo as bochechas esquentarem. A corte alethiana podia apresentar uma polidez severa, mas isso não significava que eram gentis. Renarin sempre fora um alvo mais aceitável do que Dalinar ou Adolin.

A raiva de Shallan era uma sensação estranha. Em mais de uma ocasião, ela se impressionara com a esquisitice de Renarin. Sua presença naquela reunião era só mais um exemplo. Estaria pensando em finalmente se juntar aos fervorosos? E fazia isso simplesmente aparecendo em uma reunião de escribas, como se fosse uma das mulheres?

Ao mesmo tempo, como Janala *ousava* constrangê-lo?

Navani fez menção de falar, mas Shallan foi mais rápida.

— Certamente, Janala, você não acabou de tentar *insultar* o filho do grão-príncipe.

— O quê? Não, não, é claro que não.

— Ótimo. Porque, se você *houvesse* tentado insultá-lo, teria feito um péssimo trabalho. E ouvi dizer que você é muito inteligente. Cheia de astúcia, cheia de charme e cheia de... outras coisas.

Janala franziu o cenho.

— ... Isso é um elogio?

— Não estávamos falando do seu busto, querida. Estávamos falando da sua mente! Essa mente brilhante e maravilhosa, tão afiada que jamais precisou se amolar! Tão rápida que continua correndo quando todos já terminaram! Tão impressionante que nunca falha em deixar todos espantados com as coisas que você diz. Tão... hã...

Jasnah estava fulminando-a com os olhos.

— Hmm... — Shallan mostrou seu caderno. — Eu tomei notas.

— Podemos fazer uma breve pausa, mãe? — pediu Jasnah.

— Uma excelente sugestão — disse Navani. — Quinze minutos, durante os quais todos devem pensar em uma lista de coisas de que esta torre necessitaria para se tornar autossuficiente.

Ela se levantou e a reunião se dividiu novamente em conversas individuais.

— Estou vendo que você ainda usa a língua como um porrete, em vez de uma faca — disse Jasnah a Shallan.

— É. — Shallan suspirou. — Alguma dica?

Jasnah olhou-a de soslaio.

— Você ouviu o que ela disse a Renarin, Luminosa!

— E minha mãe estava prestes a responder — disse Jasnah. — Discretamente, com palavras ponderadas. Em vez disso, você jogou um dicionário na cabeça dela.

— Desculpe. Ela me dá nos nervos.

— Janala é uma tola, inteligente apenas o bastante para ter orgulho da própria astúcia, mas estúpida o bastante para não saber que não é tão astuta assim. — Jasnah esfregou as têmporas. — Raios. É por isso que nunca aceito pupilas.

— Porque elas lhe causam muitos problemas.

— Porque sou ruim nisso. Tenho evidências científicas desse fato, e você é apenas o experimento mais recente.

Jasnah fez um gesto para mandá-la embora, enquanto continuava esfregando as têmporas. Shallan, envergonhada, caminhou para a lateral da sala, enquanto todos os outros pegavam lanches.

— Hmmm! — fez Padrão enquanto Shallan se recostava contra a parede, o caderno junto ao peito. — Jasnah não parece zangada. Por que você está triste?

— Porque sou uma idiota — respondeu Shallan. — E uma tola. E... porque eu não *sei* o que eu *quero*.

Não fora há apenas uma ou duas semanas que ela inocentemente achara que havia entendido tudo? Fosse lá o que "tudo" fosse?

— Estou vendo ele! — disse uma voz ao seu lado.

Shallan deu um pulo e virou-se para encontrar Renarin olhando para sua saia e para o padrão ali, que havia se misturado no bordado. Nítido se soubesse onde procurar, mas fácil de deixar passar despercebido.

— Ele não fica invisível? — perguntou Renarin.

— Ele diz que não consegue.

Renarin assentiu, então olhou para ela.

— Obrigado.

— Pelo quê?

— Por defender minha honra. Quando Adolin faz isso, alguém geralmente acaba apunhalado. O seu jeito foi mais agradável.

— Bem, ninguém deveria falar com você daquele jeito. Não *ousariam* fazer isso com Adolin. E, além disso, você tem razão. Este lugar *é* um enorme fabrial.

— Você também sente? Elas ficam falando sobre esse ou aquele dispositivo, mas isso está errado, não está? É como pegar as peças de uma carroça sem perceber que você encontrou uma carroça.

Shallan se aproximou dele.

— Aquela *coisa* que nós combatemos, Renarin. Ela podia estender seus tentáculos até o topo de Urithiru. Eu sentia que havia algo errado aonde quer que eu fosse. Aquela gema no centro está ligada com tudo.

— Sim, não é apenas uma coleção de fabriais. São muitos fabriais reunidos para formar um *grande* fabrial.

— Mas o que ele faz? — indagou Shallan.

— O que ele faz é ser uma cidade. — Renarin franziu o cenho. — Bem, quero dizer, ele é uma cidade... Ele faz o que a cidade é...

Shallan estremeceu.

— E a Desfeita o estava controlando.

— O que permitiu que descobríssemos esta sala e a coluna fabrial — disse Renarin. — Talvez não tivéssemos conseguido isso sem ela. Encare só o lado bom.

— Logicamente, se eu estiver encarando o lado bom, vou estar de costas para o outro lado, então só vou poder encarar o bom mesmo.

Renarin deu uma gargalhada. Isso a lembrou de como seus irmãos riam das coisas que ela dizia. Talvez não porque fosse a coisa mais hilária já dita, mas porque era bom rir. Isso, por sua vez, fez com que recordasse o que Jasnah havia dito, e Shallan se pegou olhando para a mulher.

— Eu sei que minha prima é intimidadora — sussurrou Renarin. — Mas você é uma Radiante também, Shallan. Não se esqueça disso. Nós podemos confrontá-la, se quisermos.

— Nós queremos?

Renarin fez uma careta.

— Provavelmente não. Ela está certa com muita frequência, e você acaba se sentindo um dos dez tolos.

— É verdade, mas... eu não sei se consigo suportar voltar a receber ordens como uma criança. Estou começando a enlouquecer. O que eu faço?

Renarin deu de ombros.

— Descobri que a melhor maneira de evitar fazer o que Jasnah manda é não estar por perto quando ela está procurando alguém em quem mandar.

Shallan se animou. Isso fazia muito sentido. Dalinar precisaria que seus Radiantes cumprissem tarefas, certo? Ela precisava escapar, só até poder compreender as coisas. Ir para algum lugar... como aquela missão em Kholinar? Eles não precisariam de alguém que pudesse se esgueirar para dentro do palácio e ativar o dispositivo?

— Renarin, você é um gênio.

Ele enrubesceu, mas sorriu.

Navani reconvocou a reunião, e eles se sentaram para continuar a discutir fabriais. Jasnah tocou o caderno de Shallan e ela fez um trabalho melhor de escrever a ata, praticando sua taquigrafia. Não era mais tão irritante agora, já que tinha uma estratégia para escapar. Uma rota de fuga.

Estava apreciando esse fato quando notou uma figura alta atravessando a porta. Dalinar Kholin lançava uma sombra, mesmo quando não estava diante da luz. Todos imediatamente se calaram.

— Peço desculpas pelo meu atraso. — Ele olhou para o pulso, para o relógio de antebraço que Navani havia lhe dado. — Por favor, não parem por minha causa.

— Dalinar? — disse Navani. — Você nunca participou de uma reunião de escribas antes.

— Só pensei que deveria assistir. Aprender o que essa parte da minha organização está fazendo.

Ele se instalou em um banco fora do círculo. Parecia um cavalo de batalha tentando se acomodar em um pedestal feito para um pônei de espetáculo.

Eles retomaram, todos obviamente constrangidos. Shallan imaginara que Dalinar sabia que não deveria se meter em reuniões como aquela, onde mulheres e escribas...

Ela inclinou a cabeça quando viu Renarin olhar de soslaio para o pai. Dalinar respondeu com um punho erguido.

Ele veio para que Renarin não ficasse embaraçado, compreendeu Shallan. *Não tem como ser inapropriado ou feminino o fato de o príncipe estar aqui se o tormentoso Espinho Negro decidiu participar.*

Ela não deixou de perceber a maneira como Renarin chegou a levantar os olhos para assistir ao resto das pautas.

45

UMA REVELAÇÃO

Assim como as ondas do mar devem continuar a se erguer, também nossa vontade deve se manter resoluta.

Sozinha.

Os Esvaziadores carregaram Moash até Revolar, uma cidade no centro de Alethkar. Ao chegarem lá, deixaram-no fora da cidade e empurraram-no na direção de um grupo de parshemanos inferiores.

Seus braços doíam por ter sido carregado. Por que não haviam usado seus poderes para Projetá-lo para cima e torná-lo mais leve, como Kaladin teria feito?

Moash esticou os braços, olhando ao redor. Visitara Revolar muitas vezes, trabalhando em uma caravana regular para Kholinar. Infelizmente, isso não significava que havia visto muito da cidade. Toda grande cidade tinha um pequeno agrupamento de edifícios na periferia para pessoas como ele: nômades modernos que trabalhavam em caravanas ou faziam entregas. O pessoal da beirada, como alguns chamavam. Homens e mulheres perto o bastante da civilização para se proteger do mau tempo, quando ele chegava, mas que não faziam realmente parte dela.

Aparentemente, Revolar tinha agora uma grande cultura periférica — até demais. Os Esvaziadores pareciam ter tomado o tormentoso lugar inteiro, exilando os humanos para os arredores.

Os Esvaziadores deixaram-no sem dizer palavra, apesar de terem-no carregado por toda aquela distância. Os parshemanos que assumiram sua custódia pareciam híbridos, uma mistura dos guerreiros parshendianos com os parshemanos normais e dóceis que ele conhecia de tantas caravanas. Eles falavam um alethiano perfeito enquanto o empurravam para um grupo de humanos em um pequeno curral.

Moash se ajeitou para esperar. Parecia que os Esvaziadores tinham patrulhas vasculhando a área, agarrando humanos retardatários. Por fim, os parshemanos arrebanharam a ele e aos outros, conduzindo-os a uma das grandes casamatas de tempestades fora da cidade — usadas para abrigar exércitos ou várias caravanas durante grantormentas.

— Não crie problemas — disse uma parshemana, olhando especificamente para Moash. — Não lute, ou será morto. Não fuja, ou vai apanhar. Vocês são escravos agora.

Vários dos humanos — proprietários de terras, aparentemente — começaram a chorar. Eles agarraram suas parcas trouxas, que foram cuidadosamente revistadas pelos parshemanos. Moash podia ver sinais da perda deles nos olhos vermelhos e posses esfarrapadas. A Tempestade Eterna havia arrasado as fazendas. Eles haviam partido para a cidade grande em busca de refúgio.

Moash não tinha nada de valor, não mais, e os parshemanos deixaram-no partir antes dos outros. Ele entrou na casamata com uma sensação surreal de... abandono? Havia passado a viagem até ali acreditando que seria executado ou interrogado. Em vez disso, fizeram dele um escravo comum? Mesmo no exército de Sadeas, ele nunca fora tecnicamente um escravo. Designado para as investidas de ponte, sim; mandado para morrer. Mas nunca fora marcado na testa. Ele apalpou a tatuagem da Ponte Quatro sob a camisa, no ombro esquerdo.

A enorme casamata de tempestade, de teto alto, tinha a forma de um grande pão de pedra. Moash perambulou por ela, as mãos enfiadas nos bolsos do casaco. Grupos fitaram-no com hostilidade, embora ele fosse apenas outro refugiado.

Moash sempre fora recebido com hostilidade, não importava onde raios estivesse. Um jovem como ele, grande demais e obviamente confiante demais para um olhos-escuros, havia sido considerado uma ameaça. Juntara-se às caravanas para fazer algo produtivo, encorajado pelos avós. Eles haviam sido assassinados por suas maneiras gentis, e Moash... havia passado a vida toda aguentando olhares como aqueles.

Um homem por conta própria, um homem que não podia ser controlado, era perigoso. Ele era *intrinsecamente assustador*, só por ser quem era. E ninguém jamais deixaria que ele se aproximasse.

Exceto a Ponte Quatro.

Bem, a Ponte Quatro havia sido um caso especial, e ele havia falhado naquele teste. Graves estava certo em mandar que arrancasse a insígnia. Era *isso* que ele realmente era: o homem que todos olhavam com desconfiança, puxando suas crianças para longe e acenando para que ele seguisse adiante.

Ele foi pisando duro até o meio do cômodo, que era tão largo que precisava de pilares para segurar o teto. Os tais pilares se erguiam como árvores, Transmutados diretamente na rocha abaixo. Os limites do edifício estavam apinhados de gente, mas o centro era mantido vazio e patrulhado por parshemanos armados. Eles haviam montado estações com carroças como pontos elevados, de onde se dirigiam às multidões. Moash foi até uma delas.

— Caso ainda reste algum, fazendeiros experientes devem se reportar a Bru na frente da câmara — berrou o parshemano. — Ele vai designar a vocês um lote de terreno para trabalhar. Hoje, precisamos também de trabalhadores para carregar água na cidade e outros para limpar destroços da última tempestade. Posso aceitar vinte de cada.

Homens começaram a se voluntariar e Moash franziu o cenho, inclinando-se para um homem ali perto.

— Eles nos oferecem trabalho? Não somos escravos?

— Somos, sim — disse o homem. — Escravos que não comem, a não ser que trabalhem. Eles nos deixam escolher o que queremos fazer, embora não haja muita escolha. Raios. É sempre algum tipo de trabalho braçal.

Com um sobressalto, Moash percebeu que o homem tinha olhos de um verde pálido. Mas ele ainda assim levantou a mão e se ofereceu para carregar água — algo que antes era trabalho de parshemanos. Bem, aquela era uma visão que não podia deixar de alegrar o dia de um homem. Moash enfiou as mãos de volta nos bolsos e continuou a andar pela sala, verificando cada uma das três estações onde os parshemanos ofereciam trabalho.

Algo naqueles parshemanos e seu alethiano perfeito o incomodava. Os Esvaziadores eram o que havia esperado, com seus sotaques alienígenas e poderes dramáticos. Mas os parshemanos comuns — muitos deles parecendo parshendianos agora, com aqueles corpos mais altos — pareciam quase tão perplexos com aquela virada da sorte quanto os humanos.

Cada uma das três estações lidava com uma categoria diferente de trabalho. A que ficava no outro extremo procurava fazendeiros, mulheres que soubessem costurar e sapateiros. Comida, uniformes, botas. Os parshemanos estavam se preparando para a guerra. Perguntando por ali, Moash ficou sabendo que já haviam levado os ferreiros, fabricantes de flechas e armeiros — e que, se descobrissem que alguém estava escondendo a habilidade em qualquer uma dessas três coisas, toda a família da pessoa só recebia metade das rações.

A estação intermediária era para trabalhos básicos. Carregar água, limpar, cozinhar. A última estação era a mais interessante para Moash; era para o trabalho pesado.

Ele se demorou ali, escutando um parshemano pedir voluntários para puxar carroças de suprimentos para o exército, quando este saísse em marcha. Aparentemente, não havia chules o bastante para mover as carroças para o que eles estavam preparando.

Ninguém levantou a mão para isso. Parecia um trabalho medonho, sem falar no fato de que significaria marchar rumo à batalha.

Eles vão precisar obrigar as pessoas a fazer isso, pensou Moash. *Talvez eles arrebanhem alguns olhos-claros e os forcem a se arrastar pelas rochas feito animais de carga.* Ele gostaria de ver isso.

Enquanto deixava essa última estação, Moash avistou um grupo de homens com longos cajados, recostados contra a parede. Botas robustas, odres de água em coldres amarrados às coxas e um kit de caminhada costurado nas calças, do outro lado. Ele sabia por experiência própria o que havia dentro do kit. Uma tigela, colher, copo, linha, agulha, remendos e um pouco de pederneira e estopim.

Caravaneiros. Os cajados longos eram para bater nos cascos dos chules enquanto caminhavam ao lado deles. Ele havia usado um traje como aquele muitas vezes, embora várias das caravanas com que trabalhara tivessem usado parshemanos para puxar carroças, em vez de chules. Eles eram mais rápidos.

— Ei — disse ele, indo até os caravaneiros. — Guff ainda está por aí?

— Guff? — respondeu um dos caravaneiros. — O velho fabricante de rodas de carroça? Um baixote? Que não sabe praguejar direito?

— Ele mesmo.

— Acho que está por ali — disse o jovem, apontando com o cajado. — Nas tendas. Mas não há trabalho, amigo.

— Os cascudos estão saindo em marcha — disse Moash, indicando com o polegar por sobre o ombro. — Eles vão precisar de caravaneiros.

— As posições já foram ocupadas — disse outro dos homens. — Houve uma briga para ver quem ia ficar com esses trabalhos. Todos os outros vão acabar puxando carroças. Não chame atenção demais ou vão meter arreios em você. Escute o que estou dizendo.

Eles sorriram de modo amigável para Moash, que fez uma velha saudação de caravaneiros — tão parecida com um gesto grosseiro que quase todo mundo a entendia assim — e foi na direção que eles haviam apontado. Típico. Caravaneiros eram uma grande família — e, como uma família, tendiam a brigar.

As "tendas" eram na verdade alguns pedaços de pano que haviam sido esticados da parede até varas enfiadas em baldes com pedras para mantê-las fixadas. Elas formavam um tipo de túnel ao longo da parede e, embaixo, um bando de pessoas mais velhas tossia e fungava. Estava escuro, com apenas uma clareta ocasional sobre uma caixa virada para fornecer luz.

Ele identificou os caravaneiros pelos sotaques. Perguntou por Guff — que era um dos homens que conhecera no passado — e teve a permissão de adentrar o sombrio túnel de tendas. Por fim, Moash encontrou o velho Guff sentado no meio do túnel, como que para impedir as pessoas de avançarem mais. Ele estava lixando um pedaço de madeira — um eixo de roda, aparentemente.

Ele estreitou os olhos quando Moash se aproximou.

— Moash? De verdade? Raios, que tormenta trouxe você até aqui?

— Você não acreditaria se eu contasse — respondeu Moash, se agachando ao lado do velho.

— Você estava na caravana de Jam — disse Guff. — Para as Planícies Quebradas; pensaram que você estava morto. Eu não teria apostado uma clareta fosca no seu retorno.

— Uma aposta bem sensata — disse Moash.

Ele se inclinou para a frente, pousando os braços nos joelhos. Naquele túnel, o burburinho das pessoas do lado de fora parecia distante, embora só o pano os separasse.

— Filho... Por que está aqui, rapaz? O que você quer?

— Eu só preciso ser quem eu era.

— Isso faz tanto sentido quanto o tormentoso Pai das Tempestades tocando flauta, garoto. Mas você não seria o primeiro a ir para aquelas Planícies e não voltar bem da cabeça. Não, não mesmo. Raios, pelo Pai das Tempestades, essa é a verdade mesmo, raios.

— Tentaram acabar comigo. Danação, eles acabaram comigo. Mas então ele me recompôs, me fez um novo homem. — Moash fez uma pausa. — Eu joguei tudo fora.

— Claro, claro — disse Guff.

— Eu sempre faço isso — sussurrou Moash. — Por que sempre pegamos uma coisa preciosa, Guff, e passamos a *odiá-la*? Como se, por ser pura, ela nos lembrasse quão pouco a merecemos. Eu segurei a lança e feri a mim mesmo com ela...

— A lança? — indagou Guff. — Garoto, você é um soldado, raios?

Moash olhou para ele, sobressaltado, então se levantou, se esticando e mostrando seu casaco de uniforme sem insígnia. Guff estreitou os olhos na escuridão.

— Venha comigo.

O velho fabricante de rodas se levantou, com dificuldade, e deixou o pedaço de madeira na cadeira. Ele conduziu Moash com um passo vacilante por dentro do túnel de pano e eles adentraram uma parte das tendas mais parecida com uma sala, o canto mais distante da grande casamata. Ali, um grupo de umas dez pessoas estava sentado em uma conversa furtiva, as cadeiras bem próximas.

Um homem junto da porta agarrou Guff pelo braço quando ele passou.

— Guff? Você devia estar de guarda, seu tolo.

— Raios, eu estou de guarda, raios, seu mijão — disse Guff, soltando o braço com um puxão. — O luminoso queria saber se encontrássemos algum soldado. Bem, eu encontrei um soldado, raios, então para os raios com você.

O guarda voltou sua atenção para Moash, então reparou no ombro dele.

— Desertor?

Moash assentiu. Era verdade, de várias maneiras.

— O que está havendo?

Um dos homens se levantou, um sujeito alto. Algo na sua silhueta, na cabeça calva, naquele corte de roupas...

— Desertor, luminobre — disse o guarda.

— Das Planícies Quebradas — acrescentou Guff.

O grão-senhor, compreendeu Moash. *Paladar*. O parente e regente de Vamah, um homem notoriamente severo. No passado, ele havia quase arrasado a cidade, expulsando muitos olhos-escuros que tinham direito de viagem. Não passava uma caravana sem que alguém reclamasse sobre a corrupção e cobiça de Paladar.

— Das Planícies Quebradas, você diz? — repetiu Paladar. — Excelente. Diga-me, desertor, quais são as notícias dos grão-príncipes? Eles sabem dos meus problemas aqui? Posso esperar auxílio em breve?

Eles o colocaram no comando, pensou Moash, identificando outros olhos-claros. Eles usavam boas roupas — não seda, naturalmente, mas uniformes de belo corte. Botas excepcionais. Havia bastante comida no canto daquela câmara, enquanto as pessoas do lado de fora mendigavam e trabalhavam duro.

Ele havia começado a ter esperanças... Mas, naturalmente, era estupidez. A chegada dos Esvaziadores não havia derrubado os olhos-claros; os poucos que Moash vira do lado de fora eram apenas os sacrificados. Os olhos-escuros bajuladores da periferia confirmavam isso. Soldados, guardas, alguns comerciantes favorecidos.

Para a *Danação* com eles! Tinham recebido a oportunidade de escapar dos olhos-claros, isso só os tornara servos *mais entusiasmados*! Naquele momento — cercado pela mesquinhez do próprio povo —, Moash teve uma revelação.

Ele não estava acabado. *Todos* eles estavam acabados. A sociedade alethiana — olhos-claros e escuros. Talvez toda a humanidade.

— E então? — interpelou o regente. — Fale, homem!

Moash permaneceu em silêncio, atordoado. Ele não era a exceção, sempre estragando tudo que recebia. Homens como *Kaladin* eram a exceção — uma exceção muito, muito rara.

Aquelas pessoas ali eram prova. *Não havia motivo* para obedecer aos olhos-claros. Eles não tinham poder nem autoridade. Os homens haviam pegado aquela chance e jogado no crem.

— Eu... Eu acho que há algo de errado com ele, luminobre — observou o guarda.

— É mesmo — acrescentou Guff. — Talvez eu devesse ter mencionado, raios, ele agora está estranho da cabeça, o raio do mijão.

— Bah! — disse o regente, apontando para Moash. — Jogue esse aí para fora. Não temos tempo para bobagens, se vamos restaurar minha posição! — Ele apontou para Guff. — Dê uma surra *naquele ali* e escolha um guarda competente da próxima vez, Ked, ou você será o próximo!

O velho Guff deu um grito enquanto eles o agarravam. Moash só assentiu. Sim. Claro. Claro que eles agiriam assim.

Os guardas pegaram-no pelos braços e o arrastaram para fora da tenda. Abriram o pano e o carregaram para fora. Eles passaram por uma mulher descabelada tentando dividir um único pedaço de pão entre três crianças pequenas que choravam. Provavelmente o choro delas podia ser ouvido da tenda do luminobre, onde ele tinha uma pilha de pão bem alta.

Os guardas jogaram-no de volta na "rua" que corria pelo meio da grande casamata. Disseram para manter distância, mas Moash mal ouviu. Ele se levantou, sacudiu a poeira, então caminhou até a terceira das estações de trabalho — a que procurava homens para trabalho pesado.

Lá, ele se voluntariou para o trabalho mais difícil que tinham, de puxar carroças de suprimentos para o exército dos Esvaziadores.

46

QUANDO O SONHO MORRE

Você esperava outra coisa de nós? Não precisamos tolerar a interferência de outros. Rayse foi contido, e não nos importamos com a prisão dele.

SKAR, O CARREGADOR DE pontes, subiu correndo uma das rampas externas de Urithiru, sua respiração virando vapor no ar gelado enquanto ele silenciosamente contava seus passos para manter o foco. O ar era mais rarefeito ali em cima em Urithiru, o que dificultava correr, embora ele só realmente notasse isso do lado de fora.

Estava carregando todo o aparato de marcha: ração, equipamento, elmo, gibão e um escudo amarrado às costas. Ele carregava sua lança e até mesmo trazia grevas nas pernas, presas pelo formato do metal. Tudo aquilo pesava quase o mesmo que ele.

Ele finalmente chegou ao topo da plataforma do Sacroportal. Raios, mas o centro do edifício parecia mais distante do que ele se lembrava. Tentou apertar o passo de qualquer modo e correu o máximo que pôde, a mochila chacoalhando. Por fim — suando, com a respiração cada vez mais ofegante —, chegou ao edifício de controle e entrou correndo. Só então parou, deixando cair a lança e pousando as mãos nos joelhos, arquejando.

A maior parte da Ponte Quatro esperava ali, alguns brilhando com Luz das Tempestades. De todos eles, Skar era o único que — apesar de duas semanas de prática — ainda não havia descoberto como sorvê-la. Bem, exceto Dabbid e Rlain.

Sigzil checou o relógio que haviam recebido de Navani Kholin, um dispositivo do tamanho de uma pequena caixa.

— Levou cerca de dez minutos — disse ele. — Um pouquinho menos.

Skar assentiu, limpando o suor da testa. Ele havia corrido mais de um quilômetro e meio desde o centro do mercado, então cruzara o platô e correra pela rampa. Raios. Ele havia se forçado demais.

— Quanto tempo... Quanto tempo Drehy levou? — disse ele, ofegante. Os dois haviam começado juntos.

Sigzil olhou para o carregador de pontes alto e musculoso que ainda brilhava com um resquício de Luz das Tempestades.

— Menos de seis minutos.

Skar grunhiu, se sentando.

— A linha de base é igualmente importante, Skar — disse Sigzil, marcando glifos no seu caderno. — Precisamos conhecer as habilidades de um homem normal para fazer comparações. Mas não se preocupe; tenho certeza de que logo você vai descobrir como usar a Luz das Tempestades.

Skar caiu para trás, olhando para cima. Lopen estava caminhando pelo teto da sala. Tormentoso herdaziano.

— Drehy, você usou um quarto de uma Projeção Básica, de acordo com a terminologia de Kaladin? — continuou Sigzil, ainda fazendo anotações.

— Isso — respondeu Drehy. — Eu... eu sei a quantidade exata, Sig. Que estranho.

— O que deixou você com metade do peso normal, que medimos na balança lá nos aposentos. Mas *por que* um quarto de Projeção deixa você com metade do peso? Não devia deixá-lo com vinte e cinco por cento do peso?

— Isso importa? — perguntou Drehy.

Sigzil olhou-o como se ele estivesse louco.

— É claro que importa!

— Eu quero experimentar uma Projeção em ângulo na próxima vez — disse Drehy. — Ver se consigo fazer com que pareça que estou correndo ladeira abaixo, não importa a direção para onde eu esteja indo. Posso nem precisar disso. Conter Luz das Tempestades... faz com que eu sinta que posso correr para sempre.

— Bem, é um novo recorde... — resmungou Sigzil, ainda escrevendo. — Você ultrapassou o tempo de Lopen.

— Ele ultrapassou o meu? — perguntou Leyten do outro lado da pequena sala, onde estava inspecionando os ladrilhos do piso.

— Você parou para comer no meio do caminho, Leyten — disse Sigzil. — Até *Rocha* ultrapassou seu tempo, e ele estava saltitando como uma garotinha no último terço.

— Foi a dança da vitória papaguampas — informou Rocha, perto de Leyten. — É muito viril.

SACRAMENTADORA

— Viril ou não, estragou meu teste — reclamou Sigzil. — Pelo menos Skar está disposto a prestar atenção no procedimento correto.

Skar permaneceu deitado no chão enquanto os outros conversavam — Kaladin deveria aparecer para transportá-los para as Planícies Quebradas, e Sigzil havia decidido realizar alguns testes. Kaladin, como de costume, estava atrasado.

Teft sentou-se junto de Skar, inspecionando-o com sombrios olhos verde-escuros com olheiras. Kaladin havia nomeado os dois tenentes, junto com Rocha e Sigzil, mas seus papéis nunca tinham realmente se adequado àquele posto. Teft era a perfeita definição de um sargento de platô.

— Aqui — disse Teft, passando a ele uma chouta; almôndegas envolvidas em pão chato, no estilo herdaziano. — Leyten trouxe comida. Coma um pouco, rapaz.

Skar se forçou a se sentar.

— Não sou muito mais jovem que você, Teft. Não sou nenhum rapaz.

Teft assentiu consigo mesmo, mastigando a própria chouta. Por fim, Skar começou a comer a dele. Era boa, não picante como boa parte da comida alethiana, mas boa ainda assim. Saborosa.

— Todo mundo fica me dizendo que vou "conseguir logo" — disse Skar. — Mas e se eu não conseguir? Não haverá espaço nos Corredores dos Ventos para um tenente que precisa ir para os lugares caminhando. Vou acabar cozinhando com Rocha.

— Não tem nada de errado em fazer parte da equipe de apoio.

— Perdão, sargento, mas *para os raios com* essa história! Você sabe quanto tempo esperei para segurar uma lança? — Skar pegou a arma ao lado da mochila e colocou-a no colo. — Eu sou bom com ela. Eu posso lutar. Só que...

Lopen deixou o teto, girando para que suas pernas ficassem abaixo dele e flutuando suavemente até o chão. Ele deu uma gargalhada enquanto Bisig, por sua vez, tentava voar até o teto e batia de cabeça nele. Bisig se pôs de pé, olhando para baixo na direção de todos eles, envergonhado. Mas do que ele deveria sentir vergonha? Estava de pé no teto!

— Você já foi militar — adivinhou Teft.

— Não, mas não foi por falta de tentativa. Você ouviu falar nos Capas Negras?

— Os guardas pessoais de Aladar.

— Digamos que eles fizeram bem pouco da minha candidatura. *Sim, nós deixamos olhos-escuros entrarem. Mas não nanicos.*

Teft grunhiu, mastigando sua chouta.

— Disseram que poderiam reconsiderar se eu me equipasse — continuou Skar. — Você sabe quanto custa uma armadura? Eu era um quebra-pedras estúpido com visões de glória no campo de batalha.

Antes, eles nunca falavam sobre o passado. Isso havia mudado, embora Skar não pudesse especificar exatamente quando. Acontecera, como parte da catarse de se tornar algo maior.

Teft era um viciado. Drehy havia atacado um oficial. Eth havia sido pego planejando desertar com seu irmão. Até o simplório Hobber havia tomado parte em uma briga de bêbados. Conhecendo Hobber, ele provavelmente só havia acompanhado o que seu esquadrão estava fazendo, mas um homem havia morrido.

— Seria de se pensar que nosso grande e poderoso líder já teria chegado a essa altura — disse Teft. — Eu juro, a cada dia que passa Kaladin se comporta mais como um olhos-claros.

— Não deixe *ele* ouvir você dizer isso — replicou Skar.

— Eu digo o que quiser — respondeu Teft bruscamente. — Se aquele garoto não vem, talvez eu devesse partir. Tenho coisas a fazer.

Skar hesitou, levantando os olhos para Teft.

— Não é *isso* — rosnou Teft. — Eu mal toco naquela coisa há dias. Pelo modo como todos vocês estão me tratando, parece até que nunca tiveram uma noitada daquelas.

— Eu não disse nada, Teft.

— Sabendo o quanto nós sofremos, é loucura achar que *não* precisaríamos de alguma coisa para ajudar a aguentar o dia. O musgo não é o problema. É o tormentoso mundo que está enlouquecendo. Esse é o problema.

— Com certeza, Teft.

Teft olhou-o de soslaio, então observou intensamente sua chouta.

— Então... há quanto tempo os homens sabem? Quero dizer, alguém...

— Não muito — respondeu Skar rapidamente. — Ninguém está pensando nisso.

Teft assentiu e não percebeu a mentira. Na verdade, a maioria havia notado Teft saindo escondido para amassar um pouco de musgo de vez em quando. Isso não era incomum no exército. Mas fazer o que ele havia feito... faltar ao dever, vender seu uniforme, acabar em um beco... aquilo era diferente. Era o tipo de coisa que fazia com que um soldado fosse exonerado, na melhor das hipóteses. Na pior... bem, ele podia acabar carregando pontes.

O problema era o seguinte: eles não eram mais soldados comuns. Tampouco eram olhos-claros. Eles eram algo estranho, algo que ninguém entendia.

— Não quero falar sobre isso — disse Teft. — Olhe só, não estávamos discutindo como fazer você brilhar? *Esse* é o problema imediato.

Antes que ele pudesse continuar, Kaladin Filho da Tempestade finalmente dignou-se a aparecer, trazendo com ele as batedoras e candidatos das outras equipes de pontes que estavam tentando sorver Luz das Tempestades. Até o momento, ninguém além dos homens da Ponte Quatro havia conseguido, mas isso incluía alguns que nunca haviam participado de investidas de ponte: Huio e Punio — os primos de Lopen — e homens como Koen, da antiga Guarda Cobalto, que havia sido recrutado para a Ponte Quatro uns poucos meses atrás. Então ainda havia esperança de que outros conseguissem.

Kaladin havia trazido cerca de trinta pessoas *além* daquelas que já estavam treinando com a equipe. A julgar pelas insígnias dos uniformes, aqueles trinta vinham de outras divisões — e alguns eram olhos-claros. Kaladin mencionou que pedira ao General Khal que reunisse os recrutas mais promissores do exército alethiano.

— Todos aqui? — disse Kaladin. — Ótimo.

Ele caminhou até a lateral do edifício de controle de um único cômodo, com um saco de gemas brilhantes pendurado no ombro. Sua magnífica Espada Fractal apareceu na mão dele, e ele a enfiou na fechadura na parede da câmara.

Kaladin ativou o antigo mecanismo, empurrando a espada — e toda a parede interna, que era giratória — rumo a um ponto específico marcado por murais. O piso começou a brilhar e, do lado de fora, Luz das Tempestades se elevou em um turbilhão ao redor do platô inteiro.

Kaladin travou a Espada na posição da marca no chão que designava as Planícies Quebradas. Quando o brilho sumiu, eles haviam chegado a Narak.

Sigzil deixou sua mochila e armadura encostadas contra a parede e caminhou até o lado de fora. Até onde sabiam, todo o topo de pedra da plataforma havia ido com eles, trocando de lugar com aquele que estivera lá na torre.

Na borda da plataforma, um grupo de pessoas subia uma rampa para encontrá-los. Uma alethiana baixa chamada Ristina contou os carregadores de pontes e soldados enquanto eles passavam por ela, anotando no seu livro.

— O senhor demorou, Luminobre — disse ela para Kaladin, cujos olhos brilhavam levemente em azul. — Os comerciantes estavam começando a reclamar.

Era preciso usar Luz das Tempestades para alimentar o dispositivo — algumas das gemas no saco de Kaladin deviam ter sido esgotadas durante o processo —, mas, curiosamente, não gastava muito mais para trocar dois grupos de posição do que gastava para viajar em um só sentido. Então eles tentavam usar os Sacroportais quando havia gente dos dois lados querendo trocar de lugar.

— Diga aos comerciantes, na próxima vez que eles atravessarem, que os Cavaleiros Radiantes não são porteiros. Melhor eles se acostumarem a esperar, a menos que encontrem uma maneira de fazerem os votos por conta própria.

Ristina deu um sorrisinho irônico e escreveu, como se fosse passar aquela exata mensagem. Skar sorriu ao ver isso. Era bom ver uma escriba com senso de humor.

Kaladin conduziu o caminho pela cidade de Narak, outrora uma fortaleza parshendiana, agora um ponto de parada cada vez mais importante entre os acampamentos de guerra e Urithiru. Os edifícios ali eram surpreendentemente robustos: bem construídos com crem e com grã-carapaças entalhadas. Skar sempre havia imaginado que os parshendianos eram como os nômades que perambulavam entre Azir e Jah Keved. Imaginava parshendianos selvagens e ferozes, sem civilização, se escondendo em cavernas durante as tempestades.

Mas ali havia uma cidade bem construída e cuidadosamente planejada. Eles haviam encontrado um edifício cheio de arte em um estilo que deixara perplexas as escribas alethianas. *Arte* parshemana. Eles seguiram pintando mesmo enquanto combatiam na guerra. Como se fossem... bem, como se fossem pessoas comuns.

Ele deu uma olhadela para Shen — não, Rlain; era difícil lembrar — que caminhava com uma lança apoiada no ombro. Skar esquecia a presença dele a maior parte do tempo, e isso o deixava envergonhado. Rlain era tão membro da Ponte Quatro quanto qualquer outro homem, certo? Será que ele preferiria pintar a lutar?

Passaram por postos de sentinelas cheios de soldados de Dalinar, junto com muitos em uniformes vermelhos e azul-claros. As cores de Ruthar. Dalinar estava colocando alguns dos outros soldados para trabalhar, tentando impedir mais conflitos entre homens de diferentes principados. Sem os combates nas Planícies Quebradas para mantê-los concentrados, os homens estavam ficando inquietos.

Cruzaram um grande grupo de soldados praticando com pontes em um platô próximo. Skar não conseguiu conter o sorriso quando viu seus uniformes e elmos negros. As investidas de platô haviam recomeçado, porém de forma mais estruturada, e os espólios eram divididos igualmente entre os grão-príncipes.

Naquele, era a vez dos Capas Negras. Skar se perguntou se algum deles o reconheceria. Provavelmente não, mesmo que ele *houvesse* causado uma comoção e tanto entre os homens. Só havia uma maneira lógica de obter o equipamento necessário para aquela candidatura: ele o roubara do mestre quarteleiro dos Capas Negras.

Skar pensou que elogiariam sua engenhosidade. Estava tão ansioso para ser um Capa Negra que faria de tudo para se juntar a eles, certo?

Errado. Sua recompensa havia sido uma marca de escravo e, por fim, a venda para o exército de Sadeas.

Ele passou os dedos pelas cicatrizes na testa. A Luz das Tempestades havia curado as marcas dos outros homens — que as cobriram com tatuagens, de qualquer modo —, mas aquilo parecia outra pequena alfinetada, separando-o dos outros. Naquele momento, ele era o único combatente na Ponte Quatro que ainda trazia as marcas de escravo.

Bem, ele e Kaladin, cujas cicatrizes, por algum motivo, recusavam-se a se curar.

Alcançaram o platô de treinamento, cruzando a velha Ponte Quatro, que estava fixada ali por alguns pilares de pedra Transmutados. Kaladin solicitou uma reunião dos oficiais, enquanto vários dos filhos de Rocha armavam uma estação de água. O alto papaguampas parecia mais do que entusiasmado por ter a família trabalhando com ele.

Skar se juntou a Kaladin, Sigzil, Teft e Rocha. Embora estivessem bem próximos, havia um espaço óbvio onde Moash deveria estar. Parecia tão errado ter um membro da Ponte Quatro inexplicavelmente ausente, e o silêncio de Kaladin sobre o assunto pairava sobre eles como o machado de um executor.

— Estou preocupado com o fato de que ninguém que pratica conosco tenha começado a respirar Luz das Tempestades — declarou Kaladin.

— Faz apenas duas semanas, senhor — disse Sigzil.

— É verdade, mas Syl acha que vários "parecem certos", embora ela não me diga quais, já que acha que isso seria errado. — Kaladin gesticulou na direção dos recém-chegados. — Pedi a Khal para me mandar outro lote de candidatos porque achei que, quanto mais pessoas tivéssemos, melhores seriam nossas chances de encontrar novos escudeiros. — Ele fez uma pausa. — Não especifiquei que eles não poderiam ser olhos-claros. Talvez devesse ter feito isso.

— Não vejo por quê, senhor — disse Skar, apontando. — Aquele é o Capitão Colot... um bom homem. Ele nos ajudou a explorar.

— É que não parece certo ter olhos-claros na Ponte Quatro.

— Além de você? — indagou Skar. — E Renarin. E, bem, qualquer um de nós que conseguir a própria Espada, e talvez Rocha, que eu *acho* que era olhos-claros entre o povo dele, mesmo que tenha...

— Está certo, Skar — admitiu Kaladin. — Bom argumento. De qualquer modo, não temos muito tempo antes de eu partir com Elhokar. Gostaria de pressionar mais os recrutas, ver se eles dão indícios de que poderão fazer os juramentos. Alguma sugestão?

— Empurre-os da beira do platô — sugeriu Rocha. — Aqueles que voarem, nós deixamos entrar.

— Alguma sugestão *séria*? — quis saber Kaladin.

— Posso ensinar algumas formações a eles e ver — disse Teft.

— Uma boa ideia — respondeu Kaladin. — Raios, gostaria que soubéssemos como os Radiantes costumavam lidar com a expansão. Havia campanhas de recrutamento, ou eles só esperavam até alguém atrair um espreno?

— Mas isso não faria da pessoa um escudeiro — observou Teft, coçando o queixo. — E sim um Radiante pleno, certo?

— Um argumento válido — disse Sigzil. — Não temos prova de que nós, escudeiros, estamos *rumo* a nos tornarmos Radiantes plenos. Podemos ser sua equipe de apoio para sempre... e, nesse caso, não é a habilidade individual que importa, mas a sua decisão. Talvez a do seu espreno. Você os escolhe, eles servem sob seu comando, e então começam a sorver Luz das Tempestades.

— É — disse Skar, desconfortável.

Todos olharam para ele.

— O primeiro que disser algo para me consolar — disse Skar — leva um soco na cara. Ou no estômago, se eu não conseguir alcançar sua tormentosa cara de papaguampas idiota.

— Rá! — disse Rocha. — Você consegue acertar a minha cara, Skar. Já vi você pular bem alto. Você quase parece ter a altura de uma pessoa normal quando faz isso.

— Teft — disse Kaladin —, vá até lá e repasse as formações com os recrutas em potencial. E diga ao resto dos homens para vigiar o céu; estou preocupado com novos ataques às caravanas. — Ele balançou a cabeça.

— Alguma coisa nesses ataques não faz sentido. Os parshemanos dos acampamentos de guerra, pelo que sabemos, marcharam para Alethkar.

Mas por que esses Moldados continuam nos perturbando? Eles não têm tropas para tirar vantagem de quaisquer problemas de suprimentos que possam causar.

Skar e Sigzil se entreolharam, e Sigzil deu de ombros. Kaladin falava daquele jeito às vezes, diferente dos outros homens. Ele lhes ensinara formações e o uso da lança, e eles podiam se chamar orgulhosamente de soldados. Mas só haviam *realmente* combatido algumas vezes. O que sabiam de coisas como estratégia e táticas de campo de batalha?

Eles se separaram, Teft partiu para treinar os recrutas em potencial. Kaladin botou a Ponte Quatro para estudar voo. Eles praticaram pousos, então tentaram corridas pelos ares, voando de um lado para outro em formação, se acostumando a mudar de direção rapidamente. Era um pouco perturbador ver aquelas linhas brilhantes de luz correndo pelo céu.

Skar acompanhou Kaladin enquanto ele observava os recrutas treinando formações. Os olhos-claros não ousaram fazer uma única reclamação sobre ocuparem fileiras junto com olhos-escuros. Kaladin e Teft... bem, todos eles, na verdade... tendiam a agir como se todos os olhos-claros fossem da realeza, de algum modo. Mas havia muitos, muitos deles que possuíam trabalhos normais — embora fosse verdade que eram mais bem pagos por esses trabalhos do que um olhos-escuros seria.

Kaladin assistiu, então olhou para os homens da Ponte Quatro no céu.

— Eu me pergunto, Skar... Quão importantes serão as formações para nós, mais à frente? Podemos criar novas formações para uso durante o voo? Tudo muda quando seu inimigo pode atacar de todos os lados...

Depois de cerca de uma hora, Skar foi beber água e recebeu com bom humor algumas provocações amistosas dos outros, que pousaram para matar a sede. Ele não se importava. Preocupante era quando a Ponte Quatro *não* perturbava você.

Os outros foram embora um pouco depois e Skar os observou partindo, se lançando no céu. Ele tomou um longo gole do atual refresco de Rocha — ele chamava de chá, mas tinha gosto de grão cozido — e novamente sentiu-se inútil. Será que aquelas pessoas, aqueles novos recrutas, iam começar a brilhar e tomar seu lugar na Ponte Quatro? Ele seria remanejado para outros deveres, enquanto outra pessoa ria com a equipe e ouvia brincadeiras a respeito de sua altura?

Raios, ele pensou, jogando o copo de lado. *Detesto sentir pena de mim mesmo.* Não ficara emburrado quando os Capas Negras o rejeitaram, e não ficaria emburrado agora.

Estava catando gemas no bolso, determinado a praticar um pouco mais, quando viu Lyn sentada em uma rocha próxima, observando os recrutas treinando formações. Ela estava com os ombros curvados e ele viu a frustração na sua postura. Bem, Skar conhecia *aquele* sentimento.

Pôs a lança no ombro e foi até ela. As outras quatro batedoras haviam ido até a estação de água; Rocha soltou uma gargalhada ruidosa para algo que uma delas dissera.

— Não vai se juntar a eles? — indagou Skar, indicando os novos recrutas que passaram marchando.

— Não conheço formações, Skar. Nunca fiz esses treinamentos... nunca nem segurei uma tormentosa lança. Eu entregava mensagens e fazia reconhecimento das Planícies. — Ela suspirou. — Não aprendi rápido o bastante, não foi? Ele foi lá e arrumou pessoas novas para testar, já que eu falhei.

— Não diga bobagens — disse Skar, sentando-se ao lado dela na grande pedra. — Ninguém está te obrigando a sair da equipe. Kaladin só quer ter o máximo possível de recrutas em potencial.

Ela balançou a cabeça.

— Todo mundo sabe que estamos em um novo mundo agora... um mundo onde a patente e a cor dos olhos não importam. Algo glorioso. — Ela olhou para o céu e para os homens treinando lá. — Quero fazer parte disso, Skar. Quero *muito*.

— É.

Ela o encarou e provavelmente viu nos seus olhos aquela mesma emoção.

— Raios. Falei sem pensar, Skar. Deve ser pior para você.

Ele deu de ombros e levou a mão à bolsa, pegando uma esmeralda do tamanho do seu polegar. Ela brilhava intensamente, mesmo no dia claro.

— Você já ouviu falar da primeira vez que o Capitão Filho da Tempestade sugou Luz?

— Ele nos contou. Naquele dia, depois que ele descobriu essa habilidade porque Teft contou para ele. E...

— Não foi naquele dia.

— Você está falando de quando ele estava se curando — disse ela. — Depois da grantormenta em que ele foi pendurado.

— Também não foi nesse dia — respondeu Skar, segurando a gema. Através dela, viu os homens entrando em formações e imaginou-os carregando uma ponte. — Eu estava lá, na segunda fileira. Investida de ponte. Uma bem ruim, aliás. Estávamos avançando pelo platô e um monte de parshendianos estava nos esperando. Eles derrubaram a maior parte da primeira fileira, todos menos Kaladin. Isso me deixou exposto, bem ao lado dele, na segunda fileira. Naquela época, você não tinha boas chances correndo perto da frente. Os parshendianos queriam derrubar nossa ponte e focaram seus disparos em nós. Em mim. Eu sabia que estava morto. Eu *sabia*. Vi as flechas chegando e sussurrei uma última oração, esperando que a próxima vida não fosse tão ruim. Então... então as flechas se moveram, Lyn. Raios, elas *se desviaram rumo a Kaladin*. — Ele virou a esmeralda e balançou a cabeça. — Há uma Projeção especial que se pode fazer, que faz as coisas darem uma curva no ar. Kaladin pintou a madeira acima das mãos dele com Luz das Tempestades e atraiu as flechas para ele, em vez de para mim. Essa foi a primeira vez que eu soube que havia algo especial acontecendo. — Skar baixou a gema e a colocou na mão dela. — Naquela época, Kaladin fazia isso sem nem saber. Talvez estejamos nos esforçando demais, sabe?

— Mas não faz sentido! Dizem que você precisa inspirar a Luz. O que isso significa?

— Não faço ideia — confessou Skar. — Cada um descreve de um jeito e estou quebrando a cabeça tentando entender. Eles falam sobre puxar o ar rápido, só que não é para respirar.

— Dá para entender perfeitamente.

— Nem me diga — replicou Skar, dando um tapinha na gema na mão dela. — Funcionou melhor para Kaladin quando ele não se esforçou. Era mais difícil quando ele se concentrava em *fazer* acontecer.

— Então eu deveria por acaso, mas deliberadamente, respirar uma coisa sem respirar, mas sem fazer esforço demais?

— Não dá vontade de pendurar esse bando inteiro nas tempestades? Mas o conselho deles é tudo que temos. Então...

Ela olhou para a gema, então segurou-a perto do rosto — isso não parecia fazer diferença, mas também não ia fazer mal — e inspirou. Nada aconteceu, então ela tentou novamente. E de novo. Por uns bons dez minutos.

— Eu não sei, Skar — disse ela finalmente, baixando a gema. — Fico pensando que talvez este não seja meu lugar. Caso não tenha notado, nenhuma das mulheres conseguiu. Eu meio que forcei minha entrada, e ninguém me pediu...

— Pare — disse ele, pegando a esmeralda e segurando-a diante dela de novo. — Pode parar. Você quer ser uma Corredora dos Ventos?

— Mais do que tudo — sussurrou Lyn.

— Por quê?

— Porque eu quero voar.

— Isso não basta. Kaladin não estava com medo de ser excluído, ou pensando em como seria ótimo poder voar. Ele estava pensando em salvar o resto de nós. Em *me* salvar. Por que *você* quer fazer parte dos Corredores dos Ventos?

— Porque eu quero ajudar! Quero fazer algo além de ficar só sentada esperando o inimigo chegar!

— Bem, você tem uma chance, Lyn. Uma chance que ninguém teve por eras, uma chance entre milhões. Ou você a aproveita e, ao fazer isso, decide que é digna, ou vai embora e desiste. — Ele pressionou a gema de volta na mão dela. — Mas, se você partir, não pode reclamar. Enquanto estiver tentando, há uma chance. Quando você desiste? É aí que o sonho morre.

Ela o olhou nos olhos, fechou o punho ao redor da gema e inspirou de modo súbito e distinto.

Então começou a brilhar.

Lyn deu um gritinho de surpresa e abriu a mão, encontrando uma gema escura ali. Ela o encarou, espantada.

— O que foi que você fez?

— Nada — disse Skar.

O que era exatamente o problema. Ainda assim, percebeu que não conseguia ficar com inveja. Talvez fosse esse seu destino, ajudar os outros a se tornarem Radiantes. Um treinador, um facilitador?

Teft viu Lyn brilhando, então correu até eles e começou a praguejar — mas eram "boas" imprecações. Ele a agarrou pelo braço e arrastou-a na direção de Kaladin.

Skar respirou fundo, satisfeito. Bem, já tinha ajudado dois até o momento, contando Rocha. Ele... podia viver assim, não podia?

Seguiu tranquilamente até a estação de bebida e pegou outro copo.

— O que é essa coisa horrível, Rocha? — perguntou ele. — Você não confundiu a água da lavagem com chá, confundiu?

— É uma velha receita papaguampas. Possui uma bela tradição.

— Como saltitar?

— Como dança de guerra formal — disse ele. — E bater na cabeça de carregadores irritantes que não mostram o devido respeito.

Skar se virou e pousou a mão na mesa, assistindo o entusiasmo de Lyn enquanto seu esquadrão de batedoras corria até ela. Estava feliz com o que havia feito — estranhamente feliz. Até mesmo animado.

— Acho que vou ter que me acostumar com papaguampas fedorentos, Rocha — disse Skar. — Estou pensando em entrar para sua equipe de suporte.

— Você acha que eu vou deixar *você* chegar perto da panela?

— Pode ser que eu nunca aprenda a voar. — Skar abafou a parte dele que choramingou ao ouvir isso. — Preciso lidar com esse fato. Então, acho que vou ter que encontrar outra maneira de ajudar.

— Rá! E o fato de que você está brilhando com Luz das Tempestades neste momento não vai contar nessa decisão?

Skar congelou. Então encarou sua mão, bem na frente da cara, segurando um copo. Pequenos fios de Luz das Tempestades emanavam dela. Ele deixou o copo cair com um grito, tirando do bolso um par de esferas foscas. Dera sua gema de treinamento para Lyn.

Ele olhou para Rocha, então sorriu que nem um idiota.

— Eu acho que posso botar você para lavar pratos — disse Rocha. — Embora você sempre jogue meus copos no chão. Não é nada respeitoso...

Ele parou de falar quando Skar saiu correndo atrás dos outros, gritando de empolgação.

47

TANTA COISA É PERDIDA

De fato, admiramos a iniciativa dele. Talvez, se você houvesse procurado o indivíduo certo entre nós com seu apelo, tivesse encontrado uma audiência favorável.

Sou Talenel'Elin, Arauto da Guerra. O tempo do Retorno, a Desolação, está chegando. Precisamos nos preparar. Vocês terão esquecido muito, depois da destruição passada.

Kalak vai ensiná-los a Transmutar bronze, caso tenham esquecido como fazê-lo. Vamos Transmutar blocos de metal diretamente para vocês. Gostaria que pudéssemos ensiná-los a fazer aço, mas Transmutar é muito mais fácil do que forjar, e vocês precisam de algo de produção rápida. Suas ferramentas de pedra não vão servir contra o que está por vir.

Vedel pode treinar seus cirurgiões e Jezrien vai ensinar liderança. Tanta coisa é perdida entre Retornos. Vou treinar seus soldados. Devemos ter tempo. Ishar sempre fala sobre uma maneira de impedir que as informações sejam perdidas após as Desolações. E vocês descobriram algo inesperado. Vamos usar isso. Manipuladores de Fluxos para agir como guardiões... Cavaleiros...

Os dias vindouros serão difíceis, mas, com treinamento, a humanidade vai sobreviver. Vocês precisam me levar aos seus líderes. Os outros Arautos devem se juntar a nós em breve.

Acho que estou atrasado, dessa vez. Eu acho... Eu temo, ah Deus, que tenha falhado. Não. Não é bem isso, é? Quanto tempo faz? Onde estou? Eu... sou Talenel'Elin, Arauto da Guerra. O tempo do Retorno, a Desolação, está chegando...

Jasnah tremeu enquanto lia as palavras do louco. Ela virou a folha e descobriu que a próxima estava coberta por ideias similares, repetidas várias vezes.

Não podia ser uma coincidência, e as palavras eram específicas demais. O Arauto abandonado viera a Kholinar — e fora considerado um louco.

Ela se recostou na sua cadeira e Marfim — em seu tamanho pleno, como um humano — se aproximou da mesa. Com as mãos unidas às costas, ele vestia seu rígido traje formal costumeiro. O espreno tinha uma cor preta como piche, tanto nas roupas quanto nos traços, embora algo prismático girasse em sua pele. Era como se puro mármore negro estivesse revestido por um óleo que tremeluzia com uma cor oculta. Ele esfregou o queixo, lendo as palavras.

Jasnah havia rejeitado os aposentos agradáveis com sacadas no círculo externo de Urithiru; eles tinham uma entrada óbvia para assassinos ou espiões. Seu quarto pequeno no centro da seção de Dalinar era muito mais seguro. Ela havia preenchido as aberturas de ventilação com panos. O fluxo de ar do corredor servia ao quarto, e ela queria se certificar de que ninguém a espionaria escutando pelos buracos.

No canto da sala, três telepenas trabalhavam de modo incansável. Jasnah as alugara a grande custo, até que pudesse adquirir outras novas para si. As telepenas eram pareadas com outras em Tashikk que haviam sido entregues a um dos melhores — e mais confiáveis — centros de informações do principado. Ali, a milhas e milhas de distância, uma escriba estava cuidadosamente reescrevendo cada página das anotações de Jasnah, que as enviara para lá por segurança.

— Esse orador, Jasnah — disse Marfim, tocando a folha que ela acabara de ler. Marfim tinha uma voz curta e pragmática. — Esse que disse essas palavras. Essa pessoa *é* um Arauto. Nossas suspeitas são verdadeiras. Os Arautos *são*, e o caído ainda *é*.

— Nós precisamos encontrá-lo — disse Jasnah.

— Precisamos procurar em Shadesmar — sugeriu Marfim. — Neste mundo, os homens podem se esconder facilmente... mas suas almas brilham para nós do outro lado.

— A menos que se saiba como ocultá-las.

Marfim olhou para a pilha crescente de anotações no canto; uma das penas havia terminado de escrever. Jasnah se levantou para trocar o papel; Shallan havia resgatado um dos seus baús de anotações, mas dois outros se perderam com o navio que afundou. Felizmente, Jasnah havia enviado aquelas cópias de reserva.

Mas será que isso importava? Essa folha, criptografada com seu código, continha linhas e mais linhas de informações conectando os parshemanos aos Esvaziadores. Outrora, ela havia trabalhado duro em cada uma daquelas passagens, extraindo-as da história. Agora, seu conteúdo era de conhecimento comum. Em um momento, toda sua especialização havia sido apagada.

— Nós perdemos tanto tempo — lamentou ela.

— Sim. Temos que recuperar o que perdemos, Jasnah. *Precisamos* fazer isso.

— E o inimigo? — indagou Jasnah.

— Está se agitando. Se enfurecendo. — Marfim balançou a cabeça, ajoelhando ao lado dela enquanto Jasnah trocava as folhas de papel. — Não somos nada diante dele, Jasnah. Ele destruiria sua raça e a minha.

A telepena terminou e outra começou a escrever as primeiras linhas das suas memórias, nas quais ela havia trabalhado de modo intermitente durante toda a vida. Descartara uma dúzia de tentativas e, quando leu essa mais recente, percebeu que também a desagradava.

— O que você acha de Shallan? — perguntou ela a Marfim, balançando a cabeça. — A pessoa que ela se tornou.

Marfim franziu o cenho, estreitando os lábios. Seus traços agudos, angulares demais para serem humanos, pareciam os de uma estátua que o escultor deixara incompleta.

— Ela... é preocupante — disse ele.

— Isso não mudou.

— Ela não é estável.

— Marfim, você acha que *todos* os humanos são instáveis.

— Não você — replicou ele, levantando o queixo. — *Você* é como um espreno. Você pensa por meio de fatos. Não muda por simples capricho. Você é como você *é*.

Ela lhe lançou um olhar direto.

— Na maior parte do tempo — acrescentou ele. — Na maior parte do tempo. Mas é assim, Jasnah. Em comparação com outros humanos, você é praticamente uma pedra!

Ela suspirou, se levantando e passando por ele, e voltou à escrivaninha. Os delírios do Arauto a fitavam. Ela se sentou, cansada.

— Jasnah? — chamou Marfim. — Eu estou... errado?

— Não sou tão pétrea quanto você pensa, Marfim. Às vezes, gostaria de ser.

— Essas palavras a perturbam — observou ele, se aproximando dela novamente e pousando os dedos negros como piche sobre o papel. — Por quê? Você já leu muitas coisas perturbadoras.

Jasnah se recostou, ouvindo as três telepenas arranhando o papel, escrevendo anotações que, ela temia, se mostrariam na maior parte irrelevantes. Algo despertou dentro dela, lá no fundo. Vislumbres de uma memória de uma sala escura, gritando com a voz rouca. Uma doença de infância que ninguém parecia recordar, por mais que a houvesse afetado.

Isso lhe ensinara que pessoas que a amavam ainda assim podiam machucá-la.

— Você já se perguntou como seria perder a sanidade, Marfim?

Ele assentiu.

— Já pensei sobre isso. Como não pensaria? Considerando o que são os pais antigos.

— Você diz que sou lógica — sussurrou Jasnah. — Não é verdade, já que eu, assim como muitas outras pessoas, permito que minhas emoções me dominem. Quando estou em paz, contudo, minha mente sempre foi a única coisa com que pude contar.

Exceto uma vez.

Ela balançou a cabeça, pegando o papel novamente.

— Tenho medo de perder isso, Marfim. Essa ideia me *apavora*. Como devia ser viver como esses Arautos? Suportar que sua mente aos poucos se tornasse indigna de confiança? Eles estão arrasados demais para se dar conta? Ou têm momentos de lucidez, onde se esforçam e avaliam memórias... tentando desesperadamente decidir quais são confiáveis e quais são fabricações...

Jasnah estremeceu.

— Os antigos — disse Marfim novamente, assentindo.

Ele não falava com frequência dos esprenos que haviam sido perdidos durante a Traição. Marfim e seus companheiros haviam sido meras crianças — bem, o equivalente disso entre os esprenos — na época. Eles passaram anos, séculos, sem esprenos mais velhos para cuidar deles e guiá-los. Os esprenos de tinta só agora estavam começando a recuperar a cultura e a sociedade que haviam perdido quando os homens abandonaram seus votos.

— Sua pupila — comentou Marfim. — O espreno dela. Um Críptico.

— Isso é ruim?

Marfim assentiu. Ele preferia gestos simples e diretos. Nunca se via Marfim dando de ombros.

— Crípticos *são* problema. Eles adoram mentiras, Jasnah; se banqueteiam com elas. Pronuncie uma palavra inverídica em uma reunião e sete se aglomerarão ao seu redor. O zumbido deles preencherá seus ouvidos.

— Você já guerreou contra eles?

— Não se guerreia contra os Crípticos, como se faz com os esprenos de honra. Crípticos só têm uma cidade, e não desejam reinar sobre outras. Só escutar. — Ele deu um tapinha na mesa. — Talvez este seja melhor, com o laço.

Marfim era o único espreno de tinta da nova geração a forjar um laço com uma Radiante. Alguns dos seus companheiros teriam preferido matar Jasnah a deixá-lo se arriscar como havia feito.

O espreno tinha um ar nobre, empertigado e imponente. Ele podia mudar de tamanho à vontade, mas não de forma, exceto quando estava totalmente naquele reino, se manifestando como uma Espada Fractal. Ele havia assumido o nome Marfim como um símbolo de rebeldia. Ele não era o que sua espécie dizia que ele era, e não aceitava o que o destino proclamava.

A diferença entre um espreno superior como ele e um espreno de emoção comum era sua habilidade de decidir como agir. Uma contradição viva. Como os seres humanos.

— Shallan não me escuta mais — disse Jasnah. — Ela se rebela contra cada coisinha que lhe digo. Esses últimos meses sozinha mudaram a menina.

— Ela nunca obedeceu direito, Jasnah. É assim que ela *é*.

— Antes ela pelo menos fingia se importar com meus ensinamentos.

— Mas você disse que mais humanos deveriam questionar suas posições na vida. Você não falou que muito frequentemente eles aceitam a verdade presumida como fato?

Ela deu um tapinha na mesa.

— Você tem razão, é claro. Não acharia melhor que ela ultrapassasse seus limites do que viver alegremente dentro deles? Se ela me obedece ou não, é de pouca importância. Mas eu me preocupo, sim, com a capacidade dela de ter controle sobre sua situação, em vez de permitir que seus impulsos a controlem.

— Como você muda isso, se for o caso?

Uma excelente pergunta. Jasnah vasculhou os papéis na sua pequena mesa. Ela havia coletado relatórios dos seus informantes nos acampamentos de guerra — os que haviam sobrevivido — sobre Shallan. Ela realmente havia se saído bem na ausência de Jasnah. Talvez o que a menina precisasse não fosse mais estrutura, e sim mais desafios.

— Todas as dez ordens existem novamente — disse Marfim atrás dela.

Durante anos, foram apenas eles dois, Jasnah e Marfim. Marfim havia se esquivado de avaliar a probabilidade de outros esprenos sapientes refundarem ou não suas ordens.

Contudo, ele sempre dissera que tinha certeza de que os esprenos de honra — e, consequentemente, os Corredores dos Ventos — nunca retornariam. Suas tentativas de reinar sobre Shadesmar aparentemente não haviam conquistado a simpatia das outras raças.

— Dez ordens — disse Jasnah. — E todas acabaram em morte.

— Todas, menos uma — concordou Marfim. — Em vez disso, eles viveram na morte.

Jasnah se virou, e ele fitou-a nos olhos. Sem pupilas, só óleo tremeluzindo acima de algo de um negro profundo.

— Precisamos contar aos outros o que soubemos por Riso, Marfim. Uma hora ou outra esse segredo deve ser conhecido.

— Jasnah, *não*. Seria o fim. Outra Traição.

— A verdade não me destruiu.

— Você é especial. Não há conhecimento que possa destruir você. Mas os outros...

Ela sustentou o olhar dele, então recolheu as folhas empilhadas ao lado.

— Veremos — disse ela, então carregou-as para a mesa para encaderná-las em um livro.

48

RITMO DE TRABALHO

Mas estamos no mar, satisfeitos com nossos domínios. Deixe-nos em paz.

MOASH GRUNHIA ENQUANTO CRUZAVA o chão acidentado, puxando uma corda grossa e cheia de nós sobre o ombro. No fim das contas, os Esvaziadores haviam ficado sem carroças. Havia suprimentos demais a levar e eles não tinham veículos o suficiente.

Pelo menos, veículos com rodas.

Moash fora designado para um trenó — uma carroça com rodas quebradas que fora modificada com um par de longas tiras de aço. Eles o colocaram no primeiro lugar da fila para puxar a corda do trenó. Os supervisores parshemanos o consideraram o mais entusiasmado.

Por que não seria? As caravanas se moviam no ritmo lento dos chules, que puxavam mais ou menos metade das carroças comuns. Ele tinha botas robustas, e até mesmo um par de luvas. Em comparação com o serviço de ponte, aquilo ali era um paraíso.

A paisagem era ainda melhor. Alethkar Central era muito mais fértil do que as Planícies Quebradas, e o chão florescia com petrobulbos e as raízes retorcidas de árvores. O trenó pulava e batia contra as raízes, mas pelo menos ele não precisava carregar a coisa nos ombros.

Ao redor dele, centenas de homens puxavam carroças ou trenós carregados com alimentos, madeira recém-cortada, couro suíno ou pele de enguia. Alguns dos trabalhadores haviam desabado no primeiro dia fora de Revolar. Os Esvaziadores os separaram em dois grupos. Os que haviam tentado, mas que eram genuinamente fracos demais, foram enviados de volta para a cidade. Uns poucos, que os Esvaziadores consideraram que estavam fingindo, haviam sido chicoteados e então passados para trenós em vez de carroças.

Duro, mas justo. De fato, conforme a marcha continuava, Moash surpreendeu-se ao ver quão bem tratados eram os trabalhadores humanos. Embora fossem severos e impiedosos, os Esvaziadores compreendiam que, para trabalhar duro, escravos precisavam de boas rações e bastante tempo à noite para descansar. Eles nem mesmo eram acorrentados; fugir seria inútil sob a vigilância de Moldados que podiam voar.

Moash se pegou apreciando aquelas semanas caminhando e puxando seu trenó. Isso exauria seu corpo, aquietava seus pensamentos, e lhe permitia cair em um ritmo calmo. Certamente era muito melhor do que seus dias como olhos-claros, quando se preocupara incessantemente com o plano contra o rei.

A sensação de alguém lhe dizendo o que fazer era *boa*.

O que aconteceu nas Planícies Quebradas não foi minha culpa, ele pensou enquanto puxava o trenó. *Eu fui levado a isso. Não podem me culpar.* Esses pensamentos o confortavam.

Infelizmente, não havia como ignorar o destino aparente do grupo. Ele havia seguido por aquele caminho dezenas de vezes, trabalhando em caravanas com seu tio, mesmo quando ainda era um rapaz. Cruzando o rio, direto para sudeste. Cruzando o Campo de Ishar e passando pela cidade de Tinteiro.

Os Esvaziadores estavam marchando para tomar Kholinar. A caravana incluía dezenas de milhares de parshemanos armados com machados ou lanças. Eles usavam o que Moash agora sabia ser a forma bélica: uma forma parshemana com armadura de carapaça e um físico forte. Eles não eram experientes — ao vê-los treinando de noite, percebeu que eram basicamente o equivalente a olhos-escuros recrutados das vilas e obrigados a entrar no exército.

Mas eles estavam aprendendo e tinham acesso aos Moldados, que zuniam pelo ar ou andavam majestosamente ao lado das carroças, poderosos e imperiosos — e cercados por energia sombria. Parecia haver tipos variados, mas todos eram intimidadores.

Tudo estava convergindo para a capital. Isso deveria incomodá-lo? Afinal de contas, o que Kholinar já fizera por ele? Era o lugar onde seus avós foram presos e abandonados à morte, gelados e sozinhos em uma cela de prisão. Era ali que o maldito Rei Elhokar havia dançado e conspirado enquanto boas pessoas apodreciam.

A humanidade sequer merecia aquele reino?

Durante a juventude, ele ouvira fervorosos itinerantes que acompanhavam as caravanas. Sabia que, há muito tempo, a humanidade havia *vencido*. Aharietiam, o confronto final com os Esvaziadores, havia acontecido milhares de anos atrás.

O que eles haviam feito com aquela vitória? Erguido falsos deuses na forma de homens cujos olhos os lembravam dos Cavaleiros Radiantes. A vida dos homens ao longo dos séculos não fora nada além de uma sequência infindável de assassinatos, guerras e roubos.

Os Esvaziadores haviam obviamente retornado porque os homens provaram que não podiam governar a si mesmos. Era por isso que o Todo-Poderoso havia enviado aquele flagelo.

De fato, quanto mais marchava, mais Moash admirava os Esvaziadores. Os exércitos eram eficientes e as tropas aprendiam rápido. As caravanas eram bem supridas; quando um supervisor percebeu que as botas de Moash pareciam gastas, ele recebeu um novo par ao anoitecer.

Cada carroça ou trenó recebera dois supervisores parshemanos, mas com ordens de usarem seus chicotes com parcimônia. Eles foram treinados discretamente para a posição, e Moash ouvia conversas ocasionais entre um supervisor — outrora um escravo parshemano — e um espreno invisível que lhe dava instruções.

Os Esvaziadores eram inteligentes, determinados e eficientes. Se Kholinar caísse diante daquela força, não seria mais do que a humanidade merecia. Sim... talvez o tempo da sua gente houvesse passado. Moash havia falhado com Kaladin e os outros — mas esse era apenas o comportamento dos homens naqueles tempos corruptos. Não era culpa dele; Moash era um produto da sua cultura.

Só uma estranheza maculava suas observações. Os Esvaziadores pareciam muito melhores do que os exércitos humanos de que fizera parte... exceto por uma coisa.

Havia um grupo de escravos parshemanos.

Eles puxavam um dos trenós e sempre caminhavam separados dos humanos. Usavam a forma laboral, não a forma bélica — embora, a não ser por isso, fossem exatamente iguais aos outros parshemanos, com a mesma pele marmorizada. Por que aquele grupo puxava um trenó?

De início, enquanto Moash avançava pelas infinitas planícies do centro de Alethkar, ele considerou a visão encorajadora; isso sugeria que os Esvaziadores podiam ser igualitários. Talvez simplesmente não houvesse homens o suficiente para puxar aqueles trenós.

Contudo, se era esse o caso, porque os puxadores de trenó parshemanos eram tratados tão mal? Os supervisores pouco faziam para ocultar sua repulsa, tinham permissão de chicotear as pobres criaturas sem restrições. Moash raramente olhava na direção deles sem ver algum sendo tratado com gritos, surras ou abusos.

O coração de Moash doía ao ver e ouvir aquilo. Todos os outros pareciam trabalhar tão bem juntos; tudo mais no exército parecia tão perfeito. Exceto isso.

Quem eram aquelas pobres almas?

O SUPERVISOR MANDOU FAZER UMA pausa e Moash deixou cair sua corda, então tomou um longo gole do seu odre de água. Era o vigésimo primeiro dia de marcha, algo que ele só sabia porque alguns dos outros escravos estavam contando. Julgava que se encontravam vários dias além de Tinteiro, no trecho final na direção de Kholinar.

Ele ignorou os outros escravos e se acomodou à sombra do trenó, que carregava uma pilha alta de madeira cortada. Não muito atrás, uma vila queimava. Não havia ninguém nela, já que a notícia chegara antes deles. Por que os Esvaziadores queimaram aquela, mas não outras por onde haviam passado? Talvez fosse para mandar um recado — de fato, aquela trilha de fumaça era sinistra. Ou talvez fosse para impedir que qualquer exército vindo pelos flancos usasse a vila.

Enquanto a equipe dele esperava — Moash não sabia seus nomes e não se dera ao trabalho de perguntar —, a equipe de parshemanos passou se arrastando, ensanguentada e chicoteada, seus supervisores gritando para que avançassem. Eles haviam ficado para trás. Um tratamento cruel constante resultava em uma equipe cansada, o que, por sua vez, obrigava que ela fosse forçada a marchar para alcançar os outros enquanto todos mais podiam fazer uma pausa para água. Isso, naturalmente, só os esgotava e causava ferimentos — o que os deixava mais atrasados, o que fazia com que fossem chicoteados...

Era isso que acontecia com a Ponte Quatro, antes de Kaladin, pensou Moash. *Todo mundo dizia que éramos azarados, mas era só uma espiral descendente que se autoperpetuava.*

Quando aquela equipe passou, seguidos por alguns esprenos de exaustão, um dos supervisores de Moash mandou a equipe dele pegar as cordas e voltar a se mover. Ela era uma jovem parshemana com pele vermelho-escuro, só levemente marmorizada com branco. Estava usando um havah. Embora não parecesse roupa de marcha, caía bem nela. A parshemana havia até mesmo preparado a manga para cobrir sua mão segura.

— O que eles fizeram, afinal? — disse ele quando pegava sua corda.

— O que disse? — perguntou ela, olhando de volta para ele.

Raios. A não ser por aquela pele e o estranho tom cantado da sua voz, ela parecia até uma bonita garota de caravana makabakiana.

— Aquela equipe de parshemanos. O que eles fizeram para receber um tratamento tão brutal?

Ele não esperava realmente uma resposta. Mas a parshemana seguiu o olhar dele, então balançou a cabeça.

— Eles abrigaram um falso deus. Levaram-no até o meio de nós.

— O Todo-Poderoso?

Ela riu.

— Um falso deus *de verdade*, um deus vivo. Como os nossos deuses vivos. — Ela olhou para cima enquanto um dos Moldados sobrevoava o local.

— Muita gente pensa que o Todo-Poderoso é real — replicou Moash.

— Se é esse o caso, por que *você* está puxando um trenó? — Ela estalou os dedos, apontando.

Moash pegou sua corda, juntando-se aos outros homens em uma fila dupla. Eles se juntaram à enorme coluna de pés marchando, trenós se arrastando e rodas sacolejando. Os parshendianos queriam chegar à próxima cidade antes de uma tormenta iminente. Eles haviam aguentado os dois tipos — grantormenta e Tempestade Eterna — abrigando-se em vilas ao longo do caminho.

Moash caiu no ritmo pesado de trabalho. Não demorou até que estivesse suando. Ele havia se acostumado ao clima mais frio a leste, junto das Terras Geladas. Era estranho estar em um local onde o sol esquentava sua pele, e agora o clima estava se voltando para o verão.

Seu trenó logo alcançou a equipe de parshemanos. Os dois trenós caminharam lado a lado por algum tempo e Moash gostou de pensar que igualar o ritmo com o de sua equipe poderia motivar os pobres parshemanos. Então um deles escorregou e caiu, e a equipe inteira parou bruscamente.

As chicotadas começaram. Os gritos, o *estalo* do couro na pele.

Já chega.

Moash deixou cair sua corda e saiu da fila. Seus supervisores chocados o chamaram, mas não o seguiram. Talvez estivessem surpresos demais.

Ele foi até o trenó dos parshemanos, onde os escravos estavam se esforçando para se levantar e recomeçar. Vários tinham o rosto e as costas sangrando. O parshemano grande que havia escorregado estava encolhido no chão. Seus pés estavam sangrando; não surpreendia que ele estivesse com problemas para caminhar.

Dois supervisores o estavam chicoteando. Moash agarrou um deles pelo ombro e o empurrou.

— Pare com isso! — vociferou ele, então empurrou o outro supervisor para o lado. — Não veem o que estão fazendo? Vocês estão ficando parecidos *conosco*.

Os dois supervisores olharam para ele, mudos de espanto.

— Vocês não podem maltratar uns aos outros — insistiu Moash. — *Não podem.*

Ele se voltou para o parshemano caído e estendeu a mão para ajudá-lo, mas viu pelo canto do olho um dos supervisores levantar o braço.

Moash girou e pegou o chicote que estalou na sua direção, agarrando-o no ar e torcendo-o ao redor do pulso para ganhar um ponto de apoio. Então ele o *puxou* — fazendo com que o supervisor cambaleasse na sua direção. Moash acertou um soco no rosto dele, fazendo com que o parshendiano caísse no chão.

Raios, aquilo doeu. Ele sacudiu a mão, que havia acertado a carapaça no lado que socara. Ele olhou feio para o outro supervisor, que deu um ganido e soltou o chicote, dando um pulo para trás.

Moash assentiu uma vez, então pegou o escravo caído pelo braço e puxou-o para que se levantasse.

— Vá no trenó. Cure esses pés.

Ele ocupou o lugar do escravo parshemano na fila e puxou a corda até esticá-la sobre o ombro.

Àquela altura, seus próprios supervisores haviam recuperado a perspicácia e corrido atrás dele. Eles discutiram com os dois que Moash havia confrontado, um deles com uma ferida sangrando ao redor do olho. A conversa foi em voz baixa, urgente e pontuada por olhares intimidados na sua direção.

Finalmente, eles decidiram deixar passar. Moash puxou o trenó com os parshemanos e eles encontraram alguém para substituí-lo no outro trenó. Por algum tempo, ele pensou que haveria mais consequências — até viu um dos supervisores conversando com um Moldado. Mas eles não o puniram.

Ninguém ousou erguer novamente um chicote contra a equipe de parshemanos durante o resto da marcha.

49

NASCIDO PARA A LUZ

VINTE E TRÊS ANOS ATRÁS

DALINAR JUNTOU OS DEDOS, então esfregou-os, esfregando o maço de musgo marrom-vermelho seco. O som arranhado era desagradavelmente similar ao de uma faca contra um osso.

Ele sentiu o calor imediatamente, como uma brasa. Uma fina pluma de fumaça se ergueu dos seus dedos calejados e acertou-o debaixo do nariz, então se dividiu ao redor do seu rosto.

Tudo sumiu: o som rouco de homens demais em uma sala, o cheiro forte dos seus corpos juntos. A euforia se espalhou por ele como um súbito raio de sol em um dia nublado. Ele soltou um suspiro demorado. Nem ligou quando Bashin acidentalmente lhe deu uma cotovelada.

Na maioria dos lugares, ser um grão-príncipe teria lhe rendido um espaço especial, mas à mesa de madeira manchada naquele antro mal iluminado, a posição social era irrelevante. Ali, com uma boa bebida e um pouco de ajuda apertada entre os dedos, ele podia finalmente relaxar. Ali, ninguém se importava se ele estava apresentável ou se bebia demais.

Ali, ele não precisava escutar relatórios de rebelião e imaginar que estava em um daqueles campos, resolvendo problemas da maneira direta. Espada na mão, Euforia no coração...

Ele esfregou o musgo de modo mais vigoroso. Não pensar na guerra. Só viver o momento, como Evi sempre dizia.

Havar voltou com as bebidas. O homem esguio e barbudo estudou o banco lotado de gente, então pousou as bebidas e tirou um bêbado caído do seu lugar. Ele se espremeu para se sentar ao lado de Bashin. Havar era olhos-claros, e de uma boa família. Havia sido um dos soldados de elite de Dalinar quando isso ainda significava alguma coisa, muito embora ele tivesse agora sua própria terra e uma alta comissão. Era um dos poucos que não batia continência para Dalinar com tanta força que chegava a estalar.

Bashin, contudo... bem, Bashin era esquisito. Um olhos-escuros do primeiro nan, o homem robusto havia viajado por meio mundo e encorajava Dalinar a ir com ele para ver a outra metade. Ele ainda usava aquele estúpido chapéu com aba larga e mole.

Havar grunhiu, passando as bebidas.

— Seria mais fácil sentar perto de você, Bashin, se não tivesse uma pança desse tamanho.

— Só estou tentando cumprir meu dever, Luminobre.

— Seu dever?

— Olhos-claros precisam de gente para obedecer-lhes, certo? Quero garantir que você tenha um *bocado* para servi-lo, pelo menos em peso.

Dalinar pegou sua caneca, mas não bebeu. Por enquanto, o musgo-de-fogo estava fazendo seu trabalho. Seu fio de fumaça não era o único que pairava na escura câmara de pedra.

Gavilar detestava o musgo. Mas Gavilar *gostava* de sua vida agora.

No centro da sala escura, um par de parshemanos empurrou mesas para o lado e então começou a dispor peças de diamante no chão. Homens recuaram, abrindo espaço para um grande ringue de luz. Um par de homens sem camisa abriu caminho pela multidão. A atmosfera geral da sala, de conversas desajeitadas, tornou-se um rugido de animação.

— Nós vamos apostar? — perguntou Havar.

— Claro — replicou Bashin. — Eu aposto três marcos de granada no mais baixo.

— Eu aceito essa aposta — disse Havar —, mas não pelo dinheiro. Se eu ganhar, quero seu chapéu.

— Fechado! Rá! Então você finalmente admitiu como ele é elegante?

— Elegante? Raios, Bashin. Vou lhe fazer um favor e *queimar* esse troço.

Dalinar se recostou, a mente embotada pelo musgo-de-fogo.

— Queimar meu chapéu? Raios, Havar. Que grosseria. Só porque você sente inveja da minha figura atraente.

— A única coisa atraente nesse chapéu é como ele atrai as mulheres na direção oposta.

— É *exótico*. Do *oeste*. Todo mundo sabe que a moda vem do oeste.

— É, de Liafor e Yezier. Onde foi mesmo que você conseguiu esse chapéu?

— No Lagopuro.

— Ah, aquele bastião de cultura e moda! Da próxima vez, vai fazer compras na Bavlândia?

— Garçonetes não sabem a diferença — resmungou Bashin. — Enfim, podemos assistir à luta? Mal posso esperar para ganhar esses marcos de você.

Ele provou sua bebida, mas passou o dedo pelo chapéu, nervoso.

Dalinar fechou os olhos. Sentia-se capaz de cochilar, talvez dormir um pouco sem se preocupar com Evi, ou sonhar com a guerra...

No ringue, corpos se *chocaram*.

Aquele som — os grunhidos de esforço enquanto os lutadores tentavam empurrar um ao outro para fora do ringue — lembrava-lhe a batalha. Dalinar abriu os olhos, deixou o musgo cair e se inclinou para a frente.

O lutador mais baixo escapou da pegada do outro. Eles se rodeavam, agachados, as mãos prontas. Quando se agarraram novamente, o homem mais baixo desequilibrou o oponente com um empurrão. *Melhor postura*, pensou Dalinar. *Manteve uma base baixa. O sujeito mais alto se vale há tempo demais de sua força e tamanho. A postura dele é péssima.*

Os dois se esforçaram, recuando para a borda do ringue, antes que o homem mais alto conseguisse levá-los ao chão. Dalinar se levantou enquanto outros, à frente dele, levantavam as mãos e davam vivas.

A contenda. A luta.

Quase me levou a matar Gavilar.

Dalinar sentou-se novamente.

O homem mais baixo venceu. Havar suspirou, mas rolou umas poucas esferas brilhantes para Bashin.

— O dobro ou nada na próxima luta?

— Nada disso — disse Bashin, pegando os marcos. — Isso aqui já basta.

— Para quê?

— Para subornar uns poucos dândis influentes para que usem chapéus como o meu — disse Bashin. — Estou lhe dizendo, quando a notícia se espalhar, *todo mundo* vai querer usá-los.

— Você é um idiota.

— Contanto que seja um idiota na moda.

Dalinar estendeu a mão até o chão e pegou o musgo-de-fogo. Jogou-o na mesa e ficou olhando para ele, depois tomou um gole da sua caneca de vinho. A luta seguinte começou, e ele fez uma careta quando os dois competidores colidiram. Raios. Por que continuava se colocando em situações assim?

— Dalinar — disse Havar. — Alguma notícia de quando vamos para a Fenda?

— A Fenda? — perguntou Bashin. — O que tem lá?

— Você é tonto? — quis saber Havar.

— Não, mas posso estar *bêbado*. O que há com a Fenda?

— Os rumores são de que eles arrumaram o próprio grão-príncipe — contou Havar. — O filho do antigo, qual era mesmo o nome dele...?

— Tanalan — disse Dalinar. — Mas nós não vamos visitar a Fenda, Havar.

— Certamente o rei não pode...

— *Nós* não vamos — disse Dalinar. — Vocês têm homens para treinar. E eu... — Dalinar bebeu mais vinho. — Eu vou ser pai. Meu irmão pode cuidar da Fenda com diplomacia.

Havar se recostou, baixando sua caneca na mesa de modo irreverente.

— O rei não pode resolver uma rebelião declarada com política, Dalinar.

Dalinar fechou o punho ao redor do musgo-de-fogo, mas não o esfregou. Quanto do seu interesse na Fenda vinha do dever de proteger o reino de Gavilar, e quanto vinha do seu anseio de sentir a Euforia novamente?

Danação. Ele vinha se sentindo um homem incompleto.

Um dos lutadores havia empurrado o outro para fora do ringue, rompendo a linha de luzes. O perdedor foi declarado e um parshemano reformou cuidadosamente o ringue. Enquanto isso, um criado-mestre foi até a mesa de Dalinar.

— Perdão, Luminobre — sussurrou ele. — Mas o senhor deveria saber. A luta principal terá que ser cancelada.

— O quê? — disse Bashin. — O que há de errado? Makh não vai lutar?

— Perdão — repetiu o criado-mestre. — Mas o oponente dele teve problemas estomacais. A luta teve que ser cancelada.

Aparentemente, a notícia estava se espalhando pela sala. A multidão manifestou sua desaprovação com vaias, maldições, gritos e bebidas derramadas. Um homem alto e careca estava junto do ringue, de peito nu. Ele discutia com vários dos organizadores olhos-claros, apontando para o ringue, esprenos de raiva fervilhando no chão ao redor dele.

Para Dalinar, aquela algazarra soava como os cânticos de batalha. Ele fechou os olhos e inspirou, encontrando uma euforia muito superior ao do musgo-de-fogo. Raios. Devia ter ficado mais bêbado. Ia acabar cedendo.

Era melhor resolver isso logo, então. Ele jogou fora o musgo-de-fogo e se levantou, depois arrancou a própria camisa.

— Dalinar! — disse Havar. — O que está fazendo?

— Gavilar diz que preciso me preocupar mais com o sofrimento do nosso povo — respondeu Dalinar, subindo na mesa. — Parece que temos uma sala cheia de gente sofrendo aqui.

Havar olhou para ele de queixo caído.

— Apostem em mim — pediu Dalinar. — Pelos velhos tempos.

Ele pulou da mesa, então abriu caminho pela multidão.

— Alguém diga a esse homem que ele tem um desafiante!

O silêncio se espalhou a partir dele como um cheiro ruim. Dalinar viu-se na beira do ringue em uma sala completamente silenciosa, cheia de homens antes animados, tanto olhos-claros quanto olhos-escuros. O lutador — Makh — deu um passo para trás, seus olhos verde-escuros se arregalando, esprenos de raiva desaparecendo. Ele tinha um corpo poderoso, braços salientes como se estivessem com excesso de estofo. Diziam que ele nunca fora derrotado.

— E então? — disse Dalinar. — Você queria uma luta e eu preciso me exercitar.

— Luminobre — disse o homem. — Era para ser uma luta sem regras, todos os golpes e chaves permitidos.

— Excelente — disse Dalinar. — O que foi? Está com medo de ferir seu grão-príncipe? Prometo-lhe clemência por qualquer coisa que aconteça comigo.

— Ferir *o senhor*? — disse o homem. — Raios, não é disso que tenho medo.

Ele tremeu de modo visível, e uma mulher thaylena — talvez sua empresária — deu um tapa forte em seu braço. Ela achou que ele havia sido grosseiro. O lutador apenas se curvou e recuou.

Dalinar voltou-se para a sala, confrontado por um oceano de rostos que subitamente pareciam muito constrangidos. Ele havia quebrado algum tipo de regra ali.

A reunião se dissolveu, os parshemanos recuperaram as esferas do chão. Aparentemente, Dalinar havia se precipitado em julgar que o posto não era importante ali. Eles o toleravam como observador, mas não como participante.

Danação. Ele rosnava baixinho enquanto pisava duro de volta ao seu banco, seguido pelos esprenos de raiva no chão. Ele tomou sua camisa de Bashin com um gesto rápido. Com seus soldados de elite, qualquer homem — do mais baixo lanceiro até os capitães mais graduados — teria treinado ou lutado com ele. Raios, ele havia encarado o *cozinheiro* várias vezes, para grande diversão de todos os envolvidos.

Dalinar sentou-se e vestiu sua camisa, mal-humorado. Ele a removera tão rápido que havia arrancado os botões. A sala ficou silenciosa enquanto as pessoas continuaram a sair, e Dalinar só ficou sentado ali, tenso — seu corpo ainda esperando a luta que não viria. Sem Euforia. Sem nada para preenchê-lo.

Pouco depois, ele e seus amigos estavam sozinhos na sala, olhando para mesas vazias, copos abandonados e bebidas derramadas. De algum modo, o lugar cheirava ainda pior agora do que quando estava apinhado de homens.

— Provavelmente foi melhor assim, Luminobre — disse Havar.

— Eu quero estar entre soldados novamente, Havar — sussurrou Dalinar. — Eu quero marchar novamente. O melhor sono de um homem é depois de uma longa marcha. E, Danação, eu quero *lutar*. Quero encarar alguém que não vai conter seus golpes porque sou um grão-príncipe.

— Então *vamos atrás* de um combate assim, Dalinar! — disse Havar. — Certamente o rei nos deixará partir. Se não para a Fenda, então para Herdaz, ou para uma das ilhas. Podemos lhe conseguir terras, glória, honra!

— Aquele lutador — disse Dalinar. — Ele... quis dizer alguma coisa. Ele tinha certeza de que eu o machucaria. — Dalinar tamborilou os dedos na mesa. — Ele estava com medo de mim devido à minha reputação em geral, ou há algo mais específico?

Bashin e Havar se entreolharam.

— Quando? — indagou Dalinar.

— Briga na taverna — disse Havar. — Duas semanas atrás? Você lembra?

Dalinar se lembrava de um nevoeiro de monotonia rompido pela luz, uma explosão de cor em sua vida. Emoção. Ele expirou.

— Você me disse que estavam todos bem.

— Eles sobreviveram — respondeu Havar.

— Um... dos sujeitos com que você lutou nunca mais vai andar — admitiu Bashin. — Outro precisou amputar o braço. Um terceiro balbucia como uma criança. O cérebro dele não funciona mais.

— Isso é muito diferente de estar *bem* — bradou Dalinar.

— Perdão, Dalinar — disse Havar. — Mas, ao encarar o Espinho Negro, é o melhor que se pode esperar.

Dalinar cruzou os braços sobre a mesa, trincando os dentes. O musgo-de-fogo não estava funcionando. Sim, ele concedia uma rápida explosão de euforia, mas isso só fazia com que desejasse a embriaguez maior da Euforia. Mesmo naquele momento, ele estava tenso — sentia vontade de esmagar a mesa e tudo que havia na sala. Ele estivera tão pronto para a luta; havia se entregado à tentação, e então o prazer lhe fora roubado.

Ele sentia toda a vergonha de perder o controle, mas nenhuma satisfação de efetivamente lutar.

Dalinar agarrou a caneca, mas estava vazia. Pai das Tempestades! Ele a jogou no chão e se levantou, com vontade de gritar.

Felizmente, foi distraído pela porta dos fundos da arena de luta se abrindo vagarosamente, revelando um rosto pálido familiar. Toh agora usava roupas alethianas, um dos novos trajes preferidos por Gavilar, mas não lhe caíam bem. Ele era magro demais. Nenhum homem confundiria Toh — com aquele passo excessivamente cauteloso e olhos arregalados e inocentes — com um soldado.

— Dalinar? — chamou ele, olhando para as bebidas derramadas e as lâmpadas de esferas presas nas paredes. — Os guardas disseram que eu o encontraria aqui. Hum... estava tendo uma festa?

— Ah, Toh — disse Havar, se recostando na cadeira. — Como seria uma festa sem você?

Os olhos de Toh se voltaram por um instante para o maço de musgo-de-fogo no chão ali perto.

— Nunca vou entender o que você vê nesses lugares, Dalinar.

— Ele só está tentando conhecer o povo, Luminobre — disse Bashin, embolsando o musgo-de-fogo. — O senhor sabe como nós, olhos-escuros, somos, sempre chafurdando na depravação. Precisamos de bons modelos de comportamento para...

Ele se interrompeu quando Dalinar levantou a mão. Não precisava que seus subalternos o encobrissem.

— O que foi, Toh?

— Ah! — disse o riraniano. — Iam mandar um mensageiro, mas eu quis trazer as notícias. É minha irmã, sabe. É um pouco cedo, mas as parteiras não estão surpresas. Elas dizem que é natural quando...

Dalinar arquejou, como se houvesse levado um soco no estômago. *Cedo. Parteiras. Irmã.*

Ele correu para a porta e não ouviu o resto do que Toh disse.

Evi parecia ter lutado em uma batalha.

Dalinar já vira aquela expressão no rosto de soldados várias vezes: aquela testa suada, aquela aparência meio atordoada e sonolenta. Esprenos de exaustão jateando no ar. Eram as marcas de uma pessoa levada além dos limites do que pensava que seria capaz.

O rosto dela trazia um sorriso de satisfação tranquila. Um ar de vitória. Dalinar passou pelos atenciosos cirurgiões e parteiras, chegando junto da cama de Evi. Ela estendeu uma das mãos frouxa. Sua mão esquerda, que estava envolta apenas em um fino tecido que terminava no pulso. Teria sido um sinal de intimidade, para um alethiano. Mas Evi ainda preferia usar aquela mão.

— O bebê? — sussurrou ele, tomando a mão dela.

— Um filho. Forte e saudável.

— Um filho. Eu... tenho um filho? — Dalinar caiu de joelhos ao lado da cama. — Onde ele está?

— Está sendo lavado, meu senhor — disse uma das parteiras. — Voltará em breve.

— Botões rasgados — sussurrou Evi. — Você andou brigando novamente, Dalinar?

— Só uma pequena diversão.

— É o que você sempre diz.

Dalinar apertou a mão através do tecido, exultante demais para se incomodar com a censura.

— Você e Toh vieram para Alethkar porque queriam que alguém os protegesse. Você *procurou* um lutador, Evi.

Ela apertou sua mão de volta. Uma enfermeira se aproximou com um embrulho nos braços e Dalinar ergueu os olhos, atordoado, incapaz de se levantar.

— Agora — disse a mulher —, muitos homens ficam apreensivos no início, quando...

Ela parou de falar quando Dalinar encontrou forças e tomou a criança dos braços dela. Ele segurou o menino bem alto com as duas mãos, soltando uma gargalhada feroz, esprenos de glória surgindo ao redor dele como esferas douradas.

— Meu filho! — disse ele.

— Meu senhor! — disse a enfermeira. — Tome cuidado!

— Ele é um Kholin — disse Dalinar, embalando a criança. — É feito de material resistente.

Ele olhou para o menino, que, com o rosto vermelho, se contorcia e sacudia os punhos minúsculos. Tinha um cabelo surpreendentemente espesso, uma mistura de preto e dourado. Uma bela cor. Distinta.

Que você tenha a força do seu pai, pensou Dalinar, esfregando o rosto da criança com o dedo. *E pelo menos um pouco da compaixão da sua mãe, pequenino.*

Olhando para aquele rostinho e transbordando de alegria, Dalinar finalmente compreendeu. *Esse* era o motivo por que Gavilar pensava tanto no futuro, em Alethkar, em criar um reino duradouro. A vida de Dalinar até então o manchara de vermelho e arrasara sua alma. Seu coração estava tão encrustado de crem que poderia ser uma pedra.

Mas aquele menino... ele poderia governar o principado, apoiar seu primo, o rei, e viver uma vida de honra.

— O nome dele, Luminobre? — indagou Ishal, uma fervorosa idosa do Devotário da Pureza. — Gostaria de queimar os glifos-amuletos apropriados, se o senhor me permitir.

— Nome... — disse Dalinar. — Adoda.

Luz. Ele olhou para Evi, que concordou.

— Sem um sufixo, meu senhor? Adodan? Adodal?

— Lin — sussurrou Dalinar. Nascido para. — Adolin.

Um bom nome, tradicional, cheio de significado.

Com pesar, Dalinar entregou a criança para as enfermeiras, que o devolveram para a mãe, explicando que era importante treinar o bebê para mamar assim que possível. A maioria das pessoas começou a sair para oferecer privacidade e, naquele momento, Dalinar viu uma figura majestosa parado ao fundo. Como não percebera que Gavilar estava ali?

Gavilar tomou-o pelo braço e deu-lhe um bom tapa nas costas enquanto deixavam a câmara. Dalinar estava tão atordoado que mal sentiu. Ele precisava celebrar — comprar bebidas para cada homem no exército, declarar um feriado, ou simplesmente correr pela cidade gritando de alegria. Ele era pai!

— Um dia excelente — disse Gavilar. — Um dia *excelentíssimo*.

— Como você contém? — perguntou Dalinar. — Essa *empolgação*?

Gavilar abriu um largo sorriso.

— Eu deixo a emoção ser minha recompensa pelo trabalho que eu fiz.

Dalinar assentiu, então estudou seu irmão.

— O que foi? — disse Dalinar. — Tem algo errado.

— Nada.

— Não minta para mim, irmão.

— Eu não quero arruinar seu belo dia.

— Ficar especulando vai arruiná-lo mais do que qualquer coisa que você possa dizer, Gavilar. Fale logo.

O rei ficou matutando, depois indicou a alcova de Dalinar. Eles cruzaram a câmara principal, passando pela mobília excessivamente exuberante — colorida, com padrões florais e almofadas aveludadas. Em parte, era culpa do gosto de Evi, embora também fosse simplesmente... sua vida atual. Sua *vida* era aveludada.

A alcova era mais do seu gosto. Algumas cadeiras, uma lareira, um tapete simples. Um gabinete com vários vinhos exóticos e potentes, cada um em uma garrafa distinta. Eram do tipo que dava quase pena de beber, já que estragava a exibição.

— É sua filha — especulou Dalinar. — A loucura dela.

— Jasnah está bem, se recuperando. Não é isso.

Gavilar franziu o cenho, sua expressão perigosa. Ele havia concordado em usar uma coroa depois de muito debate — o Criador de Sóis não usara uma, e as histórias diziam que Jezerezeh'Elin também as recusara. Mas as pessoas amavam símbolos, e a maioria dos reis ocidentais usava coroas. Gavilar decidira usar um diadema de ferro negro. Quanto mais seu cabelo se tornava grisalho, mais visível se tornava a coroa.

Um servo havia acendido o fogo da lareira, embora estivesse queimando baixo, com apenas um único espreno de chama se arrastando pelas brasas.

— Estou falhando — disse Gavilar.

— O quê?

— Rathalas. A Fenda.

— Mas eu pensei...

— Propaganda — replicou Gavilar. — Para silenciar as vozes críticas em Kholinar. Tanalan está montando um exército e se instalando nas suas fortificações. Pior ainda, acho que outros grão-príncipes o estão encorajando. Eles querem ver como vou lidar com isso. — Ele fez uma expressão azeda. — Andam dizendo que amoleci com o passar dos anos.

— Eles estão errados.

Dalinar tivera provas disso durante aqueles meses vivendo com Gavilar. Seu irmão *não* havia amolecido. Ele ainda desejava a conquista tanto quanto antes; apenas lidava com isso de modo diferente. Combatia com palavras, manipulava principados para posições em que fossem forçados a obedecer.

As brasas da lareira pareciam pulsar como um coração.

— Você pensa sobre a época em que este reino era verdadeiramente grandioso, Dalinar? — indagou Gavilar. — Quando as pessoas admiravam os alethianos. Quando reis buscavam seus conselhos. Quando éramos... Radiantes.

— Traidores — replicou Dalinar.

— Será que as ações de uma única geração renegam muitas outras gerações de dominação? Nós reverenciamos o Criador de Sóis, e o reino dele durou apenas um piscar de olhos... mas ignoramos os séculos de liderança dos Radiantes. De quantas Desolações eles defenderam a humanidade?

— Hum... — Os fervorosos falavam sobre isso nas suas orações, não falavam? Ele tentou adivinhar. — Dez?

— Um número sem significado — disse Gavilar, gesticulando. — As histórias só dizem "dez" porque soa marcante. De qualquer modo, eu falhei nos meus esforços diplomáticos. — Ele se voltou para Dalinar. — Está na hora de mostrar ao reino que não amolecemos, irmão.

Ah, não. Horas atrás, ele teria pulado de tanta empolgação. Mas depois de ver aquele bebê...

Você estará ansioso de novo daqui a alguns dias, disse Dalinar a si mesmo. *Um homem não muda de uma hora para outra.*

— Gavilar — sussurrou ele —, eu estou preocupado.

— Você ainda é o Espinho Negro, Dalinar.

— Não estou preocupado sobre conseguir ou não vencer batalhas. — Dalinar se levantou, derrubando a cadeira em sua pressa. Pegou-se andando de um lado para outro. — Eu sou como um animal, Gavilar. Você ouviu sobre a briga no bar? Raios. Não é seguro me deixar perto das pessoas.

— Você é como o Todo-Poderoso o criou.

— Estou dizendo, sou perigoso. Claro, posso esmagar essa pequena rebelião, banhar Sacramentadora em um pouco de sangue. Ótimo. Maravilhoso. E então? Eu volto para cá e me tranco novamente em uma jaula?

— Eu... talvez tenha algo que ajude.

— Bah. Já tentei viver uma vida sossegada. Não suporto politicagem sem fim, como você. Eu preciso de mais do que *meras palavras*!

— Você apenas tentou se conter... tentou abafar a sede de sangue, mas não a substituiu por nada mais. Vá cumprir meu comando, então volte e poderemos conversar melhor.

Dalinar parou junto do irmão, então deu um único passo decidido, se colocando na sombra dele. *Lembre-se disso. Lembre-se de que você o serve.* Jamais voltaria àquele ponto que quase o levara a atacar aquele homem.

— Quando eu parto para a Fenda? — quis saber Dalinar.

— Você não vai.

— Mas você acabou de dizer...

— Estou mandando você para a batalha, mas não contra a Fenda. Nosso reino está sofrendo ameaças do exterior. Há uma nova dinastia nos ameaçando de Herdaz; uma casa reshiana ganhou poder por lá. E os vedenos estão fazendo incursões contra Alethkar a sudeste. Alegam que é obra de bandidos, mas as forças são organizadas demais. É um teste para ver como reagimos.

Dalinar assentiu lentamente.

— Você quer que eu vá lutar nas nossas fronteiras. Para lembrar a todos de que ainda somos capazes de usar a espada.

— Exatamente. Esse é um momento perigoso para nós, irmão. Os grão-príncipes estão questionando. Ter uma Alethkar unida vale tantos problemas? Por que se curvar diante de um rei? Tanalan é a manifestação dessas dúvidas, mas ele tomou o cuidado de não partir para uma rebelião direta. Se você o atacar, os outros grão-príncipes podem se unir aos rebeldes. Nós podemos despedaçar o reino e ter que começar tudo de novo. Não vou permitir uma coisa dessas. *Terei* uma Alethkar unificada. Mesmo que seja preciso um golpe tão duro nos grão-príncipes que eles todos derretam *juntos* sob sua força. Eles precisam se lembrar disso. Vá para Herdaz primeiro, depois para Jah Keved. Lembre a todos *por que* eles têm medo de você.

Gavilar encarou Dalinar nos olhos. Não... ele não havia amolecido. Ele pensava como um rei agora. Buscava o longo prazo, mas Gavilar Kholin tinha a mesma determinação de sempre.

— Será feito — disse Dalinar.

Raios, aquele dia havia sido uma tempestade de emoções. Dalinar foi pisando duro rumo à porta. Queria ver o bebê novamente.

— Irmão? — chamou Gavilar.

Dalinar virou-se e fitou Gavilar, que estava banhado pela luz rubra do fogo moribundo.

— Palavras *são* importantes. Muito mais do que você acredita.

— Talvez — replicou Dalinar. — Mas se elas fossem tão poderosas assim, você não precisaria da minha espada, precisaria?

— Talvez. Mas não posso deixar de pensar que palavras *seriam* suficientes, se ao menos eu soubesse as palavras certas a dizer.

SHASH
TRINTA E SETE

Também instruímos você a não retornar a Obrodai. Reivindicamos aquele mundo, e um novo avatar do nosso ser está começando a se manifestar lá.

Ela ainda é jovem e, por precaução, foi incutida com uma profunda e avassaladora aversão por você.

PARA DALINAR, VOAR ERA muito parecido com navegar no oceano. Havia algo profundamente desconcertante em estar no oceano, sujeito aos ventos e correntes. Os homens não controlavam as ondas, apenas zarpavam e rezavam para que o mar não decidisse consumi-los.

Voar ao lado do Capitão Kaladin provocava algumas das mesmas emoções em Dalinar. Por outro lado, a vista das Planícies Quebradas era magnífica. Ele achava que quase podia ver o padrão que Shallan mencionara.

Por outro lado, aquele tipo de viagem era profundamente antinatural. Os ventos os golpeavam, e caso você movesse as mãos ou arqueasse as costas do jeito errado, era mandado em uma direção diferente dos outros. Kaladin precisava constantemente zunir de um lado para outro, endireitando um deles que havia sido soprado para fora do curso. E caso olhasse para baixo e parasse para considerar exatamente quão alto estava...

Bem, Dalinar não era um homem medroso, mas ainda assim estava feliz por estar segurando a mão de Navani.

Do seu outro lado voava Elhokar e, além dele, estava Kadash e uma fervorosa jovem e bonita que servia como uma das eruditas de Navani. Os cinco estavam sendo escoltados por Kaladin e dez dos seus escudeiros. Os Corredores dos Ventos já estavam treinando constantemente há três semanas e Kaladin havia finalmente — depois de treinarem voando com grupos de soldados indo e vindo dos acampamentos de guerra — concordado em levar Dalinar e o rei em uma viagem similar.

É mesmo *como estar em um navio*, pensou Dalinar. Como seria estar ali no alto durante uma grantormenta? Era assim que Kaladin pretendia levar a equipe de Elhokar até Kholinar — voar com eles até a vanguarda de uma tormenta, de modo que sua Luz das Tempestades fosse continuamente renovada.

Você está pensando em mim, transmitiu o Pai das Tempestades. *Posso sentir.*

— Estou pensando na maneira como você trata navios — sussurrou Dalinar, sua voz física perdida ao vento, embora sua mensagem chegasse, desimpedida, ao Pai das Tempestades.

Homens não deviam estar sobre as águas durante uma tormenta, replicou ele. *Homens não são das ondas.*

— E o céu? Os homens são do céu?

Alguns são, admitiu ele, contrafeito.

Dalinar só podia imaginar quão terrível devia ser para um marinheiro estar no mar durante uma tempestade. Ele só havia feito curtas viagens costeiras de navio.

Não, espere. Houve uma viagem, naturalmente. Uma viagem até o Vale... Ele mal recordava essa viagem, embora não pudesse culpar apenas a Guardiã da Noite.

Capitão Kaladin se aproximou voando. Ele era o único que parecia realmente no controle do seu voo. Até mesmo seus homens voavam mais como pedras caindo do que como enguias celestes. Eles careciam de sutileza, de *controle*. Embora os outros pudessem ajudar, se algo desse errado, Kaladin era o único Projetando Dalinar e os outros. Ele disse que queria praticar, para o futuro voo até Kholinar.

Kaladin tocou Elhokar e o rei começou a desacelerar. O capitão então foi correndo pela fila, desacelerando cada um deles. Depois juntou-os para que estivessem perto o bastante para conversar. Seus soldados pararam, flutuando ali perto.

— Algo errado? — indagou Dalinar, tentando ignorar que estava pendurado a dezenas de metros no céu.

— Nada errado — disse Kaladin, então apontou.

Com o vento nos olhos, Dalinar não conseguira identificar os acampamentos de guerra: dez círculos semelhantes a crateras alinhados ao longo da borda noroeste das Planícies Quebradas. Dali de cima, era óbvio que antes haviam sido domos; a maneira como suas muralhas se curvavam, feito mãos em concha por baixo.

Dois dos acampamentos ainda estavam totalmente ocupados, e Sebarial havia deixado forças para assumir o controle da floresta próxima. O acampamento de guerra do próprio Dalinar estava menos populado, mas havia alguns pelotões de soldados e alguns trabalhadores.

— Chegamos tão rápido! — disse Navani.

O cabelo dela estava desgrenhado pelo vento, grande parte tendo escapado da sua trança cuidadosa. Elhokar não estava muito melhor — seu cabelo para trás feito sobrancelhas thaylenas enceradas. Os dois fervorosos, naturalmente, tinham a cabeça raspada e não possuíam tais preocupações.

— Rápido mesmo — disse Elhokar, reabotoando alguns botões do seu uniforme. — Isso é muito promissor para nossa missão.

— Sim — concordou Kaladin. — Ainda quero testar mais um pouco na dianteira de uma tempestade.

Ele tomou o rei pelo ombro e Elhokar começou a flutuar para baixo. Kaladin enviou cada um deles para baixo e, quando seus pés finalmente tocaram de novo a rocha, Dalinar soltou um suspiro de alívio. Estavam a apenas um platô de distância do acampamento de guerra, onde um soldado em um posto de vigia acenou para eles com movimentos entusiasmados e exagerados. Em minutos, uma tropa de soldados Kholin os cercou.

— Vamos levá-lo para dentro das muralhas, Luminobre — disse o capitão deles, com a mão no pomo da espada. — Os cascudos ainda estão ativos por aqui.

— Eles atacaram tão perto dos acampamentos? — indagou Elhokar, surpreso.

— Não, mas isso não significa que não atacarão, Vossa Majestade.

Dalinar não estava muito preocupado, mas não disse nada enquanto os soldados conduziam a ele e aos outros até o acampamento de guerra, onde a Luminosa Jasalai — a mulher alta e imponente que Dalinar deixara no comando do acampamento — se juntou a eles.

Depois de passar tanto tempo nos corredores alienígenas de Urithiru, caminhar por aquele local — que havia sido o lar de Dalinar durante cinco anos — era relaxante. Parte do motivo foi ver que o acampamento de guerra estava na maior parte intacto; ele suportara muito bem a Tempestade Eterna. A maioria dos edifícios era composta de casamatas de pedra e aquela borda ocidental do antigo domo havia fornecido um sólido quebra-ventos.

— Minha única preocupação é a logística — disse ele a Jasalai depois de um curto passeio. — É uma longa marcha até Narak e o Sacroportal.

Temo que, ao dividir nossas forças entre Narak, aqui e Urithiru, tenhamos aumentado nossa vulnerabilidade a um ataque.

— Isso é verdade, Luminobre — concordou a mulher. — Só desejo fornecer opções ao senhor.

Infelizmente, era bem provável que eles fossem precisar daquele lugar para operações agrícolas, sem mencionar a madeira. Expedições de platô atrás de gemas-coração não poderiam sustentar a população da cidade-torre para sempre, sobretudo diante da avaliação de Shallan de que eles provavelmente haviam caçado demônios-do-abismo até quase a extinção.

Dalinar olhou para Navani. Ela achava que deviam fundar um novo reino ali, nas Planícies Quebradas e arredores. Importar fazendeiros, aposentar soldados mais velhos, começar a produção ali em uma escala muito maior do que já haviam tentado.

Outros discordavam. Havia um motivo para as Colinas Devolutas não serem densamente habitadas. Seria uma vida difícil ali — os petrobulbos não cresciam tanto, as colheitas seriam menos produtivas. E fundar um novo reino durante uma Desolação? Era melhor proteger o que tinham. Alethkar provavelmente poderia alimentar Urithiru — mas isso dependia de Kaladin e Elhokar recuperarem a capital.

O passeio terminou com uma refeição na casamata de Dalinar, na sua antiga sala de estar, que parecia vazia agora que a maior parte da mobília e tapetes havia sido levada para Urithiru.

Depois da refeição, ele se pegou diante da janela, sentindo-se estranhamente deslocado. Havia deixado aquele acampamento de guerra há apenas dez semanas, mas, embora ainda fosse profundamente familiar, o lugar ao mesmo tempo não parecia mais pertencer a ele.

Atrás dele, Navani e sua escriba comiam frutas enquanto conversavam em voz baixa sobre alguns desenhos que Navani havia feito.

— Ah, mas eu acho que os outros precisam vivenciar isso, Luminosa! — disse a escriba. — O voo foi *notável*. Quão rápido a senhora acha que estávamos indo? Acredito que alcançamos uma velocidade que nenhum humano alcançava desde a Traição. Pense nisso, Navani! Certamente estávamos indo mais rápido do que o cavalo ou o navio mais veloz.

— Foco, Rushu — disse Navani. — Meu desenho.

— Não acho que esse cálculo esteja correto, Luminosa. Não, essa vela não vai funcionar.

— Não é para ser completamente preciso — replicou Navani. — Só um conceito. Minha pergunta é: pode funcionar?

— Vamos precisar de mais reforço. Sim, mais reforço, com certeza. E então o mecanismo de pilotagem... definitivamente há trabalho a fazer aqui. Mas *é* muito engenhoso, Luminosa. Falilar precisa dar uma olhada; ele poderá dizer se dá ou não para construir.

Dalinar desviou o olhar da janela, atraindo a atenção de Navani. Ela sorriu. Sempre alegava que não era uma erudita, mas uma patrocinadora de eruditos. Dizia que seu propósito era encorajar e guiar os verdadeiros cientistas. Qualquer pessoa que visse a luz em seus olhos quando ela pegou outra folha e desenhou sua ideia saberia que ela estava sendo modesta demais.

Ela começou outro desenho, mas então parou e olhou para o lado, onde havia colocado uma telepena. O rubi estava piscando.

Fen!, pensou Dalinar. A rainha de Thaylenah havia pedido que, na grantormenta daquela manhã, Dalinar a enviasse para a visão de Aharietiam, que ela conhecia devido aos relatos publicados das visões de Dalinar. Relutantemente, ele a enviara sozinha, sem supervisão.

Eles esperaram que ela falasse sobre o evento, que dissesse qualquer coisa. De manhã, ela não havia respondido aos pedidos deles por uma conversa.

Navani preparou a telepena, então colocou-a para escrever. Ela só se moveu por um breve momento.

— Isso foi bem curto — comentou Dalinar, indo na direção dela.

— Só uma palavra — disse Navani. Ela olhou para ele. — Sim.

Dalinar soltou uma longa expiração. Ela estava disposta a visitar Urithiru. *Finalmente!*

— Diga a ela que vamos enviar-lhe um Radiante.

Ele deixou a janela, assistindo enquanto Navani respondia. No caderno de desenhos, ele vislumbrou algo que parecia um tipo de engenhoca semelhante a um navio, mas com a vela *na parte de baixo*. O que seria aquilo?

Fen pareceu contente em terminar a conversa ali, e Navani voltou à sua discussão de engenharia, de modo que Dalinar deixou a sala. Ele atravessou sua casamata, que parecia vazia. Como a casca de uma fruta com a polpa removida. Nenhum servo indo de um lado para outro, nenhum soldado. Kaladin e seus homens haviam saído para algum lugar, e Kadash provavelmente estava no monastério do acampamento. Ele estivera ansioso para chegar lá e Dalinar ficara grato pela sua disposição de voar com Kaladin.

Eles não haviam falado muito desde seu confronto na área de treinamento. Bem, talvez contemplar o poder dos Corredores dos Ventos em primeira mão melhorasse a opinião de Kadash em relação aos Radiantes.

Dalinar ficou surpreso — e secretamente feliz — ao ver que não havia guardas postados na porta dos fundos da casamata. Ele escapuliu sozinho e foi até o monastério do acampamento de guerra. Não estava procurando Kadash; seu propósito era outro.

Ele logo chegou ao monastério, que tinha a mesma aparência da maior parte do acampamento de guerra — uma coleção de edifícios com a mesma construção lisa e arredondada. Criado do nada por Transmutadores alethianos. Aquele lugar possuía alguns pequenos edifícios de pedra entalhada, mas pareciam mais casamatas do que templos de adoração. Dalinar não queria que seu povo esquecesse que estava em guerra.

Ele andou pelo campus e descobriu que, sem um guia, não sabia se localizar entre as estruturas quase idênticas. Parou em um pátio entre edifícios. O ar cheirava a pedra molhada devido à grantormenta, e um belo grupo de esculturas em casca-pétrea despontava à sua direita, em pilhas de placas quadradas. O único som era o de água pingando dos beirais dos prédios.

Raios. Ele deveria saber se localizar no próprio monastério, não deveria? *Quantas vezes você de fato visitou este lugar, durante todos os anos nos acampamentos de guerra?* Ele queria ter ido com mais frequência e conversado com os fervorosos no devotário de sua escolha. Mas sempre havia algo mais urgente e, além disso, os fervorosos insistiam que ele não *precisava* ir. Eles rezavam e queimavam glifos-amuletos em seu nome; era por isso que grão-senhores possuíam fervorosos.

Mesmo nos dias mais sombrios da guerra, eles haviam garantido que, ao seguir sua Vocação — ao liderar seus exércitos —, ele servia o Todo-Poderoso.

Dalinar entrou em um edifício que fora dividido em muitas salinhas para oração e caminhou por um corredor até atravessar uma porta de tempestade e dar em um átrio, que ainda trazia um perfume tênue de incenso. Parecia loucura que os fervorosos estivessem zangados com ele agora, depois de treiná-lo a vida inteira para fazer o que quisesse. Mas ele havia perturbado o equilíbrio. Balançado o barco.

Dalinar passou entre os braseiros preenchidos com cinza molhada. Todo mundo gostava do sistema vigente. Os olhos-claros podiam viver sem culpa ou fardo, sempre confiantes de que eram manifestações ativas da vontade de Deus. Os olhos-escuros tinham acesso ao treinamento em diversas habilidades. Os fervorosos podiam seguir a erudição. Os melhores viviam para servir; os piores viviam na indolência — mas o que mais importantes famílias olhos-claros fariam com crianças preguiçosas?

Um ruído atraiu sua atenção e ele deixou o pátio e espiou dentro de um corredor escuro. A luz entrava por uma sala do outro lado e Dalinar não se surpreendeu ao encontrar Kadash ali dentro. O fervoroso estava removendo alguns livros de um cofre na parede e enfiando em uma bolsa no chão. Em uma mesa ali perto, uma telepena escrevia.

Dalinar adentrou a sala. O fervoroso com cicatrizes deu um pulo, então relaxou ao ver que era ele.

— Precisamos ter essa conversa de novo, Dalinar? — perguntou ele, voltando a guardar os livros.

— Não. Não vim procurar você. Eu queria encontrar um homem que vivia aqui. Um louco que alegava ser um dos Arautos.

Kadash inclinou a cabeça para o lado.

— Ah, sim. Aquele com uma Espada Fractal?

— Todos os outros pacientes no monastério estão a salvo, seguros em Urithiru, mas ele desapareceu, de algum modo. Gostaria de ver se o quarto dele oferece alguma pista sobre o que aconteceu com ele.

Kadash o encarou, avaliando sua sinceridade. Então o fervoroso suspirou, se levantando.

— Isso não faz parte do meu devotário, mas tenho aqui os registros de ocupação. Eu devo ser capaz de dizer a você em que quarto ele estava.

— Obrigado.

Kadash procurou em uma pilha de livros de registros.

— Edifício Shash — disse ele finalmente, apontando distraidamente pela janela. — Aquele ali. Quarto 37. Insah administrava a instalação; os registros dela devem ter detalhes do tratamento do louco. Se ela partiu do acampamento de guerra de forma parecida com a minha, deve ter deixado a maior parte da sua papelada para trás.

Ele gesticulou para o cofre e sua bolsa.

— Obrigado — repetiu Dalinar, fazendo menção de partir.

— Você... acha que o louco era realmente um Arauto, não acha?

— Acho que é provável.

— Ele falava com um sotaque camponês alethiano, Dalinar.

— E parecia makabakiano — replicou Dalinar. — Só isso já é uma esquisitice, não acha?

— Famílias imigrantes não são tão incomuns.

— Famílias imigrantes com Espadas Fractais?

Kadash deu de ombros.

— Digamos que eu realmente encontrasse um dos Arautos — disse Dalinar. — Digamos que pudéssemos confirmar sua identidade e que você aceitasse a prova. Você acreditaria nele, se ele contasse as mesmas coisas que contei?

Kadash suspirou.

— Certamente você gostaria de saber se o Todo-Poderoso está morto, Kadash — continuou Dalinar, voltando para a sala. — Diga-me que não gostaria.

— Sabe o que isso significaria? Que não há base espiritual para a sua soberania.

— Eu sei.

— E as coisas que você fez ao conquistar Alethkar? — disse Kadash. — Nenhum mandato divino, Dalinar. Todo mundo aceita o que você fez porque suas vitórias eram prova do favor do Todo-Poderoso. Sem ele... então o que você é?

— Diga-me, Kadash. Você *realmente* preferiria não saber?

Kadash olhou para a telepena, que havia parado de escrever, e balançou a cabeça.

— Eu não sei, Dalinar. Certamente seria mais fácil.

— Não é esse o problema? O que tudo isso aqui já exigiu de homens como eu? O que exigiu de *qualquer* um de nós?

— Exigiu que você fosse quem você é.

— O que é um ciclo vicioso — retrucou Dalinar. — Você era um espadachim, Kadash. Teria evoluído sem oponentes para encarar? Teria ficado mais forte sem pesos para levantar? Bem, no Vorinismo, passamos *séculos* evitando os oponentes e os pesos.

Novamente, Kadash olhou para a telepena.

— O que é isso? — perguntou Dalinar.

— Eu deixei a maioria das minhas telepenas para trás quando fui com você rumo ao centro das Planícies Quebradas. Levei apenas a telepena conectada a uma estação de transferência em Kholinar. Pensei que seria o bastante, mas ela não funciona mais. Tenho tido que usar intermediários em Tashikk.

Kadash colocou uma caixa em cima da mesa e a abriu. Dentro, havia mais cinco telepenas com rubis piscando, indicando que alguém havia tentado entrar em contato.

— Essas são as conexões com os líderes do Vorinismo em Jah Keved, Herdaz, Kharbranth, Thaylenah e Nova Natanan — explicou Kadash, apontando-as. — Eles tiveram uma reunião através de penas hoje, discutindo a Desolação e a Tempestade Eterna. E talvez você. Eu mencionei que ia recuperar minhas telepenas hoje. Aparentemente, a reunião deixou todos ansiosos para me fazer mais perguntas.

Ele deixou o silêncio pender entre os dois, medido pelas cinco luzes vermelhas piscando.

— O que essa aqui está escrevendo? — indagou Dalinar.

— Um recado para o Palaneu e para os chefes da pesquisa vorin de lá. Eles estão trabalhando no Canto do Alvorecer, usando as pistas que a Luminosa Navani deu a eles a partir das suas visões. O que eles me enviaram foram passagens relevantes das traduções que estão sendo feitas.

— Provas — disse Dalinar. — Você queria provas sólidas de que minhas visões eram reais. — Ele deu um passo à frente, agarrando Kadash pelos ombros. — Você esperou para ver aquela pena antes de responder aos líderes do Vorinismo?

— Eu queria todos os fatos à mão.

— Então você sabe que as visões são reais!

— Já faz muito tempo que aceitei que você não estava louco. Atualmente, é mais uma questão de saber quem poderia estar influenciando você.

— Por que os Esvaziadores me dariam essas visões? — questionou Dalinar. — Por que eles nos concederiam grandes poderes, como aquele que nos trouxe voando até aqui? Não é racional, Kadash.

— Tampouco é racional o que você anda dizendo sobre o Todo-Poderoso. — Ele levantou a mão para interromper Dalinar. — Eu *não* quero ter essa discussão de novo. Antes, você me pediu provas de que estamos seguindo os preceitos do Todo-Poderoso, certo?

— Tudo que eu peço e tudo que quero é a verdade.

— Nós temos prova. Vou mostrá-la a você.

— Mal posso esperar — replicou Dalinar, caminhando até a porta. — Mas Kadash... Na minha dolorosa experiência, a verdade pode ser simples, mas raramente é *fácil*.

Dalinar foi até o edifício seguinte e contou os quartos. Raios, aquele prédio parecia uma prisão. A maioria das portas estava aberta, revelando câmaras uniformes: cada uma com uma janela minúscula e uma robusta porta de madeira. Os fervorosos sabiam o que era melhor para os doentes — eles tinham acesso às melhores pesquisas do mundo em todos os campos —, mas era mesmo necessário trancar os loucos daquela maneira?

O número 37 ainda estava trancado. Dalinar sacudiu a porta, então jogou seu ombro contra ela. Raios, era pesada. Sem pensar, ele estendeu a mão para o lado e tentou invocar sua Espada Fractal. Nada aconteceu.

O que você está fazendo?, questionou o Pai das Tempestades.

— Perdão — disse Dalinar, sacudindo a mão. — É o hábito.

Ele se agachou e tentou espiar debaixo da porta, então chamou alto, subitamente horrorizado com a ideia de que tivessem simplesmente deixado o homem ali para morrer de fome. Isso não poderia ter acontecido, poderia?

— Meus poderes — disse Dalinar, se levantando. — Posso usá-los?

Fazer conexões?, disse o Pai das Tempestades. *Como isso abriria uma porta? Você é um Vinculador; você junta coisas, não as divide.*

— E meu outro Fluxo? — disse Dalinar. — Aquele Radiante na visão fez a pedra se retorcer e ondular.

Você não está pronto. Além disso, aquele Fluxo é diferente para você do que é para um Guardião das Pedras.

Bem, pelo que Dalinar podia ver por debaixo da porta, parecia haver luz naquele recinto. Talvez tivesse uma janela que ele pudesse usar.

Na saída, ele procurou nas câmaras dos fervorosos até encontrar um escritório como o de Kadash. Não encontrou chave alguma, embora houvesse penas e tinta sobre a mesa. Eles haviam partido depressa, então havia uma boa chance de que o cofre na parede contivesse registros — mas, naturalmente, Dalinar não tinha como abri-lo. Raios. Sentia falta de ter uma Espada Fractal.

Ele deu a volta pelo exterior do edifício para conferir a janela, então imediatamente sentiu-se tolo por ter passado tanto tempo tentando entrar pela porta. Alguém já havia aberto um buraco na pedra ali fora, usando os cortes limpos e distintos de uma Espada Fractal.

Dalinar entrou, abrindo caminho pelos restos quebrados da parede, que havia desabado para dentro — indicando que o Fractário cortara pelo lado de fora. Não encontrou louco algum. Os fervorosos provavelmente haviam visto aquele buraco e seguido adiante com a evacuação. Notícias sobre o estranho orifício não deviam ter chegado aos chefes dos fervorosos.

Ele não descobriu nada que indicasse para onde o Arauto havia ido, mas pelo menos sabia que um Fractário estava envolvido. Alguém poderoso desejara entrar naquele quarto, o que dava ainda mais crédito às alegações do louco de ser um Arauto.

Então, quem o levara? Ou será que haviam feito algo com ele, em vez disso? O que acontecia com o corpo de um Arauto quando ele morria? Poderia alguém mais ter chegado à mesma conclusão que Jasnah?

Quando ele estava prestes a sair, viu algo no chão ao lado da cama. Ele se ajoelhou, afastou um crenguejo e pegou um pequeno objeto. Era um dardo, verde com um barbante amarelo enrolado nele. Dalinar franziu o cenho, virando-o nos dedos. Então ergueu os olhos quando ouviu alguém chamando seu nome de longe.

Encontrou Kaladin no pátio do monastério, chamando-o. Dalinar se aproximou, então entregou a ele o pequeno dardo.

— Já viu algo assim antes, capitão?

Kaladin sacudiu a cabeça, cheirou a ponta, então levantou as sobrancelhas.

— Tem veneno na ponta. Derivado de letanigra.

— Tem certeza? — indagou Dalinar, pegando o dardo de volta.

— Bastante. Onde o senhor o encontrou?

— Na câmara que abrigava o Arauto.

Kaladin grunhiu.

— Precisa de mais tempo para sua busca?

— Não muito — disse Dalinar. — Embora vá ajudar se você invocar sua Espada Fractal...

Pouco tempo depois, Dalinar entregou a Navani os registros que havia tirado do cofre da fervorosa. Ele jogou o dardo em uma bolsa e entregou-o também, avisando-a sobre a ponta envenenada.

Um por um, Kaladin enviou-os para o céu, onde seus carregadores de pontes os pegaram e usaram Luz das Tempestades para estabilizá-los. Dalinar foi o último e, quando Kaladin estendeu a mão para lançá-lo, ele tomou o capitão pelo braço.

— Você quer praticar voar na frente da tempestade — disse Dalinar. — Poderia chegar em Thaylenah?

— Provavelmente — respondeu Kaladin. — Se eu me Projetar para o sul o mais rápido que puder.

— Vá, então — disse Dalinar. — Leve alguém com você para testar voar com outra pessoa na dianteira de uma tempestade, se quiser, mas vá à Cidade de Thaylen. A rainha Fen está disposta a se juntar a nós e quero aquele Sacroportal ativo. O mundo está virando bem debaixo dos nossos narizes, capitão. Deuses e Arautos estavam guerreando, e nós estávamos concentrados demais nos nossos problemas mesquinhos para notar isso.

— Irei na próxima grantormenta — disse Kaladin, então mandou Dalinar voando pelos ares.

51

CÍRCULO COMPLETO

Isso é tudo que diremos nesse momento. Se deseja mais, busque essas águas pessoalmente e passe pelos testes que criamos. Só assim vai merecer nosso respeito.

OS PARSHEMANOS DA NOVA equipe de trenó de Moash não gostavam dele. Isso não o incomodava; ultimamente, ele não gostava muito de si mesmo.

Não esperava nem precisava da admiração deles. Sabia como era ser surrado, desprezado. Quando alguém era tratado como eles haviam sido, não era fácil confiar em alguém como Moash. A pessoa ficava se perguntando o que *ele* esperava ganhar com isso.

Depois de alguns dias puxando o trenó, a paisagem começou a mudar. As planícies abertas se tornaram colinas cultivadas. Eles passaram por grandes e amplas alas — sulcos de pedra artificiais construídos com o posicionamento de robustas barricadas de madeira para coletar crem durante as tormentas. O crem endurecia lentamente, formando um monte no lado da direção das tempestades. Depois de alguns anos, erguia-se o teto da barricada.

Levava gerações para que essas barricadas crescessem até tamanhos úteis, mas ali — ao redor dos mais antigos e populosos centros de Alethkar — elas eram comuns. Pareciam ondas de pedra congeladas, rígidas e retas no lado ocidental, lisas e abauladas no outro lado. À sua sombra, vastos pomares se espalhavam em fileiras, a maioria das árvores cultivadas para não passar da altura de um homem.

O limite ocidental daqueles pomares estava cheio de árvores quebradas. Agora as barreiras teriam que ser erigidas a oeste também.

Ele esperou que os Moldados queimassem os pomares, mas eles não fizeram isso. Durante uma pausa para água, Moash estudou um deles — uma mulher alta que flutuava a mais de três metros e meio de altura, com os dedos dos pés voltados para baixo. Seu rosto era mais anguloso do que os dos parshemanos. Ela parecia um espreno pela maneira como pendia ali, impressão acentuada pela sua roupa esvoaçante.

Moash se recostou contra o trenó e tomou um gole do seu odre de água. Ali perto, uma supervisora vigiava a ele e aos parshemanos da sua equipe. Ela era nova; uma substituta para aquele que ele havia socado. Mais alguns dos Moldados passaram a cavalo, trotando os animais com óbvia familiaridade.

Esse tipo não voa, ele pensou. *Podem gerar a luz escura ao redor deles, mas ela não concede Projeções. Alguma outra coisa.* Ele olhou de volta para a Moldada mais perto dele, a que flutuava. *Mas aquele tipo quase nunca caminha. É o mesmo tipo que me capturou.*

Kaladin não seria capaz de permanecer flutuando por tanto tempo. Ficaria sem Luz das Tempestades.

Ela está estudando esses pomares, pensou Moash. *Parece impressionada.*

A Moldada se virou no ar e saiu voando, sua longa roupa flamulando atrás dela. Aquelas túnicas excessivamente longas teriam sido pouco práticas para qualquer pessoa, mas, para uma criatura que estava quase sempre voando, o efeito era hipnótico.

— Não era assim que devia ser — disse Moash.

Ali perto, um dos parshemanos da sua equipe grunhiu.

— Não me diga, humano.

Moash olhou de soslaio para o homem, que havia se acomodado na sombra do trenó carregado de madeira. O parshemano era alto, com mãos ásperas, a pele na maior parte escura marmorizada com linhas de vermelho. Os outros o chamavam de "Sah", um nome simples de alethiano olhos-escuros.

Moash indicou os Esvaziadores com o queixo.

— Era para eles atacarem impiedosamente, destruir tudo no caminho. Eles são *literalmente* encarnações da destruição.

— E daí? — indagou Sah.

— E aquela ali — continuou Moash, apontando para a Esvaziadora que voava — ficou contente em encontrar esses pomares aqui. Eles só queimaram umas poucas cidades. Parecem dispostos a manter Revolar, trabalhar nela. — Moash balançou a cabeça. — Isso era para ser um apocalipse, mas não se *planta* em um apocalipse.

Sah grunhiu de novo. Ele não parecia saber mais a respeito do que Moash, e por que saberia? Havia crescido em uma comunidade rural em Alethkar. Tudo que ele sabia sobre história e religião teria sido filtrado pela perspectiva humana.

— Você não devia falar tão casualmente sobre os Moldados, humano — disse Sah, se levantando. — Eles são perigosos.

— Não sei, não — disse Moash, enquanto mais dois passavam acima. — O que eu matei caiu com facilidade, embora eu ache que ele não estava esperando que eu fosse capaz de revidar.

Ele entregou seu odre de água para a supervisora quando ela se aproximou; então olhou para Sah, que o fitava de queixo caído.

Eu provavelmente não devia ter mencionado que matei um dos deuses deles, pensou Moash, caminhando até seu lugar na fileira — o último, mais perto do trenó, de modo que via as costas de parshemanos suados o dia todo.

Eles recomeçaram, e Moash esperava mais um longo dia de trabalho. Aqueles pomares indicavam que Kholinar em si estava a um pouco mais de um dia de caminhada em um ritmo tranquilo. Deduziu que os Esvaziadores os pressionariam bastante para que chegassem à capital antes do cair da noite.

Ficou surpreso, então, quando o exército se desviou da rota direta. Eles seguiram entre algumas colinas até chegarem a uma cidadezinha, um dos muitos subúrbios de Kholinar. Ele não se lembrava do nome. A taverna era agradável e hospitaleira com caravaneiros.

Claramente havia outros exércitos de Esvaziadores se movendo por Alethkar, porque ficou óbvio que eles haviam tomado aquela cidade dias — se não semanas — atrás. Parshemanos a patrulhavam e os únicos humanos que Moash viu já estavam trabalhando nos campos.

Quando o exército chegou, os Esvaziadores surpreenderam Moash novamente ao selecionar alguns dos puxadores de carroças e liberá-los. Eram os fracotes, aqueles que tiveram o pior desempenho na estrada. Os supervisores os mandaram na direção de Kholinar, que ainda estava fora de vista.

Eles estão tentando sobrecarregar a cidade com refugiados, pensou Moash. *Aqueles que não servem mais para trabalhar ou lutar.*

O corpo maior do exército se moveu para as grandes casamatas de tempestade ali no subúrbio. Eles não atacariam a cidade imediatamente. Os Esvaziadores descansariam seus exércitos, se prepariam e fariam cerco.

Na juventude, Moash se perguntara por que não havia subúrbios mais perto do que um dia de viagem de Kholinar. De fato, não havia nada entre suas muralhas e aquele ponto ali, só planícies vazias — até mesmo as colinas haviam sido terraplanadas séculos atrás. O propósito era claro agora. Caso se quisesse fazer cerco a Kholinar, ali seria o mais perto que se conseguiria posicionar o exército. Não se poderia acampar à sombra da cidade; seria varrido pela primeira tormenta.

Na cidade, os trenós de suprimentos foram divididos, alguns enviados por uma rua — que lhe pareceu sinistramente vazia — enquanto o dele foi para outra direção. Até passaram pela taverna de que ele gostava, a Torre Caída; ele pôde ver o glifo entalhado na pedra a sotavento.

Finalmente sua equipe foi chamada a parar e ele soltou a corda, esticando as mãos e deixando escapar um suspiro de alívio. Haviam sido enviados para um grande terreno aberto perto de alguns depósitos, onde parshemanos estavam cortando madeira.

Uma madeireira?, pensou ele, então se sentiu um idiota. Depois de carregar madeira por todo o caminho, o que mais esperava?

Ainda assim... uma madeireira. Como aquelas nos acampamentos de guerra. Ele começou a rir.

— Não fique tão contente, humano — cuspiu um dos supervisores. — Você vai passar as próximas semanas trabalhando aqui, construindo equipamento de cerco. Quando o assalto acontecer, *você* estará na linha de frente, correndo com uma escada rumo às infames muralhas de Kholinar.

Moash riu mais ainda. O riso o consumiu, o sacudiu; ele não conseguia parar. Gargalhou descontroladamente até que, sem fôlego, deitou-se tonto sobre o rígido chão de pedra, lágrimas escorrendo pelas bochechas.

N*ÓS INVESTIGAMOS ESSA MULHER,* dizia a carta mais recente de Mraize para Shallan.

> *Ishnah exagerou sua importância para você. Ela estava de fato envolvida em espionagem para a Casa Hamaradin, como contou, mas era apenas uma assistente dos verdadeiros espiões.*
>
> *Determinamos que é seguro deixá-la permanecer perto de você, embora não deva confiar demais na lealdade dela. Se você eliminá-la, nós ajudaremos a encobrir o desaparecimento, a seu pedido. Mas não temos objeções quanto a você manter os serviços dela.*

Shallan suspirou, recostando-se na sua cadeira, onde esperava do lado de fora da câmara de audiências do Rei Elhokar. Ela havia encontrado aquele papel inesperadamente em sua bolsa.

Lá se fora sua esperança de que Ishnah tivesse informações úteis sobre os Sanguespectros. A carta praticamente fervilhava com possessividade. Eles "permitiriam" que Ishnah continuasse perto dela? Raios, eles agiam como se já fossem seus donos.

Shallan sacudiu a cabeça, então remexeu na bolsa, pegando uma bolsinha de esferas que pareceria comum para qualquer um que a inspecionasse — pois ninguém saberia que ela a transformara com uma pequena e simples ilusão. Embora parecesse roxa, na verdade era branca.

O mais interessante não era a ilusão em si, mas como ela a estava alimentando. Shallan já havia praticado ligar uma ilusão a Padrão, ou a um local, mas sempre precisara alimentá-la com sua própria Luz das Tempestades. Aquela ali, contudo, ela havia conectado a uma esfera dentro da bolsa.

Já estava durando quatro horas com a Teceluminação sem precisar de Luz das Tempestades extra de Shallan. Precisara apenas criá-la, depois ligá-la à esfera. Lentamente, a Luz estava drenando do marco de safira — exatamente como um fabrial drenava sua gema. Ela até havia deixado a bolsa sozinha nos seus aposentos ao sair, e a ilusão continuava intacta quando ela voltou.

Aquilo havia começado como um experimento para descobrir como podia ajudar Dalinar a criar seus mapas mundiais ilusórios e deixá-los com ele, sem que precisasse permanecer na reunião. Agora, contudo, imaginava *muitas* aplicações possíveis.

A porta se abriu e ela deixou o saco de esferas cair de volta na bolsa. Um criado-mestre conduziu alguns comerciantes para fora da reunião com o rei, então fez uma mesura para Shallan, acenando para que ela entrasse. Ela entrou, hesitante, na câmara de audiências: uma sala com um belo tapete azul e verde e cheia de móveis. Diamantes brilhavam nas lâmpadas e Elhokar havia ordenado que as paredes fossem pintadas, obscurecendo as camadas geológicas.

O próprio rei, em um uniforme azul Kholin, estava desenrolando um mapa em uma mesa grande do outro lado da sala.

— Havia mais gente, Helt? — perguntou ele ao criado-mestre. — Pensei que já havia acabado por hoje... — Ele parou de falar ao se virar. — Luminosa Shallan! A senhorita estava esperando lá fora? Poderia ter entrado imediatamente!

— Eu não queria incomodar — disse Shallan, se aproximando enquanto o criado-mestre preparava refrescos.

O mapa na mesa mostrava Kholinar, uma cidade grandiosa, que parecia tão impressionante quanto Vedenar. Papéis empilhados pareciam conter os últimos relatos de telepenas na cidade, e um fervoroso enrugado estava ali perto, pronto para ler para o rei ou para tomar notas ao seu pedido.

— Acho que estamos quase prontos — disse o rei, notando o interesse dela. — O atraso foi quase insuportável, mas necessário, tenho certeza. O Capitão Kaladin quis praticar voar com outras pessoas antes de levar minha figura real, o que eu respeito.

— Ele me pediu para voar com ele na dianteira da tempestade até a Cidade de Thaylen para abrir o Sacroportal de lá — disse Shallan. — Ele está muito preocupado com deixar pessoas caírem... mas, se isso acontecer comigo, terei minha própria Luz das Tempestades e poderei sobreviver à queda.

— Excelente — disse Elhokar. — Sim, uma bela solução. Mas então você não veio falar comigo sobre isso. O que deseja?

— Na verdade... Posso falar com o senhor em particular por um momento, Vossa Majestade?

Ele franziu o cenho, mas então ordenou ao seu pessoal que fosse para o corredor. Quando dois guardas da Ponte Treze hesitaram, o rei foi firme.

— Ela é uma Cavaleira Radiante. O que vocês acham que vai acontecer comigo?

Eles saíram, deixando os dois junto da mesa de Elhokar. Shallan respirou fundo.

Então mudou seu rosto.

Não para o de Véu ou de Radiante — não para o de um dos seus *segredos* —, mas, em vez disso, para uma ilusão de Adolin. Ainda era surpreendentemente incômodo fazer isso na frente de alguém. Ela ainda dizia à maioria das pessoas que era uma Alternauta, como Jasnah, para que não soubessem da sua habilidade de se transformar em outros indivíduos.

Elhokar deu um pulo.

— Ah — fez ele. — Ah, é mesmo.

— Vossa Majestade — disse Shallan, mudando seu rosto e corpo para que se parecessem com os da faxineira que desenhara mais cedo. — Temo que sua missão não seja tão simples quanto pensa.

As cartas de Kholinar — as últimas que haviam recebido — expressavam medo e preocupação. Falavam de motins, de escuridão, de esprenos assumindo formas e ferindo pessoas.

Shallan mudou seu rosto para o de um soldado.

— Estou preparando uma equipe de espiões especializada em infiltração e coleta de informações. Tenho mantido meu foco discreto, por motivos óbvios. Gostaria de oferecer meus serviços para sua missão.

— Não tenho certeza se Dalinar gostaria que eu levasse *dois* dos seus Radiantes — disse Elhokar, hesitante.

— Não estou tendo muita utilidade parada aqui — disse Shallan, ainda usando o rosto do soldado. — Além disso, a missão é dele? Ou é sua?

— A missão é minha — disse o rei. Então hesitou. — Mas não vamos nos enganar. Se ele não quiser que você vá...

— Eu não sou súdita dele — respondeu ela. — Nem sua, ainda. Sou uma mulher independente. O senhor me diz: o que acontece se chegar a Kholinar e o Sacroportal estiver nas mãos do inimigo? Vai deixar o carregador de pontes abrir caminho lutando? Ou será que há uma opção melhor?

Ela mudou seu rosto para o de uma parshemana de um dos seus desenhos mais antigos. Elhokar assentiu, caminhando ao redor dela.

— Uma equipe, você diz. De espiões? Interessante...

POUCO TEMPO DEPOIS, SHALLAN deixou a sala carregando na bolsa segura uma solicitação real formal endereçada a Dalinar que pedia a ajuda dela naquela missão. Kaladin havia dito que se sentia confortável levando seis pessoas, além de uns poucos carregadores de pontes, que podiam voar por conta própria.

Adolin e Elhokar deixavam espaço para mais quatro. Ela guardou a solicitação de Elhokar na bolsa segura, ao lado da carta de Mraize.

Eu só preciso me afastar deste lugar, pensou Shallan. *Preciso ficar longe deles, e de Jasnah, pelo menos até decidir o que eu quero.*

Parte dela sabia o que estava fazendo. Estava ficando mais difícil esconder coisas no fundo da mente e ignorá-las, agora que havia falado os Ideais. Em vez disso, ela estava fugindo.

Mas *podia* ajudar o grupo ao ir para Kholinar. E *parecia* empolgante a ideia de ir até a cidade e encontrar os segredos de lá. Ela não estava *apenas* fugindo. Também estava ajudando Adolin a recuperar seu lar.

Padrão zumbiu na sua saia e ela cantarolou junto com ele.

52

COMO SEU PAI

DEZOITO ANOS E MEIO ATRÁS

Dalinar caminhou penosamente de volta ao acampamento, tão cansado que suspeitava que só a energia da sua Armadura o mantinha de pé. Cada respiração abafada dentro do elmo embaçava o metal, que, como sempre, ficava um pouco transparente por dentro quando o visor era fechado.

Ele havia esmagado os herdazianos — mandara-os de volta para seu território, onde eles começaram uma guerra civil, e deixara as terras alethianas ao norte seguras, além de ter reivindicado a ilha de Akak. Agora, Dalinar se movera para o sul, para enfrentar os vedenos na fronteira. Herdaz havia levado muito mais tempo do que esperava. Ele estava em campanha em um total de quatro anos.

Quatro anos gloriosos.

Dalinar caminhou direto para a tenda dos seus armeiros, com atendentes e mensageiros se juntando a ele pelo caminho. Quando ignorou as perguntas deles, os homens o seguiram como crenguejos espiando a presa de um grã-carapaça, esperando pelo momento certo de roubar um pedacinho.

Dentro da tenda, ele estendeu os braços para os lados e deixou que seus armeiros começassem a desmontagem. Elmo, depois os braços, revelando o jaquetão que ele usava como acolchoamento. A remoção do elmo expôs pele suada e pegajosa, que fez o ar parecer frio demais. O peitoral estava rachado junto ao flanco esquerdo e os armeiros sussurravam, discutindo o reparo. Como se eles precisassem fazer algo além de dar Luz das Tempestades à Armadura e deixar que ela se regenerasse sozinha.

Por fim, tudo que restava eram suas botas, e ele pisou fora delas, mantendo uma postura marcial por pura força de vontade. Sem o suporte da Armadura, esprenos de exaustão começaram a surgir ao redor dele, parecendo jatos de poeira. Dalinar foi até um conjunto de almofadas de viagem e sentou-se, reclinando-se contra elas, suspirando e fechando os olhos.

— Luminobre? — chamou um dos armeiros. — Hum... é aí que colocamos...

— Essa agora é minha tenda de audiências — declarou Dalinar, sem abrir os olhos. — Peguem o que for absolutamente essencial e me deixem.

O tilintar da armadura parou assim que os trabalhadores digeriram suas palavras. Eles partiram apressados, murmurando, e ninguém mais o incomodou por abençoados cinco minutos — até que passos soaram ali perto. As abas da tenda farfalharam, então o couro foi amassado quando alguém se ajoelhou ao lado dele.

— O relatório final da batalha está aqui, Luminobre.

A voz de Kadash. Naturalmente, era um dos seus tormentosos oficiais. Dalinar os treinara bem demais.

— Fale — ordenou Dalinar, abrindo os olhos.

Kadash havia chegado à meia-idade, talvez dois ou três anos mais velho que Dalinar. Ele agora possuía uma cicatriz retorcida ao redor do rosto e da cabeça, onde uma lança o atingira.

— Nós os desbaratamos completamente, Luminobre — disse Kadash. — Nossos arqueiros e infantaria leve seguiram com um ataque estendido. Nós matamos, segundo a contagem mais aproximada, dois mil... quase metade. Teríamos conseguido mais se os tivéssemos encurralado para o sul.

— Nunca encurrale um inimigo, Kadash — disse Dalinar. — O melhor é que eles possam recuar, ou vão lutar com fúria maior. Rechaçá-los é mais útil para nós do que um extermínio. Quantas pessoas perdemos?

— Mal chega a duzentas.

Dalinar assentiu. Perdas mínimas, enquanto um golpe devastador fora aplicado.

— Senhor, eu diria que esse grupo de saqueadores está acabado.

— Ainda temos muitos mais para caçar. Isso ainda vai levar anos.

— A menos que os vedenos enviem um exército completo e nos enfrentem com força total.

— Eles não vão fazer isso — disse Dalinar, esfregando a testa. — O rei deles é astuto demais. Ele não quer uma guerra direta; só queria ver se alguma terra disputada tinha subitamente deixado de ser disputada.

— Sim, Luminobre.

— Obrigado pelo relatório. Agora saia daqui e poste alguns tormentosos guardas na entrada para que eu possa descansar. Não deixe ninguém entrar, nem mesmo a Guardiã da Noite em pessoa.

— Sim, senhor. — Kadash cruzou a tenda até a entrada. — Hum... O senhor foi incrível. Como uma tempestade.

Dalinar só fechou os olhos e se recostou, absolutamente determinado a dormir com aquelas roupas.

O sono, infelizmente, recusou-se a chegar. O relatório fez com que sua mente considerasse as implicações.

Seu exército só possuía um Transmutador, para emergências, o que significava cadeias de suprimentos. Aquelas terras fronteiriças eram amplas, cheias de colinas, e os vedenos tinham melhores generais do que os herdazianos. Derrotar um inimigo móvel seria difícil em tais circunstâncias, como aquela primeira batalha havia provado. Seria necessário planejar, manobrar e lutar escaramuça atrás de escaramuça para agarrar os vários grupos de vedenos e levá-los a batalhas de verdade.

Ele ansiava pelos velhos tempos, quando suas lutas haviam sido mais tumultuadas e menos coordenadas. Bem, não era mais um jovem, e havia aprendido em Herdaz que não tinha mais Gavilar para fazer as partes difíceis do trabalho. Dalinar possuía acampamentos que precisavam de suprimentos, homens para alimentar e logísticas para definir. Isso era quase tão chato quanto estar de volta à cidade, ouvindo escribas falando sobre eliminação de esgoto.

Exceto por uma diferença: ali, ele tinha uma recompensa. No fim de todo o planejamento, da estratégia e dos debates com generais, vinha a Euforia.

De fato, apesar da exaustão, ele se surpreendeu ao descobrir que ainda podia senti-la. Bem no fundo, como o calor de uma rocha que havia sido tocada por um fogo recente. Ele estava *feliz* que o combate havia se arrastado por todos aqueles anos. Estava *feliz* que os herdazianos houvessem tentado capturar aquele território, e que agora os vedenos quisessem testá-lo. Estava *feliz* que os outros grão-príncipes não estivessem mandando auxílio, mas sim esperando para ver o que ele conseguia por conta própria.

Acima de tudo, estava feliz que — apesar da batalha importante daquele dia — o conflito não houvesse acabado. Raios, ele adorava essa sensação. Naquele dia, centenas tentaram derrubá-lo, e ele os deixou cobertos de cinzas e em pedaços.

Fora da tenda, pessoas exigindo sua atenção foram mandadas embora uma depois da outra. Ele tentou não sentir prazer a cada ocasião. Em algum momento, teria que responder às perguntas. Só que... não agora.

Os pensamentos finalmente soltaram as garras do cérebro dele e Dalinar mergulhou no sono. Até que uma voz inesperada o arrancou de lá e fez com que se erguesse bruscamente.

Era Evi.

Ele se levantou de um salto. A Euforia surgiu novamente dentro dele, também despertado do próprio sono. Dalinar abriu as abas da tenda com violência e olhou boquiaberto para a mulher loira ali fora, usando um havah vorin — mas com robustas botas de caminhada aparecendo por baixo.

— Ah! — disse Evi. — Marido.

Ela o encarou de cima a baixo e sua expressão azedou, seus lábios se comprimindo.

— Ninguém achou de bom-tom preparar um banho para ele? Onde estão seus criados, para despi-lo apropriadamente?

— Por que você está aqui? — interpelou Dalinar.

Ele não pretendera falar tão bruscamente, mas estava tão cansado, tão chocado...

Evi recuou diante da explosão, seus olhos se arregalando.

Ele sentiu uma breve pontada de vergonha. Mas por que deveria? Estava no seu acampamento de guerra — ali, ele era o Espinho Negro. Ali era o lugar onde sua vida doméstica não podia dominá-lo! Ao ir até lá, ela invadira aquele espaço.

— Eu... — disse Evi. — Eu... Há outras mulheres no acampamento. Outras esposas. É comum que as mulheres vão para a guerra...

— Mulheres alethianas — irritou-se Dalinar. — Treinadas para isso desde a infância e familiarizadas com os costumes do combate. Nós já falamos sobre isso, Evi. Nós...

Ele parou, olhando para os guardas, que se remexeram, obviamente constrangidos.

— Entre, Evi — disse Dalinar. — Vamos discutir isso em particular.

— Muito bem. E as crianças?

— *Você trouxe nossos filhos para o campo de batalha?*

Raios, ela nem mesmo tivera o bom senso de deixá-los na cidade que o exército estava usando como posto de comando de longo prazo?

— Eu...

— Entre — disse Dalinar, apontando para a tenda.

Evi murchou, então se apressou em obedecer, se encolhendo ao passar por ele. Por que ela viera? Dalinar não acabara de ir a Kholinar para uma visita? Isso havia sido... recentemente, ele tinha certeza.

...Ou talvez não tão recentemente. Ele havia recebido várias outras cartas de Evi, que a esposa de Teleb lera para ele, e tinha muitas mais esperando para serem lidas. Ele deixou as abas caírem de volta e virou-se para Evi, determinado a não se deixar dominar por sua paciência em farrapos.

— Navani disse que eu deveria vir — falou Evi. — Ela disse que era uma vergonha que você nos visitasse tão pouco. Adolin passou mais de um ano sem ver você, Dalinar. E o pequeno Renarin nunca *conheceu* o pai.

— Renarin? — disse Dalinar, tentando compreender o nome; ele não o captara direito. — Rekher... não, Re...

— Re — disse Evi. — Do meu idioma. Nar, como o pai dele. In, nascido para.

Pai das Tempestades, aquilo era um massacre da linguagem. Dalinar atrapalhou-se, tentando decifrar o nome. Nar significava "nascido para".

— O que "Re" significa no seu idioma? — indagou Dalinar, coçando o rosto.

— Não tem significado — respondeu Evi. — É simplesmente o nome. Significa o nome do nosso filho, ou ele.

Dalinar grunhiu baixinho. Então o nome da criança era "Como um que nasceu para si mesmo". Que maravilha.

— Você não respondeu quando eu pedi um nome via telepena — observou Evi.

Como foi que Navani e Ialai haviam permitido aquele arremedo de nome? Raios... conhecendo as duas, elas provavelmente encorajaram. Estavam sempre tentando fazer com que Evi fosse mais decidida. Dalinar fez menção de pegar algo para beber, mas lembrou-se de que aquela não era realmente sua tenda. Não havia nada ali para beber, a não ser óleo de armadura.

— Você não deveria ter vindo — disse Dalinar. — É perigoso aqui.

— Eu quero ser uma esposa mais alethiana. Eu quero que você *queira* que eu esteja com você.

Ele fez uma careta.

— Bem, ainda assim você não deveria ter trazido as crianças. — Dalinar deixou-se cair nas almofadas. — Eles são herdeiros do principado, contando que esse plano de Gavilar com as Terras da Coroa e seu próprio trono funcione. Eles precisam permanecer seguros em Kholinar.

— Pensei que você quisesse vê-los — disse Evi, indo até ele.

Apesar das palavras ríspidas de Dalinar, ela desafivelou o topo do seu jaquetão para enfiar as mãos sob a peça, e começou a esfregar seus ombros.

A sensação era maravilhosa. Ele deixou sua raiva derreter. *Seria* bom ter uma esposa por perto, para servir de escriba, como apropriado. Ele só não queria se sentir tão culpado ao vê-la; ele não era o homem que Evi queria que fosse.

— Ouvi falar que você teve uma grande vitória hoje — disse Evi suavemente. — Você presta serviço ao rei.

— Você teria detestado, Evi. Matei centenas de pessoas. Se você ficar, vai ter que escutar relatórios de guerra. Relatos de mortes, muitas delas pela minha mão.

Ela ficou em silêncio por um tempo.

— Você não poderia... deixar que eles se rendessem?

— Os vedenos não estão aqui para se render. Estão aqui para nos testar no campo de batalha.

— Mas e cada homem individualmente? Eles se importam com isso quando estão morrendo?

— O quê? Você gostaria que eu parasse e pedisse a cada homem que se rendesse enquanto me preparo para abatê-lo?

— Isso seria...

— Não, Evi. Não teria como.

— Ah.

Ele se levantou, subitamente nervoso.

— Vamos ver os meninos, então.

Deixar sua tenda e cruzar o acampamento foi difícil; seus pés pareciam estar envoltos em blocos de crem. Ele não ousava andar curvado — sempre tentava passar uma imagem forte para os homens e mulheres do exército —, mas não podia evitar que sua roupa acolchoada estivesse amassada e manchada de suor.

Aquela terra ali era exuberante em comparação com Kholinar. A grama espessa era pontuada por vigorosas aglomerações de árvores, e vinhas emaranhadas envolviam as encostas a oeste. Havia lugares mais para o interior de Jah Keved onde não se conseguia dar um passo sem que as vinhas se agitassem sob seus pés.

Os garotos estavam junto das carroças de Evi. O pequeno Adolin estava aterrorizando um dos chules, empoleirado sobre sua concha e agitando uma espada de madeira, exibindo-a para vários dos guardas — que diligentemente elogiavam seus movimentos. De algum modo, ele havia montado uma "armadura" a partir de barbantes e pedaços quebrados de concha de petrobulbo.

Raios, ele cresceu, pensou Dalinar. Na última vez em que vira Adolin, a criança ainda parecia um bebê, balbuciando. Pouco mais de um ano depois, o garoto falava claramente — e dramaticamente — enquanto descrevia seus inimigos caídos. Eles eram, ao que parecia, chules voadores malignos.

Ele parou quando viu Dalinar, então deu uma olhadela para Evi. Ela assentiu e a criança desceu correndo do chule — Dalinar teve certeza de que ele ia cair em três momentos diferentes. Mas o menino chegou ao chão em segurança e caminhou até ele.

E fez uma saudação.

Evi sorriu.

— Ele perguntou qual era a melhor maneira de falar com você — sussurrou ela. — Eu contei que você era um general, o líder de todos os soldados. Ele inventou a saudação por conta própria.

Dalinar se agachou. O pequeno Adolin imediatamente recuou, estendendo as mãozinhas para a saia da mãe.

— Está com medo de mim? — indagou Dalinar. — Tem razão. Eu sou um homem perigoso.

— Papai? — disse o menino, segurando a saia com toda a força, mas sem se esconder.

— Sim. Você não se lembra de mim?

Hesitante, o garoto de cabelo misturado assentiu.

— Eu me lembro de você. A gente fala de você toda noite quando queimamos orações. Para que você fique a salvo. Lutando contra os homens malvados.

— Quero ficar a salvo dos homens bondosos, também — respondeu Dalinar. — Embora eu aceite o que tenho.

Ele se levantou, sentindo... o quê? Vergonha por não ter visto o menino com tanta frequência quanto deveria? Orgulho de como ele estava crescendo? A Euforia, ainda se agitando lá no fundo. Como ela não havia se dissipado desde a batalha?

— Onde está seu irmão, Adolin? — indagou Dalinar.

O menino apontou para uma ama que carregava um pequenino. Dalinar havia esperado um bebê, mas aquela criança quase podia caminhar, como ficou evidente quando a ama o colocou no chão e observou carinhosamente enquanto ele cambaleava alguns passos, então se sentava, tentando agarrar folhas de grama enquanto estas se afastavam.

A criança não emitia sons, só olhava solenemente enquanto tentava agarrar uma folha de grama após a outra. Dalinar esperou pela empolgação que sentira ao ver Adolin pela primeira vez... mas, Raios, ele estava tão *cansado*.

— Posso ver sua espada? — indagou Adolin.

Dalinar não queria nada além de dormir, mas invocou a Espada de qualquer modo, fincando-a no chão com o fio voltado para longe de Adolin. Os olhos do menino ficaram enormes.

— Mamãe diz que não posso usar minha Armadura ainda — disse Adolin.

— Teleb precisa dela. Você pode usar quando crescer.

— Ótimo. Vou precisar dela para ganhar uma Espada.

Ali perto, Evi soltou um muxoxo baixinho, sacudindo a cabeça. Dalinar sorriu, ajoelhando-se ao lado da sua Espada e pousando a mão no ombro do menino.

— Vou ganhar uma para você nessa guerra, filho.

— Não — disse Adolin, levantando o queixo. — Quero ganhar a minha sozinho. Como você.

— Um objetivo digno — disse Dalinar. — Mas um soldado precisa estar disposto a aceitar ajuda. Você não precisa ser cabeça dura; o orgulho não ganha batalhas.

O menino inclinou a cabeça para o lado, franzindo o cenho.

— Sua cabeça não é dura? — Ele bateu os nós dos dedos contra a própria cabeça.

Dalinar sorriu, então se levantou e dispensou Sacramentadora. As últimas brasas da Euforia finalmente se apagaram.

— Foi um longo dia — disse ele para Evi. — Preciso descansar. Vamos discutir seu papel aqui mais tarde.

Evi conduziu-o até uma cama em uma de suas próprias carroças de tempestade. Então, finalmente, Dalinar foi capaz de dormir.

Minha amiga,

Os segredos descobertos ao me infiltrar na Guilda dos Calígrafos são muito mais mundanos do que o esperado. Eu prefiro manchas de sangue a manchas de tinta, então, na próxima vez, me mande a algum lugar onde seja mais provável que eu morra de ferimentos do que de cãibras nas mãos. Pelo Olho da Pureza, se você me pedir para desenhar mais um glifo...

O segredo mais sombrio da guilda é que os fonemas dentro de um glifo às vezes podem ser decifrados. (Me desculpe por despedaçar suas teorias de ritos sombrios e antigas danças lunares). Mas os glifos não são pronunciados ou lidos. Eles são memorizados, e mudam com o tempo até que a coleção original de fonogramas seja quase irreconhecível. Pegue, por exemplo, o glifo para tormenta ou tempestade: "zeras".

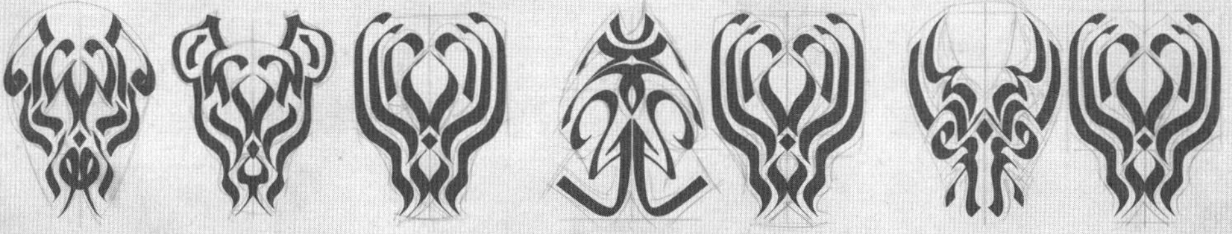

Antigo   Intermediário   Moderno   Grão-, gran- "kecheh"   Tormenta "zeras"   eterno "kalad"   Tempestade "zeras"

Pares de glifos são ligeiramente mais comuns do que glifos únicos. Três glifos em sequência são menos usados.

Grantormenta "kezeras"   Tempestade Eterna "kalazeras"

Glifos têm versões simplificadas para escrita curta.

Contraste "zeras" com um glifo ainda recente: "zatalef", um cefalópode parecido com um morcego, que os alethianos não haviam descoberto até suas conquistas recentes em Akak.

Os fonemas do glifo são aparentes, assim como a semelhança do glifo com a criatura em si.

Ainda mais antigo do que "zeras" são os glifos usados no Primeiro Juramento dos Cavaleiros Radiantes, que se assemelham mais aos glifos mais complexos, ilegíveis, que representam as ordens dos cavaleiros do que a quaisquer glifos alethianos intermediários ou modernos.

javani   tebel   tsameth

Suspeito que estes derivem de uma fonte mais antiga e tenham sido incorporados em um léxico glífico alethiano já em desenvolvimento.

Isso dá sustentação à hipótese de que os glifos alethianos foram adotados de escritas mais antigas, provavelmente descendentes do Canto do Alvorecer, e pode explicar os dois conjuntos de fonemas usados na criação de glifos: Padrão e Caligráfico.

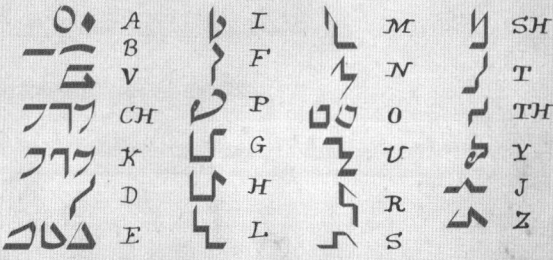

katef   tebel   kadulek

A	I	M	SH
B	F	N	T
V	P	O	TH
CH	G	U	Y
K	H	R	J
D	L	S	Z
E			

mehlak   tebel   mevizh

Os glifistas usam os dois, os fonemas rotacionados, virados e distorcidos para se encaixar na visão do calígrafo. Página seguinte: o conjunto de Fonemas Caligráficos.

53
UM CORTE TÃO RETORCIDO

Amigo,
   sua carta é deveras intrigante, até mesmo reveladora.

A ANTIGA DINASTIA SILN, EM Jah Keved, havia sido fundada depois da morte do Rei NanKhet. Nenhum relato contemporâneo havia sobrevivido; o mais recente era datado de duzentos anos depois. A autora daquele texto — Natata Ved, frequentemente chamada de Olhos Oleosos pelos seus contemporâneos — insistia que seus métodos eram rigorosos, muito embora, pelos padrões modernos, a erudição histórica estivesse na sua infância.

Jasnah há muito se interessava pela morte de NanKhet, porque ele havia reinado por apenas três meses. Ele chegara ao trono quando o rei anterior, seu irmão NanHar, adoecera e morrera durante a campanha do que se tornaria a moderna Triax.

Incrivelmente, durante a breve duração do seu reinado, NanKhet sobreviveu a *seis* tentativas de assassinato. A primeira veio pela sua irmã, que queria colocar o marido no trono. Depois de sobreviver ao envenenamento, NanKhet mandou executar os dois. Logo depois, o filho deles tentou matá-lo em sua cama. NanKhet, que aparentemente tinha sono leve, abateu o sobrinho com a espada do próprio rapaz.

O primo de NanKhet tentou em seguida — esse ataque deixou NanKhet cego de um olho —, e depois o outro irmão, um tio e finalmente o filho do próprio NanKhet. No final de três meses exasperantes, de acordo com Olhos Oleosos, "o grande, mas cansado, NanKhet pediu uma reunião de toda sua família. Ele os juntou em um grande banquete, prometendo os deleites da distante Aimia. Em vez disso, quando estavam todos reunidos, NanKhet fez com que fossem executados um por um. Seus corpos foram queimados em uma grande pira, sobre a qual foi cozida a carne que ele comeu sozinho, em uma mesa montada para duzentos".

Natata Olhos Oleosos sabidamente gostava de certa teatralidade. O texto parecia quase deliciado quando ela explicava como ele havia morrido engasgado com a comida naquele mesmo banquete, sozinho, sem ninguém para ajudá-lo.

Histórias similares se repetiam através da longa história das terras vorin. Reis caíam e seus irmãos ou filhos assumiam o trono. Até mesmo um pretendente sem linhagem verdadeira geralmente alegava parentesco através de justificativas genealógicas oblíquas e criativas.

Jasnah ficava simultaneamente fascinada e preocupada com esses relatos. Estava pensando sobre eles, um fato frequente, enquanto andava pelo porão de Urithiru. Algo nas suas leituras da noite anterior havia instalado aquela história em particular no seu cérebro.

Ela logo chegou à antiga biblioteca sob Urithiru. As duas salas — uma de frente para a outra no corredor que levava ao pilar de cristal — estavam agora cheias de eruditos, ocupando mesas levadas por esquadrões de soldados. Dalinar havia enviado expedições pelo túnel que o Desfeito havia usado para fugir. Os batedores relataram uma longa rede de cavernas.

Seguindo um fluxo de água, eles marcharam durante dias, e por fim localizaram uma saída nos sopés das montanhas de Tu Fallia. Foi bom saber que, em caso de emergência, havia outra saída de Urithiru — e um meio de conseguir suprimentos sem contar com os Sacroportais.

Eles mantinham guardas nos túneis superiores e, por enquanto, o porão parecia seguro o bastante. Assim, Navani havia transformado a área em um instituto de erudição projetado para resolver os problemas de Dalinar e fornecer uma vantagem em termos de informações, tecnologia e pesquisa pura. Esprenos de concentração agitavam o ar como ondas acima — uma raridade em Alethkar, mas comuns ali — e esprenos de lógica zuniam em meio a eles, parecendo pequenas nuvens de tempestade.

Jasnah não pôde deixar de sorrir. Durante mais de uma década, ela havia sonhado em unir as melhores mentes do reino em um esforço coordenado. Havia sido ignorada; tudo que os outros queriam discutir era sua falta de crença no deus deles. Bem, agora estavam concentrados. O fim do mundo precisou de fato *chegar* para que as pessoas o levassem a sério.

Renarin estava ali, parado ao canto, contemplando o trabalho. Ele vinha se unindo às eruditas com certa regularidade, mas ainda usava seu uniforme com a insígnia da Ponte Quatro.

Você pode não ficar para sempre flutuando entre mundos, primo, ela pensou. *Uma hora vai precisar decidir qual é seu lugar.* A vida era muito mais difícil, mas por vezes muito mais recompensadora, quando se encontrava a coragem de escolher.

A história do velho rei vedeno, NanKhet, havia ensinado a Jasnah algo perturbador: frequentemente, a maior ameaça a uma família real era seus próprios membros. Por que tantas das antigas linhagens reais eram tamanhas tramas de assassinato, cobiça e lutas internas? E o que tornava as poucas exceções diferentes?

Ela se tornara extremamente hábil em proteger sua família contra perigos externos, afastando com cuidado pretensos conspiradores. Mas o que podia fazer para proteger a família por dentro? Na sua ausência, a monarquia oscilava. Seu irmão e seu tio — que ela sabia que se amavam profundamente — confrontavam suas vontades feito engrenagens que não se encaixavam.

Ela *não* deixaria sua família implodir. Para que Alethkar sobrevivesse à Desolação, precisariam de uma liderança dedicada. Um trono estável.

Adentrou a sala da biblioteca e caminhou até sua escrivaninha, posicionada de modo que podia ver todas as outras pessoas e manter as costas contra uma parede.

Jasnah retirou o material da bolsa, montando duas pranchetas de telepena. Uma das penas estava piscando cedo, e ela torceu o rubi, indicando que estava pronta. Uma mensagem veio, escrevendo: *Vamos começar em cinco minutos.*

Ela passou o tempo analisando os vários grupos na sala, lendo os lábios que podia ver, distraidamente fazendo anotações taquigráficas. Passava de uma conversa para outra, pegando um pouco de cada uma e notando os nomes das pessoas envolvidas.

...testes confirmam que há algo diferente aqui. As temperaturas são notavelmente mais baixas nos outros picos de mesma elevação...

...temos que partir do princípio de que o Luminobre Kholin não vai voltar à fé. E então?...

...não sei. Talvez se encontrássemos alguma maneira de conjuntar os fabriais, poderíamos imitar esse efeito...

...o garoto poderia ser um poderoso acréscimo às nossas fileiras. Ele mostra interesse em numerologia e me perguntou se podemos realmente prever eventos com ela. Vou falar com ele de novo...

A última fala era dos guarda-tempos. Jasnah apertou os lábios com força.

— Marfim? — sussurrou ela.

— Vou vigiá-los.

Ele se afastou dela, encolhido até o tamanho de uma partícula de poeira. Jasnah fez uma anotação de conversar com Renarin; não queria que ele desperdiçasse seu tempo com um bando de tolos que achava que podia prever o futuro baseando-se nas curvas da fumaça de uma vela apagada.

Finalmente, sua telepena despertou.

Eu conectei Jochi de Thaylenah e Ethid de Azir para a senhorita, Luminosa. Aqui estão as senhas delas. Os próximos escritos serão estritamente mensagens delas.

Excelente, escreveu Jasnah de volta, autenticando as duas senhas. Perder suas telepenas no naufrágio do *Prazer do Vento* havia sido um grande revés. Ela não podia mais entrar em contato direto com importantes colegas ou informantes. Felizmente, Tashikk estava preparado para lidar com esse tipo de situação. Sempre era possível comprar novas penas conectadas aos infames centros de informações do principado.

Dava para alcançar qualquer um, na prática, contanto que se confiasse em um intermediário. Jasnah tinha uma intermediária, que havia entrevistado pessoalmente — e a quem pagava uma boa quantia — para garantir confiabilidade. A intermediária queimava suas cópias da conversa depois. Era o sistema mais seguro que Jasnah podia obter, levando tudo em conta.

A intermediária de Jasnah estaria agora ligada a duas outras em Tashikk. Juntas, as três estariam cercadas por seis pranchetas de telepena: três, uma para cada, para receber comentários de suas mestras, e outras três para repassar a conversa em tempo real, incluindo os comentários das outras duas. Desse modo, cada uma das participantes seria capaz de ver um fluxo constante de comentários, sem precisar parar e esperar antes de responder.

Navani falava sobre maneiras de aperfeiçoar a experiência — de telepenas que pudessem ser ajustadas para se conectar a várias pessoas. Essa era uma área de erudição, contudo, que Jasnah não tinha tempo de seguir.

Sua prancheta de recepção começou a ser preenchida com mensagens escritas por suas duas colegas.

Jasnah, você está viva!, escreveu Jochi. *De volta dos mortos. Impressionante!*

Não acredito que você pensou mesmo que ela estava morta, replicou Ethid. *Jasnah Kholin? Perdida no mar? Seria mais provável encontrar o cadáver do Pai das Tempestades.*

Sua confiança é reconfortante, Ethid, escreveu Jasnah na sua prancheta de envio. Um momento depois, essas palavras foram copiadas pela sua escriba na conversa comunitária de telepenas.

Você está em Urithiru?, escreveu Jochi. *Quando posso visitar?*

Assim que estiver com disposição para deixar que todos saibam que você não é uma mulher, escreveu Jasnah de volta. Jochi — conhecida pelo mundo como uma mulher dinâmica com uma filosofia distintiva — era o pseudônimo de um homem barrigudo na casa dos sessenta anos, que possuía uma confeitaria na Cidade de Thaylen.

Ah, tenho certeza de que sua cidade precisa de doces, escreveu Jochi de volta, jovial.

Por favor, podemos discutir suas bobagens depois?, escreveu Ethid. *Tenho notícias.* Ela era uma póstera — um tipo de ordem religiosa de escribas — no palácio real azishiano.

Bem, então deixe de perder tempo!, escreveu Jochi. *Eu adoro notícias. Combinam muito com uma rosquinha recheada... não, não, com um brioche fofo.*

Que notícias?, escreveu Jasnah simplesmente, sorrindo. Tinha estudado com aquela dupla sob a tutela da mesma mestra — eram os veristitalianos com as mentes mais aguçadas, independentemente do jeito de Jochi.

Andei rastreando um homem que temos cada vez mais certeza de se tratar do Arauto Nakku, o Juiz, escreveu Ethid. *Nalan, como vocês o chamam.*

Ah, estamos compartilhando contos infantis agora?, perguntou Jochi. *Arautos? Sério, Ethid?*

Caso não tenha notado, os Esvaziadores estão de volta, escreveu Ethid. *Histórias que antes descartamos agora merecem uma segunda olhada.*

Concordo, escreveu Jasnah. *Mas o que faz você pensar que encontrou um dos Arautos?*

É uma combinação de muitas coisas, ela escreveu. *Esse homem atacou nosso palácio, Jasnah. Ele tentou matar alguns ladrões — o novo Primeiro é um deles, mas não compartilhe essa informação. Estamos fazendo o possível para alardear suas raízes simples enquanto ignoramos o fato de que ele estava tentando nos roubar.*

Arautos vivos e tentando matar pessoas, escreveu Jochi. *E eu achando que minhas notícias sobre um novo avistamento de Axies, o Colecionador, eram interessantes.*

Há mais, escreveu Ethid. *Jasnah, nós temos uma Radiante aqui. Uma Dançarina de Precipícios. Ou... tínhamos.*

Tinham?, escreveu Jochi. *Vocês a perderam em algum lugar?*

Ela fugiu. É só uma criança, Jasnah. Reshiana, criada nas ruas.

Acho que a conhecemos, escreveu Jasnah. *Meu tio encontrou alguém interessante em uma de suas visões recentes. Estou surpresa que a tenha deixado escapar.*

Você já tentou se agarrar a uma Dançarina?, escreveu Ethid de volta. *Ela foi perseguir o Arauto até Tashikk, mas o Primeiro disse que ela está de volta — e que está me evitando. De qualquer modo, há algo de errado com o homem que acho que é Nalan, Jasnah. Não me parece que os Arautos nos serão úteis.*

Vou fornecer desenhos dos Arautos, disse Jasnah. *Tenho retratos dos seus verdadeiros rostos, fornecidos por uma fonte inesperada. Ethid, você tem razão sobre eles. Não serão úteis; eles estão arrasados. Já leu os relatos das visões do meu tio?*

Eu tenho cópias em algum lugar, escreveu Ethid. *Elas são reais? A maioria das fontes concorda que ele... não está bem.*

Ele está muito bem, eu lhe garanto, escreveu Jasnah. *As visões estão relacionadas com sua ordem dos Radiantes. Vou enviar para vocês as mais recentes; elas têm relevância sobre o tema dos Arautos.*

Raios, escreveu Ethid. *O Espinho Negro é um Radiante de verdade? Anos de seca, e agora eles estão brotando como petrobulbos.*

Ethid não tinha muita consideração por homens que haviam adquirido suas reputações por meio da conquista, apesar de ter baseado sua pesquisa em tais homens.

A conversa continuou por algum tempo. Jochi, com uma solenidade pouco característica, falou sem rodeios sobre o estado de Thaylenah. Ela fora atingida seriamente pela chegada repetida da Tempestade Eterna; seções inteiras da Cidade de Thaylen estavam arruinadas.

Jasnah estava muito interessada nos parshemanos thaylenos que haviam roubado os navios que sobreviveram à tempestade. O seu êxodo — combinado com as interações de Kaladin Filho da Tempestade com os parshemanos em Alethkar — estava pintando um novo retrato de o que e quem eram os Esvaziadores.

A conversa prosseguiu enquanto Ethid transcrevia um interessante relato que ela descobrira em um livro antigo sobre as Desolações. Dali, falaram sobre as traduções do Canto do Alvorecer, particularmente daquelas feitas por alguns fervorosos em Jah Keved, que estavam à frente dos eruditos de Kharbranth.

Jasnah deu uma olhada pela sala da biblioteca, procurando sua mãe, que estava sentada perto de Shallan para discutir preparações de casamento. Renarin ainda perambulava do outro lado da sala, murmurando consigo mesmo. Ou talvez com seu espreno? Ela leu distraidamente seus lábios.

...está vindo daqui, dizia Renarin. *De algum lugar desta sala...*
Jasnah estreitou os olhos.
Ethid, você não ia tentar elaborar desenhos dos esprenos associados a cada ordem dos Radiantes?, escreveu ela.
Na verdade, progredi bastante, escreveu Ethid de volta. *Eu vi o espreno da Dançarina pessoalmente, depois de exigir uma olhadela.*
E o dos Sentinelas da Verdade?, escreveu Jasnah.
Ah! Encontrei uma referência a eles, escreveu Jochi. *Os esprenos, segundo o relato, parecem com luz em uma superfície depois que ela reflete em algo cristalino.*

Jasnah pensou por um momento, então pediu licença para fazer uma pausa na conversa. Jochi disse que precisava mesmo usar o banheiro. Ela deixou sua cadeira e cruzou a sala, passando perto de Navani e Shallan.

— Não quero pressioná-la de maneira alguma, querida — dizia Navani. — Mas, nesses tempos incertos, você certamente deseja estabilidade.

Jasnah parou, a mão livre pousando distraidamente no ombro de Shallan. A jovem se empertigou, então seguiu o olhar de Jasnah na direção de Renarin.

— O que foi? — sussurrou Shallan.

— Eu não sei — respondeu Jasnah. — Algo estranho...

Algo na maneira como o jovem estava parado, nas palavras que ele havia dito. Ele ainda lhe parecia estranho sem seus óculos. Como uma pessoa totalmente diferente.

— Jasnah! — chamou Shallan, subitamente tensa. — A entrada. Olhe!

Jasnah sugou Luz das Tempestades devido ao tom da garota e deu as costas para Renarin, voltando-se para a entrada da sala. Ali, um homem alto e de queixo quadrado havia obscurecido a soleira. Ele usava as cores de Sadeas, verde-floresta e branco. De fato, ele *era* Sadeas agora, pelo menos como regente.

Jasnah sempre o conheceria como Meridas Amaram.

— O que *ele* está fazendo ali? — sibilou Shallan.

— Ele é um grão-príncipe — disse Navani. — Os soldados não vão impedi-lo sem um comando direto.

Amaram fixou em Jasnah seu olhar majestoso, com íris castanho-claras. Ele foi em direção a ela, projetando confiança — ou seria vaidade?

— Jasnah — disse ele quando chegou perto. — Me disseram que eu poderia encontrá-la aqui.

— Lembre-me de descobrir quem foi que lhe contou — disse Jasnah —, para mandar enforcá-lo.

Amaram enrijeceu.

— Podemos conversar em particular, só por um momento?

— Acho que não.

— Precisamos falar sobre seu tio. A divisão entre nossas casas não é boa para ninguém. Gostaria de ultrapassar esse distanciamento, e Dalinar escuta você. Por favor, Jasnah. Você pode conduzi-lo ao caminho certo.

— Meu tio segue as próprias ideias sobre essas questões, e não precisa que eu o "conduza".

— Como se você já não estivesse conduzindo, Jasnah. Todos veem que ele começou a compartilhar das suas crenças religiosas.

— O que seria espantoso, já que eu não *tenho* crenças religiosas.

Amaram suspirou, olhando ao redor.

— Por favor — disse ele. — Em particular?

— De jeito nenhum, Meridas. Vá. Embora.

— Nós já fomos próximos.

— Meu pai *queria* que fôssemos próximos. Não confunda as fantasias dele com fatos.

— Jasnah...

— Você realmente deveria partir, antes que alguém se machuque.

Ele ignorou o conselho, olhando de lado para Navani e Shallan, então se aproximou.

— Pensamos que você estivesse *morta*. Eu precisava ver com meus próprios olhos que você estava bem.

— Já viu. Agora saia.

Em vez disso, ele agarrou o antebraço dela.

— Por quê, Jasnah? *Por que* você sempre me rejeitou?

— Além do fato de que você é um bufão detestável que só alcança o nível mais baixo da mediocridade, já que isso é o melhor que sua mente limitada pode imaginar? Não posso pensar em nenhum motivo.

— Medíocre? — rosnou Amaram. — Você insulta minha mãe, Jasnah. Sabe muito bem como ela trabalhou duro para me criar e fazer de mim o melhor soldado que o reino já conheceu.

— Sim, pelo que sei, ela passou os sete meses da gestação se entretendo com todos os militares que encontrava, na esperança de te passar algumas das características deles.

Os olhos de Meridas se arregalaram e seu rosto corou profundamente. Ao lado, pôde-se ouvir o arquejo de Shallan.

— Sua *vagabunda* herege — sibilou Amaram, soltando-a. — Se você não fosse uma mulher...

— Se eu não fosse uma mulher, suspeito que não estaríamos tendo essa conversa. A menos que eu fosse uma porca. Então você estaria duplamente interessado.

Ele estendeu a mão para o lado, dando um passo atrás, preparando-se para invocar sua Espada.

Jasnah sorriu, estendendo a mão livre para ele, deixando Luz das Tempestades emanar dela como fumaça.

— Ah, por favor, vá em frente, Meridas. Dê-me uma desculpa. Eu o desafio.

Ele encarou a mão dela. A sala inteira estava em silêncio, naturalmente. Amaram a forçara a fazer um espetáculo. Seus olhos se ergueram e encontraram os dela; então ele girou e saiu pisando duro da sala, os ombros encolhidos como se estivesse tentando afastar os olhares — e as risadinhas maliciosas — das eruditas.

Ele vai ser um problema, pensou Jasnah. *Ainda mais do que já vem sendo.* Amaram genuinamente pensava que era a única esperança e salvação de Alethkar, e tinha um profundo desejo de provar esse fato. Se deixado por conta própria, destroçaria os exércitos para justificar sua opinião inflada de si mesmo.

Ela falaria com Dalinar. Talvez pudessem elaborar um plano para manter Amaram ocupado de modo seguro. E, se isso não funcionasse, ela *não* falaria com Dalinar sobre a outra precaução que tomaria. Passara muito tempo afastada, mas estava confiante de que havia assassinos para contratar ali, assassinos que conheciam sua reputação de discrição e pagamento excelente.

Um som agudo ecoou do lado dela e Jasnah virou-se para ver Shallan sentada em uma postura animada, fazendo um ruído empolgado no fundo da garganta e batendo palmas rapidamente, o som abafado pela sua mão segura coberta de pano.

Que maravilha.

— Mãe, posso falar com minha pupila por um instante? — pediu Jasnah.

Navani assentiu, mas seus olhos se demoraram na porta por onde Amaram havia saído. Outrora, ela havia insistido na união entre eles. Jasnah não a culpava; a verdade sobre Amaram era difícil de enxergar, e fora ainda mais difícil no passado, quando ele era próximo ao pai de Jasnah.

Navani se retirou, deixando Shallan sozinha na mesa com relatórios empilhados.

— Luminosa! — disse Shallan quando Jasnah se sentou. — Isso foi incrível!

— Eu me deixei levar pela emoção.

— Foi tão *espirituosa*!

— E ainda assim, meu primeiro insulto não foi um ataque a *ele*, mas à reputação moral de uma *parente mulher*. Espirituosa? Ou usei apenas de um golpe óbvio?

— Ah. Hum... Bem...

— Independentemente disso — cortou Jasnah, desejando evitar mais menções a Amaram —, andei pensando sobre seu treinamento.

Shallan enrijeceu na mesma hora.

— Estive muito ocupada, Luminosa. Contudo, tenho certeza de que vou conseguir ler esses livros que a senhora me passou muito em breve.

Jasnah esfregou a testa. Essa garota...

— Luminosa — aproveitou Shallan —, acho que vou ter que solicitar uma licença dos meus estudos. — Shallan falou tão rápido que as palavras se atropelaram. — Sua Majestade disse que precisa de mim na expedição a Kholinar.

Jasnah franziu o cenho. Kholinar?

— Bobagem. Eles estarão com o Corredor dos Ventos. Por que precisariam de você?

— O rei está preocupado com a possibilidade de precisarem entrar escondidos na cidade — argumentou Shallan. — Ou até mesmo de atravessá-la escondidos, se ela estiver ocupada. Não temos como saber até que ponto o cerco progrediu. Caso Elhokar precise alcançar o Sacroportal sem ser reconhecido, então minhas ilusões serão valiosíssimas. Eu preciso ir. É tão inconveniente. Sinto muito. — Ela respirou fundo, os olhos arregalados, como se temesse que Jasnah brigasse com ela.

Essa garota.

— Vou falar com Elhokar — disse Jasnah. — Acho que isso é um tanto exagerado. Por enquanto, quero que faça desenhos dos esprenos de Renarin e de Kaladin, para fins de erudição. Entregue-os a mim para... — Ela perdeu o fio da meada. — *O que* ele está fazendo?

Renarin estava perto da parede mais distante, que era coberta de ladrilhos com um palmo de tamanho. Ele bateu levemente em um ladrilho específico e, de algum modo, fez com que ele se *abrisse*, como uma gaveta.

Jasnah se levantou, jogando a cadeira para trás. Ela atravessou a sala a passos largos, com Shallan se apressando a segui-la.

Renarin olhou para elas, então mostrou o que havia encontrado na pequena gaveta. Um rubi, do tamanho de um polegar, lapidado em um formato estranho, com orifícios. Mas que Danação era aquilo? Ela tomou a gema dele e a ergueu.

— O que é isso? — perguntou Navani, se aproximando. — Um fabrial? Sem peças metálicas. O que é essa forma?

Jasnah relutantemente entregou o objeto à mãe.

— Tantas imperfeições no corte — disse Navani. — Isso fará com que perca Luz das Tempestades rapidamente. Aposto que não mantém a carga nem por um dia. E vai vibrar bastante.

Curioso. Jasnah tocou a gema, infundindo-a com Luz das Tempestades. Ela começou a brilhar, mas não tão forte quanto deveria. Navani estava certa, naturalmente. Ela vibrava enquanto a Luz das Tempestades escapava. Por que alguém estragaria uma gema com um corte tão retorcido, e por que escondê-la? A pequena gaveta tinha um fecho com mola, mas ela não entendia como Renarin conseguiu abri-lo.

— Raios — sussurrou Shallan enquanto as outras eruditas se aglomeravam ao redor. — Isso é um padrão.

— Um padrão?

— Zumbidos em sequência... — explicou Shallan. — Meu espreno diz que ele acha que é um código. Letras?

— Linguagem musical — sussurrou Renarin.

Ele sorveu Luz das Tempestades de algumas esferas no seu bolso, então se virou e pressionou as mãos contra a parede, enviando através dela um fluxo de Luz que se estendeu das suas palmas como ondulações gêmeas na superfície de um lago.

Gavetas se abriram, uma atrás de cada ladrilho branco. Cem, duzentas... cada uma delas revelando gemas no interior.

A biblioteca se desfizera, mas os antigos Radiantes obviamente haviam antecipado esse fato. Eles haviam encontrado outra maneira de passar adiante seu conhecimento.

54

UM NOME ANTIGO DE CANTOR

Eu teria pensado, antes de alcançar minha posição atual, que uma divindade não poderia ser surpreendida.

Obviamente, isso não é verdade. Eu posso ser surpreendido. Acho que posso até mesmo ser ingênuo.

— Estou só perguntando como isso aqui é melhor — resmungou Khen. — Nós éramos escravos dos alethianos. Agora somos escravos dos Moldados. Que ótimo. Fico feliz em saber que nossa miséria agora está nas mãos do nosso próprio povo.

A parshemana deixou seu fardo cair no chão ruidosamente.

— Você vai nos arrumar problema de novo, falando assim — disse Sah.

Ele deixou cair seu fardo de varas de madeira, então caminhou de volta na outra direção.

Moash o seguiu, passando por fileiras de humanos e parshemanos transformando as varas em escadas. Aquelas pessoas, como Sah e o resto da sua equipe, logo estariam carregando as escadas para a batalha, encarando uma tempestade de flechas.

Que estranho eco da sua vida de meses atrás, no acampamento de guerra de Sadeas. Só que ali Moash havia recebido luvas resistentes, um belo par de botas e fazia três boas refeições por dia. A única coisa errada com a situação — além do fato de que ele e os outros logo estariam atacando uma posição fortificada — era que ele tinha tempo livre demais.

Os trabalhadores carregavam pilhas de madeira de uma parte da madeireira para a outra, e ocasionalmente eram designados para serrar ou cortar. Mas não havia o bastante para mantê-los ocupados. Isso não era nada bom, como ele havia aprendido nas Planícies Quebradas. Homens condenados com tempo demais começavam a fazer perguntas.

— Olhe só — disse Khen, caminhando junto de Sah logo à frente —, pelo menos me diga que está *zangado*, Sah. Não me diga que acha que *merecemos* isso.

— Nós abrigamos um espião — murmurou Sah.

Um espião que, Moash logo ficara sabendo, era ninguém menos que Kaladin Filho da Tempestade.

— E um bando de escravos deveria ser capaz de identificar um espião? — retrucou Khen. — Sério? O *espreno* não deveria ter identificado ele? Parece até que queriam nos acusar de alguma coisa. Como se fosse uma... é uma...

— Como se fosse uma armação? — perguntou Moash, de trás.

— É isso, uma armação — concordou Khen.

Aquilo acontecia um bocado com eles, esquecer palavras. Ou... talvez estivessem simplesmente experimentando as palavras pela primeira vez.

O sotaque deles era bastante similar ao de muitos dos carregadores de pontes que haviam sido amigos de Moash.

Esqueça, Moash, sussurrou algo bem dentro dele. *Esqueça sua dor. Está tudo bem. Você fez o que era natural.*

Não podem te culpar. Pare de carregar esse fardo.

Esqueça.

Cada um deles pegou outro fardo e começou a andar de volta. Passaram pelos carpinteiros que estavam fazendo as varas das escadas. A maioria era composta de parshemanos, e um dos Moldados caminhava entre suas fileiras. O Moldado era uma cabeça mais alto que os parshemanos e era de uma subespécie que tinha partes da armadura de carapaça despontando em formas sinistras.

O Moldado parou, explicou algo para os parshemanos que estavam trabalhando, depois fechou o punho e uma energia roxo-escura cercou seu braço. A carapaça cresceu ali na forma de uma serra. O Moldado serrou, cuidadosamente explicando o que estava fazendo. Moash já havia visto aquilo antes. Alguns daqueles monstros do vazio eram *carpinteiros.*

Para além das madeireiras, as tropas dos parshemanos praticavam exercícios específicos e recebiam treinamento básico com armas. Diziam que o exército pretendia atacar Kholinar dentro de semanas. Isso era ambicioso, mas eles não tinham tempo para um cerco prolongado. Kholinar possuía Transmutadores para fazer comida, enquanto as operações dos Esvaziadores no país levariam meses para avançar. Aquele exército

Esvaziador logo comeria todos os seus suprimentos e teria que se dividir para forragear. Era melhor atacar, usar números avassaladores e tomar os Transmutadores para si.

Todo exército precisava de alguém para correr na frente e levar um monte de flechadas. Bem organizados ou não, os Esvaziadores não podiam evitar isso. O grupo de Moash não seria treinado; eles só estavam esperando até o assalto para que pudessem correr na frente de tropas mais valiosas.

— Armaram para nós — repetiu Khen enquanto eles caminhavam. — Eles sabiam que tinham poucos humanos fortes o suficiente para o primeiro assalto. Precisavam de alguns de nós, então encontraram um *motivo* para nos jogar para a morte.

Sah grunhiu.

— É só isso que vai dizer? — interpelou Khen. — Não se importa com o que nossos *próprios deuses* estão fazendo conosco?

Sah largou seu fardo no chão.

— Sim, eu me *importo* — explodiu ele. — Acha que não tenho me feito as mesmas perguntas? Raios! Eles levaram minha filha, Khen! Eles a tomaram de mim e me mandaram para a morte.

— Então, o que fazemos? — perguntou Khen, a voz murchando. — O que nós *fazemos*?

Sah olhou ao redor, para o exército se movendo e fervilhando nas preparações para a guerra. Avassalador, abrangente, como um tipo próprio de tempestade — em movimento e inexorável. O tipo de coisa que arrastava todo mundo junto.

— Eu não sei — sussurrou Sah. — Raios, Khen. Eu não sei de nada.

Eu sei, pensou Moash. Mas não conseguiu achar forças para dizer algo a eles. Em vez disso, ficou irritado, esprenos de raiva fervilhando ao seu redor. Estava frustrado consigo mesmo e com os Esvaziadores. Ele largou seu fardo no chão, e então foi embora pisando duro, saindo da madeireira.

Uma supervisora deu um gritinho e se apressou em segui-lo — mas ela não o deteve, e tampouco o fizeram os guardas por quem passou. Ele tinha uma reputação.

Moash andou pela cidade, seguido pela supervisora, procurando um Moldado do tipo voador. Eles pareciam estar no comando, mesmo sobre os outros Moldados.

Não encontrou nenhum, então decidiu abordar um da outra subespécie: um virilen sentado perto da cisterna da cidade, onde a água da chuva era coletada. A criatura era do tipo que tinha uma couraça pesada, sem cabelo, a carapaça invadindo suas bochechas.

Moash foi direto até a criatura.

— Preciso falar com alguém no comando.

Atrás dele, a supervisora de Moash arquejou — talvez só então percebendo que qualquer plano de Moash talvez lhe causasse sérios problemas.

O Moldado olhou para ele e sorriu.

— Alguém no comando — repetiu Moash.

O Esvaziador gargalhou, então caiu para trás na água da cisterna, onde ficou flutuando, fitando o céu.

Que ótimo, pensou Moash. *Um dos malucos.* Havia muitos.

Moash se afastou, mas não avançou muito pela cidade antes que algo caísse do céu. Um tecido tremulou no ar e, no meio dele, flutuava uma criatura com uma pele que combinava com a roupa preta e vermelha. Ele não sabia dizer se era virilen ou feminen.

— Pequeno humano — disse a criatura com um sotaque estrangeiro —, você é passional e interessante.

Moash umedeceu os lábios.

— Preciso falar com alguém no comando.

— Você não *precisa* de nada além daquilo que damos a você — replicou o Moldado. — Mas seu *desejo* será concedido. A senhora Leshwi vai recebê-lo.

— Ótimo. Onde posso encontrá-la?

O Moldado pressionou a mão contra o peito dele e sorriu. A Luz do Vazio se espalhou daquela mão pelo corpo de Moash. Ambos subiram pelos ares.

Entrando em pânico, Moash se agarrou ao Moldado. Será que ele conseguiria pegar a criatura em uma chave de braço? E *depois*? Se ele a matasse ali em cima, cairia para a própria morte.

Eles se ergueram até que a cidade parecia um modelo minúsculo: madeireira e pátio de um lado, e a única rua proeminente no centro. À direita, as alas feitas pelos humanos protegiam contra as grantormentas, criando um abrigo para árvores e para a mansão do senhor da cidade.

Eles subiram ainda mais, as roupas soltas do Moldado tremulando. Embora o ar estivesse quente no nível do chão, ali em cima era bastante frio, e os ouvidos de Moash estavam estranhos — amortecidos, como se estivessem cheios de pano.

Finalmente, o Moldado desacelerou-os até um ponto fixo de flutuação. Embora Moash tentasse se segurar, o Moldado empurrou-o para o lado, então voou para longe, seguido pelo pano tremulando.

Moash ficou flutuando à deriva acima da vasta paisagem. Seu coração trovejava, e ele fitou a distância até o chão, percebendo uma coisa. Ele *não* queria morrer.

Forçou-se a girar o corpo e olhar ao redor. Sentiu um pico de esperança quando descobriu que estava se deslocando na direção de outro Moldado. Uma mulher que flutuava no céu, vestida com um traje que devia se estender pelo menos três metros abaixo dela, como um borrão de tinta vermelha. Moash flutuou até estar ao lado dela, chegando tão perto que a mulher foi capaz de estender a mão e detê-lo.

Moash resistiu ao impulso de agarrar aquele braço e se segurar nele com toda força. Sua mente estava começando a entender o que estava acontecendo — ela queria se encontrar com ele, mas em um ambiente onde ela ficasse confortável e ele, não. Bem, ele conteria seu medo.

— Moash — disse a Moldada.

Leshwi, como o outro a chamara. Ela tinha um rosto com todas as três cores dos parshendianos: branco, vermelho e negro, marmorizadas como tintas misturadas. Ele poucas vezes encontrara alguém com todas as três cores, e aquele era um dos padrões mais hipnóticos que já vira, de efeito quase líquido, os olhos dela como lagoas ao redor das quais as tintas corriam.

— Como você sabe meu nome? — perguntou Moash.

— Sua supervisora me contou — disse Leshwi. Ela tinha uma serenidade distinta enquanto flutuava com os pés para baixo. O vento ali em cima movia as fitas que ela usava, ondulando-as casualmente. Estranhamente, não havia esprenos de vento à vista. — Onde você conseguiu esse nome?

— Foi meu avô que escolheu — disse Moash, franzindo o cenho.

Não era assim que ele havia antecipado o rumo da conversa.

— Curioso. Você sabe que é um dos nossos nomes?

— É mesmo?

Ela assentiu.

— Por quanto tempo ele correu pelas marés do tempo, passando dos lábios dos cantores para os homens e voltando, para terminar aqui, nos ombros de um escravo humano?

— Olha, você é um dos líderes?

— Eu sou um dos Moldados que mantêm a sanidade — respondeu ela, como se fosse a mesma coisa.

— Então eu preciso...

— Você é ousado — comentou Leshwi, olhando para a frente. — Muitos dos cantores que deixamos aqui não são. Nós os achamos admiráveis, considerando quanto tempo sofreram abusos do seu povo. Mas, ainda assim, não são ousados o suficiente.

Ela olhou para ele pela primeira vez durante a conversa. Seu rosto era anguloso, com cabelo parshemano longo e ondulante — negro e carmesim, mais espesso do que o de um humano. Pareciam quase juncos finos ou folhas de grama. Seus olhos eram de um vermelho profundo, como lagos reluzentes de sangue.

— Onde você aprendeu os Fluxos, humano? — perguntou ela.

— Os Fluxos?

— Quando você me matou, foi Projetado para o céu... mas reagiu rapidamente, com familiaridade. Digo, sem fingimentos, que fiquei furiosa ao ser pega tão desprevenida.

— Espere. — Moash gelou. — Quando eu *matei* você?

Ela o fitou, sem piscar, com aqueles olhos de rubi.

— Você é a mesma? — indagou Moash.

Esse padrão de pele marmorizada..., ele compreendeu. *É o mesmo daquela com quem lutei.* Mas os traços eram diferentes.

— Este é um novo corpo oferecido para mim em sacrifício — disse Leshwi. — Para que eu me conecte e o use, já que não tenho um.

— Você é algum tipo de espreno?

Ela piscou, mas não respondeu.

Moash começou a cair. Sentiu pelas suas roupas, que perderam o poder de voar primeiro. Ele gritou, estendendo a mão na direção da mulher Moldada, e ela o agarrou pelo pulso e incutiu-lhe mais Luz do Vazio. A Luz fluiu pelo corpo de Moash e ele voltou a flutuar. A escuridão violeta recuou, visível apenas como faíscas tênues e periódicas na pele dela.

— Meus companheiros pouparam você — disse ela. — Trouxeram-no aqui, até essas terras, porque pensaram que eu poderia querer me vingar quando renascesse. Eu não quis. Por que destruir uma coisa que tem tanta paixão? Em vez disso, eu o vigiei, curiosa para ver o que você faria. Eu vi você ajudar os cantores que estavam puxando os trenós.

Moash respirou fundo.

— Você pode me dizer, então, por que trata tão mal o seu povo?

— Mal? — disse ela, parecendo achar graça. — Eles são alimentados, vestidos e treinados.

— Nem todos. Vocês fizeram aqueles pobres parshemanos trabalharem como escravos, como humanos. E agora você vai jogá-los contra as muralhas da cidade.

— Sacrifício — disse ela. — Você acha que um império é construído sem sacrifício?

Ela fez um gesto amplo com o braço na direção da paisagem diante deles. O estômago de Moash se embrulhou; ele fora capaz, por um curto período, de concentrar-se apenas nela e esquecer exatamente quão *alto* estava. Raios... aquela terra era grande. Ele podia ver as amplas colinas, planícies, grama, árvores e pedras em todas as direções.

E na direção que ela indicou, uma linha escura no horizonte. Kholinar?

— Eu voltei a respirar devido aos sacrifícios deles — disse Leshwi. — E esse mundo será nosso devido ao sacrifício. Aqueles que tombarem serão cantados, mas temos o direito de exigir seu sangue. Caso eles sobrevivam ao ataque, caso provem seu valor, então serão honrados. — Ela olhou de novo para Moash. — Você lutou por eles durante a viagem para cá.

— Honestamente, esperava que vocês me matassem por isso.

— Se não foi morto por abater um dos Moldados, por que seria morto por atacar um dos nossos inferiores? Nos dois casos, humano, você provou sua paixão e conquistou o direito de ter sucesso. Então você se curvou à autoridade que lhe foi apresentada e conquistou seu direito de continuar a viver. Diga-me. *Por que* você protegeu aqueles escravos?

— Porque vocês precisam ser unidos — disse Moash, e engoliu em seco. — Meu povo não merece essa terra. Somos defeituosos, arruinados. Incapazes.

Ela inclinou a cabeça, um vento frio brincava com suas roupas.

— E não está com raiva por termos tomado suas Fractais?

— Eu as ganhei de um homem que traí. Eu... não as mereço.

Não. Não é você. Não é culpa sua.

— Você não está zangado por termos dominado vocês?

— Não.

— Então, *o que* deixa você com raiva? O que desperta sua fúria passional, Moash, o homem com um nome antigo de cantor?

Sim, estava lá. Ainda queimando. Lá no fundo.

Raios, Kaladin havia protegido um *assassino*.

— Vingança — sussurrou ele.

— Sim, eu compreendo. — Ela o encarou, sorrindo de um jeito que lhe pareceu especialmente sinistro. — Você sabe por que *nós* lutamos? Deixe-me contar a você...

MEIA HORA DEPOIS, COM a noite caindo, Moash caminhava pelas ruas de uma cidade conquistada. Sozinho. A senhora Leshwi havia ordenado que ele fosse deixado em paz, libertado.

Ele caminhava com as mãos nos bolsos do casaco da Ponte Quatro, lembrando-se do ar gelado lá de cima. Ainda estava com frio, embora ali embaixo estivesse abafado e quente.

Era uma cidade agradável. Pitoresca. Pequenos edifícios de pedra, plantas crescendo nos fundos de cada casa. À esquerda, isso significava petrobulbos e arbustos cultivados nos quintais — mas à direita, na direção da tempestade, só havia paredes de pedra vazias. Nem mesmo uma janela.

Para ele, as plantas tinham o cheiro da civilização. Um tipo de perfume cívico que não se sentia no meio do mato. Elas mal tremiam quando ele passava, muito embora esprenos de vida balançassem diante da sua presença. As plantas estavam acostumadas com pessoas nas ruas.

Ele finalmente parou diante de uma cerca baixa ao redor de estábulos que continham os cavalos que os Esvaziadores haviam capturado. Os animais mastigavam grama cortada que os parshemanos haviam jogado para eles.

Criaturas tão estranhas. Era caro e difícil cuidar delas. Ele deu as costas para os cavalos e olhou pelos campos, em direção a Kholinar. Ela dissera que ele podia partir. Se juntar aos refugiados que iam para a capital. Defender a cidade.

O que desperta sua fúria passional?

Milhares de anos renascendo. Como seria isso? Milhares de anos, e eles nunca desistiram.

Prove seu valor...

Ele se virou e voltou até a madeireira, onde os trabalhadores estavam se preparando para encerrar o dia. Não havia previsão de tempestade naquela noite, e eles não precisariam prender tudo, então trabalhavam com um ar jovial, quase relaxado. Todos, exceto pela sua equipe, que, como de costume, estava isolada, no ostracismo.

Moash pegou um fardo de varas de escadas de uma pilha. Os trabalhadores ali começaram a levantar objeções, mas pararam quando viram quem era. Ele desamarrou o fardo e, ao alcançar a equipe dos parshemanos desafortunados, jogou uma vara de madeira para cada um.

Sah pegou a dele e se levantou, franzindo o cenho. Os outros o imitaram.

— Posso treinar vocês com isso — disse Moash.

— Bastões? — indagou Khen.

— Lanças — replicou Moash. — Posso ensiná-los a ser soldados. Provavelmente morreremos de qualquer jeito. Raios, provavelmente nunca chegaremos ao topo das muralhas. Mas já é alguma coisa.

Os parshemanos se entreolharam, segurando varas que podiam se passar por lanças.

— Eu aceito — disse Khen.

Lentamente, os outros moveram as cabeças, concordando.

55

SOZINHOS JUNTOS

Sou o menos apto, dentre todos, para ajudá-lo nessa empreitada. Estou descobrindo que os poderes que possuo estão em tamanho conflito que a mais simples das ações pode ser difícil.

RLAIN ESTAVA SENTADO SOZINHO nas Planícies Quebradas e ouvia os ritmos.

Parshemanos escravizados, privados das suas formas verdadeiras, não eram capazes de ouvir os ritmos. Durante os anos que passara como espião, ele havia adotado a forma opaca, que os ouvia fracamente. Havia sido muito difícil ficar afastado deles.

Os ritmos não eram exatamente canções; eram batidas com indícios de tonalidade e harmonia. Ele podia sintonizar um entre dezenas para combinar com seu humor, ou, por outro lado, para ajudar a alterar seu humor.

Seu povo sempre imaginara que os humanos eram surdos aos ritmos, mas Rlain não tinha tanta certeza. Talvez fosse sua imaginação, mas às vezes parecia que eles respondiam a certos ritmos. Eles erguiam os olhos em um momento de batidas frenéticas, os olhos adquirindo um ar distante. Ficavam agitados e gritavam seguindo, por um momento, o compasso do Ritmo da Irritação, ou celebravam bem na batida do Ritmo da Alegria.

Era reconfortante pensar que algum dia eles poderiam aprender a ouvir os ritmos. Talvez então Rlain não se sentisse tão sozinho.

Ele estava naquele momento afinado com o Ritmo dos Perdidos, uma batida baixa, mas violenta, com notas nítidas e separadas. Afinava-se a ela para lembrar os caídos, e essa parecia a emoção correta, sentado ali ao ar livre em Narak, vendo os humanos construírem uma fortaleza onde costumava ser seu lar. Eles montaram um posto de vigia no pináculo central, onde os Cinco haviam outrora se reunido para discutir o futuro do seu povo. Eles transformaram lares em casamatas.

Rlain não estava ofendido — seu próprio povo havia reutilizado as ruínas da Cidade da Tempestade e transformado em Narak. Sem dúvida aquelas ruínas majestosas durariam mais do que a ocupação alethiana, assim como haviam durado mais do que os Ouvintes. Saber disso não o impedia de lamentar. Seu povo se fora. Sim, os parshemanos haviam despertado, mas eles não eram Ouvintes. Assim como os alethianos e os vedenos não eram da mesma nacionalidade apenas porque tinham tons de pele similares.

O povo de Rlain se fora. Eles haviam caído para as espadas alethianas ou consumidos pela Tempestade Eterna, transformados em encarnações dos antigos deuses dos Ouvintes. Ele era, até onde sabia, o último.

Suspirou, ficando de pé. Jogou a lança sobre o ombro, a lança que *deixavam* que carregasse. Amava os homens da Ponte Quatro, mas Rlain era uma estranheza, mesmo para eles: o parshemano que permitiam que andasse armado. O Esvaziador em potencial em quem decidiram confiar, e que sorte a dele.

Ele cruzou o platô até onde um grupo treinava sob o olhar vigilante de Teft; eles não acenaram para ele. Frequentemente pareciam surpresos em vê-lo, como se houvessem esquecido que estava por perto. Mas quando Teft o notou, o sorriso do homem foi genuíno. Eles eram seus amigos. Era só que...

Como era possível que Rlain gostasse tanto daqueles homens, mas ao mesmo tempo quisesse estapeá-los?

Quando ele e Skar eram os únicos que não conseguiam sugar Luz das Tempestades, os homens haviam encorajado Skar. Tentaram estimulá-lo, disseram para continuar tentando. Acreditaram nele. Rlain, contudo... bem, quem sabia o que podia acontecer se ele conseguisse usar Luz das Tempestades? Seria o primeiro passo para transformá-lo em um monstro?

Não importava que ele houvesse contado aos homens que era preciso se abrir a uma forma para adotá-la. Não importava que ele tivesse o poder de *escolher* por si mesmo. Embora os homens nunca falassem nisso, Rlain via a verdade em suas reações. Como no caso de Dabbid, eles achavam que era melhor que Rlain permanecesse sem Luz das Tempestades.

O parshemano e o louco. Pessoas em quem não se podia confiar para serem Corredores dos Ventos.

Cinco carregadores de pontes haviam se lançado no ar, Radiantes e emitindo Luz. Parte da equipe treinava enquanto outro grupo patrulhava com Kaladin, tomando conta das caravanas. Um terceiro grupo — os dez outros recém-chegados que haviam aprendido a sorver Luz das Tempestades — treinava com Peet a alguns platôs de distância. Aquele grupo incluía Lyn e todas as *quatro* outras batedoras, junto com quatro homens de outras equipes de pontes e um único oficial olhos-claros. Colot, o capitão dos arqueiros.

Lyn havia entrado com facilidade na camaradagem da Ponte Quatro, assim como um par de outros carregadores de pontes. Rlain tentava não sentir ciúme de que eles quase parecessem ser mais parte da equipe do que ele.

Teft fez os cinco no ar executarem uma formação enquanto os outros quatro andavam na direção da estação de bebidas de Rocha. Rlain se juntou a eles e Yake deu-lhe um tapa nas costas, apontando para o próximo platô, onde o grosso dos candidatos continuava a treinar.

— Aquele grupo mal consegue segurar uma lança direito — disse Yake. — Você deveria ir lá e mostrar para eles como um *verdadeiro* carregador faz um *kata*, hein, Rlain?

— Kalak os ajude se precisarem lutar com aqueles cascudos — acrescentou Eth, pegando uma bebida com Rocha. — Hã, sem ofensas, Rlain.

Rlain tocou a cabeça, onde tinha uma armadura de carapaça — bastante espessa e forte, já que estava na forma bélica — cobrindo seu crânio. A armadura havia esticado sua tatuagem da Ponte Quatro, que fora transferida para a carapaça. Ele tinha protrusões nos braços e nas pernas também, e as pessoas sempre queriam apalpá-las. Elas não acreditavam que a armadura de fato crescesse da sua pele e de algum modo achavam que era apropriado tentar espiar o que havia por baixo dela.

— Rlain — disse Rocha. — Está tudo bem jogar coisas no Eth. Ele também tem cabeça dura, quase como se fosse casco.

— Não tem problema — disse Rlain, porque era o que esperavam que dissesse. Contudo, sem querer se afinou com Irritação, e o ritmo contaminou suas palavras.

Para esconder seu embaraço, ele sintonizou-se com Curiosidade e experimentou a bebida de Rocha daquele dia.

— Isso é bom! O que é?

— Rá! É a água onde fervi os crenguejos, antes de servi-los na noite passada.

Eth cuspiu a bebida que tinha na boca, então olhou para o copo, irritado.

— O que foi? — disse Rocha. — Você comeu os crenguejos sem reclamar!

— Mas isso é... tipo, a *água do banho* deles — argumentou Eth.

— Gelada — replicou Rocha —, com temperos. É gosto bom.

— É água de banho — disse Eth, imitando o sotaque de Rocha.

Teft liderou os outros quatro em um risco ondulante de luz acima. Rlain ergueu os olhos e se pegou se afinando com Desejo antes de abafá-lo. Ele se afinou com Paz, em vez disso. Paz, sim. Podia ser pacífico.

— Não está funcionando — disse Drehy. — Não podemos patrulhar todas as tormentosas Planícies Quebradas. Mais caravanas vão ser atacadas, como aquela da noite passada.

— O capitão diz que é estranho que esses Esvaziadores continuem atacando desse jeito — comentou Eth.

— Diga isso aos caravaneiros de ontem.

Yake deu de ombros.

— Eles nem mesmo queimaram muito; nós chegamos antes que os Esvaziadores tivessem tempo de fazer mais do que assustar todo mundo. Concordo com o capitão. É estranho.

— Talvez eles estejam testando nossas habilidades — disse Eth. — Vendo o que a Ponte Quatro realmente consegue fazer.

Eles olharam para Rlain, esperando confirmação.

— Eu... deveria ser capaz de responder? — perguntou ele.

— Bem — disse Eth. — Quero dizer... Raios, Rlain. Eles são do seu povo. Você deve saber algo sobre eles.

— Deve ter uma ideia, não? — disse Yake.

A filha de Rocha encheu novamente seu copo e Rlain fitou o líquido transparente. *Não os culpe*, pensou. *Eles não sabem. Eles não entendem.*

— Eth, Yake — disse Rlain cuidadosamente —, meu povo fez tudo que podia para se afastar dessas criaturas. Nós nos escondemos muito tempo atrás e juramos que nunca mais aceitaríamos as formas de poder. Não sei o que mudou. Meu povo deve ter sido enganado de algum modo. De qualquer maneira, esses Moldados são tanto meus inimigos quanto seus... *mais*, até. E não, não sei dizer o que eles vão fazer. Passei a vida toda tentando evitar pensar neles.

O grupo de Teft aterrissou a toda no platô. Apesar da dificuldade inicial, Skar havia rapidamente se acostumado a voar. Seu pouso foi o mais gracioso do bando. Hobber bateu com tanta força no chão que soltou um gritinho.

Eles correram até a estação de água, onde a filha e o filho mais velhos de Rocha começaram a entregar-lhes bebidas. Rlain sentiu pena daqueles dois; eles mal falavam alethiano, embora o filho — estranhamente

— fosse vorin. Aparentemente, monges de Jah Keved tinham ido pregar o Todo-Poderoso aos papaguampas, e Rocha deixava que seus filhos seguissem qualquer deus que desejassem. Então era por isso que o jovem papaguampas de pele pálida usava um glifo-amuleto amarrado ao braço e queimava orações ao Todo-Poderoso vorin, em vez de fazer oferendas aos esprenos dos papaguampas.

Rlain provou sua bebida e desejou que Renarin estivesse ali; o silencioso homem olhos-claros geralmente fazia questão de falar com Rlain. Os outros matraqueavam animadamente, mas não pensavam em incluí-lo. Eles não enxergavam os parshemanos — haviam sido criados daquela maneira.

E ainda assim ele os amava, porque eles *de fato* tentavam. Quando Skar esbarrou nele — e se lembrou de sua presença —, ele hesitou, então disse:

— Talvez devêssemos perguntar a Rlain.

Os outros imediatamente acudiram e disseram que Rlain não queria falar sobre o assunto, dando uma versão alethiana do que ele lhes contara antes.

Ele fazia parte daquele grupo tanto quanto de qualquer outro. A Ponte Quatro era sua família, agora que aqueles de Narak haviam partido. Eshonai, Varanis, Thude...

Ele se afinou com o Ritmo dos Perdidos e baixou a cabeça. Precisava acreditar que seus amigos na Ponte Quatro sentiam algum indício dos ritmos, pois, se não fosse o caso, como saberiam como sentir o luto com o verdadeiro sofrimento da alma?

Teft estava se preparando para levar o outro esquadrão para o ar quando um grupo de pontos no céu anunciou a chegada de Kaladin Filho da Tempestade. Ele pousou com seu esquadrão, incluindo Lopen, que fazia malabarismos com uma gema bruta do tamanho de uma cabeça humana. Eles deviam ter encontrado a crisálida de uma besta dos abismos.

— Nem sinal dos Esvaziadores hoje — disse Leyten, virando um dos baldes de Rocha e usando-o como banco. — Mas, raios... as Planícies parecem menores lá de cima.

— Pois é — concordou Lopen. — E *maiores*.

— Menores e maiores? — questionou Skar.

— Menores porque podemos cruzá-las bem rápido — respondeu Leyten. — Eu me lembro de platôs que a gente parecia levar *anos* para cruzar. Agora a gente passa por eles em um piscar de olhos.

— Mas quando estamos lá no alto — acrescentou Lopen — e você entende como esse lugar é vasto... e claro, quanto dele nunca foi explorado, só parece... grande.

Os outros concordaram, entusiasmados. Era preciso ler suas emoções em suas expressões e no modo como se moviam, não nas suas vozes. Talvez fosse por isso que os esprenos de emoções surgissem com mais frequência entre os humanos do que entre os Ouvintes. Sem os ritmos, os homens precisavam de ajuda para se compreenderem.

— Quem está na próxima patrulha? — indagou Skar.

— Ninguém por hoje — respondeu Kaladin. — Tenho uma reunião com Dalinar. Vamos deixar um esquadrão em Narak, mas...

Logo depois que ele passasse pelo Sacroportal, todos começariam lentamente a perder seus poderes, que sumiriam de vez em uma hora ou duas. Kaladin precisava estar relativamente perto — Sigzil havia estabelecido a distância máxima dele em cerca de oitenta quilômetros, embora as habilidades dos homens começassem a sumir por volta dos cinquenta quilômetros.

— Tudo bem — disse Skar. — Eu estava mesmo querendo beber mais do suco de crenguejo de Rocha, de qualquer modo.

— Suco de crenguejo? — disse Sigzil, com a bebida a meio caminho dos lábios.

Exceto por Rlain, a pele marrom-escura de Sigzil era a mais diferente do resto da equipe — apesar de os carregadores de pontes não parecerem se importar tanto com cor de pele. Para eles, só os olhos importavam. Rlain sempre achara isso estranho, já que, entre Ouvintes, seus padrões de pele às vezes eram uma questão de alguma importância.

— Então... — disse Skar. — Vamos falar sobre Renarin?

Os vinte e oito homens se entreolharam, muitos se acomodando ao redor do barril da bebida de Rocha como antes faziam ao redor da fogueira do guisado. Certamente havia um número suspeito de baldes para usar como bancos, como se Rocha houvesse planejado aquilo. O próprio papaguampas estava apoiado contra a mesa que trouxera para os copos, com um pano de limpeza jogado sobre o ombro.

— O que tem ele? — perguntou Kaladin, franzindo o cenho e olhando ao redor do grupo.

— Ele está passando um bocado de tempo com as escribas estudando na cidade-torre — disse Natam.

— No outro dia, ele comentou sobre o que está fazendo lá — acrescentou Skar. — Pareceu *muito* que ele estava aprendendo a ler.

Os homens se remexeram, incomodados.

— E daí? — indagou Kaladin. — Qual é o problema? Sigzil sabe ler a própria linguagem. Raios, *eu* sei ler glifos.

— Não é a mesma coisa — disse Skar.

— É feminino — acrescentou Drehy.

— Drehy — disse Kaladin —, você está *literalmente* cortejando um homem.

— E daí? — retrucou Drehy.

— É, o que você está dizendo, Kal? — rebateu Skar.

— Nada! Só pensei que Drehy poderia se identificar...

— Isso não é justo — disse Drehy.

— Não mesmo — acrescentou Lopen. — Drehy gosta de outros caras. É como se... ele quisesse ficar ainda menos perto de mulheres do que o resto de nós. É o *oposto* de feminino. Poderia-se dizer que ele é extramacho.

— É mesmo — disse Drehy.

Kaladin esfregou a testa e Rlain teve simpatia por ele. Era triste que os humanos tivessem o fardo de estar sempre na forma copulatória. Eles estavam *sempre* distraídos pelas emoções e paixões da reprodução, e não haviam ainda alcançado um ponto onde pudessem deixá-las de lado.

Rlain ficava constrangido por eles, que se preocupavam demais com o que uma pessoa deveria e não deveria estar fazendo. Isso acontecia porque eles não tinham formas para as quais pudessem mudar. Se Renarin queria ser um erudito, deixassem que fosse um erudito.

— Me desculpe — disse Kaladin, levantando a mão para acalmar os homens. — Eu não estava tentando insultar Drehy. Mas raios, homens. Já sabemos que as coisas estão mudando. Olhem só para nós. Estamos a meio caminho de sermos olhos-claros! Já deixamos cinco mulheres entrar na Ponte Quatro, e elas vão lutar com lanças. As expectativas estão sendo derrubadas... e *nós* somos a causa disso. Então vamos dar a Renarin um pouco de flexibilidade, tudo bem?

Rlain assentiu. Kaladin *era* um bom homem. Com todos os seus defeitos, ele tentava ainda mais do que o resto.

— Eu tenho coisa a dizer — acrescentou Rocha. — Durante as últimas semanas, quantos de vocês me procuraram dizendo que sentem que não se encaixam na Ponte Quatro agora?

O platô ficou em silêncio. Finalmente, Sigzil levantou a mão. Seguido por Skar. E por vários outros, incluindo Hobber.

— Hobber, você não me procurou — observou Rocha.

— Ah. É, mas eu quis procurar, Rocha. — Ele baixou os olhos. — Tudo está mudando. Não sei se consigo acompanhar.

— Ainda tenho pesadelos com o que vimos nas entranhas de Urithiru — disse Leyten baixinho. — Mais alguém?

— Eu tenho dificuldade falar alethiano — disse Huio. — Me deixa... embaraçoso. Sozinho.

— Tenho medo de altura — acrescentou Torfin. — Voar lá no alto me apavora.

Alguns olharam Teft de soslaio.

— O que foi? — interpelou Teft. — Querem fazer disso uma rodinha de confissões só porque o tormentoso papaguampas olhou feio para vocês? Para os raios que os partam. É um milagre que eu não esteja queimando musgo o dia todo, tendo que lidar com vocês.

Natam deu-lhe um tapinha no ombro.

— E eu não luto — disse Rocha. — Sei que alguns de vocês não gostam disso. Isso aí me faz sentir diferente. Não só porque sou o único com uma barba decente na equipe. — Ele se inclinou para a frente. — A vida *está* mudando. Vamos todos nos sentir sozinhos por isso, sim? Rá! Talvez possamos nos sentir sozinhos juntos.

Eles pareceram achar isso reconfortante. Todos menos Lopen, que havia se afastado do grupo e por algum motivo estava levantando pedras do outro lado do platô e olhando debaixo delas. Mesmo entre os humanos, ele era esquisito.

Os homens relaxaram e começaram a conversar. Embora Hobber tivesse dado um tapinha nas costas de Rlain, isso foi o mais perto que qualquer um deles chegou de perguntar como ele se sentia. Era infantil da parte dele ficar frustrado? Todos haviam pensado que estavam sozinhos antes, não? Sentido que eram excluídos? Será que *sabiam* como era ser de uma espécie totalmente diferente? Uma espécie com quem estavam em guerra naquele momento — uma espécie cujo povo havia sido assassinado ou corrompido?

As pessoas na torre olhavam para ele com ódio declarado; seus amigos, não, mas eles certamente gostavam de se congratular por isso. *Nós entendemos que você não é como os outros, Rlain. Você não pode evitar ter essa aparência.*

Ele se afinou com Irritação e ficou ali sentado até que Kaladin mandou o resto dos homens para treinar os aspirantes a Corredores dos Ventos. Kaladin falou baixinho com Rocha, depois se virou e fez uma pausa, vendo que Rlain estava ali sentado no seu balde.

— Rlain, por que não tira o resto do dia de folga? — disse Kaladin.

E se eu não quiser tratamento especial por que você sente pena de mim?

Kaladin se agachou junto dele.

— Ei. Você ouviu o que Rocha disse. Eu sei como você se sente. Podemos ajudá-lo a lidar com isso.

— Podem mesmo? — replicou Rlain. — Você sabe *mesmo* como me sinto, Kaladin Filho da Tempestade? Ou só diz isso da boca para fora?

— Acho que é da boca para fora — admitiu Kaladin, então pegou um balde invertido para se sentar. — Pode me dizer como está se sentindo?

Ele queria mesmo saber? Rlain ponderou, então se afinou com Determinação.

— Posso tentar.

56

SEMPRE COM VOCÊ

Também estou incerto em relação ao seu subterfúgio. Por que não se revelou a mim antes disso? Como é possível que possa se esconder? Quem é você de verdade, e como sabe tanto sobre Adonalsium?

DALINAR APARECEU NO PÁTIO de uma estranha fortaleza com uma única muralha elevada de pedras vermelhas como sangue. Ela fechava um grande buraco em uma formação rochosa montanhosa. Ao redor dele, homens carregavam suprimentos ou estavam ocupados entrando e saindo de edifícios construídos contra as encostas de pedra naturais. O ar do inverno fazia a respiração de Dalinar se condensar diante dele.

Ele segurava a mão livre de Navani na sua mão esquerda e a de Jasnah na direita. Havia funcionado; seu controle sobre as visões estava crescendo para além mesmo do que o Pai das Tempestades imaginara possível. Naquele dia, ao segurar as mãos delas, levara Navani e Jasnah sem uma grantormenta.

— Maravilhoso — disse Navani, apertando sua mão. — Essa muralha é tão majestosa quanto você descreveu. E as pessoas. Armas de bronze novamente, muito pouco aço.

— Aquela armadura é Transmutada — disse Jasnah, soltando a mão dele. — Veja só as impressões digitais no metal. Isso é ferro escovado, não aço de verdade, Transmutado de argila para aquela forma. Eu me pergunto... será que o acesso a Transmutadores retardou o impulso deles de aprender a fundir metais? É difícil trabalhar o aço. Não dá para simplesmente derretê-lo no fogo, como o bronze.

— Então... em que período estamos? — perguntou Dalinar.

— Talvez dois mil anos atrás — disse Jasnah. — Essas espadas são haravingianas, e estão vendo essas arcadas? Arquitetura clássica tardia, mas com mantos de um azul falso e desbotado, em vez de tinturas azuis de verdade. Misture isso com a linguagem em que você falou... que minha mãe registrou da última vez... e tenho quase certeza. — Ela deu uma olhadela para os soldados que passavam. — Uma coalizão multiétnica aqui, como durante as Desolações... mas, se eu tiver razão, isso aconteceu mais de dois mil anos depois de Aharietiam.

— Eles estão lutando contra alguém — disse Dalinar. — Os Radiantes batem retirada de uma batalha, então abandonam suas armas no campo mais além.

— O que coloca a Traição em uma data um pouco mais recente do que Masha-filha-Shaliv escreveu em sua história — disse Jasnah, pensando. — Pela minha leitura dos relatos das suas visões, esta é a última, cronologicamente... embora seja difícil localizar aquela com a visão de cima de Kholinar arrasada.

— Quem eles poderiam estar combatendo? — indagou Navani enquanto os homens no topo da muralha soavam o alarme. Cavaleiros saíram galopando do forte para investigar. — Isso foi bem depois da partida dos Esvaziadores.

— Poderia ser a Falsa Desolação — disse Jasnah.

Dalinar e Navani a encararam.

— Uma lenda — disse Jasnah. — Considerada pseudo-histórica. Dovcanti escreveu um épico sobre isso, cerca de 15 séculos atrás. A alegação é de que alguns Esvaziadores sobreviveram a Aharietiam e houve muitos combates contra eles depois. É considerada pouco confiável, mas isso é porque muitos fervorosos posteriores insistiram que nenhum Esvaziador poderia ter sobrevivido. Estou inclinada a deduzir que isso aqui é um conflito com parshemanos, antes que eles perdessem de algum modo sua habilidade de mudar de forma.

Ela se voltou para Dalinar, com um brilho nos olhos, e ele concordou. Jasnah saiu para coletar quaisquer dados históricos que pudesse encontrar.

Navani retirou alguns instrumentos da sua bolsa.

— De uma maneira ou de outra, vou descobrir onde fica esse "Forte Febripetra", mesmo que eu tenha que ameaçar essas pessoas para que me desenhem um mapa. Talvez possamos enviar eruditas até este local e descobrir pistas sobre a Traição.

Dalinar foi até a base da muralha. *Era* uma estrutura realmente majestosa, típica dos estranhos contrastes daquelas visões: um povo clássico, sem fabriais ou até mesmo metalurgia, acompanhado de maravilhas.

Um grupo de homens se empilhava nos degraus que desciam do topo da muralha. Eles eram seguidos por Sua Excelência, Yanagawn I, Primeiro Aqasix de Azir. Enquanto Dalinar havia levado Navani e Jasnah pelo toque, também pedira ao Pai das Tempestades que levasse Yanagawn. A grantormenta atualmente caía sobre Azir.

O jovem viu Dalinar e parou.

— Terei que lutar hoje, Espinho Negro?

— Hoje não, Vossa Excelência.

— Estou ficando bem cansado dessas visões — comentou Yanagawn, descendo os últimos degraus.

— Essa fadiga nunca passa, Vossa Excelência. De fato, a minha só aumentou desde que comecei a captar a importância das coisas que vislumbrei nas visões, e o fardo que deixam sobre mim.

— Não foi *isso* que eu quis dizer.

Dalinar não replicou, as mãos unidas às costas enquanto eles caminhavam juntos até a poterna, onde Yanagawn assistiu aos eventos se desenrolarem do lado de fora. Radiantes estavam cruzando a planície aberta ou descendo dos céus. Eles invocaram suas Espadas, causando preocupação nos soldados que assistiam.

Os cavaleiros enfiaram suas armas no chão, então as *abandonaram*. Eles também abandonaram suas armaduras. Fractais de valor incalculável, renunciados.

O jovem imperador não parecia ansioso para confrontá-los, como Dalinar estivera. Dalinar, portanto, tomou-o pelo braço e guiou-o quando os primeiros soldados abriram as portas. Ele não queria que o imperador fosse pego na torrente que logo viria, enquanto homens corriam atrás daquelas Espadas e então começavam a matar uns aos outros.

Como antes, naquela visão, Dalinar sentiu como se pudesse ouvir os gritos de morte dos esprenos, a terrível tristeza daquele campo, que quase o dominou.

— Por quê? — perguntou Yanagawn. — Por que eles só... desistiram?

— Não sabemos, Vossa Excelência. Essa cena me assombra. Há tanta coisa que não compreendo. A ignorância tornou-se a base do meu reinado.

Yanagawn olhou ao redor, então procurou uma pedra alta para escalar, de onde pudesse ver melhor os Radiantes. Ele parecia muito mais envolvido do que estivera com as outras visões. Dalinar respeitava o fato. Guerra era guerra, mas aquilo ali... era algo inédito. Homens abdicando voluntariamente das suas Fractais?

E aquela *dor*. Ela permeava o ar como um terrível fedor.

Yanagawn se acomodou no pedregulho.

— Então, por que me mostrar isso? Você nem mesmo sabe o que significa.

— Se não vai se juntar à minha coalização, imagino que ainda assim devo dar-lhe o máximo de conhecimento que eu puder. Talvez sejamos destruídos e você sobreviva. Talvez seus eruditos possam resolver esses enigmas quando eu não posso. E talvez você seja o líder de que Roshar precisa, enquanto eu sou apenas um emissário.

— Você não acredita nisso.

— Não. Ainda assim, quero que tenha essas visões, só por via das dúvidas.

Yanagawn se remexeu, brincando com as borlas do gibão de couro.

— Eu... não sou tão importante quanto você acha que sou.

— Perdão, Vossa Excelência, mas está subestimando sua importância. O Sacroportal de Azir será vital, e vocês são o reino mais forte do ocidente. Com Azir do nosso lado, muitos outros países vão se juntar a nós.

— Quero dizer que *eu* não tenho importância — disse Yanagawn. — Claro, Azir tem. Mas eu sou só um garoto que eles colocaram no trono porque tinham medo de que o assassino retornasse.

— E o milagre que eles estão publicando? A prova vinda dos Arautos de que você foi escolhido?

— Foi Lift quem fez aquilo, não eu. — Yanagawn olhou para os próprios pés, balançando abaixo. — Estão me treinando para agir como se eu fosse importante, Kholin, mas não sou. Não ainda. Talvez nunca.

Aquele era um novo aspecto de Yanagawn. A visão daquele dia o abalara, mas não da maneira como Dalinar havia esperado. *Ele é um rapaz*, Dalinar lembrou a si mesmo. A vida nessa idade era desafiadora de qualquer modo, sem o acréscimo do estresse de uma ascensão inesperada ao poder.

— Seja qual for a razão — disse Dalinar ao jovem imperador —, o senhor é o Primeiro. Os vizires publicaram sua elevação miraculosa ao público. Você tem alguma autoridade.

Ele deu de ombros.

— Os vizires não são más pessoas. Eles se sentem culpados por me colocarem nessa posição. Eles me dão educação... meio que me forçam a aprender, para ser honesto... e esperam que eu participe. Mas eu *não* estou governando o império. Eles têm medo de você. Muito medo. Mais ainda do que do assassino. Ele queimou os olhos do imperador, mas imperadores podem ser substituídos. Você representa algo muito mais terrível. Eles acham que você poderia destruir toda a nossa cultura.

— Nenhum alethiano precisa pôr os pés em terras azishianas — disse Dalinar. — Mas venha até mim, Vossa Excelência. Diga a eles que o senhor teve visões, que os Arautos querem que pelo menos *visite* Urithiru. Diga-lhes que as oportunidades são muito maiores do que os perigos de abrir aquele Sacroportal.

— E se isso acontecer de novo? — perguntou Yanagawn, indicando o campo de Espadas Fractais.

Centenas delas despontavam do chão, prateadas, refletindo o sol. Homens estavam agora rumando para fora do forte, na direção daquelas armas.

— Vamos cuidar para que isso não aconteça. De algum modo. — Dalinar estreitou os olhos. — Eu não sei o que causou a Traição, mas posso adivinhar. Eles perderam o objetivo, Vossa Excelência. Envolveram-se em política e deixaram que divisões surgissem entre eles. Esqueceram seu propósito: proteger Roshar para seu povo.

Yanagawn olhou para ele, franzindo o cenho.

— Isso é duro. Antes, você sempre pareceu respeitar os Radiantes.

— Eu respeito aqueles que lutaram nas Desolações. Esses aqui? Eu entendo. Eu também, certas vezes, me deixei distrair por assuntos mesquinhos. Mas respeito? Não. — Ele estremeceu. — Eles mataram seus esprenos. Traíram seus votos! Podem não ser vilões, como a história os pinta, mas nesse momento eles falharam em fazer o que era certo e justo. *Eles falharam com Roshar.*

O Pai das Tempestades trovejou ao longe, concordando.

Yanagawn inclinou a cabeça.

— O que foi? — perguntou Dalinar.

— Lift não confia em você — disse ele.

Dalinar olhou ao redor, esperando que ela aparecesse, como havia feito nas duas visões anteriores que ele mostrara a Yanagawn. Não havia sinal da jovem reshiana que o Pai das Tempestades detestava tanto.

— É porque você age desse modo tão virtuoso — continuou Yanagawn. — Ela diz que qualquer pessoa que age como você está tentando esconder alguma coisa.

Um soldado se aproximou e falou na voz do Todo-Poderoso.

— Eles são os primeiros.

Dalinar deu um passo para trás, permitindo que o jovem imperador ouvisse enquanto o Todo-Poderoso fazia seu pequeno discurso para aquela visão.

Esses eventos entrarão para a história. Eles serão infames. Vocês terão muitos nomes para o que aconteceu aqui...

O Todo-Poderoso dissera as mesmas palavras para Dalinar.

A Noite das Tristezas virá, e a Verdadeira Desolação. A Tempestade Eterna.

Os homens no campo cheio de Fractais começaram a lutar pelas armas. Pela primeira vez na história, homens começaram a se matar com esprenos mortos. Finalmente, Yanagawn sumiu, desaparecendo da visão. Dalinar fechou os olhos, sentindo o Pai das Tempestades se afastar. Tudo agora se dissolveria...

Só que não se dissolveu.

Dalinar abriu os olhos. Ainda estava no campo diante da muralha vermelho-sangue do Forte Febripetra. Homens lutavam pelas Espadas Fractais enquanto algumas vozes pediam para que todos fossem pacientes.

Aqueles que reivindicaram uma Fractal naquele dia se tornaram governantes. Incomodava Dalinar que os melhores homens, aqueles pedindo moderação ou expressando preocupações, seriam raros naquele meio. Eles não foram agressivos o bastante para aproveitar a vantagem.

Por que ainda estava aqui? Da última vez, a visão havia terminado antes disso.

— Pai das Tempestades? — chamou.

Sem resposta. Dalinar se virou.

Um homem de branco e dourado estava ali.

Dalinar deu um pulo, cambaleando para trás. O homem era velho, com um rosto largo e marcado e cabelos brancos como osso, que balançavam como se soprados pelo vento. Bigodes espessos com um toque de preto se misturavam com uma curta barba branca. Ele parecia ser shino, a julgar pela pele e olhos, e usava uma coroa dourada no cabelo.

Aqueles olhos... eram antiquíssimos, a pele ao redor deles profundamente enrugada, e brilhavam de alegria enquanto ele sorria para Dalinar e pousava um cetro dourado no ombro.

Subitamente tomado pela emoção, Dalinar caiu de joelhos.

— Eu o conheço — sussurrou ele. — O senhor... o senhor é Ele. Deus.

— Sim — disse o homem.

— Onde o senhor esteve? — disse Dalinar.

— Eu sempre estive aqui — respondeu Deus. — Sempre com você, Dalinar. Ah, eu o acompanho há muito, muito tempo.

— Aqui? O senhor é... não é o Todo-Poderoso, é?

— Honra? Não, ele está mesmo morto, como lhe contaram. — O sorriso do velho aumentou, genuíno e gentil. — Eu sou o outro, Dalinar. Me chamam de Odium.

57

PAIXÃO

Se deseja falar mais comigo, eu peço honestidade direta. Volte às minhas terras, aborde os meus servos, e verei o que posso fazer pela sua jornada.

ODIUM.

Dalinar se levantou apressadamente, recuando aos tropeços e procurando uma arma que não possuía.

Odium. Parado na *frente* dele.

O Pai das Tempestades havia se distanciado, quase desaparecido — mas Dalinar sentia uma leve emoção vindo dele. Um gemido, como se ele estivesse fazendo força para empurrar algo pesado?

Não. Não, aquilo era um ganido de medo.

Odium pousou seu cetro dourado contra a palma da mão, então voltou-se para ver os homens lutando pelas Espadas Fractais.

— Lembro-me desse dia — falou Odium. — Tanta *paixão*. E tanta perda. Terrível para muitos, mas glorioso para outros. Você está errado sobre o motivo da queda dos Radiantes, Dalinar. Havia lutas internas entre eles, é verdade, mas não mais do que nas outras eras. Eram homens e mulheres honestos, que às vezes tinham pontos de vista diferentes, mas unidos pelo seu desejo de fazer o melhor.

— O que você quer de mim? — disse Dalinar, mão no peito, respirando rapidamente. Raios. Ele não estava pronto.

Como poderia *algum dia* estar pronto para esse momento?

Odium andou tranquilamente até um pequeno rochedo e se acomodou nele. Ele suspirou de alívio, como um homem livre de um fardo pesado, então indicou com um aceno de cabeça o espaço ao seu lado.

Dalinar não se moveu para se sentar.

— Você foi colocado em uma posição difícil, meu filho — disse Odium. — Você é o primeiro a estabelecer um laço com o Pai das Tempestades no seu estado atual. Sabia disso? Você está profundamente conectado aos resquícios de um deus.

— Um deus que você matou.

— Sim. E vou matar a outra também, em algum momento. Ela está escondida em algum lugar, e eu estou demasiadamente... acorrentado.

— Você é um monstro.

— Ah, Dalinar. Vindo logo de você? Diga-me que nunca entrou em conflito com alguém que respeitava. Diga que nunca matou um homem porque precisou matar, mesmo que, em um mundo melhor, ele não fosse merecer isso?

Dalinar mordeu a língua para não responder. Sim, havia feito aquilo. Vezes demais.

— Eu conheço você, Dalinar — disse Odium. Ele sorriu novamente, com uma expressão paternal. — Venha se sentar. Não vou devorá-lo nem queimá-lo com um toque.

Dalinar hesitou. *Você precisa ouvir o que ele diz. Até mesmo as mentiras dessa criatura podem lhe dizer mais do que um mundo inteiro de verdades banais.*

Ele caminhou até lá, então sentou-se rigidamente.

— O que você sabe de nós três? — perguntou Odium.

— Honestamente, eu nem mesmo sabia que *havia* três.

— Há mais, na verdade — disse Odium, distraído. — Mas só três são relevantes para você. Eu. Honra. Cultura. Vocês falam dela, não falam?

— Suponho que sim. Algumas pessoas a identificam com Roshar, o espreno do mundo em si.

— Ela gostaria disso — observou Odium. — Queria poder simplesmente permitir que ela ficasse com esse lugar.

— Então permita. Deixe-nos em paz. Vá embora.

Odium voltou-se para ele tão bruscamente que Dalinar teve um sobressalto.

— Seria isso — disse Odium em voz baixa — uma oferta para me liberar dos meus laços, vinda do homem em posse dos resquícios do nome e do poder de Honra?

Dalinar gaguejou. *Idiota. Você não é um recruta novato. Controle-se.*

— Não — respondeu ele com firmeza.

— Ah, está bem, então — disse Odium. Ele sorriu com um brilho nos olhos. — Ah, não fique tão aflito. Essas coisas devem ser feitas apropriadamente. Eu *irei*, se você me liberar, mas só se fizer isso com Intenção.

— E quais seriam as consequências de libertá-lo?

— Bem, primeiro cuidarei da morte de Cultura. Também haveria... outras consequências, como você chama.

Olhos queimavam enquanto os homens golpeavam ao redor com Espadas Fractais, matando outros que a meros instantes haviam sido seus camaradas. Era uma briga insana e frenética pelo poder.

— E você não pode simplesmente... ir embora? — indagou Dalinar. — Sem matar ninguém?

— Bem, deixe-me perguntar algo a você também. Por que você tomou o controle de Alethkar do pobre Elhokar?

— Eu... — *Não responda. Não dê munição a ele.*

— Você sabia que era melhor assim — disse Odium. — Sabia que Elhokar era fraco e que o reino sofreria sem uma liderança firme. Você assumiu o controle pelo bem maior, e isso foi bom para Roshar.

Ali perto, um homem cambaleou na direção deles, mancando para longe da contenda. Seus olhos queimaram quando uma Espada Fractal o apunhalou por trás, quase um metro de lâmina surgindo do seu peito. Ele caiu para a frente, os olhos deixando trilhas gêmeas de fumaça.

— Um homem não pode servir a dois deuses ao mesmo tempo, Dalinar — disse Odium. — Por isso, eu não posso deixá-la. Na verdade, não posso deixar os Fragmentos de Honra, como outrora pensei que pudesse. Já estou vendo como isso daria problema. Quando você me libertar, vou transformar bastante esse reino.

— Você acha que fará melhor? — Dalinar umedeceu a boca, que estava seca. — Será melhor do que os outros para essa terra? Você, uma manifestação do ódio e da dor?

— Me chamam de Odium — disse o velho. — Um nome satisfatório. Um nome que tem certa *potência*. Mas a palavra é limitada demais para me descrever, e você deve saber que isso não é tudo que eu represento.

— E o que você representa?

Ele olhou para Dalinar.

— *Paixão*, Dalinar Kholin. Eu sou a emoção encarnada. Eu sou a alma dos esprenos e dos homens. Eu sou desejo, alegria, ódio, raiva e exultação. Eu sou glória e eu sou vício. Eu sou aquilo que faz dos homens *homens*. Honra só ligava para vínculos. Não para o *significado* dos vínculos e dos juramentos, só que eles fossem mantidos. Cultura só quer ver a transformação. Crescimento. Pode ser bom ou ruim, ela não se importa. A dor dos homens não é nada para ela. Só eu a compreendo. Só eu *me importo*, Dalinar.

Eu não acredito nisso, pensou Dalinar. *Eu* não posso *acreditar.* O velho suspirou, então se levantou pesadamente.

— Se você pudesse ver o resultado da influência de Honra, não se precipitaria em me chamar de deus da fúria. Separe a emoção dos homens e terá criaturas como Nale e seus Rompe-céus. Era *isso* que Honra teria dado a você.

Dalinar indicou a terrível contenda no campo diante deles.

— Você disse que eu estava errado em relação ao que fez os Radiantes abandonarem seus votos. O que foi, então?

Odium sorriu.

— Paixão, filho. Uma paixão gloriosa, maravilhosa. Emoção. É isso que define os homens... embora, ironicamente, vocês sejam péssimos receptáculos para ela. A emoção preenche e despedaça vocês, a menos que encontrem alguém com quem compartilhar o fardo. — Ele olhou para os homens moribundos. — Mas consegue imaginar um mundo sem ela? Não. Não seria um mundo em que eu desejaria viver. Pergunte a Cultura, na próxima vez que encontrá-la. Pergunte o que ela deseja para Roshar. Acho que vai perceber que sou a melhor escolha.

— Da próxima vez? — disse Dalinar. — Eu nunca a vi.

— É claro que já viu — replicou Odium, virando-se e caminhando para longe. — Ela apenas roubou sua memória. A minha ajuda teria sido diferente do toque dela. Ela roubou parte de você e o deixou como um homem cego, incapaz de se lembrar de que algum dia enxergou.

Dalinar se levantou.

— Eu ofereço a você um desafio de campeões. Com termos a serem discutidos. Você aceita?

Odium parou, então se virou lentamente.

— Você fala pelo mundo, Dalinar Kholin? A oferta vale por toda Roshar? Raios. Valeria?

— Eu...

— De qualquer modo, eu não aceito. — Odium se empertigou, sorrindo de uma maneira perturbadoramente compreensiva. — Não preciso me arriscar, porque sei, Dalinar Kholin, que você vai tomar a decisão certa. Você vai me libertar.

— Não. — Dalinar se levantou. — Você não deveria ter se revelado, Odium. Eu antes o temia, mas é mais fácil temer o que se não compreende. Agora que eu o vi, posso combatê-lo.

— Você me viu, foi? Curioso.

Odium sorriu de novo.

Então tudo ficou branco. Dalinar viu-se parado em uma partícula de nada que era o mundo inteiro, olhando para uma eterna *chama* que abraçava a tudo. Ela se estendia em todas as direções, começando como vermelho, passando para laranja, então mudando para um branco fulgurante.

Então, de algum modo, as chamas pareceram queimar até um profundo breu, violeta e furioso.

Era algo tão terrível que consumia a própria luz. Era quente. Uma radiância indescritível, calor intenso e fogo negro, roxo no exterior.

Queimando.

Avassalador.

Poder.

Era o grito de mil guerreiros no campo de batalha.

Era o momento do êxtase e do toque mais sensual.

Era o pranto da perda, a alegria da vitória.

E *era* ódio. Um ódio profundo e pulsante com intensidade para derreter todas as coisas. Era o coração de mil sóis, era o deleite de todos os beijos, eram as vidas de todos os homens misturadas em uma, definida por tudo que eles sentiam.

Receber mesmo a menor fração daquilo apavorou Dalinar; deixou-o minúsculo e frágil. Ele sabia que, se bebesse daquele fogo negro líquido, bruto e concentrado, deixaria de existir em um só momento. Todo o planeta de Roshar sumiria, sem mais importância do que a fumaça de uma vela apagada.

O fogo sumiu e Dalinar viu-se deitado na pedra fora do Forte Febripetra, olhando para o alto. Acima dele, o sol parecia pálido e frio. Tudo parecia congelado, em contraste.

Odium se ajoelhou ao lado dele, então o ajudou a se erguer até que estivesse sentado.

— Pronto, pronto. Foi um bocadinho demais, não foi? Eu tinha esquecido como pode ser avassalador. Aqui, tome um gole.

Ele passou um odre de água para Dalinar. Dalinar olhou para o odre, perplexo, e então para o velho. Nos olhos de Odium, podia ver aquele fogo negro-violeta. Bem, bem no fundo. A figura com quem Dalinar falava não era o deus, era só um rosto, uma máscara.

Porque, se Dalinar precisasse confrontar a verdadeira força por trás daqueles olhos sorridentes, enlouqueceria.

Odium deu-lhe um tapinha no ombro.

— Descanse um minuto, Dalinar. Vou deixá-lo aqui. Relaxe. Isso... — Ele se interrompeu, então franziu o cenho, girando. Ele vasculhou os rochedos.

— O que foi? — indagou Dalinar.

— Nada. Só a mente de um velho pregando peças nele. — Ele deu um tapinha no braço de Dalinar. — Vamos conversar novamente, eu prometo.

Ele desapareceu em um piscar de olhos.

Dalinar desabou para trás, completamente esgotado. Raios. Só... Raios.

— Aquele cara é *bizarro* — disse uma voz de garota.

Dalinar se remexeu, se sentando com dificuldade. Uma cabeça surgiu por trás de algumas rochas próximas. Pele bronzeada, olhos pálidos, longo cabelo escuro, esguia, traços de menina.

— Quero dizer, velhos são *todos* bizarros — disse Lift. — Sério. Cheios de rugas, dizendo "Oi, quer uns docinhos?" e "Ah, escute só essa história chata". Eles não me enganam. Podem bancar os bonzinhos o quanto quiserem, mas ninguém fica velho sem estragar um monte de vidas.

Ela escalou as pedras. Agora vestia roupas azishianas finas, em comparação com as calças e a camisa simples da última vez. Um robe de estampa colorida, uma grossa sobrecasaca e um chapéu.

— Mas, mesmo para os níveis de gente velha, aquele lá era extrabizarro — disse ela baixinho. — O que era aquela coisa, bunda dura? Não tinha o cheiro de uma pessoa de verdade.

— O nome dele é Odium — disse Dalinar, exausto. — E é ele que combatemos.

— Hum. Em comparação com aquilo, você não é *nada*.

— Obrigado?

Ela assentiu, como se fosse um elogio.

— Vou falar com Gawx. Tem comida boa naquela sua cidade-torre?

— Podemos preparar algo para você.

— Tá, eu não ligo para o que você vai preparar. O que *você* come? É bom?

— ... Sim?

— Nada de rações militares ou alguma baboseira do tipo, certo?

— Geralmente, não.

— Ótimo. — Ela olhou para o lugar onde Odium havia desaparecido e estremeceu visivelmente. — Nós vamos te visitar. — Ela fez uma pausa, então o cutucou no braço. — Não conte para o Gawx desse tal de Odium, está bem? Ele já tem muita gente velha com que se preocupar.

Dalinar concordou.

A garota estranha sumiu e, momentos depois, a visão finalmente desapareceu.

FIM DA
PARTE DOIS

INTERLÚDIOS

KAZA • TARAVANGIAN • VENLI

I-4
KAZA

O NAVIO **PRIMEIROS SONHOS** PASSOU bruscamente por uma onda, levando Kaza a se agarrar com força no cordame. Suas mãos enluvadas já doíam e ela estava certa de que cada nova onda a jogaria ao mar.

Ela se recusava a descer. Era o destino *dela*. Ela não era uma coisa a ser carregada de um lugar para outro, não mais. Além disso, aquele céu escuro — subitamente tempestuoso, muito embora a navegação estivesse tranquila até uma hora atrás — não era mais desconcertante do que suas visões.

Outra onda jogou água por todo o convés. Os marujos corriam e gritavam, a maioria deles contratados de Steen, já que nenhuma tripulação racional faria aquela viagem. O Capitão Vazrmeb andava entre eles, gritando ordens, enquanto Droz — o timoneiro — mantinha o barco seguindo reto. Para a tempestade. Direto. Para. A tempestade.

Kaza se segurou bem, sentindo a idade quando seus braços começaram a enfraquecer. Água gelada caiu sobre ela, empurrando para trás o capuz do robe, expondo seu rosto — e sua natureza deformada. A maioria dos marinheiros não estava prestando atenção, embora o grito dela *houvesse* chamado a atenção de Vazrmeb.

O capitão era o único thayleno a bordo e não correspondia à imagem que ela tinha daquele povo. Para ela, os thaylenos eram homenzinhos corpulentos vestindo coletes — comerciantes com belos penteados, que pechinchavam até a última esfera. Vazrmeb, contudo, era alto como um alethiano, com mãos largas o bastante para segurar pedregulhos e antebraços fortes o bastante para levantá-los.

Acima do estrondo das ondas, ele berrou:

— Alguém leve aquela Transmutadora lá para baixo!

— Não — gritou ela de volta. — Vou ficar.

— Não paguei uma fortuna para trazê-la — disse ele, pisando duro na direção dela — só para você cair no mar!

— Eu não sou uma coisa para...

— Capitão! — gritou um marinheiro. — *Capitão!*

Ambos olharam enquanto o navio subia até o pico de uma onda enorme, então oscilava, antes de basicamente *cair* do outro lado. Raios! O estômago de Kaza praticamente subiu à garganta, e ela sentiu seus dedos deslizando nas cordas.

Vazrmeb a agarrou pela lateral do robe, segurando-a com firmeza enquanto eles atingiam a água além da onda. Por um momento apavorante, eles pareceram soterrados em água gelada, como se todo o navio houvesse afundado.

A onda passou e Kaza se viu caída em uma pilha ensopada no convés, segurada pelo capitão.

— Tola tormentosa — disse ele. — Você é minha arma secreta. Se afogue quando *não* estiver trabalhando para mim, entendeu?

Ela concordou, sem forças. Então percebeu, chocada, que podia ouvi-lo facilmente. A tempestade...

Se fora?

Vazrmeb se empertigou, com um grande sorriso, suas sobrancelhas brancas penteadas para trás junto com a longa cabeleira gotejante. Por todo o convés, os marinheiros que haviam sobrevivido estavam se levantando, encharcados, e fitando o céu. Ainda estava nublado, mas os ventos haviam cessado completamente.

Vazrmeb soltou uma gargalhada alta, jogando para trás seu cabelo longo e encaracolado.

— O que foi que eu disse a vocês, homens?! Aquela nova tempestade veio de Aimia! Agora ela foi embora e deixou as riquezas da sua terra natal para serem saqueadas!

Todo mundo sabia que não era bom demorar-se perto de Aimia, embora todos tivessem explicações diferentes quanto ao motivo. Alguns rumores falavam de uma tempestade vingativa ali, que buscava e destruía navios que se aproximavam. O estranho vento que haviam encontrado — que não correspondia com as datas de grantormenta *ou* da Tempestade Eterna — parecia reforçar essa ideia.

O capitão começou a gritar ordens, fazendo com que os homens voltassem às posições. Não estavam viajando há muito tempo, só uma curta distância desde Liafor, ao longo da costa shina, então para oeste, rumo à área setentrional de Aimia. Eles logo identificaram a grande ilha principal, mas não a visitaram. Todos sabiam que ela era estéril e sem vida. Os tesouros estavam nas ilhas ocultas, supostamente à espera para enriquecer pessoas dispostas a enfrentar os ventos e os estreitos traiçoeiros.

Ela não se importava com isso... de que lhe serviriam riquezas? Viera por causa de outro rumor, que era mencionado apenas entre sua gente. Talvez ali, pelo menos, ela pudesse encontrar uma cura para sua condição.

Mesmo enquanto se aprumava, ela apalpava a bolsa, buscando o toque reconfortante do seu Transmutador. *Dela*, independentemente do que alegassem os soberanos de Liafor. Por acaso eles haviam passado a juventude acariciando-o, descobrindo seus segredos? Haviam passado a meia-idade servindo, a cada uso se aproximando mais e mais do esquecimento?

Os marinheiros deram espaço a Kaza, recusando-se a encará-la. Ela puxou o capuz para cima, desacostumada com o olhar das pessoas comuns. Ela havia entrado no estágio onde sua... desfiguração era bastante óbvia.

Lentamente, Kaza estava virando fumaça.

O próprio Vazrmeb assumiu o leme, permitindo que Droz fizesse uma pausa. O homem magro desceu do tombadilho, notando-a no flanco do navio. Ele sorriu para ela, algo que Kaza achou curioso. Nunca falara com ele. O homem se aproximou animadamente, como se quisesse *conversar*.

— Então... — disse ele. — No convés? Encarando *aquilo*? Você tem coragem.

Ela hesitou, considerando aquela estranha criatura, então baixou seu capuz.

Ele não se encolheu de medo, embora o cabelo, as orelhas e agora partes do rosto dela estivessem se desintegrando. Havia um buraco na sua bochecha através do qual era possível ver sua mandíbula e dentes. Linhas de fumaça bordejavam o orifício; a carne parecia estar queimando. O ar passava por ali quando ela falava, alterando sua voz, e ela precisava inclinar totalmente a cabeça para trás para beber qualquer coisa. Ainda assim, o líquido vazava.

O processo era lento; ela ainda tinha alguns anos antes que a Transmutação a matasse.

Droz parecia decidido a fingir que não havia nada de errado.

— Não acredito que passamos por aquela tempestade. Você acha que ela caça os navios, como as histórias dizem?

Ele era liaforano, assim como ela, com uma pele de um marrom profundo e olhos castanho-escuros. O que ele *queria*? Ela tentou se lembrar das paixões vulgares da vida humana, que ela havia começado a esquecer.

— É sexo que você deseja?... Não, você é muito mais novo do que eu. Hmmm... — Curioso. — Você está com medo e quer ser reconfortado?

Ele começou a ficar nervoso, brincando com a ponta de uma corda amarrada.

— Hum... Então, quero dizer, o príncipe mandou você, certo?

— Ah. — Então ele sabia que ela era a prima do príncipe. — Você quer estabelecer uma conexão com a realeza. Bem, eu vim por conta própria.

— Certamente ele *deixou* que viesse.

— É claro que não deixou. Se não pela minha segurança, então pela do meu dispositivo. — O Transmutador *era* dela. Kaza olhou na direção do mar calmo demais. — Eles me trancavam todos os dias, me enchiam de confortos que imaginavam que me deixariam feliz. Eles sabiam que, a qualquer momento, eu podia *literalmente* transformar paredes e correntes em fumaça.

— Isso... isso dói?

— É beatífico. Eu lentamente me conecto ao dispositivo e, através dele, a Roshar. Até o dia em que ele me levará totalmente em seu abraço.

Ela levantou a mão e tirou a luva negra, um dedo de cada vez, revelando a mão que estava se desintegrando. Cinco linhas de escuridão, cada uma surgindo da ponta de cada dedo. Ela a virou, a palma voltada para ele.

— Eu posso mostrar a você. Sinta meu toque e você saberá. Um momento, e então você vai se misturar com o próprio ar.

Ele fugiu. Ótimo.

O capitão manobrou rumo a uma pequena ilha que despontava do plácido oceano bem onde o mapa dele alegara que ela estaria. A ilha possuía dúzias de nomes. A Rocha dos Segredos. O Parque do Vazio. Tão melodramático. Ela preferia o antigo nome do lugar: Akinah.

Supostamente, outrora houvera uma cidade grandiosa ali. Mas quem colocaria uma cidade em uma ilha que ninguém podia alcançar? Pois, despontando daquela parte do oceano, havia um conjunto de estranhas formações rochosas. Elas envolviam toda a ilha como uma muralha, algumas com mais de dez metros de altura, semelhantes a cabeças de lanças. Enquanto o navio se aproximava, o mar se tornou revolto novamente, e ela sentiu um ataque de náusea. Gostou disso; era uma sensação *humana*.

Sua mão novamente procurou o Transmutador.

Aquela náusea misturava-se com uma vaga sensação de fome. Comida era algo que ela com frequência esquecia atualmente, já que seu corpo precisava de cada vez menos. Mastigar era irritante, com o buraco na bochecha. Ainda assim, ela gostou do aroma do que o cozinheiro estava preparando lá embaixo, fosse o que fosse. Talvez a refeição acalmasse os homens, que pareciam agitados com a aproximação da ilha.

Kaza foi até o tombadilho, perto do capitão.

— Agora você vai pagar sua estadia, Transmutadora — disse ele. — E eu terei razão em tê-la trazido até aqui.

— Eu não sou uma coisa a ser usada — disse ela distraidamente. — Esses picos de pedra... foram Transmutados ali.

As enormes cabeças de lança eram homogêneas demais, formando um anel ao redor da ilha. A julgar pelas correntes à frente, havia algumas debaixo das águas também, para rasgar os cascos das naus que se aproximassem.

— Você consegue destruir uma? — perguntou o capitão.

— Não. São muito maiores do que você indicou.

— Mas...

— Posso fazer um buraco nelas, capitão. É mais fácil Transmutar um objeto inteiro, mas não sou uma Transmutadora comum. Comecei a ver o céu escuro e o segundo sol, as criaturas à espreita, escondidas, ao redor das cidades dos homens.

Ele tremeu visivelmente. Por que isso o assustava? Ela só havia declarado fatos.

— Precisamos que você transforme a ponta de algumas debaixo das ondas — disse ele. — Então faça um buraco pelo menos grande o bastante para que os botes possam chegar à ilha.

— Manterei minha palavra, mas você deve lembrar. Eu não *sirvo* a você. Estou aqui pelos meus próprios motivos.

Eles lançaram a âncora o mais perto dos picos que ousaram. Os picos eram ainda mais assustadores — e mais obviamente Transmutados — dali. *Cada um deles deve ter exigido vários Transmutadores trabalhando juntos*, ela pensou, de pé na proa do navio, enquanto os homens comiam apressadamente um guisado.

Quem cozinhava era uma mulher, reshiana pela aparência, com tatuagens em todo o rosto. Ela pressionou o capitão a comer, alegando que, se ele ficasse com fome, se distrairia. Até Kaza comeu um pouco, embora sua língua já não sentisse o gosto da comida. Tudo era a mesma papa para ela, que fez a refeição com um guardanapo pressionado à bochecha.

O capitão atraiu esprenos de expectativa enquanto esperava — fitas que balançavam ao vento — e Kaza podia ver as feras além, as criaturas que acompanhavam os esprenos.

Os quatro botes do navio estavam apinhados, com remadores e oficiais todos juntos, mas eles abriram espaço para ela na frente de um. Kaza puxou para cima o capuz, que ainda não havia secado, e sentou-se no seu banco. O que o capitão havia planejado fazer, se a tempestade não cessasse? Será que ele teria mesmo tentado usar a ela e um bote para remover aquelas lanças no meio de uma tormenta?

Alcançaram o primeiro pico e Kaza cuidadosamente desembrulhou seu Transmutador, libertando um feixe de luz. Três grandes gemas conectadas por correntes, com argolas para os dedos. Ela o calçou, com as gemas no dorso da mão, e suspirou baixinho quando sentiu o metal contra a pele novamente. Cálido, receptivo, parte dela.

Kaza se inclinou para a água gelada, pressionando a mão contra a ponta da lança de pedra — alisada pelos anos exposta ao mar. A luz das gemas iluminou a água, reflexos dançando no seu robe.

Ela fechou os olhos e teve a sensação familiar de ser atraída para o outro mundo. De outra vontade reforçando a dela, algo dominador e poderoso, atraído pelo seu pedido de ajuda.

A pedra não queria mudar. Estava contente com seu longo sono no oceano. Mas... sim, sim, ela *lembrava*. Ela havia sido ar, até que alguém a trancara naquela forma. Kaza não podia transformá-la novamente em ar; seu Transmutador só possuía um modo, não todos os três. Ela não sabia por quê.

Fumaça, ela sussurrou para a pedra. *Liberdade no ar. Lembra?* Ela a tentou, escolhendo as memórias dela dançando livremente.

Sim... liberdade.

Ela mesma quase se entregou. Quão *maravilhoso* seria não ter mais medo? Voar para o infinito na atmosfera? Estar livre das dores mortais?

A ponta da pedra virou fumaça e uma explosão de bolhas envolveu o bote. O choque trouxe Kaza de volta ao mundo real e um pedaço bem no fundo dela estremeceu. Apavorada. Ela quase se fora daquela vez.

Bolhas de fumaça sacudiram o bote, que quase virou. Ela devia ter avisado. Os marinheiros murmuraram, mas, no bote mais próximo, o capitão a louvou.

Ela removeu mais duas pontas de lança debaixo das ondas antes de alcançar a muralha. Ali, as formações afiadas haviam crescido tão próximas que mal havia o espaço de um palmo entre elas. Foram necessárias três tentativas para aproximar o bote o bastante — assim que eles conseguiam posicioná-lo, alguma mudança nas ondas os afastava novamente.

Finalmente, os marinheiros conseguiram manter o bote firme. Kaza estendeu a mão com o Transmutador — duas das três gemas estavam quase sem Luz das Tempestades e só brilhavam fracamente. Ainda deveria bastar.

Ela pressionou a mão contra a pedra, então convenceu-a a se tornar fumaça. Foi... fácil dessa vez. Ela sentiu a explosão de vento da transformação, sua alma chorando de deleite com a fumaça, espessa e doce. Ela a inspirou pelo buraco na bochecha enquanto os marinheiros tossiam. Ela olhou para a fumaça se afastando. Como seria maravilhoso se juntar a ela...

Não.

A ilha propriamente dita surgiu através daquele buraco. Escura, como se suas próprias pedras estivessem manchadas de fumaça, ela tinha formações rochosas elevadas ao longo do centro. Quase pareciam muralhas de uma cidade.

O bote do capitão encostou-se ao dela e o capitão se transferiu para lá. O dele começou a remar de volta.

— O quê? Por que seu barco está voltando?

— Eles disseram que não estão se sentindo bem — respondeu o capitão. Ele estava mais pálido do que o normal? — Covardes. Então não terão parte do prêmio.

— Gemas no chão para você pegar — acrescentou Droz. — Gerações de grã-carapaças morreram aqui, deixando seus corações. Nós vamos ser homens ricos, ricos.

Contanto que o segredo estivesse ali.

Ela se ajeitou no seu lugar na proa, enquanto os marinheiros guiavam os três botes pela passagem. Os aimianos haviam conhecido Transmutadores. Antigamente, era para lá que as pessoas iam para obter os dispositivos. Até a antiga ilha de Akinah.

Se houvesse um segredo sobre como evitar a morte pelo dispositivo que ela amava, deveria encontrá-lo ali.

Seu estômago começou a se revirar novamente enquanto eles remavam. Kaza suportou, embora sentisse que estava adentrando outro mundo. Não era um oceano debaixo dela, mas um espelho negro e profundo. E dois sóis no céu, um que atraía sua alma para ele. A sombra dela se esticando na direção errada...

Splash.

Ela se assustou. Um dos marinheiros havia escorregado para fora do barco, caído na água. Ela ficou boquiaberta ao ver outro cair para o lado, o remo escapando dos seus dedos.

— Capitão?

Kaza se virou e viu que os olhos dele estavam se fechando. Ele ficou flácido, então caiu para trás, inconsciente, batendo com a cabeça contra o assento do barco.

O resto dos marinheiros não estava melhor. As outras duas balsas haviam começado a flutuar sem rumo. Nem um único marinheiro parecia estar consciente.

Meu destino, pensou Kaza. *Minha escolha.*

Não uma coisa a ser carregada de um lugar a outro e ordenada a Transmutar. Não uma *ferramenta*. Uma *pessoa*.

Ela empurrou para o lado um marinheiro inconsciente e pegou os remos. Foi uma tarefa difícil; ela não estava acostumada ao trabalho braçal e seus dedos tinham dificuldade em segurar. Eles haviam começado a se dissolver ainda mais. Talvez um ano ou dois de sobrevida fosse otimismo.

Ainda assim, ela remou. Lutou com as águas até que, finalmente, se aproximou o bastante para pular do barco e sentir pedra debaixo dos pés. Com seu robe inflando ao redor dela, finalmente pensou em verificar se Vazrmeb estava vivo.

Nenhum dos marinheiros na sua balsa estava respirando, então ela deixou o barco deslizar de volta para as ondas. Sozinha, Kaza lutou para atravessar a arrebentação e, finalmente engatinhando, se arrastou pelas pedras da ilha.

Ali, ela desabou, sonolenta. Por que estava com tanto sono?

Ela despertou com um pequeno crenguejo atravessando as rochas rapidamente para se aproximar dela. Ele tinha um formato estranho, com asas grandes e uma cabeça que o deixava parecido com um cão-machado. Sua carapaça tremeluzia com dezenas de cores.

Kaza se lembrava de uma época quando havia colecionado crenguejos, prendendo-os em tábuas com alfinetes e proclamando que se tornaria uma historiadora natural. O que havia acontecido com aquela garota?

Ela foi transformada pela necessidade. Recebera o Transmutador, que devia ser sempre mantido na família real. Recebera um encargo.

E uma sentença de morte.

Ela se mexeu e o crenguejo saiu correndo. Tossiu, então começou a se arrastar na direção daquelas formações rochosas. Aquela cidade? Cidade sombria de pedra? Ela mal conseguia pensar, embora tenha notado uma gema ao passar — uma grande gema-coração bruta entre os restos de carapaças branqueadas de um grã-carapaça morto. Vazrmeb estava certo.

Ela desabou novamente perto do perímetro das formações rochosas. Elas pareciam edifícios grandes e ornamentados, cobertos com crem.

— Ah... — fez uma voz atrás dela. — Eu deveria ter imaginado que a droga não afetaria você tão rapidamente. Você quase já não é mais humana.

Kaza rolou o corpo e viu alguém se aproximando com pés descalços e silenciosos. A cozinheira? Sim, era ela, a mulher do rosto tatuado.

— Você... — grasnou Kaza. — Você nos *envenenou*.

— Depois de muitos avisos para não virem até aqui — disse a cozinheira. — É raro que eu precise guardar o lugar de modo tão... agressivo. Os homens não devem redescobrir este local.

— As gemas? — indagou Kaza, ficando mais sonolenta. — Ou... é alguma outra coisa... algo... mais...

— Eu não posso falar — disse a cozinheira — mesmo para atender ao pedido de uma moribunda. Existem pessoas capazes de extrair segredos da sua alma, e o custo poderia ser o fim dos mundos. Durma agora, Transmutadora. Esse é o fim mais misericordioso que posso conceder.

A cozinheira começou a cantarolar. Pedaços dela se desprenderam. Ela se desfez em uma pilha de pequenos *crenguejos* ruidosos, que saíram de suas roupas, largando as peças no chão.

Uma alucinação?, Kaza se perguntou enquanto partia.

Estava morrendo. Bem, isso não era novidade.

Os crenguejos começaram a mordiscar sua mão, removendo seu Transmutador. Não... ela tinha uma última coisa a fazer.

Com um grito de desafio, pressionou a mão contra o chão rochoso e exigiu que ele mudasse. Quando ele se transformou em fumaça, ela foi junto.

Sua escolha.

Seu destino.

I-5
TARAVANGIAN

Taravangian andava de um lado para outro nos seus aposentos em Urithiru enquanto dois servos do Diagrama arrumavam sua mesa, e o irrequieto Dukar — chefe dos Examinadores do Rei, que usavam uma túnica ridícula de guarda-tempo com glifos ao longo das bainhas — preparava os testes, embora eles não precisassem se dar ao trabalho.

Naquele dia, Taravangian era um tormentoso *gênio*.

A maneira como ele pensava, respirava, até mesmo se movia, implicitamente expressava que aquele era um dia de inteligência — talvez não tão brilhante quanto aquele único dia transcendental quando criara o Diagrama, mas ele finalmente se sentia como ele mesmo, depois de tantos dias aprisionado no mausoléu da própria carne, sua mente como um mestre pintor que só tinha permissão de caiar paredes.

Quando a mesa estava pronta, Taravangian empurrou um servo anônimo para o lado e sentou-se, agarrando uma pena e atacando os problemas — começando na segunda página, já que a primeira era simples demais — e jogando tinta em Dukar quando o idiota começou a reclamar.

— A próxima página — rosnou ele. — Rápido, rápido. Não vamos perder tempo, Dukar.

— O senhor ainda precisa...

— Sim, sim. Provar que não sou um idiota. No único dia em que não estou babando e me espojando no meu próprio excremento, você desperdiça meu tempo com essa idiotice.

— O senhor estabeleceu...

— O teste. Sim, a ironia é que você deixa que as proibições instituídas pelo meu eu idiota controlem meu eu verdadeiro quando ele finalmente tem oportunidade de emergir.

— O senhor não estava idiota quando...

— Aqui — disse Taravangian, estendendo para ele a folha de problemas matemáticos. — Feito.

— Todos menos o último dessa folha — observou Dukar, pegando-a com dedos cautelosos. — O senhor quer tentar esse, ou...

— Não precisa. Eu sei que não posso resolvê-lo; é uma pena. Cumpra logo as formalidades requeridas. Tenho trabalho a fazer.

Adrotagia havia entrado com Malata, a Pulverizadora; elas estavam desenvolvendo um companheirismo, já que Adrotagia tentava garantir um vínculo emocional com aquele membro inferior do Diagrama que subitamente havia sido lançada nos escalões superiores, um evento previsto pelo Diagrama — que explicava que os Pulverizadores seriam os Radiantes com maior probabilidade de aceitar a causa deles. Taravangian sentia orgulho disso, pois localizar de fato um membro que pudesse estabelecer um vínculo com um espreno não fora, de modo algum, algo garantido.

— Ele está inteligente — declarou Dukar para Mrall.

O guarda-costas era o juiz final da capacidade diária de Taravangian — um controle enfurecedor, necessário para impedir seu lado estúpido de arruinar tudo, mas um mero inconveniente quando Taravangian estava daquele jeito.

Energizado.

Desperto.

Brilhante.

— Ele está quase na linha do perigo — disse Dukar.

— Posso ver — replicou Adrotagia. — Vargo, você está...

— Estou perfeito. Não podemos acabar logo com isso? Eu posso interagir e tomar decisões políticas, e não preciso de restrições.

Dukar assentiu relutantemente. Mrall também. Finalmente!

— Tragam-me uma cópia do Diagrama — ordenou Taravangian, passando por Adrotagia. — E um pouco de música, algo relaxante, mas não lento demais. Esvaziem as câmaras de pessoas não essenciais, removam a mobília do quarto e *não* me interrompam.

Isso levou um tempo frustrantemente longo, quase metade de uma hora, que ele passou na sacada, contemplando o amplo espaço do jardim externo e se perguntando qual seria o tamanho dele. Precisava de medidas...

— Seu quarto está pronto, Vossa Majestade — disse Mrall.

— Obrigado, ó Uscrítico, por sua permissão para entrar no meu próprio quarto. Andou bebendo sal?

— ... O quê?

Taravangian atravessou a saleta junto da sacada a passos largos e foi para seu quarto, então respirou fundo, satisfeito em vê-lo totalmente desprovido de mobília — só quatro paredes de pedra vazias, sem janelas, embora houvesse uma estranha saliência retangular ao longo da parede dos fundos, como um degrau alto, que Maben estava espanando.

Taravangian agarrou a criada pelo braço e botou-a para fora, enquanto Adrotagia trazia para ele um livro grosso encadernado em couro suíno. Uma cópia do Diagrama. Excelente.

— Meça a área de jardinagem disponível do campo de pedra além da nossa sacada e me traga o relatório.

Ele carregou o Diagrama para o quarto, então se trancou na bem-aventurada companhia de si mesmo, onde colocou um diamante em cada canto — uma luz para acompanhar sua própria faísca, que brilhava verdadeiramente onde outros não podiam se aventurar — e, quando estava terminando, um pequeno coro de crianças começou a cantar hinos vorin fora do seu quarto, como ele havia solicitado.

Ele inspirou, banhado em luz e encorajado pela canção, as mãos junto ao corpo; capaz de *qualquer coisa*, a satisfação da própria mente em funcionamento o consumia, desimpedida e fluindo livremente pela primeira vez em um período que parecia eras.

Abriu o Diagrama. Nele, Taravangian finalmente encarou algo maior do que ele mesmo: uma versão diferente de si.

O Diagrama — que era o nome do livro e da organização que o estudava — não havia sido originalmente escrito apenas em papel, pois naquele dia de capacidade majestosa, Taravangian havia utilizado qualquer superfície para abrigar seu gênio — dos gabinetes até as paredes — e, ao fazê-lo, inventara novas linguagens para melhor expressar ideias que precisavam ser registradas, por necessidade, em um meio menos perfeito do que seus pensamentos. Mesmo com o intelecto que possuía hoje, a visão daquela escrita demandava humildade; ele folheou as páginas cheias de minúsculos garranchos, copiados — pontos, arranhões e tudo mais — do quarto original do Diagrama, criado durante o que parecia outra vida, tão alienígena para ele agora quanto o idiota babão em que ele ocasionalmente se tornava.

Mais alienígena; todo mundo entendia a estupidez.

Ele se ajoelhou nas pedras, ignorando as dores do corpo, folheando reverentemente as páginas. Então desembainhou a faca do seu cinto e começou a cortá-las.

O Diagrama ainda não havia sido escrito em papel, e interagir com sua transcrição encadernada na forma de códice devia ter obrigatoriamente influenciado o pensamento deles, então para obter uma perspectiva verdadeira — ele agora decidira — precisava da flexibilidade de ver as peças, então combiná-las de maneiras novas, pois seus pensamentos não haviam sido fixos naquele dia, e ele não devia encará-los assim hoje.

Ele não estava tão brilhante quanto estivera naquele dia, mas não precisava. Naquele dia, ele havia sido Deus. Hoje, podia ser o profeta de Deus.

Ele organizou as páginas cortadas e encontrou numerosas novas conexões apenas colocando as folhas ao lado umas das outras — de fato, aquela página ali se conectava com essa página aqui... sim. Taravangian cortou as duas ao meio, dividindo sentenças. Quando colocou as metades de páginas separadas uma ao lado da outra, elas formaram um todo mais completo. Ideias que antes não percebera pareciam se elevar das páginas como esprenos.

Taravangian não acreditava em religião alguma, pois elas eram coisas desajeitadas, projetadas para preencher lacunas na compreensão humana com explicações absurdas, acalmando a consciência das pessoas, concedendo-lhes uma falsa sensação de conforto e controle e impedindo-as de se esforçar mais em busca do verdadeiro entendimento, mas havia algo estranhamente sagrado em relação ao Diagrama, o poder da inteligência bruta, a única coisa que o homem devia venerar, e ah, quão pouco a maioria a entendia — ah, quão pouco eles *mereciam* —, manuseando a pureza enquanto a corrompiam com uma compreensão falha e com superstições tolas. Haveria uma maneira de impedir que todos, menos os mais inteligentes, aprendessem a ler? Isso seria um grande bem; parecia insano que ninguém houvesse implementado tal proibição, pois, ainda que o Vorinismo proibisse os homens de ler, isso impedia apenas uma metade arbitrária da população de manusear a informação, quando eram os estúpidos que deveriam ser impedidos.

Ele andou de um lado para o outro no quarto, então notou um pedaço de papel sob a porta; ele continha a resposta à sua pergunta sobre o tamanho da plataforma agrícola. Taravangian olhou para os cálculos, ouvindo sem muita atenção as vozes do lado de fora, quase abafadas pelas crianças que cantavam.

— Uscrítico — dizia Adrotagia — parece se referir a Uscri, uma figura de um poema trágico escrito dezessete séculos atrás. Ela se afogou depois de ouvir que seu amado havia morrido, embora na verdade ele não estivesse morto, e ela tenha entendido errado o relatório sobre ele.

— Certo... — disse Mrall.

— Ela foi usada nos séculos seguintes como um exemplo de agir sem informações, embora o termo por fim tenha passado a significar simplesmente "estúpido". O sal parece se referir ao fato de que ela se afogou no mar.

— Então foi um insulto? — indagou Mrall.

— Usando uma referência literária obscura. Sim.

Ele quase podia ouvir o suspiro de Adrotagia. Era melhor interrompê-la antes que ela pensasse mais sobre o assunto.

Taravangian abriu bruscamente a porta.

— Pasta de goma para colar papel nessa parede. Traga para mim, Adrotagia.

Haviam colocado uma pilha de papel junto à porta, sem ele precisar pedir, o que o surpreendeu, já que geralmente precisavam ser ordenados a fazer tudo. Ele fechou a porta, então se ajoelhou e fez alguns cálculos relacionados ao tamanho da cidade-torre. *Hmmmm...*

Isso forneceu uma bela distração, mas ele logo foi atraído de volta para seu verdadeiro trabalho, interrompido apenas pela chegada da sua pasta de goma, que usou para começar a colar fragmentos do Diagrama nas paredes.

Isso, pensou, organizando páginas com números entremeados ao texto, páginas que eles nunca haviam sido capazes de compreender. *É uma lista de quê? Não é código, como os outros números. A menos... poderia ser uma taquigrafia para palavras?*

Sim... sim, ele estivera impaciente demais para escrever as palavras em si. Ele as numerara na cabeça — alfabeticamente, talvez — para que pudesse escrever rapidamente. Onde estava a chave?

Isso é uma reafirmação do paradigma Dalinar!, ele pensou enquanto trabalhava. Suas mãos tremiam de empolgação enquanto escrevia as interpretações possíveis. Sim... Matar Dalinar, ou ele resistirá às suas tentativas de tomar Alethkar. Então Taravangian havia enviado o Assassino de Branco, que, incrivelmente, havia falhado.

Felizmente, houve contingências. *Aqui*, pensou Taravangian, trazendo outro pedaço do Diagrama e colando-o à parede junto dos outros. *A explicação inicial do paradigma Dalinar, a partir do catecismo da cabeceira, parte posterior, terceiro quadrante.* Aquele trecho fora escrito em verso, como um poema, e previa que Dalinar tentaria unir o mundo.

Então, se olhasse para a segunda contingência...

Taravangian escreveu furiosamente, vendo palavras em vez de números, e — cheio de energia — por um tempo esqueceu sua idade, suas dores, a maneira como seus dedos tremiam — às vezes — mesmo quando não estava tão empolgado.

O Diagrama não previra o efeito que o segundo filho, Renarin, teria... ele era um elemento completamente imprevisível. Taravangian concluiu suas anotações, orgulhoso, e perambulou rumo à porta, que abriu sem erguer os olhos.

— Tragam-me uma cópia das palavras do cirurgião quando eu nasci — disse ele para as pessoas ali fora. — Ah, e matem essas crianças.

A música parou quando as crianças ouviram o que ele disse. Esprenos de música zuniram para longe.

— Você quer dizer, pedir que parem de cantar — disse Mrall.

— Que seja. Os hinos vorin me perturbam, são uma recordação de como a religião fez opressão histórica de ideias e pensamentos.

Taravangian voltou ao trabalho, mas pouco tempo depois uma batida soou à porta. Ele a abriu.

— Eu não devo ser...

— Interrompido — disse Adrotagia, entregando-lhe uma folha de papel. — As palavras do cirurgião, que você solicitou. Já as deixamos à mão, levando em conta a frequência com que as solicita.

— Ótimo.

— Nós precisamos conversar, Vargo.

— Não preci...

Ela entrou mesmo assim, então parou, inspecionando as peças cortadas do Diagrama. Seus olhos se arregalaram enquanto ela se virava.

— Você está...

— Não — disse ele. — Não me tornei ele novamente. Mas eu *sou* eu, pela primeira vez em semanas.

— Esse *não é* você. Esse é o monstro em que você se transforma às vezes.

— Não estou inteligente o bastante para estar na zona perigosa.

A zona em que, irritantemente, eles alegavam que ele ficava inteligente *demais* para ter permissão de tomar decisões. Como se a inteligência fosse de algum modo uma desvantagem!

Ela desdobrou um pedaço de papel tirado do bolso da saia.

— Sim, seu teste diário. Você parou nessa página, alegando que não conseguia responder à questão seguinte.

Danação. Ela havia visto.

— Se você houvesse respondido, teria sido prova de que está inteligente o bastante para ser perigoso. Em vez disso, decidiu que não conseguia resolver. Uma brecha que deveríamos ter considerado. Você *sabia* que, se tivesse respondido à questão, teríamos restringido sua tomada de decisões para o dia.

— Você sabe sobre cultivo com Luz das Tempestades? — disse ele, passando por ela e pegando uma das páginas que havia escrito mais cedo.

— Vargo...

— Calculando a área total da superfície cultivável em Urithiru e comparando-a com o número de cômodos projetados que podem ser ocupados, determinei que mesmo *se* a comida crescesse naturalmente aqui... como cresce na temperatura de uma planície fecunda média... não seria suficiente para sustentar a torre inteira.

— Comércio — replicou ela.

— Acho difícil acreditar que os Cavaleiros Radiantes, sempre ameaçados pela guerra, construiriam uma fortaleza como essa que não fosse autossuficiente. Você já leu Golombi?

— É claro que li, e você sabe disso. Acha que aprimoraram o crescimento usando gemas infundidas com Luz das Tempestades, fornecendo iluminação para locais escuros?

— Nada mais faz sentido, faz?

— Os testes são inconclusivos — disse ela. — Sim, a luz de esferas inspira crescimento em uma sala escura, enquanto a luz de velas não, mas Golombi diz que os resultados podem ter sido comprometidos e a eficiência é... Ah, oras! Isso é uma distração, Vargo. Estávamos discutindo o que você fez para contornar as regras que *você mesmo* estabeleceu!

— Quando eu estava estúpido.

— Quando você estava normal.

— Normal é estúpido, Adro. — Ele tomou-a pelos ombros e empurrou-a firmemente para fora do quarto. — Não tomarei decisões políticas e evitarei ordenar o assassinato de outros grupos de crianças cantantes. Certo? Tudo bem? Agora deixe-me sozinho. Você está empesteando o ambiente com esse ar de idiotice satisfeita.

Ele fechou a porta, e — lá no fundo — sentiu uma pontada de vergonha. Ele havia chamado logo Adrotagia de idiota?

Bem. Não havia nada a fazer em relação a isso agora. Ela compreenderia.

Voltou ao trabalho, cortando mais partes do Diagrama, organizando-o, procurando novas menções ao Espinho Negro, já que havia coisa demais no livro para estudar naquele dia, e ele precisava estar *concentrado* no problema atual.

Dalinar estava vivo. Ele estava construindo uma coalização. Então, o que Taravangian faria agora? Outro assassino?

Qual é o segredo?, pensou, segurando folhas do Diagrama, encontrando uma onde dava para enxergar as palavras no verso do papel. Será que aquilo havia sido intencional? *O que devo fazer? Por favor. Mostre-me o caminho.*

Ele escreveu palavras em uma página. Luz. Inteligência. Significado. Pendurou-as na parede para inspirá-lo, mas não podia deixar de ler as palavras do cirurgião — as palavras de um curandeiro mestre que havia feito o parto de Taravangian através de um corte na barriga da sua mãe.

Ele tinha o cordão enrolado ao redor do pescoço, dissera o cirurgião. *A rainha saberá o melhor rumo a tomar, mas sinto informá-la que, embora ele viva, seu filho pode ter uma capacidade reduzida. Talvez seja melhor mantê-lo em propriedades longínquas e favorecer outros herdeiros.*

A "capacidade reduzida" não havia aparecido, mas a reputação perseguira Taravangian desde a infância, tão difundida na mente das pessoas que ninguém duvidara da sua recente estupidez fingida, que atribuíam a um derrame ou à simples senilidade. Ou talvez, alguns diziam, ele sempre houvesse sido assim.

Ele vencera aquela reputação de maneiras magníficas. Agora salvaria o mundo. Bem, a parte do mundo que importava.

Trabalhou durante horas, prendendo mais trechos do Diagrama na parede, então escrevendo neles conforme as conexões lhe ocorriam, usando beleza e luz para afastar as sombras da obtusidade e da ignorância, encontrando respostas — elas estavam lá, ele só precisava interpretá-las.

Sua criada finalmente o interrompeu; a mulher irritante estava sempre por perto, tentando levá-lo a fazer isso ou aquilo, como se ele não tivesse preocupações mais importantes do que um escalda-pés.

— Mulher idiota! — gritou ele.

Ela não se intimidou, avançando e colocando uma bandeja de comida ao lado dele.

— Não vê que meu trabalho aqui é importante? Não tenho tempo para comida.

Ela lhe serviu uma bebida e então, de um modo ainda mais irritante, deu-lhe um tapinha no ombro. Ao sair, ele notou Adrotagia e Mrall parados junto à porta.

— Imagino que você não executaria a criada se eu exigisse — disse ele a Mrall.

SACRAMENTADORA

— Nós decidimos que você não terá permissão de tomar tais decisões hoje — informou o guarda-costas.

— Vão para a Danação, então. Estou quase conseguindo as respostas, de qualquer jeito. Não devemos assassinar Dalinar Kholin. O momento para isso passou. Em vez disso, devemos apoiar sua coalizão. Então o forçaremos a abdicar, para que possamos assumir seu lugar na chefia dos monarcas.

Adrotagia entrou e inspecionou seu trabalho.

— Duvido que Dalinar vá simplesmente *ceder* a liderança da coalizão para você.

Taravangian bateu com os nós dos dedos em um conjunto de páginas coladas na parede.

— Veja aqui. Deve estar claro, mesmo para você. Eu previ isso.

— Você fez *mudanças* — disse Mrall, horrorizado. — No Diagrama.

— Mudancinhas pequenas — disse Taravangian. — Olhe, está vendo a escrita original aqui? Eu não mudei isso, e está claro. Nossa tarefa agora é fazer com que Dalinar abdique da liderança, tomar o lugar dele.

— Não vamos matá-lo? — perguntou Mrall.

Taravangian olhou-o de soslaio, então virou-se para a outra parede, com ainda mais papéis colados.

— Matá-lo agora só levantará suspeitas.

— Sim — concordou Adrotagia. — Entendo essa interpretação da cabeceira... precisamos forçar o Espinho Negro com tanta força que ele desabe. Mas vamos precisar de segredos para usar contra ele.

— Fácil — disse Taravangian, empurrando-a até outro conjunto de anotações na parede. — Precisamos mandar o espreno daquela Pulverizadora espioná-lo. Dalinar Kholin *fede* a segredos. Nós podemos arruiná-lo, e eu posso tomar o lugar dele... já que a coalizão não me verá como uma ameaça... e então estaremos em uma posição de poder para negociar com Odium... que ficará, pelas leis dos esprenos e dos deuses, sujeito ao acordo feito.

— Não podemos... *vencer* Odium, em vez disso? — perguntou Mrall.

Idiota musculoso. Taravangian revirou os olhos, mas Adrotagia — mais sentimental do que ele — virou-se e explicou.

— O Diagrama é claro, Mrall — disse ela. — Esse é o *propósito* da sua criação. Não podemos vencer o inimigo; então, em vez disso, salvaremos o que pudermos.

— É a única maneira — concordou Taravangian.

Dalinar nunca aceitaria esse fato. Só um homem seria forte o suficiente para fazer tal sacrifício.

Taravangian sentiu um vislumbre de... alguma coisa. Memória.

Dê-me a capacidade de nos salvar.

— Tome isso — disse ele para Adrotagia, puxando da parede uma folha onde havia feito anotações. — Isso *vai* funcionar.

Ela assentiu, levando Mrall do quarto enquanto Taravangian se ajoelhava diante dos restos quebrados, rasgados e cortados do Diagrama.

Luz e verdade. Salvar o que pudesse.

Abandonar o resto.

Por sorte, ele havia recebido aquela capacidade.

I-6
ESSA AQUI É MINHA

Venli estava determinada a viver uma vida digna do poder. Ela se apresentou com os outros, um pequeno grupo selecionado entre os Ouvintes restantes, e se preparou para a tempestade vindoura.

Não sabia se Ulim — ou seus mestres fantasmas, os antigos deuses dos Ouvintes — podia ler sua mente. Se eles pudessem, porém, descobririam que ela era leal.

Estavam em guerra e Venli estava na vanguarda. *Ela* havia descoberto o primeiro espreno do vazio. *Ela* havia descoberto a forma tempestuosa. *Ela* havia redimido seu povo. *Ela* era abençoada.

Aquele dia seria a prova. Um grupo de nove fora selecionado entre os dois mil Ouvintes sobreviventes, incluindo Venli. Demid estava ao lado dela, um largo sorriso no rosto. Ele adorava aprender coisas novas, e a tempestade era outra aventura. Prometeram a eles algo grandioso.

Está vendo, Eshonai?, pensou Venli. *Está vendo o que podemos fazer sem você para nos impedir?*

— Tudo bem, sim, isso mesmo — disse Ulim, ondulando pelo chão como uma vibrante energia vermelha. — Ótimo, ótimo. Todos em fila. Fiquem voltados para oeste.

— Devemos nos proteger da tempestade, Emissário? — indagou Melu no Ritmo de Agonia. — Ou carregar escudos?

Ulim tomou a forma de uma pessoa minúscula diante deles.

— Não seja tola. Essa é a *nossa* tempestade. Vocês não têm nada a temer.

— E ela nos trará poder — disse Venli. — Poder superior até ao da forma tempestuosa?

— Grande poder — disse Ulim. — Vocês foram escolhidos. Vocês são especiais. Mas *precisam* se abrir, receber de bom grado. Vocês precisam *querer*, ou os poderes não poderão se assentar nas suas gemas-coração.

Venli sofrera muito, mas aquela era sua recompensa. Nunca mais desperdiçaria a vida sob a opressão humana; nunca mais ficaria aprisionada, impotente. Com aquele novo poder, ela sempre, *sempre* seria capaz de revidar.

A Tempestade Eterna apareceu vinda do Oeste, voltando como fizera antes. Uma vila minúscula ali perto foi encoberta pela sombra da tempestade, então iluminada pelo ataque de fulgurantes relâmpagos vermelhos.

Venli deu um passo à frente e cantarolou em Anseio, abrindo os braços. A tempestade não era como as grantormentas — não havia paredão de destroços lançados pelo vento nem água de crem. Era muito mais elegante; uma onda de fumaça e trevas, os raios irrompendo de todos os lados, pintando-a de escarlate.

Ela inclinou a cabeça para trás para receber as nuvens fervilhantes e foi consumida pela tempestade.

Uma escuridão violenta e furiosa a cobriu. Respingos de cinzas ardentes caíram ao seu redor e ela não sentiu chuva daquela vez. Só o estrondo do trovão. O pulso da tempestade.

As cinzas picaram sua pele e algo desabou ao lado dela, rolando sobre as pedras. Uma árvore? Sim, uma árvore em chamas. Areia, madeira estraçalhada e pequenas pedras caíam sobre sua pele e carapaça. Ela se ajoelhou, os olhos bem fechados, os braços protegendo o rosto dos destroços lançados pelo vento.

Alguma coisa maior esbarrou no seu braço, rachando sua carapaça. Ela arquejou e caiu no chão de pedra, se encolhendo.

Uma pressão a envolveu, forçando sua mente, sua alma. Me Deixe Entrar.

Com dificuldade, ela se abriu para aquela força. Era como adotar uma nova forma, certo?

A dor consumiu suas entranhas, como se alguém houvesse incendiado suas veias. Ela gritou e a areia espicaçou sua língua. Brasas minúsculas fustigaram suas roupas, queimando sua pele.

E então, uma voz.

O que é isso?

Era uma voz cálida. Uma voz anciã e paternal, gentil e envolvente.

— Por favor — disse Venli, ofegando no ar enfumaçado. — Por favor.

Sim, disse a voz. Escolha outro. Essa aqui é minha.

A força que fazia pressão contra ela recuou e a dor cessou. Alguma outra coisa — algo menor, menos dominador — tomou seu lugar. Ela aceitou o espreno de boa vontade, então ganiu de alívio, afinada com Agonia.

Uma eternidade pareceu se passar enquanto ela jazia encolhida diante da tormenta. Finalmente, os ventos enfraqueceram. O relâmpago sumiu. O trovão se afastou na distância.

Ela piscou para remover a areia dos olhos. Pedaços de crem e fragmentos de madeira caíram do seu corpo quando ela se moveu. Venli tossiu, então se levantou, olhando para as roupas arruinadas e a pele queimada.

Não estava mais na forma tempestuosa. Ela havia mudado para... era a forma hábil? Sua roupa parecia grande e seu corpo não possuía mais uma musculatura impressionante. Ela se afinou com os ritmos e descobriu que ainda eram os novos — os ritmos violentos e zangados que acompanhavam as formas de poder.

Aquela não era a forma hábil, tampouco era algo que reconhecesse. Ela tinha seios — embora fossem pequenos, como na maioria das formas diferentes da forma copulatória — e longas mechas de cabelo. Voltou-se para ver se os outros estavam do mesmo jeito.

Demid estava ali perto e, muito embora sua roupa estivesse em farrapos, seu corpo musculoso não estava machucado. Ele estava alto — muito mais alto do que ela —, com um tronco largo e uma postura poderosa. Mais parecia uma estátua do que um Ouvinte. Ele se flexionou, os olhos com um brilho rubro, e seu corpo pulsou com uma energia roxo-escura — um brilho que, de algum modo, evocava luz e escuridão ao mesmo tempo. O brilho recuou, mas Demid pareceu satisfeito com sua habilidade de invocá-lo.

Que forma era *aquela*? Tão majestosa, com cristas de carapaça despontando da pele ao longo dos braços e nos cantos do rosto.

— Demid? — chamou.

Ele se voltou para Melu, que se aproximava em uma forma similar, e disse algo em uma linguagem que Venli não reconheceu. Contudo, os ritmos estavam presentes, e aquele era Escárnio.

— Demid? — chamou Venli novamente. — Como você se sente? O que aconteceu?

Ele falou outra vez naquela linguagem estranha e suas palavras pareceram se misturar na mente de Venli, de algum modo se alterando até que as compreendeu.

— ... Odium cavalga os ventos, como o inimigo outrora fazia. Incrível. Aharat, é você?

— Sim — disse Melu. — Isso... isso é... bom.

— É — disse Demid. — É mesmo. — Ele respirou fundo e demoradamente. — É mesmo.

Eles haviam enlouquecido?

Ali perto, Mrun passou por um grande pedregulho que não estava ali antes. Horrorizada, Venli percebeu que podia ver um braço quebrado debaixo dele, com sangue escorrendo. Contrariando a promessa de segurança de Ulim, um deles havia sido esmagado.

Muito embora Mrun houvesse sido abençoado com uma forma alta e imperiosa, como os outros, ele cambaleava enquanto se afastava do pedregulho. Ele agarrou a pedra, então caiu de joelhos. Com a luz roxo-escura percorrendo seu corpo, ele grunhiu, murmurando palavras incompreensíveis. Altoki se aproximou da outra direção, o corpo curvado, dentes expostos, andando feito um predador. Quando ela chegou perto, Venli pôde ouvi-la sussurrando entredentes.

— Céu alto. Ventos mortos. Chuva de sangue.

— Demid — disse Venli em Destruição. — Algo deu errado. Sente-se, espere. Eu vou encontrar o espreno.

Demid olhou para ela.

— Você conhecia esse cadáver?

— Esse cadáver? Demid, por que...

— Ah, não. Ah, não. Ah, *não*! — Ulim atravessou o terreno até ela. — Você... Você não é... Ah, isso é ruim, muito ruim.

— Ulim! — interpelou Venli, se afinando com Escárnio e gesticulando para Demid. — Tem algo errado com meus companheiros. O que você nos arrumou?

— Não fale com eles, Venli! — pediu Ulim, tomando a forma de um pequeno homem. — Não aponte para eles!

Ali perto, Demid estava, de algum modo, acumulando poder roxo-escuro na mão, observando ela e Ulim.

— É você — disse ele a Ulim. — O Emissário. Você tem meu respeito pelo seu trabalho, espreno.

Ulim se curvou diante de Demid.

— Por favor, ó grandioso Moldado, veja paixão e perdoe essa criança.

— Você deveria explicar a ela — ordenou Demid. — Para que ela não... me irrite.

Venli franziu o cenho.

— O que é...

— Venha comigo — disse Ulim, ondulando pelo chão.

Preocupada, atordoada pela experiência, Venli se afinou com Agonia e o seguiu. Atrás dela, Demid e os outros estavam se reunindo.

Ulim tomou outra vez a forma de uma pessoa diante dela.

— Você teve sorte. Ele poderia ter te destruído.

— Demid nunca faria isso.

— Infelizmente para você, seu ex-consorte *se foi*. Aquele é Hariel... e ele tem um dos piores temperamentos dentre todos os Moldados.

— Hariel? O que você quer dizer com...

Ela perdeu o fio da meada enquanto os outros falavam baixinho com Demid. Eles eram tão altos, tão arrogantes, e seus maneirismos... estavam todos errados.

Cada nova forma mudava um Ouvinte, até suas maneiras de pensar, até seu temperamento. Apesar disso, você era sempre você. Mesmo a forma tempestuosa não a transformara em outra pessoa. Talvez... ela tivesse ficado menos empática, mais agressiva. Mas ainda era ela mesma.

Aquilo ali era diferente. Demid não tinha a postura de seu ex-consorte, nem falava como ele.

— Não... — sussurrou ela. — Você disse que nós estávamos nos abrindo para um novo espreno, uma nova forma!

— Eu *disse* que vocês estavam se abrindo — sibilou Ulim. — Não disse o que ia entrar. Veja bem, seus deuses precisam de corpos. É assim a cada Retorno. Você deveria estar lisonjeada.

— Lisonjeada por ser *morta*?

— É, pelo bem da raça — respondeu Ulim. — Aqueles são os Moldados: almas antigas renascidas. O que você tem, aparentemente, é só mais uma forma de poder. Um laço com um Espreno do vazio menos poderoso, o que a coloca acima dos Ouvintes comuns, que têm formas normais, mas um degrau abaixo dos Moldados. Um degrau *grande*.

Ela assentiu, então começou a caminhar de volta até o grupo.

— Espere — disse Ulim, ondulando pelo chão diante dela. — O que está fazendo? Qual é o seu *problema*?

— Vou mandar aquela alma embora. Trazer Demid de volta. Ele precisa saber das consequências antes de escolher algo tão drástico...

— De volta? — replicou Ulim. — *De volta?* Ele está *morto*. Como você deveria estar. Isso é muito ruim. O que você fez? Resistiu, como aquela sua irmã?

— Saia do meu caminho.

— Ele vai matá-la. Eu a alertei sobre o temperamento dele...

— Emissário — disse Demid em Destruição, voltando-se para eles. Aquela não era a voz dele.

Venli se afinou com Agonia. Aquela *não era a voz dele*.

— Deixe ela passar — disse a coisa no corpo de Demid. — Falarei com ela.

Ulim suspirou.

— Porcaria.

— Você fala como um humano, espreno — retorquiu Demid. — Seu serviço aqui foi grandioso, mas você se comporta como eles, usa a linguagem deles. Considero isso desagradável.

Ulim se afastou, ondulando pelas pedras. Venli foi até o grupo de Moldados. Dois deles ainda tinham dificuldades para se mover. Eles tropeçavam, cambaleavam, caíam de joelhos. Outros dois tinham sorrisos perversos e errados.

Os deuses dos Ouvintes não eram totalmente sãos.

— Lamento a morte do seu amigo, serva fiel — disse Demid com uma voz profunda, totalmente em sincronia com o Ritmo de Comando. — Embora você seja filha de traidores, sua guerra aqui deve ser elogiada. Você encarou nossos inimigos hereditários e não lhes concedeu trégua, mesmo quando estava condenada.

— Por favor — implorou Venli. — Ele era precioso para mim. Você pode trazê-lo de volta?

— Ele passou para a cegueira além — disse Demid. — Ao contrário do Espreno do vazio com que você se conectou, que reside na sua gema-coração, minha alma não pode compartilhar a habitação. Nada, nem Regeneração nem uma ação de Odium, pode restaurá-lo agora.

Ele estendeu a mão e pegou Venli pelo queixo, levantando o rosto dela, inspecionando-o.

— Você deveria portar uma alma que lutou ao meu lado por milhares de anos. Ela foi rejeitada e você foi preservada. Odium tem um propósito para você. Rejubile-se com isso e não lamente a passagem do seu amigo. Odium finalmente trará vingança contra aqueles que combatemos.

Ele a soltou, e Venli teve que se esforçar para não desabar. Não. Não, ela não demonstraria fraqueza.

Mas... Demid...

Ela o tirou de sua cabeça, como havia feito com Eshonai antes. Aquele era o caminho que escolhera desde o primeiro momento em que dera ouvidos a Ulim, anos atrás, e decidira que arriscaria o retorno dos deuses do seu povo.

Demid havia tombado, mas ela fora preservada. E o próprio Odium, deus dos deuses, tinha um propósito para ela. Venli se sentou no chão para esperar enquanto os Moldados conversavam no seu estranho idioma. Enquanto esperava, ela notou algo flutuando perto do chão, a uma curta distância. Um pequeno espreno que parecia uma bola de luz. Sim... ela havia visto um daquele tipo perto de Eshonai. O que seria?

Ele parecia agitado e cruzou as rochas rapidamente para se aproximar dela. Imediatamente, Venli soube de uma coisa — uma verdade instintiva, como as tempestades e o sol. Se as criaturas ali perto vissem aquele espreno, elas o destruiriam.

Venli baixou a mão sobre o espreno quando a criatura usando o corpo de Demid se voltou para ela. Escondeu o pequeno espreno contra a pedra e se afinou com Embaraço.

Ele não pareceu notar o que ela havia feito.

— Prepare-se para ser carregada — disse ele. — Precisamos viajar para Alethela.

PARTE
TRÊS

Desafiando a Verdade, Ame a Verdade

DALINAR • SHALLAN •
KALADIN • ADOLIN

Essa página do fólio tem foco na classe comerciante thaylena, com estilos grandemente influenciados pela moda usada pelos nobres da corte da rainha Fen Rnamdi.

58

FARDOS

Como Guardião das Pedras, passei a vida inteira procurando me sacrificar. Em segredo, me preocupo que esse seja o caminho dos covardes. A saída fácil.

— Da gaveta 29-5, topázio

AS NUVENS QUE GERALMENTE se congregavam na base do platô de Urithiru estavam ausentes naquele dia, permitindo que Dalinar visse ao longo dos infinitos penhascos abaixo da base da torre. Ele não conseguia ver o chão; os penhascos pareciam se estender até a eternidade.

Mesmo assim, teve dificuldade em visualizar em que altura das montanhas estavam. As escribas de Navani podiam medir a altura usando o ar, de alguma maneira, mas seus números não o satisfaziam. Queria *ver*. Estavam realmente mais alto do que as nuvens sobre as Planícies Quebradas? Ou as nuvens ali nas montanhas pairavam mais abaixo?

Quão contemplativo você se tornou na velhice, ele pensou consigo mesmo, adentrando uma das plataformas do Sacroportal. Navani segurou seu braço, embora Taravangian e Adrotagia houvessem ficado para trás na subida da rampa.

Navani fitou-o nos olhos enquanto eles esperavam.

— Ainda está incomodado com a última visão?

Não era aquilo que o distraía no momento, mas ele assentiu de qualquer modo. De fato, estava preocupado. Odium. Embora o Pai das Tempestades houvesse retornado à sua maneira autoconfiante de antes, Dalinar não conseguia afastar a memória do poderoso espreno ganindo de medo.

Navani e Jasnah haviam se banqueteado ansiosamente com seu relato do encontro com o deus sombrio, muito embora houvessem decidido não publicá-lo para disseminação mais ampla.

— Talvez tenha sido, de algum modo, outro evento planejado previamente, arrumado por Honra para que você o encontrasse — disse Navani.

Dalinar balançou a cabeça.

— Odium parecia *real*. Eu realmente interagi com ele.

— Você pode interagir com as pessoas nas visões. Menos com o próprio Todo-Poderoso.

— Porque, segundo sua teoria, o Todo-Poderoso não podia criar um simulacro pleno de um deus. Não. Eu vi a eternidade, Navani... uma vastidão divina.

Ele estremeceu. Por enquanto, haviam decidido suspender o uso das visões. Quem saberia o risco de levar a mente das pessoas para dentro delas e potencialmente expô-las a Odium?

Lógico, não temos ideia do que ele pode e não pode tocar no mundo real, pensou Dalinar. Ele olhou para cima novamente, o sol de um branco ardente, o céu de um azul desbotado. Pensara que estar acima das nuvens lhe daria uma perspectiva maior.

Taravangian e Adrotagia finalmente chegaram, seguidos pela estranha Manipuladora de Fluxos de Taravangian, a mulher de cabelo curto, Malata. Os guardas de Dalinar vinham na retaguarda. Rial o saudou. De novo.

— Não precisa me saudar toda vez que olho para você, sargento — disse Dalinar secamente.

— Só estou sendo bem cuidadoso, senhor. — O homem de pele escura e coriácea saudou-o mais uma vez. — Não quero ser reportado por desrespeito.

— Eu não mencionei seu nome, Rial.

— Todo mundo soube mesmo assim, Luminobre.

— Imagine só.

Rial sorriu e Dalinar acenou para que o homem abrisse seu cantil, então verificou se havia cheiro de álcool.

— Está limpo dessa vez?

— Com certeza! O senhor me repreendeu da última vez. É só água.

— Então, você guarda o álcool...

— No meu cantil de bolso, senhor — disse Rial. — Bolso da perna direita do uniforme. Mas não se preocupe; está bem abotoado e esqueci completamente que está ali. Vou encontrá-lo quando acabar o trabalho.

— Tenho certeza de que vai.

Dalinar pegou Navani pelo braço e seguiu Adrotagia e Taravangian.

— Você poderia designar outra pessoa para fazer sua guarda — sussurrou Navani. — Aquele homem seboso é... inadequado.

— Na verdade, gosto dele — admitiu Dalinar. — Ele me lembra de alguns dos meus amigos dos velhos tempos.

O edifício de controle no centro daquela plataforma tinha o mesmo formato dos outros — mosaicos no chão, mecanismo de fechadura em uma parede curva. Os padrões no chão, contudo, eram glifos em Canto do Alvorecer. Aquele edifício devia ser idêntico ao que ficava na Cidade de Thaylen e, quando ativado, poderia trocar de lugar com ele.

Dez plataformas ali, dez ao redor do mundo. Os glifos no chão indicavam que talvez fosse possível se transportar diretamente de uma cidade para outra sem passar por Urithiru. Eles não haviam descoberto como fazer isso e cada novo portal só trocava de lugar com seu gêmeo — e primeiro precisavam ser destrancados dos dois lados.

Navani foi direto para o mecanismo de controle. Malata juntou-se a ela, olhando sobre o ombro de Navani enquanto esta mexia no buraco da fechadura, que ficava no centro de uma estrela de dez pontas em uma placa de metal.

— Sim — disse Navani, consultando algumas anotações. — O mecanismo é igual ao das Planícies Quebradas. Você precisa torcer isso aqui...

Ela escreveu algo via telepena para a Cidade de Thaylen, então conduziu-os de volta para fora. Um momento depois, o próprio edifício lampejou, envolto por um anel de Luz das Tempestades, como o resquício de imagem de uma tocha sendo balançada no escuro. Então Kaladin e Shallan emergiram do portal.

— Funcionou! — disse Shallan, saindo do edifício saltitando de entusiasmo. Em contraste, Kaladin saiu com um passo firme. — Transferir só os edifícios de controle, em vez da plataforma inteira, deve nos economizar Luz das Tempestades.

— Até agora, estávamos operando os Sacroportais na potência máxima a cada transferência — disse Navani. — Suspeito que não tenha sido o único erro que cometemos em relação a esse lugar e seus dispositivos. De qualquer modo, agora que vocês dois destravaram o portal thayleno do lado deles, devemos ser capazes de usá-lo à vontade... com a ajuda de um Radiante, naturalmente.

— Senhor — disse Kaladin para Dalinar —, a rainha está pronta para encontrá-lo.

Taravangian, Navani, Adrotagia e Malata adentraram o edifício, embora Shallan houvesse começado a descer a rampa rumo a Urithiru. Dalinar tomou Kaladin pelo braço enquanto ele fez menção de segui-la.

— O voo na dianteira da grantormenta foi bem? — indagou Dalinar.

— Sem problemas, senhor. Estou confiante de que vai funcionar.

— Então, na próxima tempestade, soldado, vá até Kholinar. Estou contando com você e Adolin para que impeçam Elhokar de fazer algo imprudente demais. Tome cuidado. Tem alguma coisa estranha acontecendo na cidade e não posso me dar ao luxo de perder você.

— Sim, senhor.

— Enquanto estiver voando, acene para as terras ao longo da bifurcação sul do rio Curva da Morte. Os parshemanos podem tê-las conquistado a essa altura, mas na verdade pertencem a você.

— ... Como assim, senhor?

— Você é um Fractário, Kaladin. Isso o torna pelo menos do quarto dan, o que acarreta um título feudal. Elhokar lhe arrumou um belo terreno junto ao rio que reverteu para a coroa no ano passado, com a morte do seu luminobre, que não tinha herdeiros. Não é tão grande quanto algumas outras, mas é sua agora.

Kaladin parecia atordoado.

— Há vilas nessa terra, senhor?

— Seis ou sete; uma cidade digna de nota. O rio é um dos mais consistentes em Alethkar. Ele não seca nem mesmo durante a Paz Medial. Está em uma boa rota de caravanas. O seu povo vai prosperar.

— Senhor. O senhor sabe que não quero esse fardo.

— Se você quisesse uma vida sem fardos, não deveria ter feito os seus votos — replicou Dalinar. — Não escolhemos essas coisas, filho. Só procure ter um bom administrador, escribas sábias e alguns bons homens do quinto e do sexto dans para liderar as cidades. Pessoalmente, acho que seremos sortudos, inclusive você, se no final de tudo isso ainda *houver* um reino para nos servir de fardo.

Kaladin assentiu lentamente.

— Minha família está no norte de Alethkar. Agora que pratiquei voar com as tempestades, quero ir buscá-los, quando voltar da missão em Kholinar.

— Abra aquele Sacroportal e poderá ter todo o tempo que quiser. Eu garanto, a melhor coisa que você pode fazer pela sua família agora é impedir a queda de Alethkar.

Pelos relatos de telepena, os Esvaziadores estavam lentamente se movendo para o norte e haviam capturado grande parte de Alethkar. Relis

SACRAMENTADORA

Ruthar havia tentado reunir as forças alethianas restantes no interior, mas fora rechaçado até Herdaz, sofrendo nas mãos dos Moldados. Contudo, os Esvaziadores não estavam matando não combatentes. A família de Kaladin devia estar em relativa segurança.

O capitão desceu rápido a rampa e Dalinar assistiu, pensando nos seus próprios fardos. Quando Elhokar e Adolin voltassem da missão de resgate a Kholinar, eles precisariam dar seguimento ao arranjo de grão-rei, proposto por Elhokar. Ele ainda não havia feito o anúncio, nem mesmo para os grão-príncipes.

Parte de Dalinar sabia que ele deveria simplesmente seguir em frente, nomear Adolin grão-príncipe e abdicar, mas ele postergava. Isso seria a separação final entre ele e sua terra natal. Pelo menos queria ajudar a recuperar a capital primeiro.

Dalinar juntou-se aos outros no edifício de controle, então acenou com a cabeça para Malata, que invocou sua Espada Fractal e a inseriu na fenda. O metal da placa deslocou-se e fluiu, combinando com a forma da Espada. Haviam feito testes e, embora as paredes dos edifícios fossem finas, a ponta da Espada Fractal não surgia do outro lado. A Espada se misturava com o mecanismo.

Malata empurrou o cabo da Espada pela lateral e a parede interna do edifício de controle girou. O chão por baixo dos mosaicos começou a brilhar, iluminando-os como vidro pintado. Ela deteve sua Espada na devida posição e, após um lampejo de luz, eles chegaram. Dalinar saiu do pequeno edifício para uma plataforma na distante Cidade de Thaylen, um porto na costa ocidental de uma grande ilha do sul junto das Terras Geladas.

Ali, a plataforma que cercava o Sacroportal havia sido convertida em um jardim de esculturas — mas a maioria das estátuas jazia no chão, quebradas. A rainha Fen aguardava no topo da rampa com seus atendentes. Shallan provavelmente dissera a ela para esperar ali, caso a transferência apenas da sala não funcionasse.

A plataforma ficava no alto da cidade e, quando Dalinar se aproximou da beirada, teve uma excelente visão. A vista fez com que perdesse o fôlego.

A Cidade de Thaylen era uma metrópole em uma encosta, como Kharbranth, disposta com os fundos contra uma montanha para se abrigar das grantormentas. Embora Dalinar nunca houvesse visitado a cidade, tinha estudado os mapas e sabia que a Cidade de Thaylen antes incluíra apenas uma área junto do centro que chamavam de Distrito Antigo. Essa área elevada tinha uma forma distinta moldada pela maneira como as rochas haviam sido entalhadas, milênios atrás.

A cidade crescera muito desde então. Uma seção inferior chamada de Distrito Baixo se amontoava nas pedras ao redor da base da muralha — uma fortificação larga e atarracada a oeste, que corria dos penhascos de um lado da cidade até os sopés da montanha do outro.

Acima e além do Distrito Antigo, a cidade havia se expandido em uma série de níveis semelhantes a degraus. Esses Distritos Altos terminavam em um majestoso Distrito Real no topo da cidade, que comportava palácios, mansões e templos. A plataforma do Sacroportal estava nesse nível, na borda setentrional da cidade, junto dos penhascos que davam para o oceano.

Outrora, aquele lugar teria sido impressionante devido à arquitetura magnífica. Naquele dia, Dalinar hesitou por um motivo diferente. Dezenas... *centenas* de edifícios haviam desabado. Seções inteiras haviam se transformado em destroços quando estruturas mais acima, esmagadas pela Tempestade Eterna, desabaram sobre elas. O que antes havia sido uma das mais belas cidades de Roshar — conhecida pela arte, comércio e mármore fino — estava arruinada e aos pedaços, como um prato de jantar derrubado por uma criada descuidada.

Ironicamente, muitos outros edifícios mais modestos na base da cidade — à sombra da muralha — haviam suportado a tormenta. Mas as famosas docas thaylenas ficavam além dessa fortificação, na pequena península ocidental diante da cidade. Aquela área antes havia sido densamente desenvolvida — provavelmente com armazéns, tavernas e lojas. Tudo de madeira.

Elas haviam sido totalmente arrasadas. Só restavam ruínas esmagadas.

Pai das Tempestades. Não admirava que Fen houvesse resistido às exigências distrativas dele. A maior parte daquela destruição havia sido causada pela primeira Tempestade Eterna plena; a Cidade de Thaylen estivera particularmente exposta, sem terra para atenuar a tempestade enquanto ela cruzava o oceano ocidental. Além disso, muitas daquelas estruturas haviam sido construídas em madeira, particularmente nos Distritos Altos. Um luxo disponível em um lugar como a Cidade de Thaylen, que até então só estivera sujeita aos mais leves ventos de tempestade.

A Tempestade Eterna já passara ali cinco vezes, embora as passagens subsequentes tivessem sido — abençoadamente — mais suaves do que a primeira. Dalinar se demorou, assimilando tudo, antes de conduzir seu grupo até onde a rainha Fen aguardava na rampa com um grupo de escribas, olhos-claros e guardas. Isso incluía seu príncipe consorte, Kmakl, um thayleno maduro, com bigodes e sobrancelhas combinando, ambos caídos para emoldurar seu rosto. Ele usava um colete e um chapéu e era assistido por dois fervorosos como escribas.

— Fen... — sussurrou Dalinar. — Sinto muito.

— Aparentemente, vivemos tempo demais no luxo — respondeu Fen, e ele ficou momentaneamente surpreso com o sotaque dela, que não estivera presente nas visões. — Eu me lembro de me preocupar, na infância, que todo mundo nos outros países descobrisse como as coisas eram boas aqui, com o clima suave dos estreitos e as tempestades atenuadas. Imaginava que seríamos tomados por imigrantes algum dia.

Ela se voltou para sua cidade e suspirou baixinho.

Como teria sido viver ali? Ele tentou imaginar como seria morar em casas que não parecessem fortalezas. Edifícios de madeira com janelas largas. Tetos que só precisavam impedir a chuva. Ele ouvira piadas dizendo que, em Kharbranth, era preciso pendurar um sino do lado de fora para saber quando a grantormenta havia chegado, pois senão ela poderia não ser notada. Felizmente para Taravangian, a localização da cidade, ligeiramente ao sul, havia impedido uma devastação naquela escala.

— Bem — disse Fen —, vamos dar um passeio. Acho que ainda há alguns lugares dignos de visita que estão de pé.

59

VINCULADOR

> *Se isso será permanente, então quero deixar um registro do meu marido e dos meus filhos. Wzmal, o melhor homem que qualquer mulher sonharia em amar. Kmakra e Molinar, as verdadeiras gemas da minha vida.*
>
> — Da gaveta 12-15, rubi

— O TEMPLO DE SHALASH — disse Fen, gesticulando enquanto eles entravam.

Para Dalinar, parecia-se bastante com os outros que ela havia mostrado: um grande espaço com um teto de domo elevado e enormes braseiros. Ali, fervorosos queimavam milhares de glifos-amuletos para o povo, que suplicava piedade e auxílio ao Todo-Poderoso. A fumaça se acumulava no domo antes de vazar através de buracos no teto, como água através de uma peneira.

Quantas orações nós queimamos para um deus que não está mais lá?, Dalinar se perguntou, incomodado. *Ou há mais alguém recebendo-as?*

Dalinar balançava a cabeça educadamente enquanto Fen recontava a antiga origem da estrutura e listava alguns dos reis ou rainhas que haviam sido coroados ali. Ela explicou o significado do desenho elaborado na parede dos fundos e os conduziu pelas laterais para ver os entalhes. Era uma pena ver várias estátuas com os rostos quebrados. Como a tempestade as alcançara ali?

Quando terminaram, ela os guiou para saírem de volta ao Distrito Real, onde os palanquins esperavam. Navani o cutucou.

— O que foi? — perguntou ele baixinho.

— Pare com essa carranca.

— Não estou fazendo carranca.

— Você está entediado.

— Eu não estou... fazendo carranca.

Ela ergueu a sobrancelha.

— Seis templos? — perguntou ele. — A cidade está praticamente em ruínas e estamos olhando templos.

À frente, Fen e seu consorte subiram no palanquim deles. Até então, o único papel de Kmakl no passeio havia sido ficar atrás de Fen e — sempre que ela dizia algo que ele considerava significativo — acenar para que as escribas dela registrassem suas palavras no histórico oficial.

Kmakl não levava uma espada. Em Alethkar, isso indicaria que o homem — pelo menos um da posição dele — era um Fractário, mas esse não era o caso. Thaylenah só possuía cinco Espadas — e três Armaduras —, todas pertencentes a uma antiga linhagem familiar jurada a defender o trono. Será que Fen não poderia tê-los levado para conhecer essas Fractais em vez disso?

— Carranca... — disse Navani.

— É o que eles esperam de mim — disse Dalinar, indicando os oficiais e escribas thaylenos.

Mais adiante, um grupo de soldados em particular havia vigiado Dalinar com vivo interesse. Talvez a verdadeira intenção do passeio fosse dar àqueles olhos-claros uma chance de estudá-lo.

O palanquim que ele dividia com Navani tinha cheiro de flores de petrobulbo.

— Essa procissão de templo em templo é tradicional na Cidade de Thaylen — sussurrou Navani enquanto os carregadores levantavam o palanquim. — Visitar todos os dez permite conhecer o Distrito Real, e é um reforço pouco sutil da fé vorin do trono. Eles tiveram problemas com a igreja no passado.

— Simpatizo com eles. Você acha que, se eu explicar que também sou um herege, ela vai parar com toda essa pompa?

Navani se inclinou para a frente no pequeno palanquim, pondo a mão livre no joelho dele.

— Meu querido, se esse tipo de coisa o incomoda tanto, podemos mandar um diplomata.

— Eu sou um diplomata.

— Dalinar...

— Esse é meu dever agora, Navani. Eu *tenho* que cumprir meu dever. Toda vez que o ignorei, no passado, alguma coisa terrível aconteceu. — Ele tomou as mãos dela nas suas. — Eu reclamo porque posso me abrir com você. Vou manter a carranca no mínimo, eu prometo.

Enquanto os carregadores habilmente os levavam por alguns degraus acima, Dalinar olhou pela janela do palanquim. Aquela parte superior da cidade havia resistido bem à tempestade, já que muitas das estruturas ali eram de pedra pesada. Ainda assim, algumas racharam e alguns tetos desabaram. O palanquim passou por uma estátua caída, que havia se quebrado nas canelas e tombado de uma plataforma na direção dos Distritos Baixos.

Essa cidade foi atingida com mais intensidade do que qualquer outra descrita nos relatórios, ele pensou. *Esse nível de destruição é único. É só porque havia muita madeira e nada para aparar o grosso da tempestade? Ou tem mais coisa?* Alguns relatos da Tempestade Eterna não mencionavam ventos, só relâmpagos. Outros, de modo confuso, relatavam que não houvera chuva, mas sim brasas ardentes. A Tempestade Eterna variava bastante, mesmo na mesma passagem.

— Provavelmente é reconfortante para Fen fazer algo tão familiar — comentou Navani em voz baixa enquanto os carregadores os pousavam na parada seguinte. — Esse passeio é uma recordação dos dias antes de a cidade sofrer tamanhos horrores.

Ele concordou. Tendo isso em mente, era mais fácil suportar a ideia de visitar mais um templo.

Do lado de fora, encontraram Fen emergindo do seu palanquim.

— O templo de Battah, um dos mais antigos da cidade. Mas, naturalmente, a maior vista aqui é o Simulacro de Paralet, a estátua grandiosa que... — Ela perdeu o fio da meada e Dalinar seguiu o olhar dela até os pés de pedra da estátua ali perto. — Ah. É mesmo.

— Vamos ver o templo — sugeriu Dalinar. — Você disse que é um dos mais antigos. Quais são mais velhos que esse?

— Só o templo de Ishi é mais antigo. Mas não vamos nos demorar lá, nem aqui.

— Não? — perguntou Dalinar, notando a falta de fumaça de orações daquele telhado. — A estrutura foi danificada?

— A estrutura? Não, não foi a estrutura.

Um par de fervorosos cansados emergiu e desceu pelos degraus, seus trajes manchados com respingos de vermelho. Dalinar olhou para Fen.

— Você se incomoda se eu for até lá em cima mesmo assim?

— Se é o que deseja.

Enquanto Dalinar subia os degraus com Navani, ele captou um odor no vento. O cheiro de sangue, que o lembrou da batalha. No topo, a visão dentro das portas do templo era familiar. Centenas de feridos cobriam o chão de mármore, deitados em esteiras simples, rodeados por esprenos de dor que despontavam feito longas mãos alaranjadas.

— Tivemos que improvisar — disse Fen, se pondo atrás dele na passagem —, depois que nossos hospitais tradicionais ficaram abarrotados.

— Tantos assim? — disse Navani, a mão segura na boca. — Alguns não podem ser tratados em casa, com suas famílias?

Dalinar leu a resposta nas pessoas que sofriam. Algumas estavam esperando para morrer; sangravam por dentro ou tinham infecções desenfreadas, marcadas por minúsculos esprenos vermelhos de putrefação na pele. Outros não tinham mais lares, como evidenciado pelas famílias encolhidas ao redor de uma mãe, pai ou criança ferida.

Raios... Dalinar quase sentia vergonha de quão bem seu povo havia resistido à Tempestade Eterna. Quando enfim se virou para partir, quase atropelou Taravangian, que assombrava a passagem como um espírito. Frágil, envolto em uma túnica macia, o velho monarca estava chorando abertamente enquanto fitava as pessoas no templo.

— Por favor — disse ele. — *Por favor*. Meus cirurgiões estão em Vedenar, uma viagem fácil através dos Sacroportais. Deixe-me trazê-los. Deixe-me aliviar esse sofrimento.

Fen franziu os lábios em uma linha estreita. Ela havia concordado com uma reunião, mas isso não a tornava parte da coalização proposta por Dalinar. Contudo, o que ela podia dizer diante de um apelo como aquele?

— Sua ajuda será apreciada — respondeu ela.

Dalinar suprimiu um sorriso. Ela havia cedido um passo ao deixá-los ativar o Sacroportal. Aquele era outro. *Taravangian, você é uma gema.*

— Empreste-me uma escriba e uma telepena — pediu Taravangian. — Mandarei minha Radiante trazer auxílio imediatamente.

Fen deu as ordens necessárias, seu consorte sinalizando para que as palavras fossem registradas. Enquanto caminhavam de volta para os palanquins, Taravangian se demorou nos degraus, olhando para a cidade.

— Vossa Majestade? — chamou Dalinar, fazendo uma pausa.

— Vejo meu lar nisto aqui, Luminobre. — Ele apoiou uma mão trêmula contra a parede do templo. — Pisco meus olhos turvos e vejo Kharbranth destruída na guerra. E me pergunto: "O que devo fazer para preservá-los?"

— Nós vamos protegê-los, Taravangian. Eu *juro*.

— Sim... Sim, acredito em você, Espinho Negro. — Ele respirou longamente e pareceu murchar ainda mais. — Eu acho... acho que vou permanecer aqui e aguardar meus cirurgiões. Por favor, sigam em frente.

Taravangian sentou-se nos degraus enquanto o resto do grupo se afastava. No seu palanquim, Dalinar olhou para trás e viu o homem idoso sentado lá, as mãos unidas diante de si, a cabeça com manchas de velhice inclinada, quase na postura de alguém ajoelhado diante de uma oração sendo queimada.

Fen foi até Dalinar. Os cachos brancos das suas sobrancelhas sacudiam ao vento.

— Ele é muito mais do que as pessoas pensam, mesmo depois do acidente. Eu sempre digo isso.

Dalinar concordou.

— Mas ele age como se essa cidade fosse um cemitério — continuou Fen. — Esse *não* é o caso. Vamos reconstruir tudo em pedra. Meus engenheiros planejam erigir muralhas diante de cada ala. Vamos nos recuperar. Só precisamos estar à frente da tempestade. Foi a súbita perda de mão de obra que realmente nos enfraqueceu. Nossos parshemanos...

— Meus exércitos podem ajudar bastante a limpar destroços, mover pedras e reconstruir — disse Dalinar. — Basta você pedir e terá acesso a milhares de mãos dispostas.

Fen nada disse, embora Dalinar tenha captado murmúrios dos jovens soldados e atendentes ao lado dos palanquins. Deixou sua atenção se demorar sobre eles, escolhendo um em particular. Alto para um thayleno, o jovem tinha olhos azuis, com sobrancelhas penteadas e engomadas para trás ao longo da cabeça. Seu uniforme elegante seguia, naturalmente, o estilo thayleno, com um casaco mais curto abotoado sobre a parte superior do peito.

Deve ser o filho dela, pensou Dalinar, estudando os traços do jovem. Pela tradição thaylena, ele seria apenas outro oficial qualquer, não o herdeiro. A monarquia do reino não era uma posição hereditária.

Herdeiro ou não, o jovem era importante. Ele sussurrou algo com ar de desprezo e os outros concordaram, murmurando e olhando com raiva para Dalinar.

Navani cutucou Dalinar e olhou-o com uma expressão questionadora.

Mais tarde, respondeu ele, sem som, então se virou para a rainha Fen.

— Então o templo de Ishi também está cheio de feridos?

— Sim. Talvez possamos pular essa parte.

— Eu não me importaria em ver as alas mais baixas da cidade — comentou Dalinar. — Talvez o grande bazar sobre o qual tanto ouvi falar?

Navani fez uma careta e Fen enrijeceu.

— Ele ficava... perto das docas, era isso? — disse Dalinar, olhando para a planície coberta de destroços diante da cidade.

Imaginara que o bazar ficasse no Distrito Antigo, a parte central da cidade. Aparentemente, devia ter prestado mais atenção naqueles mapas.

— Tenho refrescos preparados no pátio de Talenelat — disse Fen. — Deveria ser a última parada do nosso passeio. Que tal irmos direto daqui para lá?

Dalinar assentiu e eles voltaram para os palanquins. Lá dentro, ele se inclinou para a frente e falou baixinho com Navani.

— A rainha Fen não é uma autoridade absoluta.

— Nem o seu irmão era *absolutamente* poderoso.

— Mas o monarca thayleno é pior. Os conselhos de comerciantes e oficiais navais escolhem o novo monarca, afinal. Eles têm grande influência sobre a cidade.

— Sim. Onde pretende chegar com isso?

— Isso significa que ela não pode concordar com meus pedidos por conta própria — explicou Dalinar. — Jamais poderá concordar com auxílio militar enquanto outros na cidade acreditarem que estou planejando dominá-los.

Ele encontrou algumas nozes em um compartimento do descanso de braço e começou a mastigá-las.

— Não temos tempo para um impasse político — disse Navani, acenando para que ele passasse algumas nozes para ela. — Teshav talvez tenha parentes na cidade que ela possa influenciar.

— Podemos tentar isso. Ou... estou pensando em uma coisa.

— Ela envolve bater em alguém?

Ele assentiu e ela suspirou.

— Eles estão esperando um espetáculo — disse Dalinar. — Querem ver o que o Espinho Negro vai fazer. A rainha Fen... fez a mesma coisa nas visões. Ela não se abriu até que eu demonstrei franqueza.

— Sua franqueza não *precisa* ser assassina, Dalinar.

— Tentarei não matar ninguém. Só preciso dar a eles uma lição. Uma demonstração.

Uma lição. Uma demonstração.

Essas palavras emperraram em sua mente e ele percebeu que estava procurando nas suas memórias algo ainda confuso, indefinido. Algo... algo a ver com a Fenda e... e com Sadeas?

A memória fugiu, logo abaixo da superfície da consciência. Seu subconsciente a afastou e ele se encolheu como se houvesse levado um tapa.

Naquela direção... naquela direção havia *dor*.

— Dalinar? — chamou Navani. — Suponho que é *possível* que você esteja certo. Talvez na verdade seja ruim para nossa missão que as pessoas vejam você sendo educado e calmo.

— *Mais* carrancas, então?

Ela suspirou.

— Mais carrancas.

Dalinar sorriu.

— Ou um sorriso — acrescentou ela. — Vindo de você, pode ser *mais* perturbador.

O pátio de Talenelat era uma grande praça de pedra dedicada a Tendões-de-Pedra, Arauto dos Soldados. No topo de uma escadaria estava o templo em si, mas eles não tiveram a oportunidade de vê-lo por dentro, já que a entrada principal havia desabado. Um grande bloco de pedra retangular — que antes servira como topo do umbral da porta — jazia enfiado abaixo, dentro dela.

Belos relevos cobriam as paredes externas, representando o Arauto Talenelat a postos contra uma maré de Esvaziadores. Infelizmente, eles haviam rachado em uma centena de lugares. Uma grande mancha negra de queimado, no topo da parede, mostrava onde o estranho relâmpago da Tempestade Eterna havia atingido o edifício.

Nenhum dos outros templos havia sido tão danificado. Era como se Odium tivesse um rancor particular contra aquele.

Talenelat, pensou Dalinar. *Foi ele que foi abandonado pelos outros. Foi ele que eu perdi...*

— Tenho algumas coisas para resolver — disse Fen. — Com a interrupção do comércio com a cidade, não tenho muito a oferecer em termos de mantimentos. Algumas nozes e frutas, um pouco de peixe salgado. Estão servidos para vocês. Voltarei depois para que possamos nos reunir. Enquanto isso, meus atendentes cuidarão das suas necessidades.

— Obrigado — disse Dalinar.

Ambos sabiam que ela estava fazendo com que ele esperasse de propósito. Não seria muito tempo — talvez meia hora. Não o bastante para ser um insulto, mas o suficiente para estabelecer que ela ainda era a autoridade ali, independentemente de quão poderoso ele fosse.

Apesar de querer passar algum tempo com o povo dela, Dalinar se pegou irritado com aqueles joguinhos. Fen e seu consorte se retiraram, deixando a maior parte do grupo para trás, para apreciar o repasto.

Em vez disso, Dalinar decidiu arrumar uma briga.

O filho de Fen serviria. Ele parecia ser o mais crítico dentre os interlocutores. *Não quero parecer o agressor*, pensou Dalinar, posicionando-se perto do jovem. *E devo fingir que não me dei conta de quem ele é.*

— Foi agradável visitar os templos — disse Navani, juntando-se a ele. — Mas você não os apreciou, não foi? Queria ver algo mais militar.

Uma excelente abertura.

— Tem razão — respondeu ele. — Você aí, senhor capitão. Não sou chegado à enrolação. Mostre-me a muralha da cidade. *Isso* seria algo de verdadeiro interesse.

— Está falando *sério*? — disse o filho de Fen em alethiano com sotaque thayleno, as palavras emboladas.

— Sempre falo sério. O que foi? Seus exércitos estão tão mal que tem vergonha de me deixar vê-los?

— Não vou deixar um general inimigo inspecionar nossas defesas.

— Eu não sou seu inimigo, filho.

— Eu não sou seu filho, tirano.

Dalinar fez questão de parecer resignado.

— Você passou o dia me seguindo, soldado, falando palavras que eu decidi ignorar. Você está em um limite que, se cruzado, *vai* receber uma resposta.

O jovem fez uma pausa, mostrando uma dose de moderação. Ele avaliou onde estava se metendo e decidiu que o risco valia a recompensa. Se humilhasse o Espinho Negro, talvez pudesse salvar sua cidade — pelo menos era assim que ele pensava.

— Só me arrependo de não ter falado alto o bastante para você ouvir meus insultos, déspota — respondeu ele asperamente.

Dalinar suspirou bem alto, então começou a desabotoar o casaco do uniforme, ficando só com uma camisa justa.

— Sem Fractais — disse o jovem. — Espadas longas.

— Como desejar.

O filho de Fen não tinha Fractais, embora pudesse pegá-las emprestadas, se Dalinar insistisse. Dalinar preferia assim.

O homem encobriu seu nervosismo exigindo que um de seus atendentes usasse uma pedra para marcar um círculo no chão. Rial e os guardas de Dalinar se aproximaram, esprenos de expectativa se sacudindo nervosamente atrás deles. Dalinar acenou para que recuassem.

— Não o machuque — sussurrou Navani, então hesitou. — Mas também não perca.

— Não vou machucá-lo — disse Dalinar, entregando-lhe a jaqueta.

— Não posso prometer não perder.

Ela não entendia... mas claro que não entendia. Ele não podia simplesmente surrar aquele homem; isso apenas provaria para todos que Dalinar era um agressor.

Ele foi até o círculo e o percorreu, para memorizar quantos passos podia dar sem ultrapassar seus limites.

— Eu falei espadas longas — disse o jovem, a arma na mão. — Onde está sua espada?

— Vamos fazer por vantagem alternada, três minutos — disse Dalinar. — Até o primeiro sangue derramado. Você pode começar.

O jovem gelou. Vantagem alternada. O rapaz teria três minutos armado contra Dalinar desarmado. Se Dalinar sobrevivesse sem ter sangue derramado nem deixar o círculo, ele teria três minutos contra seu oponente com as posições invertidas: Dalinar armado e o jovem desarmado.

Era um desequilíbrio ridículo, geralmente só visto em treinamentos de combate, quando homens praticavam para situações em que poderiam estar desarmados contra um inimigo armado. E, mesmo assim, nunca se usavam armas de verdade.

— Eu... — disse o jovem. — Vou trocar para uma faca.

— Não precisa. A espada longa serve.

O jovem fitou Dalinar, boquiaberto. Havia canções e histórias sobre heroicos homens desarmados encarando vários oponentes armados, mas, na verdade, lutar com um único homem armado era incrivelmente difícil.

O filho de Fen deu de ombros.

— Por mais que eu fosse gostar de ser conhecido como o homem que derrotou o Espinho Negro em uma luta equilibrada, aceitarei uma luta injusta. Mas faça com que seus homens jurem que, se acabar mal para você, não serei considerado um assassino. Foi você mesmo que estabeleceu os termos.

— Combinado — respondeu Dalinar, olhando para Rial e para os outros, que fizeram uma saudação e juraram.

Uma escriba thaylena se levantou para testemunhar o duelo. Ela iniciou a contagem regressiva e o rapaz avançou contra Dalinar imediatamente, atacando com seriedade. Ótimo. Quando se concordava em participar de uma luta daquelas, não se deveria hesitar.

Dalinar se desviou, então assumiu uma postura de luta livre, embora não pretendesse se aproximar o bastante para usar uma chave. Enquanto a escriba contava o tempo, Dalinar continuou a se desviar dos ataques, mantendo-se perto da borda do círculo, tomando cuidado para não passar da linha.

O filho de Fen, embora agressivo, exibia alguma prudência inata. O jovem provavelmente poderia ter forçado Dalinar para fora, mas, em vez disso, continuou testando-o. Ele avançou outra vez e Dalinar evitou às pressas a espada rápida.

O jovem príncipe foi ficando preocupado e frustrado. Talvez, se o tempo estivesse nublado, ele tivesse enxergado o brilho tênue de Luz das Tempestades que Dalinar continha.

Enquanto a contagem regressiva se aproximava do fim, o jovem se tornou cada vez mais desesperado. Ele sabia o que vinha a seguir. Três minutos sozinho em um círculo, desarmado contra o Espinho Negro. Os ataques passaram de hesitantes para determinados e, depois, para desesperados.

Tudo bem, pensou Dalinar. *Vai ser por agora...*

A contagem regressiva chegou a dez. O jovem foi para cima dele com um último ataque total.

Dalinar se levantou, tranquilo, e abriu os braços para que sua audiência visse que deixara intencionalmente de se desviar. Então ele foi *na direção* do golpe do rapaz.

A espada longa atingiu-o bem no peito, à esquerda do coração. Dalinar grunhiu com o impacto e a dor, mas conseguiu receber a espada de modo que não lhe atingisse a espinha.

O sangue encheu um de seus pulmões e a Luz das Tempestades correu para curá-lo. O rapaz parecia chocado, como se, apesar de tudo, não houvesse esperado, ou desejado, acertar um golpe tão decisivo.

A dor sumiu. Dalinar tossiu, cuspiu sangue para o lado, então pegou a mão do jovem pelo pulso, empurrando a espada mais para dentro do seu peito.

O rapaz soltou o cabo da arma e recuou, seus olhos quase saltando das órbitas.

— Foi um bom golpe — disse Dalinar, com a voz úmida e entrecortada. — Deu para ver como você estava preocupado, no final; muitos homens teriam se descuidado da postura.

O filho da rainha caiu de joelhos, olhando para cima enquanto Dalinar se aproximava e assomava sobre ele. O sangue vazava ao redor da ferida, manchando sua camisa, até que a Luz das Tempestades finalmente teve tempo de curar o corte externo. Dalinar sugara o suficiente para brilhar mesmo à luz do dia.

O pátio foi tomado pelo silêncio. Escribas levaram as mãos à boca. Soldados pegaram nas espadas, esprenos de surpresa — parecidos com triângulos amarelos — se despedaçando ao redor deles.

Navani ofereceu a ele um sorriso astuto, de braços cruzados.

Dalinar tomou a espada pelo punho e deslizou-a para fora do peito. A Luz das Tempestades apressou-se em curar a ferida.

Para seu crédito, o jovem se levantou e balbuciou:

— É sua vez, Espinho Negro. Estou pronto.

— Não, você derramou meu sangue.

— Você permitiu.

Dalinar tirou a camisa e jogou-a para o jovem.

— Dê-me sua camisa e estamos quites.

O jovem pegou a camisa ensanguentada, então olhou para Dalinar, perplexo.

— Eu não quero sua vida, filho — disse Dalinar. — Não quero sua cidade ou seu reino. Se eu *quisesse* conquistar Thaylenah, não estaria aqui sorrindo e prometendo paz. Você deveria saber disso pela minha reputação.

Ele se virou para as pessoas que assistiam à cena, oficiais, olhos-claros e escribas. Havia alcançado seu objetivo. Estavam impressionados com ele, temerosos. Dalinar os tinha na palma da mão.

Foi chocante, então, sentir a própria súbita e pura *insatisfação*. Por algum motivo, aqueles rostos assustados o abalaram muito mais duramente do que a espada.

Zangado, envergonhado por um motivo que ainda não compreendia, ele se virou e se afastou a passos largos até os degraus que levavam ao templo acima. Acenou para que Navani não o seguisse quando ela foi em sua direção.

Sozinho. Precisava de um momento sozinho. Subiu até o templo, então se virou e se sentou nos degraus, apoiando as costas contra o bloco de pedra que havia caído na passagem. O Pai das Tempestades trovejou no fundo da sua mente. E além daquele som havia...

Decepção. O que havia conseguido? Dissera que não queria conquistar aquele povo, mas o que diziam suas ações? *Eu sou mais forte do que vocês. Não preciso lutar com vocês. Poderia esmagá-los sem fazer força.*

Era assim que deveria ser a vinda de Cavaleiros Radiantes à sua cidade?

Dalinar sentiu a náusea se retorcer no fundo das suas entranhas. Ele havia feito coisas como aquela várias vezes na vida — desde recrutar Teleb, na juventude, a intimidar Elhokar a aceitar que ele não estava tentando matá-lo, até, mais recentemente, forçar Kadash a lutar com ele na câmara de treinamento.

Abaixo, pessoas se reuniam ao redor do filho de Fen, conversando animadamente. O jovem esfregava o peito, como se houvesse sido ele o atingido.

No fundo da mente, Dalinar ouvia a mesma voz insistente. Aquela que ouvira desde o início das visões.

Você deve uni-los.

— Estou tentando — sussurrou.

Por que nunca conseguia convencer ninguém pacificamente? Por que não podia fazer com que as pessoas o ouvissem sem primeiro surrá-las — ou, ao contrário, chocá-las sendo ele mesmo ferido?

Suspirou, se inclinando para trás e pousando a cabeça contra as pedras do templo quebrado.

Você deve nos unir. Por favor.

Aquela era... uma voz diferente. Uma centena de vozes sobrepostas, com o mesmo apelo, tão baixo que ele mal podia ouvi-las. Ele fechou os olhos, tentando captar a fonte das vozes.

Pedra? Sim, tinha a impressão de que fragmentos de pedra estavam *sofrendo*. Dalinar teve um sobressalto. Ele estava ouvindo o espreno do *templo*. As paredes haviam existido como uma coisa só durante séculos. Agora os pedaços — rachados e arruinados — sofriam. Eles ainda se viam como um belo conjunto de entalhes, não como uma fachada arruinada com fragmentos caídos e espalhados por toda parte. Eles ansiavam ser novamente uma única entidade, intocada.

O espreno do templo chorava com muitas vozes, como homens em pranto pelos seus corpos arruinados em um campo de batalha.

Raios. Tudo que eu imagino tem que estar relacionado à destruição? A corpos moribundos e feridos, a fumaça no ar e sangue nas pedras?

O calor dentro dele dizia que não.

Ele se levantou e se virou, cheio de Luz das Tempestades, então agarrou a pedra quebrada que bloqueava o portal. Fazendo força, deslocou o bloco até que fosse possível se enfiar debaixo dele, agachado, e pressionar os ombros contra a pedra.

Ele respirou fundo, então *fez força* para cima. Pedra raspou pedra enquanto ele levantava o bloco na direção do topo do portal. Levantou-o alto o bastante, então posicionou as mãos logo acima da cabeça. Com um último empurrão, berrando, ele se impulsionou com as pernas, costas e braços juntos, forçando o bloco para cima com tudo que tinha. Luz das Tempestades ardia dentro dele e suas juntas quebraram — então se curaram — enquanto ele lentamente reposicionava a pedra de volta na parte de cima do umbral da porta.

Podia *sentir* o templo estimulando-o a prosseguir; ele queria muito ficar inteiro de novo. Dalinar sugou mais Luz das Tempestades, o máximo que conseguia conter, drenando todas as gemas que havia trazido.

Com suor fluindo pelo rosto, ele aproximou o bloco o bastante para que este se sentisse *correto* novamente. O poder fluiu pelos seus braços até a pedra, então a permeou.

Os entalhes se reconectaram com um estalo.

O lintel de pedra em suas mãos se levantou e se acomodou no lugar. Luz preencheu as rachaduras nas pedras e as rejuntou, então esprenos de glória explodiram ao redor da cabeça de Dalinar.

Quando o brilho sumiu, a parede frontal do majestoso templo — incluindo o portal e os relevos rachados — havia sido restaurada. Dalinar encarou-a, sem camisa e coberto de suor, sentindo-se vinte anos mais jovem.

Não, o homem que ele era vinte anos atrás nunca teria sido capaz de fazer aquilo.

Vinculador.

Uma mão tocou seu ombro; os dedos macios de Navani.

— Dalinar... o que você fez?

— Eu prestei atenção.

O poder servia para muito, muito mais do que quebrar. *Nós temos ignorado isso. Temos ignorado respostas bem diante dos nossos olhos.*

Ele olhou sobre o ombro para a multidão subindo os degraus, se reunindo.

— Você aí — disse Dalinar para uma escriba. — Foi você que escreveu para Urithiru e chamou os cirurgiões de Taravangian?

— S... sim, Luminobre.

— Escreva de novo. Mande chamar meu filho Renarin.

A RAINHA FEN ENCONTROU-O NO pátio do templo de Battah, aquele com a grande estátua quebrada. O filho dela — agora usando a camisa ensanguentada de Dalinar amarrada ao redor da cintura, como um tipo de cinta — conduzia uma equipe de dez homens com cordas. Eles haviam acabado de acomodar os quadris da estátua de volta ao lugar; Dalinar drenou Luz das Tempestades de esferas emprestadas, juntando os pedaços de pedra.

— Acho que encontrei o braço esquerdo! — gritou um homem lá de baixo, onde a maior parte da estátua havia desabado através do teto de uma mansão.

A equipe de soldados e olhos-claros de Dalinar comemorou e desceu apressadamente os degraus.

— Eu não esperava encontrar o Espinho Negro sem camisa — disse a rainha Fen. — E... bancando o escultor?

— Só posso consertar coisas inanimadas — disse Dalinar, limpando as mãos em um pedaço de pano preso na sua cintura, exausto. Usar tanta Luz das Tempestades era uma nova experiência para ele, e muito cansativa. — Meu filho faz o trabalho mais importante.

Uma pequena família deixou o templo acima. A julgar pelos passos hesitantes do pai, apoiado pelos filhos, parecia que o homem havia quebrado uma perna ou duas na tempestade mais recente. O homem corpulento gesticulou para que seus filhos recuassem, deu alguns passos sozinho — e então, com os olhos arregalados, deu um pequeno salto.

Dalinar conhecia a sensação: os resquícios da Luz das Tempestades.

— Eu deveria ter pensado nisso antes... *Deveria* ter mandado chamá-lo no momento em que vi aqueles feridos. Eu sou um tolo. — Dalinar balançou a cabeça. — Renarin tem a habilidade de curar. Ele ainda está se acostumando aos poderes, assim como eu, e tem mais facilidade de curar aqueles que foram feridos recentemente. Pergunto-me se é similar ao que estou fazendo. Quando a alma se acostuma com a ferida, é muito mais difícil de consertar.

Um único espreno de admiração explodiu ao redor de Fen enquanto a família se aproximava, fazendo mesuras e falando em thayleno, o pai com um sorriso bobo. Por um momento, Dalinar sentiu que *quase* podia compreender o que eles estavam dizendo. Como se parte dele estivesse tentando se vincular ao homem. Uma experiência curiosa, que ele não sabia bem como interpretar.

Quando eles partiram, Dalinar se voltou para a rainha.

— Eu não sei quanto tempo Renarin vai aguentar, e não sei quantas dessas feridas são novas o bastante para que ele possa curá-las. Mas é algo que podemos fazer.

Homens chamaram lá de baixo, passando um braço de pedra pela janela da mansão.

— Vejo que você encantou Kdralk também — observou Fen.

— Ele é um bom rapaz — disse Dalinar.

— Ele estava determinado a encontrar uma maneira de duelar com você. Ouvi dizer que você concedeu seu desejo. Pretende rodar por toda a cidade, encantando uma pessoa de cada vez, não é?

— Espero que não. Acho que levaria muito tempo.

Um jovem veio correndo do templo, segurando no colo uma criança com cabelo escorrido que — embora usasse roupas rasgadas e empoeiradas — exibia um grande sorriso. O jovem se curvou para a rainha, então agradeceu a Dalinar em péssimo alethiano. Renarin não parava de dar o crédito das curas a ele.

Fen viu-os partir com uma expressão indecifrável no rosto.

— Preciso da sua ajuda, Fen — sussurrou Dalinar.

— Acho difícil de acreditar que você precisa de qualquer coisa, levando em consideração o que fez hoje.

— Fractários não mantêm posições.

Ela o encarou, franzindo o cenho.

— Desculpe. É uma máxima militar. Isso... não importa. Fen, eu tenho Radiantes, sim... mas eles, por mais poderosos que sejam, não vencerão essa guerra. Mais importante, eu não sei o que estou deixando passar. É *por isso* que preciso de você. Eu penso como um alethiano, assim como a maioria dos meus conselheiros. Nós pensamos na guerra, no conflito, mas deixamos passar fatos importantes. Quando fiquei sabendo dos poderes de Renarin, só pensei em curar pessoas nos campos de batalha para continuar com a luta. Preciso de você; preciso dos azishianos. Preciso de uma coalizão de líderes que vejam o que eu não vejo, porque estamos encarando um inimigo que não pensa como nada que já encaramos antes.
— Ele se inclinou para ela. — Por favor. Junte-se a mim, Fen.

— Eu já abri aquele portal e estou falando com os conselhos para fornecer ajuda para seu esforço de guerra. Não era isso que você queria?

— Nem de perto, Fen. Quero que você se *junte* a mim.

— Qual é a diferença?

— A distinção entre se referir a isso como a "sua" guerra e a "nossa" guerra.

— Você é implacável. — Ela respirou fundo, então o interrompeu quando Dalinar fez menção de protestar. — Suponho que seja disso que precisamos agora. Tudo bem, Espinho Negro. Você, eu, Taravangian. A primeira coalizão vorin real que o mundo já viu desde a Hierocracia. É uma pena que dois de nós sejamos soberanos de reinos em ruínas.

— Três — grunhiu Dalinar. — Kholinar está cercada pelo inimigo. Enviei ajuda, mas, por enquanto, Alethkar é um reino ocupado.

— Que maravilha. Bem, acho que consigo persuadir as facções na minha cidade a deixarem suas tropas virem ajudar. Se der tudo certo com isso, escreverei ao Primeiro de Azir. Talvez isso ajude.

— Tenho certeza de que sim. Agora que você se juntou a nós, o Sacroportal azishiano é o mais essencial para nossa causa.

— Bem, eles vão ser complicados — disse Fen. — Os azishianos não estão tão desesperados quanto eu... E, para ser franca, eles não são vorins. As pessoas daqui, inclusive eu mesma, reagem a uma boa *pressão* de um monarca determinado. Força e paixão, é esse o jeito vorin. Mas essas táticas só farão com que os azishianos finquem pé e o rejeitem mais ainda.

Ele esfregou o queixo.

— Você tem alguma sugestão?

— Não sei se vai achá-la muito atraente.

— Experimente — replicou Dalinar. — Estou começando a entender que a maneira como costumo fazer as coisas têm graves limitações.

60

VENTOS E JURAMENTOS

Eu me preocupo com meus companheiros Sentinelas da Verdade.

—Da gaveta 8-21, segunda esmeralda

A TEMPESTADE NÃO PERTENCIA A Kaladin.
  Ele reivindicava os céus e, até certo ponto, os ventos. Grantormentas eram outra história, um país onde ele era um dignitário visitante. Ainda recebia certa dose de respeito, mas também carecia de autoridade.

Enquanto lutava com o Assassino de Branco, Kaladin viajara com a grantormenta voando bem na frente do paredão, como uma folha carregada por uma onda. Aquele método — com a potência total da grantormenta trovejando aos seus pés — parecia arriscado demais para usar quando estava levando outras pessoas. Felizmente, durante a viagem a Thaylenah, ele e Shallan haviam testado outras maneiras. No final das contas, ele ainda conseguia extrair o poder da tempestade mesmo voando acima dela, contanto que permanecesse a uma distância de cerca de trinta metros das nuvens.

Era onde ele voava naquele momento, com dois carregadores e a equipe escolhida por Elhokar. O sol brilhava forte acima, e a eterna tormenta se estendia em todas as direções abaixo. Torvelinhos negros e cinzentos, iluminados por faíscas de relâmpago. Rugindo, como se estivesse zangada com o pequeno grupo de passageiros clandestinos. Eles não viam o paredão dali; haviam ficado bem para trás dele. O seu ângulo rumo a Kholinar exigia que viajassem mais para norte do que para oeste, enquanto cortavam caminho através das Colinas Devolutas rumo ao norte de Alethkar.

Havia uma beleza hipnótica nos padrões da tormenta e Kaladin tinha que se esforçar para manter a atenção nas pessoas sob sua responsabilidade. Havia seis, o que fazia com que a equipe tivesse nove no total, contando com ele mesmo, Skar e Drehy.

O Rei Elhokar estava na frente. Eles não puderam levar suas Armaduras Fractais; Projeções não funcionavam com elas. Em vez disso, o rei usava uma roupa espessa e um tipo estranho de máscara com a frente de vidro para bloquear o vento. Era uma sugestão de Shallan; aparentemente, era um equipamento naval. Adolin vinha em seguida. Depois dois dos soldados de Shallan — os desertores desleixados que ela havia recolhido feito filhotes machucados de cão-machado — e uma criada. Kaladin não entendia por que levavam aqueles três, mas o rei havia insistido.

Adolin e os outros estavam tão embrulhados quanto o rei, o que fazia com que Shallan se destacasse ainda mais. Ela voava só com seu havah azul — que havia prendido com alfinetes para impedir que ele voejasse demais —, com calças compridas brancas por baixo. Luz das Tempestades emanava da pele dela, mantendo-a aquecida, dando-lhe sustento.

Seu cabelo esvoaçava, com fios de um ruivo-castanho vivo. Ela voava com braços estendidos e olhos fechados, sorrindo. Kaladin precisava constantemente ajustar a velocidade dela para mantê-la alinhada com os outros, já que Shallan não conseguia resistir a estender o braço para sentir o vento atravessar os dedos da mão livre, e acenar para esprenos de vento que passavam.

Como ela sorri assim?, Kaladin se perguntava. Durante sua viagem juntos pelos abismos, ficara sabendo dos segredos dela. As feridas que escondia. E ainda assim... de algum modo, Shallan conseguia simplesmente ignorá-las. Kaladin nunca fora capaz de fazer isso. Mesmo quando não estava se sentindo particularmente soturno, sentia o peso de seus deveres ou das pessoas de quem precisava cuidar.

A alegria descuidada de Shallan fazia com que ele quisesse mostrar a ela como voar *de verdade*. Ela não tinha as Projeções, mas ainda podia usar seu corpo para esculpir o vento e dançar no ar...

Forçou-se a voltar ao presente, banindo os devaneios tolos. Kaladin colou os braços ao corpo, estreitando-se diante do vento. Isso fez com que avançasse pela fileira de pessoas, de modo que pôde renovar a Luz das Tempestades de cada um. Ele usava mais o vento para fazer suas manobras do que a Luz em si.

Skar e Drehy cuidavam do próprio voo, cerca de cinco metros abaixo do grupo, vigiando caso alguém caísse por algum motivo. Com as Projeções renovadas, Kaladin se deslocou para ficar alinhado entre Shallan e o Rei Elhokar. O rei olhava para a frente através da máscara, como se alheio à maravilhosa tempestade abaixo. Shallan flutuava de costas, rindo enquanto olhava para o céu, a barra das suas saias sacudindo e oscilando.

Adolin era outra história. Ele deu uma olhada para Kaladin, então fechou os olhos e trincou os dentes. Pelo menos havia parado de se debater toda vez que atingiam uma mudança nos ventos.

Eles não conversavam, já que suas vozes se perderiam no ruído do vento. Os instintos de Kaladin diziam que ele provavelmente conseguiria diminuir a força do vento enquanto voava — já fizera isso antes —, mas havia algumas habilidades que ele tinha dificuldade em reproduzir deliberadamente.

Por fim, uma linha de luz zuniu da tempestade abaixo e logo se enrolou em uma fita de luz, subindo até ele.

— Acabamos de passar pelo rio Corredor dos Ventos — disse Syl, suas palavras mais um eco mental do que som de verdade.

— Estamos perto de Kholinar, então.

— Ela claramente gosta do céu — comentou Syl, olhando para Shallan. — Um talento natural. Ela quase parece um espreno, e considero isso um elogio e tanto.

Ele suspirou e não olhou para Shallan.

— Ah, vamos... — disse Syl, zunindo ao redor dele até seu outro lado. — Você precisa estar perto de pessoas para ser feliz, Kaladin. Sei que precisa.

— Tenho minha equipe de ponte — murmurou ele, a voz perdida nos ventos; mas Syl seria capaz de ouvir, assim como ele podia ouvi-la.

— Não é a mesma coisa. E você sabe disso.

— Ela trouxe a criada em uma missão de reconhecimento. Não consegue passar uma semana sem alguém para cuidar do seu penteado. Você acha que eu estaria interessado em alguém assim?

— Se eu acho? — disse Syl. Ela tomou a forma de uma jovem minúscula em vestido bem feminino, voando pelo céu diante dele. — Eu *sei*. Não pense que não percebo suas olhadelas furtivas. — Ela deu um sorrisinho.

— Hora de parar, para não passarmos direto por Kholinar — disse Kaladin. — Vá dizer a Skar e Drehy.

Kaladin pegou seus passageiros um por um, cancelando sua Projeção para a frente, substituindo-a com meia Projeção para cima. Havia um estranho efeito nas Projeções que frustrava as tentativas científicas de Sigzil de estabelecer uma terminologia. Todos os seus cálculos presumiam que, uma vez projetada, uma pessoa estaria sob a influência tanto do chão quanto da Projeção.

Não era o caso. Uma vez que se usava uma Projeção Básica em alguém, o corpo da pessoa imediatamente esquecia a atração do chão e caía na direção indicada. Projeções Parciais faziam parte do peso da pessoa esquecer o chão, embora o resto continuasse a ser puxado para baixo. Assim, meia Projeção para cima deixava uma pessoa sem peso.

Kaladin situou os grupos para que pudesse falar com o rei, Adolin e Shallan. Seus carregadores de pontes e os servos de Shallan flutuavam a uma curta distância. Até mesmo as novas explicações de Sigzil tinham dificuldade de dar conta de todas as habilidades de Kaladin. Ele havia de algum modo feito um tipo de... canal ao redor do grupo, como um rio. Uma corrente que os envolvia, mantendo-os juntos.

— É realmente lindo — disse Shallan, contemplando a tempestade, que cobria tudo, exceto os topos de alguns picos muito distantes à esquerda. Provavelmente as Montanhas do Criador de Sóis. — Como misturar tinta... se a tinta escura pudesse de algum modo gerar novas cores e luz em suas espirais.

— Contanto que eu possa continuar assistindo de uma distância segura — respondeu Adolin. Ele segurava o braço de Kaladin para não se afastar.

— Estamos nos aproximando de Kholinar — disse Kaladin. — O que é bom, já que estamos quase saindo da tempestade e logo perderei acesso à sua Luz.

— O que acho que estou prestes a perder são meus sapatos — disse Shallan, olhando para baixo.

— Sapatos? — devolveu Adolin. — Eu perdi meu *almoço* lá atrás.

— Não paro de imaginar que algo vai escorregar e cair nela — sussurrou Shallan. — Desaparecer. Sumir para sempre. — Ela olhou para Kaladin. — Nenhuma piada sobre botas perdidas?

— Não consegui pensar em nada engraçado. — Ele hesitou. — Embora você sempre fale mesmo assim.

Shallan abriu um sorriso.

— Você já considerou, carregador, que arte *ruim* tem um papel maior do que boa arte? Artistas passam mais tempo da vida fazendo peças ruins para treinar do que obras-primas, particularmente no início. E até que uma artista se torne uma mestra, algumas peças não funcionam. Outras ainda parecem simplesmente *erradas* até a última pincelada. Você aprende mais com arte ruim do que com arte boa, já que os erros são mais importantes do que os sucessos. Além disso, boa arte geralmente evoca as mesmas emoções nas pessoas... a maioria das artes boas é do mesmo *tipo* de boa qualidade. Mas peças ruins podem ser cada uma ruim à sua maneira. Então fico contente pela existência de arte ruim, e tenho certeza de que o Todo-Poderoso concorda.

— Tudo isso para justificar seu senso de humor, Shallan? — disse Adolin, achando graça.

— Meu senso de humor? Não, estou meramente tentando justificar a criação do Capitão Kaladin.

Ignorando-a, Kaladin estreitou os olhos rumo ao leste. As nuvens atrás deles estavam clareando de tons sombrios e profundos de preto e cinza para uma neutralidade mais suave, como a cor do mingau matinal de Rocha. A tempestade estava prestes a terminar; o que chegava com estardalhaço terminava com um suspiro prolongado, rajadas dando lugar a uma chuva pacífica.

— Drehy, Skar — chamou Kaladin. — Mantenham todo mundo no ar. Vou verificar como estão as coisas lá embaixo.

Os dois bateram continência, e Kaladin caiu pelas nuvens, que, por dentro, pareciam neblina suja. Saiu coberto de gelo, e a chuva atingiu seu corpo, mas estava enfraquecendo. O trovão rugia baixinho acima.

Luz suficiente vazava pelas nuvens para que ele pudesse avaliar a paisagem. De fato, a cidade estava próxima, e era majestosa, mas ele se forçou a procurar inimigos antes de maravilhar-se. Notou uma ampla planície diante da cidade — um campo mortuário sem árvores ou rochedos, para que nada pudesse proteger um exército invasor. Estava vazio, o que não era inesperado.

A questão era quem dominava a cidade — Esvaziadores ou humanos? Ele desceu cautelosamente. O lugar brilhava com pontos de Luz das Tempestades vinda de gaiolas deixadas na tormenta para recarregar as gemas. E... sim, nos postos de guarda havia bandeiras alethianas, elevadas agora que o pior da tempestade havia passado.

Kaladin soltou um suspiro de alívio. Kholinar não havia caído, muito embora, se seus relatórios estivessem corretos, todas as cidades ao redor estivessem ocupadas. De fato, olhando bem, dava para ver que o inimigo começara a construir abrigos de tempestade no campo mortuário: casamatas de onde poderiam impedir a chegada de suprimentos a Kholinar. Não passavam de meros fundamentos de tijolo e argamassa. Durante os períodos entre tormentas, elas provavelmente eram protegidas — e construídas — por numerosas forças inimigas.

Ele finalmente permitiu-se fitar Kholinar. Sabia o que estava chegando, inevitável como um bocejo; não poderia evitá-lo para sempre. Primeiro avaliar a área em busca de perigo, situar-se no terreno.

Então olhar, pasmo.

Raios, aquela cidade era linda.

Ele a havia sobrevoado certa vez, em um meio sonho onde vira o Pai das Tempestades. Aquilo não o afetara tanto quanto pairar ali, olhando para a vasta metrópole, afetou. Já havia visto cidades de verdade — todos os acampamentos de guerra juntos provavelmente eram maiores do que Kholinar —, então não era o tamanho que o impressionava, na verdade, mas a variedade. Estava acostumado com casamatas funcionais, não com edifícios de pedra com diversos formatos e estilos de telhado.

O que definia Kholinar, naturalmente, eram as Lâminas de Vento: curiosas formações rochosas que despontavam da pedra como as barbatanas de alguma criatura gigantesca escondida abaixo da superfície. As enormes curvas de pedra brilhavam com estratos vermelhos, brancos e alaranjados, seus tons intensificados pela chuva. Ele não havia percebido que parte das muralhas da cidade fora construída no topo das Lâminas do Vento mais avançadas. Ali, as seções inferiores das muralhas literalmente *brotavam* do chão, enquanto os homens haviam construído fortificações acima, nivelando as alturas e preenchendo espaços entre as curvas.

Assomando sobre o lado norte da cidade havia o complexo palaciano, que se erguia alto e confiante, como se desafiasse as tempestades. O palácio era como uma pequena cidade em si, com colunas claras, rotundas e torreões.

E havia algo muito, *muito* errado com ele.

Uma nuvem pendia sobre o palácio, uma escuridão que — à primeira vista — não parecia nada além de um truque da luz. Mas a sensação de desacerto persistia, e parecia mais forte ao redor de uma área a leste do complexo do palácio. Aquela praça plana e alta estava cheia de pequenos edifícios. O monastério do palácio.

A plataforma do Sacroportal.

Kaladin estreitou os olhos, então Projetou-se de volta para cima, adentrando as nuvens. Provavelmente se demorara demais — não queria que começassem a falar de uma pessoa brilhante no céu.

Ainda assim... que cidade. No coração de Kaladin ainda vivia um rapaz do interior que havia sonhado em ver o mundo.

— Você viu a escuridão ao redor do palácio? — perguntou Kaladin a Syl.

— Vi, sim — sussurrou ela. — Tem algo muito errado.

Kaladin emergiu das nuvens e descobriu que sua equipe havia se deslocado para oeste na brisa. Ele se Projetou na direção deles e notou, pela primeira vez, que sua Luz não estava mais sendo renovada pela tempestade.

Drehy e Skar pareceram visivelmente aliviados quando ele chegou.

— Kal... — começou Skar.

— Eu sei. Não temos mais muito tempo. Vossa Majestade, a cidade está abaixo de nós... e nossas forças ainda controlam as muralhas. Os parshendianos estão construindo casamatas de tempestade e fazendo cerco à área, embora o grosso do exército deles provavelmente tenha recuado para cidades próximas em antecipação à tempestade.

— A cidade está de pé! — disse Elhokar. — Excelente! Capitão, leve-nos para baixo.

— Vossa Majestade — disse Kaladin. — Se descermos do céu desse jeito, os batedores inimigos *vão* nos ver chegando.

— E daí? — replicou Elhokar. — Só haveria necessidade de subterfúgio se tivéssemos que entrar escondidos. Se nossas forças ainda estão no comando da cidade, podemos marchar até o palácio, assumir o comando e ativar o Sacroportal.

Kaladin hesitou.

— Vossa Majestade, tem... algo de errado com o palácio. Ele parece *sombrio*, e Syl também viu. Eu aconselho cautela.

— Minha esposa e meu filho estão lá dentro — disse Elhokar. — Eles podem estar em perigo.

Você não pareceu tão preocupado com eles durante os seis anos que passou longe, na guerra, pensou Kaladin.

— Vamos descer de qualquer modo — disse o rei. — Queremos chegar até o Sacroportal o mais rápido possível... — Ele se interrompeu, olhando de Kaladin para Shallan e para Adolin. — Não queremos?

— Eu aconselho cautela — repetiu Kaladin.

— O carregador de pontes não é do tipo nervoso, Vossa Majestade — disse Adolin. — Não sabemos o que está acontecendo na cidade, ou o que aconteceu desde os relatórios de caos e revolta. Cautela me parece uma boa ideia.

— Muito bem — disse Elhokar. — Foi por *isso* que eu trouxe a Teceluz. O que recomenda, Luminosa?

— Vamos pousar fora da cidade — disse Shallan. — Longe o bastante para que o brilho da Luz das Tempestades não nos denuncie. Podemos usar ilusões para entrar escondidos e descobrir o que está acontecendo sem nos revelarmos.

— Muito bem — replicou Elhokar, assentindo brevemente. — Faça como ela sugeriu, capitão.

KHOLINAR

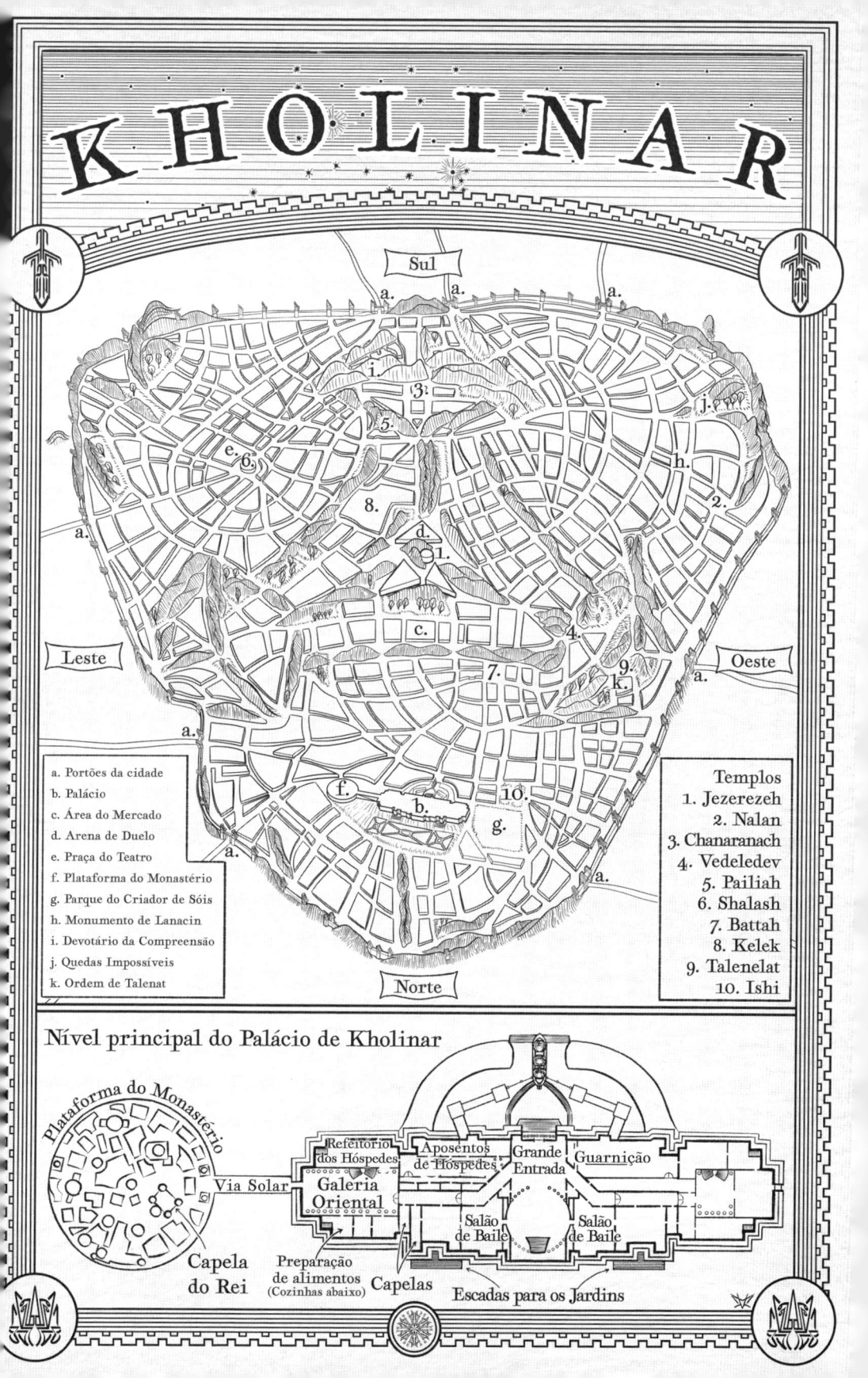

Sul

Leste

Oeste

Norte

a. Portões da cidade
b. Palácio
c. Área do Mercado
d. Arena de Duelo
e. Praça do Teatro
f. Plataforma do Monastério
g. Parque do Criador de Sóis
h. Monumento de Lanacin
i. Devotário da Compreensão
j. Quedas Impossíveis
k. Ordem de Talenat

Templos
1. Jezerezeh
2. Nalan
3. Chanaranach
4. Vedeledev
5. Pailiah
6. Shalash
7. Battah
8. Kelek
9. Talenelat
10. Ishi

Nível principal do Palácio de Kholinar

Plataforma do Monastério

Via Solar

Capela do Rei

Refeitório dos Hóspedes

Aposentos de Hóspedes

Grande Entrada

Guarnição

Galeria Oriental

Salão de Baile

Salão de Baile

Preparação de alimentos (Cozinhas abaixo)

Capelas

Escadas para os Jardins

61

UM PESADELO MANIFESTO

Podemos registrar qualquer segredo que desejarmos e deixá-lo aqui?
Como sabemos que serão descobertos? Bem, não me importo. Registre isso, então.

— Da gaveta 2-3, quartzo fumê

O EXÉRCITO INIMIGO ESTAVA DEIXANDO refugiados se aproximarem da cidade.

De início, isso surpreendeu Kaladin. O ponto de um cerco não era *impedir* que as pessoas entrassem? Ainda assim, um fluxo constante de pessoas tinha permissão de se aproximar de Kholinar. Os portões estavam fechados contra uma invasão do exército inimigo, mas as portas laterais — que ainda eram grandes — estavam totalmente abertas.

Kaladin entregou a luneta para Adolin. Eles haviam pousado em um local discreto, então andado até a cidade a pé... mas já estava escuro quando chegaram. Decidiram passar a noite fora da cidade, escondidos por uma das ilusões de Shallan. De modo impressionante, sua Teceluminação havia durado a noite toda com muito pouca Luz das Tempestades.

Agora que amanhecera, eles estavam avaliando a cidade, que estava a talvez um quilômetro e meio de distância. De fora, o esconderijo deles parecia apenas outro relevo do terreno rochoso. Shallan não conseguia torná-lo transparente apenas de um lado, então precisavam olhar para fora usando uma fenda que, para alguém passando ali perto, seria visível.

A ilusão parecia uma caverna, a não ser pelo fato de que o vento e a chuva a atravessavam. O rei e Shallan haviam resmungado a manhã toda, reclamando da noite fria e úmida. Kaladin e seus homens dormiram como pedras. Havia vantagens em ter sobrevivido à Ponte Quatro.

— Deixem os refugiados entrarem para que eles esgotem os recursos da cidade — disse Adolin, olhando pela luneta. — Uma boa tática.

— Luminosa Shallan — disse Elhokar, aceitando a luneta de Adolin —, pode fazer ilusões para cada um de nós, certo? Podemos fingir ser refugiados para entrarmos facilmente na cidade.

Shallan concordou, distraída. Ela estava sentada perto de um raio de luz que passava por um pequeno buraco no teto, desenhando.

Adolin voltou a luneta para o palácio, cujo topo assomava sobre a cidade à distância. O dia estava perfeitamente ensolarado, claro e nítido, com apenas um toque de umidade no ar devido à grantormenta do dia anterior. Não havia uma única nuvem no céu.

Mas, de algum modo, o palácio ainda estava nas sombras.

— O que será aquilo? — disse Adolin, baixando a luneta.

— Um *deles* — sussurrou Shallan. — Os Desfeitos.

Kaladin olhou para ela, que havia desenhado o palácio, mas de um jeito retorcido, com ângulos estranhos e paredes distorcidas.

Elhokar estudou o palácio.

— Você tinha razão em recomendar cautela, Corredor dos Ventos. Meu instinto ainda é me apressar. É um erro, não é? Eu devo ser *prudente* e *cuidadoso*.

Eles deram a Shallan tempo para terminar os desenhos — ela alegava que precisava deles para ilusões complexas. Enfim ela se levantou, folheando páginas no seu caderno de desenho.

— Muito bem. A maioria de nós não precisa de disfarces, já que ninguém vai reconhecer a mim ou aos meus assistentes. O mesmo vale para os homens de Kaladin, imagino.

— Se alguém me reconhecer, não vai causar nenhum problema — disse Skar. — Ninguém aqui sabe o que aconteceu comigo nas Planícies Quebradas.

Drehy concordou.

— Tudo bem — disse Shallan, voltando-se para Kaladin e Adolin. — Vocês dois vão ganhar novos rostos e roupas, vão se passar por homens velhos.

— Eu não preciso de um disfarce — disse Kaladin. — Eu...

— Você passou tempo com aqueles parshemanos, no começo do mês — replicou Shallan. — É melhor se precaver. Além disso, você já está sempre fazendo cara feia, como um velho, de qualquer modo. Vai combinar direitinho.

Kaladin fez cara feia para ela.

— Perfeito! Continue assim.

Shallan deu um passo à frente e expirou, e ele foi envolvido por Luz das Tempestades. Sentiu que deveria ser capaz de assimilá-la, usá-la — mas a Luz resistiu a ele. Era uma sensação estranha, como se houvesse encontrado um carvão em brasa que não emitisse calor.

A Luz das Tempestades desapareceu e ele levantou uma das mãos, que agora parecia enrugada. Seu casaco do uniforme havia mudado para uma jaqueta marrom artesanal. Ele tocou o próprio rosto, mas não sentiu nada de diferente.

Adolin apontou para ele.

— Shallan, que coisa *horrorosa*. Estou impressionado.

— O que foi? — Kaladin olhou para seus homens. Drehy fez uma careta.

Shallan envolveu Adolin em Luz. Ele se transformou em um homem robusto e bonito na casa dos sessenta anos, com pele marrom-escura, cabelo branco e um corpo esguio. Sua roupa não era elegante, mas estava em boas condições. Ele parecia o tipo de malandro velho que se encontrava em um bar, com várias histórias sobre as coisas brilhantes que fizera na juventude. O tipo de homem que fazia com que as mulheres pensassem que preferiam homens mais velhos, quando na verdade só preferiam *ele*.

— Ora, isso não é justo — reclamou Kaladin.

— Se eu forçar demais a mentira, as pessoas tendem a ficar mais desconfiadas — disse Shallan alegremente, então foi até o rei. — Vossa Majestade, o senhor vai ser uma mulher.

— Tudo bem — disse Elhokar.

Kaladin se espantou. Teria esperado uma objeção. A julgar pela maneira como Shallan pareceu abafar uma piada, ela também esperava.

— Veja bem — disse ela em vez disso —, acho que o senhor não conseguiria não se portar como um rei, então imaginei que ter a aparência de uma mulher olhos-claros de alta estirpe vai chamar menos a atenção dos guardas do que...

— Eu disse que está tudo bem, Teceluz — replicou Elhokar. — Não devemos perder tempo. Minha cidade e minha nação estão em perigo.

Shallan expirou novamente e o rei foi transfigurado em uma alta e imponente mulher alethiana com traços que lembravam Jasnah. Kaladin assentiu, impressionado. Shallan tinha razão; havia algo no porte de Elhokar que indicava nobreza. Aquela era uma excelente maneira de distrair pessoas que poderiam se perguntar quem ele era.

Enquanto recolhiam suas bolsas, Syl entrou zunindo no esconderijo. Ela tomou a forma de uma jovem e voejou até Kaladin, então deu um passo para trás no ar — horrorizada.

— Ah! — exclamou ela. — Uau!

Kaladin olhou feio para Shallan.

— O que foi que você fez comigo?

— Ah, não fique assim — disse ela. — Isso só vai realçar sua incrível personalidade.

Não deixe que ela irrite você, Kaladin pensou. *Ela quer irritá-lo.* Ele levantou sua bolsa. Sua aparência *não importava*; era só uma ilusão.

Mas *o que* ela havia feito?

Kaladin os conduziu para fora do esconderijo e eles entraram em uma fila. A ilusão da pedra sumiu atrás deles. Os homens de Kaladin haviam levado uniformes azuis genéricos, sem insígnias, que poderiam ter pertencido a qualquer guarda de uma casa desimportante dentro do principado Kholin. Os dois guardas de Shallan trajavam uniformes marrons genéricos e, com Elhokar no vestido de uma olhos-claros, eles realmente pareciam um grupo de refugiados. Elhokar seria visto como uma luminobre que havia fugido — sem nem mesmo um palanquim ou uma carruagem — diante do avanço do inimigo. Ela havia levado uns poucos guardas, alguns servos, e Shallan como sua jovem pupila. E Kaladin era seu... o quê?

Raios.

— Syl — rosnou ele —, posso invocar você não como espada, mas como um pedaço de metal plano e brilhante?

— Um espelho? — indagou ela, voando ao lado dele. — Hmmm...

— Não sabe se é possível?

— Não sei se é digno.

— Digno? Desde quando você se importa com dignidade?

— Não sou um brinquedo. Sou uma arma *majestosa* que só deve ser usada de maneiras *majestosas*.

Ela cantarolou consigo mesma e zuniu para longe. Antes que ele pudesse chamá-la para reclamar, Elhokar o alcançou.

— Devagar, capitão — disse o rei. Até sua voz havia mudado para soar feminina. — Assim vai nos deixar para trás.

Relutantemente, Kaladin desacelerou. Elhokar não expressou o que pensava do rosto de Kaladin; o rei manteve os olhos voltados para a frente. Ele nunca pensava muito sobre outras pessoas, então isso era normal.

— O nome é Corredor dos Ventos, sabia? — disse o rei em voz baixa. Kaladin levou um momento para perceber que Elhokar estava se referindo ao rio que atravessava Kholinar. No caminho, eles o cruzaram por uma larga ponte de pedra. — Os olhos-claros alethianos reinam por causa de *você*. Sua ordem era proeminente aqui, no que era então Alethela.

— Eu...

— Nossa missão é vital — continuou Elhokar. — Não podemos nos dar ao luxo de deixar essa cidade cair. *Não podemos* nos dar ao luxo de cometer erros.

— Eu garanto a Vossa Majestade que não pretendo cometer erros.

Elhokar olhou para ele de relance e, por um momento, Kaladin sentiu que podia ver o verdadeiro rei. Não porque a ilusão estivesse falhando, mas devido ao modo como os lábios de Elhokar se estreitaram, sua testa se enrugou e seu olhar se tornou intenso.

— Não estava falando de você, capitão — disse o rei baixinho. — Estava me referindo às minhas próprias limitações. Quando eu falhar com essa cidade, quero garantir que *você* esteja lá para protegê-la.

Kaladin desviou o olhar, envergonhado. Ele realmente havia acabado de pensar em como aquele homem era egoísta?

— Vossa Majestade...

— Não — cortou Elhokar com firmeza. — É hora de ser realista. Um rei deve fazer o que puder pelo bem do seu povo, e meu julgamento já se provou... deficiente. Tudo que eu já "realizei" na vida me foi dado de bandeja pelo meu pai ou meu tio. Você está aqui, capitão, para ter sucesso quando eu falhar. Lembre-se disso. Abra o Sacroportal, cuide para que minha esposa e meu filho o atravessem em segurança, e retorne com um exército para reforçar essa cidade.

— Farei o meu melhor, Vossa Majestade.

— Não — disse Elhokar. — Você fará o que eu comandar. Seja extraordinário, capitão. Nada menos que isso será suficiente.

Raios. Como Elhokar conseguia elogiar e insultar ao mesmo tempo? Kaladin sentiu um *peso* ao ouvir aquelas palavras que o lembravam da época no exército de Amaram, quando as pessoas começaram a comentar sobre ele, ter expectativas.

Aqueles rumores haviam se tornado um desafio, criando em todos a ideia de um homem parecido com Kaladin, mas que, ao mesmo tempo, era maior do que ele jamais seria. Havia usado aquele homem fictício, contado com ele, para equipar seu grupo e transferir soldados para seu esquadrão. Sem ele, nunca teria conhecido Tarah. Era útil ter uma reputação, contanto que não fosse esmagado por ela.

O rei foi ficando mais para trás na fila. Eles cruzaram o campo mortuário sob os olhos vigilantes de arqueiros no topo da muralha. Isso causou uma comichão nas costas de Kaladin, ainda que fossem soldados alethianos. Tentou ignorá-los, concentrando-se em estudar a muralha enquanto adentravam sua sombra.

Essas camadas me lembram dos túneis em Urithiru. Poderia haver alguma conexão?

Ele olhou sobre o ombro enquanto Adolin se aproximava. O príncipe disfarçado fez uma careta ao encarar Kaladin.

— Ei — disse Adolin. — Hum... uau. Sua cara realmente é uma distração.

Mulher tormentosa.

— O que você quer?

— Estive pensando — disse Adolin. — É melhor arrumarmos um lugar dentro da cidade para nos abrigarmos, certo? Não podemos seguir nenhum dos nossos planos originais... não podemos simplesmente bater na porta do palácio, mas também não queremos atacá-lo. Não até investigarmos um pouco.

Kaladin assentiu. Detestava a ideia de passar tempo demais em Kholinar. Nenhum dos outros carregadores havia chegado perto o bastante de fazer o juramento do Segundo Ideal, então a Ponte Quatro estaria incapaz de praticar seus poderes até que ele retornasse. Ao mesmo tempo, o palácio sombrio o inquietava. Teriam que passar alguns dias coletando informações.

— De acordo — disse Kaladin. — Você tem alguma ideia de onde podemos nos instalar?

— Conheço o lugar perfeito. Está nas mãos de pessoas em quem confio, e fica perto o bastante do palácio para investigarmos, mas longe o bastante para não sermos pegos no... no que quer que esteja acontecendo por lá. Eu espero. — Ele pareceu preocupado.

— Como era? — indagou Kaladin. — Aquela coisa sob a torre, que você e Shallan enfrentaram?

— Shallan fez desenhos. Você devia perguntar a ela.

— Eu os vi nos relatórios que as escribas de Dalinar me entregaram. Mas como *era*?

Adolin voltou seus olhos azuis para a estrada. A ilusão era tão realista que ficava difícil acreditar que fosse realmente ele... mas ele *caminhava* do mesmo jeito, com aquela confiança inata que só um olhos--claros possuía.

— Era algo... errado — disse Adolin finalmente. — Assustador. Um pesadelo manifesto.

— Que nem o meu rosto? — indagou Kaladin.

Adolin olhou para ele, sorrindo.

— Felizmente, Shallan cobriu o seu rosto com essa ilusão.

Kaladin se pegou sorrindo. O tom de Adolin deixava claro que ele estava brincando... mas não rindo da sua cara. Adolin fazia com que você quisesse rir com ele.

Eles se aproximaram da entrada. Embora parecessem pequenas perto dos portões da cidade, as portas laterais eram largas o bastante para admitir uma carroça. Infelizmente, a entrada estava bloqueada por soldados, e uma multidão estava se acumulando, esprenos de raiva fervilhando no chão ao redor deles. Os refugiados sacudiam os punhos e gritavam por estarem sendo barrados.

Mais cedo, a entrada estava sendo permitida. O que estava acontecendo? Kaladin olhou para Adolin, então acenou com o queixo.

— Vamos ver o que está acontecendo?

— Vamos dar uma olhada — disse Adolin, voltando-se para os outros no grupo. — Esperem aqui.

Skar e Drehy pararam, mas Elhokar os seguiu quando Kaladin e Adolin continuaram avançando — e Shallan fez o mesmo. Os servos dela hesitaram por um segundo, depois a seguiram. Raios, a estrutura de comando naquela expedição ia ser complicada.

Elhokar marchou imperiosamente adiante e rosnou para que as pessoas saíssem da sua frente. Relutantemente, elas obedeceram — uma mulher com o porte dele não era alguém que quisessem irritar. Kaladin trocou um olhar cansado com Adolin, então ambos se posicionaram atrás do rei.

— Eu exijo entrada — disse Elhokar, chegando até a frente da multidão, que havia aumentado para cinquenta ou sessenta pessoas, com mais gente ainda chegando.

O pequeno grupo de guardas olhou Elhokar de cima a baixo e o capitão deles falou:

— Quantos combatentes a senhora pode fornecer para a defesa da cidade?

— Nenhum — respondeu Elhokar rispidamente. — Eles são minha guarda *pessoal*.

— Então, Luminosa, deve marchar com eles *pessoalmente* para o sul e tentar outra cidade.

— Para onde? — questionou Elhokar, ecoando o sentimento de muitos na multidão. — Há monstros em toda parte, capitão.

— Dizem que há menos para o sul — respondeu o soldado, apontando. — De qualquer modo, Kholinar já está lotada. A senhora não vai encontrar abrigo aqui. Acredite em mim. Siga adiante. A cidade...

— Quem é seu superior? — interrompeu Elhokar.

— Alto-Marechal Azure, da Guarda da Muralha, é quem está no comando.

— Alto-Marechal Azure? Nunca ouvi falar dessa pessoa. Essas pessoas parecem capazes de andar mais? Eu *ordeno* que nos deixe entrar na cidade.

— Estou sob ordens de só deixar um número fixo entrar a cada dia — respondeu o guarda com um suspiro. Kaladin reconhecia aquele senso de exasperação; Elhokar podia despertá-lo no mais paciente dos guardas. — Já passamos do limite. Terá que esperar até amanhã.

As pessoas rosnaram e mais esprenos de raiva surgiram ao redor delas.

— Não é por crueldade — gritou o capitão da guarda. — Será que podem *escutar*? A cidade tem pouca comida e estamos ficando sem espaço nos abrigos de tempestade. Cada pessoa a mais sobrecarrega nossos recursos! Mas os monstros estão concentrados aqui; se vocês fugirem para o sul, poderão se refugiar lá, talvez até mesmo chegar em Jah Keved.

— Inaceitável! — disse Elhokar. — Você recebeu essas ordens tolas de Azure. Quem está acima, na hierarquia?

— Não há comandante acima de Azure.

— O quê? — interpelou Elhokar. — E a rainha Aesudan?

O guarda apenas balançou a cabeça.

— Olhe só, esses dois homens são seus? — Ele apontou para Drehy e Skar, ainda parados junto da retaguarda da multidão. — Eles parecem bons soldados. Se a senhora os designar para a Guarda da Muralha, permitirei sua entrada imediata *e* cuidaremos para que receba uma ração de grãos.

— Mas aquele ali, não — disse outro guarda, indicando Kaladin. — Ele parece doente.

— Impossível! — exigiu Elhokar. — Preciso dos meus guardas comigo o tempo todo.

— Luminosa... — disse o capitão.

Raios, Kaladin simpatizava com o pobre homem.

Syl subitamente ficou alerta, zunindo para o céu como uma fita de luz. Kaladin na mesma hora deixou de prestar atenção em Elhokar e nos guardas. Ele vasculhou o céu até ver figuras voando na direção da muralha em uma formação em V. Havia pelo menos vinte Esvaziadores, cada um deixando um rastro de energia escura.

Acima, soldados começaram a gritar. A chamada urgente dos tambores veio em seguida e o capitão dos guardas respondeu com um xingamento. Ele e seus homens avançaram através das portas abertas, então correram rumo às escadas mais próximas que levavam até a passarela da muralha.

— Entrem! — disse Adolin enquanto outros refugiados avançavam. Ele agarrou o rei e arrastou-o para dentro.

Kaladin lutou contra a pressão, recusando-se a ser empurrado para dentro da cidade. Em vez disso, inclinou o pescoço para olhar para cima, vendo os Esvaziadores atingirem a muralha. O ângulo de Kaladin na base era péssimo para entender a ação se desenrolando diretamente acima.

Alguns homens foram jogados para fora da muralha mais adiante. Kaladin deu um passo na direção deles, mas, antes que pudesse fazer qualquer coisa, os homens atingiram o chão com um estrépito alto. Raios! Ele foi empurrado pela multidão mais para perto da cidade, e mal se conteve de sugar Luz das Tempestades.

Calma, disse a si mesmo. *A questão aqui é entrar sem ser visto. Você estragaria o plano voando em defesa da cidade.*

Mas ele deveria proteger.

— Kaladin — chamou Adolin, lutando através da multidão até onde ele estava, do lado de fora. — Vamos.

— Eles estão dominando a muralha, Adolin. Nós devíamos ajudar.

— Ajudar como? — replicou Adolin. Ele se aproximou, falando baixinho. — Invocando Espadas Fractais e balançando-as feito loucos, como um fazendeiro espantando enguias celestes? Esse é só um ataque para testar nossas defesas. Não é um assalto completo.

Kaladin respirou fundo, então deixou Adolin puxá-lo para dentro da cidade.

— Mais de vinte Moldados. Eles poderiam tomar essa cidade facilmente.

— Não sozinhos — disse Adolin. — Todo mundo sabe que Fractários não mantêm posições... o mesmo deve valer para Radiantes e para esses Moldados. É preciso soldados para tomar uma cidade. Vamos andando.

Eles entraram e se encontraram com os outros, depois se afastaram das muralhas e dos portões. Kaladin tentou não escutar os gritos distantes dos soldados. Como Adolin adivinhara, o ataque terminou tão abruptamente quanto havia começado. Os Moldados voaram para longe da muralha depois de apenas alguns minutos de combate. Kaladin suspirou, vendo-os partir, então se recompôs e seguiu com o resto enquanto Adolin os conduzia por uma ampla rua principal.

Por dentro, Kholinar era ao mesmo tempo mais impressionante e mais deprimente. Eles passaram por intermináveis ruelas apinhadas com casas altas de três andares que pareciam caixas de pedra. E, raios, o guarda na muralha não estava exagerando. Havia pessoas aglomeradas em cada rua. Kholinar não tinha muitos becos; os edifícios de pedra eram construídos uns contra os outros, em longas fileiras. Mas havia gente sentada nas sarjetas, agarradas a cobertores e a suas posses escassas. Portas demais estavam fechadas; frequentemente, em dias agradáveis como aquele, as pessoas nos acampamentos de guerra deixavam as resistentes portas e janelas abertas para a brisa entrar. Ali, não; elas estavam bem trancadas, com medo de serem tomadas por refugiados.

Os soldados de Shallan se posicionaram bem perto dela, as mãos cuidadosamente enfiadas nos bolsos. Eles pareciam familiarizados com o submundo da vida na cidade. Felizmente, Shallan aceitara a sugestão enfática de Kaladin e não levara Gaz.

Onde estão as patrulhas?, pensou Kaladin enquanto caminhavam pelas ruas curvas, subindo e descendo ladeiras. Com todas aquelas pessoas aglomeradas nas ruas, certamente precisavam do máximo possível de homens para manter a paz.

Ele não viu nada até saírem da área mais próxima dos portões e adentrarem uma região mais próspera. Aquela parte era dominada por casas maiores, com terrenos demarcados por cercas de ferro ancoradas na pedra com crem endurecido. Atrás *daquelas* cercas havia guardas, mas não havia nada similar nas ruas.

Kaladin sentia o olhar dos refugiados, a especulação. Valeria a pena roubá-lo? Faria diferença? Será que eles tinham comida? Felizmente, as lanças que Skar e Drehy carregavam — junto com os cassetetes dos dois homens de Shallan — pareciam suficientes para deter quaisquer ladrões.

Kaladin apressou o passo para alcançar Adolin na frente do pequeno grupo.

— Esse seu abrigo está perto? Eu não gosto da atmosfera dessas ruas.

— Ainda está um pouco longe — respondeu Adolin. — Mas eu concordo. Raios, eu deveria ter trazido uma espada simples. Quem diria que eu ficaria preocupado em invocar minha Espada?

— Por que Fractários não podem manter uma cidade? — indagou Kaladin.

— Teoria militar básica — explicou Adolin. — Fractários são ótimos em matar pessoas... mas o que vão fazer contra a população de uma cidade inteira? Assassinar todo mundo que desobedecer? Eles seriam esmagados, com ou sem Fractais. Esses Esvaziadores voadores vão precisar trazer o exército inteiro para tomar a cidade. Mas primeiro eles vão testar as muralhas, talvez enfraquecer as defesas.

Kaladin assentiu. Gostava de pensar que sabia um bocado sobre a guerra, mas a verdade era que não tinha o treinamento de um homem como Adolin. Ele havia participado de guerras, mas nunca *comandara* uma.

Quanto mais se afastavam das muralhas, melhores as coisas na cidade pareciam — menos refugiados, um senso maior de ordem. Passaram por um mercado que estava até aberto, e lá dentro ele finalmente identificou uma força policial: um grupo compacto de homens usando cores com as quais Kaladin não estava familiarizado.

Teria achado aquela região bonita sob outras circunstâncias. Fileiras de casca-pétrea ao longo da rua, em uma variedade de cores: algumas parecidas com placas, outras como galhos nodosos estendidos. Árvores cultivadas — que raramente recolhiam suas folhas — brotavam diante de muitos dos edifícios, agarrando o chão com raízes grossas que se fundiam com as pedras.

Refugiados estavam apinhados em grupos familiares. Ali, os edifícios haviam sido construídos em grandes estruturas quadradas, com janelas voltadas para dentro e pátios no centro. Havia gente aglomerada neles, transformando-os em abrigos improvisados. Felizmente, Kaladin não viu sinais óbvios de pessoas passando fome, então as reservas de comida da cidade ainda não haviam acabado.

— Viu aquilo? — perguntou Shallan baixinho, juntando-se a ele.

— O quê? — devolveu Kaladin, olhando sobre o ombro.

— Artistas naquele mercado, usando roupas muito estranhas. — Shallan franziu o cenho, apontando para uma rua transversal enquanto eles passavam. — Ali está outro.

Era um homem todo vestido de branco, com tiras de tecido que esvoaçavam quando ele se movia. Estava em uma esquina, a cabeça baixa, saltando alternadamente de um ponto a outro. Quando ele levantou os olhos e encarou Kaladin, foi o primeiro estranho naquele dia que não desviou imediatamente o olhar.

Kaladin ficou olhando para ele até que um chule puxando uma carroça de detritos da tempestade bloqueou sua visão. Então, à frente deles, pessoas começaram a sair da rua.

— Para o lado — disse Elhokar. — Estou curioso para ver o que pode ser isso.

Eles se juntaram às multidões pressionadas contra os edifícios, Kaladin metendo a mão na bolsa para proteger o grande número de esferas que havia guardado em um saco preto ali dentro. Logo, uma estranha procissão chegou marchando pelo meio da rua. Aqueles homens e mulheres também estavam vestidos como artistas — suas roupas aumentadas com tiras de tecido de cores vivas em vermelho, azul e verde. Eles passaram andando, gritando frases sem sentido. Palavras que Kaladin conhecia, mas que não combinavam.

— Que Danação está acontecendo nessa cidade? — murmurou Adolin.

— Isso não é normal? — sussurrou Kaladin.

— Temos músicos ambulantes e artistas de rua, mas nada como isso aí. Raios. O que são eles?

— Esprenos — sussurrou Shallan. — Eles estão imitando esprenos. Veja, aqueles dois ali são como esprenos de chama, e aqueles de branco e azul com as fitas ondulantes... esprenos de vento. Esprenos de emoção também. Aquele é de dor, aquele é de medo, de expectativa...

— Então é um desfile — observou Kaladin, franzindo o cenho. — Mas ninguém está se divertindo.

Os espectadores curvaram a cabeça e as pessoas murmuravam ou... rezavam? Ali perto, uma refugiada alethiana — envolta em trapos e segurando um bebê choramingando nos braços — se recostou a um edifício. Uma rajada de esprenos de exaustão surgiu acima dela, parecendo jatos de poeira se levantando no ar. Só que *aqueles* eram de um vermelho-vivo em vez do marrom normal, e pareciam *distorcidos*.

— Isso está errado, errado, *errado* — disse Syl do ombro de Kaladin. — Ah... ah, aquele espreno é *dele*, Kaladin.

Shallan contemplou os não esprenos de exaustão com olhos cada vez mais arregalados. Ela pegou Adolin pelo braço.

— Vamos seguir em frente — sibilou ela.

Ele voltou a abrir caminho pela multidão rumo a uma esquina onde conseguiram se afastar da estranha procissão. Kaladin agarrou o rei pelo braço, enquanto Drehy, Skar e os dois guardas de Shallan instintivamente entraram em formação ao redor deles. O rei deixou Kaladin conduzi-lo, felizmente. Elhokar estivera procurando algo no bolso, talvez uma esfera para dar à mulher exausta. Raios! No meio da multidão!

— Já estamos chegando — disse Adolin quando tiveram espaço para respirar na rua lateral. — Sigam-me.

Ele os conduziu até um pequeno arco, onde os edifícios haviam sido construídos ao redor de um jardim em um pátio compartilhado. Naturalmente, refugiados haviam se abrigado ali, muitos deles encolhidos em tendas de cobertores que ainda estavam molhados devido à tempestade do dia anterior. Esprenos de vida balançavam entre as plantas.

Adolin caminhou com cuidado entre as pessoas até chegar na porta que queria, então bateu. Era uma porta de fundos, voltada para o pátio em vez de para a rua. Seria a casa de vinhos de uma pessoa rica, talvez? Parecia mais uma casa, porém.

Adolin bateu à porta novamente, parecendo preocupado. Kaladin foi até ele, então gelou. Na porta, havia uma placa de aço brilhante com números gravados. Nela, pôde ver seu reflexo.

— Todo-Poderoso nos céus — disse Kaladin, cutucando as cicatrizes e calombos no seu rosto, alguns com feridas abertas. Dentes falsos despontavam da sua boca e um olho estava mais alto na cabeça do que o outro. O cabelo crescia aos tufos e seu nariz era *minúsculo*. — *O que* você fez comigo, mulher?

— Descobri há pouco tempo que um bom disfarce *pode* ser memorável, contanto que torne você memorável pelo motivo errado — respondeu Shallan. — Você, capitão, acaba sempre chamando a atenção das pessoas, e me preocupei que isso fosse acontecer independentemente do rosto que usasse. Então eu o envolvi em algo ainda *mais* memorável.

— Estou parecendo algum tipo de espreno horroroso.

— Ei! — protestou Syl.

A porta finalmente se abriu, revelando uma mulher thaylena baixa e com jeito matronal, usando um avental e um colete. Atrás dela havia um homem corpulento com uma barba branca, cortada no estilo dos papaguampas.

— O quê? Quem são vocês?

— Ah! — disse Adolin. — Shallan, vou precisar...

Shallan esfregou o rosto dele com uma toalha da sua mochila, como se fosse remover maquiagem — encobrindo a transformação enquanto seu rosto voltava ao normal. Adolin sorriu para a mulher e o queixo dela caiu.

— Príncipe *Adolin*? — disse ela. — Rápido, rápido. Entre. Não é seguro aí fora!

Ela os conduziu para dentro e rapidamente fechou a porta. Kaladin hesitou na câmara iluminada por esferas, com paredes cobertas com rolos de tecido e manequins com casacos inacabados.

— Que lugar é esse? — questionou Kaladin.

— Bem, pensei que seria bom arrumar um lugar seguro — disse Adolin. — Precisamos ficar com alguém a quem eu confiaria minha vida, ou *mais*. — Ele olhou para Kaladin, então gesticulou na direção da mulher. — Então trouxe a gente até a minha costureira.

62

PESQUISA

Quero apresentar meu protesto formal contra a ideia de abandonar a torre. Essa é uma medida extrema, tomada de modo imprudente.

— Da gaveta 2-22, quartzo fumê

SEGREDOS.

A cidade estava transbordando com segredos. Estava *entupida* deles, tão apertados que não havia como deixar de vazar.

A única coisa que Shallan podia fazer, então, era socar o próprio rosto.

Era mais difícil do que parecia. Ela sempre recuava. *Vamos lá*, pensou, formando um punho. Com olhos bem apertados, ela se preparou, então bateu com a mão livre na lateral da própria cabeça.

Mal doeu; ela simplesmente não era capaz de atingir a si mesma com força suficiente. Talvez pudesse pedir a Adolin que fizesse isso para ela. Estava na oficina dos fundos na loja da costureira. Shallan havia pedido licença para ir até a sala de mostruário na frente, já que deduzira que os outros reagiriam mal às tentativas dela de atrair um espreno de dor.

Ouvia as vozes deles enquanto interrogavam a educada costureira.

— Começou com os tumultos, Vossa Majestade — disse a mulher em resposta a uma pergunta de Elhokar. — Ou talvez antes, com a... Bem, é complicado. Ah, não acredito que o senhor está aqui. Eu tive Paixão para que acontecesse algo, é verdade, mas finalmente... Quero dizer...

— Respire fundo, Yokska — disse Adolin com gentileza. Até a voz dele era adorável. — Podemos continuar depois que você tiver assimilado a situação.

Segredos, pensou Shallan. *Segredos causaram tudo isso.*

Shallan espiou a outra sala. O rei, Adolin, a costureira Yokska e Kaladin estavam sentados ali dentro, todos usando os próprios rostos novamente. Tinham enviado os homens de Kaladin — junto com Rubro, Ishnah e Vathah — para ajudar a empregada da costureira a preparar os quartos de cima e o sótão para acomodar os hóspedes.

Yokska e seu marido dormiriam em esteiras no quarto dos fundos ali; naturalmente, Elhokar ficara com o quarto deles. Naquele momento, o pequeno grupo estava disposto em um círculo de cadeiras de madeira sob a vigilância distraída de manequins de alfaiate trajando uma variedade de casacos inacabados.

Casacos com acabamentos similares estavam expostos por todo o mostruário. Tinham cores vivas — ainda mais vivas do que os alethianos usavam nas Planícies Quebradas —, com fios de ouro ou prata, botões brilhantes e bordados elaborados nos bolsos grandes. Os casacos não fechavam na frente, exceto por uns poucos botões abaixo do colarinho, enquanto os flancos se estufavam, então se dividiam em caudas nas costas.

— Foi a execução da fervorosa, Luminobre — disse Yokska. — A rainha mandou enforcá-la, e... Ah! Foi tão horrível. Abençoada Paixão, Vossa Majestade. Não quero falar mal da sua esposa! Ela não deve ter percebido...

— Apenas nos conte — tranquilizou-a Elhokar. — Não tenha medo de represálias. Eu preciso saber o que o povo da minha cidade está pensando.

Yokska tremeu. Era uma mulher pequena e roliça, que usava suas longas sobrancelhas thaylenas encaracoladas em dois cachos gêmeos, e provavelmente estava na moda com aquela saia e colete. Shallan se demorou no umbral da porta, curiosa para saber o que a costureira tinha a dizer.

— Bem — continuou Yokska —, durante os tumultos, a rainha... a rainha basicamente desapareceu. Recebíamos proclamações dela, de vez em quando, mas essas proclamações frequentemente não faziam muito sentido. Tudo degringolou com a morte da fervorosa. A cidade já estava em pé de guerra... Ela escreveu coisas tão *horríveis*, Vossa Majestade. Sobre o estado da monarquia e a fé da rainha, e...

— E Aesudan condenou-a à morte — disse Elhokar.

Iluminado apenas por umas poucas esferas no centro do círculo, o rosto dele estava metade na sombra. Era um efeito bem intrigante, e Shallan capturou uma Lembrança para desenhar depois.

— Sim, Vossa Majestade.

— Foi o espreno sombrio, obviamente, que realmente deu a ordem — disse Elhokar. — O espreno sombrio que está controlando o palácio. Minha esposa nunca seria tão imprudente a ponto de executar uma fervorosa em tempos tão precários.

— Ah! Sim, claro. Espreno sombrio. No palácio. — Yokska pareceu aliviada em ter uma explicação para não culpar a rainha.

Shallan ponderou, então notou uma tesoura de tecido em um parapeito ali perto. Ela a agarrou, então recuou de volta ao mostruário. Puxou a saia para o lado, então se apunhalou na perna com a tesoura.

A dor aguda queimou pela sua perna e por todo seu corpo.

— Hmmm — disse Padrão. — Destruição. Isso... isso não é normal para você, Shallan. Exagero.

Ela tremeu de dor. O sangue se acumulou na ferida, mas Shallan pressionou a mão contra ela para impedir que se espalhasse.

Pronto! Aquilo bastou. Esprenos de dor apareceram ao redor dela, como se estivessem se arrastando para fora do chão — pareciam pequenas mãos desarticuladas, sem pele, feitas de tendões. Normalmente, eram laranja-vivo, mas aqueles ali eram de um verde doentio. E também eram *errados*... em vez de mãos humanas, elas pareciam ser de algum tipo de monstro — distorcidas demais, com garras brotando dos tendões.

Shallan captou uma Lembrança às pressas, ainda segurando a saia do havah para que o sangue não a sujasse.

— Isso não dói? — perguntou Padrão, do ponto da parede para onde se movera.

— É claro que dói — disse Shallan, os olhos lacrimejando. — Essa era a questão.

— Hmmm... — Ele zumbiu, preocupado, mas não havia motivo para isso, porque Shallan conseguira o que desejava.

Satisfeita, ela sorveu um pouco de Luz das Tempestades e se curou, então pegou um lenço na bolsa para limpar o sangue da perna. Ela lavou as mãos e o lenço na pia do banheiro. Ficou surpresa com a água corrente; não havia pensado que Kholinar teria tais coisas.

Pegou seu caderno e voltou à entrada do quarto dos fundos, onde se inclinou contra o batente, fazendo um desenho rápido do estranho e retorcido espreno de dor. Jasnah teria dito para ela deixar de lado seu caderno e ir se sentar com os outros — mas Shallan frequentemente prestava mais atenção com um caderno de desenho nas mãos. As pessoas que não desenhavam nunca pareciam compreender isso.

— Conte-nos sobre o palácio — pediu Kaladin. — O... espreno sombrio, como Sua Majestade disse.

Yokska assentiu.

— Ah, sim, Luminobre.

Shallan levantou os olhos para ver a reação de Kaladin ao ser chamado de Luminobre, mas ele não demonstrou nada. Seu disfarce ilusório se fora — embora Shallan houvesse guardado aquele desenho, para possível uso posterior. Kaladin invocara sua Espada mais cedo naquela manhã e agora tinha os olhos tão azuis quanto quaisquer outros que já vira. Eles ainda não haviam desbotado.

— Houve aquela grantormenta inesperada — continuou Yokska. — E, depois daquilo, o clima enlouqueceu. As chuvas começaram a surgir de modo imprevisível. Mas ah! Quando aquela nova tempestade chegou, aquela com os relâmpagos vermelhos, deixou uma *escuridão sobre o palácio*. Tão horrível! Tempos sombrios. Imagino... imagino que ainda não tenham acabado.

— Onde estavam os guardas reais? — disse Elhokar. — Eles deveriam ter reforçado a Guarda, restaurado a ordem durante os tumultos!

— A Guarda do Palácio recuou para o palácio, Vossa Majestade — disse Yokska. — E ela ordenou que a Guarda da Cidade fizesse barricadas nas casernas, mas depois mandou que se mudasse para o palácio também. Eles... não foram vistos desde então.

Raios, pensou Shallan, continuando a desenhar.

— Ah, acho que estou contando tudo fora de ordem, mas esqueci! — prosseguiu Yokska. — No meio dos tumultos, veio uma proclamação da parte da rainha. Ah, Vossa Majestade. Ela queria executar os parshemanos da cidade! Bem, todos nós pensamos que ela devia estar... me desculpe... mas pensamos que ela devia estar louca. Pobres criaturas. O que eles haviam feito de errado? Foi isso que pensamos. Nós não sabíamos. Bem, a rainha colocou pregoeiras por toda a cidade, proclamando que os parshemanos eram Esvaziadores. E, devo dizer, quanto a isso ela estava certa. Ainda assim, foi tão estranho. Ela nem parecia notar que metade da cidade estava se rebelando!

— O espreno sombrio — disse Elhokar, cerrando um punho. — A culpa é *dele*, não de Aesudan.

— Houve relatos de assassinatos estranhos? — indagou Adolin. — Assassinatos, ou violência, vindo em pares... um homem morria e então, alguns dias depois, alguém mais era morto exatamente do mesmo jeito?

— Não, Luminobre. Nada... nada assim, embora muitos tenham sido mortos.

Shallan balançou a cabeça. Era um Desfeito diferente ali; outro antigo espreno de Odium. A religião e os mitos falavam deles de modo vago, na melhor das hipóteses, tendendo a juntá-los de modo simplista em uma única entidade maligna. Navani e Jasnah haviam começado a pesquisá-los nas últimas semanas, mas ainda não sabiam muito.

Shallan terminou seu desenho dos esprenos de dor, então fez um dos esprenos de exaustão que haviam visto antes. Conseguira vislumbrar alguns esprenos de fome ao redor de um refugiado no caminho. Estranhamente, esses não pareciam diferentes. Por quê?

Preciso de mais informações, pensou Shallan. *Mais dados.* Qual era a coisa mais embaraçosa em que conseguia pensar?

— Bem — disse Elhokar —, embora não tenhamos ordenado que os parshemanos fossem executados, apenas exilados, pelo menos parece que essa ordem alcançou Aesudan. Ela devia estar livre o bastante do controle das forças sombrias para escutar nossas palavras via telepena.

Naturalmente, ele não mencionou os problemas lógicos. Se a costureira estava correta quanto ao espreno sombrio ter chegado durante a Tempestade Eterna, então Aesudan havia executado a fervorosa por conta própria — pois isso havia acontecido antes. Do mesmo modo, a ordem de exilar os parshemanos também teria vindo antes da Tempestade Eterna. E quem sabia dizer se um Desfeito poderia mesmo influenciar alguém como a rainha? O espreno em Urithiru havia imitado pessoas, não as controlado.

Yokska parecia estar um pouco dispersa na sua recontagem dos eventos, então talvez não desse para culpar Elhokar por se confundir com a cronologia. De qualquer modo, Shallan precisava de algo embaraçoso. *Quando eu derramei vinho na primeira vez que meu pai me serviu um pouco em um banquete. Não... não... algo mais...*

— Ah! — disse Yokska. — Vossa Majestade, o senhor precisa saber. A proclamação exigindo a execução dos parshemanos... bem, uma coalizão de importantes olhos-claros não a seguiu. Então, depois daquela tempestade terrível, a rainha começou a dar outras ordens, então os olhos-claros foram se encontrar com ela.

— Deixe-me adivinhar — disse Kaladin. — Eles nunca voltaram do palácio.

— Não, Luminobre, não voltaram.

E aquela vez em que eu acordei e encarei Jasnah, depois de ter quase morrido, e ela havia descoberto que eu a tinha traído?

Certamente se lembrar *daquele* evento seria o bastante.

Não?

Droga.

— Então, os parshemanos... — disse Adolin. — Eles *foram* executados?

— Não — continuou Yokska. — Como eu disse, todos estavam preocupados com os tumultos... exceto os servos que postavam as ordens da rainha, imagino. A Guarda da Muralha por fim tomou uma atitude. Eles restabeleceram certa ordem na cidade, então juntaram os parshemanos e os exilaram para a planície lá fora. E então...

— Então veio a Tempestade Eterna — disse Shallan, discretamente desabotoando a manga da sua mão segura.

Yokska pareceu se encolher na cadeira. Os outros ficaram em silêncio, o que forneceu a oportunidade perfeita para Shallan. Ela respirou fundo, então avançou, segurando seu caderno como se estivesse distraída. Ela tropeçou de propósito em um rolo de tecido no chão, soltou um gritinho e caiu no meio do círculo de cadeiras.

Acabou esparramada no chão, com a saia na cintura — e nem estava usando as calças longas naquele dia. Sua mão segura escapou entre os botões da manga, aparecendo *diante* não só do rei, como de Kaladin *e* Adolin.

Perfeitamente, horrivelmente, *incrivelmente* humilhante. Ela sentiu um rubor profundo tomando seu rosto, e esprenos de vergonha caíram ao redor dela em uma onda. Normalmente, eles assumiam a forma de pétalas de flores brancas e vermelhas.

Aqueles ali pareciam cacos de vidro.

Os homens, naturalmente, estavam mais distraídos pela situação em que ela se metera. Shallan soltou um gritinho, conseguiu capturar uma Lembrança dos esprenos de vergonha e se endireitou, corando furiosamente e enfiando a mão na manga.

Essa pode ter sido a coisa mais maluca que você já fez. O que não é pouco.

Ela agarrou seu caderno e saiu afobada, passando pelo marido de barba branca de Yokska — Shallan ainda não ouvira uma palavra dele — parado junto da porta com uma bandeja de vinho e chá. Shallan pegou o copo mais escuro de vinho e tomou-o de um único gole, sentindo os olhares dos homens nas suas costas.

— Shallan? — disse Adolin. — Hum...

— Estoubemfoisóumexperimento — disse ela, fugindo para a sala do mostruário e se jogando em uma cadeira deixada ali para clientes. *Raios, aquilo foi humilhante.*

Ainda podia ver parte da outra sala. O marido de Yokska se aproximou do grupo com sua bandeja prateada. Ele parou junto de Yokska — embora servir o rei primeiro fosse o protocolo correto — e pousou uma das mãos no ombro dela. Ela segurou a mão dele.

Shallan abriu seu caderno de desenho e ficou contente em ver mais esprenos de vergonha caindo ao seu redor. Ainda vidro. Começou a desenhar, mergulhando na atividade para não pensar no que havia acabado de fazer.

— Então... — disse Elhokar na sala ao lado. — Estávamos falando sobre a Guarda da Muralha. Eles obedeceram às ordens da rainha?

— Bem, foi por volta dessa época que o alto-marechal apareceu. Eu nunca vi a cara *dele*. Ele não desce muito da muralha. Ele restaurou a ordem, o que é bom, mas a Guarda da Muralha não tem homens suficientes para policiar a cidade *e* vigiar a muralha... então eles ficam ocupados vigiando a muralha e só nos deixam... sobrevivendo aqui.

— Quem está no comando agora? — indagou Kaladin.

— Ninguém — disse Yokska. — Vários grão-senhores... bem, eles basicamente tomaram partes da cidade. Alguns argumentaram que a monarquia havia caído, que o rei... peço perdão, Vossa Majestade... os abandonara. Mas o verdadeiro poder na cidade é o Culto dos Momentos.

Shallan levantou os olhos do desenho.

— Aquelas pessoas que vimos nas ruas? — perguntou Adolin. — Vestidos como esprenos.

— Sim, Vossa Alteza — disse Yokska. — Eu não... não sei o que dizer ao senhor. Os esprenos na cidade às vezes parecem estranhos, e o povo acha que tem a ver com a rainha, com a tempestade estranha, com os parshemanos... Eles estão com medo. Alguns começaram a alegar que veem um novo mundo chegando, um novo mundo muito estranho. Um mundo sob o comando dos esprenos. A igreja vorin declarou que o Culto dos Momentos é uma heresia, mas muitos dos fervorosos estavam no palácio quando ele escureceu. A maioria dos que sobraram se refugiou com um dos grão-senhores que reivindicaram pequenas áreas de Kholinar. Esses senhores estão cada vez mais isolados, reinando sobre seus distritos por conta própria. E então... e então os fabriais...

Fabriais. Shallan se levantou apressada e enfiou a cabeça na outra sala.

— O que tem os fabriais?

— Quando se usa um fabrial, de qualquer tipo... desde telepenas até aquecedores e doriais... isso atrai *eles*. Esprenos amarelos que gritam, cavalgando o vento como feixes de uma luz horrível. Eles berram e giram ao seu redor. E isso costuma trazer as criaturas do céu, aquelas com roupas soltas e lanças longas. Elas capturam o fabrial e às vezes matam a pessoa que estava tentando usá-lo.

Raios..., pensou Shallan.

— Você viu isso? — perguntou Kaladin. — Qual é a aparência dos esprenos? Você os ouviu falando?

Shallan olhou para Yokska, que havia afundado ainda mais na cadeira.

— Eu acho... que talvez devêssemos dar um descanso para a boa costureira — observou Shallan. — Nós aparecemos à porta dela do nada, roubamos seu quarto e agora estamos interrogando-a. Tenho certeza de que o mundo não vai desabar se dermos a ela alguns minutos para beber seu chá e se recuperar.

A mulher olhou para Shallan com pura gratidão no rosto.

— Raios! — disse Adolin, se levantando de um salto. — Você tem toda razão, Shallan. Yokska, nos perdoe, e *muito* obrigado por...

— Não precisa agradecer, Vossa Alteza. Ah, eu *tive* Paixão de que o socorro viria. E aqui está! Mas se o rei me permite, um pouco de descanso... Sim, um pouco de descanso cairia *muito* bem.

Kaladin grunhiu e concordou, mas Elhokar acenou de uma maneira que não foi *exatamente* uma liberação. Foi mais... ensimesmada. Os três homens deixaram Yokska descansar e se juntaram a Shallan no mostruário, onde a luz do crepúsculo fluía entre as cortinas das janelas frontais. As janelas normalmente ficavam abertas para mostrar as criações da costureira, mas sem dúvida elas haviam passado a maior parte do tempo fechadas recentemente.

Os quatro se reuniram para digerir o que haviam descoberto.

— Bem? — indagou Elhokar, falando, de modo incomum, em um tom baixo e pensativo.

— Quero saber o que está acontecendo na Guarda da Muralha — disse Kaladin. — O líder deles... nenhum de vocês ouviu falar nele?

— O Alto-Marechal Azure? — indagou Adolin. — Não. Mas passei anos longe. Certamente há muitos oficiais na cidade que foram promovidos enquanto o resto de nós estava na guerra.

— Talvez seja Azure quem está alimentando a cidade — disse Kaladin. — Alguém está fornecendo grãos. Esse lugar já teria devorado tudo e estaria morrendo de fome sem uma fonte de comida.

— Pelo menos aprendemos alguma coisa — disse Shallan. — Sabemos por que as telepenas foram interrompidas.

— Os Esvaziadores estão tentando isolar a cidade — comentou Elhokar. — Eles trancaram o palácio para impedir que alguém usasse o Sacroportal, então cortaram as comunicações via telepenas. Estão ganhando tempo até que possam reunir um exército grande o bastante.

Shallan se arrepiou e levantou seu caderno de desenho, mostrando-lhes os rascunhos que havia feito.

— Tem algo *errado* com os esprenos da cidade.

Os homens concordaram quando viram seus desenhos, embora só Kaladin parecesse captar o que ela havia feito. Ele olhou do desenho dos esprenos de vergonha para a mão dela, então arqueou uma sobrancelha.

Shallan deu de ombros. *Bem, funcionou, não funcionou?*

— Prudência — disse o rei em voz baixa. — Não devemos simplesmente sair correndo e cair em seja qual for a escuridão que capturou o palácio, mas não podemos nos dar ao luxo de ficarmos parados.

Ele se empertigou. Shallan havia se acostumado a ver Elhokar como um detalhe — culpa da maneira como Dalinar, cada vez mais, viera o tratando. Mas agora havia uma determinação intensa nele e, sim, até um porte régio.

Sim, ela pensou, capturando outra Lembrança de Elhokar. *Sim, você é rei. E pode honrar o legado do seu pai.*

— Precisamos de um plano — disse Elhokar. — Eu ficaria feliz em ouvir sua sabedoria nessa questão, Corredor dos Ventos. Como devemos abordar a situação?

— Para ser honesto, não estou certo de que deveríamos abordar. Vossa Majestade, pode ser melhor pegar a próxima grantormenta, voltar para a torre e nos reportarmos a Dalinar. Ele não pode nos alcançar aqui com suas visões, e um dos Desfeitos pode muito bem estar além dos parâmetros da nossa missão.

— Não precisamos da permissão de Dalinar para agir — disse Elhokar.

— Eu não quis dizer...

— O que meu tio vai fazer, capitão? Dalinar não vai saber mais do que nós. Ou fazemos alguma coisa em relação a Kholinar agora, ou entregamos a cidade, o Sacroportal *e* minha família ao inimigo.

Shallan concordou, e até mesmo Kaladin assentiu lentamente.

— Deveríamos pelo menos vasculhar a cidade e ver como estão as coisas — observou Adolin.

— Sim — concordou Elhokar. — Um rei precisa de informações precisas para agir corretamente. Teceluz, poderia assumir a aparência de uma mensageira?

— Claro — disse Shallan. — Por quê?

— Digamos que eu queira ditar uma carta para Aesudan — disse o rei —, então selá-la com o selo real. Você poderia interpretar o papel de uma mensageira que veio pessoalmente das Planícies Quebradas, viajando em meio a grandes dificuldades, para alcançar a rainha e entregar minhas palavras. Poderia se apresentar no palácio e conferir como os guardas ali reagem.

— Essa... não é uma má ideia — admitiu Kaladin. Ele parecia surpreso.

— Pode ser perigoso — disse Adolin. — Os guardas podem levá-la para dentro do palácio em si.

— Eu sou a única aqui que confrontou um Desfeito diretamente — disse Shallan. — Tenho a maior probabilidade de identificar a influência de um, e tenho os recursos para sair. Concordo com Sua Majestade... uma hora alguém precisa entrar no palácio para ver o que está acontecendo lá. Prometo recuar rapidamente se meu instinto disser que alguma coisa está acontecendo.

— Hmmm... — disse Padrão inesperadamente da sua saia. Ele geralmente preferia ficar em silêncio quando havia mais gente por perto. — Vou vigiar e alertar. Nós tomaremos cuidado.

— Veja se consegue avaliar o estado do Sacroportal — disse o rei. — Sua plataforma faz parte do complexo do palácio, mas há maneiras de subir além do palácio em si. A melhor coisa para a cidade pode ser entrar silenciosamente, ativá-lo e trazer reforços, *então* decidir como resgatar minha família. Mas, por enquanto, faça apenas o reconhecimento da área.

— E o resto de nós só vai passar a noite sentado aqui? — reclamou Kaladin.

— Esperar e confiar naqueles a quem você atribuiu uma tarefa é alma da monarquia, Corredor dos Ventos — disse Elhokar. — Mas suspeito que a Luminosa Shallan não teria objeções à sua companhia, e prefiro que alguém esteja a postos para ajudá-la a escapar no caso de uma emergência.

Ele não estava exatamente certo; ela *teria* objeções à presença de Kaladin. Véu não o queria olhando sobre seu ombro e Shallan não queria que ele fizesse perguntas sobre aquela persona.

Contudo, não conseguiu encontrar uma objeção razoável.

— Quero avaliar o clima da cidade — disse ela, olhando para Kaladin. — Peça para Yokska escrever a carta do rei, então me encontre. Adolin, há algum bom ponto onde eu e Kaladin possamos nos encontrar?

— As grandes escadarias que dão para o complexo do palácio, talvez? É impossível não vê-las e há uma pequena praça diante delas.

— Excelente — disse Shallan. — Vou estar usando um chapéu preto, Kaladin. Você pode usar seu próprio rosto, imagino, agora que passamos pela Guarda da Muralha. Mas essa marca de escravo... — Ela estendeu a mão para criar uma ilusão que a fizesse desaparecer da testa dele.

Kaladin segurou a mão dela.

— Não precisa. Vou deixar que meu cabelo a cubra.

— Ainda dá para ver — respondeu Shallan.

— Então deixe-a. Em uma cidade cheia de refugiados, ninguém vai se importar.

Ela revirou os olhos, mas não insistiu. Ele provavelmente estava certo. Naquele uniforme, provavelmente só seria tomado por um escravo que alguém comprara, então colocara na sua guarda doméstica. Muito embora a marca *shash fosse* estranha.

O rei foi preparar sua carta e Adolin e Kaladin permaneceram no mostruário para conversar em voz baixa sobre a Guarda da Muralha. Shallan subiu a escada. Seu quarto era um cômodo pequeno no segundo andar.

Dentro dele estavam Rubro, Vathah e Ishnah, a espiã-assistente, conversando baixinho.

— O quanto da conversa vocês escutaram? — perguntou Shallan a eles.

— Não muito — disse Vathah, indicando com o polegar sobre seu ombro. — Estávamos ocupados demais vendo Ishnah revirar o quarto da costureira para ver se ela estava escondendo alguma coisa.

— Diga-me que não fez uma bagunça.

— Bagunça nenhuma — prometeu Ishnah. — E nada a relatar também. Acho que a mulher é mesmo tão tediosa quanto parece. Mas os rapazes aprenderam alguns bons procedimentos de busca.

Shallan atravessou o pequeno quarto de hóspedes e olhou pela janela para a atordoante vista da rua da cidade. Tantos lares, tantas pessoas. Assustador.

Felizmente, Véu não via as coisas desse jeito. Só havia um problema.

Não posso trabalhar com essa equipe sem que eles acabem fazendo perguntas. Essa missão de Kholinar levaria a isso, já que Véu não havia voado com eles.

Shallan andara temendo aquele momento. E... meio que... ansiando por ele?

— Preciso contar a eles — sussurrou ela.

— Hmm — fez Padrão. — Isso é bom. Progresso.

Na verdade, Shallan fora encurralada. Ainda assim, uma hora teria que ser feito. Ela caminhou até sua bolsa e pegou um casaco branco e um chapéu dobrável.

— Um pouco de privacidade, rapazes — disse ela para Vathah e Rubro. — Véu precisa se vestir.

Eles olharam do casaco para Shallan, depois de volta. Rubro deu um tapa na lateral da cabeça e soltou uma gargalhada.

— Você está *brincando*. Bem, eu me sinto um idiota.

Ela imaginou que Vathah se sentiria traído. Em vez disso, ele assentiu — como se aquilo fizesse muito sentido. Ele bateu continência com um dedo e os dois homens se retiraram.

Ishnah permaneceu ali. Shallan havia — depois de algum debate — decidido trazer a mulher. Mraize a aprovara e, no final, Véu precisava do treinamento.

— Você não parece surpresa — disse Shallan enquanto começava a se trocar.

— Eu desconfiei quando Véu... quando você me disse para vir nessa missão — respondeu ela. — Então vi as ilusões e juntei os pontos. — Ishnah fez uma pausa. — Pensei que fosse o contrário. Pensei que a Luminosa Shallan fosse o disfarce. Mas a espiã... *essa* é a identidade falsa.

— Errado — contestou Shallan. — As duas são igualmente falsas.

Depois de vestida, ela folheou o caderno de desenho e encontrou um rascunho de Lyn no seu uniforme de batedora. Perfeito.

— Vá dizer ao Luminobre Kaladin que já saí e estou explorando a cidade, e que ele deve me encontrar daqui a uma hora.

Ela saiu pela janela e caiu um andar até o chão, contando com sua Luz das Tempestades para impedir que as pernas se quebrassem. Então partiu rua abaixo.

63

DENTRO DO ESPELHO

Eu voltei para a torre e encontrei crianças birrentas, em vez de cavaleiros orgulhosos. É por isso que odeio esse lugar. Vou partir para mapear as cavernas submarinas ocultas de Aimia; encontrem meus mapas em Akinah.

—Da gaveta 16-16, ametista

Véu adorava estar outra vez em uma cidade de verdade, mesmo que o lugar estivesse meio selvagem.

A maioria das cidades vivia no limite da civilização. Todos falavam sobre cidadezinhas e vilas no meio do nada como se elas fossem pouco civilizadas, mas Véu considerava as pessoas naqueles lugares agradáveis, de temperamento moderado e satisfeitas com seu modo de vida mais tranquilo.

Não era assim nas cidades. Cidades se equilibravam na beira da sustentabilidade, sempre a um passo da fome. Quando se juntavam tantas pessoas, suas culturas, ideias e fedores se misturavam. O resultado não era civilização; era caos contido, pressurizado, engarrafado para que não pudesse escapar.

Havia uma *tensão* nas cidades. Era possível respirá-la, senti-la em cada passo. Véu adorava isso.

A algumas ruas da loja da costureira, ela puxou a aba do chapéu e segurou uma página do caderno como se estivesse consultando um mapa. Isso a escondeu enquanto expirava Luz das Tempestades, transformando seus traços e cabelo para que se tornassem os de Véu, em vez de Shallan.

Nenhum espreno veio, gritando para avisar o que ela havia feito. Então a Teceluminação era diferente de usar fabriais. Estivera bastante certa de que era seguro, já que eles haviam usado disfarces ao entrar na cidade, mas quisera estar longe da loja da costureira só por via das dúvidas.

Véu desceu a rua, seu casaco longo ondulando ao redor das suas panturrilhas. Decidiu imediatamente que gostava de Kholinar. Gostava de como a cidade se espalhava por colinas, um calombo coberto de edifícios. Gostava do cheiro dos temperos dos papaguampas em uma rajada de vento, então de caranguejos defumados alethianos na seguinte. Provavelmente, contudo, não eram caranguejos de verdade, mas crenguejos.

Ela não gostou daquela parte. Aquela pobre gente. Mesmo naquela área mais afluente, ela mal podia caminhar um quarteirão sem precisar contornar várias pessoas. Os pátios entre os quarteirões estavam apinhados de gente que provavelmente eram aldeões comuns até pouco tempo, mas agora eram pobres pedintes.

Não havia muito tráfego sobre rodas nas ruas. Alguns palanquins cercados de guardas. Sem carruagens. A vida, contudo, não parava por causa de uma guerra — nem mesmo por uma segunda Aharietiam. Havia água para tirar do poço, roupas para secar. Trabalho das mulheres, em maioria, pelo que ela podia ver dos grandes grupos de homens parados. Sem ninguém realmente no comando da cidade, quem pagaria os homens para trabalhar em forjas? Para limpar ruas ou lascar crem? Ainda pior, em uma cidade daquele tamanho, grande parte do trabalho braçal com certeza costumava ser feito pelos parshemanos. Ninguém parecia disposto a tomar o lugar deles.

Mas o carregadorzinho tem razão, pensou Véu, se demorando em um cruzamento. *A cidade ainda está sendo alimentada.* Um lugar como Kholinar se consumiria rapidamente quando a comida ou a água acabassem.

Não, cidades não eram lugares civilizados. Não mais do que um espinha-branca era domesticado só porque tinha uma coleira no pescoço.

Um pequeno grupo de cultistas vestidos como esprenos de putrefação coxeavam pela rua, a tinta vermelha úmida nas suas roupas evocando sangue. Shallan considerou aquelas pessoas extremistas e alarmantes, provavelmente loucas, mas Véu não tinha tanta certeza. Elas eram teatrais demais — e havia muitas delas — para que fossem realmente desequilibradas. Aquilo era uma moda. Uma maneira de lidar com eventos inesperados e dar algum sentido a vidas que haviam sido viradas de ponta-cabeça.

Isso não significava que não fossem perigosas. Um grupo de pessoas tentando impressionar umas às outras era sempre mais perigoso do que um psicopata solitário. Então ela ficou bem longe dos cultistas.

Durante a hora seguinte, Véu vasculhou a cidade enquanto seguia na direção do palácio. A área com a loja da costureira era a mais normal. Ela tinha um bom mercado em funcionamento, que Véu pretendia explorar melhor quando não estivesse com pressa. Tinha parques e, embora esses houvessem sido apropriados pelas multidões, as pessoas neles pareciam bem-dispostas. Famílias — até mesmo comunidades transplantadas das vilas próximas — se virando como podiam.

Ela passou pelas mansões dos ricos, parecidas com casamatas. Várias haviam sido saqueadas: portões quebrados, persianas rachadas, terrenos cobertos por lençóis ou palhoças. Algumas famílias olhos-claros, aparentemente, não haviam empregado guardas o suficiente para resistir aos tumultos.

Sempre que o caminho de Véu a aproximava das muralhas da cidade, ela adentrava áreas mais lotadas e mais desesperançadas. Refugiados largados nas ruas. Olhos vazios, roupas esfarrapadas. Pessoas sem lares ou comunidades.

Contudo, quanto mais se aproximava do palácio, mais vazia a cidade se tornava. Até mesmo os desafortunados que povoavam as ruas perto das muralhas — onde os Esvaziadores estavam atacando — sabiam que era melhor ficar longe daquela área.

Isso fazia com que os lares dos ricos ali no distrito do palácio parecessem... fora de lugar. Em tempos normais, viver perto do palácio teria sido um privilégio, e cada grande complexo ali tinha muros particulares que abrigavam jardins delicados e janelas ostentosas. Mas no momento Véu pressentia o desacerto daquela região como um formigamento na pele. As famílias que viviam ali também deviam sentir, mas permaneciam teimosamente nas suas mansões.

Ela espiou pelo portão de ferro de uma das mansões e encontrou soldados de sentinela: homens em uniformes escuros, cujas cores e heráldica não conseguiu identificar. De fato, quando um deles olhou para ela, Véu não conseguiu discernir seus olhos. Provavelmente era só um truque da luz, mas... Raios. Os soldados tinham algo de errado; eles se moviam de modo estranho, com súbitos movimentos, como predadores à espreita. Não paravam para conversar quando passavam uns pelos outros.

Ela recuou e continuou a descer a rua. O palácio estava direto à frente. Bem diante dele estavam os largos degraus onde encontraria Kaladin, mas ainda tinha algum tempo sobrando. Ela adentrou um parque ali perto, o primeiro que vira na cidade que não estava apinhado de refugiados. Enormes cepolargos — cultivados ao longo dos anos para ficarem altos e com copas amplas — ofereciam sombra.

Longe de possíveis olhos curiosos, ela usou Luz das Tempestades para sobrepor aos traços e roupas de Véu os de Lyn. Um porte mais forte e robusto, um uniforme azul de batedora. O chapéu se tornou um chapéu preto de chuva, do tipo geralmente usado durante o Pranto.

Deixou o parque como se fosse Véu representando um papel. Tentou manter essa distinção nítida na sua mente. Ela *ainda* era *Véu*. Estava apenas disfarçada.

Agora, veria o que podia descobrir sobre o Sacroportal. O palácio havia sido construído em um elevado acima da cidade, e ela passou pelas ruas do lado ocidental, onde de fato encontrou a plataforma do Sacroportal. Ela estava coberta de edifícios e ficava na mesma altura do palácio — uns cinco metros acima. A plataforma se conectava ao palácio principal por meio de uma passarela coberta que ficava sobre uma pequena muralha.

Eles construíram aquela passarela direto sobre a rampa, pensou com desagrado. Os únicos outros caminhos até a plataforma eram escadarias entalhadas na rocha, guardadas por pessoas em fantasias de espreno.

Véu assistiu de uma distância segura. Então o culto estava de algum modo envolvido naquilo? Acima, na plataforma, fumaça se erguia de uma grande fogueira, e Véu podia ouvir sons se elevando daquela direção. Eram... gritos?

O lugar inteiro era enervante, e ela estremeceu e depois recuou. Encontrou Kaladin recostado contra a base de uma estátua em uma praça diante dos degraus do palácio. Transmutada a partir do bronze, a estátua representava uma figura de Armadura Fractal se elevando das ondas.

— Ei — disse ela baixinho. — Sou eu. Gostou das botas desse traje? — Ela levantou o pé.

— Precisamos sempre tocar nesse assunto?

— Era um código para você, carregadorzinho — disse ela. — Para provar que sou quem digo que sou.

— O rosto de Lyn deixou isso claro — respondeu ele, entregando-lhe a carta do rei, dentro de um envelope selado.

Eu gosto dele, pensou Véu. Um... pensamento estranho, pois aquele sentimento era muito mais forte para Véu do que para Shallan. *Gosto do jeito taciturno que ele tem, dos olhos perigosos*.

Por que Shallan pensava tanto em Adolin? Ele era agradável, mas também insípido. Não dava para implicar com ele sem se sentir mal, mas Kaladin... ele lançava olhares raivosos muito satisfatórios.

A parte dela que ainda era Shallan, lá no fundo, ficou incomodada com essa linha de raciocínio. Então, em vez disso, Véu voltou sua atenção para o palácio. Era uma estrutura grandiosa, porém mais parecida com uma fortaleza do que ela havia imaginado. Muito alethiana. O piso inferior era um enorme retângulo, com o lado menor voltado para a tempestade. Os níveis superiores eram sucessivamente menores, e um domo se erguia do centro do edifício.

Dali de perto, ela não conseguia ver exatamente onde a luz solar terminava e a sombra começava. De fato, a atmosfera sombria parecia... diferente da de Urithiru quando o espreno das trevas estava lá. Véu não parava de sentir que não estava vendo tudo. Quando desviava o olhar e olhava de novo, podia *jurar* que algo havia mudado. Aquele canteiro havia se movido, o que ladeava os degraus da grande entrada? Ou... aquela porta sempre estivera pintada de azul?

Ela capturou uma Lembrança, então desviou e voltou o olhar, e capturou outra Lembrança. Não sabia ao certo de que adiantaria, já que tivera dificuldade em desenhar o palácio mais cedo.

— Você está vendo? — sussurrou Kaladin. — Os soldados, parados entre os pilares?

Ela não havia visto. A frente do palácio — no topo da longa escadaria — possuía vários pilares. Olhando mais de perto entre as sombras, ela viu homens ali, reunidos sob o beiral sustentado pelas colunas. Eles pareciam estátuas, as lanças erguidas, imóveis.

Esprenos de expectativa se elevaram ao redor de Véu e ela deu um pulo. Embora dois dos esprenos parecessem normais — como serpentinas lisas —, os outros estavam errados. Eles balançavam longas e finas gavinhas que pareciam chicotes para surrar um servo.

Ela e Kaladin se entreolharam, então ela capturou uma Lembrança do espreno.

— Vamos? — perguntou Kaladin.

— Eu vou. Você fica aqui.

Ele a olhou de soslaio.

— Se algo der errado, prefiro que você esteja de prontidão aqui para entrar e me ajudar. É melhor não arriscar colocar nós dois sob as garras de um dos Desfeitos. Eu grito se precisar de você.

— E se você não puder gritar? Ou se eu não puder ouvi-la?

— Eu mando Padrão.

Kaladin cruzou os braços, mas concordou.

— Tudo bem. Só tome cuidado.

— Eu sempre tomo cuidado.

Ele levantou uma sobrancelha, mas estava pensando em Shallan. Véu não era tão temerária.

Subir aqueles degraus pareceu levar tempo demais. Por um momento, ela teve a impressão de que eles se estendiam até o céu, rumo ao eterno vazio. Então alcançou o topo e se encontrou diante daqueles pilares.

Um grupo de guardas se aproximou dela.

— Tenho uma mensagem do rei! — disse ela, levantando a carta. — Para ser entregue diretamente a Sua Majestade. Vim lá das Planícies Quebradas!

Os guardas não alteraram o passo. Um deles abriu uma porta para o palácio enquanto os outros entravam em formação atrás de Véu, incitando-a a avançar. Ela engoliu em seco, suor frio na testa, e deixou que eles a conduzissem até aquela porta. Aquela bocarra...

Viu-se em uma entrada grandiosa, com detalhes de mármore e um brilhante candelabro de esferas. Nenhum Desfeito. Nenhuma escuridão para consumi-la. Ela soltou o ar, embora *sentisse* algo. Aquela sensação sinistra e fantasmagórica era de fato mais forte ali. O *desacerto*. Teve um sobressalto quando um dos soldados pôs a mão no seu ombro.

Um homem com as insígnias de senhor capitão deixou uma sala pequena ao lado da grande câmara.

— O que é isso?

— Mensageira — disse um soldado. — Das Planícies Quebradas.

Outro pegou a carta dos dedos dela e entregou-a ao senhor capitão. Véu enxergava os olhos deles agora, e pareciam comuns — soldados rasos olhos-escuros, oficial olhos-claros.

— Quem era seu comandante lá? — perguntou o capitão para ela, olhando a carta, depois estreitando os olhos ao ver o selo. — Bem? Eu servi nas Planícies por alguns anos.

— Capitão Colot — disse ela, dando o nome do oficial que havia entrado para os Corredores dos Ventos. Ele não era realmente o comandante de Lyn, mas tinha batedoras na sua equipe.

O senhor capitão assentiu, então entregou a carta a um dos seus homens.

— Leve isso para a rainha Aesudan.

— Recebi ordens de entregar a carta pessoalmente — disse Véu, embora estivesse comichando para sair daquele lugar. Para fugir loucamente, para ser honesta. Precisava ficar. Qualquer coisa que aprendesse ali seria de...

Um dos soldados a atravessou com a espada.

Aconteceu tão rápido que ela ficou boquiaberta ao ver a lâmina surgindo do seu peito — molhada com seu sangue. Ele puxou a arma de volta e Véu caiu com um grunhido. Ela buscou a Luz das Tempestades por instinto.

Não... não, faça como... como Jasnah fez...

Fingir. Disfarçar. Ela olhou para os homens com uma expressão de horror, traída, esprenos de dor se elevando ao redor dela. Um soldado saiu às pressas com a mensagem, mas o capitão simplesmente caminhou de volta para seu posto. Nenhum dos outros disse uma única palavra enquanto ela cobria o chão de sangue, sua visão se turvando...

Ela deixou os olhos se fecharem, então sorveu uma curta e brusca inspiração de Luz das Tempestades. Só uma quantidade minúscula, que guardou dentro de si, prendendo a respiração. O bastante para mantê-la viva, curando as feridas internas...

Padrão. Por favor, não vá. Não faça nada. Não murmure, não faça zumbidos. Quieto. Fique quieto.

Um dos soldados a pegou e a jogou sobre o ombro, então a carregou pelo palácio. Ela ousou abrir um olho e descobriu que aquele amplo corredor estava ladeado por dezenas e dezenas de soldados. Apenas... parados. Estavam vivos; eles tossiam ou se remexiam. Alguns estavam recostados à parede, mas todos meio que ficavam parados. Humanos, mas *errados*.

O guarda que a carregava passou por um espelho que ia do piso ao teto, com uma sofisticada moldura de bronze. Nele, ela vislumbrou o guarda com Lyn jogada sobre o ombro. E, mais além, bem no fundo do espelho, algo se virou — a imagem normal sumindo — e olhou na direção de Shallan com um movimento súbito e surpreso. Parecia a sombra de uma pessoa, só que com pontos brancos no lugar dos olhos.

Véu rapidamente fechou o olho que espiava. Raios, o que fora *aquilo*?

Não se mexa. Fique perfeitamente parada. Nem mesmo respire. A Luz das Tempestades permitia que ela sobrevivesse sem ar.

O guarda a carregou por alguns degraus abaixo, então abriu uma porta e desceu mais alguns. Ele a largou sem muita gentileza na pedra e jogou o chapéu dela em cima do seu corpo, então virou-se e partiu, fechando uma porta atrás dele.

Véu esperou o máximo que suportou antes de abrir os olhos e descobrir que estava no escuro. Respirou fundo e quase se engasgou com o fedor de umidade e podridão. Temendo e suspeitando o que veria, ela sugou Luz das Tempestades e começou a brilhar.

Havia sido largada ao lado de uma pequena fileira de cadáveres. Havia sete, três homens e quatro mulheres, trajando roupas finas — mas cobertos por esprenos de putrefação, sua carne mastigada por crenguejos.

Contendo um grito, ela se levantou apressadamente. Talvez... talvez fossem alguns dos olhos-claros que haviam ido ao palácio para falar com a rainha?

Ela agarrou seu chapéu e correu até os degraus. Era uma adega de vinho, uma câmara de pedra cortada direto na rocha. Na porta ela finalmente ouviu Padrão, que estivera falando, embora sua voz parecesse distante.

— Shallan? Eu senti o que você me disse. Não vá. Shallan, você está bem? Ah! A destruição. Você destrói algumas coisas, mas ver outras destruídas a perturba. Hmmmm... — Ele pareceu satisfeito por ter entendido isso.

Ela se concentrou na voz dele, algo familiar. Não na memória de uma espada surgindo do seu próprio peito, não na maneira fria como havia sido jogada ali e deixada para apodrecer, não na fileira de cadáveres com ossos expostos, rostos assombrados, olhos carcomidos...

Não pense. Não veja.

Ela afastou os pensamentos e pousou a testa contra a porta. Então cuidadosamente a abriu e encontrou um corredor de pedra vazio, com degraus que levavam para cima.

Havia soldados demais naquela direção. Ela usou uma nova ilusão, de uma serva que já havia desenhado. Talvez isso fosse menos suspeito. Cobriria o sangue, pelo menos.

Não voltou para o andar de cima, mas em vez disso seguiu por outro caminho que se aprofundava nos túneis. Descobriu que estava no mausoléu Kholin, que era repleto de outro tipo de cadáver: velhos reis transformados em estátuas. Seus olhos de pedra a seguiram através dos túneis vazios até que ela encontrou uma porta que, a julgar pela luz solar que passava por baixo, dava para a cidade.

— Padrão — sussurrou ela. — Verifique se há guardas do lado de fora.

Ele zumbiu e deslizou por baixo da porta, então voltou um momento depois.

— Hmm... Tem dois.

— Volte, então siga lentamente pela parede para a direita — disse ela, infundindo-o.

Ele obedeceu, deslizando sob a porta. Um som que ela havia criado foi emitido por ele enquanto Padrão se afastava, imitando a voz do senhor capitão do andar de cima, chamando os guardas. Não era perfeito, já que ela não havia desenhado o homem, mas pareceu funcionar, já que ouviu pés com botas se afastando.

Esgueirou-se para fora e se descobriu na base da elevação que acomodava o palácio, um penhasco que assomava cerca de cinco metros acima dela. Os guardas estavam distraídos, caminhando para a direita, então Véu foi sorrateiramente para uma rua ali perto, correu um pouco, feliz por finalmente ter a chance de gastar alguma energia.

Desabou na sombra de um edifício vazio, com as janelas quebradas e sem porta. Padrão percorreu o terreno ali perto, juntando-se a ela. Os guardas não pareciam tê-la notado.

— Vá encontrar Kaladin — disse ela a Padrão. — Traga-o aqui. Avise que os soldados podem estar vigiando-o do palácio, e que podem ir atrás dele.

— Hmmm. — Padrão se afastou deslizando.

Ela se encolheu, encostada em uma parede de pedra, seu casaco ainda coberto de sangue. Depois de uma espera angustiante, Kaladin surgiu na rua, então correu até ela.

— Raios! — disse ele, ajoelhando-se ao lado dela. Padrão deslizou para fora do casaco dele, zumbindo alegremente. — Shallan, o que aconteceu com você?

— Bem, como uma especialista em coisas que já me mataram, eu diria que uma *espada* aconteceu.

— Shallan...

— A força maligna que domina o palácio não tem qualquer respeito por alguém chegando com uma carta do rei. — Ela sorriu. — Poderia se dizer, hum, que o corte foi imediato.

Sorria. Preciso que você sorria.

Preciso que o que aconteceu não seja uma questão. Seja algo que pode simplesmente ser esquecido.

Por favor.

— Bem... — disse Kaladin. — Pelo menos nós tentamos... apesar de o plano ter furos. — Ele sorriu.

Estava tudo bem. Só mais um dia, mais uma infiltração. Ele a ajudou a se levantar, então tentou verificar seu ferimento, e ela bateu na mão dele. O corte *não* estava em um local apropriado.

— Desculpe — disse ele. — Instintos de cirurgião. De volta ao esconderijo?

— Sim, por favor. Prefiro não ser morta novamente hoje. É muito exaustivo...

64

VINCULADOR DE DEUSES

Os desacordos entre os Rompe-céus e os Corredores dos Ventos aumentaram até níveis trágicos. Imploro a qualquer um que escute isto para que reconheça que vocês não são tão diferentes quanto pensam.

—Da gaveta 27-19, topázio

DALINAR ENFIOU A MÃO no buraco de pedra escuro onde escondera a Espada de Honra do assassino. Ela ainda estava lá; ele sentiu o cabo sob a borda de pedra.

Esperava sentir mais ao tocá-la. Poder? Um formigamento? Era uma arma dos Arautos, uma coisa tão antiga que as Espadas Fractais comuns eram jovens em comparação. Contudo, enquanto a removia do buraco e se levantava, a única coisa que sentiu foi a própria raiva. Era a arma do assassino que havia matado seu irmão. A arma usada para aterrorizar Roshar, assassinar os lordes de Jah Keved e de Azir.

Era falta de perspectiva ver uma arma tão antiga meramente como a espada do Assassino de Branco. Ele foi até a sala maior ao lado, então contemplou a espada sob a luz das esferas que havia disposto em uma prateleira de pedra. Sinuosa e elegante, era a arma de um rei. Jezerezeh'Elin.

— Algumas pessoas achavam que você era um dos Arautos — disse Dalinar ao Pai das Tempestades, que trovejou no fundo da sua mente. — Jezerezeh, Arauto dos Reis, Pai dos Raios.

Os homens dizem muitas coisas tolas, replicou o Pai das Tempestades. *Alguns chamam Kelek de Pai das Tempestades, outros chamam Jezrien. Eu não sou nenhum deles.*

— Mas Jezerezeh *era* um Corredor dos Ventos.

Ele era anterior aos Corredores dos Ventos. Era Jezrien, um homem cujos poderes não tinham nome; simplesmente pertenciam a ele. Os Corredores dos Ventos ganharam esse nome só depois que Ishar fundou as ordens.

— Ishi'Elin — disse Dalinar. — Arauto da Sorte.

Ou dos mistérios, disse o Pai das Tempestades. *Ou dos sacerdotes. Ou de uma dúzia de outras coisas, nomes dados pelos homens. Ele agora está tão louco quanto os outros; talvez até mais.*

Dalinar baixou a Espada de Honra, olhando para o leste, na direção da Origem. Mesmo através de paredes de pedra, sabia que era lá que encontraria o Pai das Tempestades.

— Você sabe onde eles estão?

Eu disse a você. Não vejo tudo. Só vislumbres nas tempestades.

— Você *sabe* onde eles *estão*?

Só um, trovejou ele. *Eu... vi Ishar. Ele me xinga à noite, mas chama a si mesmo de deus. Ele busca a morte. A própria. Talvez a de todos os homens.*

As peças se encaixaram.

— Pai das Tempestades!

Sim?

— Ah. Hã, foi só uma exclamação... Esqueça. Tezim, o sacerdote-divino de Tukar? É ele? Ishi, Arauto da Sorte, o homem que está fazendo guerra contra Emul?

Sim.

— Com que propósito?

Ele é louco. Não procure significado em suas ações.

— Quando... quando você pretendia me dar essa informação?

Quando você perguntasse. Quando mais eu falaria?

— Quando quisesse! — disse Dalinar. — Você sabe coisas importantes, Pai das Tempestades!

Ele só trovejou em resposta.

Dalinar respirou fundo, tentando se acalmar. Esprenos não pensavam como homens. A raiva não mudaria o que o Pai das Tempestades lhe contara. Mas o que mudaria?

— Você sabia sobre os meus poderes? — perguntou Dalinar. — Você sabia que eu podia curar a pedra?

Eu soube quando você fez, disse o Pai das Tempestades. *Sim, quando você fez, eu sempre soube.*

— Você sabe o que mais eu posso fazer?

Mas é claro. Quando você descobrir, eu saberei.

— Mas...

Seus poderes virão quando você estiver pronto para eles, não antes, continuou o Pai das Tempestades. *Não dá para apressá-los ou forçá-los.*

Mas não olhe para o poder dos outros, mesmo para aqueles que compartilham seus Fluxos. O destino deles não é o seu, e os poderes deles são pequenos, inferiores. O que você fez ao consertar aquelas estátuas foi uma bagatela, um truque bobo.

Seu é o poder que outrora foi de Ishar. Antes que ele fosse o Arauto da Sorte, era chamado de Vinculador de Deuses. Ele foi o fundador do Sacropacto. Nenhum Radiante é capaz de fazer mais do que você. Seu é o poder da Conexão, de juntar homens e mundos, mentes e almas. Seus Fluxos são os maiores de todos, embora eles não sirvam para serem usados apenas em combate.

As palavras caíram como uma torrente sobre Dalinar, parecendo empurrá-lo para trás com sua força. Quando o Pai das Tempestades terminou de falar, Dalinar percebeu que estava sem fôlego, com uma dor de cabeça chegando. Por reflexo, sugou Luz das Tempestades para curá-la, e a pequena câmara sombreou. Isso deteve a dor, mas não fez nada em relação ao seu suor frio.

— Há outros como eu por aí? — perguntou ele finalmente.

Não nesse momento, e só pode haver três de cada vez. Um para cada um de nós.

— Três? — disse Dalinar. — Três esprenos que criam Vinculadores. Você... e Cultura são dois?

O Pai das Tempestades chegou a dar uma gargalhada. *Você teria muita dificuldade em fazer* dela *seu espreno. Gostaria de vê-lo tentar.*

— Então quem?

Não precisa se preocupar com meus irmãos.

Eles pareciam um assunto importante, mas Dalinar havia aprendido a não insistir em um assunto. Isso só faria com que o espreno se retirasse.

Pegou a Espada de Honra com firmeza, então recolheu suas esferas, uma das quais havia escurecido.

— Eu já perguntei como você renova essas coisas? — Dalinar ergueu a esfera, inspecionando o rubi no centro. Já vira rubis soltos e sempre se surpreendia com o quanto eles eram pequenos. O vidro fazia com que parecessem muito maiores.

O poder de Honra, durante uma tempestade, fica concentrado em um lugar, explicou o Pai das Tempestades. *Ele atravessa todos os três reinos e junta o Físico, o Cognitivo e o Espiritual momentaneamente em um só. As gemas, expostas à maravilha do Reino Espiritual, são iluminadas pelo poder infinito de lá.*

— Você poderia renovar esta esfera agora?

Eu... não sei. Ele pareceu intrigado. *Estenda a mão.*

Dalinar estendeu e sentiu algo acontecer, uma fisgada nas entranhas, como se o Pai das Tempestades estivesse pressionando a conexão deles. A esfera permaneceu escura.

Não é possível, disse o Pai das Tempestades. *Estou perto de você, mas o poder não está... ele ainda cavalga a tempestade.*

Isso era muito mais atenção do que ele costumava receber do Pai das Tempestades. Esperava poder se lembrar exatamente das palavras para repeti-las a Navani — naturalmente, se o Pai das Tempestades estivesse escutando, ele corrigiria os erros de Dalinar. O Pai das Tempestades detestava ser citado erradamente.

Dalinar foi até o corredor para encontrar a Ponte Quatro. Ele segurava a Espada de Honra — um artefato poderoso, capaz de mudar o mundo. Mas, como as Espadas Fractais modeladas a partir dela, a arma era inútil se deixada escondida.

— Essa é a Espada de Honra que seu capitão recuperou — disse ele para os homens da Ponte Quatro.

Os vinte e poucos homens se aproximaram, seus rostos curiosos refletidos no metal.

— Qualquer um que segure isso imediatamente ganha os poderes de um Corredor dos Ventos. A ausência do seu capitão está interrompendo o treinamento de vocês. Talvez isso, embora só um possa usá-la por vez, possa atenuar essa questão.

Eles ficaram boquiabertos diante da arma, então Dalinar estendeu-a para o primeiro-tenente de Kaladin — o carregador de pontes barbudo e mais velho chamado Teft.

Teft estendeu a mão, depois a recolheu.

— Leyten — rosnou ele. — Você é nosso tormentoso armeiro. Pegue essa coisa.

— Eu? — disse o parrudo carregador de pontes. — Isso não é uma armadura.

— É parecido.

— Eu...

— Terrabaixistas malucos — disse Rocha, o papaguampas, se adiantando e pegando a arma. — A sopa de vocês está fria. Isso é uma expressão que significa "vocês são todos idiotas". — O papaguampas levantou a arma, curioso, e seus olhos ganharam uma cor azulada e vítrea.

— Rocha? — chamou Teft. — Você? Segurando uma arma?

— Eu não vou balançar essa coisa — disse Rocha, revirando os olhos. — Vou mantê-la segura. Só isso.

— É uma Espada Fractal — alertou Dalinar. — Vocês treinaram com elas, correto?

— Todos nós treinamos, senhor — disse Teft. — Isso não significa que alguém desse bando não vai acabar cortando os próprios tormentosos pés. Mas... suponho que podemos usar a Espada para curá-los, se isso acontecer. Sigzil, monte uma rotação para que possamos praticar.

Curar... Dalinar sentiu-se estúpido. Deixar passar de novo. Qualquer pessoa de posse da espada tinha os poderes de um Radiante. Isso significava que poderia usar Luz das Tempestades para se curar? Se fosse verdade, poderia ser um valioso uso extra da arma.

— Não deixem que ninguém saiba que vocês estão com essa espada — disse Dalinar a eles. — Imagino que possam aprender a dispensá-la e invocá-la como uma Espada Fractal comum. Vejam o que descobrem, então me mandem um relatório.

— Faremos bom uso dela, senhor — prometeu Teft.

— Ótimo. — O fabrial de relógio no seu braço apitou, e Dalinar abafou um suspiro. Ela havia descoberto como fazê-lo apitar?

— Se me dão licença, tenho que me preparar para um compromisso com um imperador a mil e seiscentos quilômetros de distância.

P ouco depois, Dalinar estava em sua sacada. Com as mãos unidas às costas, ele olhava na direção das plataformas de transporte do Sacroportal.

— Fiz muitos negócios com os azishianos quando era mais jovem — disse Fen atrás dele. — Isso pode não funcionar, mas é um plano *muito* melhor do que o pavoneio alethiano tradicional.

— Não gosto do fato de ele ir sozinho — replicou Navani.

— Segundo todos os relatos, ele foi apunhalado no peito, levantou uma pedra com o peso de dez homens, depois começou a reconstruir minha cidade uma pedra por vez — disse Fen secamente. — Acho que ele vai ficar bem.

— A Luz das Tempestades não vai adiantar de nada se eles simplesmente o aprisionarem — disse Navani. — Podemos estar enviando Dalinar para se tornar um refém.

A discussão era para o bem dele. Dalinar precisava compreender os riscos. E compreendia. Caminhou até Navani para dar-lhe um leve beijo; sorriu para ela, então virou-se e estendeu a mão para Fen, que lhe entregou um pacote de papel, parecido com um grande envelope.

— É isso, então? — indagou ele. — Todos os três estão aqui?

— Eles estão marcados com os grifos apropriados — disse Navani. — E a telepena também está aí dentro. Eles prometeram falar em alethiano durante a reunião... você não vai ter uma intérprete do nosso lado, já que insiste em ir sozinho.

— Insisto mesmo — disse Dalinar, dirigindo-se para a porta. — Quero experimentar a sugestão de Fen.

Navani rapidamente se levantou e tomou o braço dele com a mão livre.

— Eu garanto — disse ele. — Estarei em segurança.

— Não estará, não. Mas isso não é diferente de cem outras vezes em que você cavalgou rumo à batalha. Aqui. — Ela entregou a ele uma caixinha enrolada em tecido.

— Fabrial?

— Almoço — disse ela. — Sabe-se lá quando essas pessoas vão alimentar você.

Ela a embrulhara em um glifo-amuleto. Dalinar levantou a sobrancelha ao ver isso e Navani deu de ombros. *Mal não vai fazer, certo?*, era o que parecia estar dizendo. Ela o abraçou, segurando-o por um momento a mais — mais do que qualquer outra alethiana faria —, então deu um passo atrás.

— Nós vamos vigiar a telepena. Uma hora sem comunicação sua e vamos atrás de você.

Ele assentiu. Não poderia escrever para elas, naturalmente, mas poderia ligar e desligar a telepena para enviar sinais, um velho truque de general quando não se tinha uma escriba.

Pouco tempo depois, ele seguia a passos largos pelo platô ocidental de Urithiru. Cruzando-o no caminho para o Sacroportal, passou por homens marchando em formação, sargentos gritando ordens, mensageiros levando mensagens. Dois dos seus Fractários — Rust e Serugiadis, homens que só possuíam a Armadura — praticavam com enormes Arcos Fractais, lançando flechas a centenas de metros na direção de um grande alvo de palha que Kaladin havia posicionado para eles em uma encosta próxima.

Um número significativo de soldados comuns estava sentado segurando esferas, fitando-as intensamente. A notícia de que a Ponte Quatro estava recrutando havia se espalhado. Ultimamente, ele notara vários homens nos corredores segurando uma esfera "para dar sorte". Dalinar chegou a passar por um grupo que estava falando em *engolir* esferas.

O Pai das Tempestades trovejou, expressando sua desaprovação. *Eles estão fazendo tudo ao contrário. Homens tolos. Não podem sugar Luz e se tornarem Radiantes; primeiro precisam se aproximar da Radiância e procurar a Luz para realizar a promessa.*

Dalinar gritou para que os homens voltassem ao treinamento e *não* engolissem quaisquer esferas. Eles obedeceram às pressas, chocados ao ver o Espinho Negro assomando sobre eles. Dalinar sacudiu a cabeça, então continuou. Seu caminho, infelizmente, fez com que cruzasse uma batalha simulada. Dois blocos de lanceiros se enfrentavam no platô, se pressionando e grunhindo, treinando para manter suas formações sob pressão. Embora carregassem lanças de treinamento sem ponta, estavam principalmente trabalhando com escudos.

Dalinar viu os sinais de alerta de que as coisas estavam indo longe demais. Homens estavam gritando com verdadeira hostilidade e esprenos de raiva estavam fervilhando aos pés deles. Uma das fileiras oscilou e, em vez de recuar, os oponentes bateram os escudos contra eles repetidamente.

Branco e verde de um lado, preto e grená do outro. Sadeas e Aladar. Dalinar praguejou e se aproximou dos homens, gritando para que recuassem. Logo, seu chamado foi imitado pelos capitães e comandantes. As fileiras da retaguarda dos dois blocos de treinamento se afastaram — deixando que os adversários no centro começassem uma briga.

Dalinar gritou e a Luz das Tempestades reluziu pelas pedras diante dele. Os homens que não haviam se envolvido na luta saltaram para trás. Os outros ficaram presos na Luz das Tempestades, que os colou ao chão. Isso fez com que todos, menos os mais furiosos, interrompessem a briga.

Dalinar separou os poucos restantes e os jogou no chão, colando-os pelo traseiro na pedra, junto dos seus esprenos de raiva. Os homens se debateram, então o viram e pararam, com um ar devidamente envergonhado.

Lembro-me de ficar envolvido assim na batalha, pensou Dalinar. *Seria isso a Euforia?* Ele não conseguia se lembrar de senti-la fazia... fazia muito tempo. Mandaria que os homens fossem interrogados para determinar se algum deles a sentia.

Dalinar deixou a Luz das Tempestades se evaporar como fumaça luminosa. Os oficiais de Aladar recuaram seu grupo de uma maneira ordenada, gritando para que os homens começassem a fazer exercícios. Os soldados do exército de Sadeas, contudo, cuspiram no chão e se levantaram, recuando em grupos irritados, praguejando e murmurando.

Eles estão piorando, pensou Dalinar. Sob o comando de Torol Sadeas, haviam sido desleixados e sádicos, mas ainda eram soldados. Sim, eles tendiam a brigar, mas eram rápidos em obedecer na batalha. Então eram eficientes, só não eram exemplares.

O novo estandarte de Sadeas flamulava acima daqueles homens. Meridas Sadeas — Amaram — havia mudado o desenho do par de glifos, como era tradição: a torre baixa de Sadeas havia sido alongada e o martelo havia sido substituído por um machado.

Apesar da sua reputação de manter o exército disciplinado, era óbvio que ele estava tendo dificuldades em controlar aqueles homens. Nunca comandara uma força tão grande — e talvez o assassinato do seu grão-príncipe houvesse perturbado os homens a ponto de não haver nada que Amaram pudesse fazer.

Aladar não fora capaz de fornecer qualquer informação substancial sobre o assassinato de Torol. A investigação supostamente estava em andamento... mas não havia pistas. Não fora obra do espreno, mas eles não tinham ideia de quem fora.

Terei que tomar uma atitude em relação a esses soldados, pensou Dalinar. *Eles precisam de alguma atividade cansativa, para mantê-los longe de brigas...*

Talvez tivesse o trabalho perfeito. Ele considerou a ideia enquanto finalmente seguia a rampa até a plataforma do Sacroportal, depois cruzava o campo vazio até o edifício de controle. Jasnah o aguardava lá dentro, lendo um livro e fazendo anotações.

— Por que demorou tanto? — perguntou ela.

— Quase houve um tumulto na área de concentração — disse ele. — Duas formações em treinamento se misturaram e começaram uma briga.

— Sadeas?

Dalinar assentiu.

— Teremos que fazer alguma coisa em relação a eles.

— Andei pensando. Talvez algum trabalho duro, estritamente supervisionado, em uma cidade em ruínas, sirva perfeitamente.

Jasnah sorriu.

— Quão conveniente que estejamos fornecendo exatamente esse tipo de auxílio para a rainha Fen. Faça com que as tropas de Sadeas trabalhem até a exaustão, contanto que possamos mantê-los sob controle por lá.

— Vou começar com grupos pequenos, para ter certeza de que não vou causar mais problemas para Fen — disse Dalinar. — Teve notícias do grupo de infiltração do rei em Kholinar?

SACRAMENTADORA

Como previsto, o Pai das Tempestades havia sido incapaz de entrar em contato com qualquer pessoa na equipe para levá-los a uma visão — e tampouco Dalinar se arriscaria a fazer isso —, mas Elhokar e Shallan haviam levado várias telepenas.

— Nenhuma. Vamos ficar atentos e avisá-lo no momento em que recebermos algum tipo de resposta.

Dalinar assentiu e deixou de lado a preocupação com Elhokar e seu filho. Precisava ter confiança de que em algum momento eles realizariam sua tarefa ou encontrariam uma maneira de relatar qualquer impedimento.

Jasnah invocou sua Espada Fractal. Estranho como parecia natural ver Jasnah com uma espada.

— Está pronto?

— Pronto.

A garota reshiana, Lift, havia obtido permissão da corte azishiana para destravar o Sacroportal do lado deles. O imperador estava — finalmente — disposto a se encontrar com Dalinar em carne e osso.

Jasnah ativou o dispositivo, girando a parede interna, o chão cintilando. Luz fulgurou do lado de fora e imediatamente um calor abafado entrou pelas portas. Aparentemente, Azir estava no meio de uma estação de verão.

Ali *cheirava* diferente; um aroma de temperos exóticos e coisas mais sutis, como plantas pouco familiares.

— Boa sorte — disse Jasnah enquanto ele saía do cômodo.

Ela brilhou atrás dele ao retornar para Urithiru, deixando-o para se reunir com a corte imperial azishiana sozinho.

65

VEREDITO

Agora que abandonamos a torre, posso finalmente admitir que odeio esse lugar? Regras demais.

— Da gaveta 8-1, ametista

MEMÓRIAS SE AGITAVAM NA cabeça de Dalinar enquanto ele caminhava pelo longo corredor fora do edifício de controle do Sacroportal em Azimir, que era coberto por um magnífico domo de bronze. O Grande Mercado, como era chamado, era um enorme distrito comercial em lugar fechado. Isso seria inconveniente quando Dalinar precisasse usar o Sacroportal por inteiro.

Não conseguia ver nada do mercado no momento; o edifício de controle — que costumava ser visto como um tipo de monumento no mercado — agora estava cercado por painéis de madeira e um novo corredor. Sem ninguém, iluminado por lâmpadas de esferas ao longo das paredes. Safiras. Coincidência ou um gesto de respeito a um visitante Kholin?

No final, o corredor se abriu em uma sala pequena ocupada por uma fileira de soldados azishianos. Eles usavam cotas de placas, com elmos coloridos na cabeça, grandes escudos e machados de cabo longo e cabeça pequena. O grupo todo se sobressaltou quando Dalinar entrou, e então recuou, brandindo armas de modo ameaçador.

Dalinar abriu os braços, o pacote de Fen em uma das mãos, o embrulho de comida na outra.

— Estou desarmado.

Eles falaram rapidamente em azishiano. Ele não viu o Primeiro ou a pequena Radiante, embora as pessoas vestindo robes estampados fossem vizires e pósteros — ambos eram, essencialmente, versões azishianos de fervorosos. Só que, ali, os fervorosos estavam envolvidos no governo muito mais do que era apropriado.

Uma mulher se adiantou, as muitas camadas dos seus robes longos e extravagantes farfalhando enquanto ela caminhava. Um chapéu completava o traje. Ela era importante e talvez planejasse servir pessoalmente de intérprete.

É hora do meu primeiro ataque, pensou Dalinar. Ele abriu o pacote que Fen havia lhe entregado e pegou quatro folhas de papel.

Apresentou-as para a mulher e ficou feliz em ver o choque nos olhos dela. Ela as pegou com hesitação, então chamou alguns dos seus companheiros. Eles se juntaram a ela diante de Dalinar, o que deixou os guardas claramente nervosos. Alguns haviam desembainhado uma kattari triangular, uma versão da espada curta popular ali no ocidente. Ele sempre quisera ter uma.

Os fervorosos recuaram para trás dos soldados, falando animadamente. O plano era trocar amenidades naquela sala, então Dalinar voltaria imediatamente para Urithiru — ao que eles pretendiam trancar o Sacroportal do lado deles. Dalinar queria mais; pretendia *conseguir* mais. Algum tipo de aliança, ou pelo menos uma reunião com o imperador.

Um dos fervorosos começou a ler os papéis para os outros. A escrita estava em azishiano, uma linguagem engraçada feita de pequenas marcas que pareciam rastros de crenguejo. Ela carecia das verticais amplas e elegantes da escrita feminina alethiana.

Dalinar fechou os olhos, prestando atenção no idioma que não entendia. Como na Cidade de Thaylen, teve um momento em que sentiu que quase conseguia entender. Esforçando-se, percebeu que se aproximava do significado.

— Você me ajudaria a compreender? — sussurrou ele para o Pai das Tempestades.

Por que você acha que eu posso?

— Não seja evasivo — sussurrou Dalinar. — Eu falei idiomas diferentes nas visões. Você pode me fazer falar azishiano.

O Pai das Tempestades trovejou, insatisfeito. *Aquilo não fui eu,* disse ele finalmente. *Foi você.*

— Como posso usar?

Tente tocar um deles. Com Adesão Espiritual, você pode fazer uma Conexão.

Dalinar observou o grupo de guardas hostis, então suspirou, acenando e imitando o ato de jogar uma bebida na boca. Os soldados trocaram palavras ásperas, então um dos mais jovens foi empurrado para a frente com um cantil. Dalinar assentiu em agradecimento, então — enquanto bebia da garrafa d'água — agarrou o jovem pelo pulso e o segurou.

Luz das Tempestades, disse o trovão em sua mente.

Dalinar forçou Luz das Tempestades no outro homem e sentiu algo — como um som amistoso vindo de outro cômodo. Só era preciso entrar. Depois de um empurrão cuidadoso, a porta se abriu, e sons se torceram e ondularam no ar. Então, como música trocando de tom, elas se modularam de algaravia para sentido.

— Capitão! — gritou o jovem guarda que Dalinar segurava. — O que eu faço? Ele me pegou!

Dalinar o soltou e, felizmente, sua compreensão da linguagem persistiu.

— Sinto muito, soldado — disse Dalinar, devolvendo o cantil. — Não queria assustá-lo.

O jovem soldado recuou para junto de seus companheiros.

— O senhor da guerra fala *azishiano*? — Ele parecia tão surpreso quanto se houvesse conhecido um chule falante.

Dalinar uniu as mãos às costas e contemplou os fervorosos. *Você insiste em pensar neles como fervorosos porque eles podem ler, tanto homens quanto mulheres*, pensou. Mas não estava mais em Alethkar. Apesar dos robes volumosos e dos chapéus enormes, as mulheres azishianas não usavam nada para cobrir suas mãos seguras.

O Criador de Sóis, o ancestral de Dalinar, havia argumentado que os azishianos precisavam ser civilizados. Ele se perguntou se alguém havia acreditado naquele argumento mesmo naquela época, ou se todos haviam percebido como era só uma justificativa.

Os vizires e pósteros terminaram de ler, então se voltaram para Dalinar, baixando as páginas que ele lhes havia entregado. Concordara com o plano da rainha Fen, confiando que não podia intimidar Azir com uma espada. Em vez disso, levara um tipo diferente de arma.

Um ensaio.

— Você realmente fala nosso idioma, alethiano? — perguntou a vizir-chefe.

Ela tinha um rosto redondo, olhos castanho-escuros, e usava um chapéu estampado com padrões de cores vivas. Seus cabelos grisalhos escapavam do chapéu em uma trança apertada.

— Eu tive a oportunidade de aprender recentemente — disse Dalinar. — A senhora é a Vizir Noura, imagino.

— A rainha Fen realmente escreveu isso?

— De próprio punho, Vossa Graça — respondeu Dalinar. — Sinta-se à vontade para entrar em contato com a Cidade de Thaylen para confirmar.

Eles se juntaram para conversar novamente em voz baixa. O ensaio era um argumento longo, mas convincente, sobre o valor econômico dos Sacroportais para as cidades que os abrigavam. Fen argumentava que o desespero de Dalinar para forjar uma aliança oferecia a oportunidade perfeita de garantir acordos comerciais benéficos e duradouros através de Urithiru. Mesmo que Azir não planejasse participar plenamente da coalização, deveriam negociar o uso dos Sacroportais e enviar uma delegação para a torre.

O ensaio gastava um monte de palavras dizendo o óbvio, e era exatamente o tipo de coisa para a qual Dalinar não tinha paciência. O que, com sorte, tornaria o ensaio perfeito para os azishianos. E se isso não fosse o suficiente... bem, Dalinar sabia que nunca devia ir para a batalha sem tropas descansadas na reserva.

— Vossa Alteza — disse Noura —, por mais impressionados que estejamos por dar-se ao trabalho de aprender nossa linguagem... e mesmo levando em conta o argumento persuasivo apresentado aqui... achamos que seria melhor se...

Ela perdeu o fio da meada quando Dalinar enfiou a mão no pacote e retirou uma segunda resma de papéis, de seis páginas dessa vez. Ele as ergueu diante do grupo como um estandarte levantado, então as ofereceu. Um guarda próximo deu um pulo para trás, fazendo sua cota de placas tilintar.

A pequena câmara ficou em silêncio. Finalmente, um guarda aceitou os papéis e levou-os até os vizires e pósteros. Um homem mais baixo entre eles começou a ler em silêncio — aquele ali era um tratado estendido de Navani, falando sobre as maravilhas que haviam descoberto em Urithiru, convidando formalmente os eruditos azishianos a visitar e partilhar delas.

Ela teceu argumentos inteligentes sobre a importância de novos fabriais e tecnologias para combater os Esvaziadores. Incluiu diagramas das tendas que havia feito para ajudá-los a lutar durante o Pranto e explicou suas teorias para torres flutuantes. Então, com a permissão de Dalinar, ofereceu um presente: esquemas detalhados que Taravangian havia levado de Jah Keved, explicando a criação dos assim chamados semifractais, escudos fractais que podiam suportar alguns golpes de Espadas Fractais.

O inimigo está unido contra nós, dizia o argumento final do ensaio dela. *Eles têm as vantagens únicas do foco, da harmonia e de memórias que se esten-*

dem ao passado distante. Resistir a eles vai exigir nossas maiores mentes, sejam elas alethianas, azishianas, vedenas ou thaylenas. Estou entregando livremente segredos de Estado, pois os dias de guardar conhecimento se foram. Agora, ou aprendemos juntos ou tombamos individualmente.

Os vizires terminaram, então passaram uns para os outros os esquemas, estudando-os por um tempo prolongado. Quando o grupo olhou de volta para Dalinar, pôde ver que a atitude deles estava mudando. Surpreendentemente, estava *funcionando*.

Bem, ele não entendia muito sobre ensaios, mas tinha um instinto para combate. Quando seu oponente estava arquejando, sem ar, não se podia deixar que se recuperasse; enfiava-se a espada direto na garganta dele.

Dalinar enfiou a mão no seu pacote e removeu o último papel do seu interior: uma única folha escrita na frente e no verso. Ele a segurou entre dois dedos. Os azishianos contemplaram-na com olhos enormes, como se ele houvesse revelado uma gema brilhante de valor incalculável.

Dessa vez, a própria Vizir Noura se adiantou e a pegou.

— "Veredito" — leu ela no topo. — "De Jasnah Kholin".

Os outros abriram caminho por entre os guardas, se juntaram e começaram a ler também. Embora aquele fosse o mais curto dos ensaios, Dalinar os ouviu sussurrando e se assombrando com ele.

— Vejam, incorpora todas as *sete* Formas Lógicas de Aqqu!

— Isso é uma alusão à *Grande orientação*. E... raios... ela cita o Primeiro Kasimarlix em três estágios sucessivos, cada um intensificando a mesma citação até um nível diferente de Compreensão Superior.

Uma mulher levou a mão à boca.

— Está escrito por inteiro em uma única métrica rítmica!

— Grande *Yaezir* — disse Noura. — Você tem *razão*.

— As alusões...

— Que jogo de palavras...

— O *impulso* e a *retórica*...

Esprenos de lógica surgiram ao redor deles na forma de pequenas nuvens de tempestade. Então, praticamente juntos, os pósteros e vizires se voltaram para Dalinar.

— Isso é uma obra de *arte* — disse Noura.

— Ela é... persuasiva? — indagou Dalinar.

— Ela provoca maiores considerações — disse Noura, olhando para os outros, que concordaram. — Você de fato veio sozinho. Ficamos chocados com isso... não está preocupado com sua segurança?

— Sua Radiante se provou bastante sábia para alguém tão jovem — disse Dalinar. — Tenho certeza de que posso confiar a ela minha segurança.

— Eu não sei se confiaria nela para qualquer coisa — disse um dos homens, com uma risadinha. — A não ser para surrupiar o trocado no seu bolso.

— Ainda assim, vim implorar a vocês que confiem em mim. Isso parecia ser a melhor prova das minhas intenções. — Ele ergueu as mãos. — Não me envie de volta imediatamente. Vamos conversar como aliados, não como homens em uma tenda de negociação no campo de batalha.

— Apresentarei esses ensaios diante do Primeiro e do seu conselho formal — disse a Vizir Noura finalmente. — Admito que ele parece gostar de você, apesar da sua inexplicável invasão dos sonhos dele. Venha conosco.

Isso o afastaria do Sacroportal e de qualquer chance de ser transferido para casa em uma emergência. Mas era por aquilo que andara esperando.

— Com prazer, Vossa Graça.

E<small>LES FIZERAM UM CAMINHO</small> sinuoso pelo mercado coberto pelo domo — que agora estava vazio, como uma cidade fantasma. Muitas das ruas terminavam em barricadas preenchidas por tropas.

Haviam transformado o Grande Mercado de Azimir em um tipo de fortaleza invertida, elaborada para proteger a cidade de qualquer coisa que saísse pelo Sacroportal. Se tropas deixassem o edifício de controle, se encontrariam em um labirinto de ruas confusas.

Infelizmente para os azishianos, o edifício de controle *não* era o portal. Um Radiante poderia fazer todo aquele *domo* desaparecer, substituído por um exército no meio de Azimir. Ele teria de ser delicado na hora de explicar isso.

Dalinar caminhou com a Vizir Noura, seguidos pelos outros escribas, que passavam os ensaios de mão em mão novamente. Noura não falou amenidades com ele, e Dalinar não criou ilusões. Aquela viagem pelas ruas escuras e encobertas — com barracas de mercado fechadas e caminhos sinuosos — havia sido feita para confundi-lo, caso ele tentasse se lembrar do trajeto.

Por fim, escalaram até um segundo andar e saíram por uma porta para um parapeito que envolvia o exterior do domo. Inteligente. Dali de cima, ele podia ver que as saídas do térreo estavam com barricadas ou vedadas. O único caminho claro de saída era subir aquele lance de escada, que dava naquela plataforma ao redor da circunferência do grande domo de bronze, e depois descer outro lance de degraus.

Daquele ponto superior, podia ver parte de Azimir — e ficou aliviado com a pequena quantidade de destruição que enxergou. Algumas das vizinhanças do lado ocidental da cidade pareciam ter desabado, mas, no todo, a cidade havia sobrevivido à Tempestade Eterna em boa forma. A maioria das estruturas ali era de pedra, e os grandes domos — muitos deles folheados com bronze dourado-avermelhado — refletiam a luz do sol como maravilhas derretidas. As pessoas vestiam trajes coloridos, com padrões que os escribas podiam ler como uma linguagem.

Essa estação de verão era mais quente do que ele estava acostumado. Dalinar se voltou para o leste. Urithiru estava em algum lugar naquela direção, nas montanhas da fronteira — muito mais perto de Azir do que de Alethkar.

— Por aqui, Espinho Negro — disse Noura, descendo a rampa de madeira.

A rampa havia sido construída sobre uma treliça de alvenaria. Vendo aquelas estacas de madeira, Dalinar teve uma lembrança surreal. Alguma coisa vaga, de estar empoleirado acima de uma cidade e olhar para baixo e ver treliças de madeira...

Rathalas, ele pensou. *A Fenda*. A cidade que havia se rebelado. Certo. Ele sentiu um arrepio e a pressão de alguma coisa escondida tentando se lançar para sua consciência. Havia mais lembranças sobre aquele lugar.

Ele desceu a rampa e considerou um sinal de respeito que duas divisões inteiras de tropas estivessem cercando o domo.

— Esses homens não deveriam estar nas muralhas? — indagou Dalinar. — E se os Esvaziadores atacarem?

— Eles recuaram através de Emul — disse Noura. — A maior parte daquele país está pegando fogo agora, devido aos parshemanos ou aos exércitos de Tezim.

Tezim. Que era um Arauto. *Certamente ele não se aliaria ao inimigo, não é?* Talvez o melhor que pudessem esperar fosse guerra entre os Esvaziadores e os exércitos de um Arauto louco.

Riquixás esperavam por eles abaixo. Noura juntou-se a ele em um. Era uma novidade ser puxado por um homem agindo feito um chule. Embora fosse mais rápido do que um palanquim, Dalinar considerou muito menos elegante.

A cidade havia sido projetada de uma maneira muito ordenada. Navani sempre admirara aquilo. Ele procurou por mais sinais de destruição e, embora tenha encontrado alguns, uma estranheza diferente chamou sua atenção. Grupos de pessoas usando coletes coloridos, calças folgadas ou saias, e chapéus estampados. Eles gritavam sobre injustiça e, embora parecessem zangados, estavam cercados por esprenos de lógica.

— O que é tudo isso? — quis saber Dalinar.

— Manifestantes. — Ela olhou para ele e obviamente notou a sua confusão. — Eles entregaram uma reclamação formal, rejeitando um pedido de sair da cidade e trabalhar nas fazendas. Isso dá a eles um período de um mês para informar suas queixas antes de serem forçados a obedecer.

— Eles podem simplesmente *desobedecer a* uma ordem imperial?

— Suponho que você simplesmente botaria todos em marcha à ponta da espada. Bem, não fazemos as coisas desse jeito aqui. Há processos; nosso povo não é escravizado.

Dalinar se encrespou; ela obviamente não sabia muito sobre Alethkar, se imaginava que todos os olhos-escuros alethianos eram como chules tocados por aí. As classes inferiores possuíam uma longa e orgulhosa tradição de direitos relacionados com sua posição social.

— Essas pessoas — disse ele, percebendo uma coisa — foram ordenadas a ir para os campos porque vocês perderam seus parshemanos.

— Nossos campos ainda não foram plantados — disse Noura, com um olhar distante. — Parece que eles sabiam o melhor momento de nos prejudicar com sua saída. Carpinteiros e sapateiros devem ser passados ao trabalho braçal, só para impedir a fome. Poderemos nos alimentar, mas nossos negócios e infraestrutura serão devastados.

Em Alethkar, eles não haviam dado tanta atenção a isso, já que reclamar o reino era mais urgente. Em Thaylenah, o desastre havia sido físico, a cidade arrasada. Ambos os reinos haviam sido distraídos de um desastre mais subversivo, o econômico.

— Como aconteceu? — perguntou Dalinar. — A saída dos parshemanos?

— Eles se reuniram na tempestade. Saíram das casas e caminharam direto para a tormenta. Alguns relatos dizem que os parshemanos alegaram ouvir a batida de tambores. Outros relatos... todos são muito contraditórios... falam de esprenos guiando os parshemanos. Eles foram até os portões da cidade, abriram-nos na chuva, então saíram para a planície que cerca Azimir. No dia seguinte, exigiram reembolso econômico formal pela apropriação imprópria do seu trabalho. Eles alegavam que a subseção das regras eximindo os parshemanos de salários era ilegal, e levaram uma moção aos tribunais. Estávamos negociando... uma experiência bizarra, devo dizer... mas então os líderes deles os botaram em marcha.

Curiosamente, os parshemanos alethianos haviam agido como alethianos — imediatamente se reunindo para a guerra. Os parshemanos thaylenos haviam partido para os mares. E os parshemanos azishianos... bem, eles haviam feito algo essencialmente azishiano: haviam registrado uma reclamação com o governo.

Precisava tomar cuidado para não pensar muito em como aquilo era engraçado, ainda que apenas porque Navani o alertara para não subestimar os azishianos. Os alethianos gostavam de fazer piada sobre eles — insulte um de seus soldados, costumavam dizer, e ele apresentará um formulário solicitando uma oportunidade de xingá-lo. Mas isso era uma caricatura, provavelmente tão precisa quanto a impressão de Noura do seu povo sempre fazer tudo pela espada e pela lança.

Quando chegaram ao palácio, Dalinar tentou seguir Noura e os outros escribas até o edifício principal — mas, em vez disso, soldados gesticularam na direção de um pequeno edifício externo.

— Eu estava esperando falar com o imperador pessoalmente — disse Dalinar.

— Infelizmente, essa petição não pode ser concedida.

O grupo deixou-o e seguiu para o grande palácio em si, um majestoso edifício de bronze com domos arredondados.

Os soldados o conduziram a uma câmara estreita com uma mesa baixa no centro e agradáveis sofás nas laterais. Deixaram-no sozinho na saleta, mas se posicionaram do lado de fora. Não era bem uma prisão, mas ele certamente não estava autorizado a perambular por aí.

Dalinar suspirou e sentou-se em um sofá, deixando seu almoço na mesa ao lado de algumas tigelas de frutas secas e nozes. Ele pegou a telepena e enviou um breve sinal para Navani que significava *tempo*, o sinal combinado para indicar que ele deveria ter mais uma hora antes que entrassem em pânico.

Ele se levantou e começou a andar. Como os homens suportavam aquilo? Na batalha, ganhava-se ou perdia-se com base na força das armas. No fim do dia, sabia-se a situação.

Aquela falação sem fim deixava-o muito inseguro. Será que os vizires dispensariam os ensaios? A reputação de Jasnah parecia grandiosa mesmo ali, mas eles pareciam menos impressionados com o argumento dela do que com a maneira como o expressara.

Você sempre se preocupou com isso, não foi?, disse o Pai das Tempestades em sua mente.

— Com o quê?

Que o mundo viesse a ser governado por canetas e escribas, não por espadas e generais.

— Eu... — *Sangue dos meus antepassados.* Era verdade.

Era por isso que ele insistia em negociar pessoalmente? Por que não mandava embaixadoras? Seria porque, lá no fundo, não confiava em suas palavras bonitas e promessas intricadas, todas contidas em documentos que ele não podia ler? Folhas de papel que eram de algum modo mais resistentes que a mais forte Armadura Fractal?

— A disputa dos reinos deveria ser uma arte *masculina* — disse ele. — Eu deveria ser capaz de fazer isso por conta própria.

O Pai das Tempestades trovejou, sem discordar de fato. Só estava... achando graça?

Dalinar finalmente se acomodou em um dos sofás. Melhor aproveitar para comer algo... só que seu almoço embrulhado em pano estava aberto, com migalhas na mesa, a caixa de madeira com o curry vazia, exceto por umas poucas gotas. Por Roshar, como...?

Ele lentamente levantou os olhos para o outro sofá. A esguia garota reshiana estava empoleirada não no assento, mas no encosto do móvel. Ela usava um robe azishiano grande demais e um chapéu, e estava mastigando a linguiça que Navani havia embrulhado com a refeição, para ser picada no curry.

— Meio sem graça — avaliou ela.

— Rações de soldado — disse Dalinar. — Eu gosto.

— Por que você é sem graça?

— Prefiro não me distrair com a refeição. Você estava aqui esse tempo todo?

Ela deu de ombros, continuando a comer a comida dele.

— Você disse uma coisa mais cedo. Sobre homens?

— Eu... estava me dando conta de que fico incomodado com a ideia de escribas controlando o destino das nações. As coisas que as mulheres escrevem são mais fortes que meus exércitos.

— É, faz sentido. Muitos garotos têm medo de garotas.

— Eu não...

— Dizem que isso muda quando você cresce — disse ela, se inclinando para a frente. — Eu não sei dizer, porque num vou crescer. Eu dei um jeito. Só tenho que parar de comer. Pessoas que não comem não ficam grandes. Fácil.

Ela disse tudo isso entre bocados de comida.

— Fácil — comentou Dalinar. — Com certeza.

— Vou começar *qualquer* dia desses. Você vai comer as frutas ou...

Ele se inclinou para a frente, empurrando as duas tigelas de frutas secas na direção dela, que as atacou. Dalinar se recostou no sofá. Essa garota parecia tão deslocada. Embora fosse olhos-claros — com íris pálidas e claras —, isso não importava muito no ocidente. Os trajes régios eram grandes demais para ela, e a menina não tomava o cuidado de manter o cabelo preso debaixo do chapéu.

Aquela sala inteira — aquela cidade inteira, na verdade — era um exercício de ostentação. Domos metalizados, os riquixás, até mesmo grandes áreas das paredes daquela sala. Os azishianos possuíam apenas uns poucos Transmutadores, e um deles era famoso por poder fazer bronze.

O carpete e os sofás exibiam estampas chamativas de laranja e vermelho. Os alethianos preferiam cores sólidas, talvez um pouco de bordado. Os azishianos preferiam que suas decorações parecessem o produto de uma pintora tendo um ataque de espirros.

No meio de tudo aquilo estava essa garota, que parecia tão simples. Ela passava em meio à ostentação sem ser envolvida.

— Eu escutei o que eles tavam dizendo lá dentro, bunda-dura — disse a garota. — Antes de vir pra cá. Acho que eles vão recusar você. Eles têm um *dedo*.

— Imagino que eles tenham muitos dedos.

— Que nada, esse é um dedo *extra*. Seco, parece até que era da vovó de alguma vovó, mas na verdade é de um *imperador*. Imperador Sino-de-Xixi ou...

— Snoxil? — perguntou Dalinar.

— Isso. É esse.

— Ele era o Primeiro quando meu ancestral saqueou Azimir. — Dalinar suspirou. — É uma relíquia.

Os azishianos podiam ser supersticiosos, apesar de todas as alegações sobre lógica, ensaios e códigos jurídicos. Essa relíquia provavelmente estava sendo usada nas discussões como um lembrete da última vez que os alethianos estiveram em Azir.

— É, bem, tudo que eu sei é que ele está *morto*, então não precisa se preocupar com... com...

— Odium.

A garota reshiana tremeu visivelmente.

— Você poderia ir falar com os vizires? — indagou Dalinar. — Dizer a eles que acha que apoiar a minha coalizão é uma boa ideia? Eles escutaram quando você pediu para destrancar o Sacroportal.

— Nada, eles escutaram Gawx — disse ela. — Os velhotes que mandam na cidade não gostam muito de mim.

Dalinar grunhiu.

— Seu nome é Lift, certo?

— Certo.

— E sua ordem?

— Mais comida.

— Quero dizer, sua ordem dos Cavaleiros Radiantes. Que poderes você tem?

— Ah. Hã... Dançarina? Eu escorrego por aí e coisas assim.

— Escorrega por aí.

— É bem divertido. Exceto quando bato de cara em alguma coisa. Então é só um pouquinho divertido.

Dalinar se inclinou para a frente, desejando, novamente, que pudesse entrar e falar com aqueles tolos e escribas.

Não. Uma vez na vida, confie em outra pessoa, Dalinar.

Lift inclinou a cabeça para o lado.

— Hum. Você tem o cheiro dela.

— Dela?

— Da esprena maluca que vive na floresta.

— Você conheceu a *Guardiã da Noite*?

— Conheci... E você?

Ele assentiu.

Eles ficaram ali sentados, sem jeito, até que a garota passou uma das tigelas de frutas secas para Dalinar. Ele pegou um pedaço e mastigou em silêncio, e ela pegou outro.

Comeram a tigela inteira, sem dizer nada, até que a porta se abriu. Dalinar se levantou de um pulo. Noura estava no umbral da porta, cercada pelos outros vizires. Seus olhos pousaram em Lift por um instante e ela sorriu. Noura não parecia ter uma opinião tão ruim de Lift quanto a garota havia indicado.

Dalinar se levantou, receoso. Ele preparou seus argumentos, seus apelos. Eles precisavam...

— O imperador e seu conselho decidiram aceitar seu convite de visitar Urithiru — declarou Noura.

Dalinar cortou sua objeção. Ela disse *aceitar*?

— O Primeiro de Emul está quase alcançando Azir — disse Noura.

— Ele trouxe junto o Sábio, e eles devem estar dispostos a se unir a nós. Infelizmente, depois do ataque dos parshemanos, Emul está uma fração do que já foi. Suspeito que ele esteja ansioso por qualquer e toda fonte de auxílio, e dará boas-vindas a essa sua coalizão.

"O príncipe de Tashikk tem um embaixador, seu irmão, na cidade. Ele também irá. E a princesa de Yezier aparentemente está vindo pessoalmente pedir auxílio; vamos ver. Pessoalmente, acho que ela apenas acredita que Azimir será mais seguro. Ela já vive metade do ano aqui mesmo.

"Alm e Desh têm embaixadores na cidade, e Liafor está sempre ansioso a participar de qualquer coisa que a gente faça, contanto que possam fazer o serviço de bufê das tormentosas reuniões. Não posso falar por Steen... eles são um pessoal complicado. Duvido que você queira o rei-sacerdote de Tukar, e Marat foi invadido. Mas podemos trazer uma boa amostra do império para se juntar às suas discussões."

— Eu... — balbuciou Dalinar. — Obrigado!

Estava realmente *acontecendo*! Como haviam esperado, Azir era a chave.

— Bem, sua esposa escreveu um ótimo ensaio — disse Noura.

Ele se espantou.

— Foi o ensaio de Navani que convenceu vocês? Não o de Jasnah?

— Todos os três argumentos pesaram a favor, e os relatos de Cidade de Thaylen são encorajadores — respondeu Noura. — Isso influenciou bastante na nossa decisão. Mas, embora a escrita de Jasnah Kholin seja tão impressionante quanto sua reputação sugere, havia algo... mais autêntico no apelo da Senhora Navani.

— Ela é uma das pessoas mais autênticas que conheço. — Dalinar sorriu bobamente. — E ela é ótima em conseguir o que quer.

— Deixe-me conduzi-lo de volta ao Sacroportal. Entraremos em contato para falar sobre a visita do Primeiro à sua cidade.

Dalinar coletou sua telepena e se despediu de Lift, que ficou de pé no encosto do sofá e acenou para ele. O céu parecia mais claro enquanto os vizires o acompanhavam de volta ao domo que abrigava o Sacroportal. Dalinar podia ouvi-los falando animadamente enquanto entravam nos riquixás; pareciam ter abraçado a decisão com entusiasmo, agora que ela havia sido feita.

Dalinar passou a viagem em silêncio, preocupado em dizer algo grosseiro e arruinar as coisas. Quando adentrou o domo do mercado, aproveitou a oportunidade para mencionar a Noura que o Sacroportal podia ser usado para transportar tudo ali, incluindo o próprio domo.

— Temo que seja uma ameaça de segurança maior do que imagina — concluiu ele enquanto chegavam ao edifício de controle.

— O que aconteceria se construíssemos uma estrutura que se estendesse além do perímetro do platô? Ele cortaria a estrutura em duas partes? E se uma pessoa estivesse metade dentro, metade fora?

— Isso nós ainda não sabemos — disse Dalinar, ligando e desligando a telepena em um padrão para mandar o sinal que faria Jasnah voltar pelo Sacroportal para buscá-lo.

— Admito uma coisa — disse Noura baixinho enquanto os outros vizires conversavam atrás. — Não estou... feliz de ter sido vencida. Sou uma serva leal do imperador, mas *não* gosto da ideia dos seus Radiantes, Dalinar Kholin. Esses poderes são perigosos e os antigos Radiantes se tornaram traidores, no final.

— Eu vou convencê-la — disse Dalinar. — Vamos provar nosso valor. Tudo de que preciso é uma chance.

O Sacroportal fulgurou e Jasnah apareceu lá dentro. Dalinar curvou-se respeitosamente para Noura, então deu um passo atrás até o edifício.

— Você não é o que eu esperava, Espinho Negro — disse Noura.

— E o que você esperava?

— Um animal — disse ela francamente. — Uma criatura meio-humana de guerra e sangue.

Alguma coisa naquilo o abalou. *Um animal...* Ecos de memórias vibraram dentro dele.

— Eu era assim — confessou Dalinar. — Só fui abençoado com bons exemplos o bastante para permitir que eu aspirasse a algo mais.

Ele acenou com a cabeça para Jasnah, que reposicionou sua espada, girando a parede interna para iniciar a transferência e levá-los de volta a Urithiru.

Navani esperava do lado de fora do edifício. Dalinar saiu e piscou sob a luz do sol esfriada pelo clima da montanha. Ele sorriu de orelha a orelha, abrindo a boca para contar-lhe o que o ensaio dela havia realizado.

Um animal... Um animal reage quando é cutucado...

Memórias.

Se você o chicoteia, ele se torna selvagem.

Dalinar tropeçou.

Ouviu vagamente Navani gritando, pedindo socorro. Sua visão girou e ele caiu de joelhos, sentindo uma náusea avassaladora. Arranhou a pedra, grunhindo, quebrando unhas. Navani... Navani estava chamando um médico. Ela achava que ele havia sido envenenado.

Não era isso. Não, era muito, muito pior.

Raios. Ele *lembrava*. Aquilo desabou sobre ele, como o peso de mil pedras.

Ele se lembrava do que havia acontecido com Evi. Começara em uma fortaleza fria, nas terras altas outrora reivindicadas por Jah Keved.

Havia terminado na Fenda.

66

ESTRATEGISTA

ONZE ANOS ATRÁS

A RESPIRAÇÃO DE DALINAR SE condensou enquanto ele se inclinava no parapeito de pedra. Na sala atrás dele, soldados preparavam uma mesa com um mapa.

— Olhe ali — disse Dalinar, apontando para fora da janela. — Aquele parapeito ali fora?

Adolin, agora com doze anos — quase treze —, se inclinou para fora da janela. O exterior da fortaleza de pedra se abaulava ali no segundo andar, o que tornava escalá-la um desafio — mas a cantaria fornecia uma pegada conveniente na forma de um parapeito bem abaixo da janela.

— Estou vendo — disse Adolin.

— Ótimo. Agora, fique olhando.

Dalinar gesticulou para a sala. Um dos seus guardas puxou uma alavanca e o parapeito de pedra se retraiu para dentro da parede.

— Ela se moveu! — exclamou Adolin. — Faça de novo!

O soldado o atendeu, usando a alavanca para fazer o parapeito sair, depois se retrair novamente.

— Legal! — disse Adolin.

Tão cheio de energia, como sempre. Se ao menos Dalinar pudesse aproveitá-la no campo de batalha. Não precisaria de Fractais para conquistar.

— Por que você acha que eles construíram isso? — indagou Dalinar.

— Caso pessoas tentem escalar! Dá para fazer elas despencarem!

— Defesa contra Fractários — disse Dalinar, concordando. — Uma queda dessa altura racharia a Armadura deles, mas a fortaleza também tem seções internas dos corredores que são estreitas demais para alguém se mover direito com Armadura e Espada.

Dalinar sorriu. Quem ia imaginar que havia tal gema escondida nas terras altas entre Alethkar e Jah Keved? Aquela fortaleza solitária forneceria uma boa barreira, caso uma guerra de verdade algum dia explodisse com os vedenos.

Ele gesticulou para que Adolin recuasse, então fechou a janela e esfregou as mãos geladas. A câmara era decorada como um chalé de caça, cheia de antigos e esquecidos troféus de grã-carapaça. Ao lado, um soldado atiçava uma chama na lareira.

As batalhas com os vedenos haviam terminado. Embora os últimos combates houvessem sido decepcionantes, ter seu filho com ele fora um absoluto deleite. Adolin não participara da batalha, naturalmente, mas havia se juntado às reuniões táticas. Dalinar de início achou que os generais se irritariam com a presença de uma criança, mas era difícil considerar o pequeno Adolin irritante. Ele era tão sério, tão interessado.

Juntos, ele e Adolin foram até alguns dos oficiais menos graduados de Dalinar junto da mesa do mapa.

— Agora — disse Dalinar a Adolin — vamos ver o quanto você andou prestando atenção. Onde estamos?

Adolin se inclinou para a frente, apontando no mapa.

— Esse é o nosso novo forte, que você conquistou para a coroa! Aqui está a velha fronteira, onde costumava ficar. Aqui está a *nova* fronteira em azul, que nós reconquistamos desses ladrões vedenos. Eles ficaram com nossas terras por *vinte anos.*

— Excelente — disse Dalinar. — Mas não foi meramente terra que conquistamos.

— Tratados comerciais! — disse Adolin. — Esse é o motivo da grande cerimônia que tivemos que fazer. Você e aquele grão-príncipe vedeno, em trajes formais. Nós ganhamos o direito de comprar *um monte* de coisas baratinho.

— Sim, mas essa não é a coisa mais importante que ganhamos.

Adolin franziu o cenho.

— Hã... cavalos...

— Não, filho, a coisa mais *importante* que ganhamos foi legitimidade. Ao assinar esse novo tratado, o rei vedeno reconheceu Gavilar como o legítimo rei de Alethkar. Não só defendemos nossa fronteira, como evitamos uma guerra maior, já que os vedenos agora reconhecem nosso direito de reinar... e não vão insistir no deles.

Adolin assentiu, compreendendo.

Era gratificante ver o quanto era possível conseguir tanto na política quanto no comércio através do assassinato dos soldados do outro lado. Esses últimos anos cheios de escaramuças lembraram a Dalinar seu motivo para viver. Mais que isso, haviam lhe concedido algo novo. Na juventude, ele havia guerreado, então passado as noites bebendo com seus soldados.

Agora ele precisava explicar suas escolhas, vocalizando-as para os ouvidos de um garotinho entusiasmado que tinha perguntas sobre tudo — e que esperava que Dalinar soubesse as respostas.

Raios, era um desafio, mas também um prazer. Um *grande* prazer. Ele não tinha intenção de voltar a uma vida inútil, se acabando em Kholinar, indo a festas e se metendo em brigas nas tavernas. Dalinar sorriu e aceitou uma taça de vinho aquecido, analisando o mapa. Muito embora Adolin estivesse concentrado na região onde estavam combatendo os vedenos, os olhos de Dalinar foram atraídos para outra área.

Ela incluía, escritos a lápis, os números que havia solicitado: projeções de tropas na Fenda.

— *Viim cachi eko!* — disse Evi, adentrando o recinto, os braços apertados ao peito e tremendo. — Eu achava que Alethkar central era frio. Adolin Kholin, onde está seu casaco?

O garoto olhou para baixo, como se estivesse subitamente surpreso por não estar agasalhado.

— Hã... — Ele olhou para Teleb, que apenas sorriu, sacudindo a cabeça.

— Vá, filho — disse Dalinar. — Você tem aulas de geografia hoje.

— Posso ficar? Não quero deixar você.

Ele não estava falando só daquele dia. Estava se aproximando a época em que Adolin ia passar parte do ano em Kholinar, para praticar com os mestres espadachins e receber treinamento formal em diplomacia. Ele passava a maior parte do ano com Dalinar, mas era importante receber *algum* refinamento na capital.

— Vá — disse Dalinar. — Se prestar atenção na sua lição, amanhã levo você para cavalgar.

Adolin suspirou, então fez uma saudação. Ele pulou do seu banco e deu um abraço na mãe — algo pouco alethiano, mas Dalinar tolerava o comportamento. Então ele saiu pela porta.

Evi se aproximou da lareira.

— Tão frio. O que deu na pessoa que construiu uma fortaleza aqui em cima?

— Não é tão ruim — replicou Dalinar. — Você deveria visitar as Terras Geladas em uma estação de inverno.

— Vocês alethianos não compreendem o frio. Seus ossos são congelados.

Dalinar grunhiu em resposta, então se curvou sobre o mapa. *Terei que me aproximar pelo sul, marchando pela costa do lago...*

— O rei está mandando uma mensagem via telepena — observou Evi. — Está sendo escrita agora.

O sotaque dela está sumindo, Dalinar notou distraidamente. Quando ela se sentou em uma cadeira junto ao fogo, se apoiou com a mão direita, a mão segura recolhida modestamente contra a cintura. Ela mantinha seu cabelo loiro preso em tranças alethianas, em vez de deixá-lo cair nos ombros.

Ela nunca seria uma grande escriba — não havia sido treinada na juventude nas artes e nas letras de uma mulher vorin. Além disso, não gostava de livros, e preferia suas meditações. Mas Evi havia se esforçado muito nos últimos anos e ele estava impressionado.

Ela ainda reclamava do fato de ele não ver Renarin com frequência o bastante. O outro filho não servia para a batalha e passava a maior parte do tempo em Kholinar. Evi passava metade do ano com ele.

Não, não, pensou Dalinar, escrevendo um glifo no mapa. *A costa é a rota esperada*. Então o quê? Um ataque anfíbio através do lago? Precisaria ver se conseguiria obter navios para isso.

Uma escriba enfim entrou trazendo a carta do rei e todos, menos Dalinar e Evi, saíram. Evi segurou a carta e hesitou.

— Você quer se sentar ou...

— Não, vá em frente.

Evi limpou a garganta.

— "Irmão," — começava a carta — "o tratado está selado. Seus esforços em Jah Keved foram dignos de elogios e essa deveria ser uma época de celebração e congratulações. De fato, pessoalmente gostaria de expressar o orgulho que sinto de você. Nossos melhores generais estão dizendo que seus instintos táticos amadureceram e o tornaram um completo gênio estratégico. Não sou um deles, mas todos os gênios, sem exceção, consideram-no um igual. Assim como cresci para tornar-me um rei, parece que você encontrou seu lugar como nosso general. Estou muito interessado em ouvir seus relatos da tática de pequenos grupos móveis que tem utilizado. Gostaria de conversar pessoalmente sobre isso. De fato, tenho minhas próprias revelações importantes a compartilhar. Seria melhor que pudéssemos nos encontrar. Outrora, eu tinha o prazer da sua companhia diariamente. Agora acredito que faz três anos desde a última vez em que falamos cara a cara."

— Mas precisamos lidar com a Fenda — interrompeu Dalinar.

Evi parou, olhando para ele, então de volta para a página. Ela continuou a ler.

— "Infelizmente, nossa reunião terá que esperar mais algumas tormentas. Muito embora seus esforços na fronteira tenham certamente ajudado a consolidar nosso poder, eu não consegui dominar Rathalas e seu líder renegado apenas com política. Preciso enviá-lo à Fenda novamente. Você precisa acabar com essa facção. Uma guerra civil poderia arrasar Alethkar e não ouso esperar mais. Na verdade, gostaria de tê-lo escutado quando conversamos, anos atrás, e você me desafiou a mandá-lo à Fenda. Sadeas vai reunir reforços e se juntar a você. Por favor, mande um relatório sobre sua avaliação estratégica do problema. Esteja ciente de que temos certeza agora de que um dos outros grão-príncipes, não sabemos quem, está apoiando Tanalan e sua rebelião. Ele pode ter acesso a Fractais. Desejo-lhe força de propósito e as bênçãos dos Arautos na sua nova tarefa. Com amor e respeito, Gavilar."

Evi levantou os olhos.

— Como você sabia, Dalinar? Está estudando esses mapas há semanas... mapas das Terras da Coroa de Alethkar. Você *sabia* que ele ia designá-lo para essa tarefa.

— Que tipo de estrategista eu seria se não pudesse prever a próxima batalha?

— Pensei que fôssemos relaxar — disse Evi. — Deixar de lado a matança.

— Com o meu ritmo atual? Que desperdício seria! Se não fosse esse problema em Rathalas, Gavilar teria encontrado algum outro lugar para eu combater. Herdaz novamente, talvez. Não se pode deixar seu melhor general parado, coletando crem.

Além disso, havia homens e mulheres entre os conselheiros de Gavilar que se preocupavam com Dalinar. Se alguém podia ser considerado uma ameaça ao trono, era o Espinho Negro — ainda mais com o respeito que ganhara dos generais do reino. Embora Dalinar houvesse decidido anos antes que nunca faria tal coisa, muitos na corte pensavam que o reino estava mais seguro com ele longe.

— Não, Evi — disse ele enquanto fazia outra anotação. — Eu duvido que um dia voltemos a morar em Kholinar.

Ele assentiu consigo mesmo. Aquela era a maneira de chegar à Fenda. Um dos seus bandos móveis poderia cercar e tomar a praia do lago. Então ele poderia mover todo o exército através dela, atacando muito mais rápido do que a Fenda esperava.

Satisfeito, ele ergueu os olhos. E viu que Evi estava chorando.

A visão deixou-o perplexo e o lápis caiu de sua mão. Ela tentou se controlar, voltando-se para o fogo e se abraçando, mas as fungadas soavam tão distintas e perturbadoras quanto ossos se quebrando.

Pelo bafo de Kelek... ele podia encarar soldados e tempestades, avalanches de pedras e a morte de amigos, mas nada em seu treinamento o preparara para lidar com aquelas lágrimas suaves.

— Sete anos — sussurrou ela. — Durante sete *anos* vivemos por aí, morando em carroças e paragens. Sete anos de assassinatos, de caos, de homens feridos chorando.

— Você se casou...

— Sim, eu *me casei com um soldado*. É culpa minha não ser forte o bastante para lidar com as consequências. Obrigada, Dalinar. Você deixou isso bem claro.

Então, sentir-se indefeso era assim.

— Eu... pensei que você tivesse aprendido a gostar. Agora você se enturma com as outras mulheres.

— As outras mulheres? Dalinar, elas fazem com que eu me sinta *estúpida*.

— Mas...

— A conversa é uma *disputa* para elas — disse Evi, jogando as mãos para o alto. — *Tudo* precisa ser uma disputa para vocês, alethianos, sempre tentando se exibir uns para os outros. Para as mulheres, é esse horrível jogo tácito para provar quão espirituosas elas são. Eu pensei... que talvez a única solução, para deixá-lo orgulhoso, fosse ir até a Guardiã da Noite e pedir a bênção da inteligência. A Antiga Magia pode mudar uma pessoa. Fazer com que ela se torne grandiosa...

— Evi — cortou Dalinar. — Por favor, não fale daquele lugar ou daquela criatura. É uma blasfêmia.

— Você diz isso, Dalinar, mas ninguém realmente se importa com religião por aqui. Ah, elas fazem questão de destacar como as crenças delas são superiores às minhas. Mas ninguém se preocupa com os Arautos; só usam os nomes deles para praguejar. Vocês levam fervorosos para a batalha só para Transmutar rochas em grãos. Desse modo, não precisam parar de se *matar* por tempo o bastante para procurar comida.

SACRAMENTADORA

Dalinar se aproximou, então se sentou na outra cadeira junto da lareira.

— É... diferente na sua terra natal?

Ela esfregou os olhos e Dalinar se perguntou se ela percebera sua tentativa de mudar de assunto. Falar sobre o povo dela frequentemente suavizava suas discussões.

— Sim — disse Evi. — É verdade que existem pessoas que não se importam com o Um ou com os Arautos. Dizem que não devemos aceitar doutrinas irialianas ou vorins. Mas, Dalinar, muitos *realmente* se importam. Aqui... aqui vocês só pagam algum fervoroso para queimar glifos-amuletos por vocês e pronto.

Dalinar respirou fundo e tentou de novo.

— Bem, talvez, depois que eu cuidar dos rebeldes, eu possa convencer Gavilar a não me dar outra tarefa. Nós podemos viajar. Ir para o oeste, até sua terra natal.

— Para que você possa matar meu povo dessa vez?

— Não! Eu não faria...

— Eles atacariam você, Dalinar. Meu irmão e eu somos exilados, caso tenha esquecido.

Ele não via Toh há uma década, desde que o homem fora para Herdaz. Ele aparentemente gostava muito de lá, vivendo na costa, protegido por guarda-costas alethianos.

Evi suspirou.

— Nunca voltarei a ver as florestas afundadas. Já aceitei isso. Viverei nessa terra dura, tão dominada pelo vento e pelo frio.

— Bem, podemos viajar para algum lugar quente. Até o Oceano dos Vapores. Só você e eu. Tempo juntos. Podemos até levar Adolin.

— E Renarin? — indagou Evi. — Dalinar, você tem *dois* filhos, caso tenha esquecido. Você sequer se importa com a condição do menino? Ou ele não é nada para você, agora que não pode se tornar um soldado?

Dalinar grunhiu, sentindo-se como se houvesse levado um golpe de maça na cabeça. Ele se levantou, então caminhou até a mesa.

— O que foi? — questionou Evi.

— Já estive em batalhas o bastante para reconhecer uma que não posso vencer.

— Então você foge? Como um covarde?

— Covarde é o homem que retarda uma retirada necessária por medo de zombarias — disse Dalinar, recolhendo seus mapas. — Voltaremos para Kholinar depois que eu lidar com a rebelião na Fenda. Prometo a você pelo menos um ano lá.

— É mesmo? — disse Evi, levantando-se.

— Sim. Você ganhou essa batalha.

— Eu... não sinto como se houvesse ganhado...

— Bem-vinda à guerra, Evi — disse Dalinar, indo em direção à porta. — Não há vitórias definitivas. Só vitórias que deixam menos dos seus amigos mortos do que outras.

Ele saiu e bateu a porta atrás de si. Sons do choro dela o seguiram escada abaixo e esprenos de vergonha caíram ao redor dele como pétalas de flores. *Raios, eu não mereço aquela mulher, mereço?*

Bem, que assim fosse. A discussão foi culpa dela, assim como as repercussões. Ele desceu os degraus pisando duro para encontrar seus generais e continuar planejando seu assalto de retorno à Fenda.

Espreno de dor normal

Espreno de dor alterado

Os esprenos de dor de Kholinar são de uma cor verde doentia, com garras longas e proporções estranhamente distorcidas (ainda mais do que o normal).

Eles respondem à dor tão prontamente quanto de costume.

Esprenos de vergonha mudaram de sua manifestação usual de chuva de flores para cacos de vidro.

O senso de embaraço propriamente dito não parece ter sido afetado.

Curiosamente, os esprenos de fome parecem inalterados.

67

MISHIM

> *Essa geração só tem um Vinculador, e alguns acreditam que as divisões entre nós são por culpa disso. O verdadeiro problema é muito mais profundo. Acredito que o próprio Honra esteja mudando.*
>
> — Da gaveta 24-18, quartzo fumê

Um dia depois de ter sido assassinada de maneira brutal, Shallan se descobriu se sentindo muito melhor. O senso de opressão a deixara, e até mesmo o pavor parecia distante. O que havia restado era aquele vislumbre que vira no espelho: uma rápida imagem da presença do Desfeito, além do plano do reflexo.

Os espelhos na loja da costureira não mostravam tais inclinações; ela havia verificado todos. Só por via das dúvidas, entregara um desenho da coisa que havia visto para os outros, e avisou-os para ficarem alertas.

Naquele dia, ela entrou na pequena cozinha, que ficava ao lado da oficina dos fundos, e encontrou Adolin comendo pão fino e curry enquanto o Rei Elhokar estava sentado à mesa da sala, concentrado em... escrever algo? Não, ele estava *desenhando*.

Shallan pousou dedos afetuosos no ombro de Adolin e apreciou o sorriso de resposta dele. Então deu a volta para espiar sobre o ombro do rei. Ele estava fazendo um mapa da cidade, com o palácio e a plataforma do Sacroportal. Não estava nada ruim.

— Alguém viu o carregador de pontes? — questionou Elhokar.

— Aqui — disse Kaladin, vindo da oficina.

Yokska, seu marido e sua criada tinham saído para comprar mais comida, usando esferas que Elhokar havia fornecido. Aparentemente, ainda havia comida à venda na cidade, caso se tivesse as esferas para pagar.

— Eu projetei um plano sobre como proceder nessa cidade — disse Elhokar.

Shallan olhou para Adolin, que deu de ombros.

— O que sugere, Vossa Majestade?

— Graças ao excelente reconhecimento da Teceluz, está evidente que minha esposa está sendo mantida prisioneira pelos próprios guardas.

— Não sabemos ao certo, Vossa Majestade — disse Kaladin. — Parece que a rainha sucumbiu ao que quer que esteja afetando os guardas.

— De qualquer modo, ela precisa ser resgatada — disse Elhokar. — Ou entramos escondidos no palácio atrás dela e do pequeno Gavinor, ou mobilizamos uma força militar para nos ajudar a capturar o local pela força das armas. — Ele tocou seu mapa da cidade com a pena. — O Sacroportal, contudo, permanece nossa prioridade. Luminosa Davar, quero que investigue esse Culto dos Momentos. Descubra como eles estão usando a plataforma do Sacroportal.

Yokska havia confirmado que toda noite alguns membros do culto faziam uma fogueira no topo da plataforma. Eles guardavam o local todas as horas do dia.

— Se puder se juntar a qualquer ritual ou evento que eles estejam realizando, ficará a metros do Sacroportal — disse o rei. — Poderá transportar o platô inteiro para Urithiru e deixar que nossos exércitos lidem com o culto. Caso isso não seja viável, Adolin e eu, disfarçados de importantes olhos-claros das Planícies Quebradas, vamos entrar em contato com as casas dos olhos-claros na cidade que possuem forças de guarda particulares. Reuniremos o apoio deles e montaremos um exército para atacar o palácio, se necessário.

— E eu? — perguntou Kaladin.

— Eu não gosto do que ouvi desse tal de Azure. Veja o que pode descobrir sobre ele e sua Guarda da Muralha.

Kaladin assentiu, depois grunhiu.

— É um bom plano, Elhokar — disse Adolin. — Bom trabalho.

Um elogio simples provavelmente não deveria ter feito o rei ficar tão feliz. Elhokar até atraiu um espreno de glória — e, notavelmente, ele não parecia diferente dos comuns.

— Mas há algo que precisamos encarar — continuou Adolin. — Você escutou a lista de acusações que aquela fervorosa, a que foi executada, fez contra a rainha?

— Eu... Sim.

— Dez glifos denunciando os excessos de Aesudan — disse Adolin. — Desperdiçando comida enquanto pessoas passavam fome. Aumentando impostos, depois dando festas extravagantes para seus fervorosos. Elhokar, isso começou muito antes da Tempestade Eterna.

— Nós podemos... perguntar a ela — disse o rei. — Quando ela estiver em segurança. Deve ter acontecido alguma coisa. Aesudan sempre foi orgulhosa e ambiciosa, mas nunca foi tomada pela gula. — Ele olhou para Adolin. — Sei que Jasnah diz que eu não devia ter me casado com ela... que Aesudan era sedenta demais por poder. Jasnah nunca entendeu. Eu *precisava* de Aesudan. Alguém com força... — Ele respirou fundo, então se levantou. — Não devemos perder tempo. O plano. Você concorda com ele?

— Eu gostei — disse Shallan.

Kaladin assentiu.

— É muito genérico, mas pelo menos é uma linha de ataque. Além disso, precisamos rastrear de onde vêm os grãos na cidade. Yokska disse que os olhos-claros os fornecem, mas também diz que os estoques do palácio estão fechados.

— Você acha que alguém tem um Transmutador? — indagou Adolin.

— Acho que essa cidade tem segredos demais — respondeu Kaladin.

— Adolin e eu vamos perguntar aos olhos-claros e ver o que eles sabem — disse Elhokar, então olhou para Shallan. — O Culto dos Momentos?

— Pode deixar — respondeu ela. — Estou mesmo precisando de um casaco novo.

Ela se esgueirou para fora do edifício novamente como Véu. Estava usando as calças e o casaco, embora esse agora tivesse um buraco nas costas. Ishnah fora capaz de lavar o sangue, mas Véu ainda queria substituí-lo. Por enquanto, cobria o buraco com uma Teceluminação.

Véu caminhou tranquilamente pela rua e percebeu que estava se sentindo cada vez mais confiante. Em Urithiru, ainda tinha dificuldades para vestir o casaco direito, por assim dizer. Ela fez uma careta ao pensar nas visitas aos bares, bancando a tola. Não era preciso *provar* o quanto se podia beber para parecer durona — mas esse era o tipo de coisa que não se podia aprender sem vestir o casaco, sem viver nele.

Ela se voltou para o mercado, onde esperava sentir como estava o povo de Kholinar. Precisava saber o que eles pensavam antes que pudesse descobrir como o Culto dos Momentos surgiu e, assim, compreender como infiltrá-lo.

Aquele mercado era muito diferente dos de Urithiru, ou dos mercados noturnos de Kharbranth. Em primeiro lugar, era obviamente antigo. Aquelas lojas velhas e erodidas pareciam estar ali desde a primeira Desolação. As pedras tinham sido alisadas pelos toques de um milhão de dedos, ou marcadas pela pressão de milhares de passos. Toldos, desbotados pela progressão de um dia após o outro.

A rua era larga e não estava muito cheia. Algumas barracas estavam vazias e os comerciantes que restavam não gritaram à passagem dela. Essas coisas pareciam efeitos da sensação de sufocamento de todos — a sensação de uma cidade sitiada.

Yokska só atendia homens, e Véu não queria se revelar para a mulher, de qualquer jeito. Então ela parou em um costureiro e experimentou alguns casacos novos. Conversou com a mulher que cuidava das contas — era seu marido que costurava — e conseguiu algumas sugestões de onde procurar um casaco que combinasse com o atual, então voltou à rua.

Soldados em azul-claro patrulhavam ali, os glifos nos seus uniformes proclamando que eram da Casa Velalant. Yokska havia descrito o luminobre deles como uma figura de pouca autoridade na cidade até tantos olhos-claros desaparecerem no palácio.

Véu estremeceu, lembrando-se da fileira de cadáveres. Adolin e Elhokar tinham quase certeza de que se tratava dos restos mortais de um Kholin distante e seus atendentes — um homem chamado Kaves, que frequentemente tentara ganhar poder na cidade. Nenhum dos dois lamentava sua perda, mas era uma pista de um mistério contínuo. Mais de trinta pessoas haviam tentado se encontrar com a rainha, muitas delas mais poderosas do que Kaves. O que acontecera com elas?

Ela passou por uma série de vendedores oferecendo a variedade usual de necessidades e curiosidades, desde cerâmica e aparelhos de jantar até facas elegantes. Era bom ver que, ali, os soldados conseguiram impor alguma ordem. Talvez, em vez de se concentrar nas barracas fechadas, Véu devesse ter apreciado quantas ainda estavam abertas.

A terceira loja de roupas finalmente tinha um casaco de que ela gostou, no mesmo estilo do antigo — branco e longo, passando dos joelhos. Ela pagou por ele, então casualmente perguntou à costureira sobre os grãos na cidade.

As respostas levaram-na a uma rua adiante, até uma estação de grãos. Antes, havia sido um banco thayleno, com uma placa no topo onde se lia *Cofres Seguros* em thayleno e na escrita feminina. Os proprietários haviam fugido há muito tempo — agiotas pareciam ter um sexto sentido para perigo iminente, do modo como alguns animais pressentiam uma tempestade horas antes de ela chegar.

Os soldados de azul-claro haviam se apropriado do local e os cofres agora protegiam os preciosos grãos. As pessoas esperavam na fila do lado de fora e, na frente, soldados forneciam lávis o bastante para um dia de pão fino e mingau.

Era um bom sinal — ainda que fosse uma recordação distinta e terrível da situação da cidade. Ela teria aplaudido a generosidade de Velalant, não fosse pela incompetência ululante dos seus soldados. Eles gritavam para que todos permanecessem na fila, mas não faziam nada para manter a ordem. Tinham uma escriba cuidando para que ninguém entrasse na fila duas vezes, mas não excluíam pessoas que eram *obviamente* abastadas o suficiente para não precisar da doação.

Véu deu uma olhada ao redor do mercado e notou pessoas vigiando de cantos e buracos das barracas abandonadas. Os pobres e indesejados, aqueles mais destituídos até que os refugiados. Roupas esfarrapadas, rostos sujos. Eles assistiam como esprenos atraídos por uma emoção poderosa.

Véu se acomodou em um muro baixo ao lado de um buraco de drenagem. Um garoto estava encolhido ali perto, fitando a fila com olhos famintos. Um dos seus braços terminava em uma mão retorcida e inútil: três dedos eram meros calombos, os outros dois eram tortos.

Ela vasculhou o bolso da calça. Shallan não carregava comida, mas Véu sabia a importância de ter algo para mastigar. Ela poderia jurar que havia enfiado algo ali enquanto se preparava... Ali estava. Uma tira de carne, Transmutada, mas com tempero adocicado. Não era grande o bastante para ser uma linguiça. Ela mordeu uma ponta, então balançou o resto na direção do moleque.

O garoto olhou-a de alto a baixo, provavelmente tentando determinar o que ela estava querendo. Finalmente, ele se aproximou e aceitou a oferta, enfiando com rapidez a carne toda na boca. Ele esperou, fitando-a para ver se ela tinha mais.

— Por que você não entra na fila? — indagou Véu.

— Eles têm regras. Tem que ter uma certa idade. E se você for pobre demais, te empurram para fora da fila.

— Por que motivo?

O garoto deu de ombros.

— Acho que não precisa de motivo. Eles dizem que você já foi, só que você não foi.

— Muitas dessas pessoas... são servas de lares ricos, não são?

O moleque assentiu.

Tormentosos olhos-claros, pensou Véu enquanto assistia. Alguns dos pobres foram empurrados para fora da fila por alguma infração, como o moleque havia dito. Os outros esperavam pacientemente, já que era o trabalho deles. Haviam sido mandados ali por casas ricas para coletar comida. Muitos tinham o ar forte e esguio de guardas domésticos, embora não usassem uniformes.

Raios. Os homens de Velalant realmente não tinham ideia do que estavam fazendo. *Ou talvez eles saibam* exatamente *o que estão fazendo*, pensou. *E Velalant só esteja mantendo os olhos-claros locais felizes e prontos para apoiar seu governo, caso os ventos soprem na direção dele.*

Isso deixou Véu nauseada. Ela pegou outra tira de carne para o moleque, então fez menção de perguntar até onde a influência de Velalant se estendia — mas o garoto se foi em um piscar de olhos.

A distribuição de grãos terminou e um monte de pessoas infelizes manifestou seu desespero. Os soldados disseram que fariam outra distribuição à noite e aconselharam as pessoas a formarem uma fila e esperar. Então o banco fechou as portas.

Mas onde Velalant *conseguia* a comida? Véu se levantou e continuou andando pelo mercado, passando por poças de espreno de raiva. Alguns pareciam as poças normais de sangue; outros eram mais parecidos com piche, negros como a noite. Quando as bolhas nos esprenos pretos estouravam, mostravam um vermelho por dentro, como se fossem brasas. Eles desapareceram conforme as pessoas se acomodaram para esperar — e esprenos de exaustão surgiram no lugar deles.

O otimismo dela em relação ao mercado se evaporou. Passou por multidões em movimento, parecendo perdidas, e leu depressão nos olhos das pessoas. Por que fingir que a vida podia continuar? Estavam condenados. Os Esvaziadores iam despedaçar aquela cidade — se não deixassem todos simplesmente morrerem de fome.

Alguém precisava fazer algo. *Véu* precisava fazer algo. Infiltrar-se no Culto dos Momentos subitamente parecia abstrato demais. Ela não podia fazer algo diretamente por aquelas pobres pessoas? Só que... não conseguira sequer salvar a própria família. Ela não tinha ideia do que Mraize havia feito com seus irmãos, e se recusava a pensar sobre eles. Como poderia salvar uma cidade inteira?

Ela abriu caminho pela multidão, procurando liberdade, sentindo-se subitamente aprisionada. Precisava escapar. Ela...

O que era aquele som?

Shallan parou subitamente, se virando, *ouvindo*. Raios. Não podia ser, podia? Ela foi em direção ao som, àquela *voz*.

— Você diz isso, meu caro, mas *todo mundo* conhece as luas — dizia a voz. — Como poderiam não conhecer? Nós vivemos toda noite sob seu olhar. Nós as conhecemos há mais tempo do que a nossos amigos, nossas esposas, nossos filhos. E ainda assim... e ainda assim...

Shallan avançou através da multidão que ia e vinha para encontrá-lo sentado em um muro baixo ao redor de uma cisterna de tempestade. Um braseiro de metal queimava diante dele, emitindo linhas finas de fumaça que se torciam ao vento. Ele estava vestido, estranhamente, em um uniforme de soldado — farda de Sadeas, com o casaco desabotoado e um cachecol colorido ao redor do pescoço.

O viajante. O chamado Riso do Rei. Traços angulosos, nariz pontudo, cabelo totalmente negro.

Ele estava *ali*.

— Ainda há histórias a contar. — Riso se levantou de um salto. Poucas pessoas estavam prestando atenção. Para elas, ele era só outro artista de rua. — Todos sabem que Mishim é a mais esperta das três luas. Embora sua irmã e irmão estejam contentes em reinar no céu, agraciando as terras abaixo com sua luz, Mishim está sempre procurando uma chance de escapar dos seus deveres.

Riso jogou alguma coisa no braseiro, produzindo uma baforada verde-clara de fumaça da cor de Mishim, a terceira e mais lenta das luas.

— Essa história ocorreu durante os dias de Tsa — continuou Riso. — A maior rainha de Natanatan, antes da queda daquele reino. Abençoado com grande graça e beleza, o povo de Natan era famoso por toda Roshar. Ora, se vivessem naquela época, vocês teriam visto o Leste como um local de grande cultura, não como um deserto vazio!

"A rainha Tsa, como vocês sem dúvida ouviram falar, era uma arquiteta. Ela projetou torres altas para sua cidade, construídas para subir cada vez mais, tentando alcançar o céu. Certa noite, Tsa descansava na sua torre mais elevada, apreciando a vista. Então aconteceu que Mishim, aquela lua astuciosa, passou bem perto no céu. (Era uma daquelas noites quando as luas estão grandes, e essas, todo mundo sabe, são as noites em que as luas prestam especial atenção às ações dos mortais.)

"'Grande rainha!', chamou Mishim. 'Você construiu torres tão belas na sua grandiosa cidade. Eu aprecio vê-las a cada noite enquanto passo.'"

Riso deixou cair um pó no braseiro, dessa vez em torrões que fizeram com que duas linhas de fumaça — uma branca, outra verde — emanassem. Shallan deu um passo à frente, vendo a fumaça subir. Os passantes se detiveram e começaram a se aglomerar.

— Ora — disse Riso, enfiando as mãos nas linhas de fumaça, torcendo-as para que a fumaça girasse e se contorcesse, dando a impressão de uma lua verde girando no centro. — A rainha Tsa não ignorava os modos astuciosos de Mishim. Os natanianos nunca apreciaram muito Mishim, preferindo antes reverenciar o grande Nomon.

"Ainda assim, ninguém podia ignorar uma lua. 'Obrigada, ó Grande Ser Celestial', respondeu Tsa. 'Nossos engenheiros trabalham incessantemente para erigir as mais esplêndidas obras dos mortais.'

"'Elas quase alcançam o meu domínio', disse Mishim. 'Pergunto-me se você está tentando tomá-lo.'

"'Nunca, Grande Ser Celestial. Meu domínio é essa terra, e o céu é seu.'"

Riso ergueu a mão sob a fumaça, traçando a linha de branco na forma de um pilar reto. Sua outra mão juntou um bocado de verde acima, como um remoinho. Uma torre e uma lua.

Isso não pode ser natural, pode?, pensou Shallan. *Ele está Teceluminando?* Mas ela não via qualquer Luz das Tempestades. Havia algo mais... orgânico no que ele estava fazendo. Não dava para ter certeza de que era sobrenatural.

— Como sempre, Mishim estava bolando um plano. Ela detestava pairar no céu toda noite, longe das delícias do mundo abaixo e dos prazeres que só os mortais conheciam. Na noite seguinte, Mishim novamente passou pela rainha Tsa na sua torre. "É uma pena que você não possa ver as constelações de perto. Pois elas são na verdade lindas gemas, formadas pelos mais hábeis lapidários", disse Mishim.

"'É *mesmo* uma pena', respondeu Tsa. 'Mas todos sabem que os olhos de um mortal queimariam se tivessem tal nobre visão.'

"Na noite seguinte, Mishim tentou novamente. 'É uma pena que você não possa conversar com os esprenos de estrelas, já que eles contam algumas histórias deleitáveis', disse Mishim.

"'É *mesmo* uma pena', concordou Tsa. 'Mas todo mundo sabe que a linguagem dos céus enlouqueceria um mortal.'

"Na noite seguinte, Mishim tentou uma terceira vez. 'É uma pena que você não possa ver a beleza do seu reino de cima. Pois os pilares e domos da sua cidade são radiantes.'

"'É *mesmo* uma pena', concordou Tsa. 'Mas essas visões são para os grandes seres celestiais, contemplá-las seria blasfêmia.'"

Riso deixou cair outra pitada de pó no braseiro, fazendo subir fumaça de um amarelo-dourado. Àquela altura, dezenas de pessoas haviam se reunido para assistir. Ele gesticulou, fazendo com que a fumaça se espalhasse em um plano liso. Então a fumaça se ergueu novamente em linhas — formando torres. Uma cidade?

Ele continuou a mover uma das mãos em círculos, desenhando a fumaça verde em um anel que — com um empurrão — ele fez girar sobre o topo da cidade amarelo-dourada. Era *impressionante*, e Shallan percebeu que estava com o queixo caído. Aquela imagem tinha *vida*.

Riso olhou para o lado, onde havia deixado sua bolsa. Ele teve um sobressalto, como se estivesse surpreso. Shallan inclinou a cabeça enquanto ele rapidamente se recompunha, voltando para a história tão rápido que era fácil deixar passar aquele lapso. Mas agora, enquanto falava, ele vasculhava a audiência com olhos cuidadosos.

— Mishim não havia acabado — disse ele. — A rainha era devota, mas a lua era astuciosa. Deixarei ao cargo de vocês decidirem o que é mais poderoso. Na quarta noite, quando Mishim passou pela rainha, ela tentou um plano diferente.

"'Sim, sua cidade é grandiosa, como só um deus pode ver de cima. Por isso é tão, tão triste que uma de suas torres tenha um telhado com defeito.'"

Riso acenou com a mão, destruindo as linhas de fumaça que formavam a cidade. Ele deixou a fumaça esvanecer, os pós que havia jogado se esgotando, todas menos a linha verde.

— "*O quê?*", disse Tsa. "Uma torre com defeito? *Qual?*"

"'É só uma pequena mácula', disse Mishim. 'Não se preocupe com isso. Eu aprecio o esforço que seus artesãos, ainda que incompetentes, colocaram no trabalho.' Ela continuou seu caminho, mas sabia que havia capturado a rainha.

"De fato, na noite seguinte, a bela rainha aguardava na sua sacada. 'Ó Grande Ser Celeste!', chamou Tsa. 'Nós inspecionamos os telhados e não conseguimos achar a imperfeição! Por favor, *por favor*, me diga qual é a torre, para que eu possa derrubá-la.'

"'Não posso dizer', falou Mishim. 'Ser mortal é ser imperfeito; não é certo esperar perfeição de vocês.'

"Isso só deixou a rainha mais preocupada. Na noite seguinte, ela perguntou: 'Ó Grande Ser Celeste, *há* uma maneira de eu visitar os céus? Fecharei meus ouvidos para as histórias dos esprenos de estrelas e desviarei meus olhos das constelações. Só olharei as obras defeituosas do meu povo, não as visões reservadas a vocês, para que eu possa ver com meus próprios olhos o que precisa ser consertado.'

"'Isso que você me pede é proibido', disse Mishim. 'Pois teríamos que trocar de lugar e esperar que Nomon não percebesse.' Ela disse isso com muita alegria, ainda que oculta, pois esse pedido era o que ela desejava.

"'Fingirei que sou você', prometeu Tsa. 'E farei tudo que você faz. Trocaremos de volta quando eu acabar, e Nomon nunca saberá.'"

Riso abriu um grande sorriso.

— E assim, a lua e a mulher trocaram de lugar.

Seu puro entusiasmo pela história era contagioso e Shallan se pegou sorrindo também.

Eles estavam em guerra, a cidade estava caindo, mas tudo que queria era escutar o fim daquela história.

Riso usou pós para fazer subir quatro fios diferentes de fumaça — azul, amarelo, verde e laranja-escuro. Ele os misturou em um vórtice hipnótico de cores. E enquanto trabalhava, seus olhos pousaram sobre Shallan e se estreitaram, seu sorriso tornando-se matreiro.

Ele acabou de me reconhecer, ela percebeu. *Ainda estou usando o rosto de Véu. Mas como... como ele soube?*

Quando ele acabou de misturar as cores, a lua havia se tornado branca e a única torre reta que ele fizera ao mexer na fumaça agora era verde-pálida.

— Mishim desceu entre os mortais e Tsa subiu aos céus para ocupar o lugar da lua! Mishim passou o resto da noite bebendo, cortejando, dançando, cantando e fazendo todas as coisas que assistira de longe. Ela viveu freneticamente durante suas poucas horas de liberdade.

"Na verdade, ela ficou tão cativada que se esqueceu de voltar e assustou-se com a aurora! Ela apressadamente escalou a alta torre da rainha, mas Tsa já havia se posto e a noite havia passado.

"Mishim agora conhecia não só os deleites da mortalidade, como também sua ansiedade. Ela passou o dia em grande inquietação, sabendo que Tsa estaria aprisionada com sua sábia irmã e seu solene irmão, passando o dia no lugar onde as luas descansam. Quando a noite voltou, Mishim se escondeu na torre, esperando que Salas a chamasse e a repreendesse pelos seus desejos. Mas Salas passou sem comentários.

"Certamente, quando Nomon nascesse no céu, ele a censuraria por sua tolice. Mas Nomon passou sem nada comentar. Finalmente, Tsa ergueu-se no céu e Mishim a chamou.

"'Rainha Tsa, mortal, o que aconteceu? Meus irmãos não me chamaram. Você conseguiu de algum modo não ser descoberta?'

"'Não', replicou Tsa. 'Seus irmãos viram imediatamente que eu era uma impostora.'

"'Então vamos trocar de lugar rápido!', disse Mishim. 'Para que eu possa contar-lhes mentiras e aplacá-los.'

"'Eles já foram aplacados', disse Tsa. 'Eles me acham encantadora. Passamos o dia festejando.'

"'Festejando?' Os irmãos nunca haviam festejado com ela.

"'Cantamos doces canções juntos.'

"'Canções?' Os irmãos nunca haviam cantado com ela.

"'É verdadeiramente maravilhoso aqui', disse Tsa. 'Os esprenos de estrelas contam histórias incríveis, como você prometeu, e as constelações de gemas são grandiosas aqui de perto.'

"'Sim. Eu amo essas histórias e essas vistas.'

"'Eu acho que vou ficar por aqui', disse Tsa."

Riso deixou a fumaça esvanecer até que um único fio verde permaneceu. Ele encolheu, minguando, quase apagado. Quando ele falou, sua voz era suave.

— Mishim então conheceu outra emoção mortal. A perda. A lua começou a entrar em pânico! Pensou na vista grandiosa lá de cima, onde podia contemplar todas as terras e apreciar, ainda que de longe, sua arte, edifícios e canções! Lembrou-se da generosidade de Nomon e da consideração de Salas!

Riso fez um remoinho de fumaça branca e empurrou-o lentamente para a esquerda, a nova lua Tsa perto da hora de se pôr.

— "Espere!", disse Mishim. "Espere, Tsa! Você faltou com sua palavra! Você falou com os esprenos de estrelas e olhou as constelações!"

Riso pegou o anel de fumaça em uma das mãos, de algum modo fazendo-o permanecer parado.

— "Nomon disse que eu podia", explicou Tsa. "E não sofri mal algum."

"'Você quebrou sua palavra mesmo assim!', gritou Mishim. 'Deve voltar à terra, mortal, pois nossa barganha terminou!'"

Riso deixou o anel pairando ali.

Então desapareceu.

— Para o alívio eterno de Mishim, Tsa cedeu. A rainha desceu de volta à sua torre e Mishim se apressou a subir aos céus. Com grande prazer, ela afundou rumo ao horizonte. Contudo, pouco antes de se pôr, Mishim ouviu uma canção.

Estranhamente, Riso acrescentou uma pequena linha de fumaça azul ao braseiro.

— Era uma a canção de riso, de beleza. Uma canção que Mishim nunca ouvira! Ela levou muito tempo para compreender aquela canção, até que, meses depois, ela passou no céu à noite e viu a rainha na torre novamente. Segurando no colo uma criança com pele levemente azulada.

"Elas não se falaram, mas Mishim soube. A rainha a enganara. Tsa havia *desejado* passar um dia nos céus, para conhecer Nomon por uma noite. Ela dera à luz um filho com pele azul-clara, a cor do próprio Nomon. Um filho nascido dos deuses, que conduziria seu povo à glória. Um filho que trazia o manto dos céus.

"E é por isso que, até hoje, o povo de Natanatan tem uma pele levemente azulada. E é por isso que Mishim, embora ainda seja astuciosa, nunca mais deixou seu posto. Mais importante, essa é a história de como a lua veio a conhecer a única coisa que antes só os mortais haviam conhecido. A perda."

A última linha de fumaça azul foi diminuindo, então se apagou.

Riso não fez uma mesura para receber aplausos, nem pediu gorjetas. Sentou-se junto da mureta da cisterna que havia lhe servido de palco, parecendo exausto. As pessoas esperaram, atordoadas, até que algumas começaram a gritar pedindo mais. Riso permaneceu em silêncio. Ele suportou os pedidos, os apelos, e finalmente as ofensas.

Lentamente, a audiência foi se afastando.

Por fim, só sobrou Shallan diante dele.

Riso sorriu para ela.

— Por que aquela história? — perguntou ela. — Por que agora?

— Não forneço os significados, criança. Você já deveria saber disso a essa altura. Eu só conto a história.

— Foi lindo.

— Sim — disse ele. Então acrescentou: — Sinto falta da minha flauta.
— Da sua o quê?

Ele se levantou de um pulo e começou a recolher suas coisas. Shallan se aproximou e deu uma olhada dentro da bolsa dele, vislumbrando uma pequena jarra, vedada no topo. Era quase toda preta, mas o lado voltado para ela era branco.

Riso fechou a bolsa.

— Venha. Parece-me que você poderia aproveitar a oportunidade de me comprar algo para comer.

68

MIRE NO SOL

Minha pesquisa sobre reflexos cognitivos de esprens na torre foi profundamente ilustrativa. Alguns achavam que Irmane havia se retirado dos homens por vontade própria... mas encontrei indícios que contradizem essa teoria.

— Da gaveta 1-1, primeira zircônia

Riso conduziu Shallan a uma taverna atarracada que estava tão coberta de crem que passava a impressão de ter sido mesclada em argila. Dentro, um ventilador de teto fabrial pendia imóvel; ligá-lo teria atraído a atenção dos estranhos esprens gritadores.

Apesar das grandes placas do lado de fora oferecendo chouta para vender, o lugar estava vazio. Os preços fizeram Shallan arquear as sobrancelhas, mas os aromas emanando da cozinha eram convidativos. O taverneiro era um alethiano baixo e corpulento com uma pança tão grande que parecia um ovo de chule. Ele fechou a cara quando Riso entrou.

— Você! — disse ele, apontando. — Contador de histórias! Você deveria atrair clientes para cá! O lugar vai ficar cheio, você disse!

— Meu tirânico soberano, acredito que o senhor entendeu errado. — Riso fez uma elaborada mesura. — Eu disse que o senhor ficaria cheio. E o senhor está. Do quê, eu não disse, pois não queria macular minha língua.

— Onde estão meus clientes, seu idiota?!

Riso deu um passo para o lado, estendendo as mãos na direção de Shallan.

— Veja, poderoso e terrível rei, eu recrutei uma súdita para o senhor.

O dono da pousada fitou-a com olhos estreitados.

— Ela pode pagar?

— Pode — respondeu Riso, erguendo a bolsa de Shallan e cutucando-a. — Ela provavelmente vai deixar uma gorjeta também.

Com um sobressalto, Shallan apalpou seu bolso. Raios, havia mantido a mão naquela bolsa a maior parte do tempo.

— Pegue a sala particular, então — disse o dono da pousada. — Não tem ninguém usando mesmo. Bardo idiota. Espero uma boa atuação sua essa noite!

Riso suspirou, jogando a bolsa para Shallan. Ele pegou sua bolsa e seu braseiro e a conduziu a uma câmara ao lado do salão de jantar. Enquanto gesticulava para que ela entrasse, ele levantou um punho na direção do dono da pousada.

— Já aguentei demais sua opressão, tirano! Guarde bem seu vinho esta noite, pois a revolução será rápida, vingativa e inebriada!

Fechando a porta atrás de si, Riso balançou a cabeça.

— Aquele homem realmente já deveria ter entendido. Não faço ideia de por que ele ainda me tolera.

Ele deixou seu braseiro e bolsa junto da parede, então se acomodou à mesa de jantar, onde se recostou e pousou as botas na cadeira ao lado.

Shallan se sentou à mesa mais delicadamente, Padrão deixando o casaco dela para formar sulcos na mesa ao seu lado. Riso não reagiu ao espreno.

O lugar era agradável, com painéis de madeira pintados nas paredes e petrobulbos ao longo do parapeito em uma pequena janela. A mesa tinha até mesmo uma toalha de seda amarela. A sala era obviamente para olhos-claros que apreciavam jantares em particular, enquanto os vulgares olhos-escuros comiam na câmara principal.

— Essa é uma bela ilusão — disse Riso. — Você acertou a parte de trás da cabeça. As pessoas sempre erram a parte de trás. Você saiu da personagem, contudo. Está andando feito uma olhos-claros recatada, o que parece bobo nesse disfarce. Só dá para convencer com um casaco e chapéu se você *se apoderar* deles.

— Eu sei — disse ela, fazendo uma careta. — A persona... fugiu quando você me reconheceu.

— É uma pena esse cabelo escuro. Seu cabelo ruivo natural ficaria impressionante com o casaco branco.

— Esse disfarce não é para chamar tanta atenção.

Ele olhou para o chapéu, que ela havia disposto na mesa. Shallan enrubesceu. Ainda se sentia uma garota exibindo nervosamente seus primeiros desenhos para o tutor.

O taverneiro entrou com bebidas, um laranja brando, já que ainda era cedo.

— Muito obrigado, meu soberano — disse Riso. — Juro compor outra canção sobre o senhor; uma sem tantas referências às coisas que o senhor já confundiu com jovens donzelas...

— Tormentoso idiota — resmungou o homem.

Ele deixou as bebidas na mesa e não notou Padrão, que saiu ondulando de baixo de uma delas. O taverneiro saiu irritado, fechando a porta.

— Você é um deles? — perguntou Shallan de uma vez. — Você é um Arauto, Riso?

Padrão zumbiu baixinho.

— Céus, não — disse Riso. — Não sou estúpido a ponto de me envolver com religião de novo. As últimas sete vezes em que tentei foram desastrosas. Acredito que ainda há pelo menos um deus me venerando por acidente.

Ela o olhou de soslaio. Era sempre difícil saber quando os exageros de Riso deveriam significar alguma coisa e quando eram distrações desconcertantes.

— Então, *o que* você é?

— Alguns homens, à medida que envelhecem, tornam-se mais gentis. Eu não sou um deles, porque vi como a cosmere pode maltratar os inocentes, e isso me deixa desinclinado à gentileza. Alguns homens, à medida que envelhecem, tornam-se mais sábios. Eu não sou um deles, pois a sabedoria e eu sempre tivemos objetivos contrários, e ainda tenho que aprender a língua que ela fala. Alguns homens, à medida que envelhecem, tornam-se mais cínicos. Eu, felizmente, não sou um deles. Se eu fosse, o próprio ar se contorceria ao meu redor, sugando toda emoção e deixando apenas o desprezo.

Ele bateu levemente na mesa.

— Outros homens... outros homens, à medida que envelhecem, tornam-se apenas mais estranhos. Temo que eu *seja* um deles. Sou os ossos de uma espécie alienígena, deixados para secar na planície que foi, há muito tempo, um oceano. Uma curiosidade, talvez uma recordação, de que tudo nem sempre foi como é agora.

— Você é... velho, não é? Não um Arauto, mas tão velho quanto eles?

Riso tirou as botas de cima da cadeira e se inclinou para a frente, fitando-a nos olhos, e sorriu gentilmente.

— Criança, quando eles eram ainda bebês, eu já havia vivido dezenas de vidas. "Velho" é uma palavra que se usa para sapatos usados. Eu sou algo completamente diferente.

Ela tremeu, olhando naqueles olhos azuis. Sombras brincavam dentro deles. Formas se moviam e eram erodidas pelo tempo. Rochedos viravam poeira; montanhas se tornavam colinas. Rios mudavam de curso. Mares se tornavam desertos.

— Raios — sussurrou ela.

— Quando eu era jovem... — disse ele.

— Sim?

— Eu fiz um juramento.

Shallan assentiu, olhos arregalados.

— Eu disse que sempre estaria lá quando precisassem de mim.

— E esteve?

— Sim.

Ela soltou o ar.

— No fim das contas, eu deveria ter sido mais específico, já que "lá" é tecnicamente qualquer lugar.

— É... o quê?

— Para ser sincero, até agora, "lá" tem sido um local aleatório que não serve de absolutamente nada para ninguém.

Shallan hesitou. Em um instante, qualquer coisa que tivesse pressentido em Riso se fora. Ela se recostou de volta no assento.

— Por que estou aqui falando logo com *você*?

— Shallan! — disse ele, horrorizado. — Se você estivesse falando com outra pessoa, ela não seria eu.

— Acontece que eu conheço muita gente que não é você, Riso. Até mesmo *gosto* de algumas delas.

— Tome cuidado. Pessoas que não são eu são propensas a súbitos acessos de sinceridade.

— E isso é ruim?

— Mas é claro! "Sinceridade" é uma palavra que as pessoas usam para justificar sua chatice crônica.

— Bem, *eu* gosto de pessoas sinceras — declarou Shallan, erguendo seu copo. — É muito agradável ver a cara de surpresa delas quando você as empurra escada abaixo.

— Ora, isso é cruel. Você não deveria empurrar pessoas escada abaixo por serem sinceras. Você empurra pessoas escada abaixo por serem *estúpidas*.

— E se elas forem sinceras *e* estúpidas?

— Então você foge.

— Eu prefiro discutir com elas, em vez disso. Elas me fazem parecer inteligentes, e Vev sabe que preciso da ajuda...

— Não, não. *Nunca* se deve debater com um idiota, Shallan. Não mais do que se deve usar sua melhor espada para espalhar manteiga.

— Ah, mas eu sou uma erudita. Aprecio coisas com propriedades curiosas, e a estupidez é *deveras* interessante. Quanto mais você a estuda, mais ela lhe escapa... e, ainda assim, quanto mais você a obtém, menos a compreende!

Riso provou sua bebida.

— Verdade, até certo ponto. Mas ela pode ser difícil de identificar, já que, como o odor corporal, você nunca nota sua presença em si mesmo. Dito isso... coloque duas pessoas inteligentes juntas e elas *vão* em dado momento encontrar sua estupidez em comum e, por consequência, se tornar idiotas.

— Como uma criança, ela cresce quanto mais você a alimenta.

— Como um vestido elegante, pode ser atraente na juventude, mas fica particularmente ruim nos maduros. E por mais únicas que sejam suas propriedades, a estupidez é assustadoramente comum. A soma total das pessoas estúpidas é aproximadamente a população do planeta. Mais um.

— Mais um? — indagou Shallan.

— Sadeas conta como dois.

— Hã... ele morreu, Riso.

— O quê? — Riso se empertigou.

— Alguém o assassinou. Hã... nós não sabemos quem foi.

Os investigadores de Aladar continuavam caçando o criminoso, mas a investigação estava empacada quando Shallan partiu.

— Alguém apagou o velho Sadeas, e eu *perdi* isso?

— O que você teria feito? Ajudado?

— Raios, não. Eu teria *aplaudido*.

Shallan sorriu e soltou um profundo suspiro. Seu cabelo havia retornado ao vermelho — ela deixara a ilusão se desfazer.

— Riso, por que você está aqui? Na cidade?

— Não tenho certeza absoluta.

— Por favor. Poderia simplesmente responder?

— Eu respondi... e fui honesto. Posso saber onde devo estar, Shallan, mas nem sempre sei o que devo fazer naquele lugar. — Ele deu uma batidinha na mesa. — Por que *você* está aqui?

— Para abrir o Sacroportal — disse Shallan. — Salvar a cidade.

Padrão zumbiu.

— Objetivos nobres — disse Riso.

— De que servem objetivos, senão para incitar você a ser nobre?

— Sim, sim. Mire no sol. Desse modo, se errar, pelo menos sua flecha vai cair bem longe e a pessoa que ela matar provavelmente será alguém que você não conhece.

O taverneiro escolheu aquele momento para chegar com a comida. Shallan não estava particularmente com fome; ver toda aquela gente faminta do lado de fora havia roubado seu apetite.

Os pratos pequenos traziam pães farelentos de grão Transmutado com um único crenguejo cozido no vapor por cima — uma variedade conhecida como escripe, com cauda chata, duas garras grandes e antenas longas. Comer crenguejos não era incomum, mas não era um prato particularmente fino.

A única diferença entre a refeição de Shallan e a de Riso era o molho — o dela era doce, o dele, apimentado, embora o molho dele estivesse em uma tigela ao lado. Suprimentos alimentícios estavam em falta e a cozinha não estava preparando pratos diferenciados para homens e mulheres.

O taverneiro franziu o cenho diante do cabelo dela, então balançou a cabeça e partiu. Ela teve a impressão de que ele estava acostumado com esquisitices em volta de Riso.

Shallan olhou para a comida. Poderia doá-la a alguém? Alguém que merecesse mais do que ela?

— Coma — disse Riso, se levantando e caminhando até a pequena janela. — Não desperdice o que recebeu.

Relutantemente, ela obedeceu. Não estava particularmente saboroso, mas não era horrível.

— Você não vai comer? — perguntou ela.

— Sou inteligente o bastante para não seguir meus próprios conselhos, muitíssimo obrigado.

Ele parecia distraído. Do lado de fora, uma procissão do Culto de Momentos estava passando.

— Quero aprender a ser como você — disse Shallan, sentindo-se tola ao dizer isso.

— Não quer, não.

— Você é engraçado e charmoso e...

— Sim, sim. Sou tão tormentosamente inteligente que, metade do tempo, nem *eu* consigo acompanhar o que estou dizendo.

— ... e você muda as coisas, Riso. Quando me procurou, em Jah Keved, você mudou tudo. Quero ser capaz de fazer isso. Quero ser capaz de mudar o mundo.

Ele não parecia nem um pouco interessado na comida. *Será que ele come?*, ela se perguntou. *Ou ele é... como um tipo de espreno?*

— Quem veio com você para a cidade? — perguntou ele.

— Kaladin. Adolin. Elhokar. Alguns dos nossos servos.

— O Rei Elhokar? Aqui?

— Ele está determinado a salvar a cidade.

— Na maioria dos dias, Elhokar tem dificuldade em salvar a própria pele, quanto mais cidades.

— Eu gosto dele — disse Shallan. — Apesar da sua... Elhokarcidade.

— Ele aos poucos entra no nosso coração. Feito um parasita.

— Ele realmente quer fazer a coisa certa. Você deveria ouvi-lo falando disso, ultimamente. Ele quer ser lembrado como um bom rei.

— Vaidade.

— Você não se importa com como será lembrado?

— Vou me lembrar de mim mesmo, isso basta. Elhokar, contudo, se preocupa com as coisas erradas. O pai dele usava uma coroa simples, porque não precisava se lembrar da própria autoridade. Elhokar usa uma coroa simples porque se preocupa que, caso use algo mais extravagante, as pessoas olhem para ela, em vez de para ele. Ele não quer competição.

Riso virou-se, deixando de lado sua inspeção da lareira e da chaminé.

— Você quer mudar o mundo, Shallan. Até aí, tudo bem. Mas tome cuidado. O mundo veio antes de você. Ele tem precedência.

— Sou uma Radiante — replicou Shallan, enfiando outro bocado de pão doce e farelento na boca. — Salvar o mundo é a descrição do meu trabalho.

— Então faça isso com sabedoria. Há dois tipos de homens importantes, Shallan. Existem aqueles que, quando o rochedo do tempo rola na direção deles, param na frente da pedra e estendem as mãos. Passaram a vida toda ouvindo como eram grandiosos. Eles acham que o mundo em si vai se curvar aos seus desejos, como a ama que lhes levava um copo de leite fresco. Esses homens acabam esmagados. Outros homens saem do caminho quando o rochedo do tempo passa, mas logo dizem: "Vejam o que eu fiz! Fiz o rochedo rolar para lá. Não me obriguem a fazer isso de novo!" Esses homens acabam fazendo com que todos os outros sejam esmagados.

— Não há um terceiro tipo de pessoa?

— Há sim, mas elas são muito, muito raras. Sabem que não podem deter o rochedo. Então caminham ao lado dele, estudam-no e esperam. Então o empurram, bem de leve, para criar um desvio em seu caminho. Esses são os homens... bem, esses são os homens que realmente mudam o mundo. E eles me apavoram. Pois os homens nunca enxergam tão longe quanto pensam.

Shallan franziu o cenho, então olhou para seu prato vazio. Pensara que não estava com fome, mas depois de ter começado a comer...

Riso passou por ela e habilmente tirou seu prato, então trocou-o pelo dele, ainda cheio.

— Riso... Não posso comer isso.

— Não seja melindrosa — disse ele. — Como vai salvar o mundo se estiver passando fome?

— Eu *não* estou passando fome. — Mas ela provou um bocado para satisfazê-lo. — Falando assim, parece que ter o poder para mudar o mundo é uma coisa ruim.

— Ruim? Não. Detestável, deprimente, medonha. Ter poder é um fardo terrível, a pior coisa imaginável, a não ser por todas as outras alternativas. — Ele se virou e estudou-a. — O que é *poder* para você, Shallan?

— É... — Shallan cortou o crenguejo, separando-o da carapaça. — É o que eu disse antes... a habilidade de mudar as coisas.

— Coisas?

— A vida das pessoas. Poder é a habilidade de tornar a vida das pessoas à sua volta melhor ou pior.

— E a sua também, naturalmente.

— Eu não tenho importância.

— Deveria ter.

— O altruísmo é uma virtude vorin, Riso.

— Ah, dane-se *isso*. Você tem que viver a vida, Shallan, *apreciar* a vida. Beba daquilo que está propondo oferecer a todos! É o que eu faço.

— Você... parece mesmo se divertir um bocado.

— Eu gosto de viver cada dia como se fosse o último.

Shallan assentiu.

— E com isso quero dizer ficar prostrado em uma poça da minha própria urina, chamando a enfermeira para que me traga mais pudim.

Ela quase engasgou com um pedaço de crenguejo. Seu copo estava vazio, mas Riso passou e deixou o dele em sua mão. Ela bebeu tudo de um gole.

— O poder é uma faca — disse Riso, sentando-se. — Uma faca terrível e perigosa que não dá para usar sem se cortar. Nós fizemos piadas sobre a estupidez, mas na verdade a maioria das pessoas não são estúpidas. Muitas estão apenas *frustradas* com quão pouco controle têm sobre suas vidas. Elas explodem. Às vezes, de maneiras espetaculares...

— O Culto dos Momentos. Ouvi dizer que eles alegam ver um mundo transformado se aproximando.

—Tome cuidado com qualquer pessoa que alegue ver o futuro, Shallan.

— Exceto você, é claro. Você não disse que sabe onde precisa estar?

— Tome cuidado com *qualquer pessoa* que alegue ver o futuro, Shallan — repetiu ele.

Padrão ondulou na mesa, sem zumbir, só mudando mais rapidamente e assumindo formas novas em uma sequência rápida. Shallan engoliu em seco. Para sua surpresa, o prato dela estava vazio de novo.

— O culto tem controle sobre a plataforma do Sacroportal — disse ela. — Você sabe o que eles fazem lá toda noite?

— Eles celebram e festejam — disse Riso baixinho. — Há duas divisões gerais entre eles. Os membros comuns perambulam pelas ruas, gemendo, fingindo ser esprenos. Mas os outros na plataforma de fato *conhecem* os esprenos... especificamente, a criatura conhecida como o Coração do Festim.

— Um dos Desfeitos.

Riso assentiu.

— Um inimigo perigoso, Shallan. O culto me lembra de um grupo que conheci muito tempo atrás. Igualmente perigoso, igualmente tolo.

— Elhokar quer que eu me infiltre no culto. Que eu chegue naquela plataforma e ative o Sacroportal. É possível?

— Talvez. — Riso se recostou. — Talvez. Eu não tenho como ativar o portal; o espreno do fabrial não me obedece. Você precisa da chave certa e o culto aceita novos membros com entusiasmo; ele os consome, como um fogo que precisa de pedaços frescos de lenha.

— Como? O que eu faço?

— Comida — disse ele. — A proximidade com o Coração faz com que eles festejem e celebrem.

— Bebendo a vida? — disse ela, citando a frase anterior dele.

— Não. O hedonismo nunca traz prazer, Shallan, mas o oposto. Eles pegam as coisas maravilhosas da vida e se entregam a elas até que percam o sabor. É como ouvir bela música, executada em um volume tão alto a ponto de eliminar toda sutileza... pegar algo belo e torná-lo carnal. Mas os festejos deles dão a você uma abertura. Já esbarrei nos líderes do culto... apesar de ter tentado evitar. Leve comida para o festim e consigo colocá-la para dentro. Um aviso, contudo: eles não vão ficar satisfeitos com simples grãos Transmutados.

Um desafio, então.

— É melhor eu voltar ao meu grupo.

Ela olhou para Riso.

— Você... viria comigo? Se juntaria a nós?

Ele se levantou, então caminhou até a porta e pressionou a orelha contra ela.

— Infelizmente, Shallan — disse ele, olhando-a de soslaio —, você não é o motivo de eu estar aqui.

Ela respirou fundo.

— Eu *vou* aprender a mudar o mundo, Riso.

— Você já sabe como. Aprenda *por quê*. — Ele recuou da porta e se pressionou contra a parede. — E também diga ao taverneiro que eu desapareci em pleno ar. Ele vai enlouquecer.

— O taverneiro...

A porta se abriu subitamente para dentro. O taverneiro entrou e hesitou ao ver Shallan sentada sozinha à mesa. Riso se esgueirou com grande habilidade ao redor da porta e por trás do homem, que não percebeu.

— Danação — disse o taverneiro, olhando ao redor. — Imagino que ele não vai trabalhar essa noite...

— Não faço ideia.

— Ele disse que me trataria como um rei.

— Bem, essa promessa ele está cumprindo...

O taverneiro pegou os pratos e saiu, irritado. Conversas com Riso costumavam terminar de modo estranho. E, bem, começar de modo estranho. Era tudo estranho.

— Você sabe alguma coisa sobre Riso? — perguntou ela a Padrão.

— Não — disse Padrão. — Ele parece... hmm... um de nós.

Shallan procurou na sua bolsa algumas esferas — Riso roubara algumas, ela notou — como gorjeta para o pobre dono da pousada. Então seguiu o caminho de volta para a loja da costureira, planejando como usar sua equipe para conseguir a comida necessária.

69

REFEIÇÃO GRÁTIS, SEM COMPROMISSO

As plantas murchando e o resfriamento geral do ar é desagradável, sim, mas algumas das funções da torre permanecem intactas. A pressão aumentada, por exemplo, persiste.

— Da gaveta 1-1, segunda zircônia

KALADIN SUGOU UMA PEQUENA quantidade de Luz das Tempestades e atiçou a tempestade dentro dele. Aquela pequena tormenta rosnava, emanando da sua pele, assombrando o espaço atrás dos seus olhos e fazendo-os brilhar. Felizmente — embora estivesse no meio de uma praça de mercado movimentada —, aquela minúscula quantidade de Luz não seria o bastante para se fazer visível sob o sol brilhante.

A tempestade era uma dança primordial, uma antiga canção, uma batalha eterna que rugia desde a juventude de Roshar. Ela queria ser usada. Ele aquiesceu, ajoelhando-se para infundir uma pequena rocha. Projetou-a para cima só o suficiente para fazê-la tremer, mas não o bastante para mandá-la zunindo pelos ares.

Os gritos insólitos vieram pouco depois. Pessoas começaram a gritar, em pânico. Kaladin se afastou, exalando sua Luz das Tempestades e se tornando — assim esperava — apenas mais um transeunte. Agachou-se com Shallan e Adolin atrás de um vaso de plantas. A praça — com arcos de pilares nos quatro lados, abrigando o que antes fora uma grande variedade de lojas — ficava a vários quarteirões da loja de costura.

As pessoas se espremeram dentro de edifícios ou fugiram para outras ruas. Os mais lentos simplesmente se encolheram junto das paredes, com as mãos sobre as cabeças. Os esprenos chegaram como duas fileiras de branco-amarelado brilhante, se retorcendo ao redor uns dos outros acima da praça. Seus guinchos inumanos eram pavorosos. Como... como o som de um animal ferido, morrendo sozinho no deserto.

Não eram os esprenos que ele havia visto enquanto viajava com Sah e os outros parshemanos. Aquele parecera mais um espreno de vento; aqueles ali pareciam esferas de amarelo-vivo, com uma energia crepitante. Aparentemente, não eram capazes de encontrar a pedra diretamente, e giraram sobre o pátio como se estivessem confusos, ainda gritando.

Pouco tempo depois, uma figura desceu do céu. Um Esvaziador em roupas leves nas cores preto e vermelho, que ondulavam e tremulavam na brisa. Ele carregava uma lança e um escudo longo e triangular.

Aquela lança, pensou Kaladin. Longa, com uma ponta mais fina para perfurar armadura, como a lança de um cavaleiro. Ele se pegou assentindo. Aquela seria uma excelente arma para usar durante o voo, quando precisasse de alcance extra para atacar homens no chão ou mesmo inimigos voando ao seu redor.

Os esprenos pararam de gritar. O Esvaziador olhou ao redor, flutuando pelo ar, então fez cara feia para os esprenos e disse algo. Novamente, eles pareceram confusos. Sentiram o uso que Kaladin fizera de Luz das Tempestades — provavelmente o interpretaram como um fabrial sendo utilizado —, mas agora não conseguiam identificar o local. Kaladin usara uma quantidade tão pequena de Luz que a rocha perdera a carga quase que imediatamente.

Os esprenos se dispersaram, desaparecendo como esprenos de emoção. O Esvaziador se demorou, cercado pela energia sombria, até que trombetas próximas anunciaram a chegada da Guarda da Muralha. A criatura finalmente zuniu para longe no céu. Pessoas que estavam escondidas partiram apressadas, parecendo aliviadas por ter escapado com vida.

— Hum — disse Adolin, levantando-se.

Ele usava uma ilusão que imitava — segundo as instruções de Elhokar — o Senhor Capitão Meleran Khal, o filho mais jovem de Teshav, um corpulento homem calvo de cerca de trinta anos.

— Posso conter Luz das Tempestades o tempo que eu quiser sem chamar atenção — disse Kaladin. — No momento em que Projeto alguma coisa, eles aparecem gritando.

— E ainda assim os disfarces não atraem atenção — comentou Adolin, olhando para Shallan.

— Padrão diz que somos mais silenciosos do que ele — disse Shallan, indicando Kaladin com o polegar. — Vamos, é hora de voltar. Vocês rapazes não têm um compromisso hoje à noite?

—UMA FESTA — DISSE Kaladin, andando de um lado para outro no mostruário da loja de costura.

Skar e Drehy estavam recostados junto ao umbral da porta, cada um com uma lança na dobra do cotovelo.

— É *assim* que eles são — continuou Kaladin. — A cidade está praticamente em chamas. O que se deve fazer? Dar uma *festa, é óbvio*.

Elhokar havia sugerido frequentar festas como uma maneira de entrar em contato com as famílias olhos-claros da cidade. Kaladin riu da ideia, imaginando que não houvesse festas acontecendo. Contudo, com um mínimo de procura, Adolin havia arrumado *meia dúzia* de convites.

— Bons olhos-escuros estão trabalhando como escravos, plantando e preparando comida — disse Kaladin. — Mas os olhos-claros? Eles têm tanto tempo tormentoso sobrando que *inventam* coisas a fazer.

— Ei, Skar — disse Drehy. — Você já saiu para beber, mesmo estando em guerra?

— Claro — respondeu Skar. — E lá na minha vila tinha um baile no abrigo de tempestades duas vezes por mês, mesmo enquanto os rapazes estavam fora, lutando em escaramuças nas fronteiras.

— Não é a mesma coisa — protestou Kaladin. — Você está do lado deles?

— Tem lados? — quis saber Drehy.

Alguns minutos depois, Adolin desceu as escadas fazendo barulho e sorrindo como um tolo. Estava usando uma camisa pregueada sob um terno azul-claro, cujo casaco não fechava até o fim e se dividia em caudas nas costas. Seu bordado dourado era o mais fino que a loja tinha a oferecer.

— Por favor, me diga que não nos trouxe para ficar com sua costureira porque queria um novo guarda-roupa — disse Kaladin.

— Vamos lá, Kal — disse Adolin, inspecionando a si mesmo no espelho do mostruário. — Preciso ser convincente no meu papel. — Ele conferiu os punhos de mangas e sorriu novamente.

Yokska apareceu e olhou-o de cima a baixo, então espanou os ombros dele. — Acho que está apertado demais no tórax, Luminobre.

— Está maravilhoso, Yokska.

— Respire fundo.

Ela parecia um tormentoso cirurgião pelo modo como levantou o braço dele e apalpou sua cintura, murmurando consigo mesma. Kaladin vira seu pai realizar exames menos invasivos.

— Pensei que os casacos retos ainda estivessem na moda — disse Adolin. — Tenho um fólio de Liafor.

— Esses não estão atualizados — replicou Yokska. — Estive em Liafor na última Paz Medial, e eles estão *abandonando* os estilos militares. Mas fazem esses fólios para vender uniformes nas Planícies Quebradas.

— Raios! Eu *não fazia ideia* de como estava fora de moda.

Kaladin revirou os olhos. Adolin reparou nisso pelo espelho, mas só se virou, fazendo uma mesura.

— Não se preocupe, carregadorzinho. Você pode continuar usando roupas que combinem com sua carranca.

— Você parece que tropeçou e caiu em um balde de tinta azul — comentou Kaladin —, e depois tentou se secar com um punhado de grama seca.

— E você parece um refugo de tempestade — disse Adolin, passando e dando um tapinha no ombro de Kaladin. — Gostamos de você mesmo assim. Todo menino tem um graveto favorito que encontrou no pátio depois das chuvas.

Adolin foi até Skar e Drehy, apertando a mão de um de cada vez.

— Vocês dois estão ansiosos pela noite de hoje?

— Depende de como é a comida na tenda dos olhos-escuros, senhor — disse Skar.

— Pegue algo para mim da festa interna — pediu Drehy. — Ouvi falar que tem pasteizinhos tormentosos de bons nessas festas finas dos olhos-claros.

— Claro. Precisa de alguma coisa, Skar?

— Da caveira do meu inimigo, transformada em uma caneca — disse Skar. — Tirando isso, aceito um pastelzinho, ou sete.

— Verei o que posso fazer. Prestem atenção em dicas de boas tavernas que ainda estejam abertas. Podemos sair amanhã.

Ele passou por Kaladin e prendeu uma espada na cintura. Kaladin franziu o cenho, olhando para ele, então para seus carregadores e de volta para Adolin.

— O que foi?

— O que foi o quê? — indagou Adolin.

— Você vai sair para beber com carregadores de pontes? — disse Kaladin.

— Claro — disse Adolin. — Skar, Drehy e eu nos conhecemos faz tempo.

— Nós passamos algum tempo impedindo que Sua Alteza caísse nos abismos — comentou Skar. — Ele nos pagou com um pouco de vinho e boas conversas.

O rei entrou, usando uma versão mais discreta do mesmo estilo de uniforme. Ele passou apressado por Adolin, indo na direção das escadas.

— Prontos? Excelente. Hora de caras novas.

Os três pararam diante do quarto de Shallan, onde ela estava desenhando e cantarolando consigo mesma, cercada por esprenos de criação. Ela beijou Adolin de um jeito mais íntimo do que Kaladin já presenciara, então o transformou de volta em Meleran Khal. Elhokar se transformou em um homem mais velho, também calvo, com pálidos olhos amarelos. General Khal, um dos oficiais mais graduados de Dalinar.

— Estou bem assim — disse Kaladin quando ela o encarou. — Ninguém vai me reconhecer.

Ele não sabia bem por quê, mas usar outro rosto... para ele, era como mentir.

— As cicatrizes — disse Elhokar. — Precisamos que você não chame atenção, capitão.

Relutantemente, Kaladin concordou e permitiu que Shallan acrescentasse uma Teceluminação à sua cabeça para fazer com que as marcas de escravo sumissem. Então, ela entregou a cada um deles uma esfera. As ilusões estavam ligadas à Luz das Tempestades dentro delas — se a esfera se esgotasse, seus rostos falsos desapareceriam.

O grupo partiu, Skar e Drehy se juntando a eles, lanças de prontidão. Syl saiu voejando de uma janela no alto da loja, voando à frente deles pela rua. Kaladin havia testado invocá-la como uma Espada mais cedo, e isso não havia atraído os gritadores, então se sentia bem armado.

Adolin imediatamente começou a fazer piadas com Skar e Drehy. Dalinar não teria gostado de ouvir que eles haviam saído para beber. Não devido a um preconceito específico, mas porque havia uma estrutura de comando em um exército. Generais não deviam confraternizar com a tropa; isso criava interferências na maneira como os exércitos funcionam.

Adolin podia fazer coisas assim sem sofrer consequências. Enquanto prestava atenção, Kaladin se pegou envergonhado com o próprio comportamento de mais cedo. A verdade era que estava se sentindo bastante bem naqueles dias. Sim, havia uma guerra, e sim, a cidade estava seriamente perturbada — mas desde que descobrira que seus pais estavam vivos e bem, ele estava se sentindo melhor.

Isso não lhe era incomum; passava muitos dias se sentindo bem. O problema era que, nos dias ruins, era difícil se lembrar disso. Naquelas ocasiões, por algum motivo, ele sentia como se *sempre* houvesse estado nas trevas, e sempre *fosse estar*.

Por que era tão difícil lembrar? Precisava sempre regredir? Por que não podia permanecer ali no sol, onde todo mundo vivia?

A noite estava se aproximando, a talvez duas horas do crepúsculo. Eles passaram por várias praças como aquela onde haviam testado sua Manipulação de Fluxos. A maioria havia se transformado em espaços de moradia, com pessoas aglomeradas. Apenas sentadas e esperando por qualquer coisa que fosse acontecer em seguida.

Kaladin seguiu um pouco atrás dos outros e, quando Adolin percebeu, ele pediu licença da conversa e ficou para trás.

— Ei — disse ele. — Você está bem?

— Estou preocupado que invocar uma Espada Fractal chame atenção demais — respondeu Kaladin. — Eu deveria ter trazido uma lança esta noite.

— Talvez você devesse me deixar ensiná-lo a usar uma espada comum. Você está fingindo ser o chefe dos nossos guarda-costas esta noite, e é um olhos-claros hoje. É estranho que ande por aí sem uma espada na cintura.

— Talvez eu seja um desses caras socadores.

Adolin parou onde estava e sorriu para Kaladin.

— Você acabou de dizer *caras socadores*?

— Você sabe, fervorosos que treinam para lutar desarmados.

— Corpo a corpo?

— Corpo a corpo.

— Certo — disse Adolin. — Ou "caras socadores", como todo mundo os chama.

Kaladin o olhou nos olhos e então se pegou sorrindo de volta.

— É o termo acadêmico.

— Claro. Como colegas espadianos. Ou camaradas lançudos.

— Eu conheci um rapaz muito machadista — disse Kaladin. — Ele era ótimo em combates psicológicos.

— Combates psicológicos?

— Ele realmente conseguia se enfiar na cabeça das pessoas.

Adolin franziu o cenho enquanto eles caminhavam.

— Se enfiar na cabeça... Ah! — Adolin soltou uma risada, dando um tapa nas costas de Kaladin. — Às vezes, você fala como uma garota. Hã... Isso é um elogio.

— Obrigado?

— Mas você *precisa* praticar mais com a espada — disse Adolin, se empolgando. — Eu sei que gosta da lança, e você é bom com ela. Ótimo!

Mas não é mais um simples lanceiro; vai ser um soldado irregular. Não vai lutar em uma fileira, segurando um escudo para seus companheiros. Quem sabe o que vai encarar?

— Eu treinei um pouco com Zahel — disse Kaladin. — Não sou *completamente* inútil com uma espada. Mas... parte de mim não vê motivo para isso.

— Será melhor se você praticar com uma espada, confie em mim. Ser um bom duelista tem a ver com conhecer a arma, e ser um bom soldado de infantaria... provavelmente tem a ver mais com treinamento do que com *qualquer* arma específica. Mas se você quer ser um grande *guerreiro*... Para isso, precisa ser capaz de usar a melhor ferramenta para o trabalho. Mesmo que nunca use uma espada, vai lutar com pessoas que usam. A melhor maneira de aprender a derrotar alguém com uma arma é praticar com essa arma.

Kaladin concordou. Ele tinha razão. Era estranho olhar para Adolin naquele traje chamativo, elegante e brilhando com fios dourados, e ouvi-lo falar de táticas de batalha realmente práticas.

Quando fui preso por ousar acusar Amaram, ele foi o único olhos-claros que me defendeu.

Adolin Kholin era simplesmente uma boa pessoa, com roupas azul-claras e tudo mais. Não era possível odiar um homem como ele; raios, era quase *forçoso* gostar dele.

O destino deles era uma casa modesta, pelos padrões dos olhos-claros. Alta e estreita, com quatro andares que poderiam ter abrigado uma dúzia de famílias olhos-escuros.

— Muito bem — disse Elhokar enquanto eles se aproximavam. — Adolin e eu vamos sondar os olhos-claros em busca de aliados em potencial. Carregadores, conversem com os homens na tenda dos guardas olhos-escuros e vejam se conseguem descobrir alguma coisa sobre o Culto dos Momentos ou outras coisas estranhas na cidade.

— Entendido, Vossa Majestade — disse Drehy.

— Capitão — disse ele para Kaladin —, você vai para a tenda dos guardas olhos-claros. Veja se consegue...

— ...descobrir alguma coisa sobre esse tal Alto-Marechal Azure — disse Kaladin. — Da Guarda da Muralha.

— Sim. Planejamos ficar até relativamente tarde, já que convidados inebriados podem se abrir mais do que os sóbrios.

Eles se separaram, Adolin e Elhokar apresentando convites ao porteiro, que os deixou entrar — então gesticulou para Drehy e Skar indicando o banquete dos guardas olhos-escuros, que ocorria em uma tenda montada no terreno.

Havia uma tenda separada para olhos-claros que não eram proprietários de terras. Privilegiados, mas não bons o bastante para passar pelas portas e entrar na verdadeira festa. No seu papel de guarda-costas olhos-claros, aquele seria o local para Kaladin... mas, por algum motivo, só pensar em entrar ali o deixou enjoado.

Em vez disso, ele sussurrou para Skar e Drehy — prometendo voltar logo — e pegou emprestada a lança de Skar, só por via das dúvidas. Então Kaladin partiu, caminhando pelo quarteirão. Voltaria para seguir as instruções de Elhokar, mas, enquanto havia luz suficiente, pensou em talvez vasculhar a muralha para ver se tinha uma ideia do contingente da Guarda.

Além disso, queria caminhar um pouco mais pela cidade. Ele andou até a base da muralha que ficava ali perto, contando postos de guarda no topo, olhando para a parte inferior mais larga, que era feita de rocha natural. Pousou a mão sobre a lisa formação rochosa marcada por camadas.

— Ei! — chamou uma voz. — Ei, você!

Kaladin suspirou. Um esquadrão de soldados da Guarda da Muralha estava patrulhando ali. Eles consideravam aquela estrada ao redor da cidade — junto da base da muralha — sua jurisdição, mas não patrulhavam mais para dentro.

O que eles queriam? Kaladin não estava fazendo nada de errado. Bem, correr só causaria tumulto, então ele deixou cair a lança e se virou, estendendo os braços para os lados. Em uma cidade cheia de refugiados, certamente não incomodariam demais um único homem.

Um esquadrão de cinco foi até ele, liderado por um homem com uma barba escura e rala e atentos olhos azul-claros. O homem examinou o uniforme de Kaladin, sem insígnias, e olhou para a lança caída. Então fitou a testa de Kaladin e franziu o cenho.

Kaladin levou as mãos até as marcas ali, que dava para sentir. Mas Shallan havia colocado uma ilusão sobre elas. Não havia?

Danação. Ele vai achar que sou um desertor.

— Desertor, imagino? — perguntou o soldado bruscamente.

Eu devia só ter ido à tormentosa festa.

— Olhe só — disse Kaladin —, eu não quero problemas. Eu...

— Você quer uma refeição?

— Uma... refeição?

— Comida grátis para desertores.

Isso foi inesperado.

Relutantemente, ele levantou o cabelo da testa, querendo conferir se as marcas ainda estavam visíveis. Em geral, seu cabelo impedia que desse para ver detalhes.

Os soldados se sobressaltaram visivelmente. Sim, eles podiam ver as marcas. A ilusão de Shallan havia se desfeito por algum motivo? Com sorte, os outros disfarces durariam mais.

— Um olhos-claros com uma marca *shash*? — indagou o tenente deles. — Raios, amigo. Você deve ter uma história e *tanto*. — Ele deu um tapa nas costas de Kaladin e apontou para sua caserna à frente. — Eu adoraria ouvi-la. Refeição grátis, sem compromisso. Não vamos obrigá-lo a servir. Tem a minha palavra.

Bem, ele queria informações sobre o líder da Guarda da Muralha, não queria? Que lugar melhor para consegui-las do que com aqueles homens?

Kaladin pegou sua lança e deixou que eles o conduzissem.

70

ALTO-MARECHAL AZURE

Algo está acontecendo com Irmane. Concordo que seja verdade, mas a culpa não é da divisão entre os Cavaleiros Radiantes. A percepção de nosso valor é uma questão separada.

— Da gaveta 1-1, terceiro zircão

As casernas da Guarda da Muralha tinham um cheiro de casa para Kaladin. Não a casa do pai — que cheirava a antisséptico e às flores que sua mãe amassava para aromatizar o ar. Seu *verdadeiro* lar. Couro. Guisado cozinhando. Homens aglomerados. Óleo para armas.

Esferas pendiam das paredes, brancas e azuis. O lugar era grande o bastante para abrigar dois pelotões, um fato confirmado pelas insígnias de ombros que viu. A grande sala comum estava cheia de mesas e uns poucos armeiros trabalhavam no canto, costurando justilhos ou uniformes. Outros afiavam armas, um som rítmico e calmante. Eram os ruídos e odores de um exército bem organizado.

O guisado não cheirava tão bem quanto o de Rocha; Kaladin ficara mal acostumado com a culinária do papaguampas. Ainda assim, quando um dos homens veio trazer-lhe uma tigela, pegou-se sorrindo. Ele se acomodou em um longo banco de madeira, perto de um pequeno fervoroso agitado que estava escrevendo glifos-amuletos em pedaços de pano para os homens.

Kaladin instantaneamente adorou o lugar, e a situação dos homens falava muito bem do Alto-Marechal Azure. Ele provavelmente era algum oficial de médio escalão que havia sido lançado no comando durante o caos dos distúrbios, o que o tornava ainda mais impressionante. Azure havia protegido a muralha, removido os parshemanos da cidade e cuidado da defesa de Kholinar.

Syl zuniu ao redor das vigas enquanto os soldados faziam perguntas sobre o recém-chegado. O tenente que o havia encontrado — seu nome era Noromin, mas seus homens o chamavam de Noro — respondeu prontamente. Kaladin era um desertor. Ele tinha uma marca *shash*, bem feia. Vocês deviam ver. Marca de Sadeas. Em um *olhos-claros*, já pensou.

Os outros na caserna acharam aquilo curioso, mas não preocupante. Alguns até comemoraram. Raios. Kaladin não conseguia imaginar nenhuma força dos soldados de Dalinar recebendo tão bem um desertor, ainda mais um perigoso.

Levando isso em consideração, Kaladin identificou outra subcorrente na sala. Homens afiando armas com partes lascadas. Armeiros reparando cortes em couro — cortes feitos por lanças em batalha. Assentos claramente vazios na maioria das mesas, com taças dispostas diante deles.

Aqueles homens haviam sofrido perdas. Não grandes perdas, não por enquanto; eles ainda conseguiam rir. Mas raios, havia uma tensão na sala.

— Então — disse Noro. — Marca *shash*?

O resto do esquadrão se acomodou e um homem baixo com pelos no dorso das mãos colocou uma tigela de guisado espesso e pão achatado diante de Kaladin. Refeição padrão, com taleu defumado e picadinho de carne. Transmutada, naturalmente, e meio sem gosto — mas farta e nutritiva.

— Tive uma discussão com o Grão-Senhor Amaram — disse Kaladin. — Eu achei que ele havia matado alguns dos meus homens sem necessidade. Ele discordou.

— Amaram — disse um dos homens. — Você mira alto, amigo.

— Eu conheço Amaram — disse o homem com mãos peludas. — Realizei missões secretas para ele, quando era um agente.

Kaladin olhou para ele, surpreso.

— É melhor você ignorar o Barba — aconselhou o Tenente Noro. — É o que o resto de nós faz.

"Barba" não tinha uma barba. Talvez as mãos peludas fossem o bastante. Ele cutucou Kaladin.

— É uma boa história. Alguma hora eu te conto.

— Não se pode simplesmente marcar a ferro um olhos-claros como escravo — disse o Tenente Noro. — Você precisa da permissão de um grão-príncipe. Tem mais coisa nessa história.

— Tem, sim — disse Kaladin. Então continuou a comer seu guisado.

— Uuuh — disse um soldado alto do esquadrão. — Mistério!

Noro deu uma risada, então gesticulou na direção da sala.

— Então, o que você acha?

— Você disse que não ia me pressionar — respondeu Kaladin entre colheradas.

— Não estou pressionando, mas você não vai encontrar um lugar lá fora na cidade onde possa comer tão bem quanto aqui.

— Onde vocês conseguem a comida? — indagou Kaladin, levando a colher com guisado à boca. — Não podem usar Transmutadores, pois os gritadores viriam atrás. Um estoque? Estou surpreso que um dos grão-senhores na cidade não tenha tentado se apropriar dele.

— Esperto. — O Tenente Noro sorriu. Ele tinha um jeito muito tranquilizador. — Esse é um segredo da Guarda. Mas aqui sempre tem um guisado fervendo e pão assando.

— É uma receita minha — acrescentou Barba.

— Ah, faça-me o favor — disse o homem alto. — Agora você é cozinheiro também, Barba?

— Um *chefe de cozinha*, muito obrigado. Aprendi essa receita de pão achatado com um místico papaguampas no topo de uma montanha. Mas a história *mesmo* é como cheguei lá...

— Foi onde você pousou, obviamente — disse o soldado alto. — Depois que alguém no seu último esquadrão *chutou* você.

Os homens riram. Parecia caloroso ali, naquele banco longo, com uma fogueira bem montada ardendo de modo consistente no canto. Quente e amigável. Enquanto Kaladin comia, eles deram-lhe algum espaço, conversando entre si. Noro... ele parecia menos um soldado e mais um mercador bonachão tentando convencê-lo a comprar brincos para sua amada. Lançou indiretas bem óbvias para Kaladin, recordações de como eles estavam bem alimentados, de como era bom fazer parte de um esquadrão. Falou de camas quentes, de como não precisavam ficar de plantão com *tanta* frequência. De como jogavam cartas enquanto a grantormenta soprava.

Kaladin conseguiu uma segunda tigela de guisado e, enquanto se acomodava de volta em seu lugar, ele percebeu uma coisa, chocado.

Raios. Eles todos *são olhos-claros, não são?*

Todas as pessoas no recinto, do cozinheiro aos armeiros, até os soldados lavando pratos. Em um grupo como aquele, todo mundo tinha uma tarefa secundária, como cuidar das armaduras ou de cirurgias de campo.

Kaladin não havia notado os olhos deles. O lugar lhe parecera tão natural, tão confortável, que ele achara que eram todos olhos-escuros como ele.

Sabia que a maioria dos soldados olhos-claros não eram oficiais de alta patente. Ouvira dizer que eram basicamente pessoas comuns — ouvira isso repetidas vezes. De algum modo, sentar-se naquela sala finalmente tornara o fato real para ele.

— Então, Kal... — disse o Tenente Noro. — O que acha? Talvez volte a se alistar? Fazer outra tentativa?

— Não tem medo de que eu deserte? — perguntou Kaladin. — Ou pior, que eu não consiga controlar meu temperamento? Eu posso ser perigoso.

— Não tão perigoso quanto ter poucos soldados — disse Barba. — Você sabe como matar pessoas? Isso basta para nós.

Kaladin assentiu.

— Conte-me sobre seu comandante. Isso é uma parte importante de qualquer grupo. Acabei de chegar à cidade. Quem *é* esse Alto-Marechal Azure?

— Você pode conhecê-lo pessoalmente! — disse Barba. — Ele faz a ronda toda noite por volta da hora do jantar, verificando cada caserna.

— Há, é verdade — disse Noro.

Kaladin olhou-o de relance. O tenente parecia pouco à vontade.

— O alto-marechal é *incrível* — disse Noro rapidamente. — Nós perdemos nosso antigo comandante durante os distúrbios, e Azure liderou o grupo que protegeu a muralha quando o Culto dos Momentos tentou, em meio ao caos, tomar os portões da cidade.

— Ele lutou como um Esvaziador — disse outro membro do esquadrão. — Eu estava lá. Quase fomos vencidos, mas então Azure se juntou a nós, erguendo uma brilhante Espada Fractal. Ele reuniu nosso pessoal, inspirou até mesmo os feridos a continuarem lutando. Raios. Parecia que tínhamos esprenos nas nossas costas, nos segurando, nos ajudando a lutar.

Kaladin estreitou os olhos.

— Não me diga...

Ele extraiu mais informações enquanto terminava sua tigela. Eles só tinham elogios para Azure, embora o homem não houvesse exibido quaisquer outras... habilidades estranhas que Kaladin pudesse descobrir. Azure era um Fractário, talvez um estrangeiro, antes desconhecido pela Guarda — mas, com a queda do comandante deles, e a subsequente desaparição no palácio do grão-senhor que os patrocinava, Azure havia acabado no comando.

Havia mais alguma coisa. Algo que eles não mencionavam. Kaladin se serviu de uma terceira tigela de guisado, mais para enrolar e ver se o alto-marechal realmente apareceria ou não.

Logo, uma agitação perto da porta fez com que os homens se levantassem. Kaladin os imitou, se virando. Um oficial graduado entrou, usando uma corrente brilhante e um tabardo claro, acompanhado por atendentes, inspirando uma rodada de saudações. O alto-marechal vestia um manto de cor apropriadamente azure — um tom mais claro do que o azul Kholin tradicional —, com um aljofre ao redor do pescoço e um elmo na mão.

Só que o alto-marechal era *a* alta-marechal.

Kaladin hesitou, surpreso, e ouviu Syl arquejando acima. A alta-marechal era de altura média para uma mulher alethiana, talvez um pouco abaixo, e seu cabelo era liso e curto, chegando à metade das bochechas. Seus olhos eram alaranjados, e ela usava uma espada na cintura com um brilhante punho em meio círculo. Aquele não era um estilo alethiano. Seria a Espada Fractal mencionada antes? A arma tinha um ar estranho, mas por que usá-la em vez de dispensá-la?

Apesar disso, a alta-marechal era esguia e de ar severo, e tinha um par de cicatrizes sérias no rosto. Ela usava luvas nas duas mãos.

— O alto-marechal é uma *mulher*? — sibilou Kaladin.

— Nós não falamos sobre o segredo do alto-marechal — disse Barba.

— Segredo? — replicou Kaladin. — É bem *tormentosamente* óbvio.

— Não falamos sobre o segredo do marechal — repetiu Barba, e os outros concordaram. — Calado, entendeu?

Calar sobre aquilo? Raios. Aquele tipo de coisa simplesmente não *acontecia* na sociedade vorin. Não como nas baladas e histórias. Ele estivera em três exércitos e nunca vira uma mulher segurando uma arma. Até mesmo as batedoras alethianas só portavam facas. Ele quase esperara um motim quando armara Lyn e as outras, embora, para Radiantes, Jasnah e Shallan já houvessem fornecido precedentes.

Azure disse aos homens que eles podiam se sentar. Um deles ofereceu a ela uma tigela de guisado, e ela aceitou. Os homens comemoraram depois que ela provou e cumprimentou o cozinheiro.

Ela passou a tigela para um dos seus atendentes e as coisas voltaram ao normal — homens conversando, trabalhando, comendo. Azure foi falar com vários oficiais. Primeiro o líder de pelotão, que seria um capitão; em seguida, os outros tenentes.

Quando ela parou na mesa deles, lançou um olhar avaliador para Kaladin.

— Quem é o novo recruta, Tenente Noro? — perguntou ela.

— Esse é o Kal, senhor! — respondeu Noro. — Nós o encontramos perambulando lá fora na rua. Desertor, com uma marca *shash*.

— Em um olhos-claros? Raios, homem. Quem você matou?

— Não foi o sujeito que eu matei que me deixou com essas marcas, senhor. Foi o sujeito que eu não matei.

— Isso parece uma explicação ensaiada, soldado.

— Porque é mesmo.

Kaladin imaginou que ela, pelo menos, o pressionaria para obter mais informações. Ela só grunhiu. Ele não conseguiu identificar sua idade, embora as cicatrizes provavelmente a fizessem parecer mais velha.

— Você vai se alistar? Nós temos comida para você.

— Francamente, senhor, eu não sei. Para começar, não consigo acreditar que ninguém se importe com meu passado. Além disso, vocês estão obviamente desesperados, o que também me deixa relutante.

Ela se virou para o Tenente Noro.

— Você não mostrou a ele?

— Não, senhor. Acabamos de dar a ele um pouco de guisado.

— Deixe comigo. Kal, me acompanhe.

FOSSE O QUE FOSSE que eles quisessem mostrar, estava no topo da muralha, já que o conduziram a uma escadaria interna de pedra. Kaladin queria saber mais sobre o suposto "segredo" de que Azure era uma mulher. Mas, quando perguntou, o Tenente Noro sacudiu a cabeça rapidamente e fez um gesto para que se calasse.

Logo eles se reuniram no topo das fortificações. A muralha de Kholinar era uma poderosa estrutura defensiva, supostamente com quase vinte metros de altura em alguns pontos, com uma ampla passarela no topo, de três metros de largura. A muralha se estendia pela paisagem, envolvendo Kholinar inteira. Ela fora construída até *no topo* das lâminas de vento mais avançadas, se encaixando nelas como uma coroa invertida, as porções elevadas correspondendo a brechas entre as lâminas.

A muralha era interrompida por torres de guarda a cada cem metros, aproximadamente. As largas estruturas eram grandes o bastante para abrigar esquadrões, talvez pelotões inteiros, em vigia.

— Por essa marca, imagino que você estava em um dos exércitos que recrutam no norte — disse Azure. — Você se alistou para lutar nas Planícies Quebradas, não foi? Mas Sadeas usou aquele exército ao norte para selecionar veteranos, talvez para capturar alguns terrenos de vez em quando de grão-príncipes rivais. Você acabou lutando contra outros alethianos, garotos de fazenda assustados, em vez de embarcar para vingar o rei. Foi algo assim?

— Foi algo assim — admitiu Kaladin.

— Que eu vá para a Danação se culpar um homem por desertar nessas condições — disse Azure. — Não vou julgá-lo por isso, soldado.

— E a marca?

Azure apontou para o norte. A noite havia finalmente caído e, ao longe, Kaladin podia ver um brilho.

— Eles retornam para suas posições depois de cada tempestade — disse Azure baixinho. — E acampam uma parte do seu exército lá fora. Isso faz sentido estrategicamente, para impedir que a gente se reabasteça... e para garantir que não saibamos quando vão atacar. Pesadelos, Kal. Um verdadeiro exército de *Esvaziadores*. Se aquilo fosse uma força alethiana, o povo desta cidade não teria muito com que se preocupar. Claro, haveria baixas na muralha, mas nenhum pretenso rei de Alethkar ia queimar e saquear a capital. Mas aqueles ali *não são* alethianos. Eles são monstros. Na melhor das hipóteses, vão escravizar toda a população. Na pior... — Ela deixou o pensamento no ar, então olhou para ele. — Estou *feliz* de que você tenha uma marca. Ela diz que você é perigoso, e temos limites estreitos aqui em cima na muralha. Não podemos simplesmente pressionar todos os homens aptos; preciso de soldados de verdade, homens que saibam o que estão fazendo.

— Então, por que estou aqui? — indagou Kaladin. — Para ver isso?

— Quero que você pense — disse Azure. — Eu digo aos homens... essa Guarda da Muralha, isso aqui é *redenção*. Se você lutar aqui, ninguém vai se importar com o que fez antes. Porque eles sabem que, se cairmos, essa cidade e essa nação não existirão mais.

"*Nada* importa, exceto proteger essa muralha quando vier o ataque. Você pode se esconder na cidade e rezar para que sejamos fortes o bastante sem você. Mas, se não formos, você não será nada além de mais um cadáver. Aqui em cima, você pode lutar. Aqui em cima, você tem uma *chance*.

"Não vamos pressioná-lo. Pode partir esta noite. Deite-se e pense sobre o que está vindo aí; imagine outra noite em que os homens aqui em cima estão morrendo, sangrando por você. Pense em quão impotente você se sentirá quando os monstros entrarem. Então, quando voltar amanhã, daremos a você uma insígnia de Guarda da Muralha."

Foi um discurso potente. Kaladin olhou para Syl, que pousou no seu ombro, então deu uma longa olhada para as luzes no horizonte.

Você está aí, Sah? Eles trouxeram vocês e os outros para cá? E a filhinha de Sah, que havia colhido flores e segurado cartas de baralho como se fosse um brinquedo valioso? Será que Khen estava ali, a parshemana que exigira que Kaladin mantivesse sua liberdade, apesar de ter passado a viagem toda zangada com ele?

Que os ventos permitissem que eles não houvessem sido arrastados ainda mais para aquela confusão.

Ele se juntou aos outros que desciam ruidosamente pela escada. Depois, Noro e o resto do esquadrão se despediram alegremente, como se tivessem certeza de que ele ia voltar. E provavelmente voltaria, embora não pelos motivos que eles imaginavam.

Ele voltou à mansão e se forçou a conversar com alguns dos guardas na tenda dos olhos-claros, embora não tenha conseguido informação alguma, e suas marcas causaram agitação entre eles. Adolin e Elhokar finalmente apareceram, as ilusões *deles* intactas. Então, o que havia de errado com a de Kaladin? A esfera que Shallan havia lhe dado ainda estava infundida.

Kaladin foi buscar Drehy e Skar, então se juntou ao rei e a Adolin enquanto partiam de volta para casa.

— Por que está tão pensativo, capitão? — quis saber Elhokar.

— Eu acho que talvez tenha encontrado outra Radiante para nós — disse Kaladin, estreitando os olhos.

71

UM SINAL DE HUMANIDADE

ONZE ANOS ATRÁS

Não havia barcos o bastante para um ataque anfíbio a Rathalas, então Dalinar foi forçado a usar um ataque mais convencional. Ele marchou do oeste — tendo enviado Adolin de volta para Kholinar — e convocou Sadeas e suas forças para virem do leste. Eles convergiam rumo à Fenda.

Dalinar passou grande parte da viagem em meio às trilhas acres de fumaça do incenso que Evi queimava em um pequeno incensório preso à lateral da sua carruagem. Uma petição aos Arautos para abençoar seu casamento.

Ele frequentemente a ouvia chorando dentro do veículo, embora sempre que saía dele aparecesse perfeitamente composta. Ela lia cartas, escrevia suas respostas e fazia anotações das suas reuniões com os generais. Em tudo, ela era a perfeita esposa alethiana — e sua infelicidade arrasava a alma dele.

Por fim, alcançaram as planícies ao redor do lago, cruzando o leito do rio — que estava seco, exceto durante tormentas. Os petrobulbos bebiam tanto do suprimento de água local que alcançavam tamanhos enormes. Alguns passavam da cintura, e as vinhas que produziam eram tão grossas quanto o pulso de Dalinar.

Ele cavalgava junto da carruagem — os cascos do seu cavalo batendo em um ritmo familiar nas pedras abaixo — e sentiu cheiro de incenso. A mão de Evi se estendeu para fora da janela lateral da carruagem e colocou outro glifo-amuleto no incensório. Ele não viu o rosto dela, e sua mão recuou rapidamente.

Mulher tormentosa. Com uma alethiana, aquilo seria um plano para que ele se sentisse culpado até ceder. Mas ela não era alethiana, por mais que se esforçasse para imitá-las. Evi era genuína demais, e suas lágrimas eram verdadeiras. Ela sinceramente pensava que a briga deles na fortaleza vedena era um mau augúrio para o relacionamento.

Isso o incomodava, mais do que Dalinar queria admitir.

Uma jovem batedora correu até ele para entregar o último relatório: a vanguarda havia se instalado no campo que ele queria, perto da cidade. Ainda não houvera combate, e ele tampouco esperara por isso. Tanalan não abandonaria as muralhas ao redor da Fenda para tentar controlar o terreno além do alcance dos arcos.

Eram boas notícias, mas Dalinar ainda quis se irritar com a mensageira — queria se irritar com *alguém*. Pai das Tempestades, queria aquela batalha para ontem. Ele se conteve e mandou a mensageira embora com uma palavra de agradecimento.

Por que se importava tanto com a petulância de Evi? Nunca se incomodara em discutir com Gavilar. Raios, nunca se incomodara tanto de discutir com *Evi*. Era estranho. Ele podia ter os elogios dos homens, uma fama que se estendia por todo um continente, mas, se ela não o admirava, Dalinar sentia que de algum modo havia fracassado. Será que poderia cavalgar para o combate sentindo-se assim?

Não. Não podia.

Então faça algo para resolver isso. Enquanto seguiam pela planície de petrobulbos, ele chamou o condutor da carruagem de Evi, fazendo com que parasse. Então, entregando as rédeas do seu cavalo para um atendente, entrou na carruagem.

Evi mordeu o lábio enquanto ele se instalava no assento diante dela. O cheiro ali dentro era agradável — o incenso era mais tênue ali, enquanto a poeira de crem da estrada era bloqueada por madeira e pano. As almofadas eram confortáveis, e ela tinha um pouco de frutas secas em um prato, até mesmo um pouco de água gelada.

— Qual é o problema? — perguntou ela.

— A sela estava me incomodando.

Ela inclinou a cabeça para o lado.

— Talvez você possa solicitar uma pomada...

— Eu quero conversar, Evi. — Dalinar suspirou. — Não estou assado de verdade.

— Ah.

Ela encolheu os joelhos contra o peito. Ali dentro, Evi havia desabotoado e arregaçado a manga da mão segura, exibindo seus dedos longos e elegantes.

— Não era isso que você queria? — disse Dalinar, desviando os olhos da mão segura. — Você tem rezado sem parar.

— Para que os Arautos amoleçam seu coração.

— Certo. Bem, eles amoleceram. Aqui estou eu. Vamos conversar.

— Não, Dalinar — disse ela, estendendo a mão para tocar carinhosamente seu joelho. — Eu não estava rezando por mim mesma, mas pelos seus conterrâneos que você planeja matar.

— Os rebeldes?

— Homens como você, que por acaso nasceram em outra cidade. O que *você* teria feito se um exército viesse conquistar seu lar?

— Eu teria lutado — respondeu Dalinar. — Como eles lutarão. Os melhores homens terão o domínio.

— O que lhe dá esse direito?

— Minha espada. — Dalinar deu de ombros. — Se o Todo-Poderoso quiser que nós governemos, venceremos. Se não quiser, então vamos perder. Acho mesmo que Ele quer ver qual de nós é o mais forte.

— E não há espaço para a misericórdia?

— A misericórdia nos trouxe até aqui, para começo de conversa. Se eles não quisessem lutar, deveriam ter se rendido ao nosso domínio.

— Mas... — Ela olhou para baixo, com as mãos no colo. — Sinto muito. Não quero outra discussão.

— Eu quero — disse Dalinar. — Gosto quando você defende o que quer. Gosto quando você *luta*.

Ela tentou afastar as lágrimas e desviou o olhar.

— Evi... — disse Dalinar.

— Eu detesto o que tudo isso faz com você — sussurrou ela. — Eu vejo beleza em você, Dalinar Kholin. Vejo um grande homem lutando contra um homem terrível. E às vezes você tem essa expressão nos olhos... Um horrível e apavorante vazio. Como se houvesse se tornado uma criatura sem coração, alimentando-se de almas para preencher esse vazio, arrastando esprenos de dor atrás de si. Isso me perturba, Dalinar.

Dalinar se remexeu no assento da carruagem. O que aquilo significava? Uma "expressão" nos olhos dele? Seria algo como quando ela alegou que as pessoas armazenavam memórias ruins na pele e precisavam removê-las esfregando-se com uma pedra uma vez por mês? Os ocidentais tinham crenças curiosamente supersticiosas.

— O que você quer que eu faça, Evi? — perguntou ele baixinho.

— Eu venci de novo? — disse ela, em um tom amargo. — Outra batalha onde fiz você sangrar?

— Eu só... preciso saber o que você quer. Para que eu possa entender.

— Não mate hoje. Contenha o monstro.

— E os rebeldes? E o luminobre deles?

— Você já poupou a vida daquele menino antes.

— O que obviamente foi um erro.

— Um sinal de *humanidade*, Dalinar. Você perguntou o que eu queria. É tolice, e *posso* ver que há problemas aqui, que você tem um dever. Mas... não quero ver você matar. Não alimente *a coisa*.

Ele pousou a mão sobre a dela. Por fim, a carruagem desacelerou novamente, e Dalinar saiu para vasculhar uma área aberta que não estava entupida com petrobulbos. A vanguarda esperava ali, cinco mil homens, a postos em fileiras perfeitas. Teleb gostava de preparar um bom espetáculo.

Do outro lado do campo, fora do alcance dos arcos, uma muralha quebrava a paisagem com, aparentemente, nada para proteger. A cidade estava oculta na fenda na pedra. Do sudoeste, uma brisa vinda do lago trazia o aroma fecundo de ervas e crem.

Teleb foi até ele, usando sua Armadura. Bem, a Armadura de Adolin. A Armadura de Evi.

— Luminobre — disse Teleb —, pouco tempo atrás, uma grande caravana com guardas deixou a Fenda. Não tínhamos os homens para fazer cerco à cidade, e o senhor havia nos dado ordens de não combater. Então mandei uma equipe de batedores para segui-los, homens que conhecem a área, mas em geral deixamos a caravana escapar.

— Você fez bem — disse Dalinar, pegando seu cavalo de um cavalariço. — Ainda que eu fosse gostar de saber quem está levando suprimentos para a Fenda, isso pode ter sido uma tentativa de atraí-lo para uma escaramuça. Contudo, reúna a vanguarda agora e mande que me sigam. Informe o resto dos homens. Faça com que formem fileiras, só por via das dúvidas.

— Senhor? — indagou Teleb, chocado. — Não quer que o exército descanse antes de atacar?

Dalinar subiu na sela e passou cavalgando por ele a trote, indo na direção da Fenda. Teleb, geralmente inabalável, praguejou e gritou ordens, então foi rápido até a vanguarda, reunindo-os e fazendo com que marchassem apressadamente atrás de Dalinar.

Dalinar certificou-se de não ir muito à frente. Logo ele se aproximou das muralhas de Rathalas, onde os rebeldes haviam se reunido, principalmente arqueiros. Eles não estariam esperando um ataque tão cedo, mas naturalmente Dalinar também não acamparia muito tempo do lado de fora, exposto às tempestades.

Não alimente a coisa.

Será que ela sabia que ele considerava aquela fome dentro dele, a sede de sangue, algo estranhamente externo? Um companheiro. Muitos dos seus oficiais sentiam o mesmo. Era natural. Você ia para a guerra e a Euforia era sua recompensa.

Os armeiros de Dalinar chegaram e ele desceu da sela e entrou nas botas que eles dispuseram, então estendeu os braços, deixando que eles rapidamente prendessem sua couraça e outras seções da armadura.

— Esperem aqui — ordenou ele aos seus homens, então subiu de volta no cavalo e colocou o elmo no pomo da sela.

Avançou com o cavalo até o campo mortuário, invocando sua Espada Fractal e pousando-a no ombro, as rédeas na outra mão.

Anos haviam se passado desde seu último assalto à Fenda. Ele imaginou Gavilar correndo à frente, Sadeas praguejando atrás dele e exigindo "prudência". Dalinar foi avançando até estar a cerca de metade do caminho até os portões. Mais perto do que isso e aqueles arqueiros provavelmente começariam a atirar; ele já estava ao alcance deles. Deteve seu cavalo e esperou.

Houve alguma discussão nas muralhas; ele podia ver a agitação entre os soldados. Depois de cerca de trinta minutos sentado ali, seu cavalo calmamente lambendo o chão e mordiscando a grama que espiava para fora, os portões finalmente se abriram. Uma companhia de infantaria saiu, acompanhando dois homens a cavalo. Dalinar nem deu atenção ao homem calvo com uma marca de nascença roxa cobrindo metade do rosto; ele era velho demais para ser o menino que Dalinar havia poupado.

Devia ser o homem mais jovem no cavalo branco, a capa tremulando atrás dele. Sim, ele tinha uma pressa, seu cavalo ameaçando ultrapassar os guardas. E a maneira como ele fulminava Dalinar com os olhos... aquele era o Luminobre Tanalan, filho do velho Tanalan, a quem Dalinar havia derrotado depois de cair na Fenda em si. Aquele combate furioso através de pontes de madeira e então por um jardim suspenso à beira do abismo.

O grupo parou a cerca de 15 metros de Dalinar.

— Você veio conversar? — gritou o homem com a marca de nascença no rosto.

Dalinar conduziu seu cavalo até mais perto para não precisarem falar tão alto. Os guardas de Tanalan levantaram escudos e lanças.

Dalinar inspecionou-os, depois olhou as fortificações.

— Você trabalhou bem aqui. Homens com varas nas muralhas, para me derrubar, caso eu fosse sozinho. Redes penduradas no topo, que você pode cortar para me enredar.

— O que você quer, tirano? — retrucou Tanalan bruscamente. Sua voz tinha o sotaque anasalado típico dos habitantes da Fenda.

Dalinar dispensou sua Espada e desceu do cavalo, a Armadura raspando na pedra quando ele atingiu o chão.

— Caminhe comigo por um momento, luminobre. Prometo não machucá-lo, a menos que seja atacado primeiro.

— Eu deveria acreditar na sua palavra?

— O que eu fiz, da última vez em que estivemos juntos? — perguntou Dalinar. — Quando o tive em minhas mãos, como foi que agi?

— Você me roubou.

— E então? — perguntou Dalinar, encarando os olhos roxos do mais jovem.

Tanalan mediu-o de alto a baixo, batendo um dedo contra a sela. Finalmente ele desmontou. O homem com a marca de nascença no rosto pôs uma das mãos no ombro dele, mas o jovem luminobre se soltou.

— Não entendo o que você espera conseguir, Espinho Negro — disse Tanalan, juntando-se a Dalinar. — Não temos nada a dizer um ao outro.

— O que espero conseguir? — disse Dalinar, pensativo. — Não sei ao certo. Geralmente é meu irmão que fala.

Ele começou a caminhar ao longo do corredor entre os dois exércitos oponentes. Tanalan hesitou, então trotou para alcançá-lo.

— Suas tropas parecem boas — disse Dalinar. — Corajosas. Dispostas contra uma força superior, mas determinadas.

— Elas têm uma motivação poderosa, Espinho Negro. Você assassinou muitos dos seus pais.

— Será uma pena agora acabar com eles.

— Partindo do princípio de que você conseguiria.

Dalinar parou e se virou para fitar o homem mais baixo. Eles estavam em um campo silencioso demais, onde até mesmo os petrobulbos e a grama tiveram o bom senso de recuar.

— Alguma vez eu perdi uma batalha, Tanalan? — perguntou Dalinar em voz baixa. — Você conhece minha reputação. Acha que é exagerada?

O homem mais jovem se remexeu, olhando sobre o ombro para onde havia deixado seus guardas e conselheiros. Quando o olhou de volta, parecia mais determinado.

— É melhor morrer tentando derrubá-lo do que me render.

— É melhor ter certeza disso — respondeu Dalinar. — Porque, se eu vencer aqui, serei obrigado a fazê-los de exemplo. Eu vou *quebrar* vocês, Tanalan. Sua lamentável e chorosa cidade será exibida diante de todos que pensam em desafiar meu irmão. Tenha *absoluta* certeza de que quer lutar comigo, porque, quando a luta começar, serei forçado a deixar apenas viúvas e cadáveres para povoar a Fenda.

O queixo do jovem nobre caiu lentamente.

— Eu...

— Meu irmão tentou palavras e política para colocá-lo na linha. Bem, eu sou bom apenas em uma coisa. Ele constrói. Eu destruo. Mas, por causa das lágrimas de uma boa mulher, eu vim... contrariando meu bom senso... oferecer uma alternativa. Vamos descobrir um acordo que poupe sua cidade.

— Um acordo? Você *matou meu pai*.

— E algum dia um homem vai me matar — replicou Dalinar. — Meus filhos amaldiçoarão o nome dele como você amaldiçoa o meu. Espero que *eles* não joguem fora milhares de vidas em uma batalha sem esperança devido a esse rancor. Você quer vingança. Ótimo. Vamos duelar. Eu e você. Emprestarei a você uma Espada e Armadura e vamos nos enfrentar em pé de igualdade. Se eu vencer, seu povo deve se render.

— E se eu o vencer, seus exércitos partirão?

— Improvável — disse Dalinar. — Suspeito que lutarão ainda mais. Mas eles não me terão, e você vai ter reconquistado a Espada do seu pai. Quem sabe? Talvez você consiga derrotar o exército. Pelo menos terá uma tormentosa chance melhor.

Tanalan franziu o cenho.

— Você não é o homem que eu pensei que fosse.

— Sou o mesmo homem que sempre fui. Mas hoje... hoje aquele homem não quer matar ninguém.

Um fogo súbito dentro dele rugiu contra essas palavras. Ele realmente ia se esforçar tanto para *evitar* o conflito que antecipara?

— Um dos seus está trabalhando contra você — disse Tanalan subitamente. — Os leais grão-príncipes? Há um traidor entre eles.

— Eu ficaria surpreso se não houvesse vários — disse Dalinar. — Mas sim, sabemos que um deles tem trabalhado com você.

— Uma pena. Os homens dele estavam aqui não faz uma hora. Um pouco mais cedo e você os teria pegado. Talvez assim eles fossem forçados a se juntar a mim, e o mestre deles teria sido arrastado para a guerra.

Ele balançou a cabeça, então se virou e caminhou de volta para seus conselheiros.

Dalinar suspirou, frustrado. Uma dispensa. Bem, nunca houvera muita chance de que aquilo funcionasse. Ele voltou ao seu cavalo e subiu na sela.

Tanalan também montou. Antes de cavalgar de volta para a cidade, o homem saudou Dalinar.

— É lamentável, mas não vejo outra saída. Não posso derrotá-lo em um duelo, Espinho Negro. Tentar fazer isso seria tolice. Mas sua oferta é... apreciada.

Dalinar grunhiu, colocou seu elmo, então virou seu cavalo.

— A menos... — disse Tanalan.

— A menos?

— A menos, naturalmente, que todo o tempo isso aqui tenha sido uma artimanha, um plano combinado pelo seu irmão, você, e eu — disse Tanalan. — Uma... falsa rebelião. Planejada para enganar grão-príncipes desleais a se revelarem.

Dalinar levantou seu visor e se virou novamente.

— Talvez minha raiva tenha sido fingida — disse Tanalan. — Talvez estivéssemos em contato desde que você atacou a Fenda, anos atrás. Você *poupou* minha vida, afinal de contas.

— Sim — disse Dalinar, sentindo uma súbita empolgação. — Isso explicaria por que Gavilar não enviou imediatamente nossos exércitos contra você. Estávamos em conluio o tempo todo.

— Que prova melhor do que o fato de termos essa estranha conversa no campo de batalha? — Tanalan olhou sobre o ombro para os seus homens na muralha. — Meus homens devem estar achando isso estranho. Vai fazer sentido quando eles ouvirem a verdade... que eu estava contando a você sobre o emissário que esteve aqui, entregando armas e suprimentos para nós de um dos seus inimigos secretos.

— Sua recompensa, naturalmente, seria legitimidade como um grão-senhor no reino — disse Dalinar. — Talvez o lugar daquele grão-príncipe.

— E sem combate hoje — disse Tanalan. — Sem mortes.

— Sem mortes. Exceto, talvez, para os verdadeiros traidores.

Tanalan olhou para seus conselheiros. O homem com a marca de nascimento assentiu lentamente.

— Eles estão seguindo para leste, na direção das Colinas Devolutas — contou Tanalan, apontando. — Uma centena de soldados e caravaneiros. Acho que estão planejando passar a noite na parada de uma cidade chamada Vedelliar.

— Quem era? — indagou Dalinar. — Qual grão-príncipe?

— Pode ser melhor que você descubra por conta própria, já que...

— *Quem?* — interpelou Dalinar.

— O Luminobre Torol Sadeas.

Sadeas?

— Impossível!

— Como eu disse, é melhor você ver por conta própria. Mas testemunharei diante do rei, contanto que mantenha seu lado do nosso... acordo.

— Abra seus portões para os meus homens — disse Dalinar, apontando. — Retire seus soldados. Você tem minha palavra de honra que estará seguro.

Com isso, ele se voltou e trotou de volta para suas forças, passando por um corredor de homens. Enquanto o percorria, Teleb correu para encontrá-lo.

— Luminobre! Meus batedores voltaram da inspeção daquela caravana. Senhor, ela...

— Era de um grão-príncipe?

— Sem dúvida alguma — respondeu Teleb. — Eles não conseguiram determinar qual, mas alegam ter visto alguém com uma *Armadura Fractal* entre eles.

Armadura Fractal? Aquilo não fazia sentido.

A menos que ele esteja planejando cuidar para que sejamos derrotados, pensou Dalinar. *Talvez não seja uma simples caravana de suprimentos... talvez seja uma força de flanqueamento disfarçada.*

Um único Fractário atingindo a retaguarda do seu exército enquanto ele estava distraído poderia causar danos incríveis. Dalinar não acreditava em Tanalan, não completamente. Mas... Raios, se Sadeas secretamente *houvesse* enviado um dos seus Fractários para o campo de batalha, Dalinar não poderia mandar uma simples equipe de soldados para lidar com ele.

— Você está no comando — disse ele para Teleb. — Tanalan vai se retirar; faça com que a vanguarda se junte aos habitantes locais nas fortificações, mas não os substitua. Acampe o resto do exército lá no campo e mantenha nossos oficiais fora de Rathalas. Não é uma rendição. Vamos fingir que ele estava do nosso lado todo esse tempo, para que ele possa salvar sua reputação e preservar seu título. Horinar, quero uma companhia de cem soldados de elite, os mais velozes, pronta para marchar comigo imediatamente.

Eles obedeceram, sem fazer perguntas. Mensageiros correram com mensagens e a área toda se tornou uma colmeia de movimento, homens e mulheres se apressando em todas as direções.

Uma pessoa estava parada no meio daquilo tudo, as mãos juntas diante do peito com um ar esperançoso.

— O que aconteceu? — perguntou Evi enquanto ele trotava na direção dela.

— Volte ao nosso acampamento e componha uma mensagem para meu irmão dizendo que talvez tenhamos trazido a Fenda para nosso lado sem derramamento de sangue. — Ele fez uma pausa, depois acrescentou: — Diga a ele para não confiar em ninguém. Um dos nossos aliados mais próximos pode ter nos traído. Vou descobrir a verdade.

72

AQUAPÉTREA

> *Os Dançarinos de Precipícios estão ocupados demais realocando os servos e agricultores da torre para enviar um representante para registrar seus pensamentos nessas gemas.*
> *Eu farei isso por eles, então. Serão eles os mais perturbados por essa decisão. Os Radiantes serão acolhidos pelas nações, mas e toda essa gente agora sem lar?*

— Da gaveta 4-17, segundo topázio

A CIDADE TINHA UM PULSO, e Véu sentia que podia ouvi-lo quando fechava os olhos.

Estava agachada em uma sala escura, as mãos tocando o chão de pedra, que havia sido erodido por milhares e mais milhares de passos. Se a pedra encontrava um homem, a pedra podia vencer — mas se a pedra encontrava a *humanidade*, então nenhuma força poderia preservá-la.

O pulso da cidade era profundo dentro daquelas pedras, velho e lento. Ele ainda não percebera que algo sombrio havia se mudado para lá. Um espreno tão antigo quanto ela; uma doença urbana. As pessoas não falavam sobre o assunto; elas evitavam o palácio, mencionavam a rainha apenas para reclamar sobre a fervorosa que havia sido morta. Era como parar sob uma grantormenta e resmungar que seus sapatos estavam apertados demais.

Um assovio suave chamou a atenção de Véu. Ela ergueu os olhos e vasculhou a pequena doca de carregamento ao seu redor, ocupada apenas por ela mesma, Vathah e sua carroça.

— Vamos.

Véu abriu a porta e entrou na mansão propriamente dita. Ela e Vathah estavam usando novos rostos. O dela era uma versão de Véu com um nariz grande demais e bochechas com covinhas.

Ele estava com o rosto de um homem bruto que Shallan vira no mercado. O assovio de Rubro significava que a área estava limpa, então eles seguiram pelo corredor sem hesitação.

A extravagante mansão de pedra havia sido construída ao redor de um átrio quadrado e a céu aberto, onde casca-pétreas e petrobulbos bem cuidados floresciam, pululando com esprenos de vida. O átrio tinha quatro andares, com passarelas ao redor de cada nível. Rubro estava no segundo, assoviando enquanto se apoiava na balaustrada.

O verdadeiro destaque da mansão, contudo, não era o jardim, mas as quedas-d'água. Porque nenhuma delas era água de verdade.

Já *haviam* sido. Mas há muito tempo alguém havia misturado riqueza demais com imaginação demais e contratado Transmutadores que transformaram as grandes fontes de água que vertiam do último andar em outros materiais a partir do ponto em que a água alcançava o chão.

O caminho de Véu levou-a por cômodos à esquerda, com um beiral da varanda do átrio do segundo andar acima. Uma ex-queda-d'água vertia à sua direita, agora feita de cristal. A forma da água fluindo caía para sempre no chão de pedra, onde ela brotava feito uma onda, brilhante e resplandecente. A mansão havia mudado de dono dezenas de vezes, e as pessoas a chamavam de Aquapétrea — apesar de a mais recente proprietária ter passado a última década tentando mudar o nome para o incrivelmente tedioso de Casa Hadinal.

Véu e Vathah se apressaram, acompanhados pelo assovio tranquilizador de Rubro. A queda d'água seguinte tinha um formato similar, mas era feita de madeira de cepolargo escura e polida. Parecia estranhamente natural, quase como se uma árvore *pudesse* ter tomado aquela forma, derramada de cima e correndo para baixo em uma coluna ondulante, esguichando na base.

Eles logo passaram por uma sala à esquerda, onde Ishnah estava falando com a atual senhora de Aquapétrea. Toda vez que a Tempestade Eterna caía, causava destruição — mas de uma maneira estranhamente distinta de uma grantormenta. O relâmpago da Tempestade Eterna se provara o maior perigo. O estranho relâmpago vermelho não só causava incêndios ou queimava o chão; era capaz de romper a rocha, provocando explosões de pedra fragmentada.

Um desses ataques havia criado um buraco enorme na lateral daquela antiga e celebrada mansão. O buraco fora tapado com uma feia parede de madeira que seria coberta com crem, então finalmente escondida por tijolos. A Luminosa Nananav — uma alethiana de meia-idade com o cabelo em um coque quase tão alto quanto ela — gesticulava para o buraco tapado, então para o chão.

— Faça com que combinem com os outros — disse Nananav para Ishnah, que estava disfarçada de vendedora de tapetes. — Não tolerarei nem uma *sombra* de diferença. Quando você voltar com os tapetes reparados, vou colocá-los ao lado dos tapetes nas outras salas para conferir!

— Sim, Luminosa — disse Ishnah. — Mas os danos são muito piores do que eu...

— Esses tapetes foram tecidos em *Shinovar*. Eles foram feitos por um cego que treinou *trinta anos* com um mestre tecelão antes de ter permissão de produzir os próprios tapetes! Ele morreu depois de terminar minha encomenda, então *não existem outros* como esses.

— Estou ciente, já que a senhora me disse isso três vezes até agora...

Véu capturou uma Lembrança da mulher; então ela e Vathah se esgueiraram pela sala, seguindo ao longo do átrio. Eles supostamente eram parte da equipe de Ishnah, e não seria tolerado que perambulassem livremente. Rubro — notando que eles estavam a caminho — começou a retornar até Ishnah. Ele havia pedido licença para ir ao banheiro, mas sentiriam sua falta se demorasse demais.

Ele parou de assoviar.

Véu abriu uma porta e puxou Vathah para dentro, o coração batendo forte enquanto, bem do lado de fora, um par de guardas descia a escadaria, vindos do segundo andar.

— Ainda acho que deveríamos fazer isso à noite — sussurrou Vathah.

— Eles guardam esse lugar como um forte à noite.

A mudança da guarda ocorria no meio da manhã, então Véu e os outros chegaram pouco antes disso. Teoricamente, significava que os guardas estariam cansados e entediados depois de uma noite monótona.

Véu e Vathah haviam adentrado a pequena biblioteca iluminada por algumas esferas em um cálice na mesa. Vathah olhou-as de relance, mas não se moveu — aquela infiltração valia muito mais do que algumas claretas. Véu pousou sua bolsa e mexeu nela até encontrar um caderno e um lápis de carvão.

Véu respirou fundo, então deixou Shallan voltar à existência. Ela rapidamente desenhou Nananav a partir do vislumbre que tivera.

— Ainda estou surpreso que você seja as duas — comentou Vathah. — Vocês não são nada parecidas.

— Essa é a ideia, Vathah.

— Eu queria ter descoberto. — Ele grunhiu, coçando o lado da cabeça. — Eu gosto de Véu.

— E de mim não?

— Você é minha chefe. Eu não devo gostar de você.

Direto, ainda que rude. Pelo menos sempre se sabia da verdadeira opinião dele. Ele prestou atenção junto à porta, então a abriu, conferindo os guardas.

— Tudo bem. Vamos subir as escadas, então voltamos pela passarela do segundo andar. Pegamos as coisas, enfiamos no elevador de comida e vamos para a saída. Raios. Gostaria de poder fazer isso quando ninguém estivesse acordado.

— Qual seria a graça? — Shallan terminou seu desenho com um floreio, então se levantou, cutucando Vathah no flanco. — Admita. Você está se divertindo.

— Estou tão nervoso quanto um recruta novo no seu primeiro dia de guerra — disse Vathah. — Minhas mãos tremem, e fico achando que cada ruído significa que alguém nos descobriu. Estou *enjoado*.

— Viu? — disse Shallan. — Divertido.

Ela o empurrou para o lado e espiou pela porta entreaberta. Guardas tormentosos. Eles estavam no átrio ali perto. Sem dúvida podiam ouvir a voz da verdadeira Nananav dali, de modo que se Shallan chegasse usando o rosto da mulher, certamente causaria alarme.

Hora de ser criativa. Padrão zumbiu enquanto ela pensava. Fazer as quedas d'água voltarem a fluir? Ilusões de esprenos estranhos? Não... não, nada tão teatral. Shallan estava deixando seu senso dramático sair do controle.

Manter a simplicidade, como já havia feito antes. À maneira de Véu. Ela fechou os olhos e expirou, infundindo Luz em Padrão, Teceluminando apenas som — a voz de Nananav chamando os guardas para a sala onde ela estava instruindo Ishnah. Por que usar um truque novo quando os velhos funcionavam perfeitamente? Véu não sentia a necessidade de improvisar só para ser diferente.

Padrão levou a ilusão consigo, e o som atraiu os guardas para fora do corredor. Shallan conduziu Vathah para fora da biblioteca, então ao redor da esquina e pelos degraus acima. Ela expirou Luz das Tempestades, que a cobriu, e se tornou Véu plenamente. Então Véu tornou-se a mulher que não era *exatamente* Véu, com as covinhas. E então, em cima disso tudo, ela se tornou Nananav.

Arrogante. Faladora. Certa de que todo mundo ao redor dela estava apenas *procurando* um motivo para não fazer as coisas do jeito certo. Ao chegarem ao andar seguinte, ela adotou um passo calmo e comedido, fitando o corrimão. Quando ele fora polido pela última vez?

— Eu não acho isso divertido — disse Vathah, caminhando ao lado dela. — Mas eu gosto.

— Então é divertido.

— Divertido é ganhar no carteado. Isso aqui é outra coisa.

Ele havia assumido o papel com seriedade, mas ela realmente deveria procurar alguns servos mais refinados. Vathah era como um porco em roupas humanas, sempre grunhindo e matutando.

E ela não merecia ser servida pelos melhores? Era uma *Cavaleira Radiante*. Não deveria ter que aguentar desertores meio animalescos, que pareciam algo que Shallan desenharia depois de uma noite de bebedeira, e talvez segurando o lápis com os dentes.

O personagem está assumindo o controle, parte dela sussurrou. *Cuidado.* Ela olhou ao redor, procurando Padrão, mas ele ainda estava lá embaixo.

Pararam em uma sala do segundo andar, bem trancada. O plano era que Padrão a abrisse, mas ela não estava com a paciência para esperar. Além disso, um criado-mestre estava se aproximando.

Ele fez uma mesura quando viu Nananav.

— É *assim* que me cumprimenta? — disse Nananav. — Com essa sacudida rápida? Onde você aprendeu isso?

— Minhas desculpas, Luminosa — disse o homem, curvando-se mais profundamente.

— Eu poderia cortar suas pernas na altura dos joelhos — replicou Nananav. — Então talvez você ao menos *parecesse* penitente. — Ela bateu na porta. — Abra isso aqui.

— Por que... — Ele parou subitamente, talvez percebendo que ela não estava no clima para reclamações. O homem se apressou em mexer na tranca de combinação da porta, então a abriu para ela, deixando sair o aroma de temperos.

— Pode ir cumprir uma penitência pelo seu insulto à minha pessoa — disse Nananav. — Suba até o telhado e fique lá por exatamente uma hora.

— Luminosa, se eu a ofendi...

— *Se?* — Ela apontou. — Saia!

Ele fez outra mesura — o mínimo suficiente — e saiu correndo.

— A senhora pode estar exagerando um pouco, Luminosa — disse Vathah, esfregando o queixo. — Ela tem uma reputação de ser difícil, não *maluca*.

— Calado — disse Nananav, adentrando a sala.

A despensa da mansão.

Prateleiras de salsichas secas cobriam uma parede. Sacos de grãos estavam empilhados na parte de trás, e caixas cheias de raízes-compridas e outros tubérculos cobriam o chão. Sacos de temperos. Pequenos jarros de óleo.

Vathah fechou a porta, então começou apressadamente a enfiar salsichas em um saco. Nananav não teve tanta pressa. Aquele ali era um bom lugar para guardar tudo aquilo, bem trancado. Levar para outro lugar parecia... bem, um crime.

Talvez ela pudesse se mudar para Aquapétrea, interpretar o papel. E a antiga senhora da casa? Bem, ela obviamente era a versão inferior. Era só dar um jeito na mulher, tomar seu lugar. Isso parecia *certo*, não parecia?

Com um arrepio, Véu deixou uma camada da ilusão cair. Raios... Raios. O que fora *aquilo*?

— Sem querer *ofender*, Luminosa — disse Vathah, colocando seu saco de salsichas no elevador de comida —, mas você pode ficar aí parada olhando... Ou pode tormentosamente ajudar e conseguir mais comida e menos ego.

— Desculpe — disse Véu, agarrando um saco de grãos. — A cabeça daquela mulher é um lugar assustador.

— Bem, eu disse que Nananav tinha fama de ser difícil.

Sim, pensou Véu. *Mas eu estava falando de Shallan.*

Eles trabalharam rapidamente, preenchendo o grande elevador de comida — que era necessário para receber grandes remessas da sala de entrega abaixo. Eles pegaram todas as salsichas, a maioria das raízes-compridas e alguns sacos de grãos. Quando o elevador de comida ficou cheio, os dois o baixaram até o térreo. Esperaram junto à porta e, felizmente, Rubro começou a assoviar. O térreo estava livre novamente. Não confiando em si mesma para usar o rosto de Nananav, ela permaneceu como Véu enquanto os dois saíam apressados. Padrão esperava do lado de fora e zumbiu, subindo pelas calças dela.

Na saída, eles passaram pela queda d'água feita de puro mármore. Shallan adoraria se demorar e admirar a hábil Transmutação. Felizmente, Véu estava no comando daquela operação. Shallan... Shallan se perdia. Ela se concentrava nos detalhes ou ficava com a cabeça nas nuvens, imaginando o cenário completo. Aquele agradável meio do caminho, a segurança da moderação, era terreno estranho para ela.

SACRAMENTADORA

Desceram os degraus, então se juntaram a Rubro na sala danificada e ajudaram-no a levar um tapete enrolado até a área de carregamento. Ela fez com que Padrão silenciosamente abrisse a tranca do elevador de comida, então o mandou ir enganar alguns servos que estavam trazendo lenha para aquele local. Eles perseguiram a imagem de um vison selvagem com uma chave na boca.

Juntos, Véu, Rubro e Vathah desenrolaram o tapete, encheram-no com sacos de comida do elevador, então o enrolaram de volta e o carregaram até a carroça. Os guardas no portão não reparariam em alguns tapetes extravolumosos.

Eles pegaram um segundo tapete, repetiram o processo, então voltaram. Véu, contudo, fez uma pausa na área de carregamento, bem junto da porta. O que era aquilo no teto? Ela inclinou a cabeça, fitando as estranhas poças de líquido pingando.

Esprenos de raiva, compreendeu. *Acumulando-se ali e então fervilhando através do piso.* A despensa estava diretamente acima deles.

— Corram! — disse Véu, girando e disparando de volta para a carroça.

Um segundo depois, alguém no andar de cima começou a gritar.

Véu subiu apressada no banco da carroça, então atingiu o chule com a vara de condução. Sua equipe, junto com Ishnah, veio correndo e saltou na carroça, que começou a se mover. Passo. A. Passo. Bem. Devagar.

Véu... Shallan bateu no casco do grande cascudo, estimulando-o a avançar. Mas chules seguiam em velocidade de chule. A carroça saiu para o pátio e à frente os portões já estavam se fechando.

— Raios! — disse Vathah. Ele olhou sobre o ombro. — Isso faz parte da "diversão"?

Atrás deles, Nananav irrompeu do edifício, seu cabelo balançando.

— Detenham-nos! Ladrões!

— Shallan? — indagou Vathah. — Véu? Seja lá quem for! Raios, eles têm *balestras*!

Shallan expirou.

Os portões se fecharam à frente deles. Guardas armados adentraram o pequeno pátio, com armas de prontidão.

— Shallan! — gritou Vathah.

Ela se levantou na carroça, Luz das Tempestades girando ao seu redor. O chule parou e ela confrontou os guardas. Os homens se detiveram subitamente, seus queixos caindo.

Atrás deles, Nananav quebrou o silêncio.

— O que vocês estão fazendo, idiotas? Por que... — Ela parou de falar, então se deteve quando Shallan virou-se para fitá-la. Usando o rosto da mulher.

Mesmo cabelo. Mesmas feições. Mesmas roupas. Igual até na atitude, com o nariz empinado. Shallan/Nananav ergueu as mãos e esprenos surgiram do chão ao redor da carroça. Poças de sangue, bruxuleando na cor errada e fervilhando com demasiada violência. Cacos de vidro que caíam do céu. Esprenos de expectativa parecendo tentáculos finos.

Shallan/Nananav deixou sua imagem se distorcer, as feições escorregando do seu rosto, pingando como tinta sobre uma parede. A Nananav comum gritou e fugiu de volta para a casa. Um dos guardas disparou a balestra e a seta acertou Shallan/Nananav bem na cabeça.

Droga.

Sua visão se turvou por um momento e ela teve um lampejo de pânico, lembrando-se de como fora atacada no palácio. Mas por que deveria se importar que esprenos de dor verdadeiros se juntassem aos ilusórios ao redor dela? Endireitou-se e olhou de volta para os soldados, seu rosto derretendo, a flecha presa na sua têmpora.

Os guardas fugiram.

— Vathah — disse ela —, pur favorch, abra o porchão. — Sua boca não estava funcionando direito. Que estranho.

Vathah não se mexeu, então ela o fulminou com um olhar.

— AH! — gritou ele, recuando e tropeçando sobre um dos tapetes no interior da carroça.

Ele caiu ao lado de Rubro, que estava cercado por esprenos de medo, que pareciam bolhas de gosma. Até Ishnah parecia ter visto um Esvaziador. Shallan se desfez das ilusões, de todas elas, até virar Véu. A Véu normal, de sempre.

— Chitá tudo bem — disse Véu. — Chó iluchõis. Vá, abra os porchões.

Vathah pulou da carroça e correu até os portões.

— Hum, Véu... — disse Rubro. — A seta de balestra... o sangue está manchando sua roupa.

— Eu ia chogá-la fora mesmo — disse ela, voltando a se sentar, mais tranquila enquanto Padrão voltava para a carroça e percorria o banco até alcançá-la. — Tenho um novo trache quache pronto.

Nesse ritmo, ela teria que comprá-los a granel.

Eles manobraram a carroça para fora dos portões, então recolheram Vathah. Nenhum guarda os perseguiu e a mente de Véu... ficou à deriva enquanto eles se afastavam.

Aquela... aquela seta de balestra *estava* ficando irritante. Ela não sentia sua mão segura. Droga. Cutucou a seta; parecia que sua Luz das Tempestades curara a cabeça *ao redor* da ferida. Ela trincou os dentes e tentou arrancá-la, mas a coisa estava presa ali. Sua visão se turvou novamente.

— Vou precisar de achuda aqui, rapajes — disse ela, apontando para a seta e sugando mais Luz das Tempestades.

Ela apagou totalmente quando Vathah arrancou a seta. Voltou à consciência algum tempo depois, caída no banco da frente da carroça. Quando tocou a lateral da cabeça com os dedos, não encontrou buraco algum.

— Às vezes você me preocupa — comentou Vathah, conduzindo o chule com a vara.

— Eu faço o que precisa ser feito — disse Véu, relaxando e colocando os pés sobre a parte da frente da carroça.

Era só sua imaginação, ou as pessoas nas ruas aquele dia pareciam mais famintas do que nos dias anteriores? Esprenos de fome zumbiam sobre a cabeça do povo, como pontos negros, ou como as mosquinhas do tipo que às vezes apareciam perto de plantas em putrefação. Crianças choravam no colo de mães exaustas.

Véu virou o rosto, envergonhada, pensando na comida que havia escondido na carroça. Quanto bem poderia fazer com tudo aquilo? Quantas lágrimas poderia secar, quantos dos gritos de fome das crianças poderia silenciar?

Calma...

Infiltrar o Culto dos Momentos era um bem maior do que alimentar umas poucas bocas agora. Ela precisava daquela comida para comprar sua entrada. Para investigar... o Coração do Festim, como Riso chamara.

Véu não sabia muito sobre os Desfeitos. Nunca prestara atenção no que os fervorosos diziam sobre temas importantes, muito menos no que falavam sobre contos folclóricos antigos e histórias de Esvaziadores. Shallan sabia pouco e queria descobrir um livro sobre o assunto, naturalmente.

Na noite anterior, Véu retornara à estalagem onde Shallan havia se encontrado com o Riso do Rei e, muito embora ele não estivesse lá, deixara uma mensagem para ela.

Eu ainda estou tentando arrumar um contato para você entre os superiores do culto. Todos com quem falo dizem apenas: "Faça algo para chamar a atenção deles." Eu faria, mas tenho certeza de que violar as leis de indecência da cidade seria imprudente, mesmo levando em conta a inexistência de uma guarda de verdade.

Fazer algo para chamar a atenção deles. O culto parecia estar metido em tudo na cidade. Meio como os Sanguespectros. Vigiando em segredo.

Talvez ela não precisasse esperar por Riso. E talvez pudesse resolver dois problemas ao mesmo tempo.

— Leve-nos ao Mercado de Ringington — disse ela a Vathah, mencionando o mercado mais próximo da loja da costureira.

— Não vamos descarregar a comida antes de devolvermos a carroça para aquele comerciante?

— É claro que vamos — disse ela.

Ele a fitou, mas quando não recebeu explicações, voltou a carroça na direção indicada. Véu pegou seu chapéu e casaco da parte de trás da carroça e os vestiu, então cobriu as manchas de sangue com uma Teceluminação.

Ela pediu que Vathah estacionasse diante de um edifício específico no mercado. Quando pararam, refugiados espiaram no interior da carroça, mas só viram tapetes — e se dispersaram quando Vathah olhou feio para eles.

— Vigie a carroça — ordenou Véu, pegando um saquinho de comida.

Ela desceu e andou rápido rumo ao edifício. O telhado havia sido arruinado pela Tempestade Eterna, tornando-o perfeito para invasores. Encontrou Grund dentro da sala principal, como de costume.

Ela havia voltado várias vezes durante aquele tempo na cidade, conseguindo informações com Grund — que era o pivetinho sujo que subornara com comida no seu primeiro dia no mercado. Ele parecia estar sempre por ali e Véu estava bem ciente do valor de ter um moleque local de quem obter informações.

Naquele dia, ele estava sozinho na sala. Os outros pedintes estavam fora, caçando comida. Grund desenhava em uma pequena placa com carvão, usando sua mão boa, a deformada escondida no bolso. Ele se animou assim que a viu. Havia parado de fugir; parecia que os moleques da cidade ficavam nervosos quando alguém procurava ativamente por eles.

Isso mudava quando eles sabiam que você tinha comida.

O menino tentou parecer desinteressado até que Véu largou o saco diante dele. Uma salsicha apareceu. Então, os olhos escuros dele praticamente saltaram do rosto.

— Um saco *inteiro*? — indagou Grund.

— Foi um dia bom — disse Véu, se agachando. — Alguma notícia sobre aqueles livros que pedi?

— Nada — disse ele, cutucando a salsicha, como se quisesse conferir se Véu não a pegaria de volta. — Num ouvi nada.

— Me avise se ouvir. Enquanto isso, você conhece alguém que precisa de um pouco de comida? Pessoas particularmente bondosas ou merecedoras, mas que foram ignoradas no racionamento de grãos?

Ele a fitou de soslaio, tentando determinar qual era o seu plano.

— Tenho comida para doar — explicou Véu.

— Você vai *dar comida* para as pessoas — disse ele, como se fosse algo tão racional quanto fazer crenguejos caírem do céu.

— Certamente não serei a primeira. O palácio costumava dar comida para os pobres, não?

— Isso é uma coisa que reis fazem. Não gente normal. — Ele a olhou de cima a baixo. — Mas você num é gente normal.

— Não sou.

— Bem... Muri, a costureira, sempre foi boa comigo. Ela tem um bocado de filhos. Está difícil alimentar eles. Ela tem uma palhoça perto da antiga padaria que queimou na primeira Noite Eterna. E os garotos refugiados que vivem no parque da Via do Luar. Eles são só pequenos, sabe? Ninguém cuida deles. E Jom, o sapateiro. Ele quebrou o braço... Você não quer anotar?

— Vou lembrar.

Ele deu de ombros e deu a ela uma lista longa. Véu agradeceu, então o lembrou de procurar o livro que havia pedido. Ishnah visitara alguns vendedores de livros, sob o comando de Shallan, e um deles havia mencionado um tomo chamado de *Mítica*, um volume mais novo que mencionava os Desfeitos. O livreiro possuíra uma cópia, mas sua loja havia sido roubada durante os distúrbios. Com sorte, alguém no submundo saberia onde estavam os bens dele.

Véu caminhou de volta para a carroça com um passo animado. O culto queria que ela chamasse a atenção deles? Bem, ela chamaria. Duvidava que a lista de Grund fosse imparcial, mas parar no meio do mercado e exibir os sacos de comida provavelmente causaria uma confusão. Seu método de distribuir a comida serviria.

Muri, a costureira, se provou de fato uma mulher com muitos filhos e poucos meios para alimentá-los. As crianças no parque estavam bem onde Grund havia indicado. Véu deixou um monte de comida para elas, então se afastou enquanto corriam até o alimento, surpresas.

Por volta da quarta parada, Vathah já havia entendido.

— Você vai doar tudo isso, não vai?

— Nem tudo — disse Véu, se recostando no banco enquanto eles seguiam para o próximo destino.

— E o pagamento para o Culto dos Momentos?

— Podemos sempre roubar mais. Primeiro, meu contato diz que precisamos chamar a atenção deles. Acho que uma mulher maluca de branco cavalgando pelo mercado e entregando sacos de comida vai causar esse efeito.

— Pelo menos a parte da mulher maluca está certa.

Véu enfiou a mão em um tapete enrolado e pegou uma salsicha para ele.

— Coma alguma coisa. Vai fazer você se sentir melhor.

Ele resmungou, mas pegou a salsicha e mordeu a ponta.

Ao anoitecer, a carroça estava vazia. Véu não sabia ao certo se chamaria a atenção do culto daquela maneira, mas, raios, era ótimo *fazer* alguma coisa. Shallan podia ir estudar livros, falar sobre planos e conspirar. Véu se preocupava com as pessoas que estavam realmente passando fome.

Mas ela não doou *tudo*; deixou que Vathah ficasse com sua salsicha.

73

CONTANDO QUAIS HISTÓRIAS

Estou preocupado com uma falha nas proteções da torre. Se não estamos seguros contra os Desfeitos aqui, então onde estaremos?

—Da gaveta 3-11, granada

—Não enche, Barba — disse Ved. — Você *não* conheceu o Espinho Negro.

— Conheci, sim! — contestou o soldado. — Ele elogiou meu uniforme e me deu sua própria faca. Pela minha coragem.

— Mentiroso.

— Tome cuidado — disse Barba. — Kal pode apunhalar você, se continuar interrompendo uma boa história.

— Eu? — disse Kaladin, caminhando com os outros membros do esquadrão em uma patrulha. — Não me meta nisso, Barba.

— Olhe só para ele — continuou Barba. — Ele tem olhos *famintos*, Ved. Ele quer ouvir o resto da história.

Kaladin sorriu com os outros. Havia entrado oficialmente para a Guarda da Muralha sob ordens de Elhokar, e fora prontamente incluído no esquadrão do Tenente Noro. Parecia quase... vulgar se enturmar tão rápido com o grupo, depois do esforço que havia sido forjar a Ponte Quatro.

Ainda assim, Kaladin gostava daqueles homens e apreciava seus gracejos enquanto patrulhavam ao longo da base interna da muralha. Seis homens era um bocado para uma patrulha simples, mas Azure queria que eles permanecessem em grupos. Junto com Barba, Ved e Noro, o esquadrão incluía um homem corpulento chamado Alaward e um sujeito amigável chamado Vaceslv — alethiano, mas com uma óbvia descendência thaylena. Os dois ficavam tentando convencer Kaladin a jogar cartas com eles.

Era uma recordação incômoda de Sah e dos parshemanos.

— Bem, vocês não vão acreditar no que aconteceu depois disso — continuou Barba. — O Espinho Negro me disse... Ah, raios. Vocês nem estão ouvindo, estão?

— Não mesmo — disse Ved. — Ocupado demais olhando para aquilo. — Ele indicou alguma coisa pela qual haviam passado.

Barba deu uma risadinha.

— Rá! Olhem só aquele frangote cheio de pose. Quem ele acha que está impressionando?

— Tormentoso desperdício de pele — concordou Ved.

Kal sorriu, olhou sobre o ombro, procurando a pessoa de quem Barba e Ved estavam falando. Deveria ser um bobalhão para causar tamanha...

Era Adolin.

O príncipe estava passando o tempo na esquina, usando um rosto falso e um terno amarelo seguindo o novo estilo da moda. Era guardado por Drehy, que estava vários centímetros mais alto, mastigando alegremente uma chouta.

— Em algum lugar — disse Barba solenemente —, há um reino sem bandeiras, porque aquele sujeito comprou todas e fez casacos com elas.

— Onde é que inventam essas coisas? — disse Vaceslv. — Quero dizer... Raios! Será que eles só dizem "Sabe do que preciso para o apocalipse? Sabe o que seria *realmente* prático? Um novo *casaco*. Com lantejoulas extras"?

Eles passaram por Adolin — que assentiu para Kaladin, então desviou o olhar. Isso significava que tudo estava bem e que Kaladin podia continuar com os guardas. Balançar a cabeça negativamente teria sido um sinal para se separar do grupo e voltar para a loja da costureira.

Barba continuou a achar graça.

— Quando estava servindo aos senhores mercantes de Steen, certa vez tive que atravessar a nado um tanque de tinta para salvar a filha do príncipe. No final, eu *ainda* não estava tão colorido quanto aquele crenguejo enfeitado.

Alaward grunhiu.

— Tormentosos bem-nascidos. Não servem para nada além de dar ordens ruins e comer o dobro da comida de um homem honesto.

— Mas como vocês podem dizer isso? — disse Kaladin. — Quero dizer, ele é olhos-claros. Como nós.

Ele fez uma careta. Aquilo soara falso? *Certamente é ótimo ter olhos claros, assim como eu, naturalmente, tenho olhos claros... como vocês, tenho olhos mais claros do que os olhos escuros dos olhos-escuros.* Ele tinha que invocar Syl várias vezes por dia para evitar que a cor dos seus olhos mudasse.

— Como nós? — disse Barba. — Kal, em que buraco você andou vivendo? Será que esses nobres meiucos são realmente *úteis* de onde você veio?

— Alguns — disse Kaladin.

Barba e Ved — bem, todo o esquadrão, exceto Noro — eram dezinhos: homens do décimo dan, o nível mais baixo no sistema de estratificação dos olhos-claros. Kaladin nunca prestara muita atenção nisso; para ele, olhos-claros sempre haviam sido olhos-claros.

Aqueles homens viam o mundo de modo muito diferente. Meiuco era qualquer um acima do oitavo dan, mas que não eram exatamente grão-senhores. Pelo modo como os homens do esquadrão pensavam neles, parecia até que eram de outra espécie — particularmente aqueles do quinto e sexto dans que não serviam no exército.

Como aqueles homens de algum modo acabavam se cercando de outros do seu próprio escalão? Eles se casavam com dezinhas, bebiam com dezinhos, faziam piadas com outros dezinhos. Eles tinham seu próprio jargão e tradições. Havia todo um mundo representado ali que Kaladin nunca vira, apesar de residir na porta ao lado.

— Alguns meiucos *são* úteis — disse Kaladin. — Alguns são bons duelistas. Talvez pudéssemos voltar e recrutar aquele sujeito. Ele estava portando uma espada.

Os outros o olharam como se fosse louco.

— Kal, meu codorno — disse Barba. "Codorno" era uma gíria que Kaladin ainda não havia compreendido. — Você é um bom sujeito. Gosto de como vê o melhor nos outros. Você nem mesmo aprendeu ainda a me ignorar, que é o que a maioria das pessoas decide fazer depois de nossa primeira refeição juntos. Mas você *precisa* aprender a ver o mundo como é. Não pode andar por aí confiando em meiucos, a menos que sejam bons oficiais, como o alto-marechal. Homens como aquele ali... gostam de ficar desfilando e dando ordens... mas se colocá-los na muralha durante um ataque, vão se molhar de uma cor mais amarela do que aquela roupa.

— Eles dão festas — concordou Ved. — É a melhor coisa para eles, de verdade. Faz com que fiquem longe dos nossos negócios.

Que estranha mistura de emoções. Por um lado, queria contar a eles sobre Amaram e reclamar das injustiças sofridas — repetidamente — por aqueles que amava. Ao mesmo tempo... eles estavam zombando de *Adolin Kholin*, que era possivelmente o melhor espadachim de toda Alethkar. Sim, a roupa dele era um pouco chamativa demais — mas se passassem uns cinco minutos conversando com ele, veriam que não era tão mal.

Kaladin seguiu com eles. Parecia errado estar patrulhando sem uma lança, e ele instintivamente procurou Syl, que cavalgava os ventos acima. Havia recebido uma espada de cintura para carregar à sua direita, um cassetete para carregar à esquerda e um pequeno escudo redondo. A primeira coisa que a Guarda da Muralha havia ensinado a ele fora como sacar a espada com a mão direita — sem baixar o escudo — e desembainhá-la.

Eles não usariam espadas ou cassetetes quando os Esvaziadores finalmente atacassem; havia piques apropriados para isso lá em cima. Ali embaixo era diferente. A grande via, que cercava a cidade junto da muralha, estava vazia e limpa, com manutenção feita pela Guarda. Mas a maioria das ruas que fluíam dela estava apinhada de gente. Ninguém, a não ser pelos mais pobres e miseráveis, queria ficar tão perto das muralhas.

— Por que será que esses refugiados não metem na cabeça que somos a única coisa separando eles do exército lá fora? — disse Ved.

De fato, muitos daqueles por quem passavam nas ruas laterais fitavam a patrulha com hostilidade declarada. Pelo menos ninguém jogou nada neles naquele dia.

— Eles veem que estamos alimentados — replicou Noro. — Sentem o cheiro de comida das nossas casernas. Não estão pensando com a cabeça, mas com a barriga.

— Metade desses aí pertence ao culto, de qualquer forma — observou Barba. — Qualquer dia vou ter que me infiltrar nele. Talvez tenha que me casar com a alta-sacerdotisa deles, mas vou te dizer uma coisa, sou *péssimo* em um harém. Na última vez, os outros homens ficaram com ciúme de mim por receber toda a atenção da sacerdotisa.

— Ela riu tão alto do que você tinha a mostrar que se distraiu, não foi? — perguntou Ved.

— Na verdade, tem uma história sobre...

— Calma aí, Barba — disse o tenente. — Vamos nos preparar para a entrega. — Ele passou seu escudo para a outra mão, então pegou seu cassetete. — Pessoal, hora da intimidação. Só cassetetes.

O grupo havia sacado seus porretes de madeira. Parecia errado ter que se defender do próprio povo — isso trazia memórias do exército de

Amaram, acampado perto de cidades. Todo mundo sempre *falava* sobre as glórias do exército e do combate nas Planícies Quebradas. Contudo, quando a admiração pelos soldados passava, os cidadãos partiam para a hostilidade com uma velocidade notável. Um exército era o tipo de coisa que todos queriam ter, contanto que estivesse fora, fazendo coisas importantes em outro lugar.

O esquadrão de Noro se encontrou com outro do seu pelotão — com dois esquadrões de serviço na muralha, dois descansando e dois ali patrulhando, tinham cerca de quarenta soldados. Juntos, os doze homens entraram em formação para guardar uma lenta carroça puxada por chule que deixara um dos seus armazéns maiores. Ela carregava um monte de sacos fechados.

Refugiados se aglomeraram ao redor do veículo e Kaladin brandiu seu cassetete. Teve que usar seu escudo para empurrar um homem que se aproximou demais. Felizmente, isso fez com que outros recuassem, em vez de avançar sobre a carroça.

Eles avançaram por apenas uma rua antes de pararem em uma praça da cidade. Syl desceu voando e pousou no seu ombro.

— Eles... Parece que eles *odeiam* você.

— Não eu — sussurrou Kaladin. — O uniforme.

— O que... O que você fará se eles atacarem mesmo?

Kaladin não sabia. Não fora para aquela cidade para combater a população, mas, caso se recusasse a defender o esquadrão...

— O tormentoso Velalant está atrasado — resmungou Ved.

— Um pouco mais de tempo — disse Noro. — Vamos ficar bem. A boa gente sabe que essa comida uma hora chega até eles.

Sim, depois de esperarem horas na fila das estações de distribuição de Velalant.

Mais para dentro da cidade — obscurecido pela multidão aglomerada —, um grupo de pessoas se aproximou em trajes de um roxo vivo, com máscaras ocultando seus rostos. Kaladin assistiu, incomodado, enquanto eles começavam a chicotear os próprios antebraços, atraindo esprenos de dor, que subiam do chão ao redor, como mãos sem pele. Só que aquelas mãos eram grandes demais e na cor errada, e... não pareciam humanas.

— Eu rezei para os esprenos da noite e eles vieram até mim! — disse um homem na vanguarda, levantando as mãos. — Eles me livraram da minha dor!

— Ah, não... — sussurrou Syl.

— Entreguem-se a eles! Os esprenos de mudanças! Os esprenos de uma nova tempestade, uma nova terra. Uma nova gente!

Kaladin pegou Noro pelo braço.

— Senhor, precisamos recuar. Levar esse grão de volta para o armazém.

— Temos ordens de... — Noro perdeu o fio da meada enquanto olhava a multidão cada vez mais hostil.

Felizmente, um grupo de cerca de cinquenta homens com uniformes azul e vermelho dobrou a esquina e começou a empurrar os refugiados com mãos rudes e gritos ásperos. O suspiro de Noro foi quase comicamente alto. A multidão zangada se dispersou enquanto as tropas de Velalant cercavam a remessa de grãos.

— Por que fazemos isso durante o dia? — perguntou Kaladin a um dos oficiais deles. — E por que vocês simplesmente não vão ao nosso armazém e o escoltam de lá? Por que essa exibição?

Um soldado o afastou da carroça, educadamente, mas com firmeza. As tropas a cercaram e levaram-na embora marchando, enquanto a multidão fluía atrás deles.

Quando voltaram para a muralha, Kaladin se sentiu como um homem vendo terra depois de nadar toda a distância até Thaylenah. Ele pressionou a palma contra a pedra, sentindo a textura fria e áspera. Extraiu dela uma sensação de segurança, a mesma que extraía de Luz das Tempestades. Teria sido fácil combater aquela multidão — eles estavam basicamente desarmados. Mas embora o combate o treinasse para a mecânica da luta, as emoções eram algo inteiramente diferente. Syl se aninhou no ombro dele, olhando para trás ao longo da rua.

— Isso tudo é culpa da rainha — murmurou Barba baixinho. — Se ela não houvesse matado aquela fervorosa...

— Pare com isso — disse Noro bruscamente. Ele respirou fundo. — Meu esquadrão, somos os próximos na muralha. Vocês têm meia hora para beber algo ou tirar uma soneca, depois se reúnam na nossa estação lá em cima.

— E que os raios sejam louvados por isso! — disse Barba, indo direto para a escadaria, obviamente planejando chegar na estação acima e depois relaxar. — Ficarei feliz em passar algum tempo olhando para um exército inimigo, muitíssimo obrigado.

Kaladin se juntou a Barba na subida. Ele ainda não sabia onde o homem havia arrumado seu apelido. Noro era o único no esquadrão que usava uma barba, embora a dele não fosse exatamente inspiradora. Rocha teria dado gargalhadas e feito eutanásia nela com uma navalha e um pouco de sabão.

— Por que nós pagamos os grão-senhores, Barba? — indagou Kaladin enquanto eles subiam. — Velalant e sua laia são inúteis, pelo que pude ver.

— É. Nós perdemos os grão-senhores *de verdade* nos distúrbios ou para o palácio. Mas o alto-marechal sabe o que faz. Suspeito que, se não compartilhássemos com pessoas como Velalant, teríamos que lutar com *eles* para impedir que tomassem os grãos. Pelo menos dessa forma as pessoas são alimentadas, uma hora ou outra, e podemos vigiar a muralha.

Eles falavam um bocado daquela maneira. Proteger a muralha da cidade era o trabalho deles, e se olhassem demais para fora — caso se esforçassem demais para policiar a cidade ou derrubar o culto —, perderiam o foco. A cidade precisava permanecer de pé. Mesmo se queimasse por dentro, precisava permanecer de pé. Até certo ponto, Kaladin concordava. O exército não podia fazer tudo.

Mesmo assim, doía.

— Quando vai me dizer como fazemos toda essa comida? — sussurrou Kaladin.

— Eu... — Barba olhou ao redor da escadaria e se inclinou para mais perto. — Eu não sei, Kal. Mas sabe a primeira coisa que Azure fez quando assumiu o comando? Nos fez atacar o monastério baixo, perto dos portões ocidentais, longe do palácio. Eu conheço homens de outras companhias que estavam naquele ataque. O lugar tinha sido tomado durante os distúrbios.

— Eles tinham um Transmutador, não é?

Barba assentiu.

— O único na cidade que não estava no palácio quando... você sabe.

— Mas como o usamos sem atrair os gritadores? — quis saber Kaladin.

— Bem — disse Barba, e seu tom mudou. — Não posso contar a você todos os segredos, mas...

Ele começou uma história sobre a vez em que havia pessoalmente aprendido a usar um Transmutador com o rei de Herdaz. Talvez Barba não fosse a melhor fonte de informação.

— O alto-marechal — interrompeu Kaladin. — Você notou algo estranho na Espada Fractal dela? Sem gema no cabo ou na guarda.

Barba olhou-o de soslaio, iluminado pelas janelas em fresta da escadaria. Chamar o alto-marechal de "ela" sempre provocava uma reação.

— Talvez seja por isso que *o alto-marechal* nunca a dispensa — disse Barba. — Talvez esteja quebrada, de algum modo?

— Talvez — disse Kaladin.

Além das Espadas dos seus companheiros Radiantes, ele só vira uma única outra Espada Fractal sem uma gema: a espada do Assassino de Branco. Uma Espada de Honra, que concedia poderes de Radiante a qualquer um que a portasse. Se Azure possuía uma arma que lhe concedia o poder da Transmutação, talvez isso explicasse por que os gritadores ainda não haviam descoberto.

Eles finalmente emergiram no topo da muralha, saindo para a luz solar. Os dois pararam ali, olhando para dentro da grande cidade, com suas lâminas de vento e colinas onduladas. O palácio, sempre na escuridão, dominava o lado mais distante. A Guarda da Muralha mal patrulhava a seção da muralha que passava por trás dele.

— Você conhecia alguém na Guarda do Palácio? — indagou Kaladin. — Alguns dos homens lá ainda estão em contato com suas famílias do lado de fora ou algo assim?

Barba sacudiu a cabeça.

— Eu cheguei perto, algum tempo atrás. E ouvi vozes, Kal. Sussurrando para que eu me juntasse a eles. O alto-marechal diz que devemos fechar nossos ouvidos para essas vozes. Elas não podem nos pegar a menos que a gente preste atenção. — Ele pousou a mão no ombro de Kaladin. — Suas perguntas são honestas, Kal, mas você se preocupa demais. Precisamos nos concentrar na muralha. É melhor não falar muito sobre a rainha nem sobre o palácio.

— Assim como não falamos sobre o fato de Azure ser uma mulher.

— O segredo dela... — Barba fez uma careta — Quero dizer, o segredo do alto-marechal... temos que guardá-lo e protegê-lo.

— Então estamos fazendo um trabalho tormentosamente ruim. Espero que sejamos melhores na defesa da muralha.

Barba deu de ombros, a mão ainda no ombro de Kaladin. Pela primeira vez, Kaladin notou algo.

— Não tem glifo-amuleto.

Barba olhou de relance para seu braço, onde usava a tradicional braçadeira branca onde se amarrava um glifo-amuleto. A dele estava vazia.

— É — disse ele, metendo a mão no bolso do casaco.

— Por que não?

Barba deu de ombros.

— Digamos que eu sei um bocado sobre como identificar quais histórias foram inventadas. Não tem ninguém olhando por nós, Kal.

Ele partiu rumo à estação de inspeção: uma das estruturas de torre que pontilhavam a muralha. Syl se levantou no ombro de Kaladin, então caminhou — como se estivesse em degraus invisíveis — pelo ar até ficar na altura dos olhos dele. Ela olhou na direção de Barba, seu vestido juvenil tremulando em um vento que Kaladin não podia sentir.

— Dalinar acha que Deus não está morto, só que o Todo-Poderoso... Honra... nunca foi Deus de verdade.

— Você é parte de Honra. Isso não a ofende?

— Toda criança uma hora entende que seu pai não é realmente Deus. — Ela o encarou. — Você acha que não há ninguém olhando por nós? Realmente acha que não há nada no além?

Estranha pergunta a responder para um pedacinho de uma divindade.

Kaladin se demorou no umbral da torre da guarda. Ali dentro, os homens do seu esquadrão — o Pelotão Sete, Esquadrão Dois, o que não soava tão bem quanto Ponte Quatro — riam e faziam barulho enquanto coletavam o equipamento.

— Eu costumava considerar as coisas terríveis que aconteceram comigo como prova de que não havia um deus. Então, em alguns dos meus momentos mais sombrios, considerei minha vida prova de que *deve* haver algo lá em cima, pois só a crueldade *intencional* poderia oferecer uma explicação.

Ele respirou fundo, então olhou para as nuvens. Havia sido entregue ao céu e encontrado algo magnífico ali. Recebera o poder para proteger e defender.

— Agora... Agora, eu não sei. Com o devido respeito, acho que as crenças de Dalinar são convenientes demais. Agora que uma divindade se provou imperfeita, ele insiste que o Todo-Poderoso nunca *foi* Deus? Que deve haver alguma outra coisa? Eu não gosto disso. Então... talvez essa pergunta apenas nunca seja respondida.

Ele entrou na fortificação, que tinha portas largas dos dois lados que davam para a muralha, enquanto fendas ao longo da face externa forneciam postos para arqueiros, assim como o telhado. À direita havia fileiras de armas e escudos e uma mesa para entulhos. Acima, uma grande janela voltada para a cidade, onde as pessoas ali dentro podiam receber ordens específicas através de bandeiras de sinalização lá embaixo.

Ele estava colocando seu escudo em uma prateleira quando os tambores soaram, dando o alarme. Syl subiu zunindo atrás dele como uma corda subitamente esticada.

— Ataque na muralha! — gritou Kaladin, interpretando as batidas de tambor. — Equipar!

Ele atravessou a sala correndo e pegou um pique na fileira na parede. Jogou-o para o primeiro homem que apareceu, então continuou distribuindo-os enquanto os homens chegavam apressados para obedecer aos sinais. O Tenente Noro e Barba entregavam escudos — escudos plenos, retangulares, em contraste com os pequenos escudos redondos de patrulha que carregavam lá embaixo.

— Em formação! — gritou Kaladin, imediatamente antes de Noro.

Raios. Eu não sou o comandante deles. Sentindo-se um idiota, Kaladin pegou seu próprio pique e balançou a longa vara, ficando ao lado de Barba, que levava apenas um escudo. Na muralha, os quatro esquadrões entraram em uma formação eriçada de piques e escudos sobrepostos. Alguns dos homens no centro — como Kaladin e Noro — seguravam apenas um pique, agarrando-o com as duas mãos.

Suor escorria pelas têmporas de Kaladin. Ele havia sido treinado brevemente em formações com piques durante seu tempo no exército de Amaram. Eles eram usados contra cavalaria pesada, que era um desenvolvimento mais recente no combate alethiano. Não podia imaginar que fossem muito eficazes no topo de uma muralha. Eram formações excelentes para avançar contra um bloco de tropas inimigas, mas era difícil para ele manter o pique apontado para cima. O equilíbrio assim era precário, porém, como mais poderiam combater os Moldados?

O outro pelotão que compartilhava uma estação com eles entrou em formação no topo da torre, segurando arcos. Com sorte, a cobertura de flechas misturada com a formação de piques defensivos seria eficaz. Kaladin finalmente viu os Moldados zunindo pelo ar — se aproximando de outra seção da muralha.

Os homens no seu pelotão esperaram, nervosos, ajustando glifos-amuletos ou reposicionando escudos. Os Moldados lutavam a distância com outros da Guarda da Muralha; Kaladin mal podia ouvir os gritos. Os toques de tambor das estações eram uma batida de contenção, ordenando a todos para permanecerem em suas próprias seções.

Syl voltou zunindo, movendo-se agitadamente de um lado para outro. Vários homens na formação se inclinavam para fora, como se desejassem sair do grupo e avançar para o local onde seus companheiros estavam lutando.

Fiquem firmes, pensou Kaladin, mas se conteve antes de falar em voz alta. Ele não estava no comando ali. O Capitão Deedanor, líder do pelotão, ainda não havia chegado — o que significava que Noro era o oficial no comando, pois era mais antigo que todos os outros tenentes de esquadrão. Kaladin trincou os dentes, se esforçando para se impedir de dar qualquer tipo de ordem até que, abençoadamente, Noro falou.

— Ora, não saia da sua posição, Hid — gritou o tenente. — Mantenham os escudos juntos, homens. Se corrermos agora, seremos alvos fáceis.

SACRAMENTADORA

Os homens relutantemente voltaram à formação. Enfim, os Moldados foram embora voando. Seus ataques nunca duravam muito tempo; eles davam golpes duros, testando tempos de reação em vários lugares ao longo da muralha, e frequentemente invadiam e faziam buscas dentro das torres próximas. Estavam se preparando para um ataque de verdade, e — Kaladin deduziu — também estavam tentando descobrir como a Guarda da Muralha conseguia se alimentar.

Os tambores sinalizaram para que os esquadrões se dispersassem e os homens do pelotão de Kaladin vagarosamente voltaram para sua torre. Um senso de frustração os acompanhava. Agressão acumulada; toda aquela ansiedade, a adrenalina da batalha, só para ficarem parados e suando enquanto outros homens morriam.

Kaladin ajudou a guardar as armas, então se serviu de uma tigela de guisado e se juntou ao Tenente Noro, que estava esperando na muralha logo na saída da torre. Um mensageiro usou bandeiras de sinalização para indicar aos outros na cidade que o pelotão de Noro não havia participado do combate.

— Minhas desculpas, senhor — disse Kaladin em voz baixa. — Cuidarei para que isso não aconteça de novo.

— Hum... isso o quê?

— Tomei a frente do senhor, mais cedo — disse Kaladin. — Dando ordens quando a função era sua.

— Ah! Bem, você é bem rápido de improviso, Kal! Ansioso pelo combate, eu diria.

— Talvez, senhor.

— Você quer se provar para a equipe — disse Noro, esfregando a barba rala. — Bem, gosto de um homem com entusiasmo. Mantenha a cabeça no lugar e suspeito que não demore muito a ser líder de esquadrão. — Ele disse isso como um pai orgulhoso.

— Permissão, senhor, para ser dispensado do dever? Pode haver feridos que precisam da minha atenção mais ao longo da muralha.

— Feridos? Kal, eu sei que você disse que tem algum treinamento em medicina de campo... mas os cirurgiões do exército já estarão por lá.

Certo, eles teriam cirurgiões de verdade.

Noro deu-lhe um tapa no ombro.

— Entre e coma seu guisado. Haverá bastante ação depois. Não corra tanto rumo ao perigo, tudo bem?

— Eu... vou tentar me lembrar disso, senhor.

Ainda assim, não havia nada a fazer a não ser voltar para a torre, Syl pousando no seu ombro, e sentar-se para comer seu guisado.

74

ESPRENO VELOZ

Hoje, saltei da torre pela última vez. Senti o vento dançar ao meu redor enquanto caía ao longo do lado ocidental, para além da torre, até as encostas abaixo. Vou sentir falta disso.

— Da gaveta 10-1, safira

VÉU INCLINOU A CABEÇA para olhar através da janela da antiga loja arruinada no mercado. Grund, o moleque, estava sentado no seu lugar de sempre, removendo cuidadosamente o couro suíno de um par de sapatos. Quando ouviu Véu, largou sua ferramenta e pegou a faca com a mão boa.

Ele viu que era ela, então pegou no ar o pacote de comida que ela jogou para ele. Era menor dessa vez, mas incluía algumas frutas, algo muito raro na cidade por aqueles dias. O moleque abraçou a bolsa de comida, fechando seus olhos verde-escuros, parecendo... circunspecto. Que expressão estranha.

Ele ainda suspeita de mim, ela pensou. *Está se perguntando se algum dia vou exigir algo dele por tudo isso.*

— Onde estão Ma e Seland? — indagou Véu. Ela havia preparado pacotes para as duas mulheres que ficavam ali com Grund.

— Se mudaram para a antiga loja do latoeiro — respondeu ele e indicou o teto caído com o polegar. — Acharam que esse lugar estava ficando perigoso demais.

— Tem certeza de que não quer fazer o mesmo?

— Que nada. Finalmente posso me mexer sem chutar ninguém.

Ela o deixou e enfiou as mãos nos bolsos, usando seu casaco e chapéu novos contra o ar frio. Esperara que Kholinar fosse mais quente, depois de tanto tempo nas Planícies Quebradas ou em Urithiru. Mas estava frio ali também, em meio a uma estação de clima invernal. Talvez fosse culpa da chegada da Tempestade Eterna.

Ela foi visitar Muri em seguida, a ex-costureira com três filhas. Ela era do segundo nan, um alto escalão para uma olhos-escuros, e possuíra vários negócios de sucesso em uma cidade perto de Revolar. Agora percorria as valas de água depois das tempestades, procurando cadáveres de ratos e crenguejos.

Muri sempre tinha alguma fofoca que era divertida, mas geralmente inútil. Véu saiu uma hora depois e foi até o mercado, largando seu último pacote no colo de um pedinte aleatório.

O velho pedinte farejou o pacote, então deu um grito de alegria.

— O Espreno Veloz! — disse ele, cutucando um dos outros pedintes. — Olhe, o Espreno Veloz! — Ele riu, metendo a mão dentro do pacote, e seu amigo que despertara do sono lhe tomou um pouco de pão achatado.

— Espreno Veloz? — questionou Véu.

— É você! — disse ele. — É sim, é sim! Eu *ouvi* falar de você. Roubando os ricaços por toda cidade, é sim! E ninguém pode detê-la, porque você é um *espreno*. Pode atravessar paredes, pode sim. Chapéu branco, casaco branco. Nem sempre tem a mesma cara, não é?

O pedinte começou a devorar a comida. Véu sorriu — sua reputação estava se espalhando. Ela a aumentara ao mandar Ishnah e Vathah andarem por aí, usando ilusões para se parecerem com Véu, entregando comida. Certamente, o culto não poderia ignorá-la por muito mais tempo. Padrão zumbiu enquanto ela se espreguiçava, esprenos de exaustão — todos da variedade corrompida — girando ao redor dela no ar, pequenos furacões vermelhos. O comerciante de quem havia roubado antes a perseguira pessoalmente, e ele era ágil para sua idade.

— Por quê? — perguntou Padrão.

— Por que o quê? — indagou Véu. — Por que o céu é azul e o sol, brilhante? Por que as tempestades sopram ou as chuvas caem?

— Hmmm... Por que você está tão feliz em alimentar tão poucos?

— Alimentar esses poucos é algo que podemos fazer.

— Assim como saltar de um edifício — ele disse de modo franco, como se não compreendesse o sarcasmo que havia usado. — Mas nós não fazemos isso. Você mente, Shallan.

— Véu.

— Suas mentiras envolvem outras mentiras. Hmm... — Ele parecia sonolento. Os esprenos podiam ficar com sono? — Lembre-se do seu Ideal, da verdade que falou.

Ela enfiou as mãos nos bolsos. A noite estava chegando, o sol deslizando para o horizonte ocidental. Como se estivesse fugindo da Origem e das tormentas.

Era o contato humano, a luz nos olhos das pessoas para quem dava comida, que realmente a empolgava. Alimentá-las parecia muito mais *real* do que o resto do plano de infiltrar-se no culto e investigar o Sacroportal.

É muito pouco, ela pensou. Era o que Jasnah diria. *Estou pensando pequeno demais.*

Ao longo da rua, ela passou por pessoas que choravam e sofriam. Havia um número grande demais de esprenos de fome no ar, e esprenos de medo em quase todos os cantos. Ela precisava fazer *alguma coisa* para ajudar.

Como jogar um dedal cheio d'água em uma fogueira.

Ela parou em um cruzamento, a cabeça baixa, enquanto as sombras se alongavam, estendendo-se rumo à noite. Cânticos tiraram-na do seu transe. Há quanto tempo estava parada ali?

Uma luz bruxuleante, alaranjada e primordial, pintava uma rua à esquerda. Nenhuma esfera brilhava com aquela cor. Ela caminhou em sua direção, tirando seu chapéu e sugando Luz das Tempestades. Liberou-a em uma baforada, então atravessou sua névoa, sendo envolvida por tentáculos que a transformaram.

Pessoas haviam se aglomerado, como costumavam fazer quando o Culto dos Momentos saía em um desfile. Espreno Veloz irrompeu entre eles, usando a fantasia de um espreno dos seus rascunhos — rascunhos que perdera no mar. Um espreno com a forma de uma ponta de flecha brilhante que se movia pelo céu ao redor de enguias celestes.

Borlas douradas esvoaçavam das suas costas, longas e com formas semelhantes a pontas de flechas nas extremidades. Toda a frente de seu corpo estava envolta em tecido que esvoaçava atrás dela, seus braços, pernas e rosto cobertos. Espreno Veloz fluía entre os cultistas e atraiu olhares mesmo deles.

Preciso fazer mais. Tenho que pensar em planos mais grandiosos.

Poderiam as mentiras de Shallan ajudá-la a ser mais do que uma garota arrasada do interior de Jah Keved? Uma garota que, lá no fundo, estava apavorada por *não ter ideia* do que estava fazendo.

Os cultistas cantavam em voz baixa, repetindo as palavras dos líderes na frente.

— Nosso tempo passou.
— Nosso tempo passou.
— Os esprenos chegaram.
— Os esprenos chegaram.
— Entreguem a eles nossos pecados.
— Entreguem a eles nossos pecados...

Sim... ela sentia. A liberdade que aquelas pessoas ali sentiam. Era a paz da entrega. Eles seguiam pela rua, oferecendo suas tochas e lanternas para o céu, vestindo trajes de esprenos. Por que se preocupar? Melhor abraçar a libertação, abraçar a transição, abraçar a chegada da tempestade e dos esprenos.

Abraçar o fim.

Espreno Veloz inspirou os cânticos deles e saturou-se com suas ideias. Ela se tornou eles e pôde *ouvir* a coisa sussurrando no fundo da sua mente.

Renda-se.

Dê-me sua paixão. Sua dor. Seu amor.

Entregue sua culpa.

Abrace o fim.

Shallan, eu não sou seu inimigo.

A última frase se destacou, como uma cicatriz no rosto de um homem bonito. Desnorteante.

Ela voltou a si. Raios. Inicialmente, pensara que aquele grupo poderia conduzi-la ao festim na plataforma do Sacroportal, mas... ela havia se deixado levar pela escuridão. Tremendo, parou onde estava.

Os outros pararam ao redor dela. A ilusão — as borlas semelhantes a esprenos — continuavam a esvoaçar, mesmo quando ela não estava caminhando. Não havia vento.

O cântico dos cultistas parou e esprenos de admiração corrompidos explodiram ao redor de várias das cabeças. Lufadas negras como fuligem. Alguns caíram de joelhos. Para eles — envolvida em panos tremulantes, rosto oculto, ignorando o vento e a gravidade —, ela devia parecer um espreno de verdade.

— Existem esprenos — disse Shallan para a multidão reunida, usando Teceluminação para distorcer sua voz — e existem *esprenos*. Vocês seguiram os das trevas. Eles sussurram para que vocês se abandonem. *Eles mentem.*

Os cultistas arquejaram.

— Nós não queremos sua devoção. Quando foi que os esprenos já exigiram sua *devoção*? Parem de dançar nas ruas e voltem a ser *homens* e *mulheres*. Arranquem essas fantasias idiotas e voltem para suas famílias!

Eles não se moveram rápido o bastante, então ela fez suas borlas esvoaçarem para cima, se enrolando umas nas outras, tornando-se mais compridas. Uma luz poderosa fulgurou dela.

— Vão! — gritou.

Eles fugiram, jogando fora suas fantasias enquanto partiam. Shallan esperou, tremendo, até estar sozinha. Deixou o brilho desaparecer e se envolveu nas trevas, depois saiu da rua.

Quando emergiu da escuridão, tinha novamente a aparência de Véu. Raios. Ela havia... ela havia se tornado um deles com tanta *facilidade*. Sua mente se corrompia rápido assim?

Ela se abraçou, percorrendo ruas e mercados. Jasnah teria sido forte o bastante para seguir com eles até que alcançassem a plataforma. E se eles não tivessem permissão de subir — a maioria dos que perambulavam pelas ruas não tinha permissão de se juntar ao festim —, ela teria feito alguma outra coisa. Talvez tomar o lugar de um dos guardas do festim.

A verdade era que ela *gostava* de roubar e alimentar as pessoas. Véu queria ser uma heroína das ruas, como nas antigas histórias. Aquilo havia corrompido Shallan, impedindo-a de seguir com algo mais lógico.

Mas ela nunca fora a pessoa lógica; Jasnah era assim, e Shallan *não podia* ser ela. Talvez... talvez pudesse se tornar Radiante e...

Ela se encolheu contra uma parede, passando os braços ao redor de si mesma. Suando, tremendo, ela foi procurar luz. E a encontrou descendo uma rua: um brilho calmo e estável. A luz amigável de esferas e, com ela, um som que parecia impossível. Risos?

Ela o perseguiu, faminta, até que chegou a uma aglomeração de pessoas cantando sob o olhar azulado de Nomon. Eles haviam virado algumas caixas, reunindo-se em um círculo, enquanto um homem conduzia as canções estrondosas.

Shallan assistiu, com a mão na parede de um edifício, o chapéu de Véu pendendo frouxamente da mão segura enluvada. Aquelas gargalhadas não deveriam ser mais desesperadas? Como eles podiam estar tão felizes? Como podiam cantar? Naquele momento, aquelas pessoas pareceram-lhe feras estranhas, além da sua compreensão.

Às vezes, ela se sentia como uma coisa vestindo pele humana. Ela era aquela coisa em Urithiru, o Desfeito, que enviava fantoches para fingir humanidade.

É ele, ela notou, distraída. *Riso está conduzindo as canções.*

Ele não havia deixado mais mensagens para ela na estalagem. Na última vez que ela o visitara, o estalajadeiro reclamou que ele havia se mudado e a coagiu para que pagasse a conta de Riso.

Véu colocou o chapéu, então virou-se e foi embora pela pequena rua comercial.

Ela se transformou de novo em Shallan logo antes de alcançar a loja de costura. Véu cedeu com relutância, já que ficava querendo rastrear Kaladin na Guarda da Muralha. Ele não a conhecia, então ela poderia se aproximar, fingir que queria conhecê-lo. Talvez flertar um pouco...

Radiante ficou horrorizada com a ideia. Seus votos para com Adolin não estavam completos, mas eram importantes. Ela o respeitava e gostava do tempo que passavam juntos treinando com a espada.

E Shallan... o que Shallan queria mesmo? Isso importava? Por que se dar ao trabalho de se preocupar com ela?

Véu finalmente cedeu. Ela dobrou o chapéu e o casaco, então usou uma ilusão para disfarçá-los como uma bolsa. Sobrepôs uma ilusão de Shallan com um havah sobre suas calças e camisa, então entrou e encontrou Drehy e Skar jogando cartas e debatendo qual tipo de chouta era o melhor. Havia diferentes tipos?

Shallan acenou com a cabeça para eles, então, exausta, começou a subir os degraus. Uns poucos esprenos de fome, contudo, lembraram-na de que não havia guardado nada para si dos furtos do dia. Ela guardou as roupas, então foi até a cozinha.

Ali, encontrou Elhokar bebendo de uma única taça de vinho, onde havia colocado uma esfera. Aquele brilho roxo-avermelhado era a única luz do cômodo. Sobre a mesa, diante dele, havia uma folha de glifos: nomes das casas que ele havia abordado, por meio das festas. Ele havia riscado alguns dos nomes, mas fizera um círculo ao redor de outros, escrevendo números de tropas que poderiam fornecer. Cinquenta homens de armas aqui, trinta ali.

Ele levantou a taça brilhante para ela enquanto Shallan pegava um pouco de pão achatado e açúcar.

— O que é esse desenho na sua saia? Ele... me parece familiar.

Ela olhou para baixo. Padrão, que geralmente ficava sobre seu casaco, havia sido reproduzido na ilusão na lateral do seu havah.

— Familiar?

Elhokar assentiu. Ele não parecia bêbado, só contemplativo.

— Eu costumava me ver como um herói, como você. Imaginava que reivindicaria as Planícies Quebradas em nome do meu pai. Vingança pelo sangue derramado. Isso nem importa agora, importa? Que tenhamos vencido?

— É claro que importa — replicou Shallan. — Temos Urithiru e derrotamos um grande exército de Esvaziadores.

Ele grunhiu.

— Às vezes acho que, se eu simplesmente *insistir* por tempo o bastante, o mundo vai se transformar. Mas desejar e esperar é coisa das Paixões. Uma heresia. Um bom vorin se preocupa em transformar a si mesmo.

Dê-me sua paixão...

— Já teve alguma notícia sobre o Sacroportal ou o Culto dos Momentos? — indagou Elhokar.

— Não. Eu tenho algumas ideias sobre como chegar lá; novas ideias.

— Ótimo. Creio que conseguirei tropas para nós em breve, embora o número seja menor do que eu esperava. Contudo, dependemos da sua investigação. Gostaria de saber o que está acontecendo naquela plataforma antes de marchar com tropas até lá.

— Dê-me mais alguns dias. Eu vou chegar naquela plataforma, prometo.

Ele tomou um gole do vinho.

— Sobraram poucas pessoas para quem ainda posso ser um herói, Radiante. Essa cidade. Meu filho. Raios. Ele era um bebê da última vez que o vi. Deve ter três anos agora. Trancado no palácio...

Shallan pousou sua comida.

— Espere aqui.

Ela pegou seu caderno e lápis de uma prateleira na sala do mostruário, então voltou a Elhokar e se sentou. Dispôs algumas esferas para iluminação, então começou a desenhar.

Elhokar estava sentado à mesa diante dela, iluminado pela taça de vinho.

— O que você está fazendo?

— Eu não tenho um desenho apropriado seu — disse Shallan. — Quero um.

Esprenos de criação começaram a aparecer ao redor dela imediatamente. Eles pareciam normais, embora já fossem tão estranhos que era difícil saber.

Elhokar *era* um bom homem; no coração, pelo menos. Isso não devia ser o mais importante? Ele se aproximou para olhar sobre o ombro dela, mas Shallan não estava mais desenhando a partir da visão.

— Nós vamos salvá-los — sussurrou Shallan. — Você vai salvá-los. Tudo vai ficar bem.

Elhokar assistiu em silêncio enquanto ela preenchia o sombreado e terminava o retrato. Quando levantou o lápis, Elhokar estendeu a mão e pousou os dedos na página. A imagem era de Elhokar ajoelhado no chão, surrado, as roupas em farrapos. Mas ele olhava para cima, para longe, de queixo erguido. Não estava vencido. Não, aquele homem era nobre, *majestoso*.

— É essa minha aparência? — sussurrou ele.

— Sim.

É a aparência que você pode ter, pelo menos.

— Posso... posso ficar com ele?

Ela laqueou a página, então a entregou a ele.

— Obrigado.

Raios. Ele parecia estar quase chorando! Envergonhada, ela recolheu seus suprimentos e sua comida, então saiu apressadamente da cozinha. De volta aos seus aposentos, encontrou Ishnah, que estava sorrindo. A olhos-escuros baixinha saíra mais cedo, usando o rosto e as roupas de Véu.

Ela mostrou um pedaço de papel.

— Alguém me entregou isso hoje, Luminosa, enquanto eu estava doando comida.

Franzindo a testa, Shallan pegou o bilhete.

Encontre-nos nas bordas do festim daqui a duas noites, o dia da próxima Tempestade Eterna, dizia. *Venha sozinha. Traga comida. Junte-se ao festim.*

75

TUDO VERMELHO

ONZE ANOS ATRÁS

Dalinar deixou o cavalo.

Cavalos eram lentos demais.

Uma neblina vinha do lago, lembrando-o do dia em que ele, Gavilar e Sadeas haviam atacado pela primeira vez a Fenda.

Os soldados de elite que o acompanhavam eram produto de anos de planejamento e treinamento. Primariamente arqueiros, que não usavam armadura e eram treinados para corridas de longa distância. Cavalos eram animais magníficos; era de conhecimento geral que o Criador de Sóis usava uma companhia inteira de cavalaria. Através de uma curta distância, a velocidade e capacidade de manobra deles havia sido lendária.

Essas possibilidades intrigavam Dalinar. Homens poderiam ser treinados para disparar arcos montados a cavalo? Quão devastador seria isso? Que tal um ataque de lanceiros montados, como as lendas da invasão shina contavam?

Naquele dia, contudo, ele não precisava de cavalos. Homens se mostravam mais eficazes para corridas de longa distância, sem mencionar que eram muito melhores em passar por colinas fragmentas e pedras desiguais. Aquela companhia de soldados de elite era mais veloz do que qualquer força de ataque que ele já encontrara. Embora fossem arqueiros, revelavam-se hábeis com a espada. Seu treinamento era inigualável e sua resistência era lendária.

Dalinar não havia treinado com eles pessoalmente, já que não tinha tempo para correr quase cinquenta quilômetros por dia. Felizmente, tinha a Armadura para compensar a diferença. Vestindo sua armadura, ele conduziu a força de ataque sobre plantas e pedras, sobre juncos que deixavam finíssimas fibras internas tremendo na brisa até que ele passasse perto. Grama, árvores e ervas se assustavam com sua aproximação.

Dois fogos queimavam dentro dele. Primeiro a energia da Armadura, emprestando-lhe poder a cada passo. O segundo fogo era a Euforia. Sadeas, um traidor? Impossível. Ele havia apoiado Gavilar todo o tempo. Dalinar confiava nele.

E ainda assim...

Eu me considerava confiável, pensou, liderando a investida colina abaixo, cem homens fluindo atrás dele. *Mas quase me voltei contra Gavilar.*

Tiraria a prova por si mesmo. Descobriria se a tal "caravana" que levara suprimentos para a Fenda tinha mesmo um Fractário entre seus membros. Mas a possibilidade de que havia sido traído — de que Sadeas trabalhara contra eles todo aquele tempo — levava Dalinar a um tipo de loucura concentrada. Uma clareza que só a Euforia concedia.

Era o foco de um homem, sua espada e o sangue que ele derramaria.

A Euforia parecia transformar-se dentro dele enquanto corria, ensopando seus músculos cansados, saturando-os. Ele se tornava um poder em si mesmo. Então, quando alcançaram o topo de uma encosta a uma distância ao sul da Fenda, ele se sentiu de algum modo com *mais* energia do que quando partira.

Enquanto sua companhia de soldados de elite trotava atrás dele, Dalinar parou subitamente, seus pés de armadura raspando na pedra. À frente, colina abaixo e na boca de um cânion, um grupo desesperado estava correndo para se armar. A caravana. Seus batedores deviam ter identificado a chegada da força de Dalinar.

Eles estavam montando acampamento, mas largaram suas tendas, correndo para o cânion, onde poderiam evitar ser flanqueados. Dalinar rugiu, invocando sua Espada, ignorando a fadiga dos seus homens enquanto descia correndo pela encosta.

Os soldados usavam verde-floresta e branco; as cores de Sadeas.

Dalinar chegou ao fundo da colina e atravessou o acampamento agora abandonado. Passou pelos retardatários, cortando-os com Sacramentadora, deixando-os cair, seus olhos queimando.

Espere.

Seu impulso não o *deixaria* parar agora. Onde estava o Fractário inimigo?

Algo está errado.

Dalinar conduziu seus homens para o cânion atrás dos soldados, seguindo o inimigo ao longo de um amplo caminho ao lado. Ele levantou Sacramentadora enquanto corria.

Por que eles usariam as cores de Sadeas, se eram enviados secretos trazendo suprimentos contrabandeados?

Dalinar parou onde estava, seus soldados se aglomerando ao redor dele. Tinham avançado cerca de 15 metros no caminho para o fundo do cânion, pelo lado sul de uma encosta íngreme. Ele não viu sinal de um Fractário enquanto o inimigo se reunia acima. E... aqueles uniformes...

Hesitou. Aquilo... aquilo estava errado.

Ele gritou uma ordem para recuar, mas o som da sua voz foi abafado por um súbito rugido. Um som trovejante, acompanhado por um terrível ruído de rocha contra rocha. O chão tremeu e ele se virou, horrorizado, para ver uma avalanche desabando pela encosta íngreme da ravina à sua direita — diretamente acima do ponto aonde havia conduzido seus homens.

Ele teve uma fração de segundo para compreender a situação antes que as rochas o atingissem em um terrível impacto.

Tudo girou, então ficou preto. Ainda estava sendo atingido, rolado, *esmagado*. Uma explosão de faíscas derretidas relampejou brevemente nos seus olhos, e algo duro acertou-o na cabeça.

Finalmente, terminou. Percebeu que estava deitado no escuro, a cabeça latejando, sangue quente e espesso correndo pelo seu rosto e pingando do seu queixo. Ele podia sentir o sangue, mas não vê-lo. Teria sido cegado?

Sua bochecha estava pressionada contra a pedra. Não. Ele não estava cego; havia sido enterrado. E seu elmo se despedaçara. Dalinar se mexeu com um gemido e algo iluminou as pedras ao redor da sua cabeça. Luz das Tempestades vazando da sua couraça.

De algum modo, havia sobrevivido ao desabamento. Estava deitado com o rosto para baixo, enterrado. Ele se deslocou novamente e, pelo canto do olho, viu uma pedra afundar, ameaçando rolar e esmagar seu crânio. Ficou parado, a cabeça trovejando com a dor. Ele flexionou sua mão esquerda e descobriu que a manopla estava quebrada, a proteção do antebraço também. Mas a armadura da mão direita ainda funcionava.

Isso... foi uma armadilha...

Sadeas não era um traidor. Aquilo havia sido planejado pela Fenda e seu grão-senhor para atrair Dalinar a entrar no cânion, então derrubar pedras para esmagá-lo. Covardes. Eles também haviam tentado algo assim em Rathalas, muito tempo atrás. Ele relaxou, grunhindo baixinho.

Não. Não posso ficar aqui deitado.

Talvez pudesse fingir que estava morto. Isso soava tão atraente que ele fechou os olhos e começou a se deixar levar.

Um fogo se acendeu dentro dele.

Você foi traído, Dalinar. Escute. Ele ouviu vozes — homens mexendo nos destroços do desabamento. Pôde identificar seu sotaque anasalado. Homens da Fenda.

Tanalan mandou você aqui para morrer!

Dalinar contorceu a boca, abrindo os olhos. Aqueles homens não deixariam que ele ficasse escondido naquele túmulo de pedra, fingindo-se de morto. Ele carregava Fractais. Eles o encontrariam para recuperar seu prêmio.

Ele se preparou, usando o ombro com Armadura para impedir que a rocha rolasse sobre sua cabeça exposta, mas, tirando isso, não se moveu. Por fim, os homens acima começaram a falar animadamente; pelas suas palavras, haviam encontrado a capa da sua armadura despontando das pedras, os glifos de *khokh* e *linil* vivos contra o fundo azul.

Pedras se roçaram e o fardo sobre ele diminuiu. A Euforia foi crescendo aos poucos. A pedra perto da sua cabeça rolou para trás.

Agora.

Dalinar se impulsionou com seus pés calçados na Armadura e deslocou um rochedo com a mão ainda na manopla, abrindo espaço o bastante para que pudesse ficar de pé. Ele se libertou do túmulo e cambaleou até se erguer ao ar livre, as pedras fazendo barulho.

Os homens da Fenda praguejaram e recuaram desajeitadamente enquanto ele saltava do buraco, botas raspando contra as rochas. Dalinar rosnou, invocando sua Espada.

Sua armadura estava em um estado pior do que ele havia imaginado. Vagarosa. Quebrada em quatro lugares diferentes.

Ao redor dele, os olhos dos homens de Tanalan pareciam *brilhar*. Eles se aproximaram e sorriram; Dalinar podia ver a Euforia intensa nas suas expressões. Sua Espada e sua Armadura quebrada refletiam nos olhos escuros deles.

Com sangue fluindo pelo lado do rosto, Dalinar sorriu de volta.

Eles avançaram para atacar.

D ALINAR VIA TUDO VERMELHO. Ele recuperou parcialmente a consciência para se descobrir batendo a cabeça de um homem repetidamente contra as pedras. Atrás dele jazia uma pilha de cadáveres com olhos queimados, empilhados bem alto ao redor do orifício de onde Dalinar saíra para lutar contra eles.

Soltou a cabeça do cadáver e expirou, sentindo... O que ele sentia? Entorpecimento, subitamente. A dor era algo distante. Até mesmo a raiva era nebulosa. Olhou para as próprias mãos. Por que ele as estava usando, e não sua Espada Fractal?

Voltou-se para o lado, onde Sacramentadora despontava de uma rocha onde ele a cravara. A... gema no cabo estava rachada. Certo. Ele não podia dispensá-la; algo naquela rachadura havia interferido.

Ele cambaleou até se levantar, procurando mais inimigos à sua volta. Sua armadura... alguém havia quebrado sua couraça durante a luta, e ele sentiu uma ferida de punhalada no peito. Mal se lembrava disso.

O sol estava baixo no horizonte, jogando o cânion nas trevas. Ao redor dele, pedaços descartados de roupas tremulavam ao vento, e corpos jaziam no chão. Nenhum som, nem mesmo de crenguejos necrófagos.

Exausto, ele fez ataduras nas piores feridas, então agarrou Sacramentadora e colocou-a sobre o ombro. Nunca uma Espada Fractal parecera tão pesada.

Começou a caminhar.

Pelo caminho, descartou pedaços da Armadura Fractal, que havia se tornado pesada demais. Ele havia perdido sangue; sangue demais.

Concentrou-se nos passos. Um depois do outro.

Impulso. Um combate tinha tudo a ver com *impulso*.

Ele não ousou seguir pela rota óbvia, caso encontrasse mais homens da Fenda. Preferiu seguir pela região selvagem, vinhas se contorcendo sob seus pés e petrobulbos brotando depois que ele passava.

A Euforia voltou para estimulá-lo a seguir. Pois aquela caminhada *era* uma luta. Uma batalha. A noite caiu, e ele jogou fora sua última peça da Armadura Fractal, deixando apenas o protetor de pescoço. O resto poderia se regenerar a partir daquilo, se necessário.

Continuar. Se. Movendo.

Naquela escuridão, figuras sombrias pareciam acompanhá-lo. Exércitos feitos de neblina rubra nos cantos da sua visão, forças ofensivas que se desfaziam em pó e então brotavam das sombras novamente, como ondas no oceano em constante estado de desintegração e renascimento. Não só homens, mas cavalos sem olhos. Animais travando combate, tirando a vida uns dos outros. Sombras de morte e conflito para impeli-lo pela noite.

Andou por uma eternidade. A eternidade não era nada quando o tempo não tinha significado. Ficou até surpreso quando se aproximou da luz da Fenda, das tochas seguradas por soldados nas muralhas. Sua navegação pelas luzes e estrelas havia sido bem-sucedida.

Saiu marchando pela escuridão rumo ao seu próprio acampamento, no campo. Havia outro exército ali. Os verdadeiros soldados de Sadeas; haviam chegado antes do previsto. Mais algumas horas e o plano de Tanalan não teria funcionado.

Dalinar arrastava Sacramentadora atrás de si; ela fazia um som baixo de arranhão enquanto cortava uma linha na pedra. Ouviu, entorpecido, soldados conversando junto da fogueira à frente, e um deles disse algo. Dalinar ignorou-os, cada passo implacável, enquanto passava pela luz deles. Um par de jovens soldados de azul o interpelaram, até se interromperem e baixarem as lanças, de queixo caído.

— Pai das Tempestades — disse um deles, cambaleando para trás. — Por Kelek e o próprio Todo-Poderoso!

Dalinar continuou a atravessar o acampamento. O ruído brotava à sua passagem, homens gritando sobre visões de mortos e de Esvaziadores. Ele foi até a tenda de comando. A eternidade que levou para chegar até lá pareceu ter a mesma duração que as outras. Como podia cruzar tantos quilômetros no mesmo tempo que levava para cruzar uns poucos metros até uma simples tenda? Dalinar sacudiu a cabeça, vendo tudo vermelho no canto dos olhos.

Palavras ecoaram através da lona da tenda.

— Impossível. Os homens estão assustados. Eles... Não, simplesmente não é *possível*.

As abas se separaram violentamente, revelando um homem com roupas finas e cabelo ondulado. Sadeas ficou boquiaberto, então cambaleou para o lado, segurando a aba para Dalinar, que não diminuiu o passo. Ele entrou direto, Sacramentadora cortando uma fita no chão.

Lá dentro, generais e oficiais estavam reunidos sob a luz baça de umas poucas lanternas de esferas. Evi, consolada pela Luminosa Kalami, estava chorando, embora Ialai estudasse a mesa cheia de mapas. Todos os olhos se voltaram para Dalinar.

— Como? — perguntou Teleb. — Espinho Negro? Nós enviamos uma equipe de batedores para informá-lo assim que Tanalan se voltou contra nós e jogou nossos soldados do alto das suas muralhas. Nossos homens reportaram todos os homens perdidos, uma cilada...

Dalinar levantou Sacramentadora e bateu-a no chão de pedra ao seu lado, então suspirou por finalmente poder largar aquele fardo. Ele apoiou as palmas nas laterais da mesa de batalha, as mãos incrustadas com sangue; seus braços também estavam ensanguentados.

— Você enviou os mesmos batedores que foram espiar a caravana e relataram ter visto um Fractário liderando-a?

— Sim — disse Teleb.

— Traidores — respondeu Dalinar. — Eles estão trabalhando com Tanalan.

Tanalan não tinha como saber que Dalinar se proporia a conversar com ele. Em vez disso, o homem havia subornado alguns membros do exército, e pretendia usar seus relatórios para estimular Dalinar a uma corrida apressada para o sul. Para uma armadilha.

Tudo havia sido posto em movimento antes de Dalinar ter falado com Tanalan. Planejado com muita antecedência.

Teleb rosnou ordens para que os batedores fossem aprisionados. Dalinar se inclinou sobre os mapas de batalha na mesa.

— Esse é um mapa de cerco — sussurrou ele.

— Nós... — Teleb olhou para Sadeas. — Nós pensamos que o rei desejaria tempo para vir pessoalmente. Para, hã, vingar o senhor, Luminobre.

— Lento demais — disse Dalinar, a voz exausta.

— O Grão-príncipe Sadeas propôs... outra opção — disse Teleb. — Mas o rei...

Dalinar olhou para Sadeas.

— Eles usaram meu nome para trair você — disse Sadeas, então cuspiu para o lado. — Vamos passar por rebeliões como essa repetidas vezes, a não ser que eles nos *temam*, Dalinar.

Dalinar assentiu lentamente.

— Eles precisam sangrar — sussurrou. — Quero que eles sofram pelo que fizeram. Homens, mulheres, crianças. Devem conhecer a punição por juramentos quebrados. *Imediatamente.*

— Dalinar? — Evi se levantou. — Marido?

Ela deu um passo adiante, em direção à mesa.

Então ele se voltou para ela, e Evi parou. Sua pele ocidental, pálida e incomum, ficou ainda mais branca. Ela deu um passo para trás, levando as mãos ao peito, e ficou boquiaberta diante dele, horrorizada, esprenos de medo crescendo do chão ao redor dela.

Dalinar olhou de relance para uma lanterna de esferas, que possuía uma superfície de metal polida. O homem que o encarou de volta parecia mais um Esvaziador do que um homem, o rosto coberto de sangue seco enegrecido, cabelo empapado do mesmo sangue, olhos azuis arregalados, mandíbula trincada. Parecia cortado por uma centena de feridas, seu uniforme acolchoado em farrapos.

— Você não devia fazer isso — disse Evi. — Descanse. Durma, Dalinar. Pense no assunto. Espere alguns dias.

Tão cansado...

— O reino inteiro pensará que somos fracos, Dalinar — sussurrou Sadeas. — Levamos tempo demais para esmagar essa rebelião. Você nunca me deu ouvidos, mas me escute agora. Quer impedir que esse tipo de coisa aconteça novamente? Você *precisa* puni-los. Todos eles.

— Puni-los... — disse Dalinar, a Euforia renascendo. Dor. Raiva. Humilhação. Ele pressionou as mãos contra a mesa do mapa para se firmar. — A Transmutadora que meu irmão enviou. Ela sabe transmutar duas coisas?

— Grão e óleo — disse Teleb.

— Ótimo. Coloque-a para trabalhar.

— Mais alimentos?

— Não, óleo. O máximo que pudermos fazer com as gemas disponíveis. Ah, e mande alguém levar minha esposa para sua tenda, para que ela possa se recuperar do seu luto indevido. Todos os outros, se aproximem. Pela manhã, faremos de Rathalas um exemplo. Prometi a Tanalan que suas viúvas chorariam diante do que eu faria aqui, mas isso é misericordioso demais para o que eles fizeram comigo. Pretendo arruinar este lugar tão completamente que, por dez gerações, ninguém *ousará* construir aqui por medo dos espíritos que vão assombrá-lo. Nós vamos fazer dessa cidade uma *pira*, e não haverá choro pela morte deles, pois *não restará ninguém para chorar*.

76

UM ANIMAL

ONZE ANOS ATRÁS

DALINAR CONCORDOU EM MUDAR de roupa. Ele lavou o rosto e os braços e deixou que um cirurgião cuidasse das suas feridas.

O nevoeiro rubro ainda estava presente, colorindo sua visão. Ele se recusou a dormir; o nevoeiro não permitia.

Cerca de uma hora depois de sua chegada ao acampamento, voltou à tenda de comando, limpo, mas não particularmente renovado.

Os generais haviam desenhado um novo conjunto de planos de batalha para tomar as muralhas da cidade, segundo as instruções de Sadeas. Dalinar inspecionou-os e fez umas poucas mudanças, mas disse a eles para suspender planos de adentrar a cidade e esvaziá-la. Tinha outra coisa em mente.

— Luminobre! — disse uma mensageira, chegando na tenda e entrando. — Emissários estão saindo da cidade com uma bandeira de trégua.

— Mande abatê-los — disse Dalinar calmamente.

— Senhor...

— Flechas, mulher — disse Dalinar. — Matem qualquer um que saia da cidade, e deixem seus corpos para apodrecerem.

— Hã, sim, Luminobre. — A mensageira foi embora.

Dalinar olhou para Sadeas, que ainda vestia sua Armadura Fractal, resplandecendo sob a luz das esferas. Sadeas assentiu, concordando, então gesticulou para o lado. Queria conversar em particular.

Dalinar deixou a mesa. Deveria estar sentindo mais dor, não deveria? Raios... estava tão entorpecido que mal sentia coisa alguma além daquele fogo no seu interior, fervilhando lá no fundo. Ele saiu da tenda com Sadeas.

— Consegui retardar as escribas, como você ordenou — sussurrou Sadeas. — Gavilar não sabe que você está vivo. As ordens dele tinham sido para esperar e fazer um cerco.

— Meu retorno tem primazia sobre as ordens que ele deu de longe — respondeu Dalinar. — Os homens sabem disso. Até mesmo Gavilar não discordaria.

— Sim, mas por que não informá-lo do seu retorno?

A última lua estava prestes a se pôr. Não faltava muito para amanhecer.

— O que você acha do meu irmão, Sadeas?

— Ele é exatamente o que precisamos. É duro o bastante para liderar na guerra; suave o bastante para ser amado durante a paz. Ele é sábio e previdente.

— Você acha que ele poderia fazer o que precisa ser feito aqui?

Sadeas ficou em silêncio.

— Não — respondeu ele finalmente. — Não, agora não. Pergunto-me se *você* pode. Isso vai ser mais do que apenas morte, será uma destruição completa.

— Uma lição — sussurrou Dalinar.

— Uma exibição. O plano de Tanalan era astuto, mas ariscado. Ele sabia que suas chances de vencer aqui dependiam de tirar você e seus Fractais da batalha. — Sadeas estreitou os olhos. — Você pensou que aqueles soldados fossem meus. Você realmente acreditou que eu trairia Gavilar.

— Eu fiquei preocupado.

— Então preste atenção, Dalinar — disse Sadeas, bem baixo, sua voz soando pétrea. — Eu arrancaria meu próprio coração antes de trair Gavilar. Não tenho interesse em ser rei; é um trabalho com poucas glórias e menos diversão ainda. Quero que esse reino dure séculos.

— Ótimo — disse Dalinar.

— Para ser honesto, receava que *você* pudesse traí-lo.

— Eu quase traí, uma vez. Eu me contive.

— Por quê?

— Porque precisa haver alguém nesse reino capaz de fazer o que tem que ser feito, e não pode ser o homem sentado no trono. Continue a conter as escribas; será melhor se meu irmão puder dizer sinceramente que não sabia do que estamos prestes a fazer.

— Alguma coisa vai vazar em breve — disse Sadeas. — Há telepenas demais em nossos exércitos. Essas coisinhas tormentosas estão ficando tão baratas, que a maioria dos oficiais pode comprar um par para administrar suas casas a distância.

Dalinar voltou à tenda, seguido por Sadeas. Sacramentadora ainda estava no local onde a cravara na pedra, muito embora um armeiro houvesse substituído a gema para ele.

Dalinar removeu a Espada da rocha.

— Hora de atacar.

Amaram voltou-se de onde estava com os outros generais.

— Agora, Dalinar? À noite?

— As fogueiras na muralha devem ser suficientes.

— Para tomar as fortificações da muralha, sim — disse Amaram. — Mas, Luminobre, não gostaria de lutar descendo aquelas ruas verticais à noite.

Dalinar e Sadeas se entreolharam.

— Felizmente, você não vai precisar fazer isso. Mande os homens prepararem o óleo e as tochas. Vamos marchar.

O Alto-Marechal Perethom seguiu as ordens e começou a organizar os detalhes de logística. Dalinar apoiou Sacramentadora no ombro. *Hora de levar você para casa.*

Em menos de meia-hora, homens atacaram as muralhas. Nenhum Fractário liderou-os dessa vez; Dalinar estava fraco demais e sua Armadura estava destroçada. Sadeas não gostava de se expor tão cedo, e Teleb não podia avançar sozinho.

Fizeram o ataque da maneira comum, enviando homens para serem esmagados por pedras ou empalados por flechas enquanto carregavam escadas. Por fim, conseguiram invadir, tomando uma seção da muralha em uma luta furiosa e sangrenta.

A Euforia era um nó insatisfeito dentro de Dalinar, mas ele estava exausto, arrasado. Então ficou esperando até que finalmente Teleb e Sadeas juntaram-se ao combate e desbarataram os últimos dos defensores, jogando-os das muralhas para o abismo da cidade em si.

— Preciso de um esquadrão de soldados de elite — disse Dalinar em voz baixa para um mensageiro ali perto. — E meu próprio barril de óleo. Mande que eles me encontrem dentro das muralhas.

— Sim, Luminobre — disse o rapaz, então saiu correndo.

Dalinar atravessou o campo, passando por homens caídos, ensanguentados e mortos. Eles haviam morrido quase em fileiras nos pontos onde salvas de flechas caíram. Ele também passou por um aglomerado de cadáveres de branco; os emissários abatidos mais cedo. Aquecido pelo sol nascente, passou pelos portões da muralha, agora abertos, e adentrou o círculo de pedra que cercava a Fenda.

Sadeas o encontrou ali, com o visor levantado, as bochechas ainda mais vermelhas que o normal devido ao esforço.

— Eles lutaram como Esvaziadores. Mais ferozes do que na última vez, eu diria.

— Eles sabem o que vai acontecer — replicou Dalinar, caminhando na direção da borda do precipício e parando na metade do caminho.

— Dessa vez conferimos se havia uma armadilha — observou Sadeas.

Dalinar prosseguiu. Os homens da Fenda haviam passado a perna nele duas vezes. Deveria ter aprendido na primeira vez. Parou na beirada do penhasco, olhando para baixo para uma cidade construída sobre plataformas, se elevando pelas encostas que se abriam desde o fundo da fenda de pedra. Não espantava que eles tivessem a arrogância de formar uma rebelião; a cidade era grandiosa, um monumento à engenhosidade e determinação humanas.

— Queimem — ordenou Dalinar.

Os arqueiros se aproximaram com flechas prontas para ignição, enquanto outros homens rolaram barris de óleo e piche para fornecer combustível extra.

— Há milhares de pessoas ali, senhor — disse Teleb em voz baixa do seu lado. — Dezenas de milhares.

— Este reino precisa saber o preço da rebelião. Hoje, estamos fazendo uma declaração.

— Obedeçam ou morram? — indagou Teleb.

— O mesmo acordo que ofereci a você, Teleb. Você foi inteligente o bastante para aceitá-lo.

— E as pessoas comuns lá embaixo, que não tiveram a chance de escolher um lado?

Sadeas bufou ali perto.

— Nós vamos impedir mais mortes no futuro ao mostrar a cada luminobre nesse reino a punição pela desobediência. — Ele pegou um relatório de um ajudante, então foi até Dalinar. — Você estava certo sobre os batedores que nos traíram. Nós subornamos um para se voltar contra os outros, e vamos executar o resto. O plano aparentemente era separar você do exército, então, com sorte, matá-lo. Mesmo que você apenas se atrasasse, a Fenda esperava que as mentiras contadas levassem seu exército a um ataque imprudente, sem você.

— Eles não estavam contando com a sua chegada rápida — comentou Dalinar.

— Nem com a sua tenacidade.

Os soldados destamparam os barris de óleo, então começaram a jogá-los para baixo, ensopando os níveis superiores da cidade. Tochas se seguiram — incendiando suportes e passarelas. As próprias fundações da cidade eram inflamáveis.

Os soldados de Tanalan tentaram organizar uma luta de saída da Fenda, mas tinham cedido o terreno elevado, esperando que Dalinar agisse como antes, buscando conquistar e tomar o controle.

Ele viu o fogo se espalhar, esprenos de chamas se elevando com ele, parecendo maiores e mais... zangados do que o normal. Então caminhou de volta, deixando Teleb, com um ar solene, para recolher os soldados de elite restantes. O Senhor-capitão Kadash tinha cinquenta homens para Dalinar, com dois barris de óleo.

— Sigam — disse Dalinar, contornando a Fenda pelo leste, onde a fratura era estreita o bastante para ser cruzada em uma ponte curta.

Berros abaixo. Depois, gritos de dor. Pedidos de misericórdia. As pessoas saíam dos edifícios com gritos de horror, fugindo pelas passarelas e escadarias para a planície abaixo. Muitos edifícios ardiam, aprisionando gente no seu interior.

Dalinar conduziu seu esquadrão ao longo da borda norte da Fenda até que alcançaram um certo local. Seus exércitos esperavam ali para matar quaisquer soldados que tentassem escapar, mas o inimigo havia concentrado seu ataque no outro lado e fora na maior parte rechaçado. O fogo ainda não havia chegado até aquele ponto ali, muito embora os arqueiros de Sadeas houvessem matado várias dúzias de civis que tentaram escapar naquela direção.

Por enquanto, a rampa de madeira que descia até a cidade estava vazia. Dalinar conduziu seu grupo um nível abaixo até um local do qual se lembrava muito bem: a porta oculta na parede. Ela era de metal agora, guardada por um par de nervosos soldados da Fenda.

Os homens de Kadash os alvejaram com balestras. Isso irritou Dalinar; tanto combate, e nada para alimentar a Euforia. Ele passou por cima de um dos cadáveres, então experimentou a porta, que não estava mais escondida, mas ainda estava trancada. Tanalan decidira ter segurança em vez de discrição, daquela vez.

Para o azar deles, Sacramentadora havia voltado para casa. Dalinar facilmente cortou as dobradiças de aço e recuou enquanto a porta desabava para a frente sobre a passarela, fazendo a madeira tremer.

— Botem fogo nesses aqui — ordenou ele, apontando para os barris. — Rolem os dois para dentro e queimem qualquer um que esteja escondido aí.

Os homens se apressaram a obedecer e logo o túnel de pedra soltava fumaça negra. Ninguém tentou fugir, muito embora ele ouvisse gritos de dor lá de dentro. Dalinar assistiu o máximo que pôde, até que a fumaça e o calor o obrigaram a se afastar.

A Fenda atrás dele havia se tornado um poço de trevas e chamas. Dalinar recuou pela rampa até as rochas acima. Arqueiros incendiaram as últimas passarelas e rampas atrás dele. Levaria muito tempo antes que pessoas decidissem recolonizar aquele lugar. Grantormentas eram uma coisa, mas havia um poder mais terrível sobre a terra. E ele carregava uma Espada Fractal.

Aqueles gritos... Dalinar passou por fileiras de soldados que aguardavam ao longo da borda norte, em um horror silencioso; muitos não haviam estado com Dalinar e Gavilar durante os primeiros anos da conquista, quando haviam permitido saques e pilhagem de cidades. E para aqueles que lembravam... bem, ele frequentemente encontrara uma desculpa para deter coisas como aquela.

Comprimiu os lábios em uma linha fina e conteve à força a Euforia. Ele *não* se permitiria apreciar aquela situação. Podia manter aquele único fragmento de decência.

— Luminobre! — chamou um soldado, acenando para ele. — Luminobre, o senhor precisa ver isso!

Logo abaixo do penhasco ali — um nível abaixo rumo à cidade — havia um belo edifício branco. Um palácio. Mais afastado, ao longo das passarelas, um grupo de pessoas lutava para alcançar o edifício. As passarelas de madeira estavam pegando fogo e impediam seu acesso. Chocado, Dalinar reconheceu o jovem Tanalan do seu encontro anterior.

Tentando chegar na sua casa?, pensou Dalinar. Figuras obscureciam as janelas superiores do edifício; uma mulher e crianças. *Não. Tentando chegar até sua família.*

Tanalan não havia se escondido no abrigo, afinal de contas.

— Jogue uma corda — disse Dalinar. — Traga Tanalan até aqui, mas mate os guarda-costas.

A fumaça subindo da Fenda estava se tornando espessa, rubra pelas chamas. Dalinar tossiu, então recuou enquanto seus homens lançavam uma corda para a plataforma abaixo, uma seção que não estava queimando. Tanalan hesitou, então agarrou-a, deixando que os homens de Dalinar o puxassem para cima. Os guarda-costas foram flechados quando tentaram escalar para uma rampa próxima que queimava.

— Por favor — implorou Tanalan, as roupas cinzentas devido à fumaça, ao ser carregado até a borda de pedra. — Minha família. *Por favor.*

Dalinar podia ouvi-los gritando lá embaixo. Ele sussurrou uma ordem e seus soldados de elite afastaram as tropas Kholin regulares daquela área, abrindo um largo meio-círculo contra a fenda ardente, onde apenas Dalinar e seus homens mais próximos eram capazes de observar o cativo.

Tanalan deixou-se cair no chão.

— Por favor...

— Eu sou um animal — disse Dalinar em voz baixa.

— O que...

— Um animal reage se é provocado — prosseguiu Dalinar. — Se você o chicoteia, ele se torna selvagem. Com um animal, você pode iniciar um tumulto. O problema é que, quando ele se torna selvagem, você *não pode simplesmente assoviar para que* ele volte.

— Espinho Negro! — gritou Tanalan. — Por favor! Meus *filhos.*

— Eu cometi um erro, anos atrás — disse Dalinar. — Não serei tão tolo uma segunda vez.

E ainda assim... aqueles gritos.

Os soldados agarraram Tanalan com firmeza enquanto Dalinar dava as costas para o homem e caminhava de volta ao abismo de fogo. Sadeas havia acabado de chegar com uma companhia dos próprios homens, mas Dalinar o ignorou, Sacramentadora ainda apoiada no seu ombro. A fumaça ardeu no nariz de Dalinar, seus olhos lacrimejaram. Ele não podia ver através da Fenda o resto dos seus exércitos; o ar ondulava com calor, pintado de vermelho.

Era como olhar para a própria Danação.

Dalinar expirou longamente, sentindo uma súbita exaustão ainda mais profunda.

— Já chega — disse ele, voltando-se para Sadeas. — Deixe o resto da população da cidade escapar da boca do cânion abaixo. Já enviamos nossa mensagem.

— O quê? — disse Sadeas, se aproximando. — Dalinar...

Uma estrondosa série de estalos o interrompeu. Toda uma seção da cidade próxima desabou nas chamas. O palácio — e seus ocupantes — desabou com ela, uma tempestade de faíscas e madeira fragmentada.

— Não! — berrou Tanalan. — *NÃO!*

— Dalinar... — falou Sadeas. — Eu deixei um batalhão lá embaixo, com arqueiros, de acordo com as suas ordens.

— Minhas ordens?

— Você disse "mate qualquer um que saia da cidade e deixe seus corpos lá para apodrecerem". Deixei homens posicionados lá embaixo; eles lançaram flechas nas escoras da cidade, queimaram as passarelas que levavam pra baixo. Essa cidade está queimando nas duas direções, por baixo e por cima. Não há como parar agora.

Madeira estalou enquanto mais seções da cidade desabavam. A Euforia cresceu e Dalinar a afastou.

— Nós fomos longe demais.

— Bobagem! Nossa lição não significaria muita coisa se as pessoas pudessem simplesmente escapar. — Sadeas olhou de relance para Tanalan. — O último fio solto é esse aí. Não queremos que ele escape de novo.

Sadeas levou a mão à espada.

— Deixe comigo — disse Dalinar.

Embora a ideia de mais mortes estivesse começando a enojá-lo, ele se preparou. Aquele era o homem que o traíra.

Dalinar se aproximou. Para seu crédito, Tanalan tentou se levantar de um salto e lutar. Vários soldados de elite empurraram o traidor de volta para o chão, embora o próprio Senhor-capitão Kadash estivesse apenas voltado para a cidade, olhando a destruição. Dalinar podia sentir o calor, tão terrível, que espelhava uma sensação dentro dele. A Euforia... incrivelmente... *não estava satisfeita*. Ainda sentia sede. Não parecia... não parecia que *podia* ser saciada.

Tanalan desabou, balbuciando.

— Você não devia ter me traído — sussurrou Dalinar, levantando Sacramentadora. — Dessa vez, pelo menos, você não se escondeu no seu buraco. Eu não sei quem você deixou se proteger lá dentro, mas saiba que estão mortos. Eu cuidei disso com barris de fogo.

Tanalan hesitou, então começou a gargalhar com um ar frenético, enlouquecido.

— Você não sabe? Como pode não saber? Mas você matou nossos mensageiros. Seu pobre tolo. Seu pobre, *estúpido* tolo.

Dalinar o pegou pelo queixo, embora o homem ainda estivesse sendo contido pelos seus soldados.

— O quê?

— Ela nos procurou — disse Tanalan. — Para implorar. Como você não sabia disso? Toma conta assim tão mal da sua família? O buraco que você incendiou... nós não nos escondemos mais ali. Todo mundo o conhece. Agora é uma prisão.

Uma onda gelada cobriu Dalinar e ele agarrou Tanalan e apertou, Sacramentadora deslizando dos seus dedos. Ele estrangulou o homem, o tempo todo exigindo que retirasse o que havia dito.

Tanalan morreu com um sorriso nos lábios. Dalinar deu um passo para trás, subitamente fraco demais para ficar de pé. Onde estava a Euforia para fortalecê-lo?

— Voltem — gritou ele para seus soldados de elite. — Revistem aquele buraco. Vão... — Ele parou de falar.

Kadash estava de joelhos, parecendo nauseado, uma pilha de vômito na pedra diante dele. Alguns soldados de elite correram para tentar fazer o que Dalinar havia ordenado, mas recuaram diante da Fenda — o calor se elevando da cidade incendiada era incrível.

Dalinar rugiu, se levantando, avançando rumo às chamas. Contudo, o fogo era intenso demais. Onde antes vira a si mesmo como uma força irresistível, agora teve que admitir exatamente quão pequeno era. Insignificante. Sem importância.

Quando ele se torna selvagem, você não pode simplesmente assoviar para que volte.

Ele caiu de joelhos e permaneceu ali até que seus soldados o afastaram — sem resistir — para longe do calor e o levaram para seu acampamento.

SEIS HORAS DEPOIS, DALINAR estava com as mãos unidas às costas — em parte para esconder quão intensamente elas estavam tremendo — e fitava um corpo que jazia na mesa, coberto com um lençol branco.

Atrás dele na tenda, algumas das suas escribas sussurravam. Um som como espadas agitadas em um campo de treinamento. A esposa de Teleb, Kalami, liderava a discussão; ela pensava que Evi devia ter desertado. O que mais poderia explicar por que o cadáver queimado da esposa de um grão-príncipe havia sido encontrado no abrigo do inimigo?

Isso combinava com a narrativa. Exibindo uma atípica determinação, Evi havia drogado o guarda que a protegia. Fugira nas sombras da noite. As escribas especulavam há quanto tempo Evi era uma traidora e se ela havia ajudado a recrutar o grupo de batedores que traíram Dalinar.

Ele deu um passo à frente, pousando os dedos no lençol liso e branco demais. *Mulher tola.* As escribas não conheciam Evi bem o bastante. Ela não fora uma traidora — tinha ido até a Fenda implorar que eles se rendessem. Ela havia visto nos olhos de Dalinar que ele não os pouparia. Então, pelo Todo-Poderoso, ela fora lá tentar fazer alguma coisa.

Dalinar mal tinha forças para ficar de pé. A Euforia o abandonara e isso o deixara arrasado, em agonia.

Ele ergueu o canto do lençol. O lado esquerdo do rosto de Evi estava queimado, nauseante, mas o lado direito havia ficado encostado na pedra. Estava estranhamente intocado.

Isso é culpa sua, disse a ela em pensamento. *Como ousou fazer isso? Mulher estúpida, irritante.*

Não era culpa dele, *não* era sua responsabilidade.

— Dalinar — chamou Kalami, se aproximando. — Você devia descansar.

— Ela não nos traiu — disse Dalinar com firmeza.

— Tenho certeza de que uma hora vamos descobrir o que...

— Ela *não* nos traiu — bradou Dalinar. — Mantenha a descoberta do corpo dela em segredo, Kalami. Diga às pessoas... diga que minha esposa foi morta por um assassino na noite passada. Vou ordenar aos poucos soldados de elite que sabem do que aconteceu que mantenham segredo. Deixe que todos pensem que ela morreu como uma heroína, e que a destruição da cidade foi executada como vingança.

Dalinar firmou o queixo. Mais cedo naquele dia, os soldados do seu exército — tão cuidadosamente treinados durante anos para resistir à pilhagem e à chacina de civis — haviam queimado totalmente uma cidade. Tranquilizaria a consciência deles pensar que, primeiro, sua grã-senhora havia sido assassinada.

Kalami sorriu para ele, um sorriso astuto — até mesmo convencido. A mentira de Dalinar teria um segundo propósito também. Enquanto Kalami e as escribas principais *pensassem* que sabiam um segredo, ficariam menos inclinadas a procurar a resposta verdadeira.

Não foi minha culpa.

— Descanse, Dalinar — disse Kalami. — Você está sofrendo agora, mas, assim como a grantormenta deve passar, todas as agonias mortais também acabam.

Dalinar deixou o cadáver aos cuidados de outros. Enquanto partia, estranhamente ouviu os gritos daquelas pessoas na Fenda. Ele parou, se perguntando o que era. Ninguém mais parecia notar.

Sim, eram gritos distantes. Na sua cabeça, talvez? Todos pareciam crianças aos seus ouvidos. Aquelas que ele havia abandonado às chamas. Um coro de inocentes implorando por socorro, por misericórdia.

A voz de Evi se juntou a eles.

A Captora de Segredos

Sja-anat, criadora e corruptora – única entre os Desfeitos

Criadora

Suas criações distorcidas são seus filhos amados.

A admiração que ela tem pelos esprenos do nosso mundo a inspira.

Corruptora

Ela busca os Filhos da Honra e os Filhos da Cultura.

Com um toque ela corrompe.

Sja-anat

77

ABRIGO DE TEMPESTADE

Alguma coisa deve ser feita em relação aos remanescentes das forças de Odium. Os parshes, como agora são chamados, continuam sua guerra com zelo, mesmo sem seus mestres da Danação.

— Da gaveta 30-20, primeira esmeralda

KALADIN CORREU PELA RUA.
— Espere! Mais um aqui!
À frente, um homem com um bigode fino se esforçava para fechar uma espessa porta de madeira. Ela emperrou no meio do caminho, contudo, dando a Kaladin tempo suficiente para passar.

O homem praguejou para ele, depois fechou a porta de madeira escura de cepolargo, que fez um *tum* abafado. O homem fechou as trancas, depois deu um passo para trás e deixou três homens mais jovens colocarem uma barra espessa na porta.

— Foi por pouco, soldado — disse o bigodudo, notando a insígnia da Guarda da Muralha no ombro de Kaladin.

— Desculpe — disse Kaladin, entregando ao homem umas poucas esferas como taxa de entrada. — Mas a tempestade ainda está a alguns minutos de distância.

— Não dá para facilitar com essa nova tempestade — replicou o homem. — Fique feliz que a porta tenha emperrado.

Syl estava sentada nas dobradiças, as pernas pendendo pela lateral. Kaladin duvidava que houvesse sido sorte; grudar os sapatos das pessoas na pedra era um truque clássico dos esprenos de vento. Ainda assim, ele compreendia bem a hesitação do porteiro. Tempestades Eternas não correspondiam *exatamente* às projeções eruditas. A última havia chegado horas antes do previsto. Felizmente, elas tendiam a ser mais lentas do que as grantormentas. Se você soubesse que devia vigiar o céu, dava tempo para encontrar abrigo.

Kaladin correu a mão pelo cabelo e seguiu para o fundo da casa de vinhos. Era um daqueles lugares elegantes que — embora tecnicamente fosse um abrigo de tempestades — era usado apenas por pessoas ricas que iam passar a tempestade se divertindo. Ela tinha uma grande sala comum e paredes espessas de blocos de pedra. Sem janelas, naturalmente. Um barista mantinha as pessoas abastecidas de bebida no fundo, e várias cabines contornavam o perímetro.

Ele avistou Shallan e Adolin sentados em uma cabine lateral. Ela estava usando o próprio rosto, mas Adolin parecia Meleran Khal, um homem calvo e tão alto quanto ele. Kaladin demorou a se aproximar, assistindo Shallan rir de alguma coisa que Adolin dissera, então cutucá-lo — com a mão segura — no ombro. Ela parecia completamente encantada com ele. Bom para ela. Todo mundo merecia algo que lhe desse luz, naqueles dias. Mas... e os olhares que ela lançava para ele ocasionalmente, quando não parecia ser exatamente a mesma pessoa? Um sorriso diferente, um ar quase malicioso nos olhos...

Você está vendo coisas, ele pensou consigo mesmo. Avançou e chamou a atenção deles, instalando-se na cabine com um suspiro. Estava de folga e livre para visitar a cidade. Dissera aos outros que encontraria o próprio abrigo para a tempestade e só precisava voltar a tempo para a patrulha da noite, depois da tempestade.

— Até que enfim, carregadorzinho — disse Adolin.

— Perdi a noção do tempo — respondeu Kaladin, batendo na mesa.

Ele detestava ficar em abrigos de tempestade; pareciam demais com prisões. Do lado de fora, o trovão anunciou a chegada da Tempestade Eterna. A maioria das pessoas na cidade estaria dentro de casa, e os refugiados, em abrigos de tempestade públicos.

Aquele abrigo pago estava parcamente ocupado, com apenas algumas das mesas ou cabines em uso. Isso fornecia privacidade para conversar, felizmente, mas não era um bom sinal para o proprietário. As pessoas não tinham esferas para desperdiçar.

— Onde está Elhokar? — perguntou Kaladin.

— Elhokar vai passar a tempestade trabalhando em planos de última hora — disse Adolin. — Ele decidiu se revelar esta noite aos olhos-claros que escolheu. E... ele está fazendo um bom trabalho, Kal. Teremos pelo menos algumas tropas por causa disso. Menos do que eu gostaria, mas *alguma coisa*.

— E talvez outro Cavaleiro Radiante? — indagou Shallan, olhando para Kaladin. — O que você descobriu?

Ele rapidamente informou-os sobre o que havia descoberto: a Guarda da Muralha podia ter um Transmutador, e *definitivamente* estava produzindo comida de algum modo. A Guarda havia tomado depósitos de esmeraldas na cidade — um fato que ele havia descoberto recentemente.

— Azure é... difícil de decifrar — concluiu Kaladin. — Ela visita as casernas todas as noites, mas nunca fala sobre si mesma. Os homens relatam ter visto sua espada cortar através de pedra, mas a arma não tem uma gema. Acho que pode ser uma Espada de Honra, como a arma do Assassino de Branco.

— Hum — disse Adolin, se recostando. — Sabe, isso explicaria muita coisa.

— Meu pelotão vai jantar com ela esta noite, depois da patrulha — disse Kaladin. — Verei o que consigo descobrir.

Uma atendente veio pegar os pedidos, e Adolin comprou um pouco de vinho para todos. Ele entendia daquelas bebidas de olhos-claros e — sem precisar ser lembrado — pediu algo sem uma gota de álcool para Kaladin. Ele estaria de serviço mais tarde. Adolin pediu para Shallan uma taça de roxo, para a surpresa de Kaladin.

Enquanto a atendente partia com o pedido, Adolin estendeu a mão para Kaladin.

— Deixe-me ver sua espada.

— Minha espada? — repetiu Kaladin, olhando para Syl, que estava encolhida nos fundos da cabine, cantarolando baixinho consigo mesma. Uma maneira de ignorar os sons da Tempestade Eterna, que trovejava além das pedras.

— Não *aquela* espada — disse Adolin. — Sua espada de cinto.

Kaladin olhou para baixo, onde a espada se destacava ao lado do seu assento. Ele quase havia esquecido que estava usando aquela coisa, o que era um alívio. Nos primeiros dias, ele batia com a bainha em tudo. Ele a desafivelou e botou-a na mesa para Adolin.

— Boa lâmina — comentou o príncipe. — Bem cuidada. Já estava nessa condição quando você a recebeu?

Kaladin assentiu. Adolin a desembainhou e a segurou.

— É um pouco pequena — observou Shallan.

— É uma espada de uma só mão, Shallan. Arma de infantaria de combate próximo. Uma espada mais longa não seria prática.

— Mais longa... como Espadas Fractais? — indagou Kaladin.

— Bem, sim, mas elas quebram todo tipo de regras. — Adolin fez alguns movimentos com a espada e, depois, embainhou-a. — Eu gosto desse seu alto-marechal.

— Essa arma nem é *dela* — disse Kaladin, pegando-a de volta.

— Garotos, já acabaram de comparar suas espadas? — perguntou Shallan. — Porque encontrei uma coisa. — Ela deixou cair um grande livro na mesa. — Um dos meus contatos finalmente rastreou para mim uma cópia de *Mítica*, de Hessi. É um livro mais recente, e foi mal recebido. Ele atribui personalidades distintas aos Desfeitos.

Adolin abriu a capa, dando uma espiada.

— Então... tem alguma coisa sobre espadas nele?

— Ora, calado — disse ela, batendo no braço dele de um modo brincalhão... e um pouco nauseante.

Sim, era desconfortável olhar para os dois. Kaladin gostava de ambos... mas não juntos. Ele se forçou a olhar ao redor da sala, que estava ocupada por olhos-claros tentando beber para abafar os sons da tempestade. Tentou não pensar nos refugiados que estariam enfiados naqueles abafados abrigos públicos, segurando suas parcas posses e torcendo para que parte do que haviam sido obrigados a deixar para trás sobrevivesse à tempestade.

— O livro alega que há nove Desfeitos — disse Shallan. — Isso combina com a visão de Dalinar, embora outros relatos falem de dez Desfeitos. Provavelmente são esprenos antigos, primordiais, dos dias antes da sociedade humana e da civilização. O livro afirma que os nove atacavam durante as Desolações, mas diz que nem todos foram destruídos em Aharietiam. A autora insiste que alguns estão ativos hoje; acredito que ela foi justificada, obviamente, pelo que já vivenciamos.

— E há um deles na cidade — disse Adolin.

— Eu acho... — disse Shallan. — Eu acho que pode haver *dois*, Adolin. Sja-anat, a Captora de Segredos, é uma delas. Novamente, as visões de Dalinar a mencionam. O toque de Sja-anat corrompe outros esprenos... e estamos vendo os efeitos disso aqui.

— E o outro? — perguntou Adolin.

— Ashertmarn — disse Shallan baixinho, pegando uma faquinha da bolsa e começando a entalhar distraidamente o topo da mesa. — O Coração do Festim. O livro fala menos sobre ele, embora mencione como ele leva pessoas a se entregarem a excessos.

— Dois Desfeitos — disse Kaladin. — Tem certeza?

— Tanta quanto possível. Riso confirmou o segundo, e a maneira como a rainha agiu nos dias antes dos motins parece um sinal óbvio. Quanto à Captora de Segredos, nós mesmos já vimos os esprenos corrompidos.

— Como lutamos com dois? — perguntou Kaladin.

— Como lutamos com *um*? — disse Adolin. — Na torre, nós não lutamos, só espantamos a coisa. Shallan não consegue nem dizer como foi que fez isso. O que o livro diz sobre lutar com eles?

— Nada. — Shallan deu de ombros, soprando o pequeno entalhe que estava fazendo na mesa; esprenos de glória corrompidos, com a forma de um cubo, que outro cliente havia atraído. — O livro diz que, se você vê um espreno da cor errada, deve imediatamente se mudar para outra cidade.

— Mas *meio que* tem um exército no caminho — observou Kaladin.

— Sim, incrivelmente, seu fedor ainda não os espantou. — Shallan começou a folhear seu livro.

Kaladin franziu o cenho. Comentários como aquele eram parte das coisas que o confundiam em Shallan. Ela parecia perfeitamente amigável em um momento, então era rude com ele no seguinte, enquanto fingia que aquilo era apenas parte de uma conversa normal. Mas ela não falava assim com outros, nem mesmo brincando.

O que há de errado com você, mulher?, pensou. Eles haviam compartilhado algo íntimo, nos abismos das Planícies Quebradas. Uma grantormenta, encolhidos juntos, e palavras. Será que ela sentia vergonha disso? Seria esse o motivo de espicaçá-lo às vezes?

Se era isso, como explicar as outras ocasiões, quando ela o olhava e sorria? Quando piscava de modo malicioso?

— Hessi relatou histórias dos Desfeitos não só corrompendo esprenos, como também corrompendo *pessoas* — disse Shallan. — Talvez seja isso que esteja acontecendo com o palácio. Saberemos mais depois que nos infiltrarmos no culto esta noite.

— Eu não gosto da ideia de você ir sozinha — disse Adolin.

— Não estarei sozinha. Vou com minha equipe.

— Uma lavadeira e dois desertores — comentou Kaladin. — Tomando Gaz por exemplo, Shallan, você não deveria confiar naqueles homens.

Shallan levantou o queixo.

— Pelo menos *meus* soldados souberam quando sair dos acampamentos de guerra, em vez de ficarem lá deixando pessoas atirarem flechas neles.

— Confiamos em você, Shallan — disse Adolin, dando uma olhada para Kaladin que significava "Não insista". — E realmente precisamos dar uma olhada naquele Sacroportal.

— E se eu não puder abri-lo? — indagou Shallan. — E então?

— Nós teremos que recuar de volta para as Planícies Quebradas — disse Kaladin.

— Elhokar não vai querer deixar sua família.

— Então Drehy, Skar e eu invadiremos o palácio — replicou Kaladin. — Voaremos à noite, entraremos pela sacada superior e pegaremos a rainha e o jovem príncipe. Faremos isso tudo imediatamente antes da chegada da grantormenta, então voaremos todos de volta para Urithiru.

— E deixamos a cidade cair — disse Adolin, estreitando os lábios.

— A cidade conseguiria resistir? — perguntou Shallan. — Talvez até que possamos voltar com um exército de verdade, que marche até aqui?

— Isso levaria meses — disse Adolin. — E a Guarda da Muralha tem... o quê? Quatro batalhões?

— Cinco no total — respondeu Kaladin.

— Cinco mil homens? — perguntou Shallan. — Tão poucos assim?

— Isso é muito para uma guarnição urbana — afirmou Adolin. — O propósito das fortificações é deixar um pequeno número resistir contra uma força muito maior. Mas o inimigo tem uma vantagem inesperada. Esvaziadores que podem voar, e uma cidade infestada com seus aliados.

— Pois é — concordou Kaladin. — A Guarda da Muralha é diligente, mas não seria capaz de suportar um ataque sério. Há dezenas de milhares de parshemanos lá fora... e eles estão perto de atacar. Não temos mais muito tempo. Os Moldados vão chegar voando para tomar partes da muralha e seus exércitos virão em seguida. Se pretendemos defender esta cidade, precisamos de Radiantes e Fractários para equiparar as chances.

Kaladin e Shallan se entreolharam. Seus Radiantes não eram um grupo pronto para a batalha, não ainda. Raios. Os homens dele mal haviam começado a voar. Como poderiam combater aquelas criaturas que fluíam tão facilmente nos ventos? Como ele poderia proteger aquela cidade *e* proteger seus homens?

Eles se calaram, ouvindo a sala tremer com os trovões do lado de fora. Kaladin terminou sua bebida, desejando que fosse uma das beberagens de Rocha, e deu um peteleco em um crenguejo estranho que notou subindo pela lateral do banco. Ele tinha um monte de pernas e um corpo bulboso, com um estranho padrão marrom-claro nas costas.

Nojento. Mesmo com as pressões na cidade, o proprietário podia pelo menos manter o lugar limpo.

Q UANDO A TEMPESTADE FINALMENTE acabou, Shallan saiu da casa de vinhos de braços dados com Adolin. Ela assistiu enquanto Kaladin seguia apressadamente para a caserna, para a patrulha noturna.

Ela provavelmente deveria estar igualmente ansiosa para partir. Ainda tinha que roubar um pouco de comida naquele dia — o bastante para satisfazer o Culto dos Momentos quando os abordasse mais tarde, ao anoitecer. Isso deveria ser razoavelmente fácil. Vathah começara a planejar operações sob a orientação de Ishnah, e estava se provando bastante hábil.

Ainda assim, ela postergou, apreciando a presença de Adolin. Queria estar ali, com ele, antes que chegasse a hora de ser Véu. *Ela*... bem, ela não ligava muito para ele. Muito certinho, muito ignorante, muito *esperado*. Ela gostava dele como aliado, mas não estava nem um pouco interessada nele romanticamente.

Shallan segurou seu braço, caminhando com ele. As pessoas já estavam se movendo pela cidade, limpando — mais para que pudessem recolher coisas do que por dever cívico. Isso lembrava Shallan dos crenguejos que emergiam depois de uma tempestade para se alimentar das plantas. De fato, ali perto, petrobulbos ornamentais cuspiam vinhas em aglomerados ao lado das portas. Um borrão de vinhas verdes e folhas se desdobrava contra o fundo marrom da cidade.

Um tufo próximo havia sido atingido — e queimado — pelo relâmpago vermelho da Tempestade Eterna.

— Preciso mostrar a você as Quedas Impossíveis algum dia — comentou Adolin. — Se você olha para elas pelos ângulos certos, parece que a água está caindo pelos níveis e então, de algum modo, subindo para o topo novamente...

Enquanto caminhavam, ela teve que passar por cima de um vison morto cuja metade do corpo despontava sob um tronco de árvore quebrado. Não era o mais romântico dos passeios, mas *era* bom segurar o braço de Adolin — mesmo que ele precisasse usar um rosto falso.

— Ei! — disse Adolin. — Eu não dei uma olhada no seu caderno. Você disse que ia me mostrar.

— Eu trouxe o errado, lembra? Tive que entalhar na mesa. — Ela sorriu. — Não pense que não vi você indo pagar os danos quando eu não estava olhando.

Ele grunhiu.

— As pessoas entalham mesas de bar *o tempo todo*.

— Claro, claro. E ainda por cima foi um bom entalhe.

— E você ainda acha que eu não deveria ter feito. — Ela apertou o braço dele. — Ah, Adolin Kholin. Você é mesmo filho do seu pai. Não farei de novo, está bem?

Ele ficou corado.

— Você me prometeu desenhos. Não me importo se é do caderno errado. Tenho a impressão de que não vejo nenhum dos seus desenhos há séculos.

— Não tem nada de bom nesses aqui — disse ela, procurando em sua bolsa. — Andei distraída ultimamente.

Ele ainda assim pegou o caderno de suas mãos, e Shallan secretamente gostou disso. Adolin começou folheando pelos retratos mais recentes e, embora notasse os dos esprenos estranhos, ele se demorava mais nos desenhos de refugiados que ela havia feito para sua coleção. Uma mãe com a filha, sentada à sombra, mas com o rosto voltado para o horizonte e os indícios de um sol nascente. Um homem de dedos grossos varrendo a área ao redor da sua esteira, na rua. Uma jovem olhos-claros parada diante de uma janela, o cabelo solto, vestindo apenas uma camisola, com a mão amarrada em uma bolsinha.

— Shallan, esses desenhos são incríveis! Alguns dos melhores que você já fez.

— São só esboços rápidos, Adolin.

— São lindos — disse ele, olhando para outro, onde parou. Era um retrato dele em um dos seus novos trajes.

Shallan corou.

— Esqueci que isso estava aí — disse ela, tentando pegar o caderno de volta.

Adolin demorou-se no retrato, então finalmente sucumbiu à insistência dela e devolveu o caderno. Ela soltou um suspiro de alívio. Não era que ela ficaria *envergonhada* se ele visse o desenho de Kaladin na página seguinte — ela fazia todo tipo de desenho de todo tipo de pessoas. Mas era melhor encerrar no retrato de Adolin. Véu havia se intrometido durante aquele outro.

— Você está melhorando, se é que isso é possível.

— Talvez. Embora eu não saiba quanto desse progresso seja crédito meu. *Palavras de Radiância* diz que muitos dos Teceluzes eram artistas.

— Então a ordem recrutava pessoas como você.

— Ou a Manipulação de Fluxos tornava essas pessoas melhores desenhistas, dando-lhes uma vantagem injusta sobre outros artistas.

— Eu tenho uma vantagem injusta sobre outros duelistas. Tive o melhor treinamento desde a infância. Nasci forte e saudável, e a riqueza do meu pai me deu alguns dos melhores parceiros de treinamento do mundo. Minha constituição me deu um alcance maior do que o de outros homens. Isso significa que não mereço elogios quando venço?

— Você não teve auxílio *sobrenatural*.

— Você ainda teve que se esforçar muito. Eu sei que sim. — Ele pôs o braço ao redor dela, puxando-a mais para perto enquanto caminhavam. Outros casais alethianos mantinham a distância em público, mas Adolin havia sido criado por uma mãe que gostava de abraços. — Sabe, meu pai sempre reclama de uma coisa. Ele pergunta para que serviam as Espadas Fractais.

— Hum... Acho que é bastante óbvio que é para cortar pessoas. Sem cortá-las, na verdade. Então...

— Mas por que só espadas? Meu pai quer saber por que os antigos Radiantes nunca fizeram ferramentas para o povo. — Ele apertou o ombro dela. — Eu *adoro* que seus poderes façam de você uma artista melhor, Shallan. Meu pai estava errado. Os Radiantes *não eram* apenas soldados! Sim, eles criaram armas incríveis, mas também criaram arte incrível! E talvez, quando essa guerra acabar, possamos encontrar novos usos para seus poderes.

Raios, o entusiasmo dele podia ser inebriante. Enquanto caminhavam rumo à loja da costureira, ela odiou a ideia de se separar dele, embora Véu precisasse seguir adiante com seu dia de trabalho.

Eu posso ser qualquer pessoa, pensou Shallan, notando alguns esprenos de alegria passando no vento, como uma dança de folhas azuis. *Eu posso ser qualquer coisa*. Adolin merecia alguém muito melhor do que ela. Será que... poderia se transformar naquele alguém? Moldar para ele a esposa perfeita, uma mulher que tinha a aparência e o comportamento apropriados para Adolin Kholin?

Não seria ela. A verdadeira Shallan era uma criatura machucada e patética, que fazia uma bela pose, mas era uma bagunça terrível por dentro. Já disfarçava aquilo perto dele. Por que não dar mais alguns passos? Radiante... Radiante poderia ser sua esposa perfeita, e ela *gostava* dele.

Esse pensamento fez com que Shallan se sentisse gelada por dentro.

Quando já estavam próximos o bastante da loja da costureira para que ela não se preocupasse com Adolin fazendo o resto do caminho sozinho, Shallan forçou-se a se afastar dele. Ela segurou sua mão por um momento com a própria mão livre.

— Preciso ir.

— Você só vai se encontrar com o culto de noite...

— Preciso roubar um pouco de comida primeiro, para pagá-los.

Ainda assim, ele segurou a mão dela.

— O que você faz por aí, Shallan? Quem você se torna?

— Todo mundo — respondeu ela, então se esticou e beijou-o na bochecha. — Obrigada por você ser você, Adolin.

— Todos os outros já estavam tomados — murmurou ele.

Isso nunca me impediu.

Ele a observou até que Shallan virasse a esquina, com o coração batendo forte. Para ela, Adolin Kholin era como um cálido nascer do sol.

Véu começou a se intrometer, e ela foi forçada a reconhecer que às vezes preferia a tempestade e a chuva ao sol.

Conferiu o ponto de entrega, em um canto de um edifício que agora era apenas destroços. Ali, Rubro havia depositado um pacote que continha a roupa de Véu. Ela o pegou e saiu à procura de um bom lugar para se trocar.

O fim do mundo havia chegado, o que parecia mais evidente depois de uma tempestade. Detritos espalhados, pessoas que não haviam chegado aos abrigos gemendo em barracas caídas ou nas ruas.

Era como se cada tempestade tentasse varrê-los de Roshar, e só continuassem ali por pura determinação e sorte. Agora, com duas tempestades, era ainda pior. Se derrotassem os Esvaziadores, será que a Tempestade Eterna continuaria? Será que ela havia começado a erodir a sociedade de tal maneira que, ganhassem a guerra ou não, uma hora terminaria com eles todos varridos para o mar?

Ela sentiu seu rosto mudar enquanto caminhava, drenando Luz das Tempestades de sua bolsa. A Luz se elevou dentro dela como uma chama ardente, antes de arrefecer até uma brasa, enquanto ela se tornava as pessoas dos desenhos que Adolin havia visto.

O pobre homem que tentava persistentemente manter limpa a área ao redor da sua pequena esteira, como se quisesse manter algum controle sobre um mundo insano.

A jovem olhos-claros que se perguntava o que havia acontecido com a alegria da adolescência. Em vez de usar seu primeiro havah em um baile, sua família fora forçada a abrigar dezenas de parentes das cidades vizinhas, e ela passava os dias trancada porque as ruas não eram seguras.

A mãe com uma criança, sentada no escuro, olhando para o horizonte e para um sol oculto.

Rosto depois de rosto. Vida depois de vida. Avassalador, inebriante, vivo. Respirando e chorando e rindo e sendo. Tantas esperanças, tantas vidas, tantos sonhos.

Ela desabotoou a lateral do havah, então o deixou cair. Soltou sua bolsa, que fez barulho devido ao livro pesado lá dentro. Deu um passo à frente vestindo apenas a combinação, a mão descoberta, sentindo o vento na pele. Ainda estava usando uma ilusão, que não se despiu, de modo que ninguém podia vê-la.

Ninguém podia vê-la. Alguém *realmente* já a vira? Ela parou na esquina da rua, vestindo rostos e roupas cambiantes, aproveitando a sensação de liberdade, vestida, mas nua, tremendo com o beijo do vento.

Ao redor dela, as pessoas se desviavam para dentro de edifícios, assustadas.

Só mais um espreno, pensou Shallan/Véu/Radiante. *É isso que eu sou. Emoção personificada.*

Ela abriu os braços, exposta, mas invisível. Respirou as respirações do povo de uma cidade.

— Mmm... — disse Padrão, destramando-se do vestido descartado por ela. — Shallan?

— Talvez — disse ela, protelando.

Finalmente, ela se permitiu assumir plenamente a persona de Véu. Imediatamente sacudiu a cabeça e pegou as roupas e a bolsa. Teve sorte de não terem sido roubadas. Garota tola. Eles não tinham tempo para saltitar de um poema para outro.

Véu encontrou um lugar afastado junto da grande árvore nodosa cujas raízes se espalhavam ao longo de toda a muralha nas duas direções. Rapidamente rearrumou suas roupas de baixo, então colocou as calças e abotoou a camisa. Ela pôs o chapéu, conferiu sua aparência em um espelho de mão, então assentiu.

Muito bem, então. Hora de encontrar com Vathah.

Ele estava esperando na estalagem onde Riso havia se hospedado. Radiante ainda tinha a esperança de encontrá-lo lá, para uma interrogação mais detalhada. Na sala privativa, longe do preocupado estalajadeiro, Vathah dispôs um par de esferas para iluminar os mapas que havia comprado, que detalhavam a mansão que ela pretendia roubar naquela tarde.

— Eles a chamam de Mausoléu — explicou Vathah enquanto Véu se sentava. Ele mostrou um desenho do grande salão do edifício. — Aliás, essas estátuas são todas Transmutadas. Eles eram servos apreciados da casa, que foram transformados em tormentosa pedra.

— É um sinal de honra e respeito entre olhos-claros.

— É *sinistro* — disse Vathah. — Quando eu morrer, queimem meu cadáver direitinho. Não me deixem olhando por toda eternidade enquanto seus descendentes provam o chá.

Véu concordou distraidamente, colocando o caderno de Shallan sobre a mesa.

— Escolha um disfarce entre esses. O mapa diz que a dispensa fica contra a parede externa. Estamos com pouco tempo, então é melhor fazer isso da maneira fácil. Rubro cria uma distração e eu uso a Espada de Shallan para cortar uma abertura direto para a comida.

— Sabe, dizem que esse povo do Mausoléu é *muito* rico. As riquezas da família Tenet são... — Ele perdeu o fio da meada quando viu a expressão dela. — Nada de riquezas, então.

— Nós pegamos a comida para pagar o culto, depois damos o fora.

— Está bem. — Ele se voltou para a imagem do homem varrendo ao redor da sua esteira. — Sabe, quando você me fez deixar de ser bandido, achei que não ia mais roubar.

— Isso aqui é diferente.

— Diferente como? Nós também roubávamos principalmente comida naquela época, Luminosa. Só queríamos ficar vivos e esquecer.

— E você ainda quer esquecer?

Ele grunhiu.

— Não, acho que não. Acho que durmo um pouco melhor à noite agora, não é?

A porta se abriu e o estalajadeiro entrou afobado, segurando bebidas. Vathah soltou uma exclamação de susto, muito embora Véu houvesse se virado com uma expressão irritada.

— Acredito que falei que não queria ser interrompida.

— Eu trouxe bebidas!

— O que é uma interrupção — disse Véu, apontando para a porta. — Se tivermos sede, vamos avisar.

O estalajadeiro resmungou, então recuou pela porta, carregando sua bandeja. *Ele está desconfiado*, pensou Véu. *Acha que estamos aprontando alguma coisa com Riso e quer descobrir o que é.*

— Está na hora de realizar essas reuniões em outro lugar, hein, Vathah?

Ela olhou de volta para a mesa. E descobriu que havia outra pessoa sentada ali.

Vathah se fora, substituído por um homem careca com dedos grossos e uma bata bem cuidada. Shallan olhou de relance para o desenho na mesa, então para a esfera drenada ao lado dela e de volta para Vathah.

— Ficou bom — disse ela. — Mas você se esqueceu de fazer a parte de trás da cabeça, a parte que não está no desenho.

— O quê? — indagou Vathah, franzindo o cenho.

Ela lhe mostrou o espelho de mão.

— Por que você colocou essa cara em mim?

— Não fui eu — disse Véu, se levantando. — Você entrou em pânico e isso aconteceu.

Vathah cutucou seu rosto, ainda olhando para o espelho, confuso.

— Aposto que as primeiras vezes são sempre sem querer — disse Véu, guardando o espelho. — Junte todo esse material. Vamos realizar a missão como planejado, mas amanhã você está dispensado do trabalho de infiltração; em vez disso, quero que pratique usar Luz das Tempestades.

— Praticar... — Ele finalmente pareceu entender, seus olhos castanhos se arregalando. — Luminosa! Eu não sou um tormentoso *Radiante*.

— É claro que não. Você provavelmente é um escudeiro... acho que a maioria das ordens tinha alguns. Você pode se tornar algo mais. Acho que Shallan ficou criando ilusões esporadicamente durante anos antes de fazer os votos. Mas não sei, está tudo meio misturado na cabeça dela. Eu ganhei minha espada muito jovem e...

Ela respirou fundo. Felizmente, Véu não havia vivido aqueles dias.

Padrão zumbiu em alerta.

— Luminosa... — disse Vathah. — Véu, você realmente acha que eu...

Raios, ele parecia prestes a *chorar*.

Ela deu um tapinha no seu ombro.

— Não temos tempo a perder. O culto estará esperando por mim em quatro horas, e quer um belo pagamento em comida. Você vai ficar bem?

— Claro, claro — disse ele. A ilusão finalmente se desfez e a imagem do próprio Vathah emocionado era ainda mais impressionante. — Eu consigo. Vamos roubar comida de algumas pessoas ricas e dá-la para algumas pessoas malucas em vez disso.

O FESTIM

Uma coalização se formou entre os Radiantes eruditos. Nossa meta é negar ao inimigo suprimento de Luz do Vazio; isso impedirá suas transformações contínuas e nos dará vantagem no combate.

— Da gaveta 30-20, segunda esmeralda

VÉU HAVIA SE EXPOSTO.

Isso a incomodava enquanto a carroça — cheia dos despojos do roubo — seguia rumo ao local de encontro com o culto. Ela estava abrigada na parte de trás, contra um saco de grãos, os pés para cima sobre um lombo suíno embrulhado em papel.

"Espreno Veloz" era Véu, já que fora ela a pessoa avistada distribuindo a comida. Portanto, para entrar naquele festim, teria que ir como ela mesma.

O inimigo sabia sua aparência. Será que deveria ter criado uma nova persona, um rosto falso, para não expor Véu?

Mas Véu é um rosto falso, disse parte dela. *Você pode simplesmente abandoná-la.*

Estrangulou aquela parte de si, abafou-a lá no fundo. Véu era real demais, vital demais, para ser abandonada. Seria mais fácil abandonar Shallan.

A primeira lua estava no alto quando ela alcançou os degraus para a plataforma do Sacroportal. Vathah levou a carroça até o ponto certo e Véu pulou para fora, o casaco ondulando ao seu redor. Dois guardas ali estavam vestidos como esprenos de chama, com borlas vermelhas e douradas. Seus portes musculosos e as duas lanças deixadas perto dos degraus indicavam que aqueles homens podiam ter sido soldados antes de se unirem ao culto.

Uma mulher movia-se entre eles, usando uma máscara branca lisa com buracos para olhos, mas sem boca ou outros traços. Véu estreitou os olhos; a máscara fez com que se lembrasse de Iyatil, a mestra de Mraize nos Sanguespectros. Mas era uma forma muito diferente.

— Você foi instruída a vir sozinha, Espreno Veloz — disse a mulher.

— Você esperava que eu descarregasse tudo isso sozinha? — Véu acenou para a parte de trás da carroça.

— Podemos cuidar disso — respondeu a mulher de modo suave, se aproximando enquanto um dos guardas segurava uma tocha, não uma lâmpada de esferas, e o outro baixava a porta traseira da carroça. — Hmmm...

Véu virou-se subitamente. Aquele zumbido...

Os guardas começaram a descarregar a comida.

— Vocês podem levar tudo, menos as duas marcadas em vermelho — disse Véu, apontando. — Preciso delas para minhas rondas de visita aos pobres.

— Eu não estava ciente de que isso era uma negociação — rebateu a cultista. — Você pediu por isso. Tem deixado sussurros por toda a cidade de que deseja se juntar ao festim.

Obra de Riso, aparentemente. Ela teria que agradecer a ele.

— Por que está aqui? — indagou a cultista, parecendo curiosa — O que você quer, Espreno Veloz, suposta heroína dos mercados?

— Eu só... não paro de ouvir essa voz. Ela diz que esse é o fim, que eu devo me entregar. Abraçar o tempo dos esprenos. — Ela se voltou para a plataforma do Sacroportal; um brilho laranja emanava do topo. — As respostas estão lá em cima, não estão?

Pelo canto do olho, ela viu os outros três assentirem uns para os outros. Ela havia passado em algum tipo de teste.

— Você pode subir os degraus até a iluminação — disse a cultista de branco. — Seu guia vai encontrá-la no topo.

Ela jogou seu chapéu para Vathah e o encarou. Quando tivesse terminado de descarregar a carroça, ele se afastaria e se posicionaria a algumas ruas de distância, de onde poderia vigiar a borda da plataforma do Sacroportal. Se ela tivesse problemas, se jogaria da borda, contando com a Luz das Tempestades para curá-la depois de cair.

Véu começou a subir os degraus.

KALADIN NORMALMENTE GOSTAVA DE como ficava a cidade depois de uma tempestade. Limpa e fresca, lavada de sujeira e detritos.

Ele havia participado da patrulha noturna, verificando sua área para ver se tudo estava bem depois da tempestade. Agora estava no topo da muralha, esperando pelo resto do esquadrão, que ainda guardava seu equipamento. O sol mal havia se posto e era hora de jantar.

Abaixo, ele observou edifícios recém-marcados pelos relâmpagos. Um grupo de esprenos de vento corrompidos passou dançando, deixando uma trilha de intensas luzes vermelhas. Até o cheiro do ar estava errado, de algum modo; bolorento e empapado.

Syl ficou sentada em silêncio no seu ombro, até que Barba e os outros chegaram à escadaria. Kaladin finalmente se uniu a eles, descendo até a caserna, onde os dois pelotões — o seu e o outro com quem compartilhavam o espaço — se reuniram para jantar. Cerca de vinte dos homens do outro pelotão estavam no plantão da muralha naquela noite, mas todos os outros estavam presentes.

Logo depois da chegada de Kaladin, os dois capitães de pelotão chamaram seus homens para inspeção. Kaladin ficou entre Barba e Ved na fileira, e juntos eles saudaram enquanto Azure passava pela entrada. Como sempre, estava vestida para batalha, com sua couraça, cota de malha e manto.

Naquela noite, ela decidiu realizar uma inspeção formal. Kaladin ficou em sentido com os outros enquanto ela caminhava pelas fileiras e comentava em voz baixa com os dois capitães. Ela conferiu algumas espadas e perguntou a vários dos homens se precisavam de alguma coisa. Kaladin tinha a impressão de que havia estado em fileiras similares uma centena de vezes, suando e torcendo para que o general decidisse que tudo estava em ordem.

Eles sempre achavam. Esse tipo de inspeção não tinha realmente o objetivo de encontrar problemas — era uma oportunidade para os homens se exibirem para seu alto-marechal. Eles estufavam o peito quando ela dizia que "talvez fossem os melhores pelotões de combatentes que já tivera o privilégio de comandar". Kaladin tinha certeza de que havia ouvido aquelas exatas palavras de Amaram.

Triviais ou não, as palavras inspiravam os homens, que exclamaram suas aprovações quando o alto-marechal lhes deu permissão de descansar. Talvez o número de "melhores pelotões" no exército subisse durante períodos de guerra, quando todos ansiavam por um aumento no moral.

Kaladin caminhou até a mesa dos oficiais. Não precisou de muito para conseguir ser convidado para jantar com a alta-marechal. Noro realmente queria promovê-lo a tenente, e a maioria dos outros homens sentia-se intimidada demais por Azure para sentar-se à mesa com ela.

A alta-marechal pendurou seu manto e sua estranha espada em um gancho. Ela manteve as luvas e, embora não fosse possível ver seu peito devido à couraça, aqueles rosto e porte eram obviamente femininos. Ela era também muito alethiana, com aquele tom de pele e cabelo, seus olhos de um laranja claro e brilhante.

Ela deve ter passado tempo como mercenária no Oeste, pensou Kaladin. Sigzil certa vez lhe contara que mulheres combatiam no ocidente, particularmente entre mercenários.

A refeição eram grãos simples com curry. Kaladin comeu uma colherada, bem acostumado àquela altura com o gosto de grão Transmutado. Um sabor passado. O curry ajudava, mas os cozinheiros usavam amido fervido para engrossá-lo, então tinha um pouco do mesmo sabor.

Recebera um lugar relativamente longe do centro da mesa, onde Azure conversava com os dois capitães de pelotão. Em dado momento, um deles pediu licença para ir ao banheiro.

Kaladin pensou por um segundo, então pegou seu prato e avançou pela mesa para se instalar no lugar vazio.

V ÉU ALCANÇOU O TOPO da plataforma, entrando no que parecia ser uma pequena vila. As estruturas do monastério ali eram muito menores — mas muito mais agradáveis — do que aquelas nas Planícies Quebradas. Um aglomerado de belos prédios em pedra com telhados inclinados em forma de cunha, as pontas voltadas para a Origem.

Cascas-pétreas ornamentais cresciam ao redor da base da maioria dos edifícios, cultivadas e esculpidas em padrões ondulantes. Véu capturou uma Lembrança para Shallan, mas seu foco estava na luz do fogo que vinha de mais além. Não conseguia ver o edifício de controle; todas aquelas outras estruturas estavam no caminho. *Podia* ver o palácio à esquerda, brilhando na noite com janelas acesas. Ele se conectava com a plataforma do Sacroportal através de uma passarela coberta chamada de via solar. Um pequeno grupo de soldados, visível na escuridão apenas como sombras, guardava a passagem.

Perto dela — no topo das escadas — um homem rechonchudo estava sentado junto de uma protuberância de casca-pétrea. Tinha cabelos curtos e olhos verde-claros, e sorriu para ela de maneira afável.

— Bem-vinda! Serei seu guia esta noite, para sua primeira vez no festim! Ele pode ser... ah, desorientador.

Esses são trajes de fervoroso, Véu notou. Rasgados, manchados com o que parecia ser uma grande variedade de alimentos.

— Todo mundo que vem aqui renasce — disse ele, se levantando. — Seu nome agora é... hum... — Ele tirou um pedaço de papel do bolso. — Onde foi que anotei? Bem, acho que não faz diferença. Seu nome é Kishi. Não é bonitinho? Bom trabalho em conseguir até chegar aqui. Esse é o melhor lugar na cidade para se divertir.

Ele enfiou as mãos de volta nos bolsos e olhou para uma das estradas, então seus ombros murcharam.

— Enfim... Vamos andando. Muitos festejos a fazer esta noite. Sempre tantos festejos a fazer...

— E quem é você?

— Eu? Ah, hã, aqui me chamam de Kharat. Eu acho! Sempre esqueço.

Ele avançou sem esperar para ver se ela o seguia. Ela seguiu, ansiosa para chegar ao centro. Contudo, logo depois do primeiro edifício, ela chegou ao festim — e teve que parar para assimilá-lo. Uma fogueira queimava direto no chão, as chamas estalando e chicoteando ao vento, banhando Véu com calor. Espirenos de chama corrompidos, de um azul vívido e de algum modo mais irregulares, dançavam dentro dela. Havia mesas enfileiradas na passarela, cobertas com comida. Carnes adoçadas, pilhas de pães achatados com coberturas açucaradas, frutas e bolos.

Uma variedade de pessoas vagava ali, ocasionalmente recolhendo comida das mesas com suas mãos nuas. Elas riam e gritavam. Muitas haviam sido fervorosos, o que dava para ver pelas túnicas marrons. Outras eram olhos-claros, embora suas roupas tivessem se... decomposto? Parecia uma palavra apropriada para aqueles trajes com casacos ausentes e havahs cujas saias estavam esfarrapadas de tanto roçarem no chão, com as mangas de mão segura arrancadas no ombro e descartadas em algum lugar.

As pessoas se moviam como peixes em um cardume, fluindo da direita para a esquerda. Ela identificou soldados, tanto olhos-claros como olhos-escuros, usando os restos dos seus uniformes. Pareceram não ligar para ela ou Kharat, que estavam à margem.

Ela teria que atravessar um rio de pessoas para chegar ao interior do edifício de controle do Sacroportal. Fez menção de começar, mas Kharat pegou-a pelo braço, conduzindo-a para se juntar ao fluxo de pessoas.

— Temos que permanecer no círculo exterior — disse ele. — Não podemos ir mais para o meio. Fique satisfeita. Você vai... você vai aproveitar o fim do mundo com estilo...

Relutantemente, ela se deixou levar. Provavelmente era melhor mesmo dar uma volta ao redor da plataforma. Contudo, pouco depois de começar, ela começou a ouvir a voz.

Entregue-se.
Abra mão do seu sofrimento.
Festeje. Divirta-se.
Abrace o fim.

Padrão zumbiu no seu casaco, o som dele perdido sob as muitas pessoas rindo e bebendo. Kharat enfiou os dedos em algum tipo de sobremesa cremosa, pegando um punhado dela. Seus olhos pareciam vidrados e ele murmurava consigo mesmo enquanto enfiava a comida na boca. Embora outros rissem e até mesmo dançassem, todos mostravam aquela mesma expressão vítrea.

Ela podia sentir as vibrações de Padrão no seu casaco. Elas pareciam se contrapor às vozes, clareando sua cabeça. Kharat entregou a ela uma taça de vinho que havia pegado em uma mesa. Quem havia preparado tudo aquilo? Onde estavam os servos?

Havia *tanta* comida. Mesas e mais mesas. As pessoas adentravam os edifícios por onde passavam, envolvendo-se em outros deleites carnais. Véu tentou escapulir pelo fluxo de foliões, mas Kharat a manteve por perto.

— Todo mundo quer ir para o centro na primeira vez — disse ele. — Você não tem permissão. Aprecie isso aqui, aprecie o sentimento. Não é nossa culpa, certo? Nós não falhamos com ela. Só estávamos fazendo o que ela pediu. Não cause uma tormenta, garota. Ninguém quer isso...

Ele continuou segurando o braço de Véu. Então ela esperou até que eles passassem por outro edifício e puxou-o naquela direção.

— Vai procurar um parceiro? — perguntou ele, entorpecido. — Claro. Isso é permitido. Se é que você vai conseguir encontrar alguém ainda sóbrio o bastante para querer...

Eles adentraram o edifício, que antes havia sido um local para meditação, cheio de saletas individuais. O local tinha um cheiro forte de incenso, e cada alcova tinha o próprio braseiro para queimar orações. Agora elas estavam ocupadas para outro tipo de experiência.

— Só quero descansar por um momento — disse ela a Kharat, espiando o interior de um cômodo vazio. Tinha uma janela. Poderia escapulir por ali, talvez. — É tudo muito atordoante.

— Ah.

Ele olhou para o festim passando do lado de fora. Sua mão esquerda ainda estava coberta de pasta doce. Véu entrou na câmara. Quando ele tentou segui-la, ela disse:

— Preciso de um momento sozinha.

— Eu tenho que tomar conta de você — disse ele e impediu-a de fechar a porta.

— Então tome — respondeu ela, se acomodando no banco dentro da saleta. — De longe.

Ele suspirou e se sentou no chão do corredor.

E agora? *Um novo rosto*, ela pensou. *Do que foi que ele me chamou?* Kishi. Significava Mistério. Ela usou uma Lembrança que havia desenhado mais cedo naquele dia, de uma mulher do mercado. Na sua mente, Shallan acrescentou toques às roupas. Um havah esfarrapado como os outros, uma mão segura exposta.

Seria o suficiente. Queria poder desenhar a imagem, mas ia funcionar. Agora, o que fazer em relação ao seu guarda?

Ele provavelmente escuta vozes, ela pensou. *Posso usar isso*. Ela pressionou a mão em Padrão e teceu som.

— Vá — sussurrou ela. — Fique na parede do corredor lá fora, ao lado dele.

Padrão zumbiu baixinho como resposta. Ela fechou os olhos e pôde ouvir vagamente as palavras que havia tecido para serem sussurradas perto de Kharat.

Divirta-se.
Arrume algo para beber.
Junte-se ao festim.

— Você vai só ficar aí sentada? — questionou Kharat.

— Sim.

— Vou pegar algo para beber. Não saia daí.

— Tudo bem.

Ele se levantou, então saiu às pressas. Quando voltou, ela havia conectado uma ilusão de Véu a um marco de rubi e a deixado ali. Ela mostrava Véu deitada no sofá, de olhos fechados, roncando levemente.

Kishi passou por Kharat no corredor, andando com olhos vítreos. Ele não a olhou duas vezes, e em vez disso sentou-se no corredor com uma grande taça de vinho para vigiar Véu.

Kishi juntou-se ao festim do lado de fora. Um homem ali riu e agarrou sua mão segura, como se quisesse puxá-la para um daqueles quartos. Kishi evitou-o e escapou mais para o meio, fluindo pelo rio de pessoas. Aquele "círculo externo" parecia dar a volta ao redor de toda a plataforma do Sacroportal.

Os segredos estavam mais ao centro. Ninguém proibiu Kishi enquanto ela deixava o fluxo do círculo externo, se metendo entre dois edifícios, rumo ao interior.

O**S OUTROS PARARAM DE** conversar e a mesa dos oficiais ficou muito silenciosa enquanto Kaladin se instalava ao lado de Azure.

A alta-marechal entrelaçou as mãos enluvadas diante de si.

— Kal, não é? O olhos-claros com marcas de escravo. O que está achando de sua estadia na Guarda da Muralha?

— É um exército bem-organizado, senhor, e estranhamente hospitaleiro com alguém como eu. — Ele indicou com a cabeça um ponto acima do ombro da alta-marechal. — Nunca vi alguém tratar uma Espada Fractal de modo tão casual. Você a deixa pendurada assim?

Os outros na mesa assistiam com óbvia tensão.

— Não me preocupa muito que alguém a pegue — respondeu Azure. — Confio nesses homens.

— Ainda assim, é notável. Até mesmo imprudente.

Do outro lado da mesa, a duas cadeiras de distância de Azure, o Tenente Noro levantou as mãos silenciosamente para Kaladin com um ar de súplica. *Não estrague tudo, Kal!*

Mas Azure sorriu.

— Nunca ouvi uma explicação sobre essa marca *shash*, soldado.

— Nunca expliquei direito, senhor — disse Kaladin. — Não gosto das memórias de como conquistei essa cicatriz.

— Como acabou nesta cidade? — indagou Azure. — As terras de Sadeas são bem para o norte. Há vários exércitos de Esvaziadores entre lá e cá, de acordo com os relatórios.

— Vim voando. E o senhor? Certamente não estava na cidade muito antes de começar o cerco; ninguém fala sobre o senhor antes desse período. Dizem que apareceu logo quando a Guarda precisou.

— Talvez eu sempre tenha estado aqui, mas sem chamar atenção.

— Com essas cicatrizes? Elas podem não indicar perigo tão claramente quanto as minhas, mas ficam na memória.

O resto da mesa — tenentes e o capitão do pelotão — fitava Kaladin de queixo caído. Talvez ele estivesse pressionando demais, se comportando de modo muito acima de seu posto.

Contudo, ele nunca fora bom em agir de acordo com seu posto.

SACRAMENTADORA

— Talvez não seja bom questionar minha chegada — disse Azure. — Apenas ficar agradecido por alguém ter estado aqui quando a cidade precisava.

— Eu *estou* agradecido — respondeu Kaladin. — Sua reputação com esses homens é sinal do seu valor, Azure, e tempos difíceis podem fazer muita coisa passar batida. Contudo, em algum momento você vai precisar dizer a verdade. Esses homens merecem saber quem exatamente os está comandando.

— E quanto a você, Kal? — Ela engoliu uma colherada de curry e arroz, comida de homem, que ela comia com gosto. — Eles merecem saber do seu passado? Você não deveria dizer a verdade?

— Talvez.

— Você entende que sou sua oficial comandante. Você *deveria* responder quando faço perguntas.

— Eu respondi. Se as respostas não foram as que desejava, então talvez suas perguntas não sejam muito boas.

Noro arquejou de modo audível.

— E as suas, Kal? Faz declarações cheias de insinuações. Você quer respostas? Por que não simplesmente *pergunta*?

Raios. Ela tinha razão. Ele estava contornando as perguntas sérias. Kaladin olhou-a nos olhos.

— Por que não deixa ninguém falar sobre o fato de que você é uma mulher, Azure? Noro, não desmaie. Só vai nos envergonhar.

O tenente bateu a cabeça contra a mesa, gemendo baixinho. O senhor-capitão, com quem Kaladin não havia interagido muito, estava com o rosto vermelho.

— Eles inventaram esse jogo por conta própria — respondeu Azure. — São alethianos, então precisam de uma desculpa para explicar por que estão obedecendo a uma mulher dando ordens militares. Fingir que há algum mistério faz com que eles se concentrem nisso, em vez de em seu orgulho masculino. Acho a coisa toda uma bobagem. — Ela se inclinou para a frente. — Diga-me honestamente. Você veio até aqui atrás de mim?

Atrás de você? Kaladin inclinou a cabeça.

Tambores soaram ali perto.

Eles levaram um momento, até mesmo Kaladin, para registrar o que aquilo significava. Então Kaladin e Azure pularam do banco praticamente ao mesmo tempo.

— Às armas! — gritou Kaladin. — Há um ataque na muralha!

O CÍRCULO SEGUINTE NA PLATAFORMA do Sacroportal estava cheio de gente se arrastando.

Kishi parou no perímetro, contemplando uma multidão de homens e mulheres em roupas finas e esfarrapadas se arrastarem diante dela, rindo, gemendo ou arquejando. Todos pareciam dominados por uma emoção diferente, e cada um trazia no rosto uma expressão enlouquecida. Ela pensou reconhecer uns poucos das descrições de olhos-claros que haviam desaparecido no palácio, embora, no estado em que estavam, fosse difícil ter certeza.

Uma mulher de cabelo comprido se arrastando pelo chão olhou na direção dela, sorrindo com dentes cerrados e gengivas sangrando. Ela engatinhava, uma mão após a outra, seu havah esfarrapado, desbotado. Era seguida por um homem usando anéis brilhando com Luz das Tempestades, em contraste com suas roupas rasgadas, que ria de modo incessante.

A comida nas mesas ali estava podre e infestada por esprenos de deterioração. Kishi oscilou na borda no círculo. Deveria ter se mantido no círculo externo; ali não era seu lugar. Havia bastante comida atrás dela. Risos e festejos, que pareciam puxá-la de volta, convidando-a a juntar-se à eterna e linda caminhada.

Dentro daquele círculo, o tempo não importaria. Ela poderia esquecer Shallan e o que ela havia feito. Bastava... bastava se entregar...

Padrão zumbiu. Véu arquejou, deixando Kishi estourar como uma bolha, a Teceluminação se desfazendo. Raios. Tinha que sair daquele lugar. Ele estava mexendo com seu cérebro. Era estranho, até mesmo para *ela*.

Ainda não. Ela fechou bem seu casaco, então abriu caminho pela rua cheia de gente se arrastando. Nenhuma fogueira iluminava seu caminho, só a lua acima e a luz das joias que as pessoas usavam.

Raios. Aonde eles todos haviam ido durante a tempestade? Seus gemidos, gorjeios e balbucios a perseguiram enquanto ela cruzava a rua, depois descia apressada um caminho escuro entre os dois edifícios do monastério, rumo ao centro. Ao edifício de controle, que deveria estar bem à frente.

As vozes na sua cabeça se combinaram, passando de sussurros a um tipo de ritmo crescente. Uma batida de percepções, seguida por uma pausa e por outro pico. Parecia até...

Ela avançou entre os edifícios e adentrou uma praça iluminada pela lua, pintada de roxo por Salas no céu. Em vez do edifício de controle, encontrou uma enorme massa. Algo havia coberto a estrutura inteira, como a Mãe da Meia-Noite havia envolvido o pilar de gemas sob Urithiru.

SACRAMENTADORA

A massa sombria pulsava e latejava. Veias negras, tão espessas quanto uma perna, nasciam dela e se misturavam ao chão ali perto. Um coração. Batia com um ritmo irregular, *bum-ba-ba-bum* em vez do *ba-bum* comum do seu próprio batimento cardíaco.

Se entregue.

Junte-se ao festim.

Shallan, me escute.

Ela se sacudiu. Aquela última voz havia sido diferente. Ela já a ouvira antes, não ouvira?

Olhou para o lado e viu sua sombra no chão, apontada na direção errada, rumo ao luar, em vez de oposta a ele. A sombra subiu pela parede, com olhos que eram buracos brancos, com um brilho tênue.

Não sou sua inimiga. Mas o coração é uma armadilha. Tome cuidado.

Ao longe, tambores começaram a soar no topo da muralha. Os Esvaziadores estavam atacando.

Tudo aquilo ameaçava sobrepujá-la. O coração pulsante, as estranhas procissões em círculos ao redor dela, os tambores e o pânico de que os Moldados estivessem vindo atrás *dela* porque ela fora *vista*.

Véu assumiu o controle. Ela havia realizado sua missão, vasculhado a área, e tinha informações sobre o Sacroportal. Estava na hora de dar o fora.

Ela se virou e se obrigou a recolocar o rosto de Kishi. Cruzou o rio de gente que se arrastava e gemia e fluiu de volta para o círculo externo dos foliões, antes de escapulir.

Não conferiu como estava seu guia; caminhou até a borda da plataforma do Sacroportal e, sem olhar para trás, saltou.

79

ECOS DE TROVÃO

Nossa revelação é alimentada pela teoria de que os Desfeitos talvez possam ser capturados como esprenos comuns. Isso exigiria uma prisão especial. E Melishi.

— Da gaveta 30-20, terceira esmeralda

Kaladin avançou pela escadaria ao lado do Alto-Marechal Azure, o som dos tambores irrompendo no ar como ecos de trovão da tempestade que se fora. Ele contou as batidas.

Raios. É a minha seção que está sob ataque.

— Para a Danação com essas criaturas! — murmurou Azure. — Estou deixando passar alguma coisa. Como branco no preto... — Ela olhou de soslaio para Kaladin. — Só me diga. Quem é você?

— Quem é *você*?

Os dois despontaram da escadaria para o topo da muralha, adentrando uma cena de caos. Os soldados de plantão haviam acendido as enormes lâmpadas de óleo no topo das torres, iluminando as muralhas escuras. Os Moldados voavam entre elas, deixando rastros de luz roxo-escura e atacando com longas lanças cobertas de sangue.

Homens jaziam gritando no chão ou encolhidos aos pares, segurando escudos como se tentassem se esconder dos pesadelos acima.

Kaladin e Azure se entreolharam, então assentiram um para o outro. *Depois.*

Ela saiu para a esquerda e Kaladin correu para a direita, gritando para que os homens entrassem em formação. Syl girava ao redor da cabeça dele, preocupada, nervosa. Kaladin pegou um escudo do chão e agarrou um soldado pelo braço, arrastando-o e juntando os escudos. Uma lança desceu e *ribombou* contra o metal, fazendo Kaladin tremer com o choque. O Esvaziador voou para longe.

Angustiado, Kaladin ignorou os feridos e aqueles que sangravam, cobertos de esprenos de dor corrompidos. Reuniu os remanescentes dispersos do Oitavo Pelotão enquanto seus próprios homens paravam desajeitadamente na saída da escadaria. Eram seus amigos, as pessoas com quem compartilhava uma caserna.

— Em cima, à direita! — gritou Syl.

Kaladin se preparou e usou seu escudo para desviar a lança de um Esvaziador que passou voando. Uma segunda Esvaziadora o seguiu, usando uma longa e tremulante saia de pano carmesim. A maneira como ela voava era quase hipnótica... Até o momento em que a lança dela cravou o Capitão Deedanor contra as ameias da muralha, então o levantou e o jogou para fora.

Ele gritou enquanto despencava rumo ao chão abaixo. Kaladin quase saiu da sua posição e correu atrás dele, mas se obrigou a permanecer na fileira. Procurou, por instinto, a Luz das Tempestades em sua bolsa, mas se conteve. Usá-la atrairia gritadores e, naquela escuridão, usar até mesmo uma pequena quantidade revelaria o que ele era. Todos os Moldados o atacariam juntos; ele se arriscaria a minar a missão de salvar a cidade inteira.

Naquele dia, seria melhor proteger através de disciplina, ordem e mantendo a cabeça fria.

— Esquadrões Um e Dois, comigo! — gritou ele. — Vardinar, você fica com os Cinco e Seis; faça com que seus homens distribuam piques, então peguem arcos e vão para o topo da torre. Noro, pegue os esquadrões Três e Quatro e se instalem na passagem da muralha logo além da torre. Meus homens vão proteger este lado. Vão, *vão!*

Ninguém reclamou enquanto se apressavam em seguir suas ordens. Kaladin ouviu gritos do alto-marechal mais adiante ao longo da muralha, mas não teve oportunidade de ver como ela estava se saindo. Enquanto seus dois esquadrões finalmente montavam uma parede de escudos apropriada, um cadáver humano desabou na passarela da muralha ali perto. Ele havia caído de bem alto — ou talvez tivesse sido Projetado para o céu e só agora houvesse despencado. A maioria dos homens feridos era de arqueiros do Oitavo Pelotão; parecia que eles haviam sido jogados do topo da torre.

SACRAMENTADORA

Não podemos combater essas coisas, pensou Kaladin. Os Esvaziadores atacavam em amplos mergulhos, vindos de todas as direções. Era impossível manter uma formação normal sob um assalto daqueles.

Syl mudou para a forma de uma garota e olhou para ele com ar questionador. Kaladin balançou a cabeça. Ele *podia* lutar sem Luz das Tempestades. Havia protegido gente muito antes de saber voar.

Começou a dar ordens, mas um Moldado passou, acertando os piques deles com um escudo grande. Antes que os homens pudessem se reorientar, outro *os atropelou*, fazendo os soldados se dispersarem aos tropeços. Um brilho violeta fumegava do corpo da criatura enquanto ela voava ao redor com sua lança, brandindo-a como um enorme cajado.

Kaladin se desviou por instinto, tentando manobrar seu pique. O Moldado sorriu enquanto a formação se desintegrava. Era um macho, parecido com um parshendiano, com placas superpostas de armadura de quitina descendo pela testa e se elevando das maçãs do rosto, que era marmorizado em preto e vermelho.

Kaladin nivelou seu pique, mas a criatura mergulhou por cima dele e pressionou a mão contra o peito de Kaladin. Ele sentiu que estava ficando mais leve, mas também subitamente começou a cair para trás.

A criatura havia usado uma *Projeção* nele.

Kaladin tombou para trás, como se estivesse caindo de um parapeito, desabando ao longo da muralha rumo a um grupo dos seus homens. O Moldado queria que Kaladin se chocasse com eles, mas havia cometido um erro.

O céu era *dele*.

Kaladin respondeu imediatamente à Projeção e reorientou-se em um piscar de olhos. *Para baixo* tornou-se a direção para onde estava caindo: ao longo da passarela, na direção da torre do posto da guarda. Seus homens pareciam colados na encosta de um despenhadeiro, virando-se na direção dele, horrorizados.

Kaladin foi capaz de tomar impulso contra a pedra com a base do seu pique, movendo-se para o lado, de modo que passou zunindo por seus homens em vez de se chocar com eles. Syl juntou-se a ele como uma fita, e Kaladin girou o corpo, caindo de pé ao longo da passarela até a torre da guarda abaixo.

Foi capaz de se impulsionar levemente, de modo a cair direto na porta aberta. Ele soltou o pique, então pegou a beirada do umbral da porta ao passar. Parou de modo brusco, os braços protestando contra a dor, mas aquela manobra o desacelerou o suficiente. Quando ele se balançou e se soltou, caiu através da sala — passando pela mesa de jantar, que parecia grudada na parede — e pousou na porta oposta, dentro do edifício. Ele se moveu até o outro umbral, que dava para a passarela onde havia posicionado o esquadrão de Noro. Barba e Ved brandiam piques rumo ao céu, parecendo nervosos.

— Kaladin! — disse Syl. — Acima!

Ele olhou para cima, através da porta por onde havia entrado. O Esvaziador que o havia Projetado descia em um rasante, carregando uma lança. Ele fez uma curva para passar pela torre, preparando-se para dar a volta bruscamente e atacar Barba e os homens do outro lado.

Kaladin rosnou e avançou ao longo da parede interna da torre, se puxou para passar pela mesa, então *se lançou* por uma janela.

Ele se chocou com o Esvaziador no meio do ar, desviando a lança da criatura para o lado.

— Deixe. Meus. Homens. *Em paz!*

Kaladin se agarrou às roupas do monstro, girando no ar dezenas de metros acima da cidade escura, que cintilava com a luz de esferas em janelas ou lanternas. O Esvaziador Projetou-os mais para o alto, imaginando erroneamente que, quanto mais alto estivesse, mais vantagem teria sobre Kaladin.

Segurando-se com força com a mão esquerda, o vento chicoteando ao seu redor, Kaladin estendeu a mão direita e invocou Syl como uma faca longa. Ela apareceu imediatamente e Kaladin enfiou a diminuta Espada Fractal na barriga da criatura.

O Esvaziador grunhiu e olhou para ele com olhos vermelhos, brilhantes e profundos. Ele soltou sua lança e fez menção de agarrar Kaladin enquanto girava no ar, tentando se livrar dele.

Eles podem sobreviver a ferimentos, pensou Kaladin, trincando os dentes enquanto a coisa tentava pegar seu pescoço. *Como Radiantes. Aquela Luz do Vazio os sustenta.*

Kaladin ainda evitava usar Luz das Tempestades. Ele suportou as Projeções do Moldado enquanto ele girava no ar, gritando em uma linguagem que Kaladin não compreendia. Tentou manobrar a Faca Fractal e cortar a espinha da criatura. A arma era inacreditavelmente afiada, mas, no momento, o ponto de apoio e a desorientação eram fatores mais importantes.

O Esvaziador grunhiu, então Projetou a si mesmo — com Kaladin se segurando nele — de volta para baixo, rumo à muralha. Eles caíram rapidamente, uma Projeção dupla ou tripla, em espiral e zunindo rumo à passarela da muralha.

Kaladin! A voz de Syl em sua cabeça. *Estou sentindo uma coisa... uma coisa sobre o poder dele. Corte para cima, na direção do coração.*

A cidade, a batalha, o céu — tudo se tornou um borrão. Kaladin afundou mais a Espada no peito da criatura, empurrando-a para cima, procurando...

A Faca Fractal atingiu algo duro e quebradiço.

Os olhos rubros do Moldado subitamente se apagaram.

Kaladin torceu o corpo, colocando o cadáver entre ele e a passarela da muralha. Aterrissaram com força e ele quicou para longe do cadáver, então atingiu as pedras com um *estalo*. Grunhiu, os olhos relampejando de dor, e foi forçado — por instinto — a inspirar Luz das Tempestades para curar os danos da queda.

A Luz fluiu através dele, consertando ossos quebrados, reparando órgãos. Ela se esgotou em um momento e ele se forçou a não extrair mais, em vez disso se obrigando a se levantar e sacudindo a cabeça.

O Esvaziador estava caído na passarela da muralha ao lado dele, olhos vazios. Estava morto.

À frente, os outros Moldados começaram a voar em retirada, deixando um grupo arrasado e surrado de guardas. Kaladin se levantou, cambaleando; sua seção na muralha estava vazia, exceto pelos mortos e moribundos. Ele não reconheceu ninguém; havia atingido a muralha a cerca de 15 metros da posição do seu pelotão.

Syl pousou no seu ombro e lhe afagou a lateral da cabeça. Esprenos de dor ocupavam a muralha, se arrastando para um lado e para outro na forma de mãos sem pele.

Esta cidade está condenada, pensou Kaladin enquanto se ajoelhava junto de um dos feridos e rapidamente preparava uma bandagem, cortando um manto caído. *Raios. Talvez estejamos todos condenados. Não estamos nem de longe preparados para combater essas coisas.*

Parecia que o esquadrão de Noro, pelo menos, havia sobrevivido. Eles desceram a muralha em passo rápido e se aglomeraram ao redor do Esvaziador que Kaladin havia matado, cutucando-o com a base dos seus piques. Kaladin amarrou um torniquete, então passou para o próximo homem, cuja cabeça ele enfaixou.

Logo, os cirurgiões do exército ocuparam a muralha. Kaladin recuou, coberto de sangue, mas mais irritado do que cansado. Ele se voltou para Noro, Barba e os outros, que haviam se reunido ao seu redor.

— Você matou um — disse Barba, apalpando seu braço com o glifo-amuleto vazio. — Raios. Você realmente *matou* um, Kal.

— Quantos vocês já derrubaram? — indagou Kaladin, percebendo que nunca perguntara isso. — Quantos a Guarda da Muralha matou durante os assaltos nessas últimas semanas?

Seus homens se entreolharam.

— Azure espantou alguns — disse Noro. — Eles têm medo da Espada Fractal dela. Mas quanto a Esvaziadores mortos... esse é o primeiro, Kal.

Raios. O pior era que aquele que havia matado renasceria. A menos que os Arautos montassem novamente sua prisão, Kaladin nem mesmo podia matar de verdade um dos Moldados.

— Preciso falar com Azure — disse ele, descendo a escada da muralha. — Noro, relatório.

— Nenhuma baixa, senhor, embora Vaceslv tenha um corte no peito. Ele está com os cirurgiões e deve sobreviver.

— Ótimo. Esquadrão, vocês vêm comigo.

Ele encontrou Azure avaliando as perdas do Oitavo Pelotão junto da torre da guarda deles. Ela havia retirado o manto e o segurava estranhamente em uma das mãos, envolvido ao redor do antebraço, com parte pendendo abaixo. Sua Espada Fractal desembainhada luzia, longa e prateada.

Kaladin foi até ela, a manga do seu uniforme com uma mancha escura do sangue do Esvaziador que havia matado. Azure parecia cansada e gesticulou para fora com sua espada.

— Dê uma olhada.

Luzes iluminavam o horizonte. Luzes de esferas. Milhares e mais milhares — muito mais do que ele havia visto em noites anteriores. Elas cobriam a paisagem.

— Esse é todo o exército do inimigo — disse Azure. — Aposto minha vida vermelha nisso. De algum modo, eles marcharam *através* da tempestade de mais cedo. Não vai demorar muito agora. Eles terão que atacar antes da próxima grantormenta. Alguns dias, no máximo.

— Preciso saber o que está acontecendo aqui, Azure — disse Kaladin. — Como você está conseguindo comida para esse exército?

Ela estreitou os lábios.

— Ele matou um, Alto-Marechal — sussurrou Barba atrás de Kaladin. — Raios... ele derrubou um deles. Agarrou-o como se estivesse montando um tormentoso cavalo, então cavalgou o desgraçado pelo céu.

A mulher o estudou e, relutantemente, Kaladin invocou Syl como uma Espada Fractal. Os olhos de Noro quase saltaram das órbitas e Ved quase desmaiou — mas Barba apenas abriu um largo sorriso.

— Estou aqui — disse Kaladin, pousando a Espada Syl no ombro — sob ordens do rei Elhokar e do Espinho Negro. Meu trabalho é salvar Kholinar. E está na hora de você começar a me contar as coisas.

Ela sorriu.

— Venha comigo.

80

DESAVISADA

Ba-Ado-Mishram de algum modo se Conectou com o povo parshe, como Odium antes fazia. Ela fornece Luz do Vazio e facilita formas de poder. Nosso grupo de ataque vai aprisioná-la.

— Da gaveta 30-20, quarta esmeralda

GRUND NÃO ESTAVA NO local de sempre, no canto da loja em ruínas.

O local não havia resistido bem à Tempestade Eterna; o teto estava ainda *mais* caído e um emaranhado de galhos de árvores havia sido lançado janela adentro, se espalhando pelo chão. Véu franziu o cenho, chamando por ele. Depois de fugir da plataforma do Sacroportal, ela se encontrara com Vathah, que estava esperando, como ordenado.

Enviara Vathah de volta para se reportar ao rei, e provavelmente devia ter ido pessoalmente também, mas não fora capaz de se livrar da estranha inquietação de sua passagem pelo festim. Voltar para casa teria deixado tempo demais para pensar.

Véu queria trabalhar, em vez disso. Não conseguia compreender monstros e Esvaziadores, mas crianças passando fome... ela podia fazer algo em relação a isso. Pegara os dois sacos de comida restantes e fora ajudar as pessoas da cidade.

Se pudesse encontrá-las.

— Grund? — repetiu Véu, se inclinando mais através da janela.

Ele geralmente estava acordado àquela hora. Talvez houvesse finalmente se mudado do edifício, como todos os outros. Ou talvez não houvesse voltado ainda do abrigo de tempestade, depois da Tempestade Eterna.

Ela voltou-se para partir, mas Grund finalmente entrou aos tropeços na sala. O pivetinho enfiou a mão deformada no bolso e olhou feio para ela. Estranho. Ele geralmente parecia tão feliz quando ela chegava.

— O que houve? — perguntou ela.

— Nada. Pensei que fosse outra pessoa.

Ele sorriu. Véu pegou alguns pedaços de pão achatado na bolsa.

— Não tenho muita coisa hoje, infelizmente. Mas queria passar por aqui de qualquer modo. A informação que você nos deu sobre aquele livro foi muito útil.

Ele lambeu os lábios, estendendo as mãos. Ela jogou para ele um pedaço de pão achatado, e ele deu uma mordida ansiosa.

— Do que você precisa agora?

— Nada no momento — disse Véu.

— Vamos lá. Deve haver alguma coisa que eu possa fazer para ajudar. Algo que você queira, certo?

Desesperado demais, pensou Véu. *O que há sob a superfície, aqui? O que foi que eu deixei passar?*

— Vou pensar. Grund, está tudo bem?

— Bem. Claro, está tudo ótimo! — Ele fez uma pausa. — A menos que não devesse estar?

Padrão zumbiu baixinho no casaco de Véu. Ela concordou.

— Vou passar aqui de novo em alguns dias. Aí vou estar com bastante coisa.

Véu saudou o moleque tocando a aba do chapéu, então voltou ao mercado. Era tarde, mas as pessoas continuavam na rua. Ninguém queria ficar sozinho nos dias depois que a Tempestade Eterna passava. Alguns olhavam para a muralha, onde aqueles Moldados haviam atacado. Mas aquele tipo de coisa acontecia quase diariamente, então não causava muita agitação.

Véu chamou mais atenção do que desejava. Ela havia se exposto a eles, mostrara o rosto.

— Grund conta mentiras, não conta? — sussurrou Padrão.

— Sim. Não sei ao certo por quê, ou sobre o quê.

Enquanto andava pelo mercado, ela levou a mão ao rosto, mudando-o com um movimento dos dedos. Tirou seu chapéu, dobrou-o e, disfarçadamente, o Teceluminou para que parecesse um odre d'água. Cada uma dessas mudanças foi pequena, ninguém notaria. Ela enfiou o cabelo no casaco, para que parecesse mais curto, então finalmente fechou o casaco e mudou a roupa por baixo. Quando tirou o casaco e o dobrou, não era mais Véu, mas um guarda do mercado que havia desenhado mais cedo.

Com o casaco enrolado sob o braço, ela se demorou em um canto e esperou para ver se alguém passava, procurando por Véu. Não identificou ninguém, embora seu treinamento com Ishnah sobre identificar perseguidores ainda não estivesse completo. Ela retornou através da multidão à loja de Grund. Ficou algum tempo junto da parede, então foi se aproximando da janela, prestando atenção.

— ...Disse que não deveríamos ter dado o livro a ela — dizia uma voz lá de dentro.

— Isso é patético — respondeu outra voz. — Patético! É o melhor que pode fazer?

Ela ouviu um grunhido, então um gemido. *Isso foi Grund.* Véu praguejou baixinho, correndo para olhar através da janela. Um grupo de brutamontes estava mastigando o pão achatado que ela havia trazido. Grund estava no canto, choramingando e segurando a barriga.

Véu sentiu um lampejo de fúria e esprenos de raiva imediatamente fervilharam ao redor dela, poças com respingos vermelhos e alaranjados. Ela gritou para os homens e correu até a porta. Eles imediatamente se dispersaram, embora um tenha ainda batido com um porrete na cabeça de Grund, fazendo um som *nauseante.*

Quando ela alcançou Grund, os homens haviam desaparecido edifício adentro. Ela ouviu uma porta nos fundos ser fechada ruidosamente. Padrão apareceu na sua mão como uma Espada Fractal, mas Pai das Tempestades! Ela não podia persegui-los — e deixar a pobre criança ali.

Véu dispensou Padrão e se ajoelhou, horrorizada com a ferida sangrenta na cabeça de Grund. Era grave. O crânio estava quebrado, sangrando... Ele piscou, desnorteado.

— V... Véu?

— Raios, Grund — sussurrou ela. — Eu... — O que ela podia fazer? — Socorro? Socorro, alguém ajude! Tem uma criança ferida aqui!

Grund choramingou, então sussurrou algo. Véu se aproximou, sentindo-se inútil.

— Odeio... — sussurrou Grund. — Odeio você.

— Está tudo bem — disse Véu. — Eles já foram. Eles... eles fugiram. Vou ajudar.

Uma bandagem. Ela cortou a barra da sua camisa com a faca.

— Odeio você — sussurrou Grund.

— Sou eu, Grund. Não aqueles outros.

— Por que não me deixou em paz? — sussurrou ele. — Eles mataram todos. Meus amigos. Tai...

Véu pressionou o pano contra a ferida na cabeça dele, que fez uma careta. Raios.

— Quieto. Não se esforce.

— Odeio você — repetiu ele.

— Eu trouxe comida para você, Grund.

— Você atraiu *eles* — sibilou o garoto. — Ficou se exibindo, jogando comida. Achou que as pessoas não iam notar? — Ele fechou os olhos. — Eu tinha que passar o dia todo sentado, esperando por... por você. Minha *vida* era esperar por você. Se eu não estivesse aqui quando você vinha, ou se tentasse esconder a comida, eles me batiam.

— Há quanto tempo? — sussurrou ela, sua confiança abalada.

— Desde o primeiro dia, mulher tormentosa. Odeio... odeio você... Os outros também. Todos nós... odiamos você...

Ela ficou sentada com ele enquanto a respiração do garoto se tornava mais lenta, até parar. Finalmente ela se ajoelhou de novo, o pano ensanguentado nas mãos.

Véu podia lidar com isso. Ela já vira a morte. Era... era a vida... nas ruas... e...

Era demais. Demais para um dia só.

Shallan piscou, lágrimas caindo dos cantos dos olhos.

Padrão zumbiu.

— Shallan — disse ele. — O menino, ele falou de outros. Outros?

Raios! Ela se levantou de um salto e saiu pela noite, deixando cair o chapéu e o casaco de Véu na sua pressa. Ela correu até Muri — a mãe que antes era uma costureira. Shallan abriu caminho a empurrões pelo mercado até que chegou ao cortiço apinhado onde morava a costureira. Cruzou a sala comum, então respirou aliviada ao encontrar Muri viva em seu pequeno quarto. A mulher estava apressadamente jogando roupas em um saco, sua filha mais velha segurando outro similar.

Ela ergueu os olhos, viu Shallan — que ainda usava a aparência de Véu — e praguejou consigo mesma.

— Você.

As linhas de preocupação e a carranca eram estranhas; ela sempre fora simpática.

— Você já sabe? — perguntou Shallan. — Sobre Grund?

— Grund? — respondeu Muri bruscamente. — Tudo que sei é que os Punhos estão zangados com alguma coisa. Eu não vou me arriscar.

— Os Punhos?

— Como pode ser tão desavisada, mulher? A gangue que domina essa área colocou capangas vigiando todos nós, para saber quando você aparece. O que estava me vigiando se encontrou com outro, e eles discutiram baixinho, então foram embora. Eu ouvi meu nome. Então estou partindo.

— Eles pegaram a comida que dei para vocês, não foi? Raios, eles *mataram* Grund!

Muri parou, então balançou a cabeça.

— Pobrezinho. Quem dera tivesse sido você. — Ela praguejou, recolhendo seus sacos e empurrando os filhos para a sala comum. — Nós tínhamos que ficar aqui o tempo todo, esperando por você e pelo seu tormentoso saco de mantimentos.

— Eu... eu sinto muito.

Muri partiu noite adentro com seus filhos. Shallan viu-os partir, sentindo-se entorpecida. Vazia. Silenciosamente, afundou até o chão do quarto abandonado de Muri, ainda segurando o pano manchado com o sangue de Grund.

81

ITHI E SUA IRMÃ

Não sabemos ao certo o efeito que isso terá sobre os parshes. No mínimo, deve impedi-los de usar suas formas de poder. Melishi está confiante, mas Naze-filha-Kuzodo alerta contra efeitos colaterais indesejados.

—Da gaveta 30-20, quinta esmeralda

—M**EU NOME É KALADIN** — disse ele, na sala comum da caserna, que havia sido esvaziada a pedido do alto-marechal.

O esquadrão de Noro havia permanecido a pedido de Kaladin, e Azure convidara o Chefe de Batalhão Hadinar — um sujeito parrudo e com uma grande papada, um dos principais oficiais dela. A única outra pessoa no recinto era o inquieto fervoroso que pintava glifos-amuletos para o pelotão.

Uma suave luz de esferas banhava a mesa onde a maioria deles estava sentada. Já Kaladin estava de pé, limpando o sangue das mãos com um trapo úmido em uma bacia d'água.

— Kaladin — repetiu Azure. — Um nome nobre. Qual é sua casa?

— Me chamam apenas de Filho da Tempestade. Se você precisa de provas das minhas ordens do rei, posso arranjá-las.

— Vamos fingir, a título de argumentação, que acredito em você — disse Azure. — O que quer de nós?

— Preciso saber como estão usando um Transmutador sem chamar atenção dos esprenos gritadores. O segredo pode ser essencial para meu trabalho de salvar a cidade.

Azure assentiu, então se levantou e caminhou até o fundo da caserna. Ela usou uma chave para abrir a sala dos fundos. Kaladin, contudo, já espiara ali dentro. Ela só continha alguns suprimentos.

O resto do pessoal seguiu Azure até a sala, onde ela enfiou um pequeno gancho entre duas pedras e abriu um fecho oculto. Isso permitiu que removesse uma pedra, revelando uma maçaneta, que ela puxou, abrindo uma porta. A luz de algumas esferas carregadas em mãos revelou um pequeno corredor que seguia pelo meio da muralha da cidade.

— O senhor fez um túnel para dentro de uma das *lâminas do vento*? — indagou Barba, chocado.

— Isso está aqui há mais tempo do que qualquer um de nós está vivo, soldado — disse o Chefe de Batalhão Hadinar. — É um caminho rápido e secreto entre postos. Há até mesmo algumas escadarias ocultas para o topo.

Eles precisaram seguir em fila única lá para dentro. Barba seguiu atrás de Kaladin, aproximando-se dele no túnel apertado.

— Hã, então, Kal, você... você conhece o Espinho Negro?

— Mais do que a maioria das pessoas.

— E... hã... você sabe...

— Que vocês nunca nadaram juntos no Lagopuro? — disse Kaladin. — Sim, embora eu suspeite que o resto do esquadrão já tenha adivinhado isso também, Barba.

— É — disse ele, olhando para os outros atrás e expirando baixinho. — Achei que você nunca acreditaria no que aconteceu de verdade, já que foi com o imperador azishiano...

Aquele corredor, cortado através da pedra, lembrava Kaladin das camadas de Urithiru. Eles alcançaram um alçapão no chão, que Azure abriu com uma chave. Uma curta descida por uma escada — que tinha um elevador de comida ao lado, com cordas e roldanas — conduziu-os até uma sala grande cheia de sacos de grãos. Kaladin ergueu uma esfera, revelando uma parede irregular com partes escavadas de maneira claramente desigual.

— Eu venho aqui praticamente toda noite — disse Azure, apontando com uma das mãos enluvada — e corto blocos com minha Espada. Tenho pesadelos sobre a cidade desabando sobre nós, mas não sei outra maneira de conseguir pedra o bastante... pelo menos, não sem atrair ainda mais atenção.

Do outro lado da câmara, encontraram ainda outra porta trancada. Azure bateu duas vezes, então a abriu, revelando uma sala menor ocupada por uma fervorosa idosa. Ela estava ajoelhada ao lado de um bloco de pedra e tinha um fabrial chamativo na mão, brilhando poderosamente com a luz das esmeraldas que continha.

A mulher tinha um ar inumano; vinhas pareciam estar crescendo sob sua pele e despontando ao redor dos seus olhos, crescendo dos cantos e se espalhando para baixo pelo rosto, como gavinhas de hera.

Ela se levantou e fez uma mesura para Azure. Uma verdadeira Transmutadora. Então... Azure não estava fazendo aquilo pessoalmente?

— Como? — disse Kaladin. — Por que os gritadores não vieram atrás de vocês?

Azure apontou para os lados da sala e, pela primeira vez, Kaladin notou que as paredes estavam cobertas com placas metálicas refletoras. Ele franziu o cenho e pousou os dedos contra uma delas, notando que eram frias ao toque. Não era aço, era?

— Logo depois de as coisas estranhas começarem, no palácio, um homem parou uma carroça de chule diante da nossa caserna. Ele tinha essas folhas de metal na parte de trás. Era... um sujeito estranho. Eu já tinha interagido com ele antes.

— Traços angulosos? — adivinhou Kaladin. — Adora soltar insultos. Ao mesmo tempo bobo e direto, de algum modo?

— Estou vendo que você o conhece — disse Azure. — Ele nos alertou para só Transmutarmos dentro de uma sala forrada com esse metal. Até onde pudemos observar, ele impede que os gritadores nos detectem. Infelizmente, também bloqueia telepenas do contato com o exterior. Nós mantemos a pobre Ithi e sua irmã trabalhando sem parar, se alternando no Transmutador. Alimentar a cidade inteira seria uma tarefa impossível para as duas, mas conseguimos pelo menos manter nosso exército forte, com alguma comida sobrando.

Danação, pensou Kaladin, inspecionando as paredes refletoras. Isso não ia ajudá-lo a usar seus poderes sem ser percebido.

— Tudo bem, Filho da Tempestade — disse Azure. — Eu contei meus segredos a você. Agora diga-me como o rei espera que *um homem*, mesmo um Fractário, possa salvar essa cidade.

— Há um dispositivo em Kholinar, projetado há muito tempo. Ele pode transportar instantaneamente grandes grupos de pessoas através de grandes distâncias. — Ele se virou para Azure e os outros. — Os exércitos Kholin esperam para se juntar a nós aqui. Tudo que precisamos fazer é ativar o dispositivo... algo de que só umas poucas pessoas são capazes.

Os soldados pareciam atordoados — todos menos Azure, que se animou.

— É mesmo? Está falando sério?

Kaladin assentiu.

— Ótimo! Vamos botar essa coisa para funcionar! Onde ela está?

Kaladin respirou fundo.

— Bom, esse é o problema...

82

A GAROTA QUE PERMANECEU DE PÉ

Decerto isso finalmente fará com que a guerra tenha fim, como os Arautos nos prometeram.

— Da gaveta 30-20, última esmeralda

Ela estava encolhida em algum lugar. Havia esquecido onde. Durante algum tempo, ela foi... todo mundo. Uma centena de rostos se revezando. Ela os procurou em busca de conforto. Certamente poderia encontrar *alguém* que não estivesse sofrendo.

Todos os refugiados próximos haviam fugido, chamando-a de espreno. Eles a deixaram com aquelas centenas de rostos, em silêncio, até que sua Luz das Tempestades se extinguiu.

Isso deixou apenas Shallan. Infelizmente.

Escuridão. Uma vela apagada. Um grito interrompido. Sem nada para ver, sua mente fornecia imagens.

Seu pai, seu rosto ficando roxo enquanto ela o estrangulava, cantando uma canção de ninar.

Sua mãe, morta com olhos queimados.

Tyn, empalada por Padrão.

Kabsal, tremendo no chão enquanto sucumbia ao veneno.

Yalb, o marinheiro incorrigível do *Prazer do Vento*, morto nas profundezas do mar.

Um cocheiro anônimo, assassinado por membros dos Sanguespectros.

Agora Grund, com a cabeça rachada.

Véu havia tentado ajudar aquelas pessoas, mas só conseguira piorar suas vidas. A mentira que era Véu de repente se manifestara. Ela *não tinha* morado nas ruas e *não* sabia como ajudar as pessoas. Fingir ter experiência não significava realmente tê-la.

Véu sempre pensara que podia deixar para Shallan a situação geral, com os Esvaziadores e os Desfeitos. Agora precisava enfrentar a verdade de que *não fazia ideia* de como agir. Não tinha como chegar ao Sacroportal, que estava guardado por um antigo espreno que conseguia invadir seu cérebro.

Toda a cidade dependia dela, mas nem mesmo fora capaz de salvar um garotinho pedinte. Encolhida ali no chão, a morte de Grund parecia uma sombra de tudo mais, da arrogância de suas boas intenções.

Por onde quer que passasse, a morte a assombrava. Cada rosto que usava era uma mentira para fingir que podia detê-la.

Será que não podia ser alguém que não sofresse, só uma vez?

A luz criou sombras diante dela, longas e esguias. Ela hesitou, momentaneamente paralisada. Quantos dias fazia desde que vira luz? Uma figura entrou na sala comum logo diante da sua câmara minúscula. Ela ainda estava no quarto comprido onde Muri havia morado.

Fungou baixinho.

O recém-chegado trouxe sua luz até a porta dela, então cuidadosamente entrou e se acomodou diante de Shallan, suas costas contra a parede. O cômodo era estreito o bastante para que as pernas esticadas dele tocassem a parede ao lado dela; as pernas dela estavam encolhidas, os joelhos contra o peito, a cabeça pousada neles.

Riso não disse nada. Colocou sua esfera no chão e deixou que ela ficasse com o silêncio.

— Eu deveria ter imaginado — sussurrou ela finalmente.

— Talvez — disse Riso.

— Dar tanta comida só atraiu predadores. Uma tolice. Eu devia ter me concentrado no Sacroportal.

— Novamente, talvez.

— É tão difícil, Riso. Quando eu uso o rosto de Véu... Eu... Eu tenho que pensar como ela. Ver o todo fica difícil quando ela assume o controle. E eu *quero* que ela assuma o controle, porque ela não sou eu.

— Já cuidaram dos ladrões que mataram aquela criança — comentou Riso.

Ela o encarou.

— Quando alguns homens do mercado ouviram o que aconteceu, finalmente formaram a milícia de que andavam falando — continuou Riso. — Pegaram os Punhos e os forçaram a entregar o assassino e depois se dispersarem. Minhas desculpas por não ter tomado uma atitude antes; eu estava distraído com outras tarefas. Você ficará feliz em saber que parte da comida que entregou ainda estava na base deles.

— Isso valeu a vida daquele menino? — sussurrou Shallan.

— Não posso julgar o valor de uma vida. Nem ousaria tentar.

— Muri disse que teria sido melhor se tivesse sido eu.

— Como nem *eu* tenho experiência suficiente para decidir o valor de uma vida, sinceramente duvido que ela tenha. Você tentou ajudar as pessoas do mercado. Não deu muito certo. A vida é assim. Quanto mais se vive, mais se falha. O fracasso é a marca de uma vida bem vivida. Por outro lado, a única maneira de viver sem fracassar é não ser útil para ninguém. Confie em mim, tenho prática.

Ela fungou, desviando os olhos.

— Precisei me transformar em Véu para escapar das memórias, mas não tenho a experiência que ela finge ter. Eu não vivi a vida dela.

— Não — disse Riso baixinho. — Você viveu uma vida muito mais difícil, não foi?

— Ainda assim, de algum modo, uma vida ingênua.

Ela respirou fundo, de modo entrecortado. Tinha que parar com isso. Sabia que devia acabar com a pirraça e voltar à loja da costureira.

Faria isso. Empurraria tudo aquilo para o fundo da mente, com tudo mais que ignorava. Poderia apodrecer tudo junto.

Riso se recostou.

— Você já ouviu falar da história da Garota que olhava para cima?

Shallan não respondeu.

— É uma história de muito tempo atrás — disse Riso. Ele cobriu a esfera no chão com as mãos. — As coisas eram diferentes naquela época. Uma muralha impedia a passagem das tempestades, mas ninguém prestava atenção nela. Ninguém, a não ser por uma garota, que olhou para cima um dia e a contemplou.

— Por que há uma muralha? — sussurrou Shallan.

— Ah, então você a *conhece*? Ótimo.

Ele se inclinou, soprando a poeira de crem no chão, fazendo-a se erguer em um pequeno turbilhão, formando a figura de uma garota. Houve uma leve impressão de uma menina diante de uma muralha, mas então a imagem se desintegrou de volta em poeira. Ele tentou de novo, e a poeira girou um pouco mais alto dessa vez, mas ainda assim voltou ao pó.

— Uma ajudinha aqui? — pediu ele, empurrando uma bolsa de esferas pelo chão até Shallan.

Shallan suspirou, então pegou a bolsa e extraiu Luz das Tempestades, que começou a trovejar dentro dela, exigindo ser usada, de modo que ela se levantou e expirou, Tecendo-a em uma ilusão que já havia feito antes. Uma vila imaculada e uma jovem de pé e olhando para cima, rumo a uma muralha impossivelmente alta ao longe.

A ilusão fez com que a sala parecesse sumir. De algum modo, Shallan pintara as paredes e o teto precisamente da maneira certa, fazendo com que desaparecessem na paisagem — tornando-se parte dela. Ela não os tornara invisíveis; só estavam cobertos de tal maneira que parecia que Shallan e Riso estavam em outro lugar.

Aquilo era... mais do que ela jamais fizera antes. Mas era *ela* quem estava realmente fazendo aquilo? Shallan sacudiu a cabeça e se pôs ao lado da garota, que usava um longo cachecol.

Riso veio pelo outro lado.

— Hmmm. Nada mal. Mas não está escuro o suficiente.

— O quê?

— Pensei que você conhecesse a história — disse ele, cutucando o ar.

A cor e a luz vazaram da ilusão dela, deixando-os na escuridão da noite, iluminados apenas por uma frágil constelação. A muralha era uma enorme mancha diante deles.

— Naqueles dias, não havia luz.

— Não havia luz...

— Naturalmente, mesmo sem luz, as pessoas ainda tinham que viver, não tinham? É isso que as pessoas fazem. Ouso especular que é a *primeira* coisa que aprendem a fazer. Então elas viviam na escuridão, plantavam na escuridão, comiam na escuridão.

Ele gesticulou para atrás de si. Pessoas tropeçavam pela vila, achando seu caminho a apalpadelas rumo a diferentes atividades, mal conseguindo enxergar sob a luz das estrelas.

Naquele contexto, por mais estranho que parecesse, alguns pedaços da versão dela da história faziam sentido. Quando a garota ia até as pessoas e perguntava "Por que há uma muralha?", era óbvio por que a consideravam tão fácil de ignorar.

A ilusão seguiu as palavras de Riso enquanto a garota de cachecol perguntava a várias pessoas sobre a muralha. *Não vá além dela, ou você vai morrer.*

— E, assim, ela decidiu que a única maneira de encontrar respostas seria escalar a muralha pessoalmente. — Ele olhou para Shallan. — Ela foi estúpida ou ousada?

— Como eu vou saber?

— Resposta errada. Ela foi as duas coisas.

— *Não foi* estúpido. Se ninguém fizesse perguntas, então nunca aprenderíamos nada.

— E a sabedoria dos mais velhos?

— Eles não ofereceram explicação nenhuma de por que ela não deveria perguntar sobre a muralha! Nenhuma racionalização, nenhuma justificativa. Há uma diferença entre ouvir os mais velhos e simplesmente sentir medo, como todo mundo.

Riso sorriu, a esfera na sua mão iluminando seu rosto.

— Engraçado, não é, como tantas das nossas histórias começam do mesmo modo, mas têm finais opostos? Em metade delas, a criança ignora os pais, perambula pela floresta, e é devorada. Na outra metade, ela descobre grandes maravilhas. Não existem muitas histórias sobre as crianças que dizem "Está bem, não vou para a floresta. Ainda bem que meus pais me explicaram que é lá que vivem os monstros".

— É isso que você está tentando me ensinar, então? — disse Shallan bruscamente. — A frágil distinção entre fazer as próprias escolhas e ignorar bons conselhos?

— Sou um péssimo professor. — Ele acenou com a mão enquanto a garota alcançava a muralha depois de uma longa caminhada. Ela começou a escalar. — Felizmente, sou um *artista*, e não um professor.

— Pessoas aprendem coisas com a arte.

— Blasfêmia! A arte não é arte se tem uma *função*.

Shallan revirou os olhos.

— Veja esse garfo — disse Riso. Ele acenou com a mão. Parte da Luz das Tempestades separou-se dela, girando sobre a mão dele e formando uma imagem de um garfo flutuando no escuro. — Ele tem uma utilidade. Comer. Ora, se fosse ornamentado por um mestre artesão, isso mudaria sua função? — O garfo desenvolveu intricados relevos na forma de folhas.

— Não, é claro que não. Ele tem o mesmo uso, ornamentado ou não. A *arte* é a parte que não tem propósito.

— Ela me deixa feliz, Riso. Isso é um propósito.

Ele sorriu e o garfo desapareceu.

— Não estávamos no meio de uma história sobre uma garota escalando uma muralha? — perguntou Shallan.

— Sim, mas essa parte dura uma *eternidade* — replicou ele. — Estou arrumando coisas para nos distrair.

— Podemos apenas pular a parte chata.

— Pular? — disse Riso, horrorizado. — *Pular* parte de uma *história*?

Shallan estalou os dedos e a ilusão mudou, de modo que estavam no topo da muralha, no escuro. A garota de cachecol finalmente — depois de dias de esforço — alcançou o topo, subindo ao lado deles.

— Assim você me magoa — disse Riso. — O que acontece em seguida?

— A garota encontra *degraus* — respondeu Shallan. — E entende que a muralha não era para manter algo dentro, mas sim para manter ela e sua gente do lado de fora.

— Por quê?

— Porque somos monstros.

Riso foi até Shallan, então silenciosamente envolveu-a nos braços. Ela tremeu e se contorceu, enterrando o rosto na camisa dele.

— Você não é um monstro, Shallan — sussurrou Riso. — Ah, criança. O *mundo* é monstruoso às vezes, e existem pessoas que querem que você acredite ser terrível por associação.

— Eu sou.

— Não. Porque, veja bem, a verdade é o contrário. Você não é pior pelo seu contato com o mundo, mas o mundo é melhor por seu contato com *você*.

Ela se apertou contra ele, tremendo.

— O que eu faço, Riso? — sussurrou. — Eu sei... eu sei que não deveria sentir tanta dor. Eu tive que... — Ela respirou fundo. — Eu tive que matá-los. Eu *tive*. Mas, agora que disse as palavras, não posso mais ignorar. Então eu deveria... deveria só morrer também, por ter feito isso...

Riso acenou para o lado, na direção da garota de cachecol, que ainda olhava um novo mundo. O que era aquela grande bolsa que ela havia pousado ao seu lado?

— Então, você se lembra do resto da história? — disse Riso gentilmente.

— Não importa. Nós já sabemos qual é a moral. A muralha mantinha as pessoas do lado de fora.

— Por quê?

— Porque...

O que ela havia dito antes para Padrão, quando lhe contara aquela história?

— Porque, além da muralha, está a Luz de Deus — disse Riso, apontando.

Houve uma súbita explosão: uma luminosidade brilhante e poderosa que iluminou a paisagem além da muralha. Shallan arquejou enquanto ela brilhava sobre eles. A garota de cachecol também arquejou e viu o mundo em todas as suas cores pela primeira vez.

— Ela desceu os degraus — sussurrou Shallan, assistindo à garota correr pelos degraus, o cachecol esvoaçando. — Ela se escondeu entre as criaturas que viviam daquele lado. Ela se esgueirou até a Luz e a levou consigo. Para o outro lado. Para a... para a terra das sombras...

— Sim, de fato — disse Riso enquanto a cena era representada, a garota do cachecol indo até a grandiosa fonte de luz, então pegando um pedacinho na mão.

Uma caçada incrível.

A garota subindo os degraus às pressas.

Uma descida enlouquecida.

E então... luz, pela primeira vez na vila, seguida pela chegada das tormentas — fervilhando sobre a muralha.

— As pessoas sofreram — disse Riso —, mas cada tempestade renovava a luz, pois era impossível devolvê-la, agora que ela havia sido tomada. E as pessoas, mesmo com todas as dificuldades, nunca escolheriam voltar para trás; não agora que podiam *ver*.

A ilusão sumiu, deixando os dois na sala comum do edifício, a pequena câmara de Muri ao lado. Shallan recuou, com vergonha de ter chorado na camisa dele.

— Você gostaria de voltar à época em que não era capaz de ver?

— Não — sussurrou ela.

— Então viva. E permita que seus fracassos façam parte de você.

— Isso soa... Isso soa muito como a moral de uma história, Riso. Como se você estivesse tentando fazer algo *útil*.

— Bem, como eu disse, todos nós falhamos de vez em quando.

Ele gesticulou, como se estivesse espanando algo para longe de Shallan. Luz das Tempestades se emanou dela à esquerda e à direita, girando, então formando duas versões idênticas de Shallan. Cabelos ruivos, rostos sardentos e compridos casacos brancos que pertenciam a outra pessoa.

— Riso...

— Quieta. — Ele foi até uma das ilusões, inspecionando-a, e deu um tapinha no próprio queixo com o dedo indicador. — Muita coisa aconteceu com essa pobre garota, não foi?

— Muitas pessoas sofreram mais e seguem a vida muito bem.

— Muito bem?

Shallan deu de ombros, incapaz de banir a verdade que havia dito. A memória distante de cantar para seu pai enquanto o estrangulava. As pessoas com quem havia falhado, os problemas que causara. A ilusão de Shallan à esquerda arquejou, então recuou contra a parede da sala, balançando a cabeça. Ela desabou, a cabeça contra as pernas, se encolhendo.

— Pobre tola — sussurrou Shallan. — Tudo que ela tenta fazer só piora as coisas. Ela foi arruinada pelo pai, depois arruinou a si mesma. Ela não vale nada, Riso. — Shallan trincou os dentes e se pegou com uma expressão de desprezo. — Não é realmente culpa dela, mas ainda assim ela não vale nada.

Riso grunhiu, então apontou para a segunda ilusão, de pé atrás deles.

— E aquela ali?

— Mesma coisa — disse Shallan, se cansando daquele jogo.

Ela deu à segunda ilusão as mesmas memórias. O pai. Helaran. Falhando com Jasnah. Tudo.

Aquela Shallan se enrijeceu. Então firmou o queixo e permaneceu de pé.

— Sim, estou vendo — disse Riso, caminhando tranquilamente até ela. — Mesma coisa.

— O que está fazendo com minhas ilusões? — bradou Shallan.

— Nada. Elas são idênticas em todos os detalhes.

— É claro que não são — disse Shallan, tateando a ilusão, apalpando-a.

A ilusão emanou para ela uma sensação; memórias e dor. E... e algo abafando tudo isso...

Perdão. Para si mesma.

Ela arquejou, recolhendo a mão como se houvesse sido mordida.

— É terrível ter sido ferido — disse Riso, se pondo ao lado dela. — É injusto e medonho e horrível. Mas Shallan... não há problema em continuar vivendo.

Ela balançou a cabeça.

— Suas outras mentes assumem o controle porque elas parecem bem mais agradáveis. Você nunca as controlará, a menos que tenha a confiança para voltar à mente que as gerou. Até que *você* aceite ser *você*.

— Então nunca vou controlá-las. — Ela piscou, lágrimas escorrendo.

— Não — disse Riso. Ele indicou a versão dela que ainda estava de pé. — Você vai, Shallan. Se não confia em si mesma, pode confiar em mim? Pois em você eu vejo uma mulher mais maravilhosa do que qualquer uma das mentiras. Prometo, essa mulher é *digna* de proteção. *Você* é digna de proteção.

Ela indicou com a cabeça a ilusão de si mesma ainda de pé.

— Eu não posso ser ela. Ela é só outra invenção.

As duas ilusões desapareceram.

— Eu só vejo uma mulher aqui — disse Riso. — E é a que está de pé. Shallan, essa sempre foi você. Só tem que admitir. Permitir. — Ele sussurrou para ela. — Não há problema em sofrer.

Ele pegou sua bolsa, então desdobrou algo de dentro dela. O chapéu de Véu. Ele colocou o chapéu na mão dela.

Surpreendentemente, a luz da manhã brilhava através do umbral da porta. Ela passara a noite toda ali, encolhida naquele buraco?

— Riso? Eu... Eu não consigo.

Ele sorriu.

— Há certas coisas que eu sei, Shallan. Essa é uma delas. Você *consegue*. Encontre o equilíbrio. Aceite a dor, mas *não aceite que você a merece*.

Padrão zumbiu, apreciando. Mas não era tão fácil quanto Riso dizia. Ela inspirou e sentiu... um arrepio passando pelo seu corpo. Riso catou suas coisas, com a bolsa no ombro. Ele sorriu e saiu para a luz.

Shallan soltou a respiração, sentindo-se tola. Seguiu Riso até a luz, emergindo no mercado, que não havia ainda despertado completamente. Não viu Riso ali fora, mas isso não era surpresa. Ele tinha um jeito de aparecer onde não devia, mas não estar onde era esperado.

Carregando o chapéu de Véu, ela caminhou pela rua, constrangida de ser ela mesma usando calças e um casaco. Cabelo ruivo, mas uma luva na mão segura. Deveria escondê-la?

Por quê? Estava... tudo bem. Ela caminhou todo o percurso de volta para a loja da costureira e espiou pela porta. Adolin estava sentado à mesa, lá dentro, com olhar sonolento.

Ele se endireitou.

— Shallan? Estávamos preocupados! Vathah disse que você já devia ter voltado!

— Eu...

Ele a abraçou, e ela relaxou contra seu corpo. Sentia-se... melhor. Ainda não estava bem; tudo ainda estava lá. Mas algo nas palavras de Riso...

Só vejo uma mulher aqui. A que está de pé.

Adolin a abraçou por mais um tempo, como se precisasse se tranquilizar.

— Eu sei que você está bem, é claro — disse ele. — Quero dizer, você é basicamente impossível de matar, certo?

Finalmente, ele recuou — ainda segurando os ombros dela — e olhou para seus trajes. Deveria explicar?

— Gostei — disse Adolin. — Shallan, isso é *estiloso*. O vermelho sobre o branco. — Ele deu um passo atrás, assentindo. — Foi Yokska que fez para você? Deixe-me ver como fica com o chapéu.

Ah, Adolin, ela pensou, colocando o chapéu na cabeça.

— O casaco está um pouquinho folgado — disse Adolin. — Mas o estilo realmente combina bem. Ousado. Direto. — Ele inclinou a cabeça para o lado. — Ficaria melhor com uma espada na sua cintura. Talvez... — Ele perdeu o fio da meada. — Ouviu isso?

Ela se virou, franzindo o cenho. Parecia o som de pessoas marchando.

— Um desfile tão cedo?

Eles olharam para a rua e viram Kaladin se aproximando junto com o que parecia ser um exército de quinhentos ou seiscentos homens usando o uniforme da Guarda da Muralha. Adolin suspirou baixinho.

— Mas é claro. Ele provavelmente é o líder deles agora, ou algo assim. Carregadorzinho tormentoso.

Kaladin marchou com seus homens até a frente da loja de costura. Ela e Adolin foram se encontrar com ele, e Shallan ouviu Elhokar descendo apressadamente os degraus lá dentro, gritando pelo que aparentemente havia visto pela janela.

Kaladin estava falando em voz baixa com a mulher de armadura, com um elmo debaixo do braço e o rosto marcado por um par de cicatrizes. A Alta-Marechal Azure era mais jovem do que Shallan havia esperado.

Os soldados se calaram quando viram Adolin, e depois o rei, que já estava vestido.

— Então era *disso* que você estava falando — comentou Azure com Kaladin.

— Filho da Tempestade... — disse Elhokar. — O que é isso?

— O senhor estava querendo um exército para atacar o palácio, Vossa Majestade — disse Kaladin. — Bem, estamos prontos.

83

UM TRABALHO VERMELHO

> *Como os guardiões designados das gemas perfeitas, nós dos Alternautas assumimos o fardo de proteger o rubi apelidado de Gota de Honra. Que esteja registrado.*

—Da gaveta 20-10, zirconita

Adolin Kholin lavou o rosto com água fria, então o limpou com um pano. Estava cansado — passara a maior parte da noite preocupado com a demora de Shallan. Abaixo, na loja propriamente dita, podia ouvir os outros andando enquanto faziam preparativos de última hora para o ataque.

Um ataque contra o *palácio*, seu lar durante muitos anos. Ele respirou fundo.

Algo estava errado. Remexeu-se, conferindo sua faca de cinto, as bandagens de emergência no bolso. Conferiu o glifo-amuleto que pedira para Shallan fazer para ele — *determinação* — envolto ao redor do antebraço. Então finalmente percebeu o que o estava incomodando.

Ele invocou sua Espada Fractal.

Ela era grossa na base, com um palmo de largura, e a frente ondulava como o movimento de uma enguia. A parte traseira possuía pequenas protrusões cristalinas. Nenhuma bainha conseguia conter uma arma como aquela, e nenhuma espada mortal era capaz de imitá-la — não sem se tornar pesada a ponto de ficar inútil. Dava para reconhecer uma Espada Fractal à primeira vista. Essa era a questão.

Adolin levantou a arma diante de si no lavatório, olhando para seu reflexo no metal.

— Não estou com o colar da minha mãe nem com qualquer uma das outras tradições que eu costumava seguir. Nunca precisei de verdade delas. Só precisava mesmo de você.

Ele respirou fundo.

— Eu acho... acho que você costumava estar viva. Os outros dizem que te escutam gritando, se tocam em você. Que você está morta, mas de algum modo ainda está sofrendo. Sinto muito. Não posso fazer nada quanto a isso, mas... obrigado. Obrigado por me ajudar todos esses anos. E, se fizer alguma diferença, vou usá-la para fazer algo bom hoje. Tentarei sempre usá-la para isso.

Ele se sentiu melhor ao dispensar a Espada. Naturalmente, ele carregava outra arma: sua faca de cinto, longa e fina. Uma arma projetada para apunhalar homens de armadura.

Havia sido tão *satisfatório* enfiá-la no olho de Sadeas. Ainda não sabia se devia se sentir envergonhado ou orgulhoso. Suspirou, olhou-se no espelho, então tomou outra rápida decisão.

Quando desceu os degraus até a sala principal, um pouco depois, estava vestindo seu uniforme Kholin. Sua pele sentia falta da seda mais suave e do encaixe do traje feito sob medida, mas descobriu que caminhava com mais orgulho com aquela roupa. Apesar de uma parte dele, lá no fundo, se preocupar com o fato de que não merecia mais carregar os glifos do pai.

Ele acenou com a cabeça para Elhokar, que estava falando com a estranha mulher conhecida como Alto-Marechal Azure.

— Meus batedores foram rechaçados — dizia ela. — Mas eles viram o bastante, Vossa Majestade. O exército dos Esvaziadores *chegou*, com toda força. Eles vão atacar hoje ou amanhã com certeza.

— Bem — disse Elhokar. — Suponho que entendo por que você teve que assumir o controle da Guarda. Não ficaria bem enforcá-la como usurpadora. Bom trabalho, Alta-Marechal.

— Eu... agradeço?

Shallan, Kaladin, Skar e Drehy estavam diante de um mapa do palácio. Eles precisavam memorizar a planta. Adolin e Elhokar, naturalmente, já a conheciam. Shallan havia decidido não se trocar e continuava com o estiloso traje branco de mais cedo. Ele seria mais funcional para um ataque do que uma saia. Raios, havia algo atraente em uma mulher de calças e casaco.

Elhokar deixou Azure recebendo relatórios de alguns dos seus homens. Ali perto, alguns olhos-claros o saudaram — os grão-senhores a quem ele e Adolin haviam se revelado na noite anterior. Só precisaram se afastar das esferas energizando suas ilusões e seus verdadeiros rostos se tornaram visíveis.

Alguns daqueles homens eram oportunistas, mas muitos eram leais. Eles haviam trazido cerca de cem homens de armas consigo — não tantos quanto Kaladin havia trazido da Guarda da Muralha, mas ainda assim Elhokar parecia orgulhoso por tê-los reunido. E com razão.

Ele e Adolin foram se juntar aos Radiantes perto da frente da loja. Elhokar acenou para que os grão-senhores se aproximassem, então falou com firmeza.

— Está tudo claro para todos?

— Atacar o palácio — disse Kaladin. — Tomar a via solar, cruzá-la rumo à plataforma do Sacroportal, defendê-la enquanto Shallan tenta expulsar os Desfeitos, como ela fez em Urithiru. Então nós ativamos o Sacroportal e trazemos tropas para Kholinar.

— O edifício de controle está *completamente* coberto por aquele coração sombrio, Vossa Majestade — disse Shallan. — Eu não sei de fato como expulsei a Mãe da Meia-Noite... e certamente não sei se serei capaz de fazer o mesmo aqui.

— Mas está disposta a tentar? — perguntou o rei.

— Sim.

Ela respirou fundo. Adolin apertou seu ombro de modo tranquilizador.

— Corredor dos Ventos — disse o rei. — O dever que dou a você e a seus homens é levar a Rainha Aesudan e o herdeiro para um lugar seguro. Se o Sacroportal funcionar, leve-os naquela direção. Se não, precisa voar com eles para fora da cidade.

Adolin olhou de relance para os grão-senhores, que pareciam estar aceitando muito bem toda a situação — a chegada dos Cavaleiros Radiantes, a decisão do rei de atacar o próprio palácio. Ele entendia um pouco como os homens se sentiam; Esvaziadores, Tempestade Eterna, esprenos corrompidos na cidade... uma hora, as coisas não pareciam mais tão chocantes.

— Temos certeza de que seguir pela via solar é a melhor opção? — perguntou Kaladin, apontando para o mapa que Drehy estava segurando.

Ele moveu o dedo da galeria leste do palácio, ao longo da via solar, até a plataforma do Sacroportal.

Adolin assentiu.

— Essa é a melhor maneira de chegar ao Sacroportal. Esses degraus estreitos do lado de fora do platô seriam terríveis de invadir. Nossa melhor chance é subir pela escadaria principal do palácio, derrubar as portas com nossas Espadas Fractais e lutar por toda a entrada até a galeria leste. Dali, podemos subir pela direita e alcançar os aposentos do rei, ou ir em frente para a via solar.

— Não gosto de ter que lutar nesse corredor — observou Kaladin. — Temos que partir do princípio de que os Moldados vão se juntar à batalha do lado da Guarda do Palácio.

— É possível que eu consiga distraí-los, se eles vierem — disse Shallan.

Kaladin grunhiu e não reclamou mais. Ele via, do mesmo modo que Adolin. Não seria um combate fácil — havia vários pontos estratégicos que os defensores podiam usar. Mas o que mais podiam fazer?

Ao longe, tambores haviam começado a soar. Das muralhas. Kaladin olhou na direção deles.

— Outra investida? — perguntou um dos grão-senhores.

— Pior — respondeu Kaladin enquanto, atrás deles, Azure praguejava baixinho. — Este é o sinal de que a cidade está sob ataque.

Azure abriu caminho a empurrões até as portas da loja de costura, e os outros a seguiram. A maioria dos seiscentos homens ali pertencia à Guarda da Muralha, e alguns deles deram passos rumo à muralha distante, agarrando lanças e escudos.

— Firme, homens — ordenou Azure. — Vossa Majestade, o grosso dos meus soldados está morrendo na muralha em um combate sem esperança. Estou aqui porque o Filho da Tempestade me convenceu de que a *única* maneira de ajudá-los é tomar aquele palácio. Então, se vamos fazer isso, a hora é *agora*.

— Marcharemos, então! — decidiu Elhokar. — Alta-Marechal, Luminobres, informem suas forças. Organizem as fileiras! Vamos marchar até o palácio sob meu comando!

Adolin se virou enquanto alguns Moldados percorriam o céu ao longo da muralha distante. Manipuladores de Fluxos inimigos. Raios. Ele balançou a cabeça e foi apressadamente até Yokska e seu marido. Eles haviam assistido a tudo aquilo — a chegada de um exército diante da sua casa, as preparações para um ataque — com um ar de espanto.

— Se a cidade resistir, vocês ficarão bem — disse Adolin. — Mas se ela cair... — Ele respirou fundo. — Relatos de outras cidades indicam que não haverá matança generalizada. Os Esvaziadores estão aqui para ocupar, não exterminar. Ainda assim, sugiro que vocês se preparem para fugir da cidade e seguir rumo às Planícies Quebradas.

— As *Planícies Quebradas?* — perguntou Yokska, horrorizada. — Mas, Luminobre, são centenas e mais centenas de quilômetros!

— Eu sei — disse ele com uma careta. — Muitíssimo obrigado por nos acolher. Vamos fazer todo o possível para acabar com essa situação.

Ali perto, Elhokar se aproximou do tímido fervoroso que viera com Azure. Ele estivera pintando apressadamente glifos-amuletos para os soldados, e deu um pulo quando Elhokar o pegou pelo ombro e enfiou um objeto na sua mão.

— O que é isso? — perguntou o fervoroso nervosamente.

— É uma telepena — disse Elhokar. — Meia hora depois que meu exército marchar, você deve entrar em contato com Urithiru e orientá-los a preparar suas forças para serem transferidas para cá através do Sacroportal.

— Não posso usar um fabrial! Os gritadores...

— Firme, homem! O inimigo deverá estar preocupado demais com o ataque para notá-lo. Mas, mesmo que o notem, você *precisa* assumir o risco. Nossos exércitos precisam estar prontos. O destino da nossa cidade pode depender disso.

O fervoroso assentiu, pálido.

Adolin se juntou às tropas, acalmando seus nervos à força. Era só mais uma batalha. Ele estivera em dezenas delas, talvez centenas. Mas, raios, estava acostumado a campos vazios de pedra, não ruas.

Ali perto, um pequeno grupo de guardas conversava baixinho.

— Vamos ficar bem — dizia um deles. Era um homem baixo, de rosto glabro, embora possuísse braços extremamente peludos. — Estou dizendo, vi minha própria morte lá na muralha. Ela zuniu na minha direção, a lança levantada rumo ao meu coração. Olhei naqueles olhos vermelhos e me vi morrendo. Então... ele apareceu. Disparou da torre como uma flecha e se chocou com a Esvaziadora. Aquela lança ia tomar a minha vida, e ele mudou o destino, estou dizendo. Eu juro, ele estava *brilhando* quando fez isso...

Nós estamos entrando em uma era de deuses, pensou Adolin.

Elhokar ergueu sua Espada Fractal e deu o comando. Eles marcharam pela cidade, passando por refugiados preocupados. Fileiras de edifícios com portas bem trancadas, como que preparadas para uma tempestade. Por fim, o palácio surgiu diante do exército como um bloco de obsidiana. As próprias pedras pareciam ter mudado de cor.

Adolin invocou sua Espada Fractal e a visão dela pareceu confortar os homens mais próximos. A marcha levou-os à seção norte da cidade, perto da muralha. Ali, dava para ver os Moldados atacando as tropas. Uma estranha *batida* começou, e Adolin pensou que fosse outro grupo de tambores — até que uma *cabeça* surgiu no topo da muralha mais próxima.

Raios! A criatura tinha um enorme rosto rochoso que lembrava algum tipo de grã-carapaça, embora seus olhos fossem só pontos vermelhos brilhando das profundezas.

O monstro se levantou, apoiado em um braço. Não parecia ser tão alto quanto as muralhas da cidade, mas ainda era enorme. Os Moldados zumbiam ali perto enquanto ele movia as mãos ao longo da muralha — jogando longe defensores como se fossem crenguejos — e então esmagava uma torre da guarda.

Adolin percebeu que ele, junto com a maior parte da sua força, havia parado para fitar aquela visão atemorizante. O chão tremia enquanto pedras desabavam a alguns quarteirões de distância, atingindo edifícios.

— Adiante! — gritou Azure. — Raios! Eles estão tentando entrar e chegar ao palácio antes de nós!

O monstro despedaçou a torre da guarda, então, com um movimento casual, jogou um pedregulho do tamanho de um cavalo na direção deles. Adolin ficou boquiaberto, sentindo-se impotente enquanto a rocha inexoravelmente se precipitava na direção dele e das tropas.

Kaladin se ergueu no ar, deixando um rastro de luz.

Ele atingiu a rocha e rolou com ela, girando-a e dando cambalhotas no ar. Seu brilho diminuiu bastante.

A pedra sacudiu e, de algum modo, *mudou de direção*, jogada para longe de Kaladin como uma pedrinha mandada que recebera um peteleco. Ela passou pela muralha da cidade, errando por pouco o monstro que a lançara. Adolin ouviu vagamente esprenos começando a gritar ao longe, mas isso foi abafado pelos sons de rochas caindo e de pessoas nas ruas berrando.

Kaladin se renovou com Luz das Tempestades de sua bolsa. Ele estava carregando a maioria das gemas que haviam trazido de Urithiru, uma riqueza da reserva de esmeraldas, para usar na missão e na abertura do Sacroportal.

Drehy se levantou no ar ao lado dele, então Skar, que havia projetado Shallan para cima também. Adolin sabia que ela era basicamente imortal, mas ainda era estranho vê-la ali, na linha de frente.

— Vamos distrair os Moldados — gritou Kaladin para Adolin, apontando para um grupo de figuras voando pelo ar na direção deles. — E, se pudermos, vamos tomar a via solar. Entrem através do palácio e nos encontrem na galeria leste!

Eles zuniram para longe. Ali perto, o monstro começou a bater nos portões daquela área, rachando e fragmentando a madeira.

— Avançar! — gritou Azure.

Adolin se adiantou, correndo ao lado de Elhokar e Azure. Eles alcançaram o terreno do palácio e subiram os degraus. No topo, soldados em uniformes muito similares — preto e um azul mais escuro, mas ainda Kholin — recuaram, fechando as portas do palácio.

— Guarda do Rei — gritou Adolin, apontando para um grupo de homens de vermelho que havia sido designado como a guarda de honra de Elhokar. — Vigiem os flancos do rei enquanto ele arromba! Não deixem o inimigo atacá-lo quando a porta cair!

Homens se amontoaram nos degraus, assumindo posições ao longo da varanda. Eles portavam lanças, embora alguns fossem olhos-claros. Adolin, Azure e Elhokar foram para portas distintas no topo dos degraus. Ali, a frente do telhado — sustentada por colunas grossas — os protegia das rochas que a criatura estava atirando.

Com os dentes trincados, Adolin enfiou sua Espada na fenda entre a porta de madeira e a parede. Golpeou para cima rapidamente, cortando ambas as dobradiças e a barra de tranca do lado de dentro. Outro corte para baixo no outro lado deixou a porta solta e ele recuou, se preparando. A porta caiu para dentro com um estrondo.

Imediatamente, os soldados inimigos no interior avançaram com as lanças, esperando apanhar Adolin. Ele recuou e não ousou golpear. Brandir uma Espada Fractal com uma das mãos era um desafio, mesmo quando não precisava se preocupar em atingir seus próprios homens.

Ele pulou para o lado e deixou a Guarda da Muralha atacar a entrada. Adolin, em vez disso, se pôs ao lado de um grupo de soldados que viera com o Grão-Senhor Urimil. Ali, cortou uma seção da parede, fazendo um portal improvisado que os soldados empurraram até abrir. Ele foi seguindo pela grande varanda e abriu mais um portal, depois um terceiro.

Feito isso, espiou Elhokar, que havia passado pela sua porta derrubada e agora estava dentro do palácio. Ele golpeava ao redor com sua Espada, segurando-a com uma das mãos e o escudo com a outra. Abriu um espaço entre os soldados inimigos, já tendo matado dezenas.

Cuidado, Elhokar, pensou Adolin. *Lembre-se, você não tem uma Armadura.* Adolin apontou para um pelotão de soldados.

— Reforcem a Guarda do Rei e certifiquem-se de que ele não seja sobrepujado. Se acontecer, grite por mim.

Eles fizeram uma saudação e Adolin deu um passo para trás. Azure havia cortado a porta dela, mas sua Espada Fractal não era tão longa quanto as outras duas. Ela estava conduzindo um ataque mais conservador, cortando a ponta das lanças que avançavam contra seus homens. Adolin a viu varar o corpo de um soldado inimigo que tentou avançar. Curiosamente, os olhos dele não queimaram, embora sua pele tenha assumido um estranho tom cinzento enquanto ele morria.

Pelo sangue dos meus ancestrais, pensou Adolin. *O que há de errado com a Espada dela?*

Mesmo com todas as entradas abertas, invadir o palácio foi demorado. Os homens no interior haviam formado muralhas circulares feitas de escudos ao redor das entradas, e o combate acontecia principalmente entre homens usando lanças para se apunhalarem mutuamente. Alguns pelotões da Guarda da Muralha trouxeram piques mais longos para quebrar as fileiras dos defensores, preparando-se para uma investida.

— Vocês já defenderam os flancos de um Fractário? — perguntou Adolin para o pelotão de soldados.

— Não, senhor — disse um dos homens. — Mas fizemos o treinamento...

— Vai ter que servir — replicou Adolin, pegando a Espada com as duas mãos. — Vou para o buraco do centro. Fiquem perto e mantenham as lanças longe dos meus flancos. Tomarei cuidado para não acertar vocês nos meus ataques.

— Sim, senhor! — disse o chefe de pelotão.

Adolin respirou fundo, então se aproximou da abertura. O interior estava cheio de lanças. Parecia a toca de um espinha-branca.

Seguindo as instruções de Adolin, um soldado ao seu lado virou-se para os próprios homens e fez uma contagem regressiva com uma das mãos. Quando o último dedo baixou, os soldados no portão recuaram. Adolin avançou para o salão de entrada, com seus pisos de mármore e elevados tetos abobadados.

O inimigo atirou uma dúzia de lanças contra ele, que se abaixou, tomando um corte no ombro enquanto desferia um golpe de duas mãos, cortando um grupo de soldados nos joelhos. Os inimigos caíram, suas pernas arruinadas pela Espada Fractal.

Quatro homens seguiram-no e levantaram escudos nos seus flancos. Adolin seguiu atacando, decepando a ponta das lanças e cortando mãos.

Raios... os homens que ele estava combatendo eram silenciosos demais. Eles gritavam de dor quando apunhalados, ou grunhiam pelo esforço, mas fora isso pareciam mudos — como se a escuridão houvesse abafado suas emoções.

Adolin levantou a Espada sobre a cabeça e assumiu a Postura da Rocha, golpeando de modo preciso, abatendo um homem após o outro com um conjunto cuidadoso e controlado de ataques. Os soldados protegiam seus flancos, enquanto o amplo alcance da Espada protegia a frente.

Olhos queimavam. A linha de escudos vacilou.

— Recuem três passos! — gritou Adolin para seus homens, então fez a transição para a Postura do Vento e avançou com golpes amplos e fluidos.

Na paixão e beleza dos duelos, ele às vezes esquecia como as Espadas Fractais eram armas *terríveis*. Ali, enquanto atacava a fileira enfraquecida, isso ficou muito óbvio. Ele matou oito homens em um instante e destruiu completamente a linha de defesa.

— Vão! — gritou ele, apontando com sua Espada.

Homens avançaram pela passagem e tomaram terreno dentro do salão de entrada. Ali perto, Elhokar estava empertigado, sua fina Espada Fractal refulgindo enquanto ele dava ordens. Soldados caíam, morrendo e praguejando — os verdadeiros sons da batalha. O preço do conflito.

A linha do inimigo finalmente foi rompida, recuando pelo salão de entrada — que era grande demais para manter — até o corredor mais estrito que levava à galeria leste.

— Retirem os feridos! — ordenou Azure, avançando. — Sétima Companhia, assegure aquele lado da sala, para garantir que eles não tentem voltar. Terceira Companhia, vasculhe as alas e certifique-se de que não há nenhuma surpresa.

Curiosamente, Azure havia removido seu manto e o envolvido pela metade ao redor do braço esquerdo. Adolin nunca vira nada parecido; talvez ela estivesse acostumada a combater de Armadura.

Adolin bebeu um pouco de água, então deixou um cirurgião colocar um curativo no corte superficial que sofrera. Embora o interior do palácio fosse cavernoso, aquele hall de entrada era glorioso. Paredes de mármore, polido e reflexivo. Escadarias grandiosas e um tapete vermelho-vivo no centro. Ele havia queimado o tapete certa vez, quando criança, brincando com um uma vela.

Com o corte protegido, ele se juntou a Azure, Elhokar e vários dos grão-senhores, que estavam estudando o amplo corredor que conduzia até a galeria leste. O inimigo havia formado uma excelente muralha de escudos ali. Eles haviam se acomodado e os homens na segunda fileira possuíam balestras prontas e à espera.

— Vai ser um trabalho sangrento — comentou Azure. — Vamos lutar por cada centímetro.

Do lado de fora, os estrondos no portão finalmente silenciaram.

— Eles entraram — adivinhou Adolin. — Aquela ruptura não ficava longe daqui.

O Grão-Senhor Shaday grunhiu.

— Talvez nossos inimigos se voltem uns contra os outros? Podemos ter esperança de que os Esvaziadores e a Guarda do Palácio comecem a lutar uns com os outros?

— Não — replicou Elhokar. — As forças que obscureceram o palácio pertencem ao inimigo que agora luta rapidamente para nos alcançar. Eles sabem do perigo que o Sacroportal representa.

— Concordo — disse Adolin. — Esse palácio logo estará apinhado com tropas parshemanas.

— Reúnam seus homens — disse Elhokar ao grupo. — Azure está no comando do assalto. Alta-Marechal, você *deve* liberar esse corredor.

Um dos grão-senhores olhou para a mulher e pigarreou, mas então decidiu não falar nada.

Com ar severo, Azure comandou os arqueiros a usarem arcos curtos para tentar amaciar o inimigo. Mas aquela parede de proteção havia sido construída para resistir a flechas, então Azure deu a ordem, e seus homens avançaram contra os oponentes fortificados.

Adolin desviou o olhar enquanto o corredor se tornava um moedor de carne, setas de balestra lançadas contra homens em ondas. A Guarda da Muralha também tinha escudos, mas eles precisavam se arriscar a avançar, e uma balestra era *potente*.

Adolin nunca fora bom naquela parte do combate, no campo de batalha. Raios, queria estar na linha de frente, liderando o ataque. A parte racional dele sabia que isso seria idiotice. Não se arriscavam Fractários em ataques assim, não a menos que eles tivessem Armaduras.

— Vossa Majestade. — Um oficial chamou Elhokar, cruzando a passagem. — Encontramos algo estranho.

Elhokar acenou com a cabeça para que Adolin cuidasse daquilo, e — feliz pela distração — ele correu até o homem.

— O que foi?

— Uma porta fechada na guarnição do palácio — disse o homem. — Modificada para ser trancada por *fora*.

Curioso. Adolin seguiu o homem, passando por uma estação de triagem improvisada onde um par de cirurgiões estava ajoelhado entre esprenos de dor, cuidando dos homens que haviam sido feridos no assalto inicial. Eles ficariam muito mais ocupados quando o avanço pelo corredor terminasse.

A oeste do hall de entrada ficava a guarnição do palácio, uma grande residência para soldados. Um grupo dos homens de Azure estava estudando a porta — que de fato havia sido alterada para ser trancada pelo lado de fora com uma barra de metal. Julgando pela madeira rachada, a coisa ali dentro havia tentado sair.

— Abram-na — ordenou Adolin, invocando sua Espada Fractal.

Os soldados cautelosamente levantaram a barra, então abriram a porta, um deles segurando algumas esferas para fornecer luz. Não encontraram monstros, mas um grupo de homens sujos usando uniformes da Guarda do Palácio. Eles haviam se reunido devido ao barulho do lado de fora e, ao ver Adolin, alguns deles caíram de joelhos, soltando louvores aliviados para o Todo-Poderoso.

— Vossa Alteza? — disse um homem mais jovem com os nós de capitão no ombro. — Ah, Príncipe Adolin. É *mesmo* o senhor. Ou isso é... isso é algum tipo de cilada cruel?

— Sou eu — disse Adolin. — Sidin? Raios, homem! Eu mal o reconheci com essa barba. O que aconteceu?

— Senhor! Há algo de errado com a rainha. Primeiro ela matou aquela fervorosa, depois *executou* o Luminobre Kaves... — Ele respirou fundo. — Somos traidores, senhor.

— Ela reduziu a Guarda, senhor — disse outro homem. — Nos trancou aqui porque nos recusamos a obedecer. Praticamente se esqueceu de nós.

Adolin soltou um suspiro de alívio. O fato de que a Guarda inteira não tinha simplesmente a seguido... bem, isso tirava um peso dos seus ombros que ele não havia percebido que estava carregando.

— Vamos tomar de volta o palácio — disse Adolin. — Reúna seus homens, Sidin, e se encontre com os cirurgiões no hall de entrada. Eles vão dar uma olhada em vocês, dar-lhes um pouco de água, ouvir seus relatórios.

— Senhor! — disse Sidin. — Se está invadindo o palácio, queremos nos juntar ao senhor.

Muitos dos outros concordaram.

— Se juntar a nós? Vocês estão trancados aqui há semanas, homens! Não espero que estejam em condições de lutar.

— Semanas? Certamente foram apenas alguns dias, Luminobre. — Ele coçou uma barba que parecia contestar aquela afirmação. — Nós só comemos... o quê, três vezes, desde que fomos jogados aqui?

Vários dos outros concordaram.

— Levem-nos aos cirurgiões — disse Adolin aos batedores que tinham ido buscá-lo. — Mas... arrumem lanças para aqueles que alegarem estar fortes o bastante. Sidin, seus homens serão reservas. Não se esforcem demais.

De volta ao hall de entrada, Adolin passou por um cirurgião trabalhando em um homem com o uniforme da Guarda do Palácio. Para os cirurgiões, não importava quem era inimigo — eles ajudavam qualquer pessoa que precisasse de atenção. Até aí tudo bem, mas aquele homem fitava o teto com olhos vidrados, e não gritava ou gemia como um homem ferido deveria fazer. Ele só sussurrava baixinho.

Eu o conheço também, percebeu Adolin, tentando lembrar seu nome. *Dod? É isso. Pelo menos, era assim que o chamávamos.*

Ele reportou ao rei o que havia encontrado. À frente, os homens de Azure estavam fazendo uma investida final para tomar o corredor. Eles haviam deixado dezenas de moribundos, manchando o tapete com um tom mais escuro de vermelho. Adolin teve a sensação distinta de *ouvir* alguma coisa. Sobre o barulho do combate, sobre os gritos dos homens ecoando contra as paredes. Uma voz baixa que de algum modo alcançava sua alma.

Paixão. Doce paixão.

A Guarda do Palácio finalmente abandonou o corredor, recuando através de duas amplas portas duplas na outra extremidade. Aquelas portas conduziam à galeria leste; não eram muito defensáveis, mas o inimigo estava obviamente tentando comprar o máximo de tempo possível.

Alguns soldados tiraram corpos do caminho, preparando a passagem para que Adolin e Elhokar cortassem as portas. A madeira, contudo, começou a tremer antes mesmo que eles pudessem atacar. Adolin recuou, erguendo a Espada na Postura do Vento por hábito, pronto para atacar o que viesse.

A porta se abriu, revelando uma figura resplandecente.

— Pai das Tempestades... — sussurrou Adolin.

Kaladin brilhava intensamente, seus olhos faróis de luz azul emanando Luz das Tempestades. Ele segurava uma lança metálica brilhante que certamente tinha quase quatro metros. Atrás dele, Skar e Drehy também emitiam um forte brilho, mal parecendo os afáveis carregadores de pontes que haviam protegido Adolin nas Planícies Quebradas.

— A galeria é nossa — disse Kaladin, Luz das Tempestades exalando dos seus lábios. — O inimigo que você rechaçou fugiu escadaria acima. Vossa Majestade, sugiro que envie os homens de Azure para a via solar a fim de protegê-la.

Adolin adentrou a galeria leste, seguido por um grande número de soldados, enquanto Azure gritava comandos. Bem à frente havia a entrada para a via solar, uma passarela aberta dos lados. Nela, Adolin ficou surpreso ao ver não apenas cadáveres de guardas, como três proeminentes corpos vestidos de azul. Kaladin, Skar, Drehy. Ilusões?

— Funciona melhor do que combatê-los — disse Shallan, surgindo ao seu lado. — Os voadores estão distraídos pela luta na muralha da cidade, então partiram no momento em que pensaram que os carregadores tinham sido derrotados.

— Antes nós rechaçamos outra força dos Guardas do Palácio de volta ao monastério — contou Kaladin, apontando. — Vamos precisar de um exército para tirá-los de lá.

Azure olhou para Elhokar, que assentiu, então ela começou a dar as ordens. Shallan soltou um muxoxo, cutucando o ombro com curativo de Adolin, mas ele garantiu a ela que não era nada sério.

O rei atravessou a galeria, então olhou para as largas escadas.

— Vossa Majestade? — chamou Kaladin.

— Vou liderar uma força até as câmaras reais — disse Elhokar. — Alguém precisa descobrir o que aconteceu com Aesudan, o que aconteceu com toda essa tormentosa cidade.

O brilho sumiu dos olhos de Kaladin, sua Luz das Tempestades arrefecendo. As roupas dele pareceram murchar, seus pés se firmando mais no chão. Ele subitamente voltou a parecer um homem e Adolin achou isso muito mais relaxante.

— Vou com ele — sussurrou Kaladin para Adolin, entregando-lhe a bolsa de esmeraldas depois de escolher duas brilhantes para si. — Pegue Skar e Drehy e leve Shallan até os Desfeitos.

— Tudo bem por mim — disse Adolin.

Ele escolheu alguns soldados para ir com o rei: um pelotão da Guarda da Muralha, um punhado de homens de armas dos grão-senhores. E, depois de pensar um pouco, acrescentou Sidin e metade de um pelotão dos homens que haviam sido aprisionados no palácio.

— Essas tropas recusaram as ordens da rainha — disse Adolin a Elhokar, indicando Sidin. — Parecem ter resistido à influência da coisa acontecendo aqui e conhecem o palácio melhor do que a Guarda da Muralha.

— Excelente — disse Elhokar, então começou a subir os degraus. — Não esperem por nós. Se a Luminosa Davar tiver sucesso, vá direto para Urithiru e traga nossos exércitos para cá.

Adolin assentiu, então fez uma saudação rápida para Kaladin — juntou os pulsos com as mãos formando punhos. A saudação da Ponte Quatro.

— Boa sorte, carregadorzinho.

Kaladin sorriu, sua lança prateada desaparecendo enquanto ele retribuía a saudação, então ia atrás do rei. Adolin correu até Shallan, que estava olhando para a via solar. Azure a tomara com seus soldados, mas não havia avançado até a plataforma do Sacroportal mais além.

Adolin pousou a mão no ombro de Shallan.

— Eles estão aqui — sussurrou ela. — Dois, desta vez. Na noite passada, Adolin... Eu tive que fugir. O festim estava entrando na minha cabeça.

— Eu o ouvi — respondeu ele, voltando a invocar sua Espada. — Vamos encarar isso juntos. Como da última vez.

Shallan respirou fundo, então invocou Padrão como uma Espada Fractal. Ela segurou a Espada diante de si em uma postura comum.

— Boa forma — elogiou Adolin.

— Tive um bom professor.

Eles avançaram pela via solar, passando por soldados inimigos caídos — e um único Moldado morto, cravado em uma fissura na rocha pelo que parecia ser a própria lança. Shallan se demorou junto do cadáver, mas Adolin puxou-a até que alcançaram o monastério propriamente dito. Os soldados de Azure avançaram ao seu comando, enfrentando os Guardas do Palácio ali para assumir o controle do caminho rumo ao centro.

Enquanto eles esperavam, Adolin foi até a borda do platô e observou a cidade. Seu lar.

Estava caindo.

O portão mais próximo havia sido totalmente rompido e os parshemanos passavam em massa por ele, rumo ao palácio. Outros haviam tomado as muralhas através de equipes com escadas, que desciam para a cidade em diversos pontos, incluindo perto dos jardins do palácio.

Aquela enorme monstruosidade de pedra se movia ao longo da muralha, do lado de dentro, estendendo a mão e estapeando as torres de guarda. Um grande grupo de pessoas em trajes variados havia invadido a Via de Talan, passando por uma das lâminas de vento. O Culto dos Momentos? Ele não tinha como saber o papel que haviam desempenhado, mas os parshemanos estavam invadindo a cidade naquela direção também.

Nós podemos consertar isso, pensou Adolin. *Podemos trazer nossos exércitos, defender a colina do palácio, pressioná-los de volta às muralhas.* Eles tinham dezenas de Fractários. Tinham a Ponte Quatro e outros Manipuladores de Fluxos. Eles *podiam* salvar a cidade.

Ele só precisava trazê-los para lá.

Em pouco tempo, Azure se aproximou com um pelotão de trinta homens.

— O caminho está seguro, embora um nó de inimigos ainda domine o centro em si. Separei alguns homens para liberar os edifícios próximos. Parece que as pessoas que você mencionou... aquelas que estavam no festim, na noite passada... estão dormindo lá dentro. Elas não se movem, mesmo quando são cutucadas.

Adolin assentiu, então conduziu o grupo rumo ao centro do platô, seguido por Shallan e Azure. Passaram pelas linhas de soldados de Azure, que estavam protegendo as ruas. Ele logo viu a força principal do inimigo, aglomerada em um caminho entre edifícios do monastério, impedindo a passagem até o edifício de controle do Sacroportal.

Atiçado pela urgência da situação de Kholinar, Adolin assumiu a dianteira e golpeou repetidamente em meio aos inimigos, queimando olhos com sua Espada. Rompeu a fileira deles, embora um retardatário quase tenha conseguido acertar um golpe de sorte. Skar, felizmente, pareceu aparecer do nada; o carregador de pontes aparou o golpe com seu escudo, então atravessou o tórax do guarda com a lança.

— Quantas eu devo a você agora? — perguntou Adolin.

— Melhor nem contar, Luminobre — disse Skar com um sorriso, luz brilhante exalando dos seus lábios.

Drehy se juntou a eles, e guiaram os inimigos rechaçados para além da Capela do Rei, finalmente alcançando o edifício de controle. Adolin sempre o conhecera como o Círculo de Memórias, só mais uma parte do monastério. Como Shallan havia avisado, ele estava recoberto com uma massa escura que pulsava e latejava, similar a um coração escuro como piche. Veias escuras se espalhavam dele como raízes, pulsando no mesmo ritmo que o coração.

— Raios... — sussurrou Drehy.

— Muito bem — disse Shallan, avançando. — Guardem essa área. Vou ver o que posso fazer.

84

AQUELE QUE VOCÊ PODE SALVAR

O inimigo fez outra investida contra o Forte Febripetra. Gostaria que soubéssemos o que tem naquela área que tanto os interessa. Será que pretendem capturar Rall Elorim?

— Da gaveta 19-2, terceiro topázio

KALADIN AVANÇOU SUBINDO AS amplas escadas, seguido por cerca de cinquenta soldados.

A Luz das Tempestades pulsava dentro dele, tornando cada passo mais enérgico. Os Moldados haviam se dado ao trabalho de atacá-lo na via solar e partiram logo depois que Shallan havia criado sua ilusão. Ele só podia deduzir que o assalto à cidade estava consumindo a atenção do inimigo, o que significava que talvez conseguisse usar seus poderes sem atrair represália imediata.

Elhokar conduzia o caminho, a brilhante Espada Fractal em uma pegada de duas mãos. Eles viraram em um patamar e avançaram por mais uma escadaria. Elhokar parecia não se importar com o fato de que cada degrau o deixava mais longe do grosso do seu exército.

— Suba as escadas — disse ele baixinho para Syl. — Verifique se há uma cilada em cada andar.

— Sim, senhor, senhor comandante, senhor Radiante — disse ela e saiu zunindo. Um momento depois, ela zuniu de volta. — Um bocado de homens no terceiro andar, mas eles estão recuando para longe da escadaria. Não parece ser uma cilada.

Kaladin assentiu, então tocou o braço de Elhokar para que ele desacelerasse.

— Tem uma recepção esperando por nós — disse Kaladin, e apontou para um esquadrão de soldados. — Parece que o rei perdeu seus guardas no caminho; agora vocês que irão guardá-lo. Se entrarmos em combate, impeçam que Sua Majestade seja cercado. — Ele apontou para outro grupo. — Homens, vocês vão... Barba?

— Sim, Kal? — disse o guarda corpulento. Ele hesitou, então fez uma saudação. — Hã, senhor?

Atrás dele estavam Noro, Ved, Alaward e Vaceslv... Todo o esquadrão de Kaladin da Guarda da Muralha. Noro deu de ombros.

— Sem o capitão, não temos um líder de pelotão de verdade. Achamos que devíamos ficar com você.

Barba concordou e esfregou o glifo-amuleto envolvendo seu braço direito. *Sorte*, ele dizia.

— É bom ter vocês aqui — respondeu Kaladin. — Tentem impedir que eu seja flanqueado, mas me deem espaço, se puderem.

— Não ficar muito em cima — disse o tenente Noro. — E não deixar mais ninguém ficar. Pode deixar, senhor.

Kaladin olhou para o rei e assentiu. Os dois subiram os últimos degraus até o patamar, emergindo em um amplo corredor de pedra, acarpetado no centro, mas sem outros ornamentos. Kaladin havia esperado que o palácio fosse mais luxuoso, mas aparentemente mesmo ali — na sede do seu poder — os Kholins preferiam edifícios que pareciam casamatas. Engraçado, depois de ouvi-los reclamando que suas fortalezas nas Planícies Quebradas carecem de conforto.

Syl tinha razão. Um pelotão de soldados inimigos havia se formado no corredor, segurando alabardas ou balestras, mas parecia satisfeito em esperar. Kaladin preparou Luz das Tempestades; podia pintar as paredes com uma força que faria com que as setas das balestras se desviassem no voo, mas era um artifício que ainda não tinha aperfeiçoado. Era o poder que ele menos compreendia.

— Vocês não estão me vendo? — berrou Elhokar. — Não conhecem seu monarca? Foram tão consumidos pelo toque do espreno que matariam seu *próprio rei*?

Raios... aqueles soldados mal pareciam estar respirando. De início, não se moveram — então uns poucos olharam para trás, para o fundo do corredor. Havia uma voz distante?

Os soldados do palácio imediatamente deixaram a formação e recuaram. Elhokar firmou o queixo, então partiu atrás deles. Cada passo deixava Kaladin mais ansioso. Ele não tinha as tropas para defender apropriadamente uma retirada; tudo que podia fazer era postar um par de homens em cada interseção, com instruções para gritar se vissem alguém chegando pelos corredores transversais.

Passaram por um corredor decorado com estátuas dos Arautos; nove, pelo menos. Um estava faltando. Kaladin enviou Syl na frente para vigiar, mas isso fez com que se sentisse ainda mais exposto. Todo mundo menos ele parecia conhecer o caminho, o que fazia sentido, mas fazia com que se sentisse carregado por algum tipo de maré.

Finalmente alcançaram as câmaras reais, marcadas por amplas portas, abertas e convidativas. Kaladin deteve seus homens a dez metros da abertura, perto de um corredor que se dividia para a esquerda.

Mesmo dali, dava para ver que a câmara além das portas finalmente exibia a rica ornamentação que ele havia esperado. Tapetes luxuosos, mobília em excesso, tudo coberto com bordados ou folheado a ouro.

— Há soldados naquele corredor menor à esquerda — disse Syl, zunindo de volta para perto dele. — Não tem nenhum na sala à frente, mas... Kaladin, *ela* está lá dentro. A rainha.

— Eu posso ouvi-la — disse Elhokar. — É a voz dela, cantando.

Eu conheço essa melodia, pensou Kaladin. Algo naquela canção suave era familiar. Ele queria aconselhar cautela, mas o rei já estava avançando às pressas, seguido por um esquadrão de homens preocupados.

Kaladin suspirou, então organizou seus homens restantes; metade ficou para trás para vigiar a retaguarda, e a outra metade ficou em formação na passagem da esquerda para encarar a Guarda do Palácio. Raios. Se aquilo desse errado, haveria um banho de sangue em suas mãos, com o rei encurralado no meio.

Ainda assim, *aquele* era o motivo de terem ido até lá. Ele seguiu a canção da rainha e adentrou o recinto.

S HALLAN FOI ATÉ O coração sombrio. Mesmo que não houvesse estudado anatomia humana tanto quanto gostaria — seu pai considerava o tema pouco feminino —, sob a luz do sol, ela podia facilmente perceber que ele tinha a forma errada.

Não é um coração humano, concluiu. *Talvez seja o coração de um parshemano.* Ou, bem, um espreno roxo-escuro gigante na forma de um, crescendo sobre o edifício de controle do Sacroportal.

— Shallan — disse Adolin. — Nosso tempo está acabando.

A voz dele a deixou consciente da cidade ao redor. Dos soldados lutando a apenas uma rua de distância. Dos tambores distantes silenciando, um por um, enquanto os postos de guarda na muralha caíam. Da fumaça no ar e do rugido baixo e agudo que parecia os ecos de milhares e milhares de pessoas gritando no caos de uma cidade sendo conquistada.

Ela tentou Padrão primeiro, usando-o como Espada Fractal para apunhalar o coração. A massa simplesmente se dividiu ao redor da Espada. Ela golpeou e o espreno foi cortado, depois voltou a se regenerar. Bom. Estava na hora de tentar o que fizera em Urithiru.

Tremendo, Shallan fechou os olhos e pressionou a mão contra o coração. A textura *parecia* real, como carne quente. Como em Urithiru, tocar a coisa deixou que a coisa a percebesse; a sentisse; a *conhecesse*.

E a coisa tentou arrebatá-la.

A RAINHA ESTAVA SENTADA A uma penteadeira junto da parede. Ela era bem como Kaladin havia imaginado. Mais jovem do que Elhokar, com longos cabelos escuros alethianos, que ela estava penteando. Sua canção havia se tornado um murmúrio.

— Aesudan? — chamou Elhokar.

Ela desviou o olhar do espelho, então abriu um grande sorriso. Ela tinha um rosto estreito, uma expressão afetada nos lábios pintados de vermelho. Levantou-se da cadeira e deslizou até ele.

— Marido! Então foi você mesmo que eu ouvi. Finalmente retornou? Vitorioso sobre nossos inimigos, seu pai vingado?

— Sim — disse Elhokar, franzindo o cenho.

Ele fez menção de se aproximar, mas Kaladin o segurou pelo ombro e o conteve. A rainha se concentrou em Kaladin.

— Novo guarda-costas, meu querido? Desleixado demais; você deveria ter me consultado. Você tem uma imagem a zelar.

— Onde está Gav, Aesudan? Onde está meu filho?

— Ele está brincando com uns amigos.

Elhokar olhou para Kaladin e fez um sinal para o lado com o queixo. *Veja o que consegue encontrar*, parecia dizer.

— Fique atento — sussurrou Kaladin, então começou a vasculhar o recinto.

Ele passou pelos restos de ricas refeições, parcialmente comidas. Pedaços de frutas, cada uma com uma única mordida. Bolos e quitutes, carnes açucaradas em espetos. Parecia que deviam estar podres, pelos esprenos de decomposição ao redor, mas não estavam.

— Minha querida — disse Elhokar, mantendo distância da rainha —, ouvimos falar que a cidade andou... tendo problemas.

— Uma das minhas fervorosas tentou refundar a Hierocracia. Realmente deveríamos controlar melhor quem se junta a eles; nem todo homem ou mulher é adequado para o serviço.

— Você a executou.

— Naturalmente. Ela tentou nos destituir.

Kaladin espiou uma pilha de instrumentos musicais feitos da melhor madeira amontoados em um canto.

Ali, disse a voz de Syl na sua mente. *Do outro lado do quarto. Atrás do biombo.*

Ele passou pela sacada à esquerda. Se não estivesse enganado — embora a história houvesse sido contada tantas vezes, que ele ouvira uma dúzia de versões diferentes —, Gavilar e o assassino haviam caído dali durante seu combate.

— Aesudan — disse Elhokar, a voz sofrida. Ele deu um passo à frente, estendendo a mão. — Você não está bem. Por favor, venha comigo.

— Não estou bem?

— Há uma influência maligna no palácio.

— Maligna? Marido, às vezes você é tão tolo.

Kaladin se juntou a Syl e olhou atrás do biombo, que havia sido empurrado contra a parede para separar um pequeno cubículo. Ali, uma criança — de dois ou três anos de idade — estava encolhida e tremendo, agarrada a um soldado de pelúcia. Vários esprenos de brilho vermelho tênue estavam atazanando-a como crenguejos com um cadáver. O garoto tentava virar a cabeça e os esprenos de seu cabelo até que ele olhasse para cima, enquanto os outros flutuavam em frente a seu rosto e assumiam formas horrendas, como cavalos com rostos derretendo.

Kaladin reagiu com uma rápida e imediata *fúria*. Rosnou e pegou a Lâmina Syl no ar, formando uma pequena adaga da névoa. Ele brandiu a adaga adiante e pegou um dos esprenos, cravando-o no painel de madeira da parede. Nunca ouvira falar de uma Fractal cortando um espreno, mas funcionou. A criatura gritou em voz baixa, uma centena de mãos brotando da sua forma e unhando a Lâmina, a parede, até parecer se *rasgar* em mil pedacinhos, depois sumir.

Os outros três esprenos vermelhos zuniram pra longe, em pânico. Nas suas mãos, Kaladin sentiu Syl *tremer*, então grunhir baixinho. Ele a soltou, e ela tomou a forma de uma mulher pequenina.

— Aquilo foi... foi *terrível* — sussurrou ela, flutuando para pousar no ombro dele. — Nós... acabamos de *matar* um espreno?

— A coisa mereceu — disse Kaladin.

Syl apenas se encolheu no ombro dele, envolvendo o próprio corpo com os braços.

A criança fungou. O garoto estava vestido com um pequeno uniforme. Kaladin olhou de volta para o rei e a rainha — ele havia perdido o fio da conversa deles, mas discutiam em tons sibilantes e furiosos.

— Ah, Elhokar — disse a rainha. — Você sempre foi tão desligado. Seu pai tinha planos grandiosos, mas você... tudo que você queria era se sentar à sombra dele. Foi melhor que tenha partido para brincar de guerra.

— Para que você pudesse ficar aqui e... e fazer *isto*? — disse Elhokar, gesticulando na direção do palácio.

— Eu continuei a obra do seu pai! Eu encontrei o segredo, Elhokar. Esprenos, esprenos antigos. Você pode se *conectar* com eles!

— Se conectar... — Elhokar abriu e fechou a boca, como se não pudesse entender o que ele mesmo estava dizendo.

— Você viu meus Radiantes? — perguntou Aesudan. Ela abriu um sorriso. — A Guarda da Rainha? Eu fiz o que seu pai não conseguiu. Ah, ele encontrou um dos esprenos antigos, mas nunca descobriu como se ligar a ele. Mas eu, *eu* solucionei a charada.

Na luz fraca das câmaras reais, os olhos de Aesudan cintilaram. Então começaram a brilhar com uma profunda cor vermelha.

— Raios! — disse Elhokar, dando um passo para trás.

Hora de ir. Kaladin estendeu a mão para tentar pegar a criança, mas o menino gritou e correu para longe dele. Isso, finalmente, atraiu a atenção do rei. Elhokar se aproximou, jogando para o lado o biombo. Ele arquejou, então se ajoelhou ao lado do filho.

A criança, Gavinor, se afastou do pai, chorando.

Kaladin olhou de volta para a rainha.

— Há quanto tempo está planejando isso?

— Planejando o retorno do meu marido?

— Não estou falando com você. Estou falando com a coisa em você.

Ela deu uma gargalhada.

— Yelig-nar me serve. Ou você está falando do Coração do Festim? Ashertmarn não tem vontade própria; ele é só uma força irracional que consome, estúpido, algo a ser usado.

Elhokar sussurrou algo para seu filho. Kaladin não conseguiu escutar, mas a criança parou de chorar. Ele olhou para cima, piscando para afastar as lágrimas e finalmente deixou que seu pai o carregasse. Elhokar embalou a criança, que por sua vez segurava seu soldado de pano. O brinquedo usava uma armadura azul.

— Saiam — disse Kaladin.

— Mas... — O rei olhou para a esposa.

— Elhokar — disse Kaladin, agarrando o ombro do rei. — Seja um herói para aquele que você pode salvar.

O rei fitou-o nos olhos, então assentiu, segurando a criancinha. Ele foi em direção à porta e Kaladin o seguiu, de olho na rainha.

Ela suspirou bem alto, indo atrás deles.

— Era isso que eu temia.

Eles se reuniram com os soldados, então começaram a recuar pelo corredor.

Aesudan parou na entrada para os aposentos do rei.

— Eu me tornei maior que você, Elhokar. A gema está dentro de mim e assimilei o poder de Yelig-nar.

Algo começou a se retorcer ao redor dela, uma fumaça negra, como se estivesse sendo movida por um vento invisível.

— Marcha dupla — disse Kaladin para seus homens, sugando Luz das Tempestades.

Pressentia algo chegando; sentira isso desde o momento em que começaram a subir os degraus. Foi quase um alívio quando, finalmente, Aesudan gritou mandando seus soldados atacarem.

*E*NTREGUE TUDO PARA MIM, sussurraram as vozes na mente de Shallan. *Me entregue sua paixão, sua fome, seu anseio, sua perda. Renda--se. Você é o que você sente.*

Shallan nadou por tudo isso, como pelas profundezas do oceano. As vozes a acossavam de todos os lados. Quando uma sussurrou que ela era dor, Shallan se transformou em uma garota chorosa, cantando enquanto torcia uma corrente ao redor de um pescoço grosso. Quando outra voz sussurrou que ela era fome, ela se tornou um moleque na rua, vestido com farrapos.

Paixão. Medo. Entusiasmo. Tédio. Ódio. Luxúria.

Ela se tornava uma nova pessoa a cada batimento cardíaco. As vozes pareciam empolgadas com isso. Elas a atacaram, tornando-se frenéticas. Shallan era mil pessoas por segundo.

Mas qual era ela?

Todas. Uma nova voz. A de Riso?

— Riso! — gritou, cercada por enguias mordiscando em um lugar escuro. — Riso! Por favor.

Você é todas elas, Shallan. Por que precisa ser apenas uma emoção? Um conjunto de sensações? Um papel? Uma vida?

— Elas me dominam, Riso. Véu e Radiante e todos os outros. Estão me *consumindo.*

Então seja regida como um rei é regido por seus súditos. Faça Shallan tão forte que os outros precisem se curvar.

— Não sei se consigo!

A escuridão vibrou e cresceu.

E então... recuou?

Shallan não achou que tivesse feito nada, mas a escuridão retrocedeu. Ela se pegou ajoelhada sobre as pedras frias do lado de fora do edifício de controle. O enorme coração se tornou lodo, então derreteu, parecendo quase se arrastar, fluindo em fios de líquido negro.

— Você conseguiu! — disse Adolin.

Consegui?

— Protejam aquele edifício — ordenou Azure aos soldados.

Drehy e Skar brilhavam ali perto, com um ar severo, sangue fresco nas suas roupas. Tinham andado lutando. Shallan se levantou, trêmula. A estrutura pequena e circular diante dela parecia insignificante em comparação com os outros edifícios do monastério, mas era a chave para tudo.

— Isso vai ser complicado, Azure — disse Adolin. — Teremos que abrir caminho lutando cidade abaixo, empurrando o inimigo para fora. Raios, espero que meu pai esteja com nossos exércitos de prontidão.

Shallan estava atordoada. Não podia deixar de sentir que havia falhado. Que não fizera *nada.*

— A primeira transferência será apenas do edifício de controle — disse Adolin. — Depois disso, ela vai trocar a plataforma inteira... edifícios e tudo mais. É melhor mover nosso exército de volta ao palácio antes que isso aconteça. — Adolin se virou, vasculhando o caminho de volta. — Por que o rei está demorando tanto?

Shallan entrou no edifício de controle. Ele parecia muito com o que havia descoberto nas Planícies Quebradas — embora estivesse mais bem--cuidado e seus mosaicos de ladrilhos no chão fossem cheios de criaturas fantasiosas. Uma fera enorme com garras e pelos como um vison. Algo que parecia um peixe gigante. Nas paredes, lanternas brilhavam com gemas — e entre elas havia espelhos de corpo inteiro.

Shallan caminhou até o dispositivo de controle da fechadura, invocando Padrão como uma Espada. Ela o estudou por um momento, então olhou para si mesma em um dos espelhos que pendiam da parede.

Havia mais alguém no espelho. Uma mulher com cabelos negros que caíam até a cintura. Ela usava roupas arcaicas, um vestido leve e sem mangas que era mais uma túnica, com um cinto simples. Shallan tocou seu rosto. Por que havia vestido aquela ilusão?

O reflexo não imitou seus movimentos, mas avançou, levantando as mãos contra o vidro. A sala refletida sumiu e a figura se distorceu, tornando-se uma sombra negra como piche, com buracos brancos como olhos.

Radiante, disse a coisa, articulando as palavras com os lábios. *Meu nome é Sja-anat. E eu não sou sua inimiga.*

O<small>S HOMENS DE</small> K<small>ALADIN</small> avançaram escada abaixo na sua fuga, embora as fileiras da retaguarda estivessem aglomeradas no corredor ao redor da escadaria. Atrás, a Guarda da Rainha preparou e baixou as balestras. Com a Lança Syl erguida, Kaladin se pôs entre os dois grupos e acumulou Luz das Tempestades no chão, atraindo as setas para baixo. Ele não tinha experiência com aquele poder e, infelizmente, algumas das setas acertaram os escudos e até mesmo cabeças.

Kaladin rosnou, então inspirou profundamente Luz das Tempestades até se encher — o brilho da sua pele refulgindo nas paredes e no teto do corredor do palácio. Os soldados da rainha recuaram diante da luz, como se fosse algo físico.

Ao longe, ele ouviu os esprenos gritadores reagirem à ação. Ele se Projetou com precisão para se elevar cerca de um metro do chão e ficar pairando ali. Os soldados da rainha piscaram contra a luz, como se ela fosse de algum modo forte demais para os olhos deles. Finalmente, o capitão da retaguarda chamou a retirada final, e o resto dos homens de Kaladin desceu as escadas. Só o esquadrão de Noro se demorou.

Alguns dos soldados da rainha começaram a testar avanços contra ele, então Kaladin baixou ao chão e começou a descer os degraus correndo. Barba e o resto do esquadrão se juntaram a ele, seguidos pelos soldados da rainha, estranhamente silenciosos.

Infelizmente, Kaladin ouviu outra coisa ecoando pela escadaria, vindo de baixo. Os sons de homens lutando e de cantos familiares.

Canções parshendianas.

— Retaguarda! — gritou Kaladin. — Formação nos degraus; se orientem para o andar superior!

Seus soldados obedeceram, se virando e nivelando lanças e escudos contra o inimigo que descia. Kaladin se Projetou para cima e virou o corpo de modo a atingir o teto com os pés. Ele se abaixou e correu — passando sobre a cabeça dos seus homens na escadaria alta — até chegar ao piso do térreo.

As primeiras fileiras dos seus soldados se chocaram com as dos parshemanos na galeria leste. Mas o inimigo os cercara na escadaria, então a maioria das suas tropas não podia descer para a luta.

Kaladin liberou sua Projeção, caindo e se virando para pousar em uma tempestade de luz diante das fileiras dos parshemanos. Vários dos seus homens grunhiam e gritavam enquanto caíam, sangrando, sob as lanças inimigas. Kaladin sentiu sua raiva arder e baixou a Lança Syl. Era hora de iniciar o ofício da morte.

Então ele viu o rosto do parshemano diante dele.

Era Sah. Ex-escravo. Jogador de cartas. Pai.

Amigo de Kaladin.

S HALLAN FITOU A FIGURA no espelho. Ela *havia* falado.

— O que é você?

Me chamam de a Captora de Segredos, disse a figura. *Ou chamavam, em outros tempos.*

— Um dos Desfeitos. Nossos inimigos.

Nós fomos feitos, depois desfeitos, concordou ela. *Mas não, não sou uma inimiga!* A figura tomou novamente uma aparência humana, embora os olhos continuassem emitindo um brilho branco. Ela pressionou as mãos contra o vidro. *Pergunte ao meu filho. Por favor.*

— Você é *dele*. Odium.

A figura olhou para os lados, como se estivesse assustada. *Não. Eu sou de mim. Agora, só de mim.*

Shallan pensou, depois olhou para a fechadura. Ao usar Padrão ali, poderia ativar o Sacroportal.

Não faça isso, implorou Sja-anat. *Preste atenção, Radiante. Escute meu pedido. Ashertmarn fugiu de propósito. Isso é uma armadilha. Fui compelida a tocar os esprens desse dispositivo, para que não funcione como você deseja.*

A VONTADE DE LUTAR DE Kaladin evaporou. Ele estivera cheio de energia, pronto para entrar na batalha e proteger seus homens. Mas...

Sah o reconheceu e arquejou, então agarrou sua companheira — Khen, também conhecida de Kaladin — e apontou. A parshemana praguejou e o grupo se afastou dos degraus, deixando cadáveres de soldados humanos.

Na abertura fornecida, os homens de Kaladin fizeram pressão enquanto desciam a escadaria até o grande salão. Eles fluíram ao redor de Kaladin enquanto ele — atordoado — baixava sua lança.

O grande salão pontilhado de pilares havia se tornado um cenário de caos total. Os soldados de Azure chegaram correndo da via solar, encontrando os parshemanos que haviam subido as escadas pelos fundos do palácio — eles provavelmente haviam invadido pelos jardins de lá. O rei segurava seu filho, de pé entre um grupo de soldados bem no centro. Os homens de Kaladin conseguiram descer os degraus e atrás deles vinha a Guarda da Rainha.

Tudo aquilo se confundiu em um combate caótico. As linhas de batalha se desintegraram, pelotões se desfizeram, homens lutando sozinhos ou aos pares. Era o pesadelo de um comandante no campo de batalha. Centenas de homens se misturando, gritando, lutando e morrendo.

Kaladin os viu. *Todos* eles. Sah e os parshemanos, lutando para manter sua liberdade. Os guardas que haviam sido socorridos, lutando pelo seu rei. A Guarda da Muralha de Azure, apavorada enquanto sua cidade caía ao redor. A Guarda da Rainha, convencida de que estava lealmente seguindo ordens.

Naquele momento, Kaladin perdeu algo precioso. Ele sempre fora capaz de se enganar para ver uma batalha como *nós* contra *eles*. Proteger aqueles que você ama. Matar todos os outros. Mas... mas eles não mereciam a morte.

Nenhum deles merecia.

Ele travou. Ficou paralisado, algo que não lhe acontecia desde seus primeiros dias no exército de Amaram. A Lança Syl desapareceu dos seus dedos, virando névoa. Como poderia lutar? Como poderia matar pessoas que só estavam fazendo o melhor que podiam?

— Parem! — berrou ele finalmente. — *Parem! Parem de se matar!*

Ali perto, Sah varou o corpo de Barba com uma lança.

— *PAREM! POR FAVOR!*

Noro respondeu matando Jali — um dos outros parshemanos que Kaladin havia conhecido. À frente, o círculo de guardas de Elhokar caiu, e um membro da Guarda da Rainha conseguiu enfiar a ponta de uma alabarda no braço do rei. Elhokar arquejou, deixando cair sua Espada Fractal dos dedos doloridos, segurando o filho bem apertado com o outro braço.

O guarda da rainha recuou, os olhos arregalados — como se estivesse vendo o rei pela primeira vez. Um dos soldados de Azure abateu o guarda no seu momento de confusão.

Kaladin gritou, lágrimas escorrendo dos seus olhos. Ele implorou para que todos simplesmente parassem, para que o escutassem.

Eles não podiam ouvi-lo. Sah — o gentil Sah, que só queria proteger sua filha — morreu pela espada de Noro. Noro, por sua vez, teve a cabeça rachada pelo machado de Khen.

Noro e Sah caíram ao lado de Barba, cujos olhos mortos fitavam sem ver — seu braço esticado, o glifo-amuleto empapado com seu sangue.

Kaladin caiu de joelhos. Sua Luz das Tempestades parecia assustar os inimigos; todos o evitavam. Syl girava ao redor dele, implorando para que ele a ouvisse, mas Kaladin não podia escutá-la.

O rei..., pensou, entorpecido. *Vá... vá até Elhokar...*

Elhokar havia caído de joelhos. Em um braço, ele segurava seu filho apavorado, na outra mão ele tinha... uma folha de papel? Um desenho?

Kaladin quase podia ouvir Elhokar balbuciando as palavras.

Vida... Vida antes da morte...

Os pelos na nuca de Kaladin se arrepiaram. Elhokar começou a emitir um brilho suave.

Força... antes da fraqueza...

— Vá em frente, Elhokar — sussurrou Kaladin.

Jornada. Jornada antes...

Uma figura emergiu da batalha. Um homem alto, esguio — tão, tão familiar. A escuridão parecia se agarrar a Moash, que vestia um uniforme marrom, como os parshemanos. Por um instante, a batalha girou ao redor dele. A Guarda da Muralha atrás dele, a desbaratada Guarda do Palácio à sua frente.

— Moash, não... — sussurrou Kaladin. Ele não conseguia se mover. A Luz das Tempestades se esvaíra dele, deixando-o vazio, exausto.

Baixando a lança, Moash perfurou o peito de Elhokar.

Kaladin gritou.

Moash empalou o rei no chão, empurrando para o lado com o pé o principezinho choroso. Ele colocou sua bota contra a garganta de Elhokar para mantê-lo preso, então puxou a lança e perfurou o olho de Elhokar também.

Ele manteve a arma ali, cuidadosamente esperando até que o brilho incipiente ao redor do rei diminuísse e apagasse. A Espada Fractal do rei surgiu da neblina e tilintou no chão ao lado dele.

Elhokar, rei de Alethkar, estava morto.

Moash puxou a lança e viu a Espada Fractal. Então a chutou para o lado. Ele olhou para Kaladin e em silêncio fez a saudação da Ponte Quatro, os pulsos se tocando. A lança que ele segurava pingava com sangue de Elhokar.

A batalha se dispersou. Os homens de Kaladin haviam sido praticamente obliterados; os restantes escaparam ao longo da via solar. Um membro da Guarda da Rainha pegou o jovem príncipe e o carregou para longe. Os homens de Azure recuaram mancando diante dos crescentes exércitos parshemanos.

A rainha desceu as escadas, envolta em fumaça negra, olhos rubros brilhando. Ela havia se transformado, estranhas formações cristalinas despontando de sua pele como uma carapaça. Seu peito refulgia com uma luz forte, como se uma gema houvesse substituído seu coração. Ela brilhava através do vestido.

Kaladin deu as costas para ela e se arrastou rumo ao cadáver do rei. Ali perto, um membro da Guarda da Rainha finalmente o notou, agarrando-o pelo braço.

E então... luz. Luz das Tempestades preencheu a câmara enquanto dois Radiantes disparavam da via solar. Drehy e Skar atravessaram os inimigos, rechaçando-os com golpes de lanças e Projeções.

Um segundo depois, Adolin agarrou Kaladin sob os braços e o puxou para trás.

— Hora de partir, carregadorzinho.

85

FIQUE DE LUTO DEPOIS

Não conte a ninguém. Eu não posso dizer. Preciso sussurrar. Eu previ isso.

—— Da gaveta 30-20, uma esmeralda particularmente pequena

ADOLIN ENTERROU A EMOÇÃO causada pela visão do cadáver de Elhokar. Essa foi uma das primeiras lições de campo de batalha que seu pai havia lhe ensinado.

Fique de luto depois.

Adolin puxou Kaladin ao longo da via solar enquanto Skar e Drehy guardavam sua retirada, encorajando os últimos Guardas da Muralha a correr — ou mancar — até um lugar seguro.

Kaladin seguia cambaleando. Embora não parecesse ferido, tinha um olhar vidrado. Eram os olhos de um homem que trazia o tipo de ferida que não podia ser curada com bandagens.

Eles enfim saíram da via solar para a plataforma do Sacroportal, onde os soldados de Azure continuavam firmes, seus cirurgiões correndo para ajudar os feridos que haviam escapado do banho de sangue na galeria leste. Skar e Drehy pousaram na plataforma, guardando a passagem para a via solar, a fim de impedir que a Guarda da Rainha ou os parshemanos seguissem.

Adolin parou aos tropeços. Dali, podia enxergar a cidade.

Pai das Tempestades.

Dezenas de milhares de parshemanos fluíam pelos portões rompidos ou através de seções próximas da muralha. Figuras brilhando com luz escura zuniam pelo ar; pareciam estar entrando em formação ali perto, talvez para um assalto contra a plataforma do Sacroportal.

Adolin assimilou tudo aquilo e admitiu a terrível verdade. Sua cidade estava perdida.

— Todas as forças, defendam a plataforma. — Ouviu-se dizer. — Mas passem a notícia. Vou levar todo mundo para Urithiru.

— Senhor! — disse um soldado. — Civis estão se aglomerando na base da plataforma, tentando subir os degraus.

— Deixe que subam! — gritou Adolin. — Traga o máximo de pessoas que puder para cá. Defendam contra qualquer inimigo que tente alcançar o topo da plataforma, mas não os ataquem se não pressionarem. Estamos abandonando a cidade. Qualquer um que não esteja na plataforma em dez minutos será deixado para trás!

Adolin correu até o edifício de controle. Kaladin o seguiu, atordoado. *Depois de tudo por que ele passou, não esperava que alguma coisa ainda pudesse abalá-lo. Nem mesmo que Elhokar tenha...*

Raios. Fique de luto depois.

Azure estava de guarda no portal para o edifício de controle, segurando uma bolsa cheia de gemas. Com sorte, seriam o suficiente para levar todos para um local seguro.

— A Luminosa Davar me disse para tirar todo mundo lá de dentro — declarou a alta-marechal. — Tem algo de errado com o dispositivo.

Adolin praguejou entredentes e entrou. Shallan estava ajoelhada no chão diante de um espelho, olhando para si mesma. Atrás, Kaladin entrou também, então se acomodou no chão, com as costas contra a parede.

— Shallan — disse Adolin. — Precisamos ir. *Agora.*

— Mas...

— A cidade caiu. Transfira a plataforma inteira, não só o edifício de controle. Precisamos levar o máximo de pessoas que pudermos para um lugar seguro.

— Meus homens na muralha! — disse Azure.

— Eles estão mortos ou desbaratados — replicou Adolin, trincando os dentes. — Eu também não gosto disso.

— O rei...

— O rei está *morto*. A rainha se juntou ao inimigo. Estou ordenando nossa retirada, Azure. — Adolin fixou o olhar na mulher. — Não ganhamos nada morrendo aqui.

Ela estreitou os lábios, mas não discutiu mais.

— Adolin — sussurrou Shallan —, o coração era um truque. Eu não o espantei... ele partiu porque quis. Acho... Acho que os Esvaziadores abandonaram Kaladin e seus homens depois de uma breve luta *de propósito*. Eles nos deixaram chegar até aqui porque há uma armadilha no Sacroportal.

— Como você sabe? — indagou Adolin.

Shallan inclinou a cabeça para o lado.

— Estou falando com ela.

— Ela?

— Sja-anat. A Captora de Segredos. Ela diz que, se ativarmos o dispositivo, seremos pegos em um desastre.

Adolin respirou fundo.

— Ative mesmo assim.

Ative mesmo assim. Shallan compreendeu o que estava implícito. Como podiam confiar em um antigo espreno de Odium? Talvez ela realmente *houvesse* expulsado o coração de trevas, e, em pânico para impedir que os humanos escapassem, Sja-anat agora estivesse tentando enrolá-los.

Shallan desviou o olhar da figura que implorava no espelho. Os outros não conseguiam vê-la — ela já havia confirmado isso com Azure.

— Padrão? — sussurrou ela. — O que você acha?

— Hmmm... — disse ele baixinho. — Mentiras. Tantas mentiras. Eu não sei, Shallan. Não sei lhe dizer.

Kaladin estava caído contra a parede, olhando sem ver, como se estivesse morto por dentro. Ela não conseguia se lembrar de tê-lo visto em tal estado.

— Se preparem. — Shallan se levantou, invocando Padrão como Espada.

Confiança não é minha, disse a figura no espelho. *Você não dará um lar aos meus filhos. Não ainda.*

Shallan enfiou a Espada na fechadura. Ela se derreteu para corresponder ao formato de Padrão.

Eu vou mostrar a você, disse Sja-anat. *Vou tentar. Minha promessa não é forte, pois não tenho como saber. Mas vou tentar.*

— Tentar o quê? — perguntou Shallan.

Tentar não matar você.

Com essas palavras a assombrá-la, Shallan ativou o Sacroportal.

86

PARA QUE OUTROS POSSAM FICAR DE PÉ

> *Meu espreno alega que registrar isso será bom para mim, então aqui vou eu. Todo mundo diz que vou jurar o Quarto Ideal em breve e, ao fazê-lo, conquistar minha armadura. Mas eu acho que não consigo. Eu não deveria querer ajudar as pessoas?*
>
> —Da gaveta 10-12, safira

Dalinar Kholin estava em posição de sentido, mãos às costas, um pulso contra o outro. Conseguia ver a uma enorme distância da sua sacada em Urithiru — mas eram infinitos quilômetros de nada. Nuvens e rochas. Tanto e tão pouco, ao mesmo tempo.

— Dalinar — disse Navani, indo até ele e pousando as mãos no seu braço. — Por favor. Pelo menos venha para dentro.

Pensavam que ele estava doente. Achavam que seu colapso na plataforma do Sacroportal havia sido causado por problemas cardíacos, ou fadiga. Os cirurgiões haviam sugerido descanso. Mas se ele deixasse a postura cair, se deixasse que as memórias o curvassem, temia ser esmagado por elas.

As memórias do que fizera na Fenda.

As vozes chorosas de crianças, implorando misericórdia.

Ele soterrou suas emoções à força.

— Quais são as notícias? — perguntou, envergonhado pela maneira como sua voz tremia.

— Nenhuma — disse Navani. — Dalinar...

Notícias haviam chegado de Kholinar via telepena, alguma que de algum modo ainda funcionava. Um ataque contra o palácio, uma tentativa de alcançar o Sacroportal.

Do lado de fora, os exércitos reunidos de Kholin, Aladar e Roion se apinhavam em uma das plataformas do Sacroportal de Urithiru, esperando para serem levados a Kholinar para se unirem à batalha. Mas nada havia acontecido. O tempo escoava. Fazia quatro horas desde a primeira comunicação.

Dalinar fechou a boca, os olhos à frente, e fitou a vastidão. Em posição de sentido, como um soldado. Era assim que iria esperar. Muito embora nunca houvesse sido *realmente* um soldado. Ele havia comandado homens, ordenado que recrutas se enfileirassem, inspecionado fileiras. Mas ele mesmo... havia pulado tudo aquilo. Ele lutava em impulsos sangrentos, não em uma formação cuidadosa.

Navani suspirou, deu um tapinha no seu braço, então voltou aos aposentos deles para ficar com Taravangian e um pequeno grupo de escribas e grão-príncipes. Aguardando notícias de Kholinar.

Dalinar ficou ali na brisa, desejando poder esvaziar a mente, se livrar das memórias. Voltar a ser capaz de fingir que era um homem bom. O problema era que havia cedido a um tipo de fantasia, que todo mundo contava sobre ele. Diziam que o Espinho Negro havia sido um terror no campo de batalha, mas ainda assim honesto. Dalinar Kholin lutava com honradez, diziam.

Os gritos de Evi e as lágrimas das crianças assassinadas falavam a verdade. Ah... Ah, *Todo-Poderoso nos céus.* Como ele poderia viver com a dor? Tão fresca, restaurada? Mas por que rezar? Não havia um Todo-Poderoso ouvindo. Se houvesse — e se ele tivesse uma gota de justiça —, Honra teria há muito tempo eliminado desse mundo a fraude que era Dalinar Kholin.

E eu ainda tive a audácia de condenar Amaram por matar um esquadrão inteiro para ganhar uma Espada Fractal. Dalinar havia queimado uma cidade inteira por menos. Milhares e milhares de pessoas.

— Por que você se ligou a mim? — sussurrou Dalinar ao Pai das Tempestades. — Você não deveria ter escolhido um homem justo?

Justo? Você levou justiça àquelas pessoas.

— Aquilo não foi justiça. Foi um massacre.

O Pai das Tempestades trovejou. *Eu também queimei e despedacei cidades. Posso ver... sim, vejo a diferença agora. Vejo dor agora. Não via, antes do laço.*

Será que Dalinar perderia seu laço agora, por ter tornado o Pai das Tempestades cada vez mais consciente da moralidade humana? *Por que* as malditas memórias haviam retornado? Ele não podia ter continuado sem elas mais um pouco? Tempo o bastante para forjar a coalizão, para preparar a defesa da humanidade?

Essa era a rota do covarde. Desejar ignorância. A rota do covarde que ele obviamente seguira — embora não se lembrasse da visita à Guardiã da Noite, sabia o que havia pedido. Alívio daquele fardo terrível. A habilidade de mentir, de fingir que não havia feito coisas tão horrendas.

Ele se virou e voltou aos seus aposentos. Não sabia como encarar aquilo — suportar aquele fardo —, mas hoje ele precisava se concentrar na salvação de Kholinar. Infelizmente, não podia fazer planos de batalha até saber mais sobre a situação da cidade.

Ele adentrou a sala comum, onde o núcleo do seu governo havia se reunido. Navani e os outros estavam sentados em alguns sofás ao redor da telepena, esperando. Tinham disposto mapas de batalha de Kholinar, conversado sobre estratégias, mas então... horas haviam se passado sem notícias.

Era muito frustrante ficar apenas sentado ali, sem nada saber. E isso havia deixado Dalinar com tempo demais para pensar. E recordar.

Em vez de se sentar com os outros, Taravangian havia assumido sua posição usual: um assento diante do fabrial de aquecimento no canto. Com as pernas doendo e as costas rígidas, Dalinar caminhou até lá e finalmente se permitiu sentar-se, grunhindo baixinho enquanto se instalava na cadeira ao lado de Taravangian.

Diante deles, um rubi vermelho-vivo brilhava com calor, substituindo uma fogueira por algo mais seguro, mas sem vida.

— Sinto muito, Dalinar — disse Taravangian finalmente. — Tenho certeza de que logo chegarão notícias.

Dalinar concordou.

— Obrigado pelo que você fez quando os azishianos vieram visitar a torre.

Os azishianos haviam chegado no dia anterior para uma visita inicial, mas Dalinar estava se recuperando do súbito retorno das suas memórias. Bem... para falar a verdade, ele *ainda* estava se recuperando. Dera as boas-vindas, depois se retirara, já que Taravangian havia se oferecido a conduzir o passeio. Navani disse que os dignitários azishianos haviam ficado encantados pelo rei idoso e planejavam voltar em breve para uma reunião mais aprofundada sobre a possibilidade de uma coalizão.

Dalinar se inclinou para a frente, fitando o fabrial de aquecimento. Atrás dele, Aladar e o General Khal conversavam — provavelmente pela centésima vez — sobre como recuperar as muralhas de Kholinar, se elas estivessem perdidas quando o Sacroportal fosse ativado.

— Você já teve a súbita compreensão de que não é o homem que todo mundo pensa que você é? — disse Dalinar em voz baixa.

— Sim — sussurrou Taravangian. — Mais assustadores, contudo, são momentos similares: quando percebo que não sou o homem que *eu* penso que sou.

Luz das Tempestades girava dentro do rubi. Fervilhando. Presa. Aprisionada.

— Nós conversamos certa vez sobre um líder forçado a enforcar um homem inocente ou libertar três assassinos — disse Dalinar.

— Eu lembro.

— Como viver depois de tomar uma decisão como essa? Particularmente se você descobre que fez a escolha errada?

— Esse é o sacrifício, não é? — disse Taravangian baixinho. — Alguém precisa carregar a responsabilidade. Alguém deve sentir o peso dela, ser arruinado por ela. Alguém deve macular a própria alma para que outros possam viver.

— Mas você é um bom rei, Taravangian. Você não chegou ao trono por meio de assassinatos.

— Isso importa? Um homem erroneamente aprisionado? Um assassinato em um beco, que uma força policial apropriada poderia ter evitado? O fardo pelo sangue daqueles que foram injustiçados deve pousar em algum lugar. Eu sou o sacrifício. *Nós*, Dalinar Kholin, somos os sacrifícios. A sociedade nos entrega para atravessar a água suja, para que outros possam ficar limpos. — Ele fechou os olhos. — Alguém precisa cair, para que outros possam ficar de pé.

As palavras eram similares a coisas que Dalinar havia dito e pensado durante anos. Mas a versão de Taravangian de algum modo era perversa, carecendo de esperança e vida.

Dalinar se inclinou para a frente, rígido, sentindo-se velho. Os dois não conversaram por um longo período, até que outros começaram a se mover. Dalinar se levantou, ansioso.

A telepena estava escrevendo. Navani arquejou, levando a mão segura aos lábios. Teshav empalideceu e May Aladar sentou-se novamente, parecendo nauseada.

A telepena parou abruptamente e caiu sobre a página, rolando depois de pousar.

— O quê? — interpelou Dalinar. — O que diz?

Navani olhou para ele, depois desviou o olhar. Dalinar fitou o General Khal, depois Aladar.

O medo envolveu Dalinar como um manto. *Sangue dos meus antepassados.*

— O que diz? — ele implorou.

— A... a capital caiu, Dalinar — sussurrou Navani. — O fervoroso relata que as forças dos Esvaziadores tomaram o palácio. Ele... ele foi interrompido depois de algumas frases. Parece que foi encontrado e...

Ela fechou os olhos com força.

— A equipe que você enviou aparentemente falhou, Luminobre — continuou Teshav e engoliu em seco. — O resto da Guarda da Muralha foi capturado e aprisionado. A cidade caiu. Não há notícias sobre o rei, o Príncipe Adolin, ou os Radiantes. Luminobre... a mensagem para aí.

Dalinar afundou de volta na cadeira.

— Todo-Poderoso no céu — sussurrou Taravangian, seus olhos cinzentos refletindo o brilho do fabrial de aquecimento. — Eu sinto muito, *muito* mesmo, Dalinar.

87

ESSE LUGAR

Boa noite, querida Urithiru. Boa noite, doce Irmane. Boa noite, Radiantes.

— Da gaveta 29-29, rubi

O EDIFÍCIO DE CONTROLE DO Sacroportal sacudiu como se houvesse sido atingido por um pedregulho. Adolin tropeçou, então caiu de joelhos.

O tremor foi seguido por um distinto som de *rasgo*, e um lampejo de luz ofuscante.

Seu estômago revirou.

Ele caiu pelo ar.

Shallan gritou em algum lugar próximo.

Adolin atingiu uma superfície dura e o impacto foi tão brusco que ele rolou para o lado. Isso fez com que ele caísse da borda de uma plataforma de pedra branca.

Ele caiu em algo que cedeu sob ele. Água? Não, a sensação não era exata. Ele se contorceu naquela coisa — não era um líquido, mas *contas*. Milhares e milhares de contas de vidro, cada uma menor do que uma esfera de Luz das Tempestades.

Adolin se debateu, em pânico, enquanto afundava. Ele estava morrendo! Ia morrer e sufocar naquele mar de contas infinitas. Ele...

Alguém pegou sua mão. Azure o puxou para cima e ajudou-o a voltar à plataforma, contas rolando das suas roupas. Ele tossiu, sentindo que estivera se afogando, embora só umas poucas contas houvessem entrado na sua boca.

Pai das Tempestades! Ele grunhiu, olhando ao redor. O céu acima estava errado. Negro como piche, marcado por estranhas nuvens que pareciam se esticar infinitamente na distância — como estradas no céu. Elas conduziam a um sol pequeno e distante.

O oceano de contas se estendia em todas as direções e luzes minúsculas flutuavam sobre elas — milhares e milhares, como chamas de velas. Shallan se aproximou, ajoelhando-se junto dele. Ali perto, Kaladin estava se levantando, se sacudindo. A plataforma de pedra circular era como uma ilha no oceano de contas, mais ou menos onde o edifício de controle havia estado.

Flutuando no ar havia dois enormes esprenos — eles pareciam versões esticadas de pessoas, com cerca de dez metros de altura, parados ali como sentinelas. Um deles era negro como piche, o outro vermelho. Ele pensou de início que fossem estátuas, mas suas roupas tremulavam no ar e eles se mexiam, um deles virando os olhos para baixo para fitá-lo.

— Ah, isso não é nada bom — disse alguém ali perto. — Nada bom mesmo.

Adolin olhou e descobriu que quem havia falado era uma criatura em um traje negro e rígido, como um robe que parecia — de algum modo — feito de pedra. No lugar da sua cabeça havia uma bola cambiante de linhas, ângulos e dimensões impossíveis.

Adolin se levantou de um salto, cambaleando para trás. Quase colidiu com uma jovem de pele branca-azulada, pálida como neve, usando um vestido fino que oscilava ao vento. Outro espreno estava ao lado dela, com feições de um marrom-cinzento que pareciam feitas de cordas esticadas, finas como cabelo. Ela usava roupas esfarrapadas e seus olhos haviam sido arrancados à unha, como uma tela atacada por uma faca.

Adolin olhou ao redor, contando-os. Ninguém mais estava ali no patamar. Aqueles dois enormes esprenos no céu e os três menores na plataforma. Adolin, Shallan, Kaladin e Azure.

Parecia que o Sacroportal só havia levado quem estava dentro do edifício de controle. Mas para *onde*?

Azure olhou para o céu.

— Danação — ela disse baixinho. — Eu *odeio* esse lugar.

FIM DA
PARTE TRÊS

INTERLÚDIOS

VENLI • MEM • SHELER

I-7
EMISSÁRIA

O GRANDIOSO PROPÓSITO DE ODIUM para Venli era transformá-la em uma atração.

— Então, os humanos iniciaram uma guerra para nos exterminar — disse ela à multidão reunida. — Minha irmã tentou negociar, explicar que não tínhamos culpa pelo assassinato do rei deles. Não nos escutaram. Só nos viam como escravos a serem dominados.

A carroça onde ela estava de pé não era um palco particularmente inspirador, mas era melhor do que a pilha de caixas que havia usado na última cidade. Pelo menos sua nova forma — forma emissária — era alta, a mais alta que já usara. Era uma forma de poder e trazia estranhas habilidades, primariamente a capacidade de falar e compreender todos os idiomas.

Isso a tornava perfeita para instruir as multidões de parshemanos alethianos.

— Eles lutaram durante *anos* para nos exterminar — disse ela em Comando. — Não suportavam escravos capazes de pensar, de resistir. Eles trabalharam para nos esmagar, para que não inspirássemos uma revolução!

As pessoas reunidas ao redor da carroça tinham grossas linhas marmorizadas — de vermelho e preto ou branco. O vermelho e o branco de Venli eram muito mais delicados, com torvelinhos intricados.

Ela continuou, falando de modo triunfante no Ritmo de Comando, contando às pessoas — como havia contado a muitas outras — sua história. Ou pelo menos a versão que Odium a instruíra a contar.

Contou a eles que havia descoberto pessoalmente novos esprenos para o laço, criando uma forma que invocava a Tempestade Eterna. A história deixou de fora que Ulim fizera a maior parte do trabalho, dando a ela os segredos da forma tempestuosa. Odium obviamente queria pintar os Ouvintes como um grupo heroico, com Venli como sua brava líder. Os Ouvintes deviam ser o mito fundador do seu império crescente: os últimos da velha geração, que haviam lutado bravamente contra os alethianos, depois se sacrificado para liberar seus irmãos e irmãs escravizados.

Era perturbador que a narrativa dissesse que o povo de Venli agora estava extinto, exceto por ela.

Os ex-escravos ouviram, envolvidos pela sua narrativa. Ela a contava bem; era o esperado, considerando a frequência com que fizera aquilo nas últimas semanas. Ela terminou com o chamado à ação, como fora especificamente instruída.

— Meu povo se foi, unindo-se às eternas canções de Roshar. O dia agora pertence a vocês. Nós nos denominávamos "Ouvintes" devido às canções que ouvíamos. Elas são sua herança, e vocês não devem apenas ouvir, mas cantar. Adotem os ritmos dos seus ancestrais e construam uma nação aqui! Vocês precisam *trabalhar*. Não para os escravagistas que outrora controlavam suas mentes, mas pelo futuro, pelos seus filhos! E por nós. Aqueles que morreram para que vocês pudessem existir.

Eles comemoraram no Ritmo de Empolgação. Era bom de ouvir, mesmo que fosse um ritmo inferior. Venli ouvia algo melhor agora: ritmos novos e poderosos que acompanhavam as formas de poder.

Contudo... ouvir aqueles ritmos antigos despertou algo nela. Uma memória. Ela levou a mão à bolsinha no seu cinto.

Essas pessoas agem de modo tão parecido com os alethianos, pensou. Ela considerava os humanos... severos. Zangados. Sempre demonstrando suas emoções abertamente, reféns do que sentiam. Os ex-escravos eram similares. Até suas piadas eram alethianas, muitas vezes mordazes com aqueles a quem eram mais próximos.

Na conclusão do seu discurso, um espreno do vazio que ela não conhecia conduziu as pessoas de volta ao trabalho. Ela aprendera que existiam três níveis na hierarquia do povo de Odium. Havia os Cantores comuns, que usavam as formas usuais que o povo de Venli também usara. Havia aqueles que eram chamados de Régios, como ela própria, que se distinguiam pelas formas de poder — criadas pelo laço com muitas variedades de esprenos de vazio. No topo estavam os Moldados — embora ela tivesse dificuldade de classificar esprenos como Ulim e os outros. Eles obviamente estavam acima dos Cantores comuns, mas e dos Régios?

Ela não viu humanos na cidade; eles haviam sido aprisionados ou expulsos. Ouvira alguns Moldados dizendo que os exércitos humanos ainda lutavam no oeste de Alethkar, mas a área oriental estava completamente sob o domínio dos Cantores — o que era notável, considerando como havia muito mais humanos do que cantores. O colapso alethiano devia-se em parte à Tempestade Eterna, em parte à chegada dos Moldados, e em parte ao fato dos alethianos terem repetidamente recrutado os homens aptos para suas guerras.

Venli se acomodou na traseira da carroça e uma Cantora feminen trouxe-lhe um copo d'água, que ela aceitou com prazer. Proclamar-se a salvadora de todo um povo dava sede.

A Cantora ficou por perto. Ela usava um vestido alethiano, com a mão esquerda coberta.

— A sua história é realmente verdadeira?

— É claro que é — disse Venli em Arrogância. — Você duvida?

— Não, claro que não! É só que... é difícil de imaginar. Parshemanos *lutando*.

— Chamem-se de Cantores, não de parshemanos.

— Sim. Hã, claro.

A feminen levou a mão ao rosto, como se estivesse envergonhada.

— Use os ritmos para expressar suas desculpas — disse Venli. — Use Apreciação para agradecer a alguém por uma correção, ou Ansiedade para realçar sua frustração. Consolo se estiver realmente arrependida.

— Sim, Luminosa.

Ah, Eshonai. Eles têm um longo caminho pela frente.

A mulher foi embora, apressada. Aquele vestido assimétrico parecia ridículo. Não havia motivo para diferenciar entre os sexos, exceto na forma copulatória. Cantarolando em Zombaria, Venli desceu da carroça, então caminhou pela cidade, cabeça erguida. Os Cantores na sua maioria usavam a forma laboral ou a forma hábil, embora alguns — como a feminen que havia levado a água — usassem a forma erudita, com longas fibras capilares e traços angulosos.

Ela cantarolou em Fúria. Seu povo havia passado *gerações* lutando para descobrir novas formas, e aquelas pessoas ali recebiam uma dúzia de opções? Como eles poderiam valorizar essa bênção sem conhecer a luta? Eles tratavam Venli com deferência, curvando-se como humanos, enquanto ela se aproximava da mansão da cidade. Tinha que admitir que havia algo muito satisfatório nisso.

— Por que *você* está com esse ar satisfeito? — interpelou Rine em Destruição quando Venli entrou.

O Moldado alto esperava junto à janela, flutuando — como sempre — a cerca de um metro do chão, seu manto pendendo e roçando o piso.

O senso de autoridade de Venli se evaporou.

— Tenho a impressão de que estou entre bebês, aqui.

— Se eles são bebês, você é uma criancinha.

Uma segunda Moldada estava sentada no chão em meio às cadeiras. Aquela nunca falava. Venli não sabe o nome da feminen, e considerava seu sorriso constante e olhos fixos... perturbadores.

Venli juntou-se a Rine perto da janela, olhando para os Cantores que povoavam a vila. Trabalhando a terra como agricultores. Suas vidas podiam não ter mudado muito, mas tinham recuperado suas canções. Era o que importava.

— Deveríamos trazer escravos humanos para eles, Ancião — disse Venli em Subserviência. — Temo que haja muita terra aqui. Se realmente deseja que essas vilas alimentem seus exércitos, elas vão precisar de mais trabalhadores.

Rine olhou-a de soslaio. Ela havia descoberto que, se falasse com ele respeitosamente — e na língua antiga —, suas palavras tinham menos probabilidade de ser ignoradas.

— Alguns entre nós concordam com você, criança — replicou Rine.

— O senhor não?

— Não. Teríamos que vigiar os humanos constantemente. A qualquer momento, qualquer um deles pode manifestar poderes do inimigo. Nós o matamos, e ainda assim ele continua lutando através dos seus Manipuladores de Fluxos.

Manipuladores de Fluxos. Tolamente, as antigas canções os elogiavam muito.

— Como eles podem se conectar a esprenos, Ancião? — perguntou ela em Subserviência. — Humanos não... você sabe...

— Tão tímida — disse ele em Zombaria. — Por que é tão difícil mencionar gemas-coração?

— Elas são sagradas e íntimas.

As gemas-coração dos Ouvintes não eram chamativas ou ostentosas, como aquelas dos grã-carapaças. De um branco enevoado, quase da cor de osso, elas eram coisas belas e pessoais.

— Elas são uma parte de vocês — disse Rine. — O tabu dos corpos mortos, a recusa de falar sobre gemas-coração... você não é melhor que os outros lá fora, caminhando por aí com uma das mãos coberta.

O quê? *Aquilo* era injusto. Ela se afinou com Fúria.

— Isso... nos chocou, quando aconteceu pela primeira vez — continuou Rine, por fim. — Os humanos não têm gemas-coração. Como poderiam se conectar com esprenos? Era antinatural. Mas, de algum modo, o laço deles era *mais poderoso que o nosso*. Eu sempre disse a mesma coisa e acredito nisso mais ainda agora: nós temos que exterminá-los. Nosso povo nunca estará seguro neste mundo enquanto os humanos existirem.

Venli sentiu a boca ficar seca. Ao longe, ouviu um ritmo. O Ritmo dos Perdidos? Um ritmo inferior. Ele logo se foi.

Rine cantarolou em Arrogância, então se virou e rosnou um comando para a Moldada louca. Ela se levantou rapidamente e saiu atrás dele enquanto ele flutuava porta afora. Ele provavelmente ia se reunir com os esprenos da cidade. Daria ordens e avisos, o que geralmente só fazia imediatamente antes de deixar alguma cidade e ir para outra. Apesar de ter tirado suas coisas da bolsa, achando que passaria a noite ali, agora Venli suspeitava que logo seguiria adiante.

Ela foi para seu quarto no segundo andar da mansão. Como de costume, o *luxo* daqueles edifícios a impressionava. Camas macias onde parecia que ela poderia afundar. Boa marcenaria. Vasos de vidro soprado e arandelas de cristal nas paredes para conter esferas. Ela sempre detestara os alethianos, que haviam agido como pais benevolentes encontrando crianças a serem educadas. Eles haviam nitidamente ignorado a cultura e os avanços do povo de Venli, de olho apenas nos territórios de caça de grã-carapaças que eles — devido a erros de tradução — decidiram que deviam ser os deuses dos Ouvintes.

Venli tocou os belos redemoinhos no vidro de uma arandela de parede. Como eles haviam colorido parte dele de branco, mas não tudo? Sempre que encontrava coisas assim, ela precisava se forçar a lembrar que o fato de os alethianos serem *tecnologicamente* superiores não os tornava *culturalmente* superiores. Eles apenas tinham acesso a mais recursos. Agora que os Cantores tinham acesso à forma artística, eles também poderiam criar obras como aquela.

Mas ainda assim... era tão bonito. Será que podiam realmente *exterminar* as pessoas que haviam criado redemoinhos tão belos e delicados no vidro? As decorações a lembravam do seu próprio padrão marmóreo.

A bolsinha na sua cintura começou a vibrar. Ela usava uma saia de couro de Ouvinte sob uma camisa justa, com uma camisa folgada por cima. Parte do trabalho de Venli era mostrar aos Cantores que alguém como eles — e não alguma criatura distante e temível do passado — havia trazido as tempestades e os libertado.

Seus olhos se demoraram na arandela, então ela deixou cair a bolsa na mesa de cepolargo. Esferas pularam para fora, junto com um número maior de gemas brutas, que seu povo costumava usar.

O pequeno espreno se elevou de onde havia se escondido em meio à luz. Ele parecia um cometa quando se movia, embora, quando parado, como naquele momento, apenas brilhasse como uma faísca.

— Você é um deles? — perguntou ela baixinho. — Os esprenos que se movem no céu em algumas noites?

Ele pulsou, emitindo um anel de luz que se dissipou como fumaça brilhante. Então começou a zunir pelo quarto, olhando coisas.

— Este quarto não é diferente do último que você olhou — disse ela em Diversão.

O espreno zuniu até a arandela da parede, onde emitiu um pulso de admiração, então foi até a outra idêntica no outro lado da porta.

Venli foi pegar suas roupas e escritos nas gavetas da cômoda.

— Eu não sei por que você permanece comigo. Não pode ser confortável naquela bolsa.

O espreno passou por ela zunindo, olhando dentro da gaveta que ela havia aberto.

— É uma *gaveta* — disse Venli.

O espreno espiou para fora, então pulsou em uma rápida sucessão de piscadas.

Isso é Curiosidade, ela pensou, reconhecendo o ritmo. Ela o cantarolou para si mesma enquanto arrumava suas coisas para a viagem, então hesitou. Curiosidade era um ritmo antigo. Como... Diversão, com o qual ela havia se afinado momentos atrás. Ela podia ouvir os ritmos normais novamente.

Olhou para o pequeno espreno.

— Isso é coisa sua? — interpelou em Irritação.

Ele se encolheu, mas pulsou em Determinação.

— O que você está querendo? Sua raça nos traiu. Arrume um humano para incomodar.

Ele se encolheu mais ainda. Então pulsou novamente em Determinação.

Chatice. Lá embaixo, a porta se abriu bruscamente. Rine já estava de volta.

— Na bolsa — sibilou ela em Comando. — Rápido.

MEM

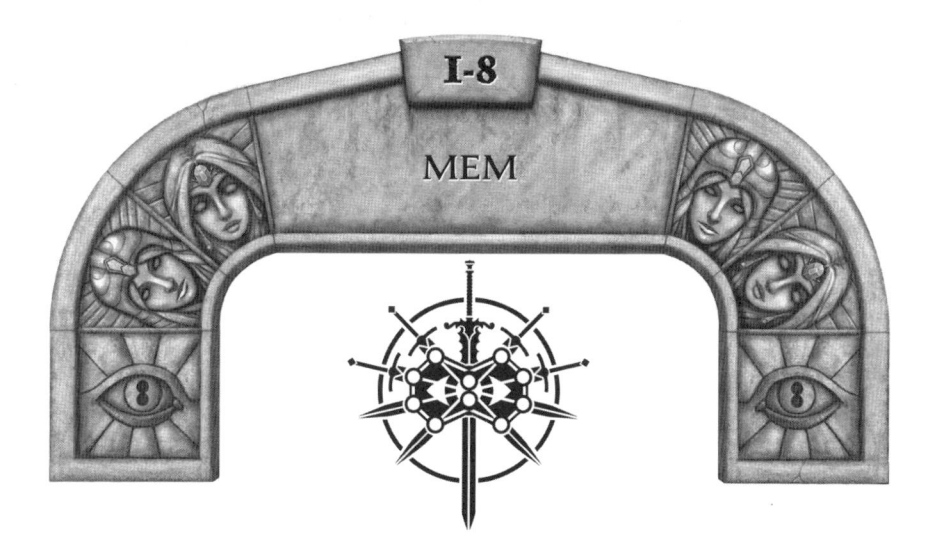

L AVAR ROUPAS ERA UMA arte.
Claro, todo mundo sabia o básico, assim como qualquer criança podia cantarolar uma música. Mas eles sabiam como relaxar as fibras de um vestido de seda marinha teimosa ao colocá-lo em uma salmoura morna, então restaurando sua maciez natural, enxaguando-a e escovando-a na direção do grão? Sabiam identificar a diferença entre uma tintura mineral de Azir e uma tintura floral das encostas vedenas? Era preciso usar sabões diferentes para cada uma.

Mem trabalhava em sua tela, que, no caso, era um par de calças vermelho-vivo. Ela pegou um pouco de sabão em pó — cuja base era gordura suína, misturada com um abrasivo fino — e esfregou em uma mancha. Molhou as calças novamente, então esfregou o sabão com uma escova fina.

Manchas de óleo eram desafiadoras, mas esse homem havia deixado cair sangue no mesmo ponto. Ela precisava tirar a mancha sem desbotar aquele fino vermelho mycalino — conseguido de uma lesma nas margens de Lagopuro — nem arruinar o tecido. Mraize gostava de suas roupas elegantes.

Mem sacudiu a cabeça. O que *era* aquela mancha? Ela teve que testar quatro sabões, então tentar um pouco do seu pó de secagem, antes de conseguir que ela cedesse, então passou para o resto do traje. Horas se passaram. Limpar essa mancha, enxaguar aquela camisa. Pendurá-la diante de todos. Ela não notou a hora até que as outras lavadeiras vedenas começaram a sair em grupos, voltando para seus lares, alguns dos quais estavam vazios e frios, maridos e filhos mortos na guerra civil.

A necessidade de roupas limpas sobrevivia a desastres. O fim do mundo viria, mas isso só significaria mais manchas de sangue para limpar.

Mem finalmente deu um passo para trás, olhando suas araras de secagem, as mãos nos quadris, apreciando o resultado de um dia de trabalho bem-feito.

Secando as mãos, Mem foi verificar sua nova assistente, Pom, que estava lavando roupas de baixo. A mulher de pele escura obviamente era mestiça, tanto oriental quanto ocidental. Ela estava acabando uma regata e não disse nada quando Mem se aproximou.

Raios, por que ninguém a agarrou ainda?, pensou Mem enquanto a linda mulher esfregava a camisa, então a mergulhava, então a esfregava novamente. Mulheres como Pom não costumavam acabar como lavadeiras, embora ela fulminasse com os olhos qualquer homem que se aproximasse demais. Talvez fosse isso.

— Muito bem — disse Mem. — Pendure aquilo para secar e me ajude a pegar o resto.

Elas empilharam as roupas em cestos, então partiram na pequena caminhada pela cidade.

Mem ainda sentia cheiro de fumaça em Vedenar. Não do tipo bom que vinha de padarias, mas das piras enormes que haviam queimado lá na planície. Seu empregador vivia perto dos mercados, em uma grande casa ao lado de alguns destroços — um lembrete de quando armas de cerco haviam feito chover pedras sobre Vedenar.

As duas lavadeiras passaram pelos guardas na frente e subiram os degraus. Mem insistia em não usar a entrada dos criados. Mraize era um dos poucos que aceitava isso.

— Fique perto de mim — disse ela a Pom, que hesitou quando entraram.

Elas seguiram apressadamente através de um longo corredor sem adornos, então subiram uma escadaria. As pessoas diziam que criados eram invisíveis. Mem nunca acreditara nisso, particularmente ao redor de pessoas como Mraize. Não só o administrador da casa notava se alguém mexesse sequer em um candeeiro, como os amigos de Mraize eram do tipo que acompanhavam cuidadosamente todos ao redor. Dois deles estavam diante de uma porta por onde Mem passou, um homem e uma mulher falando baixinho. Os dois tinham espadas e, muito embora não tenham interrompido a conversa enquanto as lavadeiras passavam, ficaram de olho nelas.

Os aposentos de Mraize ficavam no topo de uma escadaria. Ele não estava ali naquele dia — aparecia de vez em quando para deixar a roupa suja, então saía à procura de novos tipos de crem para sujar suas camisas.

Mem e Pom foram até sua alcova primeiro, que era onde ele guardava seus casacos de festa.

Pom se deteve na entrada.

— Pare de enrolar — insistiu Mem, escondendo um sorriso.

Depois de corredores e escadarias vazios e austeros, aquela alcova apinhada de coisas *era* um pouco atordoante. Ela também havia estranhado na sua primeira vez ali. Uma cornija de lareira coberta de curiosidades, cada uma no próprio mostruário de vidro. Tapetes felpudos de Marat. Cinco pinturas da melhor qualidade, cada uma delas de um Arauto diferente.

— Você estava certa — disse Pom atrás dela.

— É claro que eu estava certa — respondeu Mem, pondo sua cesta diante do guarda-roupa do canto. — Mraize... lembre-se, ele não quer ser chamado de "mestre"... tem o melhor e mais refinado gosto. Ele emprega *apenas* os melhores dos...

Ela foi interrompida pelo som de alguma coisa rasgando.

Um som que inspirava terror. O som de uma costura se abrindo, de uma blusa delicada se rasgando ao agarrar em uma parte do tanque. Era o som do desastre materializado. Mem se virou e viu sua nova assistente em cima de uma cadeira, *atacando* uma das pinturas de Mraize com uma faca.

Parte do cérebro de Mem deixou de funcionar. Um lamento escapou do fundo da sua garganta e sua visão se turvou.

Pom estava... ela estava *destruindo uma das pinturas de Mraize.*

— Andei procurando isso — disse Pom, recuando e pondo as mãos nos quadris, ainda de pé sobre a cadeira.

Dois guardas entraram subitamente no cômodo, talvez atraídos pelo ruído. Eles olharam para Pom e seus queixos caíram. Por sua vez, ela virou a faca na mão e apontou de modo ameaçador para os homens.

Então, horror dos horrores, *o próprio Mraize* apareceu por trás dos soldados, usando um casaco de festa e chinelos.

— O que é essa comoção aqui?

Tão *refinado*. Sim, o rosto dele parecia ter visto o lado errado de uma espada algumas vezes. Mas ele tinha um fino gosto para roupas e — naturalmente — para profissionais de manutenção de vestuário.

— Ah! — disse ele, notando Pom. — Finalmente! Bastou a obra-prima do Ungido, então? Excelente!

Mraize empurrou os confusos guardas para fora, então fechou a porta. Ele nem mesmo pareceu notar Mem.

— Anciã, gostaria de beber alguma coisa?

Pom estreitou os olhos para ele, então pulou da cadeira. Ela caminhou rapidamente até Mraize e pousou uma mão no peito dele para empurrá-lo para o lado. Então abriu a porta.

— Eu sei onde está Talenelat — disse Mraize.

Pom parou.

— Sim... vamos beber alguma coisa, que tal? — perguntou Mraize. — Minha *babsk* está ansiosa para falar com você. — Ele olhou para Mem. — Esse é meu traje azishiano de chefe de cavalaria?

— Hã... é...

— Você tirou o éter dele?

— O... o quê?

Ele se aproximou e removeu as calças vermelhas da cesta para inspecioná-las.

— Mem, você é realmente genial. Nem todo caçador usa uma lança, e essa é a prova. Vá até Condwish e diga-lhe que aprovei um bônus de três marcos-de-fogo para você.

— O-obrigada, Mraize.

— Vá coletar seu bônus e saia — disse Mraize. — Veja, você vai precisar encontrar uma nova lavadora para ajudá-la, depois de hoje.

I-9
O VERDADEIRO TRABALHO COMEÇA

*E*SHONAI TERIA ADORADO ISSO, Venli pensou enquanto voava a dezenas de metros no ar. Rine e outros Moldados a carregavam por meio de arreios conectados. Isso fazia com que ela se sentisse um saco de grãos sendo carregado para o mercado, mas fornecia-lhe uma vista incrível.

Intermináveis colinas rochosas. Trechos verdes, frequentemente na sombra das encostas. Florestas espessas emaranhadas com vegetação rasteira apresentavam uma fronte unificada contra as tempestades.

Eshonai teria ficado empolgada, começado a desenhar mapas, falando sobre os lugares para onde poderia ir.

Venli, por outro lado, passava a maior parte daquelas viagens sentindo-se enjoada. Normalmente, não precisava sofrer por muito tempo; as cidades eram próximas umas das outras ali em Alethkar. Mas naquele dia seus ancestrais a levaram voando sobre muitas cidades ocupadas sem parar.

Por fim, o que de início pareceu ser apenas outra crista rochosa se revelou a muralha de uma grande cidade, que tinha facilmente o dobro do tamanho de um dos domos nas Planícies Quebradas.

Edifícios de pedra e torres reforçadas. Maravilhas e milagres. Fazia anos desde que ela vira Kholinar — só aquela vez, quando haviam executado o rei Gavilar. Agora, fumaça se erguia em trechos de toda a cidade e muitas das torres de guarda haviam sido despedaçadas. Kholinar, pelo que parecia, havia sido conquistada.

Rine e seus companheiros zuniam pelo ar, levantando punhos para outros Moldados. Eles observaram a cidade, então voaram para além da muralha e pousaram perto de uma casamata fora da cidade. Esperaram enquanto Venli removia seus arreios e se levantaram no ar só alto o bastante para que a ponta dos seus longos mantos tocasse as pedras.

— Meu trabalho está acabado, Ancião? — indagou Venli em Subserviência. — Foi por isso que finalmente me trouxe aqui?

— Acabado? — disse Rine em Zombaria. — Criança, você nem mesmo começou. Essas pequenas vilas foram só prática. Hoje, seu verdadeiro trabalho começa.

SHELER

— Você tem três opções — disse o general herdaziano. Ele tinha pele escura da cor de uma pedra desgastada, e havia um toque de grisalho em seu bigode. Ele foi até Sheler, então abriu os braços. Curiosamente, alguns homens fixaram algemas *nos pulsos do próprio general.* Mas que Danação era aquela?

— Preste atenção — disse o general. — Isso é importante.

— Nas algemas? — perguntou Sheler em herdaziano. A vida na fronteira o forçara a aprender o idioma. — O que está acontecendo aqui? Você percebe o *problema* em que se meteu ao me capturar?

Sheler começou a se levantar, mas um dos soldados herdazianos o empurrou de volta para baixo com tanta força que seus joelhos bateram no chão duro de pedra da tenda.

— Você tem *três* opções. — As algemas do general tilintaram enquanto ele retorcia as mãos dentro delas. — Primeiro, pode escolher a espada. Ora, essa poderia ser uma morte limpa. Uma boa decapitação raramente dói. Infelizmente, não seria um carrasco que teria essa oportunidade. Nós daremos a espada às mulheres de quem você abusou. Cada uma terá direito a um golpe, uma depois da outra. Quanto tempo levará vai depender delas.

— Isso é *ultrajante*! — disse Sheler. — Sou um olhos-claros do quinto dan! Sou primo do próprio grão-senhor e...

— A segunda opção — continuou o general — é o martelo. Nós quebramos suas pernas e braços, então penduramos você no penhasco junto do oceano. Desse jeito, você pode durar até a próxima tormenta, mas vai ser doloroso.

Sheler lutou inutilmente. Capturado por *herdazianos.* O general deles nem mesmo era um olhos-claros!

O general retorceu as mãos, então as separou. As algemas caíram no chão com um estalo. Ali perto, vários dos oficiais sorriram, enquanto outros grunhiram. Uma escriba havia contado o tempo e forneceu um relatório dos segundos que a escapada levara.

O general aceitou os aplausos de vários homens, então deu um tapa nas costas de outro — um dos perdedores da aposta. Por um instante, pareceu até que tinham se esquecido de Sheler. Finalmente, o general se voltou para ele de novo.

— Eu não escolheria o martelo, se fosse você. Mas existe uma terceira opção: o porco.

— Eu *exijo* o direito de resgate! — declarou Sheler. — Você *precisa* entrar em contato com meu grão-príncipe e aceitar pagamento baseado na minha patente!

— Resgate é para homens aprisionados em batalha — replicou o general. — Não para desgraçados pegos roubando e assassinando civis.

— Minha terra natal está sendo invadida! — berrou Sheler. — Eu estava reunindo recursos para que pudéssemos montar uma resistência!

— *Não foi* uma resistência que pegamos você montando. — O general chutou as algemas para perto dos pés dele. — Escolha logo uma das três opções. Não tenho o dia inteiro.

Sheler umedeceu os lábios. Como havia acabado naquela situação? Sua terra natal enlouquecida, os parshemanos atacando, seus homens dispersados por monstros *voadores*? Agora isso? Os malditos herdazianos obviamente não tinham bom senso. Eles...

Espere.

— Você disse *porco*? — indagou Sheler.

— Ele vive perto da costa — disse o general herdaziano. — Essa é a sua terceira opção. Vamos untá-lo com óleo e você luta com o porco. Os homens gostam de assistir. Eles precisam de diversão de vez em quando.

— E, se eu fizer isso, você não vai me matar?

— Não, mas não é tão fácil quanto parece. Eu mesmo tentei, então posso falar com autoridade.

Herdazianos malucos.

— Eu escolho o porco.

— Como preferir.

O general pegou as algemas e entregou-as ao seu oficial.

— Eu tinha certeza de que você ia fracassar com essas aqui — comentou o oficial. — O comerciante alegou que foram feitas pelos melhores ferreiros thaylenos.

— Não importa quão boa é a tranca, Jerono, se as algemas são frouxas — disse o general com um grande sorriso.

Que homenzinho ridículo — sorriso largo demais, um nariz achatado, um dente faltando. Ora, o Grão-Senhor Amaram teria...

Sheler foi puxado bruscamente pelas correntes para ficar de pé, então levado pelo acampamento dos soldados herdazianos na fronteira alethiana. Havia mais refugiados ali do que combatentes de verdade! Se dessem a Sheler uma única companhia, ele desbarataria aquela força inteira.

Seus captores insuportáveis conduziram-no a uma encosta, além dos penhascos e rumo à costa. Soldados e refugiados se reuniram acima, zombando e xingando. Obviamente, o general herdaziano tinha medo demais de efetivamente *matar* um oficial alethiano. Então eles o humilhariam fazendo com que lutasse com um porco. Dariam uma boa risada, então o mandariam de volta surrado.

Idiotas. Ele voltaria com um exército.

Um homem prendeu a corrente de Sheler a um aro de metal nas pedras. Outro se aproximou com um jarro de óleo. Eles o derramaram sobre a cabeça de Sheler, que cuspiu enquanto o líquido corria sobre seu rosto.

— Que *fedor* é esse?

Acima, alguém soprou uma corneta.

— Eu diria "boa sorte", patrão — disse o soldado herdaziano para Sheler enquanto seu companheiro saía correndo —, mas apostei três marcos que o senhor não dura um minuto inteiro. Ainda assim, quem sabe? Quando o general foi acorrentado aqui, conseguiu escapar em menos tempo que isso.

O oceano começou a se agitar.

— Mas é claro que o general gosta desse tipo de coisa. Ele é meio esquisito.

O soldado disparou de volta para a ribanceira, deixando Sheler acorrentado, coberto pelo óleo de odor forte e de boca aberta ao ver uma enorme garra irromper da superfície do oceano.

Talvez "o porco" fosse um algum tipo de apelido.

I-11
SUA RECOMPENSA

A PEQUENA ESPRENA DE VENLI — que ela havia batizado de Timbre — espiou ao redor do cômodo, olhando em cada canto e cada sombra, como fazia toda vez que Venli a deixava sair da bolsinha.

Dias haviam se passado desde que Venli chegara em Kholinar. E, como Rine havia prevenido, aquele era seu verdadeiro trabalho. Venli agora fazia sua apresentação uma dúzia de vezes por dia, falando para grupos de Cantores que eram levados para fora da cidade só para assisti-la. Ela não tinha permissão de entrar em Kholinar. Eles a mantinham isolada naquele abrigo de tempestade externo, que chamavam de o eremitério.

Venli cantarolou em Despeito enquanto se recostava contra a parede, irritada com o encarceramento. Até a janela só havia sido instalada — cortada por uma Espada Fractal e com pesadas persianas de tempestade — depois de repetidas solicitações. A cidade lá fora a chamava. Muralhas majestosas, lindos edifícios. Lembrava-lhe de Narak... que, na verdade, seu povo não havia construído. Ao viver lá, os Ouvintes haviam aproveitado os esforços dos antigos humanos, assim como humanos modernos haviam lucrado com Cantores escravizados.

Timbre flutuou sobre ela, então pairou perto da janela, como que para escapulir e dar uma olhada lá fora.

— Não — disse Venli.

Timbre pulsou em Determinação, então avançou lentamente pelo ar.

— Fique aqui dentro — disse Venli em Comando. — Estão procurando esprenos como você. Descrições do seu tipo, e de outros, foram espalhadas por toda a cidade.

A pequena esprena recuou, pulsando em Irritação, antes de parar no ar diante de Venli, que pousou a cabeça nos seus braços.

— Sinto-me como uma relíquia — sussurrou. — Já pareço uma ruína abandonada de um tempo quase esquecido. É você o motivo de eu me sentir assim? Só fico desse jeito quando deixo você sair.

Timbre pulsou em Paz. Ao ouvir isso, algo despertou dentro de Venli: o espreno de vazio que ocupava sua gema-coração. Aquele espreno não podia pensar, não como Ulim ou os esprenos de vazio superiores. Era uma coisa feita de emoções e instintos animais, mas o laço com ele concedia a Venli sua forma de poder.

Ela começou a ponderar. Muitos dos Moldados eram obviamente desequilibrados; talvez suas vidas excessivamente longas houvessem desgastado suas psiques. Será que Odium não precisava de novos líderes para sua gente? Se ela provasse seu valor, poderia reivindicar um lugar entre eles?

Novos Moldados. Novos... deuses?

Eshonai sempre se preocupara com a sede de poder de Venli e a prevenira a controlar suas ambições. Mesmo Demid às vezes se preocupara com ela. E agora... e agora eles estavam todos mortos.

Timbre pulsou em Paz, depois em Imploração, depois de volta em Paz.

— Eu não posso — disse Venli em Lamentação. — Não posso.

Imploração. Mais insistente. O Ritmo dos Perdidos, da Recordação, e então Imploração.

— Eu sou a pessoa errada — disse Venli em Irritação. — Não posso fazer isso, Timbre. Não posso resistir a ele.

Imploração.

— Eu *fiz* isso acontecer — disse ela em Fúria. — Não percebe? Fui eu quem *causou tudo isso*. Não implore para mim!

A esprena se encolheu, sua luz diminuindo. Mas ainda assim ela pulsava em Determinação. Esprena idiota. Venli levou a mão à cabeça. Por que... Por que não estava mais zangada com o que acontecera com Demid, Eshonai e os outros? Poderia realmente pensar em se juntar aos Moldados? Aqueles monstros insistiam que seu povo se fora e ignoravam suas perguntas sobre os milhares de Ouvintes que haviam sobrevivido à Batalha de Narak. Teriam todos... *todos* sido transformados em Moldados? Venli não deveria estar pensando nisso, em vez de nas suas ambições?

Uma forma muda a maneira como você pensa, Venli. Todo mundo sabia disso. Eshonai havia palestrado — incessantemente, como era o jeito dela

— sobre não deixar a forma ditar suas ações. *Controle a forma, não deixe que ela controle você.*

Mas, também, Eshonai havia sido exemplar. Uma general e uma heroína. Eshonai havia cumprido seu dever.

Tudo que Venli sempre quis era o poder.

Timbre subitamente pulsou com um lampejo e zuniu para debaixo da cama, apavorada.

— Ah — disse Venli em Lamentação, olhando para além da cidade rumo ao súbito escurecimento do céu. A Tempestade Eterna. Ela vinha a cada nove dias, e aquela era a segunda vez desde sua chegada. — Então foi por isso que eles não trouxeram um grupo para me ouvir esta noite.

Ela dobrou os braços, respirou fundo e cantarolou em Determinação até que perdeu o fio da meada e mudou inconscientemente para o Ritmo de Destruição. Não fechou a janela. Ele não gostaria disso. Em vez disso, fechou os olhos e prestou atenção no trovão. O relâmpago fulgurou além das suas pálpebras, vermelho e berrante. O espreno dentro dela *saltou* para senti-lo, e ela ficou empolgada, o Ritmo de Destruição crescendo dentro de si.

Seu povo se fora, mas isso... esse *poder* valia a pena. Como poderia não abraçá-lo?

Por quanto tempo você pode continuar sendo duas pessoas, Venli? Ela pareceu ouvir a voz de Eshonai. *Por quanto tempo vai vacilar?*

A tempestade chegou, o vento passando com força pela janela, levantando-a... e ela adentrou algum tipo de visão. O edifício desapareceu e ela foi sacudida em meio à tempestade — mas sabia que, depois que ela passasse, não estaria ferida.

Venli por fim caiu sobre uma superfície rígida. Ela murmurou em Destruição e abriu os olhos, percebendo que estava em uma plataforma no alto do céu, muito acima de Roshar, que era um globo azul e marrom. Atrás dela havia um profundo e negro nada, maculado apenas por um minúsculo brilho que poderia ser uma única estrela.

Aquela estrela branco-amarelada se expandiu na direção dela a uma velocidade impressionante, inchando, crescendo, até que a atordoasse com uma chama incrível. Venli sentiu a pele derreter, a carne se queimando.

Você não está contando a história bem o bastante, declarou a voz de Odium, falando na língua antiga. *Está ficando inquieta. Os Moldados me informaram. Isso vai mudar ou você será destruída.*

— S-sim... senhor.

Falar queimou sua língua. Ela já não enxergava; o fogo levara seus olhos. Dor. Agonia. Mas ela *não podia se abater*, pois o deus diante dela exigia toda sua atenção. A dor do seu corpo sendo consumido não era nada em comparação com *ele*.

Você é minha. Lembre-se disso.

Ela foi completamente vaporizada.

E despertou no chão do seu eremitério, os dedos sangrando por ter arranhado a pedra novamente. Os trovões da tempestade estavam distantes — ela havia vagueado durante horas. Ficara queimando durante todo aquele tempo?

Tremendo, ela fechou os olhos com força. Sua pele derretendo, seus olhos, sua língua queimando até sumir...

O Ritmo de Paz a resgatou, e ela soube que Timbre flutuava ao lado dela. Venli rolou no chão e gemeu, olhos ainda fechados, procurando Paz na própria mente.

Não encontrou o ritmo. A presença de Odium estava fresca demais; em vez disso, o espreno dentro dela tamborilava em Anseio.

— Não posso fazer isso — sussurrou ela em Escárnio. — Você pegou a irmã errada.

A irmã errada havia morrido. A irmã errada havia sobrevivido.

Venli havia conspirado para trazer os deuses deles de volta.

Aquela era a sua recompensa.

PARTE
QUATRO

Desafie! Cante Inícios!

ADOLIN • SHALLAN • KALADIN
DALINAR • NAVANI • SZETH
TARAVANGIAN • VENLI

88

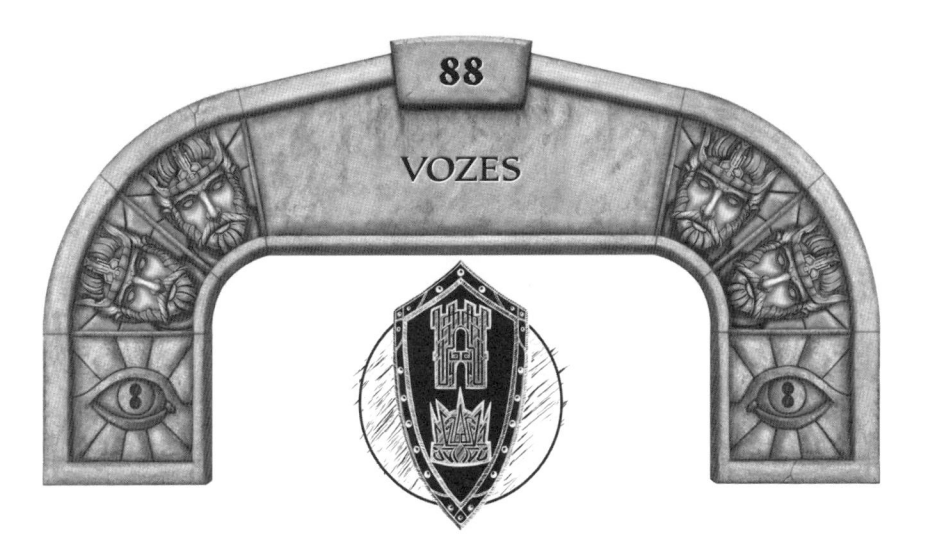

VOZES

OITO ANOS ATRÁS

Gavilar estava começando a parecer cansado.

Dalinar estava nos fundos da sala do rei, escutando sem prestar atenção. O rei falava com os herdeiros dos grão-príncipes, mantendo-se em assuntos seguros, como os planos para vários projetos civis em Kholinar.

Ele parece tão velho, pensou Dalinar. *Grisalho antes da hora. Ele precisava de algo para revigorá-lo.* Uma caçada, talvez?

Dalinar não precisava participar da reunião; seu trabalho era ser intimidador. Ocasionalmente, um dos homens mais jovens olhava de soslaio para o canto da sala e via o Espinho Negro ali nas sombras. Vigiando.

Ele via fogo refletindo nos olhos deles e ouvia o choro de crianças no fundo da mente.

Não seja fraco, pensou Dalinar. *Faz quase três anos.*

Três anos vivendo com o que ele havia feito. Três anos definhando em Kholinar. Ele pensara que melhoraria.

Só estava piorando.

Sadeas cuidadosamente modificara as notícias sobre a destruição da Fenda para favorecer o rei. Ele dissera ser lamentável que o povo da Fenda houvesse forçado a ação dos Kholin ao matar a esposa de Dalinar, e chamou de infortúnio que a cidade houvesse se incendiado durante o combate. Gavilar censurara publicamente Dalinar e Sadeas por "perder a cidade para as chamas", mas sua crítica às pessoas da Fenda fora muito mais ácida.

A implicação era clara. Gavilar não *queria* soltar o Espinho Negro. Nem mesmo ele podia prever que tipo de destruição Dalinar causaria. Obviamente, tais medidas eram um último recurso — e ultimamente todo mundo cuidava para oferecer a ele várias outras opções.

Tão eficiente. Só havia custado uma única cidade. E possivelmente a sanidade de Dalinar.

Gavilar sugeriu aos olhos-claros reunidos que acendessem um fogo na lareira, para se aquecerem. Bem, esse era o sinal de que Dalinar podia partir; ele não *suportava* o fogo. A fumaça cheirava a pele queimando e o crepitar das chamas só fazia com que ele se lembrasse dela.

Dalinar escapuliu pela porta dos fundos, saindo para um corredor no terceiro andar rumo aos seus aposentos. Ele se mudara com os filhos para o palácio real. O seu próprio palácio fazia com que se lembrasse demais dela.

Raios. Estar naquele recinto — vendo o medo nos olhos dos convidados de Gavilar — tornara a dor e as memórias particularmente agudas. Sentia-se melhor em alguns dias. Outros... eram como hoje. Ele precisava de uma boa dose do seu armário de vinhos.

Infelizmente, enquanto se aproximava pelo corredor curvo, sentiu o cheiro de incenso no ar. Vindo dos seus aposentos? Renarin o estava queimando novamente.

Dalinar parou, como se houvesse topado com algo sólido, então deu meia-volta e foi embora. Era tarde demais, infelizmente. Aquele cheiro... era o cheiro *dela*.

Ele foi até o segundo andar, passando por tapetes vermelhos como sangue, corredores ladeados por pilastras. Onde conseguir algo para beber? Não podia ir até a cidade, onde as pessoas morriam de medo dele. As cozinhas? Não, não imploraria para um dos chefes de cozinha do palácio — que por sua vez iria na ponta dos pés até o rei e fofocaria que o Espinho Negro andara enchendo a cara de vinho roxo novamente. Gavilar reclamava do quanto Dalinar bebia, mas o que mais os soldados faziam quando não estavam na guerra? Ele não merecia um pouco de relaxamento, depois de tudo que fizera pelo reino?

Voltou-se para a sala do trono do rei, que estaria vazia, já que o rei estava usando sua saleta. Passou pela entrada dos servos e adentrou uma pequena antessala, onde a comida era preparada antes de ser servida ao rei. Usando uma esfera safira para iluminar, Dalinar se ajoelhou e vasculhou um dos armários. Geralmente deixavam algumas safras raras ali para impressionar visitantes.

Os armários estavam vazios. Danação. Ele não encontrou nada além de panelas, bandejas e copos. Alguns sacos de temperos herdazianos. Ele se irritou, batendo na bancada. Teria Gavilar descoberto que Dalinar estava indo ali, e mudado o vinho de lugar? O rei o considerava um bêbado, mas Dalinar só se embriagava de vez em quando. Nos dias ruins. A bebida aquietava os sons de pessoas chorando no fundo de sua mente.

Pranto. Crianças queimando. Implorando aos pais para salvá-las das chamas. E a voz de Evi acompanhando todas elas...

Quando escaparia disso? Estava se transformando em um covarde! Pesadelos quando tentava dormir. Pranto em sua mente sempre que via fogo. Que os raios levassem Evi por fazer aquilo com ele! Se ela tivesse agido como uma adulta, em vez de uma criança... se ela tivesse sido capaz de encarar o *dever* ou só a *realidade* apenas uma vez... não teria sido morta.

Ele foi pisando duro até o corredor e topou com um grupo de jovens soldados. Eles se apressaram a abrir caminho e o saudaram. Dalinar inclinou a cabeça como resposta, tentando esconder sua expressão tempestuosa.

O general consumado. Era isso que ele era.

— Pai?

Dalinar parou bruscamente. Nem havia notado que Adolin estava entre os soldados. Aos quinze anos, o rapaz estava se tornando alto e bonito. Herdara a primeira característica de Dalinar. Naquele dia, Adolin vestia um traje da moda, com um excesso de bordados e botas com detalhes em prata.

— Esse não é um uniforme padrão, soldado — disse Dalinar.

— Eu sei! — respondeu Adolin. — Foi feito sob medida!

Raios... Seu filho estava virando um almofadinha.

— Pai — disse Adolin, se adiantando e fazendo uma saudação entusiasmada com o punho. — Você recebeu minha mensagem? Eu tenho um duelo marcado com Tenathar. Pai, ele está entre os duelistas *classificados*. É mais um passo para conquistar minha Espada! — O filho sorriu feliz para Dalinar.

As emoções guerreavam dentro dele. Memórias de bons anos passados com seu filho em Jah Keved, cavalgando ou ensinando-lhe a espada.

Memórias dela. A mulher de quem Adolin havia herdado aquele cabelo loiro e aquele sorriso. Tão genuíno. Dalinar não trocaria a sinceridade de Adolin por cem soldados em uniformes apropriados.

Mas ele também não podia encará-lo naquele momento.

— Pai? — chamou Adolin.

— Você está de uniforme, soldado. Seu tom é informal demais. Foi assim que o ensinei a agir?

Adolin corou, então fez uma expressão mais solene. Ele não murchou sob as palavras duras. Quando censurado, Adolin apenas *tentava com mais empenho*.

— Senhor! — disse o rapaz. — Eu ficaria orgulhoso se pudesse assistir ao meu duelo esta semana. Acho que vai gostar do meu desempenho.

Criança tormentosa. Quem podia negar-lhe qualquer coisa?

— Estarei lá, soldado. E assistirei com orgulho.

Adolin sorriu, fez uma saudação, então correu de volta para se juntar aos outros. Dalinar foi embora o mais rápido que pôde, para se afastar daquele cabelo, daquele sorriso maravilhoso — e perturbador.

Bem, agora ele precisava de uma bebida mais do que antes. Mas ele *não* ia implorar para os cozinheiros. Tinha outra opção, que com certeza até mesmo seu irmão — por mais astuto que Gavilar fosse — não teria considerado. Ele desceu outra escadaria e alcançou a galeria leste do palácio, passando por fervorosos com cabeças raspadas. Era um sinal de seu desespero ir até ali, encarando a condenação nos olhos deles.

Ele se esgueirou pela escadaria até as profundezas do edifício, adentrando corredores que conduziam até as cozinhas em uma direção, até as catacumbas na outra. Depois de algumas voltas, chegou ao Pórtico dos Pedintes: um pequeno pátio entre as pilhas de esterco e os jardins. Ali, um grupo de pessoas na miséria esperava pela comida que Gavilar distribuía depois do jantar.

Alguns pediram dinheiro a Dalinar, mas um olhar raivoso fez com que os miseráveis esfarrapados recuassem e se encolhessem de medo. Nos fundos do pórtico, ele encontrou Ahu encolhido nas sombras, entre duas grandes estátuas religiosas, suas costas voltadas para os pedintes, as mãos estendidas para os jardins.

Ahu era um sujeito esquisito, mesmo para um pedinte maluco. Com cabelos negros e emaranhados e uma barba descuidada, sua pele era escura para um alethiano. Suas roupas eram meros farrapos, e ele fedia mais do que o adubo.

De algum modo, ele sempre tinha uma garrafa.

Ahu riu para Dalinar.

— Você me viu?

— Infelizmente. — Dalinar se ajeitou no chão. — Também senti seu cheiro. O que você está bebendo hoje? É melhor que não seja água desta vez, Ahu.

Ahu balançou uma garrafa robusta e escura.

— Num sei o que é isso, garotinho. O gosto é bom.

Dalinar provou um gole e silvou. Um vinho que queimava, sem nenhuma doçura. Branco, embora não reconhecesse a safra. Raios... já tinha um cheiro embriagante.

Dalinar deu uma golada, então devolveu a garrafa para Ahu.

— Como estão as vozes?

— Baixinhas, hoje. Cantando sobre me despedaçar. Comer minha carne. Beber meu sangue.

— Que agradável.

— Hehe. — Ahu se aconchegou contra os galhos da cerca viva, como se fosse seda macia. — Ótimo. Nada mal, garotinho. E os seus ruídos?

Em resposta, Dalinar estendeu a mão. Ahu entregou-lhe a garrafa. Dalinar bebeu, dando boas-vindas ao embotamento da mente que aquietaria o choro.

— *Aven begah* — disse Ahu. — É uma bela noite para meu tormento, e nada de mandar que os céus se aquietem. Onde está minha alma, e quem é esse na minha cara?

— Você é um homenzinho esquisito, Ahu.

Ahu riu em resposta e acenou, pedindo o vinho. Depois de um gole, ele o devolveu a Dalinar, que limpou a saliva do pedinte com sua camisa. Que os raios levassem Gavilar por colocá-lo naquela situação.

— Eu gosto de você — disse Ahu para Dalinar. — Eu gosto da dor nos seus olhos. Dor amigável. Dor companheira.

— Obrigado.

— Qual deles pegou você, garotinho? — indagou Ahu. — O Pescador Negro? A Mãe dos Monstros, o Sem-rosto? Moelach está perto. Posso ouvir sua respiração, suas unhas arranhando o tempo como um rato abrindo um buraco na parede.

— Não faço ideia do que você está falando.

— Loucura — respondeu Ahu, então deu uma risadinha. — Eu costumava pensar que não era minha culpa. Mas você sabe que não podemos escapar do que fizemos. *Nós* os deixamos entrar. *Nós* os atraímos, ficamos amigos deles, os tiramos para dançar e os cortejamos. É *nossa culpa*. Você se abre para a coisa e paga o preço. Eles rasgaram meu cérebro e o fizeram dançar! Eu fiquei olhando.

Dalinar fez uma pausa, a garrafa a meio caminho dos lábios. Então ele a estendeu para Ahu.

— Beba isso. Você precisa.

Ahu aceitou.

Algum tempo depois, Dalinar cambaleou de volta aos seus aposentos, sentindo-se bastante *sereno* — completamente ébrio e sem nenhuma criança chorosa ecoando. Na porta, parou e olhou de volta para o corredor. Onde... Ele não conseguia se lembrar do caminho de volta do Pórtico dos Pedintes.

Olhou para seu casaco desabotoado, a camisa branca manchada de sujeira e bebida. *Hum...*

Uma voz soou pela porta fechada. Era Adolin que estava lá dentro? Dalinar se sobressaltou, então recuperou o foco. Raios, ele fora até a porta errada.

Outra voz. Seria Gavilar? Dalinar se inclinou mais para perto.

— Estou preocupado com ele, tio — disse a voz de Adolin.

— Seu pai nunca se acostumou a ficar sozinho, Adolin — replicou o rei. — Ele sente falta da sua mãe.

Idiotas, pensou Dalinar. Não sentia falta de Evi. Ele queria se *livrar* dela.

Ainda que... sofresse agora que ela se fora. Era por isso que ela chorava por ele com tanta frequência?

— Ele está lá com os pedintes de novo — disse outra voz lá de dentro. Elhokar? Aquele menininho? Por que ele soava como um homem? Ele só tinha... que idade? — Tentou primeiro a antessala de serviço. Parece ter esquecido que bebeu todo o estoque de lá da última vez. Honestamente, se houver uma garrafa escondida em qualquer lugar deste palácio, aquele tolo bêbado a encontra.

— Meu pai *não* é um tolo! — protestou Adolin. — Ele é um grande homem, e você deve a ele...

— Paz, Adolin — disse Gavilar. — Vocês dois, controlem a língua. Dalinar é um soldado. Ele vai lutar e superar a situação. Talvez possamos distraí-lo da sua perda com uma viagem. Quem sabe para Azir?

As vozes deles... Acabara de se livrar do choro de Evi, mas ouvir aquilo a trouxera de volta. Dalinar trincou os dentes e cambaleou até a porta certa. Ali dentro, encontrou o sofá mais próximo e desabou.

PARTE DO MAR DAS LVZES PERDIDAS

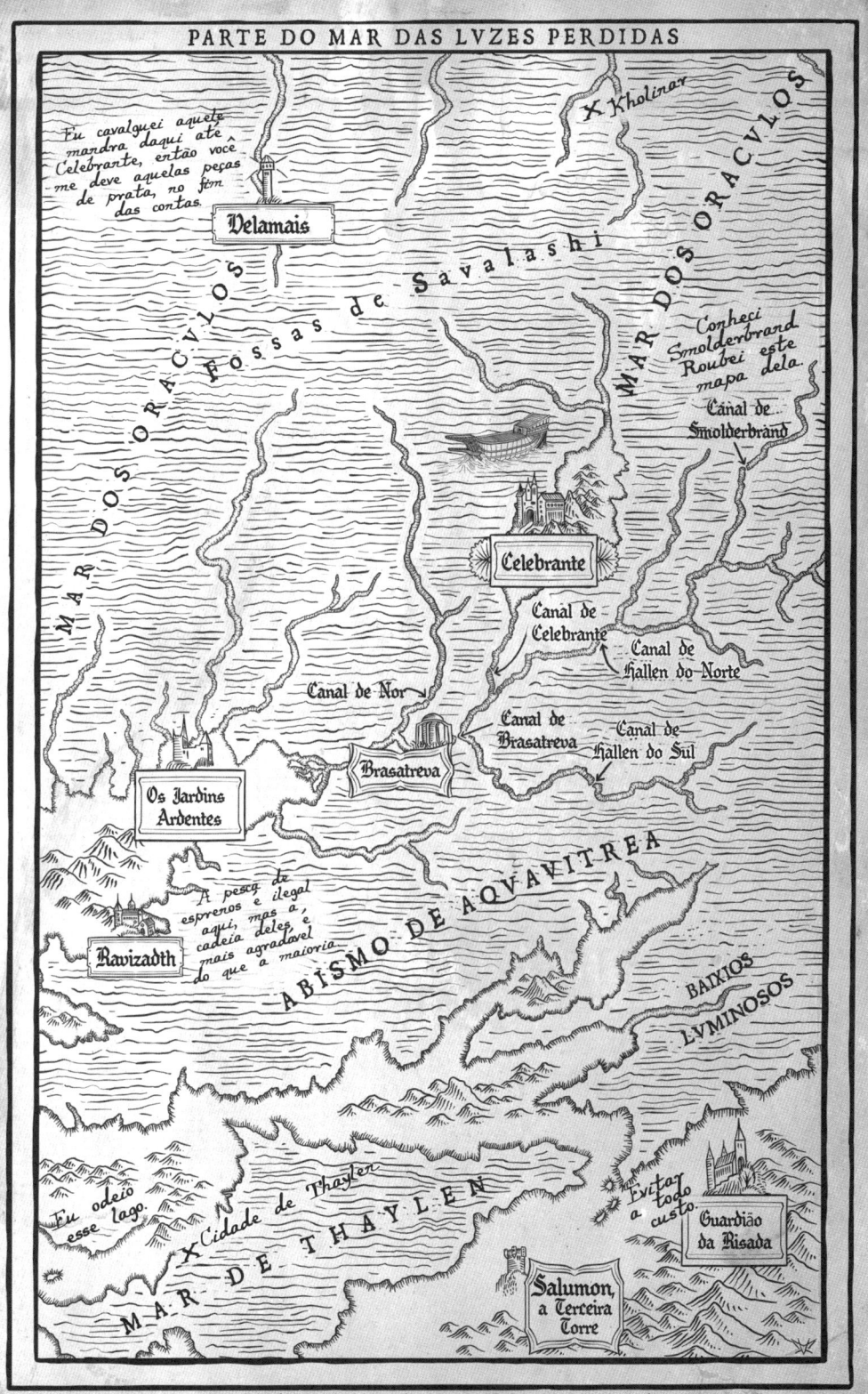

Eu cavalguei aquele mandra daqui até Celebrante, então você me deve aquelas peças de prata, no fim das contas.

Velamais

× Kholinar

MAR DOS ORACVLOS

Fossas de Savalashi

MAR DOS ORACVLOS

Conheci Smolderbrand. Roubei este mapa dela.

Canal de Smolderbrand

Celebrante

Canal de Celebrante

Canal de Hallen do Norte

Canal de Nor

Canal de Brasatreva

Canal de Hallen do Sul

Brasatreva

Os Jardins Ardentes

A pesca de espremos é ilegal aqui, mas a cadeia deles é mais agradável do que a maioria.

Ravizadth

ABISMO DE AQVAVITREA

BAIXIOS LVMINOSOS

Eu odeio esse lago.

× Cidade de Thaylen

MAR DE THAYLEN

Evitar a todo custo.

Guardião da Risada

Salumon, a Terceira Torre

Meu mapa pessoal da área solicitada, incluindo anotações de missões anteriores.

89

DANAÇÃO

> *Minha pesquisa sobre os Desfeitos me convenceu de que essas coisas não eram simplesmente "espíritos do vazio" ou "nove sombras que se moviam na noite". Cada um deles era um tipo específico de espreno, dotado de vastos poderes.*

—Da *Mítica* de Hessi, página 3

A DOLIN NUNCA HAVIA SE incomodado em imaginar a Danação.

Teologia era para mulheres e escribas. Ele tinha se dedicado a seguir sua Vocação, se tornando o melhor espadachim que pudesse. Os fervorosos haviam-lhe dito que isso era o suficiente, que ele não precisava se preocupar com coisas como a Danação.

Contudo, lá estava ele, ajoelhado em uma plataforma de mármore branco com um céu negro sobre sua cabeça, um frio sol — se podia ser chamado assim — pairando no final de uma estrada de nuvens. Um oceano de contas de vidro em movimento, tilintando umas contra as outras. Dezenas de milhares de chamas, como a ponta de lâmpadas de óleo, flutuando sobre aquele oceano.

E os esprenos. Esprenos terríveis e horrendos se apinhavam no oceano de contas, dotados de uma multidão de formas abomináveis. Eles se retorciam e se contorciam, uivando com vozes inumanas. Ele não reconheceu nenhuma das variedades.

— Estou morto — sussurrou Adolin. — Estamos mortos, e aqui é a Danação.

Mas e a bela esprena branco-azulada? A criatura com a túnica rígida e um símbolo impossível e hipnotizante no lugar da cabeça? E a mulher com os olhos arranhados? E aqueles dois enormes esprenos acima deles, com lanças e...

A Luz explodiu à esquerda de Adolin. Kaladin Filho da Tempestade, sugando poder, flutuou no ar. Contas tilintaram e todos os monstros na massa frenética se viraram — em sincronia — para se fixar em Kaladin.

— Kaladin! — gritou a garota espreno. — Kaladin, eles se alimentam de Luz das Tempestades! Você vai chamar a atenção deles. A atenção de *tudo*.

— Drehy e Skar... — disse Kaladin. — Nossos soldados. Onde eles estão?

— Eles ainda estão do outro lado — respondeu Shallan, se levantando ao lado de Adolin. A criatura com a cabeça retorcida tomou o braço dela, ajudando-a a se firmar. — Raios, eles podem estar mais seguros do que nós. Estamos em Shadesmar.

Algumas das luzes próximas desapareceram; chamas de velas se apagando.

Muitos esprenos nadavam rumo à plataforma, se juntando ao grupo cada vez maior que se agitava ao redor dela, o que causou um tumulto nas contas. A maioria era de longas criaturas semelhantes a enguias, com cristas ao longo das costas e antenas púrpuras que se agitavam como línguas e que pareciam feitas de líquido espesso.

Abaixo delas, bem no fundo das contas, algo enorme se deslocou, fazendo com que as contas rolassem umas sobre as outras em pilhas.

— Kaladin! — gritou a garota azul. — Por favor!

Ele olhou para ela e pareceu vê-la pela primeira vez. A Luz desapareceu dele, e Kaladin caiu — com força — na plataforma.

Azure segurava sua fina Espada Fractal, o olhar fixo nas coisas que nadavam através das contas ao redor da plataforma. A única que não parecia assustada era a estranha espreno com olhos arranhados e a pele feita de pano áspero. Seus olhos eram... não eram órbitas vazias. Em vez disso, ela parecia um retrato de onde os olhos haviam sido raspados.

Adolin se arrepiou.

— Então... — disse ele. — Alguma ideia do que está acontecendo?

— Não estamos mortos — rosnou Azure. — Chamam este lugar de Shadesmar. É o reino do pensamento.

— Eu tenho vislumbres deste lugar quando Transmuto — disse Shallan. — Shadesmar se sobrepõe ao mundo real, mas muitas coisas são invertidas aqui.

— Passei por aqui quando cheguei à terra de vocês, um ano atrás — acrescentou Azure. — Tive guias, naquela ocasião, e tentei não olhar para coisas malucas demais.

— Inteligente — disse Adolin.

Ele estendeu a mão para o lado para invocar sua própria Espada Fractal.

A mulher com os olhos arranhados esticou a cabeça na direção dele de uma maneira anormal, então *guinchou*, emitindo um uivo longo e lancinante.

Adolin cambaleou para longe, quase colidindo com Shallan e seu... seu espreno? Aquele era Padrão?

— Essa é a sua espada — disse Padrão com uma voz animada; ele não tinha uma boca identificável. — Hmmm. Ela está bem morta. Não acho que você possa invocá-la aqui. — Ele inclinou para o lado sua cabeça bizarra, olhando para a Espada de Azure. — A sua é diferente. Muito curioso.

A coisa lá no fundo, debaixo da plataforma, se deslocou novamente.

— Isso provavelmente é ruim — observou Padrão. — Hmmm... sim. Esses esprenos acima de nós são as almas do Sacroportal, e o que está lá no fundo abaixo de nós é provavelmente um dos Desfeitos. Ele deve ser muito grande nesse lado.

— Então, o que fazemos? — indagou Shallan.

Padrão olhou para uma direção, depois para outra.

— Sem barco. Hmmm. Sim, isso *é* um problema, não é?

Adolin girou ao redor. Alguns dos esprenos semelhantes a enguias subiram na plataforma, usando pernas atarracadas que Adolin não havia visto antes. Aquelas antenas púrpuras se esticaram na direção dele, balançando...

Esprenos de medo, ele entendeu. Esprenos de medo eram pequenas bolhas de gosma roxa cuja aparência era exatamente igual às pontas daquelas antenas.

— Precisamos sair desta plataforma — disse Shallan. — Todo o resto é secundário. Kaladin... — Ela parou de falar ao olhar para ele.

O carregador de pontes estava de joelhos na pedra, de cabeça baixa, ombros caídos. Raios... Adolin fora forçado a carregá-lo para longe da batalha, entorpecido e arrasado. Parecia que aquela emoção o alcançara novamente.

O espreno de Kaladin — Adolin só podia deduzir que era essa a identidade da garota bonita de azul — estava ao lado dele, com uma das mãos pousada protetoramente em suas costas.

— Kaladin não está bem — disse ela.

— Tenho que estar bem — respondeu Kaladin com uma voz rouca enquanto se levantava novamente.

Seu cabelo comprido caía sobre o rosto, obscurecendo seus olhos. Raios. Mesmo cercado por monstros, o carregador conseguia parecer ameaçador.

— Como chegamos a um lugar seguro? Não posso voar sem atrair atenção.

— Este lugar é o inverso do nosso mundo — disse Azure. Ela recuou da longa antena que explorava em sua direção. — Onde há grandes corpos d'água em Roshar, aqui teremos terra, correto?

— Hmm — fez Padrão, concordando.

— O rio? — perguntou Adolin. Ele tentou se orientar, olhando além das milhares de luzes flutuantes. — Ali.

Ele apontou para um calombo que mal conseguia identificar à distância. Como uma longa ilha. Kaladin olhou naquela direção, franzindo o cenho.

— Podemos nadar nessas contas?

— Não — disse Adolin, lembrando-se de como era cair naquele oceano. — Eu...

As contas chocalhavam e tilintavam enquanto a coisa enorme se avolumava abaixo delas. Ali perto, um único pináculo de rocha irrompeu para a superfície, alto e negro. Ele emergiu como um pico de montanha se elevando lentamente do mar, contas chocalhando em ondas ao redor dele. Enquanto crescia até a altura de um edifício, uma *junta* apareceu. Raios. Não era um pináculo ou uma montanha... era uma garra.

Mais garras emergiram em outras direções. Uma mão gigantesca estava se estendendo através das contas de vidro. Lá no fundo, um batimento cardíaco começou a soar, sacolejando as contas.

Adolin cambaleou para trás, horrorizado, e quase escorregou para o oceano de contas. Ele mal conseguiu manter o equilíbrio e viu-se cara a cara com a mulher que tinha arranhões em vez de olhos. Ela o fitou, completamente sem emoção, como que esperando que ele invocasse sua Espada Fractal para que pudesse gritar novamente.

Danação. Não importava o que dizia Azure, ele com certeza estava na Danação.

— O QUE EU FAÇO? — sussurrou Shallan.

Ela se ajoelhou sobre a pedra branca da plataforma, procurando entre as contas. Cada uma delas passava a impressão de um objeto do Reino Físico. Um escudo caído. Um vaso do palácio. Um cachecol.

Ali perto, centenas de pequenos esprenos — parecidos com *pessoinhas* verdes ou alaranjadas, só que com poucos centímetros de altura — estavam escalando entre as esferas. Ela os ignorou, procurando a alma de alguma coisa que pudesse ajudar.

— Shallan — disse Padrão, se ajoelhando. — Eu não acho... Eu não acho que Transmutação vá ajudar em nada... Ela vai mudar um objeto no outro reino, mas não aqui.

— O que eu *posso* fazer aqui?

Aqueles espinhos, garras ou fosse lá o que fossem se ergueram ao redor deles, inevitáveis, mortais.

Padrão zumbiu, as mãos unidas às costas. Seus dedos eram lisos demais, como se houvessem sido cinzelados em obsidiana. A cabeça dele mudava e cambiava, percorrendo sua sequência — a massa esférica nunca se repetia, mas de algum modo era sempre ele.

— Minha memória... Eu não lembro.

Luz das Tempestades, pensou Shallan. Jasnah lhe dissera para nunca entrar em Shadesmar sem Luz das Tempestades. Shallan puxou uma esfera do bolso — ela ainda usava o traje de Véu. As contas ali perto reagiram, tremendo e rolando na direção dela.

— Hmmm... — disse Padrão. — Perigoso.

— Eu duvido que permanecer aqui seja melhor — replicou Shallan.

Ela sugou um pouco de Luz, apenas o equivalente a um marco. Como antes, os esprenos não pareceram notar o uso dela tanto quanto notavam o de Kaladin. Ela pousou a mão livre contra a superfície do oceano. Contas pararam de rolar e, em vez disso, se reuniram sob sua mão. Quando ela pressionou para baixo, as contas resistiram.

Bom primeiro passo, pensou, sugando mais Luz das Tempestades. As contas se juntaram ao redor da sua mão, se aglomerando, rolando umas sobre as outras. Ela praguejou, preocupada em logo ter apenas uma grande pilha de contas.

— Shallan — disse Padrão, cutucando uma das contas. — Talvez isso?

Era a alma do escudo que ela havia sentido anteriormente. Moveu a esfera para sua mão segura, então pressionou a outra mão no oceano. Ela usou a alma daquela conta como um guia — parecido com o modo como usava uma Lembrança como base ao fazer um desenho — e as outras contas obedientemente se juntaram e se fixaram, formando uma imitação do escudo.

Padrão subiu nele, então pulou para cima e para baixo alegremente. O escudo dela sustentou-o sem afundar, embora ele parecesse tão pesado quanto uma pessoa comum. Ia servir. Agora ela precisava de algo grande o suficiente para comportar todos eles. Pensando melhor, de preferência, precisava de duas coisas.

— Você, moça da espada! — chamou Shallan, apontando para Azure. — Venha cá me ajudar. Adolin, você também. Kaladin, veja se consegue botar medo neste lugar com sua carranca.

Azure e Adolin se aproximaram rapidamente.

Kaladin se virou, franzindo o cenho.

— O quê?

Não pense sobre aquele ar assombrado nos olhos dele, pensou Shallan. *Não pense no que você fez ao nos trazer para cá, ou em como isso aconteceu. Não pense, Shallan.*

A mente dela se esvaziou, como se estivesse se preparando para um desenho, então se agarrou à sua tarefa.

Encontrar uma saída.

— Pessoal, essas chamas são as almas de pessoas, enquanto essas esferas representam as almas de objetos. Sim, há grandes implicações filosóficas nisso. Vamos tentar ignorá-las, está bem? Ao tocarem em uma conta, vocês devem ser capazes de sentir o que ela representa.

Azure embainhou sua Espada Fractal e se ajoelhou, apalpando as esferas.

— Eu sinto... Sim, cada uma delas passa uma impressão.

— Precisamos da alma de alguma coisa longa e plana. — Shallan mergulhou as mãos nas esferas, de olhos fechados, deixando as impressões a envolverem.

— Não consigo sentir nada — disse Adolin. — O que estou fazendo de errado?

Ele soava atordoado, mas Shallan não pensaria nisso. Pronto. Roupas finas que não haviam sido tiradas do baú por muito, muito tempo. Tão velhas que viam a poeira como parte de si.

Frutas murchando, que compreendiam seu propósito: se decompor e grudar suas sementes na rocha, onde, com sorte, resistiriam às tempestades tempo o bastante para brotar e se enraizar.

Espadas, recentemente brandidas e exultando com seu propósito cumprido. Outras armas pertencentes a homens mortos, lâminas que tinham a mais tênue noção de que haviam falhado de algum modo.

Almas vivas pululavam, um enxame adentrando a câmara de controle do Sacroportal. Uma delas tocou Shallan. Drehy, o carregador de pontes. Por um breve momento, ela *sentiu* como era ser ele. Preocupado com Kaladin. Em pânico por não haver ninguém no comando, porque ele mesmo teria que assumir o comando. Ele não era um comandante. Não se podia ser um rebelde quando se estava no comando. Ele gostava que lhe dissessem o que fazer — desse modo ele podia encontrar um método de fazer tal coisa com estilo.

As preocupações de Drehy fizeram com que as suas próprias aflorassem. *Os poderes dos carregadores vão sumir sem Kaladin. O que vai ser de Vathah, Rubro e Ishnah? Eu não...*

Foco. Algo se estendeu do fundo da sua mente, agarrou esses pensamentos e sentimentos e puxou-os para a escuridão. Eles se foram.

Ela tocou uma conta com os dedos. Uma porta grande, como o portal de um forte. Shallan agarrou a esfera e passou-a para a mão segura. Infelizmente, a conta seguinte que ela tocou era o *palácio* em si. Momentaneamente atordoada pela sua majestade, Shallan ficou boquiaberta. Ela estava segurando o palácio inteiro na sua *mão*.

Grande demais. Ela deixou a conta cair e continuou procurando.

Lixo que ainda se via como um brinquedo de criança.

Um cálice feito de pregos derretidos, tirados de um edifício antigo.

Isso. Ela pegou uma esfera e a infundiu com Luz das Tempestades. Um edifício se elevou diante dela, feito inteiramente de contas: uma cópia do edifício de controle do Sacroportal. Ela conseguiu fazer com que seu teto se elevasse cerca de um metro acima da superfície, a maior parte do edifício afundando nas profundezas. O telhado estava ao seu alcance.

— Subam! — gritou ela.

Manteve a réplica fixada enquanto Padrão se apressava em subir no teto. Adolin foi o próximo, seguido por aquele espreno fantasmagórico e por Azure. Finalmente, Kaladin pegou sua bolsa e caminhou com seu espreno para o telhado.

Shallan juntou-se a eles com o auxílio de uma das mãos de Adolin. Ela agarrou a esfera que era a alma do edifício e tentou fazer com que a estrutura de contas se movesse através do mar, como uma balsa.

Ela resistiu, ficando ali imóvel. Bem, Shallan tinha outro plano. Passou rapidamente para o outro lado do telhado e se esticou, segurada por Padrão, para tocar o mar outra vez. Usou a alma da enorme porta para fazer outra plataforma. Padrão saltou para baixo, seguido por Adolin e Azure.

Quando todos estavam precariamente empilhados na porta, Shallan se desfez do edifício, que desabou atrás deles, as contas caindo em um tumulto, assustando alguns dos pequenos esprenos verdes que rastejavam entre as contas próximas.

Shallan reconstruiu o edifício do outro lado da porta, com apenas o teto aparecendo. Eles atravessaram em fila.

Foram progredindo assim — seguindo do edifício para a porta e da porta para o edifício —, avançando aos pouquinhos rumo àquela terra distante. Cada repetição consumia Luz das Tempestades, embora ela pudesse recuperar parte de cada criação antes que desabasse. Alguns dos esprenos semelhantes a enguias com longas antenas os seguiram, curiosos, mas os outros tipos — e havia dezenas — deixaram que passassem sem lhes dar muita atenção.

— Hmm... — disse Padrão. — Muita emoção do outro lado. Sim, isso é bom. Isso os distrai.

O trabalho era cansativo e tedioso, mas, passo a passo, Shallan moveu-os para longe do caos fervilhante da cidade de Kholinar. Eles passaram pelas luzes assustadas das almas, pelos esprenos famintos que se banqueteavam com as emoções do outro lado.

— Hmm... — sussurrou Padrão. — Veja, Shallan. As luzes das almas não estão mais desaparecendo. As pessoas devem estar se rendendo em Kholinar. Eu sei que você não gosta da destruição dos membros da sua espécie.

Isso *era* bom, mas não inesperado. Os parshemanos nunca haviam massacrado civis, embora ela não soubesse ao certo o que havia acontecido com os soldados de Azure. Ela torcia com fervor para que eles houvessem conseguido escapar ou se render.

Shallan teve que fazer seu grupo passar assustadoramente perto de dois dos espinhos que haviam emergido das profundezas, mas eles não deram sinal de tê-los notado. Mais além, alcançaram um espaço mais calmo entre as contas. Um lugar onde o único som vinha do tilintar do vidro.

— Ela os corrompeu — sussurrou o espreno de Kaladin.

Shallan fez uma pausa, enxugando a testa com um lenço tirado da bolsa. Estavam distantes o bastante para que as luzes das almas em Kholinar fossem apenas uma luminosidade difusa.

— O que disse, espreno? — perguntou Azure. — Corrompeu?

— É por isso que estamos aqui. O Sacroportal... vocês se lembram dos dois esprenos no céu? Aqueles dois são a alma do portal, mas a cor vermelha... Eles devem ser Dele agora. É por isso que terminamos aqui, em vez de irmos para Urithiru.

Sja-anat disse que ela deveria nos matar. Mas que tentaria não fazer isso.
Shallan enxugou novamente a testa, então voltou ao trabalho.

A DOLIN SENTIA-SE INÚTIL.
Durante toda sua vida, tinha compreendido. Aprendera a duelar com facilidade. As pessoas pareciam gostar dele naturalmente. Até no seu momento mais sombrio — no campo de batalha, vendo os exércitos de Sadeas recuarem, abandonando a ele e a seu pai —, havia *entendido* o que estava acontecendo.

Naquele dia, não. Era só um garotinho confuso na Danação.

Naquele dia, Adolin Kholin não era nada.

Ele pisou em outra cópia da porta. Tiveram que se amontoar quando Shallan dispensou o telhado atrás deles, fazendo com desabasse, depois passou espremida em meio a todo mundo para erguer outra cópia do edifício.

Adolin sentia-se pequeno. Tão pequeno. Foi na direção do telhado. Kaladin, contudo, permaneceu de pé na porta, olhando o vazio. Syl, seu espreno, puxou a mão dele.

— Kaladin? — chamou Adolin.

Kaladin finalmente se sacudiu e cedeu à insistência de Syl. Ele caminhou até o telhado. Adolin o seguiu, então pegou a bolsa de Kaladin — deliberadamente, mas com firmeza — e jogou-a sobre o próprio ombro. Kaladin permitiu. Atrás, o portal se desfez novamente no oceano de contas.

— Ei — disse Adolin. — Vai ficar tudo bem.

— Eu sobrevivi à Ponte Quatro — rosnou Kaladin. — Sou forte o bastante para sobreviver a isso.

— Tenho certeza de que você pode sobreviver a qualquer coisa. Raios, carregadorzinho, acho que o Todo-Poderoso usou para construir você o mesmo material que usou nas Espadas Fractais.

Kaladin deu de ombros, mas, enquanto caminhavam até a próxima plataforma, sua expressão tornou-se distante outra vez. Ele ficava parado enquanto os outros se moviam. Quase como se esperasse que sua ponte se dissolvesse e o jogasse no mar.

— Não consegui fazer com que enxergassem — sussurrou Kaladin. — Não consegui... não consegui protegê-los. Eu deveria ser capaz de *proteger* pessoas, não deveria?

— Ei — disse Adolin. — Você realmente acha que aquele espreno esquisito com os olhos bizarros é a minha espada?

Kaladin se sobressaltou e se concentrou nele, depois fechou a cara.

— Sim, Adolin. Pensei que isso estivesse claro.

— Eu só estava me perguntando. — Adolin olhou sobre o ombro e estremeceu. — O que você acha deste lugar? Já ouviu falar de alguma coisa assim?

— Você *precisa* mesmo conversar agora, Adolin?

— Estou assustado. Eu falo quando estou assustado.

Kaladin olhou para ele como se suspeitasse do que Adolin estava fazendo.

— Eu sei pouco deste lugar — respondeu ele, por fim. — Mas acho que é onde os esprenos nascem...

Adolin fez com que ele continuasse falando. Conforme Shallan criava cada nova plataforma, Adolin tocava de leve o ombro ou o braço de Kaladin e o carregador de pontes dava um passo à frente. O espreno de Kaladin flutuava ali perto, mas deixou que Adolin conduzisse a conversa.

Lentamente, eles se aproximaram da faixa de terra, que se mostrou ser formada por uma pedra vítrea de um negro profundo. Meio parecida com obsidiana. Adolin fez com que Kaladin atravessasse até a terra, então o acomodou ali com seu espreno. Azure veio em seguida, com seus ombros caídos. Na verdade, o... o *cabelo* dela estava desbotando. Era muito estranho; Adolin viu-o desbotar de um preto alethiano para um tênue cinza enquanto ela se sentava. Devia ser outro efeito daquele lugar estranho.

O quanto ela conhecia Shadesmar? Ele estivera tão concentrado em Kaladin que não havia pensado em interrogá-la. Infelizmente, estava tão cansado agora que tinha dificuldade em pensar direito.

Adolin voltou para a plataforma enquanto Padrão saía. Shallan parecia estar prestes a desmoronar. Ela cambaleou e a plataforma se rompeu. Ela conseguiu agarrá-la e felizmente os dois só mergulharam em contas até a cintura antes que seus pés tocassem o chão. As pequenas bolas de vidro pareciam deslizar e se mover com facilidade demais, sem sustentar o peso deles.

Adolin teve que praticamente arrastar Shallan pela maré de contas até a margem. Ali, ela desabou de costas, grunhindo e fechando os olhos.

— Shallan? — chamou ele, se ajoelhando ao lado dela.

— Estou bem. Só exigiu... concentração. Visualização.

— Nós precisamos encontrar outra maneira de voltar ao nosso mundo — disse Kaladin, sentado ali perto. — Não podemos descansar. Eles estão lutando. Precisamos ajudar.

Adolin olhou para seus companheiros. Shallan estava deitada no chão; seu espreno havia se juntado a ela, deitado em uma postura similar e olhando para o céu. Azure estava curvada para a frente, com sua pequena Espada Fractal no colo. Kaladin continuava a olhar para o nada com olhos perturbados, sua esprena flutuando perto dele, preocupada.

— Azure, é seguro aqui, nesta terra? — perguntou Adolin.

— Tão seguro quanto possível em Shadesmar — respondeu ela, a voz cansada. — Este lugar pode ser perigoso se você atrair os esprenos errados, mas não há nada que possamos fazer quanto a isso.

— Então acampamos aqui.

— Mas... — disse Kaladin.

— Vamos acampar — repetiu Adolin, gentil, mas firme. — Nós mal conseguimos ficar de pé, carregador.

Kaladin não discutiu mais. Adolin vasculhou a margem do rio, embora a cada passo parecesse estar carregando pedras. Encontrou uma pequena depressão na pedra vítrea e — com alguma insistência — fez com que os outros se deslocassem para lá.

Enquanto eles faziam leitos improvisados com seus casacos e bolsas, Adolin olhou uma última vez para a cidade, testemunhando a queda da sua terra natal.

Raios, pensou. *Elhokar... Elhokar está morto.*

O pequeno Gav havia sido levado e Dalinar estava planejando abdicar. O terceiro na linha de sucessão era... O próprio Adolin.

Rei.

90

RENASCIDO

Tenho feito meu melhor para separar fato de ficção, mas os dois se combinam como tintas misturadas no que diz respeito aos Esvaziadores. Cada um dos Desfeitos tem uma dúzia de nomes, e os poderes atribuídos a eles variam de fantasiosos a apavorantes.

— Da *Mítica* de Hessi, página 4

Szeth-filho-filho...
Szeth-filho...
Szeth, Insincero...
Szeth. Só Szeth.

Szeth de Shinovar, outrora chamado de Assassino de Branco, havia renascido. Na maior parte.

Os Rompe-céus sussurraram a respeito. Nin, Arauto da Justiça, o restaurara depois da sua derrota na tempestade. Como a maioria das coisas, a morte não era algo que Szeth pudesse reivindicar. O Arauto havia usado um tipo de fabrial para curar seu corpo antes de o espírito partir.

Quase não dera tempo, contudo. Seu espírito não havia se reconectado apropriadamente ao corpo.

Szeth caminhava com os outros no campo de pedra diante da sua pequena fortaleza, com vista para o Lagopuro. O ar era úmido, quase como o da sua terra natal, embora não tivesse cheiro de terra ou de vida. Cheirava a alga marinha e pedra molhada.

Havia cinco outros candidatos, todos mais jovens que Szeth. Ele era o mais baixo do grupo e o único que mantinha a cabeça raspada. Era parcialmente calvo, mesmo quando não raspava o cabelo.

Os outros cinco mantinham distância dele. Talvez devido à maneira como ele deixava uma aura brilhante ao se mover: um sinal da reconexão inadequada da sua alma. Nem todos podiam vê-la, mas aqueles homens podiam. Estavam perto o bastante dos Fluxos.

Ou talvez o temessem devido à espada negra em uma bainha de prata que ele usava presa às costas.

Ah, é o lago!, disse a espada em sua mente. Ela tinha uma voz entusiasmada que não parecia distintamente feminina ou masculina. *Você deveria me desembainhar, Szeth! Eu adoraria ver o lago. Vasher diz que há peixes mágicos aqui. Isso não é interessante?*

— Eu fui alertado, espada-nimi, a não sacar você, exceto em caso de extrema emergência — lembrou Szeth. — E só se eu estiver portando muita Luz das Tempestades, ou você se alimentará da minha alma.

Ora, eu não faria isso, disse a espada e bufou. *Não o acho nada maligno, e só destruo coisas malignas.*

A espada era um teste interessante, dada a ele por Nin, o Arauto — chamado de Nale, Nalan ou Nakku pela maioria dos pisapedras. Mesmo depois de semanas carregando a espada negra, Szeth não compreendia o que a experiência deveria lhe ensinar.

Os Rompe-céus se organizaram para assistir aos candidatos. Havia cerca de cinquenta ali, sem contar as dezenas que supostamente estavam em missões. Eram *tantos*. Uma ordem inteira de Cavaleiros Radiantes havia sobrevivido à Traição e estava vigiando a chegada da Desolação por dois mil anos, constantemente renovando seus membros quando alguns morriam de velhice.

Szeth se juntaria a eles. Aceitaria o treinamento, que Nin havia prometido que ele receberia, então viajaria para sua terra natal de Shinovar. Ali, ele levaria justiça àqueles que o exilaram por falsos pretextos.

Ousarei levar um julgamento a eles?, perguntou-se parte dele. *Ousarei confiar em mim mesmo com a espada da justiça?*

A espada respondeu. *Você? Szeth, acho que você é muito confiável. E sei julgar bem as pessoas.*

— Eu não estava falando com você, espada-nimi.

Eu sei. Mas você estava errado, então eu tive que lhe dizer. Ei, as vozes parecem quietas hoje. Isso é bom, não é?

Mencioná-las trouxe os sussurros à atenção de Szeth. Nin não havia curado sua loucura, que considerava um efeito da conexão de Szeth com os poderes, e dissera que ele estava ouvindo ecos do Reino Espiritual. Memórias dos mortos que havia matado.

Szeth não os temia mais. Havia morrido e sido forçado a retornar. Havia falhado em se juntar às vozes, e agora elas... elas não tinham poder sobre ele, certo?

Por que, então, ainda chorava à noite, apavorado?

Um dos Rompe-céus deu um passo adiante. Ki era uma mulher de cabelos dourados, alta e imponente. Rompe-céus usavam os trajes dos protetores da lei locais — então ali, em Marabethia, vestiam um manto estampado e um saiote colorido. Ki não usava camisa, só um pano amarrado ao redor do peito.

— Candidatos — disse ela em azishiano —, vocês foram trazidos aqui porque um Rompe-céu pleno deu testemunho da dedicação e da solenidade de vocês.

Ela é chata, disse a espada. *Onde está Nale?*

— Você também o achava chato, espada-nimi — sussurrou Szeth.

É verdade, mas coisas interessantes aconteciam ao redor dele. Temos que dizer a ele que você deveria me desembainhar com mais frequência.

— Seu primeiro treinamento já foi completado — disse Ki. — Vocês viajaram com os Rompe-céus e se uniram a eles em uma das suas missões. Vocês foram avaliados e considerados dignos do Primeiro Ideal. Proclamem-no. Vocês conhecem as Palavras.

Vasher me desembainhava o tempo todo, disse a espada em um tom ressentido.

— Vida antes da morte — disse Szeth, fechando os olhos. — Força antes da fraqueza. Jornada antes do destino.

Os outros cinco entoaram o Ideal em alta voz. Szeth sussurrou-o para as vozes que o chamavam das trevas. Que elas vissem. Ele levaria justiça aos causadores daquilo tudo.

Esperara que o primeiro juramento restaurasse sua habilidade de usar Luz das Tempestades — algo que havia perdido junto com sua arma anterior. Contudo, quando pegou uma esfera do bolso, foi incapaz de acessar a Luz.

— Ao pronunciar esse ideal, você é oficialmente perdoado por quaisquer delitos ou pecados — disse Ki. — Temos a papelada assinada pelas autoridades apropriadas para essa região. Para avançar entre nossas fileiras, e para aprender as Projeções, vocês vão precisar que um mestre o tome como escudeiro. Então poderão declarar o Segundo Ideal. A partir daí, terão que impressionar um grão-espreno e formar um laço... tornando-se Rompe-céus plenos. Hoje vocês vão fazer o primeiro de muitos testes. Embora nós façamos a avaliação, lembrem-se de que a decisão final do seu sucesso ou fracasso pertence aos grão-esprenos. Vocês têm alguma pergunta?

Nenhum dos outros candidatos disse nada, então Szeth pigarreou.

— Há cinco Ideais. Nin me contou isso. Vocês já falaram todos?

— Faz séculos que ninguém domina o Quinto Ideal — disse Ki. — É possível se tornar um Rompe-céu pleno falando o Terceiro Ideal, o Ideal da Dedicação.

— Podemos... saber quais são os Ideais? — indagou Szeth.

Por algum motivo, pensara que os Ideais seriam escondidos dele.

— Naturalmente — disse Ki. — Você não encontrará jogos aqui, Szeth-filho-Neturo. O Primeiro Ideal é o Ideal da Radiância. Você já o falou. O segundo é o Ideal da Justiça, um voto de procurar e administrar justiça. O Terceiro Ideal, o Ideal da Dedicação, exige que você primeiro tenha se ligado a um grão-espreno. Quando fizer isso, você vai jurar se dedicar a uma verdade maior, um código a seguir. Ao alcançar isso, você vai aprender Divisão, o segundo, e mais perigoso, dos Fluxos que praticamos.

— Algum dia você pode alcançar o Quarto Ideal: o Ideal da Cruzada — explicou outro Rompe-céu. — Nessa ocasião, você pode escolher uma busca pessoal e completá-la para a satisfação do seu grão-espreno. Depois de obter sucesso, você pode se tornar um mestre, como nós.

Purificar Shinovar, pensou Szeth. Essa seria sua busca.

— O que é o Quinto Ideal? — perguntou ele.

— O Ideal da Lei — disse Ki. — Ele é difícil. Você deve se tornar a lei, se tornar a verdade. Como eu disse, faz séculos que ninguém o alcança.

— Nin me disse que devemos *seguir* a lei... algo externo, já que os homens são mutáveis e indignos de confiança. Como podemos nos tornar a lei?

— A lei deve vir de algum lugar — disse outro dos mestres Rompe-céus. — Você não vai jurar esse voto, então não se apegue a isso. Os três primeiros bastam para a maioria dos Rompe-céus. Fui do Terceiro Ideal por duas décadas antes de alcançar o Quarto.

Quando ninguém mais fez perguntas, os Rompe-céus experientes começaram a Projetar os candidatos ao ar.

— O que está acontecendo? — indagou Szeth.

— Vamos carregar vocês até o local do teste — disse Ki —, já que não podem se mover com a própria Luz das Tempestades até jurar o Segundo Ideal.

— O meu lugar é com esses jovens? — disse Szeth. — Nin me tratava diferente.

O Arauto o levara para uma missão em Tashikk, caçando Manipuladores de Fluxos de outras ordens. Um ato impiedoso que Nin havia explicado que impediria a chegada da Desolação.

Só que não impedira. O retorno da Tempestade Eterna havia convencido Nin de que ele estava errado, e ele havia abandonado Szeth em Tashikk. Semanas se passaram até Nin retornar para buscá-lo. O Arauto havia deixado Szeth ali na fortaleza, então desaparecido no céu novamente, desta vez para "buscar orientação".

— O Arauto, de início, achou que você poderia pular para o Terceiro Ideal, devido ao seu passado. Contudo, ele não está mais aqui, e nós não podemos julgar. Você terá que seguir o mesmo caminho que todos os outros.

Szeth assentiu. Muito bem.

— Sem mais reclamações? — perguntou Ki.

— Faz sentido e você explicou bem — respondeu Szeth. — Por que eu reclamaria?

Os outros pareceram gostar dessa resposta, e a própria Ki Projetou-o para o céu. Por um momento, ele sentiu a liberdade do voo — lembrando-se dos seus primeiros dias portando uma Espada de Honra, muito tempo atrás. Antes de se tornar Insincero.

Não. Você nunca foi Insincero. Lembre-se disso.

Além do mais, aquele voo não era verdadeiramente dele. Continuou caindo para cima até que outro Rompe-céu o pegou e o Projetou para baixo, compensando o primeiro efeito e fazendo com que pairasse.

Um par de Rompe-céus o pegou, um em cada braço, e o grupo inteiro voou pelo ar. Era difícil imaginar que eles fizessem aquele tipo de coisa antes, já que haviam permanecido escondidos por tantos anos. Mas aparentemente não se importavam mais em manter segredo.

Eu gosto daqui de cima, disse a espada. *Dá para ver tudo.*

— Você pode realmente ver coisas, espada-nimi?

Não como um homem. Você vê todo tipo de coisas, Szeth. Exceto, infelizmente, o quanto eu sou útil.

91
POR QUE ELE FICOU PARALISADO

Eu deveria apontar que, embora muitas personalidades e motivações sejam atribuídas a eles, estou convencida de que os Desfeitos ainda eram esprenos. Como tais, eram tanto manifestações de conceitos ou forças divinas quanto indivíduos.

— Da *Mítica* de Hessi, página 7

KALADIN SE LEMBRAVA DE limpar crem do chão da casamata enquanto estava no exército de Amaram.

Aquele som do cinzel na pedra fazia com que se recordasse da sua mãe. Ele estava no chão, apoiado sobre joelheiras, e raspava o crem que havia vazado sob as portas ou levado pelas botas dos soldados, criando uma camada desigual no chão liso. Não teria imaginado que soldados se incomodassem com um chão desnivelado. Ele não deveria estar afiando sua lança ou... passando óleo em alguma coisa?

Bem, na sua experiência, soldados passavam pouco tempo fazendo coisas de soldados. Em vez disso, ficavam séculos caminhando para algum lugar, esperando, ou, no caso dele, ouvindo gritos por estar caminhando ou esperando nos lugares errados. Ele suspirou enquanto trabalhava, usando movimentos homogêneos e contínuos, como sua mãe lhe ensinara. Meter-se sob o crem e empurrar. Isso levantava pedaços de dois centímetros ou mais. Muito mais fácil do que lascar por cima.

Uma sombra escureceu a porta e Kal olhou sobre o ombro, então se agachou ainda mais. *Que ótimo.*

O Sargento Tukks caminhou até um dos beliches e sentou-se nele, a madeira rangendo sob seu peso. Mais jovem do que os outros sargentos, ele tinha traços... estranhos, de algum modo. Talvez fosse sua baixa estatura, ou as bochechas afundadas.

— Você faz isso muito bem — disse Tukks.

Kal continuou trabalhando, sem falar nada.

— Não fique assim, Kal. Não é incomum que um recruta novo recue. Raios. Não é incomum que fique paralisado em *batalha*, quanto mais no campo de treinamento.

— Se é tão comum, por que *eu* estou sendo punido?

— O quê, isso? Um pouquinho de serviço de limpeza? Garoto, isso não é punição. Isso é para ajudá-lo a se enturmar.

Kal franziu o cenho, se inclinando para trás e erguendo os olhos.

— Como assim, sargento?

— Confie em mim. Todo mundo estava esperando você receber uma censura. Se demorasse muito mais, você acabaria sendo isolado pelo grupo.

— Estou raspando o piso porque eu *não* merecia ser punido?

— Isso, e por responder a um oficial.

— Ele não era um oficial! Era só um olhos-claros com...

— Melhor parar com esse tipo de comportamento *agora*. Antes que aja assim com alguém importante. Ah, não faça cara feia, Kal. Uma hora você vai entender.

Kal atacou um calombo de crem particularmente teimoso perto da perna de um beliche.

— Eu encontrei seu irmão — comentou Tukks.

Kaladin prendeu a respiração.

— Ele está no Sétimo.

— Preciso ir encontrá-lo. Posso ser transferido? Não deveríamos estar separados.

— Talvez eu possa trazê-lo para cá, para treinar com você.

— Ele é um mensageiro! Não deveria treinar com a lança.

— Todo mundo treina, até mesmo os mensageiros — replicou Tukks.

Kal agarrou seu cinzel com força, dominando o impulso de se levantar e sair à procura de Tien. Eles não compreendiam? Tien não conseguia nem machucar *crenguejos*. Ele pegava as criaturinhas e as conduzia para fora, falando com elas como se fossem bichinhos de estimação. A imagem dele segurando uma lança era absurda.

Tukks pegou um pouco de pau-de-braça e começou a mascar, então se inclinou para a frente no beliche e pôs os pés no estribo da cama.

— Não se esqueça de limpar aquele ponto à sua esquerda.

Kaladin suspirou, então se moveu até o ponto indicado.

— Você quer conversar? — perguntou Tukks. — Sobre o momento em que você ficou paralisado durante o treinamento?

Crem idiota. Por que o Todo-Poderoso o criara?

— Não sinta vergonha — continuou Tukks. — Nós praticamos para que você possa ficar paralisado agora, em vez de quando pode lhe custar a vida. Você encara um esquadrão sabendo que eles querem matar você, mesmo que não o conheçam. E você hesita, pensando que isso não pode ser verdade. Você não pode estar realmente ali, se preparando para lutar, para sangrar. Todo mundo sente esse medo.

— Eu não estava com medo de me machucar — disse Kal baixinho.

— Você não vai muito longe se não puder admitir um pouco de medo. A emoção é uma coisa boa. É ela que nos define, que nos torna...

— Eu não estava com medo de me machucar. — Kaladin respirou fundo. — Eu estava com medo de *machucar* outra pessoa.

Tukks torceu o pau-de-braça na boca, então assentiu.

— Entendo. Bem, esse é outro problema. Não é incomum, mas é outra questão.

Por algum tempo, o único som na grande caserna foi o do cinzel na pedra.

— Como você consegue? — perguntou Kal finalmente, sem levantar os olhos. — Como consegue ferir pessoas, Tukks? São só pobres coitados, olhos-escuros como nós.

— Eu penso nos meus companheiros — disse Tukks. — Não posso decepcionar os rapazes. Meu esquadrão é minha família agora.

— Então você mata a família de outra pessoa?

— Uma hora, vamos matar cascudos. Mas eu te entendo, Kal. É difícil. Você ficaria surpreso com a quantidade de homens que olham na cara do inimigo e descobrem que simplesmente não são capazes de ferir outra pessoa.

Kal fechou os olhos, deixando o cinzel escapar dos seus dedos.

— É bom que você não esteja ansioso por isso — disse Tukks. — Significa que você é uma pessoa sã. Prefiro dez homens inábeis com corações honestos a um idiota impiedoso que acha que isso tudo é um jogo.

O mundo não faz sentido, pensou Kal. Seu pai, o cirurgião consumado, dissera a ele para evitar se envolver demais com seus pacientes. E ali estava um matador profissional dizendo que ele *devia* se importar?

Botas rasparam na pedra quando Tukks se levantou. Ele se aproximou e pousou uma mão no ombro de Kal.

— Não se preocupe com a guerra, ou mesmo com a batalha. Concentre-se nos seus companheiros de esquadrão, Kal. Mantenha *eles* vivos. Seja o homem que *eles* precisam. — Tukks sorriu. — E raspe logo o resto deste piso. Acho que, quando você for para o jantar, vai sentir o resto do esquadrão mais amigável. Só um palpite.

Naquela noite, Kaladin descobriu que Tukks estava certo. O resto dos homens *parecia* mais hospitaleiro agora que ele havia sofrido a disciplina. Então Kal segurou a língua, sorriu e apreciou a companhia.

Ele nunca contou a Tukks a verdade. Quando Kal ficara paralisado no campo de treinamento, não havia sido por medo. Ele tivera muita certeza de que *podia* machucar alguém. Na verdade, havia percebido que era capaz de matar, se necessário.

E era isso que o havia apavorado.

KALADIN ESTAVA SENTADO EM um pedaço de pedra que parecia obsidiana derretida. Ela brotava direto do chão de Shadesmar, aquele lugar que não parecia real.

O sol distante não havia se deslocado no céu desde que haviam chegado. Ali perto, um dos estranhos esprenos de medo se arrastava ao longo das margens do mar de contas de vidro. Tão grande quanto um cão-machado, porém mais longo e mais fino, ele parecia vagamente uma enguia com pernas atarracadas. As antenas roxas em sua cabeça se agitavam, fluindo na direção dele. Quando não sentiu nada que desejasse em Kaladin, continuou ao longo da margem.

Syl não fez nenhum ruído ao se aproximar, mas ele notou sua sombra vindo por trás — como todas as sombras ali, ela apontava *para* o sol. Ela se sentou no chão vítreo junto dele, então inclinou a cabeça, pousando-a no seu braço, as mãos no próprio colo.

— Os outros ainda estão dormindo? — indagou Kaladin.

— Estão. Padrão está tomando conta deles. — Ela franziu o nariz. — Esquisito.

— Ele é legal, Syl.

— Essa é a parte esquisita.

Ela balançou as pernas diante de si, descalça como sempre. Isso parecia mais estranho daquele lado, onde ela tinha tamanho humano. Um pequeno grupo de esprenos voava acima deles, com corpos bulbosos, asas longas e caudas esvoaçantes. Em vez de uma cabeça, cada um deles tinha uma esfera dourada flutuando direto em frente ao corpo. Aquilo parecia familiar...

Esprenos de glória, pensou. Eram como os esprenos de medo, cujas antenas se manifestavam no mundo real. Só uma parte dos esprenos de verdade aparecia lá.

— Então... — disse Syl. — Não vai dormir?

Kaladin balançou a cabeça.

— Olha, eu posso não ser uma *especialista* em humanos... Por exemplo, ainda não entendi por que só um punhado das suas culturas parece me venerar. Mas acho que ouvi em algum lugar que você precisa dormir. Tipo, toda noite.

Ele não respondeu.

— Kaladin...

— E você? — disse ele, voltando o olhar para o istmo de terra que marcava onde ficava o rio no mundo real. — Você não dorme?

— Eu já precisei dormir?

— Esta não é a sua terra? De onde você veio? Achei que você seria... não sei... mais mortal aqui.

— Ainda sou um espreno. Sou um pedacinho de Deus. Você não ouviu a parte sobre me venerar?

Quando ele não respondeu, ela o cutucou na cintura.

— Você devia dizer algo sarcástico agora.

— Desculpe.

— Nós não dormimos, não comemos. Na verdade, acho que nos alimentamos dos humanos. Das suas emoções. Ou dos seus pensamentos sobre nós, talvez. Tudo parece muito complicado. Em Shadesmar, podemos pensar por conta própria, mas, se vamos ao seu reino, precisamos de um laço com um humano. Se não, somos praticamente tão irracionais quanto aqueles esprenos de glória.

— Mas como você fez a transição?

— Eu... — Ela adotou uma expressão distante. — Você me chamou. Ou... não, eu sabia que você *algum dia* me chamaria. Então me transferi para o Reino Físico, confiando que a honra dos homens estava viva, ao contrário do que meu pai sempre disse.

O pai dela. O *Pai das Tempestades*.

Era tão estranho ser capaz de sentir a cabeça dela em seu braço. Estava acostumado a Syl ter pouquíssima substância.

— Você pode se transferir novamente? — indagou Kaladin. — Para levar notícias para Dalinar de que há algo errado com os Sacroportais?

— Acho que não. Você está aqui, e meu laço é com você. — Ela o cutucou de novo. — Mas tudo isso é uma distração do problema real.

— Você tem razão. Preciso de uma arma. E precisamos encontrar comida, de algum modo.

— Kaladin...

— Há árvores deste lado? Essa obsidiana faria uma boa ponta de lança.

Ela levantou a cabeça do braço dele e o encarou com olhos arregalados e preocupados.

— Eu estou bem, Syl. Só perdi meu foco.

— Você estava basicamente catatônico.

— Não vai acontecer de novo.

— Eu não estou *reclamando*. — Ela envolveu os braços ao redor do braço direito dele, como uma criança se agarrando a um brinquedo favorito. Preocupada. Assustada. — Tem algo errado dentro de você. Mas eu não sei o quê.

Eu nunca travei em um combate de verdade, ele pensou. *Não desde aquele dia no treinamento, quando Tukks foi falar comigo.*

— Eu... só fiquei surpreso por encontrar Sah ali. Sem falar de Moash.

Como você consegue? Como você consegue ferir pessoas, Tukks...

Ela fechou os olhos e se encostou nele, sem soltar seu braço.

Por fim, Kaladin ouviu os outros se movendo, então se soltou das mãos de Syl e foi se juntar a eles.

92

ÁGUA CÁLIDA COMO SANGUE

> *Meu argumento principal é que os Desfeitos ainda estão entre nós. Compreendo que isso é polêmico, já que muito da mitologia relacionada a eles está misturada com teologia. Contudo, está evidente para mim que alguns dos seus efeitos são comuns no mundo — e que nós simplesmente os tratamos como manifestações de outros esprenos.*

—Da *Mítica* de Hessi, página 12

O TESTE DOS ROMPE-CÉUS OCORRERIA em uma cidade de tamanho modesto na fronteira norte do Lagopuro. Algumas pessoas viviam *no* lago, naturalmente, mas os membros sãos da sociedade evitavam isso.

Szeth pousou — bem, *foi* pousado — perto do centro da praça da cidade, junto com os outros candidatos. A maior parte dos Rompe-céus permaneceu no ar ou aterrissou nos penhascos ao redor da cidade.

Três mestres pousaram junto de Szeth, assim como um punhado de homens e mulheres mais jovens que conseguiam se Projetar. O grupo que seria testado naquele dia incluía candidatos como Szeth — que precisavam encontrar um mestre e jurar o Segundo Ideal — e escudeiros que já haviam alcançado aquela etapa, mas que agora precisavam atrair um espreno e declarar o Terceiro Ideal.

Era um grupo variado; os Rompe-céus não pareciam se importar com etnia ou cor dos olhos. Szeth era o único shino entre eles, mas o grupo incluía makabakianos, reshianos, vorins, irialianos e até mesmo um thayleno.

Um homem alto e forte, com uma túnica marabethiana e um casaco azishiano, levantou-se de seu assento em um pórtico.

— Até que enfim! — disse ele em azishiano, se aproximando. — Eu os chamei horas atrás! Os condenados escaparam para o lago; quem sabe o quanto já avançaram a esta altura! Eles vão matar mais gente, se não forem detidos. Encontrem-nos e cuidem deles... vocês vão reconhecê-los pelas tatuagens em suas testas.

Os mestres se voltaram para os escudeiros e candidatos; os mais ansiosos imediatamente dispararam rumo à água. Vários que sabiam Projetar subiram ao céu.

Szeth se demorou ali, junto com quatro dos outros. Ele foi até Ki, que tinha no ombro um manto de grã-juíza de Marabethia.

— Como esse homem sabia como nos chamar? — indagou Szeth.

— Nós andamos expandindo nossos domínios depois do advento da nova tempestade — respondeu ela. — Os monarcas locais têm nos aceitado como uma força marcial unificadora, e nos concederam autoridade legal. O grão-ministro da cidade nos escreveu via telepena, implorando ajuda.

— E esses condenados? — perguntou um escudeiro. — O que sabemos sobre eles, e sobre o nosso dever aqui?

— Esse grupo de condenados escapou daquela prisão ali, junto dos penhascos. O relatório diz que são assassinos perigosos. Sua tarefa é encontrar os culpados e executá-los. Temos ordens judiciais para suas mortes.

— Todos os que escaparam são culpados?

— São.

Ao ouvir isso, vários dos outros escudeiros partiram, com pressa de provarem seu valor. Ainda assim, Szeth permaneceu. Algo na situação o incomodava.

— Se esses homens são assassinos, por que não foram executados antes?

— Essa área é povoada por idealistas reshianos, Szeth-filho-Neturo — disse Ki. — Eles têm uma estranha atitude não violenta, mesmo para com criminosos. Esta cidade está encarregada de conter os prisioneiros de toda a região, e o Ministro Kwati recebe um tributo para cuidar dessas instalações. Agora que os assassinos escaparam, acabou a misericórdia. Eles devem ser executados.

Isso bastou para os últimos dois escudeiros, que alçaram voo para começar sua busca. E Szeth decidiu que era o bastante para ele também.

Eles são Rompe-céus. Não nos mandariam de propósito atrás de inocentes. Ele podia ter aceitado a aprovação implícita deles logo de início. Contudo... alguma coisa o incomodava. Era um teste, mas do quê? Só da velocidade com que podiam despachar os culpados?

Ele começou a andar rumo às águas.

— Szeth-filho-Neturo — chamou Ki.

— Sim?

— Você caminha sobre pedra. Por que faz isso? Todos os shinos que conheci dizem que as pedras são sagradas e se recusam a pisar nelas.

— Elas não podem ser sagradas. Se realmente fossem, Mestra Ki, teriam me queimado muito tempo atrás.

Ele deu a ela um aceno de cabeça, depois entrou no Lagopuro. A água era mais quente do que se lembrava. Não era nada funda — supostamente, mesmo no centro do lago a água não passava das coxas de um homem, exceto por ocasionais buracos.

Você está muito atrás dos outros, disse a espada. *Não vai pegar ninguém desse jeito.*

— Eu conheci uma voz como a sua antes, espada-nimi.

Os sussurros?

— Não. Uma voz única, na minha mente, quando eu era jovem. — Szeth protegeu os olhos do sol, olhando através do lago resplandecente. — Espero que as coisas se desenrolem de forma melhor desta vez.

Os escudeiros voadores pegariam qualquer pessoa em campo aberto, então Szeth precisava procurar criminosos menos óbvios. Ele só precisava de um...

Um?, disse a espada. *Você não está sendo ambicioso o bastante.*

— Talvez. Espada-nimi, você sabe por que foi entregue a mim?

Porque você precisa de ajuda. Eu faço isso muito bem.

— Mas por que eu? — Szeth continuou a vadear a água. — Nin disse que eu nunca deveria deixar você fora de vista.

Parecia mais um fardo do que um auxílio. Sim, a espada era uma Espada Fractal — mas ele fora prevenido quanto a desembainhá-la.

O Lagopuro parecia se estender para sempre, largo como um oceano. Os passos de Szeth dispersavam cardumes, que o seguiam por algum tempo, ocasionalmente mordiscando suas botas. Árvores nodosas surgiam das margens de areia, se fartando na água enquanto suas raízes agarravam os muitos orifícios e sulcos no leito do lago. Saliências rochosas rompiam a superfície do lago junto da costa, mas para dentro o Lagopuro se tornava plácido, mais *vazio*.

Szeth virou-se para ficar em paralelo à margem.

Você não está indo na mesma direção que os outros.

Era verdade.

Honestamente, Szeth, falo com franqueza: você não é bom em matar o mal. Não matamos ninguém durante o período em que você está comigo.

— Eu me pergunto, espada-nimi... Será que Nin-filho-Deus me deu você para que eu pudesse praticar resistir aos seus encorajamentos? Ou porque acha que eu tenho a mesma sede de sangue? Ele disse que nós combinávamos.

Eu não tenho sede de sangue, disse a espada imediatamente. *Só quero ser útil.*

— E não sentir tédio?

Bem, isso também. A espada murmurou baixinho, imitando um humano em meditação profunda. *Você disse que matou muitas pessoas antes de nos conhecermos. Mas os sussurros... você não sentiu prazer em destruir aqueles que precisavam ser destruídos?*

— Não tenho certeza de que eles precisavam ser destruídos.

Você os matou.

— Eu havia jurado obedecer.

Por causa de uma pedra mágica.

Ele já havia explicado seu passado para a espada várias vezes. Por algum motivo, ela tinha dificuldade de entender — ou se lembrar — de certas coisas.

— A Sacrapedra não era mágica. Eu obedecia por honra, e às vezes obedecia a homens malignos ou mesquinhos. Agora busco um ideal mais elevado.

Mas e se você escolher a coisa errada para seguir? Não poderia terminar na mesma situação novamente? Você não pode só encontrar o mal e então destruí-lo?

— E o que é o mal, espada-nimi?

Tenho certeza de que você consegue identificá-lo. Você parece esperto, embora também pareça cada vez mais meio chato.

Quisera ele poder continuar em tal monotonia.

Ali perto, uma grande árvore retorcida despontava da margem. Várias das suas folhas ao longo de um galho estavam recolhidas, buscando refúgio dentro da casca; alguém as perturbara. Szeth não demonstrou que havia notado, mas conduziu a caminhada até ficar debaixo da árvore. Parte dele esperava que o homem escondido na árvore tivesse o bom senso de permanecer escondido.

Isso não aconteceu. O homem saltou para cima de Szeth, talvez tentado pela possibilidade de obter uma bela arma.

Szeth se moveu para o lado, mas, sem Projeções, sentia-se lento, desajeitado. Ele escapou dos golpes da adaga improvisada do condenado, mas foi forçado de volta à água.

Finalmente!, disse a espada. *Tudo bem, eis o que você precisa fazer. Lute com ele e* vença, *Szeth.*

O criminoso foi para cima dele. Szeth agarrou a mão com a adaga, se virando para usar o impulso do homem para mandá-lo tropeçando para dentro do lago.

Ao se recuperar, o homem virou-se para Szeth, que estava tentando ler o que podia da aparência miserável e esfarrapada do seu inimigo. Cabelo emaranhado e desgrenhado. Pele de reshiano, com muitas lesões. O pobre sujeito estava tão sujo que pedintes e moleques de rua achariam sua companhia desagradável.

O condenado passou sua faca de uma mão para outra, cauteloso. Então avançou novamente contra Szeth.

Szeth o pegou pelo pulso outra vez e girou-o, a água respingando. Previsivelmente, o homem deixou cair a faca, que Szeth tirou da água. Ele se desviou do agarrão do homem e em um instante tinha um braço ao redor do pescoço do condenado. Szeth levantou a faca e — antes de sequer pensar — pressionou a lâmina contra o peito do homem, tirando sangue.

Ele conseguiu recuar, se impedindo de matar o condenado. Tolo! Precisava questionar o homem. Seu tempo como Insincero o tornara um matador tão ansioso assim? Szeth baixou a faca, mas isso deu ao homem a oportunidade de se contorcer e puxar os dois para dentro do Lagopuro.

Szeth mergulhou em água cálida como sangue. O criminoso caiu por cima dele e o empurrou para baixo d'água, batendo sua mão contra o fundo rochoso e fazendo com que ele soltasse a faca. O mundo tornou-se um borrão distorcido.

Isso não é *vencer*, disse a espada.

Quão irônico seria sobreviver ao assassinato de reis e Fractários só para morrer nas mãos de um homem com uma faca rudimentar. Szeth quase deixou acontecer, mas sabia que o destino ainda não havia acabado de usá-lo.

Derrubou o criminoso, que era fraco e franzino. O homem tentou agarrar a faca — claramente visível sob a superfície — enquanto Szeth rolava na outra direção para ganhar alguma distância. Infelizmente, a espada em suas costas ficou presa entre as pedras do fundo do lado, o que fez com que ele fosse puxado bruscamente de volta para a água. Szeth rosnou e, com um puxão, se soltou, rompendo a correia do arnês da espada.

A arma afundou na água. Szeth se levantou espirrando água, encarando o condenado cansado e sujo.

O homem olhou para a espada prateada submersa. Seus olhos ficaram vidrados, então ele deu um sorriso perverso, *deixou cair* a faca e mergulhou atrás da espada.

Curioso. Szeth deu um passo para trás enquanto o condenado se erguia com um ar alegre, segurando a arma.

Szeth socou-o no rosto, seu braço deixando uma tênue aura. Ele agarrou a espada embainhada, arrancando-a das mãos do homem mais fraco. Embora a arma frequentemente parecesse pesada demais para seu tamanho, agora estava leve nos seus dedos. Ele deu um passo para o lado e golpeou com a espada — com bainha e tudo — contra seu inimigo.

A arma atingiu as costas do condenado com um estalo repulsivo. O pobre homem caiu no lago e parou de se mover.

Pelo visto, funcionou, comentou a espada. *Você realmente deveria ter me usado logo no início.*

Szeth se sacudiu. Havia matado o sujeito, no fim das contas? Ajoelhou-se e puxou-o pelo cabelo emaranhado. O condenado arquejou, mas seu corpo não se moveu. Não estava morto, mas paralisado.

— Alguém trabalhou junto com você na sua fuga? — interpelou Szeth. — Um membro da nobreza local, talvez?

— O quê? — cuspiu o homem. — Ah, Vun Makak. O que você fez comigo? Não consigo sentir meus braços, minhas pernas...

— Alguém de fora ajudou você?

— Não. Por que... por que pergunta? — O homem engasgou. — Espere. Sim. Quem você quer que eu diga? Farei o que você mandar. Por favor.

Szeth pensou. *Não estava trabalhando com os guardas, então, nem com o ministro da cidade.*

— Como você escapou?

— Ah, Nu Ralik... — disse o homem, chorando. — Nós não deveríamos ter matado o guarda. Eu só queria... queria ver o sol novamente...

Szeth deixou o homem cair na água e foi para a margem, onde se sentou sobre uma pedra, respirando fundo. Não muito tempo atrás, ele havia dançado com um Corredor dos Ventos diante de uma tempestade. Naquele dia, havia lutado na água rasa contra um homem meio morto de fome.

Ah, como ele sentia falta do céu.

Isso foi cruel, disse a espada. *Deixá-lo para se afogar.*

— Melhor do que dá-lo de comida para um grã-carapaça — replicou Szeth. — É isso que acontece com os criminosos nesse reino.

As duas coisas são cruéis, disse a espada.

— Você conhece a crueldade, espada-nimi?

Vivenna costumava dizer que a crueldade é coisa dos homens, assim como a misericórdia. Só nós podemos escolher uma coisa ou outra, as feras não podem.

— Você se considera um homem?

Não. Mas às vezes ela falava como se eu fosse. E, depois que Shashara me fez, ela discutiu com Vasher, dizendo que eu poderia ser um poeta ou um erudito. Como um homem, certo?

Shashara? Parecia com Shalash, o nome oriental para o Arauto Shush--filha-Deus. Então talvez a origem daquela espada fosse com os Arautos.

Szeth se levantou e caminhou pela costa, de volta para a cidade.

Você não vai procurar outros criminosos?

— Eu só precisava de um, espada-nimi, para testar o que me foi dito e para aprender alguns fatos importantes.

Como que condenados são fedorentos?

— De fato, isso faz parte do segredo.

Ele passou pela pequena cidade onde a mestra Rompe-céus aguardava, então subiu a colina até a prisão. O bloco sombrio da estrutura era voltado para o Lagopuro, mas aquele belo ponto de vista era desperdiçado; o lugar mal tinha janelas.

Ali dentro, o cheiro era tão repulsivo que ele teve que respirar pela boca. O corpo de um único guarda jazia em uma poça de sangue entre celas. Szeth quase tropeçou nele — não havia luz no lugar, exceto por algumas lâmpadas de esferas em um posto de guarda.

Entendi, pensou ele, se ajoelhando ao lado do homem caído. *Sim.* Esse teste era deveras curioso.

Do lado de fora, ele notou alguns dos escudeiros voltando para a cidade levando cadáveres, embora nenhum dos outros candidatos parecesse ter encontrado alguém. Szeth avançou cuidadosamente e desceu a encosta rochosa até a cidade, tomando cuidado para não arrastar a espada. Não importava o motivo de Nin para confiar-lhe tal arma, ela era um objeto sagrado.

Na cidade, ele se aproximou do corpulento nobre, que estava tentando entabular uma conversa com a Mestra Ki — falhando de modo espetacular. Ali perto, outros moradores da cidade estavam debatendo a ética de simplesmente executar assassinos ou de prendê-los e arriscar uma situação como aquela. Szeth inspecionou os condenados mortos e viu que estavam tão sujos quanto aquele que combatera, embora dois não estivessem nem de longe tão magros.

Havia uma economia na prisão, pensou Szeth. *A comida ia para aqueles que estavam no poder enquanto outros passavam fome.*

— Você — disse Szeth para o nobre. — Encontrei apenas um corpo lá em cima. Você realmente deixou apenas um único guarda para vigiar todos esses prisioneiros?

O nobre lhe devolveu uma expressão de desprezo.

— Um pisapedras shino? Quem é você para me questionar? Volte para sua grama estúpida e árvores mortas, homenzinho.

— Os prisioneiros tinham liberdade para criar a própria hierarquia — continuou Szeth. — E ninguém os vigiava para ver se não estavam fabricando armas, já que enfrentei um com uma faca. Esses homens eram maltratados, trancados na escuridão, não recebiam comida o bastante.

— Eles eram criminosos. *Assassinos.*

— E o que aconteceu com o dinheiro que foi enviado para que você administrasse essa instalação? Certamente não foi usado para segurança apropriada.

— Eu não preciso ouvir isso!

Szeth voltou-se para Ki.

— Você tem uma ordem de execução para esse homem?

— Foi a primeira que obtivemos.

— *O quê?* — disse o nobre.

Esprenos de medo fervilharam ao seu redor.

Szeth abriu o fecho da espada e a desembainhou.

Um som súbito, como mil gritos.

Uma onda de poder, como a batida de um vento terrível e atordoante.

Cores mudaram ao redor dele, se aprofundando, se tornando mais escuras e mais vibrantes. O manto do nobre da cidade parecia um leque impressionante de laranja-escuros e vermelhos-sanguinolentos.

Os pelos nos braços Szeth se arrepiaram e sua pele sentiu uma dor súbita e espantosa.

DESTRUIR!

Escuridão líquida fluiu da espada, então se derreteu em fumaça enquanto caía. Szeth gritou pela dor no braço enquanto usava a arma para atravessar o peito do nobre, que balbuciava.

Carne e sangue instantaneamente viraram fumaça negra. Espadas Fractais comuns só queimavam os olhos, mas aquela espada ali de algum modo consumia o corpo inteiro. Ela pareceu queimar a própria *alma* do homem.

MAL!

Veias de fluido negro subiram pela mão e pelo braço de Szeth. Ele as encarou, boquiaberto, então arquejou e enfiou a espada de volta na bainha prateada.

Ele caiu de joelhos, soltando a espada e levantando a mão, dedos curvados e tendões tensionados. Lentamente, o negrume evaporou da sua carne e a dor horrível cedeu. A pele da sua mão, que já era pálida, havia desbotado para um branco-cinzento.

A voz da espada afundou até se tornar um murmúrio no fundo da sua mente, suas palavras arrastadas. Ele notou que parecia a voz de uma fera caindo em um estupor depois de se fartar. Szeth respirou profundamente. Remexendo na bolsa, viu que várias esferas dentro dela estavam completamente drenadas. *Vou precisar de muito mais Luz das Tempestades se quiser fazer isso novamente.*

Os moradores da cidade ali perto, escudeiros, e até mesmo os mestres Rompe-céus fitaram-no com o mesmo horror.

Szeth recolheu a espada e se esforçou para ficar de pé antes de prender o fecho da espada. Segurando a arma embainhada nas duas mãos, ele se curvou para Ki.

— Eu cuidei do pior dos criminosos — disse ele.

— Você agiu bem — respondeu ela lentamente, olhando para onde o nobre estivera. Não havia nem mesmo uma mancha nas pedras. — Vamos esperar e nos certificar de que os outros criminosos foram mortos ou capturados.

— Uma atitude sábia — replicou Szeth. — Eu poderia... pedir, por obséquio, algo para beber? Subitamente sinto muita sede.

Q<small>UANDO TODOS OS FUGITIVOS</small> haviam sido contabilizados, a espada já começava a se agitar novamente. Ela não havia adormecido, se uma espada sequer pudesse fazer tal coisa. Em vez disso, ficara murmurando em sua mente aos poucos até se tornar lúcida.

Ei!, disse a espada enquanto Szeth estava sentado em uma mureta baixa ao longo da cidade. *Ei, você me desembainhou?*

— Desembainhei, espada-nimi.

Bom trabalho! Nós... nós destruímos um bocado de mal?

— Um mal grande e corrupto.

Uau! Impressionante. Sabia que Vivenna nunca me sacou, nem uma única vez? E ela me carregou por um longo período. Talvez até por um ou dois dias.

— E há quanto tempo eu estou carregando você?

Pelo menos uma hora, disse a espada, satisfeita. *Uma, ou duas, ou dez mil. Algo assim.*

Ki se aproximou e ele devolveu o odre d'água dela.

— Obrigado, Mestra Ki.

— Decidi fazer de você meu escudeiro, Szeth-filho-Neturo — disse ela. — Para ser honesta, nós discutimos para saber quem teria esse privilégio.

Ele inclinou a cabeça.

— Posso jurar o Segundo Ideal?

— Pode, sim. A justiça o servirá até que possa atrair um espreno e jurar servir a um código mais específico. Durante minhas orações, noite passada, Winnow proclamou que os grão-esprenos estão de olho em você. Não ficaria surpresa se levasse apenas meses para que você alcançasse o Terceiro Ideal.

Meses. Não, ele não levaria meses. Mas não fez o juramento ainda. Em vez disso, acenou na direção da prisão.

— Perdão, mestra, uma pergunta. A senhora sabia que essa fuga aconteceria, não sabia?

— Nós suspeitávamos. Uma das nossas equipes investigou esse homem e descobriu como ele estava usando seus fundos. Quando a chamada veio, não ficamos surpresos. Ela forneceu uma oportunidade de teste perfeita.

— Por que não lidar com ele antes?

— Você precisa compreender nosso propósito e nosso lugar; é uma questão delicada, que muitos escudeiros têm dificuldade de entender. Aquele homem *ainda não havia quebrado uma lei*. Seu dever era aprisionar os condenados, o que ele havia feito. Ele tinha a permissão de julgar se seus métodos eram satisfatórios ou não. Só quando fracassou, e seus prisioneiros escaparam, pudemos fazer justiça.

Szeth assentiu.

— Eu juro buscar a justiça, deixar que me guie, até encontrar um Ideal mais perfeito.

— Essas Palavras foram aceitas — declarou Ki, e pegou uma esfera de esmeralda brilhante da bolsa. — Assuma seu lugar acima, escudeiro.

Szeth fitou a esfera, então, tremendo, inspirou Luz das Tempestades, que foi rapidamente até ele.

Os céus eram dele novamente.

93

KATA

> *Traxil menciona Yelig-nar, chamado de Ventomales, em uma citação frequentemente recitada. Embora Jasnah Kholin famosamente tenha questionado sua acurácia, eu acredito nela.*
>
> — Da *Mítica* de Hessi, página 26

Quando Adolin acordou, ainda estava no pesadelo. O céu negro, chão de vidro, criaturas estranhas. Ele tinha uma câimbra no pescoço e uma dor nas costas; nunca dominara a técnica de "dormir em qualquer lugar" de que os soldados se gabavam.

Meu pai teria conseguido dormir no chão, pensou uma parte dele. *Dalinar é um verdadeiro soldado.*

Adolin pensou novamente no choque que sentira ao enfiar sua adaga através do olho de Sadeas até seu cérebro. Satisfação e vergonha. Sem sua nobreza, o que sobraria de Adolin? Um duelista, quando o mundo precisava de generais? Um esquentado, que não suportava nem mesmo um insulto?

Um assassino?

Ele tirou o casaco e sentou-se, então pulou e arquejou ao ver a mulher com os olhos arranhados acima dele.

— Pela alma de Ishar! — praguejou Adolin. — Você tem que ficar tão perto?

Ela não se moveu. Adolin suspirou, então trocou a bandagem no ferimento superficial no seu ombro, pegando bandagens novas do bolso.

Ali perto, Shallan e Azure catalogavam seus parcos suprimentos. Kaladin andou lentamente para se juntar a elas. Será que o carregadorzinho havia dormido?

Adolin se esticou, então, acompanhado pelo seu espreno fantasmagórico, desceu o curto declive até o oceano de contas de vidro. Uns poucos esprenos de vida flutuavam ali perto; daquele lado, seus ciscos verdes brilhantes tinham tufos de cabelo branco que ondulavam enquanto eles dançavam e quicavam. Talvez estivessem circulando plantas junto à margem do rio, no Reino Físico? Aqueles pequenos pontos de luz nadando acima da rocha podiam ser as almas de peixes. Como aquilo funcionava? No mundo real, eles estariam na água, então não deveriam estar *dentro* da pedra?

Ele sabia tão pouco, e sentia-se tão perturbado. Tão *insignificante*.

Um espreno de medo surgiu do oceano de contas, antenas roxas apontando para ele, e foi se aproximando até que Adolin pegou algumas contas e jogou uma no espreno, que rastejou de volta para o oceano e espreitou dali, vigiando-o.

— O que você acha de tudo isso? — perguntou Adolin à mulher com os olhos arranhados.

Ela não respondeu, mas ele estava acostumado a conversar com sua espada sem que ela respondesse. Jogou uma das contas para o alto e a pegou. Shallan sabia dizer o que cada uma representava, mas tudo que ele sentia era uma impressão embotada de... algo vermelho?

— Estou sendo infantil, não estou? — indagou Adolin. — Então agora forças em movimento no mundo me fazem insignificante. Pareço até uma criança crescendo e se dando conta de que sua vidinha não é o centro do universo. Certo?

O problema era que a sua vidinha *havia* sido o centro do universo, enquanto crescia. *É assim que é ser o filho de Dalinar, o tormentoso Espinho Negro.* Ele jogou a esfera de volta ao mar, onde ela quicou contra suas companheiras.

Adolin suspirou, então iniciou um *kata* matinal. Sem uma espada, voltou ao primeiro *kata* que aprendera — uma sequência estendida de aquecimentos, golpes manuais e posturas para ajudar a soltar seus músculos.

As formas o acalmavam. O mundo estava virando de ponta-cabeça, mas coisas familiares ainda eram familiares. Estranho que ele tivesse que chegar a essa revelação.

Na metade da sequência, notou Azure junto à margem do rio. Ela desceu o declive e se pôs ao lado dele, fazendo o mesmo *kata*. Ela já devia conhecê-lo, pois o acompanhou de modo exato.

Eles se moveram ao longo das pedras, lutando com suas próprias sombras, até que Kaladin se aproximou e se juntou a eles. Ele não tinha tanta prática e praguejava baixinho ao errar uma sequência — mas obviamente também já fizera aquilo antes.

Ele deve ter aprendido com Zahel, percebeu Adolin.

Os três se moviam juntos, a respiração controlada, arrastando botas no vidro. O mar de contas rolando contra si mesmo começou a parecer tranquilizador, até mesmo rítmico.

O mundo está como sempre foi, pensou Adolin. *Essas coisas que estamos descobrindo... monstros e Radiantes... não são novas. Só estavam escondidas. O mundo sempre foi assim, mesmo que eu não soubesse.*

E Adolin... ainda era ele mesmo. Tinha todas as mesmas coisas de que se orgulhar, não tinha? As mesmas forças? As mesmas realizações?

As mesmas falhas também.

— Vocês três estão *dançando*? — indagou uma voz subitamente.

Adolin imediatamente se virou. Shallan havia se instalado no aclive acima deles, ainda usando seu uniforme branco, chapéu e luva única. Ele se pegou sorrindo que nem um idiota.

— É um *kata* de aquecimento. Você...

— Eu sei o que é. Você tentou ensinar para mim, lembra? Só achei curioso ver todos vocês aí embaixo desse jeito. — Ela balançou a cabeça. — Não íamos planejar como sair daqui?

Juntos, eles começaram a subir o aclive, e Azure se pôs ao lado de Adolin.

— Onde você aprendeu aquele *kata*?

— Com meu mestre espadachim. E você?

— Idem.

Enquanto se aproximavam do acampamento na pequena depressão semelhante a um ninho no chão de obsidiana, alguma coisa lhe pareceu estranha. Onde estava sua espada, a mulher com os olhos arranhados?

Ele recuou e encontrou-a junto à costa, olhando para os próprios pés.

— Muito bem — disse Shallan, atraindo-o de volta. — Fiz uma lista dos nossos suprimentos. — Ela gesticulou com um lápis na direção dos itens, organizados no chão, enquanto falava. — Uma bolsa de gemas da reserva de esmeraldas. Eu usei cerca de metade da nossa Luz das Tempestades na nossa transferência para Shadesmar e cruzando o mar de contas.

Temos minha bolsa, com carvão, canetas de junco, pincéis, tinta, laquê, alguns solventes, três cadernos, minha faca de amolar e uma jarra de geleia que guardei para um lanche de emergência.

— Maravilhoso — disse Kaladin. — Tenho certeza de que uma pilha de pincéis será útil para combater esprenos de vazio.

— Melhor do que sua língua, que anda obviamente embotada. Adolin tem sua faca de cintura, mas nossa única arma real é a Espada Fractal de Azure. Kaladin trouxe o saco de gemas dentro de sua bolsa, que felizmente também contém suas rações de viagem: três refeições de pão achatado e de carne seca suína. Também temos um jarro d'água e três cantis.

— O meu está meio vazio — notou Adolin.

— O meu também — disse Azure. — O que significa que temos talvez um dia de água e três refeições para quatro pessoas. Na última vez que atravessei Shadesmar, levei quatro semanas.

— Obviamente temos que voltar pelo Sacroportal até a cidade — disse Kaladin.

Padrão zumbiu, parado atrás de Shallan. Ele parecia uma estátua; não se remexia nem fazia pequenos movimentos, como um humano faria. O espreno de Kaladin era diferente. Ela parecia estar sempre em movimento, deslizando para um lado ou para outro, seu vestido juvenil tremulando enquanto ela caminhava, o cabelo balançando.

— Ruins — disse Padrão. — Os esprenos do Sacroportal são *ruins* agora.

— Nós temos outras opções? — perguntou Kaladin.

— Eu me lembro... de algumas — disse Syl. — Muito mais do que eu costumava lembrar. Nossa terra, toda terra, está em três reinos. O mais alto é o Espiritual, onde os deuses vivem... lá, todas as coisas, tempos e espaços se tornam um. Agora estamos no Reino Cognitivo. Shadesmar, onde vivem os esprenos. Vocês são do Reino Físico. A única maneira que conheço de se transferir para lá é ser atraída por emoções humanas. Isso não vai ajudar vocês, já que não são esprenos.

— Há outra maneira de fazer a transferência entre mundos — disse Azure. — Eu já a usei.

Seu cabelo havia recuperado a cor escura, e parecia a Adolin que suas cicatrizes haviam se apagado. Havia algo de muito estranho nela; parecia quase ser um espreno.

Ela suportou seu escrutínio, olhando dele para Kaladin e para Shallan. Finalmente, suspirou.

— Momento para uma história?

— Sim, por favor — replicou Adolin. — Você já viajou para este lugar antes?

— Sou de uma terra distante e fui até Roshar atravessando este local, Shadesmar.

— Tudo bem — disse Adolin. — Mas por quê?

— Eu estava indo atrás de uma pessoa.

— Um amigo?

— Um criminoso — disse ela em voz baixa.

— Mas você é um soldado — afirmou Kaladin.

— Não de verdade. Em Kholinar, só assumi um trabalho que mais ninguém estava fazendo. Pensei talvez que a Guarda da Muralha tivesse informações sobre o homem que estou caçando. Tudo deu errado, e fiquei presa.

— Quando você chegou à nossa terra, usou um Sacroportal para ir de Shadesmar até o Reino Físico? — perguntou Shallan.

— Não. — Azure riu, sacudindo a cabeça. — Eu não sabia deles até Kal me contar. Usei um portal entre reinos. A Perpendicularidade de Cultura, é como o chamam. Do seu lado, fica nos Picos dos Papaguampas.

— Fica a centenas de milhas daqui — disse Adolin.

— Supostamente, há outra perpendicularidade — comunicou Azure. — Ela é imprevisível e perigosa, e aparece aleatoriamente em diferentes lugares. Meus guias me alertaram para não tentar caçá-la.

— Guias? — estranhou Kaladin. — Quem eram esses guias?

— Ora, esprenos, é claro.

Adolin olhou para a cidade distante que haviam deixado, onde tinham visto muitos esprenos de medo e de dor.

— Não como aqueles — disse Azure, rindo. — Esprenos pessoas, como esses dois.

— O que levanta uma questão — observou Adolin, apontando enquanto o espreno com os olhos estranhos se juntava novamente a eles. — Essa é a alma da minha Espada Fractal. Syl é de Kaladin, e Padrão, de Shallan. Então... — Ele apontou para a arma no cinto dela. — Diga-nos a verdade, Azure. Você é uma Cavaleira Radiante?

— Não.

Adolin engoliu em seco. *Diga logo.*

— Você é um Arauto, então.

Ela deu uma gargalhada.

— Não. O quê? Um Arauto? Esses são basicamente *deuses*, certo? Eu não sou nenhuma figura mitológica, muitíssimo obrigada. Sou apenas uma mulher que está constantemente lidando com coisas acima da minha capacidade desde a adolescência. Confie em mim.

Adolin olhou para Kaladin, que também não parecia convencido.

— De verdade — disse Azure. — Não há espreno aqui para minha Espada porque ela é defeituosa. Não consigo invocá-la ou dispensá-la, como você pode fazer com a sua. Ela é uma arma útil, mas é uma cópia inferior da que você carrega. — Ela deu um tapinha na arma. — De qualquer modo, quando cruzei este lugar da última vez, contratei um navio para me levar.

— Um navio? — disse Kaladin. — Navegado por quem?

— Por um espreno. Eu o contratei em uma das cidades deles.

— Cidades? — Kaladin olhou para Syl. — Vocês têm *cidades*?

— Onde você pensava que vivíamos? — disse Syl, achando graça.

— Esprenos de luz costumam ser guias — continuou Azure. — Eles gostam de viajar, de ver novos lugares. Viajam por todo Shadesmar de Roshar, comerciando bens, negociando com outros. Há... supostamente, você tem que tomar cuidado com Crípticos.

Padrão zumbiu alegremente.

— Sim. Nós somos muito famosos.

— E quanto a usar Transmutação? — Adolin olhou para Shallan. — Você poderia fazer suprimentos para nós?

— Não acho que funcionaria — replicou Shallan. — Quando eu uso Transmutação, mudo a alma de um objeto aqui neste reino, e isso reflete no outro mundo. Se eu mudar uma dessas contas, ela pode se tornar algo novo no Reino Físico, mas ainda seria uma conta para nós.

— Não é impossível encontrar comida e água aqui — disse Azure —, se você alcançar uma cidade portuária. Os esprenos não precisam dessas coisas, mas humanos vivendo deste lado... e existem alguns... precisam de um suprimento constante. Com aquela sua Luz das Tempestades, podemos fazer uma troca. Talvez comprar passagens para os Picos dos Papaguampas.

— Isso levaria muito tempo — disse Kaladin. — Alethkar está caindo *agora mesmo* e o Espinho Negro precisa de nós. Isso...

Ele foi interrompido por um guincho apavorante, parecido com folhas de aço raspando umas nas outras. Esse guincho foi respondido por outros, ecoando em uníssono. Adolin girou na direção dos sons, chocado pela sua intensidade. Syl levou as mãos aos lábios e Padrão inclinou sua estranha cabeça.

— O que foi *isso*? — questionou Kaladin.

Azure apressadamente começou a enfiar os suprimentos deles na bolsa de Kaladin.

— Vocês se lembram de que, antes de dormir, eu disse que ficaríamos bem a menos que atraíssemos o tipo errado de espreno?

— ...Sim?

— Temos que ir andando. *Agora.*

O vorin culto é conhecedor de vinhos e fala de modo confiante sobre o assunto.

Tipos de vinho

- **Roxo**
- **Rosa**
- **Azul**
- **Laranja**
- **Salina**
- **Amarelo**
- **Vermelho**
- **Castanho**

Mais forte — *Mais fraco*

Em ordem de intensidade

- Condimentado, aroma de sândalo.
- Notas complexas de frutas e limão.
- Sabor com toques de nozes de mez.
- Saboroso com uma ardência artificial.
- Sabor condimentado, com aroma de terreno.
- Usado é encorpado, sem culpa, terroso, granulado.
- Frutado, com notas de gengibre.
- Floral, ajuda a ficar alerta.

Já bebi leites mais inebriantes do que isso.

Feito de grão de lávis fermentado. Dependendo das infusões, esse tradicionalmente tem um gosto parecido com uísque.

Feito de frutas fermentadas, é similar aos vinhos de uva com que estamos acostumados.

Cidra

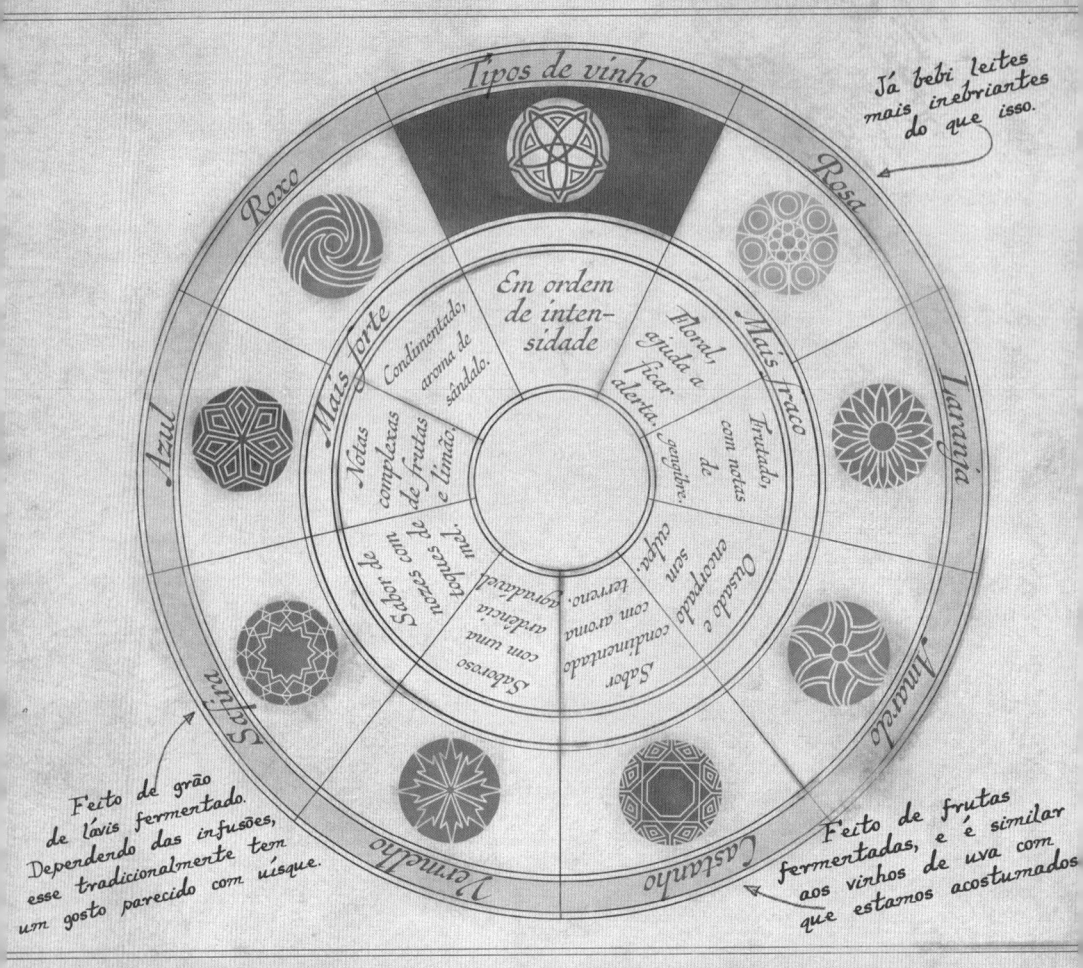

É de bom tom que o vorin culto esteja familiarizado com as diversas cervejas, cervejas marrons, cidras, sucos e cervejas leves de outras culturas.

Cidra é servida gelada, se possível. Cerveja de papaguampas não deve ser bebida na presença de inimigos.

Esprenos de vinho

Esprenos de vinho são bastante raros. Relatados apenas em nações estrangeiras.

O quê? Raros? Eu os vejo o tempo todo.

Responsável por aquela minha tatuagem embaraçosa.

Cerveja de Papaguampas

94

UMA PEQUENA GARRAFA

SETE ANOS ATRÁS

D ALINAR CAMBALEOU ENQUANTO JOGAVA longe tudo que estava no armário, virando uma tigela de sopa quente. Ele não queria *sopa*. Arrancou gavetas, lançando roupas ao chão, vapor emanando do caldo derramado.

Tinham feito de novo! Haviam levado suas garrafas. Como eles *ousavam*! Será que não escutavam o choro? Ele rugiu, então agarrou seu baú, entornando-o. Um frasco rolou para fora junto com a roupa. Finalmente! Alguma coisa que não haviam encontrado.

Ele sorveu ruidosamente os restos que o frasco continha e gemeu. O choro ecoava ao redor dele. Crianças morrendo. Evi implorando por sua vida.

Ele precisava de mais.

Mas... espere, ele precisava estar apresentável? A caçada? Era hoje?

Estúpido, pensou. A última das caçadas acontecera semanas atrás. Ele havia convencido Gavilar a ir com ele para o deserto, e a viagem fora um sucesso. Dalinar estivera apresentável — sóbrio, no comando. Uma figura saída das tormentosas canções. Eles haviam descoberto aqueles parshemanos. Eles eram tão *interessantes*.

Durante algum tempo, longe da civilização, Dalinar havia se sentido normal. Sua antiga personalidade.

Ele odiava aquela pessoa.

Rosnando, ele vasculhou seu grande guarda-roupas. Aquele forte na borda leste de Alethkar era o primeiro marco de civilização que encontravam na viagem de volta. Ele dera outra vez a Dalinar acesso às necessidades da vida. Como o vinho.

Ele mal ouviu a batida na porta enquanto jogava casacos para fora do guarda-roupas. Quando olhou para o lado, viu dois rapazes ali parados. Seus filhos. Esprenos de raiva fervilharam ao seu redor. O cabelo dela. Os olhos acusadores dela. Quantas mentiras a seu respeito ela havia enfiado na cabeça das crianças?

— O que foi? — rugiu Dalinar.

Adolin manteve-se firme. Já tinha quase dezessete anos, um homem. O outro, o inválido, se encolheu de medo. Ele nem aparentava ter os... o quê... doze anos que tinha? Treze?

— Nós ouvimos o barulho, *senhor* — disse Adolin, levantando o queixo. — Achamos que estivesse precisando de ajuda.

— Eu não preciso de nada! Saiam! *SAIAM DAQUI!*

Eles saíram apressadamente.

O coração de Dalinar acelerou. Ele fechou com força o guarda-roupa e bateu os punhos na mesa de cabeceira, derrubando a lâmpada de esferas. Bufando, grunhindo, ele caiu de joelhos.

Raios. Só estavam a alguns dias de marcha das ruínas de Rathalas. Seria por isso que os gritos estavam tão altos naquele dia?

Uma das mãos pousou no seu ombro.

— Pai?

— Adolin, eu já avisei...

Ainda de joelhos, Dalinar se virou, então se calou. Não era Adolin, mas o outro. Renarin havia voltado, tímido como sempre, seus olhos arregalados atrás dos óculos, sua mão tremendo. Estava estendendo alguma coisa para ele.

Uma pequena garrafa.

— Eu... — Renarin engoliu em seco. — Eu comprei uma para o senhor, com as esferas que o rei me deu. Porque o senhor sempre acaba tão rápido com as que compra.

Dalinar fitou aquela garrafa de vinho por um momento interminável.

— Gavilar esconde o vinho de mim — murmurou ele. — É por isso que não sobrou nenhuma. Eu... não é possível que eu tenha... bebido tudo...

Renarin se aproximou e o abraçou. Dalinar se encolheu, como se estivesse se preparando para um soco. O menino se agarrou a ele, sem soltá-lo.

— As pessoas comentam sobre você — disse Renarin —, mas estão erradas. Você só precisa descansar, depois de lutar tanto. Eu sei. E eu sinto falta dela também.

Dalinar umedeceu os lábios.

— O que ela contou a você? — perguntou ele, a voz rouca. — O que sua mãe dizia sobre mim?

— O único soldado honesto no exército — disse Renarin. — O soldado honrado. Nobre, como os próprios Arautos. Nosso pai. O maior homem de Alethkar.

Que estupidez. Mesmo assim, Dalinar se pegou chorando. Renarin o soltou, mas Dalinar o agarrou, puxando-o para perto.

Ah, Todo-Poderoso. Ah, Deus. Ah, Deus, por favor... Eu comecei a odiar os meus filhos. Por que os meninos não haviam aprendido a odiá-lo de volta? Deveriam odiá-lo. Ele *merecia* ser odiado.

Por favor. Qualquer coisa. Eu não sei como me livrar disso. Me ajude. Me ajude...

Dalinar chorou, agarrado àquele jovem, àquela criança, como se fosse a única coisa real que restara em um mundo de sombras.

95

VAZIO INESCAPÁVEL

> *Yelig-nar tinha grandes poderes, talvez os poderes de todos os Fluxos combinados em um. Ele podia transformar qualquer Esvaziador em um inimigo perigoso. Curiosamente, três lendas que encontrei mencionam engolir uma gema para ativar esse processo.*
>
> — Da *Mítica* de Hessi, página 27

KALADIN MARCHAVA RÁPIDO ATRAVÉS de Shadesmar, tentando, com dificuldade, controlar a ardente insatisfação dentro dele.

— Mmmm... — disse Padrão enquanto outro guincho soava atrás deles. — Humanos, vocês devem parar com suas emoções. Elas são muito inconvenientes aqui.

O grupo caminhou para o sul, ao longo da linha estreita de terra que se sobrepunha ao rio no mundo real. Shallan era a mais lenta deles e tinha dificuldade em acompanhá-los, então eles haviam concordado que ela deveria conter um pouco de Luz das Tempestades. Era isso, ou deixar que os esprenos guinchantes os alcançassem.

— Como eles são? — perguntou Adolin para Azure, bufando enquanto marchavam. — Você disse que esses sons eram de esprenos de raiva? Poças fervilhantes de sangue?

— Essa é a parte que você vê no Reino Físico — disse Azure. — Aqui... é só a saliva deles, se acumulando enquanto babam. Eles são horríveis.

— E perigosos — disse Syl, que corria pelo chão de obsidiana e não parecia se cansar. — Até mesmo para esprenos. Mas como foi que os atraímos? Ninguém estava zangado, certo?

Kaladin tentou novamente abafar sua frustração.

— Eu não estava sentindo nada além de cansaço — disse Shallan.

— Eu estava confuso — disse Adolin. — Ainda estou. Mas não zangado.

— Kaladin? — disse Syl.

Ele olhou para os outros, então para seus pés.

— É só que parece que... que estamos abandonando Kholinar. E só eu me *importo*. Vocês estavam falando sobre como conseguir comida, encontrar uma maneira de ir para os Picos dos Papaguampas, para essa perpendicularidade, ou seja lá o que for. Mas nós estamos *abandonando* pessoas com os Esvaziadores.

— Eu também me importo! — disse Adolin. — Carregadorzinho, aquele era meu *lar*. Ele...

— Eu sei — bradou Kaladin, então respirou fundo, forçando-se a se acalmar. — Eu sei, Adolin. Eu *sei* que não é racional tentar voltar através do Sacroportal. Nós não sabemos como operá-lo deste lado e, além disso, ele está obviamente corrompido. Minhas emoções são irracionais. Vou tentar contê-las. Prometo.

Eles ficaram em silêncio.

Você não está zangado com Adolin, Kaladin forçou-se a pensar. *Não está realmente zangado com* ninguém. *Só está procurando algo a que se agarrar. Algo que possa sentir.*

Porque a escuridão estava chegando.

Ela se alimentava da dor da derrota, da agonia de perder homens que havia tentado proteger. Mas ela podia se alimentar de qualquer coisa. A vida estava indo bem? A escuridão sussurrava que ele só estava se preparando para uma queda maior. Shallan olhava para Adolin? Eles deviam estar falando sobre ele. Dalinar o enviava para proteger Elhokar? O grão-príncipe devia querer se livrar de Kaladin.

Ele havia falhado naquilo, de todo modo. Quando Dalinar soubesse que Kholinar havia caído...

Saia daqui, pensou Kaladin, fechando os olhos com força. *Saia daqui, saia daqui, saia daqui!*

Continuaria assim até que o entorpecimento parecesse preferível. Então aquele embotamento tomaria conta dele e seria difícil fazer qualquer coisa; se tornaria um vazio pesado, inescapável, onde tudo parecia desbotado. Morto.

Naquele lugar sombrio, ele havia desejado trair seus votos. Naquele lugar sombrio, ele havia entregado o rei para assassinos e matadores.

Por fim, os guinchos sumiram na distância. Syl deduziu que os esprenos de raiva haviam sido atraídos para dentro das contas, na direção de Kholinar e das poderosas emoções de lá. O grupo continuou sua caminhada. Só havia uma direção possível: sul, ao longo da península estreita de obsidiana que corria através do oceano de contas.

— Quando viajei por aqui da última vez, passamos por várias penínsulas como esta — contou Azure. — Elas sempre tinham faróis no final. Nós paramos neles algumas vezes em busca de suprimentos.

— Sim... — concordou Syl. — Eu me lembro deles. É útil para navios notarem onde a terra desponta das contas. Deve haver um no final desta aqui... embora ela pareça looooonga. Teremos que andar por vários dias.

— Pelo menos é uma meta — disse Adolin. — Nós viajamos para o sul, chegamos a um farol, e esperamos pegar um navio lá.

Havia uma animação insuportável no passo dele, como se estivesse efetivamente *empolgado* com aquele lugar terrível. Adolin idiota, provavelmente nem compreendia as consequências de...

Pare. PARE COM ISSO. Ele ajudou você.

Raios. Kaladin se odiava quando ficava desse jeito. Quando tentava esvaziar a mente, oscilava rumo ao vazio das trevas. Mas quando, em vez disso, permitia-se pensar, começava a se lembrar do que acontecera em Kholinar. Homens que ele amava matando uns aos outros. Uma horrível, apavorante, perspectiva.

Ele entendia pontos de vista demais. Parshemanos furiosos por terem sido escravizados durante anos, tentando derrubar um governo corrupto. Alethianos protegendo seus lares de monstros invasores. Elhokar tentando salvar seu filho. Os guardas do palácio tentando cumprir seus juramentos.

Pontos de vista demais, emoções demais. Só havia essas duas opções? Dor ou esquecimento?

Resista.

A caminhada continuou, e ele tentou voltar a atenção para os arredores em vez de para seus pensamentos. A fina península não era estéril, como havia pensado de início. Crescendo junto às margens havia plantas pequenas e quebradiças que pareciam samambaias. Quando perguntou, Syl explicou que elas cresciam exatamente como as plantas no Reino Físico.

A maioria era preta, mas ocasionalmente apresentavam cores vibrantes, misturadas como vidro colorido. Nenhuma passava da altura de seus joelhos, e a maioria só chegava a seus tornozelos. Sentia-se péssimo quando esbarrava em uma delas e a planta se desfazia.

O sol não parecia mudar de posição no céu, por mais que caminhassem. Através de espaços entre as nuvens, ele só via negrume. Sem estrelas, sem luas. Escuridão eterna e infinita.

Acamparam durante o que deveria ter sido a noite, então caminharam por todo o dia seguinte. Kholinar desapareceu atrás deles, mas continuaram avançando: Azure na frente, depois Padrão, Syl e Kaladin, com Shallan e Adolin atrás, seguidos pelo espreno de Adolin. Kaladin teria preferido ir na retaguarda, mas, quando tentava, Adolin se posicionava atrás novamente. O que o principezinho estava pensando? Que Kaladin ficaria para trás, se não fosse vigiado?

Syl caminhava ao seu lado, em silêncio a maior parte do tempo. Estar de volta naquele lado a perturbava. Ela olhava as coisas, como uma ocasional planta colorida, e inclinava a cabeça para o lado, como se tentasse recordar.

— É como um sonho da época em que eu estava morta — disse ela quando ele a estimulou a falar.

Acamparam mais uma "noite", então recomeçaram a caminhar. Kaladin não comeu desjejum — as rações deles haviam basicamente se esgotado. Além disso, apreciava seu estômago reclamando. Isso o lembrava de que estava vivo. Dava a ele algo em que pensar, além dos homens que havia perdido...

— Onde você vivia? — perguntou a Syl, ainda carregando sua bolsa e seguindo pela península aparentemente infinita. — Quando você era jovem, deste lado?

— Era bem longe, para o oeste. Uma cidade grandiosa, governada por esprenos de honra! Mas eu não gostava de lá. Eu queria viajar, mas o Pai me mantinha na cidade, especialmente depois... você sabe...

— Acho que não sei, não.

— Eu me vinculei a um Cavaleiro Radiante. Não contei a você sobre ele? Eu lembro... — Ela fechou os olhos enquanto caminhava, o queixo levantado, como que apreciando um vento que ele não podia sentir. — Eu me liguei a ele logo depois de nascer. Era um homem idoso, gentil, mas ele *lutou*. Em uma batalha. E ele morreu...

Ela abriu os olhos.

— Isso foi há muito tempo.

— Sinto muito.

— Está tudo bem. Eu não estava pronta para o laço. Esprenos normalmente resistem à morte do seu Radiante, mas eu... Eu me perdi quando o perdi. Tudo acabou sendo morbidamente oportuno, porque logo depois a Traição aconteceu. Os homens renegaram seus juramentos, o que matou meus irmãos. Eu sobrevivi, pois não tinha um laço naquela época.

— E o Pai das Tempestades deixou você presa?

— O Pai pensou que eu havia sido morta com os outros. Ele me encontrou, dormindo, depois do que deve ter sido... uau, uns mil anos do seu lado. Ele me despertou e me levou para casa. — Ela deu de ombros. — Depois disso, ele não me deixava sair da cidade. — Ela tomou Kaladin pelo braço. — Ele era tolo, assim como os outros esprenos de honra nascidos depois da Traição. Sabiam que algo ruim estava a caminho, mas não fizeram nada. E eu ouvi você chamando, mesmo de tão longe...

— O Pai das Tempestades deixou você sair? — perguntou Kaladin, atordoado por aquelas confissões. Era mais do que havia descoberto sobre ela desde... desde sempre.

— Eu escapuli — disse Syl com um sorriso. — Abri mão da minha mente e me juntei ao seu mundo, me escondendo entre os esprenos de vento. Nós mal podemos vê-los desse lado. Você sabia disso? Alguns esprenos vivem a maior parte do tempo no seu reino. Suponho que o vento esteja sempre lá em algum lugar, então eles não somem, como as emoções. — Ela balançou a cabeça. — Ah!

— Ah? Você se lembrou de alguma coisa? — perguntou Kaladin.

— Não! Ah! — Ela apontou, pulando para cima e para baixo. — Veja!

Na distância, uma intensa luz amarela brilhava como uma fagulha na paisagem escura.

Um farol.

PEDAÇOS DE UM FABRIAL

Dizem que Yelig-nar consome almas, mas não consigo encontrar uma explicação específica. Não sei ao certo se essa lenda está correta.

— Da *Mítica* de Hessi, página 51

No dia da primeira reunião dos monarcas em Urithiru, Navani fez com que cada pessoa — por mais importante que fosse — carregasse a própria cadeira. A velha tradição alethiana simbolizava que cada chefe trazia sabedoria importante para uma assembleia.

Navani e Dalinar chegaram primeiro, descendo do elevador e caminhando rumo à sala de reuniões perto do topo de Urithiru. Sua cadeira era sóbria, mas confortável, feita de madeira Transmutada com um assento acolchoado. Dalinar havia tentado levar um banco, mas ela insistira que ele escolhesse coisa melhor. Não era uma tenda de estratégia em um campo de batalha, e austeridade forçada não impressionaria os monarcas. Ele por fim selecionara uma sólida cadeira de madeira de cepolargo, com descansos largos para os braços, mas sem estofamento.

Ele fez o caminho em silêncio, vendo a passagem dos andares. Quando estava perturbado, Dalinar se calava. Sua testa se enrugava, pensativa, e para todos os outros parecia que ele estava mal-humorado.

— Eles escaparam, Dalinar — disse Navani para ele. — Tenho certeza disso. Elhokar e Adolin estão seguros em algum lugar.

Ele assentiu. Mas, mesmo que eles houvessem sobrevivido, Kholinar havia caído. Era por isso que ele parecia tão assombrado?

Não, era alguma outra coisa. Desde seu desmaio, depois de visitar Azir, parecia que algo dentro de Dalinar havia se quebrado. Naquela manhã, ele havia pedido em voz baixa que ela liderasse a reunião. Navani estava profundamente preocupada com o que estava acontecendo com ele. E com Elhokar. E com Kholinar...

Mas, raios, haviam trabalhado muito duro para forjar essa coalizão. Ela não deixaria que entrasse em colapso agora. Já havia chorado por uma filha, mas então recebera essa filha de volta. Precisava ter esperança de que o mesmo aconteceria com Elhokar — no mínimo, para que pudesse continuar funcionando enquanto Dalinar estava de luto.

Pousaram suas cadeiras na grande sala de reuniões, que tinha uma vista desimpedida através de janelas de vido planas que davam para as montanhas. Os servos já haviam deixado quitutes e bebidas ao longo da parede curva da sala. O piso ladrilhado estava incrustado com a imagem do Olho Duplo do Todo-Poderoso, completo com Fluxos e Essências.

A Ponte Quatro entrou no recinto depois deles. Muitos haviam trazido assentos simples, mas o herdaziano havia cambaleado até o elevador com uma cadeira tão grandiosa — enfeitada com pano azul bordado e prata — que era quase um trono.

Eles instalaram suas cadeiras atrás da dela com uma boa dose de discussão, e então atacaram a comida sem pedir permissão. Para um grupo que estava essencialmente a um passo de serem Fractários olhos-claros, era um bando desregrado e rude.

De modo característico, a Ponte Quatro recebera com gargalhadas a notícia sobre a possível queda do seu líder. *Kaladin é mais duro do que um pedregulho jogado pelo vento, Luminosa*, Teft havia lhe dito. *Ele sobreviveu à Ponte Quatro, sobreviveu aos abismos e vai sobreviver a isso.*

Ela tinha que admitir que o otimismo deles era encorajador. Mas, se a equipe havia sobrevivido, por que não voltara durante a última grantormenta?

Fique firme, Navani pensou consigo mesma, fitando os carregadores, que estavam cercados por esprenos de riso. Um daqueles homens atualmente portava a Espada de Honra de Jezerezeh. Ela não sabia dizer qual deles; a Espada podia ser dispensada como uma Espada Fractal comum, e eles a trocavam entre si para ser serem imprevisíveis.

Logo, os outros chegaram em diferentes elevadores, e Navani os observou cuidadosamente. A tradição de carregar cadeiras era, em parte, um símbolo de igualdade — mas Navani achou que podia aprender algo sobre os monarcas através de suas escolhas. Ser humano era extrair sentido do caos, encontrar significado entre os elementos aleatórios do mundo.

O primeiro a chegar foi o jovem Primeiro azishiano. Seu alfaiate havia feito um trabalho maravilhoso em deixar sua roupa régia sob medida; teria sido fácil deixar o jovem parecendo uma criança nadando naqueles trajes imponentes e naquele barrete. Ele carregava um trono muito elaborado, coberto com estampas azishianas gritantes, e cada um dos seus conselheiros mais próximos ajudava, segurando-o com uma das mãos.

O grande contingente se acomodou, e uma enxurrada de outros veio atrás, incluindo três representantes de reinos subordinados a Azir: o primeiro de Emul, a princesa de Yezier e o embaixador de Tashikk. Todos traziam cadeiras que eram ligeiramente inferiores ao trono do Primeiro azishiano.

Havia um ato de equilíbrio naquilo. Cada uma das três monarquias expressava apenas o respeito suficiente ao Primeiro para não embaraçá-lo; eram seus súditos apenas em nome. Ainda assim, Navani deveria ser capaz de concentrar seus esforços diplomáticos no Primeiro. Tashikk, Emul e Yezier o seguiriam. Dois deles eram historicamente mais próximos ao trono azishiano, e o terceiro — Emul — não estava em posição de ser independente depois que a guerra com Tukar e o ataque dos Esvaziadores haviam basicamente arruinado o principado.

O contingente alethiano chegou em seguida. Renarin, que parecia apavorado com a possibilidade de algo ter acontecido com seu irmão, trouxe uma cadeira simples. Jasnah o superara trazendo efetivamente um banco acolchoado — ela e Dalinar podiam ser dolorosamente similares. Navani notou com irritação que Sebarial e Palona não estavam com os outros grão-príncipes. Bem, pelo menos eles não haviam aparecido com mesas de massagem.

Notavelmente, Ialai Sadeas ignorou o requisito de carregar sua própria cadeira. Um guarda marcado por cicatrizes colocou uma cadeira esguia e laqueada para ela — tingida de um grená tão profundo que poderia ser preta. Ela encontrara os olhos de Navani enquanto se sentava, fria e confiante. Amaram era tecnicamente o grão-príncipe, mas ele ainda estava em Thaylenah, trabalhando junto com seus soldados para reconstruir a cidade. De qualquer modo, Navani duvidava que Ialai teria deixado que ele os representasse nessa reunião.

Parecia fazer tanto tempo desde que Ialai e Navani haviam se juntado em jantares, conspirando sobre como estabilizar o reino que seus maridos estavam conquistando. Agora, Navani queria agarrar a mulher e sacudi-la. Não pode parar de ser mesquinha por um tormentoso minuto?

Bem, como acontecia já há tanto tempo, os outros grão-príncipes se submeteriam a Kholin ou a Sadeas. Deixar Ialai participar era um risco calculado. Se fosse proibida de vir, a mulher encontraria uma maneira de sabotar o evento. Deixando-a entrar, com sorte ela começaria a ver a importância desse trabalho.

Pelo menos a Rainha Fen e seu consorte pareciam comprometidos com a coalizão. Eles pousaram suas cadeiras junto da janela de vidro, de costas para as tempestades, como na expressão humorística frequente dos thaylenos. Suas cadeiras de madeira tinham costas altas, pintadas de azul, e com estofamento de um branco náutico. Taravangian — segurando uma cadeira de madeira comum sem acolchoamento — pediu para juntar-se a eles. O velho havia insistido em carregar sua própria cadeira, embora Navani houvesse especificamente dispensado a ele, Ashno dos Sábios, e outros de porte frágil.

Adrotagia estava sentada com ele, assim como sua Manipuladora de Fluxos. Ela não foi se juntar à Ponte Quatro... e, curiosamente, Navani percebeu que ainda pensava na mulher como a Manipuladora de Fluxos dele.

A outra única pessoa de nota era Au-nak, o embaixador de Natan. Ele representava um reino morto que havia sido reduzido a uma única cidade-estado na costa leste de Roshar com umas poucas outras cidades como protetorados.

Por um momento, aquilo tudo pareceu demais para Navani. O Império azishiano, com todas as suas complexidades. O contramovimento entre os grão-príncipes alethianos. Taravangian, que era de algum modo rei de Jah Keved — o segundo maior reino em Roshar. A Rainha Fen e sua obrigação para com as guildas da sua cidade. Os Radiantes — como a pequena reshiana que no momento estava conseguindo comer mais do que o imenso carregador de pontes papaguampas, quase como se fosse uma disputa.

Tanta coisa para se pensar. Justo agora quando Dalinar estava se distanciando?

Calma, Navani pensou consigo mesma, respirando fundo. *Tire ordem do caos. Encontre a estrutura aqui e comece a construir a partir ela.*

Todos haviam se organizado naturalmente em um círculo, com monarcas na frente e grão-príncipes, vizires, intérpretes e escribas irradiando a partir deles. Navani se levantou e foi até o centro. Quando todo mundo estava se aquietando, Sebarial e sua amante finalmente entraram, despreocupados. Eles foram direto para a comida e haviam aparentemente esquecido por completo as cadeiras.

— Eu não sei de qualquer outra conferência como essa na história de Roshar — disse ela quando a sala voltou a silenciar. — Talvez elas fossem comuns na época dos Cavaleiros Radiantes, mas certamente nada como isso aconteceu desde a Traição. Eu gostaria de dar-lhes as boas-vindas e de agradecer a vocês, nossos nobres convidados. Hoje faremos história.

— Só foi necessário uma Desolação — disse Sebarial da mesa de comida. — O mundo devia acabar com mais frequência. Isso faz com que todo mundo se torne mais ameno.

Os vários intérpretes sussurraram traduções para os participantes estrangeiros. Navani se perguntou se era tarde demais para mandar jogá-lo para fora da torre. Era possível fazer isso — o lado vazio de Urithiru, voltado para a Origem, seguia reto até embaixo. Ela poderia observar Sebarial caindo praticamente até o fundo das montanhas, se assim desejasse.

— Nós estamos aqui para discutir o futuro de Roshar — continuou Navani em um tom áspero. — Precisamos ter uma visão e uma meta unificadas.

Ela olhou ao redor da sala enquanto as pessoas assimilavam o que havia dito. *Ele vai falar primeiro*, pensou, notando o primeiro de Emul se mexendo na cadeira. Seu nome era Vexil, o Sábio, mas as pessoas frequentemente se referiam aos príncipes e primeiros makabakianos pelo seu país de modo parecido com como os grão-príncipes alethianos costumavam ser chamados pelos nomes de suas casas.

— O caminho é óbvio, não é? — disse Emul através de um intérprete, embora Navani entendesse seu azishiano. Ele fez uma saudação da sua cadeira para o jovem imperador azishiano, então continuou. — Precisamos retomar minha nação das mãos dos parshemanos traidores; então precisamos conquistar Tukar. É completamente irracional permitir que aquele homem insano, que alega ser um deus, continue a afligir o glorioso império azishiano.

Isso vai ficar difícil, pensou Navani enquanto meia dúzia de outras pessoas começava a falar ao mesmo tempo. Ela levantou a mão livre.

— Farei o possível para moderar de modo justo, Vossas Majestades, mas entendam que sou apenas uma pessoa. Conto com todos para que facilitem a discussão, em vez de tentarem falar interrompendo uns aos outros.

Ela acenou com a cabeça para o Primeiro azishiano, esperando que ele tomasse a palavra. Um tradutor sussurrou as palavras dela no ouvido esquerdo do Primeiro; então Noura, a vizir, se inclinou para a frente e sussurrou baixinho no outro, sem dúvida oferecendo instruções.

Eles vão querer ver como isso vai se desenrolar, concluiu Navani. *Um dos outros vai falar em seguida. Vão querer contrastar com a posição emuliana, para se afirmarem.*

— O trono reconhece o primeiro de Emul — disse finalmente o imperadorzinho. — E, hã, estamos cientes dos seus desejos. — Ele fez uma pausa e olhou ao redor. — Hã, mais alguém quer comentar?

— Meu irmão, o príncipe, deseja dirigir-se a vocês — disse o alto e refinado representante de Tashikk, que vestia um traje florido em amarelo e dourado, em vez da túnica tradicional do seu povo.

Uma escriba sussurrou para ele enquanto uma telepena traçava a mensagem que o príncipe de Tashikk queria expressar à reunião.

Ele vai contradizer Emul, pensou Navani. *Apontar em outra direção. Talvez para Iri?*

— Nós de Tashikk estamos mais interessados na descoberta desses gloriosos portais — declarou o embaixador. — Os alethianos nos convidaram aqui e nos disseram que somos parte de uma grandiosa coalização. Nós respeitosamente gostaríamos de saber com que frequência poderemos usar esses portais, e como negociaremos tarifas.

Imediatamente, a sala explodiu com conversas.

— Nosso portal, na nossa *terra natal histórica*, está sendo usado sem nossa permissão — disse Au-nak. — E, embora sejamos gratos aos alethianos por protegê-lo para nós...

— Se vai haver guerra, então é um período ruim para discutir tarifas — disse Fen. — Deveríamos simplesmente concordar com livre mercado.

— O que ajudaria seus comerciantes, Fen — observou Sebarial. — Que tal pedir a eles para ajudar o resto de nós com alguns suprimentos gratuitos em tempo de guerra?

— Emul... — começou o Primeiro emuliano.

— Esperem — disse a princesa de Yezier. — Não deveríamos nos preocupar com Iri e Rira, que parecem ter se aliado completamente com o inimigo?

— Por favor — disse Navani, interrompendo a confusão de conversas. — *Por favor*. Vamos fazer isso de maneira ordenada. Talvez seja melhor, antes de decidirmos onde combater, discutirmos como nos equiparemos contra a ameaça inimiga. — Ela olhou para Taravangian. — Vossa Majestade, pode nos dizer mais sobre os escudos que suas eruditas em Jah Keved estão criando?

— Sim. Eles... eles são fortes.

— ...Quão fortes? — questionou Navani.

— Muito fortes. Hã, sim. Fortes o bastante. — Ele coçou a cabeça e olhou para ela, sem saber o que fazer. — Quão... quão fortes você precisa que eles sejam?

Ela respirou fundo. Ele não estava tendo um bom dia. Isso acontecera com a mãe dela; lúcida em alguns dias, parcamente consciente em outros.

— Os semifractais nos darão uma vantagem contra o inimigo — disse Navani, se dirigindo à sala. — Nós entregamos os projetos para as eruditas azishianas; gostaria de unir nossos recursos e estudar o processo.

— Isso poderia levar a uma Armadura Fractal? — perguntou a Rainha Fen.

— É possível — disse Navani. — Porém, quanto mais estudo o que descobrimos aqui em Urithiru, mais percebo que nossa imagem dos antigos como possuidores de uma tecnologia fantástica é profundamente falha. Na melhor das hipóteses, um exagero, talvez uma fantasia.

— Mas as Fractais... — disse Fen.

— Manifestações de esprenos — explicou Jasnah. — Não tecnologia fabrial. Até mesmo as gemas que descobrimos, contendo palavras de antigos Radiantes durante a época em que deixaram Urithiru, eram rudimentares... embora tenham sido usadas de uma maneira que ainda não exploramos. Todo esse tempo partimos do princípio de que perdemos grandes tecnologias nas Desolações, mas parece que somos muito, muito mais avançados do que os antigos já foram. Foi o processo de vinculação com esprenos que nós perdemos.

— Não perdemos — disse o Primeiro azishiano. — *Abandonamos*.

Ele olhou para Dalinar, que estava sentado em uma postura relaxada. Não encurvado, mas também não estava empertigado — uma postura que de algum modo dizia "estou no controle aqui; não finjam o contrário". Dalinar dominava uma sala mesmo quando tentava não se destacar. Aquele cenho franzido escurecia seus olhos azuis, e a maneira como ele coçava o queixo evocava a imagem de um homem contemplando quem ia executar primeiro.

Os participantes haviam organizado suas cadeiras em um círculo rudimentar, mas a maioria estava voltada para Dalinar, sentado ao lado da cadeira de Navani. Depois de tudo que acontecera, não confiavam nele.

— Os antigos juramentos voltaram a ser declarados — disse Dalinar. — Somos novamente Radiantes. Desta vez, não vamos abandoná-los. Eu prometo.

Noura, a vizir, sussurrou no ouvido do Primeiro azishiano, e ele assentiu antes de falar.

— Nós ainda estamos muito preocupados com os poderes com que vocês estão mexendo. Essas habilidades... quem sabe se os Radiantes Perdidos estavam errados em abandoná-las? Eles estavam com medo de alguma coisa e trancaram esses portais por algum motivo.

— É tarde demais para voltar atrás, Vossa Majestade — replicou Dalinar. — Eu estabeleci um laço com o próprio Pai das Tempestades. Precisamos usar essas habilidades ou seremos esmagados sob a invasão.

O Primeiro se recostou novamente e seus atendentes pareceram... preocupados. Eles sussurravam entre si.

Tirar ordem do caos, pensou Navani. Ela gesticulou para os carregadores de pontes e para Lift.

— Eu compreendo sua preocupação, mas vocês certamente leram nossos relatos sobre os votos que esses Radiantes seguem. Proteger. Lembrar-se dos caídos. Esses juramentos são prova de que nossa causa é justa, nossos Radiantes confiáveis. Os poderes estão em mãos seguras, Vossa Majestade.

— Eu acho que deveríamos parar de ficar postergando e trocando tapinhas nas costas — declarou Ialai.

Navani se virou para encará-la. *Não sabote isso*, pensou, olhando a mulher nos olhos. *Nem ouse.*

— Nós estamos aqui para concentrar nossa atenção — continuou Ialai. — Deveríamos discutir onde invadir para obter a melhor posição para uma guerra estendida. Obviamente, só há uma resposta. Shinovar é uma terra fértil. Seus pomares são infinitos; a terra é tão tranquila que até mesmo a grama cresce relaxada e gorda. Devíamos tomar aquela terra para suprir nossos exércitos.

Os outros na sala concordaram, como se aquela fosse uma linha de conversa perfeitamente aceitável. Com uma flecha bem apontada, Ialai Sadeas havia provado o que todos sussurravam — que os alethianos estavam construindo uma coalizão para conquistar o mundo, não apenas protegê-lo.

— As montanhas shinas apresentam um problema histórico — disse o embaixador de Tashikk. — Atacar através delas ou cruzando-as é basicamente impossível.

— Temos os Sacroportais agora — disse Fen. — Sem querer levantar esse problema específico novamente, mas alguém investigou se o portal shino pode ser aberto? Ter Shinovar como um reduto, difícil de invadir dos modos convencionais, ajudaria a reforçar nossa posição.

Navani xingou Ialai baixinho. Isso só reforçaria a preocupação azishiana de que os portais eram perigosos. Ela tentou conduzir a discussão, que escapou novamente das suas mãos.

— Precisamos saber o que os Sacroportais fazem! — disse Tashikk. — Será que os alethianos não compartilharam conosco tudo que descobriram sobre eles?

— E o seu povo? — replicou Aladar. — Eles são ótimos no comércio de informações. Poderiam compartilhar conosco os seus segredos?

— Todas as informações tashikkanas estão livremente disponíveis.

— A um alto preço.

— Nós precisamos...

— Mas *Emul*...

— Essa coisa toda vai ser uma confusão — disse Fen. — Já posso ver. Precisamos ser capazes de ter livre comércio, e a cobiça alethiana pode destruir isso.

— A cobiça *alethiana*? — interpelou Ialai. — Está testando até onde pode nos pressionar? Porque garanto que Dalinar Kholin *não* será intimidado por um bando de mercadores e banqueiros.

— Por favor — disse Navani diante do crescente tumulto. — Silêncio.

Ninguém pareceu notar. Navani expirou, então limpou a mente.

Ordem a partir do caos. Como podia trazer ordem para aquele caos? Ela parou de se afligir e tentou escutá-los. Estudou as cadeiras que haviam trazido, o tom de suas vozes. Seus medos, ocultos por trás do que exigiam ou solicitavam.

O formato da coisa começou a fazer sentido para ela. No momento, aquela sala estava cheia de materiais de construção. Peças de um fabrial. Cada monarca, cada reino, era uma peça. Dalinar os reunira, mas não os *montara*.

Navani foi até o Primeiro azishiano. As pessoas silenciaram enquanto, de modo chocante, ela se curvou para ele.

— Vossa Excelência — disse ela ao se levantar. — Na sua opinião, qual é o ponto mais forte do povo azishiano?

Ele olhou de relance para seus conselheiros enquanto as palavras dela eram traduzidas, mas eles não responderam. Em vez disso, pareciam curiosos em saber o que ele diria.

— Nossas leis — replicou ele por fim.

— Sua famosa burocracia — disse Navani. — Seus funcionários e escribas, e, por extensão, os grandes centros de informação de Tashikk, os cronometristas e guarda-tempos de Yezier, as legiões azishianas. Vocês são os maiores organizadores em Roshar. Há muito tempo eu invejo sua abordagem ordeira do mundo.

— Talvez tenha sido por isso que seu ensaio foi tão bem recebido, Luminosa Kholin — disse o imperador, soando completamente sincero.

— Diante da sua habilidade, eu me pergunto... Alguém nesse recinto reclamaria se uma tarefa específica fosse designada aos seus escribas? Precisamos de procedimentos. Um código sobre como nossos reinos devem interagir e como devemos compartilhar recursos. Vocês, de Azir, estariam dispostos a criar isso?

Os vizires pareceram chocados, então imediatamente começaram a conversar uns com os outros em tons baixos e empolgados. O ar de deleite no rosto deles era prova suficiente de que, sim, eles estariam dispostos.

— Agora, espere — interrompeu Fen. — Você está falando de leis? Que todos nós teríamos que seguir?

Au-nak assentiu às pressas.

— Mais *e* menos do que leis — disse Navani. — Precisamos de novos códigos para guiar nossas interações... como foi comprovado hoje. Precisamos ter procedimentos sobre como fazer reuniões, como dar a vez para cada pessoa. Como compartilhar informações.

— Eu não sei se Thaylenah pode concordar com isso também.

— Bem, com certeza você vai primeiro querer ver o conteúdo desses códigos, Rainha Fen — disse Navani, caminhando até ela. — Afinal de contas, nós vamos ter que administrar o comércio através dos Sacroportais. Eu me pergunto... quem tem uma excelente especialização em remessas, caravanas e comércio em geral...?

— Você daria isso para nós? — perguntou Fen, absolutamente perplexa.

— Parece lógico.

Sebarial engasgou baixinho com os quitutes que estava comendo e Palona bateu nas costas dele. Ele queria aquele trabalho. *Isso vai te ensinar a não aparecer atrasado na minha reunião e só fazer piadas*, observou Navani.

Ela deu uma olhadela para Dalinar, que parecia preocupado. Bem, ele sempre parecia preocupado ultimamente.

— Não vou entregar a você os Sacroportais — disse Navani a Fen. — Mas alguém precisa supervisionar o comércio e os suprimentos. Seria um trabalho natural para os comerciantes thaylenos... contanto que um acordo justo possa ser alcançado.

— Hum — disse Fen, se recostando. Ela olhou para seu consorte, que deu de ombros.

— E os alethianos? — indagou a miúda princesa de Yezier. — E vocês?

— Bem, nós nos destacamos em uma coisa — respondeu Navani e olhou para Emul. — Vocês aceitariam ajuda dos nossos generais e exércitos para defender o que sobrou do seu reino?

— Por todo Kadasix que já foi sagrado! — exclamou Emul. — Sim, naturalmente! Por favor.

— Tenho várias escribas especialistas em fortificações — sugeriu Aladar do seu lugar atrás de Dalinar e Jasnah. — Elas podem avaliar seu território restante e fornecer conselhos sobre como protegê-lo.

— E recuperar o que perdemos? — perguntou Emul.

Ialai abriu a boca, talvez para exaltar novamente as virtudes bélicas dos alethianos.

Jasnah a interrompeu, falando de modo decisivo.

— Proponho que primeiro nos consolidemos. Tukar, Iri, Shinovar... parece tentador atacar cada um desses lugares, mas de que adiantaria, se nos estendermos demais? Devemos nos concentrar em proteger nossas terras como elas estão agora.

— Sim — disse Dalinar. — Não deveríamos nos perguntar "onde vamos atacar?", mas sim "onde nosso inimigo vai atacar em seguida?".

— Eles estabeleceram três posições — disse o Grão-príncipe Aladar. — Iri, Marat... e Alethkar.

— Mas você enviou uma expedição — disse Fen. — Para retomar Alethkar.

Navani conteve a respiração, olhando para Dalinar. Ele assentiu devagar.

— Alethkar caiu — comunicou Navani. — A expedição falhou. Nossa terra foi tomada.

Navani havia esperado que a notícia causasse outra rajada de conversas, mas em vez disso ela foi recebida apenas por um silêncio atordoado. Jasnah continuou por ela.

— O que resta dos nossos exércitos recuou até Herdaz ou Jah Keved, perseguidos e confundidos por inimigos que podem voar... ou por súbitos ataques de tropas de choque de parshemanos. Nossos únicos pontos de resistência estão na fronteira sul, junto ao mar. Kholinar caiu completamente; o Sacroportal está perdido para nós. Nós o trancamos do nosso lado, para que não possa ser usado para alcançar Urithiru.

— Eu sinto muito — disse Fen.

— Minha filha está certa — disse Navani, tentando projetar força enquanto admitia que haviam se tornado uma nação de refugiados. — Nós devemos aplicar nossos esforços primeiro em nos certificarmos de que nenhuma outra nação cairá.

— Minha terra natal... — começou o primeiro de Emul.

— Não — disse Noura em um alethiano com forte sotaque. — Sinto muito, mas não. Se os Esvaziadores quisessem seu último bocado de terra, Vexil, já o teriam tomado. Os alethianos podem ajudá-lo a proteger o que possui, e parece generoso da parte deles fazer isso. O inimigo passou por você para se reunir em Marat, conquistando apenas o que era necessário no caminho. Os olhos deles estão voltados para outro lugar.

— Ah, céus! — exclamou Taravangian. — Será que eles... vêm atrás de mim?

— Parece uma suposição razoável — concordou Au-nak. — A guerra civil vedena deixou o país em ruínas, e a fronteira entre Alethkar e Jah Keved é porosa.

— Talvez — disse Dalinar. — Eu lutei naquela fronteira. Não é um campo de batalha tão fácil quanto parece.

— Precisamos defender Jah Keved — disse Taravangian. — Quando o rei me entregou o trono, prometi que cuidaria do seu povo. Se os Esvaziadores nos atacarem...

A preocupação na sua voz deu uma oportunidade a Navani, que voltou ao centro da sala.

— Não vamos permitir que isso aconteça, vamos?

— Vou enviar tropas para ajudá-lo, Taravangian — disse Dalinar. — Mas um exército pode ser interpretado como uma força invasora, e não pretendo invadir meus aliados, nem mesmo na aparência. Não podemos firmar essa aliança com uma mostra de solidariedade? Alguém mais pode ajudar?

O Primeiro azishiano fitou Dalinar. Atrás dele, os vizires e pósteros conduziam uma conversa privada, escrevendo em cadernos. Quando acabaram, a Vizir Noura se inclinou para a frente e sussurrou para o imperador, que concordou.

— Vamos enviar cinco batalhões para Jah Keved — disse ele. — Isso será um teste importante de mobilidade através dos Sacroportais. Rei Taravangian, o senhor terá o apoio de Azir.

Navani soltou um longo suspiro de alívio.

Ela permitiu que a reunião tivesse uma pausa, para que as pessoas pudessem comer e beber — embora a maioria provavelmente fosse passar o tempo elaborando estratégias ou transmitindo os eventos para seus vários aliados. Os grão-príncipes se agitaram, separando-se em suas respectivas casas para conversar.

Navani sentou-se ao lado de Dalinar.

— Você prometeu entregar um bocado de coisas — comentou ele. — Dar a Fen controle do comércio e dos suprimentos?

— Administração é diferente de controle — disse Navani. — Mas, de qualquer modo, você achou que fosse conseguir fazer essa coalizão funcionar sem ceder nada?

— Não. É claro que não.

Ele olhou adiante. Aquela expressão assombrada fez com que ela se arrepiasse. Do que você se lembrou, Dalinar? E o que a Guardiã da Noite fez com você?

Eles precisavam do Espinho Negro. Ela precisava do Espinho Negro. Sua força para aquietar a preocupação nauseante dentro dela, sua vontade para forjar aquela coalizão. Ela pegou a mão dele, mas Dalinar enrijeceu, depois se levantou. Ele fazia isso sempre que achava que estava relaxando demais. Era como se estivesse procurando algum perigo para encarar.

Ela se levantou ao lado dele.

— Precisamos tirar você da torre. Para ter uma nova perspectiva. Visite algum lugar novo.

— Isso seria bom — disse Dalinar, a voz rouca.

— Taravangian estava falando em levar você para visitar Vedenar pessoalmente. Se vamos enviar tropas Kholin para aquele reino, faria sentido que você avaliasse a situação ali.

— Muito bem.

Os azishianos a chamaram, pedindo elucidação sobre em que direção ela queria que eles seguissem com seus estatutos de coalizão. Ela deixou Dalinar, mas não conseguiu parar de se preocupar com ele. Teria que queimar um glifo-amuleto naquele dia. Uma dúzia, para Elhokar e os outros. Exceto... parte do problema era que Dalinar alegava que ninguém estava vendo as orações que eles queimavam, enviando fumaça para os Salões Tranquilinos. Ela acreditava nisso? De verdade?

Naquele dia, dera um grande passo rumo à unificação de Roshar. Contudo, se sentia mais impotente do que nunca.

RIINO

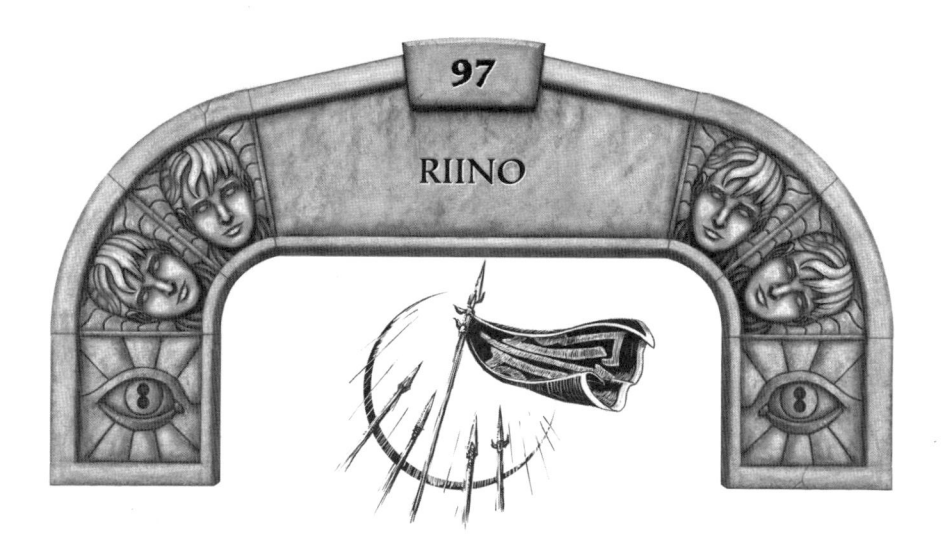

Dos Desfeitos, Sja-anat era a mais temida pelos Radiantes. Eles falavam muito da sua habilidade de corromper esprenos, embora só esprenos "inferiores" — seja lá o que isso signifique.

— Da *Mítica* de Hessi, página 89

KALADIN LEMBRAVA-SE DE SEGURAR a mão de uma moribunda. Isso ocorrera durante seus dias como escravo. Ele se lembrava de estar agachado no escuro, o matagal espesso da floresta arranhando sua pele, a noite ao redor silenciosa demais. Os animais haviam fugido; eles sabiam que havia algo errado.

Os outros escravos não sussurravam, se mexiam ou tossiam nos seus esconderijos. Ele os ensinara bem.

Temos que ir. Precisamos nos mover.

Ele puxou a mão de Nalma. Havia prometido ajudar a mulher mais velha a encontrar seu marido, que havia sido vendido para outra casa. Isso supostamente era ilegal, mas era possível se safar com todo tipo de coisa em relação a escravos com certas marcas, especialmente se eram estrangeiros.

Ela resistiu ao seu puxão e ele podia compreender sua hesitação. O matagal era seguro, por enquanto. Também era óbvio demais. Os Luminobres os perseguiram em círculos durante dias, se aproximando cada vez mais. Se ficassem ali, os escravos seriam capturados.

Ele puxou novamente e ela passou o sinal para o próximo escravo, até o fim da fila, então se agarrou à mão dele enquanto Kaladin os conduzia — da maneira mais silenciosa possível — para onde se lembrava de haver uma trilha de caça.

Ir embora.

Encontrar a liberdade. Encontrar a honra novamente.

Ela estava por aí, em algum lugar.

O estalo da armadilha se fechando transmitiu um choque através de Kaladin. Um ano depois, ele ainda se perguntava como deixara de pisar nela.

Em vez disso, a armadilha pegou Nalma, que puxou a mão da dele enquanto gritava.

As trombetas dos caçadores gemeram na noite. Luz surgiu de lanternas recém-destampadas, exibindo homens em uniformes entre as árvores. Os outros escravos se separaram, disparando para fora do matagal como animais de caça para diversão. Junto de Kaladin, a perna de Nalma estava presa em uma cruel armadilha de aço — uma coisa feita de molas e mandíbulas que eles não usariam nem em uma fera, com medo de estragar o esporte. A tíbia dela despontava da pele.

— Ah, Pai das Tempestades — sussurrou Kaladin enquanto esprenos de dor se agitavam ao redor deles. — Pai das Tempestades! — Ele tentou estancar o sangue, mas ele jorrava entre seus dedos. — Pai das Tempestades, não. Pai das Tempestades!

— Kaladin — disse ela através de dentes cerrados. — Kaladin, *corra...*

Flechas abateram vários dos escravos fugitivos. Armadilhas pegaram dois outros. À distância, uma voz gritou:

— Esperem! Vocês estão abatendo minhas propriedades.

— Uma necessidade, Luminobre — disse uma voz mais forte. O grão-senhor local. — A menos que queira encorajar mais comportamentos como esse.

Tanto sangue. Kaladin inutilmente faz uma bandagem enquanto Nalma tentava empurrá-lo para longe, fazê-lo correr. Ele pegou a mão dela e a segurou, em vez disso, chorando enquanto ela morria.

Depois de matar os outros, os Luminobres o encontraram ainda ajoelhado ali. Contra toda razão, eles o pouparam. Disseram que foi porque ele não havia corrido como os outros, mas na verdade precisavam de alguém para levar o aviso para os outros escravos.

Independentemente do motivo, Kaladin havia sobrevivido.

Ele sempre sobrevivia.

Não havia matagal em Shadesmar, mas aqueles velhos instintos foram úteis a Kaladin enquanto se esgueirava para o farol. Ele havia sugerido fazer um reconhecimento do terreno à frente, já que não confiava naquela terra estranha. Os outros haviam concordado. Com Projeções, ele podia escapar mais facilmente em uma emergência — além disso, nem Adolin nem Azure tinham experiência como batedores. Kaladin não mencionou que a maior parte da sua prática de se mover furtivamente viera do seu tempo como escravo fugitivo.

Ele se concentrou em permanecer junto ao chão, tentando usar fissuras na pedra negra para esconder sua aproximação. Felizmente, pisar sem fazer barulho não era difícil naquele chão vítreo.

O farol era uma grande torre de pedra com uma enorme fogueira no topo. Ela jogava um chamativo brilho alaranjado sobre a ponta da península. Onde eles conseguiam o combustível para aquela coisa?

Ele se aproximou, acidentalmente assustando uma rajada de esprenos de vida, que pularam de umas plantas cristalinas, então flutuaram de volta para baixo. Ele gelou, mas não ouviu sons do farol.

Quando se aproximou mais um pouco, Kaladin se acomodou para vigiar durante algum tempo, para ver se identificava algo suspeito. Sentia muita falta da forma diáfana que Syl tinha no Reino Físico; ela poderia relatar aos outros o que ele visse ali, ou até mesmo vasculhar ela mesma o edifício, invisível, a não ser para os olhos certos.

Depois de um curto período, algo saiu se arrastando das contas do oceano ali perto: uma criatura redonda semelhante a um lurgue, com um corpo gordo e bulboso e pernas atarracadas. Mais ou menos do tamanho de uma criança pequena, ela pulou para perto dele, então inclinou toda a metade superior da sua cabeça para trás. Uma longa língua se lançou ao ar da boca escancarada e começou a se agitar e acenar.

Raios. Um espreno de expectativa? Eles pareciam fitas do seu lado, mas eram... eram *línguas* se agitando? Que outras partes simples e estáveis da sua vida eram completas mentiras?

Mais dois esprenos de expectativa se juntaram ao primeiro, se aglomerando perto dele e exibido suas longas línguas balançantes. Kaladin os chutou.

— Xô.

Eles eram inesperadamente firmes e se recusaram a se deslocar, então Kaladin tentou se acalmar, esperando que isso os banisse. Por fim, apenas continuou avançando, seus três incômodos acompanhantes pulando atrás. Isso minou severamente a furtividade da sua abordagem, deixando-o mais nervoso — o que, por sua vez, fez com que os esprenos de expectativa ficassem ainda mais ansiosos para andar junto dele.

Conseguiu alcançar a parede da torre, onde imaginava que o calor do enorme fogo fosse opressivo. Em vez disso, mal podia senti-lo. Era digno de nota que aquelas chamas faziam com que sua sombra se comportasse normalmente, se estendendo atrás dele em vez de apontando para o sol.

Kaladin respirou fundo, então olhou pela janela aberta, para dentro do andar térreo do farol.

Ali dentro, viu um velho shino — com pele enrugada e uma cabeça completamente calva — sentado em uma cadeira, lendo com luz de esferas. Um humano? Kaladin não sabia se isso era um bom sinal ou não. O velho começou a virar uma página do seu livro, então parou, erguendo os olhos.

Kaladin se agachou, o coração batendo forte. Aqueles estúpidos esprenos de expectativa continuaram a se aglomerar ali perto, mas suas línguas não deveriam ser visíveis pela janela...

— Olá? — chamou uma voz com sotaque de dentro do farol. — Quem está aí? Apareça!

Kaladin suspirou, então se levantou. Lá se fora sua promessa de fazer reconhecimento furtivo.

S HALLAN ESPERAVA COM OS outros na sombra de uma estranha saliência rochosa. Parecia um cogumelo feito de obsidiana, da altura de uma árvore; ela achava que já tinha visto aquilo antes, durante um dos seus vislumbres de Shadesmar. Padrão disse que a coisa estava viva, mas era "muito, muito lenta".

O grupo esperou, reflexivo, enquanto Kaladin fazia o reconhecimento. Ela odiou que ele fosse sozinho, mas não sabia nada sobre aquele tipo de trabalho. Véu sabia. Mas Véu... ainda se sentia quebrada, devido ao que acontecera em Kholinar. Isso era perigoso. Onde Shallan se esconderia agora? Como Radiante?

Encontre o equilíbrio, Riso havia dito. *Aceite a dor, mas não aceite que você a merece...*

Ela suspirou, então pegou seu caderno e começou a desenhar alguns dos esprenos que haviam visto.

— Então — disse Syl, sentada em uma pedra ali perto e balançando as pernas. — Eu sempre me perguntei... O mundo parece estranho para você, ou normal?

— Estranho — disse Padrão. — Hmm. Igual para todo mundo.

— Acho que, tecnicamente, nenhum de nós tem olhos — disse Syl, se recostando e olhando para a cobertura vítrea do abrigo de cogumelo-árvore. — Somos um pouco de poder manifestado. Nós, esprenos de honra, imitamos o próprio Honra. Vocês, Crípticos, imitam... coisas estranhas?

— A matemática subjacente fundamental por meio da qual ocorrem os fenômenos naturais. Hmm. Verdades que explicam o tecido da existência.

— Tá. Coisas estranhas.

Shallan baixou seu lápis, olhando com insatisfação para sua tentativa de desenhar um espreno de medo. Parecia o rabisco de uma criança.

Véu estava vazando dela.

Shallan, essa sempre foi você. Só tem que admitir. Permitir.

— Estou tentando, Riso — sussurrou ela.

— Você está bem? — indagou Adolin, se ajoelhando ao seu lado, colocando a mão nas suas costas, então esfregando seus ombros.

Raios, aquilo era agradável. Eles haviam caminhado *mais que demais* naqueles últimos dias. Ele olhou para seu caderno de desenho.

— Mais... como você chamou? Abstracionalismo?

Ela fechou bruscamente o caderno.

— Por que aquele carregador está demorando tanto? — Ela olhou sobre o ombro, o que interrompeu Adolin. — Não pare — acrescentou — ou eu te mato.

Ele deu uma risadinha e continuou massageando os ombros dela.

— Ele vai ficar bem.

— Você estava preocupado com ele ontem.

— Ele está com fadiga de batalha, mas um objetivo ajuda a curar isso. Nós temos que vigiá-lo quando está sentado sem fazer nada, não quando tem uma missão específica.

— Se você diz. — Ela indicou Azure com o queixo; a mulher estava junto da costa, olhando para além do oceano de contas. — O que você acha dela?

— Aquele uniforme tem um bom corte — disse Adolin —, mas o azul não combina com o tom de pele dela; teria que ser um tom mais claro. A couraça é exagerada, como se ela estivesse tentando se provar. Mas gosto da capa; sempre quis uma desculpa para usar uma. Meu pai pode, mas eu não.

— Não estava pedindo uma avaliação de guarda-roupa, Adolin.

— Roupas dizem um bocado sobre as pessoas.

— É? O que aconteceu com a roupa elegante que você arrumou em Kholinar?

Ele olhou para baixo — o que deteve a massagem nos ombros dela por inaceitáveis três segundos, então Shallan rosnou para ele.

— Não cabia mais em mim — disse ele, voltando à massagem. — Mas você apontou um problema importante. Sim, precisamos encontrar comida e bebida, mas, se eu tiver que usar o mesmo uniforme durante toda a viagem, você não vai ter que me matar; cometerei suicídio.

Shallan havia quase esquecido que estava com fome. Que estranho. Ela suspirou, fechando seus olhos e tentando não derreter *demais* com a sensação do toque dele.

— Hã... — disse Adolin pouco tempo depois. — Shallan, o que você acha que é aquilo?

Ela olhou para onde Adolin apontou e avistou um espreno pequeno e estranho flutuando no ar. Branco-osso e marrom, ele tinha asas abertas e uma cauda trançada. Diante do seu corpo flutuava um cubo.

— Parece com aqueles esprenos de glória que vimos antes — disse ela. — Só que com a cor errada. E a forma da cabeça está...

— Corrompida! — disse Syl. — Aquele ali é um dos esprenos de Odium!

A O ENTRAR NO FAROL, os instintos de Kaladin o fizeram verificar dos dois lados da porta para ver se havia alguém pronto para uma emboscada. A sala parecia vazia, exceto pela mobília, pelo shino e por alguns quadros estranhos nas paredes. O lugar cheirava a incenso e especiarias.

O shino fechou seu livro.

— Chegou em cima da hora, hein? Bem, vamos começar! Não temos muito tempo.

Ele se levantou, mostrando que era bem baixo. Suas roupas estranhas eram bufantes em partes dos braços, e as calças eram muito apertadas. Ele caminhou até uma porta lateral.

— É melhor eu buscar meus companheiros — disse Kaladin.

— Ah, mas as *melhores* leituras acontecem no início da grantormenta! — O homem verificou um pequeno dispositivo que tirou do bolso. — Só faltam dois minutos.

Uma grantormenta? Azure havia dito que não precisavam se preocupar com elas em Shadesmar.

— Espere — disse Kaladin, indo atrás do homenzinho, que havia adentrado uma sala construída contra a base do farol.

O local tinha janelas grandes, mas sua característica principal era uma pequena mesa no centro. Aquela mesa continha alguma coisa arredondada coberta por um pano preto. Kaladin se descobriu... curioso. Isso era bom, depois da escuridão dos últimos dias. Ele entrou, olhando novamente para os lados. Uma parede continha uma pintura de pessoas ajoelhadas diante de um espelho branco e brilhante; uma outra mostrava uma paisagem urbana no crepúsculo, com um grupo de casas baixas aglomeradas diante de uma enorme muralha, uma luz brilhando além dela.

— Bem, vamos começar! — disse o homem. — Você veio testemunhar o extraordinário e eu providenciarei para que assim seja. O preço é apenas dois marcos de Luz das Tempestades. Você será muito bem recompensado, tanto em sonhos quanto em esplendor!

— Eu realmente devia chamar meus amigos...

O homem removeu o pano da mesa, revelando um grande globo cristalino, que brilhava intensamente, banhando a sala com seu fulgor. Kaladin foi ofuscado. Seria Luz das Tempestades?

— Você está hesitando por causa do preço? O que dinheiro significa para você? Potencial? Se nunca o gastar, de nada valerá possuí-lo. E o testemunho do que está por vir compensará em muito a pequena quantia que gastar!

— Eu... — disse Kaladin, levantando a mão contra o brilho. — Raios, homem. Eu não faço ideia do que você está falando.

O shino franziu o cenho, o rosto iluminado por baixo, como o globo.

— Você veio aqui para ler sua sorte, não foi? Com o Oráculo Rii? Você deseja que eu veja os caminhos não percorridos... durante a grantormenta, quando os reinos se misturam.

— Ler a sorte? Você quer dizer *prever o futuro*? — Kaladin sentiu um gosto amargo na boca. — O futuro é *proibido*.

O velho inclinou a cabeça para o lado.

— Mas... não foi por isso que você veio me ver?

— Raios, não. Procuro por uma passagem. Ouvimos falar que navios passam por aqui.

O velho esfregou o nariz e suspirou.

— Passagem? Por que não disse antes? E eu aqui apreciando o discurso. Ora, bem. Um navio? Deixe-me conferir meus calendários. Acho que vão chegar suprimentos em breve...

Ele passou afobado por Kaladin, murmurando consigo mesmo. Do lado de fora, o céu tremulava com luz. As nuvens *bruxuleavam*, ganhando uma luminescência estranha e etérea. Kaladin ficou boquiaberto, então olhou de volta para o homenzinho, que havia pegado um livro-razão de uma mesa lateral.

— Aquilo... — disse Kaladin. — É essa a cara de uma grantormenta neste lado?

— Hmmm? Ah, você é novo, não é? Como chegou em Shadesmar, mas não viu uma tempestade? Você veio direto da perpendicularidade? — O velho franziu o cenho. — Já não passa mais muita gente por aqui.

Aquela *luz*. A esfera brilhante na mesa — do tamanho de uma cabeça, e cintilando com uma luz leitosa — mudava de cor, combinando com as ondulações acima. Não havia gema dentro daquele globo. E a luz parecia diferente. Hipnótica.

— Agora, cuidado — disse o homem enquanto Kaladin dava um passo à frente —, não toque nisso. É só para pessoas *devidamente treinadas para...*

Kaladin pousou a mão na esfera.

E se sentiu ser carregado pela tempestade.

SHALLAN E OS OUTROS procuraram cobertura, mas foram muito lentos. O estranho espreno voejou direto para debaixo do pequeno abrigo deles.

Acima, as nuvens começaram a ondular com um conjunto de cores vibrantes.

O espreno de glória corrompido *pousou* no braço de Shallan. *Odium suspeita que vocês sobreviveram*, disse uma voz em sua mente. Aquela... aquela era a voz do Desfeito do espelho. Sja-anat. *Ele acha que algo estranho aconteceu ao Sacroportal devido à nossa influência — nunca tínhamos conseguido Iluminar um espreno tão poderoso antes. É factível que algo estranho tenha acontecido. Eu menti e disse que achava que vocês haviam sido enviados para bem longe do ponto de transferência.*

Ele tem servos neste reino, que receberão ordens de caçar vocês. Então tomem cuidado. Felizmente, ele não sabe que você é uma Teceluz... pensa que você é uma Alternauta, por algum motivo.

Eu farei o que puder, mas não sei ao certo se ele ainda confia em mim.

O espreno voejou para longe.

— Espere! — disse Shallan. — Espere, eu tenho perguntas!

Syl tentou agarrá-lo, mas ele se esquivou e logo estava acima do oceano.

K ALADIN CAVALGAVA A TEMPESTADE.
Havia feito aquilo antes, em sonhos. Havia até mesmo falado com o Pai das Tempestades.

Era diferente agora. Ele cavalgava uma explosão de cores tremeluzentes e oscilantes. Ao redor, as nuvens passavam a uma velocidade incrível, se iluminando com aquelas cores, pulsando com elas, como se seguissem um ritmo.

Ele não sentia o Pai das Tempestades. Não via a paisagem abaixo. Só as cores bruxuleantes e as nuvens que se desvaneciam em... luz.

Então, uma figura. Dalinar Kholin, ajoelhado em algum lugar escuro, cercado por nove sombras. Um lampejo de olhos vermelhos brilhantes.

O campeão do inimigo estava chegando. Kaladin soube naquele momento — uma sensação avassaladora pulsando dentro dele — que Dalinar estava correndo um perigo terrível, *terrível*. Sem ajuda, o Espinho Negro estaria condenado.

— Onde?! — gritou Kaladin para a luz que começava a sumir. — Quando?! Como posso alcançá-lo?!

As cores diminuíram.

— *Por favor!*

Teve um lampejo de uma cidade vagamente familiar. Alta, construída em pedras, ela tinha um padrão distinto de edifícios no centro. Uma muralha e um oceano além.

Kaladin caiu de joelhos na sala do adivinho. O pequeno shino afastou a mão de Kaladin da esfera brilhante com um tapa.

— ...ler a sorte, como eu. Você vai estragá-la ou... — Ele se interrompeu, então segurou a cabeça de Kaladin, virando-a para si. — Você *viu alguma coisa*!

Kaladin assentiu de modo fraco.

— Como? Impossível. A menos que... você seja *Investido*. Em que Elevação você está? — Ele encarou Kaladin com olhos estreitados. — Não. É outra coisa. Misericordioso Domi... Um Manipulador de Fluxos? Recomeçou?

Kaladin se levantou, cambaleando. Olhou para o grande globo de luz, que o faroleiro cobriu novamente com o pano preto, então levou a mão à testa, que havia começado a latejar de dor. O que fora *aquilo*? Seu coração ainda estava acelerado, nervoso.

— Eu... eu preciso buscar meus amigos.

K ALADIN ESTAVA SENTADO NA sala principal do farol, na cadeira que Riino — o faroleiro shino — antes ocupara. Shallan e Adolin negociavam com ele no outro lado da sala, Padrão espreitando sobre o ombro de Shallan e deixando o adivinho nervoso. Riino possuía comida e suprimentos para negociar, embora isso fosse custar a eles esferas infundidas. Aparentemente, Luz das Tempestades era o único artigo que importava daquele lado.

— Charlatões como ele não são incomuns, de onde eu vim — comentou Azure, descansando as costas junto à parede perto de Kaladin. — Pessoas que alegam ser capazes de ver o futuro, vivendo às custas das esperanças dos outros. Sua sociedade estava certa em proibi-los. Os esprenos fazem o mesmo, então a laia dele tem que viver em lugares como este, esperando por pessoas desesperadas o bastante para procurá-los. Provavelmente consegue alguns clientes a cada embarcação que passa.

— Eu vi uma coisa, Azure — disse Kaladin, ainda tremendo. — Era real.

Seus membros estavam exaustos, como se tivesse levantado peso por um longo período.

— Talvez — replicou Azure. — Esses tipos usam pós e substâncias que causam euforia, fazendo com que você *pense* que viu alguma coisa. Até mesmo os deuses da minha terra só têm vislumbres do Reino Espiritual... E, em toda minha vida, só encontrei um humano que acredito que realmente o entende. Talvez ele seja um deus. Não tenho certeza.

— Riso. O homem que te deu o metal que protegia seu Transmutador.

Ela assentiu.

Bem, Kaladin *havia* visto alguma coisa. *Dalinar...*

Adolin se aproximou e entregou a Kaladin um cilindro de metal achatado. Ele usara um dispositivo — fornecido pelo shino — para abrir o topo. Havia uma porção de peixe no interior. Kaladin cutucou os pedaços com o dedo, então inspecionou o invólucro.

— Comida enlatada — observou Azure. — É extremamente conveniente.

O estômago de Kaladin roncou, então ele pegou o peixe com a colher que Adolin forneceu. A carne era salgada, mas boa — muito melhor do que algo Transmutado. Shallan se juntou a eles, seguida por Padrão, enquanto o faroleiro saía apressadamente para pegar os suprimentos que tinham comprado. O homem olhou para a porta onde estava o espreno da Espada de Adolin, silenciosa como uma estátua.

Pela janela da sala, Kaladin pôde ver Syl de pé junto à costa, olhando para o mar de contas. *Seu cabelo não ondula aqui*, pensou. No Reino Físico, ele frequentemente se movia como se estivesse sendo tocado por uma brisa inexistente. Ali, agia como o cabelo de um humano.

Ela não quisera entrar no farol, por algum motivo. O que seria?

— O faroleiro disse que um navio deve chegar em breve — comentou Adolin. — Devemos conseguir comprar uma passagem.

— Hmm — disse Padrão. — O navio vai para Celebrante. Hmm. Uma cidade na ilha.

— Ilha?

— É um lago, do nosso lado — disse Adolin. — Chamado de Mar das Lanças, no sudeste de Alethkar. Perto das ruínas... de Rathalas.

Ele apertou os lábios e desviou o olhar.

— O que foi? — disse Kaladin.

— Rathalas é o lugar onde minha mãe foi assassinada — disse Adolin. — Por rebeldes. Sua morte fez com que meu pai fosse tomado pela fúria. Nós quase o perdemos para o desespero. — Ele balançou a cabeça e Shallan pousou a mão no seu braço. — Não é... não é agradável pensar sobre isso. Sadeas queimou completamente a cidade em retribuição. Meu pai fica com uma expressão estranha e distante sempre que alguém menciona Rathalas. Acho que ele se culpa por não ter detido Sadeas, muito embora estivesse louco de tristeza naquela época, ferido e incoerente devido a um atentado contra sua própria vida.

— Bem, ainda há uma cidade de esprenos deste lado — disse Azure. — Mas é na direção errada. Nós precisamos ir para o oeste, rumo aos Picos dos Papaguampas, não para o sul.

— Hmm — disse Padrão. — Celebrante é uma cidade proeminente. Lá, conseguiremos passagem para onde quisermos. E o faroleiro não sabe quando um navio indo na direção certa vai passar.

Kaladin pousou seu peixe, então gesticulou para Shallan.

— Pode me dar um pouco de papel?

Ela entregou a ele uma folha do seu caderno. Kaladin desenhou de forma amadora os edifícios que havia visto no seu momentâneo... fosse lá o que fosse. *Já vi esse padrão antes. De cima.*

— É a Cidade de Thaylen — observou Shallan. — Não é?

Isso mesmo, pensou Kaladin. Ele só a visitara uma vez, para abrir o Sacroportal da cidade.

— Foi isso que apareceu na visão que expliquei a vocês.

Ele olhou de relance para Azure, que parecia cética. Kaladin ainda sentia a emoção da visão, aquele senso vibrante de ansiedade. A certeza de que Dalinar estava em grave perigo. Nove sombras. Um campeão que lideraria as forças inimigas...

— O Sacroportal na Cidade de Thaylen está aberto e funcionando — disse Kaladin. — Shallan e eu cuidamos disso. E como o Sacroportal em Kholinar nos trouxe para Shadesmar, teoricamente, outro... um que não esteja corrompido pelos Desfeitos... poderia nos levar de volta.

— Considerando que eu possa descobrir como fazê-lo funcionar deste lado — disse Shallan. — É uma aposta alta.

— Deveríamos tentar alcançar a perpendicularidade nos Picos — afirmou Azure. — É o único caminho garantido de volta.

— O faroleiro diz que acha que há algo estranho acontecendo lá — disse Shallan. — Navios daquela direção acabam nunca chegando.

Kaladin pousou os dedos no desenho que fizera. *Precisava* chegar na Cidade de Thaylen. Não importava como. A escuridão dentro dele pareceu recuar.

Ele tinha um propósito. Uma meta. Algo em que se concentrar além das pessoas que havia perdido em Kholinar.

Proteger Dalinar.

Kaladin voltou a comer seu peixe e o grupo se acomodou para esperar o navio. Levou algumas horas, durante as quais as nuvens foram perdendo a cor, antes de se tornarem brancas novamente. Do outro lado, a grantormenta havia completado sua passagem.

Por fim, Kaladin viu algo no horizonte, além de onde Syl estava sentada nas rochas. Sim, era um navio, vindo do Oeste. Só que... não tinha uma vela. Ele sequer sentira vento em Shadesmar? Achava que não.

O navio cruzava o oceano de contas, avançando até o farol. Não usava velas nem mastro, nem remos. Em vez disso, era puxado pela frente por um cordame elaborado conectado a um grupo de esprenos incríveis. Longos e sinuosos, eles possuíam cabeças triangulares e flutuavam com múltiplos pares de asas ondulantes.

Raios... eles puxavam o navio como chules. Chules voadores e majestosos com corpos sinuosos. Kaladin jamais vira algo igual.

Adolin grunhiu, junto da janela.

— Bem, pelo menos vamos viajar com estilo.

BRECHAS

As lendas sugerem abandonar uma cidade, se os esprenos ali começarem a agir de modo estranho. Curiosamente, Sja-anat com frequência era considerada um indivíduo, enquanto os outros — como Moelach ou Ashertmarn — eram vistos como forças.

—Da *Mítica* de Hessi, página 90

SZETH DE SHINOVAR DEIXOU a fortaleza dos Rompe-céus com vinte outros escudeiros. O sol se aproximava do horizonte nublado a oeste, cobrindo o Lagopuro de vermelho e dourado. Daquelas águas calmas, estranhamente, agora despontavam dezenas de longas varas de madeira.

De alturas variando entre um metro e meio e dez metros, as varas haviam sido enfiadas em fissuras no fundo do lago. Cada uma tinha uma forma bulbosa no topo.

— Esse é um teste de competência marcial — declarou Mestre Warren.

O azishiano ficava estranho naqueles trajes de agente da lei marabethiano, com o peito nu e ombros envoltos por um manto curto e estampado. Os azishianos geralmente eram bastante convencionais, usando muitos robes e chapéus.

— Precisamos treinar para lutar, se a Desolação realmente começou.

Sem a orientação de Nin para confirmar, eles falavam da Desolação com "se" e "talvez".

— No topo de cada vara há um grupo de bolsas com pós de diferentes cores — continuou Warren. — Lutem jogando esses pós... vocês não podem usar outras armas e não podem deixar a área do torneio marcada pelas varas. Vou encerrar o teste ao pôr do sol. Contabilizaremos o número de vezes em que o uniforme de um escudeiro foi marcado por uma das bolsas de pó. Vocês perderão quatro pontos para cada cor diferente no seu uniforme, e um ponto adicional para cada impacto repetido de uma cor. O vencedor será aquele que perder menos pontos. Comecem.

Szeth sugou Luz das Tempestades e se Projetou para o ar com os outros. Embora não ligasse para ganhar testes arbitrários de competência, a chance de dançar com as Projeções — desta vez sem precisar causar morte e destruição — o atraía. Seria como na juventude, que passara treinando com as Espadas de Honra.

Ele ascendeu cerca de dez metros, então usou uma meia Projeção para flutuar. Sim, o topo de cada vara tinha uma coleção de pequenas bolsas amarradas com barbantes. Ele se Projetou para passar por uma delas, agarrando uma bolsa, que deixou escapar uma baforada de poeira rosa em sua mão. Agora entendia por que os escudeiros tinham recebido ordens de usar camisas e calças brancas naquele dia.

— Excelente — disse Szeth enquanto os outros escudeiros se dispersavam, agarrando bolsas.

O quê?, perguntou a espada. Szeth a carregava nas costas, amarrada com firmeza, em um ângulo a partir do qual não poderia sacá-la. *Não compreendo. Onde está o mal?*

— Nenhum mal hoje, espada-nimi. Só um *desafio*.

Ele lançou a bolsa contra um dos outros escudeiros, atingindo-o bem no ombro, e a poeira resultante coloriu sua camisa naquele ponto. O mestre deixara explícito que apenas cores no *uniforme* seriam contabilizadas, então não havia problema em segurar as bolsas e manchar os dedos. Do mesmo modo, atingir alguém no rosto não trazia vantagem.

Os outros rapidamente se animaram com o jogo; logo bolsas estavam sendo arremessadas em todas as direções. Cada vara continha uma única cor, encorajando competidores a se moverem entre elas para atingir os outros com o máximo de cores possível. Joret tentou manter-se flutuando em um ponto, dominando uma vara para impedir que os outros o atingissem com aquela cor. Contudo, ficar parado fez dele um alvo, e seu uniforme foi rapidamente coberto com manchas.

Szeth mergulhou, então se elevou com uma hábil Projeção que fez com que arremetesse, passando rente à superfície do Lagopuro. Agarrou uma vara ao passar, inclinando-a para fora do alcance de Cali, que passava acima.

Estou baixo demais, Szeth percebeu enquanto bolsas de poeira caíam em sua direção. *Um alvo muito fácil.*

Ele ziguezagueou, executando uma manobra complexa que manipulava as duas Projeções e o vento de sua passagem. Bolsas acertaram a água perto dele.

Rumou para cima. Uma Projeção não era como o voo de uma andorinha — era antes como estar amarrado a barbantes, uma marionete sendo arrastada. Era fácil perder o controle, como evidenciado pelos movimentos desajeitados dos escudeiros mais jovens.

Enquanto Szeth ganhava altura, Zedzil foi atrás dele, segurando uma bolsa em cada mão. Szeth acrescentou uma segunda Projeção para cima, então uma terceira. Sua Luz das Tempestades durava muito mais do que antes — ele só podia deduzir que os Radiantes eram mais eficientes no uso dos poderes do que usuários das Espadas de Honra.

Szeth disparou para cima como uma flecha, esprenos de vento juntando-se a ele e se contorcendo ao seu redor. Zedzil o seguiu, mas, quando tentou jogar uma bolsa contra Szeth, o vento foi forte demais. A bolsa caiu e voltou imediatamente, acertando Zedzil no próprio ombro.

Szeth mergulhou e Zedzil o seguiu, até que Szeth agarrou uma bolsa verde de uma vara e jogou-a por cima do ombro, atingindo Zedzil novamente. O jovem praguejou de novo, então zuniu para longe para encontrar uma presa mais fácil.

Ainda assim, o combate se provou um desafio surpreendente. Szeth raramente lutara no ar, e o torneio pareceu-lhe similar ao seu combate com o Corredor dos Ventos nos céus. Ele girava entre as varas, se desviando de bolsas — até mesmo agarrando uma no ar antes que o acertasse —, e descobriu que estava *se divertindo.*

Os gritos das sombras pareciam mais baixos, menos urgentes. Ele se desviou das bolsas lançadas, dançando sobre um lago pintado com os tons de um sol poente, e sorriu.

Então imediatamente sentiu culpa. Deixara uma trilha de lágrimas, sangue e terror como sua marca; havia destruído monarquias, famílias... tanto inocentes quanto culpados. Não podia estar *feliz.* Ele era só uma ferramenta de vingança. Não de redenção, pois não ousava acreditar em tal coisa.

Se seria forçado a continuar vivendo, não poderia ser uma vida invejável.

Você pensa como Vasher, disse a espada em sua mente. *Você conhece Vasher? Ele ensina pessoas a usar espadas agora, o que é engraçado, porque VaraTreledees sempre diz que Vasher não é bom com a espada.*

Szeth dedicou-se novamente ao combate, não pela diversão, mas pelo pragmatismo. Infelizmente, sua distração momentânea fez com que fosse atingido pela primeira vez. Uma bolsa azul-escura o acertou, fazendo um círculo se destacar na sua camisa branca.

Ele rosnou, voando para cima com uma bolsa em cada mão. Lançou-as com precisão, atingindo um escudeiro nas costas, depois outro na perna. Ali perto, quatro dos escudeiros mais velhos voavam em formação. Eles perseguiam os escudeiros um a um, perturbando a pessoa com chuvas de oito bolsas, frequentemente acertando seis ou sete vezes enquanto raramente eram atingidos.

Quando Szeth passou zunindo, o grupo se concentrou nele, talvez porque seu uniforme estivesse quase imaculado. Ele imediatamente se Projetou para cima — cancelando sua Projeção lateral — para tentar ficar acima do grupo. Eles eram hábeis com seus poderes, contudo, e não foram tão facilmente deixados para trás.

Se continuasse seguindo reto para cima, eles simplesmente o perseguiriam até que sua Luz das Tempestades acabasse. Suas reservas já estavam baixas, uma vez que cada escudeiro havia recebido apenas o bastante para durar até o fim da competição. Se fizesse Projeções duplas ou triplas vezes demais, a Luz acabaria antes do tempo.

O sol saindo centímetro a centímetro do campo de visão. Não faltava muito tempo; ele só precisava permanecer como estava.

Szeth desviou para o lado, movendo-se de modo rápido e errático. Só um membro do grupo que o perseguia arriscou um lançamento; os outros sabiam que deviam esperar por uma oportunidade melhor. A arremetida de Szeth levou-o direto para uma vara, mas ela não continha bolsas. Fari aparentemente havia coletado todas para acumular a cor.

Então Szeth agarrou a vara em si.

Ele a empurrou para o lado, dobrando-a até que quebrasse, e arrumou um bastão de cerca de três metros de comprimento. Tornou-o mais leve com uma Projeção parcial para cima, então o meteu debaixo do braço.

Uma olhada rápida sobre o ombro mostrou que os quatro membros do grupo ainda o estavam perseguindo. O arremessador de antes agarrara duas novas bolsas e estava alcançando os outros com uma Projeção Dupla.

Faça uma demonstração, sugeriu a espada. *Você consegue derrotá-los.*

Daquela vez, Szeth concordou. Desceu até estar próximo da água, sua passagem causando ondulações na superfície. Escudeiros mais jovens saíram do seu caminho, jogando bolsas de pó, mas errando devido à sua velocidade.

Ele deliberadamente se Projetou para o lado em um movimento suave e previsível. Foi exatamente a oportunidade que o grupo estava esperando, e começaram a lançar bolsas contra ele. Mas Szeth não era uma criança assustada para ser intimidado e atordoado por oponentes em maior número. Ele era o Assassino de Branco. E aquilo ali era apenas um jogo.

Szeth girou e começou a rechaçar as bolsas com seu bastão. Até conseguiu rebater uma de volta no rosto do líder do grupo, um homem chamado Ty.

Isso não contaria como um ponto, mas o pó entrou nos olhos de Ty, fazendo com que ele piscasse e desacelerasse. O grupo gastou a maior parte das suas bolsas, o que permitiu que Szeth — agora Projetado diretamente na direção deles — se aproximasse.

E ninguém *jamais* permitiu que ele se aproximasse demais.

Largou o bastão e agarrou uma escudeira pela camisa, usando-a como um escudo contra um oportunista de fora do grupo, que estava arremessando bolsas carmesim. Szeth girou com ela, então a chutou contra um companheiro. Eles se chocaram, deixando rastros de pó vermelho. Ele agarrou outro escudeiro do grupo, tentando Projetá-lo para longe.

Contudo, o corpo do homem resistiu à Projeção. Pessoas contendo Luz das Tempestades eram mais difíceis de Projetar — algo que Szeth só agora estava começando a compreender. Podia, contudo, Projetar-se para trás, arrastando o homem consigo. Quando o soltou, o escudeiro teve dificuldade em se adaptar à mudança no impulso e deu um solavanco no ar, deixando-se atingir por meia dúzia de bolsas de outros.

Szeth zuniu para longe, chegando a um nível perigosamente baixo de Luz das Tempestades. Só mais alguns minutos...

Abaixo dele, Ty chamou os outros, apontando para Szeth. O óbvio vencedor atual. Só uma estratégia fazia sentido àquela altura.

— Peguem-no! — gritou Ty.

Ah, ótimo!, disse a espada.

Szeth se Projetou para baixo — o que se provou sábio, já que muitos dos escudeiros passaram por ele voando, imaginando que ele tentaria permanecer no alto. Não, sua melhor defesa enquanto estava em menor número era a confusão. Ficou no meio deles, uma tempestade de bolsas querendo acertá-lo. Szeth fez o que pôde para evitá-las, zunindo para um lado, então para outro — mas havia ataques demais. As bolsas lançadas com imprecisão eram as mais perigosas, já que sair do caminho de um ataque bem-feito quase sempre o deixava no caminho de um ataque errante.

Uma bolsa acertou suas costas, seguida por outra. Uma terceira atingiu seu flanco. O pó o rodeava enquanto os escudeiros também acertavam uns aos outros. Essa era sua esperança: que, mesmo enquanto era atingido, eles fossem ainda mais.

Subiu, então mergulhou novamente, fazendo com que os outros se desviassem como pardais diante de um gavião. Ele voou ao longo da água, espantando peixes na luz crepuscular, e disparou para cima, para...

Sua Luz das Tempestades acabou.

Seu brilho sumiu. A tempestade dentro dele morreu. Antes que o sol pudesse se pôr, o frio o tomou. Szeth fez um arco no céu e foi *surrado* com uma dúzia de bolsas diferentes. Ele caiu através da nuvem de pó multicolorido, deixando uma aura do seu espírito frouxamente fixado.

Caiu no Lagopuro com um estrondo.

Felizmente, não estivera tão alto, e aquele pouso foi apenas moderadamente doloroso. Ele atingiu o fundo do lago raso; então, quando se levantou, os outros o acertaram com outra rodada de bolsas. Não havia misericórdia *naquele* grupo.

O último resquício de sol desapareceu e Mestre Warren gritou, indicando o fim do teste. Os outros voaram para longe, sua Luz das Tempestades visível no céu que escurecia.

Szeth ficou ali, com água até a cintura.

Uau, disse a espada. *Eu meio que me sinto mal por você.*

— Obrigado, espada-nimi. Eu...

O que eram aqueles dois esprenos flutuando ali perto, na forma de pequenas *fendas* no ar? Eles cortavam o céu, como feridas na pele, expondo um campo negro cheio de estrelas. Quando se moviam, a substância da realidade se curvava ao redor deles.

Szeth baixou a cabeça. Não atribuía mais aos esprenos qualquer significado religioso específico, mas ainda se maravilhou com aqueles. Podia ter perdido o torneio, mas parecia ter impressionado os grão-esprenos.

Mas perdera *mesmo*? Quais *exatamente* eram as regras?

Pensativo, ele mergulhou na água, nadando no lago raso até a margem. Saiu, água escorrendo das suas roupas enquanto caminhava até os outros. Os mestres haviam trazido brilhantes lanternas de esferas, junto com comida e bebida. O escudeiro de Tashikk estava registrando os pontos enquanto dois mestres julgavam o que contava como um "acerto" e o que não contava.

Szeth subitamente sentiu-se frustrado com aqueles jogos. Nin lhe prometera a oportunidade de purificar Shinovar. Havia tempo para jogos? Chegara o momento de ascender a um posto acima de tudo isso.

Ele caminhou até os mestres.

— Sinto muito ter vencido esse torneio, como fiz com o da prisão.

— Você? — disse Ty, incrédulo, marcado em cinco pontos. Nada mal.

— Você foi acertado *pelo menos* vinte vezes.

— Acredito que as regras declaravam que o vencedor seria aquele com menos marcas no uniforme — respondeu Szeth.

Ele abriu os braços, exibindo sua roupa branca, lavada e limpa durante o mergulho. Warren e Ki se entreolharam. Ela assentiu, com um levíssimo sorriso.

— Há sempre alguém que nota esse detalhe — disse Warren. — Lembre-se de que, embora brechas possam ser exploradas, Szeth-filho--Neturo, é perigoso contar com elas. Ainda assim, você foi bem. Tanto no seu desempenho, quanto ao ver esse furo nas regras. — Ele se voltou para a noite, apertando os olhos para os dois grão-esprenos, que pareciam ter se tornado visíveis para Warren também. — Outros concordam.

— Ele usou uma arma — disse um dos escudeiros mais velhos, apontando. — Ele quebrou as regras!

— Eu usei uma vara para bloquear bolsas — disse Szeth. — Mas não ataquei ninguém com ela.

— Você me atacou! — acusou a mulher que ele havia jogado contra outra pessoa.

— Contato físico não era proibido, e não posso fazer nada se você foi incapaz de controlar suas Projeções quando a soltei.

Os mestres não levantaram objeções. Ki, na verdade, se inclinou para Warren.

— Ele está além da habilidade desse grupo. Eu não havia percebido...

Warren olhou de volta para ele.

— Você logo terá seu espreno, a julgar por esse desempenho.

— Não será logo — contestou Szeth. — Agora mesmo. Vou declarar o Terceiro Ideal esta noite, escolhendo seguir a lei. Eu...

— *Não* — interrompeu uma voz.

Uma figura estava de pé na mureta baixa que cercava o pátio de pedra da ordem. Os Rompe-céus arquejaram, levantando lanternas e iluminando um homem de pele escura makabakiana realçada por uma marca de nascença na forma de um crescente branco na bochecha direita. Ao contrário dos outros, ele usava um elegante uniforme em prata e preto.

Nin-filho-Deus, Nale, Nakku, Nalan — aquele homem possuía uma centena de nomes e era reverenciado por toda Roshar. O Iluminador, o Juiz. Um fundador da humanidade, defensor contra as Desolações, um homem que havia ascendido à divindade.

O Arauto da Justiça havia retornado.

— Antes do seu juramento, Szeth-filho-Neturo, há coisas que precisa compreender — disse ele e olhou para os Rompe-céus. — Coisas que vocês todos precisam entender. Escudeiros, mestres, reúnam nossas reservas de gemas e pacotes de viagem. Vamos deixar a maioria dos escudeiros. Eles vazam Luz das Tempestades demais, e temos um longo caminho pela frente.

— Esta noite, Justíssimo? — perguntou Ki.

— Esta noite. Está na hora de vocês aprenderem os dois maiores segredos que eu conheço.

Mandras

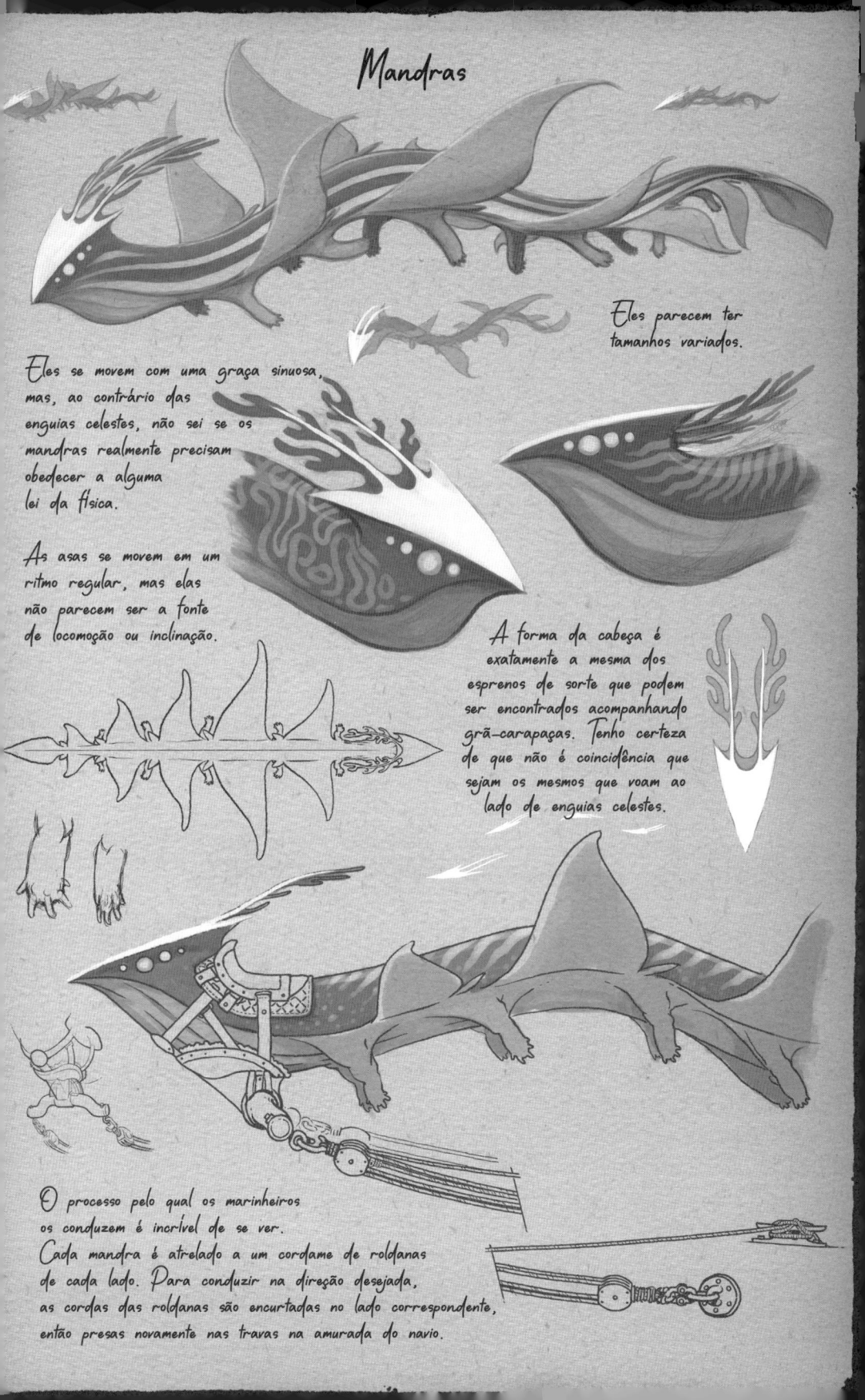

Eles parecem ter tamanhos variados.

Eles se movem com uma graça sinuosa, mas, ao contrário das enguias celestes, não sei se os mandras realmente precisam obedecer a alguma lei da física.

As asas se movem em um ritmo regular, mas elas não parecem ser a fonte de locomoção ou inclinação.

A forma da cabeça é exatamente a mesma dos esprenos de sorte que podem ser encontrados acompanhando grã-carapaças. Tenho certeza de que não é coincidência que sejam os mesmos que voam ao lado de enguias celestes.

O processo pelo qual os marinheiros os conduzem é incrível de se ver.
Cada mandra é atrelado a um cordame de roldanas de cada lado. Para conduzir na direção desejada, as cordas das roldanas são encurtadas no lado correspondente, então presas novamente nas travas na amurada do navio.

99

NAVEGANTES

Nergaoul era conhecido por levar exércitos a uma fúria de batalha, emprestando-lhes grande ferocidade. Curiosamente, fazia isso para ambos os lados de um conflito, Esvaziadores e humanos. Isso parece comum para os esprenos menos autoconscientes.

—Da *Mítica* de Hessi, página 121

Quando Kaladin acordou no navio em Shadesmar, os outros já estavam de pé. Ele se sentou no beliche, sonolento, ouvindo as contas se chocando contra o casco. Parecia haver quase... um padrão ou ritmo naquilo? Ou estaria ele imaginando coisas?

Sacudiu a cabeça, se levantando e se esticando. Dormira mal, o sono interrompido por pensamentos sobre seus homens morrendo, Elhokar e Moash, sua preocupação com Drehy e Skar. A escuridão cobriu seus sentimentos, tornando-o letárgico. Odiou ser o último a se levantar. Isso era sempre um mau sinal.

Ele foi ao banheiro, depois se forçou a subir os degraus. O barco tinha três níveis. O mais fundo era o porão. O seguinte, o convés inferior, era para as cabines, onde os humanos haviam recebido um cômodo para compartilhar.

O convés superior ficava aberto ao céu e era povoado por esprenos. Syl disse que eram esprenos de luz, mas que seu nome comum era Navegantes. Eles pareciam humanos com estranhas peles de bronze — metálicas, como se fossem estátuas vivas. Tanto homens quanto mulheres usavam casacos e calças rústicos. Roupas humanas de verdade, não apenas imitações, como as que Syl usava.

Eles não pareciam carregar outras armas além de facas, mas o navio tinha arpões ameaçadores fixados em raques nas laterais do convés. Vê-los fez com que Kaladin se sentisse infinitamente mais à vontade; sabia exatamente onde procurar uma arma.

Syl estava perto da proa, olhando novamente o mar de contas. Ele quase não a identificou de início, porque seu vestido estava vermelho, em vez do azul-branco normal. O cabelo dela havia mudado para negro e... e sua pele estava *cor de carne* — morena, como a de Kaladin. Danação, como assim?

Ele cruzou o convés na direção dela, cambaleando enquanto o navio atravessava uma onda nas contas. Raios, e Shallan havia comentado que aquela viagem era *mais* suave do que alguns barcos em que estivera. Vários Navegantes passaram, calmamente cuidando do cordame e dos arreios que se conectavam aos esprenos que puxavam a nau.

— Ah, humano — disse um dos Navegantes enquanto Kaladin passava.

Aquele era o capitão, não era? Capitão Ico? Ele parecia um homem shino, com olhos grandes e pueris feitos de metal. Era mais baixo que os alethianos, mas robusto. Usava a mesma roupa castanha que os outros, com vários bolsos abotoados.

— Venha comigo — disse Ico a Kaladin, então cruzou o convés sem esperar resposta. Eles não falavam muito, esses Navegantes.

Kaladin suspirou, então seguiu o capitão de volta à escadaria. Placas de cobre cobriam a parede interna da escadaria — e Kaladin vira uma ornamentação similar no convés. Havia imaginado que fosse decorativa, mas o capitão roçava os dedos no metal de modo estranho enquanto andava.

Tocando uma placa com a ponta dos dedos, Kaladin sentiu uma vibração distinta. Eles passaram pelos aposentos dos esprenos marinheiros comuns. Eles não dormiam, mas pareciam apreciar pausas no trabalho, balançando em silêncio em redes, frequentemente lendo.

Não se incomodou de ver Navegantes masculinos com livros — esprenos eram obviamente similares aos fervorosos, que estavam fora do entendimento normal de macho e fêmea. Ao mesmo tempo... esprenos, lendo? Estranho.

Quando chegaram ao porão, o capitão acendeu uma pequena lâmpada a óleo — até onde Kaladin notou, ele não usou um tição aceso para criar o fogo. Como funcionava? Parecia imprudente usar fogo para iluminação com tanta madeira e pano ao redor.

— Por que não usar esferas para iluminar? — perguntou Kaladin.

— Não temos nenhuma — explicou Ico. — Luz das Tempestades se esgota muito rápido neste lado.

Isso era verdade. A equipe de Kaladin carregava várias gemas maiores não encrustadas, que comportariam Luz das Tempestades por semanas... mas as esferas menores se esgotavam após cerca de uma semana sem ver uma tempestade. Eles haviam trocado as claretas e os marcos com o faroleiro por suprimentos de escambo — principalmente tecido — para comprar passagem naquele navio.

— O faroleiro queria Luz das Tempestades — comentou Kaladin. — Ele a mantém em um tipo de globo.

Capitão Ico grunhiu.

— Tecnologia estrangeira. Perigosa. Atrai o tipo errado de espreno. — Ele balançou a cabeça. — Em Celebrante, os cambistas têm gemas perfeitas que podem conter luz indefinidamente. Similar.

— Gemas perfeitas? Como a Pedra das Dez Auroras?

— Eu não conheço essa aí. Luz em uma pedra perfeita não se esgota, então você pode dar Luz das Tempestades aos cambistas. Eles usam dispositivos para transferi-la de gemas menores às gemas perfeitas. Então dão a você crédito para gastar na cidade.

O porão estava bem cheio, com barris e caixas presos às paredes e ao chão. Kaladin mal conseguiu se espremer para passar. Ico selecionou de uma pilha uma caixa com alças de corda e pediu a Kaladin para puxá-la enquanto ele reorganizava as caixas que haviam estado em cima dela, então as prendia de novo.

Kaladin passou esse tempo pensando sobre gemas perfeitas. Existiria tal coisa no lado dele? Se realmente *houvesse* pedras imaculadas que pudessem comportar Luz das Tempestades sem nunca se esgotar, era importante saber. Poderia significar a diferença entre vida e morte para Radiantes durante o Pranto.

Depois que Ico acabou de reorganizar a carga, ele gesticulou para que Kaladin o ajudasse a pegar a caixa que haviam separado. Eles a manobraram para fora do porão e até o convés superior. Ali, o capitão se ajoelhou e abriu a caixa, revelando um estranho dispositivo que parecia um cabideiro — embora com apenas um metro e meio de altura. Feito totalmente de aço, ele tinha dezenas de pequenos dentes metálicos despontando, como os galhos de uma árvore — mas com uma bacia de metal no fundo.

Ico tirou uma caixinha do bolso, de onde pegou um punhado de contas de vidro como aquelas que compunham o oceano. Ele colocou uma delas em um buraco no centro do dispositivo, então acenou para Kaladin.

— Luz das Tempestades.

— Para quê?

— Para que você viva.

— Está me ameaçando, capitão?

Ico suspirou e fitou-o com uma expressão paciente, de natureza bastante humana. Parecia um homem falando com uma criança. O capitão espreno acenou com a mão, insistente, de modo que Kaladin pegou um marco de diamante do bolso.

Segurando a esfera em uma das mãos, Ico tocou na conta de vidro que colocara no fabrial.

— Isso é uma alma — explicou ele. — Alma de água, mas muito fria.

— Gelo?

— Gelo de um lugar muito, muito alto. Gelo que nunca derreteu. Gelo que nunca conheceu o calor. — A luz na esfera de Kaladin foi diminuindo enquanto Ico se concentrava. — Você sabe como manifestar almas?

— Não — respondeu Kaladin.

— Alguns da sua espécie conseguem. É raro; raro entre nós, também. Os jardineiros entre os esprenos de cultura são os melhores. Eu não tenho prática.

A conta do oceano se expandiu e tornou-se nebulosa, parecendo gelo. Kaladin teve um distinto senso de *frio* vindo dela.

Ico devolveu-lhe o marco de diamante, agora parcialmente drenado, bateu as mãos e se levantou, satisfeito.

— O que ele faz? — indagou Kaladin.

Ico cutucou o dispositivo com o pé.

— Ele fica frio agora.

— Por quê?

— Frio faz água. Água se acumula naquela bacia. Você bebe e não morre.

Frio faz água? Kaladin não via sentido naquilo. Ico foi conferir os esprenos conduzindo o navio, então Kaladin se ajoelhou ao lado do dispositivo, tentando compreender. Por fim, identificou gotas d'água se acumulando nos "galhos" do dispositivo. Elas desciam pelo metal e se acumulavam na bacia.

Hum. Quando o capitão dissera — durante suas negociações iniciais — que podia fornecer água para passageiros humanos, Kaladin havia imaginado que o navio teria alguns barris no porão.

O dispositivo levou cerca de meia hora para encher um pequeno copo d'água, que Kaladin bebeu como um teste — a bacia tinha uma torneira e um copo de lata destacável. A água era fresca, mas insossa, diferente de água de chuva. Mas como o frio podia fazer água? Estaria aquilo ali derretendo gelo no Reino Físico, de algum modo, e levando-o para lá?

Enquanto bebericava a água, Syl se aproximou — sua pele, cabelos e vestido ainda coloridos como os de uma humana. Ela parou junto dele, pôs as mãos nos quadris e fez beicinho.

— Que foi? — quis saber Kaladin.

— Eles não me deixam cavalgar um dos esprenos voadores.

— Espertos.

— Insuportáveis.

— Pela Danação, por que você olharia para uma daquelas criaturas e pensaria "sabe de uma coisa, preciso montar nela"?

Syl fitou-o como se ele fosse louco.

— Porque elas podem *voar*.

— Você também pode. Na verdade, eu também posso.

— Você não voa, você cai para o lado errado. — Ela descruzou os braços só para que pudesse cruzá-los de novo imediatamente e bufar bem alto. — Está me dizendo que não tem nenhuma curiosidade sobre como é subir em uma daquelas coisas?

— Nem de cavalos eu gosto. Não vou montar uma coisa que não tem nem *pernas*.

— Onde está seu senso de aventura?

— Eu o arrastei para os fundos e o nocauteei a porretadas por ter me feito entrar no exército. Aliás, o que você fez com sua pele e seu cabelo?

— É uma Teceluminação — disse ela. — Pedi a Shallan, porque não queria a tripulação do navio fofocando sobre um espreno de honra.

— Não podemos desperdiçar Luz das Tempestades em algo assim, Syl.

— Usamos um marco que já estava quase esgotado! Não nos valia de nada; já estaria opaco quando chegássemos. Sendo assim, não desperdiçamos nada.

— E se houver uma emergência?

Ela mostrou a língua para ele, depois para os marinheiros na frente do navio. Kaladin devolveu o pequeno copo de lata para seu lugar na lateral do dispositivo, então se acomodou com as costas contra a amurada. Shallan estava sentada no convés perto do espreno voador, desenhando.

— Você deveria ir falar com ela — disse Syl, sentando-se junto dele.

— Sobre desperdiçar Luz das Tempestades? Sim, talvez devesse. Ela parece tomar decisões levianas a respeito de com quem gasta Luz.

Syl revirou os olhos.

— O que foi?

— Não vá passar sermão nela, bobinho. Converse com ela. Sobre a vida. Sobre coisas divertidas. — Syl cutucou-o com o pé. — Eu sei que você quer fazer isso. Posso *sentir* que você quer. Sorte sua eu ser o tipo errado de espreno, ou provavelmente estaria lambendo sua testa ou algo assim para alcançar suas emoções.

O navio chocalhou contra uma onda de contas. A alma das coisas no mundo físico.

— Shallan é noiva de Adolin — disse Kaladin.

— O que não é um voto — replicou Syl. — É uma promessa de talvez fazer um voto algum dia.

— Ainda assim, não é o tipo de coisa com que se deva brincar.

Syl pousou a mão no joelho dele.

— Kaladin. Eu sou seu espreno. É meu *dever* garantir que você não fique sozinho.

— É mesmo? Quem decidiu isso?

— Eu decidi. E não me dê desculpas sobre não estar sozinho, ou sobre como "só precisa dos seus irmãos de armas". Você não pode mentir para mim. Está se sentindo taciturno e triste. Precisa de algo, de alguém, e ela faz com que você se sinta melhor.

Raios. Parecia que Syl e as emoções dele o estavam encurralando. Uma sorria com encorajamento, enquanto a outra sussurrava coisas terríveis. Que ele sempre estaria sozinho. Que Tarah tivera razão em abandoná-lo.

Ele encheu outro copo com o máximo de água que conseguiu da bacia, então o levou para Shallan. O movimento do barco quase fez com que deixasse o copo cair no mar.

Shallan ergueu os olhos enquanto ele se ajeitava ao lado dela, as costas contra a amurada do convés. Ele entregou o copo a ela.

— Faz água — disse, indicando o dispositivo com o polegar. — Faz isso ficando frio.

— Condensação? Quão rápido funciona? Navani se interessaria por isso.

Shallan provou a água, mantendo-a na mão segura enluvada, o que era estranho de se ver nela. Mesmo quando haviam viajado juntos pelo fundo dos abismos, ela usara um havah muito formal.

— Você anda como eles — comentou ela distraidamente, terminando seu desenho de uma das feras voadoras.

— Eles?

— Os marinheiros. Você mantém o equilíbrio muito bem. Suspeito que teria sido um bom marinheiro. Ao contrário de outras pessoas.

Ela indicou Azure, que estava do outro lado do convés, se segurando desesperadamente na amurada e ocasionalmente lançando olhares desconfiados para os Navegantes. Ou ela não gostava de estar em um navio ou não confiava nos esprenos. Talvez as duas coisas.

— Posso? — perguntou Kaladin, indicando o desenho. Ela deu de ombros, então ele pegou o caderno e estudou as imagens dos animais voadores. Como sempre, eram excelentes. — O que o texto diz?

— Só algumas teorias — disse ela, voltando uma página no seu caderno. — Perdi o original dessa imagem, então está meio rudimentar. Mas você já viu algo parecido com esses esprenos com cabeça de flecha aqui?

— Sim... — respondeu Kaladin, estudando o desenho de uma enguia celeste voando junto de um espreno com cabeça de flecha. — Eu os vejo perto de grã-carapaças.

— Demônios-dos-abismos, enguias celestes, qualquer coisa que deveria ser mais pesada do que realmente é. Marinheiros os chamam de esprenos de sorte, do nosso lado. — Ela gesticulou com o copo rumo à frente do navio, onde marinheiros conduziam as bestas voadoras. — Eles os chamam de "mandras", mas o formato de ponta de flecha da cabeça é igual ao dos esprenos de sorte. Esses são maiores, mas acho que eles... ou coisas parecidas com eles... ajudam enguias celestes a voar.

— Demônios-do-abismo não voam.

— Matematicamente, eles meio que voam. Bavamar fez os cálculos sobre grã-carapaças reshianos e descobriu que eles deveriam ser esmagados pelo próprio peso.

— Hum — disse Kaladin.

Ela começou a se empolgar.

— Tem mais. Esses mandras *desaparecem* às vezes. Seus guardiões chamam isso de "cair". *Eu* acho que eles devem estar sendo sugados para o Reino Físico. Isso significa que nunca se pode usar apenas um mandra para puxar um navio, por menor que seja a embarcação. E não se pode levá-los... nem a maioria dos outros esprenos... para longe demais dos centros de população humana, do nosso lado. Eles definham e morrem por motivos que as pessoas aqui não compreendem.

— Hum. Então, o que eles comem?

— Não sei ao certo — disse Shallan. — Syl e Padrão falam sobre se alimentar de emoções, mas há alguma outra coisa que...

Ela perdeu o fio da meada quando Kaladin passou para a página seguinte do caderno. Parecia uma tentativa de desenhar o Capitão Ico, mas era incrivelmente juvenil. Basicamente uma figura de palitinhos.

— Foi Adolin que pegou seu caderno? — perguntou ele.

Ela agarrou o caderno de volta e o fechou.

— Eu só estava tentando um estilo diferente. Obrigada pela água.

— Sim, tive que caminhar toda a distância de lá até aqui. Pelo menos sete passos.

— No mínimo dez — disse Shallan. — E neste convés precário. Muito perigoso.

— Praticamente tão ruim quanto lutar com os Moldados.

— Você podia ter dado uma topada com o dedão. Pisado em uma farpa. Ou sido lançado para fora e se perdido nas profundezas, enterrado por milhares e milhares de contas e pelo peso das almas de um número infinito de objetos esquecidos.

— Ou... isso.

— Altamente improvável — concordou Shallan. — Eles cuidam direitinho deste convés, então não há farpa alguma.

— Com minha sorte, eu encontraria uma de qualquer modo.

— Sofri com uma farpa uma vez — comentou Shallan. — Mas isso já não está nas minhas mãos.

— Você... Você *não* disse isso.

— Sim, obviamente foi sua imaginação. Que mente doentia você tem, Kaladin.

Ele suspirou, então indicou os marinheiros.

— Eles andam descalços. Você notou? Tem algo a ver com as linhas de cobre montadas no convés.

— O cobre vibra — disse Shallan. — E eles o tocam o tempo todo. Acho que talvez o usem para se comunicar, de algum modo.

— Isso explicaria por que não falam muito. Pensei que eles nos vigiariam um pouco mais. Não parecem estar curiosos em relação a nós.

— O que é estranho, levando em conta como Azure é interessante.

— Espere aí. Só Azure?

— Sim. Com aquela couraça polida e figura notável, com seus casos de caçadora de recompensas e viajante entre mundos. Ela é profundamente misteriosa.

— Eu sou misterioso — disse Kaladin.

— Eu costumava achar que sim. *Então* descobri que você não gosta de bons trocadilhos... É realmente possível saber coisas *demais* sobre uma pessoa.

Ele grunhiu.

— Tentarei ser mais misterioso, me tornar um caçador de recompensas. — O estômago dele rosnou. — Começando com uma recompensa para o almoço, talvez.

Haviam prometido a eles duas refeições por dia, mas, levando em conta o tempo que fora necessário para que Ico se lembrasse de que eles precisavam de água, talvez devesse pedir.

— Eu estou tentando manter uma ideia da nossa velocidade — disse Shallan, folheando seu caderno.

Ela passou rapidamente pelas páginas e ele pôde ver que — estranhamente — elas alternavam desenhos hábeis e alguns comicamente ruins. Shallan parou em um mapa que havia feito daquela região em Shadesmar. Rios alethianos agora eram penínsulas e o Mar das Lanças era uma ilha, com a cidade chamada Celebrante no lado ocidental. As penínsulas de rio significavam que, para poder voltar para a cidade, o navio tinha que ir para o oeste. Shallan havia marcado seu caminho com uma linha.

— É difícil avaliar nosso progresso, mas imagino que estejamos nos movendo mais rápido do que em um navio médio do nosso mundo. Podemos ir diretamente para onde queremos sem nos preocuparmos com os ventos, por exemplo.

— Então... mais dois dias? — perguntou Kaladin, especulando a partir das marcas dela.

— Mais ou menos. Progresso rápido.

Ele desceu os dedos, rumo ao fundo do mapa.

— Cidade de Thaylen? — perguntou, tocando um ponto que ela havia marcado.

— Sim. Deste lado, vai estar na borda de um lago de contas. Podemos deduzir que o Sacroportal refletirá ali como uma plataforma, como aquele que deixamos em Kholinar. Mas como ativá-lo...

— Quero tentar. Dalinar está em perigo. Nós *precisamos* chegar até ele, Shallan. Na Cidade de Thaylen.

Ela olhou de relance para Azure, que insistia que estavam indo na direção errada.

— Kaladin... Não sei se podemos confiar no que você viu. É perigoso achar que conhece o futuro.

— Eu não vi o futuro — disse Kaladin rapidamente. — Não foi isso. Foi como voar no céu com o Pai das Tempestades. Eu só sei... Eu *sei* que preciso ir até Dalinar.

Ela ainda parecia cética. Talvez ele houvesse falado demais sobre a encenação do faroleiro.

— Veremos quando chegarmos a Celebrante. — Shallan fechou seu mapa, então se contorceu, olhando para o parapeito onde estavam encostados. — Você acha que eles têm cadeiras em algum lugar? Essas amuradas não são muitos confortáveis para se encostar.

— Provavelmente não.

— Como é que se chamam essas coisas? — questionou Shallan, batendo na amurada. — Uma parede de convés?

— Sem dúvida eles inventaram alguma palavra náutica obscura — disse Kaladin. — Tudo em um navio tem nomes estranhos. Bordo e estibordo em vez de esquerda e direita. Galera em vez de cozinha. Estorvo em vez de Shallan.

— Havia um nome... corrimão? Guarda do convés? Não, amurada. O nome é amurada. — Ela sorriu. — Não gosto de me recostar na amurada, mas não vou permitir que isso me deixe amuada.

Ele grunhiu baixinho.

— Jura?

— Vingança por ficar me chamando de coisas.

— Coisa. Uma coisa. E foi mais uma declaração de um fato do que um ataque.

Ela o socou de leve no braço.

— É bom vê-lo sorrindo.

— Isso foi um sorriso?

— Foi o equivalente de Kaladin. Uma carranca quase jovial. — Shallan sorriu.

Algo se aquecia dentro dele quando ficava perto dela. Algo parecia *certo*. Não havia sido assim com Laral, sua paixão da infância. Ou até mesmo com Tarah, seu primeiro romance verdadeiro. Era algo diferente, que não conseguia definir. Só sabia que não queria que acabasse; era algo que afastava as trevas.

— No fundo dos abismos, quando estávamos encurralados juntos, você falou sobre a sua vida. Sobre... seu pai.

— Eu lembro — disse ela em voz baixa. — Na escuridão da tempestade.

— Como você faz isso, Shallan? Como continua sorrindo e gargalhando? Como evita ficar presa às coisas terríveis que aconteceram?

— Eu as encubro. Tenho uma incrível habilidade de esconder tudo em que não quero pensar. Está... está ficando mais difícil, mas com a maioria das coisas eu consigo só... — Ela se calou, olhando direto à frente. — Pronto. Sumiu.

— Uau.

— Eu sei — sussurrou ela. — Eu sou maluca.

— Não. Não, Shallan! Eu queria poder fazer o mesmo.

Ela o encarou, a testa franzida.

— *Você é* maluco.

— Não seria agradável se eu pudesse simplesmente enterrar tudo? Raios.

Ele tentou imaginar. Não passar a vida se preocupando com os erros que havia cometido; não ouvir os constantes sussurros dizendo que ele não era bom o bastante, ou que havia falhado com seus homens.

— Desse modo, nunca vou encarar meus problemas — disse Shallan.

— É melhor do que ficar paralisada.

— É isso que eu digo a mim mesma. — Ela sacudiu a cabeça. — Jasnah disse que o poder é uma ilusão da percepção. Aja como se você tivesse autoridade e frequentemente a terá. Mas fingir faz com que eu me fragmente. Eu finjo bem *demais*.

— Bem, não importa o que você está fazendo, obviamente funciona. Se eu pudesse abafar essas emoções, eu o faria com prazer.

Ela concordou, mas calou-se e resistiu a todas as suas tentativas seguintes de puxar conversa.

100

UM VELHO AMIGO

Estou convencido de que Nergaoul ainda está ativo em Roshar. Os relatos da "Euforia" alethiana em batalha são compatíveis demais com os antigos registros — incluindo visões de névoa vermelha e criaturas moribundas.

— Da *Mítica* de Hessi, página 140

DALINAR LEMBRAVA-SE DE QUASE tudo agora. Embora ainda não houvesse recuperado os detalhes do seu encontro com a Guardiã da Noite, o resto era tão fresco quanto uma ferida recente escorrendo sangue por seu rosto.

Havia muito mais buracos em sua mente do que ele havia percebido. A Guardiã da Noite rasgara suas memórias como o tecido de um cobertor velho, depois costurara uma nova colcha a partir dele. Nos anos desde então, ele havia se considerado praticamente inteiro, mas agora todas as cicatrizes haviam sido abertas e ele enxergava a verdade.

Tentou tirar tudo aquilo da cabeça enquanto passeava por Vedenar, uma das grandes cidades do mundo, conhecida por seus incríveis jardins e atmosfera exuberante. Infelizmente, a cidade havia sido devastada pela guerra civil vedena, e logo depois pela chegada da Tempestade Eterna. Mesmo ao longo do caminho desobstruído que ele percorria durante a visita, passaram por edifícios queimados, pilhas de destroços.

Ele não conseguia deixar de pensar no que fizera com Rathalas. E, assim, as lágrimas de Evi o acompanhavam. Os gritos de crianças morrendo.

Hipócrita, elas diziam. *Assassino. Destruidor.*

O ar cheirava a sal e ressoava com o ruído das ondas se chocando contra os penhascos nos limites da cidade. Como podiam viver com aquele rugido constante? Será que nunca tinham um momento de paz? Dalinar tentou prestar atenção educadamente enquanto funcionários de Taravangian o conduziam para um jardim, cheio de muretas baixas cobertas de vinhas e arbustos. Um dos poucos que não havia sido destruído durante a guerra civil.

Os vedenos amavam folhagens ostentosas. Não eram um povo sutil, cheios até a boca de paixões e vícios.

A esposa de um dos novos grão-príncipes vedenos por fim conduziu Navani para longe, para ver algumas pinturas. Dalinar, por outro lado, foi levado a um pequeno jardim quadrado, onde alguns olhos-claros vedenos estavam conversando e bebendo vinho. Uma mureta baixa ao leste permitia o cultivo de todo tipo de plantas raras misturadas, como era a atual moda da horticultura. Esprenos de vida pululavam entre elas.

Mais conversa fiada?

— Com licença — disse Dalinar, indicando um gazebo elevado. — Vou tirar um instante para avaliar a cidade.

Um dos olhos-claros levantou a mão.

— Posso mostrar...

— Não, obrigado — retrucou Dalinar, então começou a subir os degraus até o gazebo.

Talvez tivesse sido brusco demais. Bem, pelo menos encaixava com sua reputação. Seus guardas tiveram o bom senso de permanecer lá embaixo, ao pé dos degraus.

Ele alcançou o topo, tentando relaxar. O gazebo dava-lhe uma bela vista dos penhascos e do mar além. Infelizmente, deixava-o ver o resto da cidade — e raios, ela *não* estava em boas condições. As muralhas haviam sido arruinadas em alguns pontos, o palácio não era nada além de destroços. Vastos trechos da cidade haviam sido queimados, incluindo muitos dos terraços abaulados que haviam sido atrações vedenas.

Mais além — nos campos ao norte da cidade — cicatrizes negras na rocha ainda despontavam nos lugares onde montes de corpos haviam sido cremados depois da guerra. Ele tentou dar as costas a tudo aquilo e olhou para o pacífico oceano. Mas podia sentir cheiro de fumaça. Isso não era bom. Nos anos após a morte de Evi, a fumaça sempre causava seus piores dias.

Raios. Eu sou mais forte do que isso. Ele *era* capaz de lutar contra aquela emoção. Não era mais o homem que fora na época. Forçou sua atenção para o propósito declarado da visita à cidade: avaliar as capacidades marciais dos vedenos.

Muitas das tropas vedenas sobreviventes estavam instaladas em casamatas de tempestade dentro das muralhas da cidade. Pelos relatos que ouvira mais cedo, a guerra civil havia causado perdas impressionantes, ou mesmo *desconcertantes*. Muitos exércitos teriam se dispersado depois de sofrer baixas de dez por cento, mas ali — segundo os relatos — os vedenos haviam continuado a lutar mesmo depois de perder mais da *metade* do seu número.

Talvez houvessem enlouquecido devido ao estrondo persistente daquelas ondas. E... o que mais ele ouvia?

Mais choro fantasma. Pelas palmas de Taln! Dalinar respirou fundo, mas só sentiu o cheiro de fumaça.

Por que preciso ter essas memórias?, pensou, zangado. *Por que elas subitamente voltaram?*

Misturado com essas emoções havia um medo crescente por Adolin e Elhokar. Por que eles não haviam mandado notícias? Se haviam escapado, não teriam voado para um lugar seguro — ou no mínimo encontrado uma telepena? Parecia ridículo presumir que múltiplos Radiantes e Fractários estavam aprisionados na cidade, incapazes de fugir. Mas a alternativa era se preocupar com o fato de que não haviam sobrevivido. Que os enviara para a morte.

Dalinar tentou se empertigar, de costas retas e em posição de sentido, sob o peso daquilo tudo. Infelizmente, sabia muito bem que, se travasse os joelhos e ficasse empertigado *demais*, se arriscava a desmaiar. Por que será que tentar ficar de cabeça erguida tornava a queda tão mais provável?

Seus guardas na base da colina de pedra abriram espaço para deixar Taravangian se aproximar em seus trajes alaranjados característicos. O velho trazia um enorme escudo em forma de losango, grande o bastante para cobrir todo seu lado esquerdo. Ele subiu até o gazebo, então se sentou em um dos bancos, ofegante.

— Você queria ver um desses, Dalinar? — perguntou ele depois de um momento, estendendo o escudo.

Feliz por ter uma distração, Dalinar pegou o escudo, levantando-o.

— Semifractal? — disse ele, notando uma caixa de aço, com uma gema dentro, anexada à superfície interna.

— De fato — confirmou Taravangian. — Dispositivos rudimentares. Há lendas sobre um metal capaz de bloquear uma Espada Fractal. Um metal que cai do céu. Prata, mas de algum modo mais leve. Eu gostaria de ver isso, mas por enquanto podemos usar esses.

Dalinar grunhiu.

— Você sabe como fabriais são feitos, não sabe? — indagou Taravangian. — Com esprenos escravizados?

— Esprenos, como chules, não podem ser "escravizados".

O Pai das Tempestades soou um trovão distante na sua mente.

— Aquela gema aprisiona o tipo de espreno que dá substância às coisas, o tipo que mantém o mundo inteiro — disse Taravangian. — Prendemos nesse escudo algo que, em outro tempo, poderia ter abençoado um Cavaleiro Radiante.

Raios. Ele não podia lidar com um problema filosófico como aquele no momento. Tentou mudar de assunto.

— Você parece estar melhor hoje.

— Estou tendo um bom dia. Sinto-me melhor do que andei me sentindo, mas isso pode ser perigoso. Eu tendo a pensar nos erros que cometi. — Taravangian sorriu do seu jeito benevolente. — Tento dizer a mim mesmo que, no mínimo, fiz a melhor escolha que podia com as informações ao meu dispor.

— Infelizmente, tenho certeza de que eu *não* tomei as melhores decisões que podia.

— Mas você não as mudaria. Se mudasse, seria uma pessoa diferente.

Eu mudei essas decisões, pensou Dalinar. *Eu as apaguei. E eu* de fato *me tornei uma pessoa diferente.* Dalinar deixou o escudo ao lado do velho.

— Diga-me, Dalinar. Você falou sobre seu descaso pelo seu ancestral, o Criador de Sóis. Você o chamou de tirano.

Como eu.

— Digamos que você pudesse estalar os dedos e mudar a história. Faria com que o Criador de Sóis vivesse mais tempo e realizasse seu desejo, unificando toda Roshar sob uma única bandeira?

— Para torná-lo um déspota *maior* ainda? — disse Dalinar. — Isso teria permitido que ele cometesse chacinas por toda Azir e até Iri. É claro que eu não desejaria isso.

— Mas e se isso deixasse você, hoje, no comando de um povo completamente unificado? E se o massacre *dele* permitisse que *você* salvasse Roshar da invasão dos Esvaziadores?

— Eu... Você estaria me pedindo para consignar milhões de inocentes ao sacrifício!

— Essas pessoas estão mortas há muito tempo — sussurrou Taravangian. — O que elas significam para você? Números em uma nota de rodapé de uma escriba. Sim, o Criador de Sóis foi um monstro. Contudo, as atuais rotas comerciais entre Herdaz, Jah Keved e Azir foram forjadas pela sua tirania. Ele trouxe cultura e ciência de volta a Alethkar. A moderna erupção cultural alethiana pode ser traçada *diretamente* ao que ele fez. A moralidade e a lei são construídas sobre os corpos daqueles que foram mortos.

— Não posso fazer nada em relação a isso.

— Não, não. É claro que não pode. — Taravangian deu um tapinha no escudo semifractal. — Você sabe *como* capturamos esprenos para fabriais, Dalinar? Desde telepenas até caloriais, é a mesma coisa. Você atrai o espreno com algo que ele ama. Oferece algo familiar para atraí-lo, algo que ele conheça profundamente. Nesse momento, ele se torna seu escravo.

Eu... Eu realmente *não posso pensar sobre isso agora.*

— Com licença — disse Dalinar. — Preciso ver como está Navani.

Ele partiu a passos largos do gazebo e desceu os degraus, passando afobado por Rial e seus outros guardas. Eles o seguiram, como folhas depois de uma rajada forte de vento. Dalinar adentrou a cidade, mas não foi procurar Navani. Talvez pudesse visitar as tropas.

Caminhou de volta pela rua, tentando ignorar a destruição. Mesmo sem ela, contudo, a cidade lhe parecia *errada*. A arquitetura era muito parecia com a alethiana, nada como os projetos elaborados de Kharbranth ou Thaylenah — mas muitos edifícios tinham plantas envolvendo e pendendo de cada janela. Era estranho caminhar entre ruas cheias de pessoas que pareciam alethianas, mas que falavam uma língua estrangeira.

Por fim, Dalinar alcançou os grandes abrigos de tempestade perto das muralhas da cidade. Soldados haviam montado povoados de tendas junto deles, bivaques temporários que podiam desmontar e carregar para dentro dos abrigos nas tempestades. Dalinar se pegou ficando mais calmo enquanto andava entre eles. Aquilo era familiar; era a paz de soldados trabalhando.

Os oficiais ali lhe deram as boas-vindas e os generais levaram-no para visitar as casamatas. Ficaram impressionados com sua habilidade de falar o idioma deles; habilidade adquirida no início da visita à cidade, usando seus poderes de Vinculador.

Tudo que Dalinar fez foi assentir e fazer perguntas ocasionais, mas de algum modo sentiu que estava sendo útil. No final, entrou em uma tenda ventilada perto dos portões da cidade, onde encontrou um grupo de soldados feridos. Todos eles haviam sobrevivido quando seu pelotão inteiro sucumbira. Heróis, mas não do tipo convencional. Era preciso ser um soldado para compreender o heroísmo de apenas estar disposto a continuar depois da morte de todos os seus amigos.

O último da fila era um veterano idoso que usava um uniforme limpo e uma insígnia de um pelotão extinto. Ele perdera o braço direito, a manga do casaco amarrada, e um soldado mais jovem o conduziu até Dalinar.

— Veja só, Geved. O Espinho Negro em pessoa! Você não dizia sempre que gostaria de conhecê-lo?

O homem mais velho tinha um daqueles olhares que pareciam capazes de enxergar através do seu interlocutor.

— Luminobre — disse ele, e fez uma saudação. — Combati seu exército em Pedralisa, senhor. Segunda infantaria do Luminobre Nalanar. Raios, aquela foi uma bela batalha, senhor.

— Foi bela, de fato — concordou Dalinar, saudando-o de volta. — Por umas três vezes eu pensei que suas tropas fossem levar a melhor.

— Bons tempos, Luminobre. Bons tempos. Antes de tudo dar errado... — Os olhos dele se vidraram.

— Como foi? — perguntou Dalinar em voz baixa. — A guerra civil, a batalha aqui, em Vedenar?

— Foi um pesadelo, senhor.

— Geved — chamou o homem mais jovem. — Vamos. Tem comida...

— Você não o ouviu? — replicou Geved, livrando o braço restante da mão do rapaz. — Ele *perguntou*. Todo mundo fica sem graça perto de mim, ignorando o assunto. Raios, senhor. A guerra civil foi um *pesadelo*.

— Lutar contra outras famílias vedenas — disse Dalinar, concordando.

— Não foi isso — contestou Geved. — Raios! Nós brigamos tanto quanto vocês, senhor. Perdoe-me por falar. Mas nunca me senti mal por lutar contra os meus. É o que o Todo-Poderoso quer, certo? Mas aquela batalha... — Ele tremeu. — Ninguém queria parar, Luminobre. Mesmo quando devíamos ter parado. Eles só continuaram lutando. Matando porque *sentiam vontade* de matar.

— Ardia dentro de nós — disse outro homem ferido junto da mesa de comida. Ele usava um tapa-olho e parecia não ter se barbeado desde que deixara a batalha. — O senhor sabe como é, não sabe, Luminobre? Aquele rio dentro de você, puxando seu sangue todo para a cabeça e fazendo com que você ame cada golpe. Fazendo com que não consiga parar, por mais cansado que esteja.

A Euforia.

Ela começou a brilhar dentro de Dalinar. Tão familiar, tão cálida e tão *terrível*. Dalinar a sentiu despertando, como... como um cão-machado favorito, surpreso por ouvir a voz do seu mestre depois de tanto tempo.

Parecia fazer uma eternidade desde que a sentira. Mesmo nas Planícies Quebradas, quando a provara pela última vez, parecia estar enfraquecendo. Subitamente, tudo fez sentido. Não era que ele houvesse aprendido a dominar a Euforia; em vez disso, a Euforia o deixara.

Para ir para Vedenar.

— Outros de vocês sentiram isso? — indagou Dalinar.

— Todos nós sentimos — disse outro dos homens, e Geved concordou. — Os oficiais... eles cavalgavam com os dentes cerrados em sorrisos fixos. Homens gritavam para continuar a luta, para manter o impulso.

O importante é o impulso.

Outros concordaram, falando sobre o impressionante atordoamento que os cobrira naquele dia.

Perdendo qualquer sensação de paz que havia ganhado com as inspeções, Dalinar pediu licença para partir. Seus guardas correram para acompanhá-lo enquanto ele fugia — movendo-se ainda mais rápido enquanto um mensageiro recém-chegado o chamou, dizendo que ele precisava voltar aos jardins.

Ele não estava pronto. Não queria encarar Taravangian, ou Navani, ou especialmente Renarin. Em vez disso, subiu a muralha da cidade. Inspecionar... inspecionar as fortificações. Fora para isso que viera.

Do topo, pôde ver novamente aquelas grandes seções da cidade, queimadas e arrasadas na guerra.

A Euforia o chamava, distante e diluída. Não. *Não.* Dalinar marchou ao longo da muralha, passando por soldados. À sua direita, ondas se chocavam contra as rochas. Sombras se moviam nos bancos de areia, feras duas ou três vezes maiores que um chule, suas conchas surgindo das profundezas entre as ondas.

Parecia que Dalinar fora quatro pessoas durante sua vida. O guerreiro sedento de sangue, que matava em qualquer direção para onde fosse apontado, sem se importar com as consequências.

O general, que fingira uma distinta civilidade — quando, secretamente, ansiava pela volta ao campo de batalha para que pudesse derramar mais sangue.

Terceiro, o homem arruinado. Aquele que pagara pelos atos da sua juventude.

Então, finalmente, o quarto homem: o mais falso de todos. O homem que havia aberto mão das suas memórias para que pudesse fingir que era coisa melhor.

Dalinar parou, pousando uma mão nas pedras. Seus guardas se reuniram atrás dele. Um soldado vedeno se aproximou da outra direção, interpelando-o com raiva.

— Quem é você? O que está fazendo aqui?

Dalinar fechou os olhos com força.

— Você! Alethiano. Responda. Quem deixou você subir até esta fortificação?

A Euforia despertou e o animal dentro dele quis atacar. Uma luta. Ele precisava de uma *luta*.

Não. Fugiu de novo, seguindo apressado por uma estreita e sufocante escadaria de pedra. Sua respiração ecoava contra as paredes e ele quase cambaleou e tropeçou descendo o último lance.

Saiu para a rua, suando, surpreendendo um grupo de mulheres carregando água.

— Senhor? — chamou Rial — O senhor está... Está tudo...?

Dalinar sugou Luz das Tempestades, esperando que ela afastasse a Euforia, mas não afastou. Ela pareceu complementar a sensação, levando-o a agir.

— Senhor? — chamou Rial, estendendo-lhe um cantil que cheirava a algo forte. — Eu sei que o senhor me disse para não andar com isso, mas eu ando. E... talvez o senhor precise de um pouco.

Dalinar olhou fixamente para o cantil. Um cheiro forte pareceu envolvê-lo. Se bebesse, poderia esquecer os sussurros. Esquecer a cidade queimada e o que ele havia feito com Rathalas. E com Evi.

Tão fácil...

Pelo sangue dos meus ancestrais. Por favor, não.

Ele deu as costas para Rial. Precisava descansar. Apenas isso, só descansar. Ele tentou manter a cabeça erguida e desacelerou o passo enquanto marchava de volta para o Sacroportal.

A Euforia o perseguia.

Se você se tornar aquele primeiro homem novamente, vai parar de doer. Na juventude, você fazia o que precisava ser feito. Você era mais forte naquela época.

Ele rosnou, girando e lançando seu manto para o lado, procurando a voz que havia dito aquelas palavras. Seus guardas recuaram, agarrando suas lanças com força. Os assustados habitantes de Vedenar se afastaram dele.

Isso é liderança? Chorar toda noite? Tremer e vacilar? Essas são as ações de uma criança, não de um homem.

— Deixe-me em paz!

Dê-me a sua dor.

Dalinar olhou para o céu e soltou um urro primitivo. Avançou pela cidade, sem se importar mais com o que as pessoas pensariam quando o vissem. Precisava *sair* daquela cidade.

Ali. Os degraus até o Sacroportal. Os vedenos haviam feito um jardim na plataforma, mas ele fora removido. Ignorando a longa rampa, Dalinar subiu dois degraus de cada vez, a Luz das Tempestades emprestando-lhe resistência.

No topo, encontrou um grupo de guardas de azul Kholin com Navani e um punhado de escribas. Ela imediatamente foi até ele.

— Dalinar, eu tentei afastá-lo, mas ele foi insistente. Não sei o que ele quer.

— Ele? — perguntou Dalinar, ofegando devido à sua quase corrida.

Navani gesticulou na direção dos escribas. Pela primeira vez, Dalinar notou que vários usavam as barbas curtas dos fervorosos. Mas aqueles robes azuis? O que era aquilo?

Párocos do Enclave Sagrado em Valath, pensou. Tecnicamente, o próprio Dalinar era um líder da religião vorin — mas, na prática, os párocos guiavam a doutrina da igreja. Os cajados que eles portavam eram encrustados com gemas, mais ornamentados do que ele teria imaginado. A maior parte daquela pompa não havia acabado com a queda da Hierocracia?

— Dalinar Kholin! — disse um deles, dando um passo à frente.

Ele era jovem para um líder do fervor, talvez com quarenta e poucos anos. Sua barba quadrada tinha alguns fios grisalhos.

— Sou eu — respondeu Dalinar, livrando-se do toque de Navani no seu ombro. — Se deseja falar comigo, vamos nos retirar para um local mais privado...

— Dalinar Kholin — declarou o fervoroso, falando mais alto. — O conselho dos párocos declara que você é um herege. Não podemos tolerar sua insistência de que o Todo-Poderoso não é Deus. A partir de agora proclamamos sua excomunhão e anátema.

— Vocês não têm o direito...

— Nós temos *todo* o direito! Os fervorosos devem vigiar os olhos-claros para que vocês guiem adequadamente seus súditos. Esse *ainda* é nosso dever, como definido nas Alianças da Teocracia, testemunhadas durante séculos! Realmente achou que fôssemos ignorar o que está pregando?

Dalinar trincou os dentes enquanto o estúpido fervoroso começava a detalhar suas heresias uma após a outra, exigindo que ele as abjurasse. O homem deu um passo à frente, perto o bastante agora para que Dalinar sentisse seu bafo.

A Euforia despertou, pressentindo uma contenda. Pressentindo sangue.

Eu vou matá-lo, parte de Dalinar pensou. *Preciso sair correndo daqui ou eu vou matar esse homem.* Isso estava tão claro para ele quanto a luz do sol.

Então ele correu.

Partiu para o edifício de controle do Sacroportal, precisando desesperadamente escapar. Foi apressado até a fechadura, então se lembrou de que não tinha uma Espada Fractal que pudesse operar o dispositivo.

Dalinar, trovejou o Pai das Tempestades. *Algo está errado. Algo que não posso ver, algo escondido de mim. O que você está sentindo?*

— Eu *tenho* que sair daqui.

Não serei uma espada para você. Já falamos sobre isso.

Dalinar rosnou. Sentia algo palpável, algo além dos lugares. O poder que ligava os mundos. O poder *dele*.

Espere, alertou o Pai das Tempestades. *Isso não está certo!*

Dalinar o ignorou, expandindo seu alcance e puxando o poder. Algo branco e brilhante se manifestou em sua mão e ele o enfiou na fechadura.

O Pai das Tempestades grunhiu, um som como o trovão.

Ainda assim, o poder fez o Sacroportal funcionar. Enquanto seus guardas chamavam por ele do lado de fora, Dalinar virou o disco para que apenas o pequeno edifício fosse transportado — não o platô inteiro —, então moveu a fechadura ao redor do exterior da sala, usando o poder como ponto de apoio.

Um anel de luz relampejou ao redor da estrutura e um vento frio entrou pelas portas. Ele saiu desajeitadamente para uma plataforma diante de Urithiru. O Pai das Tempestades se afastou dele, sem romper o laço, mas retirando seu favor.

A Euforia o inundou para substituí-lo. Mesmo de tão longe. Raios! Dalinar não conseguia fugir dela.

Você não pode fugir de si mesmo, Dalinar, disse a voz de Evi na sua mente. *É isso que você é. Aceite.*

Ele não podia escapar. Raios... não podia escapar.

Pelo sangue dos meus ancestrais. Por favor. Por favor, me ajude.

Mas... para quem ele estava rezando?

Saiu a passos trêmulos da plataforma, atordoado, ignorando perguntas de soldados e escribas. Chegou no seu quarto, cada vez mais desesperado para encontrar uma maneira — qualquer maneira — de se esconder da voz condenadora de Evi.

No seu quarto, ele puxou um livro da estante. Encadernado com couro suíno, páginas de papel grosso. Ele segurou *O caminho dos reis* como se fosse um talismã que afastaria a dor.

Nada aconteceu. Outrora aquele livro o salvara, mas agora parecia inútil. Ele nem mesmo podia ler suas palavras.

Deixando o livro cair no chão, ele saiu cambaleando do quarto. Não foi um pensamento consciente que o conduziu aos aposentos de Adolin ou o levou a vasculhar o quarto do filho. Mas ele encontrou o que esperava, uma garrafa de vinho guardada para uma ocasião especial. Roxo, preparado para ser forte.

Isso representava o terceiro homem que havia sido. Vergonha, frustração e dias nebulosos. Tempos terríveis. Tempos em que ele abandonara parte da sua alma para poder esquecer.

Mas, raios, era isso ou recomeçar a matar. Ele levou a garrafa aos lábios.

101

OLHO-MORTO

> *Moelach é muito similar a Nergaoul, embora, em vez de inspirar fúria guerreira, ele supostamente concedesse visões do futuro. Nisso, o folclore e a teologia convergem. Visões do futuro têm origem nos Desfeitos, vêm do inimigo.*
>
> — Da *Mítica* de Hessi, página 143

ADOLIN REPUXOU O CASACO, de pé dentro da cabine do Capitão Ico. O espreno havia emprestado o aposento para ele por algumas horas.

O casaco era curto demais, mas era o mais comprido que o espreno possuía. Adolin havia cortado as calças abaixo dos joelhos, então enfiado a barra nas meias longas e botas altas. Enrolara as mangas do casaco para combinar, imitando um estilo antigo de Thaylenah. O casaco ainda parecia folgado demais.

Deixe-o desabotoado, decidiu. *As mangas enroladas parecem intencionais dessa maneira.* Ele enfiou a camisa na calça, apertou bem o cinto. Bom por contraste? Ele se estudou no espelho do capitão. Precisava de um colete. Isso, felizmente, não era *tão* difícil de falsificar. Ico havia fornecido um casaco vinho pequeno demais para ele. Adolin removeu o colarinho e as mangas, costurou para esconder as bordas toscas, então o cortou nas costas.

Tinha acabado de dar os toques finais com alguma renda nas costas quando Ico veio ver como ele estava. Adolin abotoou o colete improvisado, vestiu o casaco, então se apresentou com as mãos junto ao corpo.

— Muito bonito — disse Ico. — Você parece um espreno de honra indo para uma Festa da Luz.

— Obrigado — disse Adolin, se inspecionando no pequeno espelho. — O casaco precisa ser mais longo, mas não me acho capaz de baixar as bainhas.

Ico estudou-o com olhos metálicos — bronze, com buracos fazendo as vezes de pupilas, como Adolin já havia visto em algumas estátuas. Até o cabelo do espreno parecia esculpido. Ico parecia até um rei Transmutado de uma era antiga.

— Você era um governante da sua raça, não era? — perguntou Ico. — Por que partiu? Os humanos que temos aqui são refugiados, comerciantes ou exploradores. Não reis.

Rei. Adolin era um rei? Certamente seu pai desistiria da abdicação, agora que Elhokar havia morrido.

— Sem resposta? — disse Ico. — Está tudo bem. Mas você *era* um soberano. Dá para ler isso em você. Um berço nobre é importante para humanos.

— Talvez um pouco importante demais, não é? — comentou Adolin, ajustando a echarpe que fizera a partir do seu lenço.

— Isso é verdade — concordou Ico. — Vocês são todos humanos, portanto, independentemente do nascimento, nenhum é confiável com juramentos. Um contrato para viajar, tudo bem. Mas humanos traem quem confia neles. — O espreno franziu o cenho, então pareceu constrangido, desviando o olhar. — Isso foi grosseiro.

— Grosseria não é necessariamente mentira, contudo.

— Mesmo assim, não quis insultá-lo. Vocês não têm culpa. Quebrar juramentos é simplesmente de sua natureza humana.

— Você não conhece meu pai — replicou Adolin.

Ainda assim, a conversa deixou-o incomodado. Não devido às palavras de Ico — esprenos tendiam a dizer coisas estranhas, e Adolin não se ofendeu. Mais que isso, ele sentia a crescente preocupação de *realmente* ter que assumir o trono. Ele crescera sabendo que isso podia acontecer, mas *também* havia crescido desejando — desesperadamente — que nunca acontecesse. Quando ponderava a respeito, achava que essa hesitação se devia ao fato de um rei não poder se dedicar a coisas como duelar e... bem... curtir a vida.

E se fosse algo mais profundo? E se ele sempre houvesse sabido da inconsistência que espreitava dentro de si? Não podia continuar fingindo que era o homem que seu pai queria que fosse.

Bem, tudo isso era irrelevante — Alethkar, enquanto nação, havia sucumbido. Ele acompanhou Ico de volta da cabine do capitão até o convés, se aproximando de Shallan, Kaladin e Azure, que estavam junto da amurada de estibordo. Todos usavam camisas, calças e casacos que haviam comprado dos Navegantes com esferas foscas. Gemas foscas não valiam muito neste lado, mas aparentemente *havia* comércio com o outro lado, então elas tinham algum valor.

Kaladin olhou boquiaberto para Adolin, fitando primeiro as botas, depois a echarpe, então se concentrando no colete. Só aquela expressão pasma já valeu a trabalheira.

— Como? — interpelou Kaladin. — Você *costurou* isso?

Adolin sorriu. Kaladin parecia estar usando suas roupas da infância; nunca abotoaria aquele casaco no seu peito largo. A camisa e o casaco de Shallan lhe serviam melhor, em termos de medidas, mas o corte não lhe caía muito bem. Azure parecia muito mais... normal sem sua dramática combinação de couraça e manto.

— Eu praticamente mataria por uma saia — comentou Shallan.

— Você está brincando — disse Azure.

— Não. Estou ficando cansada das calças friccionando minhas pernas. Adolin, poderia me costurar um vestido? Talvez juntando as pernas dessas calças?

Ele esfregou o queixo, de onde já brotava uma barba loura.

— Não funciona assim... não posso criar tecido magicamente, do nada. Ele...

Calou-se quando, acima, as nuvens subitamente ondularam, brilhando com uma estranha iridescência madrepérola. Outra grantormenta, a segunda desde sua chegada em Shadesmar. O grupo parou e olhou para o dramático espetáculo luminoso. Ali perto, os Navegantes pareceram se empertigar, realizando seus deveres náuticos de modo mais vigoroso.

— Veja — disse Azure. — Como eu falei. Eles *devem* se alimentar dela, de algum modo.

Shallan estreitou os olhos, então pegou seu caderno e caminhou decididamente para começar a entrevistar alguns dos esprenos. Kaladin se afastou para juntar-se à sua esprena na proa do navio, onde ela gostava de ficar. Adolin frequentemente notava que ele olhava para o sul, como se desejasse, ansioso, que o navio se movesse mais rápido.

Ele se demorou junto ao flanco do navio, vendo as contas se chocarem mais abaixo. Quando levantou os olhos, percebeu que Azure fitava-o atentamente.

— Você realmente costurou? — perguntou ela.

— Não houve muita costura envolvida — respondeu Adolin. — A echarpe e o casaco escondem a maior parte do dano que causei ao colete... que costumava ser um casaco menor.

— Ainda assim... Uma habilidade incomum para um membro da realeza.

— E quantos membros da realeza você conheceu?

— Mais do que você imagina.

Adolin assentiu.

— Entendi. E você é enigmática de *propósito* ou é meio que acidental?

Azure se recostou contra a amurada do navio, a brisa balançando seu cabelo curto. Ela parecia mais jovem quando não estava usando a couraça e o manto. Trinta e poucos anos, talvez.

— Um pouco das duas coisas. Descobri, quando era mais jovem, que me abrir demais com estranhos... não era bom para mim. Mas, respondendo à sua pergunta: eu *conheci* membros da realeza. Incluindo uma mulher que deixou tudo para trás. Trono, família, responsabilidades...

— Ela abandonou seu dever?

Aquilo era praticamente inconcebível.

— Era melhor ter no trono alguém que apreciava ocupá-lo.

— Ninguém *aprecia* o dever. Só fazemos o que nos é exigido, para servir ao bem maior. Não se pode simplesmente abandonar a responsabilidade porque *teve vontade.*

Azure olhou de soslaio para Adolin, e ele sentiu o rosto corar.

— Desculpe — disse ele, desviando o olhar. — Meu pai e meu tio podem ter... me instilado certa paixão sobre o assunto.

— Está tudo bem. Talvez você tenha razão, e talvez parte de mim saiba disso. Sempre me pego em situações como a de Kholinar, liderando a Guarda da Muralha. Eu me envolvo demais... então abandono a todos...

— Você *não* abandonou a Guarda da Muralha, Azure — observou Adolin. — Você não poderia ter evitado o que aconteceu.

— Talvez. Não posso deixar de pensar que isso é só mais um de uma longa série de deveres abdicados, de fardos abandonados, talvez com resultados desastrosos. — Por algum motivo, ela levou a mão ao pomo da sua Espada Fractal ao dizer isso. Então fitou Adolin. — Mas, de todas as coisas que deixei para trás, a única de que não me arrependo é de ter permitido que outra pessoa reinasse. Às vezes, a melhor maneira de cumprir seu dever é deixar que outra pessoa, alguém mais capaz, tente carregá-lo.

Que ideia *alienígena.* Às vezes se assumia um dever que não era seu, mas abandonar um dever? Só... entregá-lo para outra pessoa?

Ele se pegou pensando a respeito. Assentiu para agradecer a Azure quando ela pediu licença para ir atrás de algo para beber. Ele ainda estava parado ali quando Shallan voltou, depois de entrevistar — bem, interrogar — os Navegantes. Ela tomou seu braço, e juntos assistiram às nuvens cintilantes por algum tempo.

— Estou horrível, não estou? — perguntou ela finalmente, cutucando-o no flanco. — Sem maquiagem, sem lavar o cabelo há dias, e agora vestindo roupinhas sem graça de trabalhador.

— Eu não acho que você seja capaz de ficar horrível — respondeu ele, trazendo-a mais para perto. — Com todas as suas cores, mesmo essas nuvens não são páreo para você.

Eles passaram por um mar de velas flutuantes, que representavam uma vila no lado humano. As chamas estavam aglomeradas em grupos, se escondendo da tempestade.

Por fim, as nuvens sumiram — mas eles supostamente estavam perto da cidade agora, então Shallan ficou empolgada, procurando-a. Finalmente, ela apontou terra no horizonte.

Celebrante repousava não muito longe da costa. Enquanto se aproximavam, puderam observar outras naus entrando no porto ou partindo, cada uma delas puxada por pelo menos dois mandras.

O Capitão Ico foi até eles.

— Chegaremos em breve. Venha pegar sua olho-morto.

Adolin assentiu, afagando as costas de Shallan, e seguiu Ico até uma pequena sala de popa no porão de carga. Ico usou chaves para destrancar a porta, revelando a esprena da espada de Adolin sentada em um banco lá dentro. Ela o fitou com aqueles sinistros olhos arranhados, seu rosto fibroso desprovido de emoção.

— Gostaria que você não a tivesse trancado aqui — comentou Adolin, baixando o corpo para espiar através da passagem atarracada.

— Não dá para deixá-los no convés — disse Ico. — Eles não olham para onde andam e acabam caindo do barco. Não vou passar dias tentando pescar um olho-morto perdido.

Ela se moveu para juntar-se a Adolin, então Ico estendeu a mão para trancar a cela.

— Espere! — disse Adolin. — Ico, vi alguma coisa se mexendo ali atrás.

Ico trancou a porta e pendurou as chaves no cinto.

— Meu pai.

— Seu *pai*? Você deixa seu pai trancado?

— Não suporto a ideia dele perambulando por aí — respondeu Ico, olhando adiante. — Mas preciso mantê-lo trancado, senão ele vai procurar o humano que carrega seu cadáver. Vai cair do convés.

— Seu pai era um espreno de um Radiante?

Ico começou a subir os degraus até o convés.

— É falta de educação perguntar dessas criaturas.

— Mas a falta de educação não é necessariamente mentira, certo?

Ico se virou e olhou para ele, então deu um sorriso triste e indicou o espreno de Adolin.

— Como você a vê?

— Como uma amiga.

— Uma ferramenta. Você usa o cadáver dela do outro lado, não usa? Bem, eu não o culpo. Já ouvi histórias do que elas podem fazer, e sou uma pessoa pragmática. Só... não finja que ela é sua amiga.

Quando chegaram ao convés, o navio estava se aproximando do cais. Ico começou a dar ordens, embora sua tripulação claramente já soubesse o que fazer.

Os cais de Celebrante eram grandes e largos, mais longos do que a cidade. Navios atracavam em píeres de pedra, embora Adolin não entendesse como eles sairiam dali. Prenderiam os mandras na popa e se puxariam para fora desse jeito?

A costa era pontilhada por longos armazéns enfileirados, que prejudicavam a vista da cidade propriamente dita, na opinião de Adolin. O navio avançou até um atracadouro em um píer específico, guiado por um Navegante com um semáforo. Os marinheiros de Ico desengataram uma peça do casco, que se desdobrou em degraus, e um marinheiro desceu imediatamente para saudar outro grupo de Navegantes, que começou a soltar os mandras com longos ganchos, conduzindo-os para longe.

À medida que cada espreno voador era liberado do cordame, o navio afundava um pouco mais no oceano de contas. Por fim, ele pareceu se estabilizar sobre algum suporte.

Padrão se aproximou, zumbindo consigo mesmo e encontrando o resto do grupo que se reunia no convés. Ico foi até eles, gesticulando.

— Um acordo cumprido e um vínculo mantido.

— Obrigado, capitão — disse Adolin, apertando a mão de Ico, que retribuiu o gesto de modo desajeitado. Ele obviamente sabia o que fazer, mas não tinha prática. — Tem certeza de que não quer nos levar pelo resto da viagem até o portal entre reinos?

— Tenho certeza — respondeu Ico com firmeza. — A região ao redor da Perpendicularidade de Cultura está com uma péssima reputação ultimamente. Muitos navios desapareceram.

— E a Cidade de Thaylen? — indagou Kaladin. — Poderia nos levar até lá?

— Não. Vou descarregar mercadorias aqui, então seguir para leste. Para longe de encrencas. E, se quiserem um pequeno conselho, fiquem em Shadesmar. O Reino Físico não anda hospitaleiro atualmente.

— Pensaremos a respeito — disse Adolin. — Há mais alguma coisa que precisamos saber sobre a cidade?

— Não se afastem demais de seus limites; com cidades humanas por perto, haverá esprenos de raiva na área. Tentem não atrair muitos esprenos inferiores, e vejam se arrumam um lugar para amarrar essa olho-morto de vocês. — Ele apontou. — O oficial de registro fica naquele edifício à nossa frente, pintado de azul. Ali vocês vão encontrar uma lista de navios dispostos a levar passageiros... mas terão que ir atrás de cada um individualmente para garantir que estejam equipados para levar humanos e não estejam com todas as cabines ocupadas. O edifício ao lado é de um cambista, onde você pode trocar Luz das Tempestades por notas de pagamento. — Ele balançou a cabeça. — Minha filha costumava trabalhar ali, antes de sair em busca de sonhos tolos.

Ele se despediu e o grupo de viajantes caminhou pela prancha de desembarque até as docas. Curiosamente, Syl ainda usava uma ilusão, que a deixava com um rosto de bronzeado alethiano, cabelos negros e vestido vermelho. Será que ser um espreno de honra era mesmo tão importante?

— Então — disse Adolin quando chegaram ao cais —, como agimos agora? Quero dizer, na cidade.

— Eu contei nossos marcos — disse Shallan, mostrando uma bolsa de esferas. — Faz bastante tempo desde que eles foram renovados, e quase certamente vão perder sua Luz das Tempestades nos próximos dias. Alguns já se apagaram. Podemos trocá-los por suprimentos... e manter os brons e as gemas maiores para Manipulação de Fluxos.

— A primeira parada é o cambista, então — decidiu Adolin.

— Depois disso, deveríamos ver se conseguimos comprar mais rações — sugeriu Kaladin. — Só por via das dúvidas. E precisamos procurar transporte.

— Mas para onde? — indagou Azure. — Para a Perpendicularidade ou para a Cidade de Thaylen?

— Vamos ver quais são nossas opções — respondeu Adolin. — Talvez haja um navio para um desses destinos, mas não para o outro. Alguns de nós podem ir perguntar sobre os navios, e outros atrás de suprimentos. Shallan, o que você prefere fazer?

— Vou procurar transporte. Tenho experiência com isso... fiz *muitas* viagens quando estava atrás de Jasnah.

— Ótimo — concordou Adolin. — Melhor ter um Radiante em cada grupo, então, carregadorzinho e Syl, vocês vêm comigo. Padrão e Azure vão com Shallan.

— Talvez eu devesse ajudar Shallan... — começou Syl.

— Vamos precisar de um espreno conosco — disse Adolin. — Para explicar a cultura daqui. Mas primeiro vamos trocar essas esferas.

CELEBRANTE

Dizia-se que Moelach concede visões do futuro em diferentes períodos — mas com mais frequência no ponto de transição entre os reinos. Quando uma alma está se aproximando dos Salões Tranquilinos.

— Da *Mítica* de Hessi, página 144

KALADIN CAMINHAVA PELA CIDADE com Adolin e Syl. A troca de dinheiro fora rápida e eles deixaram a esprena da espada de Adolin com os outros. Depois que Shallan tomou a mão da olho-morto, ela a seguiu.

Chegar àquela cidade havia sido um bom avanço rumo a finalmente sair daquele lugar e alcançar Dalinar. Infelizmente, uma cidade totalmente nova, cheia de ameaças desconhecidas, não o encorajava a relaxar.

A cidade não era tão densamente povoada quanto a maioria das cidades humanas, mas a variedade de esprenos era impressionante. Navegantes como Ico e seus marinheiros eram comuns, mas também havia esprenos que pareciam muito com a espada de Adolin — pelo menos, antes de ela ter sido morta. Eles eram feitos inteiramente de vinhas, embora possuíssem mãos de cristal e usassem roupas humanas. Igualmente comuns eram esprenos com pele preta como tinta, que brilhava com uma variedade de cores quando a luz batia nela do ângulo certo. Suas roupas pareciam fazer parte deles, como as dos Crípticos e dos esprenos de honra.

Um pequeno grupo de Crípticos passou ali perto, andando bem juntos. Cada um tinha uma cabeça com um padrão ligeiramente diferente. Havia outros esprenos com a pele parecendo pedra rachada, com luz derretida brilhando de dentro. Ainda outros tinham pele da cor de cinzas velhas e brancas — e, quando Kaladin viu um desses apontando para alguma coisa, a pele se esticando na dobra do seu braço se desintegrou e foi soprada para longe, revelando a junta e as articulações do úmero. A pele rapidamente se regenerou.

A variedade lembrou Kaladin das fantasias do Culto dos Momentos — embora ele não identificasse um único espreno de honra. E não parecia que os outros esprenos se misturavam muito. Humanos eram raros o bastante para que os três — incluindo Syl imitando uma alethiana — chamassem atenção.

Edifícios eram construídos com tijolos em cores variadas, ou blocos de muitos tipos de pedras. Cada edifício era uma mistura de materiais sem um padrão que Kaladin pudesse determinar.

— Como eles conseguem materiais de construção? — indagou Kaladin enquanto seguiam as instruções do cambista para chegar ao mercado mais próximo. — Há pedreiras desse lado?

Syl franziu o cenho.

— Eu... — Ela inclinou a cabeça. — Sabe de uma coisa? Não tenho certeza. Acho que nós fazemos com que elas apareçam deste lado, de algum modo, vindo do lado de vocês? Como Ico fez com o gelo?

— Eles parecem vestir qualquer coisa — disse Adolin, apontando. — Aquele é um casaco de oficial alethiano sobre um *colete de escriba azishiano*. Uma túnica tashikkana usada com calças, e ali tem *quase* um tlmko thayleno completo, mas faltam as botas.

— Não há crianças — notou Kaladin.

— Tem algumas — disse Syl. — Elas só não são pequenas, como crianças humanas.

— Como isso *funciona*? — questionou Adolin.

— Bem, certamente é menos caótico do que o método de vocês! — Ela fez uma careta. — Nós somos feitos de poder, somos pedaços de deuses. Há lugares onde esse poder se aglutina, e partes dele começam a tomar consciência. Você vai até lá e volta com uma criança... Eu acho?

Adolin deu uma risadinha.

— O que foi? — perguntou Kaladin.

— Isso não é muito diferente da explicação que minha babá me contou quando perguntei a ela de onde vinham os bebês. Uma história absurda sobre como os pais assavam uma criança nova a partir de argila de crem.

— Não acontece com frequência — disse Syl enquanto passavam por um grupo de esprenos cinza sentados ao redor de uma mesa e observando a multidão.

Eles fitaram os humanos com nítida hostilidade e um deles sacudiu os dedos na direção de Kaladin. Os dedos explodiram em poeira, deixando à mostra ossos que rapidamente foram reenvoltos em carne.

— Fazer crianças não acontece com frequência? — indagou Adolin.

Syl assentiu.

— É raro. A maioria dos esprenos passa centenas de anos sem fazer isso. Centenas de anos.

— Raios — sussurrou Kaladin, pensando no assunto. — A maioria desses esprenos são tão velhos assim?

— Ou mais velhos ainda — replicou Syl. — Mas o envelhecimento não funciona igual para os esprenos. Do mesmo modo que o tempo. Não aprendemos tão rápido, nem mudamos muito, sem um laço.

As torres no centro da cidade mostravam a hora através de fogos ardendo em um conjunto de buracos verticais — logo eles poderiam calcular o tempo para se reencontrar com os outros em uma hora, como combinado. O mercado se revelou na maior parte composto de barracas a céu aberto, com itens empilhados em mesas. Mesmo em comparação com o mercado improvisado de Urithiru, aquele ali parecia... efêmero. Mas não havia ventos de tormenta com que se preocupar ali, então provavelmente fazia sentido.

Eles passaram por uma barraca de roupas e naturalmente Adolin insistiu em parar. O espreno oleoso que administrava o local tinha uma maneira estranha, muito sucinta, de falar, com um uso esquisito das palavras. Mas ele falava alethiano, ao contrário da maior parte da tripulação de Ico.

Kaladin esperou o príncipe acabar, até que Syl se aproximou, usando um poncho muito acima do seu tamanho, amarrado com um cinto. Na cabeça, ela usava um enorme chapéu mole.

— O que é isso? — indagou Kaladin.

— Roupas!

— Por que você precisa de roupas? Você já vem com as suas.

— Elas são chatas.

— Você não pode mudá-las?

— Neste lado, preciso de Luz das Tempestades. Além disso, o vestido é parte da minha essência, então na verdade estou andando por aí pelada *o tempo todo*.

— Não é a mesma coisa.

— É fácil para você dizer isso. Compramos roupas para *você*. Você tem três conjuntos!

— Três? — estranhou ele, olhando para suas roupas. — Eu tenho meu uniforme e este aqui que Ico me deu.

— Mais o que você está usando debaixo desse aí.

— Roupas de baixo? — perguntou Kaladin.

— Isso mesmo. Significa que você tem *três* mudas de roupa, enquanto eu não tenho *nenhuma*.

— Nós precisamos de duas mudas para que uma possa ser lavada enquanto usamos a outra.

— Para vocês não ficarem fedidos. — Ela revirou os olhos exageradamente. — Olhe só, você pode dar essas roupas para Shallan quando eu me cansar delas. Você sabe como ela gosta de chapéus.

Isso era verdade. Ele suspirou e, quando Adolin voltou com outro conjunto de roupas de baixo para cada um deles — junto com uma saia para Shallan —, Kaladin pediu que ele negociasse a roupa que Syl estava usando também. Os preços eram surpreendentemente baratos, e acabaram usando uma fração minúscula do orçamento.

Seguiram em frente, passando por barracas que vendiam materiais de construção. De acordo com as placas que Syl podia ler, alguns itens eram muito mais caros do que os outros. Syl parecia pensar que a diferença tinha a ver com quão permanente a coisa era em Shadesmar — o que fez com que Kaladin se preocupasse com as roupas que haviam comprado.

Encontraram um lugar que vendia armas e Adolin tentou negociar enquanto Kaladin dava uma espiada. Algumas facas de cozinha. Alguns machados de mão. E, pousada em uma caixa trancada com tampa de vidro, uma longa e fina corrente prateada.

— Gostou? — perguntou a lojista, que era feita de vinhas, com o rosto parecendo formado de barbante verde, e usava um havah com a mão segura de cristal exposta. — Só mil brons de Luz das Tempestades.

— *Mil brons*? — questionou Kaladin. Ele olhou para baixo na direção da caixa, que estava presa à mesa e guardada por um pequeno espreno laranja que parecia uma pessoa. — Não, obrigado.

Os preços ali eram realmente bizarros. As espadas se provaram mais caras do que Adolin esperava, mas ele comprou dois arpões — e Kaladin se sentiu muito mais seguro com um deles nas mãos. Seguindo em frente, Kaladin notou que Syl estava encolhida em seu poncho grande demais, o cabelo enfiado no colarinho e o chapéu puxado para baixo para sombrear seu rosto. Parecia que ela não confiava que a ilusão de Shallan impediria que fosse reconhecida como um espreno de honra.

A barraca de comida que encontraram tinha mais "latas" como aquelas do navio. Adolin começou a pechinchar e Kaladin se acomodou para esperar de novo, avaliando aqueles que passavam na rua em busca de qualquer perigo. Contudo, seu olhar foi atraído por uma barraca diante deles, que vendia arte.

Kaladin nunca dera muita atenção para arte. Ou a imagem representava algo útil — como um mapa — ou era basicamente sem sentido. E ainda assim, em meio às pinturas em exibição, havia uma pequena, pintada com pinceladas grossas de tinta a óleo. Branco e vermelho, com linhas negras. Quando ele desviava o olhar, acabava sendo atraído de novo para ela, estudando a maneira como os pontos claros se combinavam com os traços escuros.

Como nove sombras... ele pensou. *Com uma figura ajoelhada no meio...*

A ESPRENA DE CINZAS ACENOU animadamente, apontando para leste e fazendo um gesto de corte. Ela falava em um idioma que Shallan não compreendia, mas felizmente Padrão conseguiu servir de intérprete.

— Ah... — disse ele. — Hmm, sim. Estou vendo. Ela não vai navegar de volta para a Perpendicularidade de Cultura. Hmm. Não, não vai.

— A mesma desculpa? — perguntou Shallan.

— Sim. Esprenos de vazio em navios de guerra e exigindo tributo de qualquer um que se aproxime. Ah! Ela disse que prefere negociar com esprenos de honra a fazer outra viagem para a Perpendicularidade. Acho que isso é um insulto. Ha-ha-ha. Hmm...

— Espreno de vazio — disse Azure. — Será que ela pode ao menos explicar o que isso significa?

A esprena de cinzas começou a falar rapidamente depois da pergunta de Padrão.

— Hmm... Ela diz que há muitas variedades. Alguns são luzes douradas, outros são sombras vermelhas. Curioso, sim. E parece que alguns dos Moldados estão com eles... homens com conchas que podem voar. Eu não sabia disso.

— O quê? — disse Azure.

— Shadesmar mudou nesses últimos meses — explicou Padrão. — Esprenos de vazio chegaram misteriosamente a oeste do Nexo da Imaginação. Perto de Marat ou de Tukar, ao lado. Hmm... e eles navegaram e tomaram a Perpendicularidade. Ela diz, uhum, que "ultimamente, se você cuspir, vai pegar em um deles". Ha-ha-ha. Eu não acho que ela tenha saliva de verdade.

Shallan e Azure se entreolharam enquanto a marinheira recuava para seu navio, onde mandras estavam sendo arreados. O espreno da espada de Adolin estava ali perto, aparentemente satisfeito em permanecer onde Shallan ordenava. Passantes desviavam o olhar dela, como se estivessem envergonhados de vê-la ali.

— Bem, o notário do porto estava certo — disse Azure, cruzando os braços. — Nenhum navio rumo aos picos *ou* a Cidade de Thaylen. Esses destinos são próximos demais de fortalezas do inimigo.

— Talvez devêssemos tentar ir para as Planícies Quebradas — sugeriu Shallan.

Isso significaria ir para leste — uma direção em que os navios estavam mais inclinados a tomar atualmente. Significaria se afastar tanto do ponto para onde Kaladin queria ir *quanto* do ponto para onde Azure queria ir, mas pelo menos seria alguma coisa.

Se chegassem lá, ela ainda teria que encontrar uma maneira de ativar o Sacroportal daquele lado. O que aconteceria se ela falhasse? Imaginou-os presos em algum lugar distante, cercados pelas contas, lentamente morrendo de fome...

— Vamos continuar perguntando aos navios da nossa lista — disse ela, seguindo na frente.

O navio seguinte na fila era um longo e majestoso barco feito de madeira branca com detalhes dourados. Toda sua apresentação parecia dizer *boa sorte em conseguir pagar por mim*. Até mesmo os mandras sendo conduzidos para aquela nau de um dos armazéns usavam arreios dourados.

De acordo com a lista do notário do porto, essa nau estava seguindo para um lugar chamado de Integridade Duradoura, que ficava a sudoeste. Essa era *mais ou menos* a direção para onde Kaladin queria ir, então Shallan fez com que Padrão parasse um dos estribeiros dos mandras e perguntasse se o capitão do navio aceitaria levar passageiros humanos.

A estribeira, uma esprena que parecia feita de névoa ou neblina, apenas deu uma gargalhada e foi embora como se houvesse escutado uma grande piada.

— Suponho que devemos considerar isso um não — disse Azure.

O próximo navio na fila era uma nau esguia que parecia rápida para os olhos inexperientes de Shallan. Uma boa escolha, o notário havia observado, e que provavelmente seria hospitaleira para com humanos. De fato, um espreno trabalhando no convés acenou enquanto eles se aproximavam. Ele colocou um pé calçado com uma bota sobre a amurada do navio e olhou para baixo com um sorriso.

Que tipo de espreno tem pele parecida com pedra rachada? Ele brilhava no fundo, como se fosse derretido por dentro.

— Humanos? — gritou ele em vedeno, lendo o cabelo de Shallan como sinal da sua descendência. — Vocês estão longe de casa. Ou perto, eu suponho, só que no reino errado!

— Estamos procurando uma passagem — disse Shallan em voz alta.

— Para onde está navegando?

— Leste! Rumo a Livreluz!

— É possível negociar passagens?

— Claro! É sempre interessante ter humanos a bordo. Só não comam minha galinha de estimação. Há! Mas as negociações terão que esperar. Teremos uma inspeção em breve. Voltem em meia hora.

O notário do porto havia mencionado aquilo; uma inspeção oficial dos navios acontecia na primeira hora, todos os dias. Shallan e a equipe recuaram, e ela sugeriu voltar para o ponto de encontro perto do notário do cais. Enquanto se aproximavam, Shallan pôde ver que o navio de Ico já estava sendo inspecionado por outro oficial do porto — outro espreno feito de vinhas e cristal.

Talvez possamos convencer Ico a nos levar, se insistirmos mais. Talvez...

Azure arquejou e agarrou Shallan pelo ombro, puxando-a bruscamente para um beco entre dois armazéns, fora do campo de visão do navio.

— Danação!

— O que foi? — interpelou Shallan enquanto Padrão e, lentamente, o espreno de Adolin se juntavam a elas.

— Olhe lá em cima — disse Azure. — Falando com Ico, no tombadilho.

Shallan franziu o cenho, então espiou, identificando o que havia deixado passar antes: uma figura com a pele marmorizada de um parshemano. Ele flutuava uns sessenta centímetros acima do convés, perto de Ico, assomando como um tutor severo sobre um estudante tolo.

O espreno com o corpo dotado de vinhas e cristal caminhou até lá, se reportando ao parshemano.

— Talvez devêssemos ter perguntado *quem faz* as inspeções — disse Azure.

O ARPÃO DE KALADIN ATRAIU olhares nervosos enquanto ele cruzava a rua entre as barracas para olhar mais de perto a pintura.

Será que um espreno pode ser ferido neste reino?, especulou uma parte dele. *Os marinheiros não carregariam arpões se as coisas não pudessem ser mortas deste lado, certo?* Ele teria que perguntar a Syl quando ela terminasse de servir de intérprete para Adolin.

Kaladin se aproximou da pintura. As imagens ao lado dela exibiam uma habilidade técnica muito maior — eram retratos de qualidade, capturando perfeitamente seus modelos humanos. Aquela ali era comparativamente desleixada. Parecia que o pintor havia simplesmente pegado uma faca coberta de tinta e a entornado na tela, criando formas genéricas.

Formas assombrosas e *belas*. Na maior parte, vermelhas e brancas, mas com uma figura no centro, lançando nove sombras...

Dalinar, ele pensou. *Falhei com Elhokar. Depois de tudo por que passamos, depois das chuvas e de confrontar Moash, eu falhei. E perdi sua cidade.*

Ele estendeu os dedos para tocar a pintura.

— Maravilhoso, não é?! — disse uma esprena.

Kaladin deu um pulo, baixando timidamente os dedos. A proprietária daquela barraca era uma mulher Navegante, baixa, com um rabo de cavalo de bronze.

— É uma peça única, humano — disse ela. — Da distante Corte dos Deuses, uma pintura feita para ser vista apenas por uma divindade. É excepcionalmente raro que uma delas escape de ser queimada na corte e chegue até o mercado.

— Nove sombras — observou Kaladin. — Os Desfeitos?

— Essa é uma peça feita por Nenefra. Dizem que cada pessoa vê algo diferente nas obras-primas dele. E pensar que estou cobrando um preço tão minúsculo. Apenas trezentos brons de Luz das Tempestades! De verdade, os tempos estão difíceis no mercado de arte.

— Eu...

Imagens sinistras da visão de Kaladin se sobrepuseram às pinceladas vivas na tela. Ele precisava alcançar a Cidade de Thaylen. Precisava chegar a tempo...

O que era aquele distúrbio atrás dele?

Kaladin forçou-se a sair do seu devaneio e olhou sobre o ombro, em tempo de ver Adolin trotando na sua direção.

— Temos um problema — informou o príncipe.

— Como foi que você não mencionou isso?! — reclamou Shallan com o pequeno espreno no escritório de registro. — Como pôde *deixar* de comentar que um *espreno de vazio* domina a cidade?

— Eu pensei que todos soubessem! — respondeu ele, as vinhas se enrolando e se movendo nos cantos do seu rosto. — Ah, céus. Ah, nossa! A raiva *não* ajuda, humana. Eu sou um *profissional*. Não é meu trabalho explicar coisas que você já deveria saber!

— Ele ainda está no navio de Ico — disse Azure, olhando pela janela.

— Por que ele ainda está no navio de Ico?

— Isso *é* estranho — comentou o espreno. — Cada inspeção costuma levar apenas treze minutos!

Danação. Shallan expirou, tentando se acalmar. Voltar para o notário havia sido um risco calculado. Ele provavelmente estava trabalhando com os Moldados, mas esperavam intimidá-lo a contar tudo.

— Quando isso aconteceu? — indagou Shallan. — Meu amigo espreno nos contou que essa era uma cidade livre.

— Já faz meses — disse o espreno de vinhas. — Ah, eles não têm controle *total* aqui, veja bem. Só uns poucos oficiais e promessas dos nossos líderes de segui-los. Dois Moldados vêm dar uma olhada de vez em quando. Acho que o outro é bem maluco. Kyril, que está fazendo as inspeções... bem, talvez ele também seja maluco, na verdade. Sabe, quando ele fica zangado...

— Danação! — praguejou Azure.

— O que houve?

— Ele acabou de incendiar o navio de Ico.

KALADIN ATRAVESSOU A RUA de volta correndo e encontrou Syl no centro de uma zona de atividade. Ela havia puxado seu chapelão para baixo para obscurecer o rosto, mas uma coleção de esprenos estava ao redor da barraca de comida, apontando para ela e falando.

Kaladin abriu caminho aos empurrões, pegou Syl pelo braço e afastou-a da barraca. Adolin os seguiu, segurando seu arpão em uma mão e um saco de comida na outra. Ele olhou de modo ameaçador para os esprenos da multidão que se reunira, que não foram atrás deles.

— Eles reconheceram você — disse Kaladin para Syl. — Mesmo com a cor de pele ilusória.

— Hã... talvez...

— *Syl.*

Ela segurava o chapéu com uma mão, o outro braço na mão dele enquanto Kaladin a arrastava pela rua.

— Então... você sabe que eu mencionei que havia escapulido dos outros esprenos de honra...

— Sei.

— Pois então, *pode* haver uma enorme recompensa pelo meu retorno. Postada em basicamente todos os portos de Shadesmar, com minha descrição e algumas imagens. Hã... é isso.

— Você foi perdoada — disse Kaladin. — O Pai das Tempestades aceitou seu laço comigo. Seus irmãos estão vigiando a Ponte Quatro, investigando laços em potencial para eles mesmos!

— Isso é meio recente, Kaladin. E duvido que eu tenha sido perdoada... os outros nas Planícies Quebradas se recusavam a falar comigo. Na opinião deles, sou uma criança desobediente. Ainda há uma recompensa incrível de Luz das Tempestades para a pessoa que me entregar à capital dos esprenos de honra, Integridade Duradoura.

— E você não achou que era importante me contar isso?

— Claro que achei. Agora mesmo.

Eles pararam para permitir que Adolin os alcançasse. Os esprenos na barraca de comida ainda estavam falando. Raios. A notícia logo se espalharia por Celebrante.

Kaladin olhou feio para Syl, que se encolheu dentro do poncho enorme que havia comprado.

— Azure é uma *caçadora de recompensas* — disse ela em um fio de voz. — E eu sou... sou meio que um espreno olhos-claros. Eu não queria que você soubesse. Para que não me odiasse, como os odeia.

Kaladin suspirou, tomando-a pelo braço novamente e puxando-a rumo ao cais.

— Eu deveria ter imaginado que esse disfarce não funcionaria — acrescentou ela. — Obviamente, sou bonita e interessante demais para me esconder.

— Notícias sobre isso podem dificultar que a gente obtenha passagem — replicou Kaladin. — Nós... — Ele parou na rua. — Aquilo mais à frente é fumaça?

O Moldado pousou no cais, jogando Ico no chão do desembarcadouro. Atrás, o navio tornou-se uma pira ardente — os outros marinheiros e inspetores correram pela prancha de embarque, amontoados e desesperados.

Shallan assistia da janela. Perdeu o fôlego quando o Moldado se elevou alguns centímetros do chão, então deslizou rumo ao edifício do notário.

Ela sugou Luz das Tempestades por reflexo.

— Façam cara de assustados! — disse ela para os outros.

Agarrou o espreno de Adolin pelo braço e puxou-o para o lado da sala do escrivão.

O Moldado entrou subitamente e encontrou-os encolhidos de medo, usando o rosto dos marinheiros que Shallan havia desenhado. Padrão era o mais estranho, pois sua cabeça esquisita teve que ser coberta com um chapéu para ter alguma possibilidade de parecer realista.

Por favor, não repare que somos os mesmos marinheiros do navio. Por favor.

O Moldado ignorou-os, planando até o assustado espreno de vinhas atrás da mesa.

— Aquele navio estava escondendo criminosos humanos — sussurrou Padrão, traduzindo a conversa do Moldado com o notário. — Eles tinham um hidratador e restos de alimentos humanos... comidos... no convés. Há dois ou três humanos, um espreno de honra e um Críptico. Vocês viram esses criminosos?

O espreno de vinhas ganiu junto da escrivaninha.

— Eles foram ao mercado em busca de suprimentos. Perguntaram se havia navios que lhes dessem passagem para a Perpendicularidade.

— Você *escondeu* isso de mim?

— Por que todo mundo pensa que eu vou sair contando coisas sem motivo? Ora, eu preciso de *perguntas*, não de pressupostos!

O Moldado virou-se para ele com um olhar gélido.

— Apague aquilo — disse ele, indicando o incêndio. — Use o estoque de areia da cidade, se necessário.

— Sim, ó grandioso. Se me permite dizer, iniciar incêndios no cais não é prudente...

— Eu *não* permito que diga. Quando terminar de apagar o fogo, retire suas coisas deste escritório. Você será substituído imediatamente.

O Moldado saiu do recinto, deixando entrar o cheiro de fumaça. O navio de Ico afundou, as chamas bem altas. Ali perto, marinheiros de outros navios tentavam desesperadamente controlar seus mandras e afastar seus barcos.

— Ah, ah, *minha nossa* — disse o espreno atrás da mesa, e olhou para eles. — Você... você é uma Radiante? Os antigos juramentos estão sendo feitos novamente?

— Sim — disse Shallan, ajudando o espreno de Adolin a se levantar.

O pequeno espreno apavorado se empertigou.

— Ah, que dia *glorioso*. Glorioso! Nós esperamos por tanto tempo que a honra dos homens retornasse! — Ele se levantou e gesticulou. — Vão, por favor! Entrem em um navio. Vou atrasá-lo, vou sim, se aquele lá retornar. Ah, mas vão embora *rápido*!

KALADIN SENTIA ALGUMA COISA no ar. Talvez fosse o farfalhar de tecido, familiar depois de horas cavalgando os ventos. Talvez fosse a postura das pessoas mais adiante na rua. Ele reagiu antes de entender o que era, agarrando Syl e Adolin e puxando-os para dentro de uma tenda na beira do mercado.

Um Moldado passou voando do lado de fora, seguido por sua sombra, que apontava para a direção errada.

— Raios! — disse Adolin. — Bom trabalho, Kal.

A tenda estava ocupada por um único espreno perplexo feito de fumaça, todo estranho com um chapéu verde e o que pareciam ser roupas de papaguampas.

— Saiam — disse Kaladin, o cheiro de fumaça no ar enchendo-o de medo.

Eles seguiram apressadamente através de uma viela entre armazéns, até o cais. Mais além, o navio de Ico ardia, fulgurante. Havia um caos nas docas enquanto esprenos corriam em todas as direções, gritando na sua estranha linguagem.

Syl arquejou, apontando para um navio decorado em branco e ouro.

— Precisamos nos esconder. *Agora*.

— Esprenos de honra? — perguntou Kaladin.

— Sim.

— Puxe seu chapéu para baixo, volte para o beco. — Kaladin vasculhou a multidão. — Adolin, você está vendo os outros?

— Não. Pela alma de Ishar! Não há água para apagar o fogo. Ele vai queimar durante horas. O que aconteceu?

Um dos marinheiros de Ico surgiu da multidão.

—Tive um vislumbre de algo que o Moldado estava segurando. Acho que ele pretendia assustar Ico, mas iniciou o incêndio por acidente.

Espere, Kaladin pensou. *Ele está falando alethiano?*

— Shallan? — perguntou enquanto quatro Navegantes se aproximavam.

— Estou bem aqui — disse um espreno diferente. — Estamos encrencados. O único navio que talvez concordasse em nos dar passagem é aquele lá.

— Aquele navegando para longe a toda? — Kaladin suspirou.

— Ninguém mais cogitou nos levar — disse Azure. — E estavam todos indo nas direções erradas, de qualquer modo. Estamos prestes a ficar encalhados.

— Podemos tentar entrar em um navio à força — sugeriu Kaladin. — Tomar o controle dele, talvez?

Adolin balançou a cabeça.

— Acho que isso levaria muito tempo e criaria muito alvoroço... O Moldado nos encontraria.

— Bem, talvez eu possa lutar com *ele* — replicou Kaladin. — Um único inimigo. Devo ser capaz de enfrentá-lo.

— Usando toda nossa Luz das Tempestades no processo? — perguntou Shallan.

— Estou apenas tentando dar ideias!

— Pessoal — disse Syl. — Acho que tive uma ideia. Uma péssima ideia muito boa.

— O Moldado saiu à procura de vocês — informou Shallan a Kaladin. — Ele voou para o mercado.

— Ele passou por nós.

— Pessoal?

— Mas logo, logo ele vai voltar para cá.

— Parece que Syl está com a cabeça a prêmio.

— Pessoal?

— Nós precisamos de um plano — disse Kaladin. — Se ninguém...

— Ele perdeu o fio da meada.

Syl havia começado a correr em direção à majestosa nau branca e dourada, que estava sendo lentamente puxada para longe do cais. Ela descartou seu poncho e chapéu, então gritou para o navio enquanto corria pelo píer ao lado dele.

— Ei! Ei, olhem para cá!

O barco parou lentamente, os condutores desacelerando seus mandras. Três esprenos de honra azul-esbranquiçados apareceram na amurada, olhando para baixo totalmente em choque.

— *Sylphrena*, a Filha Antiga? — gritou um deles.

— Sou eu! — gritou ela de volta. — É melhor vocês me pegarem antes que eu escape! Uau! Estou me sentindo caprichosa hoje. Posso simplesmente desaparecer de novo, fugir para um lugar onde ninguém poderá me achar!

Funcionou.

Uma prancha de embarque desceu e Syl correu navio adentro — seguida pelo resto do grupo. Kaladin entrou por último, vigiando nervosamente sobre o ombro, esperando que o Moldado viesse atrás deles a qualquer momento. Ele veio, mas parou na boca do beco, assistindo-os subir a bordo do navio. Aparentemente, esprenos de honra o faziam hesitar.

A bordo, Kaladin descobriu que a maioria dos marinheiros eram daqueles esprenos feitos de névoa ou neblina. Um deles estava amarrando os braços de Syl com corda. Kaladin tentou intervir, mas Syl sacudiu a cabeça.

— Agora não — disse ela, sem fazer som.

Tudo bem. Ele discutiria com os esprenos de honra depois.

O navio se afastou, unindo-se a outros que fugiam da cidade. Os esprenos de honra não prestaram muita atenção em Kaladin e nos outros — embora um deles houvesse tomado seus arpões e outro vasculhado seus bolsos, confiscando suas gemas infundidas.

Enquanto a cidade diminuía à distância, Kaladin viu o Moldado flutuando acima do cais, ao lado da trilha de fumaça de um navio incendiado.

Por fim, ele saiu zunindo na outra direção.

HIPÓCRITA

Muitas culturas mencionam os ditos Estertores da Morte, que às vezes possuem pessoas prestes a morrer. As lendas os atribuem ao Todo-Poderoso, mas tenho a impressão de que muitos deles parecem proféticos. Essa certamente será minha afirmação mais polêmica, mas creio que esses sejam os efeitos de Moelach que persistem nos nossos tempos atuais. A prova é fácil de fornecer: o efeito é regionalizado e tende a se mover por Roshar. Essa é a perambulação dos Desfeitos.

— Da *Mítica* de Hessi, página 170

DALINAR ACORDOU SUBITAMENTE EM um lugar desconhecido, deitado em um chão de pedra cortada, as costas rígidas. Ele piscou, sonolento, tentando se orientar. Raios... onde estava?

O brilho suave do sol iluminava o recinto através de uma sacada aberta do outro lado, e partículas etéreas de poeira dançavam nos raios de luz. O que eram aqueles sons? Pareciam vozes de pessoas, mas abafadas.

Dalinar se levantou, então fechou o casaco do uniforme, que estava desabotoado. Fazia... o quê, três dias desde seu retorno de Jah Keved? Da sua excomunhão da Igreja Vorin?

Ele se lembrava desses dias como uma névoa de frustração, tristeza, agonia. E bebida. Um bocado de bebida. Havia utilizado o estupor para afastar o sofrimento. Um terrível curativo para suas feridas, sangue vazando de todos os lados. Mas até o momento isso o mantivera vivo.

Eu conheço esta sala, ele percebeu, olhando para o mural no teto. *Eu a vi em uma das minhas visões*. Uma grantormenta devia ter chegado enquanto ele estava desacordado.

— Pai das Tempestades? — chamou Dalinar, sua voz ecoando. — Pai das Tempestades, por que me enviou uma visão? Nós concordamos que era perigoso demais.

Sim, ele se lembrava bem daquele lugar. Era a visão onde havia encontrado Nohadon, autor de *O caminho dos reis*. Por que não estava se desenrolando como antes? Ele e Nohadon haviam caminhado até a sacada, conversado por algum tempo, então a visão terminara.

Dalinar foi até a sacada, mas raios, aquela luz era *tão intensa*. Ela lavou seu corpo, fazendo seus olhos lacrimejarem, e ele teve que levantar a mão para protegê-los.

Ouviu alguma coisa atrás de si. Um arranhar? Virou-se, dando as costas para o brilho, e identificou uma porta na parede. Ela se abriu facilmente sob seu toque, e ele saiu da ruidosa luz do sol para uma sala circular.

Fechou a porta com um estalo. Aquela câmara era muito menor do que a anterior, com um piso de madeira. As janelas davam para um céu limpo. Uma sombra passou diante de uma delas, como algo enorme se movendo diante do sol. Mas... como o sol podia estar apontado naquela direção também?

Dalinar olhou por cima do ombro para a porta de madeira. Nenhuma luz passava por baixo dela. Ele franziu o cenho e estendeu a mão para a maçaneta, ouvindo o som arranhado mais uma vez. Ao se virar, viu uma grande escrivaninha, coberta de papéis, junto da parede. Como deixara de perceber isso antes?

Um homem estava sentado diante da escrivaninha, iluminado por um diamante solto, escrevendo com uma pena de junco. Nohadon havia envelhecido. Na visão anterior, o rei parecera jovem, mas agora seu cabelo estava grisalho, sua pele, marcada por rugas. Mas *era* o mesmo homem, mesmo formato de rosto, mesma barba pontuda. Ele escrevia de modo perfeitamente concentrado.

Dalinar se aproximou.

— *O caminho dos reis* — sussurrou ele. — Sendo escrito diante dos meus olhos...

— Na verdade, é uma lista de compras — disse Nohadon. — Vou assar pão shino hoje, se conseguir todos os ingredientes. As pessoas sempre ficam chocadas. Trigo não deveria ser tão macio.

O que...? Dalinar coçou a cabeça.

Nohadon terminou com um floreio e deixou a pena cair sobre a mesa. Ele jogou para trás sua cadeira e se levantou, sorrindo como um bobo, e agarrou Dalinar pelos braços.

— É bom vê-lo de novo, meu amigo. Você está passando por tempos difíceis ultimamente, não está?

— Você não faz ideia — murmurou Dalinar, se perguntando como Nohadon o via.

Na visão anterior, Dalinar havia aparecido como um dos conselheiros de Nohadon. Eles haviam ficado juntos na sacada enquanto o rei contemplava uma guerra para unir o mundo. Um recurso drástico, com o intuito de preparar a humanidade para a próxima Desolação.

Será que aquela figura taciturna havia realmente se tornado tão viva e entusiasmada? E de onde viera aquela visão? O Pai das Tempestades não dissera a Dalinar que ele já havia visto todas?

— Venha — disse Nohadon —, vamos até o mercado. Umas comprinhas para que você esqueça seus problemas.

— Compras?

— Sim, você faz compras, não faz?

— Eu... geralmente tenho pessoas que fazem isso por mim.

— Ah, mas é claro que tem — replicou Nohadon. — É bem a sua cara, perder um prazer simples para poder fazer algo mais "importante". Bem, vamos lá. Eu sou o rei. Você não pode dizer não para mim, pode?

Nohadon conduziu Dalinar de volta pela porta. A luz se fora. Eles cruzaram a sacada, que, da última vez, havia mostrado morte e desolação. Agora, dava para uma cidade fervilhante, cheia de pessoas enérgicas e carrinhos rolando. O som do lugar desabou sobre Dalinar, como se houvesse sido suprimido até aquele momento. Risos, conversas, chamados. Carroças rangendo. Chules balindo.

Os homens usavam saias longas, amarradas na cintura por cintos largos, alguns dos quais cobriam totalmente suas barrigas. Acima, peitos nus, ou simples camisas. Os trajes pareciam o takama que Dalinar havia usado quando jovem, embora fossem de um estilo muito, muito mais antigo. Os vestidos tubulares das mulheres eram ainda mais estranhos, feitos de pequenos anéis de tecido com borlas na barra, que pareciam ondular enquanto elas se moviam.

Os braços das mulheres estavam nus até os ombros; sem coberturas de mão segura. *Na visão anterior, falei em Canto do Alvorecer*, Dalinar se recordou. *As palavras que deram às eruditas de Navani um ponto inicial para traduzir textos antigos.*

— Como vamos descer? — indagou Dalinar, vendo que não havia escadas.

Nohadon pulou da beira da sacada. Ele deu uma gargalhada, caindo e deslizando ao longo de um estandarte de pano amarrado entre a janela de uma torre e uma tenda abaixo. Dalinar praguejou, se inclinando para frente, preocupado com o velho — até reparar que Nohadon estava brilhando. Ele era um Manipulador de Fluxos — mas Dalinar já sabia disso devido à última visão, não sabia?

Dalinar caminhou de volta à câmara de escrita e sugou a Luz das Tempestades do diamante que Nohadon estivera usando. Ele retornou, então se jogou da sacada, mirando o pano que Nohadon havia usado para aparar sua queda. Dalinar atingiu-o no ângulo certo e usou-o como um escorrega, mantendo o pé direito para frente para guiar sua descida. Perto do final, deu uma pirueta para fora do estandarte, agarrando sua borda com as duas mãos e pendendo dali por um instante antes de cair ruidosamente ao lado do rei.

Nohadon bateu palmas.

— Achei que você se recusaria.

— Estou acostumado a seguir tolos em suas atividades imprudentes.

O velho sorriu, então deu uma olhada na sua lista.

— Por aqui — disse ele, apontando.

— Não acredito que você está fazendo compras sozinho. Nenhum guarda?

— Andei sozinho por todo o caminho até Urithiru. Acho que dou conta disso.

— Você não foi andando por todo o caminho até Urithiru — contestou Dalinar. — Você andou até um dos Sacroportais, então passou por ele até Urithiru.

— Uma falácia! — retrucou Nohadon. — Andei por todo o caminho, embora tenha precisado de alguma ajuda para alcançar as cavernas de Urithiru. Isso não é mais trapaça do que pegar uma barca para atravessar um rio.

Ele avançou apressadamente pelo mercado e Dalinar o seguiu, distraído pelas roupas coloridas que todos estavam usando. Até as pedras dos edifícios estavam pintadas em cores vibrantes. Ele sempre imaginara o passado como... sem graça. Estátuas dos tempos antigos haviam sido expostas à erosão, e ele nunca havia pensado que elas podiam ter sido pintadas em cores tão vivas.

E o próprio Nohadon? Nas duas visões, Dalinar vira alguém que não esperava. O jovem Nohadon, considerando a guerra. Agora o idoso, desembaraçado e excêntrico. Onde estava o filósofo de pensamentos profundos que havia escrito *O caminho dos reis*?

Lembre-se, disse Dalinar a si mesmo. *Esse não é ele de verdade; a pessoa com quem estou falando é um construto da visão.*

Embora algumas pessoas no mercado reconhecessem seu rei, sua passagem não chamou muita atenção. Dalinar girou ao ver algo se movendo além dos edifícios, uma sombra larga que passou entre duas estruturas, alta e enorme. Ele olhou fixamente para aquela direção, mas não viu nada.

Entraram em uma tenda onde um comerciante estava vendendo grãos exóticos. O homem veio apressado e abraçou Nohadon de uma maneira que *deveria* ter sido inadequada para um rei. Então os dois começaram a regatear como escribas; os anéis nos dedos do comerciante fulguravam enquanto ele gesticulava na direção de seus produtos.

Dalinar ficou na lateral da tenda, sentindo os aromas dos grãos nos sacos. Do lado de fora, algo fez um *bum* distante. Então outro. O chão tremeu, mas ninguém reagiu.

— Noh... Vossa Majestade? — chamou Dalinar.

Nohadon o ignorou. Uma sombra passou sobre a tenda. Dalinar se encolheu, julgando a forma da sombra, os sons de pegadas estrondosas.

— Vossa Majestade! — gritou ele, esprenos de medo crescendo ao seu redor. — Estamos em perigo!

A sombra passou e as pisadas se tornaram distantes.

— Fechado — disse Nohadon para o comerciante. — E muito bem argumentado, seu malandro. Não deixe de comprar para Lani algo bonito com as esferas extras que tirou de mim.

O comerciante gargalhou alto em resposta.

— Você acha que fez mau negócio? Raios, Vossa Majestade discute como minha avó quando quer a última colherada de geleia!

— Você viu aquela sombra? — perguntou Dalinar a Nohadon.

— Já contei para você onde aprendi a fazer pão shino? — replicou Nohadon. — Não foi em Shin Kak Nish, se era isso que pretendia responder.

— Eu... — Dalinar olhou para a direção do movimento da sombra enorme. — Não, você não me contou.

— Foi na guerra — disse Nohadon. — No Oeste. Uma daquelas batalhas sem sentido nos anos que se seguiram à Desolação. Eu nem me lembro de qual foi o motivo. Alguém invadiu o território de outra pessoa, e isso ameaçou nosso comércio através de Makabakam. Então lá fomos nós.

"Bem, eu acabei com um grupo de reconhecimento perto da fronteira shina. Então, como pode ver, eu o enganei agora mesmo. Disse que não foi em Shin Kak Nish, e não foi; mas fiquei bem perto de lá.

"Minhas tropas ocuparam uma pequena vila sob um dos passos. A matrona que cozinhava para nós aceitou a ocupação militar sem reclamações. Não parecia se importar com qual exército estava no comando. Ela fazia pão para mim todo dia e gostei tanto que ela perguntou se eu queria aprender..."

Ele parou de falar. Adiante, o comerciante colocava pesos sobre um prato da sua grande balança — representando a quantidade que Nohadon havia comprado —, então começou a verter trigo em uma tigela no outro lado da balança. Trigo dourado e hipnotizante, como a luz de chamas capturadas.

— O que aconteceu com a cozinheira? — indagou Dalinar.

— Algo muito injusto — respondeu Nohadon. — Não é uma história feliz. Pensei em colocá-la no livro, mas decidi que seria melhor limitar minha história à caminhada até Urithiru.

Ele ficou em silêncio, contemplativo.

Ele me lembra de Taravangian, pensou Dalinar subitamente. *Que estranho.*

— Você está tendo problemas, meu amigo — observou Nohadon. — Sua vida, como a daquela mulher, é injusta.

— Ser um governante é um fardo, não apenas um privilégio — disse Dalinar. — *Você* me ensinou isso. Mas raios, Nohadon. Eu não consigo ver uma saída! Nós reunimos os monarcas, mas os tambores da guerra ainda soam nos meus ouvidos, exigindo atenção. Para cada passo dado com meus aliados, parecemos passar semanas deliberando. A verdade sussurra no fundo da minha mente. Eu poderia defender melhor o mundo se pudesse simplesmente *obrigar* os outros a agir como deveriam!

Nohadon assentiu.

— Então, por que não faz isso?

— Você não fez.

— Eu tentei e falhei. Isso me conduziu a um caminho diferente.

— Você é sábio e pensativo. Eu sou um belicista, Nohadon. Nunca realizei *nada* sem derramamento de sangue.

Ele as ouviu de novo. As lágrimas dos mortos. Evi. As crianças. Chamas queimando uma cidade. Ouviu o fogo rugir, deleitando-se com o banquete.

O comerciante os ignorou, ocupado em botar o trigo na balança. O lado com os pesos ainda estava mais pesado. Nohadon pôs um dedo no prato com o trigo e empurrou para baixo, equilibrando os dois lados.

— Assim está bom, meu amigo.
— Mas... — disse o comerciante.
— Dê o que sobrou para as crianças, por favor.
— Depois de tanto pechinchar? Você sabe que eu teria doado um pouco, se tivesse pedido.
— E perder a diversão de negociar? — replicou Nohadon. Ele pegou emprestada a pena do comerciante, riscou um item da sua lista, depois se voltou para Dalinar. — Há satisfação em criar uma lista de coisas que você pode efetivamente realizar, então removê-las uma de cada vez. Como eu disse, uma alegria simples.
— Infelizmente, precisam de mim para coisas mais importantes do que fazer compras.
— Não é sempre esse o problema? Diga-me, meu amigo. Você fala sobre os deveres e a dificuldade da decisão. Quanto custa um princípio?
— Quanto custa? Não deveria *haver* um custo para ser uma pessoa de princípios.
— Ah, é? E se tomar determinada decisão criasse um espreno que instantaneamente o abençoasse com riqueza, prosperidade e felicidade sem fim? E então? Você ainda teria princípios? Um princípio é sobre o que você *renuncia*, e não sobre o que você *ganha*, certo?
— Então é tudo negativo? — disse Dalinar. — Está dando a entender que ninguém deveria ter princípios porque não há benefício neles?
— De modo algum. Mas talvez você não devesse achar que a vida deveria ser mais fácil porque escolheu fazer o certo! Pessoalmente, considero que a vida *é* justa. Só que, frequentemente, não é possível ver as coisas que a equilibram. — Ele balançou o dedo que havia usado para endireitar a balança do comerciante. — Se me perdoa uma metáfora um tanto óbvia. Passei a gostar delas. Poderia-se dizer que escrevi um livro inteiro sobre elas.
— Isso aqui... é diferente das outras visões — disse Dalinar. — O que está acontecendo?

A batida de antes voltou. Dalinar girou, então saiu rápido da tenda, determinado a dar uma olhada na coisa. Ele a viu acima dos edifícios, uma criatura de pedra com um rosto anguloso e pontos vermelhos brilhando no fundo do seu crânio rochoso. Raios! E ele não tinha arma alguma.

Nohadon saiu da tenda, segurando seu saco de trigo. Ele olhou para cima e sorriu. A criatura se inclinou para baixo, então estendeu uma grande mão esquelética, que Nohadon tocou, fazendo a criatura se deter.

— Foi um pesadelo e tanto que você criou — disse Nohadon. — Eu me pergunto o que esse petronante representa...

— Dor — respondeu Dalinar, recuando diante do monstro. — Lágrimas. *Fardos.* Eu sou uma mentira, Nohadon. Um hipócrita.

— Às vezes, um hipócrita nada mais é do que um homem que está no processo de mudança.

Espere. *Dalinar* não havia dito isso? Na época em que se sentia mais forte? Mais determinado?

Outras batidas soaram na cidade. Centenas. Criaturas se aproximando de todos os lados, sombras diante do sol.

— Todas as coisas existem em três reinos, Dalinar — disse Nohadon. — O Físico: o que você é agora. O Cognitivo: o que você acha que é. O Espiritual: o "você" perfeito, a pessoa além da dor, do erro e da incerteza.

Monstros de pedra e pavor o cercavam, cabeças tocando o céu, pés esmagando edifícios.

— Você disse os votos — gritou Nohadon. — Mas compreende a jornada? Entende o que é necessário? Você esqueceu uma parte essencial, sem a qual não pode *existir* a jornada.

Os monstros desceram os punhos na direção de Dalinar e ele gritou.

— Qual é o passo mais importante que um homem pode dar?

Dalinar despertou, encolhido na sua cama em Urithiru, depois de ter apagado novamente com as roupas do corpo. Uma garrafa de vinho quase vazia estava sobre a mesa. Não havia tempestade. Aquilo não fora uma visão.

Ele enterrou o rosto nas mãos, tremendo. Algo desabrochou dentro dele: uma recordação. Não era realmente uma *nova* memória — não era algo que ele havia esquecido completamente. Mas ela subitamente tornou-se tão nítida como se a houvesse vivenciado no dia anterior.

A noite do funeral de Gavilar.

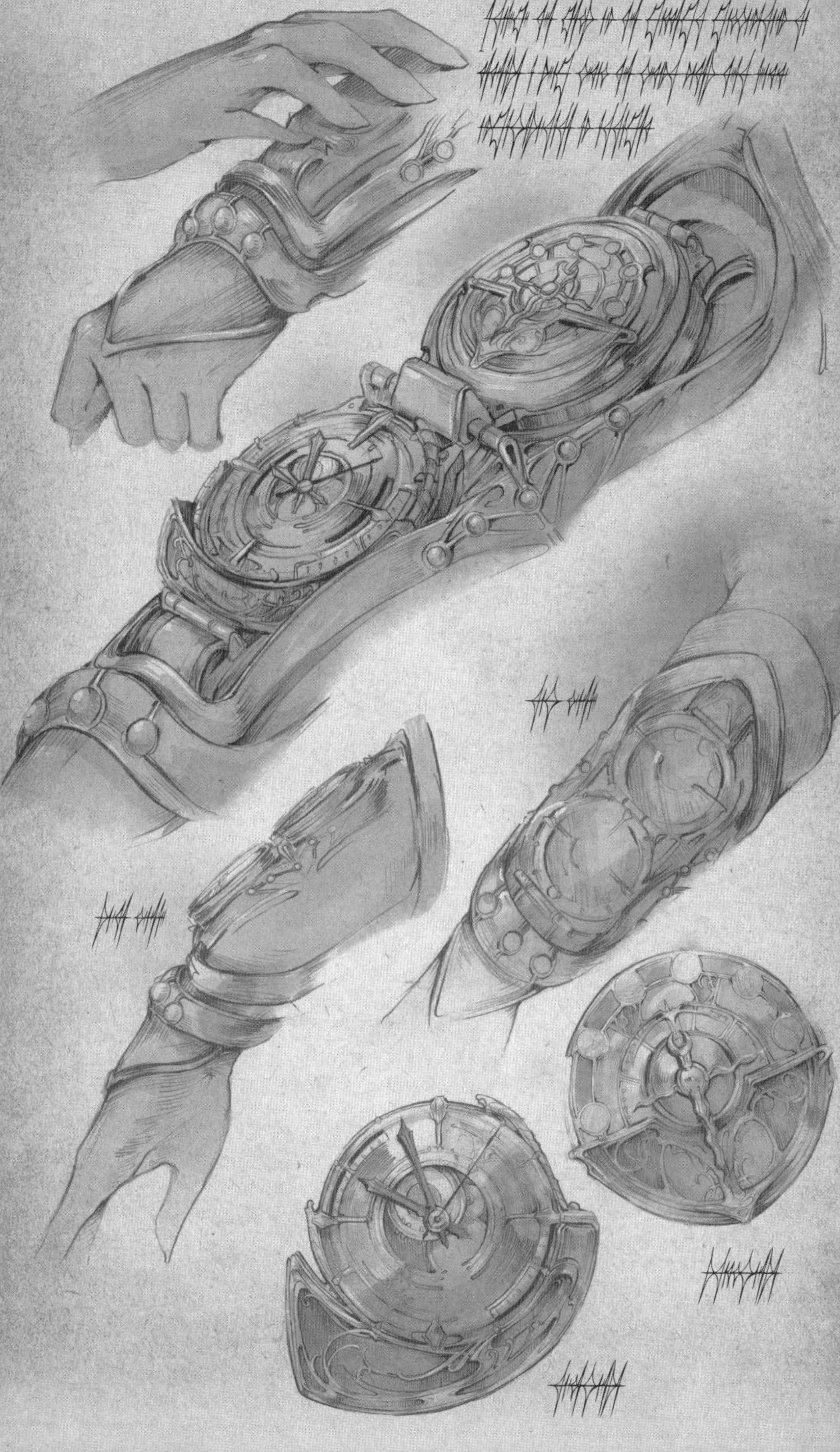

104

FORÇA

Ashertmarn, o Coração do Festim, é o último dos três grandes Desfeitos irracionais. Seu dom para os homens não é a profecia ou o foco em batalha, mas um desejo de prazer. De fato, a grande depravação registrada na corte de Bayala, em 480, que levou a um colapso dinástico, pode ser atribuída à influência de Ashertmarn.

— Da *Mítica* de Hessi, página 203

Navani Kholin tinha alguma prática em manter um reino sob controle.

Durante os últimos dias de Gavilar, ele havia se tornado estranho. Poucos sabiam como fora ficando sombrio, mas viram a excentricidade. Jasnah escrevera a respeito, naturalmente. Jasnah de algum modo achava tempo para escrever sobre tudo, desde a biografia do seu pai até relações de gênero, até a importância dos ciclos de reprodução de chules nas encostas sul dos Picos dos Papaguampas.

Navani andava pelos corredores de Urithiru acompanhada por um belo grupo robusto de Corredores dos Ventos da Ponte Quatro. Enquanto Gavilar havia se tornado cada vez mais distraído, a própria Navani trabalhara para impedir que os conflitos dos olhos-claros despedaçassem o reino. Mas aquele havia sido um tipo de perigo diferente do que encarava agora.

Naquele dia, seu trabalho possuía implicações não só para uma nação, mas para todo o mundo. Ela adentrou subitamente uma sala no fundo da torre e os quatro olhos-claros sentados ali se levantaram às pressas — todos menos Sebarial, que parecia estar folheando uma pilha de cartões com imagens de mulheres em posições comprometedoras.

Navani suspirou, então acenou com a cabeça enquanto Aladar lhe fazia uma mesura respeitosa, a luz refletindo na sua cabeça calva. Não pela primeira vez, Navani se perguntou se seu bigode fino e o tufo de barba sob o lábio inferior eram uma compensação pela sua falta de cabelo. Hatham também estava presente: refinado, com traços arredondados e olhos verdes. Como de costume, suas escolhas de moda o distinguiam de todos os outros. Naquele dia, usava um traje laranja.

A Luminosa Bethab representava seu marido. Os homens no exército tendiam a desrespeitá-lo por deixar que ela fizesse isso, ignorando o fato de que casar-se com Mishinah devido à sua perspicácia política havia sido um movimento sábio e calculado.

Os cinco homens da Ponte Quatro se enfileiraram atrás de Navani. Tinham ficado surpresos quando ela pedira que a escoltassem; ainda não compreendiam a autoridade que emprestavam ao trono. Os Cavaleiros Radiantes eram o novo poder no mundo, e a política girava ao redor deles como correntezas em um rio.

— Luminobres — disse Navani. — Vim a seu pedido, e estou aqui a seu dispor.

Aladar pigarreou, se sentando.

— A senhora sabe, Luminosa, que somos os mais leais à causa do seu marido.

— Ou pelo menos somos aqueles que esperam enriquecer apostando nele — acrescentou Sebarial.

— Meu marido aprecia o apoio, independentemente do motivo — respondeu Navani. — Vocês criam um Alethkar mais forte e, portanto, um mundo mais forte.

— O que sobrou dos dois — observou Sebarial.

— Navani — disse a Luminosa Bethab, uma mulher de aparência tímida e rosto contraído. — Nós apreciamos que tenha tomado a iniciativa neste momento difícil. — Havia um brilho em seus olhos alaranjados, como se achasse que Navani estava apreciando seu novo poder. — Mas a ausência do grão-príncipe não é vantajosa para o moral da população. Sabemos que Dalinar voltou às suas... distrações.

— O grão-príncipe está de luto.

— A única coisa que ele parece estar lamentando é o fato de as pessoas não lhe arrumarem garrafas de vinho rápido o bastante...

— Danação, Turinad! — explodiu Navani. — Já *chega*!

Sebarial hesitou, então guardou seus cartões no bolso.

— Perdão, Luminosa.

— Meu marido ainda é a melhor chance de sobrevivência deste mundo. Ele *vai* vencer essa dor. Até lá, nosso dever é manter o reino funcionando.

Hatham concordou, as contas no seu casaco brilhando.

— Naturalmente, essa é nossa meta. Mas Luminosa, a senhora pode definir o que *quer dizer* com reino? A senhora sabe que Dalinar... nos abordou e perguntou o que achávamos dessa história de grão-rei.

Essa notícia ainda não era de conhecimento geral; haviam planejado um anúncio oficial e até mesmo fizeram com que Elhokar marcasse os papéis com seu selo antes de partir. No entanto, Dalinar postergava. Ela compreendia; ele queria esperar até que Elhokar e Adolin — que se tornaria o grão-príncipe Kholin em seu lugar — retornassem.

Mesmo assim, conforme o tempo passava, as perguntas se tornavam mais urgentes. O que acontecera com eles em Kholinar? Onde eles *estavam*?

Força. Eles *iam* retornar.

— A proclamação do grão-rei ainda não foi oficializada — respondeu Navani. — Acho que é melhor fingir que vocês não sabem nada a respeito, por enquanto. E, não importa o que façam, *não* mencionem isso para Ialai ou Amaram.

— Muito bem — disse Aladar. — Mas temos outros problemas, Luminosa. Certamente já viu os relatórios. Hatham está fazendo um excelente trabalho como Grão-príncipe de Serviços, mas não há uma infraestrutura apropriada. A torre tem encanamentos, mas entopem o tempo todo, e os Transmutadores trabalham até a exaustão lidando com os dejetos.

— Não podemos continuar fingindo que a torre pode acomodar essa população — disse a Luminosa Bethab. — Não sem um acordo de suprimentos muito favorável de Azir. Nossas reservas de esmeraldas, apesar das caçadas nas Planícies Quebradas, estão diminuindo. Nossos carros d'água precisam trabalhar incessantemente.

— Igualmente importante, Luminosa — acrescentou Hatham —, é que estamos diante de uma grave falta de mão de obra. Temos soldados ou caravaneiros carregando água ou embalando produtos, mas eles não gostam disso. O trabalho braçal é indigno para eles.

— Estamos ficando com pouca madeira — acrescentou Sebarial. — Tentei tomar posse das florestas perto dos acampamentos de guerra, mas costumávamos ter parshemanos para cortá-las. Não sei se consigo pagar homens para fazer esse trabalho. Mas, se não tomarmos uma ação, Thanadal pode tentar dominar a área. Ele está construindo para si um reino e tanto nos acampamentos de guerra.

— Este não é um momento em que podemos arcar com uma liderança fraca — disse Hatham em voz baixa. — Não é hora para um rei em potencial passar dias trancado nos seus aposentos. Sinto muito. Não estamos nos rebelando, mas estamos *muito* preocupados.

Navani respirou fundo. *Mantenha o controle.*

A ordem era a essência do ato de governar. Se as coisas estivessem organizadas, o controle podia ser garantido. Ela só precisava dar tempo a Dalinar. Mesmo que, lá no fundo, parte dela estivesse zangada, zangada que a dor dele houvesse eclipsado tanto o temor crescente dela por Elhokar e Adolin. Zangada que *ele* pudesse beber até esquecer, deixando para ela catar os cacos.

Mas havia aprendido que ninguém era forte o tempo todo, nem mesmo Dalinar Kholin. Amor não tinha a ver com estar certo ou errado, mas sim com tomar a frente e ajudar quando seu parceiro estava vergando sob o peso. Ele provavelmente faria o mesmo por ela algum dia.

— Diga-nos honestamente, Luminosa — falou Sebarial, inclinando-se para frente. — O que o Espinho Negro quer? Isso tudo é secretamente uma maneira para ele dominar o mundo?

Raios. Até mesmo *eles* se preocupavam com isso. E por que não? Fazia tanto sentido.

— Meu marido quer união — respondeu Navani com firmeza. — *Não* domínio. Vocês sabem tão bem quanto eu que ele podia ter tomado a Cidade de Thaylen. Isso teria levado a egoísmo e perda. A conquista não nos fornecerá uma maneira de encararmos nosso inimigo juntos.

Aladar assentiu lentamente.

— Acredito na senhora, e acredito nele.

— Mas como vamos sobreviver? — quis saber a Luminosa Bethab.

— Os jardins desta torre outrora cultivavam comida — disse Navani. — Vamos descobrir como isso era feito e vamos voltar a cultivá-la aqui. Outrora, água fluía pela torre. Os banheiros e lavatórios são prova disso. Vamos mergulhar nos segredos dos seus fabriais e consertaremos os problemas dos encanamentos. A torre está acima da tempestade do inimigo, é supremamente defensável e conectada às cidades mais importantes do mundo. Se houver uma nação capaz de enfrentar o inimigo, nós a forjaremos aqui. Com sua ajuda e com a liderança do meu marido.

Eles aceitaram. Abençoado fosse o Todo-Poderoso, eles aceitaram. Navani fez uma anotação mental de queimar um glifo-amuleto como agradecimento, então finalmente se sentou. Juntos, eles mergulharam na lista mais recente de problemas da torre, falando detalhadamente — como já haviam feito muitas vezes antes — sobre as necessidades básicas de administrar uma cidade.

Três horas depois, ela conferiu seu fabrial de braço — igual àquele que Dalinar carregava, com um relógio embutido e doriais recém-projetados. Três horas e doze minutos desde que a reunião havia começado. Esprenos de exaustão haviam se aglomerado ao redor deles todos, e ela declarou o encerramento. Haviam discutido seus problemas imediatos e chamariam suas diversas escribas para oferecer revisões específicas.

Isso manteria todo mundo ocupado por mais um tempo. E, abençoados fossem, aqueles quatro queriam *mesmo* que a coalização funcionasse. Aladar e Sebarial, com todos os seus defeitos, haviam seguido Dalinar pela escuridão do Pranto e encontrado a Danação à espera. Hatham e Bethab estiveram presentes no advento da nova tempestade e viram que Dalinar estivera certo.

Não importava a eles que o Espinho Negro fosse um herege — ou mesmo que houvesse usurpado o trono de Alethkar; se importavam com o fato de ele ter um plano para lidar com o inimigo, a longo prazo.

Depois do fim da reunião, Navani foi embora pelo corredor marcado por camadas geológicas, seguida pelos seus guardas carregadores de pontes, dois dos quais levavam lanternas de safira.

— Peço desculpas por quão tedioso isso deve ter sido — disse ela.

— Nós gostamos quando é tedioso, Luminosa — respondeu Leyten, um homem parrudo, com cabelos curtos e encaracolados, e o líder deles naquele dia. — Ei, Hobber. Alguém tentou matar você aqui hoje?

O carregador com dentes espaçados sorriu ao responder.

— O bafo de Huio conta?

— Está vendo, Luminosa? — disse Leyten. — Novos recrutas podem se entediar com serviço de guarda, mas a senhora nunca verá um veterano reclamando de uma bela tarde silenciosa em que ele não é apunhalado.

— Dá para entender, mas certamente não se compara a voar pelos céus.

— Isso é verdade — admitiu Leyten. — Mas temos que nos alternar... a senhora sabe. — Ele estava falando sobre usar a Espada de Honra para praticar Corrida dos Ventos. — Kal precisa voltar para a gente conseguir fazer mais disso.

Todos estavam absolutamente certos de que ele voltaria e exibiam expressões joviais, embora Navani soubesse que nem tudo estava perfeito entre eles. Teft, por exemplo, fora levado diante dos magistrados de

Aladar havia dois dias. Intoxicação pública com musgo-de-fogo. Aladar discretamente requisitara o selo dela para libertá-lo.

Não, nem tudo estava bem entre eles. Mas, enquanto Navani os conduzia para as salas da biblioteca no porão, uma questão diferente a remoía: a insinuação da Luminosa Bethab de que Navani estava ansiosa pela chance de assumir o poder enquanto Dalinar estava indisposto.

Navani não era tola; sabia a imagem que passava para os outros. Havia se casado com um rei. Depois da sua morte, imediatamente fora atrás do próximo homem mais poderoso de Alethkar. Mas *não podia* deixar que as pessoas acreditassem que ela era o poder por trás do trono. Isso não só sabotaria Dalinar, como também se tornaria tedioso para ela. Não tinha problemas em ser uma esposa ou mãe de monarcas, mas ser ela mesma a regente... Raios, aquilo levaria a todos por um caminho sombrio.

Ela e os carregadores passaram por não menos que seis esquadrões de sentinelas no caminho para as salas da biblioteca que tinha os murais e, mais importante, os registros das gemas ocultas. Ao chegar, se demorou junto à entrada, impressionada pela operação que Jasnah havia organizado ali desde que Navani fora forçada a se afastar da pesquisa.

Cada gema havia sido removida da sua gaveta, catalogada e numerada. Enquanto um grupo ouvia e escrevia, outros estavam sentados às mesas, ocupados traduzindo. A sala zumbia com o som baixo de discussões e penas escrevendo, esprenos de concentração pontilhando o ar como ondulações no céu.

Jasnah caminhava entre as mesas, olhando páginas de traduções. Quando Navani entrou, os carregadores se reuniram ao redor de Renarin, que corou, levantando os olhos dos seus próprios papéis, que estavam cobertos de glifos e números. Ele *parecia* deslocado na sala, o único homem de uniforme em vez de trajes de fervoroso ou de guarda-tempo.

— Mãe — disse Jasnah, sem levantar os olhos dos seus papéis —, precisamos de mais tradutores. A senhora tem outras escribas versadas em aletheliano clássico?

— Emprestei a você todas que eu tinha. O que Renarin está estudando ali?

— Hm? Ah, ele acha que pode haver um padrão em quais gemas foram armazenadas em quais gavetas. Está trabalhando nisso o dia todo.

— E então?

— Nada, o que não é surpresa. Ele insiste que pode encontrar um padrão, se procurar o bastante.

Jasnah baixou as páginas e olhou para o primo, que estava fazendo piadas com os homens da Ponte Quatro.

Raios, pensou Navani. *Ele realmente parece feliz*. Embaraçado com as provocações, mas feliz. Ela se preocupara quando ele se "alistara" na Ponte Quatro. Era o filho de um grão-príncipe. O apropriado era manter decoro e distância ao lidar com soldados alistados.

Mas quando havia sido a última vez em que ela o ouvira *gargalhar*?

— Talvez devêssemos encorajá-lo a fazer uma pausa e sair de noite com os carregadores — disse Navani.

— Prefiro mantê-lo aqui — disse Jasnah, folheando suas páginas. — Seus poderes merecem mais estudo.

Navani falaria com Renarin de qualquer modo e o encorajaria a sair mais com os homens. Não dava para discutir com Jasnah, assim como não dava para discutir com um rochedo; bastava dar um passo para o lado e contorná-lo.

— A tradução vai bem, apesar do atraso devido ao número de escribas? — perguntou Navani.

— Sorte nossa que as gemas tenham sido registradas tão tarde na existência dos Radiantes. Eles falavam uma linguagem que conseguimos traduzir. Se houvesse sido em Canto do Alvorecer...

— Esse idioma está perto de ser decifrado.

Jasnah franziu o cenho ao ouvir isso. Navani pensara que o prospecto de traduzir o Canto do Alvorecer — e os escritos perdidos para a era sombria — a empolgaria. Em vez disso, pareceu perturbá-la.

— Você encontrou alguma coisa sobre os fabriais da torre nesses registros das gemas? — indagou Navani.

— Vou garantir o preparo de um relatório para a senhora, mãe, com detalhes sobre cada um dos fabriais mencionados. Até agora, essas referências são poucas. A maioria trata de histórias pessoais.

— Danação.

— Mãe! — disse Jasnah, baixando as páginas.

— O que foi? Não imaginei que você fosse reclamar de algumas palavras fortes de vez em...

— Não é a linguagem, mas o desprezo — replicou Jasnah. — Histórias. *Ah, certo.*

— A história é a chave para a compreensão humana.

Lá vamos nós.

— Precisamos aprender com o passado e aplicar esse conhecimento à nossa experiência moderna.

Escutar um sermão da minha própria filha outra vez.

— O melhor indício do que os seres humanos vão fazer não é o que eles pensam, mas o que os registros dizem que grupos similares fizeram no passado.

— Certamente, Luminosa.

Jasnah fitou-a com secura, então deixou seus papéis de lado.

— Desculpe, mãe. Passei o dia lidando com um bando de fervorosos de baixo escalão. Meu lado didático pode estar exacerbado.

— Você tem um lado didático? Querida, você *detesta* ensinar.

— O que explica meu mau humor, imagino. Eu...

Uma jovem escriba a chamou do outro lado da sala. Jasnah suspirou, então foi responder à pergunta.

Jasnah preferia trabalhar sozinha, o que era estranho, levando em conta como era boa em levar as pessoas a fazer o que queria. Navani gostava de grupos — mas, naturalmente, ela não era uma erudita. Ah, ela sabia como *fingir*. Mas tudo que realmente fazia era cutucar aqui e ali, talvez fornecer uma ideia. Outras executavam toda a verdadeira engenharia.

Ela espiou os papéis que Jasnah havia deixado de lado. Talvez sua filha houvesse deixado passar algo importante nas traduções. Na sua mente, a única erudição que importava eram os escritos embolorados e poeirentos dos antigos filósofos. Quando se tratava de fabriais, Jasnah mal sabia a diferença entre os emparelhados e os de alarme...

O que era aquilo ali?

Os glifos foram rabiscados em branco na parede do grão-príncipe, dizia o papel. *Rapidamente identificamos que o instrumento de escrita havia sido uma pedra solta que fora removida de perto da janela. Esse primeiro sinal foi o mais rudimentar, os glifos malformados. O motivo para isso mais tarde se tornou evidente, já que o Príncipe Renarin não era bem versado em escrever glifos, exceto pelos números.*

As outras páginas eram similares, falando sobre os estranhos números encontrados ao redor do palácio de Dalinar nos dias que conduziram à Tempestade Eterna. Eles haviam sido feitos por Renarin, cujo espreno o alertara que o inimigo estava preparando um ataque. O pobre rapaz, incerto quanto ao seu laço e com medo de falar abertamente, havia em vez disso escrito os números onde Dalinar pudesse vê-los.

Era um pouco estranho, mas, diante de todo o resto, não havia realmente chamado atenção. E... bem, *era* Renarin. Por que Jasnah havia coletado tudo aquilo?

Finalmente tenho uma descrição para você, Jasnah, dizia outra. *Convencemos a Radiante que Lift encontrou em Yeddaw a visitar Azimir. Embora ela não tenha chegado ainda, seguem aqui desenhos do seu companheiro espreno. Ele parece o bruxuleio visto em uma parede quando uma luz brilha através de um cristal.*

Perturbada, Navani arrumou as folhas antes que Jasnah pudesse retornar. Ela conseguiu uma cópia das partes traduzidas das gemas — várias jovens escribas tinham sido incumbidas de torná-las disponíveis — então saiu discretamente para ver como estava Dalinar.

105

ESPÍRITO, MENTE E CORPO

SEIS ANOS ATRÁS

Só as pessoas mais importantes tiveram permissão de assistir ao sepultamento sagrado de Gavilar.

Dalinar estava à frente de uma pequena multidão reunida nas catacumbas reais de Kholinar, sob o olhar pétreo dos reis. Fogueiras ardiam nas laterais do salão, uma luz primordial e tradicional. Distintamente mais viva do que a luz das esferas, ela o lembrava da Fenda — mas daquela vez a dor estava dominada por algo novo. Uma ferida fresca.

A visão do seu irmão, que jazia morto sobre a laje.

— Espírito, mente e corpo — disse a fervorosa enrugada, sua voz ecoando pela catacumba de pedra. — A morte é a separação dos três. O corpo permanece no nosso reino, para ser reutilizado. O espírito retorna ao lago de essência divina da sua origem. E a mente... A mente vai para os Salões Tranquilinos para encontrar sua recompensa.

As unhas de Dalinar marcavam sua pele enquanto ele cerrava as mãos em punhos — bem apertado, para impedir que tremessem.

— Gavilar, o Majestoso — continuou a fervorosa —, primeiro rei de Alethkar na nova Dinastia Kholin, trigésimo-segundo grão-príncipe do principado Kholin, herdeiro do Criador de Sóis e abençoado pelo Todo-Poderoso. Seus feitos serão louvados por todos e seu domínio se estende ao além. Agora mesmo ele lidera novamente homens no campo de batalha, servindo o Todo-Poderoso na verdadeira guerra contra os Esvaziadores.

A fervorosa apontou uma mão esquelética para a pequena multidão.

— A guerra do nosso rei foi transferida para os Salões Tranquilinos. O fim da nossa guerra por Roshar não encerra nosso dever para com o Todo-Poderoso! Pensem nas suas Vocações, homens e mulheres de Alethkar. Pensem em como podem aprender aqui e serem úteis no próximo mundo.

Jevena aproveitava todas as oportunidades para pregar. Dalinar apertou ainda mais as mãos, irritado com ela — irritado com o *Todo-Poderoso*. Dalinar não deveria ter vivido para ver seu irmão morrer. Não era *assim* que deveria ter acontecido.

Ele sentia olhares nas suas costas. Grão-príncipes e esposas reunidos, fervorosos importantes, Navani, Jasnah, Elhokar, Aesudan, os filhos de Dalinar. Ali perto, o Grão-príncipe Sebarial olhava de soslaio para Dalinar, as sobrancelhas levantadas. Parecia estar esperando alguma coisa.

Não estou bêbado, seu idiota, Dalinar pensou. *Não vou fazer uma cena para sua diversão.*

As coisas estavam melhores ultimamente. Dalinar havia começado a controlar seus vícios; havia confinado a bebedeira a viagens mensais para longe de Kholinar, visitando cidades mais afastadas. Ele dizia que as viagens eram para permitir que Elhokar praticasse a arte de reinar sem ter Dalinar espiando sobre seu ombro, já que Gavilar passava cada vez mais tempo no exterior. Mas, nessas viagens, Dalinar bebia até apagar, permitindo-se escapar dos sons de crianças chorando por uns poucos e preciosos dias.

Então, quando voltava para Kholinar, controlava sua bebida. E nunca mais gritou com seus filhos, como havia feito com o pobre Renarin naquele dia de volta das Planícies Quebradas. Adolin e Renarin eram a única parte pura que restava de Evi.

Se você controla sua bebida quando está em Kholinar, o que aconteceu no banquete?, questionou uma parte dele. *Onde estava enquanto Gavilar lutava pela própria vida?*

— Devemos usar o rei Gavilar como modelo para nossas vidas — disse a fervorosa. — Devemos nos lembrar de que nossas vidas não nos pertencem. Este mundo é tão somente a escaramuça que nos prepara para a verdadeira guerra.

— E depois? — indagou Dalinar, desviando o olhar do cadáver de Gavilar.

A fervorosa estreitou os olhos, ajustando seus óculos.

— Grão-príncipe Dalinar?

— E depois, o que vem? — questionou Dalinar. — Depois que reconquistarmos os Salões Tranquilinos? E então? Chega de guerra? *Aí finalmente poderemos descansar?*

— Não precisa se preocupar, Espinho Negro — respondeu Jevena. — Quando aquela guerra for vencida, o Todo-Poderoso certamente irá lhe fornecer outra conquista.

Ela abriu um sorriso reconfortante, então seguiu com os discursos do ritual. Uma série de keteks, alguns tradicionais, outros compostos pelos membros femininos da família para o evento. Fervorosos queimavam os poemas como orações em braseiros.

Dalinar olhou de volta para o cadáver do irmão, que encarava o teto, esferas de mármore azul substituindo seus olhos.

Irmão, dissera Gavilar, *siga os Códigos esta noite. Há algo estranho nos ventos.*

Raios, Dalinar precisava de uma bebida.

— Você, sempre falando de sonhos. Minha alma chora. Adeus, alma chorosa. Meus sonhos... sempre falando de você.

O poema atingiu-o com mais força do que aos outros. Ele procurou Navani com os olhos e soube instantaneamente que o ketek fora dela. Fitando direto à frente, ela mantinha uma mão no ombro de Elhokar — do *rei Elhokar*. Tão linda. Junto dela, Jasnah estava parada com os braços envolvendo o próprio corpo, olhos vermelhos. Navani estendeu a mão para ela, mas Jasnah se afastou e saiu a passos largos rumo ao palácio propriamente dito.

Dalinar gostaria de poder fazer o mesmo, mas em vez disso assumiu uma posição de sentido. Estava acabado. Ele nunca teria a chance de corresponder às expectativas de Gavilar. Teria de viver o resto da vida tendo fracassado para com aquele homem que tanto amara.

O salão ficou quieto, silencioso a não ser pelo crepitar do papel queimando nos fogos. O Transmutador se levantou e a velha Jevena recuou apressadamente. Ela não ficava à vontade com o que viria em seguida; nenhum dos outros tampouco, a julgar pelos pés agitados, pelas tosses ocultas atrás das mãos.

O Transmutador podia ser um homem ou uma mulher. Era difícil dizer, com aquele capuz cobrindo seu rosto. A pele por baixo era da cor de granito, rachada e lascada, e parecia *brilhar* por dentro. O Transmutador fitou o corpo, a cabeça inclinada, como se estivesse surpreso em encontrar um cadáver ali. Ele passou os dedos pela mandíbula de Gavilar, então endireitou o cabelo na testa dele.

— A única parte de você que é verdadeira — sussurrou o Transmutador, tocando uma pedra que havia substituído um dos olhos do rei.

Então, luz emergiu enquanto o Transmutador tirava a mão do bolso, revelando um conjunto de gemas preso em um fabrial.

Dalinar não desviou os olhos, apesar da maneira como a luz os fazia lacrimejar. Ele queria... queria ter tomado um drinque ou dois antes de vir. Esperavam mesmo que ele assistisse àquilo totalmente sóbrio?

O Transmutador tocou a testa de Gavilar e a transformação aconteceu instantaneamente. Em um momento, Gavilar estava ali; no momento seguinte, havia se tornado uma estátua.

O Transmutador calçou uma luva enquanto outros fervorosos se apressavam em remover os arames que haviam mantido o corpo de Gavilar em posição. Usaram alavancas para colocá-lo cuidadosamente de pé, segurando uma espada com a ponta voltada para o chão, a outra mão estendida. Ele olhava em direção à eternidade, a coroa na cabeça, os cachos da sua barba e cabelos preservados delicadamente em pedra. Uma pose poderosa; os escultores mortuários haviam realizado um trabalho fantástico.

Os fervorosos empurraram-no de volta para uma alcova, onde ele se juntou às fileiras de outros monarcas — a maioria grão-príncipes do principado Kholin. Gavilar permaneceria congelado ali para sempre, a imagem de um soberano perfeito no seu ápice. Ninguém pensaria nele como estivera naquela noite terrível, o corpo partido pela queda, seus sonhos grandiosos interrompidos por uma traição.

— Eu vou me vingar, mãe — sussurrou Elhokar. — Eu *vou*!

O jovem rei girou na direção dos olhos-claros reunidos, parado diante da mão pétrea estendida do seu pai.

— Cada um de vocês me procurou em particular para oferecer apoio. Bem, agora exijo que jurem em público! Hoje, celebraremos um pacto de caçar os responsáveis por isso. Hoje, Alethkar vai à *guerra*!

Ele foi saudado por um atordoado silêncio.

— Eu juro — disse Torol Sadeas. — Juro levar a vingança aos traidores parshemanos, Vossa Majestade. Pode contar com minha espada.

Ótimo, pensou Dalinar enquanto os outros se pronunciavam. Isso os manteria unidos. Mesmo na morte, Gavilar havia fornecido uma desculpa para a união.

Incapaz de suportar aquele semblante de pedra mais um momento sequer, Dalinar partiu, pisando duro até o corredor que levava ao palácio. Outras vozes ecoavam atrás dele enquanto grão-príncipes prestavam juramento.

Se Elhokar pretendia perseguir os parshendianos de volta às planícies, ele esperaria o auxílio do Espinho Negro. Mas... Dalinar não era mais aquele homem há anos. Ele apalpou o bolso, procurando seu cantil. Danação. Fingia que estava melhor, dizia a si mesmo que estava no processo de encontrar uma saída daquela confusão. De voltar a ser o homem que já havia sido.

Mas aquele homem fora um monstro. Era assustador que ninguém o culpasse pelas coisas que havia feito; ninguém a não ser Evi, que previra o que a matança faria com ele. Fechou os olhos, ouvindo as lágrimas dela.

— Pai? — chamou uma voz atrás dele.

Dalinar forçou-se a se empertigar, virando-se enquanto Adolin corria para alcançá-lo.

— O senhor está bem, pai?

— Sim. Eu só... preciso ficar sozinho.

Adolin assentiu. Todo-Poderoso nos céus, o menino crescera direito, apesar do pouco esforço de Dalinar. Adolin era dedicado, cativante, e um mestre da espada. Grande entendedor da sociedade alethiana moderna, onde a maneira como alguém interagia com diversos grupos era ainda mais importante do que a força do seu braço. Dalinar sempre se sentia como um toco de árvore naqueles ambientes. Grande demais. Estúpido demais.

— Volte. Jure em nome da nossa casa nesse Pacto de Vingança.

Adolin assentiu e Dalinar continuou em frente, fugindo daqueles fogos abaixo. Do olhar de Gavilar a julgá-lo. Dos gritos das pessoas morrendo na Fenda.

Quando ele alcançou os degraus, já estava praticamente correndo. Subiu um andar, depois outro. Frenético, ensopado de suor, disparou pelos corredores ornamentados, passando por paredes entalhadas, painéis sofisticados e espelhos acusadores. Alcançou suas câmaras e vasculhou os bolsos em busca das chaves.

Ele havia trancado bem o lugar; Gavilar não entraria mais escondido para levar suas garrafas. O deleite o aguardava ali dentro.

Não. Não era deleite. Esquecimento. Era o bastante.

Suas mãos não paravam de tremer. Ele não podia... Era...

Siga os Códigos esta noite.

As mãos de Dalinar tremeram e ele deixou cair as chaves.

Há algo estranho nos ventos.

Gritos pedindo misericórdia.

Saiam da minha cabeça! Todos vocês, saiam!

Ao longe, uma voz...

— Ele precisa encontrar as palavras mais importantes que um homem pode dizer.

Qual era a chave? Ele enfiou uma na fechadura, mas ela não virava. Não conseguia enxergar. Ele piscou, sentindo-se tonto.

— Aquelas palavras me foram ditas por alguém que alegava ter visto o futuro — disse a voz, ecoando no corredor. Feminina, familiar. — "Como pode ser?", perguntei. "Você foi tocado pelo vazio?"

"A resposta foi uma gargalhada. 'Não, gentil rei. O passado é o futuro e, assim como viveu cada homem, também você deve viver.'

"'Então posso apenas repetir o que já foi feito antes?'

"'Em algumas questões, sim. Você amará. Você sofrerá. Você sonhará. E você morrerá. O passado de cada homem é seu futuro.'

"'Então, de que adianta?', eu indaguei. 'Se tudo já foi visto e feito?'

"Ela respondeu: 'A pergunta não é se você vai amar, sofrer, sonhar e morrer. É *o que* você vai amar, *por que* vai sofrer, *quando* vai sonhar e *como* vai morrer. Isso é escolha sua. Você não pode escolher o destino, só o caminho.'"

Dalinar novamente deixou cair as chaves, soluçando. Não havia como escapar. Cederia de novo. O vinho o consumiria como uma pira consumia um cadáver, deixando apenas cinzas.

Não havia saída.

— Isso deu início à minha jornada — disse a voz. — E assim começaram meus escritos. Não posso chamar este livro de uma história, pois ele falha no nível mais fundamental de *ser* uma história. Não é uma narrativa, mas várias. E, muito embora ele tenha um início, aqui nessa página minha busca nunca poderá realmente terminar.

"Eu não estava procurando respostas. Achava que já as possuía. Várias, múltiplas, de mil fontes diferentes. Eu não estava buscando 'a mim mesmo'. Esse é um chavão que as pessoas atribuíram a mim, e considero que a frase carece de significado.

"Na verdade, ao partir, eu estava procurando uma única coisa.

"Uma jornada."

Durante anos, pareceu que Dalinar via tudo ao seu redor através de uma névoa. Mas aquelas palavras... alguma coisa nelas...

Palavras eram capazes de emitir luz?

Ele deu as costas à porta e caminhou pelo corredor, buscando a fonte da voz. Dentro da sala de leitura real, encontrou Jasnah com um grande tomo diante de si, apoiado em um leitoril. Ela lia para si mesma, virando para a página seguinte, franzindo o cenho.

— Que livro é esse? — perguntou Dalinar.

Jasnah se sobressaltou. Ela secou os olhos, borrando a maquiagem, deixando os olhos... limpos, mas vulneráveis. Buracos em uma máscara.

— Foi daqui que meu pai tirou aquela citação.

— Aquela que ele...

Aquela que ele escreveu enquanto morria.

Poucas pessoas sabiam disso.

— Que livro é esse?

— Um velho texto — respondeu Jasnah. — Muito antigo, e outrora muito elogiado. É associado aos Radiantes Perdidos, então não é mais mencionado. Deve haver algum segredo aqui, um quebra-cabeça por trás das últimas palavras do meu pai. Uma mensagem cifrada? Mas o quê?

Dalinar se acomodou em uma das cadeiras. Sentia-se sem forças.

— Pode lê-lo para mim?

Jasnah fitou-o nos olhos, mordendo o lábio como sempre fizera quando menina. Então leu em uma voz clara e forte, começando da primeira página, que ele acabara de ouvir. Dalinar esperava que ela parasse depois de um capítulo ou dois, mas ela não parou, nem ele quis que ela o fizesse.

Dalinar escutou, absorto. Pessoas vieram ver como eles estavam; alguém trouxe água para Jasnah beber. Daquela vez, ele não pediu nada a elas. Só queria escutar.

Ele compreendia as palavras, mas ao mesmo tempo parecia estar deixando escapar a mensagem do livro. Era uma sequência de vinhetas sobre um rei que deixava seu palácio para sair em uma peregrinação. Dalinar não sabia definir, nem mesmo para si, o que achava de tão notável nas histórias. Seria o otimismo? A menção a caminhos e escolhas?

Era tão despretensioso. Tão diferente das bravatas da sociedade ou do campo de batalha. Só uma série de histórias, com morais ambíguas. Levou quase oito horas para terminar, mas Jasnah não mostrou qualquer indicação de que queria parar. Quando leu a última palavra, Dalinar percebeu que estava chorando de novo; Jasnah secou os próprios olhos. Ela sempre fora tão mais forte do que ele, mas ali compartilhavam um entendimento. Era a despedida deles para a alma de Gavilar; era o seu adeus.

Deixando o livro no leitoril, Jasnah foi até Dalinar quando ele se levantou. Os dois se abraçaram, sem dizer nada. Depois de alguns momentos, ela partiu.

Ele foi até o livro, tocando-o, sentindo as linhas de escrita estampadas na capa. Não sabia há quanto tempo estava ali quando viu Adolin olhando da porta.

— Pai? Estamos planejando enviar forças expedicionárias para as Planícies Quebradas. Sua contribuição seria apreciada.

— Eu preciso partir em uma jornada — sussurrou Dalinar.

— Sim — concordou Adolin. — A distância é grande. Podemos caçar um pouco pelo caminho, se houver tempo. Elhokar quer que esses bárbaros sejam eliminados rapidamente. Podemos partir e voltar em um ano.

Caminhos. Dalinar não podia escolher seu fim.

Mas talvez o seu *caminho*...

A Antiga Magia pode mudar uma pessoa, dissera Evi. *Fazer com que ela se torne grandiosa...*

Dalinar se empertigou. Ele se virou e foi até Adolin, pegando-o pelo ombro.

— Fui um péssimo pai nesses últimos anos — disse Dalinar.

— Bobagem — protestou Adolin. — O senhor...

— Fui um péssimo pai — repetiu Dalinar, levantando o dedo. — Tanto para você quanto para seu irmão. Você deveria saber como me deixa orgulhoso.

Adolin abriu um sorriso brilhante como uma esfera logo depois de uma tempestade. Esprenos de glória surgiram ao seu redor.

— Iremos juntos para a guerra — disse Dalinar. — Como fizemos quando você era novo. Mostrarei como é ser um homem de honra. Mas primeiro preciso levar uma força de vanguarda... sem você, infelizmente... e tomar as Planícies Quebradas.

— Nós falamos sobre isso — replicou Adolin, animado. — Uma força como seus soldados de elite de antigamente. Velozes, rápidos! Você vai marchar...

— Navegar — corrigiu Dalinar.

— Navegar?

— Os rios devem estar na cheia — disse Dalinar. — Marcharei para o sul, então vou pegar um navio para Dumadari. Dali, navegarei até o Oceano das Origens e atracarei em Nova Natanan. Seguirei para as Planícies Quebradas com meus homens e assegurarei a região, preparando-a para a chegada de vocês.

— Parece uma ideia sensata, eu acho — disse Adolin.

Era sensata; sensata o bastante para que, quando um dos navios de Dalinar se atrasasse — e ele mesmo permanecesse no porto, enviando a maior parte da sua força sozinha —, ninguém fosse achar estranho. Dalinar costumava se meter em encrencas.

Ele faria com que seus homens e marinheiros jurassem segredo e se desviaria do caminho por alguns meses antes de retomar o rumo das Planícies Quebradas.

Evi dissera que a Antiga Magia podia transformar um homem. Era hora de começar a confiar nela.

A LEI É LUZ

Considero Ba-Ado-Mishram a mais interessante dos Desfeitos. Diz-se que ela tem uma mente aguçada, uma grã-princesa entre as forças inimigas, sua comandante durante algumas das Desolações. Não sei como isso se relaciona com o antigo deus do inimigo, chamado de Odium.

— Da *Mítica* de Hessi, página 224

SZETH DE SHINOVAR VOOU com os Rompe-céus durante três dias, rumo ao sul.

Pararam várias vezes para recuperar suprimentos escondidos em picos das montanhas ou em vales remotos. Para encontrar as portas, eles frequentemente tiveram que cavar através de dez centímetros de crem. Essa quantidade de sedimento provavelmente havia levado séculos para se acumular, mas Nin falava dos lugares como se houvesse acabado de deixá-los. Em um deles, ficou surpreso ao descobrir que a comida havia apodrecido há muito tempo — embora felizmente o depósito de gemas ali tivesse ficado oculto em um lugar exposto às tempestades.

Nessas visitas, Szeth finalmente começou a compreender quão *antiga* era aquela criatura.

No quarto dia, alcançaram Marat. Szeth já havia visitado aquele reino; visitara a maior parte de Roshar durante os anos de exílio. Historicamente, Marat não era realmente uma nação — mas tampouco era um lugar de nômades, como as áreas rurais de Hexi e de Tu Fallia. Em vez disso, Marat era um grupo de cidades vagamente conectadas, regidas de modo tribal, com um grão-príncipe na liderança — embora no dialeto local ele fosse chamado de "irmão mais velho".

O país era uma parada conveniente entre os reinos vorins do Leste e os makabakianos do Centro-Oeste. Szeth sabia que Marat era rico em cultura, cheio de pessoas tão orgulhosas quanto se encontrava em qualquer nação... mas quase sem valor na escala política.

Isso tornava curioso o fato de Nin escolher terminar o voo deles ali. Pousaram em uma planície cheia de estranha grama marrom parecida com trigo, exceto pelo fato de que se escondia em buracos no chão, deixando visíveis apenas o topo das folhas. Essa parte geralmente era comida por animais selvagens largos e atarracados, que pareciam discos ambulantes, com garras apenas na parte inferior do corpo para levar o alimento à boca.

Os animais circulares provavelmente migrariam para o leste, seus excrementos contendo sementes que, grudadas ao chão, sobreviveriam às tempestades para se tornar pólipos de primeiro estágio. Esses depois seriam soprados pelo vento para oeste e se tornariam grãos de segundo estágio. Toda vida trabalhava junto, ele aprendera na juventude. Tudo menos os homens, que recusavam seu papel. Que destruíam em vez de acrescentar.

Nin falou brevemente com Ki e os outros mestres, que levantaram voo novamente. Os outros se juntaram a eles, menos Szeth e o próprio Nin, e zuniram rumo a uma cidade ao longe. Antes que Szeth pudesse segui-los, Nin tomou-o pelo braço e sacudiu a cabeça. Juntos, os dois voaram até uma cidade menor em uma colina junto da costa.

Szeth reconhecia os efeitos da guerra. Portas quebradas, ruínas de uma muralha baixa derrubada. A destruição parecia recente, embora quaisquer cadáveres houvessem sido recolhidos e o sangue lavado pelas grantormentas. Pousaram diante de um grande edifício de pedra com um telhado pontudo. Enormes portas de bronze Transmutado jaziam quebradas nos destroços. Szeth ficaria surpreso se ninguém voltasse para coletá-las pelo metal. Nem todo exército tinha acesso a Transmutadores.

Aaah, fez a espada em suas costas. *Nós perdemos a diversão?*

— Aquele tirano em Tukar — disse Szeth, olhando a cidade silenciosa.

— Ele decidiu dar fim à sua guerra contra Emul e expandir para o leste?

— Não — respondeu Nin. — Esse é um perigo diferente. — Ele apontou para o edifício com portas quebradas. — Pode ler o texto acima do umbral da porta, Szeth-filho-Neturo?

— É um idioma local. Não conheço a escrita, aboshi. — O honorífico divino era seu melhor palpite quanto ao modo de se dirigir a um dos Arautos, embora entre seu povo o termo fosse reservado aos grandes esprenos das montanhas.

— Está escrito "justiça" — traduziu Nin. — Este lugar era um tribunal.

Szeth seguiu o Arauto pelos degraus acima até a cavernosa sala principal do tribunal arruinado. Ali, abrigado pela tempestade, encontraram sangue no chão. Não havia corpos, mas uma grande quantidade de armas descartadas, elmos e — de modo perturbador — as parcas posses de civis. As pessoas provavelmente haviam se refugiado ali dentro durante a batalha, uma última tentativa de obter segurança.

— Aqueles que vocês chamam de parshemanos agora se denominam Cantores — disse Nin. — Eles tomaram esta cidade e forçaram os sobreviventes a trabalhar em alguns cais mais ao longo da costa. O que aconteceu aqui foi justiça, Szeth-filho-Neturo?

— Como poderia ser? — Ele estremeceu. Os cantos escuros do recinto pareciam cheios de sussurros assombrados. Aproximou-se do Arauto em busca de segurança. — Pessoas comuns, vivendo vidas comuns, subitamente atacadas e assassinadas?

— Um argumento fraco. E se o senhor desta cidade houvesse parado de pagar seus impostos, então forçado seu povo a defender a cidade quando autoridades superiores chegassem para atacar? Um príncipe não está justificado em manter a ordem nas suas terras? Às vezes, é justo matar pessoas comuns.

— Mas não foi isso que aconteceu aqui — replicou Szeth. — O senhor disse que isso foi causado por um exército invasor.

— Sim — confirmou Nin em voz baixa. — Isso é culpa dos invasores. É verdade. — Ele continuou a caminhar pela sala vazia, seguido de perto por Szeth. — Você está em uma posição singular, Szeth-filho-Neturo. Será o primeiro a jurar os votos de um Rompe-céu em um novo mundo, um mundo onde eu falhei.

Encontraram degraus junto da parede dos fundos. Szeth pegou uma esfera para servir de iluminação, já que Nin não se dispôs a fazê-lo. Isso fez os sussurros recuarem.

— Eu visitei Ishar — continuou Nin. — Você o chama de Ishu-filho--Deus. Ele sempre foi o mais sábio de nós. Eu não... queria acreditar... no que havia acontecido.

Szeth assentiu. Ele presenciara o fato; depois da primeira Tempestade Eterna, Nin havia insistido que os Esvaziadores não tinham retornado. Arrumou uma desculpa depois da outra, até que por fim foi forçado a admitir o que estava vendo.

— Trabalhei durante milhares de anos para impedir outra Desolação — prosseguiu Nin. — Ishar me avisou do perigo. Agora que Honra está morto, outros Radiantes podem desequilibrar a balança do Sacropacto. Podem minar certas... medidas que tomamos, e dar uma abertura para o inimigo.

Ele parou no topo dos degraus e olhou para sua mão, onde uma cintilante Espada Fractal apareceu. Uma das duas Espadas de Honra perdidas. O povo de Szeth cuidava de oito delas. Certa vez, muito tempo atrás, haviam sido nove; então aquela ali desaparecera.

Ele vira representações dela, notavelmente reta e sem ornamentos para uma Espada Fractal, mas ainda assim elegante. Duas fendas corriam ao longo da espada, buracos que nunca existiriam em uma espada comum, já que a enfraqueceriam.

Eles caminharam até o sótão do tribunal. O lugar onde eram armazenados os registros, a julgar pelos cadernos espalhados no chão.

Você deveria me desembainhar, aconselhou a espada.

— E fazer o quê, espada-nimi? — sussurrou Szeth.

Lutar com ele. Acho que ele pode ser maligno.

— Ele é um dos Arautos... uma das criaturas *menos* malignas do mundo.

Hum. Isso não é um bom sinal para seu mundo, então. De qualquer modo, eu sou melhor do que aquela espada que ele tem. Posso mostrar a você.

Avançando cuidadosamente entre os destroços da lei, Szeth se juntou a Nin ao lado da janela do sótão. Ao longe, mais além ao longo da costa, uma grande baía cintilava com água azul. Muitos mastros de navio se reuniam ali, figuras zumbindo ao seu redor.

— Eu falhei — repetiu Nin. — E agora, pelo povo, justiça deve ser feita. Uma justiça muito difícil, Szeth-filho-Neturo. Mesmo para meus Rompe-céus.

— Vamos nos empenhar em ser tão desapaixonados e lógicos quanto o senhor, aboshi.

Nin gargalhou, mas não pareceu expressar qualquer humor.

— Eu? Não, Szeth-filho-Neturo. Não sou uma pessoa desapaixonada. Esse é o problema. — Ele fez uma pausa, olhando pela janela para os navios distantes. — Eu sou... diferente do que já fui. Pior, talvez? Apesar de tudo, parte de mim deseja ser misericordioso.

— E essa... misericórdia é algo tão ruim assim, aboshi?

— Não é ruim; apenas caótica. Se você estudar os registros deste tribunal, encontrará a mesma história contada repetidas vezes. Leniência e misericórdia. Homens libertados, apesar dos seus crimes, porque eram bons pais, ou queridos pela comunidade, ou favorecidos por alguém importante. Alguns dos homens que são libertados mudam de vida e tornam-se produtivos para a sociedade. Outros reincidem e criam grandes tragédias. A questão, Szeth-filho-Neturo, é que nós, humanos, somos *péssimos* em identificar quem fará o quê. O *propósito* da lei é tornar desnecessária essa escolha. De modo que nosso sentimentalismo nato não nos cause dano.

Ele olhou novamente para sua espada.

— Você precisa escolher um Terceiro Ideal — disse ele a Szeth. — A maioria dos Rompe-céus escolhe jurar obediência à lei... e seguir escrupulosamente as leis de quaisquer terras que visitarem. Essa é uma boa opção, mas não a única. Pense sabiamente, e escolha.

— Sim, aboshi — disse Szeth.

— Há coisas que você precisa ver e há coisas que precisa saber antes que possa falar. Os outros precisam *interpretar* o juramento que fizeram, e espero que vejam a verdade. *Você* será o primeiro de uma nova ordem de Rompe-céus. — Ele olhou de volta pela janela. — Os Cantores permitiram que as pessoas desta cidade voltassem aqui para queimar seus mortos. Uma gentileza que a maioria dos conquistadores não permitiria.

— Aboshi... posso fazer uma pergunta?

— A lei é luz, e a escuridão não a serve. Pergunte, e responderei.

— Eu sei que o senhor é grandioso, antigo e sábio — disse Szeth. — Mas... aos meus olhos inferiores, o senhor não parece obedecer aos próprios preceitos. O senhor caçou Manipuladores de Fluxos, como disse.

— Obtive permissão legal para todas as execuções que realizei.

— Sim, mas ignorou muitos infratores para perseguir esses poucos. O senhor tinha motivos além da lei, aboshi. Não foi imparcial. Aplicou brutalmente leis específicas para alcançar seus próprios fins.

— Isso é verdade.

— Então isso é apenas seu próprio... sentimentalismo?

— Em parte. Embora eu possua certas leniências. Os outros contaram a você sobre o Quinto Ideal?

— O Ideal em que o Rompe-céu *torna-se* a lei?

Nin estendeu a mão esquerda vazia. Uma *Espada Fractal* apareceu ali, diferente e distinta da Espada de Honra que ele carregava na outra mão.

— Não sou apenas um Arauto, mas um Rompe-céu do Quinto Ideal. Embora de início estivesse cético em relação aos Radiantes, acredito que sou o único que em dado momento se juntou à própria ordem. E agora, Szeth-filho-Neturo, devo contar a você sobre a decisão que nós,

Arautos, tomamos muito tempo atrás. No dia que ficaria conhecido como Aharietiam. O dia em que sacrificamos um dos nossos para encerrar o ciclo de dor e morte...

107

O PRIMEIRO PASSO

Há muito pouca informação sobre Ba-Ado-Mishram em tempos mais modernos. Só posso imaginar que ela, ao contrário de muitos dos outros, retornou à Danação ou foi destruída durante Aharietiam.

—Da *Mítica* de Hessi, página 226

DALINAR ENCONTROU UMA BACIA pronta para ele se lavar, de manhã. Navani a mantinha meticulosamente cheia, assim como recolhia as garrafas e permitia que os servos lhe trouxessem mais. Ela confiava mais nele do que ele confiava em si mesmo.

Esticando-se na cama, Dalinar acordou sentindo-se demasiadamente... inteiro, levando em consideração o tanto que andara bebendo. Luz solar indireta entrava pela janela e iluminava o quarto. Normalmente, deixavam as janelas fechadas para evitar o ar frio da montanha. Navani devia tê-las aberto depois de se levantar.

Dalinar borrifou o rosto com água da bacia, então sentiu o próprio odor corporal. *Certo.* Espiou em um cômodo anexo, de que eles haviam se apropriado para fazer um lavatório, já que tinha uma entrada pelos fundos que os servos podiam usar. De fato, Navani havia ordenado que enchessem a banheira para ele. A água estava fria, mas ele já tomara muitos banhos gelados. Isso impediria que se demorasse.

Pouco depois, passou uma navalha pelo rosto, olhando-se em um espelho de quarto. Gavilar o ensinara a se barbear. O pai deles estivera ocupado demais sendo cortado em pedacinhos em tolos duelos de honra, incluindo aquele em que levara um golpe na cabeça. Ele jamais se recuperara.

Barbas estavam fora de moda em Alethkar, mas não era por isso que Dalinar se barbeava. Ele gostava do ritual. A chance de se preparar, de retirar os restos da noite e revelar a verdadeira pessoa por baixo — incluindo rugas, cicatrizes e traços ásperos.

Um uniforme e roupas de baixo limpos o aguardavam em um sofá. Ele se vestiu, então conferiu o uniforme no espelho, alisando o casaco até embaixo para esticar qualquer dobra.

Aquela memória do funeral de Gavilar... tão vívida. Havia esquecido algumas partes. Teria sido coisa da Guardiã da Noite ou o curso natural das memórias? Quanto mais lembranças recuperava, mais percebia que as memórias dos homens eram falhas. Quando mencionava um evento agora fresco em sua memória, outros que o viveram discordavam dos detalhes, já que cada um se lembrava de modo diferente. A maioria, inclusive Navani, parecia se lembrar dele como um homem mais nobre do que ele merecia ser considerado. Mas não atribuía qualquer magia a isso. Seres humanos eram assim mesmo; mudavam sutilmente o passado em suas mentes para combinar com suas crenças atuais.

Mas então... aquela visão com Nohadon. De onde viera? Teria sido apenas um sonho comum?

Hesitante, ele procurou o Pai das Tempestades, que trovejou de modo distante.

— Vejo que ainda está aí — disse Dalinar, aliviado.

Para onde eu iria?

— Eu feri você. Quando ativei o Sacroportal. Tive medo de que me deixasse.

Esse foi o caminho que escolhi. É você ou o esquecimento.

— Mesmo assim, sinto muito pelo que fiz. Você esteve... envolvido naquele sonho que tive? Com Nohadon?

Nada sei de tal sonho.

— Foi vívido — disse Dalinar. — Mais surreal do que uma das visões, verdade, mas envolvente.

Qual era o passo mais importante que um homem podia dar? O primeiro, obviamente. Mas o que isso significava?

Ele ainda carregava o peso do que havia feito na Fenda. Essa recuperação — a interrupção da semana que passara bebendo — não era uma redenção. O que faria se sentisse a Euforia novamente? O que aconteceria na próxima vez que o pranto em sua mente se tornasse insuportável?

Dalinar não sabia. Sentia-se melhor naquele dia. Funcional. Por enquanto, permitiria que isso fosse o bastante. Removeu um fiapo do seu colarinho, então prendeu uma espada na cintura e saiu do quarto, atravessando seu estúdio e chegando à sala maior, com a lareira.

— Taravangian? — disse ele, surpreso ao ver o rei idoso sentado ali. — Não havia um encontro de monarcas hoje?

Lembrava-se vagamente de Navani falando sobre isso mais cedo naquela manhã.

— Eles disseram que minha presença não era necessária.

— Bobagem! Todos nós somos necessários nas reuniões. — Dalinar fez uma pausa. — Eu perdi várias, não perdi? Bem, de qualquer modo, do que eles estão falando hoje?

— Tática.

Dalinar sentiu o rosto enrubescer.

— A mobilização de tropas e a defesa de Jah Keved, seu reino?

— Acho que eles acreditam que vou abrir mão do trono de Jah Keved, quando encontrarem um homem local adequado ao posto. — Ele sorriu. — Não se sinta tão ultrajado por minha conta, meu amigo. Eles não me proibiram de participar, apenas observaram que eu não era necessário. Eu queria algum tempo para pensar, então vim até aqui.

— Ainda assim. Vamos lá para cima, que tal?

Taravangian concordou, pondo-se de pé. Ele cambaleou e Dalinar apressou-se em ajudá-lo. Estabilizado, Taravangian deu um tapinha na mão de Dalinar.

— Obrigado. Sabe, eu sempre me senti velho. Mas, ultimamente, parece que meu corpo está determinado a me fornecer recordações persistentes.

— Deixe-me chamar um palanquim para carregá-lo.

— Não, por favor. Se eu desistir de caminhar, temo que minha deterioração só vai aumentar. Vi coisas semelhantes acontecerem com pessoas nos meus hospitais.

Mas ele segurou o braço de Dalinar enquanto caminhavam rumo à saída. Do lado de fora, Dalinar coletou alguns dos seus guardas junto com o grande guarda-costas thayleno de Taravangian, então seguiram rumo aos elevadores.

— Você sabe se há notícias...

— De Kholinar? — perguntou Taravangian.

Dalinar assentiu. Lembrava-se vagamente de conversas com Navani. Sem novidades sobre Adolin, Elhokar ou os Radiantes. Mas estivera lúcido o bastante para prestar atenção?

— Sinto muito, Dalinar — disse Taravangian. — Até onde sei, não recebemos notícias deles. Mas precisamos manter a esperança, naturalmente! Eles podem ter perdido sua telepena ou estar aprisionados na cidade.

Eu... talvez tenha sentido alguma coisa, disse o Pai das Tempestades. *Durante uma grantormenta recente, pareceu que o Filho da Tempestade estava lá comigo. Não sei o que isso significa, porque não vejo a ele nem aos outros em lugar nenhum. Imaginei que estivessem mortos, mas agora... agora me pego acreditando. Por quê?*

— Você tem esperança — sussurrou Dalinar, sorrindo.

— Dalinar? — perguntou Taravangian.

— Só estou falando sozinho, Vossa Majestade.

— Se me permite dizer... Você parece mais forte hoje. Tomou alguma decisão?

— Na verdade, tive uma *lembrança*.

— É algo que possa compartilhar com um velho preocupado?

— Ainda não. Vou tentar explicar quando eu mesmo houver compreendido.

Depois de uma longa viagem pelos elevadores, Dalinar conduziu Taravangian a uma câmara silenciosa e sem janelas no penúltimo andar da torre. Eles a chamavam de Galeria dos Mapas, inspirados em um cômodo similar nos acampamentos de guerra.

Aladar conduzia a reunião, de pé ao lado da mesa que estava coberta por um grande mapa de Alethkar e Jah Keved. O alethiano de pele escura usava seu uniforme de guerra — a mistura de um saiote takama tradicional e um casaco moderno que estava na moda entre seus oficiais. Seu guarda-costas, Mintez, estava atrás dele com uma Armadura Fractal completa — Aladar preferia não usar Fractais pessoalmente. Era um general, não um guerreiro. Ele acenou com a cabeça para Dalinar e Taravangian quando eles entraram.

Ialai estava sentada ali perto, e estudou Dalinar sem dizer nada. Ele quase teria gostado de uma alfinetada; nos velhos tempos, ela teria feito logo uma piada. Seu silêncio agora não significava que estava sendo respeitosa, e sim que estava poupando suas farpas para sussurrá-las pelas costas dele.

O Grão-príncipe Ruthar — de braços grossos e uma barba cheia — estava sentado com Ialai. Ele havia se oposto a Dalinar desde o início. O outro grão-príncipe alethiano presente era Hatham, um homem de pescoço longo com olhos laranja-claros. Usava um uniforme vermelho e dourado de um tipo que Dalinar jamais vira, com um casaco curto abotoado apenas no topo. Parecia-lhe bobo, mas o que Dalinar entendia de moda? O homem era extremamente polido, e seu exército era muito bem-organizado.

A Rainha Fen havia trazido o alto-almirante thayleno, um velho franzino com bigodes que caíam quase até a mesa. Ele usava um sabre curto de marinheiro e uma faixa na cintura, e parecia o tipo de homem que reclamava de ficar preso em terra firme por tempo demais. Ela também havia trazido seu filho — aquele com quem Dalinar duelara —, que o saudou com um gesto vigoroso. Dalinar saudou-o de volta. Aquele rapaz daria um excelente oficial, se pudesse controlar seu temperamento.

O imperador azishiano não estava presente, nem sua pequena Dançarina dos Precipícios. Em vez disso, Azir enviara uma coleção de eruditos. "Generais" azishianos tendiam a ser teóricos, historiadores e estudiosos militares que passavam os dias lendo livros. Dalinar tinha certeza de que eles possuíam homens com conhecimento prático no exército, mas esses raramente acabavam promovidos. Enquanto se tirasse notas baixas em certos testes, podia-se permanecer em campo e comandar.

Dalinar havia conhecido os dois grão-príncipes vedenos durante sua viagem à cidade deles. Os irmãos eram homens altos e empertigados, com cabelos negros curtos e uniformes parecidos com os dos alethianos. Taravangian os nomeara depois que seus predecessores foram envenenados, após a guerra civil. Jah Keved obviamente ainda tinha muitos problemas.

— Dalinar? — disse Aladar, se empertigando, e fez uma saudação. — Luminobre, está com uma aparência melhor.

Raios. De quanto eles sabiam?

— Passei algum tempo em meditação — respondeu Dalinar. — Posso ver que andaram ocupados. Conte-me sobre a formação defensiva.

— Bem, nós...

— Só isso? — interrompeu a Rainha Fen. — Que Danação há de errado com você? Correu por toda Vedenar feito um selvagem, então se trancou no quarto por uma semana!

— Fui excomungado pela Igreja Vorin logo depois de saber da queda de Kholinar. Reagi mal. Esperava que eu desse uma festa?

— Eu esperava que você nos liderasse, em vez de ficar *amuado*.

Foi merecido.

— Tem razão. Não se pode ter um comandante que se recusa a comandar. Sinto muito.

Os azishianos sussurraram entre si, parecendo surpresos com a indelicadeza do diálogo. Mas Fen se recostou e Aladar assentiu. Os erros de Dalinar precisavam ser abordados.

Aladar começou a explicar suas preparações para a batalha. Os generais azishianos — todos vestindo robes e barretes ocidentais — se aglomeraram ao redor, oferecendo comentários através de tradutores. Dalinar usou um pouco de Luz das Tempestades e tocou um deles no braço, para ganhar acesso à sua linguagem por um curto período. Achou os conselhos deles surpreendentemente astutos, levando em conta que eram basicamente um comitê de escribas.

Eles haviam movido dez batalhões de tropas alethianas pelos Sacroportais, junto com cinco batalhões azishianos. Isso colocava quinze mil homens no território de Jah Keved, incluindo algumas das forças mais leais de Kholin e Aladar.

Isso diminuiu seriamente seu número de tropas. Raios, eles haviam perdido tantos em Narak... as companhias que Dalinar possuía em Urithiru eram na maior parte recrutas ou homens de outros principados que haviam pedido para se juntar ao seu exército. Sebarial, por exemplo, havia mantido apenas uma única divisão, deixando que os outros passassem a usar as cores Kholin.

Dalinar havia chegado no meio de uma discussão sobre como fortificar a fronteira de Jah Keved. Ele ofereceu algumas observações, mas na maior parte escutou enquanto eles explicavam seus planos: armazéns de suprimentos aqui, guarnições ali. Esperavam que os Corredores dos Ventos pudessem servir de batedores.

Dalinar concordou, mas percebeu que algo o incomodava naquele plano de batalha; um problema que não conseguia definir. Haviam agido corretamente; suas linhas de suprimentos foram desenhadas de modo realístico e os postos de batedores estavam espaçados para uma excelente cobertura.

O que, então, estava errado?

A porta se abriu, revelando Navani, que parou subitamente ao ver Dalinar, então se derreteu em um sorriso de alívio. Ele assentiu para ela enquanto um dos grão-príncipes vedenos explicava por que não deveriam abandonar o trecho interiorano de terra a leste dos Picos dos Papaguampas. Aladar queria cedê-lo e usar os Picos como uma barreira.

— Não é só pela oportunidade de recrutar tropas entre os súditos papaguampas de Sua Majestade, Luminobre — explicou o Grão-príncipe Nan Urian em alethiano. — Essas terras são férteis e bem equipadas, protegidas das tempestades pelas mesmas terras altas alethianas de que o senhor estava falando. Sempre as protegemos desesperadamente de invasores, porque elas seriam de grande ajuda para aqueles que as tomarem... e forneceriam áreas de preparação para ataques no resto de Jah Keved!

Dalinar grunhiu. Navani se aproximou do grupo que rodeava o mapa, então ele estendeu a mão e passou o braço ao redor da cintura dela.

— Ele tem razão, Aladar. Passei um longo tempo em escaramuças nessa mesma fronteira. Aquela área é mais importante estrategicamente do que parece à primeira vista.

— Vai ser difícil protegê-la — disse Aladar. — Ficaremos atolados em uma batalha prolongada por aquele terreno.

— E é isso que queremos, não é? — observou o grão-príncipe vedeno. — Quanto mais tempo retardarmos a invasão, mais tempo teremos para que meus irmãos vedenos se recuperem.

— Sim — concordou Dalinar. — Sim... — *Era* fácil ficar atolado em batalhas ao longo da vasta frente vedena. Quantos anos gastara combatendo falsos bandidos ali? — Vamos fazer uma pausa. Quero pensar no assunto.

Os outros pareceram apreciar a oportunidade. Muitos foram para a câmara maior ao lado, onde assistentes com telepenas aguardavam para transmitir informações. Navani permaneceu ao lado de Dalinar enquanto ele estudava o mapa.

— É bom vê-lo de pé — sussurrou ela.

— Você é mais paciente do que mereço. Deveria ter me posto para fora da cama e derramado o vinho na minha cabeça.

— Tive o pressentimento de que você venceria essa fase.

— Venci, por enquanto. No passado, alguns dias... ou mesmo semanas... de sobriedade não significavam muito.

— Você não é o homem que era naquela época.

Ah, Navani. Nunca deixei de ser aquele homem; apenas o escondi. Não podia explicar aquilo para ela ainda. Em vez disso, sussurrou agradecimentos no seu ouvido e pousou a mão na dela. Como pôde *algum dia* ficar frustrado com os avanços de Navani?

Por ora, voltou sua atenção para os mapas e se perdeu neles: as fortalezas, as casamatas de tempestade, as cidades, as linhas de suprimentos desenhadas.

O que está errado? O que é que não estou vendo?

Dez Reinos de Prata. Dez Sacroportais. As chaves para essa guerra. Mesmo que o inimigo não possa usá-los, eles podem nos prejudicar ao tomá-los.

Um em Alethkar, que já está com eles. Um em Natanatan — as Planícies Quebradas —, que é nosso. Um em Vedenar, um em Azimir, um na Cidade de Thaylen. Todos os três nossos. Mas tem um em Rall Elorim e outro em Kurth, ambos do inimigo a essa altura. Um em Shinovar, que não pertence a lado nenhum.

Restavam um em Panatham, que ficava em Babatharnam — que os exércitos combinados dos irialianos e dos riranianos talvez já tivessem capturado —, e um em Akinah, que Jasnah acreditava ter sido destruído muito tempo atrás.

Fazia mais sentido que o inimigo atacasse Jah Keved, não fazia? Só que... quando se lutava em Jah Keved, ficava-se preso em uma longa guerra de atrito. Perdia-se mobilidade, era preciso dedicar enormes recursos ao conflito.

Ele sacudiu a cabeça, frustrado. Afastou-se do mapa, seguido por Navani, e foi para a outra sala pegar uma bebida. Na mesa dos vinhos, ele se forçou a servir-se de um laranja cálido e temperado. Suave.

Jasnah juntou-se ao grupo, entregando um maço de papéis à mãe.

— Posso ver? — perguntou Ialai.

— Não — replicou Jasnah.

Dalinar escondeu um sorriso atrás do copo.

— Que segredos está ocultando? — interpelou Ialai. — O que aconteceu com o grandioso discurso do seu tio sobre unificação?

— Suspeito que todos os monarcas nessa sala gostem de saber que podem guardar seus segredos de Estado. Isso é uma aliança, não um casamento.

A Rainha Fen assentiu.

— Quanto a esses papéis — continuou Jasnah —, eles contêm um relato erudito que minha mãe ainda não revisou. Vamos divulgar nossas descobertas assim que tivermos certeza de que as traduções estão corretas e de que nada nessas anotações pode dar aos nossos inimigos uma vantagem contra esta cidade. — Jasnah levantou uma sobrancelha. — Ou você prefere que nossa erudição seja descuidada?

Os azishianos pareceram tranquilizados ao ouvir isso.

— Só acho que você aparecer aqui com esses relatórios é um tapa na nossa cara.

— Ialai, é ótimo que você esteja aqui — disse Jasnah. — Às vezes, uma voz discordante e inteligente serve para testar e comprovar uma teoria. Só gostaria que você investisse mais na parte da *inteligência*.

Dalinar tomou o resto da bebida e sorriu enquanto Ialai se recostava de novo na cadeira, decidindo sabiamente não se aprofundar em uma batalha verbal contra Jasnah. Infelizmente, Ruthar não teve o mesmo bom senso.

— Não ligue para ela, Ialai — disse ele, com o bigode molhado de vinho. — Essa ateia não *entende* o que é decência. Todo mundo sabe que o único motivo para abandonar a crença no Todo-Poderoso é poder explorar o vício.

Ah, Ruthar, pensou Dalinar. *Você não tem como vencer essa batalha. Jasnah já pensou nesse assunto muito mais do que você. É um campo de batalha familiar para ela...*

Raios, era isso.

— Eles não vão atacar Jah Keved! — gritou Dalinar, interrompendo a refutação de Jasnah.

As pessoas no recinto se voltaram para ele, surpresas, Jasnah com a boca entreaberta.

— Como assim, Dalinar? — questionou o Grão-príncipe Aladar. — Decidimos que Jah Keved era ponto mais provável...

— Não — interrompeu Dalinar. — Não, nós conhecemos o terreno bem demais! Os alethianos e os vedenos passaram *gerações* lutando por aquela terra.

— Onde, então? — indagou Jasnah.

Dalinar correu de volta para a sala dos mapas. Os outros o seguiram.

— Eles foram para Marat, certo? — perguntou Dalinar. — Cortaram caminho por Emul, até Marat, silenciando telepenas por todo o país. Por quê? Por que ir para lá?

— Azir era muito bem protegido — respondeu Aladar. — De Marat, os Esvaziadores podem atacar Jah Keved pelo oeste e pelo leste.

— Através do estreito em Triax? — disse Dalinar. — Nós falamos sobre a fraqueza de Jah Keved, mas isso é *relativo*. Eles ainda têm um grande exército de prontidão, fortificações poderosas. Se o inimigo avançar para Jah Keved agora, enquanto está solidificando seu poder, vai drenar recursos e estagnar sua conquista. Não é isso o que eles querem nesse momento, quando ainda têm a vantagem do ímpeto.

— Onde, então? — indagou Nan Urian.

— Um lugar que foi atingido com mais intensidade pela nova tormenta — continuou Dalinar, apontando para o mapa. — Um lugar cujo poder militar foi gravemente minado pela Tempestade Eterna. Um lugar com um Sacroportal.

A Rainha Fen arquejou, a mão segura indo aos lábios.

— Cidade de Thaylen? — indagou Navani. — Tem certeza?

— Se o inimigo tomar a Cidade de Thaylen, pode bloquear Jah Keved, Kharbranth e as poucas terras em Alethkar que ainda possuímos — respondeu Dalinar. — Eles podem tomar o controle de todas as Profundezas do Sul e lançar ataques navais em Tashikk e Shinovar. Podem invadir

Nova Natanan e arrumar uma posição para investir contra as Planícies Quebradas. Estrategicamente, a Cidade de Thaylen é *muito* mais importante do que Jah Keved... mas, ao mesmo tempo, tem uma defesa *muito* pior — Mas eles precisariam de navios — disse Aladar.

— Os parshemanos tomaram nossa frota... — lembrou Fen.

— Depois daquela primeira tormenta terrível, como sequer *restaram* navios para eles tomarem?

Fen franziu o cenho.

— Pensando agora, é impressionante mesmo, não é? Restaram dezenas, como se os ventos os houvessem poupado. Porque o inimigo precisava deles...

Raios.

— Tenho pensado demais como um alethiano — disse Dalinar. — Botas na pedra. Mas o inimigo se moveu para Marat imediatamente, uma posição *perfeita* de onde lançar um ataque contra a Cidade de Thaylen.

— Precisamos revisar nossos planos! — exclamou Fen.

— Paz, Vossa Majestade — pediu Aladar. — Já temos exércitos na Cidade de Thaylen. Boas tropas alethianas. Ninguém é melhor em terra do que a infantaria alethiana.

— Temos pelo menos três divisões lá no momento — disse Dalinar. — É melhor mandar pelo menos mais três.

— Senhor — disse o filho de Fen. — Luminobre. Isso não é o bastante.

Dalinar olhou para Fen. Seu velho almirante assentiu.

— Fale — disse Dalinar.

— Senhor — continuou o jovem —, estamos felizes em ter suas tropas na ilha. Pelo bafo de Kelek! Se vamos nos meter em uma luta, *com certeza* queremos os alethianos do nosso lado. Mas uma frota inimiga é um problema *muito* maior do que está imaginando... algo que não se pode solucionar facilmente movendo tropas. Se os navios inimigos encontrarem a Cidade de Thaylen bem defendida, só vão seguir navegando e atacar Kharbranth, ou Dumadari, ou *quaisquer* cidades indefesas ao longo da costa.

Dalinar grunhiu. Ele *realmente* pensava demais como um alethiano.

— O que fazer, então?

— Vamos precisar de nossa própria frota, obviamente — disse o almirante de Fen. Ele possuía um forte sotaque, com sílabas imprensadas, como se falasse com a boca cheia de musgo. — Mas perdemos a maioria dos nossos navios durante a maldita Tempestade Eterna. Metade estava no mar e foi pega de surpresa. Meus colegas agora dançam nas profundezas do mar.

— E o resto da sua frota foi roubado. — Dalinar grunhiu. — O que mais temos?

— Sua Majestade Taravangian tem navios nos nossos portos — observou o grão-príncipe vedeno.

Todos os olhos se voltaram para Taravangian.

— Apenas navios mercantes — disse o velho rei. — Naus que levaram meus médicos. Não temos uma marinha de verdade, mas trouxe vinte navios. Talvez possa fornecer mais dez de Kharbranth.

— A tempestade levou muitos de nossos navios — disse o grão-príncipe vedeno —, mas a guerra civil foi muito mais devastadora. Perdemos centenas de marinheiros. No momento, temos mais navios do que gente para tripulá-los.

Fen juntou-se a Dalinar ao lado do mapa.

— Talvez seja possível improvisar uma marinha para interceptar o inimigo, mas a luta será nos conveses dos navios. Vamos precisar de tropas.

— Vocês as terão — garantiu Dalinar.

— Alethianos que nunca viram um mar agitado na vida? — perguntou Fen, com ar cético, e olhou para os generais azishianos. — Tashikk tem uma marinha, não tem? Equipada e suplementada por tropas azishianas.

Os generais debateram no próprio idioma. Finalmente, um deles falou por meio de um intérprete.

— O Décimo Terceiro Batalhão, Vermelho e Dourado, possui homens que realizam uma rotação em navios e patrulham a grande via navegável. Trazer outros para cá levaria muito tempo, mas o Décimo Terceiro já está posicionado em Jah Keved.

— Vamos suplementá-los com alguns dos meus melhores homens — disse Dalinar. *Raios, precisamos dos Corredores dos Ventos ativos.* — Fen, seus almirantes podem sugerir um curso para a reunião e mobilização de uma frota unificada?

— Claro — disse a mulher baixa, então se inclinou para mais perto, falando em sussurros. — Estou avisando. Muitos dos meus marinheiros seguem as Paixões. Você terá que fazer algo sobre as alegações de heresia, Espinho Negro. Já existe falatório entre meu povo de que enfim chegou a hora de os thaylenos se libertarem da Igreja Vorin.

— Não vou me retratar — disse Dalinar.

— Mesmo que isso cause um colapso religioso generalizado no meio de uma guerra?

Ele não respondeu, e Fen permitiu que se retirasse da mesa, pensando sobre outros planos. Falou com os demais sobre vários assuntos, agradeceu Navani, de novo, por manter todos unidos. Então, por fim, decidiu descer e pegar relatórios dos seus administradores.

Na saída, passou por Taravangian, que havia se sentado junto à parede. O idoso parecia perturbado.

— Taravangian? Deixaremos tropas em Jah Keved também, para o caso de eu estar errado. Não se preocupe.

O velho olhou para Dalinar, então estranhamente enxugou lágrimas dos olhos.

— Você... você está sofrendo? — indagou Dalinar.

— Sim. Mas não é nada que você possa resolver. — Ele hesitou. — Você é um bom homem, Dalinar Kholin. Eu não esperava por isso.

Envergonhado, Dalinar saiu apressadamente da sala, seguido pelos seus guardas. Sentia-se cansado, o que parecia injusto, levando em conta que passara uma semana inteira basicamente dormindo.

Antes de procurar seus administradores, parou no quarto andar a partir do térreo. Uma longa caminhada desde os elevadores o levou à área mais externa da torre, onde uma pequena série de câmaras cheirava a incenso. Pessoas faziam fila nos corredores, esperando por glifos-amuletos ou para falar com um fervoroso. Mais gente do que ele esperava... mas também eles não tinham muito mais o que fazer, tinham?

Você já pensa isso deles?, perguntou parte de Dalinar. *Que só estão aqui para procurar bem-estar espiritual porque não têm nada melhor a fazer?*

Dalinar manteve o queixo erguido, resistindo ao impulso de se encolher diante dos olhares. Passou por vários fervorosos e entrou em uma sala iluminada e aquecida por braseiros, onde perguntou por Kadash.

Indicaram-lhe uma sacada dos jardins, onde um pequeno grupo de fervorosos estava tentando plantar. Alguns colocavam pasta de sementes, enquanto outros buscavam fazer com que mudas de casca-pétrea crescessem nas paredes. Um projeto impressionante, que ele não se lembrava de ter ordenado.

Kadash silenciosamente limpava crem de um canteiro. Dalinar sentou-se perto dele. O fervoroso marcado por cicatrizes deu-lhe uma olhadela e continuou trabalhando.

— É com muito atraso, mas gostaria de pedir desculpas por Rathalas.

— Não acho que seja a mim que você deve desculpas — replicou Kadash. — Aqueles que *poderiam* receber suas desculpas estão agora nos Salões Tranquilinos.

— Ainda assim, fiz com que você participasse de algo terrível.

— Escolhi estar no seu exército. Consegui ficar em paz com o que fizemos... consegui isso entre os fervorosos, onde não derramo mais o sangue dos homens. Imagino que seria tolice sugerir o mesmo a você.

Dalinar respirou fundo.

— Estou liberando você, e os outros fervorosos, do meu controle. Não vou pedir para que sirvam a um herege. Eu os entregarei a Taravangian, que permanece ortodoxo.

— Não.

— Não creio que você tenha a opção de...

— Só escute por um *tormentoso* momento, Dalinar — retrucou Kadash bruscamente, então suspirou, se forçando a se acalmar. — Você acha que, por ser um herege, não vamos querer nada com você.

— Você provou esse fato algumas semanas atrás, quando duelamos.

— Não queríamos normalizar o que você fez, nem o que anda dizendo. Não significa que vamos abandonar nossos postos. Sua gente precisa de nós, Dalinar, mesmo que *você* acredite que não precisa.

Dalinar caminhou até o limite do jardim, onde pousou a mão no parapeito de pedra. Além dele, nuvens se acumulavam na base dos picos, como uma falange protegendo seu comandante. Dali de cima, parecia que o mundo inteiro não passava de um oceano branco quebrado por picos afiados. Sua respiração se condensava. Frio como nas Terras Geladas, embora não parecesse tão ruim dentro da torre.

— Alguma dessas plantas está crescendo? — perguntou baixinho.

— Não — respondeu Kadash atrás dele. — Não sabemos ao certo se é o frio, ou o fato de que poucas tempestades chegam aqui tão alto. — Ele continuava raspando. — Como será quando uma tempestade subir alto o bastante para envolver toda essa torre?

— Vamos parecer cercados por uma confusão sombria — disse Dalinar. — A única luz vinda em lampejos que não podemos identificar ou compreender. Ventos raivosos tentando nos arrastar em uma dúzia de direções ou arrancar nossos membros do corpo. — Ele olhou para Kadash. — Como sempre.

— O Todo-Poderoso era uma luz constante.

— E?

— E agora você nos fez questionar. *Me* fez questionar. Ser um fervoroso é a única coisa que me permite dormir de noite, Dalinar. E agora quer me tomar isso também? Se Ele se foi, resta apenas a tormenta.

— Acho que deve haver algo além. Já perguntei isso antes: como era a religião antes do Vorinismo? O que...

— Dalinar. Por favor. Apenas... pare. — Kadash respirou fundo. — Faça uma declaração. Não deixe ninguém comentar que você se escondeu. Diga alguma coisa pedante como "estou feliz com o trabalho da Igreja Vorin e apoio meus fervorosos, mesmo que não tenha mais a fé que costumava ter". Dê-nos permissão de seguir em frente. Raios, não é a hora para confusão. Nem sequer sabemos o que estamos combatendo...

Kadash não queria saber que Dalinar havia *conhecido* a coisa que estavam combatendo. Era melhor não falar disso.

Mas a pergunta de Kadash fez com que ponderasse. Odium não estaria comandando as operações cotidianas do seu exército, estaria? Quem fazia isso? Os Moldados? Os esprenos de vazio?

Dalinar se afastou um pouco de Kadash, então olhou para o céu.

— Pai das Tempestades? As forças inimigas têm um rei ou grão-príncipe? Talvez um líder fervoroso? Alguém além de Odium?

O Pai das Tempestades trovejou. *Repito, não vejo tanto quanto você acha. Eu sou a tempestade que passa, os ventos da tormenta. Tudo isso sou eu. Mas eu não sou tudo isso, assim como você não controla cada respiração que deixa sua boca.*

Dalinar suspirou. Valera a pena perguntar.

Há alguém que tenho vigiado, acrescentou o Pai das Tempestades. *Posso vê-la, embora não veja os outros.*

— Uma líder? — perguntou Dalinar.

Talvez. Homens, tanto humanos quanto Cantores, são estranhos em termos do que ou quem reverenciam. Por que pergunta?

Dalinar havia decidido não levar mais ninguém às suas visões porque se preocupava com o que Odium pudesse fazer com eles. Mas isso não contava para pessoas que já servissem a Odium, contava?

— Quando é a próxima grantormenta?

T ARAVANGIAN SE SENTIA VELHO.

Sua idade era mais do que as dores que não diminuíam à medida que o dia prosseguia. Era mais do que os músculos fracos, que ainda o surpreendiam quando tentava levantar um objeto que deveria parecer leve.

Era mais do que descobrir que havia dormido durante mais uma reunião, apesar dos seus melhores esforços para prestar atenção. Era ainda mais do que, aos poucos, ver quase todos que cresceram com ele definharem e morrerem.

Era a urgência de saber que as tarefas que começasse hoje, ele não terminaria.

SACRAMENTADORA

Parou no corredor no caminho de volta aos seus aposentos, a mão na parede marcada pelas camadas geológicas. Era bela, hipnótica, mas ele só se pegou desejando estar de volta nos seus jardins em Kharbranth. Outros homens e mulheres podiam viver a senescência em meio ao conforto, ou pelo menos em um ambiente familiar.

Deixou Mrall tomá-lo pelo braço e guiá-lo até seus aposentos. Normalmente, Taravangian teria se incomodado com a ajuda; ele *não* gostava de ser tratado como um inválido. Naquele dia, porém... bem, suportaria a indignidade. Seria menor do que desabar no corredor.

Dentro da sala, Adrotagia estava sentada entre seis telepenas em movimento, comprando e negociando informações como um comerciante no mercado. Ela olhou para ele, mas sabia que não devia comentar sobre seu rosto exausto ou passos lentos. Havia sido um dia bom, de inteligência média. Talvez puxado um pouco mais para o lado estúpido, mas era aceitável.

Parecia viver cada vez menos dias inteligentes. E os que vivia o assustavam.

Taravangian se ajeitou em uma cadeira acolchoada e confortável, e Maben saiu para pegar um pouco de chá.

— E então? — perguntou Adrotagia.

Ela também envelhecera, com enormes bolsas ao redor dos olhos verdes, do tipo persistente formado por pele flácida. Tinha manchas na pele e um cabelo fino. Nenhum homem olharia para ela agora e veria a menina travessa que fora um dia. A encrenca em que os dois haviam se metido...

— Vargo? — chamou Adrotagia.

— Minhas desculpas — disse ele. — Dalinar Kholin se recuperou.

— Um problema.

— Um problema enorme. — Taravangian aceitou o chá de Maben. — Mais do que pode imaginar, devo dizer, mesmo com o Diagrama à sua frente. Mas, por favor, dê-me tempo para pensar. Minha mente está lenta hoje. Você tem relatórios?

Adrotagia virou um papel de uma das suas pilhas.

— Moelach parece ter se instalado nos Picos dos Papaguampas. Joshor está a caminho de lá agora. Talvez em breve tenhamos novamente acesso aos Estertores da Morte.

— Muito bem.

— Descobrimos o que aconteceu com Graves — continuou Adrotagia. — Catadores de lixo encontraram a carcaça de sua carroça destruída pela tempestade, e havia uma telepena intacta dentro dela.

— Graves é substituível.

— E as Fractais?

— Irrelevantes — disse Taravangian. — Não vamos conquistar o prêmio pela força de armas. Eu estava relutante em deixar que ele tentasse seu pequeno golpe desde o início.

Ele e Graves haviam discordado quanto às instruções do Diagrama: matar Dalinar ou recrutá-lo? E quem deveria ser o rei de Alethkar?

Bem, o próprio Taravangian estivera errado quanto ao Diagrama muitas vezes. Então havia permitido que Graves seguisse adiante com seus planos, de acordo com suas próprias interpretações do Diagrama. Os esquemas do homem haviam falhado, e o mesmo acontecera com a tentativa de Taravangian de executar Dalinar. Talvez nenhum deles houvesse lido o Diagrama corretamente.

Ele levou algum tempo para se recuperar, frustrado de que precisasse se *recuperar* de uma simples caminhada. Alguns minutos depois, o guarda deixou entrar Malata. A Radiante usava sua saia e calças usuais, no estilo thayleno, com botas grossas. Ela se sentou em frente a Taravangian na mesa baixa, então suspirou de modo melodramático.

— Este lugar é horrível. Só tem idiotas congelados, das orelhas aos pés.

Ela já era tão confiante antes de se vincular a um espreno? Taravangian não a conhecia então. Ah, ele havia gerenciado o projeto, cheio de recrutas ansiosos do Diagrama, mas os indivíduos não haviam sido importantes para ele. Até agora.

— Seu espreno tem algo a relatar? — perguntou Adrotagia, pegando uma folha de papel.

— Não — respondeu Malata. — Só aquele recado de antes, sobre outras visões que Dalinar não compartilhou com todo mundo.

— E o espreno expressou alguma... ressalva? — perguntou Taravangian. — Sobre o trabalho que você deu a ela?

— Danação — disse Malata, revirando os olhos. — Vocês são iguais às escribas Kholin. Sempre se metendo onde não são chamados.

— Precisamos ser cautelosos, Malata — explicou Taravangian. — Não sabemos o que sua esprena fará à medida que sua autoconsciência crescer. Ela certamente não vai gostar de trabalhar contra as outras ordens.

— Você é tão congelado quanto os outros — retrucou Malata.

Ela começou a brilhar, Luz das Tempestades emanando da sua pele, então estendeu a mão, arrancando sua luva — da mão segura, ainda por cima — e pressionando-a contra a mesa.

Marcas começaram a se espalhar a partir do ponto de contato, pequenos redemoinhos de escuridão se gravando na madeira. O odor de queimado preencheu o ar, mas as chamas não continuariam ardendo se ela não as alimentasse.

Os redemoinhos e linhas se estenderam sobre o tampo da mesa, um entalhe obra-prima entalhada em instantes. Malata soprou a cinza para longe. O Fluxo que ela usou, Divisão, fazia com que objetos se degradassem, queimassem ou virassem poeira.

Também funcionava em pessoas.

— Faísca acha *ótimo* o que estamos fazendo — contou Malata, pressionando o dedo na mesa e acrescentando outro redemoinho ao tampo. — Eu já disse, os outros são *idiotas*. Acham que todos os esprenos vão estar do lado deles. Mesmo depois do que os Radiantes fizeram com os amigos de Faísca, mesmo depois de a devoção *organizada* a *Honra* ter matado centenas de esprenos de cinzas, em primeiro lugar.

— E Odium? — indagou Taravangian, curioso.

O Diagrama avisara que a personalidade dos Radiantes poderiam introduzir grande incerteza nos seus planos.

— Faísca está disposta ao que for necessário para conseguir se vingar. E para ter permissão de quebrar coisas. — Malata sorriu. — Alguém devia ter me avisado como isso seria divertido. Eu teria me esforçado *muito* mais para conseguir o trabalho.

— O que fazemos não é *divertido* — respondeu Taravangian. — É necessário, mas *horrível*. Em um mundo melhor, Graves estaria certo. Deveríamos ser aliados de Dalinar Kholin.

— Você gosta demais do Espinho Negro, Vargo — alertou Adrotagia. — Isso vai influenciar sua cabeça.

— Não. Mas queria não tê-lo conhecido melhor. Isso *vai* deixar tudo mais difícil.

Taravangian se inclinou para a frente, segurando sua bebida quente. Chá de ingo fervido, com menta. O aroma do seu lar. Com um sobressalto, ele percebeu... que provavelmente nunca mais viveria naquele lar, viveria? Pensara que talvez pudesse voltar dali a uns poucos anos.

Ele não estaria vivo dali a uns poucos anos.

— Adro, a recuperação de Dalinar me convenceu de que devemos realizar uma ação mais drástica. Os segredos estão prontos?

— Quase — disse ela, movendo alguns outros papéis. — Minhas eruditas em Jah Keved traduziram as passagens de que precisamos, e temos as informações que Malata conseguiu espionando. Mas temos que encontrar alguma maneira de disseminar a informação sem nos comprometermos.

— Passe essa tarefa para Dova — instruiu Taravangian. — Faça com que escreva um ensaio anônimo arrasador, então o vaze para Tashikk. Vaze as traduções do Canto do Alvorecer no mesmo dia. Quero esses golpes vindo ao mesmo tempo.

Ele deixou o chá de lado. Subitamente, os aromas de Kharbranth lhe doíam.

— Teria sido tão, *tão* melhor para Dalinar ter morrido pela lâmina do assassino. Porque agora teremos que deixá-lo à mercê do inimigo, e isso não será tão generoso quanto uma morte rápida.

— Mas será o bastante? — indagou Malata. — Aquele velho cão-machado é durão.

— Será o bastante. Dalinar seria o primeiro a dizer que, quando seu oponente está se levantando, é preciso agir rápido e esmagar seus joelhos. Então ele vai se curvar e expor a você o crânio.

Ah, Dalinar. Seu pobre, pobre homem.

Desenhar é fácil!

Obviamente, não é.

Parece que os esprenos que vemos no mundo físico são apenas manifestações parciais de seres mais complexos que fazem parte de todo um ecossistema próprio.

Eu poderia passar uma vida inteira somente estudando esses esprenos.

Estes são surpreendentemente sorrateiros, e pressentem sua expectativa de uma grande distância.

Nós vimos muitos desses. Eles são tenazes.

Por que eles têm bocas?

108

CAMINHO DA HONRA

Os mitos a respeito de Chemoarish, a Mãe da Poeira, são dos mais variados. E são tantos que torna extremamente difícil separar as verdades das mentiras. Acredito que ela não seja a Guardiã da Noite, ao contrário do que alegam algumas histórias.

—Da *Mítica* de Hessi, página 231

SHALLAN DESENHAVA NO CADERNO, parada no convés da nau dos esprenos de honra, o vento de seu avanço lhe agitando os cabelos. Ao lado dela, Kaladin repousava os braços na amurada do navio, olhando para o mar de contas.

O navio em que estavam, Caminho da Honra, era mais rápido do que o navio mercante de Ico. Possuía mandras atrelados não só na frente, mas também em trilhos que despontavam feito asas das laterais. Ele tinha cinco conveses — incluindo três abaixo, para a tripulação e armazenamento —, mas estavam quase vazios. Parecia uma embarcação de guerra feita para carregar tropas, mas que atualmente não estava com uma tripulação completa.

O convés principal era similar ao convés superior dos navios humanos, mas aquele barco também tinha um convés elevado, que cortava o centro da nau da proa à popa. Mais estreito que o convés principal, era sustentado por largos pilares brancos, e provavelmente oferecia uma vista excelente. Shallan só podia especular, já que apenas a tripulação tinha permissão de subir até lá.

Pelo menos tinham sido libertados — Shallan e os outros passaram a primeira semana a bordo trancados no porão. Os esprenos de honra não haviam dado explicações quando, finalmente, os humanos e Padrão foram liberados e tiveram permissão para ir até o convés, contanto que ficassem fora do convés superior e não criassem problemas.

Syl permanecia aprisionada.

— Olhe aqui. — Shallan inclinou para Kaladin o mapa que desenhara. — Padrão diz que há uma fortaleza de esprenos de honra perto de Kharbranth, no nosso mundo. Eles a chamam de Fidelidade Inexorável. Nós temos que estar indo para lá. Rumamos para sudoeste depois de deixar Celebrante.

— Enquanto estávamos no porão, vi um mar de pequenas chamas pela escotilha — falou Kaladin baixinho. — Uma cidade do nosso lado?

— Foi bem aqui — disse Shallan, apontando para seu mapa. — Está vendo onde os rios se encontram, a sudeste do lago? Há cidades ali, do nosso lado. As penínsulas do rio deveriam bloquear o caminho, mas os esprenos parecem ter construído um canal através da pedra. Nós contornamos o rio Gelado pelo leste, então voltamos para oeste.

— Então você está dizendo...

Ela apontou para um ponto com seu lápis de carvão.

— Estamos bem aqui, indo para Kharbranth através das Terras Geladas.

Kaladin esfregou o queixo, olhou de soslaio para um espreno de honra passando acima, e estreitou os olhos. Havia passado seu primeiro dia de liberdade discutindo com os esprenos de honra — o que fez com que fosse trancado por mais dois dias.

— Kaladin... — disse Shallan.

— Eles precisam libertá-la — disse ele. — Eu odeio ficar aprisionado... e deve ser ainda pior para ela.

— Então me ajude a encontrar uma maneira de sair deste navio.

Ele olhou de volta para o mapa e apontou.

— Cidade de Thaylen. Se continuarmos nessa direção, uma hora vamos passar só um pouco a norte dela.

— "Só um pouco a norte", nesse caso, significa quase a quinhentos quilômetros de distância, no meio de um mar de contas.

— Muito mais perto do que qualquer outro Sacroportal. E se pudermos fazer com que o navio se desloque um pouco para o sul, talvez possamos alcançar a costa dos Estreitos de Longafronte, que será pedra deste lado. Ou ainda acha que devemos tentar a "perpendicularidade" fantasma de Azure nos Picos dos Papaguampas?

— Eu... — Ele falava com tanta autoridade, com um senso de movimento tão instigante. — Eu não sei, Kaladin.

— Estamos indo na direção certa — insistiu ele com firmeza. — Eu vi, Shallan. Precisamos continuar no navio mais alguns dias, então encontrar uma maneira de escapar. Podemos caminhar até o Sacroportal por este lado, depois você nos transfere para a Cidade de Thaylen.

Parecia razoável. Bem, a não ser pelo fato de que os esprenos de honra os estavam vigiando. E o fato de que os Moldados agora sabiam onde estavam, e provavelmente estavam reunindo forças para a caçada. E o fato de que teriam, de algum modo, que escapar de um navio no meio de um mar de contas, alcançar a costa, depois andar mais de trezentos quilômetros até chegar a Cidade de Thaylen.

Tudo isso empalidecia diante da emoção de Kaladin. Tudo, exceto a maior preocupação de todas — será que conseguiria fazer o Sacroportal funcionar? Não podia deixar de pensar que uma parte grande demais do plano dependia dela.

Mas aqueles olhos...

— Nós podemos tentar um motim — sugeriu Véu. — Talvez aqueles esprenos de névoa que fazem todo o trabalho gostem da ideia. Eles não podem estar felizes, sempre aos pulos, seguindo as ordens dos esprenos de honra.

— Eu não sei — respondeu Kaladin, baixando a voz enquanto um daqueles esprenos, feitos inteiramente de névoa, exceto pelas mãos e pelo rosto, passava. — Pode ser imprudente. Não posso lutar com todos eles.

— E se você tivesse Luz das Tempestades? — indagou Véu. — Se eu pudesse surrupiá-la de volta para você? E então?

Ele esfregou o queixo novamente. Raios, ele ficava bem de barba. Um rosto rude e indomado, contrastando com o uniforme azul bem cuidado. Como um selvagem espreno de paixão, acorrentado pelos códigos e juramentos...

Espere aí.

Espere aí, aquilo havia sido Véu?

Shallan se libertou do deslize momentâneo de personalidade. Kaladin não pareceu reparar.

— Talvez — disse ele. — Acha mesmo que pode roubar as gemas de volta? Eu me sentiria muito mais confortável com alguma Luz das Tempestades no bolso.

— Eu... — Shallan engoliu em seco. — Kaladin, eu não sei se... Talvez seja melhor não lutar com eles. São esprenos de honra.

— Eles são carcereiros — retrucou ele, mas então se acalmou. — Mas estão nos levando na direção certa, mesmo que inadvertidamente. E se roubássemos de volta nossa Luz das Tempestades, então simplesmente saltássemos do navio? Você consegue encontrar uma conta que nos sirva de caminho para a terra firme, como fez em Kholinar?

— Eu... acho que posso tentar. Mas os esprenos de honra não voltariam e nos pegariam de novo?

— Vou pensar a respeito — disse Kaladin. — Tente encontrar algumas contas que possamos usar.

Ele caminhou pelo convés, passando por Padrão — que estava de pé com as mãos juntas às suas costas, pensando pensamentos cheios de números. Kaladin por fim parou perto de Azure, falando baixinho com ela, provavelmente explicando o plano deles.

Mal havia plano.

Shallan enfiou seu caderno de desenho debaixo do braço e olhou para fora do navio. Tantas contas, tantas almas, empilhadas umas sobre as outras. Kaladin queria que ela buscasse naquilo tudo alguma coisa útil?

Olhou de relance para uma marinheira que passava, uma esprena de névoa que tinha membros gasosos que terminavam em mãos enluvadas. Seu rosto feminino tinha a forma de uma máscara de porcelana, e ela, como os outros da sua raça, vestia um colete e calças que pareciam flutuar em um corpo feito de torvelinhos de neblina indistinta.

— Há alguma maneira de eu pegar algumas dessas contas? — perguntou Shallan.

A esprena de névoa parou

— Por favor? — pediu Shallan. — Eu...

A marinheira se afastou às pressas, então voltou pouco depois com o capitão: um espreno de honra alto e de aparência imperiosa chamado Notum. Ele brilhava com uma suave luz branco-azulada e vestia um uniforme naval desatualizado, mas elegante, que era parte da sua substância. Sua barba havia sido cortada de uma maneira que Shallan nunca vira, com o queixo raspado, quase como um papaguampas, mas com um bigode fino e uma linha esculpida que seguia pelas bochechas e se misturava às costeletas.

— Você tem um pedido? — perguntou ele.

— Gostaria de pegar algumas contas, capitão — disse Shallan. — Para praticar minha arte, se me permite. Preciso fazer alguma coisa para passar o tempo nessa viagem.

— Manifestar almas aleatórias é perigoso, Teceluz. Não quero que faça isso de modo descuidado nos meus conveses.

Fora impossível esconder a verdadeira natureza de sua Ordem dele, já que Padrão a seguia por toda parte.

— Prometo não manifestar nada — disse ela. — Só quero praticar a visualização de almas dentro das contas. Faz parte do meu treinamento.

Ele a observou cuidadosamente, juntando as mãos às costas.

— Muito bem — disse ele, o que a surpreendeu.

Não havia esperado que funcionasse. Contudo, ele deu uma ordem e um espreno de névoa baixou um balde amarrado a uma corda para conseguir algumas contas para ela.

— Obrigada — disse Shallan.

— Foi um pedido simples — replicou o capitão. — Só tome cuidado. Suponho que precisaria de Luz das Tempestades para manifestar, de qualquer maneira, mas ainda assim... tome cuidado.

— O que acontece se carregarmos as contas para longe demais? — indagou Shallan, curiosa, enquanto o espreno de névoa entregava o balde a ela. — Elas estão ligadas a objetos no Reino Físico, certo?

— Você pode carregá-las para onde quiser em Shadesmar — disse o capitão. — A conexão delas é através do Reino Espiritual, e a distância não importa. Contudo, se deixá-las cair, se deixá-las livres, elas vão dar um jeito de voltar à localização geral da sua contraparte física. — Ele olhou para ela. — Você não tem experiência nessas coisas. Quando foi mesmo que começou? Radiantes, juramento de Ideais?

— Bem...

O rosto morto da sua mãe, os olhos queimados.

— Não faz muito tempo — disse Shallan. — Alguns meses, para a maioria de nós. Uns poucos anos para outros...

— Tínhamos esperança de que esse dia nunca chegasse.

Ele se virou para marchar em direção ao convés superior.

— Capitão? Por que nos libertou? Se está tão preocupado com Radiantes, por que não nos manter presos?

— Não era honrado — respondeu o capitão. — Vocês não são prisioneiros.

— O que somos, então?

— Só o Pai das Tempestades sabe. Felizmente, não tenho que descobrir. Vamos entregar você e a Filha Antiga a alguém com mais autoridade. Até lá, tente não quebrar meu navio, por favor.

C ONFORME OS DIAS PASSAVAM, Shallan caiu em uma rotina no navio dos esprenos de honra. Passava a maior parte dos dias no convés principal, junto da amurada. Eles lhe arrumaram contas o bastante para brincar, mas a maioria era de coisas inúteis. Rochas, gravetos, pedaços de tecido. Ainda assim, era útil visualizá-las. Segurá-las, meditar sobre elas. Compreendê-las?

Objetos tinham desejos; desejos simples, era verdade, mas podiam aderir a esses desejos com paixão — como aprendera durante suas poucas tentativas de Transmutação. Agora, não tentava mudar esses desejos. Só aprendeu a acessá-los e a escutar.

Sentia uma familiaridade com algumas das contas. Uma compreensão crescente de que, talvez, pudesse fazer com que suas almas florescessem de contas para objetos plenos naquele lado. Manifestações, como chamavam.

Entre os treinos com as contas, ela desenhava. Alguns funcionavam, outros não. Usava a saia que Adolin havia comprado para ela, na esperança de que isso a fizesse se sentir mais como Shallan. Véu não parava de aflorar, o que às vezes era útil — mas a maneira como isso apenas *acontecia* era assustador. Isso era o oposto do que Riso havia dito para ela fazer, não era?

Kaladin passava os dias andando de um lado para outro no convés principal, olhando feio para os esprenos de honra no caminho. Parecia uma fera enjaulada. Shallan sentia parte daquela urgência. Não haviam visto nenhum sinal do inimigo, não desde aquele dia em Celebrante. Mas ela ainda dormia com dificuldade a cada noite, preocupada de acordar com o alerta da aproximação de um navio inimigo. Notum havia confirmado que os esprenos de vazio estavam criando o próprio império em Shadesmar. E eles controlavam a Perpendicularidade de Cultura, a maneira mais fácil de viajar entre reinos.

Shallan separou mais um punhado de contas, sentindo a impressão de uma pequena adaga, uma pedra, um pedaço de fruta que começara a se ver como algo novo... algo que poderia desenvolver a própria identidade, em vez de ser apenas parte do todo.

O que alguém veria quando olhasse a alma dela? Uma impressão singular e unificada? Ideias diferentes do que ela seria?

Ali perto, a primeira imediata do navio — uma esprena de honra com cabelo curto e rosto anguloso — saiu do porão. Curiosamente, ela estava carregando a Espada Fractal de Azure. Chegou ao convés principal, sob a sombra do convés superior, e foi até Azure, que estava olhando o oceano passar ali perto.

Curiosa, Shallan guardou no bolso a conta representando uma faca — só por via das dúvidas —, então deixou o balde em cima do seu caderno de desenho e foi até lá. Ali perto, Kaladin andava de um lado para outro novamente, e também notou a espada.

— Puxe-a cuidadosamente — disse Azure a Borea, a primeira imediata, enquanto Shallan se aproximava. — Não a remova completamente da bainha... ela não te conhece.

Borea usava um uniforme parecido com o do capitão, todo rígido e sério. Ela abriu um pequeno fecho na Espada Fractal, removeu-a da bainha pouco mais de um centímetro, então respirou fundo.

— Ela... está formigando.

— Está investigando você — disse Azure.

— É realmente como você falou — observou Borea. — Uma Espada Fractal que não precisa de espreno... sem escravidão. É incrível. Como fez isso?

— Trocarei conhecimento, segundo nosso acordo, quando chegarmos.

Borea fechou a Espada bruscamente.

— Um bom vínculo, humana. Nós aceitamos sua oferta.

Surpreendentemente, a mulher estendeu a arma para Azure, que a pegou. Shallan se aproximou, assistindo enquanto Borea partia e subia os degraus até o convés superior.

— Como? — indagou Shallan enquanto Azure pendurava a espada na cintura. — Você conseguiu que devolvessem sua arma?

— Eles são bastante razoáveis — disse Azure —, contanto que você faça as promessas certas. Eu negociei a passagem em troca de informação, quando chegarmos à Integridade Duradoura.

— Você fez *o quê*? — disse Kaladin, e se aproximou raivosamente. — O que acabei de ouvir?

— Eu fiz um acordo, Filho da Tempestade — disse Azure, encarando o olhar dele. — Estarei livre assim que alcançarmos a fortaleza deles.

— Nós não *vamos* chegar à fortaleza deles — respondeu Kaladin em voz baixa. — Vamos escapar.

— Não sou seu soldado, nem mesmo súdita de Adolin. Eu vou fazer qualquer coisa que me leve à Perpendicularidade... e, além disso, vou descobrir o que essas pessoas sabem sobre o criminoso que estou caçando.

— Você vai perder sua honra por uma *recompensa*?

— Só estou aqui porque vocês dois me aprisionaram... embora não de propósito, admito. Não culpo vocês, mas *também* não estou comprometida com sua missão.

— Traidora — disse ele baixinho.

Azure lançou-lhe um olhar frio.

— Em algum momento, Kal, terá que admitir que a *melhor* coisa a fazer agora é continuar com esses esprenos. Na fortaleza deles, poderá esclarecer esse mal-entendido, então seguir em frente.

— Isso pode levar semanas.

— Eu não sabia que estávamos seguindo um cronograma.

— Dalinar está em perigo. Você não se importa?

— Com um homem que não conheço? — disse Azure. — Com o perigo de uma ameaça que você não sabe definir acontecendo em um momento que não pode identificar? — Ela cruzou os braços. — Perdoe-me por não partilhar da sua ansiedade.

Kaladin firmou o queixo, então virou-se e partiu pisando duro — *subindo* os degraus rumo ao convés superior. Eles não tinham permissão de ir lá, mas às vezes as regras pareciam não se aplicar a Kaladin Filho da Tempestade.

Azure sacudiu a cabeça, então se virou e agarrou o parapeito do navio.

— Ele só está tendo um dia ruim, Azure — disse Shallan. — Acho que está nervoso porque sua esprena está aprisionada.

— Talvez. Já vi um bocado de jovens esquentados na vida, e o jovem Filho da Tempestade parece ser uma cor bem diferente. Gostaria de saber o que ele está tão desesperado para provar.

Shallan assentiu, então olhou de novo para a espada de Azure.

— Você disse... que os esprenos de honra têm informações sobre quem está procurando?

— Sim. Borea acha que a arma que estou caçando passou pela fortaleza deles alguns anos atrás.

— Você está caçando uma... *arma*?

— E a pessoa que a levou para a sua terra. Uma Espada Fractal que sangra fumaça negra. — Azure voltou-se para ela. — Não quero ser insensível, Shallan. Entendo que vocês todos estão ansiosos para voltar às suas terras. Posso até acreditar que, por alguma maré da Fortuna, Kaladin Filho da Tempestade tenha previsto um perigo.

Shallan se arrepiou. *Tome cuidado com* qualquer pessoa *que alegue ser capaz de ver o futuro.*

— Mas, mesmo que sua missão *seja* crítica, não significa que a minha também não seja — completou Azure.

Shallan olhou de relance para o convés superior, onde podia ouvir de modo tênue Kaladin criando uma confusão. Azure virou-se e juntou as mãos, adotando um olhar distante. Parecia querer ficar sozinha, de modo que Shallan voltou para onde havia deixado suas coisas. Sentou-se e removeu o balde de cima do caderno de desenho. As páginas tremularam, mostrando várias versões dela mesma, todas erradas. Ela ficava desenhando o rosto de Véu no corpo de Radiante, ou vice-versa.

Voltou ao seu mais recente balde de contas. Encontrou uma camisa e uma tigela, mas a conta seguinte era um galho de árvore caído. Isso trouxe memórias da última vez em que mergulhara em Shadesmar — congelando, perto da morte, na costa do oceano.

Por que... por que não havia tentado Transmutar desde então? Arrumara desculpas, evitara pensar a respeito. Concentrara toda sua atenção na Teceluminação.

Ela havia ignorado a Transmutação. Porque havia fracassado.

Porque estava com medo. Poderia inventar alguém que não ficasse com medo? Alguém novo, já que Véu estava arrasada desde aquele fracasso no mercado de Kholinar...

— Shallan? — chamou Adolin, indo até ela. — Você está bem?

Ela se recompôs. Quanto tempo havia permanecido ali sentada?

— Estou bem. Só estava... perdida em lembranças.

— Boas ou ruins?

— Toda lembrança é ruim — disse de imediato, então desviou o olhar, corando.

Ele se acomodou junto dela. Raios, sua preocupação explícita era irritante. Não queria que ele se preocupasse com ela.

— Shallan?

— Shallan vai ficar bem — disse ela. — Vou trazê-la de volta em um momento, só tenho que recuperar... ela...

Adolin olhou para as páginas em movimento, com as diferentes versões dela. Ele estendeu os braços e a abraçou, sem dizer nada. O que acabou sendo a coisa certa a dizer.

Ela fechou os olhos e tentou se recompor.

— De qual você gosta mais? — perguntou por fim. — Véu é aquela que usa o traje branco, mas estou tendo dificuldades com ela agora. Ela às vezes aparece quando eu não quero, mas não vem quando preciso dela. Radiante é aquela dos treinos com a espada. Eu a fiz mais bonita do que as outras, e você pode conversar com ela sobre duelos. Mas parte do tempo terei de ser alguém que consegue Transmutar. Estou tentando pensar em quem ela poderia ser...

— Pelos olhos de Ash, Shallan!

— Shallan está quebrada, então acho que estou tentando escondê-la. Como um vaso rachado que você volta o lado bonito para a sala, escondendo a falha. Não estou fazendo isso de propósito, mas está acontecendo, e não sei como parar.

Ele a abraçou.

— Nenhum conselho? — perguntou ela, entorpecida. — Todo mundo sempre parece ter um monte.

— Você que é a inteligente. O que *eu* posso dizer?

— É tão confuso ser todas essas pessoas. Sinto como se estivesse apresentando rostos diferentes o tempo todo. Mentindo para todos, porque sou diferente por dentro. Eu... Isso não faz sentido, faz? — Ela fechou os olhos com força novamente. — Vou me recompor. Serei... alguém.

— Eu... — Ele a abraçou bem apertado quando o navio sacudiu. — Shallan, eu matei Sadeas.

Ela piscou, então se afastou e fitou-o nos olhos.

— *O quê?*

— Eu matei Sadeas — sussurrou Adolin. — Nós nos esbarramos nos corredores da torre. Ele começou a insultar meu pai, falando as coisas terríveis que ia fazer conosco. E... eu não aguentei mais ficar ouvindo. Ficar parado olhando para sua cara vermelha e presunçosa. Então... eu o ataquei.

— Então, todo aquele tempo em que estávamos caçando um assassino...

— Era eu. Fui eu que o espreno copiou da primeira vez. Eu só pensava que estava mentindo para você, para o meu pai, para todo mundo. O honorável Adolin Kholin, o duelista consumado. Um assassino. E, Shallan, eu... Eu não acho que esteja *arrependido*. Sadeas era um monstro. Ele tentou nos matar *várias vezes*. Sua traição causou a morte de muitos dos meus amigos. Quando eu o desafiei formalmente para um duelo, ele conseguiu escapulir. Era mais esperto do que eu. Mais esperto que o meu pai. Ele teria vencido, uma hora ou outra. Então eu o matei.

Ele a puxou para si e respirou fundo.

Shallan estremeceu, depois sussurrou:

— Fez muito bem.

— Shallan! Você é uma Radiante. Não deveria tolerar algo assim!

— Eu não sei o que *deveria* fazer. Só sei que o mundo é um lugar melhor depois da morte de Torol Sadeas.

— Meu pai não ia gostar, se ficasse sabendo.

— Seu pai é um grande homem, e talvez seja melhor que não saiba de tudo. Pelo bem dele.

Adolin inspirou novamente. Com a cabeça no peito dele, dava para ouvir o ar entrando e saindo dos seus pulmões, e sua voz soava diferente; mais ressonante.

— É... É, talvez. De qualquer modo, acho que sei como é sentir que está mentindo para o mundo. Então, se você de repente descobrir o que fazer, pode me contar?

Ela se recostou nele, ouvindo seu coração, sua respiração. Sentiu seu calor.

— Você não chegou a dizer qual prefere — sussurrou ela.

— É óbvio. Eu prefiro a você de verdade.

— Mas qual é essa?

— É com ela que estou falando agora. Você não precisa se esconder, Shallan. Não precisa abafar o que sente. Talvez o vaso esteja rachado, mas isso só significa que dá para ver o que tem dentro. E eu *gosto* do que tem dentro.

Tão cálido. Confortável. E incrivelmente *pouco familiar*. O que era essa paz? Esse lugar sem medo?

Ruídos vindos de cima estragaram o momento. Recuando, ela olhou para o convés superior.

— *O que* o carregadorzinho está aprontando lá em cima?

— Senhor — disse a nebulosa esprena marinheira em um alethiano confuso. — Senhor! Não faz. Favor, não faz!

Kaladin ignorou-a, olhando pela luneta que pegara de uma corrente ali perto. Ele estava na parte traseira do convés superior, vasculhando o céu. Aquele Moldado os avistara deixando Celebrante. O inimigo uma hora os encontraria.

Dalinar sozinho. Cercado por nove sombras...

Kaladin finalmente entregou a luneta para a nervosa esprena de névoa. O capitão do navio, em um uniforme justo que provavelmente seria desconfortável para um humano, se aproximou e dispensou a marinheira, que se retirou rapidamente.

— Eu preferiria que você evitasse perturbar minha tripulação — observou o Capitão Notum.

— Eu preferiria que você libertasse Syl — rebateu Kaladin, sentindo a ansiedade dela através de sua conexão. — Como já disse, o Pai das Tempestades já nos deu sua bênção. Não há crime.

O espreno baixinho juntou as mãos às costas. De todos os esprenos com quem haviam interagido naquele lado, os de honra pareciam ter os maneirismos mais humanos.

— Eu poderia trancá-lo novamente — sugeriu o capitão. — Ou até mesmo jogá-lo ao mar.

— É mesmo? E o que *isso* faria com Syl? Ela me contou que perder um Radiante com que se tem vínculo é difícil para o espreno.

— Verdade. Mas ela se recuperaria, e talvez fosse melhor assim. Seu relacionamento com a Filha Antiga é... impróprio.

— Não é como se houvéssemos fugido para viver em pecado.

— É pior, já que o laço de Nahel é muito mais íntimo do que um relacionamento. A conexão de espíritos. Não deve ser feito levianamente, sem supervisão. Além disso, a Filha Antiga é jovem demais.

— Jovem? Você não acabou de chamá-la de *antiga*?

— Seria difícil explicar para um humano.

— Tente mesmo assim.

O capitão suspirou.

— Os esprenos de honra foram criados pelo próprio Honra, muitos milhares de anos atrás. Você o chama de Todo-Poderoso e... temo que esteja morto.

— O que faz sentido, já que é basicamente a única desculpa que eu teria aceitado.

— Não foi uma piada, humano. Seu deus está *morto*.

— Ele não é o meu deus, mas, por favor, continue.

— Bem... — Notum franziu o cenho; ele obviamente havia pensado que o conceito da morte de Honra seria mais difícil de aceitar. — Bem, algum momento antes da morte dele, Honra parou de criar esprenos de honra. Nós não sabemos por quê, mas ele pediu ao Pai das Tempestades para fazer isso no lugar dele.

— Ele estava preparando um herdeiro. Ouvi dizer que o Pai das Tempestades é meio que uma imagem do Todo-Poderoso.

— É mais como uma sombra fraca — disse Notum. — Você... realmente compreende?

— Não compreendo, mas consigo acompanhar a maior parte.

— O Pai das Tempestades criou apenas um punhado de filhos. Todos, exceto Sylphrena, foram destruídos na Traição, tornando-se olhos-mortos. Essa perda feriu o Pai das Tempestades, que não voltou a criar por séculos. Quando ele finalmente decidiu refazer os esprenos de honra, só criou mais dez. Minha bisavó estava entre eles; ela criou meu avô, que criou meu pai, que por fim me criou. Foi só recentemente, mesmo da perspectiva de vocês, que a Filha Antiga foi redescoberta. Adormecida. Então, para responder sua pergunta: sim, Sylphrena é tanto velha quanto jovem; antiga de forma, mas jovem de mente. Ela não está pronta para lidar com humanos, e certamente não está pronta para um laço. Eu não confiaria *nem em mim* para um laço.

— Você acha que somos mutáveis demais, não acha? Que não cumprimos nossos votos.

— Não sou um grão-espreno — cuspiu o capitão. — Posso ver que é a variedade da espécie humana que os fortalece. Sua habilidade de mudar de ideia, de ir *contra* o que pensavam antes, pode ser uma grande vantagem. Mas seu laço é perigoso, sem Honra. Não haverá limites suficientes sobre o seu poder... vocês arriscam um desastre.

— Como?

Notum balançou a cabeça, então desviou o olhar.

— Não posso responder. Você não deveria ter se ligado a Sylphrena, de qualquer modo. Ela é preciosa demais para o Pai das Tempestades.

— Não importa — disse Kaladin. — Você está cerca de meio ano atrasado. Então é melhor aceitar o fato.

— Não é tarde demais. Matar você a libertaria... embora fosse ser doloroso para ela. Há outras maneiras, pelo menos até que o Último Ideal seja jurado.

— Não acredito que você esteja disposto a matar um homem por esse motivo — replicou Kaladin. — Diga-me a verdade: há *honra* nisso, Notum?

Ele desviou o olhar, como se estivesse envergonhado.

— Você sabe que Syl não deveria ser trancada dessa maneira — disse Kaladin em voz baixa. — Você é um espreno de honra também, Notum. Deve saber como ela se sente.

O capitão não disse nada.

Finalmente, Kaladin trincou os dentes e se afastou. O capitão não exigiu que ele descesse, então assumiu uma posição bem na frente do convés superior, que ficava sobre a proa.

Com uma mão no mastro, Kaladin pousou uma bota no parapeito baixo, que dava para o mar de contas. Estava usando seu uniforme, já que conseguira lavá-lo na noite anterior. O *Caminho da Honra* tinha boas acomodações para humanos, incluindo um dispositivo que criava uma grande quantidade de água. O projeto — se não o próprio barco — provavelmente era de séculos atrás, quando os Radiantes viajavam por Shadesmar com seus esprenos.

Abaixo dele, o navio rangeu enquanto os marinheiros alteravam sua direção. Para a esquerda, ele podia ver terra. Os Estreitos de Longafronte — do outro lado, encontrariam a Cidade de Thaylen. Tentadoramente próxima.

Tecnicamente, ele não era mais o guarda-costas de Dalinar. Mas, raios, durante o Pranto, Kaladin quase abandonara seu dever. A ideia de que Dalinar precisava dele agora — enquanto Kaladin estava encurralado e incapaz de ajudar — lhe causava uma dor quase *física*. Havia falhado com tantas pessoas na vida...

Vida antes da morte. Força antes da fraqueza. Jornada antes do destino. Juntas, essas Palavras formavam o Primeiro Ideal dos Corredores dos Ventos. Ele as pronunciara, mas não tinha certeza de que as compreendera.

O Segundo Ideal fazia sentido de modo mais direto. *Eu vou proteger aqueles que não podem proteger a si mesmos.* Direto, sim... mas avassalador. O mundo era um lugar de sofrimento. Será que ele realmente deveria tentar impedir toda a dor?

Protegerei até mesmo aqueles que odeio, contanto que isso seja o certo. O Terceiro Ideal significava defender qualquer pessoa, se necessário. Mas quem decidia o que era "certo"? Qual lado deveria proteger?

Não conhecia o Quarto Ideal, porém, quanto mais se aproximava dele, mais assustado ficava. O que *ele* exigiria de Kaladin?

Alguma coisa se cristalizou no ar ao lado dele, uma linha de luz como um pontinho no ar que deixava uma trilha de luminescência longa e suave. Um marinheiro espreno de névoa perto dele arquejou, então cutucou sua companheira, que sussurrou alguma coisa em um tom admirado, então os dois se afastaram apressadamente.

O que foi que fiz agora?

Um segundo pontinho de luz apareceu perto dele, girando, coordenado com o outro. Eles deixavam trilhas em espiral no ar. Kaladin os chamaria de esprenos, mas não se pareciam com nenhum que já vira. Além disso, esprenos daquele lado não pareciam surgir e sumir... eles estavam sempre ali, não estavam?

K-Kaladin?, sussurrou uma voz na sua cabeça.

— Syl? — sussurrou ele.

O que você está fazendo? Era raro que ele a ouvisse diretamente na cabeça.

— Estou no convés. O que aconteceu?

SACRAMENTADORA

Nada. É só que... estou sentindo sua mente nesse instante. Mais forte do que o normal. Eles soltaram você?

— Sim. Tentei fazer com que a libertassem.

Eles são teimosos. É um traço dos esprenos de honra do qual eu, felizmente, escapei.

— Syl. Qual é o Quarto Ideal?

Você sabe que terá que descobrir por conta própria, bobinho.

— Vai ser difícil, não vai?

Sim. Você está perto.

Ele se inclinou para a frente, assistindo aos mandras flutuarem abaixo. Um pequeno grupo de esprenos de glória passou zunindo. Eles tomaram um momento para subir e girar ao redor dele antes de partirem para o sul, mais rápidos do que o navio.

Os estranhos pontinhos de luz continuaram a girar ao redor dele. Marinheiros se reuniram atrás, fazendo um tumulto, até que capitão abriu espaço entre eles e parou, boquiaberto.

— O que são eles? — indagou Kaladin, indicando os pontinhos de luz.

— Esprenos de vento.

— Ah. — Eles o lembravam um pouco de como os esprenos de vento voavam em rajadas de vento. — Eles são comuns. Por que todo mundo está perturbado?

— Eles não são comuns deste lado. Vivem quase completamente no lado de vocês. Eu... eu nunca os vi antes. Eles são lindos.

Talvez eu não tenha dado crédito suficiente a Notum, pensou Kaladin. Talvez ele desse ouvidos a outro tipo de apelo.

— Capitão, como Corredor dos Ventos, eu fiz um juramento de proteger. E o Vinculador que é nosso líder está em perigo.

— *Vinculador?* — perguntou o capitão. — Qual deles?

— Dalinar Kholin.

— Não. Qual Vinculador, dos três?

— Não entendi a pergunta — respondeu Kaladin. — Mas o espreno dele é o Pai das Tempestades. Eu disse que havia falado com ele.

Pareceu, pela expressão horrorizada do capitão, que ele deveria ter mencionado isso antes.

— Preciso cumprir meu juramento — afirmou Kaladin. — Preciso que você solte Syl, depois nos leve a um lugar onde poderemos nos transferir entre reinos.

— Eu também fiz um juramento — retrucou o capitão. — Para Honra, e para as verdades que seguimos.

— Honra está morto, mas o Vinculador *não está*. Você diz que pode ver como a variedade humana nos dá força... bem, eu o desafio a fazer o mesmo. Veja além da letra das suas regras. Você precisa entender que minha necessidade de defender o Vinculador é mais importante do que sua necessidade de entregar Syl... especialmente considerando que o Pai das Tempestades está bem ciente da localização dela.

O capitão deu uma olhada nos esprenos de vento, que ainda giravam ao redor de Kaladin, deixando trilhas que flutuavam por todo o comprimento do navio antes de sumir.

— Vou pensar no assunto — disse o capitão.

ADOLIN PAROU NO TOPO dos degraus, logo atrás de Shallan. Kaladin, o tormentoso carregador, estava na proa do navio, cercado por linhas brilhantes de luz que iluminavam sua figura heroica — determinado, destemido, uma mão no mastro da proa, usando seu severo uniforme de Guarda da Muralha. Os esprenos do navio olhavam para ele como se fosse um tormentoso Arauto que viera anunciar a retomada dos Salões Tranquilinos.

Logo à frente, Shallan pareceu mudar. Algo no seu porte, na maneira como ela deixou de se apoiar levemente em um pé e assumiu uma postura sólida com os dois pés apoiados, em vez disso. A maneira como a atitude dela mudou.

E a maneira como pareceu derreter ao ver Kaladin, os lábios se erguendo em um sorriso. Corando, ela adotou uma expressão terna, até mesmo desejosa.

Adolin soltou o ar lentamente. Havia captado esses vislumbres dela antes — e visto os desenhos de Kaladin em seu caderno —, mas, observando-a agora, não podia negar o que estava vendo. O olhar dela era praticamente *lascivo.*

— Eu preciso desenhar isso — disse ela.

Mas ela só ficou ali parada, em vez disso, olhando para ele. Adolin suspirou e terminou de subir ao convés superior. Parecia que não estavam mais proibidos de ir até lá. Juntou-se a Padrão, que havia subido por outra escada, e estava zumbindo alegremente consigo mesmo.

— É meio difícil competir com *aquilo* — observou Adolin.

— Hmm — fez Padrão.

— Sabe, acho que nunca me senti assim antes. Não é só Kaladin, é tudo. E o que está acontecendo conosco. — Sacudiu a cabeça. — Somos mesmo um grupo ímpar.

— Sim. Sete pessoas. Ímpar.

— E não posso nem culpá-lo; ele não está *tentando* ser como é.

Ali perto, uma esprena marinheira — uma das poucas que não havia se reunido ao redor do Filho da Tempestade e seu halo de luzes brilhantes — baixou a luneta. Ela franziu o cenho, então a ergueu novamente. Então começou a gritar na linguagem dos esprenos.

As pessoas se afastaram de Kaladin e se aglomeraram. Adolin recuou, olhando até que Kaladin e Shallan se uniram a ele. Azure subiu os degraus ali perto, parecendo preocupada.

— O que houve? — perguntou Kaladin.

— Não faço ideia — disse Adolin.

O capitão acenou para que os esprenos de névoa e de honra abrissem espaço, então pegou a luneta. Por fim, baixou-a e olhou de volta para Kaladin.

— Você tinha razão, humano, quando disse que poderia ser seguido. — Ele acenou para que Kaladin e Adolin avançassem. — Olhe baixo no horizonte, a duzentos e dez graus.

Kaladin olhou pela luneta, então soltou o ar. Ele a ofereceu para Adolin, mas Shallan agarrou-a primeiro.

— Raios! São pelo menos seis.

— Oito, disse minha batedora — replicou o capitão.

Finalmente chegou a vez de Adolin. Devido ao céu negro, levou uma eternidade para identificar os pontos distantes voando em direção ao navio. Os Moldados.

NESHUA KADAL

Re-Shephir, a Mãe da Meia-Noite, é outro Desfeito que parece ter sido destruído em Aharietiam.

—Da *Mítica* de Hessi, página 250

DALINAR PASSOU OS DEDOS ao longo de uma linha de cristal vermelho incrustada na parede de pedra. O pequeno veio começava no teto e descia sinuosamente por toda a parede — por dentro do padrão de camadas verde-claras e cinza — até o piso. Era lisa ao toque, diferente da textura da rocha ao seu redor.

Ele esfregou o polegar pelo cristal. *É como se as outras linhas de camadas se expandissem a partir desta, tornando-se mais largas à medida que se afastam dela.*

— O que isso significa? — perguntou ele a Navani.

Os dois estavam em uma sala de armazenamento perto do topo da torre.

— Eu não sei — respondeu Navani —, mas estamos descobrindo mais e mais delas. O que você sabe sobre Teologia Essencial?

— É uma coisa para fervorosos e escribas.

— E Transmutadores. Isso é uma granada.

Granada? Vejamos... Esmeraldas para grãos, isso era o mais importante, e heliodoros para carne. Criavam animais pelas suas gemas-coração, para que fornecessem essas duas coisas. Ele tinha quase certeza de que diamantes faziam quartzo e... Raios, não se recordava direito das outras. Topázio fazia pedra. Tinham precisado disso para as casamatas nas Planícies Quebradas.

— Granadas fazem sangue — disse Navani. — Não temos quaisquer Transmutadores que as usem.

— Sangue? Isso parece inútil.

— Bem, cientificamente, achamos que Transmutadores eram capazes de usar granadas para fazer qualquer líquido solúvel em água, em oposição a líquidos de base oleosa... Seus olhos estão envesgando.

— Desculpe. — Ele tocou nos cristais. — Outro mistério. Quando vamos encontrar respostas?

— Os registros lá embaixo falam dessa torre como uma coisa viva. Com um coração de esmeralda e rubi, e agora essas veias de granada.

Ele se levantou, olhando ao redor para a sala escurecida, que continha as cadeiras dos monarcas entre reuniões. Estava iluminada por uma esfera que ele colocara em uma saliência de pedra junto à porta.

— Se essa torre estava viva, então agora está morta — disse Dalinar.

— Ou adormecida. Mas, se é esse o caso, não tenho ideia de como despertá-la. Tentamos infundir o coração como um fabrial, até mesmo pedimos a Renarin que tentasse botar Luz das Tempestades dentro dele. Nada funcionou.

Dalinar pegou uma cadeira, então empurrou a porta para abri-la. Ele segurou a porta com o pé — dispensando com um gesto um guarda que tentou fazer isso para ele — enquanto Navani coletava a esfera e se juntava a ele na sala de conferências, diante da parede de vidro que dava para a Origem.

Pousou a cadeira e consultou seu relógio de antebraço. Coisa idiota. Ele se tornara dependente *demais* dela. O dispositivo de braço também incluía um dorial: um tipo de fabrial com um espreno que se alimentava da dor. Ele nunca se lembrava de usá-lo.

Faltam doze minutos. Considerando que os cálculos de Elthebar estivessem corretos. Com telepenas confirmando a chegada da tempestade horas antes no Leste, os cálculos se reduziam a julgar a velocidade da tormenta.

Um mensageiro chegou à porta. Creer — o sargento da guarda de plantão naquele dia — permitiu que entrasse. Era um carregador de pontes da... Ponte Vinte, era isso? Tanto ele quanto seu irmão eram guardas, embora Creer usasse óculos, ao contrário do seu gêmeo.

— Mensagem da Luminosa Khal, senhor — disse Creer, entregando o bilhete para Navani.

Parecia ter vindo de uma telepena, pois tinha marcas nas laterais dos clipes que o fixaram na tábua, e as letras estreitas cobriam apenas o centro da página.

— De Fen — disse Navani. — Um navio mercante desapareceu nas Profundezas do Sul esta manhã, a pouca distância de Marat. Eles se aproximaram até o que esperavam ser uma distância segura, para usar a telepena, e relataram um grande número de navios no cais ao longo da costa. Figuras brilhantes se ergueram de uma cidade próxima e desceram sobre eles, e a comunicação foi cortada.

— Confirmação de que o inimigo está formando uma marinha — disse Dalinar.

Se aquela frota partisse de Marat antes que seus próprios navios estivessem prontos, ou se os ventos estivessem desfavoráveis quando a armada dele *fosse* lançada...

— Peça que Teshav escreva de volta para os thaylenos. Sugira para a Rainha Fen e nossos outros aliados que façamos a próxima reunião na Cidade de Thaylen. É melhor inspecionarmos as fortificações e apoiarmos as defesas de terra.

Ele mandou que os guardas esperassem do lado de fora, então se aproximou da janela e consultou o relógio de pulso. Só faltavam alguns minutos. Achava que podia ver o paredão abaixo, mas era difícil ter certeza daquela altura. Não estava acostumado a olhar uma grantormenta *de cima*.

— Tem certeza de que quer fazer isso? — indagou Navani.

— O Pai das Tempestades me perguntou algo similar esta manhã. Perguntei a ele se conhecia a primeira regra do combate.

— É aquela sobre o terreno, ou aquela sobre atacar quando o inimigo está fraco?

Ele conseguia ver agora... uma ondulação escura assomando pelo céu abaixo.

— Nenhuma das duas — respondeu Dalinar.

— Ah, certo — disse Navani. — Eu deveria ter adivinhado.

Ela estava nervosa, e por bom motivo. Era a primeira vez que ele voltava às visões desde que encontrara Odium.

Mas Dalinar se sentia cego naquela guerra. Não sabia o que o inimigo queria, ou como pretendia explorar suas conquistas.

A primeira regra da guerra. Conheça seu inimigo.

Ele levantou o queixo enquanto a tempestade se chocava com Urithiru, mais ou menos na altura do terceiro andar.

Tudo ficou branco. Então Dalinar apareceu no antigo palácio — a grande sala aberta com os pilares de arenito e uma sacada que dava para uma versão primitiva de Kholinar. Nohadon andava pelo centro da câmara cheia de pilares. Era o jovem Nohadon, não a versão idosa do seu sonho recente.

Dalinar havia assumido o lugar de um guarda, perto das portas. Uma esguia mulher parshendiana apareceu ao lado do rei, no lugar que Dalinar havia ocupado, muito tempo atrás. Sua pele era marmorizada em vermelho e branco, em um padrão complexo, e ela tinha cabelos longos vermelho-alaranjados. Ela baixou os olhos vermelhos, surpresa pela sua súbita aparição e pelas roupas que usava, de um conselheiro do rei.

Nohadon começou a falar com ela como se fosse seu amigo Karm.

— Eu não sei o que fazer, velho amigo.

Odium vê que uma visão começou, alertou o Pai das Tempestades. *O inimigo está focado em nós. Ele vem.*

— Pode atrasá-lo?

Sou apenas uma sombra de um deus. O poder dele é muito superior ao meu. Ele soava menor do que Dalinar estava acostumado. Como um perfeito valentão, o Pai das Tempestades não sabia como enfrentar alguém mais forte do que ele.

— Você pode *atrasá-lo*? Preciso de tempo para falar com ela.

Eu vou... tentar.

Bastava. Infelizmente, isso significava que Dalinar não teria tempo de deixar a parshendiana vivenciar a visão inteira. Ele seguiu até ela e Nohadon.

V ENLI OLHOU AO REDOR. Onde estava? Não era Marat. Teria Odium a convocado novamente?

Não. Essa é a tempestade errada. Ele não vem durante grantormentas.

Um jovem macho alethiano usando um robe tagarelava para ela. Venli o ignorou, mordendo a própria mão para ver se sentiria a dor.

Sentiu. Sacudiu a mão e olhou para os trajes que estava vestindo. Aquilo não podia ser um sonho. Era real demais.

— Meu amigo? — chamou o alethiano. — Você está bem? Eu sei que os eventos pesaram sobre todos nós, mas...

Pegadas soaram alto na pedra enquanto outro alethiano se aproximava, vestindo um uniforme azul bem cuidado. Fios brancos salpicavam o cabelo em suas têmporas, e seu rosto não era tão... redondo quanto a maioria dos rostos humanos. Seus traços quase pareciam os de um Ouvinte, mesmo que o nariz estivesse errado e a face tivesse muito mais rugas do que um Ouvinte jamais teria.

Espere..., pensou, sintonizando-se com Curiosidade. *Esse não é...?*

— Perturbação no campo de batalha, senhor — disse o homem mais velho para o companheiro dela. — Precisam do senhor imediatamente.

— O que é isso? Eu não ouvi...

— Não me disseram o que era, Vossa Majestade, só que o solicitam com urgência.

O rei humano estreitou os lábios em uma linha fina, e então, obviamente frustrado, foi para a porta.

— Venha — disse ele para Venli.

O homem mais velho agarrou o braço dela acima do cotovelo.

— Não vá — disse ele em voz baixa. — Precisamos conversar.

Esse é o comandante dos alethianos.

— Meu nome é Dalinar Kholin. Eu sou o líder dos alethianos, e você está assistindo a uma visão de eventos passados. Só a sua mente foi transportada, não o seu corpo. Nós dois somos as únicas pessoas reais aqui.

Ela livrou o braço da mão dele e se afinou com a Irritação.

— Como... Por que você me trouxe aqui?

— Eu quero conversar.

— É claro que quer. Agora que está perdendo, agora que tomamos sua capital, *agora* você quer conversar. E os anos que passou massacrando meu povo nas Planícies Quebradas?

Aquilo tinha sido um *jogo* para eles. Relatórios de espiões Ouvintes haviam mostrado que os humanos *gostavam* do esporte nas Planícies Quebradas. Reivindicando riquezas e vidas dos Ouvintes como parte de um grande torneio.

— Nós estávamos dispostos a conversar quando vocês enviaram sua emissária — disse Dalinar. — A Fractária. Estou disposto a conversar novamente agora. Quero esquecer ofensas antigas, mesmo aquelas que são pessoais para mim.

Venli se afastou, ainda afinada com Irritação.

— Como você me trouxe para este lugar? É uma prisão?

Isso é obra sua, Odium? Testando minha lealdade com uma falsa visão do inimigo?

Estava usando os antigos ritmos. Nunca fora capaz de fazer isso com a atenção de Odium voltada para ela.

— Vou mandá-la de volta em breve — disse Kholin, alcançando-a. Embora ele não fosse baixo para um humano, a forma atual dela era uns quinze centímetros mais alta do que ele. — Por favor, só me escute. Eu preciso saber. O que custaria uma trégua entre nossos povos?

— Uma trégua? — perguntou ela em Diversão, parando perto da sacada. — Uma *trégua*?

— Paz. Sem Desolação. Sem guerra. O que isso custaria?

— Bem, para começar, custaria o seu reino.

Ele fez uma careta. Suas palavras eram mortas, como as de todos os humanos, mas ele exibia seus sentimentos no rosto. Tanta paixão e emoção.

Foi por isso que os esprenos nos traíram por eles?

— O que Alethkar significa para vocês? — questionou ele. — Posso ajudá-los a construir uma nova nação nas Planícies Quebradas. Darei a vocês trabalhadores para erigir cidades, fervorosos para ensinar quaisquer habilidades que desejarem. Riqueza, como pagamento em resgate por Kholinar e sua gente. Um pedido formal de desculpas. O que você exigir.

— Eu exijo que fiquemos com Alethkar.

O rosto dele tornou-se uma máscara de dor, a testa franzida.

— Por que precisam viver lá? Para você, Alethkar é um lugar a conquistar. Mas é *minha* terra natal.

Ela se afinou com Repreensão.

— Você não compreende? As pessoas que vivem ali, os Cantores, meus primos, são *de* Alethkar. É a terra natal deles também. A única diferença entre eles e você é que eles nasceram como escravos, e você, como o seu mestre!

Novamente, ele fez uma careta.

— Talvez outro combinado, então. Uma... divisão do reino? Um grão-príncipe parshemano?

Ele pareceu chocado por considerar a ideia. Ela se afinou com Determinação.

— Seu tom dá a entender que você sabe que seria impossível. Não há combinado, humano. Mande-me embora deste lugar. Podemos nos encontrar no campo de batalha.

— Não. — Ele agarrou o braço dela novamente. — Não sei qual será o combinado, mas *podemos* encontrar algum. Deixe-me provar que quero negociar em vez de lutar.

— Você pode começar deixando de me agredir — disse ela em Irritação, se soltando dele.

Honestamente, não sabia se podia lutar com ele. Seu corpo atual era alto, mas frágil. E, na verdade, ela nunca fora hábil em batalha, mesmo quando usava a forma apropriada.

— Pelo menos nos deixe tentar uma negociação — disse ele. — Por favor.

Ele não soava muito implorativo. Havia ficado sério, o rosto pétreo, com um olhar *feroz*. Com os ritmos, era possível infundir seu tom com o humor que se desejava expressar, mesmo que suas emoções não estivessem colaborando. Os humanos não tinham aquela ferramenta; eram tão opacos quanto o mais opaco dos escravos.

Uma súbita *batida* ressoou na visão. Venli se afinou com Ansiedade e correu para a sacada. Uma cidade semidestruída se estendia lá embaixo, onde ocorrera uma batalha, os mortos dispostos em pilhas.

A batida ressoou de novo. O... o *ar* estava se quebrando. As nuvens e o céu pareciam um mural pintado em um enorme teto abobadado, e à medida que as batidas continuavam, uma teia de rachaduras apareceu acima.

Além delas, fulgurava uma vívida luz amarela.

— Ele chegou — sussurrou ela, então acenou na direção da luz. — É por isso que não pode haver negociação, humano. Ele sabe que não precisamos disso. Querem paz? Rendam-se. Entreguem-se e *torçam* para que ele não se dê ao trabalho de destruí-los.

Uma esperança tênue, considerando o que Rine comentara sobre exterminar os humanos.

Com a batida seguinte, o céu se fraturou e um buraco apareceu no alto, uma luz poderosa brilhando além. Os fragmentos do ar em si — quebrado como um espelho — foram sugados para aquela luz.

Um *pulso* de energia foi emitido a partir do buraco, sacudindo a cidade com uma terrível vibração que lançou Venli ao chão da sacada. Kholin estendeu a mão para ajudá-la, mas um segundo pulso fez com que ele caísse também.

Os tijolos na parede da sala se *separaram* e começaram a flutuar para longe uns dos outros. As tábuas que formavam a sacada começaram a se erguer, pregos flutuando para o céu. Um guarda correu para a sacada, mas tropeçou, e sua própria pele começou a se separar em água e uma casca seca.

Tudo simplesmente... se desfez.

Um vento surgiu ao redor de Venli, puxando destroços para aquele buraco no céu e para a terrível luz brilhante mais além. Tábuas se despedaçaram em farpas; tijolos passaram voando perto da sua cabeça. Ela rosnou, o Ritmo de Determinação batendo forte dentro de si enquanto se agarrava a partes do piso que ainda não haviam se soltado.

Aquela *queimação*. Ela a conhecia bem, a dor terrível do calor de Odium castigando sua pele, escaldando-a até que seus próprios ossos — de algum modo ainda capazes de sentir — se tornassem cinzas. Isso acontecia toda vez que ele lhe dava ordens. Que coisa pior ele não faria se descobrisse que andava confraternizando com o inimigo?

Ela se afinou com Determinação e se arrastou para longe da luz. *Fuja!* Ela alcançou a câmara além da sacada e se levantou aos tropeços, tentando correr. O vento a puxava, tornando cada passo uma luta.

Acima, o teto se separou do prédio em um único estouro magnífico — cada tijolo explodindo para longe dos outros, depois fluindo para o vazio. Os pedaços do desafortunado guarda se ergueram atrás deles, um saco esvaziado de grãos, um fantoche sem a mão controladora.

Venli caiu no chão novamente e continuou a se arrastar, mas as pedras do assoalho se separaram, flutuando para cima e levando-a junto. Logo, ela estava correndo precariamente de um pedaço flutuante de pedra para outro. Sintonizando ainda o Ritmo de Determinação, ela ousou olhar para trás. O orifício havia se alargado e a luz que tudo consumia fartava-se nas correntezas de detritos.

Ela se virou, desesperada para fazer o que pudesse para atrasar a própria incineração. Então... ela parou e olhou de volta. Dalinar Kholin estava na sacada. E ele estava brilhando.

Neshua Kadal. Cavaleiro Radiante.

A contragosto, ela se afinou com o Ritmo de Admiração.

Ao redor de Kholin, a sacada permanecia estável. Tábuas tremiam e oscilavam aos seus pés, mas não se moviam rumo ao céu. O parapeito da sacada havia sido arrancado dos dois lados dele, mas no ponto em que Kholin o segurava com uma pegada firme, o parapeito permaneceu onde estava.

Ele era seu inimigo, e ainda assim...

Muito tempo atrás, os humanos haviam resistido aos deuses dela. Sim, a escravização dos seus primos — os Cantores — era impossível de ignorar. Ainda assim, os humanos haviam lutado. E *vencido.*

Os Ouvintes se lembravam disso como uma canção entoada no Ritmo de Admiração. *Neshua Kadal.*

A luz calma e gentil se espalhou da mão de Dalinar Kholin para o parapeito, então até o piso. Tábuas e pedras desceram do ar, se reconectando. O bloco de pedra onde Venli estava naquele momento voltou ao lugar original. Por toda a cidade, edifícios se desfaziam e subiam zunindo, mas as paredes daquela torre voltavam às suas posições.

Venli imediatamente rumou para descer a escada. Se Kholin parasse de fazer o que estava fazendo, ela queria estar pisando em pedra sólida. Desceu até o térreo, então, uma vez na rua, posicionou-se perto da sacada e da influência de Kholin.

Acima, a luz de Odium se apagou.

Pedras e fragmentos choveram sobre a cidade, desabando ao redor dela. Corpos ressecados caíram como roupas descartadas. Venli pressionou o corpo contra a parede da torre, afinando-se com Ansiedade, levantando o braço contra a poeira dos destroços.

O buraco permanecia no céu, embora a luz atrás dele houvesse sumido. Abaixo, os restos destruídos da cidade pareciam... uma farsa. Sem gritos de medo nem gemidos de dor. Os corpos eram só cascas, peles esvaziadas caídas no chão.

Uma súbita *batida* quebrou o ar atrás dela, abrindo outro buraco, mais baixo e perto do limite da cidade. O céu se despedaçou na fresta, revelando aquela luz odiosa novamente, que consumiu tudo perto dela — muralha, edifícios, até mesmo o *chão* se desintegrava e fluía para a bocarra.

Poeira e detritos passaram por Venli em um vento furioso. Ela se apertou contra a parede de pedra, se agarrando a um dos suportes da sacada. Um calor terrível a cobriu, vindo do buraco distante.

Fechando os olhos com força, ela se segurou com mais força. Ele podia vir tomá-la, mas ela não soltaria.

E o propósito grandioso? E o poder que ele oferece? Ela ainda queria essas coisas? Ou fora apenas algo a que se agarrar, agora que havia causado o fim do seu povo?

Ela trincou os dentes. Na distância, ouviu um ritmo baixinho que, de algum modo, soava acima do rugido do vento, do ruído da poeira e das pedras. O Ritmo de Ansiedade?

Ela abriu os olhos e viu Timbre lutando contra o vento em uma tentativa de alcançá-la. Rajadas de luz explodiam do pequeno espreno em anéis frenéticos.

Edifícios se despedaçavam ao longo da rua. A cidade inteira estava desabando — até mesmo o palácio se partiu, exceto por um trecho perto da sacada.

O pequeno espreno mudou para o Ritmo dos Perdidos e começou a deslizar para trás.

Venli gritou e soltou o pilar. Imediatamente foi sugada pelo vento — mas, embora não estivesse mais na forma tempestuosa, aquela *era* uma forma de poder, incrivelmente ágil. Ela controlou sua queda, caindo de lado e deslizando pelas pedras, os pés voltados para a luz opressiva. Ao se aproximar do pequeno espreno, Venli enfiou o pé em uma fenda na rua, então agarrou uma rachadura em uma rocha quebrada, forçando-se a parar. Com a outra mão, virou-se e agarrou Timbre no ar.

Tocar Timbre era como tocar seda agitada pelo vento. Ao envolver o espreno na mão, Venli sentiu um calor pulsante. Timbre pulsou em Elogio enquanto Venli a puxava contra o peito.

Ótimo, pensou, baixando a cabeça contra o vento, seu rosto contra o chão, segurando-se à fissura na rocha com a mão direita. *Agora podemos morrer juntas.*

Ela tinha uma esperança. Segurar-se e esperar que uma hora...

O calor sumiu. O vento parou. Detritos voltaram ao chão ruidosamente, embora a queda tenha sido menos estridente dessa vez. Não só o vento estivera puxando para o lado em vez de para cima, como simplesmente não havia mais tantos destroços.

Venli se levantou, coberta de poeira, seu rosto e mãos cortados por cacos de rochas. Timbre pulsava suavemente na sua mão.

A cidade basicamente se fora. Nada além de uma ou outra silhueta da fundação de um edifício e os restos das estranhas formações rochosas conhecidas como lâminas de vento. Mesmo essas haviam sido erodidas até se tornarem calombos com menos de dois metros de altura. A única estrutura na cidade que permanecia de pé era a área da torre onde Kholin estivera de pé.

Atrás dela havia um buraco negro aberto para o vazio.

O chão tremeu.

Ah, não.

Alguma coisa bateu contra as pedras debaixo dela. O próprio chão começou a tremer e a se desfazer. Venli correu em direção ao palácio arruinado enquanto tudo, finalmente, desabava. O chão, as fundações restantes, até mesmo o ar, pareceram se desintegrar.

Um abismo se abriu abaixo dela e Venli saltou, tentando alcançar o outro lado. Falhou por uma curta distância e despencou no buraco. Caindo, ela girou no ar, estendendo uma mão para o céu que desabava e segurando Timbre na outra.

Acima, o homem de uniforme azul saltou para o abismo.

Ele caiu junto à beirada do buraco e estendeu uma mão para Venli. Sua outra mão segurava a parede rochosa, raspando a pedra. Algo lampejou ao redor do seu braço. Linhas de luz, uma estrutura que cobriu seu corpo. Seus dedos não sangravam ao rasparem a pedra.

Ao redor dela, as pedras — o próprio ar — tornaram-se mais substanciais. Em desafio ao calor abaixo, Venli desacelerou só o bastante para que seus dedos encontrassem os de Kholin.

Vá.

Ela caiu com força no chão da sua caverna em Marat, a visão desfeita. Suada e ofegante, abriu seu punho esquerdo. Para seu alívio, Timbre saiu flutuando, pulsando em um ritmo hesitante.

D ALINAR SE DISSOLVEU EM pura dor.
Parecia que estava sendo despedaçado, esfolado, estilhaçado. Cada parte dele removida e autorizada a sofrer isoladamente. Uma punição, uma retribuição, um tormento personalizado.

Poderia ter durado uma eternidade. Em vez disso, abençoadamente, a agonia sumiu e ele voltou a si.

Estava ajoelhado em uma planície infinita de pedra branca brilhante. A luz coagulou ao lado dele, formando uma figura vestida em dourado e branco, segurando um cetro curto.

— *O que* você estava vendo? — indagou Odium, curioso.

Ele bateu o cetro no chão como uma bengala. O palácio de Nohadon, onde Dalinar estivera momentos antes, se materializou a partir da luz ao lado deles.

— Ah, essa aqui de novo? Procurando respostas com os mortos?

Dalinar fechou os olhos com força. Como fora tolo. Se algum dia existira uma esperança de paz, ele provavelmente a destruíra ao puxar aquela parshendiana para uma visão e sujeitá-la aos horrores de Odium.

— Dalinar, Dalinar — disse Odium. Ele sentou-se em uma cadeira formada a partir da luz, então pousou uma mão no ombro de Dalinar. — Dói, não dói? Sim. Eu conheço a dor. Eu sou o único deus que a conhece. O único que se *importa*.

— Pode haver paz? — perguntou Dalinar, a voz em frangalhos.

Falar era difícil. Sentira-se ser despedaçado naquela luz momentos antes.

— Sim, Dalinar — garantiu Odium. — Pode haver. *Vai* haver.

— Depois que você destruir Roshar.

— Depois que *você* destruir Roshar, Dalinar. Eu vou reconstruí-la.

— Concorde com um torneio entre campeões — Dalinar forçou-se a dizer. — Vamos... vamos encontrar uma maneira de...

Ele não conseguiu continuar.

Como poderia combater essa coisa?

Odium deu um tapinha em seu ombro.

— Seja forte, Dalinar. Eu tenho fé em você, mesmo quando você não tem fé em si mesmo. Embora vá doer por algum tempo, existe um fim. A paz está no seu futuro. *Encare* a agonia. Então você será vitorioso, meu filho.

A visão sumiu e Dalinar viu-se de volta na sala superior de Urithiru. Ele desabou na cadeira que havia colocado ali, Navani pegando seu braço, preocupada.

Através do seu laço, Dalinar pressentia um lamento. O Pai das Tempestades havia contido Odium, mas, raios, pagara um preço por isso. O mais poderoso espreno que existia em Roshar — a personificação da tempestade que moldava toda a vida — estava chorando como uma criança, balbuciando que Odium era forte demais.

UM MILHÃO DE ESTRELAS

A Mãe da Meia-Noite criava monstros de sombra e óleo, imitações obscuras de criaturas que ela via ou consumia. Sua descrição não combina com nenhum espreno que eu tenha encontrado na literatura moderna.

— Da *Mítica* de Hessi, página 252

O Capitão Notum deu o comando e dois marinheiros abriram uma seção do casco, expondo as ruidosas ondas de contas logo além.

Shallan enfiou a mão livre pela porta de carga aberta e se inclinou sobre as profundezas revoltas. Adolin tentou puxá-la de volta, mas ela permaneceu onde estava.

Havia escolhido usar o traje de Véu naquele dia, em parte pelos bolsos. Carregava três gemas maiores; Kaladin carregava quatro outras. Seus brons tinham todos perdido a Luz das Tempestades. Mesmo as gemas maiores e não engastadas estavam perto de se apagar. Com sorte, durariam tempo o bastante para que chegassem até a Cidade de Thaylen e o Sacroportal.

Além das ondas — tão próximas que os marinheiros temiam pedras ocultas sob as contas —, uma paisagem sombria interrompia o horizonte. O inverso dos Estreitos de Longafronte, um lugar onde as árvores cresciam bem alto, formando uma selva negra de plantas de vidro.

Um marinheiro desceu, com passos pesados, os degraus até o porão e disse algo para o Capitão Notum com uma voz áspera.

— Seus inimigos estão perto — traduziu o capitão.

O *Caminho da Honra* havia feito um esforço heroico nas últimas horas, pressionando seus mandras até a exaustão — e isso não havia sido o suficiente, nem de longe. Os Moldados voavam mais devagar do que Kaladin, mas ainda assim eram muito mais rápidos do que o navio.

Shallan olhou para o capitão; seu rosto barbado, que brilhava com uma luz suave e fantasmagórica, não demonstrava nada do que deveria ser um grande conflito para ele. Entregar os cativos para o inimigo e talvez salvar sua tripulação? Ou libertá-los e torcer para que a Filha Antiga conseguisse escapar?

Uma porta nos fundos do porão se abriu e Kaladin conduziu Syl para fora da cabine. O capitão só naquele momento dera permissão para soltá-la, como se quisesse atrasar a decisão até o último momento possível. Syl parecia desbotada, e se agarrava ao braço de Kaladin, instável. Seria capaz de chegar à costa com eles?

Ela é um espreno. Não precisa de ar. Ela ficará bem. Com sorte.

— Vão, então — disse o capitão. — E sejam rápidos. Não posso prometer que minha tripulação, depois de capturada, será capaz de manter esse segredo por muito tempo.

Aparentemente, era difícil matar um espreno, mas *feri-los* era bastante fácil.

Outro marinheiro liberou o espreno da espada de Adolin da sua cabine. Ela não parecia tão desgastada quanto Syl — para ela, qualquer lugar servia.

Kaladin se aproximou com Syl.

— Filha Antiga — disse o capitão, curvando a cabeça.

— Não vai me olhar nos olhos, Notum? — disse Syl. — Suponho que me trancar aqui não seja muito diferente de todos aqueles dias que você passou correndo de um lado para outro para cumprir os caprichos do meu pai, lá em casa.

Ele não respondeu; em vez disso, deu-lhe as costas.

Com Syl e a olho-morto se juntando a eles, só faltava uma pessoa. Azure aguardava relaxadamente junto aos degraus, vestindo sua couraça e seu manto, os braços cruzados.

— Você tem *certeza* de que não vai mudar de ideia? — perguntou Shallan.

Azure balançou a cabeça.

— Azure — disse Kaladin. — Eu fui grosseiro, mais cedo. Isso não significa que...

— Não é isso. Apenas tenho outra trilha a seguir. Além disso, deixei meus homens para lutar com esses monstros em Kholinar. Não parece certo fazer o mesmo de novo. — Ela sorriu. — Não tema por mim, Filho da Tempestade. Vocês terão uma chance muito melhor se eu ficar... assim como esses marinheiros. Quando vocês, rapazes, reencontrarem o espadachim que lhes ensinou aquele kata matinal, avisem-no de que estou procurando por ele.

— Zahel? — disse Adolin. — Você conhece *Zahel*?

— Somos velhos amigos. Notum, seus marinheiros cortaram aqueles fardos de pano nas formas que pedi?

— Sim — disse o capitão. — Mas eu não entendo...

— Logo entenderá.

Ela fez uma saudação preguiçosa para Kaladin, que respondeu de maneira mais precisa. Então ela acenou para eles com a cabeça e caminhou até o convés principal.

O navio atravessou com estrondo uma grande onda de contas, e algumas entraram pelas portas abertas do convés de carga. Marinheiros com vassouras começaram a varrê-las na direção da abertura.

— Vocês vão ou não vão? — perguntou o capitão a Shallan. — Cada instante que desperdiçam aumenta o perigo para todos nós.

Ele ainda não olhava para Syl. *Certo,* pensou Shallan. Bem, alguém precisava começar a festa. Ela pegou Adolin por uma mão e Padrão pela outra. Kaladin deu os braços para Padrão e Syl, e Adolin agarrou seu espreno. Eles se amontoaram na abertura do porão de carga, olhando para as contas de vidro abaixo. Fervilhando, refletindo a luz de um sol distante, cintilando como um milhão de estrelas...

— Muito bem — disse ela. — Pulem!

Shallan se jogou do navio, acompanhada pelos outros. Chocou-se com as contas, que a engoliram. Eles pareceram escorregar com demasiada facilidade para dentro delas — como antes, quando havia caído naquele oceano, parecia que algo a estava puxando para baixo.

Ela afundou nas contas, que rolavam contra sua pele, sobrepujando seus sentidos com impressões de árvores e pedras. Lutou contra as sensações, esforçando-se para não se debater demais. Agarrou-se a Adolin, mas a mão de Padrão se soltou da dela.

Não posso fazer isso! Não posso deixar que elas me controlem. Não posso...

Alcançaram o fundo, que era raso, ali perto da costa. Então Shallan finalmente se permitiu sugar das Tempestades. A quantidade de uma preciosa gema. A Luz a sustentou, a acalmou. Procurou no bolso a conta que havia recolhido do balde mais cedo.

Quando alimentou a conta com Luz das Tempestades, as outras contas ao redor tremeram, então *recuaram*, formando as paredes e o teto de uma sala pequena. A Luz das Tempestades emanando da sua pele iluminava o lugar com um brilho tênue. Adolin soltou a mão dela e caiu de joelhos, tossindo e arquejando. A sua olho-morto só ficou por ali, como sempre.

— Danação — disse Adolin, ofegante. — Afogamento sem água. Não deveria ser tão difícil, deveria? Só precisamos prender a respiração...

Shallan foi até a lateral da sala, prestando atenção. Sim... quase podia ouvir as contas sussurrando para ela sob seus estalidos. Ela mergulhou a mão através da parede e seus dedos tocaram pano. Segurou e, um momento depois, Kaladin agarrou o braço dela e se puxou para dentro da sala feita de contas, cambaleando e caindo de joelhos.

Ele não estava brilhando.

— Você não usou uma gema? — indagou Shallan.

— Quase tive que usar — respondeu ele, respirando fundo algumas vezes, então se levantando. — Mas precisamos economizá-las. — Ele se virou. — Syl?

Um barulho no outro lado da câmara anunciou a aproximação de alguém. Quem quer que fosse, não conseguiu entrar até que Shallan foi até lá e rompeu a superfície da parede de contas com a mão. Padrão entrou e olhou ao redor da sala, zumbindo alegremente.

— Hmm. Um belo padrão, Shallan.

— Syl — repetiu Kaladin. — Nós saltamos de mãos dadas, mas ela me soltou. Onde...

— Ela vai ficar bem — disse Shallan.

— Hmm — concordou Padrão. — Esprenos não precisam de ar.

Kaladin respirou fundo, então assentiu. Ele começou a andar de um lado para outro mesmo assim, então Shallan se sentou no chão para esperar, a mochila no colo. Cada um deles carregava uma muda de roupa, três garrafas d'água, e parte da comida que Adolin havia comprado. Com sorte, seria o bastante para alcançar a Cidade de Thaylen.

Então ela teria que fazer o Sacroportal funcionar.

Esperaram o máximo que ousavam, torcendo para que os Moldados houvessem passado por eles, perseguindo o navio. Finalmente, Shallan se levantou e apontou.

— Naquela direção.

— Tem certeza? — indagou Kaladin.

— Sim. Até o declive concorda. — Ela chutou o chão de obsidiana, que formava uma leve inclinação.

— Certo — disse Adolin. — Segurem as mãos uns dos outros.

Eles obedeceram e assim, com o coração palpitante, Shallan recuperou a Luz das Tempestades da sua sala oca. As contas desabaram, envolvendo-a.

Eles começaram a subir o declive, contra a maré das contas. Era mais difícil do que havia imaginado; a corrente de contas se deslocando parecia determinada a detê-los. Ainda assim, ela tinha Luz das Tempestades para sustentá-la. Logo alcançaram um lugar onde o terreno era íngreme demais para caminhar com facilidade. Shallan soltou as mãos dos homens e subiu apressadamente.

Um momento depois que sua cabeça atravessou a superfície, Syl apareceu na margem, estendendo a mão e ajudando Shallan a subir os últimos passos. Contas rolaram da sua roupa, tilintando contra o chão, enquanto os outros emergiam na costa.

— Eu vi o inimigo passar voando — disse Syl. — Estava escondida ali nas árvores.

A pedido dela, eles adentraram a floresta de plantas de vidro antes de se acomodarem para se recuperar da fuga. Shallan imediatamente ficou ansiosa para pegar o caderno de desenho. Aquelas árvores! Os troncos eram translúcidos; as folhas pareciam ter sido feitas por sopradores de vidro em uma profusão de cores. Musgo pendia de um galho feito vidro verde derretido, filamentos pendendo em linhas sedosas. Quando ela os tocou, se desfizeram.

Acima, as nuvens ondulavam com a iridescência madrepérola que indicava outra grantormenta no mundo real. Shallan mal podia vê-la através da copa das árvores, mas o efeito sobre Padrão e Syl foi imediato. Eles se empertigaram e a cor pálida de Syl ganhou vida até chegar a um saudável branco-azulado. A cabeça de Padrão se alterava com mais rapidez, girando por uma dúzia de ciclos em uma questão de minutos.

A pele de Shallan ainda deixava uma trilha de Luz das Tempestades; absorvera uma grande quantidade, mas ainda não perdera Luz *demais*. Devolveu-a à gema, um processo que não compreendia muito bem, mas que ao mesmo tempo parecia natural.

Ali perto, Syl olhou para sudeste com uma expressão meio nostálgica e distante.

— Syl? — chamou Shallan.

— Há uma tempestade naquela direção também... — sussurrou ela, então se sacudiu e pareceu constrangida.

Kaladin pegou duas gemas.

— Muito bem, vamos voar — disse ele.

Haviam decidido usar a Luz das Tempestades de duas gemas para voar, uma aposta para conseguir uma vantagem na caminhada — e se afastar da costa. Com sorte, os Moldados não seriam *tão* duros com os esprenos de honra. Shallan se preocupava com eles, mas estava igualmente preocupada com o que aconteceria se os Moldados voltassem para caçar seu grupo.

Um voo curto faria com que avançassem terra firme adentro o bastante para que fosse difícil localizá-los. Quando pousassem, caminhariam por vários dias pelo território de Shadesmar antes de alcançar a ilha de Thaylenah, que se manifestaria como um lago ali. A Cidade de Thaylen, e seu Sacroportal, estariam na borda daquele lago.

Kaladin Projetou-os um de cada vez — e, felizmente, suas artes funcionaram nos esprenos tanto quanto nos humanos. Levantaram voo e iniciaram a última parte da jornada.

III

ESTELA DE EILA

Não é necessária uma leitora cuidadosa para discernir que listei apenas oito dos Desfeitos aqui. As lendas garantem que havia nove, um número profano, assimétrico e frequentemente associado com o inimigo.

—Da *Mítica* de Hessi, página 266

DALINAR SAIU DO EDIFÍCIO de controle do Sacroportal para a Cidade de Thaylen, e foi recebido pelo homem que mais queria socar em toda Roshar.

Meridas Amaram estava emperrtigado no seu uniforme da Casa Sadeas, rosto estreito e escanhoado, queixo quadrado. Alto, disciplinado, com botões brilhantes e uma postura atenta, ele era a imagem do perfeito oficial alethiano.

— Relatório — disse Dalinar, torcendo para que sua voz não expressasse sua aversão.

Amaram — Sadeas — acompanhou seu passo, e caminharam até a borda da plataforma do Sacroportal, com vista para a cidade. Os guardas de Dalinar lhes deram espaço para conversar.

— Nossas equipes fizeram maravilhas por essa cidade, Luminobre — disse Amaram. — Nós concentramos as atenções iniciais nos destroços fora das muralhas. Fiquei preocupado que pudessem oferecer cobertura a uma força invasora... e material para construir uma rampa para subir a muralha.

De fato, a planície diante das muralhas da cidade — que outrora abrigavam os mercados e armazéns das docas — estava completamente limpa. Um campo de matança, interrompido por silhuetas ocasionais de fundações despedaçadas. Só o Todo-Poderoso sabia por que os militares thaylenos haviam permitido uma coleção de edifícios *fora* das muralhas, para começo de conversa; teria sido um pesadelo defendê-los.

— Nós reforçamos os pontos onde a muralha estava enfraquecida — continuou Amaram, gesticulando. — Não é alta pelos padrões de Kholinar, mas ainda assim é uma fortificação impressionante. Esvaziamos os edifícios mais próximos do lado de dentro para fornecer áreas de preparação e recursos, e meu exército está acampado ali. Então ajudamos com a reconstrução geral.

— A cidade parece muito melhor — observou Dalinar. — Seus homens fizeram um bom trabalho.

— Então talvez possa dar fim à nossa penitência — replicou Amaram.

Ele disse isso de modo direto, embora um espreno de raiva — uma poça de sangue fervente — tenha brotado sob seu pé direito.

— Seu trabalho aqui foi importante, soldado. Você não só reconstruiu uma cidade como reconstruiu a confiança do povo thayleno.

— Decerto — acrescentou Amaram, em um tom mais suave. — E eu *vejo* a importância tática de conhecer as fortificações inimigas.

Seu idiota.

— Os thaylenos não são nossos inimigos.

— Expressei-me mal. Contudo, não posso ignorar que as tropas *Kholin* foram destacadas para a fronteira entre nosso reino e Jah Keved. Seus homens vão libertar nossa terra natal, enquanto os *meus* passam seus dias cavando rochas. Você entende o efeito que isso tem sobre a moral deles, ainda mais considerando que muitos ainda acreditam que você assassinou seu grão-príncipe.

— Eu *espero* que o líder atual deles tenha se empenhado em desfazer noções falsas como essa.

Amaram finalmente voltou-se para fitar Dalinar nos olhos. Os esprenos de raiva ainda estavam presentes, muito embora o tom dele fosse preciso e militar.

— Luminobre. Eu sei que é um homem realista. Modelei minha carreira pela sua. Francamente, mesmo que o *tenha* matado... o que eu sei que precisa negar... eu o respeitaria por isso. Torol era um risco para esta nação. Deixe-me *provar* a você que eu não sou. Raios, Dalinar! Sou seu melhor general de linha de frente, e você sabe disso. Torol passou anos desperdiçando minhas habilidades porque minha reputação o intimidava. Não cometa o mesmo erro. Faça *uso* de mim. Deixe-me lutar por Alethkar, em vez de beijar os pés de comerciantes thaylenos! Eu...

— Basta — cortou Dalinar. — Siga suas ordens. É *assim* que provará seu valor.

Amaram deu um passo para trás, então — depois de uma pausa deliberada — fez uma saudação. Ele girou sobre os calcanhares e marchou cidade adentro.

Esse homem..., pensou Dalinar. Pretendera contar a ele que aquela ilha abrigaria as linhas de frente da guerra, mas a conversa saíra de seu controle. Bem, Amaram talvez obtivesse em breve o combate que desejava — um fato que ele logo descobriria, na reunião planejada.

Botas soaram na pedra atrás dele enquanto um grupo de homens em uniformes azuis se juntou a Dalinar na borda do platô.

— Permissão para apunhalá-lo um pouquinho, senhor — disse Teft, o líder dos carregadores de pontes.

— Como se apunhala alguém "um pouquinho", soldado?

— Eu consigo — disse Lyn. — Acabei de começar meu treinamento com a lança. Podemos alegar que foi um acidente.

— Não, não — interveio Lopen. — Você quer apunhalá-lo um pouquinho? Deixe com meu primo Huio, senhor. Ele é especialista em coisas miudinhas.

— Piada com o meu tamanho? — disse Huio no seu alethiano rudimentar. — Fique feliz que não tenho uma paciência miudinha.

— Só estou tentando te envolver na conversa, Huio. Eu sei que a maioria das pessoas passa por cima de você. É fácil fazer isso, sabe...

— Sentido! — ordenou Dalinar bruscamente, embora na verdade estivesse sorrindo. Eles apressadamente entraram em formação. Kaladin os treinara bem.

— Vocês têm... — Dalinar verificou o relógio no braço — trinta e sete minutos até a reunião, homens. E, hã, mulheres. Não se atrasem.

Eles partiram, conversando entre si. Navani, Jasnah e Renarin se juntaram a Dalinar logo depois, e sua esposa ofereceu-lhe um sorriso matreiro quando notou que ele estava olhando de novo para o relógio de braço. A tormentosa mulher conseguira fazer com que começasse a chegar cedo aos compromissos simplesmente amarrando um dispositivo no seu braço.

Enquanto se reuniam, o filho de Fen subiu pela plataforma do Sacroportal e saudou Dalinar calorosamente.

— Temos aposentos para vocês, acima do templo onde haverá a reunião. Eu... bem, nós sabemos que vocês não vão *precisar* deles, já que podem simplesmente ir de Sacroportal para casa em um instante...

— Nós os aceitaremos com prazer, filho — respondeu Dalinar. — Eu gostaria de um momento de descanso e tempo para pensar.

O jovem sorriu. Dalinar *nunca* se acostumaria com aquelas sobrancelhas arrepiadas.

Eles desceram da plataforma e um guarda thayleno liberou sua passagem. Uma escriba avisou via telepena que a próxima transferência já podia ser feita. Dalinar parou para assistir. Um minuto depois houve um lampejo, cercando o Sacroportal com luz. Os Sacroportais estavam sob uso quase perpétuo atualmente — Malata estava operando o dispositivo naquele dia, como era seu dever cada vez mais frequente.

— Tio? — chamou Jasnah quando ele se demorou.

— Só estou curioso para ver quem está chegando em seguida.

— Posso verificar os registros para o senhor... — ofereceu Jasnah.

Os recém-chegados se revelaram um grupo de comerciantes thaylenos em trajes pomposos. Eles desceram pela rampa maior, cercados por guardas e acompanhados por vários homens carregando baús enormes.

— Mais banqueiros — observou o filho de Fen. — O silencioso colapso econômico de Roshar continua.

— Colapso? — disse Dalinar, surpreso.

— Banqueiros de todo o continente têm saído das cidades — explicou Jasnah, apontando. — Está vendo aquele edifício que é praticamente uma fortaleza, na frente do Distrito Antigo, lá embaixo? É a Reserva de Gemas Thaylena.

— Governos locais terão dificuldade em financiar tropas depois disso — comentou o filho de Fen com uma careta. — Terão que escrever para cá por meio de telepenas autorizadas e pedir que esferas sejam mandadas para eles. Vai ser um pesadelo logístico para qualquer um que não esteja perto de um Sacroportal.

Dalinar franziu o cenho.

— Vocês não poderiam encorajar os comerciantes a ficar e apoiar as cidades onde estão?

— Senhor! Senhor, forçar os comerciantes a obedecer autoridade *militar*?

— Esqueça a pergunta — disse Dalinar, trocando olhares com Navani e Jasnah.

Navani ofereceu-lhe um sorriso terno diante do que foi uma enorme gafe, mas ele suspeitava que Jasnah concordasse. Ela provavelmente teria tomado o controle dos bancos e os utilizado para custear a guerra.

Renarin se demorou, olhando para os comerciantes.

— Quão grandes são as gemas que eles trouxeram? — perguntou ele.

— Como assim, Luminobre? — disse o filho de Fen, olhando de relance para Dalinar em busca de ajuda. — Devem ser esferas. Esferas normais.

— Alguma gema maior? — indagou Renarin, e se voltou para eles. — Em algum lugar da cidade?

— Claro, muitas — disse o filho de Fen. — Algumas são peças realmente bonitas, como em toda cidade. Hum... Por quê, Luminobre?

— Por nada — respondeu Renarin. E não falou mais nada.

DALINAR JOGOU ÁGUA NO rosto de uma bacia em seus aposentos, que era uma vila acima do templo de Talenelat, no nível superior da cidade — o Distrito Real. Ele enxugou o rosto com a toalha e voltou a atenção para o Pai das Tempestades.

— Está se sentindo melhor?

Eu não sinto como os homens. Não adoeço como os homens. Eu sou. O Pai das Tempestades trovejou. *Eu podia ter sido destruído, contudo. Estilhaçado em mil pedaços. Estou vivo apenas porque o inimigo teme se expor a um ataque da parte de Cultura.*

— Então, ela ainda está viva? O terceiro deus?

Sim. Você a conheceu.

— Eu... Eu a *conheci*?

Você não lembra. Mas, normalmente, ela se esconde. Covardia.

— Talvez seja sabedoria — comentou Dalinar. — A Guardiã da Noite...

Não é ela.

— Sim, você disse. A Guardiã da Noite é como você. Mas existem outros? Esprenos como você, ou como a Guardiã da Noite? Esprenos que são sombras dos deuses?

Existe... uma terceira parte. Não está conosco.

— Se escondendo?

Não. Hibernando.

— Conte-me mais.

Não.

— Mas...

Não! Deixe-lhe em paz. Vocês já lhe causaram muito sofrimento.

— Tudo bem — disse Dalinar, deixando de lado a toalha e se inclinando contra a janela.

O ar cheirava a maresia, lembrando-o de algo que ainda não estava claro em sua mente. Um último buraco em sua memória. Uma viagem marítima.

E sua visita ao Vale.

Olhou para a cômoda ao lado da bacia, onde estava um livro escrito em glifos thaylenos pouco familiares. Um pequeno bilhete ao lado dele, em glifos alethianos, dizia "Passagem. Rei." Fen havia lhe deixado um presente, uma cópia de *O caminho dos reis* em thayleno.

— Eu consegui — disse Dalinar. — Eu os uni, Pai das Tempestades. Mantive meu juramento e reuni os homens em vez de dividi-los. Talvez seja uma penitência, em algum pequeno nível, pela dor que causei.

O Pai das Tempestades trovejou em resposta.

— Ele se... importava com o que sentíamos? — perguntou Dalinar. — Honra, o Todo-Poderoso? Ele realmente se importava com o sofrimento dos homens?

Sim. Naquela época, eu não entendia por quê, mas agora entendo. Odium está mentindo quando alega ser o único que possui paixão. O Pai das Tempestades fez uma pausa. *Eu me lembro... no final... Honra estava mais obcecado com juramentos. Havia ocasiões quando o juramento em si era mais importante do que o significado por trás dele. Mas ele não era um monstro desapaixonado. Ele amava a humanidade. Morreu defendendo vocês.*

Dalinar encontrou Navani entretendo Taravangian na área comum da sua vila.

— Vossa Majestade? — indagou Dalinar.

— Pode me chamar de Vargo, se quiser — disse Taravangian, andando de um lado para outro sem olhar para Dalinar. — Era assim que me chamavam quando jovem...

— O que houve?

— Só estou preocupado. Minhas eruditas... Não é nada, Dalinar. Nada. Tolice. Eu estou... estou bem, hoje. — Ele parou e fechou seus olhos cinza-pálidos com força.

— Isso é bom, não é?

— Sim. Mas hoje não é um dia para ser desalmado. Então, me preocupo.

Desalmado? O que ele queria dizer?

— Quer se ausentar da reunião? — perguntou Navani.

Taravangian sacudiu a cabeça rapidamente.

— Vamos. Vamos indo. Vou melhorar... melhorar quando começarmos. Tenho certeza.

Enquanto adentrava a câmara principal do templo, Dalinar percebeu que estava ansioso pela reunião.

Que estranha revelação. Havia passado tanto tempo da juventude e meia-idade temendo a política e a lenga-lenga interminável das reuniões. Agora estava *empolgado*. Podia ver os traços de algo grandioso naquela câmara. A delegação azishiana foi saudada calorosamente pela Rainha Fen, com a Vizir Noura chegando a dar a Fen um poema que havia escrito em agradecimento pela hospitalidade thaylena. O filho de Fen fez questão de se sentar junto de Renarin e conversar com ele. O Imperador Yanagawn parecia confortável no seu trono, cercado por aliados e amigos.

A Ponte Quatro trocava piadas com os guardas do Grão-príncipe Aladar, enquanto Lift, a Dançarina de Precipícios, estava empoleirada em um parapeito de janela ali perto, escutando com a cabeça inclinada para o lado. Além das cinco batedoras uniformizadas, duas mulheres em havahs haviam se juntado à Ponte Quatro. Elas carregavam blocos de anotações e lápis, e haviam costurado insígnias da Ponte Quatro no alto das mangas dos vestidos — o lugar onde escribas costumavam usar insígnias de pelotão.

Grão-príncipes alethianos, vizires azishianos, Cavaleiros Radiantes e almirantes thaylenos, todos na mesma sala. O primeiro de Emul conversando sobre táticas com Aladar, que estava auxiliando o país sitiado. O General Khal e Teshav conversavam com a princesa de Yezier, que estava olhando para Halam Khal — o filho mais velho deles — todo garboso na Armadura Fractal do pai, junto à porta. Havia discussões sobre uma união política; seria a primeira em séculos entre um principado alethiano e um makabakiano.

Você deve uni-los. Uma voz sussurrou as palavras na mente de Dalinar, ecoando com o mesmo som ressonante de meses atrás, quando havia começado a ter as visões.

— Estou fazendo isso — sussurrou Dalinar de volta.

Você deve uni-los.

— Pai das Tempestades, é você? Por que fica repetindo isso para mim?

Eu não disse nada.

Estava ficando difícil distinguir entre os próprios pensamentos e as coisas que vinham do Pai das Tempestades. Visões e memórias lutavam por espaço em seu cérebro. Para clarear a mente, ele andou pelo perímetro circular da câmara do templo. Murais nas paredes, que ele havia reconstruído com suas habilidades, representavam o Arauto Talenelat em várias das suas muitas, muitas últimas batalhas contra os Esvaziadores.

Um grande mapa havia sido montado em uma parede, representando o Mar de Tarat e arredores, com marcadores nos locais da frota deles. A sala ficou em silêncio enquanto Dalinar se aproximava para estudar o mapa. Ele olhou por um instante para além das portas do templo, na direção da baía. Alguns dos navios mais rápidos da frota deles já haviam chegado, com as bandeiras de Kharbranth e Azir.

— Vossa Excelência — disse Dalinar a Yanagawn. — Poderia compartilhar notícias sobre suas tropas?

O imperador deu a Noura permissão de fazer o relatório. A frota principal estava a menos de um dia de distância. Seus navios batedores, como ela os chamava, não encontraram indicações do avanço inimigo. Temiam que o inimigo se movesse durante a janela entre as tempestades, mas até o momento não havia sinal dele.

Os almirantes começaram a discutir como melhor patrulhar os mares enquanto mantinham a Cidade de Thaylen em segurança. Dalinar ficou satisfeito com a conversa, principalmente porque os almirantes pareciam pensar que a Cidade de Thaylen já não corria mais tanto perigo. Um grão--príncipe vedeno havia conseguido posicionar um batedor a pé perto o bastante de Marat para contar os navios no cais. Mais de uma centena de naus aguardava em vários atracadouros e docas ao longo da costa. Qualquer que fosse o motivo, elas não estavam prontas para partir ainda, o que era uma bênção.

A reunião seguiu em frente, com Fen tardiamente dando boas-vindas a todos — Dalinar percebeu que deveria ter deixado que ela assumisse o comando desde o início. Fen descreveu as defesas da Cidade de Thaylen e levantou preocupações dos seus mestres de guilda em relação às tropas de Amaram. Aparentemente, elas andavam farreando.

Amaram se enrijeceu ao ouvir isso. Tinha muitos defeitos, mas gostava de manter seu exército disciplinado.

Em algum momento, perto do fim dessa discussão, Dalinar notou que Renarin se remexia de modo desconfortável na cadeira. Enquanto os escribas azishianos começavam a explicar seu código de regras e diretrizes para a coalização, Renarin pediu licença em uma voz rouca e saiu.

Dalinar olhou para Navani, que parecia perturbada. Jasnah levantou--se para segui-lo, mas foi interrompida por uma escriba que lhe entregou uma pequena resma de documentos. Ela os pegou e se pôs ao lado de Navani para que pudessem estudá-los juntas.

Deveríamos fazer um intervalo?, pensou Dalinar, olhando seu relógio de antebraço. Só estavam ali há uma hora, e os azishianos estavam obviamente empolgados com suas diretrizes.

O Pai das Tempestades trovejou.

O que foi?, pensou Dalinar.

Alguma coisa... alguma coisa está chegando. Uma tempestade.

Dalinar se levantou, olhando ao redor da sala, quase esperando que assassinos atacassem. Seu movimento súbito chamou a atenção de um dos vizires azishianos, um homem baixo com um chapéu enorme.

— O que foi, Luminobre? — disse o intérprete a pedido do vizir.

— Eu... — Dalinar podia sentir. — Algo está errado.

— Como assim, Dalinar? — disse Fen. — Do que está falando?

Telepenas subitamente começaram a piscar por toda a sala. Uma dúzia de rubis brilhando. O coração de Dalinar falhou. Esprenos de expectativa surgiram ao redor dele, flâmulas oscilando a partir do chão, enquanto escribas agarravam as telepenas piscando de caixas ou de cintos e as preparavam para que começassem a escrever.

Jasnah não notou que uma das dela estava piscando. Estava distraída demais pelo que ela e Navani estavam lendo.

— A Tempestade Eterna acabou de atingir Shinovar — explicou a Rainha Fen finalmente, lendo sobre o ombro de uma escriba.

— Impossível! — disse Ialai Sadeas. — Faz apenas cinco dias desde a última! Elas vêm em intervalos de nove dias.

— Sim, bem, acho que temos bastantes confirmações — disse Fen, indicando as telepenas.

— A tempestade é nova demais — disse Teshav, apertando mais seu xale enquanto lia. — Não a conhecemos bem o bastante para julgar verdadeiramente seus padrões. Os relatos de Steen dizem que foi particularmente violenta dessa vez, se movendo mais rápido do que antes.

Dalinar sentiu frio.

— Quanto tempo até ela nos alcançar? — perguntou Fen.

— Horas ainda — disse Teshav. — Pode levar um dia inteiro para que a grantormenta atravesse toda Roshar, e a Tempestade Eterna é mais lenta. Normalmente.

— Ela está se movendo mais rápido, contudo — disse Yanagawn através do seu intérprete. — A que distância estão nossos navios? Como vamos abrigá-los?

— Paz, Vossa Excelência — replicou Fen. — Os navios estão perto, e as novas docas que ficam a quilômetros de distância ao longo da costa são abrigadas a leste e oeste. Só precisamos garantir que a frota vá para lá diretamente, em vez de parar aqui para descarregar as tropas.

A sala zumbia com conversas enquanto vários grupos recebiam relatos dos seus contatos em Tashikk, que por sua vez estavam repassando informações de contatos em Iri, Steen ou até mesmo Shinovar.

— Devíamos fazer uma curta pausa — disse Dalinar.

Os outros concordaram, distraídos, e se separaram em grupos espalhados pela sala. Dalinar voltou à sua cadeira, soltando uma respiração há muito contida.

— Não é tão ruim. Podemos lidar com isso.

Não era isso, disse o Pai das Tempestades. Ele trovejou, sua voz preocupada tornando-se muito baixa enquanto continuava. *Há mais.*

Dalinar se pôs de pé de novo, seus instintos levando-o a estender a mão para o lado, dedos abertos, para invocar uma Espada que não possuía mais. A Ponte Quatro respondeu imediatamente, deixando cair a comida da mesa de quitutes, agarrando lanças. Ninguém mais pareceu notar.

Mas... notar o quê? Não veio ataque algum. Conversas continuavam de todos os lados. Jasnah e Navani estavam ainda lado a lado, lendo. Navani arquejou baixinho, levando a mão segura à boca. Jasnah olhou para Dalinar, lábios apertados em uma linha.

A mensagem delas não era sobre a tempestade, pensou Dalinar, puxando sua cadeira até elas.

— Tudo bem — sussurrou ele, embora estivessem longe o bastante dos outros grupos para ter alguma privacidade. — O que foi?

— Houve um avanço na tradução do Canto do Alvorecer — sussurrou Navani. — Equipes em Kharbranth e nos monastérios de Jah Keved chegaram à descoberta separadamente, usando a semente que fornecemos através das visões. Estamos finalmente recebendo traduções.

— Isso é bom, certo? — disse Dalinar.

Jasnah suspirou.

— Tio, a peça que as historiadoras estavam *mais* ansiosas para traduzir é chamada de Estela de Eila. Outras fontes alegam que é antiga, talvez o documento mais antigo na memória escrita, supostamente feita pelos próprios Arautos. Pela tradução que enfim chegou hoje, o entalhe parece ser o relato de alguém que testemunhou a *primeira* vinda dos Esvaziadores, muito, muito tempo atrás. Antes mesmo da primeira Desolação.

— Pelo sangue dos meus ancestrais — disse Dalinar. Antes da primeira Desolação? A *última* Desolação acontecera há mais de quatro mil anos. Eles estavam falando de eventos perdidos no tempo. — E... podemos lê-la?

— "Eles vieram de outro mundo" — recitou Navani, lendo a partir da sua folha. — "Usando poderes que havíamos sido proibidos de tocar. Poderes perigosos, de esprenos e Fluxos. Eles destruíram suas terras e vieram até nós, implorando."

"'Nós os acolhemos, como comandaram os deuses. O que mais podíamos fazer? Eles eram uma gente desamparada, sem lar. Nossa piedade nos destruiu. Pois a traição deles se estendeu até mesmo aos nossos deuses: aos esprenos, pedras e ventos.

"'Cuidado com os alienígenas. Os traidores. Aqueles com línguas doces, mas mentes sedentas de sangue. Não os acolham. Não os socorram. Foram bem nomeados Esvaziadores, porque trouxeram o vazio. O poço oco que suga toda emoção. Um novo deus. O deus deles.

"'Esses Esvaziadores não conhecem canções. Não conseguem ouvir Roshar e, para onde quer que vão, levam o silêncio. Parecem frágeis, sem conchas, mas são duros. Eles só têm um coração, que jamais ganha vida.'"

Ela baixou a página.

Dalinar franziu o cenho. *É bobagem*, pensou. *O texto está alegando que os primeiros parshemanos invasores não tinham carapaças? Mas como o escritor poderia saber que os parshemanos* deveriam *ter carapaças? E que história é essa sobre canções...*

Então tudo se encaixou.

— Isso não foi escrito por um humano — sussurrou Dalinar.

— Não, tio — disse Jasnah baixinho. — O escritor era um Cantor do Alvorecer, um dos habitantes originais de Roshar. Os Cantores do Alvorecer não eram esprenos, como a teologia costuma postular; tampouco eram Arautos. Eles eram parshemanos. E as pessoas que receberam em seu mundo, os alienígenas...

— Éramos nós — sussurrou Dalinar. Ele sentiu frio, como se houvesse sido mergulhado em água gelada. — Eles chamaram a *nós* de Esvaziadores.

Jasnah suspirou.

— Eu suspeitava disso há algum tempo. A primeira Desolação foi a invasão de Roshar pela *humanidade*. Nós viemos para cá e tomamos essa terra dos parshemanos... depois de termos acidentalmente destruído nosso antigo mundo com a Manipulação de Fluxos. Essa é a verdade que destruiu os Radiantes.

O Pai das Tempestades trovejou em sua mente. Dalinar fitou a folha de papel na mão de Navani. Um objeto tão pequeno e aparentemente insignificante havia criado tamanho abismo dentro dele.

É verdade, não é?, perguntou ao Pai das Tempestades em pensamento. *Raios... nós não somos os defensores de nossa terra natal.*

Nós somos os invasores.

Ali perto, Taravangian discutia baixinho com suas escribas, então finalmente se levantou. Ele pigarreou e os vários grupos lentamente se detiveram. O contingente azishiano fez com que servos puxassem suas cadeiras de volta para o grupo, e a Rainha Fen voltou ao seu lugar, embora não tenha se sentado. Ficou de pé, braços cruzados, parecendo perturbada.

— Tenho notícias desconcertantes — declarou Taravangian. — Vieram por telepena, agora mesmo. Elas envolvem o Luminobre Kholin. Não quero ser indelicado...

— Não — disse Fen. — Eu também ouvi. Vou precisar de uma explicação.

— De acordo — disse Noura.

Dalinar se levantou.

— Compreendo que seja perturbador. Eu... Eu não tive tempo para me adaptar. Talvez possamos encerrar a reunião e nos ocuparmos da tempestade primeiro? Podemos discutir isso depois.

— Talvez — disse Taravangian. — Sim, talvez. Mas *é* um problema. Acreditávamos que a nossa guerra fosse justa, mas essas notícias sobre as origens da humanidade me deixaram desconcertado.

— Do que está falando? — perguntou Fen.

— Das notícias dos tradutores vedenos? Textos antigos afirmando que os humanos vieram de outro mundo?

— Bah — retrucou Fen. — Livros poeirentos e ideias para filósofos. O que *eu* quero é saber sobre esse negócio de grão-rei!

— *Grão-rei?* — indagou Yanagawn através de um intérprete.

— Tenho aqui um ensaio — disse Fen, batendo os papéis contra a mão — de Zetah, a Sonora, alegando que antes que o Rei Elhokar partisse para Alethkar, ele *jurou* a Dalinar que o aceitava como imperador.

A Vizir Noura ergueu-se bruscamente da cadeira.

— O quê?

— Imperador é um exagero! — protestou Dalinar, tentando se reorientar para aquele ataque inesperado. — É uma questão interna alethiana.

Navani se pôs ao lado dele.

— Meu filho estava apenas preocupado sobre sua relação política com Dalinar. Preparamos uma explicação para todos vocês, e nossos grão--príncipes podem confirmar que *não* estamos procurando expandir nossa influência sobre suas nações.

— E isso aqui? — quis saber Noura, estendendo algumas páginas. — Vocês também estavam preparando uma explicação para *isso*?

— O que é isso? — indagou Dalinar, se preparando.

— Relatos de duas visões que você *não* compartilhou conosco. Onde você supostamente encontrou e confraternizou com um ser conhecido como Odium.

Atrás de Dalinar, Lift arquejou. Ele olhou para ela e para os homens da Ponte Quatro, que murmuravam entre si.

Isso é mau, pensou Dalinar. *Coisas demais, rápido demais para que eu possa controlar.*

Jasnah levantou-se de um salto.

— Isso obviamente é uma tentativa concentrada de destruir nossa reputação. Alguém *deliberadamente* liberou todas essas informações ao mesmo tempo.

— É verdade? — perguntou Noura em alethiano. — Dalinar Kholin, *você se encontrou com nosso inimigo?*

Navani agarrou seu braço. Jasnah sutilmente balançou a cabeça: *não responda.*

— Sim — admitiu Dalinar.

— Ele disse que você destruiria Roshar? — perguntou Noura, direta.

— E esse antigo registro? — disse Taravangian. — Ele alega que os Radiantes *já* destruíram um mundo. Não foi isso que acabou com eles? Temeram que seus poderes não pudessem ser controlados!

— Ainda estou tentando entender essa bobagem de grão-rei — acrescentou Fen. — Como pode ser apenas uma "questão interna alethiana" se permitiu que outro rei prestasse juramento a você?

Todos começaram a falar ao mesmo tempo. Navani e Jasnah se adiantaram, respondendo aos ataques, mas Dalinar só afundou na cadeira. Tudo estava caindo aos pedaços. Uma espada, tão afiada quanto qualquer arma em um campo de batalha, havia perfurado o coração de sua aliança.

Era isso que você temia, ele pensou. *Um mundo que gira não devido à força dos exércitos, mas devido aos interesses de escribas e burocratas.*

E, naquele mundo, ele acabara de ser habilmente acuado.

PARA OS VIVOS

Estou certa de que existem nove Desfeitos. Existem muitas lendas e nomes que posso ter interpretado errado, juntando dois Desfeitos em um só. Na próxima seção, discutirei minhas teorias sobre isso.

— Da *Mítica* de Hessi, página 266

KALADIN SE RECORDAVA DO beijo de uma mulher.

Tarah havia sido especial. Filha olhos-escuros de um mestre quarteleiro assistente, ela havia crescido auxiliando o trabalho do pai. Embora fosse cem por cento alethiana, preferia vestidos de um estilo thayleno antiquado, que tinham a frente semelhante a um avental, com alças sobre os ombros e saias que terminavam abaixo dos joelhos. Ela costumava vestir uma camisa de botão por baixo, geralmente de uma cor viva — mais viva do que a maioria dos olhos-escuros podia bancar. Tarah sabia como aproveitar ao máximo suas esferas.

Naquele dia, Kaladin estava sentado em um toco, sem camisa, suando. A tarde estava esfriando enquanto o sol se punha, e ele estava aproveitando o restinho de calor. Com a lança pousada no colo, ele brincava com uma pedra branca, marrom e negra. Cores alternadas.

O calor do sol foi espelhado quando uma pessoa cálida o abraçou por trás, envolvendo o peito dele. Kaladin pousou a mão calejada na mão macia de Tarah, sorvendo seu perfume — de uniformes engomados, couro novo e outras coisas limpas.

— Você acabou cedo — comentou ele. — Pensei que tinha verdinhos para vestir.

— Deixei a garota nova cuidando do resto.

— Estou surpreso. Sei o quanto você gosta dessa parte.

— Raios — disse ela, dando a volta até ficar diante dele. — Eles ficam *tão* envergonhados enquanto tomo suas medidas. "Calma lá, garoto. Não estou paquerando você só porque estou pressionando uma fita métrica contra seu peito, juro..." — Ela levantou a lança dele, fitando-a com um ar crítico, testando o equilíbrio. — Gostaria que me deixasse requisitar uma lança nova para você.

— Eu gosto dessa. Levei uma eternidade para encontrar uma longa o bastante.

Ela espiou o comprimento da arma para ter certeza de que estava reta. Nunca confiaria naquela lança, porque não a requisitara pessoalmente para ele. Naquele dia, Tarah estava de verde, sob uma saia marrom, seu cabelo negro preso em um rabo de cavalo. Ligeiramente roliça, com um rosto redondo e um porte firme, a beleza de Tarah era sutil. Como uma gema bruta. Quanto mais se olhava para ela — quanto mais se descobria suas facetas naturais —, mais a amava. Até que um dia se percebia que nunca conhecera nada tão maravilhoso.

— Algum menino novo entre os verdinhos? — perguntou Kaladin, se levantando e guardando no bolso a pedra de Tien.

— Não reparei.

Ele grunhiu, acenando para Gol — um dos outros líderes de esquadrão.

— Você sabe que eu gosto de ficar de olho nos garotos que podem precisar de um pouco mais de cuidado.

— Eu sei, mas estava ocupada. Recebemos uma caravana de Kholinar hoje. — Ela se inclinou para perto dele. — Havia farinha de verdade em um dos pacotes. Aproveitei alguns favores que me deviam. Lembra como eu queria que você experimentasse o pão thayleno do meu pai? Achei que podíamos fazer isso esta noite.

— Seu pai me odeia.

— Ele está mudando de ideia. Além disso, adora qualquer um que elogie seu pão.

— Eu tenho treinamento noturno.

— Você acabou de treinar.

— Eu só acabei de me aquecer. — Ele olhou para ela, então fez uma careta. — Fui eu que organizei o treinamento noturno, Tarah. Não posso simplesmente faltar. Além disso, achei que você estaria ocupada a noite toda. Talvez amanhã, almoço?

Ele a beijou no rosto e recuperou sua lança. Dera apenas um passo quando ela falou:

— Estou indo embora, Kal.

Ele tropeçou nos próprios pés, então se virou.

— O quê?

— Vou me mudar. Me ofereceram um trabalho de escriba em Tumba Triste, na casa do grão-príncipe. É uma boa oportunidade, ainda mais para alguém como eu.

— Mas... — Ele ficou boquiaberto. — *Ir embora?*

— Eu queria contar para você durante o jantar, não aqui no frio. Mas tenho que ir. Meu pai está ficando mais velho; ele está preocupado que acabe sendo enviado para as Planícies Quebradas. Se eu conseguir trabalho, ele pode se juntar a mim.

Kaladin pôs uma mão na cabeça. Ela não podia simplesmente partir, podia?

Tarah se aproximou, ficou na ponta dos pés e beijou-o de leve nos lábios.

— Você poderia... não ir? — perguntou ele.

Ela balançou a cabeça.

— Talvez eu possa conseguir uma transferência? Para a guarda doméstica do grão-príncipe?

— Você faria isso?

— Eu...

Não. Não faria. Não enquanto carregasse aquela pedra no bolso, não enquanto a memória do seu irmão morrendo estivesse fresca na sua mente. Não enquanto grão-senhores olhos-claros fizessem com que garotos fossem mortos em lutas mesquinhas.

— Ah, Kal — sussurrou ela, então apertou seu braço. — Talvez algum dia você aprenda a estar presente para os vivos, não apenas para os mortos.

Depois que Tarah partiu, ele recebeu duas cartas dela, falando sobre sua vida em Tumba Triste. Pagou alguém para lê-las.

Ele nunca mandou respostas. Porque era estúpido, porque não compreendia. Porque homens cometiam erros quando eram jovens e cheios de raiva.

Porque ela estava certa.

KALADIN POUSOU O ARPÃO no ombro, conduzindo seus companheiros através da estranha floresta. Tinham voado por parte do caminho, mas precisavam conservar o pouco de Luz das Tempestades que restava.

Então, tinham passado os últimos dois dias caminhando. Árvores e mais árvores, esprenos de vida flutuando entre elas, com aparições ocasionais de almas de peixes. Syl repetia que era sorte não terem encontrado quaisquer esprenos de raiva ou outros predadores. Para ela, a floresta estava estranhamente silenciosa, estranhamente vazia.

As árvores selváticas deram lugar a outras mais altas e esculturais, com troncos de um carmesim profundo e galhos como cristais de vermelho-queimado, que, nas pontas, afloravam em pequenas coleções de minerais. A áspera paisagem de obsidiana era cheia de vales fundos e intermináveis colinas. Kaladin estava começando a se preocupar que, apesar do sol imóvel fornecer uma maneira infalível de avaliar sua direção, estivessem seguindo pelo caminho errado.

— Raios, carregadorzinho — reclamou Adolin, subindo a ladeira atrás dele. — Que tal uma pausa?

— Lá no topo — respondeu Kaladin.

Sem Luz das Tempestades, Shallan seguia por último, com Padrão ao seu lado. Esprenos de exaustão circulavam no ar acima, como enormes galinhas. Embora ela tentasse se esforçar, não era um soldado, e frequentemente era a maior limitação ao ritmo deles. Mas, claro, sem suas habilidades cartográficas e a memória da localização exata de Cidade de Thaylen, eles provavelmente não teriam ideia do caminho a seguir.

Felizmente, não havia sinal de perseguição. Ainda assim, Kaladin não deixava de se preocupar com o fato de que estavam se movendo devagar demais.

Estar presente, Tarah lhe dissera. *Para os vivos.*

Ele instigou-os a subir a encosta, passando por uma seção de solo quebrado, onde a obsidiana havia se fragmentado como camadas de crem que não endurecera por completo. A preocupação o fazia avançar. Passo a passo, inexoravelmente.

Precisava chegar ao Sacroportal. *Não* fracassaria como acontecera em Kholinar.

Um único espreno de vento brilhante surgiu junto dele enquanto chegava ao topo da colina. Lá em cima, se pegou olhando para um mar de almas. Milhares e milhares de chamas de velas ondulavam no próximo vale, movendo-se acima do grande oceano de contas de vidro.

Cidade de Thaylen.

Adolin se juntou a ele, então finalmente Shallan e os três esprenos. Shallan suspirou e se ajeitou no chão, tossindo baixinho devido ao esforço da escalada.

Entre o mar de luzes havia dois imensos esprenos, como aqueles que haviam visto em Kholinar. Um cintilava com uma multidão de cores, enquanto o outro reluzia uma superfície negra e oleosa. Ambos estavam de pé, segurando lanças tão longas quanto um edifício. Os sentinelas do Sacroportal, e não pareciam corrompidos.

Abaixo deles, o dispositivo em si se manifestava como uma grande plataforma de pedra com uma ampla e vasta ponte acima das contas que chegava à costa.

Aquela ponte estava guardada por um exército de esprenos inimigos, centenas — talvez milhares — de soldados.

113

O QUE OS HOMENS FAZEM MELHOR

Se estou correta e minha pesquisa estiver certa, então a pergunta permanece. Quem é o nono Desfeito? É realmente Dai--Gonarthis? Se é esse o caso, será que suas ações poderiam ter causado a destruição completa de Aimia?

— Da *Mítica* de Hessi, página 307

DALINAR ESTAVA SOZINHO NOS aposentos que a Rainha Fen dera a ele, olhando pela janela rumo ao oeste. Rumo a Shinovar, muito além do horizonte. Uma terra com feras estranhas como cavalos, galinhas. E humanos.

Deixara os outros monarcas discutindo no templo abaixo; qualquer coisa que ele dissesse só parecia aumentar os abismos entre todos. Não confiavam nele. Nunca haviam realmente confiado nele. Sua cilada havia provado que estavam certos.

Raios. Estava *furioso* consigo mesmo. Deveria ter liberado as visões, conversado imediatamente com os outros sobre Elhokar. Só que havia tanta coisa se acumulando sobre ele. Suas memórias... sua excomunhão... preocupação com Adolin e Elhokar...

Parte dele não deixava de se impressionar com a habilidade com que haviam lhe passado a perna. A Rainha Fen estava desconfiada com a sinceridade de Dalinar; o inimigo fornecera provas perfeitas de que ele tinha motivos políticos ocultos. Noura e os azishianos se preocupavam que os poderes fossem perigosos, sussurrando sobre os Radiantes Perdidos. Para eles, o inimigo indicara que Dalinar estava sendo manipulado por visões malignas. E para Taravangian, que falava com tanta frequência sobre filosofia, o inimigo sugeriu que o fundamento moral deles para a guerra era um embuste.

Ou talvez aquele dardo tivesse sido para o próprio Dalinar. Taravangian dizia que um rei estava justificado em fazer coisas terríveis em nome do Estado. Mas Dalinar...

Por uma vez na vida, havia acreditado que estava fazendo o *certo*.

Você realmente achava que pertenciam a este lugar?, indagou o Pai das Tempestades. *Que eram nativos de Roshar?*

— Sim, talvez. Pensei... que talvez fôssemos originalmente de Shinovar.

Aquela foi a terra que vocês receberam, disse o Pai das Tempestades. *Um lugar onde as plantas e os animais que trouxeram para cá podiam crescer.*

— Nós não conseguimos nos confinar ao que recebemos.

Quando um homem já ficou contente com o que tem?

— Quando qualquer tirano já disse a si mesmo "isso é o bastante"? — sussurrou Dalinar, lembrando-se das palavras que Gavilar dissera certa vez.

O Pai das Tempestades trovejou.

— O Todo-Poderoso escondeu isso dos Radiantes — disse Dalinar. — Quando eles descobriram, abandonaram seus votos.

É mais do que isso. Minha memória desses tempos é... estranha. Primeiro, eu não estava totalmente desperto; era apenas o espreno de uma tempestade. Então eu era como uma criança. Mudado e Moldado durante os desesperados últimos dias de um deus moribundo.

Mas eu lembro. Não foi apenas a verdade sobre a origem da humanidade que causou a Traição. Foi o poderoso e distinto medo de que eles destruiriam este mundo, assim como homens como eles já haviam destruído outro mundo antes. Os Radiantes abandonaram seus votos por esse motivo, como você o fará.

— Eu *não* vou fazer isso — insistiu Dalinar. — *Não vou* deixar meus Radiantes seguirem pelo mesmo destino dos seus predecessores.

Não vai?

A atenção de Dalinar foi atraída por um grupo solene de homens deixando o templo abaixo. A Ponte Quatro, com lanças sobre ombros caídos, as cabeças baixas enquanto marchavam silenciosamente para escadaria abaixo.

Dalinar saiu apressadamente da sua vila e correu pelos degraus para interceptar os carregadores.

— Para onde estão indo? — interpelou ele.

Os homens pararam, formando fileiras em posição de sentido.

— Senhor — disse Teft. — Pensamos em voltar para Urithiru. Deixamos alguns dos homens para trás e eles merecem saber sobre esse negócio com os antigos Radiantes.

— O que descobrimos não muda o fato de que estamos sendo invadidos — disse Dalinar.

— Invadidos por pessoas tentando recuperar sua terra natal — disse Sigzil. — Raios. Eu também estaria furioso.

— Nós deveríamos ser os mocinhos, sabe? — comentou Leyten. — Lutando por uma boa causa, pela primeira vez nas nossas tormentosas vidas.

Ecos dos seus próprios pensamentos. Dalinar descobriu que não conseguia formular um argumento contra isso.

— Vamos ver o que Kal diz — replicou Teft. — Senhor. Com todo respeito, senhor. Mas vamos ver o que ele diz. Ele sabe o lado certo das coisas, mesmo quando o resto de nós não sabe.

E se ele nunca retornar?, Dalinar pensou. *E se nenhum deles retornar?* Já fazia quatro semanas. Quanto tempo poderia continuar fingindo que Adolin e Elhokar estavam vivos por aí? Aquela dor se ocultava atrás do resto, provocando-o.

Os carregadores deram a Dalinar sua peculiar saudação de braços cruzados, então saíram sem esperar que fossem dispensados.

No passado, Honra foi capaz de se proteger contra isso, contou o Pai das Tempestades. *Ele convenceu os Radiantes de que eram justos, mesmo que esta terra não fosse originalmente deles. Quem se importa com o que seus ancestrais fizeram, quando o inimigo está tentando matá-lo agora mesmo?*

Mas, nos dias logo antes da Traição, Honra estava morrendo. Quando aquela geração de cavaleiros soube a verdade, Honra não os apoiou. Ele esbravejou, falando das Fractais do Alvorecer, armas antigas usadas para destruir os Salões Tranquilinos. Honra... prometeu que os Manipuladores de Fluxos fariam o mesmo com Roshar.

— Odium alegou a mesma coisa.

Ele pode ver o futuro, embora apenas de maneira vaga. Ainda assim, eu... compreendo agora, como jamais havia compreendido. Os antigos Radiantes não abandonaram seus votos por leviandade. Eles tentaram proteger o mundo. Eu os culpo pela sua fraqueza, por seus juramentos quebrados. Mas também compreendo. Você me amaldiçoou, humano, com essa capacidade.

A reunião no templo parecia estar terminando. O contingente azishiano começou a descer os degraus.

— Nosso inimigo não mudou — disse Dalinar para eles. — A necessidade de uma coalização é tão forte quanto nunca.

O jovem imperador, que estava sendo carregado em um palanquim, não olhou para ele. Estranhamente, os azishianos não foram em direção ao Sacroportal, mas seguiram um caminho para a cidade.

Só a Vizir Noura ficou para falar com ele.

— Jasnah Kholin pode estar certa — disse ela em azishiano. — A destruição do nosso velho mundo, suas visões secretas, esse negócio de você ser grão-rei... parece uma coincidência grande demais que tudo isso tenha vindo à tona ao mesmo tempo.

— Então você vê que estamos sendo manipulados.

— Manipulados pela verdade, Kholin — disse ela, encarando-o. — Aquele Sacroportal é perigoso. Esses seus poderes são *perigosos*. Negue.

— Não posso. Não basearei esta coalizão em mentiras.

— Você *já fez* isso.

Ele respirou fundo bruscamente. Noura balançou a cabeça.

— Nós vamos pegar os navios batedores e nos unir à frota carregando nossos soldados. Então vamos esperar a tempestade passar. Depois disso... veremos. Taravangian disse que podemos usar seus navios para voltar ao nosso império, sem precisar usar os Sacroportais.

Noura partiu atrás do imperador, ignorando o palanquim que esperava por ela.

Outros desciam os degraus ao redor dele. Grão-príncipes vedenos, que deram desculpas. Olhos-claros thaylenos dos conselhos de guildas, que o evitaram. Os grão-príncipes e escribas alethianos expressaram solidariedade — mas Alethkar não daria conta de tudo por conta própria.

A Rainha Fen foi uma das últimas a sair do templo.

— Você também vai me deixar? — indagou Dalinar.

Ela deu uma gargalhada.

— E ir para onde, seu velho cão de caça? Um exército está vindo para cá. Ainda preciso da sua famosa infantaria alethiana; não posso me dar ao luxo de expulsá-lo.

— Quanta amargura.

— Ah, deu para perceber? Vou conferir as defesas da cidade; caso decida se juntar a nós, estaremos nas muralhas.

— Sinto muito, Fen, por trair sua confiança.

Ela deu de ombros.

— Eu não acho de verdade que você pretenda me conquistar, Kholin. Mas estranhamente... me pego desejando que eu *tivesse* que me preocupar. Até onde sei, você se tornou um bom homem a tempo de afundar bravamente com o navio. Isso é louvável, até que me lembro de que o Espinho Negro já teria assassinado há muito tempo qualquer um tentando afundá-lo.

Fen e seu consorte subiram em um palanquim. As pessoas continuaram a passar de modo esparso, mas por fim Dalinar ficou sozinho diante do templo silencioso.

— Sinto muito, Dalinar — disse Taravangian em voz baixa atrás dele. Dalinar se virou, surpreso ao ver o velho sentado nos degraus. — Presumi que todos teriam as mesmas informações e que seria melhor deixar tudo às claras. Eu não esperava por isso...

— Não é culpa sua — disse Dalinar.

— E ainda assim... — Ele se levantou, então desceu lentamente os degraus. — Sinto muito, Dalinar. Temo que não possa mais lutar ao seu lado.

— Por quê? Taravangian, você é o governante mais pragmático que conheço! Não foi você que falou sobre a importância de fazer o que é politicamente necessário?!

— E é isso que devo fazer agora, Dalinar. Gostaria de poder explicar. Perdoe-me.

Ele ignorou os apelos de Dalinar e seguiu coxeando escadaria abaixo. Com movimentos rígidos, o idoso subiu em um palanquim e foi carregado para longe.

Dalinar afundou nos degraus.

Tentei esconder isso o máximo que pude, disse o Pai das Tempestades.

— Para que pudéssemos continuar vivendo uma mentira?

Na minha experiência, é isso que os homens fazem melhor.

— Não nos insulte.

O quê? Não é isso que você tem feito nos últimos seis anos? Fingindo que não é um monstro? Fingindo que não a matou, Dalinar?

Dalinar fez uma careta. Ele cerrou o punho, mas não havia nada ali que pudesse combater. Baixou a mão, os ombros descaindo. Finalmente, ele se levantou e silenciosamente se arrastou pelos degraus de pedra acima até sua vila.

FIM DA
PARTE QUATRO

INTERLÚDIOS

VENLI • RYSN • TEFT

I-12
RITMO DE RECOLHIMENTO

DEPOIS DE VIVER POR uma semana em uma caverna em Marat, Venli se pegou sentindo falta do eremitério de pedra que recebera fora de Kholinar. Seu novo domicílio era ainda mais austero, com um único cobertor para dormir e uma fogueira simples onde preparava os peixes que as multidões traziam para ela.

Estava ficando suja, rude. Era isso que os Moldados pareciam querer: uma eremita vivendo em uma área desolada. Aparentemente, isso era mais convincente para as multidões locais que levavam para ouvi-la — a maior parte composta de ex-escravos thaylenos. Ela foi instruída a falar de "Paixão" e emoção com mais frequência do que fizera em Alethkar.

— Meu povo agora está morto — disse Venli em Destruição, repetindo o discurso agora familiar. — Eles tombaram naquele último ataque, cantando enquanto chamavam a tempestade. Eu permaneço, mas o trabalho da minha gente acabou.

Aquelas palavras *doíam*. O povo dela não podia ter deixado de existir *completamente*... podia?

— O dia agora pertence à sua Paixão — prosseguiu ela em Comando. — Nós nos chamávamos de "Ouvintes" devido às canções que escutávamos. Elas são a sua herança, mas vocês não devem apenas ouvir, mas cantar. Adotem os ritmos e Paixões dos seus ancestrais! Vocês devem navegar para a batalha. Pelo futuro, pelos seus filhos! E por nós, aqueles que morreram para que vocês pudessem existir.

Ela deu as costas a eles, como havia sido instruída a fazer depois do final de cada discurso. Não tinha mais permissão de responder perguntas, não desde que havia conversado com algum daqueles Cantores sobre a história específica do seu povo. Isso fazia com que se perguntasse: os Moldados e os esprenos de vazio *temiam* a herança da sua gente, mesmo enquanto usavam Venli para seus propósitos? Ou não confiavam nela por outros motivos?

Levou a mão à sua bolsa. Odium não parecia saber que ela estivera naquela visão com Dalinar Kholin. Atrás, um espreno de vazio conduzia os Cantores thaylenos para longe. Venli foi em direção à caverna, mas hesitou. Um Moldado estava sentado nas rochas logo acima da abertura.

— Ancião? — chamou ela.

Ele sorriu e deu uma risadinha.

Mais um desses.

Ela foi em direção à caverna, mas ele desceu e pegou-a por debaixo dos braços, então a carregou para o céu. Venli se impediu — com dificuldade — de tentar afastá-lo. Os Moldados nunca a tocavam, nem mesmo os loucos, sem ordens. De fato, aquele ali voou com ela até um dos muitos navios no porto, onde Rine — o Moldado alto que a acompanhara durante seus primeiros dias em Alethkar — esperava na proa. Ele observou conforme ela era deixada rudemente no convés.

Venli cantarolou em Arrogância pela maneira como foi tratada.

Ele cantarolou em Despeito. Um pequeno reconhecimento de um maltrato, o melhor que conseguiria dele, então cantarolou em Satisfação como resposta.

— Ancião? — perguntou ela em Anseio.

— Você deve nos acompanhar enquanto navegamos — declarou ele em Comando. — Pode se lavar na cabine durante a viagem, se desejar; há água.

Venli cantarolou em Anseio e olhou para a cabine principal. O Anseio se tornou Embaraço enquanto considerava o *tamanho* da frota que estava partindo ao seu redor. Centenas de navios, que deviam ser tripulados por milhares de Cantores, estavam partindo de enseadas ao longo de toda a costa. Eles pontilhavam os mares como petrobulbos nas planícies.

— Agora? — perguntou ela em Embaraço. — Eu não estava preparada! Eu não sabia!

— É melhor você se agarrar em alguma coisa. A tempestade chegará logo.

Ela olhou para o leste. Uma tempestade? Cantarolou em Anseio novamente.

— Pergunte — disse Rine em Comando.

— Posso ver facilmente o poder da grandiosa força de assalto que reunimos. Mas... por que precisamos dela? Os Moldados não são um exército suficiente por si só?

— Covardia? — perguntou ele em Escárnio. — Não deseja lutar?
— Só quero entender.

Rine mudou para um novo ritmo, que ela raramente ouvia. O Ritmo de Recolhimento — um dos poucos ritmos novos que tinha um tom calmo.

— Os mais fortes e hábeis entre nós ainda não despertaram... mas, mesmo que estivessem todos acordados, não lutaríamos essa guerra sozinhos. Este mundo não será nosso; nós lutamos para dá-lo a vocês, nossos descendentes. Quando ele for conquistado, a vingança estiver cumprida, e nossa terra natal tiver sido retomada, depois de tanto tempo, nós vamos dormir. Finalmente. — Ele então apontou para a cabine. — Vá se preparar. Navegaremos rápido, com a própria tempestade de Odium para nos guiar.

Como se concordasse com as palavras dele, um relâmpago vermelho brilhou no horizonte ocidental.

RYSN

RYSN ESTAVA ENTEDIADA.

Outrora, havia caminhado até os pontos mais distantes de Roshar, negociando com os shinos isolacionistas. Outrora, havia navegado com seu *babsk* para Aquagelo e feito um acordo com piratas. Outrora, escalara grã-carapaças reshianas, tão grandes quanto cidades.

Agora ela cuidava das contas da Rainha Fen.

Era um bom trabalho, com um escritório na Reserva de Gemas Thaylena. Vstim — seu antigo *babsk* — havia trocado favores para conseguir aquele trabalho para ela. Com seu aprendizado concluído, ela era uma mulher livre. Não era mais uma estudante; agora, era uma mestra.

Mestra do tédio.

Estava sentada em sua cadeira, rabiscando as margens de um quebra-cabeça de palavras liaforano. Rysn conseguia se equilibrar sentada, embora não pudesse sentir suas pernas e, constrangedoramente, não pudesse controlar certas funções corporais. Ela precisava contar com seus carregadores para movê-la.

Carreira, acabada. Liberdade, acabada. Vida, *acabada.*

Ela suspirou, empurrando para longe seu quebra-cabeça de palavras. Estava na hora de voltar ao trabalho. Seus deveres incluíam fazer anotações nos contratos mercantis pendentes com referências aos anteriores, fazendo a manutenção da caixa-forte pessoal da rainha na Reserva de Gemas, preparando relatórios de gastos semanais, e contabilizando o salário da rainha como uma porção da renda tributável de vários interesses thaylenos, domésticos e internacionais.

Viiiiivaaaaa.

Ela tinha uma auditoria naquele dia, o que a impediria de participar da reunião de Fen com os monarcas. Talvez tivesse gostado de ver o Espinho Negro e o imperador azishiano. Bem, os outros assistentes lhe trariam notícias quando a reunião terminasse. Por enquanto, se preparava para sua auditoria, trabalhando sob a luz de esferas, já que a reserva não tinha janelas.

As paredes do seu escritório estavam vazias. Originalmente, pendurara suvenires de seus anos de viagens, mas eles a lembravam de uma vida que não podia mais ter. Uma vida cheia de promessa; uma vida que acabara quando havia estupidamente caído da cabeça de um grã-carapaça, e pousado ali, naquela cadeira de aleijada. Agora, a única recordação que mantinha era um único vasinho de grama shina.

Bem, aquilo e a criaturinha dormindo entre as folhas de grama. Chiri-Chiri respirava baixinho, fazendo ondular aquela grama idiota, que não se escondia em tocas, ela crescia em algo chamado solo, que era parecido com crem que nunca endurecia.

A própria Chiri-Chiri era uma pequena besta alada, um pouco mais comprida do que a palma esticada de Rysn. Os reshianos a chamavam de larkin e, muito embora fosse do tamanho de um crenguejo grande, ela tinha o focinho, a carapaça e o porte de uma criatura muito mais grandiosa. Um cão-machado, talvez, com asas. Um pequeno e ágil predador alado — embora, apesar da aparência perigosa, ela gostasse muito de cochilos.

Enquanto Rysn trabalhava, Chiri-Chiri finalmente se mexeu e espiou por entre a grama, então fez uma série estalidos com sua mandíbula. Ela desceu para a mesa e espiou o marco de diamante que Rysn estava usando para iluminação.

— Não — disse Rysn, verificando pela segunda vez os números no livro-razão.

Chiri-Chiri estalou de novo, se esgueirando rumo à gema.

— Você *acabou* de comer — ralhou Rysn, então usou a palma para enxotar o larkin. — Eu preciso disso para luz.

Chiri-Chiri soltou um clique, irritada, então voou — as asas batendo muito rápido — até o alto da sala, onde se acomodou em um dos seus poleiros favoritos, o lintel acima do umbral da porta.

Pouco depois, uma batida na porta interrompeu o tédio de Rysn.

— Entre — disse ela.

Seu criado, Wmlak, que era meio assistente, meio carregador, enfiou a cabeça na sala.

— Deixe-me adivinhar — disse Rysn. — O auditor chegou cedo.

Eles sempre chegavam cedo.

— Sim, mas...

Atrás de Wmlak, Rysn vislumbrou um familiar chapéu cônico de ponta achatada. Wmlak deu um passo para trás e gesticulou para um velho em trajes azuis e vermelhos com as sobrancelhas thaylenas enfiadas atrás das orelhas. Bastante ágil para um homem com mais de setenta anos, Vstim tinha um jeito sábio, mas firme. Inofensivamente calculista. Ele carregava uma pequena caixa debaixo do braço.

Rysn arquejou de alegria; antes, teria saltado para abraçá-lo. Agora, só podia ficar ali sentada, de boca aberta.

— Mas você partiu para negociar em Nova Natanan!

— Os mares não são seguros hoje em dia — disse Vstim. — E a rainha solicitou meu auxílio em negociações difíceis com os alethianos. Eu voltei, com alguma relutância, a aceitar uma posição de Sua Majestade.

Uma posição...

— No *governo?* — indagou Rysn.

— Ministro do Comércio e intermediário real da guilda de comerciantes navais.

Rysn ficou ainda mais boquiaberta. Aquela era a mais alta posição civil *no reino*.

— Mas... Babsk, você vai ter que *viver* na Cidade de Thaylen!

— Bem, eu *estou* sentindo a idade ultimamente.

— Bobagem. Você tem tanta energia quanto eu. — Rysn olhou de relance para suas pernas. — Mais.

— Não tenho tanta energia a ponto de não querer me sentar...

Ela percebeu que ele ainda estava de pé na entrada do escritório. Mesmo fazendo tantos meses do acidente, ela ainda se impulsionou com os braços como se fosse se levantar e pegar uma cadeira para ele. Idiota.

— Por favor, sente-se! — disse ela, acenando para a outra cadeira na sala.

Ele se acomodou e pousou sua caixa na mesa, enquanto ela se contorcia para fazer um gesto de boas-vindas, se inclinando — precariamente — para alcançar o bule de chá. O chá estava frio, infelizmente. Chiri-Chiri havia drenado a gema no seu fabrial de aquecimento.

— Não acredito que você concordou em se aquietar! — disse ela, passando-lhe uma caneca.

— Alguns diriam que a oportunidade que me foi oferecida era importante demais para recusar.

— Aos raios com isso — retrucou Rysn. — Ficar em uma única cidade vai acabar com você... Você vai passar os dias preenchendo papelada e ficando entediado.

— Rysn — disse ele, tomando sua mão. — Criança.

Ela desviou o olhar. Chiri-Chiri voou para baixo e pousou na cabeça dela, estalando de modo zangado para Vstim.

— Eu prometo que não vou machucá-la — disse o velho, sorrindo e soltando a mão de Rysn. — Aqui, eu trouxe algo para você. Está vendo?

Ele estendeu uma peça de rubi.

Chiri-Chiri meditou por um momento, então voejou até acima da mão dele — sem tocá-la — e sugou a Luz das Tempestades, que flutuou até ela em um pequeno feixe. O bicho estalou alegremente, então zuniu de novo até o vaso de grama, se refestelando nele, espiando Vstim.

— Estou vendo que você ainda tem a grama — observou ele.

— Você mandou que eu a guardasse.

— Agora você é uma mestra comerciante, Rysn! Não precisa obedecer às ordens de um velho caduco.

A grama farfalhou enquanto Chiri-Chiri se deslocava. Ela era grande demais para se esconder ali, mas nunca deixava de tentar.

— Chiri-Chiri gosta — disse Rysn. — Talvez porque essa grama não se mexa. Como eu...

— Você tentou aquele Radiante que...

— Sim. Ele não conseguiu curar minhas pernas. Já passou tempo demais desde meu acidente, o que é apropriado. Essa é minha consequência... pagamento por um contrato em que entrei voluntariamente no momento em que desci pela lateral de um grã-carapaça.

— Você *não* precisa ficar trancada aqui, Rysn.

— Esse é um bom trabalho. Você mesmo o conseguiu para mim.

— Porque você se recusou a partir em outras expedições comerciais!

— De que eu serviria? Deve-se negociar a partir de uma posição de poder, algo que nunca mais serei capaz de fazer. Além disso, uma comerciante de mercadorias exóticas que não pode andar? Você sabe o quanto de caminhada é necessário.

Vstim tomou sua mão novamente.

— Pensei que você estivesse com medo. Que quisesse um lugar seguro e protegido. Mas eu andei escutando. Hmalka me contou...

— Você falou com minha superior?

— As pessoas comentam.

— Meu trabalho tem sido exemplar — declarou Rysn.

— Não é com seu trabalho que ela está preocupada. — Ele se virou e alisou a grama, atraindo a atenção de Chiri-Chiri à sua mão. Ela estreitou os olhos para o movimento. — Você se lembra do que eu disse quando você cortou aquela grama?

— Que eu devia ficar com ela. Até que não parecesse mais estranha.

— Você sempre foi de fazer suposições precipitadas. Sobre si mesma, agora, mais do que sobre os outros. Olhe, talvez isso aqui... de qualquer modo, dê uma olhada.

Vstim entregou-lhe a caixa. Ela franziu o cenho, então deslizou a tampa de madeira para abri-la. No interior, havia uma corda branca enrolada. Além daquilo, o quê, uma folha de papel?

Rysn pegou a folha e a leu.

— Uma escritura de propriedade? — sussurrou ela. — De um *navio*?

— Novo em folha — disse Vstim. — Uma fragata de três mastros, a maior que já possuí... com fabriais estabilizadores para tempestades, da melhor engenharia thaylena. Fiz com que fosse construída nos estaleiros da Cidade de Klna, que felizmente a abrigaram das duas tempestades. Embora eu tenha doado o resto da minha frota... o que sobrou dela... à rainha, para uso contra a invasão, esse aqui eu mantive.

— *Vagavela* — disse Rysn, lendo o nome do navio. — *Babsk*, você *é* um romântico. Não me diga que acredita nessa velha história...

— É possível acreditar em uma história sem acreditar que ela tenha acontecido. — Ele sorriu. — De quem são as regras que você está seguindo, Rysn? Quem a está forçando a permanecer aqui? Pegue o navio. Vá! Eu quero custear sua primeira rota comercial, como um investimento. Depois disso, você terá que se sair bem para sustentar uma nau desse tamanho!

Rysn agora reconhecia a corda branca. Era a corda de um capitão, com cerca de cinco metros de comprimento, usada como uma marca tradicional thaylena de propriedade. Ela a envolveria em suas cores e a amarraria no cordame do seu navio.

Era um presente que valia uma fortuna.

— Não posso aceitar isso — disse ela, colocando a caixa na mesa. — Sinto muito. Eu...

Ele empurrou a corda para as mãos dela.

— Só pense sobre o assunto, Rysn. Faça esse favor a um velho que não pode mais viajar.

Ela segurou a corda e sentiu os olhos marejarem.

— Droga. *Babsk*, tenho um *auditor* para receber hoje! Preciso estar tranquila e pronta para fazer a contabilidade da caixa-forte da rainha!

— Felizmente, o auditor é um velho amigo, que já viu muito você em situações muito piores do que com cara de choro.

— ... Mas você é o Ministro do Comércio!

— Eles queriam que eu fosse a uma reunião enfadonha com o velho Kholin e seus soldados — disse Vstim, se inclinando —, mas insisti em vir aqui fazer isso. Sempre quis ver a caixa-forte da rainha pessoalmente.

Rysn enxugou suas lágrimas, tentando recuperar parte do seu decoro.

— Bem, então vamos lá. Eu garanto a você que está tudo em ordem.

A ESPESSA PORTA DE AÇO da Caixa-forte de Esferas precisava de três números para ser aberta, cada um deles selecionado em um dial diferente, em três salas separadas. Rysn e as outras escribas conheciam um número, os guardas da porta protegiam outro, e um auditor — como Vstim — costumava receber um terceiro da rainha ou do Ministro do Tesouro. Todos esses eram alterados em intervalos aleatórios.

Rysn sabia que efetivamente isso era mais pelas aparências. Em um mundo de Espadas Fractais, a defesa real da caixa-forte estava nas camadas de guardas que cercavam o edifício, e, mais importante, na auditoria cuidadosa do seu conteúdo. Embora os romances estivessem cheios de histórias de caixas-fortes sendo roubadas, os únicos furtos reais haviam ocorrido por meio de desfalque.

Rysn moveu seu dial até o número correto, então puxou a alavanca na sua sala. A porta da caixa-forte finalmente se abriu com um estrondo sonoro e ela moveu seu dial para uma posição aleatória e chamou Wmlak. O carregador entrou, então forçou para baixo os pegadores atrás da sua cadeira, erguendo os pés frontais para que ele pudesse conduzi-la para fora, de encontro aos outros.

Vstim estava junto da porta da caixa-forte, agora aberta, com vários soldados. Naquele dia, o guarda da porta interna — Tlik — estava com uma balestra de prontidão, impedindo a entrada. Havia uma fresta que permitia que os homens posicionados na caixa-forte se comunicassem com os que estavam do lado de fora, mas a porta não podia ser aberta por dentro.

— Contabilidade programada da caixa-forte pessoal da rainha — disse Rysn para ele. — Senha diária: passo travado.

Tlik assentiu, recuando e baixando a balestra. Vstim entrou com um livro-razão em mãos, seguido por um membro da Guarda da Rainha: um homem de ar bruto com a cabeça raspada e sobrancelhas arrepiadas. Depois que eles entraram, Wmlak empurrou a cadeira de Rysn pela porta da caixa-forte, descendo um curto corredor, até uma pequena alcova, onde outro guarda — Fladm, naquele dia — aguardava.

Seu carregador limpou as mãos, então assentiu para ela e recuou. Tlik fechou a porta da caixa-forte atrás de si, o metal fazendo um *baque* profundo ao se trancar. Os guardas dentro da caixa-forte não gostavam que entrasse ninguém que não houvesse sido especificamente autorizado — e isso incluía o servo dela. Rysn teria que contar com os guardas para movê-la agora — mas, infelizmente, sua grande cadeira de rodas era larga demais para passar entre as fileiras de estantes na caixa-forte principal.

Rysn sentiu uma bela dose de vergonha diante do seu antigo *babsk* enquanto era carregada — como um saco de raízes — da sua cadeira com rodas traseiras para uma cadeira menor, com bastões nas laterais. Ser carregada era a parte mais humilhante.

Os guardas deixaram sua cadeira usual na alcova, junto dos degraus que desciam ao nível inferior. Então, Tlik e o guarda que a rainha havia enviado — Rysn não sabia seu nome — seguraram os bastões e a carregaram até a câmara principal da caixa-forte.

Mesmo ali, naquele trabalho onde ficava sentada a maior parte do tempo, sua incapacidade era uma grande inconveniência. Seu embaraço aumentou quando Chiri-Chiri — que não tinha permissão de entrar na caixa-forte por motivos práticos — passou voando, asas zumbindo. Como *ela* havia entrado?

Tlik deu uma risada, mas Rysn apenas suspirou.

A câmara principal estava cheia de prateleiras de metal, como de estantes de livros, contendo caixas de exibição de gemas. Tinha um cheiro de ar parado; de um lugar que nunca mudava, e que não havia sido feito para mudar.

Os guardas a carregaram por uma das fileiras estreitas, a luz das esferas amarradas aos seus cintos fornecendo a única iluminação. Rysn carregava a corda de capitão no colo e mexia nela com uma mão. Certamente não poderia aceitar a oferta. Era generosa demais, incrível demais.

Difícil demais.

— Tão escuro! — disse Vstim. — Uma sala com um milhão de gemas e ela é *escura*?

— A maioria das gemas nunca sai daqui — explicou Rysn. — As caixas-fortes pessoais dos comerciantes ficam no nível inferior, e há alguma luz nelas, já que todo mundo andou trazendo esferas recentemente. Essas, contudo... estão sempre aqui.

A posse daquelas gemas mudava frequentemente, mas era tudo feito com números em um livro-razão. Era uma peculiaridade do sistema thayleno de subscrição; contanto que todo mundo confiasse que aquelas gemas estavam ali, grandes somas podiam mudar de mãos sem o risco de nada ser roubado.

Cada gema estava cuidadosamente anotada com números inscritos tanto em uma placa colada à sua base quanto na prateleira que a sustentava. Eram esses números que as pessoas compravam e vendiam — Rysn ficava chocada com quão pouca gente descia até ali e via as coisas que estava comprando.

— 0013017-36! — exclamou Vstim. — O Diamante Benval! Fui dono dele por um tempo. Até mesmo memorizei seu número. Hum. Sabe, é menor do que eu pensava.

Ela e os dois guardas conduziram Vstim até a parede dos fundos, que possuía uma série de portas para caixas-fortes metálicas menores. A caixa-forte principal atrás deles estava em silêncio; nenhuma outra escriba estava trabalhando naquele dia, embora Chiri-Chiri passasse voando. Ela voejou rumo ao guarda da rainha — de olho nas esferas no cinto dele —, mas Rysn agarrou-a no ar.

Chiri-Chiri resmungou, zumbindo as asas contra a mão de Rysn e clicando as mandíbulas. Rysn corou, mas segurou firme.

— Desculpem.

— Isso aqui deve ser como um bufê para ela! — disse Tlik.

— Um bufê de pratos vazios — replicou Rysn. — Fique de olho no seu cinto, Tlik.

Os dois guardas pousaram a cadeira dela junto de uma caixa-forte específica. Com a mão livre, Rysn tirou uma chave do bolso e entregou-a a Vstim.

— Vá em frente. Caixa-forte Treze.

Vstim destrancou e abriu a caixa-forte menor dentro da caixa-forte, que era mais ou menos do tamanho de um armário.

Luz fluiu dela.

As prateleiras lá dentro estavam cheias de gemas, esferas, joias e até alguns objetos mundanos, como cartas e uma velha faca. Mas o item mais impressionante da coleção era obviamente o rubi enorme na prateleira central. Do tamanho da cabeça de uma criança, ele fulgurava intensamente.

A Gota do Rei. Gemas do tamanho daquela não eram inéditas — a maioria dos grã-carapaças tinha gemas-coração igualmente grandes. O que tornava a Gota do Rei única era o fato de ainda estar brilhando — mais de *duzentos anos* depois de ter sido trancada na caixa-forte.

Vstim tocou-a com um dedo. A luz brilhava com tanta intensidade que a sala quase parecia exposta à luz do dia, ainda que em tons de vermelho-sangue, pela cor da gema.

— Incrível — sussurrou Vstim.

— Até onde as eruditas sabem, a Gota do Rei nunca perde sua Luz das Tempestades — comentou Rysn. — Uma pedra desse tamanho *deveria* ter se esgotado depois de um mês. Tem algo a ver com a treliça de cristal, a falta de falhas e imperfeições.

— Dizem que é um pedaço tirado da Pedra das Dez Auroras.

— Outra história? — disse Rysn. — Você *é* um romântico mesmo.

Seu antigo *babsk* sorriu, então colocou uma cobertura de pano sobre a gema, para reduzir seu brilho, de modo a não interferir com o trabalho deles. Ele abriu seu livro-razão.

— Vamos começar com as gemas menores e seguir até as maiores, pois não?

Rysn assentiu.

O guarda da rainha matou Tlik.

Ele fez isso com uma faca, direto no pescoço. Tlik tombou sem dizer uma palavra, embora o som da faca sendo arrancada tenha chocado Rysn. O guarda traiçoeiro bateu contra a cadeira dela, derrubando-a enquanto brandia a faca contra Vstim.

O inimigo subestimou a agilidade do comerciante. Vstim se esquivou para trás, entrando na caixa-forte da rainha, gritando:

— Assassinato! Roubo! Toquem o alarme!

Rysn se desvencilhou da cadeira caída e, em pânico, se puxou para longe com os braços, arrastando as pernas como paus-de-corda. O assassino avançou para a caixa-forte para lidar com seu *babsk*, e ela ouviu um grunhido.

Um momento depois, o traidor saiu, carregando uma grande luz vermelha na mão. A Gota do Rei, brilhando intensamente, apesar do seu envoltório de pano preto. Rysn captou um vislumbre de Vstim caído no chão dentro da caixa-forte, a mão no flanco.

O traidor chutou a porta para fechá-la — trancando o velho comerciante. Ele olhou na direção dela.

E uma seta de balestra o atingiu.

— Ladrão na caixa-forte! — exclamou a voz de Fladm. — Alarme!

Rysn se arrastou até uma fileira de estantes de gemas. Atrás dela, o ladrão foi atingido por uma *segunda* seta de balestra, mas não pareceu notar. Como...

O ladrão se aproximou e pegou a balestra do pobre Tlik. Pegadas e gritos indicavam que vários guardas do nível inferior haviam escutado Fladm e estavam subindo os degraus. O ladrão disparou a balestra uma vez, de uma fileira próxima, e um grito de dor de Fladm indicou que ele havia acertado. Outro guarda chegou um segundo depois e atacou o ladrão com sua espada.

Ele deveria ter corrido para buscar ajuda!, pensou Rysn enquanto se encolhia junto à prateleira. O ladrão sofreu um corte no rosto da espada, então pousou seu prêmio no chão e pegou o braço do guarda. Os dois lutaram, e Rysn viu o corte no rosto do ladrão se remendar.

Ele estava *se curando*? Será... será que o homem era um *Cavaleiro Radiante*?

Os olhos de Rysn pousaram no rubi enorme que o ladrão deixara no chão. Quatro outros guardas se juntaram à luta, obviamente imaginando que podiam dar conta de subjugar um só homem.

Sente-se. Deixe que eles cuidem disso.

Chiri-Chiri subitamente passou às pressas, ignorando os combatentes e indo na direção da gema brilhante. Rysn avançou — bem, *se debateu* para a frente — para agarrar o larkin, mas não conseguiu. Chiri-Chiri pousou no pano contendo o rubi enorme.

Ali perto, o ladrão apunhalou um dos guardas. Rysn fez uma careta ao ver aquela luta horrível, iluminada pelo rubi, então se arrastou para a frente — puxando suas pernas — e agarrou a gema.

Chiri-Chiri estalou para ela, irritada, enquanto Rysn arrastava o rubi consigo ao redor da esquina. Outro guarda gritou. Eles estavam tombando rapidamente.

Eu tenho que fazer alguma coisa. Não posso só ficar aqui sentada, posso?

Rysn agarrou a gema e olhou pela fileira entre prateleiras adiante. Uma distância impossível, dezenas de metros, até o corredor e a saída. A porta estava trancada, mas ela podia chamar por ajuda através da fenda de comunicação.

Mas por quê? Se cinco guardas não podiam cuidar do ladrão, o que uma mulher aleijada poderia fazer?

Meu babsk *está trancado na caixa-forte da rainha. Sangrando.*

Ela olhou novamente para a longa fileira, então usou a corda que Vstim havia lhe dado para amarrar o pano do rubi ao redor dele, depois prendeu-a à sua canela para que não precisasse carregar a gema. Então começou a se arrastar entre as prateleiras. Chiri-Chiri ia montada no rubi, cuja luz diminuiu. Todos os outros estavam lutando para sobreviver, mas o pequeno larkin estava se banqueteando.

Rysn avançou mais rápido do que esperava, embora logo seus braços tenham começado a doer. Atrás dela, a luta parou, com o grito do último guarda sendo interrompido.

Rysn redobrou seus esforços, arrastando-se até a saída, alcançando a alcova onde haviam deixado sua cadeira. Ali, ela encontrou sangue.

Fladm jazia no limiar do corredor de entrada, uma seta despontando dele, a própria balestra no chão ao seu lado. Rysn desabou a menos de um metro dele, seus músculos ardendo. Esferas no cinto de Fladm iluminavam a cadeira dela e os degraus que desciam até o nível da caixa-forte inferior. Não viria mais ajuda dali de baixo.

Além do corpo de Fladm, o corredor levava à porta.

— Socorro! — gritou ela. — Ladrão!

Pensou ter ouvido vozes do outro lado, através da fenda de comunicação. Mas... levaria tempo para que os guardas lá fora a abrissem, já que não conheciam todos os três códigos. Talvez isso fosse bom. O ladrão não poderia sair até que abrissem a porta, certo?

Naturalmente, isso significava que ela estava presa com ele enquanto Vstim sangrava...

O silêncio vindo de trás a assustava. Rysn se arrastou até o cadáver de Fladm e pegou sua balestra e setas, então se arrastou até os degraus. Virou-se, colocando o enorme rubi ao seu lado, e se empertigou de modo que ficasse sentada contra a parede.

Ela esperou, suando, se esforçando para apontar a arma desajeitadamente na escuridão da caixa-forte. Passos soaram de algum lugar lá dentro, se aproximando. Tremendo, ela balançou a balestra de um lado para outro, à procura de movimento. Só então notou que a balestra *não estava carregada*.

Ela arquejou, então pegou uma seta às pressas. Ela olhou da seta para a balestra, sem saber o que fazer. A maneira de armar a balestra era pisando em um estribo na frente, então a puxando para cima. Fácil de fazer, se a pessoa fosse capaz de *pisar*.

Uma figura emergiu da escuridão. O guarda calvo, de roupas rasgadas, uma espada pingando sangue na sua mão oculta pelas sombras.

Rysn baixou a balestra. De que adiantava? Ela pensava que podia lutar? O homem simplesmente se curaria, de qualquer jeito.

Ela estava sozinha.

Indefesa.

Viver ou morrer. Ela se importava?

Eu...

Sim. Sim, eu me importo! Eu quero navegar no meu próprio navio!

Um súbito borrão zuniu da escuridão e voou acima do ladrão. Chiri-Chiri se movia com velocidade estonteante, pairando acima do homem, atraindo sua atenção.

Rysn freneticamente encaixou a seta na balestra, então tirou a corda de capitão do saco do rubi e amarrou ao estribo na frente da balestra. Amarrou a outra ponta da corda à parte traseira da sua pesada cadeira de madeira. Feito isso, ela deu uma olhada em Chiri-Chiri, então hesitou.

O larkin estava se *alimentando* do ladrão. Uma linha de luz emanava dele, mas era uma estranha luz *roxo*-escura. Chiri-Chiri voejava, extraindo-a do homem, cujo rosto *derreteu*, revelando uma pele marmorizada por baixo.

Um parshemano? Usando algum tipo de disfarce?

Não, um Esvaziador. Ele rosnou e disse algo em uma linguagem desconhecida, tentando acertar Chiri-Chiri, que zumbiu para longe na escuridão.

Rysn agarrou a balestra com força em uma mão, então com a outra empurrou sua cadeira pela longa escadaria abaixo.

Ela desceu com estardalhaço, a corda seguindo atrás dela. Rysn agarrou-se à balestra com a outra mão. A corda se retesou enquanto a cadeira parava bruscamente no meio da descida, e ela puxou a balestra ao mesmo tempo, com toda sua força.

Clique.

Ela cortou a corda com sua faca de cinto. O ladrão avançou contra ela, que se contorceu — gritando — e puxou a alavanca de disparo na balestra. Não sabia como mirar direito, mas o ladrão fez o favor de se lançar sobre ela.

A seta da balestra atingiu-o bem no queixo.

Ele caiu e, abençoadamente, ficou imóvel. O poder que o curara antes, fosse qual fosse, acabara, consumido por Chiri-Chiri.

O larkin veio zumbindo e pousou na barriga dela, estalando alegremente.

— Obrigada — sussurrou Rysn, suor escorrendo pelos lados do seu rosto. — Obrigada, *obrigada*. — Ela hesitou. — Você está... maior?

Chiri-Chiri emitiu cliques de satisfação.

Vstim. Eu preciso do segundo conjunto de chaves.

E... aquele rubi, a Gota do Rei. Os Esvaziadores haviam tentado roubá-lo. Por quê?

Rysn jogou para o lado a balestra, então se arrastou rumo à porta da caixa-forte.

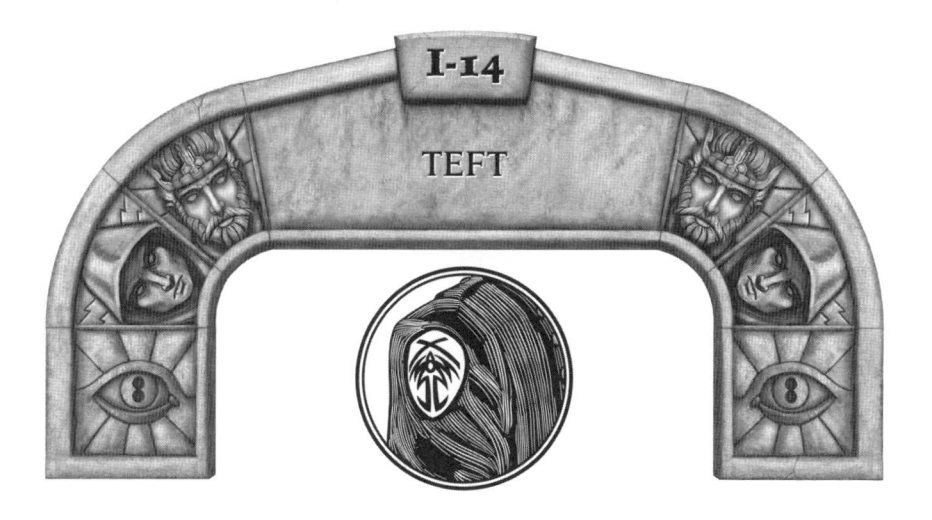

TEFT

T EFT SE MANTINHA FUNCIONAL.
Era algo que se aprendia a fazer. Agarrar-se às partes normais da sua vida, para que as pessoas não ficassem preocupadas *demais*. De modo a não se tornar *demasiado* indigno de confiança.

Às vezes, ele tropeçava. Isso desgastava a confiança, a ponto de ficar difícil continuar dizendo a si mesmo que daria um jeito na situação. Ele sabia, lá no fundo, que terminaria sozinho de novo. Os homens da Ponte Quatro se cansariam de salvá-lo de apuros.

Mas, por enquanto, Teft se mantinha funcional. Ele acenou com a cabeça para Malata, que estava trabalhando no Sacroportal, então conduziu seus homens através da plataforma e desceram a rampa rumo a Urithiru. Era um grupo desanimado. Poucos compreendiam o significado do que haviam descoberto, mas todos sentiam que algo havia *mudado*.

Fazia todo sentido para Teft. Nunca que seria tão fácil, não era? Não na sua tormentosa vida.

Um caminho sinuoso pelos corredores e uma escadaria os levaram de volta até suas casernas. Enquanto caminhavam, uma mulher apareceu no corredor ao lado de Teft; era mais ou menos da sua altura, e brilhava com uma luz suave de um tom branco-azulado. Espreno tormentoso. Ele fez questão de não olhar para ela.

Você tem Palavras a declarar, Teft, disse ela em sua mente.

— Para os raios com você — murmurou ele.

Você já deu início a esse caminho. Quando vai contar aos outros sobre os juramentos que fez?

— Eu não...

Ela virou as costas para ele subitamente, tornando-se alerta, olhando pelo corredor que levava às casernas da Ponte Quatro.

— O que foi? — Teft parou. — Algo errado?

Algo está muito errado. Corra rápido, Teft!

Ele saiu correndo na frente dos homens, fazendo com que o chamassem aos gritos. Teft foi apressado até a porta das casernas e abriu-a com brusquidão.

O cheiro de sangue imediatamente o assolou. A sala comum da Ponte Quatro estava um caos, e sangue manchava o chão. Teft gritou, correndo pela sala para encontrar três corpos perto dos fundos. Ele deixou cair sua lança e tombou de joelhos ao lado de Rocha, Bisig e Eth.

Ainda respirando, pensou Teft, apalpando o pescoço de Rocha. *Ainda respirando. Lembre-se do treinamento de Kaladin, seu tolo.*

— Vejam os outros! — gritou quando mais carregadores de pontes se juntaram a ele.

Teft tirou seu casaco e usou-o nos ferimentos de Rocha; o papaguampas estava todo retalhado, meia dúzia de cortes que pareciam ter sido feitos com uma faca.

— Bisig está vivo — anunciou Peet. — Mas... Raios, isso é uma ferida de Espada Fractal!

— Eth... — disse Lopen, se ajoelhando ao lado do terceiro corpo. — Raios...

Teft hesitou. Eth estivera carregando a Espada de Honra naquele dia. Morto.

Eles vieram atrás da Espada.

Huio — que era melhor em medicina de campo do que Teft — assumiu os cuidados a Rocha. Com sangue nas mãos, Teft recuou desajeitadamente.

— Precisamos de Renarin — disse Peet. — É a melhor chance que Rocha tem!

— Mas para onde ele foi? — indagou Lyn. — Ele estava na reunião, mas saiu.

Ela olhou para Laran, uma das outras antigas mensageiras — a mais rápida.

— Corra até o posto da guarda! Eles devem ter uma telepena para entrar em contato com o Sacroportal!

Laran disparou para fora da sala. Ali perto, Bisig grunhiu. Seus olhos tremularam e se abriram. Seu braço inteiro estava cinza, e seu uniforme havia sido inteiramente cortado.

— Bisig! Raios, o que aconteceu?! — perguntou Peet.

— Pensei... pensei que fosse um de nós — murmurou Bisig. — Eu não prestei atenção... até que ele atacou. — Ele se inclinou para trás, grunhindo, fechando os olhos. — Ele usava um casaco de carregador de pontes.

— Pai das Tempestades! — exclamou Leyten. — Você viu o rosto dele?

Bisig assentiu.

— Ninguém conhecido. Um homem baixo, alethiano. Casaco da Ponte Quatro, nós de tenente no ombro...

Lopen, ali perto, franziu o cenho, então olhou de soslaio para Teft.

Um casaco de oficial da Ponte Quatro, usado como disfarce. O casaco de *Teft*, que ele havia vendido semanas atrás, no mercado. Em troca de umas poucas esferas.

Ele recuou, cambaleando, enquanto eles cercavam Rocha e Bisig, então fugiu por entre uma chuva de esprenos de vergonha caindo no corredor lá fora.

PARTE
CINCO

Nova Unidade

OS CAVALEIROS RADIANTES • ASH • NAVANI •
ADOLIN • TARAVANGIAN • YANAGAWN •
PALONA • VYRE • RISO

O PREÇO

CINCO ANOS E MEIO ATRÁS

DALINAR VOLTOU A SI, arquejando, na cabine de uma carroça de tempestade. Com o coração batendo forte, virou-se, chutando para longe garrafas vazias e levantando os punhos. Lá fora, a calmaria de uma tempestade lavava as paredes com chuva.

Pelo décimo nome do Todo-Poderoso, o que fora *aquilo*? Em um momento, estava deitado em seu beliche. No seguinte, estava... Bem, ele não lembrava direito. O que a bebida estava fazendo com ele agora?

Alguém bateu à porta.

— Sim? — disse Dalinar, a voz rouca.

— A caravana está se preparando para partir, Luminobre.

— Já? A chuva nem parou ainda.

— Acho que eles estão, hum, ansiosos para se livrar de nós, senhor.

Dalinar abriu a porta. Felt estava ali fora, um homem ágil com longos bigodes caídos e pele clara. Ele devia ter um pouco de sangue shino, a julgar por aqueles olhos.

Muito embora Dalinar não houvesse dito expressamente o que pretendia fazer ali em Hexi, seus soldados pareceram compreender. Dalinar não sabia se deveria estar orgulhoso da lealdade deles ou escandalizado pela facilidade com que aceitaram sua intenção de visitar a Guardiã da Noite. Naturalmente, um deles — o próprio Felt — já havia seguido por aquele caminho antes.

Do lado de fora, os caravaneiros haviam atrelado seus chules. Tinham concordado em deixá-lo ali, no meio do caminho, mas se recusaram a levá-lo mais adiante rumo ao Vale.

— Você pode nos conduzir pelo resto do caminho? — perguntou Dalinar.

— Claro — disse Felt. — Estamos a menos de um dia de distância.

— Então diga ao bom mestre caravaneiro que vamos pegar nossas carroças e nos separarmos dele aqui. Pague o quanto ele pedir, e mais um pouco por fora.

— Se é o que o senhor quer, Luminobre. Parece-me que ter um Fractário viajando com ele deveria ser pagamento o bastante.

— Explique que, em parte, estamos comprando seu silêncio.

Dalinar esperou até a chuva diminuir, então vestiu seu casaco e saiu para se juntar a Felt, caminhando à frente das carroças. Não estava mais inclinado a ficar enclausurado.

Esperara que aquela terra se parecesse com as planícies alethianas. Afinal de contas, as terras planas e varridas pelo vento de Hexi não eram tão diferentes da terra natal dele. Contudo, estranhamente, não havia um único petrobulbo à vista. O solo era coberto de rugas, como ondulações congeladas em um lago, talvez com cinco ou sete centímetros de profundidade. Eram ásperas no lado da direção das tempestades, cobertas com líquen. No lado a sotavento, grama se espalhava pelo chão, achatada.

As árvores esparsas do local eram coisinhas atarracadas e encolhidas, com folhas de cardo. Seus galhos se curvavam tanto para sotavento, que quase tocavam o chão. Era como se um dos Arautos houvesse passeado por aquele lugar e dobrado tudo para o lado. As encostas próximas eram áridas, arrasadas e erodidas pelo vento.

— Não falta muito mais, senhor — disse Felt.

O homem baixo mal chegava ao peito de Dalinar.

— Quando você veio antes... O que... O que você viu?

— Para ser sincero, senhor, nada. Ela não veio até mim. Ela não visita a todos, sabe? — Ele bateu as mãos, então as soprou. Andava fazendo um tempo de inverno. — O melhor é ir logo depois de escurecer. Sozinho, senhor. Ela evita grupos.

— Alguma ideia de por que ela não o visitou?

— Bem, imagino que ela não gosta de estrangeiros.

— Posso ter problemas também.

— O senhor é um pouco menos estrangeiro, senhor.

À frente, um grupo de pequenas criaturas escuras surgiu subitamente de trás de uma árvore e se lançou ao céu, todas juntas. Dalinar espantou-se com sua velocidade e agilidade.

— Galinhas? — indagou ele.

Pequenas e negras, do tamanho de um punho. Felt deu uma risadinha.

— Sim, galinhas selvagens chegam até aqui, no Leste. Mas não sei o que estão fazendo deste lado das montanhas.

As galinhas por fim escolheram outra árvore curvada e se empoleiraram nos seus galhos.

— Senhor — disse Felt. — Perdoe-me por perguntar, mas tem certeza de que quer fazer isso? Lá, o senhor ficará sob o poder dela. E não poderá escolher o preço.

Dalinar nada disse, os pés amassando leques de ervas que tremiam e chacoalhavam quando ele as tocava. Havia tanto espaço vazio ali em Hexi. Em Alethkar, não era possível passar mais de um dia ou dois sem topar com uma vila agrícola. Eles caminharam por umas boas três horas, durante as quais Dalinar sentiu tanto uma ansiedade de dar logo um fim àquilo quanto, ao mesmo tempo, uma relutância em avançar. Vinha apreciando aquele recente senso de propósito. Simultaneamente, sua decisão dera-lhe desculpas. Se ia encontrar a Guardiã da Noite de qualquer maneira, então por que lutar com a bebida?

Passara a maior parte da viagem embriagado. Agora, com o álcool acabando, as vozes dos mortos pareciam persegui-lo. Pioravam quando tentava dormir, e ele sentia uma dor embotada por trás dos olhos devido à falta de sono.

— Senhor? — chamou Felt por fim. — Veja ali.

Ele apontou para uma faixa verde que pintava a montanha acossada pelos ventos. Enquanto avançavam, Dalinar pôde ver melhor. As montanhas se dividiam em um vale naquele ponto e, como a abertura apontava para nordeste, os sopés da montanha protegiam o interior das grantormentas.

Então a vida vegetal havia *explodido* ali no interior. Vinhas, samambaias, flores e gramas cresciam juntas em uma muralha de matagal. As árvores assomavam sobre as outras plantas, e não eram os duráveis cepolargos da sua terra natal. Eram nodosas, altas e retorcidas, com galhos que se entrelaçavam. Estavam cobertas com musgos e vinhas, esprens de vida pululando entre elas com fartura.

Tudo se empilhava, juncos e galhos despontando de todas as direções, samambaias tão cheias de vinhas que se curvavam devido ao peso. Tudo aquilo lembrava a Dalinar um campo de batalha. Uma tapeçaria grandiosa, representando pessoas em combate mortal, cada uma lutando para obter a vantagem.

— Como se entra? — perguntou Dalinar. — Como se passa através *daquilo?*

— Existem algumas trilhas — disse Felt. — Se procurar direito. Devemos acampar aqui, senhor? Pode procurar uma trilha amanhã e tomar sua decisão final...

Ele assentiu, então se instalaram na beirada do vale, perto o bastante para sentir o cheiro da umidade lá dentro. Dispuseram as carroças como uma barreira entre duas árvores, e os homens logo montaram tendas. Conseguiram acender uma fogueira com rapidez. Havia uma... sensação naquele lugar. Como se fosse possível ouvir todas aquelas plantas crescendo. O vale tremia e estalava. Quando o vento soprava, era quente e úmido.

O sol se pôs atrás das montanhas, jogando-os na escuridão. Logo depois, Dalinar adentrou o vale. Não podia esperar mais um dia. O som o atraía; as vinhas farfalhando, se movendo, enquanto animais minúsculos passavam entre elas. Folhas se enrolando. Os homens não o chamaram; compreenderam sua decisão.

Ele avançou pelo vale abafado e úmido, as vinhas roçando sua cabeça. Mal podia ver na escuridão, mas Felt tinha razão — trilhas se revelaram enquanto vinhas e galhos recuavam diante dele, permitindo a entrada de Dalinar com a mesma relutância com que guardas permitiam que um homem desconhecido fosse ter com o rei.

Havia esperado que a Euforia o ajudasse ali. Aquilo era um desafio, não? Ele não sentia nada, nem um vislumbre.

Arrastou-se pela escuridão e de repente se sentiu estúpido. O que estava fazendo ali? Indo à caça de uma superstição pagã enquanto os outros grão-príncipes se reuniam para punir os assassinos de Gavilar? Deveria estar nas Planícies Quebradas. *Lá* seria o lugar onde mudaria, onde voltaria a ser o homem que fora antes. Ele queria escapar da bebida? Só precisava invocar Sacramentadora e encontrar alguém para combater.

Quem sabia o que havia ali naquela floresta? Se ele fosse um bandido, certamente faria suas emboscadas ali. As pessoas deviam visitar o local aos montes. Danação! Não ficaria surpreso se descobrisse que alguém havia começado tudo aquilo só para atrair trouxas ingênuos.

Espere. O que era aquilo? Um som diferente dos rastros no matagal ou das vinhas se encolhendo. Ele parou, prestando atenção. Era...

Choro.

Ah, Todo-Poderoso nos céus. Não.

Ele ouviu um menino chorando, implorando pela sua vida. Ele soava como Adolin. Dalinar deu as costas ao som, procurando nas trevas. Outros gritos e apelos se juntaram ao primeiro, pessoas queimando enquanto morriam.

Em um momento de pânico, ele se virou para correr de volta por onde viera. Imediatamente tropeçou no mato.

Desabou contra madeira podre, vinhas se torcendo sob seus dedos. Pessoas gritavam e berravam por toda parte, os sons ecoando na escuridão quase absoluta.

Desesperado, ele invocou Sacramentadora e levantou-se desajeitadamente, então começou a golpear, tentando abrir caminho. Aquelas *vozes*. Por todos os lados!

Ele passou por um tronco de árvore, dedos afundando no musgo pendente e na madeira molhada. A entrada era por ali?

Subitamente, ele se viu nas Colinas Devolutas, lutando com aqueles traiçoeiros parshemanos. Viu a si mesmo matando, cortando, assassinando. Viu sua sede de sangue, olhos arregalados e dentes trincados em um horrível sorriso. O sorriso de uma caveira.

Viu a si mesmo estrangulando Elhokar, que nunca possuíra a postura ou o charme do pai. Dalinar tomou o trono; deveria ser dele, de qualquer modo.

Seus exércitos avançaram contra Herdaz, então Jah Keved. Ele se tornou rei dos reis, um poderoso conquistador cujas realizações ultrapassavam em muito aquelas do seu irmão. Dalinar forjou um império vorin unificado, que cobria metade de Roshar. Um feito sem paralelo!

E então ele os viu arder.

Centenas de vilas. Milhares e mais *milhares* de pessoas. Era a única maneira. Se uma cidade resistisse, era preciso queimá-la até não sobrar nada. Chacinar aqueles que se defendiam, e deixar os cadáveres dos seus entes queridos para alimentar animais necrófagos. Era preciso irradiar terror como uma tormenta, até que seus inimigos se rendessem.

A Fenda seria apenas o primeiro de uma longa lista de exemplos. Ele viu a si mesmo de pé sobre a montanha de corpos, gargalhando. Sim, superara a bebida. Tornara-se grandioso e terrível.

Aquele era o seu futuro.

Arquejando, Dalinar caiu de joelhos na floresta escura e permitiu que as vozes o cercassem. Ouviu Evi entre elas, chorando enquanto queimava até a morte, invisível, ignorada. Sozinha. Ele deixou Sacramentadora escorregar dos seus dedos e se despedaçar em névoa.

O choro foi diminuindo até se tornar distante.

Filho da Honra... algo novo sussurrou nos ventos, uma voz como o farfalhar das árvores.

Ele abriu os olhos e viu que estava em uma minúscula clareira, banhada pela luz das estrelas. Uma sombra se movia nas trevas além das árvores, acompanhada pelo ruído de vinhas se retorcendo e grama soprada pelo vento.

Olá, humano. Você cheira a desespero. A voz feminina era com uma centena de sussurros sobrepostos. A figura alongada se movia entre as árvores na borda da clareira, espreitando-o como um predador.

— Dizem... dizem que você pode mudar um homem — disse Dalinar, cansado.

A Guardiã da Noite *escorreu* para fora das trevas. Era uma névoa verde-escura, vagamente semelhante a uma pessoa se arrastando. Braços longos demais se estenderam, puxando a sua silhueta que flutuava acima do chão. Sua essência, como uma cauda, se estendia longamente atrás dela, ondulando entre troncos de árvores e desaparecendo na floresta.

Indistinta e vaporosa, ela fluía como um rio ou uma enguia, e a única parte com qualquer detalhe específico era seu rosto liso e feminino. Ela deslizou na direção de Dalinar até que seu nariz estivesse a meros centímetros do dele, olhos negros e sedosos encontrando os do homem. *Mãos* minúsculas brotaram das laterais enevoadas da sua cabeça e se estenderam, tomando o rosto dele e tocando-o com mil carícias geladas, mas gentis.

O que você deseja de mim?, perguntou a Guardiã da Noite. *Que dádiva o impele, Filho da Honra? Filho de Odium?*

Ela começou a circulá-lo. As minúsculas mãos negras continuaram tocando seu rosto, mas os braços dela se esticaram, se tornaram tentáculos.

Do que você gostaria? Renome? Riqueza? Destreza? Gostaria de ser capaz de brandir uma espada e nunca se cansar?

— Não — sussurrou Dalinar.

Beleza? Seguidores? Posso alimentar seus sonhos, torná-lo glorioso.

Suas névoas sombrias o envolveram. Os minúsculos tentáculos faziam cócegas na pele dele. Ela aproximou o rosto do dele novamente. *Qual é a sua dádiva?*

Dalinar piscou entre lágrimas, ouvindo os sons de crianças morrendo ao longe, e sussurrou uma única palavra.

— Perdão.

Os tentáculos da Guardiã da Noite se descolaram do seu rosto, como dedos sendo bem abertos. Ela se inclinou para trás, franzindo os lábios.

Talvez você deseje posses, disse ela. *Esferas, gemas. Fractais. Uma Espada que sangra escuridão e que não pode ser derrotada. Eu posso dá-la a você.*

— Por favor — disse Dalinar, respirando com dificuldade. — Diga-me. Eu posso... posso algum dia ser perdoado?

Não era isso que ele pretendera solicitar.

Ele não conseguia se lembrar do que pretendera solicitar.

A Guardiã da Noite se enrolou ao redor dele, agitada. *O perdão não é uma dádiva. O que eu devo fazer com você? O que devo lhe conceder? Fale, humano. Eu...*

BASTA, FILHA.

Essa nova voz sobressaltou os dois. Se a voz da Guardiã da Noite era como o sussurro do vento, aquela soava como pedras rolando. A Guardiã da Noite se afastou dele com um movimento brusco.

Hesitante, Dalinar voltou-se e viu uma mulher de pele marrom — da cor de negrália — parada na borda da clareira. Tinha um porte matronal e usava um longo vestido marrom.

Mãe?, disse a Guardiã da Noite. *Mãe, ele veio até mim. Eu ia abençoá-lo.*

OBRIGADA, CRIANÇA, disse a mulher. MAS ESSA DÁDIVA ESTÁ ALÉM DO SEU ALCANCE. Ela se voltou para Dalinar. VOCÊ PODE ME ACOMPANHAR, DALINAR KHOLIN.

Entorpecido pelo espetáculo surreal, Dalinar se levantou.

— Quem é você?

ALGUÉM QUE VOCÊ NÃO TEM AUTORIDADE PARA QUESTIONAR. Ela avançou para a floresta e Dalinar se juntou a ela. Mover-se pelo matagal parecia mais fácil agora, muito embora as vinhas e galhos se movessem na *direção* da estranha mulher. Seu vestido parecia se fundir com tudo, o pano marrom se tornando tronco ou grama.

A Guardiã da Noite seguia ao lado deles em movimentos sinuosos, sua escura neblina fluindo pelos buracos no matagal. Dalinar a considerava distintamente perturbadora.

PERDOE MINHA FILHA, disse a mulher. É A PRIMEIRA VEZ EM SÉCULOS QUE VENHO PESSOALMENTE FALAR COM UM DE VOCÊS.

— Então não é assim que acontece todas as vezes?

CLARO QUE NÃO. EU PERMITO QUE ELA CUIDE DAS COISAS AQUI. A mulher acariciou com os dedos o cabelo nebuloso da Guardiã da Noite. ISSO A AJUDA A COMPREENDER VOCÊS.

Dalinar franziu o cenho, tentando entender tudo aquilo.

— O que... Por que escolheu aparecer agora?

Por causa da atenção que os outros prestam em você. E o que eu disse sobre exigir respostas?

Dalinar calou a boca.

Por que você veio aqui, humano? Você não serve a Honra, aquele que vocês chamam de Todo-Poderoso? Procure o perdão com ele.

— Eu perguntei aos fervorosos — respondeu Dalinar. — Não recebi o que queria.

Você recebeu o que merecia. A verdade que construíram para si mesmos.

— Então estou condenado — sussurrou Dalinar, parando. Ele ainda podia ouvir as vozes. — Eles choram, mãe.

Ela olhou de volta para ele.

— Eu os ouço quando fecho os olhos. Por todos os lados, implorando que eu os salve. Eles estão me enlouquecendo.

Ela o contemplou, a guardiã da noite se enroscando ao redor das pernas dela, então ao redor das pernas de dalinar, então de volta.

Aquela mulher... ela era mais do que ele podia ver. Vinhas do seu vestido se enrolavam terra adentro, permeando tudo. Naquele momento, ele soube que não estava vendo *ela*, mas um fragmento com que podia interagir.

Aquela mulher se estendia até a eternidade.

Essa será sua dádiva. Eu não farei de você o homem que pode se tornar. Não darei a você a aptidão, a força ou a vontade, tampouco tomarei de você suas compulsões.

Mas eu lhe darei... uma poda. Uma excisão cuidadosa, para deixá-lo crescer. O preço será alto.

— Por favor — disse Dalinar. — Qualquer coisa.

Ela recuou um passo. Ao fazer isso, fornecerei a ele uma arma. Perigosa, muito perigosa. Contudo, todas as coisas devem ser cultivadas. O que eu tomar de você uma hora crescerá de volta. Isso é parte do custo.

Será bom para mim ter uma parte sua, mesmo que você no final se torne dele. Você sempre esteve destinado a me procurar. Eu controlo todas as coisas que podem crescer, ser nutridas.

Isso inclui os espinhos.

Ela o agarrou e as árvores desceram, os galhos, as vinhas. A floresta se enrolou ao redor dele e invadiu as frestas ao redor dos seus olhos, sob suas unhas, em sua boca e ouvidos. Em seus *poros*.

Uma dádiva e uma maldição, disse a mãe. É assim que se faz. Removerei essas coisas da sua mente, e junto levarei ela.

— Eu... — Dalinar tentou falar enquanto a vida vegetal o engolfava. — Espere!

Surpreendentemente, as vinhas e os galhos pararam. Dalinar ficou pendendo, varado por vinhas que haviam de algum modo entrado sob sua pele. Não havia dor, mas ele sentia as gavinhas dentro das próprias veias.

Fale.

— Você vai tomar... — Ele falava com dificuldade. — Vai tomar evi de mim?

Todas as memórias dela. Esse é o custo. Devo parar?

Dalinar fechou os olhos com força. Evi...

Ele nunca a merecera.

— Vá em frente — sussurrou.

As vinhas e galhos avançaram e começaram a arrancar pedaços do interior dele.

Dalinar se arrastou para fora da floresta na manhã seguinte. Seus homens o acudiram, trazendo água e curativos, embora estranhamente ele não precisasse de nada daquilo.

Mas *estava* cansado. Muito, *muito* cansado.

Eles o apoiaram na sombra de sua carroça de tempestade, esprenos de exaustão girando no ar. Malli — a esposa de felt — rapidamente mandou um recado para o navio via telepena.

Dalinar sacudiu a cabeça, sua memória confusa. O que... O que havia acontecido? Ele havia realmente pedido *perdão*?

Não compreendia por quê. Sentia-se mal por falhar com... Ele buscou a palavra. Por falhar com...

Raios. Sua esposa. Sentia-se mesmo tão culpado por ter falhado em impedir que assassinos tirassem sua vida? Ele vasculhou a mente e descobriu que não se lembrava da aparência dela. Nenhuma imagem do seu rosto, nem memórias do seu tempo juntos.

Nada.

Lembrava-se de passar os últimos anos embriagado. E dos anos antes disso, gastos em conquistas. De fato, tudo em relação ao seu passado parecia claro, *exceto* por ela.

— E então? — Disse felt, ajoelhando-se ao lado dele. — Imagino que... Aconteceu.

— Sim — confirmou Dalinar.

— Alguma coisa que precisamos saber? Certa vez ouvi falar de um homem que veio aqui e, depois disso, toda pessoa que ele tocava caía *para cima* em vez de para baixo.

— Vocês não precisam se preocupar. Minha maldição é só para mim.

Que estranho ser capaz de se lembrar de cenas em que ela estivera, mas não se lembrar... hum ... raios o levassem, do *nome* dela.

— Qual era o nome da minha esposa? — indagou Dalinar.

— *Shshshsh*? — disse Felt. Soou como um borrão de sons.

Dalinar se sobressaltou. Ela havia sido completamente removida? Havia sido aquele... havia sido aquele o custo? Sim... o luto o fizera sofrer naqueles últimos anos. Ele sofrera um colapso ao perder a mulher que amava.

Bem, imaginava que a amara. Curioso.

Nada.

Parecia que a Guardiã da Noite havia tomado memórias da sua esposa e, ao fazer isso, concedido a ele a dádiva da paz. Contudo, ele *ainda* sentia tristeza e culpa por ter falhado com Gavilar, então não estava completamente curado. Ainda queria uma garrafa para entorpecer a tristeza de perder o irmão.

Acabaria com aquele hábito. Dalinar descobrira, quando homens sob seu comando abusaram da bebida, que a solução era fazer com que trabalhassem duro e não deixar que provassem vinhos fortes. Ele poderia fazer o mesmo consigo. Não seria fácil, mas ele conseguiria.

Dalinar relaxou, mas sentia como se algo estivesse faltando dentro dele. Algo que não podia identificar. Ouviu seus homens desfazendo o acampamento, contando piadas, agora que poderiam partir. Mais além, ouvia folhas farfalhando. E mais além, nada. Não deveria ouvir...?

Ele sacudiu a cabeça. Todo-Poderoso, que jornada tola. Ele realmente havia sido tão fraco a ponto de precisar que um *espreno da floresta* aliviasse sua dor?

— Preciso me comunicar com o rei — disse Dalinar, se levantando. — Mande nossos homens no cais entrarem em contato com os exércitos. Quando eu chegar, quero ter mapas e planos de batalha para a conquista dos parshendianos.

Já se lastimara por tempo o bastante. Nem sempre fora o melhor dos irmãos, ou o melhor dos olhos-claros. Deixara de seguir os Códigos, e isso havia custado a vida de Gavilar.

Nunca mais.

Endireitou seu uniforme e olhou para Malli.

— Peça aos marinheiros para aproveitarem que estão no porto e me consigurem uma cópia em alethiano de um livro chamado *O caminho dos reis*. Eu gostaria que o lessem para mim novamente. Na última vez, não estava no meu melhor juízo.

115

A PAIXÃO ERRADA

Eles vieram de outro mundo, usando poderes que havíamos sido proibidos de tocar. Poderes perigosos, de esprenos e Fluxos. Eles destruíram suas terras e vieram até nós, implorando.

— Da Estela de Eila

UM VENTO ENÉRGICO SOPRAVA pela cidade, sacudindo o cabelo de Dalinar, que estava em sua vila na Cidade de Thaylen. Era um vento gelado e cortante; não se demorou, mas passou por ele, virando as páginas do seu livro com um som baixo e farfalhante.

O vento fugia da Tempestade Eterna.

Carmesim. Furiosa. *Ardente*. As nuvens da Tempestade Eterna fluíam do oeste. Como sangue se espalhando pela água, cada nova cúmulo-nimbo brotava da nuvem logo atrás, em uma hemorragia de relâmpagos. E, por baixo da tempestade — em sua sombra, e navegando aqueles mares tempestuosos —, *navios* pontilhavam as ondas.

— Navios? — sussurrou ele. — Eles navegaram *durante* a tempestade?

Ele a controla, disse o Pai das Tempestades, com uma voz minúscula, como o tamborilar de gotas de chuva. *Ele a usa, como Honra me usava outrora.*

Seria impossível deter o inimigo no oceano. A armada inexperiente de Dalinar fugira para se abrigar da tempestade, e o inimigo navegara até ali sem contestação. A coalização estava despedaçada, de qualquer modo; eles não defenderiam a cidade.

A tempestade desacelerou ao obscurecer a baía diante de Cidade de Thaylen — então pareceu parar. Ela dominava o céu ao oeste, mas, estranhamente, não prosseguiu. Navios inimigos pousaram sob sua sombra, muitos deles aterrando na costa.

As tropas de Amaram afluíam pelos portões para tomar o terreno entre a baía e a cidade; não havia espaço o bastante para manobras no topo da muralha. Os alethianos eram tropas de campo, e sua melhor chance de vitória seria atingir os parshemanos durante o desembarque. Atrás deles, tropas thaylenas guardavam a muralha, mas não eram veteranos. Sua marinha sempre fora o ponto forte.

Dalinar podia ouvir de modo distante o General Khal na rua abaixo, gritando para que mensageiros e escribas mandassem notícias para Urithiru, chamando os reforços alethianos. *Lento demais*, pensou Dalinar. A mobilização apropriada das tropas poderia levar horas, e embora Amaram estivesse apressando seus homens, eles não iam se reunir a tempo de um assalto adequado aos navios.

Além disso, havia os Moldados, dezenas deles nos céus, vindos dos navios. Ele imaginou seus exércitos encurralados enquanto deixavam o Sacroportal, atacados pelo ar enquanto tentavam combater pelas ruas para alcançar a parte mais baixa da cidade.

Tudo se encaixava com uma beleza apavorante. A armada deles fugindo da tempestade. Seus exércitos despreparados. A súbita desaparição do apoio...

— Ele planejou tudo.

É isso que ele faz.

— Sabe, Cultura havia me avisado que minhas memórias voltariam. Ela disse que estava me "podando". Você sabe por que ela fez isso? Eu *precisava* lembrar?

Eu não sei. Isso é relevante?

— Depende da resposta a uma pergunta — disse Dalinar, fechando cuidadosamente o livro sobre a cômoda diante da janela, então tocando nos símbolos na capa. — Qual é o passo mais importante que um homem pode dar?

Ele endireitou seu uniforme azul, então pegou o livro. Tendo *O caminho dos reis* como um peso confortável na mão, saiu pela porta rumo à cidade.

—A̲VANÇAMOS TUDO ISSO, E eles já estão *aqui*? — sussurrou Shallan.

Kaladin e Adolin pareciam duas estátuas, um de cada lado dela, seus rostos máscaras estoicas gêmeas. Ela podia ver nitidamente o Sacroportal;

aquela plataforma redonda na borda era do tamanho exato dos edifícios de controle.

Centenas e centenas de estranhos esprenos estavam no lago de contas que marcava a costa de Cidade de Thaylen. Eles pareciam vagamente humanoides, embora fossem esquisitos e retorcidos, como luz escura tremeluzente. Pareciam mais o rascunho de pessoas, como os desenhos que ela havia feito quando estava fora de si.

Na costa, uma enorme massa escura de luz vermelha viva tomava o chão de obsidiana. Era muito mais terrível do que todos aqueles outros — algo que fazia seus olhos *doerem*. E, como se isso não fosse o bastante, meia dúzia de Moldados passaram voando, então pousaram na ponte que conduzia à plataforma do Sacroportal.

— Eles sabiam — disse Adolin. — Eles nos trouxeram pra cá com aquela visão amaldiçoada.

— Tome cuidado com *qualquer* um que alegue ser capaz de ver o futuro — sussurrou Shallan.

— Não. Não, aquilo não veio dele! — Kaladin olhou de um para outro, frenético, e finalmente se voltou para Syl em busca de apoio. — Foi como na vez em que o Pai das Tempestades... Quero dizer...

— Azure nos preveniu a não seguir esse caminho — comentou Adolin.

— E o que mais poderíamos ter feito? — retrucou Kaladin, então baixou a voz, recuando, junto com os outros, para o esconderijo entre as sombras das árvores. — Não podíamos ir para os Picos dos Papaguampas, como Azure queria. O inimigo também aguarda lá! Todos dizem que os navios deles patrulham aquela região. — Kaladin sacudiu a cabeça. — Esta era nossa única opção.

— Não temos comida suficiente para voltar... — disse Adolin.

— Mesmo que tivéssemos, para onde iríamos? — disse Syl. — Eles tomaram Celebrante. Estão vigiando esse Sacroportal, então provavelmente estão vigiando os outros...

Shallan se deixou cair no chão de obsidiana. Padrão colocou a mão no ombro dela, zumbindo baixinho com preocupação. O corpo dela ansiava por Luz das Tempestades para eliminar sua fadiga. A Luz poderia criar uma ilusão, mudar aquele mundo para alguma outra coisa, pelo menos durante alguns momentos, para que pudesse fingir...

— Kaladin tem razão — disse Syl. — Nós *não podemos* recuar agora. Nossas gemas restantes não vão durar muito mais.

— Precisamos tentar — replicou Kaladin, assentindo.

— Tentar o quê, Kal? — perguntou Adolin. — Enfrentar sozinhos um exército de Esvaziadores?

— Eu não sei como o portal funciona — acrescentou Shallan. — Nem mesmo sei o quanto de Luz das Tempestades pode ser necessário.

— Nós... vamos tentar alguma coisa — disse Kaladin. — Ainda temos Luz das Tempestades. Uma ilusão? Uma distração? Podemos levar você ao Sacroportal, e você pode... descobrir como nos libertar. — Ele balançou a cabeça. — Vamos dar um jeito. Nós *temos* que dar um jeito.

Shallan baixou a cabeça, ouvindo Padrão zumbir. Alguns problemas não podiam ser resolvidos com uma mentira.

J ASNAH SAIU CUIDADOSAMENTE DO caminho de uma tropa de soldados que corria na direção do Sacroportal. Fora informada via telepena que tropas estavam se reunindo em Urithiru para vir ajudar. Infelizmente, logo todos teriam que reconhecer o que ela já sabia.

Cidade de Thaylen estava perdida.

Seu adversário havia jogado bem demais. Aquilo a deixava com raiva, mas controlou aquela emoção. No mínimo, esperava que o bando insatisfeito de Amaram conseguisse aguentar flechadas e lanças por tempo suficiente para que os civis thaylenos fossem evacuados.

Os relâmpagos da tempestade pintavam a cidade de vermelho.

Foco. Ela precisava se concentrar no que *podia* fazer, não no que havia *falhado* em fazer. Primeiro, precisava cuidar para que seu tio não fosse morto lutando em uma batalha inútil. Em segundo lugar, precisava ajudar a evacuar a Cidade de Thaylen; já havia avisado Urithiru para que se preparasse para refugiados.

Essas duas metas teriam que esperar um pouco enquanto ela lidava com uma questão ainda mais urgente.

— Os fatos se alinharam — disse Marfim. — A verdade que sempre existiu em breve se manifestará para todos. — Ele estava na gola alta do vestido dela, minúsculo, segurando-se com uma mão. — Você está correta. Um traidor *existe*.

Jasnah desabotoou a manga da mão segura e prendeu-a para trás, expondo a mão enluvada por baixo. Preparada, estava usando um havah amarelo e dourado de batedora, com saias mais curtas abertas nas laterais e na frente e calças por baixo. Botas robustas.

Saiu do caminho de outro grupo de soldados irritados e subiu os degraus até a entrada do templo de Pailiah'Elin. Confirmando as informações que havia recebido, Renarin Kholin estava ajoelhado lá dentro, com a cabeça baixa. Sozinho.

Um espreno surgiu das costas dele, vermelho-vivo, tremeluzindo como o calor de uma miragem. Uma estrutura cristalina, como um floco de neve, embora pingasse gotas de luz na direção do teto. Na sua bolsa, Jasnah levava um desenho do espreno correto dos Sentinelas da Verdade.

E aquilo ali era diferente.

Jasnah estendeu a mão para o lado, então — respirando fundo — invocou Marfim como uma Espada Fractal.

VENLI PULOU DA PRANCHA improvisada do navio. A cidade diante dela era mais uma maravilha. Construída na encosta de uma montanha, quase parecia ter sido cortada a partir da pedra — esculpida como os ventos e a chuva haviam moldado as Planícies Quebradas.

Centenas de Cantores fluíam ao redor dela. Moldados musculosos caminhavam entre eles, dotados de armaduras de carapaça tão impressionantes quanto qualquer Armadura Fractal. Alguns daqueles Cantores usavam a forma bélica, mas, ao contrário dos seus oponentes alethianos, não haviam passado por treinamento de combate.

Azishianos, thaylenos, maratianos... uma série de nacionalidades. Aqueles Cantores recém-despertados estavam assustados, inseguros. Venli se afinou com Agonia. Será que eles a forçariam a marchar na linha de frente? Também não tinha muito treinamento de batalha; mesmo com uma forma de poder, seria feita em pedaços.

Como meu povo, no campo de Narak, que foi sacrificado para dar à luz a Tempestade Eterna. Odium parecia não hesitar em desperdiçar as vidas tanto de Ouvintes quanto de Cantores.

Timbre pulsou em Paz dentro da sua bolsa e Venli pousou a mão sobre ela.

— Quieta — sussurrou em Agonia. — *Quieta.* Você quer que um deles te ouça?

Timbre relutantemente suavizou suas pulsações, embora Venli ainda sentisse uma tênue vibração na bolsa. E isso... a relaxava. Tinha a impressão de podia ouvir o Ritmo de Paz também.

Um dos enormes Moldados a chamou.

— Você! Mulher Ouvinte! Venha!

Venli se afinou ao Ritmo de Destruição. *Não* seria intimidada por eles, ainda que fossem deuses. Ela foi até o Moldado e manteve a cabeça erguida.

O Moldado entregou a ela uma espada em uma bainha. Venli a pegou, então se afinou a Subserviência.

— Eu já usei um machado antes, mas não...

— Leve-a — disse ele, seus olhos com um brilho vermelho suave. — Você pode precisar se defender.

Ela não levantou mais objeções. Havia uma linha tênue entre confiança respeitosa e desafio. Pôs a espada no cinto ao redor do corpo esbelto, desejando ter alguma carapaça.

— Agora — disse o Moldado em Arrogância, andando a passos largos e esperando que ela o acompanhasse — conte-me o que esse pequenino está dizendo.

Venli o seguiu até um grupo de Cantores em forma laboral, segurando lanças. Falara com o Moldado na língua antiga, mas os Cantores estavam falando em thayleno.

Eu sou uma intérprete, pensou, relaxando. *É por isso que me queriam no campo de batalha.*

— O que você queria dizer ao ser sagrado? — perguntou Venli em Escárnio, dirigindo-se ao Cantor que o Moldado havia indicado.

— Nós... — O Cantor umedeceu os lábios. — Não somos soldados, senhora. Somos pescadores. O que estamos fazendo aqui?

Embora um toque de Ritmo de Ansiedade temperasse suas palavras, sua forma e rosto amedrontados eram a indicação mais forte. Ele falava e agia como um humano.

Ela traduziu.

— Vocês estão aqui para seguir ordens — respondeu o Moldado através de Venli. — Em troca, serão recompensados com novas oportunidades de servir.

Embora seu ritmo fosse Escárnio, ele não parecia zangado. Mais parecia... estar instruindo uma criança. Ela passou a informação adiante e os marinheiros se entreolharam, se remexendo de modo desconfortável.

— Eles querem protestar — disse ela ao Moldado. — Dá para ver.

— Eles têm permissão de falar.

Ela ordenou que falassem, e o líder deles baixou os olhos, então falou em Ansiedade.

— É só que... a Cidade de Thaylen... é nosso lar. Esperam que nós a ataquemos?

— Sim — disse o Moldado depois que Venli traduziu. — Eles os escravizaram. Separaram suas famílias, trataram-nos como animais estúpidos. Não têm sede de vingança?

— Vingança? — disse o marinheiro, olhando para seus companheiros em busca de apoio. — Estamos felizes com a liberdade. Mas... quero dizer... alguns deles nos tratavam bastante bem. Não podemos apenas nos instalar em outro lugar e deixar os thaylenos em paz?

— Não — disse o Moldado.

Venli traduziu, então pulou para segui-lo quando o Moldado se afastou.

— Grandioso? — chamou ela em Subserviência.

— Esses aí têm a Paixão errada — comentou ele. — Aqueles que atacaram Kholinar o fizeram com prazer.

— Os alethianos são um povo belicoso, ó grandioso. Não surpreende que tenham passado a característica para seus escravos. E talvez esses aqui fossem tratados melhor?

— Eles foram escravos por tempo demais. Temos que mostrar a eles um caminho melhor.

Venli manteve-se perto do Moldado, feliz em ter encontrado um que era igualmente são e sensato. Ele não gritou com os grupos que abordaram, muitos dos quais compartilharam reclamações semelhantes. Só fez com que Venli repetisse os mesmos tipos de frases.

Vocês precisam se vingar, pequeninos. Precisam merecer sua Paixão.

Disponham-se ao serviço maior e serão elevados à posição de um Régio, receberão uma forma de poder.

Esta terra pertencia a vocês, muito tempo atrás, antes que eles a roubassem. Vocês foram treinados a serem dóceis. Vamos ensiná-los a ser fortes novamente.

O Moldado permaneceu calmo, mas feroz. Como brasas ardentes. Controlado, mas pronto para pegar fogo. Por fim, ele foi se juntar a alguns dos seus companheiros. Ao redor, o exército dos Cantores entrava em formação desajeitadamente, revestindo a terra a leste da baía. Tropas alethianas se reuniam ao longo de um curto campo de batalha, estandartes tremulando. Eles tinham arqueiros, infantaria pesada, infantaria leve e até mesmo alguns batedores a cavalo.

Venli cantarolou em Agonia. Ia ser um *massacre.*

De repente, sentiu algo estranho. Como um ritmo, mas opressivo, *exigente,* sacudindo o próprio ar e a terra debaixo dos seus pés. Os relâmpagos nas nuvens mais atrás pareciam lampejar segundo esse ritmo, e em um momento ela viu que a área ao seu redor estava apinhada com esprenos fantasmagóricos.

São os espíritos dos mortos, entendeu. *Moldados que ainda não escolheram um corpo*. A maioria era distorcida a ponto de mal poder reconhecê-los como Cantores. Dois eram aproximadamente do tamanho de edifícios.

Havia um que dominava até mesmo esses: uma criatura de violência fervilhante, do tamanho de uma pequena colina, aparentemente toda feita de fumaça vermelha. Venli viu que eles estavam sobrepostos ao mundo real, mas de algum modo sabia que eram invisíveis para a maioria. Ela era capaz de vislumbrar o outro mundo. Isso acontecia às vezes imediatamente antes de...

Um calor escaldante brilhou atrás dela.

Venli se preparou. Geralmente, só o via durante as tempestades. Mas... aquilo *era* uma tempestade. Pairando atrás, imóvel, agitando os mares.

Luz se cristalizou atrás dela, formando um parshemano ancestral com um rosto marmorizado em dourado e branco, e um cetro real que ele carregava como se fosse uma bengala. Pelo menos daquela vez, a presença dele não a vaporizou imediatamente.

Venli respirou aliviada. Era mais uma *impressão* do que seu verdadeiro ser. Ainda assim, o poder emanava dele como as gavinhas de um broto-de-vinha oscilando ao vento, desaparecendo no infinito.

Odium viera supervisionar pessoalmente aquela batalha.

T EFT SE ESCONDEU.
Não podia encarar os outros. Não depois... depois do que fizera.

Rocha e Bisig sangrando; Eth morto. A sala destruída. A Espada de Honra roubada.

Ele tinha... ele tinha um uniforme... da Ponte Quatro...

Teft avançou apressado pelos corredores de pedra, passando por lufadas de esprenos de vergonha, procurando um lugar onde ninguém pudesse vê-lo. Repetira o feito, com mais um grupo que confiara nele. Como fizera com sua família, que vendera em uma tentativa equivocada de justiça. Com seu esquadrão no exército de Sadeas, que abandonara pelo vício. E agora... e agora a Ponte Quatro?

Tropeçou em um trecho desigual de pedra no corredor escuro e caiu, grunhindo, arranhando a mão no chão. Ele grunhiu, então ficou ali, batendo a cabeça contra a pedra.

Quem dera pudesse encontrar algum esconderijo e se enfiar dentro dele, para *nunca mais* ser encontrado.

Quando ergueu os olhos, ela estava ali. A mulher feita de luz e ar, com cabelos encaracolados que sumiam em neblina.

— Por que está me seguindo? — Teft rosnou. — Vá escolher um dos outros. Kelek! Escolha *qualquer um*, menos eu.

Ele se levantou, passou bruscamente por ela, que mal parecia ter qualquer substância, e continuou a descer o corredor. A luz à frente mostrava que havia sem querer chegado à área mais externa da torre, onde as janelas e sacadas se abriam para as plataformas dos Sacroportais.

Parou junto de um umbral de pedra, ofegante, se apoiando com uma mão que sangrava nos nós dos dedos.

— Teft.

— Você não me quer. Estou *arruinado*. Escolha Lopen. Rocha. Sigzil. Danação, mulher, eu...

O que era aquilo?

Atraído por sons fracos, Teft entrou em uma sala vazia. Aqueles sons... Gritos?

Ele caminhou até a sacada. Abaixo, uma multidão de figuras com pele marmorizada saiu de uma das plataformas de Sacroportal, aquela que levava para Kholinar. Supostamente, estava trancada, inutilizável.

Batedores e soldados abaixo começaram a gritar, em pânico. Urithiru estava sob ataque.

O FEGANTE POR TER CORRIDO, Navani subiu às pressas os últimos degraus até a muralha da Cidade de Thaylen. Ali, encontrou o séquito da Rainha Fen. *Finalmente*.

Ela verificou o relógio de braço. Se apenas pudesse descobrir um fabrial que manipulasse exaustão, não apenas dor. *Isso* seria ótimo. Havia esprenos de exaustão, afinal de contas...

Navani andou a passos largos pela muralha rumo a Fen. Abaixo, as tropas de Amaram levantaram o novo estandarte Sadeas: o machado e a torre, branco sobre verde-floresta. Esprenos de expectativa e esprenos de medo — os eternos frequentadores do campo de batalha — cresciam ao redor deles. Os homens de Sadeas ainda estavam fluindo pelos portões, mas os blocos de arqueiros já haviam se adiantado. Eles logo começariam a atirar no desorganizado exército parshemano.

Aquela tempestade, contudo...

— O inimigo só continua chegando — disse Fen quando Navani se aproximou, seus almirantes abrindo espaço. — Logo poderei julgar suas famosas tropas alethianas em primeira mão... enquanto elas lutam uma batalha impossível.

— Na verdade, nossa situação é melhor do que parece. O novo Sadeas é um renomado tático. Seus soldados estão bem descansados e, embora pouco disciplinados, são conhecidos pela sua tenacidade. Nós podemos atacar o inimigo antes que ele termine de se mobilizar. Então, se eles se recuperarem e nos dominarem com números, podemos recuar até a cidade até obtermos reforços.

Kmakl, o consorte de Fen, assentiu.

— É possível vencer, Fen. Talvez até capturemos alguns dos navios de volta.

A terra tremeu. Por um momento, Navani sentiu como se estivesse em um barco balançando. Ela gritou, agarrando-se ao parapeito para não cair.

Lá no campo, entre as tropas inimigas e as alethianas, o terreno se *despedaçou*. Linhas e rachaduras partiram a rocha, e então um enorme *braço* de pedra se destacou do chão — as fraturas haviam formado a silhueta da sua mão, antebraço, cotovelo e parte superior do braço.

Um monstro com cerca de dez metros de altura despontou da pedra, deixando cair lascas e poeira no exército abaixo. Como um esqueleto feito de rocha, ele tinha uma cabeça em forma de cunha e olhos fundos, vermelhos como lava.

V ENLI PÔDE VER OS petronantes despertarem. Entre os espíritos de prontidão havia duas massas maiores de energia — almas tão deturpadas, tão massacradas, que nem pareciam Cantores. Uma se arrastou pelo chão de pedra, de algum modo habitando-o como um espreno tomando residência em uma gema-coração. A pedra *se tornou* sua forma.

Então ela se destacou da pedra aos arrancos. Ao redor, os parshemanos cambalearam para trás, espantados, tão surpresos que chegaram a atrair esprenos. A coisa assomou sobre as forças humanas, enquanto seu companheiro adentrava o solo rochoso, mas não se libertava de imediato.

Havia outro, ainda mais poderoso. Ele estava na água da baía, mas, quando ela espiava o outro mundo, não podia deixar de olhá-lo. Se aquelas duas almas inferiores haviam criado monstros de pedra tão assustadores, então *o que* era aquela montanha de poder?

No Reino Físico, os Moldados se ajoelharam e curvaram a cabeça para Odium. Então eles também podiam vê-lo. Venli se ajoelhou rapidamente, batendo os joelhos contra a rocha. Timbre pulsou em Ansiedade e Venli colocou a mão na bolsa, apertando-a. *Quieta. Não podemos lutar com ele.*

— Turash — disse Odium, pousando os dedos no ombro do Moldado que ela viera seguindo. — Velho amigo, você parece bem nesse novo corpo.

— Obrigado, mestre — disse Turash.

— Sua mente continua firme, Turash. Estou orgulhoso de você. — Odium acenou para a Cidade de Thaylen. — Preparei um exército grandioso para nossa vitória hoje. O que você acha do nosso prêmio?

— Uma excelente posição de grande valor, mesmo sem o Sacroportal — disse Turash. — Mas temo pelos nossos exércitos, mestre.

— É mesmo? — perguntou Odium.

— Eles são fracos, destreinados e assustados. Muitos podem se recusar a lutar. Não anseiam por vingança, mestre. Mesmo com os petronantes, podemos estar em desvantagem.

— Esses aí? — indagou Odium, olhando sobre o ombro na direção dos Cantores reunidos. — Ah, Turash. Você pensa muito *pequeno*, meu amigo! Eles não são meu exército. Eu os trouxe aqui para assistir.

— Assistir ao quê? — perguntou Venli, erguendo os olhos.

Então se encolheu de medo, mas Odium não prestou atenção nela. Ele abriu os braços, poder amarelo-dourado fluindo da sua figura como um vento que se tornara visível. Além, no outro lugar, aquele poder vermelho e fervilhante tornou-se ainda mais *real*, e foi puxado completamente para aquele reino, fazendo o oceano ferver.

Algo veio à tona. Algo primordial, algo que Venli já sentira, mas nunca realmente conhecera. Névoa vermelha. Efêmera, como uma sombra que se via em um dia escuro e se confundia com algo real. Cavalos vermelhos avançando, furiosos e a galope. Formas de homens, matando e morrendo, derramando sangue e exultando. Ossos empilhados, formando uma colina onde homens lutavam.

A neblina vermelha subiu das ondas do mar, se espalhando para uma área de rochas vazias, seguindo para norte pela beira da água. A névoa lhe causou um anseio pelo campo de batalha. Um belo foco, uma Euforia pelo combate.

O MAIOR DOS ESPRENOS, a massa fervilhante de luz vermelha, desapareceu de Shadesmar.

Kaladin arquejou e se aproximou do limite das árvores, sentindo aquele poder desocupando o lugar e... indo para outro?

— Algo está acontecendo — disse ele para Adolin e Shallan, que estavam discutindo o que fazer. — Talvez tenhamos uma abertura!

Os dois se juntaram a ele e viram o estranho exército de esprenos começar a desaparecer também, piscando e sumindo em ondas.

— O Sacroportal? — indagou Shallan. — Talvez eles o estejam usando.

Em instantes, só sobraram os seis Moldados guardando a ponte.

Seis, pensou Kaladin. *Posso derrotar seis?*

Será que seria necessário?

— Posso desafiá-los, como distração — disse ele para os outros. — Talvez possamos usar algumas ilusões também? Podemos atraí-los enquanto Shallan se esgueira até lá e descobre como operar o Sacroportal.

— Suponho que não temos outra escolha — disse Adolin. — Mas...

— O quê? — disse Kaladin, com urgência.

— Não quer saber para onde foi aquele exército?

— PAIXÃO – DISSE ODIUM. — Há uma grande Paixão aqui.

Venli sentiu frio.

— Tenho preparado esses homens há décadas — disse Odium. — Homens que não desejam nada além de algo para *quebrar*, de obter vingança contra aquele que matou seu grão-príncipe. Deixem que os Cantores vejam e aprendam. Arrumei um exército diferente para lutar por nós hoje.

À frente deles no campo de batalha, as fileiras humanas se encolheram, seu estandarte oscilando. Um homem em uma cintilante Armadura Fractal, montado em um cavalo branco, os liderava.

De dentro do seu elmo, algo começou a emitir um brilho vermelho.

O espreno sombrio voou na direção dos homens, encontrando corpos hospitaleiros e carne disposta. A névoa vermelha tornou-os sequiosos, abriu suas mentes. E o espreno, então, *ligou-se* aos homens, adentrando aquelas almas abertas.

— Mestre, o senhor aprendeu a habitar humanos? — disse Turash em Subserviência.

— Esprenos sempre foram capazes de se ligar a eles, Turash — disse Odium. — Só exige o estado mental e o ambiente corretos.

Dez mil alethianos em uniformes verdes agarraram suas armas, seus olhos brilhando com um vermelho profundo e perigoso.

— Vão — sussurrou Odium. — Kholin teria sacrificado vocês! Manifestem sua raiva! Matem o Espinho Negro, aquele que assassinou seu grão-príncipe. Libertem sua Paixão! Deem-me sua dor e tomem esta cidade em meu nome!

O exército se voltou e — liderados por um Fractário em uma Armadura resplandecente — atacou a Cidade de Thaylen.

Para Shora - 1400

SOZINHO

Nós os acolhemos, como havia sido comandado pelos deuses. O que mais poderíamos fazer? Era um povo desamparado, sem lar. Nossa piedade nos destruiu. Pois a traição deles se estendeu até mesmo aos nossos deuses: aos esprenos, pedras e ventos.

— Da Estela de Eila

KALADIN TEVE A IMPRESSÃO de ouvir o vento ao sair de trás das árvores de obsidiana. Syl disse que aquele lugar não tinha vento. Contudo, não era aquilo o tilintar das folhas de vento balançando? Não era aquele o suspiro de ar frio e fresco passando ao seu redor?

Ele avançara tanto nos últimos seis meses. Parecia um homem distante daquele que havia carregado pontes contra as flechas dos parshendianos. Aquele homem se abria à morte, mas agora — mesmo nos dias ruins, quando tudo parecia cinzento — ele *desafiava* a morte. Não seria tomado, pois, embora a vida fosse dolorosa, também era doce.

Ele tinha Syl. Tinha os homens da Ponte Quatro. E, mais importante, tinha propósito.

Naquele dia, Kaladin *ia* proteger Dalinar Kholin.

Avançou rumo ao mar de almas que marcava a existência de Cidade de Thaylen no outro lado. Muitas das chamas daquelas almas, enfileiradas, subitamente se tornaram *vermelhas*. Ele estremeceu ao pensar sobre o que aquilo significava. Subiu na ponte, contas agitando-se abaixo, e alcançou o ponto mais elevado do seu arco antes que os inimigos o notassem.

Seis Moldados se viraram e se ergueram no ar, se posicionando para encará-lo. Levantaram longas lanças, então se entreolharam, parecendo chocados.

Um homem, sozinho?

Kaladin pôs um pé para trás — roçando gentilmente a ponta da bota contra a ponte de mármore branco — e assumiu uma postura de combate. Enganchou o arpão em uma pegada sob o braço, soltando uma longa respiração.

Então sugou toda sua Luz das Tempestades e se iluminou.

Envolto pelo poder, uma vida inteira de momentos pareceu se encaixar. Jogar Gaz no chão durante a chuva. Gritar, desafiador, enquanto avançava na frente de uma ponte. Despertar na área de treinamento, durante o Pranto. Lutar contra o assassino diante do paredão.

Os Moldados saltaram para cima dele, arrastando longos mantos e robes. Kaladin Projetou-se direto para cima e levantou voo pela primeira vez no que parecia ser um tempo longo, longo demais.

D ALINAR TROPEÇOU QUANDO O chão tremeu novamente. Uma segunda sequência de estalos soou do lado de fora. Estava em uma parte baixa demais da cidade para ver além da muralha, mas receava saber o que significava a pedra rachando. Um segundo petronante.

Esprenos de medo roxos brotavam das ruas ao redor, e os civis gritavam e berravam. Dalinar seguira pela área central da cidade — a parte chamada de Distrito Antigo — e havia acabado de entrar no Distrito Baixo, a parte inferior mais próxima à muralha. Os degraus atrás dele estavam se enchendo de pessoas fugindo rumo ao Sacroportal.

Enquanto o tremor diminuía, Dalinar agarrou o braço de uma jovem mãe que estava batendo desesperadamente à porta de um edifício. Ele a mandou subir os degraus correndo, com seu filho nos braços. Precisava tirar aquelas pessoas das ruas, de preferência para Urithiru, para que não fossem pegas entre os exércitos em combate.

Dalinar sentiu a idade conforme corria pela fileira seguinte de edifícios, ainda segurando *O caminho dos reis* debaixo do braço. Mal tinha quaisquer esferas consigo, um descuido, mas tampouco tinha Armadura ou Espada. Era sua primeira batalha em muitos, muitos anos, sem usar Fractais. Insistira em abandonar aquele papel, e agora teria que deixar Amaram e outros Fractários comandarem o campo.

Como estaria Amaram? Da última vez que Dalinar o vira, o grão-príncipe estava organizando seus arqueiros — mas daquele ponto baixo da cidade, Dalinar não podia ver as tropas do lado de fora.

Um súbito sentimento o atingiu com toda força.

Era foco e paixão. Uma energia ansiosa, um calor, uma promessa de força. Glória.

Vida.

Para Dalinar, essa sede de batalha foi como a atenção de uma amante abandonada muito tempo atrás. A Euforia estava ali. Sua velha e *querida* amiga.

— Não — murmurou ele, apoiando-se contra uma parede. A emoção o atingiu com mais intensidade do que o terremoto. — *Não.*

O sabor era tão, *tão* atraente. Sussurrava que ele poderia salvar a cidade sozinho. Caso se abrisse para a Euforia, o Espinho Negro poderia retornar. Ele não precisava de Fractais. Só precisava dessa paixão. Mais doce do que qualquer vinho.

Não.

Ele afastou a Euforia, se levantando desajeitadamente. Enquanto isso, contudo, uma sombra se moveu além da muralha. Um monstro de pedra, uma das feras das suas visões, com cerca de dez metros de altura — assomando sobre a muralha de seis metros da cidade. O petronante juntou as mãos, então golpeou para baixo, usando-as para *quebrar* a muralha, jogando longe pedaços de pedra.

Dalinar saltou, procurando abrigo, mas um pedregulho o atingiu, esmagando-o contra uma parede.

Breu.

Queda.

Poder.

Ele arquejou e Luz das Tempestades o invadiu — Dalinar despertou com um tremor e viu seu braço preso sob o pedregulho, rochas e poeira caindo sobre uma rua coberta de destroços diante dele. E... não eram só destroços. Tossiu, percebendo que alguns daqueles calombos eram corpos revestidos de poeira, jazendo imóveis.

Esforçou-se para libertar o braço do rochedo. Ali perto, o petronante chutou a muralha quebrada, abrindo um buraco. Então passou por ela, suas pegadas sacudindo o chão, se aproximando da plataforma que formava a frente do Distrito Antigo.

Um gigantesco pé de pedra *bateu* no chão perto de Dalinar. Raios! Puxou seu braço, sem ligar para a dor ou o dano ao seu corpo, e finalmente o soltou. A Luz das Tempestades o curou enquanto se arrastava para longe, se esquivando conforme o monstro arrancava o telhado de um prédio na frente do Distrito Antigo e fazia chover destroços.

A Reserva de Gemas? O monstro descartou o telhado e vários Moldados em que não reparara antes — montados nos ombros da criatura — desceram até o edifício. Dalinar ficou dividido entre ir para o campo de batalha lá fora e investigar o que estava acontecendo ali.

Tem ideia do que eles estão procurando?, perguntou ao Pai das Tempestades.

Não. Esse é um comportamento estranho.

Decidindo rápido, Dalinar arrancou seu livro de debaixo de alguns destroços próximos, então correu de volta aos degraus, agora vazios, que levavam ao Distrito Antigo, perigosamente perto do petronante.

O monstro subitamente emitiu um rugido lancinante, como uma trovoada. A onda de choque quase derrubou Dalinar novamente. Em um acesso de raiva, a criatura *atacou* a Reserva de Gemas, arrancando suas paredes e interior, jogando pedaços para trás. Um milhão de cacos de vidro cintilantes refletiram a luz solar enquanto caíam sobre a cidade, a muralha e além.

Esferas e gemas, compreendeu Dalinar. *Toda a riqueza de Thaylenah. Espalhadas como folhas.*

A coisa parecia cada vez mais furiosa ao golpear a área ao redor da reserva. Dalinar apoiou as costas em uma parede enquanto dois Moldados passavam correndo, conduzidos pelo que parecia ser um espreno amarelo-brilhante. Esses dois Moldados não pareciam capazes de voar, mas havia uma graça surpreendente em seus movimentos. Eles deslizavam pela rua de pedra sem esforço aparente, como se o chão estivesse lubrificado.

Dalinar os seguiu, se espremendo para passar por um grupo de escribas encolhidas na rua, mas, antes que pudesse alcançá-los, os Moldados atacaram um palanquim entre muitos que tentava se mover pelas multidões. Eles o derrubaram, empurrando os carregadores e se enfiando lá dentro.

Os Moldados ignoraram os gritos de Dalinar. Logo se afastaram em disparada, um deles com um grande objeto debaixo do braço. Dalinar extraiu Luz das Tempestades de alguns comerciantes em fuga, então correu o resto da distância até o palanquim. Entre os destroços, encontrou uma jovem thaylena junto com um homem idoso que parecia ter sido ferido mais cedo, a julgar pelos seus curativos.

Dalinar ajudou a jovem atordoada a se sentar.

— O que eles queriam?

— Luminobre? — disse ela em thayleno, atônita, então agarrou seu braço. — A Gota do Rei... um rubi. Tentaram roubá-lo mais cedo e agora... agora eles o levaram!

Um rubi? Uma simples gema? Os carregadores foram aos cuidados do velho, que mal estava consciente.

Dalinar olhou sobre o ombro para o petronante que recuava. O inimigo havia ignorado a riqueza da Reserva de Gemas. Por que eles queriam um rubi específico? Estava prestes a pedir mais detalhes quando outra coisa atraiu sua atenção. Do seu ponto de vista elevado, podia ver através do buraco que o petronante abrira na muralha.

Figuras do lado de fora, com olhos vermelhos brilhantes, se enfileiravam no campo de batalha — mas não eram parshemanos.

Aqueles eram uniformes de *Sadeas*.

JASNAH ADENTROU O TEMPLO, agarrando sua Espada Fractal, pisando com leveza. O espreno vermelho despontando de Renarin — como um floco de neve feito de cristal e luz — pareceu senti-la e entrou em pânico, desaparecendo dentro de Renarin com uma lufada de fumaça.

Um espreno existe, disse Marfim. *O espreno errado existe.*

Renarin Kholin era um mentiroso. Ele não era um Sentinela da Verdade.

Aquilo é um espreno de Odium, disse Marfim. *Espreno corrompido. Mas... um humano ligado a um deles? Essa coisa não existe.*

— Existe — sussurrou Jasnah. — De algum modo.

Agora ela estava perto o bastante para ouvir Renarin sussurrando:

— Não... Não o meu pai. Não, *por favor...*

SHALLAN TECEU LUZ.

Uma ilusão simples, recordada das páginas do seu caderno: alguns soldados do exército, gente de Urithiru, e alguns dos esprenos que havia desenhado durante a viagem. Cerca de vinte indivíduos.

— Pelas unhas de Taln — disse Adolin enquanto Kaladin disparava pelo céu. — O carregadorzinho está realmente indo com tudo.

Kaladin atraiu para longe quatro dos Moldados, mas dois permaneceram na ponte. Shallan acrescentou uma ilusão de Azure ao seu grupo, então alguns dos Navegantes que havia desenhado. Detestava usar tanta Luz das Tempestades... E se não sobrasse o suficiente para passar pelo Sacroportal?

— Boa sorte — sussurrou ela para Adolin. — Lembre-se de que eu não vou estar no controle direto dessas coisas. Elas só farão movimentos rudimentares.

— Vamos ficar bem. — Adolin olhou de relance para Padrão, Syl e a esprena de sua espada. — Certo, pessoal?

— Hmmm — disse Padrão. — Não gosto de ser apunhalado.

— Sábias palavras, amigo. Sábias palavras.

Adolin deu um beijo em Shallan, então eles saíram correndo em direção à ponte. Syl, Padrão e a olho-morto o seguiram — assim como as ilusões, que estavam vinculadas a Adolin.

Essa força atraiu a atenção dos dois últimos Moldados. Enquanto eles estavam distraídos, Shallan se esgueirou até a base da ponte, então desceu até as contas. Cruzou silenciosamente por debaixo da ponte, usando a preciosa Luz das Tempestades para criar para si mesma uma plataforma segura com uma das contas que havia encontrado enquanto estava no *Caminho da Honra*.

Ela seguiu até a pequena ilha da plataforma que representava o Sacroportal daquele lado. Dois esprenos gigantes flutuavam acima dela.

A julgar pela gritaria na ponte, Adolin e os outros estavam fazendo seu trabalho. Mas poderia Shallan fazer o dela? Andou até estar debaixo dos dois sentinelas, que eram tão altos quanto edifícios, lembrando estátuas com armaduras.

Um deles era cor de madrepérola, o outro, preto com um brilho oleoso e variegado. Será que eles guardavam o Sacroportal ou facilitavam, de algum modo, sua operação?

Sem saber o que mais poderia fazer, Shallan simplesmente acenou.

— Hã, olá?

Em sincronia, duas cabeças se voltaram para ela.

O AR AO REDOR DE Venli — antes apinhado com os espíritos dos mortos — agora estava vazio, exceto por uma única figura preta de fumaça em torvelinho. Não a notara de início, já que era do tamanho de uma pessoa. Estava perto de Odium, e Venli não sabia o que representava.

O segundo petronante arrastava braços tão longos quanto seu corpo, com mãos semelhantes a ganchos. Ele cruzou o campo rumo a leste, na direção das muralhas da cidade e do exército humano de vira-casacas. Logo atrás de Venli, a oeste, os Cantores comuns estavam enfileirados diante dos seus navios. Mantinham-se longe da névoa rubra do Desfeito, que cobria o lado norte do campo de batalha.

Odium estava ao lado de Venli, uma força brilhante de ouro ardente. O primeiro petronante deixou a cidade e pousou algo no chão: dois Moldados — deuses com corpos ágeis e pouca armadura. Eles ladearam o exército de vira-casacas, deslizando ao longo das pedras com uma graça insólita.

— O que eles estão carregando? — perguntou Venli. — Uma gema? Foi por *isso* que viemos para cá? Por uma pedra?

— Não — disse Odium. — Isso é apenas uma precaução, um acréscimo de último minuto que fiz para impedir um desastre em potencial. O prêmio que vou reivindicar hoje é muito maior... ainda mais grandioso do que a própria cidade. O veículo da minha liberdade. O flagelo de Roshar. Avante, criança. Para a brecha na muralha. Posso precisar que você fale por mim.

Ela engoliu em seco, então começou a andar rumo à cidade. O espírito sombrio a seguiu, o das névoas em redemoinho, o último que ainda não tomara um corpo.

K ALADIN VOAVA POR AQUELE lugar de céus escuros, nuvens sinistras e um sol distante. Só quatro dos Moldados haviam escolhido persegui-lo. Adolin teria que lidar com os outros dois.

Os quatro voavam com precisão. Usavam Projeções, como Kaladin, embora não parecessem capazes de variar sua velocidade tanto quanto ele. Levavam mais tempo para acumular Projeções maiores, o que deveria ter tornado fácil permanecer à frente deles.

Mas *raios*, a maneira como voavam! Tão graciosos. Eles não se moviam bruscamente para um lado ou outro, mas fluíam de modo ágil de um movimento para o seguinte. Usavam o corpo inteiro para esculpir o vento de sua passagem e controlar o voo. Nem mesmo o Assassino de Branco havia sido tão fluido quanto eles, tão parecido com os próprios ventos.

Kaladin reivindicara os céus, mas, raios, aparentemente havia se mudado para um território sobre o qual outras pessoas já tinham direitos.

Eu não preciso lutar com eles, pensou. *Só preciso mantê-los ocupados até que Shallan descubra como ativar o portal.*

Kaladin se Projetou para cima, na direção daquelas estranhas nuvens excessivamente planas. Girou no ar e viu um dos Moldados quase sobre ele — um macho com pele branca e pálida marcada por uma única marmorização vermelha, como fumaça soprada pelas suas bochechas. A criatura brandiu sua longa lança contra ele, mas Kaladin se Projetou para o lado bem na hora.

Projetar-se *não era* voar, e isso era parte da sua força. Kaladin não precisava estar voltado para uma direção específica para se mover pelo ar. Ele caía para cima e ligeiramente para norte, mas lutava voltado para baixo, golpeando com seu arpão para afastar a lança inimiga. A arma do Moldado era muito mais longa, com bordas afiadas em vez de uma única ponta fina. O arpão de Kaladin estava em grande desvantagem.

Certo. Hora de mudar isso.

Enquanto o Moldado atacava com a lança novamente, Kaladin pôs as mãos na haste do seu arpão, segurando-o de lado. Deixou que a lança inimiga passasse pela abertura entre os seus braços, o peito e o arpão.

Ele Projetou a própria arma para baixo com múltiplas Projeções, então a soltou.

O arpão deslizou ao longo da lança e acertou com força os braços do Moldado. A criatura gritou de dor, soltando a arma. Ao mesmo tempo, Kaladin mergulhou, cancelando todas as Projeções ascendentes e se Projetando para baixo em vez disso.

A súbita e brusca mudança fez seu estômago revirar e sua visão escurecer. Mesmo com Luz das Tempestades, foi quase demais. Com os ouvidos zumbindo, ele trincou os dentes, suportando a perda momentânea da visão até que, abençoadamente, ela retornou. Girou no ar, então subiu e agarrou a lança que caía enquanto ela passava por ele.

Os quatro Moldados partiram atrás dele, mais cautelosos. O vento da locomoção gelou o suor do seu rosto devido ao quase desmaio.

Melhor nunca mais tentar isso, pensou Kaladin, avaliando o peso da nova arma. Praticara com coisas assim em fileiras de piques, mas eram longas demais para manobrar em combate individual. Voar alterava isso.

O Moldado que ele havia desarmado voou para baixo para pegar o arpão. Kaladin acenou para os outros, a palma para cima, então saiu voando rumo a algumas montanhas próximas de obsidiana escura, com encostas arborizadas — a direção de onde ele e os outros haviam vindo. Lá embaixo, podia ver as ilusões de Shallan interagindo com os dois Moldados na ponte.

Olhos para a frente, pensou Kaladin enquanto os outros quatro o perseguiam. Ele pertencia aos céus, como aquelas criaturas.

Estava na hora de provar.

A QASIX YANAGAWN I, o primeiro imperador de todo Makabak, andava de um lado para outro na cabine do seu navio.

Estava realmente começando a se *sentir* um imperador; não tinha mais vergonha de falar com os vizires e pósteros. Compreendia muito do que eles discutiam agora, e não se sobressaltava quando alguém o chamava de "Vossa Majestade". Incrivelmente, estava começando a se esquecer de que um dia fora um ladrão assustado invadindo o palácio.

Por outro lado, até mesmo um imperador tinha poderes limitados.

Cruzou o cômodo de novo. Robes reais — com estampas azishianas — pesavam sobre ele, junto com o Yuanazixin Imperial: um chapéu chique com abas muito largas. Queria tirar aquela coisa da cabeça, mas sentia que precisava da sua autoridade ao falar com seus três conselheiros mais importantes.

— Lift acha que devíamos ter ficado — disse ele. — A guerra está chegando a Cidade de Thaylen.

— Estamos apenas protegendo nossa frota da tempestade — observou Noura.

— Perdão, vizir, mas isso é um monte de esterco de chule, e você sabe. Nós partimos porque você está preocupada que Kholin esteja sendo manipulado pelo inimigo.

— Essa não é a *única* razão — disse o Póstero Unoqua. Era um velho com uma bela pança. — Nós sempre fomos céticos em relação aos Radiantes Perdidos. Os poderes que Dalinar Kholin deseja utilizar são extremamente perigosos, como foi provado pelas traduções de um antigo registro!

— Lift diz que... — começou Yanagawn.

— Lift? — retrucou Noura. — O senhor dá muita importância ao que ela diz, Vossa Majestade Imperial.

— Ela é esperta.

— Ela tentou *comer* seu cinturão, certa vez.

— Ela... achou que soava como um tipo de sobremesa. — Yanagawn respirou fundo. — Além disso, ela não é esperta *desse* jeito, e sim do outro jeito.

— Que outro jeito, Vossa Majestade Imperial? — indagou Vizir Dalksi, que tinha um cabelo branco como talco, visível sob seu barrete formal.

— Do jeito que sabe quando é errado trair um amigo. Acho que devemos voltar. Sou ou não o imperador?

— O senhor *é* o imperador — admitiu Noura. — Mas, Vossa Majestade, lembre-se de suas lições. A coisa que nos *diferencia* das monarquias do leste, e do caos que elas passam, é que nosso imperador é mantido sob controle. Azir pode, e vai, sobreviver a uma mudança na dinastia. Seu poder é absoluto, mas o senhor não o exercita inteiramente. E não deve fazê-lo.

— O senhor foi escolhido pelo próprio Yaezir para liderar... — começou Unoqua.

— Eu fui *escolhido* — cortou Yanagawn — porque ninguém derramaria uma lágrima se o Assassino de Branco viesse atrás de mim! Chega de jogos, está bem?

— O senhor realizou um milagre — replicou Unoqua.

— *Lift* realizou um milagre. Usando poderes que vocês agora dizem que são perigosos demais para se confiar!

Os três — dois vizires, um póstero — se entreolharam. Unoqua era o líder religioso, mas Noura tinha mais senioridade pelos anos desde que fora aprovada nos testes para o ofício de mestre, o que ela havia feito, de modo notável, aos *doze anos*.

Yanagawn parou junto da janela da cabine. Lá fora, ondas encrespadas e agitadas sacudiam o navio. Sua nau menor havia se encontrado com a frota principal, então se unido a eles no abrigo da Enseada de Vtlar, ao longo da costa thaylena. Mas relatos através de telepenas diziam que a Tempestade Eterna havia *parado* junto de Cidade de Thaylen.

Uma batida soou na porta. Yanagawn deixou Dalksi — de menor senioridade, apesar da sua idade — ir atender. Yanagawn se acomodou em sua cadeira real enquanto um guarda de pele marrom-clara entrava. Yanagawn pensou reconhecer o homem, que segurava um pano junto ao rosto e que fez uma careta ao realizar a mesura formal de apresentação ao imperador.

— Vono? — indagou Noura. — O que aconteceu com sua tutelada? Você devia mantê-la ocupada e distraída, sim?

— Eu fiz isso, Vossa Graça — respondeu Vono. — Até que ela me chutou nas esferas e me enfiou debaixo da cama. Hã, Vossa Graça. Não sei direito como ela me moveu. Ela não é muito grande, aquela lá...

Lift?, pensou Yanagawn. Ele quase gritou, exigindo respostas, mas isso teria envergonhado o homem. Yanagawn se conteve com dificuldade e Noura assentiu em apreciação pela lição aprendida.

— Quando foi isso? — perguntou Noura.

— Logo antes de partirmos — disse o guarda. — Sinto muito, Vossa Graça. Estive caído desde então, só agora me recuperei.

Yanagawn se voltou para Noura. Certamente *agora* ela veria a importância de voltar. A tempestade ainda não havia avançado. Eles poderiam retornar se...

Outra figura se aproximou da porta, uma mulher usando os trajes e estampas de uma escriba de segundo nível, sétimo círculo. Ela entrou e rapidamente fez as mesuras formais para Yanagawn, com tanta pressa que esqueceu o terceiro gesto de obediência submissa.

— Vizires — disse ela, curvando-se para eles também, então para Unoqua. — Notícias da cidade!

— Boas notícias? — perguntou Noura, esperançosa.

— Os alethianos se voltaram contra os thaylenos e agora buscam conquistá-los! Estavam aliados com os parshemanos todo esse tempo. Vossa Graça, ao fugirmos, escapamos por pouco da armadilha!

— Rápido — ordenou Noura. — Separe nossos navios de qualquer um levando tropas alethianas. Não devemos ser pegos desprevenidos!

Eles partiram, abandonando Yanagawn aos cuidados de uma dúzia de jovens escribas, que eram os próximos na linha para regozijar-se na sua presença. Ele se acomodou na cadeira, preocupado e com medo, sentindo uma náusea nas entranhas. Os alethianos, traidores?

Lift se enganara. Ele se enganara.

Que Yaezir os abençoasse. Era realmente o fim dos dias.

N**ÓS SOMOS OS GUARDIÕES** *do portal*, declararam os dois esprenos imensos para Shallan, falando em vozes que se sobrepunham, como se fossem uma só. Embora suas bocas não se movessem, as vozes reverberaram através de Shallan. *Teceluz, você não tem permissão de usar esse portal.*

— Mas eu *preciso* passar — gritou Shallan. — Tenho Luz das Tempestades para pagar!

Seu pagamento será recusado. Fomos trancados pela palavra do progenitor.

— Seu progenitor? Quem?

O progenitor está morto.

— Então...

Estamos trancados. Viagens de origem e destino a Shadesmar foram proibidas durante os últimos dias do progenitor. Somos obrigados a obedecer.

Atrás de Shallan, na ponte, Adolin havia bolado uma tática inteligente. Ele agia como uma ilusão.

As pessoas de mentira tinham instruções de agir como se estivessem lutando — embora, sem receber atenção direta dela, isso significasse que eles só ficavam atacando o ar. Para evitar ser descoberto, Adolin havia escolhido fazer o mesmo, brandindo seu arpão aleatoriamente. Padrão e Syl o imitavam, enquanto os dois Moldados flutuavam acima. Uma fêmea segurava o braço, que havia sido atingido — mas já parecia estar se curando. Eles sabiam que *alguém* naquele grupo era real, mas não conseguiam identificar quem.

Shallan tinha pouco tempo. Ela olhou de volta para os guardiões do portal.

— Por favor. O outro Sacroportal, o que está em Kholinar, me deixou passar.

Impossível, disseram eles. *Estamos comprometidos com Honra, por regras que os esprenos não podem romper. Este portal está fechado.*

— Então por que deixou aqueles outros passarem? O exército que estava aqui antes?

As almas dos mortos? Eles não precisam do nosso portal. Eles foram chamados pelo inimigo, puxados através de caminhos antigos para hospedeiros à espera. Vocês, os vivos, não podem fazer o mesmo. Vocês devem procurar a Perpendicularidade para se transferirem. Os enormes esprenos inclinaram a cabeça para o lado ao mesmo tempo. *Nós sentimos muito. Nós estamos... sozinhos há muito tempo. Apreciaríamos conceder passagem aos homens novamente. Mas não podemos fazer o que foi proibido.*

S ZETH DOS ROMPE-CÉUS FLUTUAVA muito acima do campo de batalha.

— Os alethianos mudaram de lado, aboshi? — indagou Szeth.

— Eles viram a verdade — replicou Nin, flutuando ao lado dele.

Só os dois assistiam; Szeth não tinha ideia de onde estava o resto dos Rompe-céus.

Ali perto, a Tempestade Eterna trovejava seu descontentamento. Relâmpagos vermelhos ondulavam pela superfície, passando de uma nuvem para a próxima.

— Todo o tempo, este mundo pertenceu aos parshemanos. Meu povo não estava vigiando o retorno de um inimigo invasor, mas dos mestres da casa.

— Sim — confirmou Nin.

— E você procurou detê-los.

— Eu sabia o que aconteceria se eles voltassem. — Nin se virou para ele. — Quem tem jurisdição sobre esta terra, Szeth-filho-Neturo? Um homem pode reinar sobre seu lar até que o senhor da cidade exija seus impostos. O senhor da cidade controla suas terras até que o grão-senhor, por sua vez, venha procurá-lo em busca de pagamento. Mas o grão--senhor deve responder ao grão-príncipe, quando guerra é declarada em suas terras. E o rei? Ele... precisa responder a Deus.

— Você disse que Deus estava morto.

— *Um* deus está morto. Outro venceu a guerra por direito de conquista. Os mestres originais desta terra retornaram com a chave da casa, como na sua habilidosa metáfora. Então me diga, Szeth-filho-Neturo, que está prestes a jurar o Terceiro Ideal, qual lei os Rompe-céus devem seguir? A lei dos humanos ou a dos *verdadeiros* proprietários da terra?

Não parecia haver escolha. A lógica de Nin era sólida. Não havia escolha alguma...

Não seja idiota, disse a espada. *Vamos lutar com esses caras.*

— Os parshemanos? Eles são os governantes de direito desta terra — disse Szeth.

De direito? Quem tem direito sobre uma terra? Humanos estão sempre reivindicando coisas. Mas ninguém pergunta às coisas, não é mesmo? Bem, ninguém me possui. Vivenna me disse isso. Sou uma espada independente.

— Eu não tenho escolha.

É mesmo? Você não me contou que passou mil anos seguindo as instruções de uma pedra?

— Mais de sete anos, espada-nimi. E eu não seguia a pedra, mas as palavras da pessoa que a segurava. Eu...

...Não tinha escolha?

Mas sempre fora apenas uma pedra.

Kaladin mergulhou em voo, passando sobre o topo das árvores, agitando as folhas de vidro, deixando uma chuva de cacos atrás de si. Virou-se para cima com o declive da montanha, acrescentando mais uma Projeção à sua velocidade, depois outra.

Quando passou pela linha das árvores, se Projetou para mais perto da rocha, quase raspando a obsidiana a poucos centímetros do seu rosto. Usou os braços para esculpir o vento ao redor de si mesmo, angulando rumo a uma rachadura através da brilhante pedra negra onde duas montanhas se encontravam.

Avivado por Luz e vento, não se importava se os Moldados o estavam alcançando ou não.

Que eles vissem.

Seu ângulo estava errado para passar pela rachadura, então Kaladin se Projetou para longe da encosta em uma enorme manobra contínua, sempre mudando suas Projeções, uma depois da outra. Fez um círculo no ar, então passou zunindo pelos Moldados e atravessou direto a rachadura, perto o bastante das pedras a ponto de poder senti-las passando.

Saiu do outro lado, empolgado. Será que a Luz das Tempestades já devia ter acabado? Ele não a esgotava tão rapidamente quanto nos seus primeiros meses de treinamento.

Kaladin mergulhou entre os declives enquanto três Moldados surgiam da rachadura para segui-lo. Ele os conduziu ao redor da base da montanha de obsidiana, então fez a curva de volta para o Sacroportal para verificar como estavam Shallan e os outros. Ao se aproximar, deixou-se cair entre as árvores, ainda se movendo a uma velocidade incrível. Orientou-se como se estivesse mergulhando pelos abismos; se desviar daquelas árvores não era tão diferente.

Passou entre elas, usando mais o corpo do que Projeções para controlar a direção. Sua passagem causava uma melodia de vidro se estilhaçando. Ele saiu da floresta em uma explosão e encontrou o quarto Moldado — aquele com seu arpão — à espera. A criatura atacou, mas Kaladin se desviou e voou a toda pelo chão até estar sobre o mar de contas.

Uma rápida olhada mostrou Shallan na plataforma, acenando as mãos sobre a cabeça — o sinal combinado de que ela precisava de mais tempo.

Kaladin seguiu sobre o mar e as contas reagiram à sua Luz das Tempestades, tilintando e crescendo como uma onda atrás dele. O último Moldado desacelerou para ficar pairando, e os outros três lentamente emergiram da floresta.

Kaladin girou em outra curva, as contas se elevando no ar como uma coluna de água. Ele se moveu em um arco e foi em direção ao Moldado que brandia o arpão. Desviou para o lado a arma do parshemano com uma aparada, então girou a base da própria lança para cima, acertando o arpão na haste enquanto chutava o inimigo no peito.

O arpão foi para cima. O Moldado foi para trás.

A criatura freou no ar com uma Projeção, então olhou para as próprias mãos, perplexo, enquanto Kaladin pegava o arpão com a mão livre. O inimigo desarmado rosnou alguma coisa, então sacudiu a cabeça e sacou sua espada. Ele deslizou para trás para se juntar aos outros três, que se aproximavam com trajes esvoaçantes.

Um deles — o macho com o rosto branco com marcas vermelhas — avançou sozinho, então apontou para Kaladin com sua lança e disse alguma coisa.

— Eu não falo sua língua — gritou Kaladin de volta. — Mas, se for um desafio, você contra mim, eu aceito. Com prazer.

Naquele momento, sua Luz das Tempestades acabou.

N AVANI FINALMENTE CONSEGUIU SOLTAR a pedra e empurrá-la para fora das ruínas do umbral. Outras pedras caíram ao redor dela, abrindo um caminho para a muralha.

Ou o que havia sobrado dela.

A cerca de cinco metros, a muralha terminava em um buraco irregular e despedaçado. Ela tossiu, então prendeu de volta uma mecha de cabelo que havia escapado da trança. Haviam corrido para se proteger em uma das torres da guarda, ao longo da muralha, mas um lado havia desabado no tremor.

O desmoronamento caíra sobre os três soldados que tinham ido proteger a rainha. Pobres almas. Atrás, Fen conduzia seu consorte — que estava com um corte no escalpo — sobre os destroços. Dois outros escribas haviam se abrigado com Navani e a rainha, mas a maioria dos almirantes havia corrido em outra direção, se abrigando na torre da guarda seguinte.

Aquela torre havia desaparecido. O monstro a jogara longe. Agora, a criatura pisava com força pela planície lá fora, embora Navani não pudesse ver o que havia atraído sua atenção.

— A escadaria — apontou Fen. — Parece que ela sobreviveu.

A escadaria descendente era totalmente embutida na pedra, e levava a uma pequena câmara da guarda, lá embaixo. Talvez pudessem encontrar soldados para ajudar os feridos e procurar sobreviventes nos destroços. Navani abriu a porta, deixando Fen e Kmakl descerem primeiro, depois fez menção de segui-los, mas hesitou.

Danação, aquela visão além da muralha era hipnótica. A tempestade de relâmpagos vermelhos. Os dois monstros de pedra. E a fervilhante e agitada névoa vermelha ao longo da costa à direita, que não tinha uma forma distinta, mas de algum modo dava a impressão de cavalos descarnados avançando.

Um dos Desfeitos, certamente, um antigo espreno de Odium. Uma coisa além do tempo e da história. Ali.

Uma companhia de soldados havia acabado de entrar na cidade pela abertura. Outra estava em formação do lado de fora, para entrar em seguida. Navani sentiu um frio crescente enquanto olhava para eles.

Olhos vermelhos.

Arquejando baixinho, ela deixou a escadaria e cambaleou ao longo da muralha, alcançando a borda de pedra quebrada. *Ah, amado Todo-Poderoso, não...*

As fileiras do lado de fora se dividiram, abrindo caminho para uma única parshemana. Navani estreitou os olhos, tentando ver o que havia de tão especial nela. Seria um dos Moldados? Atrás da parshemana, a névoa vermelha se ergueu, mandando tentáculos de névoa que se entrelaçaram aos homens, incluindo um que usava Armadura Fractal, cavalgando um brilhante garanhão branco. Amaram havia mudado de lado.

Ele se juntou a uma força avassaladora de Esvaziadores de todos os formatos e tamanhos. Como poderiam combater aquilo?

Como *alguém* poderia combater aquilo?

Navani caiu de joelhos diante da borda despedaçada da muralha. Então notou algo mais. Algo incongruente, algo que sua mente se recusou — de início — a aceitar. Uma figura solitária havia de algum modo contornado as tropas que já tinham adentrado a cidade. Ele agora abria caminho através dos destroços, usando um uniforme azul, carregando um *livro* debaixo do braço.

Sem ajuda e indefeso, Dalinar Kholin passou pela abertura na muralha quebrada e ali encarou sozinho o pesadelo.

CAMPEÃO COM NOVE SOMBRAS

Cuidado com os alienígenas. Os traidores. Aqueles com línguas doces, mas mentes sedentas de sangue. Não os acolham. Não os socorram. Foram bem nomeados Esvaziadores, porque trouxeram o vazio. O poço oco que suga toda emoção. Um novo deus. O deus deles.

— Da Estela de Eila

DALINAR ANDOU SOBRE OS destroços, botas raspando pedra. O ar parecia quieto demais perto da tempestade vermelha. Estagnado. Como o ar podia estar tão imóvel?

O exército de Amaram hesitou, fora da brecha. Alguns homens já haviam entrado, mas a maioria estava em formação, esperando sua vez. Quando se invadia uma cidade daquele jeito, era preciso tomar cuidado para não pressionar demais as próprias forças pela retaguarda, para não esmagá-las contra o inimigo.

Os homens estavam em fileiras desiguais, rosnando, com olhos rubros. Mais digno de nota, eles ignoravam a riqueza aos seus pés. Um campo de esferas e gemas — todas foscas — que haviam sido jogadas na planície pelo petronante que destruíra a reserva.

Mas eles queriam sangue. Dalinar *sentia* a sede pelo combate, pelo desafio. O que os estava contendo?

Petronantes gêmeos marchavam na direção da muralha. Uma névoa vermelha deslocava-se sobre os homens. Imagens de guerra e morte. Uma tempestade mortal. Dalinar a encarava sozinho. Um homem. Tudo que restava de um sonho despedaçado.

— Então... — disse uma voz súbita à sua direita. — Qual é o plano?

Dalinar franziu o cenho, então olhou para baixo e viu uma garota reshiana de cabelo comprido, vestindo uma camisa simples e calça.

— Lift? — perguntou Dalinar em azishiano. — Você não foi embora?

— Fui mesmo. O que há de errado com seu exército?

— O exército é dele agora.

— Você se esqueceu de dar comida para eles?

Dalinar olhou para os soldados, em fileiras que pareciam mais matilhas do que verdadeiras formações de batalha.

— Talvez eu não tenha me esforçado o bastante.

— Você estava... pensando em lutar contra todos eles sozinho? — indagou Lift. — Com um livro?

— Tem outra pessoa que eu vou enfrentar.

— ... Com um livro?

— Sim.

Ela balançou a cabeça.

— Certo, tudo bem. Por que não? O que você quer que eu faça?

A garota não correspondia ao ideal convencional de um Cavaleiro Radiante. Mal tinha um metro e meio de altura, era magra e esguia, e parecia mais uma baderneira do que um soldado.

Ela também era tudo que ele tinha.

— Você tem uma arma? — perguntou ele.

— Não tenho, não. Nem sei ler.

— Não sabe... — Dalinar olhou para seu livro. — Quero dizer uma arma de verdade, Lift.

— Ah! É, eu tenho uma dessas. — Ela esticou a mão para o lado. Névoa se formou em uma pequena e cintilante Espada Fractal.

... Não, na verdade era só um bastão. Um bastão prateado com uma guarda rudimentar.

Lift deu de ombros.

— Wyndle não gosta de machucar pessoas.

Não gosta... Dalinar hesitou. Em que tipo de mundo ele vivia, onde *espadas* não gostavam *de machucar pessoas*?

— Uma Moldada escapou desta cidade pouco tempo atrás — disse Dalinar —, transportando um rubi enorme. Eu não sei por que eles o querem, e prefiro não descobrir. Pode roubá-lo de volta?

— Claro. Fácil.

— Você vai encontrar o rubi com uma Moldada que se mexe de modo similar ao seu. Uma mulher.

— Como eu disse. Fácil.

— Fácil? Acho que vai descobrir que...

— Relaxa, vovô. Roubar a pedra. Eu consigo. — Ela respirou fundo, então explodiu com Luz das Tempestades. Seus olhos assumiram uma cor branco-perolada, brilhante. — Somos só nós dois, então?

— Sim.

— Certo. Boa sorte com o exército.

Dalinar olhou de volta para os soldados, onde uma figura se materializou, vestindo um traje dourado e segurando um cetro como uma bengala.

— Não é o exército que me preocupa — disse Dalinar.

Mas Lift já havia escapulido, se agarrando à muralha e correndo depressa para contornar o exército.

Odium caminhou tranquilamente até Dalinar, seguido por um punhado de Moldados — mais a mulher que Dalinar levara para dentro de sua visão — e um espreno sombrio que parecia feito de fumaça retorcida. O que era aquilo?

Odium não se dirigiu a Dalinar de início, apenas voltou-se aos seus Moldados.

— Digam a Yushah que quero que ela permaneça onde está e guarde a prisão. Kai-garnis fez bem em destruir a muralha; diga a ela para voltar à cidade e escalar rumo ao Sacroportal. Se o Tisark não conseguir tomar o controle dele, ela deve destruir o dispositivo e recuperar suas gemas. Podemos reconstruí-lo, contanto que os esprenos não sejam comprometidos.

Dois Moldados partiram, cada um correndo para um dos titânicos petronantes. Odium colocou as mãos no topo do cetro e sorriu para Dalinar.

— Bem, meu amigo. Aqui estamos nós, e a hora chegou. Está pronto?

— Sim — respondeu Dalinar.

— Ótimo, ótimo. Vamos começar.

O**s dois Moldados flutuavam** perto de Adolin, fora de alcance, admirando o trabalho ilusório de Shallan. Ele fez o máximo para se misturar às ilusões, sacudindo seu arpão feito louco. Não sabia ao certo para onde fora Syl, mas Padrão parecia estar se divertindo, zumbindo satisfeito e balançando um galho de vidro.

Um dos Moldados cutucou o outro, então apontou para Shallan, a quem eles haviam acabado de notar. Nenhum dos dois parecia preocupado com a possibilidade de ela abrir o Sacroportal — o que era um mau sinal. O que eles sabiam sobre o dispositivo que o grupo de Adolin não sabia?

Os Moldados deram as costas a Shallan e continuaram a conversa em um idioma que Adolin não compreendia. Um deles apontou para cada uma das ilusões, então fez um movimento de ataque com sua lança. O outro sacudiu a cabeça e Adolin quase pôde interpretar a resposta. *Já tentamos apunhalar cada um deles. Eles ficam se misturando, então é difícil distingui-los.*

Em vez disso, a fêmea pegou uma faca e cortou sua mão, então a usou para salpicar as ilusões. Sangue laranja atravessou as imagens falsas, mas manchou o rosto de Adolin, que sentiu o coração palpitar. Tentou discretamente limpar o sangue, mas a fêmea apontou para ele com um sorriso de satisfação. O macho saudou-a levando um dedo à cabeça, então baixou a lança e voou direto rumo a Adolin.

Danação.

Adolin se afastou às pressas, passando por uma ilusão do Capitão Notum e fazendo com que ela se desvanecesse. Ela se reformou, então foi despedaçada um segundo depois quando o Moldado voou através dela, a lança apontada para as costas de Adolin.

Ele girou e ergueu seu arpão para bloquear, desviando a lança, mas o Moldado ainda se chocou com ele, jogando-o para trás. Adolin atingiu a ponte de pedra com força, batendo a cabeça, vendo estrelas.

Com a visão oscilante, estendeu a mão para seu arpão, mas o Moldado jogou a arma longe com a base da sua lança. A criatura então pousou suavemente na ponte, seus trajes ondulantes se estabilizando.

Adolin pegou a faca na cintura e se forçou a se levantar, cambaleando um pouco. O Moldado abaixou a lança em uma pegada com as duas mãos, então esperou.

Faca contra lança. Adolin inspirou e expirou, preocupado com o outro Moldado, que havia ido atrás de Shallan. Tentou desencavar as lições de Zahel, lembrando-se dos dias na área de treinamento, reproduzindo aquela exata combinação. Jakamav havia recusado o treinamento, rindo da ideia de que um Fractário algum dia combateria uma lança com uma faca.

Adolin virou a faca para segurá-la com a ponta para baixo, então estendeu a mão para que pudesse desviar os golpes da lança. Zahel sussurrava para ele. *Espere até que o inimigo ataque com a lança, a desvie ou se esquive dela, então agarre a lança com a mão esquerda. Se aproxime o bastante para enfiar a faca no pescoço do seu inimigo.*

Certo. Ele podia fazer isso.

Havia "morrido" sete vezes em dez ao tentar aquela estratégia contra Zahel, naturalmente.

Que os ventos o abençoem mesmo assim, seu velho cão-machado, pensou ele. Adolin deu um passo à frente, testando, e esperou a investida. Quando ela veio, ele desviou a ponta da lança para o lado com sua faca, então agarrou...

O inimigo flutuou para trás em um movimento anormal, rápido demais — nenhum ser humano comum poderia ter se movido de tal maneira. Adolin cambaleou, tentando reavaliar a situação. O Moldado reajustou a lança distraidamente, e, com um movimento fluido, usou-a para perfurar o estômago de Adolin.

Ele arquejou com a intensa pontada de dor, se curvando, sentindo sangue nas mãos. O Moldado parecia quase *entediado* enquanto puxava a lança de volta, a ponta vermelha com o sangue de Adolin, e deixava cair a arma. A criatura pousou e desembainhou uma espada de aparência cruel. Ele avançou, afastou com um tapinha a fraca tentativa de Adolin de aparar a arma, e levantou a espada para atacar.

Alguém saltou sobre o Moldado por trás.

Uma figura de roupas esfarrapadas, uma mulher furiosa que atacava desordenadamente, com vinhas marrons em vez de pele e olhos arrancados por arranhões. Adolin ficou perplexo ao ver sua olho-morto rasgar com longas unhas o rosto do Moldado, fazendo com que ele cambaleasse para trás, e ainda por cima *cantarolando*. O Moldado enfiou a espada no peito da esprena, mas isso não a abalou nem um pouco. Ela só soltou um guincho, como no momento em que Adolin tentara invocar sua Espada, e continuou atacando.

Adolin se recompôs. *Fuja, idiota!*

Segurando seu ventre ferido — cada passo causando um choque de dor —, ele tropeçou pela ponte na direção de Shallan.

*U*TILIZAR SUBTERFÚGIOS NÃO NOS *enganará ou enfraquecerá nossa resolução, Teceluz*, disseram os guardiões. *Pois, de fato, não é uma questão de decisão, mas de natureza. O caminho permanece fechado.*

Shallan deixou a ilusão derreter ao redor dela, então se deixou cair sentada, exausta. Tentara implorar, persuadir, gritar e até Teceluminar. Nada adiantou. Ela havia falhado. Suas ilusões na ponte estavam oscilando e desaparecendo, sua Luz das Tempestades se esgotando.

Através delas surgiu um Moldado, deixando uma trilha de energia sombria, a lança nivelada diretamente para Shallan. Ela mergulhou para o lado, mal conseguindo sair do caminho. A criatura passou zunindo, então desacelerou e se virou para outra investida.

Shallan se levantou primeiro.

— Padrão! — gritou ela, levantando as mãos por instinto, tentando invocar a Espada.

Parte dela ficou impressionada com aquela reação. Adolin ficaria orgulhoso. Não funcionou, naturalmente. Padrão gritou suas desculpas da ponte, em pânico. E ainda assim, naquele momento — encarando o inimigo que avançava, a lança apontada para o coração dela —, Shallan sentiu *alguma coisa*. Padrão, ou algo como ele, logo além do seu alcance mental. Do outro lado, e se ela pudesse apenas se agarrar àquilo, alimentar...

Gritou enquanto Luz das Tempestades fluía através dela, ardendo em suas veias, fluindo até algo no seu bolso.

Uma parede surgiu diante dela.

Shallan arquejou. Um *impacto* nauseante do outro lado da parede indicou que o Moldado havia se chocado contra ela.

Uma parede. Uma tormentosa *parede* de pedras lavradas, quebrada nas laterais. Shallan olhou para baixo e descobriu que seu bolso — ainda estava usando as calças brancas de Véu — estava conectado com a estranha parede.

Mas que Danação era aquela? Pegou sua faquinha e cortou o bolso, então cambaleou para trás. No centro da parede estava uma pequena conta, fundida com a pedra.

Foi a conta que usei para cruzar o mar por baixo, pensou Shallan. O que ela havia feito parecia Transmutação, mas era diferente.

Padrão correu até ela, zumbindo enquanto deixava a ponte. Onde estavam Adolin e Syl?

— Eu peguei a alma da parede — disse Shallan. — Então fiz sua forma física aparecer deste lado.

— Hmm. Acho que essas contas são mais mentes do que almas, mas você a manifestou mesmo aqui. Muito bem. Embora seu toque seja inexperiente. Hmm. Ela não vai permanecer por muito tempo.

As bordas já estavam começando a se desfazer em fumaça. Um som de raspagem do outro lado indicou que o Moldado não havia sido derrotado, só atordoado. Shallan se virou e atravessou a ponte correndo, para longe dos gigantescos sentinelas. Passou por algumas das suas ilusões e recuperou um pouco da Luz das Tempestades delas. Agora, onde estava...

Adolin. Sangrando!

Shallan correu até ele e o agarrou pelo braço, tentando mantê-lo de pé enquanto ele tropeçava.

— É só um pequeno corte — garantiu ele.

Sangue escorria entre seus dedos, que estavam pressionando a barriga, bem abaixo do umbigo. A parte de trás do seu uniforme também estava ensanguentada.

— Só um pequeno corte? Adolin! Você...

— Não há tempo — respondeu ele, se apoiando nela, então indicou o Moldado que ela havia enfrentado, que se elevou no ar sobre a parede de Shallan. — O outro está atrás de mim. Pode nos atacar a qualquer momento.

— Kaladin — disse Shallan. — Onde...

— Hmm... — murmurou Padrão, apontando. — Ele ficou sem Luz das Tempestades e caiu nas contas naquela direção.

Ótimo.

— Respire fundo — pediu Shallan para Adolin, então o puxou para fora da ponte com ela e saltou para as contas.

L IFT SE TORNOU GENIAL.

Seus poderes se manifestavam como a habilidade de deslizar sobre objetos sem realmente tocá-los. Ela podia se tornar muito, muito escorregadia — o que era útil, porque soldados tentaram agarrá-la enquanto ela contornava o exército alethiano. Eles alcançavam sua camisa desabotoada, seu braço, seu cabelo. Não conseguiam segurá-la; ela só passava deslizando. Era como se tentassem agarrar uma canção.

Ela escapou das fileiras deles e caiu de joelhos, que ela havia tornado extremamente escorregadios. Isso significava que continuaria seguindo, deslizando de joelhos para longe dos homens com olhos vermelhos brilhantes. Wyndle — que agora ela tinha quase certeza de que não era um Esvaziador — era uma pequena linha verde serpenteando ao seu lado. Ele parecia uma vinha de crescimento rápido, salpicada com pequenos cristais aqui e ali.

— Ah, eu não gosto disso — disse ele.

— Você num gosta de nada.

— Ora, isso *não* é verdade, mestra. Eu gostei daquela cidadezinha agradável por onde passamos, em Azir.

— Aquela que estava abandonada?

— Tão pacífica.

Pronto, pensou Lift, avistando um Esvaziador *de verdade* — do tipo que parecia com os parshemanos, só que grande e assustador. Era uma mulher e se movia pela pedra em movimentos fluidos, como se fosse genial também.

— Sempre tive essa dúvida — disse Lift. — Você acha que eles têm esses marmorizados coloridos em *todas* as partes?

— Mestra... Isso importa?

— Talvez não agora — admitiu Lift, olhando de relance para a tempestade vermelha.

Ela manteve as pernas escorregadias, mas não as mãos, o que permitia que desse impulso e se orientasse. Se mover de joelhos não parecia tão dima quanto de pé — mas, quando ela tentava ser genial de pé, quase sempre terminava se chocando com uma pedra, de bunda para o ar.

Aquela Moldada *parecia* estar carregando algo grande em uma das mãos. Como uma grande gema. Lift deu impulso com as mãos naquela direção, o que a levou para perigosamente perto daquele exército parshemano e seus navios. Ainda assim, ela se aproximou bastante antes que a Esvaziadora se voltasse e percebesse.

Lift deslizou até parar, deixando sua Luz das Tempestades se esgotar. Seu estômago resmungou, então ela deu uma mordida em um pedaço de carne seca que encontrara no bolso do seu guarda.

A Esvaziadora disse algo em uma voz cantada, carregando o enorme rubi — ele não tinha Luz das Tempestades, o que era bom, já que uma gema daquele tamanho teria sido *brilhante*. Tipo, mais vermelho-vivo do que a cara de Gawx quando Lift contou a ele como eram feitos os bebês. Ele já devia saber dessas coisas, pois havia sido um ladrão faminto! Ele nunca conhecera uma prostituta ou algo assim?

De qualquer modo... como conseguir aquele rubi? A Esvaziadora falou novamente, e, embora Lift não pudesse entender as palavras, não pôde deixar de sentir que a Esvaziadora estava achando graça. A mulher se impulsionou com um pé, então deslizou sobre o outro, fácil como se estivesse sobre óleo. Ela escorregou por um segundo, então olhou sobre o ombro antes de se impulsionar e se desviar para a esquerda, se movendo casualmente com uma graça que fazia com que Lift parecesse muito idiota.

— Ora, pela maldita fome — disse Lift. — Ela é *mais* genial do que eu.

— Você *precisa* usar esse termo? — perguntou Wyndle. — Sim, ela parece ser capaz de acessar o Fluxo de...

— Calado — mandou Lift. — Você pode seguir ela?

— Talvez deixe você para trás.

— Eu te acompanho. — Talvez. — Você segue ela. Eu vou seguir você.

Wyndle suspirou, mas obedeceu, disparando atrás da Esvaziadora. Lift o seguiu, se movendo de joelhos, se sentindo como um porco tentando imitar uma dançarina profissional.

— Você deve escolher, Szeth-filho-Neturo — disse Nin. — Os Rompe-céus vão prestar juramento aos Cantores do Alvorecer e sua lei. E você? Vai se juntar a nós?

O vento fez a roupa de Szeth tremular. Estivera certo por todos aqueles anos. Os Esvaziadores *haviam* retornado.

Então... então devia simplesmente aceitar o domínio deles?

— Eu não confio em mim mesmo, aboshi — sussurrou Szeth. — Não sei mais o que é certo. Minhas próprias decisões não são confiáveis.

— Sim — disse Nin, assentindo, as mãos juntas às costas. — Nossas mentes são falíveis. É por isso que devemos escolher alguma coisa externa para seguir. Só na estrita adesão a um código podemos nos aproximar da justiça.

Szeth inspecionou o campo de batalha, bem abaixo.

Quando vamos lutar de verdade com alguém?, perguntou a espada nas suas costas. *Você gosta demais de falar. Ainda mais que Vasher, e ele falava, falava e falava...*

— Aboshi — disse Szeth. — Quando eu declarar o Terceiro Ideal, posso escolher uma *pessoa* como aquilo que devo seguir? Em vez da lei?

— Sim. Alguns dos Rompe-céus escolheram me seguir, e suspeito que isso tornará a transição de obedecer aos Cantores do Alvorecer mais fácil para eles. Eu não sugeriria isso a você. Sinto que... eu estou... estou piorando...

Um homem de azul barrava o caminho para dentro da cidade abaixo. Ele confrontava... alguma outra coisa. Uma força que Szeth mal podia sentir. Um fogo oculto.

— Você já seguiu homens antes — continuou Nin. — Eles o fizeram sofrer, Szeth-filho-Neturo. Sua agonia existe porque você não seguiu algo puro e imutável. Você escolheu homens em vez de um ideal.

— Ou talvez eu tenha simplesmente sido forçado a seguir os homens errados — replicou Szeth.

KALADIN SE DEBATIA NAS contas, sufocando, tossindo. Não estava tão fundo, mas para onde... para que lado era a saída? *Para que lado era a saída?*

Desesperado, tentou nadar rumo à superfície, mas as contas não se moviam como água e ele não conseguia se propelir. Contas entravam em sua boca, pressionavam a pele; puxavam-no como uma mão invisível, tentando arrastá-lo cada vez mais para o fundo.

Para longe da luz. Para longe do vento.

Seus dedos tocaram algo quente e macio entre as contas. Ele se debateu, tentando reencontrar a coisa, e uma mão agarrou seu braço. Ele moveu o outro braço e agarrou um pulso fino. Outra mão pegou-o pela frente do casaco, puxando-o para longe da escuridão, e Kaladin tropeçou, encontrando chão firme no fundo do mar.

Com os pulmões ardendo, ele seguiu, passo a passo, por fim saindo das contas e vendo Syl o puxando pela frente do casaco. Ela o conduziu para a margem, e ele desabou, cuspindo esferas e arfando. Os Moldados com quem ele havia lutado pousaram na plataforma do Sacroportal, perto dos outros dois que haviam deixado para trás.

Enquanto Kaladin recuperava o fôlego, contas próximas se afastaram, revelando Shallan, Adolin e Padrão cruzando o chão do oceano através de algum tipo de passagem que ela havia feito. Era um corredor nas profundezas? Shallan estava ficando mais hábil na manipulação das contas.

Adolin estava ferido. Kaladin trincou os dentes, se forçando a se levantar e cambaleando para ajudar Shallan a levar o príncipe para a costa. Adolin se deitou sobre as costas, praguejando baixinho, segurando seu ventre com mãos ensanguentadas.

— Deixe-me ver — disse Kaladin, afastando os dedos de Adolin.

— O sangue... — Shallan começou a falar.

— O sangue é a menor dos problemas — retrucou Kaladin, sondando a ferida. — Ele não vai morrer tão cedo de hemorragia de uma ferida na barriga, mas sepse é outra história. E se órgãos internos foram cortados...

— Deixe-me — pediu Adolin, tossindo.

— Deixá-lo para ir *aonde?* — perguntou Kaladin, movendo os dedos dentro da ferida. Raios. Os intestinos estavam cortados. — Estou sem Luz das Tempestades.

O brilho de Shallan se apagou.

— Isso era tudo que eu tinha.

Syl agarrou o ombro de Kaladin, olhando para os Moldados, que subiram ao céu e voaram na direção deles, com as lanças em riste. Padrão zumbiu baixinho, nervoso.

— O que fazemos, então? — perguntou Shallan.

Não..., pensou Kaladin.

— Dê-me sua faca — disse Adolin, tentando se sentar.

Não pode ser o fim.

— Adolin, não. Descanse. Talvez possamos nos render.

Não posso falhar com ele!

Kaladin olhou sobre o ombro para Syl, que o segurava levemente pelo braço.

Ela assentiu.

— As Palavras, Kaladin.

OS SOLDADOS DE AMARAM se dividiram ao redor de Dalinar, adentrando a cidade. Eles o ignoraram — e, infelizmente, Dalinar teve que ignorá-los também.

— Então, filho... — Odium indicou a cidade com a cabeça, e tomou Dalinar pelo ombro. — Você fez algo maravilhoso ao forjar aquela coalização. Deveria estar orgulhoso. *Eu* certamente estou orgulhoso.

Como poderia Dalinar lutar com essa coisa, que pensava em cada possibilidade, que planejava para todos os resultados? Como poderia encarar algo tão vasto, tão incrível? Ao tocá-la, Dalinar podia *sentir* a criatura se estendendo até o infinito. Permeando a terra, as pessoas, o céu e as pedras.

Ele seria destroçado, ficaria louco, se tentasse compreender aquele ser. E de algum modo precisava derrotá-lo?

Convença-o de que ele pode perder, dissera o Todo-poderoso na visão. *Nomeie um campeão. Ele vai aproveitar essa chance... É o melhor conselho que posso lhe dar.*

Honra havia sido morto resistindo àquela coisa.

Dalinar umedeceu os lábios.

— Uma prova de campeões — disse ele para Odium. — Exijo que lutemos por esse mundo.

— Com que propósito? — perguntou Odium.

— Nos matar não vai libertar você, vai? — questionou Dalinar. — Você pode nos governar ou nos destruir, mas, de qualquer modo, ainda está preso aqui.

Ali perto, um dos petronantes passou por cima da muralha e entrou na cidade. O outro ficou para trás, andando perto da retaguarda do exército.

— Um torneio — disse Dalinar para Odium. — Sua liberdade, se você vencer; nossas vidas, se os humanos vencerem.

— Tome cuidado com o que está solicitando, Dalinar Kholin. Como um Vinculador, você pode oferecer esse acordo. Mas é isso realmente o que deseja de mim?

— Eu...

Era isso?

WYNDLE SEGUIA A ESVAZIADORA, e Lift o seguia. Eles se esgueiraram de volta entre os homens do exército humano. As fileiras da vanguarda estavam adentrando a cidade, mas a abertura não era grande o bastante para que entrassem todos de uma vez. A maioria esperava, praguejando e resmungando do atraso.

Eles tentaram acertar Lift enquanto ela seguia a trilha de vinhas que Wyndle havia deixado. Ser pequena ajudava a evitá-los, felizmente. Ela gostava de ser pequena. Pessoas pequenas podiam se espremer em lugares onde os outros não conseguiam, e passar sem serem notadas. Ela não deveria envelhecer mais; a Guardiã da Noite havia prometido.

A Guardiã da Noite havia mentido. Como uma humana faminta. Lift sacudiu a cabeça e passou entre as pernas de um soldado. Ser pequena era legal, mas ela *tinha* a impressão de que todo homem era uma montanha enorme. Eles batiam armas perto dela, falando ofensas guturais em alethiano.

Não posso fazer isso de joelhos, pensou ela enquanto uma espada cortava perto da sua camisa. *Preciso ser como ela. Preciso ser livre.*

Lift zuniu sobre uma pequena elevação na pedra e conseguiu pousar de pé. Correu por um momento, então tornou escorregadias as solas dos seus pés e começou a deslizar.

A Esvaziadora passava à frente. Ela não escorregava e caía, mas executava um estranho movimento de caminhada, que permitia que controlasse seu suave deslizamento.

Lift tentou fazer o mesmo. Confiou na sua genialidade — sua Luz das Tempestades — para sustentá-la ao prender a respiração. Os homens praguejavam ao redor dela, mas os sons passavam por Lift enquanto ela se revestia com Luz.

O próprio vento não podia tocá-la. Ela vivera aquilo antes. Sustentara um belo momento entre tombos, deslizando de pés descalços, movendo-se livremente, intocada. Como se estivesse flutuando entre mundos. Ela podia fazer isso. Ela podia...

Algo caiu no chão ali perto, esmagando vários soldados, desequilibrando Lift e fazendo-a desabar. Ela deslizou até parar e rolou, olhando para cima e vendo um dos enormes monstros de pedra. A criatura esquelética levantou uma mão espinhosa e desceu-a com força.

Lift se jogou para fora do caminho, mas o tremor do impacto lançou-a longe novamente. Os soldados próximos não pareciam se importar que seus companheiros houvessem sido esmagados. Com os olhos brilhando, eles correram atrás dela, como se fosse um torneio para saber quem a mataria primeiro.

A única opção era se desviar *rumo* ao monstro de pedra. Talvez ela pudesse chegar tão perto que ele...

A criatura golpeou de novo, amassando três soldados, mas também acertando Lift. O golpe quebrou as pernas dela em um instante, então esmagou a parte inferior de seu corpo, fazendo que gritasse de dor. Com os olhos lacrimejando, ela se enrolou no chão.

Cure-se. Cure-se.

Só precisava aguentar a dor. Só precisava...

Pedras se rasparam acima. Ela piscou para afastar as lágrimas, olhando para a criatura erguendo o punho para o céu, na direção do sol, que estava sumindo atrás das nuvens da tempestade mortal.

— Mestra! — exclamou Wyndle. Suas vinhas escalaram o corpo dela, como se ele tentasse acalentá-la. — Ah, mestra. Invoque-me como uma espada!

A dor nas suas pernas começou a sumir. Lento demais. Ela estava ficando com fome novamente, sua Luz das Tempestades estava diminuindo. Invocou Wyndle como um bastão, se contorcendo contra a dor e brandindo-o na direção do monstro, seus olhos lacrimejando com o esforço.

Uma explosão de luz apareceu acima, uma bola de Radiância em expansão. Alguma coisa caiu do meio dela, deixando uma trilha de fumaça tanto negra quanto branca. Brilhando como uma estrela.

— Mãe! — disse Wyndle. — O que é...

Enquanto o monstro erguia o punho para atacar Lift, a lança de luz atingiu a criatura na cabeça e *a cortou*, dividindo a coisa enorme em duas, causando uma explosão de fumaça preta. As metades do monstro desabaram na pedra, então *queimaram*, se evaporando em escuridão.

Soldados praguejavam e tossiam, recuando enquanto alguma coisa tomava forma no centro da tempestade. Uma figura na fumaça, brilhando com luz branca e brandindo uma Espada Fractal preta-escura que parecia se *alimentar* da fumaça, sugando-a, então deixando que ela se derramasse abaixo de si como uma escuridão líquida.

Branco e preto. Um homem com cabeça raspada, olhos com um brilho cinza-claro, Luz das Tempestades emanando do seu corpo. Ele se endireitou e passou pela fumaça, deixando uma pós-imagem atrás de si. Lift já havia visto aquele homem antes. O Assassino de Branco. Assassino.

E, aparentemente, salvador.

Ele parou ao lado dela.

— O Espinho Negro designou-lhe uma tarefa?

— Hã... sim — confirmou Lift, remexendo os dedos dos pés, que pareciam estar funcionando de novo. — Tem uma Esvaziadora que roubou um rubizão. Eu tenho que pegar ele de volta.

— Então levante-se — disse o assassino, erguendo sua estranha Espada Fractal na direção dos soldados inimigos. — Nosso mestre nos deu uma tarefa. *Cuidaremos para que seja completada.*

Navani correu pelo topo da muralha, sozinha a não ser por cadáveres esmagados.

Dalinar, não ouse se tornar um mártir, pensou ela, alcançando a escadaria. Abriu a porta no topo e começou a descer pelos degraus escuros. O que ele estava pensando? Encarando um exército inteiro por conta própria? Ele não era mais um jovem no seu ápice, equipado com uma Armadura Fractal!

Ela procurou uma esfera na sua bolsa segura, então por fim abriu o fecho do seu fabrial de braço, em vez disso, usando sua luz para guiá-la pelos degraus e até a sala na base. Aonde Fen e...

Uma mão a agarrou, puxando-a para o lado e batendo-a contra a parede. Fen e Kmakl jaziam ali, amordaçados e bem amarrados. Um par de homens vestindo verde-floresta, olhos com um brilho vermelho, apontavam facas para eles. Um terceiro, com as divisas de um capitão, pressionava Navani contra a parede.

— Que bela recompensa vocês vão me render — sibilou o homem para Navani. — Duas rainhas. Luminobre Amaram vai gostar desse presente. Quase compensa não poder matá-la pessoalmente, como justiça pelo que seu marido fez com o Luminobre Sadeas.

A SH PAROU, CAMBALEANDO, DIANTE de um braseiro decorado com um delicado metal ornamentado ao redor da borda, uma peça muito mais fina do que seria de esperar em um local tão comum.

O acampamento improvisado era onde as tropas alethianas haviam se instalado enquanto reparavam a cidade; ele engarrafava múltiplas ruas e praças do Distrito Baixo. O braseiro apagado que havia detido Ash estava na frente de uma tenda, e talvez houvesse sido usado para fornecer calor nas frias noites thaylenas. Dez figuras formavam um círculo no bojo. Os dedos dela *comichavam*. Não conseguiria seguir adiante, independentemente de quão urgente fosse sua tarefa, até resolver aquilo.

Agarrou o bojo e virou-o até encontrar a mulher que a representava, marcada pela iconografia do pincel e da máscara, símbolos da criatividade. Puro absurdo. Ela pegou sua faca e serrou o metal até conseguir apagar o rosto.

Vai servir. Vai servir.

Ela deixou cair o braseiro. Avançar. Era melhor que aquele homem, Mraize, houvesse dito a verdade a ela. Se ele tivesse mentido...

A tenda grande perto da muralha estava completamente desguarnecida, embora soldados houvessem passado por ela pouco tempo antes, olhos brilhando com a luz da Investidura corrompida. *Odium aprendeu a possuir homens*. Um dia sombrio e perigoso. Ele sempre fora capaz de tentá-los para que lutassem por ele, mas enviar esprenos para se conectar a eles? Terrível.

E como ele havia conseguido iniciar a *própria tempestade*?

Bem, essa terra estava enfim condenada. E Ash... Ash não conseguia mais se importar. Ela adentrou a tenda, obrigando-se a não olhar para o tapete, caso ele tivesse imagens dos Arautos.

Ali, ela o encontrou, sentado sozinho na luz fraca, fitando à frente sem nada ver. Pele escura, ainda mais escura do que a dela, e um físico musculoso. Um rei, ainda que nunca houvesse usado uma coroa. Dos dez, ele era quem nunca deveria ter suportado o fardo deles.

E mesmo assim fora quem o carregara por mais tempo.

— Taln — sussurrou ela.

Renarin Kholin sabia que não era realmente um Cavaleiro Radiante. Glys já havia sido um tipo diferente de espreno, mas algo o mudara, o corrompera. Glys não se lembrava muito bem disso; acontecera antes que eles houvessem formado seu laço.

Nenhum dos dois sabia o que haviam se tornado. Renarin sentia o espreno tremendo dentro dele, se escondendo e sussurrando sobre o perigo. Jasnah os encontrara.

Renarin previra que aquilo ia acontecer.

Estava ajoelhado no templo antigo de Pailiah, e, aos seus olhos, o local estava cheio de cores. Mil painéis de vidro pintado brotavam das paredes, se combinando e derretendo, criando um panorama. Ele via a si mesmo chegando a Cidade de Thaylen mais cedo naquele dia. Via Dalinar conversando com os monarcas, e então os governantes se voltando contra ele.

Ela vai nos machucar! Ela vai nos machucar!

— Eu sei, Glys — sussurrou ele, voltando-se para uma seção específica do vitral, que mostrava Renarin ajoelhado no chão do templo. Na sequência de painéis, Jasnah se aproximava dele por trás com a espada erguida.

E então... ela o matava.

Renarin não podia controlar o que via ou quando via. Aprendera a ler para que pudesse compreender os números e palavras que apareciam sob algumas das imagens. As visões haviam lhe mostrado a chegada da Tempestade Eterna. Como encontrar os compartimentos ocultos em Urithiru. Agora, mostravam sua morte.

O futuro. Renarin podia ver o que era proibido.

Ele desviou à força os olhos do painel de vidro mostrando a si mesmo e Jasnah, virando-se para outro ainda pior. Nele, seu pai estava de joelhos diante de um deus trajado de dourado e branco.

— Não, pai — sussurrou Renarin. — Por favor. Isso, não. Não faça isso...

Não há como resistir a ele, disse Glys. *Minha tristeza, Renarin. Darei a você minha tristeza.*

Um par de esprenos de glória desceu dos céus, esferas douradas, e flutuaram e giraram ao redor de Dalinar, brilhantes como gotas de luz solar.

— Sim — disse Dalinar. — É isso que desejo.

— Você deseja um torneio de campeões? — repetiu Odium. — É um desejo sincero, não há ninguém o forçando? Você não foi iludido ou enganado de alguma maneira?

— Um torneio de campeões. Pelo destino de Roshar.

— Muito bem — disse Odium, então suspirou baixinho. — Eu concordo.

— Fácil assim?

— Ah, eu garanto a você que não será fácil. — Odium levantou as sobrancelhas de uma maneira franca e convidativa. Uma expressão *preocupada*. — Já escolhi meu campeão. Estou preparando-o faz muito, muito tempo.

— Amaram.

— Ele? Um homem passional, sim, mas pouco adequado para essa tarefa. Não, preciso de alguém que domine o campo de batalha como o sol domina o céu.

A Euforia de repente voltou a Dalinar. A neblina vermelha — que vinha diminuindo — rugiu de volta à vida. Imagens preencheram sua mente. Memórias da juventude passada em guerra.

— Preciso de alguém mais forte que Amaram — sussurrou Odium.

— Não.

— Um homem que sempre vence, não importa o preço.

A Euforia sobrepujou Dalinar, sufocando-o.

— Um homem que me serviu por toda sua vida. Um homem em quem confio. Acredito que avisei a você que sabia que você tomaria a decisão certa. E agora cá estamos nós.

— *Não*.

— Respire bem fundo, meu amigo — sussurrou Odium. — Receio que isso vá doer.

118

O PESO DE TUDO

Esses Esvaziadores não conhecem canções. Não conseguem ouvir Roshar e, para onde quer que vão, levam o silêncio. Parecem frágeis, sem conchas, mas são duros. Eles só têm um coração, que jamais ganha vida.

— Da Estela de Eila

—Não — sussurrou Dalinar novamente, a voz rouca, a Euforia pulsando dentro dele. — Não. Você está errado.

Odium agarrou seu ombro.

— O que *ela* diz?

Ela?

Ele ouviu Evi chorando. Gritando. Implorando pela sua vida enquanto as chamas a levavam.

— Não se culpe — disse Odium enquanto Dalinar se retraía. — Eu o levei a matá-la, Dalinar. Eu causei *tudo* isso. Você lembra? Eu posso ajudar. Pronto.

Memórias inundaram a mente de Dalinar, um ataque devastador de imagens. Ele viveu todas detalhadamente, de algum modo espremidas em um momento, a Euforia rugindo dentro dele.

Viu a si mesmo apunhalando um pobre soldado pelas costas. Um jovem tentando se arrastar até a segurança, gritando pela mãe...

— Eu estava com você naquele momento — disse Odium.

Dalinar matou um homem muito melhor do que ele, um grão-senhor digno da lealdade de Teleb. Dalinar o derrubou, então cravou uma alabarda no seu peito.

— Eu estava com você naquele momento.

Dalinar lutava sobre uma estranha formação rochosa, enfrentando outro homem que conhecia a Euforia. Levou-o ao chão com os olhos queimando, e chamou aquilo de misericórdia.

— Eu estava com você naquele momento.

Ele sentiu raiva de Gavilar, ira e desejo crescendo como emoções gêmeas. Feriu um homem em uma taverna, frustrado por ter sido impedido de se regozijar no combate. Lutou nas fronteiras de Jah Keved, gargalhando, cadáveres se acumulando no chão. Lembrava-se de cada momento da carnificina. Sentia cada morte como uma punhalada na alma. Começou a chorar pela destruição.

— Era o que você precisava fazer, Dalinar — disse Odium. — Você criou um reino melhor!

— É... tanta... *dor*.

— Ponha a culpa em mim, Dalinar. Não foi você! Estava fora de si enquanto fazia essas coisas! Foi *minha* culpa. Aceite. Você não precisa sofrer.

Dalinar piscou, encontrando o olhar de Odium.

— Deixe-me ficar com a dor, Dalinar — disse Odium. — Entregue-a para mim e nunca mais sinta culpa.

— Não. — Dalinar abraçou *O caminho dos reis*. — Não. Eu não posso.

— Ah, Dalinar. O que *ela* diz?

Não...

— Você já esqueceu? Aqui, deixe-me ajudá-lo.

E ele estava de volta àquele dia. O dia em que matara Evi.

S ZETH ENCONTROU PROPÓSITO BRANDINDO a espada.

Ela gritava para que ele destruísse o mal, mesmo que o mal fosse obviamente um conceito que a própria espada não compreendia. Sua visão era enviesada, como a de Szeth. Uma metáfora.

Como uma alma deformada como a dele poderia decidir quem devia morrer? Impossível. Assim, colocou sua confiança em outra pessoa, alguém cuja luz atravessava a sombra.

Dalinar Kholin. Cavaleiro Radiante. *Ele* saberia.

Não era uma escolha perfeita. Mas... Pelas pedras profanadas... era o melhor que ele podia fazer. Isso lhe trouxe uma dose de paz enquanto passava pelo exército inimigo.

A espada gritava com ele. *DESTRUIR!*

Qualquer um que ele tão somente arranhasse *explodia* em fumaça escura. Szeth devastou os soldados de olhos vermelhos, que continuavam vindo, sem demonstrar medo. Gritavam como se tivessem sede de morrer.

Era uma bebida que Szeth estava demasiado apto em servir.

Brandia Luz das Tempestades em uma mão, Projetando qualquer homem que se aproximasse demais, mandando-os pelos ares ou contra seus companheiros. Com a outra mão, devastava as fileiras com a espada. Ele se movia com pés ágeis, o próprio corpo Projetado para cima só o bastante para deixá-lo leve. Os Rompe-céus não tinham acesso a todas as Projeções, mas as mais úteis — e mais mortais — ele ainda possuía.

Lembre-se da gema.

Uma sensação espectral o chamava, um desejo de continuar matando, de se rejubilar na carnificina. Szeth a rejeitou, enojado. Nunca havia gostado daquilo. Nunca *poderia* gostar.

A Esvaziadora com a gema havia escapulido, se movendo rápido demais. Szeth apontou a espada — parte dele estava apavorada com a rapidez com que a arma consumia sua Luz das Tempestades — e se Projetou para segui-la. Ceifou soldados, homens virando fumaça, procurando aquela criatura específica.

A Esvaziadora se virou no último momento, dançando para longe da espada dele. Szeth se Projetou para baixo, então girou em um amplo arco, deixando uma trilha de fumaça preta — quase líquida — no rastro de sua espada enquanto destruía homens em um círculo grandioso.

MAL!, gritou a espada.

Szeth saltou atrás da Esvaziadora, mas ela se abaixou até o chão e deslizou pela pedra como se estivesse coberta de graxa. Sua espada passou sobre a cabeça dela, que se inclinou para trás, na direção dele, passando logo abaixo de suas pernas. Ali, ela se pôs de pé de modo gracioso e agarrou a *bainha* nas costas de Szeth, onde ele a amarrara.

A bainha se soltou. Quando Szeth virou o corpo para atacar, ela bloqueou a espada com sua própria bainha. Como ela havia feito aquilo? Havia alguma coisa naquele metal prateado que Szeth desconhecia?

Ela também bloqueou os ataques seguintes, então se desviou das tentativas dele de Projetá-la.

A espada estava cada vez mais frustrada. *DESTRUIR, DESTRUIR, DESTRUIR!* Veias pretas começaram a crescer pela mão de Szeth, se arrastando até seu antebraço.

Ele voltou a atacar, mas a Esvaziadora simplesmente escapuliu, movendo-se pelo chão como se não estivesse sujeita às leis naturais. Outros soldados se aglomeraram, e o braço de Szeth começou a doer enquanto ele levava a morte aos homens.

***

JASNAH PAROU UM PASSO atrás de Renarin. Ouvia os sussurros dele claramente agora.

— Pai. Ah, pai...

O jovem virava a cabeça para uma direção, depois outra, vendo coisas que não estavam ali.

— Ele não vê o que *existe*, mas o que *está por vir* — disse Marfim. — O poder de Odium, Jasnah.

***

— TALN – SUSSURROU ASH, se ajoelhando diante dele. — Ah, Taln...

O Arauto encarava adiante com olhos escuros.

— Sou Talenel'Elin, Arauto da Guerra. O tempo do Retorno, a Desolação, está chegando...

— Taln? — Ash tomou a mão dele. — Sou eu. Ash.

— Precisamos nos preparar. Vocês terão esquecido muito...

— Por favor, Taln.

— Kalak vai ensiná-los a Transmutar bronze...

Ele apenas seguiu repetindo as mesmas palavras sem parar.

***

KALADIN CAIU DE JOELHOS sobre a obsidiana gelada de Shadesmar. Moldados desceram ao redor dele, seis figuras em roupas brilhantes e tremulantes.

Ele tinha uma única e pequena esperança. Cada Ideal que havia declarado resultara em uma efusão de poder e força. Umedeceu os lábios e tentou sussurrar.

— Eu... Eu vou...
Pensou em amigos perdidos. Malop. Jaks. Beld e Pedin.
Diga logo, raios!
— Eu...
Rod e Mart. Carregadores de pontes com quem havia falhado. E, antes deles, escravos que tentara salvar. Goshel. Nalma, pega em uma armadilha, como um animal.
Um espreno de vento apareceu perto dele, como uma linha de luz. Então outro.
Uma única esperança.
As Palavras. Diga as Palavras!

— Aн, Mãe! Aн, Cultura! — gritou Wyndle, vendo o assassino matar para abrir caminho pelo campo. — O que fizemos?

— Nós direcionamos *ele* para longe de *nós* — respondeu Lift, empoleirada em um rochedo, os olhos arregalados. — Você preferia que ele estivesse aqui?

Wyndle continuou a ganir, e Lift meio que entendia. O assassino estava fazendo um *bocado* de matança. De homens de olhos vermelhos que pareciam não ter mais luz dentro deles, era verdade, mas... raios.

Perdera o rastro da mulher com a gema, mas pelo menos o exército parecia estar fluindo para longe de Szeth, deixando menos pessoas para ele matar. Ele tropeçou, desacelerando, então caiu de joelhos.

— Epa.

Lift invocou Wyndle como um bastão, para o caso de o assassino perder sua faminta cabeça — o que havia sobrado dela — e a atacasse. Deslizou para fora da pedra, então correu até ele.

Ele segurava a estranha Espada Fractal diante de si. Ela continuava a vazar líquido preto que se vaporizava ao fluir para o chão. Sua mão estava totalmente escura.

— Eu... — ofegou Szeth. — Eu perdi a bainha...

— Solte a espada!

— Eu... não posso... — disse Szeth, dentes trincados. — Ela está me segurando, se banqueteando com minha... minha Luz das Tempestades. Ela me consumirá em breve.

Raiosraiosraiosraios.

— Tá bom. Tá bom. Hummmm...

Lift olhou ao redor. O exército estava invadindo a cidade. O segundo monstro de pedra estava caminhando pelo Distrito Antigo, pisando em edifícios. Dalinar Kholin ainda estava de pé na brecha. Talvez... talvez ele pudesse ajudar?

— Vamos — disse Lift.

—Mate o homem — declarou o capitão que segurava Navani, indicando com a mão o velho Kmakl, o consorte de Fen. — Não precisamos dele.

Fen gritou contra sua mordaça, mas estava presa com força. Navani cuidadosamente removeu os dedos da mão segura da manga, então tocou seu outro braço e o fabrial que estava ali, abrindo um fecho. Pequenos botões despontaram da frente do dispositivo, pouco acima do pulso.

Kmakl lutou para ficar de pé. Parecia querer encarar a morte com dignidade, mas os outros dois soldados não lhe concederam aquela honra. Eles o empurraram contra a parede e um deles sacou uma adaga.

Navani agarrou o braço do homem que a estava segurando, então pressionou os botões do seu fabrial de dor contra a pele dele. O homem gritou e caiu, se contorcendo de agonia. Um dos outros se virou para ela, e Navani pressionou o dorial contra a mão que ele ergueu. Ela havia testado o dispositivo em si mesma, naturalmente, então conhecia a sensação. Mil agulhas sendo enfiadas sob a pele, sob as unhas, dentro dos *olhos*.

O segundo homem molhou as calças ao cair.

O último conseguiu fazer um corte no braço dela antes que Navani o mandasse para o chão, sofrendo espasmos. Droga. Virou o interruptor do dorial, extraindo a agonia do corte. Então tomou a faca e rapidamente cortou as cordas que prendiam Fen. Enquanto a rainha soltava Kmakl, Navani fez uma atadura no seu ferimento indolor.

— Eles vão se recobrar logo — avisou Navani. — Podemos ter que despachá-los antes que isso aconteça.

Kmakl chutou o homem que quase havia cortado sua garganta, então abriu uma fresta na porta que dava para a cidade. Uma tropa de homens com olhos brilhantes passou correndo. Toda a área havia sido tomada por eles.

— Esses são os menores dos nossos problemas, aparentemente — disse o idoso, fechando a porta.

— De volta à muralha, então — declarou Fen. — Vamos poder identificar as tropas amigas lá de cima.

Navani assentiu, e Fen conduziu o caminho para cima. No topo, fecharam a porta com uma barra. Havia barras dos dois lados; era bom ser capaz de trancar do lado de fora inimigos que houvessem tomado a muralha, e também aqueles que houvessem invadido pelos portões.

Navani contemplou suas opções. Uma olhada rápida revelou que as ruas haviam de fato sido tomadas pelas tropas de Amaram. Alguns grupos de thaylenos defendiam o terreno mais acima, mas estavam tombando rapidamente.

— Por Kelek, raios e Paixões — disse Kmakl. — O que é *aquilo*?

Ele havia notado a neblina vermelha no lado norte do campo de batalha, com suas pavorosas imagens se formando e se desfazendo. Sombras de soldados morrendo, com feições esqueléticas, de cavalos em disparada. Era uma visão grandiosa, intimidante.

Mas Dalinar... *Dalinar* atraiu os olhos dela. De pé, sozinho, cercado pelos soldados inimigos e encarando algo que ela *mal* podia sentir. Algo vasto, inimaginável.

Algo furioso.

DALINAR VIVIA EM DOIS lugares.
Via a si mesmo cruzando uma paisagem obscurecida, arrastando sua Espada Fractal atrás dele. Estava no campo de Cidade de Thaylen com Odium, mas também estava no passado, se aproximando de Rathalas. Impelido pela raiva rubra e fervilhante da Euforia. Ele voltou ao acampamento, para a surpresa dos seus homens, como um espreno de morte. Coberto de sangue, seus olhos brilhando.

Brilhando em vermelho.

Ordenou que lhe trouxessem óleo. Voltou-se para a cidade onde Evi estava aprisionada, onde crianças dormiam, onde pessoas inocentes se escondiam, oravam, queimavam glifos-amuletos e choravam.

— Por favor... — sussurrou Dalinar na Cidade de Thaylen. — Não me faça reviver aquilo.

— Ah, Dalinar — disse Odium. — Você vai reviver, de novo e de novo, até se entregar. Você não pode carregar esse fardo. Por favor, deixe que eu fique com ele. *Eu* o levei a fazer aquilo. *Não foi culpa sua.*

Dalinar apertou *O caminho dos reis* com força contra o peito, agarrando-o, como uma criança com seu cobertor, durante a noite. Mas um súbito *lampejo* de luz explodiu diante dele, acompanhado de um estrondo ensurdecedor.

Dalinar cambaleou para trás. Relâmpago. Aquilo havia sido *relâmpago*. Será que o atingira?

Não. Havia, de algum modo, atingido o livro. Páginas queimadas flutuavam ao redor dele, ainda ardendo. O livro fora fulminado bem em suas mãos.

Odium balançou a cabeça.

— As palavras de um homem que morreu há muito tempo, que fracassou há muito tempo.

Acima, o sol enfim passou por trás das nuvens da tempestade e tudo caiu na escuridão. Lentamente, as chamas das páginas incendiadas se apagaram.

T EFT ESTAVA ESCONDIDO EM algum lugar escuro.
Talvez a escuridão ocultasse seus pecados. Mas, ao longe, ouvia gritos. Homens lutando.

Membros da Ponte Quatro morrendo.

K ALADIN GAGUEJOU, AS PALAVRAS engasgando.
Pensou nos seus homens do exército de Amaram. Dallet e seu esquadrão, mortos pelo irmão de Shallan ou por Amaram. Tantos bons amigos que haviam tombado.

E então, naturalmente, pensou em Tien.

D ALINAR CAIU DE JOELHOS. Uns poucos esprenos de glória giravam ao seu redor, mas Odium afastou-os com a mão, e eles sumiram.

No fundo da sua mente, o Pai das Tempestades chorava.

Ele se viu andando até onde Evi estava aprisionada. Aquela tumba na pedra. Dalinar tentou desviar o olhar, mas a visão estava em toda parte. Ele não apenas a via, ele a *vivia*. Ordenara a morte de Evi, ficara ouvindo seus gritos.

— Por favor...

Odium ainda não havia acabado. Dalinar teve que ver a cidade queimando, ouvir as crianças morrendo. Ele trincou os dentes, gemendo de agonia. Antes, seu sofrimento o levara a beber. Não havia bebida agora. Só a Euforia.

Ele sempre a desejara. A Euforia o fizera viver. Sem aquilo... ele... ele estivera morto...

Desabou, curvando a cabeça, escutando o choro de uma mulher que havia acreditado nele. Ele *nunca* a merecera. O lamento do Pai das Tempestades sumiu enquanto Odium de algum modo afastava o espreno, separando os dois.

Isso deixou Dalinar sozinho.

— Tão sozinho...

— Você *não* está sozinho, Dalinar — disse Odium, apoiando-se sobre um joelho ao lado dele. — Eu estou aqui. Sempre estive aqui.

A Euforia fervia dentro dele. E Dalinar sabia. *Sabia* que sempre fora uma fraude. Ele era igual a Amaram. Tinha uma reputação honesta, mas era um assassino por dentro. Um destruidor. Um matador de crianças.

— Entregue-se — sussurrou Odium.

Dalinar fechou os olhos com força, tremendo, as mãos tensas enquanto se encolhia e arranhava o chão. A dor era terrível. Sabia que havia falhado com eles. Navani, Adolin, Elhokar, Gavilar. Não podia viver com isso.

Não podia viver com as *lágrimas* dela!

— Entregue para mim — implorou Odium.

Dalinar arrebentou suas unhas, mas a dor do corpo não podia distraí-lo. Não era nada em comparação com a agonia da sua alma.

A agonia de saber quem realmente era.

Szeth tentou caminhar rumo a Dalinar. A escuridão havia subido pelo seu braço, e a espada bebeu seus últimos vestígios de Luz das Tempestades.

Havia... havia uma lição nisso... não havia? Tinha que haver. Nin... Nin queria que ele aprendesse...

Caiu no chão, ainda segurando a espada, que gritava de modo irracional.

DESTRUA O MAL.

A garotinha Radiante correu até ele. Ela olhou para o céu enquanto o sol desaparecia atrás das nuvens. Então tomou a cabeça de Szeth em suas mãos.

— Não... — Ele tentou grasnar. *Ela vai tomar você também...*

Ela soprou vida para dentro dele, de algum modo, e a espada bebeu livremente. Os olhos dela se arregalaram enquanto as veias escuras começaram a crescer por seus dedos e mãos.

R ENARIN NÃO QUERIA MORRER, mas, estranhamente, percebeu que aguardava de bom grado o ataque de Jasnah.

Melhor morrer do que ver o que estava acontecendo com seu pai. Pois ele via o futuro. Via seu pai em uma armadura preta, uma praga sobre a terra. Ele via o Espinho Negro retornar, um terrível flagelo com nove sombras.

O campeão de Odium.

— Ele vai cair — sussurrou Renarin. — Ele já caiu. Ele pertence ao inimigo agora. Dalinar Kholin... não existe mais.

V ENLI TREMIA NA PLANÍCIE, perto de Odium. Timbre vinha pulsando em Paz, mas havia se aquietado. A uns vinte metros ou mais de distância, uma figura com trajes brancos desabou no chão, com uma garotinha ao seu lado.

Mais perto dela, Dalinar Kholin — o homem que havia resistido — se curvou para a frente, a cabeça baixa, segurando uma mão contra o peito e tremendo.

Odium recuou, com a aparência de um parshemano com carapaça dourada.

— Está feito — disse ele, olhando para Venli e o grupo reunido de Moldados. — Vocês têm um líder.

— Precisamos seguir um deles? — indagou Turash. — Um humano?

Venli prendeu a respiração. Não houvera respeito naquele tom.

Odium sorriu.

— Você vai me seguir, Turash, ou tomarei de volta o que concede a você sua vida persistente. Não me importo com a forma da ferramenta; só quero que ela corte.

Turash baixou a cabeça.

A pedra estalou, e uma figura trajando uma resplandecente Armadura Fractal caminhou até eles, carregando uma Espada em uma mão e, estranhamente, uma bainha vazia na outra. O humano estava com o visor levantado, expondo olhos vermelhos. Ele jogou a bainha prateada no chão.

— Disseram para entregar isso a você.

— Muito bem, Meridas — disse Odium. — Abaray, poderia dar a este humano um abrigo apropriado para Yelig-nar?

Um dos Moldados se adiantou e ofereceu uma pequena pedra bruta de quartzo fumê para o humano, Meridas.

— E o que é *isso*? — quis saber Meridas.

— O cumprimento da promessa que lhe fiz — respondeu Odium. — Engula a pedra.

— *O quê?*

— Se deseja o poder prometido, engula isso... então tente controlar aquele que virá em seguida. Mas fique sabendo que a rainha em Kholinar tentou fazer isso e o poder a consumiu.

Meridas segurou a gema, inspecionando-a, então olhou de soslaio para Dalinar Kholin.

— Então você também esteve falando com ele todo esse tempo?

— Há mais tempo do que estive falando com você.

— Posso matá-lo?

— Algum dia, partindo do princípio que eu não deixe que ele mate você. — Odium pousou a mão sobre o ombro do encolhido Dalinar Kholin. — Está feito, Dalinar. A dor passou. Levante-se e reivindique a posição que você nasceu para ocupar.

K<small>ALADIN PENSOU, ENFIM, EM</small> Dalinar.
Poderia mesmo fazer isso? Poderia mesmo dizer aquelas Palavras? Poderia dizê-las *de verdade*?

Os Moldados voaram em sua direção. Adolin sangrava.

— Eu...

Você sabe o que precisa fazer.

— Eu... não posso — sussurrou Kaladin finalmente, com lágrimas escorrendo pelo rosto. — Não posso perdê-lo, mas... Ah, Todo-Poderoso... Não posso salvá-lo.

Kaladin baixou a cabeça, curvando-se para a frente, tremendo.

Ele não podia dizer aquelas Palavras.

Não era forte o bastante.

Os braços de Syl o envolveram por trás, e ele sentiu a bochecha macia dela pressionada contra sua nuca. Ela o abraçou bem apertado enquanto ele chorava, soluçando, pelo seu fracasso.

Jasnah ergueu sua Espada sobre a cabeça de Renarin.
Faça com que seja rápido. Faça com que seja indolor.
A maioria das ameaças contra uma dinastia vinha do seu interior.
Renarin obviamente fora corrompido. Ela soubera que havia um problema no momento em que lera que ele havia previsto a Tempestade Eterna. Agora, Jasnah precisava ser forte. Precisava fazer o que era *certo*, mesmo que fosse tão, tão difícil.

Ela se preparou para atacar, mas então Renarin se virou e olhou para ela. Lágrimas correndo pelo seu rosto, ele encontrou o olhar dela, e *assentiu*.

De repente, eram jovens novamente. Ele era uma criança trêmula, chorando no ombro dela por um pai que não parecia capaz de sentir amor. O pequeno Renarin, sempre tão solene. Sempre incompreendido, alvo das gargalhadas e das condenações das pessoas que diziam coisas similares sobre Jasnah pelas suas costas.

Jasnah parou subitamente, como se estivesse de pé diante de um penhasco. Vento soprou pelo templo, carregando um par de esprenos na forma de esferas douradas, balançando nas correntes.

Jasnah dispensou sua espada.

— Jasnah? — chamou Marfim, aparecendo na forma de um homem, agarrado no colarinho dela.

Jasnah caiu de joelhos, então puxou Renarin para um abraço. Ele começou a chorar, como quando menino, enterrando a cabeça no ombro dela.

— O que há de errado comigo? — indagou Renarin. — Por que eu vejo essas coisas? Pensei que estava fazendo algo certo, com Glys, mas de algum modo está tudo errado...

— Calma — sussurrou Jasnah. — Vamos achar uma maneira de lidar com isso, Renarin. Seja o que for, vamos consertar. Vamos sobreviver a isso, de algum modo.

Raios. As coisas que ele havia dito sobre Dalinar...

— Jasnah — chamou Marfim, assumindo seu tamanho pleno ao se soltar do colarinho dela. Ele se inclinou para baixo. — Jasnah, isso está certo. De algum modo, *está certo*. — Ele parecia totalmente perplexo. —

Não é o que faz sentido, mas de algum modo ainda está certo. Como... Como isso é?

Renarin se afastou dela, seus olhos marejados se arregalando.

— Eu vi você me matar.

— Está tudo bem, Renarin. Não vou fazer isso.

— Mas você não *entende*? Não compreende o que isso significa?

Jasnah balançou a cabeça.

— Jasnah, minha visão estava errada sobre você. O que eu vejo... *pode estar errado.*

Sozinho.

Dalinar levou um punho ao peito.

Tão sozinho.

Doía respirar, pensar. Mas algo se mexeu dentro do seu punho. Ele abriu dedos sangrentos.

O passo mais... mais importante...

Dentro do seu punho, ele de algum modo encontrou uma esfera dourada. Um solitário espreno de glória.

O passo mais importante que um homem pode dar. Não é o primeiro, é? É o seguinte. Sempre é o passo seguinte, Dalinar.

Tremendo, sangrando, em agonia, Dalinar se forçou a respirar fundo e disse em voz rouca uma única frase.

— Você não pode ficar com a minha dor.

UNIDADE

Ao começar minha jornada, fui desafiado a defender o motivo de insistir em viajar sozinho. Achavam isso irresponsável, uma evitação do dever e da obrigação.

Aqueles que disseram isso cometeram um enorme erro de suposição.

— De *O caminho dos reis*, pós-escrito

ODIUM DEU UM PASSO para trás.
— Dalinar? O que é isso?
— Você não pode ficar com a minha dor.
— Dalinar...
Dalinar se obrigou a ficar de pé.
— Você. Não. Pode. Ficar. Com. A. Minha. Dor.
— Seja razoável.
— Eu matei aquelas crianças — disse Dalinar.
— Não, fui...
— Eu queimei o povo de Rathalas.
— Eu estava lá, influenciando você...
— *VOCÊ NÃO PODE FICAR COM A MINHA DOR!* — urrou Dalinar, dando um passo na direção de Odium.

O deus franziu o cenho. Seus companheiros Moldados recuaram, e Amaram levantou a mão diante dos olhos e apertou as pálpebras.

Eram esprenos de glória aquelas coisas girando ao redor de Dalinar?

— Eu *matei* o povo de Rathalas — gritou Dalinar. — Você podia estar lá, mas *eu* fiz a escolha. Eu decidi! — Ele parou. — Eu a matei. Dói demais, mas fiz isso. Eu aceito. Você não pode ficar com a minha dor. Você *não pode* tirá-la novamente de mim.

— Dalinar — falou Odium. — O que você espera conseguir, se agarrando a esse fardo?

Dalinar olhou o deus com desprezo.

— Se eu fingir... Se eu fingir que *não* fiz essas coisas, significa que não posso ter crescido e me tornado outra pessoa.

— Um fracasso.

Algo despertou dentro de Dalinar. Um calor que ele já conhecia; uma luz cálida e tranquilizante.

Você deve uni-los.

— Jornada antes do destino — disse Dalinar. — Não pode ser uma jornada se *não tiver um início.*

Uma trovoada ressoou na mente dele. De repente, a consciência lhe voltou; o Pai das Tempestades, distante, assustado... mas também surpreso.

Dalinar?

— Eu assumo a responsabilidade pelo que fiz — sussurrou Dalinar. — Se tiver que cair, me levantarei a cada vez como um homem melhor.

Renarin correu atrás de Jasnah através dos Distritos Altos da cidade. Pessoas se amontoavam nas ruas, mas ela não seguiu por essas vias. Pulava de edifícios, caindo em telhados nos níveis abaixo, corria por eles, então saltava para a próxima rua.

Renarin se esforçava para segui-la, com medo de sua fraqueza, confuso com as coisas que havia visto. Caiu em um telhado, sentindo uma dor súbita com a queda, mas a Luz das Tempestades o curou. Ele mancou atrás dela até a dor sumir.

— Jasnah! Jasnah, não consigo acompanhar!

Ela parou na borda de um telhado. Ele a alcançou, e ela tomou seu braço.

— Você *consegue*, Renarin. Você é um Cavaleiro Radiante.

— Não acho que eu seja um Radiante, Jasnah. Eu não sei *o que* sou.

Um verdadeiro *rio* de esprenos de glória passou por eles voando, centenas em uma ampla formação que se curvava rumo à base da cidade. Algo estava brilhando por lá, um feixe de luz no escuro de uma cidade nublada.

— Eu sei o que você é — declarou Jasnah. — Você é meu primo. Família, Renarin. Segure minha mão. Corra comigo.

Ele assentiu, e ela o conduziu, saltando do telhado, ignorando a criatura monstruosa que escalava ali perto. Jasnah parecia concentrada em uma única coisa.

Aquela luz.

*V*OCÊ DEVE UNI-LOS!

Esprenos de glória fluíam ao redor de Dalinar. Milhares de esferas douradas, mais esprenos do que jamais vira em um único lugar, girando ao redor dele em uma coluna de luz dourada.

Mais além, Odium cambaleou para trás.

Tão pequeno, pensou Dalinar. *Ele sempre foi tão pequeno assim?*

*S*YL OLHOU PARA CIMA.

Kaladin virou-se para ver o que havia atraído a atenção dela. Syl olhava para além dos Moldados, que haviam pousado para atacar; estava fitando o oceano de contas, e as luzes trêmulas das almas acima dele.

— Syl?

Ela o apertou com força.

— Talvez você não precise salvar ninguém, Kaladin. Talvez seja hora de alguém salvar *você*.

*V*OCÊ DEVE UNI-LOS!

Dalinar esticou a mão esquerda para o lado, mergulhando-a entre reinos, agarrando o próprio tecido da existência. O mundo das mentes, o reino do pensamento.

Estendeu a mão direita para o outro lado, tocando algo vasto, algo que não era um lugar — era todos os lugares ao mesmo tempo. Já vira aquilo antes, no momento em que Odium lhe fornecera um vislumbre do Reino Espiritual.

Naquele dia, Dalinar o segurava na mão.

Os Moldados se afastaram desajeitadamente. Amaram baixou seu visor, mas isso não foi o bastante. Ele cambaleou para trás, o braço erguido. Só uma pessoa permaneceu onde estava. Uma jovem parshemana, aquela que Dalinar encontrara nas visões.

— O que é você? — sussurrou ela enquanto ele permanecia ali com os braços abertos, segurando as terras da mente e do espírito.

Dalinar fechou os olhos, expirando, ouvindo uma súbita quietude. E dentro dela uma voz simples e baixa. Uma voz de mulher, tão familiar.

Eu perdoo você.

Abriu os olhos e soube o que a parshemana via nele. Nuvens em torvelinho, luz fulgurante, trovão e relâmpago.

— Eu sou Unidade.

Ele bateu as mãos.

E combinou três reinos em um só.

S HADESMAR EXPLODIU EM LUZ. Moldados gritaram quando um vento os jogou longe, embora Kaladin não sentisse nada. Contas estalaram e rugiram.

Kaladin protegeu os olhos com a mão. A luz sumiu, deixando um pilar brilhante e resplandecente no meio do mar. Abaixo dele, as contas se encaixaram, transformando-se em uma estrada de vidro.

Kaladin piscou, tomando a mão de Shallan, que o ajudou a se levantar. Adolin se forçara a uma posição sentada, segurando a barriga ensanguentada.

— O que... o que é isso?

— A Perpendicularidade de Honra — sussurrou Syl. — Um poço de poder que atravessa todos os três reinos. — Ela olhou para Kaladin. — Um caminho para casa.

T ALN AGARROU A MÃO de Ash. Ash olhou para os dedos dele, grossos e calejados. Milhares de anos podiam se passar, e ela podia perder vidas inteiras para o sonho, mas aquelas mãos... nunca esqueceria aquelas mãos.

— Ash — disse ele.

Ela o encarou, então arquejou e levou a mão à boca.

— Quanto tempo? — perguntou ele.

— Taln. — Ela agarrou a mão dele com as suas. — Sinto muito. Sinto muito, muito *mesmo*.

— Quanto tempo?

— Dizem que foram quatro milênios. Eu nem sempre... noto a passagem do tempo...

— Quatro mil anos?

Ela apertou a mão dele com mais força.

— Sinto muito. Eu *sinto muito*.

Ele soltou a mão dela e se levantou, caminhando pela tenda. Ash o seguiu, desculpando-se novamente — mas de que valiam as palavras? Tinham-no traído.

Taln abriu as abas da entrada e saiu. Ele olhou para a cidade que se estendia acima deles, para o céu, para a muralha. Soldados em couraças e cotas de malha corriam para se juntar a um combate mais à frente.

— Quatro mil anos? — perguntou Taln novamente. — Ash...

— A gente não aguentava mais... Eu... nós pensamos...

— Ash. — Ele tomou a mão dela outra vez. — Que coisa *maravilhosa*. Maravilhosa?

— Nós *deixamos* você, Taln.

— Que dádiva vocês concederam a eles! Tempo para se recuperarem, pelo menos uma vez, entre Desolações. Tempo para progredir. Eles nunca tiveram chance, antes. Mas dessa vez... sim, talvez eles tenham.

— Não, Taln. Você não pode agir assim.

— Uma coisa deveras maravilhosa, Ash.

— Você *não pode* agir assim, Taln. Você precisa me odiar! *Por favor*, me odeie.

Ele deu as costas a ela, mas ainda segurava sua mão, puxando-a junto.

— Venha. Ele está esperando.

— Quem? — perguntou ela.

— Eu não sei.

T EFT ARQUEJOU NA ESCURIDÃO.

— Está vendo, Teft? — sussurrou o espreno. — Está sentindo as Palavras?

— Eu estou *quebrado*.

— Quem não está? A vida nos quebra, Teft. Então preenchemos as rachaduras com algo mais forte.

— Eu mesmo me deixei doente.

— Teft — disse ela, uma aparição brilhante na escuridão —, é para isso que as Palavras *servem*.

Ah, Kelek. Os gritos. Combate. Seus amigos.

— Eu...

Aos raios com você! Seja homem uma vez na vida!

Teft umedeceu os lábios e falou:

— Eu vou proteger aqueles que odeio. Mesmo... mesmo que a pessoa que eu mais odeie... seja... *eu mesmo*.

RENARIN DESCEU ATÉ O último nível da cidade, o Distrito Baixo. Cambaleou até parar ali, sua mão escorregando da de Jasnah. Soldados marchavam pelas ruas, olhos como brasas.

— Jasnah! Os soldados de Amaram mudaram de lado. Eles servem a Odium agora! Tive uma visão disso!

Ela correu direto para eles.

— Jasnah!

O primeiro soldado brandiu sua espada contra ela. Jasnah se desviou da arma, então o empurrou, jogando-o para trás. O homem se *cristalizou* no ar, batendo no soldado atrás, que pegou a transformação como quem pegava uma doença. Este se chocou com *outro* homem, derrubando-o, como se a força total do empurrão de Jasnah houvesse se transferido para ele. O último homem se cristalizou um momento depois.

Jasnah girou, uma Espada Fractal se formando na mão segura enluvada, sua saia ondulando enquanto ela fatiava seis homens de um só golpe. A espada desapareceu e ela bateu a mão na parede de um edifício atrás de si, fazendo-a *virar fumaça*, o que causou o desabamento do telhado, que bloqueou o beco entre edifícios, por onde outros soldados estavam se aproximando.

Ela ergueu a mão e o ar se coagulou em pedra, formando degraus que ela escalou — quase sem alterar o passo — até o telhado do edifício seguinte.

Renarin ficou boquiaberto. Aquilo... Como...

Será... grande... vasto... maravilhoso!, disse Glys de dentro do coração de Renarin. *Será belo, Renarin! Veja!*

Uma fonte floresceu dentro dele. Poder como ele nunca havia sentido, uma espantosa e avassaladora *força*. Luz das Tempestades sem fim. Uma fonte de energia tão vasta que ele ficou atordoado.

— Jasnah? — gritou ele, então correu atrasado pelos degraus que ela havia criado, sentindo-se tão *vivo* que queria dançar.

Isso não seria uma visão e tanto? Renarin Kholin dançando em um telhado enquanto...

Ele diminuiu a velocidade, boquiaberto novamente enquanto olhava através da fenda na muralha e via uma coluna de luz. Elevando-se cada vez mais alto, estendendo-se rumo às nuvens.

F EN E SEU CONSORTE recuaram diante da tempestade de luz.
Navani exultou com ela; inclinou-se bastante sobre o parapeito da muralha, gargalhando feito uma tola. Esprenos de glória fluíam ao redor dela, tocando seu cabelo, rumo ao número já impossível que rodava ao redor de Dalinar em um pilar que se estendia dezenas de metros no ar.

Então *luzes* ganharam vida em uma onda por todo o campo, o topo da muralha, a rua abaixo. Gemas que jaziam ignoradas, espalhadas a partir do banco destruído, beberam a Luz das Tempestades de Dalinar e iluminaram o chão com mil pontinhos de cor.

— NÃO! – GRITOU ODIUM, e deu um passo à frente. — Não, nós matamos você. Nós matamos você!

Dalinar estava dentro de um pilar de luz e de um redemoinho de esprenos de glória, uma mão para cada lado, agarrando os reinos que formavam a realidade.

Perdoado. A dor que ele acabara de insistir em manter consigo começou a passar por conta própria.

Essas Palavras... são aceitas, declarou o Pai das Tempestades, parecendo perplexo. *Como? O que foi que você fez?*

Odium cambaleou para trás.

— Matem-no! *Ataquem-no!*

A parshemana não se moveu, mas Amaram letargicamente baixou a mão do rosto, então deu um passo à frente, invocando sua Espada Fractal.

Dalinar tirou a mão do pilar brilhante e a estendeu.

— Você *pode* mudar — disse ele. — Você pode se tornar uma pessoa melhor. Eu consegui. Jornada antes de destino.

— Não — respondeu Amaram. — Não, ele nunca vai me perdoar.

— O carregador de pontes?

— Não. — Amaram deu um tapinha no peito. — Ele. Sinto muito, Dalinar.

Amaram levantou uma Espada Fractal familiar. A Espada Fractal de Dalinar, Sacramentadora. Passada de um tirano para outro e para outro.

Uma porção de luz se dividiu na coluna criada por Dalinar.

Amaram brandiu Sacramentadora com um berro, mas a luz bloqueou a Espada Fractal com uma explosão de faíscas, jogando Amaram para trás — como se a força da Armadura Fractal não fosse maior do que a de uma criança. A luz tomou a forma de um homem de cabelos ondulados na altura dos ombros, com um uniforme azul e uma lança prateada na mão.

Uma segunda forma brilhante formou Shallan Davar, cabelo ruivo e brilhante fluindo atrás dela, uma longa e fina Espada Fractal, com uma ligeira curva, se formando em suas mãos.

E então, abençoadamente, Adolin apareceu.

— M**estra!** – exclamou Wyndle. — Ah, mestra!

Uma vez na vida, Lift não teve o ânimo para mandar que ele calasse a boca. Concentrou tudo naquelas gavinhas se arrastando pelos seus braços, como vinhas profundas e escuras.

O assassino jazia no chão, olhando para cima, praticamente *coberto* por aquelas vinhas. Lift ainda as continha, os dentes trincados. A vontade dela contra a escuridão até que...

Luz.

Como uma súbita explosão, uma força de luz fulgurou por todo o campo. Gemas no chão brilharam forte, capturando Luz das Tempestades, e o assassino gritou, sugando Luz como névoa luminosa.

As vinhas murcharam, e a sede da espada era saciada pela Luz das Tempestades. Lift caiu para trás na pedra e soltou a cabeça de Szeth.

Eu sabia que gostava de você, disse uma voz na mente de Lift.

A espada. Então ela era um espreno?

— Você quase *comeu* ele — disse Lift. — Você quase *me* comeu, sua faminta!

Ah, eu não faria isso, respondeu a voz. Ela parecia completamente perplexa, a voz ficando lenta, como se estivesse com sono. *Mas... talvez eu estivesse apenas muito, muito faminta...*

Bem, Lift achava que não podia culpar ninguém por isso.

O assassino se levantou, oscilante. Seu rosto estava cruzado por linhas onde as vinhas tinham estado. Aquilo, de algum modo, deixava sua pele listrada de cinza, da cor de pedra. Os braços de Lift estavam iguais. Hum.

Szeth caminhou rumo à coluna brilhante de luz, deixando uma pós--imagem atrás de si.

— Venha — disse ele.

*E*LHOKAR?, PENSOU DALINAR. MAS ninguém mais saiu da coluna de luz, e ele soube. Soube, de algum modo, que o rei não viria.

Fechou os olhos e aceitou aquela dor. Falhara com o rei de muitas maneiras.

Levante-se, pensou. *E faça melhor.*

Ele abriu os olhos e aos poucos sua coluna de esprenos de glória sumiu. O poder dentro dele recuou, deixando-o exausto. Felizmente, o campo estava coberto de gemas cintilantes. Luz das Tempestades em abundância.

Um canal direto para o Reino Espiritual, disse o Pai das Tempestades. *Você renova esferas, Dalinar?*

— Nós estamos Conectados.

Já estive ligado a homens antes. Isso nunca aconteceu.

— Honra estava vivo naquela época. Nós somos algo diferente. Os restos dele, sua alma, minha vontade.

Kaladin Filho da Tempestade se pôs ao lado de Dalinar, diante dos destroços da muralha, e Shallan Davar parou do outro lado. Jasnah emergiu da cidade e vasculhou a cena com um ar crítico, enquanto Renarin surgia atrás dela, então gritava e corria até Adolin. Ele agarrou seu irmão mais velho em um abraço, então arquejou. Adolin estava ferido?

Bom rapaz, pensou Dalinar enquanto Renarin imediatamente começava a curar seu irmão.

Mais duas pessoas cruzaram o campo de batalha. Lift ele já esperava. Mas o assassino? Szeth pegou a bainha prateada do chão e enfiou com força sua Espada Fractal preta dentro dela, antes de se aproximar para juntar-se a Dalinar.

Rompe-céu, pensou Dalinar, fazendo a conta. *Dançarina de Precipícios.* Eram sete.

Esperava mais três.

Ali, observou o Pai das Tempestades. *Atrás da sua sobrinha.*

Mais duas pessoas surgiram na sombra da parede. Um homem grande e forte, com um físico impressionante, e uma mulher com cabelo longo e preto. A pele escura deles os marcava como makabakianos, talvez azishianos, mas os olhos não se encaixavam.

Eu os conheço, disse o Pai das Tempestades, parecendo surpreso. *Eu os conheço de muito, muito tempo atrás. Memórias de dias que não vivi plenamente.*

Dalinar, você está na presença de divindades.

— Já estou acostumado com isso — respondeu Dalinar, voltando-se novamente para o campo.

Odium havia recuado para o nada, embora seus Moldados permanecessem ali, assim como a maioria das tropas, e um estranho espreno — aquele que parecia fumaça escura. Mais além, naturalmente, a Euforia ainda abarcava o lado norte do terreno, perto da água.

Amaram possuía dez mil homens, e talvez metade já adentrara a cidade àquela altura. Eles haviam esmorecido diante da demonstração de Dalinar, mas agora...

Espere.

Com esses dois, só temos nove, pensou, falando com o Pai das Tempestades. Alguma coisa lhe dizia que devia haver mais um.

Não sei. Talvez ainda não tenha sido encontrado. De qualquer modo, mesmo com o laço, você é apenas um homem. Radiantes não são imortais. Como vai encarar esse inimigo?

— Dalinar? — chamou Kaladin. — Suas ordens, senhor?

As fileiras inimigas estavam se recuperando. Eles levantaram armas, os olhos brilhando com um vermelho profundo. Amaram também se mexeu, a uns cinco metros de distância. A Euforia era a maior preocupação de Dalinar, contudo. Ele sabia o que aquilo podia fazer.

Olhou para seu braço e notou uma coisa: o relâmpago que o atingira, despedaçando *O caminho dos reis*, quebrara seu fabrial. O fecho se desfizera, e Dalinar pôde ver as minúsculas gemas que Navani havia colocado para alimentá-lo com energia.

— Senhor? — chamou Kaladin de novo.

— O inimigo está tentando esmagar esta cidade, capitão — disse Dalinar, baixando o braço. — Nós vamos protegê-la contra suas forças.

— Sete Radiantes? — observou Jasnah, cética. — Tio, isso parece uma tarefa e tanto, mesmo que um de nós seja, aparentemente, o tormentoso *Assassino de Branco*.

— Eu sirvo Dalinar Kholin — sussurrou Szeth-filho-filho-Vallano. Seu rosto, por algum motivo, estava listrado de cinza. — Não conheço a verdade, então seguirei alguém que conhece.

— Seja lá o que fizermos, tem que ser rápido. Antes que aqueles soldados...

— Renarin! — gritou Dalinar.

— Senhor! — exclamou Renarin, avançando.

— Precisamos manter a defesa até que as tropas cheguem de Urithiru. Fen não tem homens o suficiente para lutar sozinha. Vá até o Sacroportal, impeça aquele petronante lá em cima de destruí-lo, e abra o portal.

— Senhor! — Renarin bateu continência.

— Shallan, ainda não temos um exército — disse Dalinar. — Tecelumine um para nós e mantenha esses soldados ocupados. Eles estão consumidos por uma sede de sangue, e suspeito que isso os tornará mais fáceis de distrair. Jasnah, a cidade que estamos defendendo por acaso tem um tormentoso buraco enorme na muralha. Poderia defender aquele buraco e impedir a passagem?

Ela concordou, pensativa.

— E quanto a mim? — indagou Kaladin.

Dalinar apontou para Amaram, que estava se pondo de pé outra vez em sua Armadura Fractal.

— Ele vai tentar me matar pelo que vou fazer em seguida, e preciso de um guarda-costas. Se bem me lembro, você tem uma dívida a acertar com esse grão-senhor.

— Pode-se dizer que sim.

— Lift, acredito que já lhe dei uma ordem. Vá com o assassino e *traga-me aquele rubi*. Juntos, vamos defender esta cidade até Renarin voltar com tropas. Dúvidas?

— Hum... — disse Lift. — Será que pode... me dizer onde consigo algo para comer...?

Dalinar olhou para ela. Algo para *comer*?

— Bem... deve haver um depósito de suprimentos ali dentro da muralha.

— Obrigada!

Dalinar suspirou, então começou a caminhar rumo à água.

— Senhor! — chamou Kaladin. — Para onde está indo?

— O inimigo trouxe um porrete enorme para essa batalha, capitão. Eu vou tomá-lo.

Visão geral da grande CIDADE DE THAYLEN

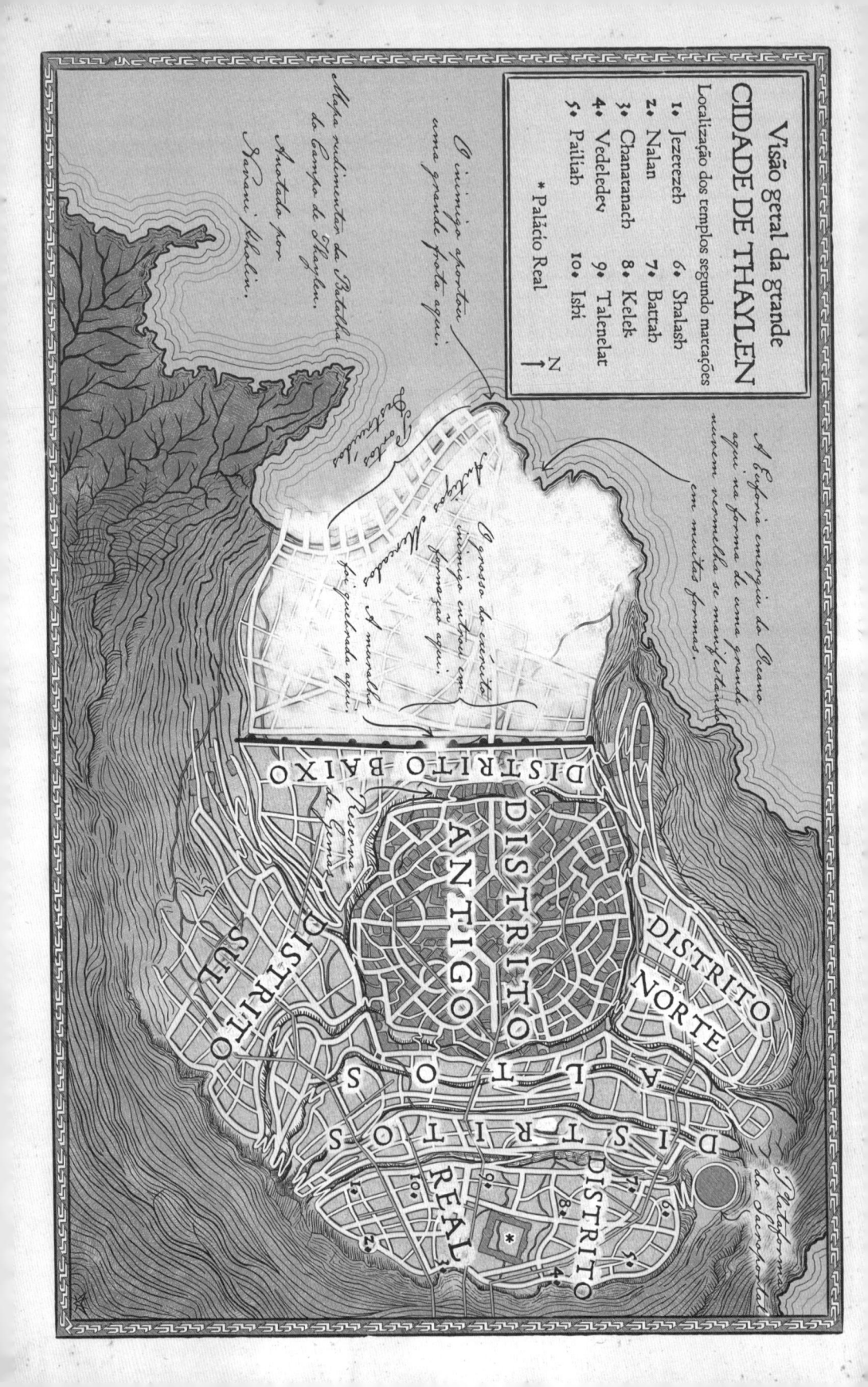

Localização dos templos segundo marcações

1. Jezerezeh
2. Nalan
3. Chanaranach
4. Vedeledev
5. Paliah
6. Shalash
7. Battah
8. Kelek
9. Talenelat
10. Ishi

* Palácio Real

N →

A Esplanada emergiu de Braize aqui na forma de uma grande caverna vermelha se manifestando em muitas formas.

O inimigo chutou uma grande parte aqui.

Batalha

O grosso do exército inimigo entrou em formação aqui.

A muralha foi quebrada aqui.

Reserva de Gemas

DISTRITO BAIXO

DISTRITO ANTIGO

DISTRITO NORTE

DISTRITO SUL

DISTRITOS ALTOS

DISTRITO REAL

Platôs de Lançamento

Mapa rudimentar da Batalha do Campo de Thaylen. Anotado por Navani Kholin.

120

A LANÇA QUE NÃO QUEBRAVA

Se a jornada em si é de fato a peça mais importante, em vez do próprio destino, então eu viajei não para evitar o dever... mas para buscá-lo.

—De *O caminho dos reis*, pós-escrito

KALADIN ELEVOU-SE AO CÉU, vivo com Luz das Tempestades. Abaixo dele, Dalinar caminhava rumo à névoa vermelha. Embora gavinhas da neblina se movessem entre os soldados do exército de Amaram, o grosso dela circulava mais perto da costa, à direita da baía e dos portos destruídos.

Raios, Kaladin se sentia bem por estar de volta no mundo real. Mesmo com a Tempestade Eterna dominando o sol, o lugar parecia tão mais *claro* do que Shadesmar. Um grupo de esprenos de vento voejava ao redor dele, embora o ar estivesse relativamente parado. Talvez fossem os esprenos que o rodearam do outro lado, aqueles com quem Kaladin havia falhado.

Kaladin, disse Syl. *Você* não *precisa de outro motivo para se repreender.*

Ela tinha razão. Raios, às vezes era duro demais consigo mesmo. Seria esse o defeito que o impedira de declarar as Palavras do Quarto Ideal?

Por algum motivo, Syl suspirou. *Ah, Kaladin.*

— Vamos conversar sobre isso mais tarde — disse ele.

Por enquanto, recebera uma segunda chance de proteger Dalinar Kholin. Com Luz das Tempestades rugindo dentro dele, tendo a Lança Syl como um peso confortável na mão, ele se Projetou para baixo e desceu com tudo nas pedras perto de Amaram.

O grão-senhor, por sua vez, caiu de joelhos.

O quê?, pensou Kaladin. Amaram estava tossindo. Ele inclinou a cabeça para trás, visor erguido, e grunhiu.

Ele havia acabado de *engolir* alguma coisa?

A DOLIN CUTUCOU SEU ESTÔMAGO. Sob o rasgo ensanguentado, sentiu apenas pele nova e lisa. Nenhum traço de dor.

Durante algum tempo, teve certeza de que ia morrer.

Ele já estivera naquela situação. Meses atrás, sentira o mesmo quando Sadeas recuara, deixando as tropas Kholin sozinhas e cercadas nas Planícies Quebradas. Mas aquele momento fora diferente. Olhando para aquele céu escurecido e aquelas nuvens anormais, de repente se sentindo *assustadoramente* frágil...

E então a luz. Seu pai — o grande homem, a quem Adolin nunca poderia se igualar — de algum modo incorporara o próprio Todo-Poderoso. Adolin não podia deixar de sentir que nunca fora digno de adentrar aquela luz.

Mesmo assim, ali estava ele.

Os Radiantes se separaram para cumprir as ordens de Dalinar, embora Shallan houvesse se ajoelhado para ver como ele estava.

— Como está se sentindo?

— Você tem noção de como eu gostava desse casaco?

— Ah, Adolin.

— De verdade, Shallan. Cirurgiões deviam tomar mais cuidado com as roupas que cortam. Se o homem sobreviver, vai querer aquela camisa. E se ele morrer... bem, deveria *no mínimo* estar bem-vestido no seu leito de morte.

Ela sorriu, então olhou sobre o ombro para as tropas com olhos vermelhos.

— Vá — disse ele. — Vou ficar bem. Salve a cidade. Seja *Radiante*, Shallan.

Ela o beijou, então se virou e ficou de pé. Aquela roupa branca pareceu brilhar, os cabelos vermelhos fornecendo um toque de cor admirável, Luz das Tempestades emanando do corpo dela. Padrão apareceu como uma Espada Fractal com uma treliça tênue, quase invisível, por todo o comprimento da lâmina. Ela teceu o poder e um *exército* surgiu do chão ao seu redor dela.

SACRAMENTADORA

Em Urithiru, ela havia criado um exército de vinte indivíduos para distrair o Desfeito. Agora, *centenas* de ilusões surgiram ao redor dela: soldados, lojistas, lavadeiras, escribas, todos extraídos das suas páginas. Eles brilhavam intensamente, Luz fluindo deles — como se cada um fosse um Cavaleiro Radiante.

Adolin ficou de pé e viu-se cara a cara com uma ilusão de si mesmo vestindo um uniforme Kholin. O Adolin ilusório brilhava com Luz das Tempestades e flutuava alguns centímetros acima do chão. Ela o tornara um Corredor dos Ventos.

Eu... não consigo lidar com isso. Ele se voltou para a cidade. Seu pai havia se concentrado nos Radiantes e deixara de designar um dever específico para Adolin. Então, talvez ele pudesse ajudar os defensores lá dentro.

Adolin seguiu pelos destroços e atravessou a muralha partida. Jasnah estava do lado de dentro, perto da passagem, as mãos nos quadris, como se estivesse avaliando uma bagunça deixada por crianças agitadas. A brecha dava para uma praça da cidade sem maiores atrativos, dominada por casernas e armazéns. Tropas caídas com os uniformes de Thaylen ou de Sadeas indicavam uma escaramuça recente ali, mas a maior parte do inimigo parecia ter seguido adiante. Gritos e clangores soavam das ruas próximas.

Adolin estendeu a mão para uma espada descartada, então parou e, sentindo-se tolo, invocou sua Espada Fractal. Ele se preparou para um grito, que nunca veio, e a Espada caiu na sua mão depois de dez batimentos cardíacos.

— Sinto muito — disse ele, levantando a espada refulgente. — E obrigado.

Ele foi em direção a uma das escaramuças próximas, onde homens estavam gritando por socorro.

S ZETH DOS ROMPE-CÉUS SENTIA inveja de Kaladin, aquele que chamavam de Filho da Tempestade, pela honra de proteger Dalinar Kholin. Mas, naturalmente, não podia reclamar; ele havia escolhido seu voto.

E faria o que seu mestre exigisse.

Fantasmas apareceram, criados com Luz das Tempestades pela mulher de cabelo ruivo. Eram as sombras na escuridão, aquelas que ele ouvia sussurrando sobre seus assassinatos. Como ela os trouxera à vida, Szeth não sabia. Pousou perto da Manipuladora de Fluxos reshiana, Lift.

— Então, como vamos encontrar aquele rubi? — perguntou ela.

Szeth apontou com a Espada Fractal embainhada para os navios atracados na baía.

— A criatura que a carregava correu naquela direção.

Os parshemanos ainda estavam aglomerados ali, na sombra da Tempestade Eterna.

— Faz sentido — comentou Lift, então olhou de soslaio para ele. — Você num vai tentar me comer de novo, né?

Não seja tola, disse a espada na mão de Szeth. *Você não é má. Você é boazinha. E eu não como pessoas.*

— Eu não vou desembainhar a espada — prometeu Szeth —, a menos que você já esteja morta e eu mesmo decida aceitar a morte.

— Legaaaaaaaaaal — respondeu Lift.

Você deveria me contradizer, Szeth, quando eu digo que não como pessoas, observou a espada. *Vasher sempre fazia isso. Acho que ele estava brincando. De qualquer modo, dentre as pessoas que já me carregaram, você não é muito bom nisso.*

— Não — disse Szeth. — Não sou bom em ser uma pessoa. É... um defeito meu.

Está tudo bem! Fique feliz. Parece que há um bocado de mal para matar hoje! Isso é legaaaaaaaaaaal, certo?

Então, a espada começou a cantarolar.

As cicatrizes na testa de Kaladin pareceram doer, frescas, enquanto ele mergulhava para atacar Amaram. Mas Amaram se recuperou rápido do seu acesso, então desceu com força o visor e rechaçou o ataque de Kaladin com um antebraço blindado.

Aqueles olhos vermelhos emitiam um brilho carmesim pela fenda do elmo.

— Você deveria me agradecer, garoto.

— *Agradecer* a você? — disse Kaladin. — Pelo quê? Por me mostrar que uma pessoa pode ser ainda *mais* abominável do que o olhos-claros mesquinho que governava minha cidade natal?

— Eu criei você, lanceiro. Eu *forjei* você.

Amaram apontou para Kaladin com a larga Espada Fractal com ponta em forma de gancho. Então ele estendeu a mão esquerda, invocando uma *segunda* Espada. Longa e curva, o gume traseiro ondulado.

Kaladin conhecia bem aquela Espada. Ele a conquistara — salvando a vida de Amaram —, então se recusara a ficar com ela. Pois quando olhava seu reflexo naquele metal prateado, tudo o que via eram os amigos que a arma havia matado. Tanta morte e dor causada por aquela Espada ondulante.

Ela parecia um símbolo de tudo que ele havia perdido, ainda mais na mão do homem que mentira para ele. O homem que levara Tien embora.

Amaram assumiu uma postura de esgrima, brandindo duas Espadas. Uma tomada por derramamento de sangue, à custa da equipe de Kaladin. A outra, Sacramentadora. A espada entregue como o resgate da Ponte Quatro.

Não se deixe intimidar!, sussurrou Syl na mente de Kaladin. *Independentemente da história, ele é só um homem. E você é um Cavaleiro Radiante.*

O avambraço da armadura de Amaram *pulsou* de repente, como se algo o estivesse empurrando por baixo. O brilho rubro que vinha do elmo se intensificou, e Kaladin teve a distinta impressão de que algo estava envolvendo Amaram.

Uma fumaça escura. A mesma que Kaladin vira cercar a Rainha Aesudan, no final, enquanto eles fugiam do palácio. Outras seções da armadura de Amaram começaram a tremer ou pulsar, e ele subitamente se moveu com uma velocidade explosiva, golpeando com uma Espada Fractal, depois a outra.

DALINAR DIMINUIU A VELOCIDADE ao se aproximar do núcleo principal da Euforia. A névoa vermelha se agitava e fervilhava ali, quase sólida. Ele viu rostos familiares refletidos nela; assistiu ao velho grão-príncipe Kalanor cair do alto de uma formação rochosa. Viu a si mesmo lutar sozinho em um campo de pedra depois de uma avalanche. Viu enquanto segurava a garra de um demônio-do-abismo nas Planícies Quebradas.

Podia ouvir a Euforia. Um pulso insistente, latejante. Quase como a batida de um tambor.

— Olá, velha amiga — sussurrou Dalinar, então adentrou a neblina vermelha.

Shallan estava de pé, os braços estendidos. Luz das Tempestades se expandia dela para o chão, um poço de luz líquida, com névoa radiante redemoinhando sobre ele. O poço virou um portal. Dali, emergiu a coleção dela.

Todas as pessoas que ela já havia desenhado — desde as criadas na casa do seu pai até os esprenos de honra que haviam capturado Syl — cresceram a partir da Luz das Tempestades. Homens e mulheres, crianças e avós. Soldados e escribas. Mães e batedores, reis e escravos.

Hmm, zumbiu Padrão como uma espada na sua mão. HMMMMMM.

— Eu perdi esses — comentou Shallan enquanto Yalb, o marinheiro, surgiu do nevoeiro e acenou para ela, depois tirou uma Lança Fractal brilhante do ar. — Eu perdi essas imagens!

Você está perto deles, disse Padrão. *Perto do reino do pensamento... e além. Todas as pessoas com que você se Conectou através dos anos...*

Os irmãos dela emergiram. Shallan havia enterrado a preocupação com eles no fundo da mente. Nas mãos dos Sanguespectros... Sem notícias de qualquer telepena que ela tentara...

O pai dela surgiu da Luz. E a mãe também.

As ilusões imediatamente começaram a falhar, derretendo-se de volta em Luz. Então, alguém a segurou pela mão esquerda.

Shallan arquejou. Formando-se da neblina, veio... *Véu?* Com cabelo longo, preto e liso, roupas brancas, olhos castanhos. Mais sábia que Shallan — e mais concentrada. Capaz de lidar com os detalhes quando Shallan ficava assoberbada pela grande escala do seu trabalho.

Outra mão tomou a mão direita de Shallan. Radiante, em sua brilhante Armadura Fractal cor de granada, alta, com o cabelo trançado. Reservada e cautelosa. Ela assentiu para Shallan com um ar firme e determinado.

Outras irromperam aos pés de Shallan, tentando se desprender da Luz das Tempestades, suas mãos brilhantes agarrando as pernas dela.

— ... Não — sussurrou Shallan.

Bastava. Ela havia criado Véu e Radiante para serem fortes quando ela fosse fraca. Apertou suas mãos com força, então soltou a respiração lentamente, em um sibilo. As outras versões de Shallan recuaram de volta para a Luz das Tempestades.

Então, mais além, figuras às centenas surgiram do chão e brandiram armas contra o inimigo.

Adolin, agora acompanhado por mais de vinte de soldados, avançava pelas ruas do Distrito Baixo.

— Ali! — gritou um dos seus homens com um carregado sotaque thayleno. — Luminobre! — Ele apontou para um grupo de soldados inimigos desaparecendo por um beco na direção da muralha.

— Danação — praguejou Adolin, acenando para que suas tropas o seguissem enquanto partia atrás.

Jasnah estava sozinha naquela direção, tentando defender a brecha. Ele avançou pelo beco para...

Um soldado com olhos vermelhos subitamente foi lançado pelos ares sobre a cabeça dele. Adolin se abaixou, preocupado com Moldados, mas era um soldado comum. O infeliz caiu em um telhado. Mas que Danação era aquela?

À medida que se aproximavam do final do beco, outro corpo se chocou contra a muralha, perto da fenda. Agarrando sua Espada Fractal, Adolin espiou ao redor da esquina, esperando encontrar outro monstro de pedra como aquele que havia subido até o Distrito Antigo.

Em vez disso, encontrou apenas Jasnah Kholin, parecendo completamente desconcertada. Um brilho desvanecia ao redor dela, diferente da fumaça de Luz das Tempestades. Eram como formas geométricas envolvendo sua silhueta...

Tudo bem, então. Jasnah não precisava de ajuda. Em vez disso, Adolin acenou para que seus homens seguissem os sons de batalha à direita. Lá, encontraram um pequeno grupo de soldados thaylenos acossados contra a base da muralha, enfrentando uma força muito maior de homens de uniforme verde.

Bem. Isso, Adolin podia resolver.

Ele acenou para que seus próprios soldados recuassem, então avançou contra o inimigo na Postura da Fumaça, golpeando com a Espada Fractal. O inimigo havia se aglomerado para tentar alcançar sua presa, e teve dificuldade em se ajustar com a pequena tempestade que se chocou contra eles pela retaguarda.

Adolin avançou com uma sequência de golpes amplos, sentindo imensa satisfação de enfim fazer algo. Os thaylenos comemoraram quando ele abateu o último grupo de inimigos, olhos vermelhos se tornando pretos ao serem queimados. Sua satisfação durou até que, olhando para os cadáveres, percebeu quão *humanos* pareciam.

Passara anos combatendo os parshendianos. Achava que não matava outro alethiano desde... bem, nem lembrava.

Sadeas. Não se esqueça de Sadeas.

Cinquenta homens mortos aos seus pés, e mais uns trinta enquanto ele reunia suas outras tropas. Raios... depois de se sentir tão inútil em Shadesmar, agora isso. Quanto da sua reputação se devia a ele e quanto era — e sempre havia sido — a espada?

— Príncipe Adolin? — chamou uma voz em alethiano. — Vossa Alteza!

— Kdralk? — disse Adolin enquanto uma figura emergia do grupo de thaylenos.

O filho da rainha não estava em seu melhor momento. Suas sobrancelhas estavam ensanguentadas devido a um corte na testa. Seu uniforme estava rasgado, e havia um curativo na parte superior do seu braço.

— Minha mãe e meu pai — disse Kdralk. — Eles estão isolados na muralha, um pouco mais abaixo. Estávamos tentando alcançá-los, mas fomos encurralados.

— Certo. Vamos lá, então.

JASNAH PASSOU POR CIMA de um cadáver. Sua Espada desapareceu em uma baforada de Luz das Tempestades, e Marfim surgiu ao lado dela, seus traços escuros e oleosos expressando preocupação enquanto fitava o céu.

— Este lugar é três, ainda — observou ele. — Quase três.

— Ou três lugares são quase um — replicou Jasnah.

Outro bando de esprenos de glória passou voando, e ela os viu como eram no Reino Cognitivo: estranhos seres semelhantes a aves de asas longas, com uma esfera dourada em vez de uma cabeça. Bem, ser capaz de ver o Reino Cognitivo sem tentar era uma das coisas *menos* perturbadoras que tinham acontecido naquele dia.

Uma incrível quantidade de Luz das Tempestades latejava dentro dela — mais do que jamais havia contido. Outro grupo de soldados irrompeu pelas ilusões de Shallan e avançou sobre os destroços através da brecha na muralha. Jasnah moveu casualmente a mão na direção deles. Outrora, as almas deles teriam resistido com intensidade. Transmutar coisas vivas era difícil; exigia cuidado e concentração — junto com conhecimento e procedimento apropriados.

Naquele dia, os homens viravam fumaça com o mais casual dos pensamentos. Era tão fácil que parte dela estava horrorizada.

Sentia-se invencível, o que já era um perigo por si só. O corpo humano não fora feito para ser preenchido tão completamente com Luz das Tempestades, que emanava dela como fumaça de uma fogueira. Contudo, Dalinar havia fechado sua perpendicularidade. Ele se tornara a tempestade e, de algum modo, recarregara as esferas — mas, como uma tempestade, seus efeitos estavam passando.

— Três mundos — disse Marfim. — Lentamente se separando outra vez, mas, por enquanto, três reinos *estão* próximos.

— Então vamos aproveitar antes que acabe, não é?

Ela subiu até a porção quebrada da muralha, uma brecha tão larga quanto um pequeno quarteirão.

Então levantou as mãos.

S ZETH DOS ROMPE-CÉUS CONDUZIU o caminho rumo ao exército parshemano, seguido pela menina Dançarina.

Szeth não temia a dor, já que nenhuma agonia física podia rivalizar com a dor que já sentia. Ele não temia a morte. Aquela doce recompensa já lhe fora tomada. Temia apenas ter feito a escolha errada.

Szeth eliminou aquele medo. Nin estava certo. A vida não podia ser vivida tomando decisões em cada encruzilhada.

Os parshemanos na costa da baía não tinham olhos brilhantes. Eles pareciam muito os parshendianos que o usaram para assassinar o Rei Gavilar. Quando Szeth se aproximou, vários deles correram e embarcaram em um dos navios.

— Ali — disse ele, apontando. — Suspeito que vão alertar o indivíduo que buscamos.

— Estou na cola dele, cara-maluca — disse Lift. — Espada, não coma ninguém a menos que eles tentem comer você primeiro.

Ela saiu zunindo daquele jeito bobo, de joelhos e batendo as mãos no chão, então deslizou entre os parshemanos. Quando alcançou o navio, de algum modo subiu pela sua lateral e se espremeu através de uma escotilha minúscula.

Os parshemanos ali não pareciam agressivos. Eles recuavam para longe de Szeth, murmurando entre si. Ele olhou para o céu e identificou Nin — como um pontinho — ainda assistindo. Szeth não podia criticar a decisão do Arauto; a lei daquelas criaturas agora *era* a lei da terra.

Mas... aquela lei era o produto da maioria. Szeth havia sido exilado devido ao consenso da maioria. Ele servira um mestre após o outro, e grande parte deles o usara para realizar feitos terríveis, ou no mínimo egoístas. Não se podia chegar à excelência pela média daquelas pessoas. Excelência era uma busca individual, não um esforço coletivo.

Uma parshendiana voadora — "Moldado" era o termo que Lift havia usado — saiu zunindo do navio, carregando o grande rubi fosco que Dalinar queria. Lift saiu atrás, mas não podia voar. Ela escalou a proa do navio, emitindo uma longa sequência de xingamentos.

Uau, comentou a espada. *Que vocabulário impressionante para uma criança. Será que ela sabe mesmo o que aquele último palavrão significa?*

Szeth se Projetou no ar atrás da Moldada.

Se ela souber, você acha que ela me explicaria?, acrescentou a espada.

O inimigo voou baixo pelo campo de batalha e Szeth o seguiu, a poucos centímetros acima das rochas. Logo passaram entre as ilusões dos combatentes. Algumas tinham a forma de soldados inimigos, para acrescentar ainda mais confusão. Um gesto inteligente. O inimigo ficaria menos inclinado a recuar se achasse que a maioria dos seus companheiros ainda estava lutando, e isso fazia com que a batalha parecesse mais real. Só que quando o alvo de Szeth passou voando, seus trajes tremulantes acertaram e perturbaram as formas ilusórias.

Szeth a seguiu de perto, passando por um par de combatentes que notara que eram ilusões. A Moldada era talentosa, melhor do que os Rompe-céus, embora Szeth não houvesse enfrentado os melhores deles.

A perseguição o levou em uma longa curva, por fim retornando para perto de onde Dalinar atravessava a fronteira da névoa vermelha. As vozes sussurradas se tornaram mais altas, e Szeth colocou as mãos nos ouvidos ao passar.

A Moldada era ágil e graciosa, mas acelerava e desacelerava mais devagar do que Szeth. Ele se aproveitou disso, antecipando o movimento da inimiga, então cortando para o lado durante uma curva. Szeth colidiu com a oponente, e os dois giraram no ar. A Moldada, com a gema em uma mão, apunhalou Szeth com uma faca de aparência cruel.

Felizmente, com Luz das Tempestades, aquilo não fez nada além de causar dor.

Szeth Projetou-se com ela para baixo, segurando-a firme, fazendo com que se chocassem com a pedra. A gema se soltou e rolou enquanto a Moldada grunhia. Szeth Projetou-se graciosamente para ficar de pé, então escorregou ao longo da pedra e catou o rubi com a mão livre, que não estava carregando sua espada embainhada.

Uau, disse a espada.

— Obrigado, espada-nimi — replicou Szeth.

Ele restaurou sua Luz das Tempestades a partir de esferas e gemas caídas.

Eu estava falando daquilo. À sua direita.

Mais três Moldados estavam mergulhando em sua direção. Ele parecia ter atraído a atenção do inimigo.

A DOLIN E SEUS HOMENS alcançaram uma escadaria coberta que levava ao alto da muralha. Tia Navani acenou lá de cima, então gesticulou com urgência. Adolin se apressou a subir e, no topo, encontrou uma aglomeração de tropas de Sadeas golpeando a porta com machados de mão.

— Acho que consigo abrir caminho com mais facilidade — disse Adolin por trás deles.

Pouco depois, chegou à passarela da muralha, deixando mais cinco cadáveres nos degraus. Não ficou tão melancólico por eles, pois tinham estado a minutos de alcançar a tia Navani.

Navani o abraçou.

— Elhokar? — perguntou ela, tensa.

Adolin balançou a cabeça.

— Sinto muito.

Ela o abraçou apertado, e ele dispensou sua Espada, segurando-a enquanto ela tremia, deixando escapar lágrimas silenciosas. Raios... Sabia como ela estava se sentindo. Não tivera tempo para pensar desde a morte Elhokar. Sentira a mão opressiva da responsabilidade, mas havia sentido a perda do seu primo?

Ele abraçou a tia com mais força, sentido a dor dela, espelho da dele. O monstro de pedra seguia destruindo a cidade e soldados gritavam de toda parte — mas, naquele momento, Adolin fez o que pôde para confortar uma mãe que havia perdido seu filho.

Finalmente eles se separaram, Navani secando os olhos com um lenço. Ela arquejou quando viu seu flanco ensanguentado.

— Estou bem. Renarin me curou.

— Vi sua noiva e o carregador de pontes lá embaixo — disse Navani.

— Então todos... todos, menos ele?

— Sinto muito, tia. Eu só... Nós falhamos com ele. Com Elhokar e com Kholinar.

Ela secou os olhos e sua postura enrijeceu com determinação.

— Venha. Nosso foco agora precisa estar em impedir esta cidade de sofrer o mesmo destino.

Eles se juntaram à Rainha Fen, que estava vendo a batalha do topo da muralha.

— Estnatil estava na muralha conosco quando aquela coisa a acertou — disse ela para seu filho. — Ele foi jogado para fora e provavelmente morreu, mas há uma Espada Fractal em algum lugar daqueles destroços. Eu não vi Tshadr. Talvez esteja na mansão dele? Eu não ficaria surpresa em encontrá-lo reunindo tropas nos níveis superiores.

Contando Fractários. Thaylenah possuía três Armaduras e cinco Espadas — um bom número para um reino daquele tamanho. Oito casas as passavam de pai para filho, cada um deles servindo o trono como grão-guardas.

Adolin olhou para a cidade, avaliando as defesas. Lutar em ruas urbanas era difícil; os homens acabavam separados e eram facilmente flanqueados ou cercados. Por sorte, as tropas Sadeas pareciam ter esquecido seu treinamento de batalha. Eles não defendiam o terreno muito bem; haviam se dividido em bandos errantes, como matilhas de cães-machado, trotando pela cidade e procurando conflitos.

— Vocês precisam se juntar às suas tropas — disse Adolin aos thaylenos. — Bloquear uma rua lá embaixo, coordenar uma resistência. Então...

Um inesperado som sibilante o interrompeu.

Ele cambaleou para trás enquanto a muralha tremia, então a brecha quebrada que havia nela se *remendou*. Metal cresceu como cristais para preencher o buraco, brotando a partir de uma tempestade de ar agitado e uivante.

O resultado foi uma bela e brilhante seção de bronze polido que se fundiu com a cantaria e selou completamente a brecha.

— Pelas *palmas* de Taln — disse Fen.

Ela e seu consorte chegaram mais perto da beirada e olharam para Jasnah lá embaixo, que limpou as mãos, então as pousou nos quadris com um ar satisfeito.

— Então... mudança de tática — continuou Adolin. — Com a brecha preenchida, vocês podem posicionar arqueiros para perturbar o exército do lado de fora *e* proteger a praça interna. Estabeleçam um posto de comando aqui, liberem a rua abaixo, então protejam essa muralha *a todo custo*.

Abaixo, Jasnah se afastou da maravilha que havia criado, então se ajoelhou ao lado de alguns destroços e inclinou a cabeça para o lado, prestando atenção. Ela pressionou a mão contra os destroços e eles sumiram feito fumaça, revelando um cadáver por baixo — com uma brilhante Espada Fractal ao lado.

— Kdralk, como são suas posturas com uma Espada Fractal? — perguntou Adolin.

— Eu... eu pratiquei com elas, como outros oficiais, e... Quero dizer...

— Ótimo. Leve dez soldados, vá pegar aquela Espada, então resgate aquele grupo de tropas ali na base do Distrito Antigo. Em seguida, tente socorrer aquele outro grupo lutando nos degraus. Posicione todos os arqueiros que puder aqui na muralha e coloque o resto dos soldados guardando as ruas. — Adolin olhou sobre o ombro. A distração de Shallan estava funcionando bem, por enquanto. — Não se espalhem demais, porém, à medida que socorrer mais homens, faça um esforço coordenado para defender todo o Distrito Baixo.

— Mas, Príncipe Adolin, o que *você* vai fazer? — disse Fen.

Adolin invocou sua Espada e apontou com ela para a parte de trás do Distrito Antigo, onde a gigantesca monstruosidade jogava um grupo de soldados de um telhado. Outros tentavam — futilmente — fazer com que ela tropeçasse em cordas.

— Aqueles homens parecem precisar da ajuda de uma arma projetada *especificamente* para cortar pedra.

A MARAM LUTAVA COM UMA fúria impressionante — um tipo frenético de harmonia, um assalto infindável de Espadas Fractais combinadas e belas posturas. Kaladin bloqueou uma Espada com a Lança Syl, e eles ficaram travados por um momento.

Um *cristal* roxo e afiado disparou do cotovelo de Amaram, rachando sua Armadura Fractal naquele ponto, brilhando com uma suave luz interior. Raios! Kaladin se jogou para trás quando Amaram golpeou com sua Espada, quase o acertando.

Kaladin recuou com fluidez. Seu treinamento com a espada havia sido curto, e ele jamais vira alguém usar duas ao mesmo tempo. Teria considerado a ideia complicada; Amaram fazia com que parecesse elegante, hipnótico.

Aquele brilho vermelho-profundo dentro do elmo tornou-se mais escuro, cor de sangue, de algum modo ainda mais sinistro. Kaladin bloqueou outro golpe, mas a potência do ataque fez com que deslizasse para trás sobre a pedra. Ele havia se deixado mais leve para a luta, mas aquilo tinha repercussões ao encarar alguém de Armadura.

Ofegante, Kaladin se lançou no ar para conseguir um pouco de distância. Aquela Armadura o impedia de usar Projeções contra Amaram, e bloqueava impactos da Lança Syl. Contudo, se Amaram acertasse um único golpe, imobilizaria Kaladin. Curar-se da ferida de uma Espada Fractal era possível, mas lento, e o deixaria terrivelmente enfraquecido.

Isso tudo era complicado pelo fato de que, enquanto Amaram podia se concentrar apenas no duelo, Kaladin precisava continuar vigiando Dalinar para o caso de...

Danação!

Kaladin se Projetou para o lado, disparando pelos ares para enfrentar uma Moldada que havia começado a pairar perto de Dalinar. Ela partiu para cima de Kaladin, mas isso só permitiu que ele transformasse Syl em uma Espada no meio do movimento, e cortasse a longa lança dela ao meio. Ela entoou uma canção zangada e flutuou para trás, pegando sua espada da bainha. Abaixo, Dalinar era uma mera sombra contra a cambiante nuvem carmesim. Rostos emergiam lá de dentro, gritando com raiva, fúria, sede de sangue — como a frente de uma nuvem de tempestade.

Ficar perto da névoa deixava Kaladin nauseado. Felizmente, os inimigos também não pareciam ansiosos para entrar nela. Eles pairavam do lado de fora, vigiando Dalinar. Alguns haviam se esgueirado para mais perto, mas Kaladin conseguiu afastá-los.

Ele forçou sua vantagem contra a oponente do momento, usando Syl como uma lança. A Moldada era ágil, mas Kaladin estava cheio de Luz das Tempestades. O campo abaixo ainda estava coberto por uma fortuna de esferas brilhantes.

Depois que ele se aproximou com um ataque — cortando a roupa da Moldada —, ela zuniu para longe, juntando-se a um grupo que estava concentrado em Szeth. Com sorte, o assassino poderia continuar à frente deles.

Agora, onde Amaram havia se... Kaladin olhou sobre o ombro, então soltou um gritinho e se Projetou para trás, Luz das Tempestades fumegando diante dele. Uma grossa flecha preta atravessou a névoa, dispersando a Luz.

Amaram estava perto do seu cavalo, de onde havia pegado um imenso Arco Fractal que atirava flechas tão grossas quanto a haste de uma lança. Amaram levantou-o para disparar novamente e uma fileira de cristais *despontou* do braço dele, rachando sua Armadura Fractal. Raios, o que estava acontecendo com aquele homem?

Kaladin saiu do caminho da flecha. Poderia se curar de um ferimento como aquele, mas isso o distrairia — talvez a ponto de permitir que alguns Moldados o agarrassem. Nem toda Luz das Tempestades do mundo o salvaria se eles simplesmente o prendessem, então o cortassem até que parasse de se curar.

Amaram lançou outra flecha e Kaladin bloqueou-a com Syl, que se tornou um escudo em sua mão, então se Projetou em um mergulho, invocando Syl como uma lança. Ele desceu até Amaram, que prendeu seu Arco Fractal de volta na sela do cavalo e se esquivou para o lado, movendo-se com uma velocidade incrível.

Amaram agarrou a Lança Syl enquanto Kaladin passava, jogando-o para o lado. Kaladin foi forçado a dispensar Syl e a desacelerar, girando e deslizando pelo chão até que sua Projeção se esgotou e ele parou.

Com dentes trincados, Kaladin invocou Syl como uma lança curta, então correu na direção de Amaram — determinado a abater o grão-senhor antes que os Moldados voltassem para atacar Dalinar.

A EUFORIA ESTAVA FELIZ EM ver Dalinar.

Ele a imaginara como uma força maligna, perversa e insidiosa, como Odium ou Sadeas. Estivera tão errado.

Dalinar caminhou pela neblina, e cada passo era uma batalha que ele revivia. Guerras da sua juventude, para conquistar Alethkar. Guerras durante sua meia-idade, para preservar sua reputação — e para saciar sua sede pelo combate. E... ele viu as vezes em que a Euforia se retirou. Como na ocasião em que segurou Adolin pela primeira vez. Ou quando sorriu com Elhokar sobre um pico rochoso nas Planícies Quebradas.

A Euforia via aqueles eventos com uma triste sensação de abandono e confusão. A Euforia não odiava. Embora alguns esprenos pudessem tomar decisões, outros eram como animais — primitivos, impelidos por uma única diretiva avassaladora. Viver. Queimar. Rir.

Ou, naquele caso, *lutar.*

JASNAH ESTAVA METADE NO Reino Cognitivo, o que tornava tudo um labirinto desfocado de sombras, almas flutuantes de luz e contas de vidro. Havia mil variedades de esprenos se agitando e se aglomerando no oceano de Shadesmar. A maioria deles não se manifestava no mundo físico.

Ela fez com que degraus se Transmutassem sob seus pés. Áxios individuais de ar se alinhavam e se uniam, então se Transmutavam em pedra — muito embora, apesar dos reinos estarem alinhados, isso fosse difícil. O ar era amorfo, mesmo como conceito. As pessoas pensavam nele como o céu, ou um suspiro, ou uma rajada de vento, ou uma tempestade, ou apenas como "o ar". Ele *gostava* de ser livre, difícil de definir.

Contudo, com um comando firme e um conceito do que queria, Jasnah fazia com que degraus se formassem debaixo dos seus pés. Ela alcançou o topo da muralha e descobriu sua mãe ali, com a Rainha Fen e alguns soldados. Tinham formado uma estação de comando em um dos antigos postos de guarda. Soldados se acumulavam do lado de fora, com piques apontados para dois Moldados no céu.

Droga. Jasnah andou pela muralha, vendo a confusão de ilusões e homens do lado de fora. Shallan estava na retaguarda; a maioria das esferas ao redor dela já havia sido drenada. Ela estava queimando Luz das Tempestades com uma velocidade terrível.

— Ruim? — perguntou ela a Marfim.

— É, sim — respondeu do colarinho dela. — É.

— Mãe — chamou Jasnah, se aproximando de Fen e Navani, junto do posto de guarda. — Vocês precisam reunir as tropas na cidade e eliminar os inimigos aqui dentro.

— Estamos trabalhando nisso — disse Navani. — Mas... Jasnah! Ali no ar...

Jasnah levantou a mão, displicente, sem olhar, formando uma parede de piche negro. Um Moldado chocou-se contra ela e a atravessou, então Jasnah Transmutou uma faísca de fogo, fazendo a criatura se partir aos gritos, se debatendo e queimando com uma fumaça terrível.

Jasnah Transmutou o resto do piche da muralha em fumaça, então prosseguiu:

— Devemos aproveitar a distração da Radiante Shallan e limpar a Cidade de Thaylen. Se não, quando o assalto vier de fora novamente, nossa atenção estará dividida.

— Do lado de fora? — questionou Fen. — Mas a muralha foi consertada, e... Raios! Luminosa!

Jasnah deu um passo para o lado sem nem olhar quando um segundo Moldado mergulhou — a reação dos esprenos em Shadesmar permitia que ela julgasse a localização dele. Ela se virou e ergueu a mão na direção da criatura. Marfim se formou e, enquanto o Moldado passava, Jasnah lhe cortou a cabeça, que caiu girando, olhos queimando, muralha abaixo.

— O inimigo — continuou Jasnah — não será detido por uma muralha, e a Luminosa Shallan já consumiu quase todas as esferas que o tio Dalinar recarregou. Minha Luz das Tempestades está quase acabando. Temos que estar prontos para defender nossa posição através de meios convencionais quando o poder se esgotar.

— Certamente não há tropas inimigas o bastante para... — disse o consorte de Fen, mas perdeu o fio da meada quando Jasnah apontou com Marfim, que voltou obedientemente a se formar, para os exércitos parshemanos à espera.

Nem a névoa vermelha nem os relâmpagos da tempestade eram suficientes para esconder o brilho rubro começando a aparecer nos olhos dos parshemanos.

— Temos que nos preparar para proteger essa muralha o tempo necessário para que tropas cheguem de Urithiru — disse Jasnah. — Onde está Renarin? Ele não ia cuidar daquele petronante?

— Um dos soldados relatou que o viu — respondeu Fen. — Ele se atrasou devido às multidões. O príncipe Adolin manifestou a intenção de ir ajudar.

— Excelente. Vou confiar essa tarefa aos meus primos, e em vez disso verei o que posso fazer para impedir que minha pupila acabe morta.

S ZETH SERPENTEAVA E SE esquivava entre os ataques de cinco Moldados inimigos, carregando o grande rubi escuro na mão esquerda e a espada negra embainhada na direita. Tentou se aproximar de Dalinar, na névoa vermelha, mas o inimigo o impediu, e ele foi forçado a se voltar para leste.

Passou rente à muralha recém-consertada e sobrevoou a cidade, por fim passando pelo monstro de pedra. A criatura jogou vários soldados no ar e, por um momento, eles voaram com Szeth.

Szeth se Projetou para baixo, mergulhando na direção das ruas da cidade. Atrás dele, os Moldados se dividiram ao redor do monstro e o seguiram como um enxame de vespas. Ele passou voando por uma porta aberta e entrou em um pequeno lar — e ouviu uma batida acima quando o corpo de um soldado caiu no telhado —, então saiu pela porta dos fundos e Projetou-se para cima, evitando por pouco o edifício seguinte.

— Eu deveria salvar aqueles soldados, espada-nimi? — indagou Szeth. — Sou um Radiante agora.

Acho que eles teriam voado como você, em vez de cair, se quisessem ser salvos.

Havia um profundo enigma naquelas palavras, no qual Szeth não podia pensar no momento. Os Moldados eram ágeis, mais hábeis do que ele. Szeth se esquivou entre as ruas, mas eles continuaram na sua cola. Ele deu uma volta, deixou o Distrito Antigo, e zuniu rumo à muralha — tentando voltar a Dalinar. Infelizmente, um enxame de inimigos o cortou, e ele foi cercado pelo resto.

Parece que fomos encurralados, disse a espada. *Hora de lutar, certo? Aceitar a morte e morrer matando o máximo possível? Estou pronta. Vamos lá. Estou pronta para ser um nobre sacrifício.*

Não. Ele não ia vencer morrendo.

Szeth jogou a gema longe com o máximo de força que conseguiu.

Os Moldados foram atrás dela, deixando-lhe um caminho de fuga. Ele caiu rumo ao chão, onde esferas cintilavam como estrelas. Inspirou profundamente Luz das Tempestades, então identificou Lift esperando no campo entre as ilusões combatentes e os parshemanos à espera.

Szeth pousou suavemente ao lado dela.

— Eu falhei em carregar esse fardo.

— Está tudo bem. Seu rosto esquisito é fardo suficiente para um homem só.

— Suas palavras são sábias — disse ele, assentindo.

Lift revirou os olhos.

— Você tem razão, espada. Ele não é lá muito divertido, né?

Acho que ele é dima *mesmo assim.*

Szeth não conhecia a palavra, mas ela fez com que Lift tivesse um ataque de riso, que a espada imitou.

— Não cumprimos as exigências do Espinho Negro — censurou Szeth, uma baforada de Luz das Tempestades escapando dos lábios. — Não consegui permanecer à frente dos Moldados tempo o bastante para entregar a pedra ao nosso mestre.

— É, eu vi — disse Lift. — Mas eu tenho uma *ideia*. As pessoas sempre estão atrás de coisas, mas elas não gostam de verdade das *coisas*... elas gostam de *ter* as coisas.

— Essas palavras são... não tão sábias. O que quer dizer?

— É simples. A melhor maneira de roubar uma pessoa é deixar que ela pense que não há nada de errado...

Shallan se agarrava às mãos de Véu e de Radiante.
Caíra de joelhos há muito, olhos à frente enquanto lágrimas escorriam. Corpo retesado, dentes cerrados. Fizera *milhares* de ilusões. E todas... todas eram ela.

Uma parte da sua mente.

Uma parte da sua alma.

Odium havia cometido um erro ao inundar aqueles soldados com tamanha sede de sangue. Eles não se importavam com o fato de Shallan alimentá-los com ilusões — só queriam uma batalha. E isso ela forneceu, e de algum modo suas ilusões *resistiam* quando o inimigo as atingia. Achava que talvez estivesse combinando Transmutação com Teceluminação.

O inimigo uivava e cantava, exultando na contenda. Ela pintou o chão de vermelho e respingou o inimigo com sangue que parecia real. Fez-lhes uma serenata com os sons de homens gritando, morrendo, espadas se chocando e ossos se quebrando.

Ela os envolveu naquela falsa realidade, e eles a bebiam; eles se *banqueteavam* com ela.

Cada uma das suas ilusões que morria a atingia com um pequeno *choque*. Um fragmento dela perecendo.

Elas renasciam quando Shallan as empurrava de volta para a dança. Os Moldados inimigos berravam ordens, tentando convocar as tropas, mas Shallan afogava suas vozes com sons de gritos e de metal contra metal.

A ilusão a absorveu inteiramente, e ela deixou de ver todo o resto. Como se estivesse desenhando. Esprenos de criação floresciam ao redor dela às centenas, tomando formas de objetos descartados.

Raios. Era lindo. Ela apertou com mais força as mãos de Véu e Radiante, que estavam ajoelhadas ao lado dela, cabeças inclinadas em sua tapeçaria pintada de violência, sua...

— Ei — disse a voz de uma garota. — Você pode, hã, parar de se abraçar por um minuto? Preciso de uma ajudinha.

Kaladin partiu na direção de Amaram, impulsionando a lança com uma das mãos, o que era uma boa tática contra um homem de armadura com uma espada. Sua lança acertou bem no alvo, onde teria se cravado na axila de um oponente comum. Ali, infelizmente, a lança apenas foi desviada. Armaduras Fractais em geral não tinham pontos fracos, além da fenda para os olhos. Era preciso quebrá-la com golpes repetidos, como rachar a concha de um caranguejo.

Amaram gargalhou com uma alegria surpreendentemente genuína.

— Você tem uma excelente forma, lanceiro! Lembra-se de quando nos conhecemos? Naquela vila, quando implorou que eu o aceitasse? Você era uma criança chorosa que queria tanto ser um soldado. A glória da batalha! Pude ver o desejo em seus olhos, rapaz.

Kaladin deu uma olhada para os Moldados, que circulavam a nuvem timidamente, à procura de Dalinar.

Amaram deu uma risadinha. Com aqueles olhos vermelho-escuros e cristais estranhos brotando do corpo, Kaladin não havia esperado que Amaram soasse tanto como ele mesmo. Não importava o que fosse aquele monstro híbrido, ainda tinha a mente de Meridas Amaram.

Kaladin deu um passo para trás, relutantemente transformando Syl em uma Espada, que teria mais chance de rachar a Armadura. Assumiu a Postura do Vento, que sempre parecia apropriada. Amaram riu novamente e avançou, sua segunda Espada Fractal aparecendo na mão que a aguardava. Kaladin se esquivou para o lado, passando por baixo de uma Espada e chegando às costas de Amaram — onde conseguiu acertar um bom golpe na Armadura, rachando-a. Ele levantou sua Espada para atacar novamente.

Amaram bateu o pé no chão com força e a bota da Armadura Fractal *se despedaçou*, explodindo em pedaços de metal derretido. Por baixo, a meia rasgada revelou um pé recoberto com uma carapaça e cristais de um roxo profundo.

Enquanto Kaladin se voltava para atacar, Amaram bateu o pé levemente, e o chão de pedra tornou-se *líquido* por um momento. Kaladin tropeçou, afundando vários centímetros, como se a rocha fosse lama de crem. O chão endureceu em um momento, prendendo as botas dele.

Kaladin!, gritou Syl em sua mente enquanto Amaram atacava com as Espadas Fractais em paralelo. Syl tornou-se uma alabarda nas mãos de Kaladin, e ele bloqueou os golpes — mas a força deles jogou-o ao chão, quebrando seus tornozelos.

Com os dentes cerrados, Kaladin tirou seus pés doloridos das botas e se arrastou para longe. As armas de Amaram cortaram o chão atrás dele, errando-o por pouco. Então a outra bota de Amaram explodiu, cristais despedaçando-a por dentro. O grão-senhor se impulsionou com um pé e *deslizou* pelo chão, incrivelmente rápido, se aproximando de Kaladin e atacando.

Syl virou um grande escudo, e Kaladin mal conseguiu bloquear o ataque. Ele se Projetou para trás, saindo do alcance enquanto a Luz das Tempestades curava seus tornozelos. Raios. *Raios!*

Aquela Moldada!, alertou Syl. *Ela está chegando muito perto de Dalinar.*

Kaladin praguejou, então pegou uma grande pedra e a lançou no ar com várias Projeções somadas, fazendo com que zunisse até acertar a cabeça da Moldada. Ela gritou de dor, recuando.

Kaladin pegou outra pedra e Projetou-a rumo ao cavalo de Amaram.

— Está atacando um animal porque não pode me derrotar? — perguntou Amaram.

Ele não pareceu notar que o cavalo, ao disparar para longe, havia levado junto o Arco Fractal.

Já matei um homem usando essa Armadura, pensou Kaladin. *Posso fazer isso de novo.*

Só que não estava encarando um simples Fractário. Cristais de ametista irrompiam da armadura de Amaram ao longo dos braços. Como poderia Kaladin derrotar... o que quer que fosse aquela coisa?

Uma punhalada na cara?, sugeriu Syl.

Valia a pena tentar. Ele e Amaram lutavam no campo de batalha perto da neblina rubra, na costa ocidental, mas entre o corpo principal das tropas e os parshemanos à espera. A área era quase plana, exceto por algumas fundações de edifícios em ruínas. Kaladin se Projetou para cima alguns centímetros, para que não afundasse no chão se Amaram tentasse fazer de novo... aquela coisa que havia feito. Então se moveu para trás com cuidado, se posicionando onde Amaram provavelmente saltaria sobre uma fundação quebrada para alcançá-lo.

Amaram se aproximou, rindo baixinho. Kaladin levantou Syl como uma Espada Fractal, mas mudou sua pegada, se preparando para o momento em que ela se tornaria uma lança fina que ele poderia enfiar direto através daquele visor...

Kaladin!, gritou Syl.

Algo atingiu Kaladin com a potência de um rochedo em queda livre, jogando-o para o lado. Seu corpo se quebrou, e o mundo girou.

Por instinto, Kaladin se Projetou para cima e para a frente, na direção oposta àquela em que fora lançado. Ele desacelerou e liberou as Projeções assim que o impulso se esgotou, pousando, então deslizou até parar sobre a pedra, a dor sumindo do ombro e do flanco curados.

Um corpulento Moldado — ainda mais alto do que Amaram em sua Armadura — deixou cair o porrete despedaçado que havia usado em

Kaladin. Sua carapaça era da cor de pedra; ele devia estar agachado perto da fundação, e Kaladin o tomara como apenas parte do campo rochoso.

Kaladin observou enquanto a carapaça marrom da criatura foi subindo como uma crosta pelos seus braços, cobrindo seu rosto como um elmo, formando uma espessa armadura em questão de segundos. Ele levantou os braços e pedaços de carapaça cresceram acima e abaixo das mãos.

Que maravilha.

A DOLIN TOMOU IMPULSO PARA passar por cima da borda de um telhado quebrado e chegar a um pequeno beco entre dois edifícios. Alcançara os Distritos Altos da cidade, logo acima do Distrito Antigo. Ali, edifícios haviam sido construídos praticamente uns sobre os outros em diferentes níveis.

O edifício à esquerda havia sido completamente esmagado. Adolin rastejou pelos destroços. À direita, uma via principal da cidade levava para cima — para o Distrito Real e o Sacroportal —, mas estava apinhada de pessoas fugindo das tropas inimigas abaixo. A isso se somavam os guardas dos comerciantes locais e pelotões do exército thayleno, que lutavam contra a maré.

Mover-se pelas ruas era extremamente lento, mas Adolin havia encontrado um corredor vazio. O petronante cruzara para o Distrito Antigo, derrubando edifícios a chutes, então pisara em telhados enquanto subia para os Distritos Altos. O rastro de destruição praticamente formava uma estrada. Adolin conseguira segui-la, usando destroços como escadas.

Agora estava bem na sombra da criatura. O cadáver de um soldado thayleno pendia de um telhado próximo, enrolado em cordas, pendurado com as sobrancelhas balançando e tocando o chão. Adolin passou rápido, espiando entre edifícios, até chegar a uma rua maior.

Um punhado de thaylenos lutava ali, tentando derrubar o petronante. As cordas haviam sido uma ótima ideia, mas a criatura obviamente era forte demais para ser derrubada daquele jeito. Na rua adiante, um soldado se aproximou e tentou acertar a perna do monstro com um martelo. A arma quicou para longe. Aquilo era pedra de crem velho e endurecido. O valente soldado acabou sendo pisado.

Adolin trincou os dentes, invocando sua Espada Fractal. Sem a Armadura, ele era tão esmagável quanto qualquer outro; precisava ser cuidadoso, tático.

— Você foi projetada para isso, não foi? — questionou Adolin baixinho, a Espada surgindo em sua mão. — Para combater coisas como aquela. Espadas Fractais são longas e pouco práticas para duelos, e a Armadura é um exagero mesmo no campo de batalha. Mas contra um monstro de pedra...

Ele sentiu alguma coisa. Uma agitação no vento.

— Você quer lutar, não quer? — perguntou Adolin. — Isso lembra você de quando estava viva.

Algo formigou em sua mente, de modo muito tênue, como um suspiro. Uma única palavra: *Mayalaran.* Um... nome?

— Certo, Maya — disse Adolin. — Vamos derrubar aquela coisa.

Adolin esperou que a criatura se virasse para o pequeno grupo de soldados defensores, então disparou pela rua coberta de destroços, direto contra o petronante. Ele mal chegava à altura da panturrilha do monstro.

Adolin não usou nenhuma postura de esgrima, apenas cortou como se estivesse atacando uma parede, cortando logo acima do tornozelo da coisa.

Um súbito *estrondo* soou acima, como duas pedras *batendo*, enquanto a coisa gritava. Uma onda de choque varreu Adolin e o monstro se virou, descendo a mão na sua direção. Adolin se esquivou para o lado, mas a palma do monstro bateu no chão com tanta força que as botas de Adolin deixaram o chão por um instante. Ele dispensou Maya enquanto caía, então rolou.

Levantou-se bufando, apoiado em um joelho, com a mão estendida, invocando Maya novamente. Raios, parecia um rato roendo as patas de um chule.

A fera o fitou com pontos oculares que pareciam pedra derretida sob a superfície. Ouvira as descrições daquelas criaturas nas visões do seu pai, mas, olhando para, ficou impressionado com a forma do rosto e da cabeça.

Um demônio-do-abismo, pensou. *Parece um demônio-do-abismo.* A cabeça, pelo menos. O corpo era vagamente similar a um parrudo esqueleto humano.

— Príncipe Adolin! — gritou um dos poucos soldados vivos. — É o filho do Espinho Negro!

— Proteja o príncipe! Distraia o monstro para que ele esqueça o Fractário. É nossa única chance de...

Adolin perdeu a última parte quando o monstro varreu sua mão imensa pelo chão. Mal conseguiu se desviar, então se jogou pela porta de um edifício baixo. Ali dentro, ele saltou sobre alguns catres, correu para o cômodo seguinte, então atacou a parede de tijolos com Maya, cortando-a em quatro golpes rápidos. Jogou o ombro contra a parede e passou pelo buraco.

Ao fazer isso, ouviu um gemido atrás de si.

Adolin cerrou os dentes. *Um daqueles tormentosos Radiantes viria a calhar agora.*

Voltou ao edifício e virou uma mesa, encontrando um garotinho encolhido debaixo dela. Era a única pessoa que Adolin via no edifício. Ele puxou o garoto para fora bem no momento em que o petronante atravessava o teto com o punho. Com poeira voando atrás dele, Adolin jogou a criança nos braços de um soldado, depois apontou para a rua a sul. Começou a correr para leste, contornando o edifício. Talvez pudesse escalar até o próximo nível dos Distritos Altos e fazer o caminho de volta até a criatura.

Contudo, apesar de todas as tentativas das tropas de distrair a coisa, ela obviamente sabia em quem devia se concentrar. O monstro pisou sobre a casa quebrada e lançou um punho na direção de Adolin — que saltou pela janela para dentro de outra casa, cruzou uma mesa, então abriu uma janela do outro lado.

Bum.

O edifício desabou atrás dele. A criatura estava danificando as próprias mãos naqueles ataques, deixando os pulsos e dedos marcados com riscos brancos. Ele não parecia se importar — e por que se importaria? Havia brotado do chão para compor seu corpo.

A única vantagem de Adolin, além da Espada, era a capacidade de reagir mais rápido do que aquela coisa. Ela fez menção de acertar o edifício diante dele, tentando esmagá-lo antes que entrasse — mas Adolin já estava recuando. Ele correu sob o golpe do monstro, deslizando pelas lascas e pela poeira enquanto o punho passava pouco acima da sua cabeça.

Isso o colocou na posição de correr entre as pernas do petronante. Atacou o tornozelo que já havia cortado antes, afundando a Espada na pedra, então a libertando do outro lado. *Como se fosse um demônio-do-abismo*, pensou. *Pernas primeiro.*

Quando a coisa deu outro passo, o tornozelo rachou com um som brusco, então o pé se soltou da perna.

Adolin se preparou para a dolorida trovoada que viria de cima, mas ainda fez uma careta diante da onda de choque. Infelizmente, o monstro se equilibrou facilmente no toco de sua perna. Estava um pouco mais desajeitado, mas não corria perigo de cair. Os soldados thaylenos haviam se reagrupado e juntado suas cordas, contudo, então talvez...

Uma manopla de Armadura Fractal despontou de um edifício próximo, agarrou Adolin e o puxou para dentro.

D ALINAR ABRIU OS BRAÇOS, envolto pela Euforia, que devolveu cada memória de si mesmo que ele odiava. Guerra e conflito. As vezes em que gritara com Evi e a intimidara até que obedecesse. A raiva que o levara à beira da loucura. Sua vergonha.

Embora um dia houvesse se arrastado diante da Guardiã da Noite para implorar por libertação, já não desejava mais esquecer.

— Eu acolho você — disse ele. — Eu aceito o que eu era.

A Euforia coloriu sua visão de vermelho, infligindo um profundo anseio pelo combate, pelo conflito, pelo desafio. Se Dalinar a rejeitasse, a afastaria.

— Obrigado por me dar forças quando eu precisei.

A Euforia vibrou, parecendo satisfeita, e chegou mais perto, os rostos na neblina vermelha sorrindo com empolgação e alegria. Cavalos na frente de batalha relinchavam e morriam. Homens gargalhavam enquanto eram abatidos.

Dalinar estava novamente caminhando sobre pedra, rumo à Fenda, com a intenção de assassinar todos que lá estavam. Sentiu o calor da raiva. O anseio era tão poderoso que doía.

— Eu *fui* aquele homem — disse Dalinar. — Eu *compreendo* você.

V ENLI SE ESGUEIROU PARA longe do campo de batalha. Deixou os humanos lutando contra sombras em uma confusão de raiva e desejo. Caminhou até se aprofundar na escuridão sob a tempestade de Odium, sentindo-se estranhamente nauseada.

Os ritmos estavam *enlouquecidos* dentro dela, se misturando e brigando. Um fragmento de Anseio se fundia com Fúria, com Zombaria.

Ela passou por Moldados discutindo o que fazer, agora que Odium havia se retirado. Deviam mandar os parshemanos para a batalha? Eles não podiam controlar os humanos, consumidos que estavam por um dos Desfeitos.

Ritmos se sobrepondo a ritmos.

Agonia. Arrogância. Destruição. Perdidos...

Ali!, pensou Venli. *Agarre esse!*

Ela se afinou com o Ritmo dos Perdidos. Agarrou-se àquele ritmo solene e desesperado — um ritmo para recordar quem se tinha perdido. Os que haviam partido.

Timbre vibrava no mesmo ritmo. Por que parecia diferente? Timbre vibrava *através* de todo o ser de Venli.

Perdidos. O que Venli havia perdido?

Ela sentia falta de ser alguém que se importava com algo além de poder. Conhecimento, favoritismo, formas, riqueza... tudo aquilo dava no mesmo. Onde havia errado?

Timbre pulsou. Venli caiu de joelhos. A pedra fria refletia os relâmpagos acima, de um vermelho berrante.

Mas seus próprios olhos... ela podia ver os próprios olhos na pedra úmida e polida.

Não havia nem sinal de vermelho neles.

— Vida... — sussurrou ela.

O rei dos alethianos havia estendido a mão para ela. Dalinar Kholin, o homem cujo irmão eles haviam matado. Mesmo assim, ele havia estendido a mão de dentro do pilar de esprenos de glória e falado com ela.

Você pode mudar.

— Vida antes da morte.

Você pode se tornar uma pessoa melhor.

— Força antes... antes da fraqueza...

Eu consegui.

— Jor...

Alguém agarrou Venli de modo violento e a girou, jogando-a no chão. Um Moldado com a forma que levava uma armadura de carapaça parecida com uma Armadura Fractal. Ele olhou Venli de cima a baixo e, durante um momento de pânico, ela teve certeza de que ele a mataria.

O Moldado agarrou sua bolsa, que escondia Timbre. Ela gritou e tentou cravar as unhas nas mãos dele, mas o Moldado a empurrou, depois rasgou a bolsa para abri-la.

Então a virou pelo avesso.

— Eu jurava que... — disse o Moldado em seu idioma. Ele jogou a bolsa para o lado. — Você não obedeceu à Palavra da Paixão. Você não atacou o inimigo quando recebeu a ordem.

— Eu... tive medo — admitiu Venli. — E fui fraca.

— Você não pode ser fraca a serviço dele. Deve escolher quem vai servir.

— Eu escolhi — disse ela, e então gritou: — Eu *escolhi!*

Ele assentiu, evidentemente impressionado pela sua Paixão, então voltou para o campo de batalha.

Venli se pôs de pé e seguiu para um dos navios. Cambaleou ao subir a prancha — contudo, sentia-se mais atenta, mais desperta, como não sentia há muito, muito tempo.

Em sua mente soava o Ritmo de Alegria. Um dos antigos ritmos, que seu povo havia aprendido muito tempo atrás... depois de banir os seus deuses.

Timbre pulsava *dentro* dela. Dentro da sua gema-coração.

— Ainda estou usando uma das formas deles — disse Venli. — Há um espreno de vazio na minha gema-coração. Como?

Timbre pulsou em Determinação.

— Você fez o *quê?* — sibilou Venli, parando no convés.

Determinação novamente.

— Mas como você pode... — Ela perdeu o fio da meada, então se encolheu, falando mais baixo. — Como você pode manter um espreno de vazio *prisioneiro?*

Timbre pulsou em Vitória dentro dela. Venli se apressou a entrar na cabine do navio. Um parshemano tentou impedi-la, mas ela fez uma carranca que o levou a obedecer, então pegou a esfera rubi da lanterna dele e entrou, batendo a porta e a trancando.

Ela ergueu a esfera, e então — com o coração palpitando — a bebeu. Sua pele começou a brilhar com uma suave luz branca.

— Jornada antes do destino.

A DOLIN FOI CONFRONTADO POR uma figura em uma reluzente Armadura Fractal preta, com um enorme martelo preso às costas. O elmo tinha sobrancelhas estilizadas como facas curvadas para trás, e a Armadura tinha um saiote com um padrão triangular de escamas entrelaçadas. Cvaderln, ele pensou, recordando a lista de Fractais thaylenos. Significava, mais ou menos, "concha de Cva".

— Você é Tshadr? — adivinhou Adolin.

— Não, Hrdalm — disse o Fractário com um sotaque thayleno carregado. — Tshadr defende a Praça da Corte. Eu venho... deter monstro.

Adolin assentiu. Do lado de fora, a coisa emitiu seu grito furioso, confrontando as tropas thaylenas restantes.

— Precisamos sair e ajudar aqueles homens — disse Adolin. — Pode distrair o monstro? Minha Espada pode cortar enquanto você pode receber golpes.

— Sim — concordou Hrdalm. — Sim, bom.

Adolin rapidamente ajudou Hrdalm a desamarrar seu martelo. Hrdalm segurou a arma, então apontou pela janela.

— Vá lá.

Adolin assentiu, esperando junto da janela enquanto Hrdalm saía pela porta e corria direto para o petronante, berrando um grito de guerra thayleno. Quando a coisa se virou na direção de Hrdalm, Adolin saltou pela janela e atacou pelo outro lado.

Dois Moldados voadores desceram por trás de Hrdalm, golpeando com lanças nas suas costas, jogando-o para a frente. A Armadura raspou contra a pedra enquanto ele caía de cara no chão. Adolin correu rumo à perna do petronante, mas a criatura ignorou Hrdalm e se concentrou nele, batendo com a palma no chão próximo e forçando Adolin a recuar.

Hrdalm se levantou, mas um Moldado voou baixo e o chutou. Outra Moldada pousou no seu peito e bateu no elmo dele com um martelo, rachando-o. Hrdalm tentava agarrá-la e se libertar, mas o outro veio voando e usou uma lança para cravar a mão dele. Danação!

— Tudo bem, Maya — disse Adolin. — Nós praticamos isso.

Ele pegou impulso, então atirou a Espada Fractal, que girou em um arco resplandecente antes de acertar a Moldada sobre o peito de Hrdalm, varando seu corpo. Fumaça escura saiu dos olhos dela, que queimavam.

Hrdalm se sentou, afastando o outro Moldado com um soco ampliado pela Fractal. Ele se voltou para o cadáver, então olhou de volta para Adolin com uma postura que de algum modo expressava perplexidade.

O petronante gritou, fazendo uma onda de som correr pela rua e os fragmentos de pedra tremerem. Adolin engoliu em seco, então começou a contar batimentos cardíacos enquanto corria. O monstro o seguia estrondosamente pela rua, mas Adolin logo parou diante de uma grande seção de destroços, que estava bloqueando a rua. Raios, havia corrido na direção errada.

Ele gritou, se virando. A contagem chegou a dez e Maya retornou para ele.

O petronante se aproximava ameaçadoramente e desceu a mão, que Adolin conseguiu rastrear pela sombra e se esquivar entre dois dedos. Quando a palma se chocou com o chão, Adolin saltou, tentando evitar ser derrubado. Ele agarrou um dedo enorme com o braço esquerdo, segurando Maya desesperadamente sob o direito.

Como antes, o petronante começou a varrer o chão com a mão, tentando moer Adolin contra as pedras. Ele pendia do dedo, os pés levantados alguns centímetros acima do chão. O som era terrível, como se Adolin estivesse preso em um deslizamento.

Assim que o petronante terminou o movimento da mão, Adolin se soltou, então levantou Maya em uma pegada de suas mãos e cortou direto através do dedo. A fera trovejou de raiva e recolheu a mão. A ponta de um dedo intacto acertou Adolin e o lançou para trás.

Dor.

Ela o atingiu como um relâmpago. Ele bateu no chão e rolou, mas a agonia era tão aguda que mal notou. Quando parou, Adolin tossiu e temeu, e seu corpo foi tomado por uma convulsão.

Raios. Raiosraiosraios... Ele fechou os olhos com força contra a dor. Ele havia... havia se acostumado demais com a invencibilidade da Armadura. Mas a dele estava em Urithiru... ou logo estaria chegando ali usada por Gaval, o reserva da sua Armadura.

Adolin de algum modo se pôs de pé, cada movimento causando uma pontada de agonia no seu peito. Costela quebrada? Bem, pelo menos seus braços e pernas estavam funcionando.

Mover-se. Aquela coisa ainda estava atrás dele.

Um.

A estrada adiante estava coberta por destroços de um edifício arrasado.

Dois.

Ele mancou para a direita — para a borda do nível de casas abaixo.

Três. Quatro.

O petronante rugiu e o seguiu, seus passos fazendo tremer o chão.

Cinco. Seis.

Adolin podia ouvir pedra raspando pedra logo atrás.

Ele caiu de joelhos.

Sete.

Maya!, pensou, de fato desesperado. *Por favor!*

Abençoadamente, quando levantou as mãos, a Espada se materializou. Ele a enfiou na parede de pedra — com o gume de lado, não para baixo —, então rolou para fora da borda, segurando-se no cabo da Espada. O punho do petronante desceu outra vez, chocando-se contra a pedra. Adolin pendia do cabo de Maya sobre a borda, uma queda de cerca de três metros até o telhado abaixo.

Trincou os dentes — seu cotovelo doía o bastante para deixar seus olhos marejados. Mas, quando o petronante esfregou a mão para o lado, Adolin agarrou a borda do penhasco com uma mão e moveu Maya para o lado, soltando-a da pedra. Ele estendeu a mão para baixo e a enfiou na pedra, então se deixou cair e ficou pendurado daquele novo ponto de apoio antes de soltar a Espada e cair o resto do caminho até o teto.

Sua perna gritou de dor. Adolin desabou no telhado, os olhos lacrimejando. Enquanto jazia ali em agonia, sentiu algo — um leve *pânico* no vento. Ele se forçou a rolar para o lado e um Moldado passou zunindo, a lança do inimigo errando por pouco.

Preciso... de uma arma...

Começou a contar novamente e conseguiu, trêmulo, ficar de joelhos. Mas o petronante assomou do nível acima, então enfiou o toco da sua perna bem no meio do telhado de pedra onde estava Adolin.

Ele caiu junto com um monte de pedras quebradas e poeira, então atingiu com força o chão lá dentro, fragmentos de rocha desabando ao seu redor.

Tudo ficou preto. Ele tentou arquejar, mas seus músculos não conseguiam se mover. Pôde apenas ficar ali deitado, tenso, gemendo baixinho. Parte dele estava ciente dos sons enquanto o petronante retirava seu toco da casa quebrada. Ele esperou o momento de ser esmagado, mas, conforme sua visão lentamente voltava, viu a criatura descendo do nível superior para a rua do lado de fora.

Pelo menos... pelo menos não estava mais indo rumo ao Sacroportal.

Adolin se remexeu. Lascas do teto desabado caíram do seu corpo. Seu rosto e mãos sangravam de uma centena de arranhões. Ele recuperou o fôlego, arquejando de dor, e tentou se mover, mas sua perna... *Danação*, como doía.

Maya tocou sua mente.

— Estou tentando me levantar — disse ele através de dentes cerrados. — Dê-me um segundo. Espada tormentosa.

Ele teve outro acesso de tosse, então enfim rolou para fora dos destroços. Arrastou-se até a rua, quase esperando encontrar Skar e Drehy ali para botá-lo novamente de pé. Raios, sentia falta daqueles carregadores.

A rua ao redor estava vazia, embora a uns cinco metros de distância pessoas se aglomerassem, tentando subir pela via até um lugar seguro. Eles chamavam e gritavam com medo e desespero. Se Adolin corresse naquela direção, o petronante o seguiria. A criatura se mostrara *determinada* a acabar com ele.

Olhou com desprezo para o monstro gigante e — se apoiando na parede da pequena casa onde caíra — conseguiu ficar de pé. Maya surgiu em sua mão. Embora ela estivesse coberta de poeira, ainda brilhava intensamente.

Adolin firmou o corpo, então segurou Maya com as mãos — sua pegada molhada de sangue — e assumiu a Postura da Rocha. A postura inamovível.

— Venha me pegar, seu canalha — sussurrou ele.

— Adolin? — chamou uma voz familiar atrás dele. — Raios, Adolin! O que você está fazendo?!

Adolin se sobressaltou, então olhou sobre o ombro. Uma figura brilhante abriu caminho pela multidão até a rua dele. Renarin carregava uma Espada Fractal, e seu uniforme azul da Ponte Quatro estava imaculado.

Já não era sem tempo.

Enquanto Renarin se aproximava, o petronante efetivamente deu um passo para trás, como se estivesse *com medo*. Bem, aquilo podia ajudar. Adolin cerrou os dentes, tentando controlar a dor. Ele cambaleou, então conseguiu se firmar.

— Tudo bem, vamos...

— Adolin, não seja imprudente!

Renarin agarrou seu braço e uma rajada de cura o percorreu, como água gelada em suas veias, fazendo com que as dores recuassem.

— Mas...

— Se *afaste* — ordenou Renarin. — Você está sem armadura. Vai acabar morto lutando com essa coisa!

— Mas...

— Eu posso cuidar disso, Adolin. Vá embora logo! Por favor.

Adolin cambaleou para trás. Nunca ouvira Renarin falar com tanta firmeza — isso era quase mais incrível do que o monstro. Para seu choque, Renarin *avançou* contra a criatura.

Um som metálico anunciou Hrdalm descendo do nível acima, o elmo rachado, mas de resto em boa forma. Ele havia perdido seu martelo, mas carregava uma das lanças dos Moldados, e a manopla da sua Armadura estava coberta de sangue.

Renarin! Ele não tinha uma Armadura. Como...

A mão do petronante desabou sobre Renarin, esmagando-o. Adolin gritou, mas a Espada Fractal do seu irmão cortou através da palma, então separou a mão do pulso.

O petronante trombeteou, furioso, e Renarin saiu debaixo dos destroços da mão. Ele parecia se curar mais rápido do que Kaladin ou Shallan, como se ser esmagado não fosse sequer um incômodo.

— Excelente! — exclamou Hrdalm, rindo dentro do elmo. — Você, descanse. Certo?

Adolin assentiu, abafando um grunhido de dor. A cura de Renarin havia eliminado a dor em suas entranhas, e já não doía apoiar peso na perna, mas seus braços ainda estavam doloridos, e alguns dos cortes não haviam fechado.

Enquanto Hrdalm dava um passo na direção do combate, Adolin pegou o homem pelo braço, então levantou Maya.

Vá com ele por enquanto, Maya, pensou Adolin.

Quase desejou que ela protestasse, mas a vaga sensação que recebeu foi de concordância resignada.

Hrdalm deixou cair a lança e pegou a Espada de modo reverente.

— Grande Honra em você, Príncipe Adolin — disse ele. — Grande Paixão em mim com esse auxílio.

— Vá — replicou Adolin. — Vou ver se posso ajudar a defender as ruas.

Hrdalm avançou contra o inimigo. Adolin pegou uma lança de infantaria nos escombros, então foi na direção da rua atrás.

F ELIZMENTE, SZETH DOS ROMPE-CÉUS havia treinado com todos os dez Fluxos.

O Moldado transferiu o enorme rubi para um de seus companheiros capaz de manipular Abrasão — uma mulher que deslizava pelo chão como Lift. Ela infundiu o rubi, fazendo com que brilhasse com a versão dela de uma Projeção, que tornaria a coisa impossivelmente escorregadia e difícil de carregar para qualquer um, exceto a Moldada.

Ela parecia pensar que seus inimigos não teriam experiência com tal coisa. Infelizmente para eles, Szeth não só havia carregado uma Espada de Honra que lhe concedia esse poder, como também praticara com patins no gelo, um exercício de treinamento que de certo modo imitava os movimentos de um Dançarino de Precipícios.

Assim, enquanto ele perseguia a gema, deu à Moldada várias oportunidades de subestimá-lo. Deixou-a se esquivar, foi lento em se reorientar, fingindo estar surpreso quando ela deslizava para um lado, depois o outro.

Quando a Moldada estava confiante de que controlava aquela corrida, Szeth atacou. Quando ela saltou de uma plataforma de pedra — voando por um curto período —, Szeth se aproximou com um súbito conjunto de Projeções e colidiu com ela bem na hora em que a Moldada pousou. Seu rosto tocou a carapaça dela, e ele a Projetou para cima.

Isso a fez voar pelos ares com um grito. Szeth pousou e se preparou para segui-la, então praguejou quando a Moldada se *atrapalhou* com a gema. Ele tirou o casaco enquanto ela a deixava cair. Embora um dos Moldados tenha voado para agarrá-lo, o rubi escorregou entre seus dedos.

Szeth pegou-o no casaco, segurando-o como uma bolsa. Um golpe de sorte; havia imaginado que teria que atacar a Moldada novamente para tirá-lo das mãos dela.

Agora, o verdadeiro teste. Ele se projetou para leste, na direção da cidade. Ali, uma mistura caótica de soldados combatia em um campo de batalha pintado. A Teceluz era boa; até os cadáveres pareciam autênticos.

Um Moldado estava começando a reunir soldados de olhos vermelhos que eram de verdade, e a colocá-los de costas para a muralha da cidade. Eles formavam fileiras com lanças despontando e gritavam para que soldados se juntassem a eles, mas tocavam cada um que se aproximava. Ilusões que tentavam se intrometer eram desfeitas. Logo o inimigo seria capaz de ignorar a distração, se reagrupar e se concentrar em atravessar a muralha.

Faça o que Dalinar mandou. Dê a ele essa gema.

O rubi havia finalmente parado de brilhar, deixando de ser escorregadio. Acima, muitos Moldados voavam para interceptar Szeth; pareciam felizes com o jogo, pois, enquanto a gema estivesse trocando de mãos, não seria entregue a Dalinar.

O primeiro Moldado ia atrás dele, e Szeth se abaixou e rolou, cancelando sua Projeção para cima. Colidiu com uma rocha, fingindo estar tonto. Então sacudiu a cabeça, pegou sua bolsa com o rubi, e lançou-se ao ar novamente.

Oito Moldados o perseguiam e, muito embora Szeth se esquivasse entre eles, um por fim se aproximou o bastante para agarrar a bolsa e arrancá-la dos seus dedos. Eles se afastaram em bando e Szeth lentamente flutuou para baixo e pousou ao lado de Lift, que saiu de dentro da rocha ilusória, segurando um pacote envolvido em pano: a verdadeira gema, que ela havia tirado da bolsa durante a colisão fingida. O Moldado agora tinha um rubi falso — uma rocha cortada mais ou menos na mesma forma com uma Espada Fractal, então coberta com uma ilusão.

— Venha — disse Szeth, agarrando a garota e Projetando-a para cima, então a levando junto enquanto voava rumo ao norte da planície.

Aquele lugar, mais próximo da névoa vermelha, havia caído na escuridão — o Corredor dos Ventos havia consumido toda a Luz das Tempestades das gemas no chão. Ele lutava contra vários inimigos ali perto.

Escuridão coberta de sombras. Palavras sussurradas. Szeth desacelerou até parar.

— O que foi? — quis saber Lift, estranhando. — Cara-maluca?

— Eu... — Szeth tremeu, esprenos de medo borbulhando do chão abaixo. — Eu não posso entrar naquela neblina. Devo me afastar desse lugar.

Os *sussurros*.

— Entendi — disse ela. — Volte e ajude a ruiva.

Ele deixou Lift no chão e recuou. A rubra névoa fervilhante, aqueles rostos se desfazendo e se reformando e gritando. Será que Dalinar ainda estava ali, em algum lugar?

A garotinha com cabelo comprido parou na borda do nevoeiro, então entrou nele.

A MARAM ESTAVA GRITANDO DE dor. Kaladin lutava com o Moldado que possuía a estranha carapaça abrangente, e não pôde nem dar uma olhada. Usou os gritos para julgar que estava longe o bastante de Amaram para não ser imediatamente atacado.

Mas, raios, aquilo era uma distração.

Kaladin brandiu a Espada Syl, golpeando os antebraços do Moldado, o que decepou totalmente os esporões e desabilitou as mãos dele. A criatura recuou, rosnando em um ritmo baixo, mas furioso.

Os gritos de Amaram se aproximaram. Syl se tornou um escudo — antecipando a necessidade de Kaladin — enquanto ele a levantava para o lado, bloqueando uma rajada de golpes do grão-senhor, que continuava berrando.

Pai das Tempestades. O elmo de Amaram havia rachado devido às ametistas afiadas e cruéis crescendo nas laterais do seu rosto. Os olhos ainda brilhavam profundamente ali dentro, e o chão de pedra de algum modo *queimava* abaixo dos seus pés cobertos de cristais, que deixavam rastros flamejantes.

O grão-príncipe golpeou o Escudo Syl com suas duas Espadas Fractais. Ela, por sua vez, desenvolveu uma treliça no exterior — com partes se despontando com os dentes de um tridente.

— O que você está fazendo? — indagou Kaladin.

Improvisando.

Amaram atacou novamente, e a espada de Helaran ficou presa nos dentes. Kaladin girou o escudo, arrancando a espada da pegada de Amaram, e a arma virou fumaça.

Agora era aproveitar a vantagem.

Kaladin!

O corpulento Moldado o atacou. Os braços cortados da criatura haviam se regenerado, e enquanto ele movia as mãos um grande porrete se formou ali a partir da carapaça. Kaladin mal conseguiu posicionar Syl a tempo para bloquear.

Não adiantou muito.

A força do porrete jogou Kaladin contra os restos de uma parede. Ele rosnou, então se Projetou rumo ao céu, a Luz das Tempestades o remendando. Danação. A área ao redor de onde estavam lutando havia ficado escura e sombria, as gemas drenadas. Ele tinha mesmo usado tanto?

Ah, não, disse Syl, voando ao redor dele como uma fita de luz. *Dalinar!*

A névoa vermelha se agitou, sinistra sob a luz fraca. Vermelho no preto. Dentro dela, Dalinar era uma sombra, sendo acossado por dois Moldados voadores.

Kaladin rosnou de novo. Amaram saíra em busca do seu arco, que havia caído da sela do cavalo a alguma distância. Danação. Ele não podia derrotar todos.

Disparou rumo ao chão. O enorme Moldado foi atrás dele e, em vez de se esquivar, Kaladin deixou a criatura enfiar um esporão semelhante a uma faca no seu estômago.

Ele grunhiu, sentindo o gosto de sangue, mas não hesitou. Agarrou a mão da criatura e a Projetou para cima, para o nevoeiro. O Moldado passou voando pelos seus companheiros no ar, gritando algo que pareceu um pedido de socorro, e os outros zuniram atrás dele.

Kaladin cambaleou atrás de Amaram, mas seus passos foram ficando mais firmes à medida que se curvava. Conseguiu um pouco mais de Luz das Tempestades de algumas gemas restantes, então subiu ao céu. Syl tornou-se uma lança e Kaladin voou para baixo, fazendo com que Amaram se desviasse do arco — ainda a uma curta distância — e o seguisse. Cristais haviam irrompido através da sua armadura pelas costas e braços.

Kaladin passou por ele, golpeando. Contudo, não estava acostumado a voar com uma lança, e Amaram desviou a Lança Syl para o lado com uma Espada Fractal. Kaladin voltou a subir, pensando no seu próximo movimento.

Amaram se lançou ao ar.

Ele se ergueu com um salto incrível, muito mais alto e mais longe do que mesmo uma Armadura Fractal lhe possibilitaria. E ele *pairou* por um tempo, se aproximando de Kaladin, que se esquivou para trás.

— Syl — sibilou ele enquanto Amaram pousava. — Syl, aquilo foi uma *Projeção*. O que ele é?

Eu não sei. Mas não temos muito tempo antes que aqueles Moldados retornem.

Kaladin desceu e pousou, encurtando Syl para a forma de uma alabarda. Amaram se voltou na direção dele, os olhos dentro do elmo deixando um rastro de luz vermelha.

— Está sentindo? — perguntou ele. — A beleza da luta?

Kaladin baixou o corpo e avançou, enfiando Syl através da couraça rachada de Amaram.

— Poderia ter sido tão glorioso — disse Amaram, aparando o ataque. — Você, eu, Dalinar. Juntos do mesmo lado.

— Do lado errado.

— É errado querer ajudar os verdadeiros donos desta terra? Não é *honrado*?

— Não estou mais falando com Amaram, estou? Quem, ou o que, é você?

— Ah, sou eu — contestou Amaram.

Ele dispensou uma das Espadas e agarrou seu elmo. Com um puxão, a peça finalmente se despedaçou, explodindo e revelando o rosto de Meridas Amaram — cercado por cristais de ametista, brilhando com uma luz suave e, de algum modo, sombria.

Ele sorriu.

— Odium me prometeu algo grandioso, e a promessa foi cumprida. Com honra.

— Você ainda quer falar de honra?

— Tudo que eu faço é pela honra. — Amaram golpeou com uma única Espada, levando Kaladin a se esquivar. — Foi a honra que me levou a buscar o retorno dos Arautos, dos poderes, e do nosso deus.

— Para que você pudesse se juntar ao *outro lado*?

Um relâmpago brilhou atrás de Amaram, lançando luz rubra e sombras compridas enquanto ele voltava a invocar a segunda Espada.

— Odium me mostrou o que os Arautos se tornaram. Passamos anos tentando fazer com que voltassem. Mas eles estavam aqui *todo esse tempo*. Eles nos *abandonaram*, lanceiro.

Amaram circulou Kaladin cuidadosamente com suas duas Espadas Fractais.

Ele está esperando que os Moldados venham ajudar, pensou Kaladin. *É por isso que está sendo cauteloso agora.*

— Eu já sofri — disse Amaram. — Você sabia disso? Depois que fui forçado a matar seu esquadrão, eu... sofri. Até que percebi que não era minha culpa. — A cor dos seus olhos brilhantes se intensificou, tornando-se um carmesim ardente. — Nada disso é culpa minha.

Kaladin atacou — infelizmente, mal sabia o que estava encarando. O chão ondulou e se tornou líquido, quase o capturando de novo. Os braços de Amaram deixavam um rastro de fogo enquanto ele brandia as duas Espadas Fractais. De algum modo, ele conseguia incendiar brevemente o próprio *ar*.

Kaladin bloqueou uma Espada, depois a outra, mas não conseguia realizar um ataque. Amaram era rápido e brutal, e Kaladin não ousava tocar o chão, para que seus pés não fossem aprisionados na pedra liquefeita. Depois de trocar mais golpes, Kaladin foi forçado a recuar.

— Você foi superado, lanceiro — disse Amaram. — Se entregue e convença a cidade a se render. É melhor assim. Ninguém mais precisa morrer hoje. Deixe-me ser misericordioso.

— Como foi misericordioso com meus amigos? Como foi misericordioso comigo, quando marcou minha testa?

— Eu o deixei vivo. Eu *poupei* você.

— Uma tentativa de aplacar sua consciência. — Kaladin atacou o grão-príncipe. — Uma tentativa fracassada.

— *Eu* criei você, Kaladin! — Os olhos rubros de Amaram iluminavam os cristais que emolduravam seu rosto. — *Eu* dei a você essa determinação pétrea, essa postura de guerreiro. Isso, a pessoa que você se tornou, foi *minha dádiva*!

— Uma dádiva à custa de todos que eu amava?

— Que diferença faz? Ela o fortaleceu! Seus homens morreram em nome da batalha, para que o homem mais forte pudesse ficar com a arma. Qualquer um teria feito o que eu fiz, até mesmo Dalinar.

— Você não me disse que superou essa tristeza?

— Sim! Estou acima da culpa!

— Então, por que ainda está sofrendo?

Amaram se *encolheu*.

— Assassino — disse Kaladin. — Você trocou de lado para encontrar a paz, Amaram. Mas nunca a terá. Ele *nunca* vai concedê-la a você.

Amaram rugiu, atacando com suas Espadas Fractais. Kaladin se Projetou para cima, então — enquanto Amaram passava por baixo — girou e desceu, brandindo sua arma com uma poderosa pegada de duas mãos. Em resposta a um comando mental, Syl tornou-se um martelo, que acertou as costas da Armadura de Amaram.

A couraça estilo peitoral — formada por uma única peça — explodiu com uma força inesperada, empurrando Kaladin para trás sobre as pedras. Acima, o relâmpago ribombava. Eles estavam totalmente sob a sombra da Tempestade Eterna, o que tornava ainda mais horrível a visão do que acontecera com Amaram.

O tórax inteiro do grão-príncipe havia afundado. Não havia sinal de costelas ou órgão internos. Em vez disso, um grande cristal roxo pulsava na cavidade do seu peito, recoberto com veias escuras. Se ele estivera usando um uniforme ou acolchoamento por baixo da armadura, havia sido consumido.

Ele se voltou para Kaladin, coração e pulmões substituídos por uma gema que brilhava com a luz sombria de Odium.

— Tudo que fiz — declarou Amaram, piscando olhos vermelhos —, eu fiz por Alethkar. Eu sou um patriota!

— Se isso é verdade — sussurrou Kaladin —, *por que você ainda está sofrendo?*

Amaram gritou, avançando contra ele.

Kaladin ergueu Syl, que havia se tornado uma Espada Fractal.

— Hoje, o que eu faço, faço pelos homens que você matou. Eu me tornei o homem que sou por causa *deles*.

— *Eu* fiz você! Eu *forjei* você!

Ele saltou na direção de Kaladin, saindo do chão, pendendo no ar. E, ao fazer isso, entrou no domínio de Kaladin.

Kaladin se lançou contra Amaram. O grão-príncipe golpeou, mas os próprios ventos envolveram Kaladin, e ele antecipou o ataque. Projetou-se para o lado, conseguindo evitar por pouco uma Espada. Esprenos de vento passavam por ele como borrões enquanto Kaladin se esquivava da outra por um fio.

Syl tornou-se uma lança em sua mão, correspondendo perfeitamente aos seus movimentos. Ele girou e a acertou contra a gema no coração de Amaram. A ametista rachou e Amaram vacilou no ar — depois caiu.

Duas Espadas Fractais desapareceram como névoa enquanto o grão--príncipe caía de mais de cinco metros de altura.

Kaladin se abaixou para ir até ele.

— Dez lanças vão para a batalha — sussurrou — e nove se despedaçam. Foi a guerra que *forjou* a lança restante? Não, Amaram. Tudo que a guerra fez foi *identificar a lança que não podia ser quebrada*.

Amaram se levantou até ficar de joelhos, uivando com um som bestial e agarrando a gema tremeluzente em seu peito, que se apagou, lançando a área na escuridão.

Kaladin!, gritou Syl na mente de Kaladin.

Ele mal conseguiu se esquivar enquanto dois Moldados passavam voando, suas lanças errando o peito dele por pouco. Mais dois vieram da esquerda, outro da direita. Um sexto carregava o Moldado corpulento de volta, resgatado da Projeção de Kaladin.

Eles tinham ido buscar reforços. Parecia que os Moldados haviam compreendido que o melhor caminho para deter Dalinar seria primeiro remover Kaladin do campo de batalha.

RENARIN INSPIROU E EXPIROU enquanto o petronante desabava — esmagando casas na queda, mas também quebrando seu braço. Ele estendeu o braço restante, emitindo um balido choroso. Renarin e seu companheiro — o Fractário thayleno — haviam cortado ambas as pernas nos joelhos.

O thayleno foi até ele e deu um tapa — cuidadoso — em suas costas com a manopla.

— Luta muito boa.

— Eu só o distraí enquanto você cortava nacos das pernas dele.

— Você fez bem — respondeu o thayleno, e indicou o petronante, que ficou de joelhos, depois escorregou. — Como terminar?

Ele vai temer você!, falou Glys dentro de Renarin. *Ele vai partir. Faça ele partir.*

— Verei o que posso fazer — disse Renarin para o thayleno, então seguiu com cuidado pela rua e subiu um nível até ter uma visão melhor da cabeça do petronante.

— Então... Glys? O que eu faço?

Luz. Você pode fazer ele partir com luz.

A coisa se ergueu dos destroços de um edifício destruído. Pedra roçou em pedra enquanto sua enorme cabeça em forma de cunha se voltava para Renarin. Olhos fundos e derretidos tremularam, como um fogo morrendo.

Ela estava sofrendo. Era capaz de sentir dor.

Ela vai partir!, prometeu Glys, excitável como sempre.

Renarin levantou o punho e invocou Luz das Tempestades, que brilhou como um facho poderoso. E...

Os olhos de lava vermelha se apagaram diante daquela luz, e a criatura parou de se mover com um último suspiro de extinção.

Então seu companheiro thayleno se aproximou com leves estalidos da Armadura.

— Bom. Excelente!

— Vá ajudar no combate — disse Renarin. — Eu preciso abrir o Sacroportal pessoalmente.

O homem obedeceu sem questionar, correndo pela via principal que levava ao Distrito Antigo.

Renarin ficou um tempo diante daquele cadáver de pedra, perturbado. *Eu deveria ter morrido. Eu me* vi *morrendo...*

Sacudiu a cabeça, então rumou à parte superior da cidade.

S{.}HALLAN, VÉU E RADIANTE estavam de mãos dadas em um círculo. As três fluíam, seus rostos mudando, identidades se misturando. Juntas, haviam convocado um exército.

Que naquele instante estava morrendo.

Uma variedade corpulenta de Moldado havia organizado o inimigo. Esses não se distraíam. Embora Véu, Shallan e Radiante houvessem feito cópias de si mesmas — para impedir que as verdadeiras fossem atacadas —, essas também morreram.

Oscilando. Luz das Tempestades se esgotando.

Nós nos esforçamos demais, pensaram elas.

Três Moldados se aproximaram, atravessando as ilusões moribundas, marchando através da Luz das Tempestades que se evaporava. Pessoas caíam de joelhos e viravam fumaça.

— Hmmm... — fez Padrão.

— Cansada — disse Shallan, com olhos sonolentos.

— Satisfeita — falou Radiante, orgulhosa.

— Preocupada — disse Véu, espiando os Moldados.

Elas queriam se mover. Precisavam se mover. Mas doía ver seu exército morrer e sumir.

Uma figura não derreteu como as outras. Uma mulher de cabelo preto como azeviche que havia escapado das tranças de sempre e balançava livremente enquanto ela se posicionava entre o inimigo e Shallan, Radiante e Véu. O terreno tornou-se lustroso, a superfície de pedra Transmutada em óleo. Véu, Shallan e Radiante vislumbraram aquilo no Reino Cognitivo. Mudou tão facilmente. Como Jasnah conseguia fazer aquilo?

Jasnah Transmutou uma faísca do ar, incendiando o óleo e fazendo surgir um campo de chamas. Os Moldados levantaram as mãos diante dos rostos, recuando.

— Isso deve nos dar alguns momentos.

Jasnah virou-se para Radiante, Véu e Shallan e pegou Shallan pelo braço — mas Shallan oscilou, então se desfez. Jasnah parou, então se voltou para Véu.

— Aqui — disse Radiante, cansada, se levantando aos tropeços. Era ela que Jasnah poderia segurar. Ela piscou, os olhos cheios de lágrimas. — Você é... real?

— Sim, Shallan. Você se saiu muito bem aqui. — Ela tocou o braço de Radiante, então olhou na direção dos Moldados, que estavam se arriscando nas chamas, apesar do calor. — Danação. Talvez eu devesse ter aberto um abismo debaixo deles, em vez disso.

Shallan fez uma careta enquanto o resto do seu exército — como a luz esfiapada de um sol poente — desaparecia. Jasnah lhe ofereceu uma gema, da qual Radiante bebeu ansiosamente.

As tropas de Amaram haviam começado a formar fileiras outra vez.

— Venha — chamou Jasnah, puxando Véu de volta para a muralha, onde degraus cresceram da própria pedra.

— Transmutação? — indagou Shallan.

— Sim. — Jasnah pisou no primeiro, mas Shallan não a seguiu.

— Não devíamos ter ignorado isso — disse Radiante. — Deveríamos ter praticado.

Ela se permitiu, por um momento, ver Shadesmar. Contas rolavam e se moviam debaixo dela.

— Não vá longe demais — alertou Jasnah. — Você não consegue levar sua forma física para o reino, como eu pensava, mas há coisas aqui que podem se alimentar da sua mente.

— Se eu quiser Transmutar o ar. Como?

— Evite o ar até ter mais experiência — replicou Jasnah. — É conveniente, mas difícil de controlar. Por que não tenta transformar um pouco de pedra em óleo, como eu fiz? Podemos incendiá-lo enquanto subimos os degraus e impedir o inimigo outra vez.

— Eu...

Tantas contas, tantos *esprenos*, se agitando no lago que marcava a Cidade de Thaylen. Era tão avassalador.

— Aqueles destroços perto da muralha serão mais fáceis do que o chão em si — disse Jasnah —, já que você será capaz de tratar aquelas pedras como unidades distintas, enquanto o chão se vê como uma coisa só.

— É demais — admitiu Shallan, esprenos de exaustão girando ao redor dela. — Eu não consigo, Jasnah. Sinto muito.

— Está tudo bem, Shallan. Eu só queria ver, já que parecia que você estava Transmutando para dar peso às suas ilusões. Mas também, Luz das Tempestades concentrada possui uma massa tênue. De qualquer modo, suba os degraus, menina.

Radiante começou a subir a escada de pedra. Atrás dela, Jasnah acenou na direção dos Moldados que se aproximavam e pedra se formou do ar, envolvendo-os completamente.

Foi brilhante. Qualquer um que visse aquilo apenas no Reino Físico ficaria impressionado, mas Radiante via muito mais. O comando e a confiança absolutos de Jasnah. A Luz das Tempestades correndo para realizar sua vontade. O próprio ar respondendo como se fosse a voz de Deus.

Shallan arquejou, maravilhada.

— Ele obedeceu. O ar obedeceu ao seu chamado para se transformar. Quando eu tentei fazer um *único gravetinho* mudar, ele se recusou.

— A Transmutação é uma arte baseada na prática — disse Jasnah. — Suba, suba. Continue andando. — Ela desfazia os degraus à medida que subiam. — Lembre-se, você não deve dar ordens a pedras, já que elas são muito mais teimosas que os homens. Use coerção. Fale de liberdade e movimento. Mas, para um gás se tornar sólido, você precisa impor disciplina e vontade. Cada Essência é diferente, e cada uma delas oferece vantagens e desvantagens quando usada como substrato para a Transmutação.

Jasnah olhou sobre o ombro na direção do exército que estava sendo reunido.

— E talvez... nessa ocasião específica não seja aconselhável uma lição. Depois de ter reclamado tanto que não queria pupilas, seria de se pensar que eu conseguiria resistir à tentação de instruir pessoas em momentos inoportunos. Continue andando.

Sentindo-se exaustas, Véu, Shallan e Radiante subiram e enfim chegaram ao topo da muralha.

DEPOIS DA DIFICULDADE QUE Renarin tivera para conseguir lutar com o petronante — passara o que pareceu uma eternidade preso na multidão —, havia esperado que cobrir o resto da distância até o Sacroportal fosse ser complicado. Contudo, as pessoas estavam se movendo mais rápido agora. O povo acima devia ter deixado as ruas, se escondendo nos muitos templos e edifícios do Distrito Real.

Ele conseguiu se mover com o fluxo de gente. Perto do nível superior, entrou em um edifício e caminhou até os fundos, passando por alguns comerciantes encolhidos. A maioria dos edifícios ali possuía apenas um andar, então ele usou Glys para cortar um buraco no teto, depois fez alguns suportes de mão na parede de rocha e subiu até o topo.

Mais adiante, chegou à rua que conduzia à plataforma do Sacroportal. Ele estava... desacostumado de fazer coisas assim. Não só usar a Espada Fractal, mas atividades físicas. Sempre tivera medo dos seus ataques, sempre se preocupara que um momento de força instantaneamente se tornasse um de invalidez.

Vivendo desse jeito, aprendia-se a ficar para trás. Só por via das dúvidas. Fazia um tempo que não sofria um ataque. Não sabia se era apenas uma coincidência — eles eram irregulares — ou se haviam sido curados, como sua vista ruim. De fato, ele ainda via o mundo de modo diferente dos outros. Ainda ficava nervoso ao falar com as pessoas e não gostava de ser tocado. As pessoas viam umas nas outras coisas que ele não compreendia. Tanto ruído e destruição, e pessoas falando e gritos pedindo socorro, e choros, e murmúrios, e sussurros, tudo zumbindo, zumbindo.

Pelo menos ali, naquela rua junto do Sacroportal, as multidões haviam diminuído. Por quê? Não deveriam ter se aglomerado ali, esperando fugir? Por que...

Ah.

Uma dúzia de Moldados flutuava no céu acima do Sacroportal, lanças posicionadas formalmente diante deles, roupas pendendo abaixo deles e tremulando.

Doze. *Doze.*

Isso seria ruim, disse Glys.

Um movimento chamou sua atenção: uma garota junto de um umbral, acenando para ele. Renarin caminhou até lá, preocupado que os Moldados pudessem atacá-lo. Com sorte, sua Luz das Tempestades — que usara em grande parte lutando com o petronante — não estaria clara o bastante para atrair a ira deles.

Adentrou o edifício, outra estrutura de um andar com uma grande sala aberta na frente. O local estava ocupado por dezenas de escribas e fervorosos, muitos reunidos ao redor de uma telepena. Crianças que ele não podia ver se aglomeravam nos cômodos dos fundos, mas ele ouvia seus lamentos. E ouvia o rabisco, rabisco, rabisco de penas no papel.

— Ah, abençoado seja o Todo-Poderoso — disse a Luminosa Teshav, surgindo da massa de pessoas e puxando Renarin mais para dentro na sala. — Você tem alguma notícia?

— Meu pai me mandou até aqui para ajudar. Luminosa, onde estão o General Khal e seu filho?

— Em Urithiru — respondeu ela. — Eles se transferiram de volta para reunir forças, mas então... Luminobre, está acontecendo um ataque a Urithiru. Estamos tentando obter informações via telepena. Parece que uma força de ataque de algum tipo chegou com o advento da Tempestade Eterna.

— Luminosa! — chamou Kadash. — A telepena dos escribas de Sebarial está respondendo novamente. Eles pedem desculpa pelo longo atraso. Sebarial recuou, seguindo o comando de Aladar, para os níveis superiores. Ele confirma que os atacantes são parshemanos.

— Os Sacroportais? — perguntou Renarin, esperançoso. — Eles conseguem alcançá-los e abrir o caminho para cá?

— Improvável. O inimigo está dominando o platô.

— Nossos exércitos têm a vantagem em Urithiru, Príncipe Renarin — explicou Teshav. — Os relatórios concordam que essa força de ataque inimiga não é nem de longe grande o bastante para nos derrotar por lá. Essa é obviamente uma tática de atraso para nos impedir de ativar o Sacroportal e trazer auxílio para a Cidade de Thaylen.

Kadash assentiu.

— Esses Moldados acima do Sacroportal permaneceram mesmo quando o monstro de pedra do lado de fora estava caindo. Eles sabem suas ordens: impedir que o dispositivo seja ativado.

— A Radiante Malata é a única maneira de nossos exércitos nos alcançarem através do Sacroportal — disse Teshav. — Mas não conseguimos entrar em contato com ela ou com qualquer pessoa do contingente de Kharbranth. O inimigo os atacou primeiro. Eles sabiam exatamente como nos ferir.

Renarin respirou fundo, extraindo a Luz das Tempestades que Teshav estava carregando. Seu brilho iluminou a sala, e olhos em toda a câmara deixaram de lado as telepenas, voltando-se para ele.

— O portal precisa ser aberto — declarou Renarin.

— Vossa Alteza... — disse Teshav. — Não pode lutar com todos eles.

— Não há mais ninguém.

Em seguida, ele se virou para partir. De modo chocante, ninguém tentou impedi-lo.

Tinham feito isso por toda sua vida. Não, Renarin. Isso não é para você. Você não pode fazer isso. Você não está *bem*, Renarin. Seja *sensato*, Renarin.

Ele sempre havia sido sensato. Sempre escutara. Era maravilhoso e assustador ao mesmo tempo saber que ninguém fazia isso naquele dia. As telepenas continuaram rabiscando, se movendo por conta própria, indiferentes ao momento.

Renarin saiu do edifício.

Apavorado, andou pela rua, invocando Glys como uma Espada Fractal. Enquanto se aproximava da rampa que subia até o Sacroportal, os Moldados desceram. Quatro pousaram na rampa diante dele, então fizeram um gesto parecido com uma saudação, cantarolando uma melodia frenética que ele não conhecia.

Renarin estava tão assustado que teve medo de se mijar. Não era tão nobre ou valente afinal, era?

Ah... o que virá agora?, disse Glys, a voz vibrando através de Renarin. *O que emerge?*

Renarin começou a ter um de seus ataques.

Não dos antigos, que o deixavam fraco. Ele agora tinha novos ataques, que nem ele nem Glys podiam controlar. Viu vidro brotando do chão e se espalhando como cristais, formando treliças, imagens, significados e caminhos. Imagens de vitrais, um painel atrás do outro.

As visões sempre tinham acertado. Até aquele dia — até proclamarem que o amor de Jasnah Kholin falharia.

Ele leu o último conjunto de imagens em vidro pintado, então sentiu o medo sumir. Sorriu. Isso pareceu confundir os Moldados, já que pararam suas saudações.

— Vocês estão se perguntando por que estou sorrindo — disse Renarin.

Eles não responderam.

— Não se preocupem. Vocês não perderam nada engraçado. Eu... bem, duvido que achem isso divertido.

Luz explodiu da plataforma do Sacroportal em uma onda. Os Moldados gritaram em uma língua estranha, subindo aos ares. Uma muralha luminosa se expandiu a partir da plataforma do Sacroportal em um círculo, deixando uma pós-imagem brilhante.

Ao sumir, revelou uma divisão inteira de tropas alethianas vestindo o azul Kholin na plataforma do Sacroportal.

Então, como um Arauto das lendas, um homem se ergueu no ar acima deles. Brilhando com Luz das Tempestades branca, o homem barbudo carregava uma longa Lança Fractal com uma guarda de forma estranha abaixo da ponta.

Teft.

Cavaleiro Radiante.

SHALLAN ESTAVA SENTADA COM as costas apoiadas na amurada, ouvindo os soldados gritarem ordens. Navani dera a ela Luz das Tempestades e água, mas no momento estava distraída com relatórios de Urithiru.

Padrão zumbiu da lateral do casaco de Véu.

— Shallan? Você se saiu bem, Shallan. Muito bem.

— Uma defesa honrada — concordou Radiante. — Uma contra muitos, e defendemos nossa posição.

— Mais tempo do que deveríamos — comentou Véu. — Nós *já* estávamos exaustas.

— Ainda estamos ignorando coisas demais — disse Shallan. — Estamos ficando boas demais em fingir.

Ela havia decidido ficar com Jasnah para *aprender*, para começo de conversa. Mas, quando a mulher voltou dos mortos, em vez de aceitar treinamento, Shallan havia fugido imediatamente. No que estava pensando, afinal?

Em nada. Ela estava tentando se esconder de coisas que não queria encarar. Como sempre.

— Hmm... — disse Padrão, um zumbido preocupado.

— Estou cansada — sussurrou Shallan. — Você não precisa se preocupar. Depois que eu descansar, vou me recuperar e me acostumar a ser só uma. Na verdade... na verdade, acho que não estou mais tão perdida quanto antes.

Jasnah, Navani e a Rainha Fen cochichavam mais à frente da muralha. Generais thaylenos se juntaram a elas, e esprenos de medo começaram a se reunir. A defesa, na opinião delas, estava indo mal. Relutantemente,

Véu se levantou e vasculhou o campo de batalha. As forças de Amaram estavam se reunindo além do alcance dos arcos.

— Nós retardamos o inimigo — disse Radiante —, mas não o derrotamos. Ainda temos um exército avassalador a encarar...

— Hmmm... — disse Padrão, em um tom agudo, preocupado. — Shallan, veja. Mais além.

Mais perto da baía, milhares e milhares de tropas parshemanas descansadas haviam começado a carregar escadas para fora dos navios, para uso em um assalto total.

— Diga aos homens para não perseguirem aqueles Moldados — disse Renarin a Lopen. — Precisamos primeiro proteger o Sacroportal, é o mais importante.

— Tudo bem, claro — respondeu Lopen, alçando voo para passar a ordem para Teft.

Os Moldados lutavam com a Ponte Quatro no ar acima da cidade. Aquele grupo de inimigos parecia mais hábil do que os outros que Renarin vira abaixo, mas eles mais se *defendiam* do que *combatiam*. Estavam progressivamente movendo o conflito mais para fora da cidade, e Renarin se preocupou que estivessem atraindo a Ponte Quatro para longe do Sacroportal de modo deliberado.

A divisão alethiana marchou para a cidade com gritos de louvor e alegria das pessoas ao redor. Dois mil homens não fariam tanta diferença, se aqueles parshemanos do lado de fora se juntassem à batalha, mas era um começo — além disso, o General Khal havia trazido não um, mas *três* Fractários. Renarin fez o que pôde para explicar a situação da cidade, mas ficou envergonhado ao dizer aos Khals que não sabia como estava seu pai.

Enquanto eles se reuniam com Teshav — transformando a estação de escribas em um posto de comando —, Rocha e Lyn pousaram perto de Renarin.

— Rá! — exclamou Rocha. — O que aconteceu com uniforme? Está precisando da minha agulha.

Renarin olhou para sua roupa esfarrapada.

— Fui atingido por um grande bloco de pedra. Vinte vezes... Mas você não devia reclamar. Esse sangue no uniforme é *seu*?

— Bobeira!

— Nós tivemos que carregá-lo até o Sacroportal — disse Lyn. — Estávamos tentando trazê-lo até você, mas ele começou a sugar Luz das Tempestades assim que chegou aqui.

— Kaladin está perto — concordou Rocha. — Rá! Eu o alimento. Mas aqui, hoje, ele me alimentou. Com luz!

Lyn olhou Rocha de soslaio.

— O tormentoso papaguampas pesa tanto quanto um chule... — Ela balançou a cabeça. — Kara vai lutar com os outros... não diga a ninguém, mas ela vem praticando com a lança desde a infância, a espertinha. Mas Rocha não vai lutar, e eu só peguei em uma lança faz poucas semanas. Alguma ideia de onde quer que a gente vá?

— Eu não... hum... não estou no comando nem nada...

— Jura? — disse Lyn. — E esse é o seu tom de Cavaleiro Radiante?

— Rá! — disse Rocha.

— Acho que gastei toda minha Radiantação por hoje — replicou Renarin. — Hã, vou operar o Sacroportal e trazer mais tropas para cá. Talvez vocês possam descer e ajudar na muralha da cidade, removendo feridos das linhas de frente?

— É boa ideia — disse Rocha.

Lyn assentiu e saiu voando, mas Rocha ficou, então agarrou Renarin em um abraço muito caloroso, sufocante e *inesperado*.

Renarin fez o melhor que pôde para não se contorcer. Não era o primeiro abraço de Rocha que suportava. Mas... Raios. Não se devia simplesmente agarrar alguém assim.

— Por quê? — perguntou Renarin depois do abraço.

— Você estava com cara de que precisava de abraço.

— Eu garanto a você, *nunca* estou com essa cara. Mas, hã, estou feliz que vocês tenham vindo. Muito, *muito* feliz.

— Ponte Quatro — disse Rocha, então se lançou ao ar.

Renarin sentou-se em alguns degraus ali perto, tremendo depois de tudo, mas sorrindo mesmo assim.

D**ALINAR SEGUIU PARA O** abraço da Euforia.

Já acreditara que havia sido quatro homens na vida, mas agora percebia que subestimara em muito o número. Não vivera como dois, quatro, ou seis homens — vivera como milhares, pois a cada dia havia se tornado alguém ligeiramente diferente.

Não havia mudado em um passo gigantesco, mas através de um milhão de pequenos passos.

O mais importante é sempre o próximo, pensou enquanto pairava na névoa vermelha. A Euforia ameaçava tomá-lo, controlá-lo, rasgá-lo em pedaços e despedaçar sua alma na aflição de agradá-lo — para dar-lhe algo que a Euforia jamais poderia compreender que era perigoso.

Uma mãozinha agarrou a mão de Dalinar.

Ele se sobressaltou, olhando para baixo.

— L-Lift? Você não devia ter vindo até aqui.

— Mas eu sou *ótima* em ir a lugares onde não deveria ir.

Ela botou algo na mão dele.

O grande rubi.

Abençoada seja.

— O que é isso? — perguntou ela. — Por que precisa dessa pedra?

Dalinar estreitou os olhos dentro da neblina. *Você sabe como nós capturamos esprenos, Dalinar?*, perguntara Taravangian. *Você atrai o espreno com algo que ele ama. Você dá a ele algo familiar para atraí-lo...*

Algo que ele conheça profundamente.

— Shallan viu um dos Desfeitos na torre — sussurrou ele. — Quando ela se aproximou, o Desfeito teve medo, mas não acho que a Euforia tenha a mesma compreensão daquele outro. Sabe, ele só pode ser vencido por alguém que *o compreenda*, profunda e sinceramente.

Ele levantou a gema acima da cabeça e — uma última vez — abraçou a Euforia.

Guerra.

Vitória.

A conquista.

Toda a vida de Dalinar fora uma competição: uma luta, passando de uma conquista para a seguinte. Ele aceitava o que havia feito. Isso sempre seria parte dele. E muito embora estivesse determinado a resistir, não jogaria fora o que havia aprendido. Aquela mesma sede pelo combate — pela luta, pela *vitória* — também o preparara para recusar Odium.

— Obrigado — sussurrou de novo para a Euforia — por me dar forças quando eu precisei.

A Euforia fervilhava ao redor dele, arrulhando e exultando com seu elogio.

— Agora, velha amiga, é hora de descansar.

C ONTINUE SE MOVENDO.
Kaladin se esquivava e ziguezagueava, evitando alguns ataques, se curando de outros.

Mantenha-os distraídos.

Tentou levantar voo, mas os oito Moldados o cercaram, derrubando-o de volta. Caiu no chão de pedra, então se Projetou lateralmente, para longe das lanças perfurantes ou dos porretes esmagadores.

Não posso escapar de verdade.

Precisava manter a atenção deles. Se conseguisse escapulir, todos aqueles Moldados se voltariam contra Dalinar.

Você não precisa vencê-los. Só precisa durar tempo o suficiente.

Ele se esquivou para a direita, passando alguns centímetros acima do chão, mas uma Moldada enorme — dos quatro que lutavam com ele — o agarrou pelo pé. Ela o bateu no chão, então carapaça cresceu ao longo dos seus braços, ameaçando prender Kaladin ao chão.

Ele a afastou com um chute, mas outro o pegou pelo braço e o lançou para o lado. Moldados voadores desceram e, embora Kaladin tenha conseguido se proteger das suas lanças com o Escudo Syl, o flanco dele latejava. A cura estava mais lenta.

Dois outros Moldados voaram por ali, catando gemas próximas, deixando Kaladin em um círculo de trevas em contínua expansão.

Apenas ganhe tempo. Dalinar precisa de tempo.

Syl cantava em sua mente enquanto ele girava, formando uma lança e atravessando com ela o peito de uma dos grandalhões. Aqueles Moldados se curavam, a menos que fossem apunhalados no ponto exato do esterno, e ele errou. Assim, transformou Syl em uma espada e, com a arma ainda cravada no peito da Moldada, rasgou para cima através da cabeça, queimando os olhos dela. Outro Moldado corpulento atacou, mas, quando o acertou — o porrete fazendo parte do corpo da criatura —, Kaladin usou muito da sua Luz das Tempestades restante para Projetá-lo para o alto, fazendo com que se chocasse com um Moldado acima.

Outro bateu nele pelo flanco, fazendo com que Kaladin saísse rolando. Um relâmpago vermelho pulsava acima quando ele enfim parou, caído de costas. Logo invocou Syl como uma lança, apontando direto para cima. Isso empalou o Moldado que mergulhava para atacá-lo, rachando seu esterno e fazendo com que os olhos queimassem.

Outro o agarrou pelo pé e o levantou, então o bateu de cara no chão. O golpe tirou o fôlego de Kaladin. O monstruoso Moldado pisou em suas costas com um pé envolto em carapaça, fraturando costelas. Kaladin gritou e, embora a Luz das Tempestades curasse o que pudesse, o último resquício dela tremulou dentro dele.

Então se apagou.

Um som súbito ecoou atrás de Kaladin, como ar agitado — seguido por uivos de dor. O Moldado cambaleou para trás, murmurando em um ritmo rápido e preocupado. Então, incrivelmente, ele se *virou e fugiu*.

Kaladin se voltou, olhando para trás. Não conseguia mais enxergar Dalinar, mas a própria neblina começara a se agitar. Fluindo e pulsando, ela se sacudia como se tivesse sigo pega por um vento poderoso.

Mais Moldados fugiram. O lamento ficou mais alto e a neblina pareceu rugir — mil rostos se esticando a partir dela, bocas abertas em agonia. Essas faces foram sugadas de volta ao mesmo tempo, como ratos puxados pelas caudas.

A névoa vermelha implodiu, desaparecendo. Tudo escureceu, a tempestade acima se silenciando.

Kaladin se pegou deitado, com o corpo quebrado, no chão. Luz das Tempestades havia curado suas funções vitais; seus órgãos provavelmente estavam intactos, embora seus ossos quebrados tenham-no feito arquejar de dor quando tentou se sentar. As esferas ao redor estavam foscas, e a escuridão o impedia de conferir se Dalinar estava vivo.

A neblina quase se fora. Aquilo parecia um bom sinal. E, na escuridão, Kaladin viu algo vindo da cidade, deixando um rastro. Luzes brancas e brilhantes voando no ar.

Um som arranhado ecoou ali perto, então uma luz roxa bruxuleou nas trevas. Uma sombra se ergueu desajeitadamente, luz roxo-escura pulsando vivamente em sua cavidade torácica, que estava vazia, a não ser por aquela gema.

Os olhos brilhantes de Amaram iluminavam uma face distorcida: sua mandíbula havia se quebrado na queda, e gemas haviam brotado nas laterais do seu rosto em ângulos estranhos, fazendo com que a mandíbula pendesse frouxamente da boca, saliva escorrendo pelo canto. Ele cambaleou na direção de Kaladin, o coração de gema pulsando com luz. Uma Espada Fractal se formou na mão dele. A mesma que havia matado os amigos de Kaladin tanto tempo atrás.

— Amaram — sussurrou Kaladin. — Eu vejo o que você é. O que sempre foi.

Amaram tentou falar, mas sua mandíbula caída só deixou escapar perdigotos e grunhidos. Kaladin teve uma memória vívida da primeira vez que vira o grão-senhor, em Larpetra. Tão alto e corajoso. Aparentemente perfeito.

— Eu vi nos seus olhos, Amaram — sussurrou Kaladin enquanto aquela casca de homem cambaleava até ele. — Quando você matou Coreb e Hab e meus outros amigos. Eu *vi* a culpa que você sentiu. — Ele umedeceu os lábios. — Você tentou me arrasar, me tornando um escravo. Mas você falhou. Eles me salvaram.

Talvez seja hora de outra pessoa salvar você, dissera Syl em Shadesmar. Mas alguém já o havia salvado.

Amaram levantou bem alto a Espada Fractal.

— Ponte Quatro — sussurrou Kaladin.

Uma flecha atingiu a cabeça de Amaram por trás, atravessando o crânio e saindo pela sua boca inumana. Amaram tropeçou para a frente, deixando cair a Espada Fractal, a flecha presa à cabeça. Ele fez um som de engasgo, então se virou bem a tempo de tomar outra flechada direto no peito — bem através do coração de gema faiscante.

A ametista explodiu e Amaram desabou como um destroço arruinado ao lado de Kaladin.

Uma figura brilhante estava de pé sobre alguns escombros mais adiante, segurando o enorme Arco Fractal de Amaram. A arma parecia combinar com Rocha, alto e brilhante, um farol nas trevas.

Os olhos vermelhos de Amaram se apagaram enquanto ele morria, e Kaladin teve a distinta impressão de ver uma fumaça negra escapando do seu cadáver. Duas Espadas Fractais se formaram ao lado dele e retiniram na pedra.

OS SOLDADOS ABRIRAM ESPAÇO para Radiante na muralha enquanto se preparavam para o ataque inimigo. O exército de Amaram havia formado fileiras de assalto, enquanto parshemanos carregavam escadas, prontos para atacar.

Era difícil andar pelo topo da muralha sem pisotear um espreno de medo. Thaylenos sussurravam sobre a habilidade alethiana em batalha, recordando histórias como a de Hamadin e seus cinquenta, que haviam resistido a dez mil vedenos. Aquela era a primeira batalha que os thaylenos haviam visto em uma geração, mas as tropas de Amaram estavam calejadas devido à guerra constante nas Planícies Quebradas.

Eles olharam para Shallan como se ela pudesse salvá-los. Os Cavaleiros Radiantes eram a única vantagem da cidade. Sua melhor esperança de sobrevivência.

Aquilo a apavorava.

Os exércitos começaram a atacar a muralha. Sem pausa, sem descanso. Odium continuaria enviando forças contra aquela muralha durante o tempo necessário para destruir a Cidade de Thaylen. Homens sedentos de sangue, controlados por...

A luz nos olhos deles começou a se apagar.

Aquele céu nublado tornava o fenômeno inconfundível; por todo o campo, o vermelho sumiu dos olhos dos soldados de Amaram.

Muitos caíram imediatamente de joelhos, vomitando no chão. Outros cambalearam, conseguindo se manter de pé ao se apoiarem frouxamente nas lanças. Era como se a própria vida houvesse sido sugada deles — e foi tão abrupto e inesperado que Shallan teve que piscar várias vezes antes que sua mente admitisse que sim, estava acontecendo.

Gritos de comemoração irromperam por toda a muralha enquanto os Moldados inexplicavelmente recuavam de volta para os navios. Os parshemanos se apressaram em segui-los, assim como muitas das tropas de Amaram — embora alguns soldados apenas jazessem sobre as pedras quebradas.

Letargicamente, a tempestade escura foi sumindo até ser apenas uma mancha nublada, ondulando com sonolentos relâmpagos vermelhos. Por fim, cruzou a ilha — impotente, desprovida de vento — e desapareceu a leste.

K ALADIN BEBEU LUZ DAS Tempestades das gemas de Lopen.
— Sorte que o papaguampas estava procurando você, *gon* — disse Lopen. — O resto de nós só pensou em lutar, sabe?

Kaladin olhou para Rocha, que estava junto do corpo de Amaram, olhando para baixo e segurando frouxamente o enorme arco em uma mão. Como ele o utilizara? Luz das Tempestades concedia grande resistência, mas não aprimorava a força tanto assim.

— Opa — disse Lopen. — *Gancho*! Olhe só!

As nuvens haviam afinado e a luz do sol apareceu, iluminando o campo de pedra. Dalinar Kholin estava ajoelhado ali perto, agarrado a um grande rubi que brilhava com a mesma estranha luz fantasma que os Moldados. A garota reshiana estava junto dele, com sua mãozinha pousada no ombro de Dalinar.

O Espinho Negro estava chorando enquanto segurava a gema.

— Dalinar? — chamou Kaladin, preocupado, correndo até lá. — O que aconteceu?

— Acabou, capitão — respondeu Dalinar, depois sorriu.

Então eram lágrimas de alegria? Por que ele parecia tão triste?

— Acabou.

IDEAIS

Torna-se responsabilidade de todo homem, ao perceber que carece da verdade, sair à procura dela.

— De O caminho dos reis, pós-escrito

MOASH DESCOBRIU QUE ERA fácil passar de matar homens a quebrar destroços.

Ele usava uma picareta para golpear os pedaços de pedra caída na antiga ala leste do palácio de Kholinar, esmagando colunas que haviam desabado, para que pudessem ser levadas embora por outros trabalhadores. Ali perto, o chão ainda estava vermelho com sangue seco. Fora ali que matara Elhokar, e seus novos mestres haviam ordenado que o sangue não fosse limpo. Alegavam que a morte de um rei era algo digno de reverência.

Moash não deveria sentir prazer? Ou pelo menos satisfação? Em vez disso, matar Elhokar só fizera com que se sentisse... frio. Como um homem que havia andado por metade de Roshar com uma caravana de chules teimosos. No topo da última colina, não se sentia satisfação, apenas cansaço. Talvez um pouco de alívio por ter acabado.

Ele bateu a picareta contra um pilar caído. Perto do fim da batalha por Kholinar, o petronante havia derrubado uma grande porção da galeria oriental do palácio. Agora, os escravos humanos precisavam limpar os escombros. Os outros frequentemente começavam a chorar, ou a trabalhar com ombros caídos.

Moash sacudiu a cabeça, apreciando o ritmo pacífico da picareta na pedra.

Um Moldado passou por ali, coberto por uma armadura de carapaça tão brilhante e cruel como uma Armadura Fractal. Havia nove ordens de Moldados. Por que não dez?

— Ali — falou o Moldado através de um intérprete, e apontou para uma seção da parede. — Quebre ali.

Moash enxugou a testa, franzindo o cenho enquanto outros escravos começavam a trabalhar naquele ponto. Por que quebrar aquela parede? Não seria necessário reconstruir aquela parte do palácio?

— Curioso, humano?

Moash deu um pulo, sobressaltado, ao ver uma figura descendo através do telhado quebrado, envolta em preto. Lady Leshwi ainda visitava Moash, o homem que a matara. Ela era importante entre os Cantores, mas não como um tipo de grão-príncipe; era mais como um capitão de campo.

— Acho que estou curioso, Cantora Anciã — disse Moash. — Há um motivo para despedaçar esta parte do palácio? Mais do que simplesmente limpar os destroços?

— Sim. Mas você ainda não precisa saber por quê.

Ele assentiu, então voltou ao trabalho. Ela cantarolou em um ritmo que ele associava com estar satisfeito.

— Sua paixão merece elogios.

— Eu não tenho paixão. Apenas entorpecimento.

— Você deu a ele sua dor. Ele vai devolvê-la, humano, quando você precisar dela.

Isso seria ótimo, contanto que pudesse esquecer a expressão de traído nos olhos de Kaladin.

— Hnanan deseja falar com você — declarou a anciã. O nome não era totalmente uma palavra; era mais um som cantarolado, com batidas específicas. — Junte-se a nós lá em cima.

Ela saiu voando. Moash deixou de lado sua picareta e seguiu de uma maneira mais mundana, dando a volta até chegar à frente do palácio. Longe das picaretas e do barulho das pedras, pôde ouvir soluços e gemidos. Só os humanos mais miseráveis se abrigavam ali, nos edifícios quebrados perto do palácio.

Por fim, seriam conduzidos para trabalhar em fazendas. Por enquanto, contudo, a cidade grandiosa era um lugar de choro e sofrimento. As pessoas pensavam que o mundo havia acabado, mas só estavam meio certas. O mundo *delas* acabara.

Ele adentrou o palácio sem ser questionado e subiu pela escadaria. Os Moldados não precisavam de guardas. Matá-los era difícil e, mesmo que alguém conseguisse, eles simplesmente renasciam na próxima Tempestade Eterna, contanto que um parshemano voluntário pudesse ser encontrado para assumir o fardo.

Perto das câmaras do rei, Moash passou por dois Moldados lendo livros na biblioteca. Eles haviam removido seus longos casacos, flutuando com pés nus despontando das calças largas e tremulantes, os dedos apontados para baixo. Ele enfim encontrou Hnanan na sacada do rei, flutuando no ar, o pano de sua roupa tremulando e ondulando com o vento abaixo.

— Cantora Anciã — disse ele da sacada.

Embora Hnanan fosse o equivalente a um grão-príncipe, não exigia que Moash se curvasse nem mesmo para ela. Aparentemente, ao ter matado um dos seus melhores guerreiros, ele havia obtido um nível de respeito.

— Você se saiu bem — elogiou ela, falando em alethiano com um sotaque carregado. — Abateu um rei neste palácio.

— Rei ou escravo, ele era um inimigo para mim e para os meus.

— Considerei-me sábia e senti orgulho por Leshwi tê-lo escolhido. Durante anos, meu irmão, minha irmã e eu vamos nos gabar de tê-lo escolhido. — Ela olhou para ele. — Odium tem um comando para você. Isso é raro para um humano.

— Diga.

— Você matou um rei — falou ela, removendo algo de uma bainha em seus trajes. Uma faca estranha, com uma safira incrustada no cabo. A arma era feita de um metal dourado brilhante, tão claro que era quase branco. — Faria o mesmo com um deus?

N AVANI SAIU PELA PORTA da muralha de Cidade de Thaylen e correu pelo campo quebrado, sem ligar para os chamados dos soldados que corriam atrás dela. Havia esperado tanto quanto era razoável, para deixar que o exército inimigo recuasse.

Dalinar caminhava com a ajuda de Lopen e do Capitão Kaladin, que o apoiavam um de cada lado. Ele arrastava jatos de esprenos de exaustão como um enxame. Navani o envolveu em um poderoso abraço mesmo assim. Ele era o Espinho Negro; sobreviveria a um abraço apertado.

Kaladin e Lopen permaneceram ali perto.

— Ele é meu — disse a eles.

Eles concordaram, e não se moveram.

— As pessoas precisam de vocês lá dentro — declarou Navani. — Posso cuidar dele, rapazes.

Finalmente, eles saíram voando, e Navani tentou firmar Dalinar. Ele sacudiu a cabeça, mantendo-a ainda no seu abraço, uma grande pedra — enrolada no seu casaco — segura em uma mão e pressionada contra as costas dela. O que era aquilo?

— Acho que sei por que as memórias voltaram — sussurrou ele. — Odium ia fazer com que eu me recordasse de tudo quando estivesse diante dele. Eu precisava aprender a me reerguer. Toda a dor dos últimos dois meses foi uma bênção.

Ela o abraçou naquele campo de pedra aberto, fragmentado pelos petronantes, coberto de homens que uivavam para o céu vazio, gritando pelo que haviam feito, exigindo saber por que tinham sido abandonados.

Dalinar resistiu às tentativas de Navani de puxá-lo para a muralha. Em vez disso, com olhos úmidos, ele a beijou.

— Obrigado por me inspirar.

— Inspirar?

Ele a soltou e estendeu o braço, que trazia o relógio e o dorial que ela lhe dera. Estava rachado, expondo as gemas.

— Isso me lembrou de como fazemos fabriais.

Letargicamente, ele desembalou o casaco do uniforme, que envolvia um grande rubi. A gema brilhava com uma luz bizarra, profunda e escura. De algum modo, parecia tentar puxar a luz ao redor para *dentro*.

— Quero que mantenha isso em segurança para mim — disse Dalinar. — Estude-o. Descubra por que essa gema específica conteve um dos Desfeitos. Mas não a quebre; não ousaremos deixá-lo solto novamente.

Ela mordeu o lábio.

— Dalinar, já vi algo parecido com isso antes. Muito menor, como uma esfera. — Ela olhou para ele. — Foi Gavilar que fez.

Dalinar tocou a pedra com seu dedo nu. Bem no fundo da gema, algo pareceu se mover. Ele havia realmente aprisionado um *Desfeito* inteiro dentro daquela coisa?

— Estude-a — repetiu ele. — E, enquanto isso, há algo mais que quero que faça, meu bem. Algo pouco convencional, talvez desconfortável.

— Qualquer coisa — disse ela. — O que é?

Dalinar fitou-a nos olhos.

— Quero que me ensine a ler.

Todo mundo começou a celebrar. Shallan, Radiante e Véu apenas se acomodaram junto da passarela da muralha, com as costas contra a pedra.

Radiante estava preocupada que deixassem a cidade indefesa na comemoração. E o que havia acontecido com os inimigos lutando nas ruas? Os defensores precisavam se certificar de que aquilo não era um truque.

Véu estava preocupada com pilhagem. Uma cidade no caos frequentemente provava como podia se tornar selvagem. Véu queria estar lá nas ruas, procurando pessoas com probabilidade de serem roubadas, e certificando-se de que elas seriam cuidadas.

Shallan queria dormir. Sentia-se... mais fraca... mais cansada do que as outras.

Jasnah se aproximou pela passarela da muralha, então se abaixou perto dela.

— Shallan? Você está bem?

— Só cansada — mentiu Véu. — Não tem ideia de como aquilo foi exaustivo, Luminosa. Uma bebida forte seria ótimo.

— Suspeito que seria de pouca valia — replicou Jasnah, se levantando. — Descanse aqui mais um pouco. Quero ter absoluta certeza de que o inimigo não vai voltar.

— Juro que farei melhor, Luminosa — respondeu Radiante, tomando a mão de Jasnah. — Quero completar meu aprendizado... estudar e aprender até que *você* determine que estou pronta. Não fugirei novamente. Percebi que ainda tenho um longo caminho pela frente.

— Isso é bom, Shallan.

Jasnah se afastou.

Shallan. *Qual... qual delas eu sou...?* Havia insistido que logo estaria melhor, mas isso não parecia estar acontecendo. Ela procurou uma resposta, fitando o vazio até que Navani se aproximou e se ajoelhou ao seu lado. Atrás, Dalinar aceitou uma mesura respeitosa da Rainha Fen, então se curvou de volta.

— Raios, Shallan — resmungou Navani. — Você mal consegue ficar de olhos abertos. Vou arrumar um palanquim para levá-la para a parte alta da cidade.

— O Sacroportal provavelmente está cheio de gente — disse Radiante. — Não quero tomar o lugar de outros que podem estar precisando mais.

— Não seja tola, criança — disse Navani, então lhe deu um abraço. — Você deve ter passado por tanta coisa. Devmrh, poderia conseguir um palanquim para a Luminosa Davar?

— Posso muito bem usar meus pés — retrucou Véu, olhando feio para a escriba que saltou para obedecer a Navani. — Sou mais forte do que a senhora imagina... sem ofensas, Luminosa.

Navani estreitou os lábios, mas então foi puxada para a conversa de Dalinar e Fen; eles estavam planejando escrever para os azishianos e explicar o que havia acontecido. Véu achava que eles tinham razão em se preocupar que os eventos daquele dia se espalhassem como rumores de uma traição alethiana. Raios, se ela mesma não tivesse estado ali, ficaria tentada a acreditar nisso. Não era todo dia que um exército inteiro se rebelava.

Radiante decidiu que elas podiam descansar por dez minutos. Shallan aceitou, recostando a cabeça contra a parede. Flutuando...

— Shallan?

Aquela voz. Ela abriu os olhos e viu Adolin vindo apressadamente pela muralha até ela. Ele derrapou um pouco enquanto caía de joelhos ao seu lado, então ergueu as mãos — e hesitou, como se estivesse diante de algo muito frágil.

— Não me olhe assim — disse Véu. — Não sou uma peça de cristal delicada.

Adolin estreitou os olhos.

— É verdade — concordou Radiante. — Sou um soldado, tanto quanto os homens no topo desta muralha. A não ser nas questões óbvias, trate-me como trataria a eles.

— Shallan... — chamou Adolin, tomando a mão dela.

— O que foi? — indagou Véu.

— Tem algo errado.

— É claro que tem — retrucou Radiante. — Esse combate nos deixou completamente esgotadas.

Adolin sondou os olhos dela, que fluía de uma para a outra, para a outra, e de volta. Um momento de Véu. Um momento de Radiante. Shallan espreitou...

A mão de Adolin apertou a dela.

Shallan perdeu o fôlego. *Pronto*, pensou. *É essa. É essa que eu sou. Ele sabe.*

Adolin relaxou e, pela primeira vez, ela notou quão esfarrapada estava a roupa dele e levou a mão segura aos lábios.

— Adolin, você está bem?

— Ah! — Ele olhou para seu uniforme rasgado e as mãos arranhadas. — Não é tão ruim quanto parece, Shallan. A maior parte do sangue não é minha. Bem, quer dizer, acho que é. Mas estou me sentindo melhor.

Ela tocou seu rosto com a mão livre.

— É melhor que você não tenha arrumado muitas cicatrizes. Espero que continue bonito, fique sabendo.

— Mal estou ferido, Shallan. Renarin me alcançou.

— Então está tudo bem se eu fizer isso? — perguntou Shallan, inclinando para abraçá-lo.

Ele respondeu, puxando-a para si. Adolin cheirava a suor e sangue — não era o mais suave dos aromas, mas era *ele* e ela era *Shallan*.

— Como você está? — questionou ele. — *De verdade?*

— Cansada — sussurrou ela.

— Se você quiser um palanquim...

— Todo mundo fica me perguntando isso.

— Eu posso carregá-la — disse ele, então recuou e sorriu. — Naturalmente, você é uma Radiante. Então talvez você possa me carregar, em vez disso? Eu já fui e voltei do topo da cidade uma vez...

Shallan sorriu, até que mais adiante na muralha uma figura brilhante pousou na ameia. Kaladin se acomodou, olhos azuis resplandecendo, flanqueado por Rocha e Lopen. Soldados em toda a passarela se voltaram para ele. Mesmo em uma batalha com múltiplos Cavaleiros Radiantes, havia algo na maneira como Kaladin voava, na maneira como ele se movia.

Véu imediatamente assumiu o controle e se pôs de pé enquanto Kaladin andava pela muralha para se encontrar com Dalinar. *O que aconteceu com as botas dele?*

— Shallan? — chamou Adolin.

— Um palanquim parece *ótimo* — disse Véu. — Obrigada.

Adolin corou, então assentiu e foi na direção de uma das escadarias que descem para a cidade.

— Hmm... — disse Padrão. — Estou confuso.

— Nós precisamos abordar essa questão com lógica — falou Radiante. — Estamos procrastinando para tomar uma decisão há meses, desde os dias que passamos nos abismos com o Filho da Tempestade. Começo a pensar que um relacionamento entre dois Cavaleiros Radiantes provavelmente formará uma união mais igualitária.

— Além disso — acrescentou Véu —, veja só aqueles *olhos*. Ardendo com emoção quase incontida.

Ela caminhou na direção dele, sorrindo. Então diminuiu a velocidade.

Adolin me conhece.

O que ela estava fazendo?

Botou Radiante e Véu de lado e, quando elas resistiram, enfiou-as no fundo do seu cérebro.

Elas não eram ela. Ela que, às vezes, era elas. Mas elas *não eram ela*.

Kaladin hesitou na passarela da muralha, mas Shallan só acenou para ele, então foi para a outra direção, cansada — mas determinada.

V ENLI ESTAVA JUNTO DA amurada de um navio em fuga.
Os Moldados se gabavam dentro da cabine do capitão, falando sobre a próxima vez, prometendo o que iam fazer e como venceriam. Eles falavam de vitórias do passado e sutilmente insinuavam o motivo do seu fracasso. Muitos poucos deles haviam despertado até o momento, e os que estavam acordados não estavam acostumados a ter corpos físicos.

Que maneira estranha de tratar um fracasso. Ela se afinou com Apreciação mesmo assim. Um antigo ritmo. Adorava ser capaz de ouvi-los novamente à vontade — ela podia se afinar com os antigos ou com os novos, e deixar seus olhos vermelhos, exceto quando sugava Luz das Tempestades. Timbre havia concedido isso ao capturar o espreno de vazio dentro dela.

Isso significava que podia esconder esse fato dos Moldados. De Odium. Ela se afastou da porta da cabine e caminhou ao longo da lateral do navio, que se movia pela água, indo em direção a Marat.

— Esse laço deveria ser impossível — sussurrou ela para Timbre, que pulsou em Paz. — Também estou feliz, mas por que eu? Por que não um dos humanos?

Timbre pulsou em Irritação, então no Ritmo dos Perdidos.

— Tantos assim? Eu não fazia ideia de que a traição humana havia custado tantas vidas do seu povo. E seu próprio avô?

Irritação novamente.

— Também não sei ao certo o quanto posso confiar nos humanos. Mas Eshonai confiava.

Ali perto, marinheiros trabalhavam no cordame, falando baixo em thayleno. Parshemanos, sim, mas também thaylenos.

— Eu não sei, Vldgen — disse um deles. — É, alguns não eram tão ruins. Mas o que eles fizeram conosco...

— Isso significa que temos que matá-los? — perguntou sua companheira, pegando uma corda que foi jogada. — Não parece certo.

— Eles tiraram nossa identidade, Vldgen — replicou o virilen. — Tomaram *toda a nossa trovejante identidade*. E nunca vão deixar um bando de parshemanos livres. Pode esperar. Eles virão atrás de nós.

— Eu lutarei, se for o caso — declarou Vldgen. — Mas... não sei. Não podemos simplesmente apreciar o fato de sermos capazes de *pensar*? De *existir*? — Ela balançou a cabeça, amarrando bem a corda. — Só gostaria de saber quem nós éramos.

Timbre pulsou em Elogio.

— Os Ouvintes? — sussurrou Venli para o espreno. — Nós não fizemos um trabalho muito bom em resistir a Odium. Assim que tivemos um *vislumbre* do poder, voltamos correndo para ele.

Isso fora culpa dela; Venli os levara a novas informações, novos poderes. Sempre tivera fome disso, de algo novo.

Timbre pulsou em Consolo, mas então o ritmo se misturou, mudando novamente para Determinação.

Venli cantarolou a mesma transformação.

Algo novo.

Mas também algo velho.

Ela caminhou até os dois marinheiros, que imediatamente ficaram em posição de sentido, saudando-a como a única Régia no navio, possuidora de uma forma de poder.

— Eu sei quem vocês eram — disse ela para os dois.

— Você... você sabe? — perguntou a feminen.

— Sim. — Venli apontou. — Continuem trabalhando, e deixem-me contar a vocês sobre os Ouvintes.

A CHO QUE VOCÊ FEZ *um ótimo trabalho, Szeth,* elogiou a espada na mão de Szeth enquanto eles ascendiam acima de Cidade de Thaylen. *Você não destruiu muitos deles, tudo bem, mas só precisa de mais prática!*

— Obrigado, espada-nimi — respondeu ele, alcançando Nin.

O Arauto flutuava com os pés apontados para baixo, as mãos às costas, assistindo os navios parshemanos sumindo no horizonte.

— Perdão, mestre — disse Szeth finalmente. — Eu o deixei zangado.

— Eu não sou seu mestre — replicou Nin. — E você não me deixou zangado. Por que eu estaria insatisfeito?

— Você determinou que os parshemanos são os verdadeiros proprietários desta terra, e que os Rompe-céus devem seguir suas leis.

— O motivo de fazermos nosso juramento a algo externo é justamente porque reconhecemos que nosso próprio julgamento é falho. *Meu julgamento é falho.* — Ele estreitou os olhos. — Eu costumava ser capaz de sentir, Szeth-filho-Neturo. Eu costumava ter compaixão. Me lembro desses dias, antes...

— Da tortura? — indagou Szeth.

Ele assentiu.

— Séculos passados em Braize... o lugar que você chama de Danação... roubaram minha habilidade de sentir. Cada um de nós lida com isso de um modo, mas só Ishar sobreviveu com a mente intacta. Apesar disso, você tem certeza de que deseja usar seu juramento para seguir um homem?

— Não é tão perfeito quanto a lei, eu sei — disse Szeth. — Mas parece certo.

— A lei é feita por homens, então tampouco é perfeita. Não é a perfeição que buscamos, pois a perfeição é impossível; em vez disso, buscamos consistência. Você já disse as Palavras?

— Ainda não. Eu juro seguir a vontade de Dalinar Kholin. Esse é meu juramento.

Ao proclamar as Palavras, neve se cristalizou ao redor dele no ar, então foi descendo. Ele sentiu a onda de alguma coisa. Aprovação? Do espreno oculto que mal se mostrava para ele, mesmo agora.

— Acredito que suas Palavras foram aceitas. Já escolheu sua busca para o próximo Ideal?

— Livrarei os shinos de seus falsos líderes, contanto que Dalinar Kholin concorde.

— Veremos. Você pode descobrir que ele é um mestre rigoroso.

— Ele é um bom homem, Nin-filho-Deus.

— É precisamente por isso. — Nin o saudou em silêncio, então começou a se mover através do ar. Ele sacudiu a cabeça quando Szeth o seguiu, então apontou. — Você deve proteger o homem que outrora tentou matar, Szeth-filho-Neturo.

— E se nos encontrarmos no campo de batalha?

— Então vamos lutar com confiança, sabendo que obedecemos aos preceitos dos nossos votos. Adeus, Szeth-filho-Neturo. Eu o visitarei em breve para supervisionar seu treinamento na nossa segunda arte, o Fluxo da Divisão. Você pode ter acesso a ele, mas tome cuidado. É perigoso.

Ele deixou Szeth sozinho no céu, segurando uma espada que cantarolava alegremente consigo mesma, depois confidenciou que ela nunca gostara muito de Nin, para começo de conversa.

Shallan descobriu que, por pior que fosse a situação, *alguém* estaria fazendo chá.

Naquele dia, era Teshav, e Shallan pegou uma caneca com gratidão, então espiou através do posto de comando no topo da cidade, ainda procurando Adolin. Agora que estava em movimento, descobriu que podia ignorar sua fadiga. O impulso podia ser algo poderoso.

Adolin não estava ali, embora uma das mensageiras o houvesse visto pouco tempo atrás, então Shallan estava no caminho certo. Ela voltou pela rua principal, passando por homens que carregavam macas com feridos. A não ser por isso, as ruas estavam praticamente vazias. As pessoas haviam sido mandadas para abrigos de tempestade ou casas enquanto os soldados da Rainha Fen recolhiam as gemas da reserva, recolhiam as tropas de Amaram e garantiam que não houvesse saques.

Shallan se demorou na entrada de um beco. O chá era amargo, mas gostoso. Conhecendo Teshav, provavelmente havia algo nele para mantê-la de pé e alerta — as escribas sempre conheciam os melhores chás para isso.

Ela observou as pessoas por algum tempo, depois olhou para cima quando Kaladin pousou em um teto próximo. Ele era o próximo na fila para operar o Sacroportal, rendendo Renarin.

O Corredor dos Ventos ficou parado como uma sentinela, vasculhando a cidade. Aquilo ia se tornar um *hábito* dele? Sempre parado no alto de algum lugar? Ela notara como ele parecera invejoso quando encarava aqueles Moldados, com suas roupas longas, se movendo como os ventos.

Shallan olhou para a rua principal ao ouvir uma voz familiar. Adolin vinha descendo a rua, conduzido por uma mensageira, que indicou para ele onde estava Shallan. Finalmente. A mensageira fez uma mesura, então retornou apressada para o posto de comando.

Adolin se aproximou e correu a mão pelo seu cabelo arrepiado, loiro e preto. Estava lindo, apesar do uniforme rasgado e da cara arranhada. Talvez essa fosse a vantagem de ter um cabelo sempre revolto — combinava com qualquer situação. Embora ela não fizesse ideia de como ele havia arrumado tanta poeira no uniforme. Por acaso lutara com um saco de areia?

Ela o puxou para perto na entrada do beco, então se virou e o fez passar o braço sobre seus ombros.

— Para onde você foi?

— Meu pai me pediu para conferir como estão cada um dos Fractários thaylenos e fazer um relatório para ele. Deixei um palanquim para você.

— Obrigada — disse ela. — Estava avaliando os efeitos da luta. Acho que fizemos um bom trabalho. Só metade da cidade destruída... o que é um avanço e tanto em relação ao nosso trabalho em Kholinar. Se continuarmos assim, algumas pessoas podem chegar a sobreviver ao fim do mundo.

Ele grunhiu.

— Você parece mais animada do que antes.

— Teshav me deu chá. Provavelmente estarei pulando para cima e para baixo em breve. Não me faça rir. Eu pareço um filhote de cão-machado quando estou hiperativa.

— Shallan...

Ela se voltou para fitá-lo, então seguiu o olhar dele. Acima, Kaladin se ergueu no ar para inspecionar alguma coisa que eles não podiam ver.

— Não quis abandonar você mais cedo — disse Shallan. — Sinto muito. Não deveria ter deixado você sair correndo.

Ele respirou fundo, então tirou o braço dos ombros dela.

Eu estraguei tudo!, pensou Shallan imediatamente. *Pai das Tempestades. Eu estraguei tudo mesmo.*

— Eu decidi recuar — declarou Adolin.

— Adolin, eu não quis...

— Me deixe falar, Shallan. Por favor. — Ele estava de cabeça erguida, empertigado. — Vou deixar que ele fique com você.

Ela ficou atônita.

— *Deixar* que ele *fique* comigo.

— Estou sendo um empecilho — disse Adolin. — Posso ver como vocês se olham. Não quero que você continue se forçando a passar tempo comigo por pena.

Raios. Agora ele está tentando arruinar tudo!

— Não — retrucou Shallan. — Em primeiro lugar, você não pode me tratar como algum tipo de prêmio. Você não decide quem *fica* comigo.

— Não estou tentando... — Ele respirou fundo novamente. — Olhe só, isso é difícil, Shallan. Estou tentando fazer a coisa certa. Não dificulte ainda mais.

— E eu não tenho escolha?

— Você já fez sua escolha. Posso ver como você olha para ele.

— Eu sou uma *artista*, Adolin. Aprecio uma bela imagem quando estou diante de uma. Não quer dizer que eu queira tirá-la do gancho e ficar íntima dela.

Kaladin pousou em um telhado distante, ainda olhando para o outro lado. Adolin acenou na direção dele.

— Shallan. Ele pode *literalmente* voar.

— É mesmo? E é isso que as mulheres devem buscar em um companheiro? É o que diz no *Manual da dama de alta sociedade para relacionamentos e família*? A edição de Bekenah, talvez? "Moças, não é *permitido* que se casem com um homem se ele não puder voar." Não faz diferença se ele é lindo de morrer, gentil com todos que conhece, independentemente da posição social, apaixonado pela sua arte e humilde do modo mais sincero, esquisito e confiante. Não importa que ele pareça entender você como ninguém e preste atenção nos seus problemas, encorajando você a ser você mesma... e a não se esconder. Não importa que estar *perto* dele faça com que você queira arrancar as roupas dele e empurrá-lo para o beco mais próximo, então beijá-lo até que percam o fôlego. Se ele não pode *voar*, então, bem, vocês vão ter que terminar!

Ela fez uma pausa para respirar, arquejando.

— E... — disse Adolin. — Esse sujeito sou... eu?

— Você é tão idiota.

Ela agarrou o casaco rasgado e puxou-o para um beijo, esprenos de paixão se cristalizando no ar ao redor deles. O calor do beijo a ajudou mais do que o chá poderia. Fez com que fervilhasse e ardesse por dentro. Luz das Tempestades era ótima, mas essa... *essa* energia, em comparação, fazia a Luz parecer fosca.

Raios, amava esse homem.

Quando ela o deixou se afastar do beijo, Adolin a agarrou e a puxou para perto, respirando forte.

— Você... tem certeza? Eu só... Não me olhe assim, Shallan. Preciso dizer isso. O mundo está cheio de deuses e Arautos agora, e você é um deles. Eu sou praticamente ninguém. Não estou acostumado com esse sentimento.

— Então essa provavelmente é a melhor coisa que já aconteceu com você, Adolin Kholin. Bem. Exceto por *mim*. — Ela se aconchegou nele. — Tenho que admitir, já que estamos sendo honestos, que Véu *tinha* uma quedinha por Kaladin Filho da Tempestade. Ela tem um gosto terrível para homens, e eu a convenci a entrar na linha.

— Isso é preocupante, Shallan.

— Não vou deixar que ela faça nada. Eu prometo.

— Não estava falando disso — respondeu Adolin. — Quis dizer... você, Shallan. Tornando-se outras pessoas.

— Todos nós somos pessoas diferentes em ocasiões diferentes. Lembra?

— Não como você.

— Eu sei — disse ela. — Mas eu... eu acho que parei de escorregar para novas personas. Três, por enquanto. — Ela se virou para ele sorrindo, as mãos de Adolin ainda ao redor da cintura dela. — Mas o que acha disso? Três noivas em vez de uma. Alguns homens adorariam tamanha libertinagem. Se você quiser, posso ser praticamente qualquer pessoa.

— Mas é essa a questão, Shallan. Eu não quero qualquer pessoa. Quero *você*.

— Essa pode ser a mais difícil. Mas acho que consigo, Adolin. Com um pouco de ajuda, talvez?

Ele abriu aquele sorriso bobo. Raios, como o cabelo dele podia ficar tão bonito com *cascalho* grudado nele?

— Então... — continuou ele. — Você mencionou alguma coisa sobre me beijar até eu não conseguir respirar. Mas aqui estou eu, nem mesmo sem fôlego...

Ele foi interrompido quando Shallan o beijou de novo.

K ALADIN ACOMODOU-SE NA BEIRADA de um telhado, no topo de Cidade de Thaylen.

Aquela pobre cidade. Primeiro a Tempestade Eterna e todos os seus retornos subsequentes. Os thaylenos haviam apenas começado a descobrir como reconstruir, e agora tinham que lidar com mais edifícios esmagados, conduzindo ao cadáver do petronante, que jazia como uma estátua derrubada.

Nós podemos vencer, pensou ele. *Mas cada vitória nos deixa com mais cicatrizes.*

Na mão, ele esfregava uma pedrinha com o polegar. Lá embaixo, em um beco fora da via principal, uma mulher de cabelo ruivo ondulado beijava um homem em um uniforme rasgado e esfarrapado. Algumas pessoas conseguiam celebrar, apesar das cicatrizes; Kaladin aceitava isso. Só queria saber como elas o faziam.

— Kaladin? — chamou Syl, voando ao redor dele como uma fita de luz. — Não fique chateado. As Palavras chegam na hora certa. Você vai ficar bem.

— Eu sempre fico bem.

Ele estreitou os olhos na direção de Shallan e Adolin e percebeu que não conseguia sentir amargura. Também não sentia resignação. Em vez disso, sentia... concordância?

— Ah, eles — disse Syl. — Bem, *eu* sei que você não foge de uma luta. Você perdeu a rodada, mas...

— Não. A escolha dela está feita. Dá para ver.

— Dá?

— Deveria. — Ele esfregou o dedo na pedra. — Eu não acho que a amo, Syl. Eu senti... alguma coisa. Um alívio nos meus fardos, quando estava perto dela. Ela me lembra de alguém.

— Quem?

Ele abriu a palma e Syl pousou ali, tomando a forma de uma jovem de cabelos ondulados e vestido. Ela se inclinou, inspecionando a pedra na mão dele, arrulhando. Syl podia ser inocente de um modo chocante — entusiasmada e encantada com o mundo.

— Que pedra bonita — falou ela, totalmente a sério.

— Obrigado.

— Onde foi que você a conseguiu?

— Encontrei-a no campo de batalha lá embaixo. Molhada, ela muda de cor. Parece marrom, mas, com um pouco de água, dá para ver branco, preto e cinza.

— Aaaaah.

Deixou que ela inspecionasse a pedra por mais um momento.

— É verdade, então? — questionou ele, por fim. — Sobre os parshemanos. Que essa terra era deles, o *mundo* era deles, antes que chegássemos? Que... que *nós éramos* os Esvaziadores?

Ela assentiu.

— Odium é o vazio, Kaladin. Ele suga emoção e não solta mais. Vocês... o trouxeram consigo. Eu não estava viva nessa época, mas conheço a verdade. Ele foi o primeiro deus de vocês, antes que se voltassem para Honra.

Kaladin expirou lentamente, fechando os olhos.

Os homens da Ponte Quatro estavam em conflito com essa ideia. Compreensível. Outros no exército não se importavam, mas seus homens... eles sabiam.

Podia-se proteger seu lar. Podia-se matar para defender as pessoas dentro dele. Mas e se a casa tivesse sido roubada, em primeiro lugar? E se as pessoas que você matou estivessem tentando retomar o que era delas por direito?

Relatos de Alethkar diziam que os exércitos parshemanos estavam avançando rumo ao norte, que os exércitos alethianos na área haviam se movido para Herdaz. O que aconteceria com Larpetra? Com sua família? Certamente, diante da invasão, ele poderia convencer seu pai a se mudar para Urithiru. Mas e então?

Tudo ficou tão complicado. Humanos haviam vivido naquela terra por milhares de anos. Poderia alguém realmente esperar que desistissem devido ao que pessoas de antigamente tinham feito, por mais desonrosas que tivessem sido suas ações?

Com quem ele lutava? Quem protegia?

Defensor? Invasor?

Cavaleiro honrado? Capanga de bandidos?

— A Traição — disse ele para Syl. — Sempre a imaginei como um único evento. Um dia os cavaleiros abriram mão das suas Fractais, como na visão de Dalinar. Mas acho que não aconteceu desse jeito de verdade.

— Então... como? — indagou Syl.

— Bem assim — respondeu Kaladin. Apertou os olhos, vendo a luz de um sol poente brincando no oceano. — Eles descobriram algo que não podiam ignorar. Por fim, tiveram que encarar o fato.

— Eles fizeram a escolha errada.

Kaladin guardou a pedra no bolso.

— Os votos são ligados à percepção, Syl. Você confirmou isso. A única coisa que importa é se acreditamos ou não que estamos obedecendo nossos princípios. Se perdemos essa confiança, então deixar cair a armadura e as armas é só uma formalidade.

— Kal...

— Eu não vou fazer o mesmo — disse ele. — Gosto de pensar que o passado da Ponte Quatro nos tornará um pouco mais pragmáticos do que foram os antigos Radiantes. Não abandonamos você. Mas descobrir *o que* fazer talvez acabe sendo complicado.

Kaladin pulou do edifício, então se Projetou de modo a voar em um amplo arco sobre a cidade. Pousou em um telhado onde a maior parte da Ponte Quatro estava compartilhando uma refeição de pão achatado com kuma — uma pasta de lávis e temperos. Eles podiam ter exigido algo muito melhor do que rações de viagem, mas não pareciam ter se dado conta disso.

Teft estava separado dos outros, emitindo um brilho suave. Kaladin acenou para os homens, então foi se juntar a Teft na borda do telhado, fitando o oceano mais além.

— Está quase na hora de os homens voltarem ao trabalho — notou Teft. — O Rei Taravangian quer que a gente voe com os feridos das estações de triagem até o Sacroportal. Os homens querem uma pausa para comer, não que eles tenham feito muita coisa, raios. Você já havia vencido essa batalha quando nós chegamos, Kal.

— Eu estaria morto se você não tivesse ativado o Sacroportal — disse Kaladin baixinho. — De algum modo, eu sabia que você o faria, Teft. Sabia que viria me procurar.

— Sabia mais do que eu, então.

Teft suspirou pesadamente. Kaladin pousou a mão no ombro dele.

— Eu sei como se sente.

— Sim — concordou Teft. — Imagino que saiba. Mas eu não devia me sentir melhor? Raios, a vontade do musgo não passou.

— Isso não muda a gente, Teft. Ainda somos quem somos.

— Danação.

Kaladin olhou para os outros. Lopen estava tentando impressionar Lyn e Laran com uma história sobre como havia perdido o braço. Era a sétima versão que Kaladin escutava, cada vez um pouco diferente.

Barba..., pensou Kaladin, sentindo a perda como uma punhalada no flanco. *Ele e Lopen teriam se dado bem.*

— Não fica mais fácil, Teft. Fica mais difícil, eu acho, quanto mais você aprende sobre as Palavras. Felizmente, você *recebe* ajuda. Você me ajudou quando eu precisei. Eu vou ajudar você.

Teft assentiu, mas então apontou.

— E quanto a ele?

Pela primeira vez, Kaladin percebeu que Rocha não estava com o resto da equipe. O enorme papaguampas estava sentado — sua Luz das Tempestades extinta — nos degraus de um dos templos abaixo. O Arco Fractal estava sobre seu colo, a cabeça, baixa. Ele obviamente considerava o que havia feito para ter quebrado um juramento, apesar de ter salvado a vida de Kaladin.

— Nós levantamos a ponte juntos, Teft — disse Kaladin. — E nós a carregamos.

Dalinar se recusou a deixar a Cidade de Thaylen de imediato, mas, chegando a um meio-termo com Navani, concordou em retornar à sua vila no Distrito Real e descansar. No meio do caminho, parou no templo de Talenelat, que havia sido esvaziado para que os generais pudessem se reunir ali.

Esses generais ainda não haviam chegado, então ele teve um tempo breve para si, olhando os relevos dedicados ao Arauto. Sabia que devia subir e dormir, pelo menos até que o embaixador azishiano chegasse. Mas havia algo naquelas imagens de Talenelat'Elin, de cabeça erguida contra forças avassaladoras...

Será que ele precisou lutar contra humanos em alguma dessas últimas batalhas?, pensou Dalinar. *Ou pior, será que se questionava sobre o que havia feito? O que todos nós havíamos feito, ao tomar este mundo?*

Dalinar ainda estava ali quando uma figura frágil sombreou a entrada do templo.

— Eu trouxe meus cirurgiões — disse Taravangian, sua voz ecoando na grande câmara de pedra. — Eles já começaram a ajudar os feridos da cidade.

— Obrigado — respondeu Dalinar.

Taravangian não entrou. Ficou parado, esperando, até que Dalinar suspirou baixinho.

— Você me abandonou. Abandonou esta cidade.

— Deduzi que você ia cair — replicou Taravangian. — Por isso, me posicionei de uma maneira que pudesse assumir o controle da coalizão.

Dalinar se sobressaltou. Ele se virou para o velho, cuja silhueta estava emoldurada pelo umbral da porta.

— Você *o quê*?

— Imaginei que a única maneira de a coalizão se recuperar dos seus erros fosse eu assumir o comando. Não pude ficar do seu lado, meu amigo. Pelo bem de Roshar, eu me afastei.

Mesmo depois das discussões que tiveram — mesmo *sabendo* como Taravangian via suas obrigações —, Dalinar ficou chocado. Aquela era uma política brutal e utilitária.

Taravangian enfim entrou na câmara, passando a mão enrugada ao longo dos relevos na parede. Ele se juntou a Dalinar, e juntos estudaram um entalhe de um homem poderoso, de pé entre dois pilares de pedra — barrando a passagem entre monstros e homens.

— Você... não se tornou rei de Jah Keved por acidente, não é? — perguntou Dalinar.

Taravangian balançou a cabeça. Parecia óbvio para Dalinar agora. Taravangian era fácil de ignorar quando se imaginava que ele tinha uma mente lenta. Mas, quando se sabia a verdade, outros mistérios começavam a se encaixar.

— Como?

— Há uma mulher em Kharbranth — respondeu ele. — Ela usa o nome Dova, mas achamos que é Battah'Elin. Uma dos Arautos. Ela nos contou que a Desolação estava se aproximando. — Ele olhou para Dalinar. — Não tive nada a ver com a morte do seu irmão. Mas, quando ouvi dos feitos incríveis do assassino, eu o procurei. Anos depois, eu o localizei, e dei-lhe instruções específicas...

M OASH DESCEU DO PALÁCIO de Kholinar para as sombras de uma noite que parecia ter demorado demais a chegar.

Pessoas se apinhavam nos jardins do palácio — humanos que haviam sido postos para fora de casas para dar lugar a parshemanos. Alguns desses refugiados haviam estendido lonas entre bancos de casca-pétrea, criando tendas muito baixas, com apenas meio metro de altura. Esprenos de vida se moviam entre eles e as plantas do jardim.

O alvo de Moash era um homem específico, que ria sentado na escuridão nos fundos dos jardins. Um louco cuja cor dos olhos se perdera na noite.

— Você me viu? — perguntou o homem quando Moash se ajoelhou.

— Não — disse Moash, então enfiou a estranha faca dourada no estômago dele.

O homem a recebeu com um grunhido baixo, sorriu um sorriso bobo, então fechou os olhos.

— Você era realmente um deles? — indagou Moash. — Arauto do Todo-Poderoso?

— Era, era, era... — O homem começou a tremer violentamente, seus olhos se arregalando. — Era... não. Não, que morte é essa? *Que morte é essa?!*

Formas encolhidas se remexeram de um lado para outro, e algumas das mais sábias se afastaram.

— Está me tomando! — gritou o homem, então olhou para a faca na mão de Moash. — O que *é* isso?

O homem tremeu por mais um momento, então teve um espasmo e ficou imóvel. Quando Moash puxou para fora a faca branco-amarelada, ela deixou uma trilha de fumaça escura e um ferimento enegrecido. A grande safira no pomo passou a emitir um brilho tênue.

Moash olhou sobre o ombro na direção dos Moldados, que pairavam no céu noturno atrás do palácio. Esse assassinato parecia algo que eles mesmos não ousavam fazer. Por quê? O que temiam?

Moash levantou a faca na direção dele, mas não houve comemoração. Nada acompanhou o ato, a não ser algumas palavras murmuradas de pessoas tentando dormir. Aqueles escravos arruinados eram as únicas testemunhas daquele momento.

A morte final de Jezrien. Yaezir. Jezerezeh'Elin, rei dos Arautos. Uma figura conhecida nas lendas como o maior humano que já vivera.

L OPEN SALTOU ATRÁS DE uma rocha, então sorriu, encontrando o pequeno espreno em forma de folha que estava enfiado ali.

— Encontrei você, *naco*.

Rua se transformou em um garotinho petulante, com talvez nove ou dez anos de idade. Rua era seu nome, mas "*naco*" era, naturalmente, como Lopen o chamava.

Rua zuniu pelo ar como uma fita de luz. A Ponte Quatro estava perto de algumas tendas no nível mais baixo da Cidade de Thaylen, no Distrito Baixo, bem à sombra das muralhas. Ali, uma enorme estação de cirurgiões estava cuidando dos feridos.

— Lopen! — chamou Teft. — Pare de bancar o maluco e venha aqui ajudar.

— Eu não sou maluco! — gritou Lopen de volta. — Com certeza sou o *menos* maluco desse bando! E vocês todos sabem disso!

Teft suspirou, então acenou para Peet e Leyten. Juntos, eles cuidadosamente Projetaram uma grande plataforma — que tinha uns bons seis metros quadrados — no ar. Ela estava cheia de feridos em recuperação. Os três carregadores de pontes voaram rumo à parte superior da cidade.

Rua zuniu para o ombro de Lopen e tomou a forma de um jovem, então acenou na direção dos carregadores e tentou o gesto que Lopen havia lhe ensinado.

— Boa — disse Lopen. — Mas é o dedo errado. Não! Também não é esse. *Naco*, esse é o seu pé.

O espreno voltou o gesto para Lopen.

— Isso aí — disse Lopen. — Você pode me agradecer, *naco*, por inspirar esse grande avanço no seu aprendizado. Pessoas... e coisinhas feitas de nada também, claro... ficam inspiradas perto do Lopen.

Ele se virou e entrou em uma tenda de feridos, cuja parede mais distante estava amarrada em uma parte bonita e brilhante da muralha. Lopen esperava que os thaylenos apreciassem como aquilo era bacana. Quem tinha uma muralha de metal? Lopen colocaria uma no seu palácio, quando o construísse. Mas os thaylenos eram estranhos. O que mais dizer de uma gente que gostava de ficar tão ao sul, no frio? O idioma local era praticamente dentes batendo.

A tenda de feridos estava cheia de gente considerada saudável demais para merecer a cura de Renarin ou de Lift, mas que ainda precisava dos cuidados de um cirurgião. Eles não estavam morrendo, claro, *de imediato*. Talvez depois. Mas todo mundo estava morrendo talvez depois, então provavelmente não tinha problema ignorá-los para cuidar que alguém que havia perdido as tripas em algum lugar.

Os gemidos e choros indicavam que eles achavam que não morrer imediatamente não era lá muito reconfortante. Os fervorosos faziam o que podiam, mas a maioria dos cirurgiões estava instalada mais alto na cidade. As forças de Taravangian enfim haviam decidido se juntar à batalha, agora que toda a parte fácil — como morrer, que não exigia de fato muita habilidade — havia acabado.

Lopen pegou sua bolsa, então passou por Dru — que estava dobrando bandagens recém-fervidas. Mesmo depois de todos aqueles séculos, claro, eles faziam o que os Arautos haviam ensinado. Ferver coisas matava os esprenos de putrefação.

Lopen deu um tapinha no ombro de Dru. O alethiano esguio ergueu os olhos e saudou Lopen com a cabeça, exibindo olhos avermelhados. Amar um soldado não era fácil, e agora que Kaladin havia voltado de Alethkar sozinho...

Lopen seguiu adiante, e por fim sentou-se perto de um homem ferido em um leito. Thayleno, com sobrancelhas caídas e um curativo ao redor da cabeça, ele olhava direto para frente, sem piscar.

— Quer ver um truque? — perguntou Lopen ao soldado.

O homem deu de ombros.

Lopen levantou seu pé e colocou a bota no leito do homem. Os cadarços haviam se desamarrado e Lopen — com uma das mãos atrás das costas — habilmente pegou os cadarços e enrolou-os na mão, torceu--os, então os puxou bem apertado, usando seu outro pé para segurar uma extremidade. Acabou com um excelente nó e um belo laço. Era até mesmo simétrico. Talvez pudesse conseguir que um fervoroso escrevesse um poema sobre isso.

O soldado não esboçou reação. Lopen se acomodou, pegando sua mochila, que tilintou suavemente.

— Não fique com essa cara. Não é o fim do mundo.

O soldado inclinou a cabeça.

— Bem, claro. *Tecnicamente*, pode até ser. Mas, para o fim do mundo, não está tão ruim, certo? Eu achava que, quando tudo fosse terminar, afundaríamos em um banho nojento de pus e perdição, respirando em agonia enquanto o ar à nossa volta, claro, se tornava lava, e nós gritaríamos um último grito ardente, curtindo as memórias da última vez que uma mulher nos amou. — Lopen cutucou o leito do homem. — Não sei quanto a você, *moolie*, mas meus pulmões não estão queimando. O ar não parece muito com lava. Considerando quão ruim podia ter ficado, você tem muito a agradecer. Lembre-se disso.

— Eu... — O homem hesitou.

— Quero dizer, lembre-se dessas exatas palavras. Repita essa frase para a mulher que você gosta. Ajuda um bocado.

Ele pôs a mão na bolsa e retirou uma garrafa de cerveja de lávis thaylena que havia resgatado. Rua parou de zunir pelo topo da tenda tempo o bastante para descer e inspecioná-la.

— Quer ver um truque? — perguntou Lopen.

— Um... outro? — retrucou o homem.

— Normalmente, eu removeria a tampa com a unha. Tenho excelente unhas herdazianas, bem duras. Você só tem unhas mais fracas, como a maioria das pessoas. Então, aqui vai o truque.

Lopen ergueu a perna da calça com a mão, pressionou a garrafa — com o topo na frente — na perna, então, com um movimento rápido, torceu a tampa até tirar, depois levantou a garrafa para o homem.

O homem tentou pegá-la com o toco enfaixado do braço direito, que terminava acima do cotovelo. Ele olhou para o toco, fez uma careta, então estendeu a mão esquerda em vez disso.

— Se precisar de algumas piadas, tenho algumas que não posso usar mais — disse Lopen.

O soldado bebeu em silêncio, os olhos se voltando para a frente da tenda, por onde Kaladin havia entrado, brilhando suavemente e conversando com alguns dos cirurgiões. Conhecendo Kaladin, provavelmente estava dizendo a eles como fazer seu trabalho.

— Você é um deles — disse o soldado. — Radiante.

— Claro, mas não sou *realmente* um deles. Estou tentando descobrir qual é o próximo passo.

— Próximo passo?

— Já sei voar e já tenho o espreno, mas ainda não sei se sou bom em salvar pessoas.

O homem olhou para sua bebida.

— Eu... acho que você está indo bem.

— Isso é uma cerveja, não uma pessoa. Não confunda as coisas. É muito constrangedor, mas não vou contar.

— Como... Como se faz para entrar? Dizem... dizem que você se cura...

— Claro, cura tudo, exceto o que está no petrobulbo em cima do seu pescoço. O que eu acho ótimo. Sou a única pessoa sã nesse grupo. Isso pode ser um problema.

— Por quê?

— Dizem que você precisa estar arrasado — disse Lopen, olhando para seu espreno, que fez uns círculos empolgados no ar, depois disparou para se esconder novamente. Lopen teria que procurar o sujeitinho, que gostava do jogo. — Você conhece aquela mulher alta, a irmã do rei? A *chortana* com o olhar capaz de rachar uma Espada Fractal? Ela diz que o poder precisa entrar na sua alma, de algum modo. Então tenho tentado chorar um bocado e resmungar que minha vida é horrível, mas acho que o Pai das Tempestades sabe que estou mentindo. É difícil fingir que está triste quando você é o Lopen.

— Eu acho que estou arrasado — resmungou o homem, baixinho.

— Ótimo, ótimo! Ainda não temos um thayleno, e ultimamente estamos tentando arrumar um de cada. Temos até um parshemano!

— É só pedir? — sugeriu o homem, então tomou um gole da bebida.

— Claro. Peça. Siga a gente por aí. Funcionou com Lyn. Mas você precisa dizer as Palavras.

— Palavras?

— "Vida antes da morte, força antes da fraqueza, jornada antes das panquecas." Essas são fáceis. As difíceis são: "Eu vou proteger aqueles que não podem proteger a si mesmos" e...

Um súbito lampejo de frio atingiu Lopen e as gemas na sala faiscaram, então se apagaram. Um símbolo se cristalizou em geada nas pedras ao redor de Lopen, desaparecendo sob as camas de campanha. O antigo símbolo dos Corredores dos Ventos.

— O quê? — Lopen se levantou. — *O quê? Agora?*

Ele ouviu um ruído distante, como trovão.

— AGORA? — questionou Lopen, sacudindo um punho para o céu. — Eu estava me guardando para um momento dramático, seu *penhito*! Por que não me escutou mais cedo? Nós estávamos, claro, todos prestes a morrer e tudo o mais!

Ele teve uma impressão distinta e longínqua.

VOCÊ NÃO ESTAVA TOTALMENTE PRONTO.

— Para os raios com você!

Lopen fez um duplo gesto obsceno para o céu — algo que vinha esperando havia bastante tempo para usar apropriadamente pela primeira vez. Rua se juntou a ele, fazendo o mesmo gesto, então fez crescer dois braços *extras* para dar mais ênfase.

— Legal — elogiou Lopen. — Ei, *gancho*! Sou um Cavaleiro Radiante pleno agora, então pode começar a me cumprimentar.

Kaladin nem parecia ter notado.

— Só um momento — disse Lopen para o soldado com um braço só, então foi pisando duro até onde Kaladin conversava com uma mensageira.

— Tem certeza? — perguntou Kaladin para a escriba. — Dalinar sabe disso?

— Ele me enviou, senhor — respondeu a mulher. — Aqui está o mapa com a localização da telepena listada.

— *Gancho* — chamou Lopen. — Ei, você...

— Parabéns, Lopen, bom trabalho. Você é o segundo em comando, depois de Teft, até que eu retorne.

Kaladin saiu bruscamente da tenda e se Projetou para o céu, deixando um rastro no ar, as abas frontais da tenda farfalhando no vento causado pela sua passagem.

Lopen colocou as mãos nos quadris. Rua pousou em sua cabeça, então emitiu um gritinho de deleite raivoso enquanto fazia um duplo gesto grosseiro na direção de Kaladin.

— Não faça perder a graça, *naco* — disse Lopen.

—VENHA – DISSE ASH, segurando a mão de Taln, puxando-o pelos últimos degraus.

Ele a fitou de modo inexpressivo.

— Taln — sussurrou ela. — *Por favor.*

Os últimos vislumbres da sua lucidez haviam sumido. Outrora, nada o teria mantido afastado do campo de batalha quando outros homens morriam. Naquele dia, ele havia se escondido e choramingado durante o combate. Agora, ele a seguia como um simplório.

Talenel'Elin estava arrasado, como todos os outros.

Ishar, pensou ela. *Ishar saberá o que fazer*. Ela lutou contra as lágrimas — vê-lo se desvanecer havia sido como assistir o sol se pondo. Por todos aqueles anos, ela havia esperado que talvez... talvez...

O quê? Que ele fosse capaz de redimi-los?

Alguém ali perto praguejou usando o nome dela, que quis esbofeteá-lo. *Não jurem por nós. Não pintem nossos retratos. Não venerem nossas estátuas*. Ela apagaria tudo. Arruinaria cada imagem. Ela...

Ash inspirou e expirou, então puxou Taln pela mão novamente, entrando na fila com outros refugiados que fugiam da cidade. Só estrangeiros tinham permissão de sair naquele momento, para impedir que o Sacroportal fosse sobrecarregado. Ela voltaria para Azir, onde seus tons de pele não chamariam atenção.

Que dom vocês deram a eles!, dissera Taln. *Tempo de se recuperar, pelo menos uma vez, entre as Desolações. Tempo para progredir...*

Ah, Taln. Ele não podia apenas tê-la odiado? Não podia ter deixado que ela...

Ash parou quando algo se *rasgou* dentro dela.

Ah, Deus. Ah, Adonalsium!

O que era aquilo? *O que era aquilo?*

Taln ganiu e desabou, uma marionete com fios cortados. Ash cambaleou, então caiu de joelhos. Abraçou a si mesma, tremendo. Não era dor. Era algo muito, muito pior. Uma perda, um buraco dentro dela, um pedaço da sua alma sendo extirpado.

— Moça? — chamou um soldado, trotando até ela. — Moça, você está bem? Ei, alguém traga um dos médicos! Moça, o que há de errado?

— Eles... eles o mataram, de algum modo...

— Quem?

Ela olhou para o homem, lágrimas borrando sua visão. Essa não foi como as outras mortes deles. Foi algo horrível. Ela não o sentia mais de jeito algum.

Eles haviam feito alguma coisa com a alma de Jezrien.

— Meu pai está morto — disse ela.

Eles causaram uma agitação entre os refugiados, e alguém do grupo de escribas à frente avançou. Uma mulher com um traje roxo-escuro. A sobrinha do Espinho Negro. Ela olhou para Ash, depois para Taln, então para o pedaço de papel que tinha na mão e que continha esboços surpreendentemente precisos dos dois. Não como eram apresentados na iconografia, mas retratos verdadeiros. Quem... Por quê?

Esse é o estilo de desenho dele, observou uma parte de Ash. *Por que Midius tem fornecido retratos de nós?*

A sensação de rasgo enfim terminou. Tão abruptamente, que, pela primeira vez em milhares de anos, Ash desmaiou.

122

UMA DÍVIDA PAGA

Sim, eu comecei minha jornada sozinho e a terminei sozinho. Mas isso não significa que caminhei sozinho.

—De *O caminho dos reis*, pós-escrito

KALADIN VOAVA SOBRE O oceano agitado. Dalinar invocara a força para sobrecarregá-lo com Luz das Tempestades, embora fosse obviamente uma ação exaustiva.

Kaladin usara aquela energia para chegar a Kharbranth, onde havia parado para uma noite de sono. Mesmo a Luz das Tempestades só podia levar o corpo até certo ponto. Depois de um longo voo na noite seguinte, havia alcançado o Mar de Tarat.

Voava agora usando gemas requeridas do tesouro real em Kharbranth. Fumaça se erguia de vários lugares ao longo da costa de Alethkar, onde cidades ainda resistiam à invasão parshemana. O mapa de Kaladin tremulava em seus dedos, e ele vasculhou a costa à procura da formação rochosa que a escriba havia desenhado para ele.

Quando a avistou, já estava preocupado de não ter Luz das Tempestades o suficiente para voltar para um ponto seguro. Ele pousou ali e continuou a pé, de acordo com as instruções, cruzando uma terra fria e rochosa que o lembrava das Planícies Quebradas.

Ao longo de um rio seco, encontrou um pequeno grupo de refugiados encolhidos junto de uma caverna na rocha. Uma fogueira minúscula marcava o ar com fumaça e iluminava dez pessoas com mantos marrons. Discretos, como muitos outros por quem havia passado durante sua busca. O único traço distinto era um pequeno símbolo que haviam pintado em uma velha lona presa com duas estacas na frente do acampamento.

O símbolo da Ponte Quatro.

Duas figuras saíram de perto da fogueira, baixando seus capuzes. Dois homens: um alto e magricela, o outro baixo e com um ar invocado, cabelo grisalho nas têmporas.

Drehy e Skar.

Eles fizeram a Kaladin saudações vigorosas. Drehy estava com cortes antigos no rosto, e Skar parecia não dormir há semanas. Eles haviam coberto a testa com cinzas para esconderem suas tatuagens, algo que não teria funcionado em tempos mais simples, pois basicamente os marcava como escravos fugitivos.

Syl soltou uma gargalhada de puro deleite, zunindo até eles — e, pela maneira como os homens reagiram, aparentemente ela deixara que a vissem. Atrás deles, os três servos de Shallan emergiram de seus mantos. Kaladin não conhecia as outras pessoas, mas uma delas devia ser o comerciante que haviam encontrado — um homem que ainda possuía uma telepena.

— Kal — chamou Skar enquanto Kaladin dava um tapa em suas costas. — Tem uma coisa que não mencionamos pela telepena.

Kaladin franziu o cenho enquanto Drehy voltava para perto da fogueira e pegava no colo uma das figuras ali. Uma criança? Vestindo trapos. Sim, um menininho assustado, de três ou quatro anos de idade, lábios secos e rachados, olhos assombrados.

O filho de Elhokar.

— Nós protegemos aqueles que não podem proteger a si mesmos — disse Drehy.

T ARAVANGIAN FOI INCAPAZ DE solucionar a primeira página dos quebra-cabeças do dia.

Dukar, o guarda-tempo, tomou o papel e deu uma olhada, então sacudiu a cabeça. Estúpido, naquele dia.

Taravangian se recostou em seu assento em Urithiru. Parecia estar estúpido com mais e mais frequência. Talvez fosse apenas uma impressão.

Oito dias haviam se passado desde a Batalha do Campo de Thaylen. Ele não sabia ao certo se Dalinar algum dia voltaria a confiar nele, mas oferecer-lhe alguma verdade havia sido um risco calculado. Por enquanto, Taravangian ainda fazia parte da coalização. Isso era bom, mesmo que... Isso...

Raios. Tentar pensar através da desordem que estava seu cérebro era... incômodo.

— Ele está com a mente fraca hoje — anunciou Dukar para Mrall, o guarda-costas de braços musculosos. — Pode interagir, mas não deve tomar decisões políticas importantes. Não podemos confiar na sua interpretação do Diagrama.

— Vargo? — chamou Adrotagia. — Como você gostaria de passar o dia? Nos jardins vedenos, talvez?

Taravangian abriu os olhos e encarou seus fiéis amigos. Dukar e Mrall. Adrotagia, que parecia tão idosa agora. Será que ela se sentia como ele, chocada toda vez que se olhava no espelho, se perguntando para onde os dias haviam ido? Quando eles eram jovens, haviam desejado conquistar o mundo.

Ou salvá-lo.

— Vossa Majestade? — repetiu Adrotagia.

Ah. Certo. Sua mente às vezes se distraía.

— Não podemos fazer nada até que a Tempestade Eterna passe. Correto?

Adrotagia assentiu, proferindo seus cálculos.

— Ela está quase chegando. — As pessoas haviam passado os oito dias desde a batalha com a vã esperança de que a Tempestade Eterna tivesse se extinto para sempre. — Não está tão forte quanto na passagem anterior, mas *está* chegando. Ela já alcançou Azir e deve atingir Urithiru na próxima hora.

— Então vamos esperar.

Adrotagia deu a ele algumas cartas que haviam chegado dos seus netos em Kharbranth. Ele podia ler, mesmo quando estava estúpido, embora levasse mais tempo para entender algumas das palavras. Gvori havia sido aceito para estudar na Escola das Tempestades, que garantia a todos os seus eruditos acesso ao Palaneu. Karavaniga, a neta do meio, havia sido aceita como pupila, e fizera para ele um desenho dos três juntos. A pequena Ruli exibia um sorriso com um dente faltando no meio; mandara para ele um desenho de flores.

Taravangian tocou as lágrimas em seu rosto enquanto acabava de ler. Nenhum deles sabia coisa alguma do Diagrama, e estava determinado que continuassem assim.

Adrotagia e Dukar conversavam em voz baixa no canto da sala, confusos com porções do Diagrama. Eles ignoravam Maben, o criado de quarto, que tomou a temperatura na testa de Taravangian, que andava tossindo ultimamente.

Nós podemos ser tão tolos, pensou Taravangian, pousando os dedos na imagem das flores. *Nunca sabemos tanto quanto achamos. Talvez nisso o eu inteligente sempre tenha sido o mais estúpido.*

Ele soube da chegada da Tempestade Eterna apenas devido a um *tique* do relógio de Adrotagia — uma peça magnificamente pequena, presenteada por Navani Kholin.

— O Diagrama esteve errado vezes demais — disse Mrall para Adrotagia e Dukar. — Ele previu que Dalinar Kholin cairia, se pressionado, e se tornaria o campeão do inimigo.

— Talvez Graves estivesse certo — comentou Dukar, esfregando as mãos nervosamente. Ele olhou para a janela, fechada apesar de a Tempestade Eterna não chegar ali tão alto. — O Espinho Negro poderia ter sido um aliado. Era isso que o Diagrama queria dizer.

— Não — respondeu Taravangian. — Não era isso que ele queria dizer.

Todos olharam para ele.

— Vargo? — questionou Adrotagia.

Ele tentou encontrar o argumento para se explicar, mas era como tentar segurar um punhado de óleo na mão fechada.

— Estamos em uma posição perigosa — declarou Dukar. — Sua Majestade revelou coisas demais a Dalinar. Nós seremos vigiados agora.

... a... janela...

— Dalinar não sabe do Diagrama — contestou Adrotagia. — Ou que levamos os Cantores até Urithiru. Ele só sabe que Kharbranth controlava o assassino... e acha que a insanidade do Arauto nos estimulou. Ainda estamos em uma boa posição.

Abra... a... janela... Nenhum dos outros ouvia a voz.

— O Diagrama está se tornando demasiadamente falho — insistiu Mrall. Embora não fosse um erudito, era um participante pleno do esquema deles. — Nos desviamos demais das suas promessas. Nossos planos precisam mudar.

— É tarde demais — replicou Adrotagia. — O confronto vai acontecer em breve.

ABRA.

Taravangian se levantou de seu assento, tremendo. Adrotagia tinha razão. O confronto previsto pelo Diagrama aconteceria em breve.

Ainda em menos tempo do que ela pensava.

— Precisamos confiar no Diagrama — sussurrou Taravangian, enquanto passava por eles. — Precisamos confiar na versão de mim que sabia o que fazer. Precisamos ter fé.

Adrotagia sacudiu a cabeça. Ela não gostava quando qualquer um deles usava palavras como "fé". Ele tentava se lembrar disso, e lembrava, quando estava inteligente.

Raios a levem, Guardiã da Noite, pensou ele. *A vitória de Odium vai matar você também. Não poderia ter apenas me concedido uma dádiva, sem uma maldição?*

Ele havia pedido a capacidade de salvar seu povo. Implorara por compaixão e sagacidade — e as conseguira. Só que nunca ao mesmo tempo.

Ele tocou as persianas da janela.

— Vargo? — chamou Adrotagia. — Deixando o ar fresco entrar?

— Não, infelizmente. É outra coisa.

Ele abriu as persianas.

E de repente estava em um lugar de luz infinita.

O chão abaixo dele brilhava e, ali perto, rios fluíam, feitos de algo derretido nas cores dourado e laranja. Odium apareceu para Taravangian como um humano de uns cinco metros de altura, com olhos shinos e um cetro. Sua barba não era rala, como a de Taravangian havia sido, mas também não era muito cerrada. Quase parecia a barba de um fervoroso.

— Ora — disse Odium. — Taravangian, não é? — Ele estreitou os olhos, como se estivesse vendo Taravangian pela primeira vez. — Homenzinho. Por que escreveu para nós? Por que usou sua Manipuladora de Fluxos para destrancar o Sacroportal e permitir que nossos exércitos atacassem Urithiru?

— Eu só quero servir ao senhor, Grande Deus — disse Taravangian, se ajoelhando.

— Não se prostre — retrucou o deus com uma gargalhada. — Posso ver que não é um bajulador, e não me deixarei enganar por suas tentativas de parecer um.

Taravangian respirou fundo, mas permaneceu de joelhos. Justo naquele dia Odium finalmente entrava em contato com ele em pessoa?

— Eu não estou bem hoje, Grande Deus. Eu... hã... estou frágil e mal de saúde. Posso me encontrar com o senhor novamente, quando estiver bem?

— Pobre homem! — exclamou Odium.

Uma cadeira brotou do chão dourado atrás de Taravangian e Odium foi até ele, de repente menor, de tamanho mais humano. Ele gentilmente pegou Taravangian e o sentou na cadeira.

— Pronto. Não está melhor assim?

— Sim... Obrigado.

Taravangian franziu o cenho; não era assim que imaginara a conversa.

— Bom — disse Odium, pousando levemente o cetro no ombro de Taravangian. — Acha que algum dia me encontrarei com você quando estiver se sentindo bem?

— Eu...

— Não entende que escolhi este dia *especificamente* devido à sua doença, Taravangian? Acha mesmo que *algum dia* poderia negociar comigo a partir de uma posição de *poder*?

Taravangian umedeceu os lábios.

— Não.

— Ótimo, ótimo. Nós nos entendemos. Agora, o que é isso que você anda fazendo...

Ele deu um passo para o lado e um pedestal dourado apareceu, com um livro sobre ele. O Diagrama. Odium começou a folhear o volume e a paisagem dourada mudou, se transformando em um quarto com fina mobília de madeira. Taravangian o reconheceu, por ter escrito sobre cada superfície dele — do chão até o teto, até a cabeceira da cama.

— Taravangian! — exclamou Odium. — Isso é *notável*. — As paredes e a mobília sumiram, deixando para trás as palavras, que pendiam no ar e começavam a brilhar com uma luz dourada. — Você fez isso *sem* acesso à Fortuna ou ao Reino Espiritual? É verdadeiramente incrível.

— O-obrigado?

— Permita-me lhe mostrar até onde posso ver.

Palavras douradas explodiram daquelas que Taravangian havia escrito no Diagrama. Milhões e milhões de letras douradas ardiam no ar, se estendendo até o infinito. Cada uma pegava um pequeno elemento do que Taravangian havia escrito e o expandia em volumes e volumes de informação.

Taravangian arquejou enquanto, por um breve momento, via até a eternidade.

Odium inspecionou palavras que Taravangian outrora havia escrito na lateral de uma cômoda.

— Entendo. Tomar Alethkar? Plano ousado, plano ousado. Mas por que me convidar a atacar Urithiru?

— Nós...

— Não precisa! Entendi. Entregar a Cidade de Thaylen para garantir que o Espinho Negro caísse, e assim se livrando da oposição dele. Aproximar-se de mim, o que obviamente funcionou.

Odium se virou para ele e sorriu. Um sorriso astuto e confiante.

Acha mesmo que algum dia poderia negociar comigo a partir de uma posição de poder?

Toda aquela escrita assomava sobre Taravangian, bloqueando a paisagem com milhões de palavras. Uma versão mais inteligente dele teria tentado ler, mas aquela versão estúpida apenas ficava intimidada. E... poderia aquilo ser para o seu... seu bem? Ler aquilo poderia consumi-lo. Extraviá-lo.

Meus netos. O povo de Kharbranth. A boa gente do mundo. Ele tremeu ao pensar sobre o que poderia acontecer com todos eles.

Alguém tinha que tomar as decisões difíceis. Ele saiu discretamente da sua cadeira dourada enquanto Odium estudava outra porção do Diagrama. Ali. Atrás de onde estivera a cama. Uma seção de palavras havia passado de dourado para preto. O que era aquilo? Enquanto se aproximava, Taravangian viu que as palavras haviam sido apagadas dali à eternidade, começando a partir daquele ponto na parede. Como se algo houvesse acontecido ali. Uma ondulação no que Odium podia ver...

Na sua raiz, um nome. Renarin Kholin.

— Dalinar não deveria ter Ascendido — disse Odium, se aproximando por trás de Taravangian.

— Você precisa de mim — sussurrou Taravangian.

— Eu não preciso de ninguém.

Taravangian olhou para cima e ali, brilhando diante dele, havia um conjunto de palavras. Uma mensagem dele mesmo, no passado. Incrível! Haveria ele, de algum modo, previsto até mesmo isso?

Obrigado.

Ele as leu em voz alta.

— Você concordou com uma batalha de campeões. Precisa recuar para impedir esse torneio de acontecer, portanto, não deve encontrar Dalinar Kholin novamente. Se não, ele poderia forçá-lo a lutar. Isso significa que você precisa deixar que seus agentes façam o trabalho. Você precisa de mim.

Odium se aproximou, notando as palavras que Taravangian havia lido. Então franziu o cenho para as lágrimas nas bochechas de Taravangian.

— A sua Paixão é um crédito a seu favor. O que pede em troca?

— Proteger o povo que governo.

— Caro Taravangian, você não acha que posso ver o que está planejando? — Odium gesticulou para a escrita tomando onde antes estivera o teto. — Você buscaria se tornar o rei de toda a humanidade... então eu teria que preservar eles todos. Não. Se você me ajudar, salvarei sua família. Qualquer um a duas gerações de você.

— Não é o bastante.

— Então não temos um acordo.

As palavras começaram a sumir ao redor dele. Deixando-o sozinho. Sozinho e estúpido. Ele tinha lágrimas nos cantos dos olhos.

— Kharbranth — disse. — Preserve apenas Kharbranth. Você pode destruir todas as outras nações. Só deixe a minha cidade. É isso que imploro a você.

O mundo estava perdido, a humanidade, condenada.

Eles haviam planejado proteger muito mais. Mas... Taravangian viu quão pouco sabiam. Uma cidade diante das tempestades. Uma terra protegida, mesmo que o resto precisasse ser sacrificado.

— Kharbranth — chamou Odium. — A cidade em si e quaisquer humanos que tenham nascido nela, junto com seus cônjuges. Estes são os que pouparei. Você concorda com isso?

— Devemos escrever... um contrato?

— Nossa palavra é o contrato. Eu não sou nenhum espreno de honra, que procura obedecer apenas à mais estrita letra de uma promessa. Se você tem um acordo comigo, irei cumpri-lo em espírito, não apenas na letra.

O que mais ele poderia fazer?

— Aceito esse acordo — sussurrou Taravangian. — O Diagrama irá servi-lo, em troca da preservação do meu povo. Mas devo avisá-lo: o assassino se juntou a Dalinar Kholin. Fui forçado a revelar minha associação com ele.

— Eu sei — disse Odium. — Você ainda é útil. Vou precisar daquela Espada de Honra que você roubou de modo tão astuto. E então você terá que investigar o que os alethianos descobriram sobre essa torre...

S<small>HALLAN EXPIROU</small> L<small>UZ DAS</small> Tempestades, formando uma ilusão possível apenas quando ela e Dalinar se encontravam. Espirais de névoa se moveram para formar oceanos e picos — o continente inteiro de Roshar, uma massa de cores vibrantes.

Os grão-príncipes Aladar e Hatham acenaram para que seus generais e escribas caminhassem ao redor do mapa, que preenchia a grande sala, flutuando mais ou menos na altura da cintura. Dalinar estava bem no centro dele, entre as montanhas perto de Urithiru, a ilusão ondulando e se dissolvendo onde tocava seu uniforme.

Adolin envolveu Shallan por trás em um abraço.

— Que lindo.

— *Você* é lindo — replicou ela.

— Você que é.

— Só porque você está aqui. Sem você, eu sumo.

A Luminosa Teshav estava perto deles e, muito embora a mulher normalmente mantivesse um profissionalismo estoico, Shallan achava que havia captado um revirar de olhos. Bem, Teshav era tão velha que provavelmente já havia esquecido como era *respirar*, quanto mais como era amar.

Adolin deixava Shallan zonza. Com seu calor tão perto, ela tinha dificuldade em manter a ilusão do mapa. Sentia-se boba — eles estavam noivos há meses, e ela já ficava muito à vontade com ele. Mas algo havia mudado. Algo incrível.

Estava *finalmente* na hora. A data de casamento havia sido marcada para dali a uma semana — quando os alethianos resolviam alguma coisa, partiam logo para a ação. Bem, isso era bom. Shallan não queria ir longe demais em um relacionamento sem votos, e, raios, mesmo uma semana estava começando a parecer uma eternidade.

Ela ainda precisava explicar algumas coisas para Adolin. Principalmente, toda aquela confusão com os Sanguespectros. Vinha ignorando aquilo bem até demais ultimamente, mas seria um alívio enfim ter alguém com quem pudesse falar a respeito. Véu poderia explicar — Adolin estava se acostumando com ela, embora não trocassem intimidades. Ele a tratava como um amigo de bar, o que na verdade estava meio que funcionando para os dois.

Dalinar caminhou pela ilusão, mantendo a mão sobre Iri, Rira e Babatharnam.

— Mude essa parte do território para um dourado vivo.

Shallan levou um momento para perceber que ele estava falando com ela. O idiota do Adolin e seus braços idiotas. Braços idiotas, fortes, mas gentis, pressionados a ela, bem abaixo dos seus seios...

Certo. Certo. Ilusão.

Ela seguiu o comando de Dalinar, achando graça da maneira como as escribas e generais faziam questão de não olhar para ela e Adolin. Alguns comentavam sobre a herança ocidental de Adolin, que fazia com que demonstrasse afeto demais em público. Sua descendência mista não parecia preocupar os alethianos na maioria dos casos — eles eram um povo pragmático e viam seu cabelo como um sinal de povos conquistados e aderidos à sua cultura superior. Mas *procuravam* desculpas para a maneira como ele nem sempre agia como achavam que deveria agir.

De acordo com os relatos via telepena, a maioria dos reinos menores ao redor do Lagopuro havia sido capturada por Iri — que avançara, acompanhado pelos Moldados, para tomar terras que desejavam há gerações. Isso garantiu a eles três Sacroportais no total. Shallan pintou esses reinos em dourado vívido, a pedido de Dalinar.

Azir e seus protetorados, ela pintou num padrão de azul e vinho, o símbolo que os azishianos haviam escolhido para a coalização entre seus reinos. O imperador de Azir havia concordado em continuar com as negociações; eles não estavam totalmente na coalização. Queriam garantias de que Dalinar podia controlar suas tropas.

Ela continuou a colorir a paisagem de acordo com os pedidos de Dalinar. Marat e a área ao redor ficaram em dourado, assim como, infelizmente, Alethkar. Terras que ainda não haviam tomado partido, como Shinovar e Tukar, ela deixou em verde. O resultado foi uma visão deprimente de um continente, com muito pouco colorido nos tons da sua coalização.

Os generais estavam discutindo táticas. Queriam invadir Tu Bayla — o território grande que se estendia entre Jah Keved e o Lagopuro. O argumento era que, se o inimigo tomasse aquele trecho, dividiria a coalizão em dois pedaços. Os Sacroportais permitiriam acesso rápido às capitais, mas muitas cidades estavam longe de ser centros de poder.

Dalinar cruzou a sala, formando uma ondulação que seguia seu rastro, e parou perto de onde Adolin e Shallan estavam, perto de Herdaz. E de Alethkar.

— Mostre-me Kholinar — sussurrou ele.

— Não é assim que funciona, Luminobre. Tenho que rascunhar primeiro e...

Ele a tocou no ombro e um pensamento adentrou sua mente. Outro padrão.

— É isso que o Pai das Tempestades vê — disse Dalinar. — Não é específico, então não seremos capazes de contar com detalhes, mas deve nos dar uma noção. Por obséquio.

Shallan se virou e acenou a mão para a parede, pintando-a com Luz das Tempestades. Quando a ilusão se firmou, a lateral da sala parecia ter sumido — deixando que olhassem, como se fosse uma sacada bem alta, para Kholinar.

O portal mais próximo ainda estava quebrado, expondo edifícios arruinados lá dentro — mas algum progresso havia sido feito para limpá-los. Parshemanos caminhavam pelas ruas e patrulhavam as seções intactas da muralha. Moldados voavam acima, roupas longas panejando. Uma bandeira tremulava do topo dos edifícios, linhas vermelhas sobre preto. Um símbolo estrangeiro.

— Kaladin disse que eles não queriam destruir — comentou Adolin —, só ocupar.

— Eles querem o mundo deles de volta — disse Shallan, se recostando contra ele, querendo sentir o corpo contra o dele. — Será que... podemos simplesmente deixar que fiquem com o que tomaram?

— Não — replicou Dalinar. — Enquanto Odium liderar o inimigo, eles vão tentar nos varrer desta terra, de modo que o mundo nunca mais precise de outra Desolação. Porque não estaremos mais aqui.

Os três pareciam estar diante de um precipício, olhando para a cidade. Os humanos trabalhavam nos arredores, preparando uma plantação. Linhas de fumaça subiam lá de dentro, onde fortalezas de olhos-claros tinham tentado se defender contra a invasão. As imagens perturbavam Shallan, e só podia imaginar como Adolin e Dalinar se sentiam. Eles haviam protegido Thaylenah, mas perdido sua terra natal.

— Há um traidor entre nós — disse Dalinar em voz baixa. — Alguém atacou a Ponte Quatro especificamente para conseguir a Espada de Honra... porque precisavam destravar os Sacroportais e deixar o inimigo entrar.

— Ou ele foi destrancado por um Radiante que trocou de lado — interveio Shallan baixinho.

Inexplicavelmente, o Assassino de Branco havia se juntado a eles. O homem estava sentado do lado de fora da sala, guardando a porta como o novo guarda-costas de Dalinar. Ele havia explicado, de modo franco e despreocupado, que a maior parte da Ordem dos Rompe-céus havia escolhido servir Odium. Shallan não teria considerado isso possível, mas esse fato — e o laço de Renarin com um espreno corrompido — indicavam que eles não podiam confiar em alguém só porque a pessoa jurara os Ideais.

— Você acha que pode ter sido Taravangian? — perguntou Adolin.

— Não — respondeu Dalinar. — Por que ele trabalharia com o inimigo? Tudo que ele fez até agora foi tentar garantir a segurança de Roshar...

mesmo que através de meios brutais. Ainda assim, preciso considerar a ideia. Não posso me dar ao luxo de confiar demais. Acho que Sadeas me curou desse defeito.

O Espinho Negro sacudiu a cabeça, em seguida olhou para Shallan e Adolin.

— De qualquer modo, Alethkar precisa de um *rei*. Agora mais do que nunca.

— O herdeiro... — começou Adolin.

— Jovem demais. E não é hora de uma regência. Gavinor pode ser nomeado seu herdeiro, Adolin, mas precisamos cuidar para que vocês e Shallan se casem e a monarquia seja assegurada. Pelo bem de Alethkar, mas também pelo bem do mundo. — Ele estreitou os olhos. — A coalização precisa de mais do que eu posso fornecer. Continuarei a liderá-la, mas nunca fui bom em diplomacia. Preciso de alguém no trono que possa inspirar Alethkar *e* obter o respeito dos monarcas.

Adolin ficou tenso e Shallan pegou sua mão, apertando-a. *Você pode ser esse homem, se quiser,* pensou ela. *Mas não* tem *que ser o homem que ele faz de você.*

— Vou preparar a coalização para sua coroação — disse Dalinar. — Talvez no dia anterior ao casamento.

Ele se virou para ir embora. Dalinar Kholin era uma força, como uma tempestade. Derrubava uma pessoa com seus ventos e imaginava que tinha sido *desejo dela* ficar deitada, para começo de conversa.

Adolin olhou para Shallan, então firmou o queixo e pegou o pai pelo braço.

— Eu matei Sadeas, pai — sussurrou Adolin.

Dalinar gelou.

— Fui eu — continuou Adolin. — Quebrei os Códigos de Guerra e o matei no corredor. Por falar contra nossa família. Por nos trair repetidas vezes. Eu o detive porque precisava ser feito, e porque sabia que você nunca seria capaz disso.

Dalinar se virou, falando em um sussurro áspero.

— O quê? Filho, *por que* você escondeu isso de mim?

— Porque você é você.

Dalinar respirou fundo.

— Podemos consertar isso. Podemos garantir uma compensação. Isso vai ferir nossa reputação. Raios, *não* era do que eu precisava agora. Ainda assim, vamos consertar.

— Já está consertado. Não lamento o que fiz... e faria de novo, agora mesmo.

— Falaremos mais sobre isso depois da coroação...

— Eu *não* vou ser rei, pai — afirmou Adolin. Ele deu uma olhada para Shallan, e ela assentiu, então apertou sua mão de novo. — Não ouviu o que acabei de dizer? Eu quebrei os Códigos.

— Todo mundo neste tormentoso país quebra os Códigos — retrucou Dalinar, a voz alta, depois olhou sobre o ombro. Então continuou, falando mais baixo: — *Eu* quebrei os Códigos centenas de vezes. Você não precisa ser perfeito, só precisa cumprir o seu dever.

— *Não*. Serei grão-príncipe, mas não rei. Eu só... não. Não quero esse fardo. E antes que o senhor reclame que nenhum de nós quer... eu também seria péssimo nesse trabalho. Você acha que os monarcas ouviriam a *mim*?

— Eu não posso ser o rei de Alethkar — disse Dalinar em voz baixa. — Preciso liderar os Radiantes... e preciso me desvencilhar do poder em Alethkar, para deixarmos para trás essa bobagem de grão-rei. Precisamos de um soberano em Alethkar que não seja fraco, mas que também possa lidar com diplomatas de maneiras diplomáticas.

— Bem, não sou eu — repetiu Adolin.

— Quem, então? — interpelou Dalinar.

Shallan inclinou a cabeça.

— Ei. Vocês, rapazes, já pensaram em...

P<small>ALONA FOLHEOU OS ÚLTIMOS</small> relatórios de fofocas de Tashikk, procurando as partes mais escandalosas.

Ao redor dela, na grande sala de conferências de Urithiru, reis e príncipes batiam boca. Alguns reclamavam de não ter permissão de participar de qualquer que fosse a reunião que Dalinar estava tendo no andar acima, com seus generais. Os natanianos ainda reclamavam que deveriam receber o controle do Sacroportal nas Planícies Quebradas, enquanto os azishianos estavam falando — de novo — sobre como o próprio Deus havia aparentemente profetizado que os Manipuladores de Fluxos destruiriam o mundo.

Todos eram bastante persistentes e bem barulhentos — mesmo aqueles que não falavam alethiano. Era preciso muita dedicação aos próprios resmungos para ficar esperando que fossem traduzidos.

Sebarial — Turi — roncava baixinho ao lado de Palona. Aquilo era só faz de conta. Ele fazia o mesmo ronco falso quando ela tentava lhe contar sobre o último romance que havia lido. Então, quando ela desistia, ele ficava irritado. Parecia gostar de ouvir as histórias, mas só se pudesse comentar como eram bobas e femininas.

Ela o cutucou e ele abriu um olho enquanto Paloma virava um dos seus relatórios de fofocas para ele, apontando para um desenho incluído.

— Yezier e Emul — sussurrou ela. — O príncipe e a princesa foram vistos juntos na Cidade de Thaylen, falando com intimidade enquanto seus guardas trabalhavam nos destroços.

Turi grunhiu.

— Todo mundo acha que eles voltaram a namorar, embora não possam falar a respeito, já que os monarcas de Azir são proibidos de se casar sem o consentimento do imperador. Mas os rumores estão errados. *Eu* acho que ela está cortejando Halam Khal, o Fractário.

— Você podia só ir *conversar* com ela — replicou Turi, apontando um dedo preguiçoso para a princesa de Yezier, cujos tradutores estavam reclamando vigorosamente dos perigos da Manipulação de Fluxos.

— Ai, Turi — disse Palona. — Você não pode só chegar e *perguntar* às pessoas sobre as fofocas. É por isso que você não tem jeito.

— E eu achando que não tinha jeito por causa do meu péssimo gosto para mulheres.

As portas se abriram de repente, o ruído mandando uma onda de choque pelo ambiente, fazendo com que as reclamações silenciassem. Até mesmo Turi se sentou para observar Jasnah Kholin de pé na entrada.

Ela usava uma pequena, mas inconfundível, coroa na cabeça. A família Kholin, aparentemente, escolhera sua nova monarca.

Turi sorriu diante dos rostos preocupados na sala.

— Ah, céus — sussurrou ele para Palona. — *Isso* vai ser interessante.

M OASH ESTAVA BATENDO COM a picareta novamente. Duas semanas de trabalho, e ele ainda estava ali limpando os escombros. Matar um deus. Voltar ao trabalho.

Bem, ele não se importava. Levaria meses, talvez anos, para limpar todos os destroços daquela cidade. De toda Alethkar.

Na maior parte dos dias daquela semana, ele era o único trabalhando no palácio. A cidade estava sendo lentamente revertida, humanos mandados para longe, Cantores se mudando para lá — mas o deixavam ficar quebrando pedras sozinho, sem capataz ou guarda à vista.

Então Moash ficou surpreso quando ouviu outra picareta golpeando ao lado dele. Virou-se, chocado.

— Khen?

A corpulenta parshemana começou a quebrar pedras.

— Khen, você foi libertada da escravidão — disse Moash. — Seu ataque ao palácio foi recompensado com a Paixão da Misericórdia.

Khen continuou trabalhando. Nam e Pal chegaram, usando a forma bélica — dois outros que haviam sobrevivido com ele durante o assalto. Tinham sido poucos.

Eles também levantaram picaretas e começaram a quebrar pedras.

— Pal — chamou Moash. — Você...

— Querem que sejamos fazendeiros — falou ela. — Estou cansada de agricultura.

— E eu não sou um servo doméstico — retrucou Khen. — Para ficar servindo bebidas.

Dava para ver que eles estavam começando a falar nos ritmos, como Cantores de verdade.

— Então vão quebrar pedras? — perguntou Moash.

— Nós ouvimos uma coisa. Fez com que quiséssemos ficar perto de você.

Moash hesitou, mas então o entorpecimento fez com que continuasse trabalhando, para ouvir o ritmo constante do metal na pedra, que o permitia passar o tempo.

Foi talvez uma hora depois que eles vieram atrás de Moash. Nove Moldados voadores, com roupas tremulantes pendendo abaixo deles quando rodearam Moash.

— Leshwi? Anciã?

Ela estendeu algo para ele com as duas mãos. Uma espada longa e esguia. Uma Espada Fractal com uma curva suave, seu metal praticamente sem ornamentos. Elegante, mas de algum modo humilde, para uma Espada Fractal. Moash a conhecera como a espada do Assassino de Branco. Agora ele a reconhecia como outra coisa. A Espada de Jezerezeh. Espada de Honra.

Moash estendeu a mão para a arma, hesitante, e Leshwi cantarolou um ritmo de alerta.

— Se você a pegar, vai morrer. Moash não existirá mais.

— O mundo de Moash não existe mais — declarou ele, tomando a Espada pelo cabo. — Ele pode se juntar ao mundo no túmulo.

— Vyre — disse ela. — Junte-se a nós no céu. Você tem um trabalho.

Ela e os outros se Projetaram para cima.

Junte-se a nós no céu. As Espadas de Honra, Graves havia lhe dito, davam seus poderes a qualquer um que as segurasse.

Hesitante, Moash pegou a esfera que Khen lhe ofereceu.

— O que foi que ela disse? Vyre?

Ela havia pronunciado de uma maneira que parecia com "pare".

— É um dos nomes deles — respondeu Khen. — Ouvi dizer que significa Aquele que Silencia.

Vyre, Aquele que Silencia, sugou a luz da esfera.

Foi doce e belo, e, como lhe fora prometido, trouxe Paixão. Ele a conteve enquanto se Projetava para o céu.

Embora Shallan houvesse tido meses para se acostumar com a ideia de se casar, quando o dia chegou, ela não se sentia pronta.

Era tanto trabalho e tanto incômodo.

Todo mundo estava determinado a garantir que, depois do casamento apressado de Dalinar e Navani, aquele fosse feito *direito*. Então Shallan teve que ficar sentada, sendo tratada com cerimônia, enfeitada, tendo o cabelo trançado e o rosto pintado por maquiadoras reais alethianas. Quem sabia que existia tal coisa?

Ela aguentou tudo, então foi posta em um trono enquanto escribas se enfileiravam e lhe entregavam pilhas de keteks e glifos-amuletos. Noura entregou uma caixa de incenso do imperador azishiano, junto com um peixe seco de Lift. Um tapete maratiano foi mandado pela Rainha Fen. Frutas secas. Perfumes.

Um par de botas. Ka pareceu constrangida ao abrir a caixa e revelar que eram um presente de Kaladin e da Ponte Quatro, mas Shallan só deu uma gargalhada. Foi um momento de alívio muito necessário em meio ao estresse do dia.

Ela recebeu presentes de organizações profissionais, membros da família, e um de cada grão-príncipe, exceto por Ialai — que havia deixado Urithiru em desgraça. Embora Shallan estivesse agradecida, sentia vontade de desaparecer no vestido. Tantas coisas que ela não queria — mais que tudo, a atenção.

Bem, você está se casando com um grão-príncipe alethiano, pensou ela enquanto se contorcia no trono de casamento. *O que esperava?* Pelo menos não ia acabar como rainha.

Por fim — depois que os fervorosos chegaram e pronunciaram bênçãos, unções e orações —, ela foi arrastada para uma saleta onde ficou sozinha com um braseiro, uma janela e um espelho. A mesa continha implementos para que pintasse uma última oração, de modo que pudesse meditar. Em algum lugar, Adolin estava recebendo presentes dos homens. Provavelmente espadas. Muitas e muitas espadas.

A porta se fechou e Shallan ficou ali, vendo a si mesma no espelho. Seu vestido azul-safira era de um estilo antigo, com mangas caídas que iam muito além das suas mãos. Pequenos rubis no bordado brilhavam com uma luz complementar. Um colete dourado envolvia seus ombros, combinando com um véu ornamentado sobre suas tranças.

Ela queria se encolher.

— Hmm... — disse Padrão. — Essa é uma boa você, Shallan.

Uma boa eu. Ela suspirou. Véu se formou de um lado da sala, recostada na parede. Radiante apareceu perto da mesa, tamborilando o tampo com um dedo, lembrando-a de que realmente devia escrever uma oração — para manter a tradição, pelo menos.

— Nós tomamos essa decisão — disse Shallan.

— Uma união digna — comentou Radiante.

— Ele é bom para você, eu acho — observou Véu. — Além disso, entende de vinhos. Podia ser muito pior.

— Mas não muito melhor — replicou Radiante, olhando para Véu com firmeza. — Isso é bom, Shallan.

— Uma celebração — falou Véu. — Uma celebração de *você*.

— Não tem problema que eu fique alegre com isso — respondeu Shallan, como se houvesse descoberto algo precioso. — Não tem problema em celebrar. Mesmo que as coisas estejam terríveis no mundo, não tem problema. — Ela sorriu. — Eu... mereço isso.

Véu e Radiante sumiram. Quando Shallan olhou de volta para o espelho, não sentia mais vergonha da atenção. Não tinha problema.

Não tinha problema ser feliz.

Ela pintou seu glifo-amuleto, mas uma batida na porta a interrompeu antes que pudesse queimá-lo. O quê? Ainda não estava na hora.

Ela se virou com um sorriso.

— Pode entrar.

Adolin provavelmente havia arrumado uma desculpa para roubar um beijo...

A porta se abriu.

Revelando três jovens em roupas desgastadas. Balat, o mais alto e de rosto redondo. Wikim, ainda muito magro, com a pele tão pálida quanto a de Shallan. Jushu, mais magro do que ela se lembrava, mas ainda roliço. Todos os três, de algum modo, pareciam mais jovens do que em suas memórias, embora fizesse mais de um ano desde que os vira.

Seus irmãos.

Shallan gritou de alegria, se jogando sobre eles, passando através de uma rajada de esprenos de alegria que pareciam pétalas azuis. Tentou abraçar os três ao mesmo tempo, sem ligar para o que isso faria com seu vestido cuidadosamente arrumado.

— Como? Quando? O que aconteceu?

— Foi uma longa viagem por Jah Keved — disse Nan Balat. — Shallan... Nós não sabíamos de nada até sermos transportados para cá através daquele dispositivo. Você vai se *casar*? Com o filho do *Espinho Negro*?

Havia tanto a contar a eles. Raios, aquelas lágrimas iam *arruinar* sua maquiagem. Ela ia ter que passar por tudo de novo.

Descobriu que estava atordoada demais para falar, para explicar. Ela os abraçou novamente, e Wikim até reclamou do afeto, como sempre fizera. Ela não os via há um tempão e ele ainda resmungava? Isso a deixou ainda mais feliz, por algum motivo.

Navani apareceu atrás deles, olhando sobre o ombro de Balat.

— Vou pedir para atrasarem as festividades.

— Não! — exclamou Shallan.

Não. Ela ia se *alegrar*. Abraçou bem apertado os irmãos, um depois do outro.

— Vou explicar depois do casamento. Há *tanta* coisa a explicar...

Balat, enquanto ela o abraçava, lhe passou uma folha de papel.

— Ele disse para entregar isso a você.

— Quem?

— Ele disse que você saberia. — Balat ainda tinha aquele olhar assombrado que sempre o acompanhara. — O que está acontecendo? Como você conhece pessoas *assim*?

Ela desdobrou o papel.

Era de Mraize.

— Luminosa — disse Shallan para Navani —, a senhora pode arrumar lugares de honra para os meus irmãos?

— Mas é claro.

Navani levou os três rapazes embora, se juntando a Eylita, que estivera esperando. Raios. Seus irmãos estavam de volta. *Eles estavam vivos.*

Um presente de casamento, dizia o recado de Mraize.

Em pagamento pelo serviço realizado. Você vai descobrir que cumpro minhas promessas. Peço desculpas pelo atraso.

Meus parabéns pelas futuras núpcias, pequena lâmina. Você se saiu bem. Conseguiu espantar o Desfeito nesta torre e, como pagamento, nós perdoamos parte do seu débito devido pela destruição do nosso Transmutador.

Sua próxima missão é igualmente importante. Um dos Desfeitos parece disposto a romper com Odium. Nosso bem e o dos nossos amigos Radiantes estão alinhados. Você vai encontrar esse Desfeito e persuadi-lo a servir os Sanguespectros. Se não, vai capturá-lo e entregá-lo a nós.

Mais detalhes no futuro.

Ela baixou o papel, então o queimou no braseiro que estava ali para sua oração. Então Mraize sabia sobre Sja-anat, não é? Será que ele sabia que Renarin acidentalmente se vinculara a um dos esprenos dela? Ou seria aquele um segredo que Shallan tinha e os Sanguespectros, não?

Bem, ela se preocuparia com ele depois. Naquele dia, tinha um casamento para ir. Ela abriu a porta e saiu. Rumo a uma celebração.

De ser ela mesma.

DALINAR ADENTROU SEUS APOSENTOS, farto com a comida da festa de casamento, feliz de finalmente ter um pouco de paz depois das celebrações. O assassino se instalou diante da sua porta para esperar, como estava se tornando seu costume. Szeth era o único guarda que Dalinar tinha no momento, já que Rial e seus outros guarda-costas estavam todos na Ponte Treze — e todos naquela equipe se tornaram escudeiros de Teft.

Dalinar sorriu consigo mesmo, então caminhou até sua escrivaninha e sentou-se. Uma Espada Fractal pendia da parede diante dele. Um local temporário; encontraria um lar para ela. Por enquanto, ele a queria por perto. Estava na hora.

Ele pegou a caneta e começou a escrever.

Em três semanas, ele havia progredido muito, embora ainda hesitasse ao desenhar cada letra. Já havia trabalhado por uma boa hora quando Navani retornou, entrando discretamente nos aposentos. Ela abriu as portas da sacada, deixando entrar a luz de um sol poente.

Um filho casado. Adolin não era o homem que Dalinar havia pensado que fosse — mas também, isso não era perdoável? Ele molhou a pena na tinta e continuou escrevendo. Navani se aproximou e pousou as mãos em seus ombros, olhando para o papel.

— Aqui — disse Dalinar, entregando a folha para ela. — Diga-me o que acha. Topei com um problema.

Enquanto ela lia, ele resistiu ao impulso de se remexer nervosamente. Parecia seu primeiro dia com os mestres espadachins. Navani assentiu, então sorriu para ele, molhando sua pena e fazendo algumas anotações na página para explicar erros.

— Qual é o problema?

— Não sei como escrever "eu".

— Já te ensinei. Aqui, você esqueceu? — Ela escreveu umas poucas letras. — Não, espere. Você usou essa palavra várias vezes nesse texto, então obviamente sabe como escrevê-la.

— Você disse que pronomes têm um gênero na escrita formal das mulheres, e percebi que a palavra que você me ensinou é feminina.

Navani hesitou, a pena nos dedos.

— Ah. Certo. Eu acho... Quer dizer... Hum. Não acho que exista um "eu" masculino. Você pode usar o neutro, como um fervoroso. Ou... não, aqui. Sou uma idiota. — Ela escreveu algumas letras. — É isso que se usa quando se escreve a citação masculina em primeira pessoa.

Dalinar esfregou o queixo. A maioria das palavras, na escrita, era idêntica às da conversa falada, mas pequenos acréscimos — que não se lia em voz alta — mudavam o contexto. E isso sem falar no subtexto — os comentários ocultos das escritoras. Navani havia explicado, com certo embaraço, que aquilo nunca era lido para um homem que solicitava uma leitura.

Nós tiramos as Espadas Fractais das mulheres, pensou ele, fitando a arma que pendia da parede acima da sua mesa. *E elas nos tiraram a alfabetização. Eu me pergunto quem ficou com a melhor parte.*

— Você já pensou sobre como Kadash e os fervorosos vão reagir ao fato de você aprender a ler? — perguntou Navani.

— Eu já fui excomungado. Não há muito mais que eles possam fazer.

— Eles podem ir embora.

— Não — disse Dalinar. — Não acho que irão. Na verdade, acho... acho que posso estar me aproximando de Kadash. Você o viu no casamento? Ele anda lendo o que os teólogos antigos escreveram, tentando encontrar justificativa para o Vorinismo moderno. Ele não quer acreditar em mim, mas logo não será capaz de evitar.

Navani parecia cética.

— Aqui — disse Dalinar. — Como eu enfatizo uma palavra?

— Com essas marcas aqui, acima e abaixo da palavra que você deseja realçar.

Ele assentiu em agradecimento, mergulhou sua pena, então reescreveu o que havia dado a Navani, fazendo as devidas mudanças.

> *As palavras mais importantes que um homem pode dizer são "eu farei melhor". Essas não são as palavras mais importantes que qualquer homem pode dizer. Eu sou um homem, e elas são o que eu precisava dizer.*
>
> *O antigo código dos Cavaleiros Radiantes diz "jornada antes do destino". Alguns podem dizer que isso é um simples chavão, mas é muito mais. Uma jornada inclui dor e fracasso. Não são apenas passos para frente que precisamos aceitar, mas também os tropeços. As provações. O conhecimento de que falharemos. De que vamos ferir aqueles ao nosso redor.*
>
> *Mas, se pararmos, se acolhermos a pessoa que somos quando caímos, a jornada termina. Aquele fracasso se torna nosso destino.*
>
> *Amar a jornada é aceitar que não existe tal fim. Eu descobri, através de dolorosas experiências, que o passo mais importante que uma pessoa pode dar é sempre o próximo.*
>
> *Tenho certeza de que alguns vão se sentir ameaçados por esse relato. Alguns podem se sentir libertados. A maioria provavelmente vai achar que ele não deveria existir.*
>
> *Preciso escrevê-lo mesmo assim.*

Ele se recostou na cadeira, satisfeito. Parecia que, ao abrir aquela porta, ele havia adentrado um novo mundo. Podia ler *O caminho dos reis*. Podia ler a biografia de Gavilar, escrita pela sua sobrinha. Podia escrever as próprias ordens para seus homens seguirem.

Mais importante, ele podia escrever aquilo ali. Seus pensamentos. Seus sofrimentos. Sua *vida*. Olhou para o lado, onde Navani havia colocado a resma de páginas em branco que Dalinar pedira que trouxesse. Pouquinhas. Pouquinhas mesmo

Ele mergulhou sua pena novamente.

— Poderia fechar as portas da sacada de novo, gema-coração? — pediu ele. — A luz do sol está me distraindo da outra luz.

— Outra luz?

Ele assentiu, distraído. O que mais? Olhou novamente para a Espada Fractal familiar. Larga como ele — e grossa, também como ele, às vezes —, com uma ponta em forma de gancho. Era a melhor marca tanto da sua honra quanto da sua desgraça. Ela deveria ter ido para Rocha, o carregador de pontes papaguampas. Ele matara Amaram e a conquistara, junto com outras duas Fractais.

Rocha havia insistido que Dalinar aceitasse Sacramentadora de volta. Uma dívida paga, o Corredor dos Ventos havia explicado. Relutantemente, Dalinar aceitara, manuseando a Espada Fractal apenas através de tecido.

Enquanto Navani fechava as portas da sacada, ele fechou os olhos e sentiu o calor de uma luz invisível e distante. Então sorriu e — com a mão ainda hesitante, como as pernas de uma criança dando seus primeiros passos — pegou outra página, onde escreveu um título para o livro.

Sacramentadora, minha glória e minha vergonha.
Escrito pela mão de Dalinar Kholin.

EPÍLOGO

ÓTIMA ARTE

—Toda ótima arte é odiada — disse Riso.

Ele se arrastou pela fila — junto com umas duzentas outras pessoas —, dando mais um passo tedioso.

— É obscenamente difícil, se não impossível, fazer algo que ninguém odeie — continuou Riso. — Por outro lado, é incrivelmente fácil, se não esperado, fazer algo que ninguém ame.

Semanas depois da queda de Kholinar, o lugar ainda cheirava a fumaça. Muito embora os novos mestres da cidade houvessem deslocado dezenas de milhares de humanos para trabalharem em fazendas, o realojamento completo levaria meses, ou até mesmo anos.

Riso cutucou o ombro do homem na sua frente.

— Faz sentido se você pensar no assunto. A arte tem a ver com *emoção, examinação,* e *alcançar lugares nunca antes alcançados para descobrir e investigar coisas novas.* A única maneira de criar algo novo que ninguém odeie é garantir que essa coisa também não possa ser amada. Remova tempero o bastante da sopa, e vai acabar só com água.

O homem bruto na frente o olhou de soslaio, então se voltou de novo para a fila.

— O gosto humano é tão variado quanto suas impressões digitais — disse Riso. — Ninguém vai gostar de tudo, todos desgostam de alguma coisa, alguém ama aquilo que você odeia... mas pelo menos ser odiado é melhor do que nada. Arriscando uma metáfora, uma pintura grandiosa frequentemente tem a ver com contraste: as cores mais vivas, as sombras mais escuras. Não são uma papa cinzenta. Que alguma coisa seja odiada não é prova de que seja ótima arte, mas a falta de ódio certamente é prova de que não é.

Eles avançaram mais um passo.

Ele cutucou o homem no ombro novamente.

— E assim, caro senhor, quando digo que você é a própria encarnação da repugnância, só estou procurando aprimorar minha arte. Você é tão feio que parece que alguém tentou, sem sucesso, remover as verrugas da sua cara com o uso agressivo de uma lixa. Você é menos um ser humano e mais um calombo de esterco com aspirações. Se alguém pegasse um pedaço de pau e batesse em você repetidamente, só serviria para melhorar suas feições. Seu rosto desafia descrições, mas apenas porque nauseou todos os poetas. Você é aquilo que os pais usam para assustar os filhos até que os obedeçam. Eu diria para você cobrir sua cabeça com um saco, mas pense no pobre saco! Teólogos usariam você como prova de que Deus existe, porque algo tão hediondo *só pode* ser intencional.

O homem não reagiu. Riso o cutucou novamente, e ele murmurou alguma coisa em thayleno.

— Você... não fala alethiano, fala? — perguntou Riso. — É óbvio que não.

Fazia sentido.

Bem, repetir tudo aquilo em thayleno seria monótono. Então Riso furou a fila na frente do homem. Isso enfim provocou uma reação. O homem corpulento o agarrou e o girou, então socou sua cara.

Riso caiu para trás no chão de pedra. A fila continuou seu movimento arrastado, os ocupantes se recusando a olhar para ele. Cautelosamente, ele enfiou o dedo na boca. Sim... parecia...

Um dos seus dentes havia caído.

— Sucesso! — disse ele em thayleno, ceceando um pouco. — Obrigado, meu caro. Estou feliz que tenha apreciado minha arte performática, realizada ao furar a fila na sua frente.

Riso jogou o dente longe e se levantou, começando a espanar suas roupas. Então se deteve; afinal de contas, ele havia trabalhado duro para aplicar aquela poeira. Enfiou as mãos nos bolsos do casaco marrom esfarrapado, então seguiu por um beco com as costas encurvadas. Passou por humanos que gemiam e gritavam pedindo salvação, misericórdia. Absorveu tudo aquilo, deixando que se refletisse nele.

Não foi uma máscara o que colocou. Tristeza genuína. Dor genuína. Pranto ecoava ao redor dele enquanto avançava para a seção da cidade mais perto do palácio. Só os mais desesperados ou mais arrasados ousavam permanecer ali, mais perto dos invasores e da sua base de poder em expansão.

Ele contornou rumo ao pátio em frente à escadaria principal. Era a hora da sua grande atuação? Estranhamente, ele se pegou relutante. Quando subisse aquele degraus, estaria se comprometendo a deixar a cidade.

Havia encontrado uma audiência muito melhor entre aquelas pobres pessoas do que entre os olhos-claros de Alethkar. Havia se divertido no seu tempo ali. Por outro lado, se Rayse descobrisse que Riso estava na cidade, ordenaria às suas forças que o arrasassem — e consideraria um preço barato até mesmo pela mínima chance de dar um fim nele.

Riso se demorou, então avançou pelo pátio, falando baixinho com várias das pessoas que viera a conhecer nas últimas semanas. Por fim, se agachou junto de Kheni, que ainda balançava seu berço vazio, fitando a praça com olhos assombrados.

— A questão passa a ser quantas pessoas precisam amar uma obra de arte para que ela valha a pena — sussurrou ele. — Se você inevitavelmente vai inspirar ódio, então quanto deleite é necessário para compensar o risco?

Ela não respondeu. Seu marido, como de costume, estava ali perto.

— Como está meu cabelo? — perguntou Riso a Kheni. — Ou minha falta de cabelo?

Novamente, sem resposta.

— O dente faltando é um novo acréscimo — continuou Riso, cutucando o buraco. — Acho que vai dar um toque especial.

Ele tinha alguns dias, com sua cura suprimida, até que o dente crescesse de volta. A poção certa fizera com que perdesse tufos de cabelo.

— Devo furar um olho?

Kheni olhou para ele, incrédula.

Então você está *prestando atenção.* Ele deu um tapinha no ombro dela. *Mais uma coisa. Mais uma coisa, então vou embora.*

— Espere aqui — disse ele, então foi andando por um beco a norte.

Ali, pegou alguns trapos — os restos de uma fantasia de espreno. Não via mais muitas dessas por aí. Pegou um barbante do bolso e o enrolou ao redor dos trapos.

Ali perto, vários edifícios haviam caído devido aos ataques do petronante. Riso sentiu vida em um deles e, quando se aproximou, um rostinho sujo espiou dos escombros.

Ele sorriu para a garotinha.

— Seu dente tá engraçado hoje — comentou ela.

— Devo fazer uma objeção, já que a parte engraçada não está no dente, mas na falta do dente. — Ele estendeu a mão para ela, que recuou de volta para o buraco.

— Não posso deixar a mamãe — sussurrou ela.

— Eu compreendo — disse Riso, então pegou os trapos e o barbante que havia ajeitado antes, dando-lhes a forma de uma pequena boneca. — A resposta da pergunta que tem me incomodado há algum tempo.

O rostinho apareceu de novo, olhando para a boneca.

— A pergunta?

— Eu já perguntei antes — disse Riso. — Você não escutou. Você sabe a resposta?

— Você é esquisito.

— Resposta certa, mas pergunta errada. — Ele fez a bonequinha caminhar pela rua quebrada.

— Para mim? — murmurou a garota.

— Preciso deixar a cidade. E não posso levá-la comigo. Alguém precisa cuidar dela.

Uma mão suja se estendeu para a boneca, mas Riso puxou-a de volta.

— Ela tem medo do escuro. Você tem que mantê-la na luz.

A mão desapareceu nas sombras.

— Não posso deixar a mamãe.

— Que pena — disse Riso, e levantou a boneca até os lábios, então sussurrou uma série de palavras específicas.

Quando ele a pousou no chão, a boneca começou a andar por conta própria. Um arquejo baixinho soou dentro das sombras. A bonequinha andou pela rua com passinhos de bebê. Passo a passo a passo...

A garota, que tinha talvez quatro anos de idade, finalmente emergiu das sombras e correu para pegar o brinquedo. Riso se levantou e espanou seu casaco, que agora era cinza. A garota abraçou a criação remendada, deixando o edifício quebrado — e os ossos de uma perna que despontavam dos escombros lá dentro.

Ele carregou a garota de volta para a praça, então silenciosamente empurrou o berço vazio para longe de Kheni e se ajoelhou diante dela.

— Eu acho, em resposta à minha pergunta... Olha, acho que uma é suficiente.

Ela hesitou, então se concentrou na criança nos braços dele.

— Preciso deixar a cidade — disse Riso. — E alguém precisa tomar conta dela.

Esperou até que, finalmente, Kheni estendeu os braços. Riso colocou a criança neles, então se levantou. O marido de Kheni tomou-o pelo braço, sorrindo.

— Não pode ficar um pouco mais?

— Acho que você é o primeiro a me pedir isso, Cob — observou Riso. — E, na verdade, essa frase me assusta. — Ele hesitou, então se abaixou e tocou a boneca nas mãos da criança. — Esqueça o que eu disse antes — sussurrou ele. — Em vez disso, tome conta *dela*.

Ele se virou e começou a subir os degraus rumo ao palácio.

Adotou o disfarce enquanto caminhava. O tique da loucura, o passo arrastado. Deixou um olho semiaberto e curvou a coluna, mudando a respiração para que soasse ofegante, com ocasionais arquejos rápidos. Passou a murmurar e expor os dentes — mas não o que estava faltando, pois isso era impossível.

Adentrou a sombra do palácio e da sentinela flutuando ali perto, cuja longa túnica o vento agitava. Vatwha era o nome dela. Milhares de anos atrás, ele havia compartilhado uma dança com ela. Como todos os outros, depois ela fora treinada para ficar atenta a qualquer aparição dele.

Mas não bem o bastante. Enquanto ele passava por baixo, ela mal se dignou a lhe lançar o mais curto dos olhares. Riso decidiu não tomar isso como um insulto, já que era o que ele queria. Precisava ser uma sopa tão insossa que parecesse água. Mas que charada. Naquele caso, sua arte era melhor quando ignorada.

Talvez ele precisasse revisar sua filosofia.

Passou pelo posto de sentinela e se perguntou se mais alguém achava estranho que os Moldados passassem tanto tempo perto daquela área caída do palácio. Será que alguém se perguntava por que eles trabalhavam tão duro, removendo blocos, demolindo paredes?

Era bom saber que seu coração ainda acelerava por conta de uma atuação. Ele se aproximou, encolhido, do projeto de trabalho, e um par de guardas Cantores mais mundanos praguejaram para que ele seguisse para os jardins, com os outros pedintes. Ele fez várias mesuras, então tentou vender a eles algumas bijuterias do seu bolso.

Um deles o afastou com um empurrão, e assim ele agiu como se estivesse em pânico, correndo para longe deles e subindo uma rampa até o projeto de trabalho em si. Ali perto, alguns trabalhadores quebravam pedras e uma poça de sangue seco manchava o chão. Os dois guardas Cantores gritaram para que ele saísse. Riso adotou um ar apavorado, e se apressou em obedecer, mas tropeçou deliberadamente para cair contra a parede do palácio — uma porção que ainda estava de pé.

— Veja bem — sussurrou ele para a parede —, você não tem muitas escolhas nesse exato momento.

Acima, os Moldados se voltaram para olhar para ele.

— Eu sei que você preferia outra pessoa — disse Riso —, mas agora não é hora de ser exigente. Tenho certeza de que o motivo de eu estar na cidade é encontrar você.

Os dois guardas Cantores se aproximaram, um deles se curvando em um pedido formal para os Moldados acima. Eles ainda não entendiam que aquele tipo de comportamento não impressionava os antigos Cantores.

— Ou você vem comigo agora — falou Riso para a parede — ou espera e acaba sendo capturado. Eu honestamente não sei se você tem capacidade de entender, mas, se tiver, fique sabendo: eu lhe darei verdades. E conheço algumas bem *interessantes*.

Os guardas o alcançaram. Riso fez pressão contra eles, batendo o corpo contra a parede novamente.

Alguma coisa se esgueirou para fora de uma das rachaduras na parede. Um Padrão em movimento que enrugava a pedra. Ele cruzou para sua mão, que Riso enfiou nas roupas esfarrapadas enquanto os guardas o agarravam sob os braços e o arrastavam até os jardins, então o jogavam entre os pedintes ali.

Quando eles se foram, Riso rolou o corpo e olhou para o Padrão que agora cobria sua palma. Ele parecia estar tremendo.

— Vida antes da morte, pequenino — sussurrou Riso.

FIM DO
LIVRO TRÊS DE
OS RELATOS DA GUERRA DAS TEMPESTADES

NOTA FINAL

Unidos, novos começos cantam: "Desafiando a verdade, o amor. A verdade desafie!" Cante inícios, nova unidade.

Ketek escrito por Jasnah Kholin na ocasião da celebração do casamento de sua pupila Shallan Davar.

ARS ARCANUM

AS DEZ ESSÊNCIAS E SUAS ASSOCIAÇÕES HISTÓRICAS

NÚMERO	GEMA	ESSÊNCIA	FOCO CORPORAL	PROPRIEDADES DE TRANSMUTAÇÃO	ATRIBUTOS DIVINOS PRIMÁRIOS/ SECUNDÁRIOS
1 Jes	Safira	Zéfiro	Inspiração	Gás translúcido, ar	Proteção/ Liderança
2 Nan	Quartzo fumê	Vapor	Expiração	Gás opaco, fumaça, névoa	Justo/ Confiante
3 Chach	Rubi	Faísca	A Alma	Fogo	Bravo/ Obediente
4 Vev	Diamante	Brilho	Os Olhos	Quartzo, vidro, cristal	Amoroso/ Curador
5 Palah	Esmeralda	Polpa	O Cabelo	Madeira, plantas, musgo	Erudito/ Generoso
6 Shash	Granada	Sangue	O Sangue	Sangue, todos os líquidos não oleosos	Criativo/ Honesto
7 Betab	Zircão	Sebo	Óleo	Todos os tipos de óleo	Sábio/ Cuidadoso
8 Kak	Ametista	Folha	As Unhas	Metal	Resoluto/ Construtor
9 Tanat	Topázio	Astrágalo	O Osso	Rocha e pedra	Confiável/ Engenhoso
10 Ishi	Heliodoro	Tendão	Carne	Carne, músculo	Pio/ Orientador

A lista acima é uma coleção imperfeita do simbolismo vorin tradicional associado com as Dez Essências. Quando reunidas, elas formam o Olho Duplo do Todo-Poderoso, um olho com duas pupilas representando a criação das plantas e criaturas. Essa também é a base para a forma de ampulheta que frequentemente é associada com os Cavaleiros Radiantes.

Os eruditos antigos também colocavam as dez ordens de Cavaleiros Radiantes nesta lista, junto com os próprios Arautos, que possuem individualmente associações clássicas com um dos números e Essências.

Não sei ainda ao certo como os dez níveis de Esvaziamento ou sua prima, a Antiga Magia, cabem nesse paradigma, se é que cabem. Minha pesquisa sugere que, de fato, deveria haver outra série de habilidades que é ainda mais esotérica que os Esvaziamentos. Talvez a Antiga Magia se encaixe nela, embora eu esteja começando a suspeitar de que seja algo inteiramente diferente.

Note que, no momento, acredito que o conceito de "Foco corporal" é mais uma questão de interpretação filosófica do que um atributo real dessa Investidura e suas manifestações.

OS DEZ FLUXOS

Como um complemento às Essências, os elementos clássicos celebrados em Roshar, encontramos os Dez Fluxos. Estes, embora sejam as forças fundamentais através das quais o mundo opera, são mais precisamente uma representação das dez habilidades básicas oferecidas aos Arautos, e posteriormente aos Cavaleiros Radiantes, pelos seus laços.

Adesão: O Fluxo de Pressão e Vácuo
Gravitação: O Fluxo da Gravidade
Divisão: O Fluxo da Destruição e Decomposição
Abrasão: O Fluxo da Fricção
Progressão: O Fluxo do Crescimento e Cura, ou Regeneração
Iluminação: O Fluxo de Luz, Som e Várias Formas de Onda
Transformação: O Fluxo da Transmutação
Transporte: O Fluxo do Movimento e Transição Entre Reinos
Coesão: O Fluxo da Interconexão Axial Forte
Tensão: O Fluxo da Interconexão Axial Suave

SOBRE A CRIAÇÃO DOS FABRIAIS

Cinco grupos de fabriais foram descobertos até agora. Os métodos da sua criação são cuidadosamente guardados pela comunidade artifabriana, mas eles parecem ser o trabalho de cientistas dedicadas, em oposição às Manipulações de Fluxos outrora realizadas pelos Cavaleiros Radiantes. Parece-me cada vez mais provável que a criação desses dispositivos precise da escravização forçada de entidades cognitivas transformadoras, conhecidas como "esprenos" pelas comunidades locais.

FABRIAIS DE ALTERAÇÃO

Aumentadores: Esses fabriais são feitos para aprimorar alguma coisa. Eles podem criar calor, dor ou até mesmo um vento suave, por exemplo. São energizados — como todos os fabriais — pela Luz das Tempestades. Parecem trabalhar melhor com forças, emoções ou sensações.

Os ditos semifractais de Jah Keved são criados com esse tipo de fabrial conectado a uma folha de metal, aprimorando sua durabilidade. Já vi fabriais desse tipo fabricados usando vários tipos de gema; imagino que qualquer uma das dez Gemas Polares funcione.

Diminuidores: Esses são fabriais que fazem o oposto dos aumentadores e geralmente parecem cair sob as mesmas restrições que seus primos. As artifabrianas que me confidenciaram essas informações acreditam que seja possível fazer fabriais até melhores do que os que foram criados até agora, particularmente em relação a aumentadores e diminuidores.

FABRIAIS EMPARELHADOS

Siameses: Ao infundir um rubi e usando uma metodologia que não me foi revelada (embora eu tenha minhas suspeitas), é possível criar um par de gemas emparelhadas. O processo exige a divisão do rubi original. As duas metades então vão criar reações paralelas através de uma distância. Telepenas são uma das formas mais comuns desse tipo de fabrial.

A conservação de força é mantida; por exemplo, se um estiver conectado a uma pedra pesada, vai ser necessária a mesma força para levantar o fabrial emparelhado que seria necessária para levantar a pedra em si. Parece haver algum tipo de processo usado durante a criação do fabrial que influencia a qual distância as metades podem estar e ainda funcionar.

Inversores: Usando uma ametista em vez de um rubi também cria metades siamesas de uma gema, mas essas duas trabalham na criação de reações *opostas*. Levante uma, e a outra será pressionada para baixo, por exemplo.

Esses fabriais acabaram de ser descobertos, e já estão conjecturando suas possíveis serventias. Parece haver algumas limitações inesperadas para essa forma de fabrial, embora eu não tenha sido capaz de descobrir quais são.

FABRIAIS DE ALARME

Só há um tipo de fabrial nesse conjunto, informalmente conhecido como Alertador. Um Alertador pode avisar alguém de um objeto, um sentimento ou fenômeno próximo. Esses fabriais usam uma gema de heliodoro como seu foco. Eu não sei se esse é o único tipo de gema que funciona, ou se há algum outro motivo para o uso do heliodoro.

No caso desse tipo de fabrial, a quantidade de Luz das Tempestades que se pode infundir nele afeta seu alcance. Assim, o tamanho da gema utilizada é muito importante.

CORRIDA DOS VENTOS E PROJEÇÕES

Relatos sobre as estranhas habilidades do Assassino de Branco me levaram a algumas fontes de informação que, acredito, são geralmente desconhecidas. Os Corredores dos Ventos eram uma ordem de Cavaleiros Radiantes, e eles usavam dois tipos primários de Manipulação de Fluxos. Os efeitos dessas Manipulações de Fluxos eram conhecidos — coloquialmente entre os membros da ordem — como as Três Projeções.

PROJEÇÃO BÁSICA: MUDANÇA GRAVITACIONAL

Esse tipo de Projeção era uma das Projeções mais comuns usadas na ordem, embora não fosse a mais fácil. (Essa distinção pertence à Projeção Plena, abaixo.) Uma Projeção Básica envolvia revogar o vínculo gravitacional espiritual de um ser ou objeto com o planeta abaixo, em vez disso ligando temporariamente esse ser ou objeto a um objeto ou direção diferente.

Efetivamente, isso cria uma mudança na força gravitacional, torcendo as energias do próprio planeta. Uma Projeção Básica permitia que um Corredor dos Ventos corresse pelas paredes, fizesse objetos ou pessoas saírem voando, ou que criasse efeitos similares. Usos avançados desse tipo de Projeção permitiriam que um Corredor dos Ventos se tornasse mais leve ao projetar parte da sua massa para cima. (Matematicamente, projetar um quarto da massa do indivíduo para cima diminuiria pela metade o peso efetivo de uma pessoa. Projetar metade da massa de um indivíduo para cima criaria ausência de peso.)

Múltiplas Projeções Básicas também podem puxar um objeto ou o corpo de uma pessoa para baixo no dobro, triplo ou outros múltiplos do seu peso.

PROJEÇÃO PLENA: JUNTAR OBJETOS

Uma Projeção Plena pode parecer muito similar a uma Projeção Básica, mas elas funcionam a partir de princípios muito diferentes. Enquanto uma tem a ver com a gravitação, a outra tem a ver com a força (ou Fluxo, como os Radiantes chamam) da adesão — juntar objetos como se fossem um só. Acredito que esse Fluxo possa ter algo a ver com a pressão atmosférica.

Para criar uma Projeção Plena, um Corredor dos Ventos infundia um objeto com Luz da Tempestade, então pressionaria outro objeto nele. Os dois objetos eram conectados com um vínculo extremamente poderoso, quase impossível de ser quebrado. Na verdade, a maioria dos materiais se quebrava antes do vínculo.

PROJEÇÃO REVERSA: DAR A UM OBJETO ATRAÇÃO GRAVITACIONAL

Acredito que esta possa ser na verdade uma versão especializada da Projeção Básica. Esse tipo de Projeção precisa da menor quantidade de Luz da Tempestade de qualquer uma das três Projeções. O Corredor dos Ventos infundia algo, dava um comando mental e criaria uma *atração* ao objeto que puxaria outros objetos na sua direção.

No seu âmago, essa Projeção cria uma bolha ao redor do objeto que imita seu vínculo espiritual com o chão abaixo. Assim, era muito mais difícil para a Projeção afetar objetos tocando o chão, onde seu vínculo com o planeta é mais forte. Objetos caindo ou voando são os mais fáceis de influenciar. Outros objetos podem ser afetados, mas requerem Luz da Tempestade e habilidade mais substanciais.

TECELUMINAÇÃO

Uma segunda forma de Manipulação de Fluxos envolve a manipulação de luz e som em táticas ilusórias comuns por toda a cosmere. Ao contrário das variações presentes em Sel, todavia, esse método tem um poderoso elemento Espiritual, exigindo não só uma imagem mental completa da criação desejada, mas também algum nível de conexão com ela. A ilusão é baseada não apenas naquilo que o Teceluz imagina, mas também no que ele *deseja* criar.

De muitas maneiras, essa é a habilidade mais similar à variante original de Yolen, algo que considero empolgante. Gostaria de aprender mais sobre essa habilidade, com a esperança de compreender plenamente como ela se relaciona com atributos Cognitivos e Espirituais.

TRANSMUTAÇÃO

Essencial para a economia de Roshar é a arte da Transmutação, em que uma forma de matéria é transformada diretamente em outra pela alteração da sua natureza espiritual. Em Roshar, isso é feito através dos dispositivos conhecidos como Transmutadores, cuja maioria parece se voltar para transformar pedra em grãos ou em carne, assim criando um estoque móvel para exércitos ou aumentando as reservas urbanas de alimentos. Isso permitiu que reinos em Roshar — onde água fresca raramente é uma questão, devido às chuvas das grantormentas — despachassem exércitos de maneiras que seriam impensáveis em outros lugares.

Contudo, o que mais me intriga sobre a Transmutação são as coisas que podemos inferir, a partir dela, sobre o mundo e a Investidura. Por exemplo, certas gemas são necessárias para produzir certos resultados — caso deseje produzir grãos, contudo, seu Transmutador precisa tanto estar sintonizado com essa transformação quanto ter uma esmeralda (não uma gema diferente) conectada a ele. Isso cria uma economia baseada nos valores relativos do que as gemas podem criar, não em sua raridade. De fato, já que as estruturas químicas de várias dessas gemas são idênticas, relevando impurezas residuais, a *cor* é a parte mais importante — não sua configuração axial efetiva. Tenho certeza de que você vai considerar essa relevância da cor bem intrigante, particularmente por sua relação com outras formas de Investidura.

Esse relacionamento deve ter sido essencial na criação local da tabela que incluí acima, que carece de certo mérito científico, mas é intrinsecamente ligada ao folclore que cerca a Transmutação. Uma esmeralda pode ser usada para criar comida — portanto, é tradicionalmente associada a uma Essência similar. De fato, em Roshar considera-se que existem dez elementos; não os tradicionais quatro ou dezesseis, dependendo das tradições locais.

Curiosamente, essas gemas parecem ligadas às habilidades originais dos Transmutadores, que eram uma ordem de Cavaleiros Radiantes — mas elas não parecem ser *essenciais* para a operação efetiva da Investidura quando realizada por um Radiante vivo. Eu não sei qual é a conexão, embora esteja implícito que é algo valioso.

Transmutadores, os dispositivos, foram criados para imitar as habilidades do Fluxo de Transmutação (ou Transformação). Essa é *mais uma* imitação mecânica de algo que outrora era disponível apenas a uns poucos selecionados, dentro dos limites de uma Arte Investida. As Espadas de Honra em Roshar, de fato, podem ser o primeiríssimo exemplo disso — de milhares de anos atrás. Acredito que isso seja relevante para as descobertas sendo feitas em Scadrial, e a comoditização de Alomancia e da Feruquemia.

ILUSTRAÇÕES

Ilustrações que precedem os capítulos 39 e 58 por Dan dos Santos
Ilustrações que precedem os capítulos 8, 15, 25, 27, 33, 67, 99, 108 e 116 por Ben McSweeney
Ilustrações que precedem os capítulos 77 e 94 por Miranda Meeks
Ilustrações que precedem os capítulos 44 e 104 por Kelley Harris
Mapas e ilustrações que precedem os capítulos 1, 5, 53, 61, 89 e 120 por Isaac Stewart
Ilustração Nota Final por Dragonsteel, LLC
Ícones dos pontos de vista por Isaac Stewart, Ben McSweeney e Howard Lyon

Mapa de Roshar, **14**
Mapa das localizações dos Sacroportais, **28**
Mapa de Alethkar, **74**
Caderno de Shallan: A Torre, **105**
Caderno de Shallan: Corredor, **187**
Caderno de Shallan: Cavalos, **305**
Caderno de Shallan: Espreno na parede, **333**
Caderno de Shallan: Urithiru, **420**
Fólio: A Havah Vorin, **499**
Caderno de Navani: Design de navios, **546**
Página 1 dos glifos atlethianos, **635**
Fólio: Moda feminina thaylena contemporânea, **714**
Mapa de Kholinar, **747**
Caderno de Shallan: Esprenos de Kholinar, **819**
Página de Mítica: A Captora de Segredos, **924**
Parte do mar das Luzes Perdidas, **1051**
Vinhos rosharanos, **1094**
Caderno de Shallan: Mandras, **1139**
Caderno de Navani: Avambraço, **1195**
Caderno de Shallan: Espreno de Shadesmar, **1241**
Caderno de Shallan: Espreno do Sacroportal, **1354**
Mapa da Cidade de Thaylen, **1414**

DIREÇÃO EDITORIAL
Daniele Cajueiro

EDITORA RESPONSÁVEL
Mariana Rolier

PRODUÇÃO EDITORIAL
Adriana Torres
Júlia Ribeiro
Juliana Borel

REVISÃO DE TRADUÇÃO
Beatriz D'Oliveira

CONSULTORIA
Alec Costa
Raphael Castilho

REVISÃO
Alessandra Volkert
Alice Cardoso
Aline Rocha
Carolina Rodrigues
Emanoelle Veloso
Fernanda Lutfi
Perla Serafim
Rita Godoy

ADAPTAÇÃO DE PROJETO GRÁFICO E DIAGRAMAÇÃO
Larissa Fernandez
Leticia Fernandez

Este livro foi impresso em 2025, pela Coan, para a Trama.
O papel do miolo é Ivory Slim 65g/m² e o da capa é cartão 250g/m².